READING 阅读 经典 CLASSICS

U0672281

ZUISHOU DUZHE
XIAIDE
WENZHANG da quan ji

最受读者喜爱的文章

石伟坤 / 主编

大全集

〈上卷〉

中国卷

百花洲文艺出版社

图书在版编目（CIP）数据

最受读者喜爱的文章大全集/石伟坤主编；
—南昌：百花洲文艺出版社，2010.12（2011.3 重印）
ISBN 978－7－5500－0058－2

Ⅰ.①最…　Ⅱ.①石…　Ⅲ.①散文—作品集—世界
Ⅳ.①I16

中国版本图书馆 CIP 数据核字（2010）第 253164 号

敬启

　　本书在编写过程中，参阅和使用了一些报刊、著述和图片。由于联系上的
困难，和部分作品的作者（或译者）未能取得联系，对此谨致深深的歉意。敬
请原作者（或译者）见到本书后，及时与本书编者联系，以便我们按照国家有
关规定支付稿酬并赠送样书。联系电话：010－84853028　松雪。

ZUISHOU DUZHE XIAIDE WENZHANG DAQUANJI

最受读者喜爱的文章大全集
石伟坤　主编

总　策　划　杨建峰
统　　　筹　张国功
责任编辑　张　越　陈永林
美术编辑　松　雪＋张云婕
制　　　作　周　岚
出版发行　百花洲文艺出版社
社　　　址　南昌市阳明路 310 号
邮　　　编　330008
经　　　销　全国新华书店
印　　　刷　北京楠萍印刷有限公司
开　　　本　1020mm×1200mm　1/20　印张　40
版　　　次　2011 年 1 月第 1 版
　　　　　　2011 年 3 月第 2 次印刷
字　　　数　1250 千字
书　　　号　ISBN 978－7－5500－0058－2
定　　　价　59.00 元（上下卷）

赣版权登字 05－2010－134

邮购联系　0791－6895108
网　　　址　http://www.bhzwy.com
图书若有印装错误，影响阅读，可向承印厂联系调换。

前　言

　　有人说，"知识改变命运，阅读改变人生"，"一个人的精神发育史就是一个人的阅读史，一个民族的精神境界，很大程度上取决于全民族的阅读水平"。可见读书或阅读对于人们是多么重要。正如培根所说，"读书足以怡情，足以傅彩，足以长才……读史使人明智，读诗使人灵秀，数学使人周密，科学使人深刻，伦理学使人庄重，逻辑修辞之学使人善辩；凡有所学，皆成性格"。

　　阅读那些好的文章，可以领略其中关于人生、自然、社会、文化的智慧和哲理，能够滋润、抚慰读者的心灵和情感世界，可以获得极大的审美享受、想象空间和人文熏陶。

　　本书精选了近500篇为广大读者所喜闻乐见的名篇佳作，分为"中国卷"和"外国卷"。"中国卷"包括"人生的真义"、"父爱与母爱"、"情感与亲情"、"乡情与自然"、"文化与生活"几个板块；"外国卷"包括"成功的秘诀"、"艺术的需要"、"热爱生命"、"情人的泥土"、"要生活得写意"、"蚂蚁与蜜蜂"、"与花儿攀谈"几个板块。这些文章，或感情充沛、文采飞扬，具有强烈的感染力，或清新优美、精练流畅，具有丰富的意蕴，或情景交融、物我相生，读来备感亲切……它们内容广泛，形式多样，体现典范，妙笔生辉。

　　本书将不同国家、不同时代、不同流派的作家作品兼收并蓄，精美纷呈，力求满足各方面读者的阅读需求。这些作品曾经打动过千千万万读者的心，现在我们把它们收集在一起，交到您的手里，期望您把它们时刻带在身边，随手翻阅，体味那不同一般的阅读感受吧！

编　者

2010 年 12 月

总　目　录

中国卷目录

第一篇 人生的真义

第二篇　父爱与母爱

第三篇　情感与亲情

第四篇　乡情与自然

第五篇　文化与生活

第一篇 人生的真义

谈生命①

冰 心

　　我不敢说生命是什么,我只能说生命像什么。生命像向东流的一江春水,他从最高处发源,冰雪是他的前身。他聚集起许多细流,合成一股有力的洪涛,向下奔注,他曲折地穿过了悬岩峭壁,冲倒了层沙积土,挟卷着滚滚的沙石,快乐勇敢地流走,一路上他享受着他所遭遇的一切。有时候他遇到巉岩前阻,他愤激地奔腾了起来,怒吼着,回旋着,前波后浪地起伏催逼,直到冲倒了这危崖,他才心平气和地一泻千里。有时候他经过了细细的平沙,斜阳芳草里,看见了夹岸红艳的桃花,他快乐而又羞怯,静静地流着,低低地吟唱着,轻轻地度过这一段浪漫的行程。有时候他遇到暴风雨,这激电,这迅雷,使他心魂惊骇,疾风吹卷起他,大雨击打着他,他暂时浑浊了,扰乱了,而雨过天晴,又加给他许多新生的力量。有时候他遇到了晚霞和新月,向他照耀,向他投影,清冷中带些幽幽的温暖;这时他只想休憩,只想睡眠,而那股前进的力量,仍催逼着他向前走……终于有一天,他远远地望见了大海,啊!他已到了行程的终结,这大海,使他屏息,使他低头,她多么辽阔,多么伟大!多么光明,又多么黑暗!大海庄严地伸出臂儿来接引他,他一声不响地流入她的怀里。他消融了,归化了,说不上快乐,也没有悲哀!也许有一天,他再从海上蓬蓬的雨点中升起,飞向西来,再形成一道江流,再冲倒两旁的石壁,再来寻夹岸的桃花。然而我不敢说来生,也不敢信来生!生命又像一棵小树,他从地底聚集起许多生力,在冰雪下欠伸,在早春润湿的泥土中,勇敢快乐地破壳出来。他也许长在平原上,岩石上,城墙上,只要他抬头看见了天,啊!看见了天!他便伸出嫩叶来吸收空气,承受日光,在雨中吟唱,在风中跳舞,他也许受着大树的荫遮,也许受着树的覆压,而他青春生长的力量,终使他穿枝拂叶地挣脱了出来,在

---

　　① 本文原发表于《京沪周刊》1947 年第 1 卷第 27 期,1999 年 3 月 4 日《文汇报》重新发表。略有改动。

烈日下挺立抬头！他遇着骄奢的春天，他也许开出满树的繁花，蜂蝶围绕着他飘翔喧闹，小鸟在他枝头欣赏唱歌，他会听见黄莺清吟①，杜鹃啼血，也许还听见枭鸟②的怪鸣。他长到最茂盛的中年，他伸展出他如盖的浓阴，来荫庇③树下的幽花芳草，他结出累累的果实，来呈现大地无尽的甜美与芳馨④。秋风起了，他的叶子，由浓绿到绯红，秋阳下他又有一番庄严灿烂，不是开花的骄傲，也不是结果的快乐，而是成功后的宁静和怡悦！终于有一天，冬天的朔风，把他的黄叶干枝，卷落吹抖，他无力地在空中旋舞，在根下呻吟，大地庄严地伸出臂儿来接引他，他一声不响地落在她的怀里。他消融了，归化了，他说不上快乐，也没有悲哀！也许有一天，他再从地下的果仁中，破裂了出来。又长成一棵小树，再穿过丛莽的严遮，再来听黄莺的歌唱。然而我不敢说来生，也不敢信来生。宇宙是一个大生命，我们是宇宙大气中之一息。江流入海，叶落归根，我们是大生命中之一滴，大生命中之一叶。在宇宙的大生命中，我们是多么卑微，多么渺小，而一滴一叶的活动生长合成了整个宇宙的进化运行。要记住：不是每一道江流都能入海，不流动的便成了死湖；不是每一粒种子都能成树，不生长的便成了空壳！生命中不是永远快乐，也不是永远痛苦，快乐和痛苦是相生相成的。好比水道要经过不同的两岸，树木要经过常变的四时。在快乐中我们要感谢生命，在痛苦中我们也要感谢生命。快乐固然兴奋，苦痛又何尝不美丽？我曾读到一个警句，是"愿你生命中有够多的云翳，来造成一个美丽的黄昏"。世界、国家和个人的生命中的云翳没有比今天再多的了。

婴　儿

徐志摩

　　我们要盼望一个伟大的事实出现，我们要守候一个馨香的婴儿出世：——你看他那母亲在她生产的床上受罪！

　　她那少妇的安详、柔和、端丽，现在在剧烈的阵痛里变形成不可信的丑恶：你看她那遍体的筋络都在她薄嫩的皮肤底里暴涨着，可怕的青色与紫色，像受惊的水青蛇在田沟里急泅似的，汗珠粘在她的前额上像一颗颗的黄豆，她的四肢与身体猛烈地抽搐着、畸屈着，奋挺着，纠旋着，仿佛她垫着的席子是用针尖编成的，仿佛她的帐围是用火焰织成的；一个安详的，镇定的，端庄的，美丽的少妇，现在在阵痛的惨酷里变形成魔鬼似的可怖：她的眼，一时紧紧地阖着，一时巨大地睁着，她那眼，原来像冬夜池潭里反映着的明星，现在吐露着青黄色的凶焰，眼睛像烧红的炭火，映射出她灵魂最后的奋斗，她的原来朱红色的口唇，现在像是炉底的冷灰，她的口颤着、噘着、扭着，死神的热烈的亲吻不容许她一息的平安，她的发是散披着，横在口边，漫在胸前，像揪乱的麻丝，她的手指间紧抓着几穗拧下来的乱发；

---

①　〔清吟〕这里指清脆地鸣叫。
②　〔枭(xiāo)鸟〕猫头鹰之类的鸟。
③　〔荫(yìn)庇〕大树枝叶遮蔽阳光，比喻保护、照顾。
④　〔芳馨(xīn)〕芳香。

这母亲在她生产的床上受罪；

但她还不曾绝望，她的生命挣扎着血与肉与骨与肢体的纤维，在危崖的边沿上，抵抗着，搏斗着死神的逼迫；

她还不曾放手，因为她知道（她的灵魂知道！）这苦痛不是无因的，因为她知道她胎宫里孕育着一点比她自己更伟大的生命的种子，包涵着一个比一切更永久的婴儿；

因为她知道这苦痛是婴儿要求出世的征候，是种子在泥土里爆裂成美丽的生命的消息，是她完成她自己生命的使命的时机；

因为她知道忍耐是有结果的，在她剧痛的昏瞀中，她仿佛听着上帝准许人间祈祷的声音，她仿佛听着天使们赞美未来的光明的声音；

因此她忍耐着，抵抗着，奋斗着……她抵抗绷断她身体的纤维，她要赎出在她那胎宫里动荡的生命，在她一个完全美丽的婴儿出世的盼望中，最锐利、最沉酣的痛感逼成了最锐利、最沉酣的快感……

我的幼年

巴　金

窗外落着大雨，屋檐上的水槽早坏了，这些时候都没有修理过，雨水就沿着窗户从缝隙浸入房里，又从窗台流到了地板上。

我的书桌的一端正靠在窗台下面，一部分的雨水就滴在书桌上，把堆在那一角的书籍、稿件、信函全打湿了。

我已经躺在床上，听见水滴的声音才慌忙地爬起来，扭燃电灯。呵，地板上积了那么一大摊水。我一个人吃力地把书桌移开，使它离窗台远一点。又搬开了那些水湿的书籍。这时候无意间我发见了你的信函。

你那整齐的字迹和信封上的香港邮票吸引住了我的眼光。我拿起信封抽出了那四张西式信笺。我才记起四个月以前我在怎样的心情下收到你的来信。我那时没有写什么话，就把你的信放在书堆里，以后也就忘记了它。直到今天，在这样的一个雨夜，你的信函又突然地在我的眼前出现了。朋友，你想，这时候我还能够把它放在一边而自己安静地躺回到床上闭着眼睛睡觉吗？

　　为了这书，我曾在黑暗中走了九英里的路，而且还经过三个冷僻荒凉的墓场。那是在去年九月二十三日夜，我去香港，无意中见到这书，便把袋中仅有的钱拿来买了。这钱我原本打算留来坐 Bus 回鸭巴甸的。

在你的信函里面我读到这样的话。它们在四个月以前曾那么深地感动了我。就在今天我第二次读到它们，我还仿佛跟着你在黑暗中走路，走过那些荒凉的墓场。你得把我看做你的一个同伴，因为我是一个和你一样的人，而且我也有过和这类似的经验，这样的经验我确实有的太多了。从你的话里我看到了一个时期的我的面影。年光在我的面前倒流过去。你的话使我又沉落在一些回忆里面了。

你说，你希望能够更深切地了解我。你奇怪是什么东西把我养育大的？朋友，这并不是什么可惊奇的事，因为我一生过的是"极平凡的生活"。我说过，我生在一个古旧的家庭里，有将近二十个的长辈，有三十个以上的兄弟姊妹，有四五十个男女仆人。但这样简单的话是不够的。我说过我从小就爱和下人在一起，我是在下人中间长大的。但这样简单的话也还是不够的。我写出过一部分的回忆，但我同时也埋葬了另一部分的回忆。我应该写出的还有许多许多的事情。

是什么东西把我养育大的？我常常拿这问题去问我自己。当我这样问的时候，最先在我的头脑里浮动的就是一个"爱"字。父母的爱，骨肉的爱，人间的爱，家庭生活的温暖。我的确是一个被人爱着的孩子。在那时候一院公馆便是我的世界，我的天堂。我爱着一切的生物，我讨好所有的人。我愿意揩干每张脸上的眼泪；我希望看见幸福的微笑挂在每个人的嘴边。

然而死在我的面前走过了。我的母亲闭着眼睛让人家把她封在棺材里，从此我的生活里就缺少了一件东西。父亲的房间突然变得空阔了，我常常在几间屋子里跑进跑出，唤着"妈"这个字。我的声音白白地被寂寞吞食了，墙壁下母亲的照片也不看我一眼。死第一次在我的心下投了阴影。我开始含糊地了解恐怖和悲痛的意义了。我渐渐地变成了一个爱思想的孩子。但孩子的心究竟容易忘记。我不会整天垂泪的。我依旧带笑带吵地过着日子。孩子的心就像一只羽毛刚刚长成的鸟儿，它要飞，飞，只想飞往广阔的天空去。

幼稚的眼睛常常看不清楚。鸟儿怀着热烈的希望展翅向天空飞去，但是一下子就碰着铁丝网落了下来。我这时才知道，我并不是在一个自由的天空下面，我被关在一个铁丝笼里，家庭如今换了一个面目，它就是阻碍我飞翔的囚笼。

然而孩子的心是不怕碰壁的。它不知道绝望，它不知道困难。一次做失败的事情，还要接二连三地重做。铁丝的坚硬并不能够毁灭鸟儿的雄心，但经过几次的碰壁以后，连和平的孩子也知道反抗了。

同时在狭隘的马房里，我躺在那些病弱的轿夫的烟灯旁边，听他们叙述悲痛的经历，或者在寒冷的门房里，傍着黯淡的清油灯光听衰老的仆人绝望地申诉他们的胸怀。那些没有希望只是苦刑般地生活着的人的故事，在我的心上投掷了第二个阴影。而且我的眼睛还看得见周围的一切。一个抽大烟的仆人周贵偷了祖父的字画被赶出去做了乞丐，每逢过年过节，偷偷地跑来，躲在公馆门前石狮子旁边，等着机会去央求一个从前的同事向旧主人讨点赏钱，后来终于冻馁地死在街头。另一个老仆人袁成在外面烟馆被警察接连捉去两次，关了好几天才放出来，不久就死在门房里。我看见他的瘦得像一捆柴的身子躺在大门外石板上，被一张破席子掩盖着。一个老轿夫出去在斜对面一个亲戚的家里做看门人，因为被人诬陷偷窃东西，在一个冬天的晚上用了一根裤带吊死在大门里面。当这一切在我的眼前发生的时候，我含着眼泪，心里起了火一般的反抗的思想，我说我不要做一个少爷，我要做一个站在他们一边，帮忙他们的人。

反抗的思想鼓舞着这只不知天高地厚的幼稚的鸟儿用力往上飞，要冲破那铁丝网。但铁丝网并不是那软弱的翅膀所能够冲破的。碰壁的次数愈多了，这其间我失掉了第二个爱我的人——父亲。

我悲痛我的这不能补偿的损失，但我的生活使我没有时间来专为个人的损失悲哀了。因为这富裕的大家庭在我的眼前变成了一个专制的王国。仇恨的倾轧和斗争掀开和平的表面而爆发。势力代替了公道。许多可爱的青年的生命在虚伪的礼教的囚牢里挣扎,受苦,憔悴,呻吟以至于灭亡。这都是不必要的牺牲,然而我站在旁边却不能够做一点救助的事情。同时在我的渴望着发展的青年的灵魂上,过去的传统和长辈的威权像一块磐石沉重地压下来,"憎恨"的苗于是在我的心上发芽生叶了。接着"爱"来的就是这个"恨"字。

年轻的灵魂是不能相信上天和命运的。我开始觉得这社会组织的不合理了。我常常狂妄地想:我们是不是能够来改造它,把一切事情安排得更好一点。但是别人并不了解我。我只有在书本里去找我的朋友。

在这种环境中我的大哥渐渐地现出了疯狂的倾向。我的房间离大厅很近,在静夜,大厅里的一点微弱的声音我也可以听见。大厅里放着五六乘轿子。其中有一顶是大哥的。大哥这些时候常常一个人夜深跑到大厅里坐到他的轿子里面去,慢慢儿用什么东西打碎轿帘上的玻璃。我因为读书,睡得很晚,这种声音我不会错过。我一听见玻璃破碎声,我的心就因苦痛和愤怒而扭曲起来。我不能够再把心关在书上,我绝望地拿起笔,在纸上涂写一些愤怒的字眼,或者捏紧拳头在桌上捶。

后来我得到了一本小册子,就是克鲁泡特金的《告少年》(这是节译本)。我想不到世界上还有这样的书!这里面全是我想说而没有说得清楚的话。它们是多么明显,多么合理,多么雄辩。而且那种带煽动性的笔调简直要把一个十五岁的孩子的心烧成灰了。我把这本小册子放在床头,每夜都拿出来,用一颗颤抖的心读完它。读了流泪,流过泪又笑。那书后面附印着一些警句,里面有着这样的一句话:"天下第一乐事,雪夜闭门读禁书。"我觉得这是千真万确的。从这时起,我才明白地意识到正义的感觉。这正义感把我的爱和恨调和起来。

但不久,我就不能以"闭门读禁书"为满足了。我需要活动来发散我的热情,需要事实来证实我的理想。我想做点事情,可是又不知道应该怎样地开头去做。没有人引导我。我反覆地翻阅那本小册子,作者的名字是真民,书下又没有出版者的地址。不过给我这本小册子的人告诉我这是陈独秀主持的新青年社翻印的。我抄了那地址下来。这天晚上我郑重地摊开信纸,怀着一颗战栗的心和求助的心情,给陈独秀写信,这是我一生写的第一封信,我把我的全心灵都放在这里面,我像一个谦卑的孩子,我恳求他给我指一条路,我等着他来吩咐我怎样献出我个人的一切。

信发出了,我每天不能忍耐地等待着,我等着机会来牺牲,来发散我的活力。但是回信始终没有来。我并不抱怨别人,我想或者是我还不配做这种事情,然而我的心却并不曾死掉,我依旧到处去找寻方法来准备牺牲。我看见上海报纸下载有赠送《夜未央》的广告,我寄了邮票去,在我的记忆还不曾淡去时,书来了,是一个剧本。我形容不出来这书给我的激动。它给我打开了一个新的眼界。我第一次在这另一国度的一代青年为人民争自由谋幸福的斗争里找到了我的梦幻中的英雄,找到了我终身的事业。

不久我意外地得到了一本《实在自由录》第一集,那里面高德曼的文章把我完全征服了,不,应该说把我的模糊的眼睛,洗刷干净了。在这时候我才有了明确的信仰。然而行动呢?这问题依旧没有得到解决。而我的渴望也更加变得迫切了。

大概在两个月以后,我读到一份本地出版的半月刊,在那上面我看见一篇《适社的旨趣和组织大纲》,这文章是转载的,这是一个秘密团体的宣言。那意见那组织正是我所朝夕梦想的。我读完了它，我的心跳得很厉害。我无论如何不能够安静下去。两种冲突的思想在我的头脑里争斗了一些时候。到夜深，我听见大哥的脚步声在大厅上响了，我不能自主地取了信纸摊在桌上，一面听着玻璃打碎的声音，一面写着愿意加入适社的信给那半月刊的编辑，要他给我介绍。

这信是第二天发出的，第三天回信就来了。一个姓章的编辑亲自送了回信来，他约我在一个指定的时间到他家里去谈话。我毫不迟疑地去了。在那里我会见了三四个青年，他们谈话的态度和我家里的人完全不同。他们充满着热情、信仰和牺牲的决心。我把我的胸怀，我的苦痛，我的渴望完全吐露了给他们。作为回答，他们给我友情，给我信赖，给我勇气，而且对我解说了许多事情。他们把我当作一个熟识的朋友。从他们的话里我知道适社是重庆的团体，但他们在这里不久也会有一个类似的组织。他们答应将来让我加入在他们中间，和他们一起工作。我告辞的时候他们给我几本适社出版的宣传册子，并且还写了信介绍我给那边的负责人通信。

事情在今天也许不会是这么简单，这时候人对人也许不会这么轻易地相信，然而在当时一切都是非常自然。我们绝对想不到别的许多事情。这小小的客厅简直成了我的天堂。在那里的两小时的谈话照彻了我的灵魂的黑暗。我好像一只破烂的船找到了停泊的港口。我的心情高扬起来，我带着幸福的微笑回到家里。怀着拜佛教徒朝山进香时的虔诚，我给适社的负责人写了信。

我的生活方式渐渐地改变了。我和那几个青年结了亲密的友谊。我做了那半月刊的同人，后来也做了编辑。此外我们还组织了一个秘密的团体均社。我被人称为"安那其主义者"，是从这时候起的。团体成立以后就来了工作。办刊物，通讯，散传单，印书，都是我们所能够做的事情。我们有时候也开秘密会议，时间是夜里，地点总是在僻静的街道，参加会议的人并不多，但大家都是怀着严肃而紧张的心情赴会的。每次我一个人或者和一个朋友故意东弯西拐，在黑暗中走了许多路，听厌了单调的狗叫和树叶飘动声，以后走到作为会议地点的朋友的家，看见那些紧张的亲切的面孔，我们相对微微一笑，那时候我的心真要从口腔里跳了出来。我感动得几乎不觉到自己的存在了。友情和信仰在这一个阴暗的房间里开放了花朵。

但这样的会议是不常举行的，一个月也不过召集两三次。会议之后是工作。我们先后办了几种刊物，印了几本小册子。我们抄写了许多地址，亲手把刊物或小册一一包卷起来，然后几个人捧着它们到邮局去寄发。五一节来到的时候，我们印了一种传单，派定几个人到各处去散发。那一天天气很好，挟了一大卷传单，在离我们公馆很远的一带街巷里走来走去，直到把它们散发光了，又在一些街道上闲步一回，知道自己没有被人跟着，才放心地去到约定集合的地方。每个人愉快地叙述各自的经验。这一天我们就像在过节。又有一次我们为了一件事情印了传单攻击当时统治省城的某军阀。这传单应该贴在各大街的墙壁上。我分得一大卷传单回家来。在夜里我悄悄地叫了一个小听差跟我一起到十字街口去。他拿着一碗浆糊，我挟了一卷传单，我们看见墙上有空白的地方就把传单贴上去。没有人干涉我们。有几次我们贴完传单走开了，回头看时，一两个黑影子站在那里读我们刚才贴上去的东西。但我相信在夜里他们要一字一字地读完它，并不是容易的事。

那半月刊是一种公开的刊物，社员比较多而复杂。但主持的仍是我们几个。白天我们中间有的人要上学,有的人要做事,夜晚我们才有空聚在一起。每天晚上我总要走过好些黑暗的街巷到那半月刊社去。那是在一个商场的楼上。我们四五个人到了那里就忙着卸下铺板,打扫房间,回答一些读者的信件,办理种种的杂事,等候着那些来借阅书报的人。因为我们预备了一批新书免费借给读者。我们期待着忙碌的生活。我们宁愿忙得透不过气来。我们愉快地谈论着各种各样的事情。那个共同的牺牲的渴望把我们大家如此坚牢地缚了在一起。那时候我们只等着一个机会来交出我们个人的一切,相信着在这牺牲之后,理想的新世界就会跟着明天的太阳一同升起来。这样的幻梦固然太带孩子气,但这是多么美丽的幻梦呵!

我就是这样地开始了我的社会生活的。从这时起,我就把我的幼年深深地埋葬了……

窗外刮起大风。关住的窗门突然大开了。一阵雨点跟着飘了进来。我面前的信笺上也溅了水。写好的信笺被风吹起,散落在四处。我不能够再继续下去了,虽然我还有许多话没有向你吐露出来。我想我不久还有机会给你写信,再来叙述那些未说的事情。我不知道我上面的话能不能够帮助你多少更了解我一点。但我应该感谢你,因为你的信给我唤起了这许多可宝贵的回忆。那么就让这风把我的祝福带给你罢。我现在也该躺一躺了。

童年絮味

舒　婷

童年的玩具只有一个布娃娃,她的塑胶面具很快就损坏,剥落,只剩下一个光秃秃的扁平的布脑袋。我只好用铅笔、钢笔、彩笔为它"整容",随心所欲地描绘卷曲的睫毛、整齐的刘海儿、鲜红的樱桃小口。我怀中的宠物因此面目常新。我还搜遍外婆的针线筐,寻出碎布头,给娃娃做小帽子,做超短裙,甚至做了一件游泳衣。我的妹妹羡慕极了,她也有一个几不成形的小布娃娃,为央求我给她的小布娃娃打扮打扮,妹妹曾主动而勤劳地给我的洋娃娃洗澡。结果,我的可怜的娇滴滴的小美人,真正成了一袋湿漉漉的细糠,吊在晾衣绳上晃荡。那几天,妹妹畏畏缩缩地像小老鼠一样,我脸上自然是雷霆万钧。

再记不起有其他玩具了。

我的小儿子时常把许多玩具与图书弃之一地,百无聊赖地将自己倒置在沙发上,头朝下,问:"妈妈,我今天干什么?"

小时候,我若也这样问妈妈,她必定捆我一巴掌。其实,我记得我们那时候总是很忙,却不是忙着做作业。作业当然是要做的,但从未听说过有哪个孩子因为做作业而没有时间玩。那时节房子少,荒地多,我们捉蝴蝶,拈蜻蜓,挖蚯蚓,钓鱼,喇叭花蕊有蜜汁可啜,桑树上可以采到紫红的桑葚,我们甚至还钻防空洞玩,连家门口那条有名的九曲巷都是我们捉迷藏的大好场所。才跟我外婆上扫盲班没几天,大约认得十来个字,我就不可一世起来。我不理睬邻居小伙伴的呼唤,怀抱舅舅的一本精装英汉大字典,坐在大门铁栏内,像唱歌般地大声读书。过往行人不禁驻足,讶然侧耳,等听清这位"小神童"读来读去的都是"上下左右多少……"这几个字时,皆捂嘴走开。这时,我还未上学,却已不满足于妈妈给扎的两条小辫,于是自己对镜梳妆,一下子编了六条小辫子,扎上各色花布条,左顾右盼,觉得自己美极了。我大姨妈和妈妈相偕下班回来,看见一个小妖精在大门口跳橡皮筋,满头万国旗飞舞,她们先是前俯后仰,等看清是我,差点背过气去。

据说,外祖父生意亨通时,家中有四个丫头,但妈妈每天早上仍要扫地后才能上学,若扫得不干净,即便走出大门也仍要被外婆厉叱回来返工。等我刚懂事,我家非但生意收了十几年,家当也告竭,且身份是资本家,自然要低头做人。很小我就自己洗衣服,洗自己的碗,还要接受外婆严格的检查,渐成习惯。譬如洗地板,必用棕毛刷将每块方砖刷得通红,刷洗完以后骑在楼梯的扶手上陶醉半天。犹如现在抄稿子,若有涂改必撕去重来,抄毕,如同几十年前一样,在自己的劳动成果前心旷神怡。

我的玩伴很多,不似现在的孩子,总是被封锁在各个单元里苦读书。那时的邻居,常常不打招呼来到厨房撮一匙盐就走,如果明天突然下雨,说不定回来就见你晾的床单已叠好放在饭桌上了。小孩子更是在各家随意走动,"扁头"啦,"傻呆"啦之类的各种绰号常常一生都蹭不掉。

我最忠实的影子是我的妹妹,虽只比我小两岁,却视我为绝对权威。她生性驯良,常常哭着从学校回来。我则屡屡替她出征,大多告捷。有一次,对方的姐姐邀来一帮高年级同学助战,我眼见敌不过,就抢起书包,呼呼有声,果然把他们全部吓退。从那以后,妹妹学会此招,再不要我护送。她的铅笔盒总是被甩开,铅笔、橡皮、小刀四下乱飞,她为这事不知吃了我妈妈多少巴掌,头还昂着,脸上一派胜利者的光辉。

我的小表妹常来外婆家过周末,夏夜我们贪南风,便铺张竹席睡在长廊。我们以一张破藤桌为舞台,一本正经地自己报幕,然后用尽丹田之气,鬼哭狼嚎。歌毕,我们立即吱呀一声跳下藤桌,趴在栏杆上往下瞧,数数聚在门口的听众有多少,每次都是我的表妹取胜。她后来考进一家文工团,在真正的舞台上颇出风头,想必与当年肆无忌惮地拔嗓子有关。

啊,夏天最是快活!夏天有长长的假期,可以整天泡在海水里。度完暑假的孩子都晒得黝黑,动作更加机灵,突然长高了许多。秋天的南方阳光最浓稠,而且不炙人,秋游野餐,秋季运动会陆续举行。冬天也不错,人人想着过春节、新衣服、压岁钱、放鞭炮,一年中最重要的节日在前头等着,冬日的寒风又算得了什么!

我害怕春天的梅雨,因为买不起一双小小的雨鞋。于是,上学路上我的小布鞋里就灌满了水,泡着我的脚整整一天。次日上学,鞋子仍是湿的,把脚伸进去时我总是咬着牙,噙着泪。后来鞋子改成塑料凉鞋,可仍是又湿又冷。

这么多年了,我一到冬末就开始病态地数着日子等梅雨。毛衣、被褥,洗了又晒了,梅雨还不来我就焦灼不安。就像小时丢了东西,回家等妈妈发火,可妈妈脸上却不见动静,害得我做不成作业,眼睛跟着妈妈在屋子里乱转。

所以,无论我那赶时髦的儿子怎样撅嘴、跺脚抗议,每年雨季来临之前,我都要给他买一双结实的小雨鞋。

童 年

唐 弢

夜应该是黑暗的吧,然而我却经历了一个并不黑暗的夜,你也许以为那晚上有月亮,有星,再不然便是有灯光或者火炬,但都不是。只因为在我的寂寞的记忆里悬挂着一个笑脸,它照亮了我的童年。

笑脸照亮了我的童年。

朝阳爬上海面,雾气散了,一万颗金星在波涛上跳动,第一线春光印进了小小的心,我在紫云英的绿茵上打滚,在暖洋洋的潮水里濯脚,听鹧鸪在嫩绿丛中试着它的新声,杨柳枝头盘绕着青油油的潮气,不知道这是云,是雾,抑是昨夜农家遗留下的炊烟?

白鸟在波涛上缓缓地翱翔,蓦地,像中了弹一样地直落到水面,又霍地飞了上去,它已经找到了它的丰盛的早餐。

雄健的翼子在蓝天里划开一线笑痕。我的心里也漾起了一线笑痕。

心花开了,我笑着跳着,珍视我自己的童年。

我笑着跳着,珍视我自己的童年。

在石榴花开得火一般红的时候,我骑上牛背,缓缓地踱过了绿的原野。

我唱着情歌,虽然并没有情人;我觉得自己是凯旋归来的英雄,虽然并没有打过仗。

看,这世界是多么幽秀,多么美丽。

这世界是多么幽秀,多么美丽。

夜,她在我回忆里留下难忘的倩影。

月是她的脸,一抹轻云是她的笑靥,几颗星星是她的眼睛,晚风吹过垂杨,这上面散布着她的风韵。

我在她的膝上跳舞。

我在她的怀里熟睡。

我笑着跳着,我的青春是一盆火,融融的是热烈,旺旺的是光明。

在童年的宝座上我跨着长虹,遨游于大漠似的天空,我撷着轻云,摘着星星。

童年,梦一般的童年。

童年,梦一般的童年。

我用着和山等量的悔恨,和海等量的懊恼,送青春逝去。

在山的尽头,海的边涯,不,在寂寞者的心底,我埋葬了我的童年。

从百草园到三味书屋

鲁　迅

我家的后面有一个很大的园,相传叫作百草园。现在是早已并屋子一起卖给朱文公的子孙了,连那最末次的相见也已经隔了七八年,其中似乎确凿只有一些野草;但那时却是我的乐园。

不必说碧绿的菜畦,光滑的石井栏,高大的皂荚树,紫红的桑葚;也不必说鸣蝉在树叶里长吟,肥胖的黄蜂伏在菜花上,轻捷的叫天子(云雀)忽然从草间直窜向云霄里去了。单是周围的短短的泥墙根一带,就有无限趣味。油蛉在这里低唱,蟋蟀们在这里弹琴。翻开断砖来,有时会遇见蜈蚣;还有斑蝥,倘若用手指按住它的脊梁,便会啪的一声,从后窍喷出一阵烟雾。何首乌藤和木莲藤缠络着,木莲有莲房一般的果实,何首乌有臃肿的根。有人说,何首乌根是有像人形的,吃了便可以成仙,我于是常常拔它起来,牵连不断地拔起来,也曾因此弄坏了泥墙,却从来没有见过有一块根像人样。如果不怕刺,还可以摘到覆盆子,像小珊瑚珠攒成的小球,又酸又甜,色味都比桑葚要好得远。

长的草里是不去的,因为相传这园里有一条很大的赤练蛇。

长妈妈曾经讲给我一个故事听:先前,有一个读书人住在古庙里用功,晚间,在院子里纳凉的时候,突然听到有人在叫他。答应着,四面看时,却见一个美女的脸露在墙头上,向他一笑,隐去了。他很高兴;但竟给那走来夜谈的老和尚识破了机关。说他脸上有些妖气,一定遇见"美女蛇"了;这是人首蛇身的怪物,能唤人名,倘一答应,夜间便要来吃这人的肉的。他自然吓得要死,而那老和尚却道无妨,给他一个小盒子,说只要放在枕边,便可高枕而卧。他虽然照样办,却总是睡不着——当然睡不着的。到半夜,果然来了,沙沙沙!门外像是风雨声,他正抖作一团时,却听得豁的一声,一道金光从枕边飞出,外面便什么声音也没有了,那金光也就飞回来,敛在盒子里。后来呢?后来,老和尚说,这是飞蜈蚣,它能吸蛇的脑髓,美女蛇就被它治死了。

结末的教训是:所以倘有陌生的声音叫你的名字,你万不可答应他。

这故事很使我觉得做人之险,夏夜乘凉,往往有些担心,不敢去看墙上,而且极想得到一盒老和尚那样的飞蜈蚣。走到百草园的草丛旁边时,也常常这样想。但直到现在,总还没有得到,但也没有遇见过赤练蛇和美女蛇。叫我名字的陌生声音自然是常有的,然而都不是美女蛇。

冬天的百草园比较的无味;雪一下,可就两样了。拍雪人(将自己的全形印在雪上)和塑雪罗汉需要人们鉴赏,这是荒园,人迹罕至,所以不相宜,只好来捕鸟。薄薄的雪,是不行的;总须积雪盖了地面一两天,鸟雀们久已无处觅食的时候才好。扫开一块雪,露出地面,用一枝短棒支起一面大的竹筛来,下面撒些秕谷,棒上系一条长绳,人远远地牵着,看鸟雀下来啄食,走到竹筛底下的时候,将绳子一拉,便罩住了。但所得的是麻雀居多,也有白颊的"张飞鸟",性子很躁,养不过夜的。

这是闰土的父亲所传授的方法,我却不大能用。明明见它们进去了,拉了绳,跑去一看,却什么都没有,费了半天力,捉住的不过三四只。闰土的父亲是小半天便能捕获几十只,装在叉袋里叫着撞着的。我曾经问他得失的缘由,他只静静地笑道:你太性急,来不及等它走到中间去。

我不知道为什么家里的人要将我送进书塾里去了,而且还是全城中称为最严厉的书塾。也许是因为拔何首乌毁了泥墙吧,也许是因为将砖头抛到间壁的梁家去了吧,也许是因为站在石井栏上跳了下来吧……都无从知道。总而言之:我将不能常到百草园了。Ade,我的蟋蟀们!Ade,我的覆盆子们和木莲们!

出门向东,不上半里,走过一道石桥,便是我的先生的家了。从一扇黑油的竹门进去,第三间是书房。中间挂着一块匾道:三味书屋;匾下面是一幅画,画着一只很肥大的梅花鹿伏在古树下。没有孔子牌位,我们便对着那匾和鹿行礼。第一次算是拜孔子,第二次算是拜先生。

第二次行礼时,先生便和蔼地在一旁答礼。他是一个高而瘦的老人,须发都花白了,还戴着大眼镜。我对他很恭敬,因为我早听到,他是本城中极方正,质朴,博学的人。

不知从那里听来的,东方朔也很渊博,他认识一种虫,名曰"怪哉",冤气所化,用酒一浇,就消释了。我很想详细地知道这故事,但阿长是不知道的,因为她毕竟不渊博。现在得到机会了,可以问先生。

"先生,'怪哉'这虫,是怎么一回事?……"我上了生书,将要退下来的时候,赶忙问。

"不知道!"他似乎很不高兴,脸上还有怒色了。

我才知道做学生是不应该问这些事的,只要读书,因为他是渊博的宿儒,决不至于不知道,所谓不知道者,乃是不愿意说。年纪比我大的人,往往如此,我遇见过好几回了。

我就只读书,正午习字,晚上对课。先生最初这几天对我很严厉,后来却好起来了,不过给我读的书渐渐加多,对课也渐渐地加上字去,从三言到五言,终于到七言。

三味书屋后面也有一个园,虽然小,但在那里也可以爬上花坛去折蜡梅花,在地上或桂花树上寻蝉蜕。最好的工作是捉了苍蝇喂蚂蚁,静悄悄地没有声音。然而同窗们到园里的太多,太久,可就不行了,先生在书房里便大叫起来:——

"人都到那里去了!"

人们便一个一个陆续走回去;一同回去,也不行的。他有一条戒尺,但是不常用,也有罚跪的规则,但也不常用,普通总不过瞪几眼,大声道:

"读书!"

于是大家放开喉咙读一阵书,真是人声鼎沸。有念"仁远乎哉我欲仁斯仁至矣"的,有念"笑人齿缺曰狗窦大开"的,有念"上九潜龙勿用"的,有念"厥土下上上错厥贡苞茅橘柚"的……先生自己也念书。后来,我们的声音便低下去,静下去了,只有他还大声朗读着:

"铁如意,指挥倜傥,一坐皆惊呢~~~;金叵罗,颠倒淋漓噫,千杯未醉嗬~~~……"

我疑心这是极好的文章,因为读到这里,他总是微笑起来,而且将头仰起,摇着,向后拗过去,拗过去。

先生读书入神的时候,于我们是很相宜的。有几个便用纸糊的盔甲套在指甲上做戏。我是画画儿,用一种叫作"荆川纸"的,蒙在小说的绣像上一个个描下来,像习字时候的影写一样。读的书多起来,画的画也多起来;书没有读成,画的成绩却不少了,最成片段的是《荡寇志》和《西游记》的绣像,都有一大本。后来,为要钱用,卖给一个有钱的同窗了。他的父亲是开锡箔店的;听说现在自己已经做了店主,而且快要升到绅士的地位了。这东西早已没有了吧。

若子的病

周作人

《北京孔德学校旬刊》第二期于四月十一日出版,载有两篇儿童作品,其中之一是我的小女儿写的。

晚上的月亮

周若子

晚上的月亮,很大又很明。我的两个弟弟说:"我们把月亮请下来,叫月亮抱我们到天上去玩。月亮给我们东西,我们很高兴。我们拿到家里给母亲吃,母亲也一定高兴。"

但是这张旬刊从邮局寄到的时候,若子已正在垂死状态了。她的母亲望着摊在席上的报纸又看昏沉的病人,再也没有什么话可说,只叫我好好地收藏起来——做一个将来决不再寓目的纪念品。我读了这篇小文,不禁忽然想起六岁时死亡的四弟椿寿,他于得急性肺炎的前两三天,也是固执地向着佣妇追问天上情形,我自己知道这都是迷信,却不能禁止我脊梁上不发生冰冷的奇感。

十一日的夜中,她就发起热来,继之以大吐,恰巧小儿用的摄氏体温表给小波波(我的兄弟的小孩)摔破了,土步君正出着第二次种的牛痘,把华氏的一具拿去应用,我们房里没有体温表了,所以不能测量热度,到了黎明从间壁房中拿表来一量,乃是四十度三分! 八时左右起了痉挛,妻抱住了她,只喊说"阿玉惊了,阿玉惊了!"弟妇(即是妻的三妹)走到外边叫内弟起来,说"阿玉死了!"他惊起不觉坠落床下。这时候医生已到来了,诊察的结果说疑是"流行性脑脊髓膜炎",虽然征候还未全具,总之是脑的故障,危险很大。十二时又复痉挛,这回脑的方面倒还在其次了,心脏中了霉菌的毒非常衰弱,以致血行不良,皮肤现出黑色,在臂上捺一下,凹下白色的痕好久还不回复。这一日里,院长山本博士,助手蒲君,看护妇永井君白君,前后都到,山本先生自来四次,永井君留住我家,帮助看病。第一天在混乱中过去了,次日病人虽不见变坏,可是一昼夜以来每两小时一回的樟脑注射毫不见效,心脏还是衰弱,虽然热度已减至三八至三九度之间。这天下午因为病人想吃可可糖,我赶往哈达门去买,路上时时为不祥的幻想所侵袭。直到回家看见毫无动静这才略略放心。第三天是火曜日,勉强往学校去,下午三点半正要上课,听说家里有电话来叫,赶紧又告假回来,幸而这回只是梦呓。并未发生什么变化。夜中十二时山本先生诊后,始宣言性命可以无虑。十二日以来,经了两次的食盐注射,三十次以上的樟脑注射,身上拥着大小七个的冰囊,在七十二小时之末总算已离开了死之国土,还真是万幸的事了。

山本先生后来告诉川岛君说,那日曜日他以为一定不行的了。大约是第二天,永井君也走到弟妇的房里躲着下泪,他也觉得这小朋友怕要为了什么而辞去这个家庭了。但是这病人竟从万死中逃得一生,不知是那里来的力量。医呢,药呢,她自己或别的不可知之力呢? 但我知道,如没有医药及大家的救护,她总是早已不在了。我若是一种宗派的信徒,我的感谢便有所归,而且当初的惊怖或者也可减少,但是我不能如此,我对于未知之力有时或感着惊异,却还没有致感谢的那么深密的接触。我现在所想致感谢者在人而不在自然,我很感谢山本先生与永井君的热心的帮助,虽然我也还不曾忘记四年前给我医治肋膜炎的劳苦。川岛斐君二君每日殷勤的访问,也是应该致谢的。

整整地睡了一星期,脑部已经渐好,可以移动,遂于十九日午前搬往医院,她的母亲和"姊姊"陪伴着,因为心脏尚须疗治,住在院里较为便利,省得医生早晚两次赶来诊察。现在温度复原,脉搏亦渐恢复,她卧在我曾经住过两个月的病室的床上,只靠着一个冰枕,胸前放着一个小冰囊,伸出两只手来,在那里唱歌。妻同我商量,若子的兄姊十岁的时候,都花过十来块钱,分给佣人并吃点东西当作纪念,去年因为筹不出这笔款,所以没有这样办,这回病好之后,须得设法来补做并以祝贺病愈。她听懂了这会话的意思,便反对说,"这样办不好。倘若今年做了十岁,那么明年岂不还是十一岁么!"我们听了不禁破颜一笑。唉,这个小小的情景,我们在一星期前那里敢梦想到呢?

紧张透了的心一时殊不容易松放开来。今日已是若子病后的第十一日,下午因为稍觉头痛告假在家,在院子里散步,这才见到白的紫的丁香都已盛开,山桃烂熳得开始憔悴了,东边路旁爱罗先珂君回俄国前手植作为纪念的一株杏花已经零落净尽,只剩有好些绿蒂隐藏嫩叶的底下。春天过去了,在我们仿徨惊恐的几天里,北京这好像敷衍人似的短促的春光早已偷偷地走过去了。这或者未免可惜,我们今年竟没有好好地看一番桃杏花。但是花明年会开的,春天明年也会再来的,不妨等明年再看;我们今年幸而能够留住了别个一去将不复来的春光,我们也就够满足了。

今天我自己居然能够写出这篇东西来,可见我的凌乱的头脑也略略静定了,这也是一件高兴的事。

三弟的储蓄罐

周艳妮

三弟是六岁的时候父亲从临县领回来的,那是我们第一次见到他,很大的眼睛,细细的胳膊,表情怯生生的。怀里抱着一个两尺见方的硕大粗瓷储蓄罐,形状是一只丑陋的猪。

小妹呱呱落地那会儿,我们家凑足了三朵金花。母亲被拉去做了结扎手术后回来就偷偷哭了,她在房里抽噎着对父亲说:"算命的都说你命里注定没有儿子,你还要我生!生那么多娃你养得起吗?"

父亲是个硬汉子,他说家里没有哪代缺过儿子,他不信命,母亲不能再生了他就大老远地跑去找,那年月收养手续不是那么繁杂,花了不多的钱,父亲就有了儿子。父亲抱着三弟喜滋滋的,塞一个大苹果在他手里。

苹果在那时是多稀罕的水果啊,父亲就买了一个!我和大姐冷眼旁观,都觉得这个小杂种是个大威胁,他以后还说不准要跟我们争多少东西呢!

傍晚,我们给三弟来了第一个下马威。父亲和母亲都下地去了,要很晚才回来,他们嘱咐大姐和我要做晚饭给弟弟妹妹吃。我和大姐得意洋洋地只盛了一碗白米饭端给三弟,姐妹俩躲在厨房里津津有味地吃父亲专程买给他的肉片。吃完了我去收三弟的碗,还假惺惺地问他吃饱了没有。他睁着水汪汪的眼睛感激地对我说:"谢谢二姐,我吃得很饱,你们做的饭真好吃。"我差点就感动了,但心想这是来跟我们抢东西的坏小孩,心肠又硬了起来。

晚上父亲问起三弟饭菜吃得习惯不习惯,三弟还是那副感激的样子说:"好吃极了,大姐二姐也对我很好……"

三弟用稚嫩的真诚换来了我们对他态度的改观,我和大姐商量过,决定暂时放他一马。而对三弟真正意义上的接受,是在一场暴雨之后。

那天我和大姐都上学去了,父母亲也都去地里忙,家里只剩下三弟和小妹。早上下起了大暴雨,小妹在前天夜里已经受了风寒,下午的时候突然发起高烧来,三弟硬是咬紧牙关将小妹背到卫生院。那场雨真大啊,我和大姐在学校上课的时候几乎听不见老师讲课的声音,可是三弟仅用一张雨布紧紧裹在小妹身上就冲进了雨里,听卫生院的阿姨说,三弟全身湿透了闯进来,什么话都没说就昏过去了。

小妹两天后就康复了,可三弟却病倒了。父亲接他回来时我们都站在门口,三弟胡乱摆着细瘦的胳膊对我们说:"外面这么冷,你们快进屋呀!"我们听话地转身回屋里,我走在最后,眼尖地发现,三弟俯在父亲的背上,眼泪已经流到了腮帮子。

晚饭时,我和大姐轮流给三弟夹菜,把他的碗塞得满满的。我们第一次亲切地叫他三弟,他也不吭声,耷拉着脑袋一个劲地吃。父亲说老三怎么也不说声谢谢,这孩子还得学学礼貌。我坐得离三弟最近,只有我看得到,三弟的眼泪一颗颗都滴进了饭菜里,他哪里还说得出谢谢。

小妹上学以后,父亲原本就不轻的担子就更沉重了。好在我们四个孩子都晓得体恤。只有三弟比较贪玩,常常一放学就没了影儿,入夜了才能看到他拖着满身草屑回来。

这天,小妹戴上红领巾成为少先队员,还被学校选为中队长。三弟很高兴,特地跑到集市上给小妹买了一个精致漂亮的笔记本。我和大姐却暗地里犯起嘀咕:三弟哪来那么多钱?

不久之后的一个夜晚,三弟刚从外面玩回来。我和大姐在厅里堵住他,质问他上哪去了,他一愣,支吾着说不清楚。三弟的个性我了解,他不是擅长说谎的人,肯定是背着我们做了什么见不得光的事!我假装和气地问他:"你别慌,慢慢说,上次你给小妹买笔记本的钱是哪来的?"

三弟闻言满面惊慌地抬起头:"那……那是我自己攒的!不是偷的!"我觉得他的反应很可疑,对大姐使了个眼色,她心领神会,立刻板起脸往地上一指:"跪下!"

三弟扑通一声跪在地上,咬着嘴唇仍然坚持:"我没偷钱!"

这时父母亲从外面回来了,父亲见状忙问出了什么事。大姐告诉他三弟前几天给小妹买了本很贵的笔记本,钱可能是偷来的,还问父亲是否给了他那么多零花钱。父亲听完火冒三丈,操起笤帚就往三弟身上打:"你这个逆子!我好心把你养大,送你上学,你还做这种缺德事!"

父亲打得很用力,三弟的身子被笤帚打得摇摇晃晃,他硬是一动不动。父亲打累了,停下来喘气。三弟这才松了牙关,声音有些抖地说:"爸,您刚回来一定累了,先坐下歇会吧。"

三弟挣扎着站起来,像往常一样给父亲倒了一杯水,蹒跚着走到他面前重新跪下。父亲黑着脸不情不愿地接过茶,看也不看就搁在一旁。小妹被吓坏了,抖抖索索地捧出那个笔记本替三弟求情:"爸,三哥是为我好,您就饶他一次吧!"

父亲抢过笔记本,哗啦哗啦地撕成好几块。三弟也不哭,他把撕坏的笔记本收拾起来,整齐地叠在一块抱在怀里,那样子就像他刚来的那时候抱着储蓄罐。他直挺挺地跪着,甚至面带微笑地说:"我从来不敢忘记爸妈养我有多不容易,所以我努力学习。路口那个老伯答应我每天帮他拔整个大院的草,一个月就给我30元钱,我把钱都攒下来,一半给家里买米,别一半留着家里困难的时候再拿出来……"三弟缓缓伸出双掌,那双儿岁孩子的手粗糙得像树皮。

小妹哭着扑到三弟身上:"三哥,你刚才怎么不早说呢!"父亲也老泪纵横地伸出手,把三弟扶起来,哽咽着说:"孩子,委屈你了。"母亲连忙取出药酒,拉下裤子一看,屁股淤紫了一大片。全家忙成一团,父亲做饭,我打了热水,大姐替他热敷,母亲来上药,小妹什么忙也帮不上,在一旁拿了针线把笔记本仔细缝合起来。

三弟这才哭了出来:"你们都对我这么好,我将来要怎样报答才不辜负你们呀!"我和大姐听了,脸上火辣辣的。

后来,姐弟四个都顺利地大专毕业。不久大姐和我相继嫁到了外地,小妹也在外地工作,家里只剩下三弟。我和大姐忙上班又忙照顾公婆和孩子,根本抽不出时间探望二老。好在三弟并无怨言,逢年过节总是打电话邀我们回去。

三弟的喜帖送到时,我还真吓了一跳。他是带了准弟媳来的,那姑娘容貌普通个子矮小。我把三弟拉到一旁,不满地问:"老三啊,你怎么不找个中看点的姑娘?"三弟憨厚地挠挠头说:"若兰是个好姑娘,她愿意和我一起侍奉爸妈一辈子。"我哽着声音,什么话也说不出来了。

婚礼办得很简单,席间让客人难忘的是三弟带着弟媳跪在父母面前恭恭敬敬地磕了三个响头。那架势不像是在举行婚礼,倒像是给俩老人家祝寿。我们姐妹仨鼻子都酸溜溜的,想我们亲生骨肉都没有这般知情感恩,心里好生惭愧。

几年之后,由于多年积劳成疾,父亲病了。我们都忙,只有三弟和弟媳服侍在老父床前。母亲打电话让我们都回去一趟,商量父亲的医疗费用和后事。我和大姐两家正在供房子,孩子又都上学,哪里还有余钱,小妹更不用说。整个屋子陷入难堪的沉默,最后是三弟挡在弟媳身前将担子接到了肩上,"还是我来照顾爸好了,你们家里都有难处,我理解的。"

三弟砸开了他的瓷猪储蓄罐,里面是一个个折成很小一块的纸钞。一家人一张张地慢慢展开,一共11400元,看得我们目瞪口呆,谁能想到,那么丑而粗糙的一个瓷罐,里面竟然藏了这么多钱。我看见弟媳强忍着激动得发抖的嘴唇,三弟安慰地拍拍她的肩膀,对大家说:"这个储蓄罐,是我从本家带出来的,他们对我说要把你们的恩情藏在心里,把有机会报答的东西藏在储蓄罐里,恩情要时刻记得,里面的东西要在最困难的时候毫无保留地取出来。"母亲听完,眼泪就下来了。

终于还是得知父亲弥留的噩耗,儿女都聚在床前,父亲抖索着手只唤三弟一个人上前。三弟跪在床前,父亲只说了一句话:"老三啊,你是个好儿子,爸只有四间平房就留给你了……"我们姐妹仿佛当头一棒,这么多年担心的事情终于还是发生了,三弟独占了我们的家!

一直到父亲的丧事结束,我们都没怎么过问,散了就各自回家了。后来母亲来我家探望外孙,让我们姐妹俩有空回去住几天。老三没有动你们的房间,常常打扫好就等你们过年过节回去住哩。母亲唠唠叨叨的,没注意到我因震惊而不自然的表情。原来我们都误解三弟了,他接受父亲的遗赠,为的是更方便我们回娘家!他虽然砸了储蓄罐,可是有个砸不坏的储蓄罐已经永远放在三弟的心里,那是他对我们、对这个家倾注的爱啊!

奠六弟

台静农

六弟度了人间五个春秋,这也就算了他的一生了。

近日接到家信,说寒假将到,便可早早回来。在我,是习惯了公寓生活,对于家庭的团聚,早已淡然漠然的。只是,那家信却触动了故里的萦思,无端想到去年归家时的一幕,使我便凄凉的怅惘起来。

记得那时候,晚风吹着凉意,天星微微的映眼,家人都纳凉在庭院里,团圆了;唯独失去了天真的六弟——他死去已经有六个月了。

——往常他总是说我想大哥,现在大哥回来了,可怜他竟死了!

——在病得不行了时,他有时还大哥大哥的叫着……

婶母再不能往下说。一齐都静默着,所有的只是低声的啜泣。

平时遥望着南天,想念的伊人啊,伊正倚着坐在婶母的身边。我们没有寒暄,我们没有一句话叙及别后,伟大的森严塞住了我们的嘴了。

七月七日的天上佳节过去了,接着便是七月十五阴灵的节日。这时新死者的家属,都忙着款待亲族,筹预祭奠,而六弟这才得五岁的儿童,自然是用不着什么仪式的。

园丁将纸钱私自放在花园的别墅里,觅了竹篮,纸钱装好了,我叫他先到菜园边等候着,因为这是瞒着婶母的。我同二弟悄悄的走出后门去,不知怎的婶母却已经知道了,当她哭着到了花园时,我们正走到菜园边的小桥上。

我们走得很急速,怕的是婶母要赶上来;大道上成阵的老年和少女们,都不暇去注视。

天气虽然是七月,但依旧有些热闷,杨柳垂荫半塘下,白鸭悠然浮眠着。我们经过了沙河的大桥,两岸的芦苇恻恻地作响。再经过些玉蜀黍地,其下的豆类里,隐伏着秋虫的吟声。

一片广阔的墓地,现在我们的眼前了,上面生满了蒿莱。

每个新的丘垄前,便有些白的孝服,与凄惨的哭声,夹着亲族的敬礼。纸钱灰飞扬着,蝴蝶似的。

园丁走到六弟的小坟上,略略拔去蒿莱,便将纸钱燃起。我的心愈梦乱,对于六弟的记忆也愈模糊,我不能记起他的天真,活泼,稚气和可爱了。我们是送钱来的,但是,你以五龄的孩子,又怎能明白钱的用处呢?

你是初次离开了家人,孤零零的荒草孤坟,如何消受呢,不久秋风就要渐渐萧瑟,你能够不悲伤么?

太阳将要偏西了,新死者的家属,都聚集在这荒凉的墓地上。

纸灰迷漫了天际,顿使天色早成了黄昏。

哭声遍满着四野,有的为着双亲,有的为着儿女,有的为着夫妻,有的为着兄弟……

生的爱恋,死的忧伤,成就了这样的人间。

园丁拾起竹篮,二弟拭着眼泪,我们便离开了六弟,颓丧地走着。

造物主主宰着一切,使我们今生今世弟兄的关系因缘,不过这样的偶然而已吗?——然而终于是这样的结束了!

我不知道怎样回答

张晓风

有些时候,我不知怎样回答那些问题,可是……

有一次,经过一家木材店,忽然忍不住为之驻足了。秋阳照在那一片粗糙的木纹上,竟像炒栗子似的,爆出一片干燥郁烈的芬芳。我在那样的香味里回到了太古,我恍惚可以看到遮天蔽日的原始森林,我看到第一个人以斧头砍向擎天的绿意,一斧下去,木香争先恐后地喷向整个森林,那人几乎为之一震。每一棵树都是一瓶久贮的香膏,一经启封,就香得不可收拾。每一道年轮都是一篇古赋,耐得住最仔细的吟读。

店员走过来,问我要买什么木料,我不知怎样回答。我可能愚笨地摇摇头。我要买什么?我什么都不缺,我拥有一街晚秋的阳光,以及免费的沉实馥郁的香味。要快乐起来,所需要的东西是多么出人意外的少啊!

我七岁那年,在南京念小学,我一直记得我们的校长。二十五年之后我忽然知道她在台北的一个五专做校长,我决定去看看她。

校警把我拦住,问我找谁,我回答了他,他又问我找她干什么。我忽然支吾而不知所答。我找她干什么?我怎样使他了解我“不干什么”?我只是冲动地想看看二十五年前升旗台上一个亮眼的回忆,我只想把二十五年来还没有忘记的校歌唱给她听,并且想问问她,当年因为幼小而唱走了音的是什么字——这些都算不算事情呢?

一个人找一个人必须要“有事”吗?我忽然感到悲哀起来。那校警后来还是把我放了进去,我见到我久违了四分之一个世纪的一张脸,我更爱她,因为我自己也已经做了十年的老师。她也非常诧异而快乐,能在灾劫之余一同活着、一同燃烧着,是一件可惊可叹的事。

儿子七岁了,忽然出奇地想表现他自己。有一天,我要他去洗手,他拒绝了。

“我为什么要洗手?”

“洗手可以干净。”

“干净又怎么样?不干净又怎么样?”他抬起调皮的、晶亮的眼睛。

“干净的小孩才有人喜欢。”

“有人喜欢又怎么样?没有人喜欢又怎么样?”

“有人喜欢,将来才能找个女朋友啊?”

"有女朋友又怎么样？没有女朋友又怎么样？"

"有女朋友才能结婚啊！"

"结婚又怎么样？不结婚又怎么样？"

"结婚才能生小娃娃，妈妈才有小孙子抱哪！"

"有孙子又怎么样？没有孙子又怎么样？"

我知道他简直为他自己所新发现的句子构造而着迷了，我知道那只是小儿的戏言，但也不由得感到一阵生命的悲凉，我对他说：

"不怎么样！"

"不怎么样又怎么样？怎么样又怎么样？"

我在瞠目不知所对中感到一种敬意，他在成长，他在强烈地想要建立起他自己的秩序和价值，我感到一种生命深处的震动。

虽然我不知道怎样回答他的问题，虽然我不知道用什么方法使一个小男孩喜欢洗手，但有一件事我们彼此都知道，我仍然爱他，他也仍然爱我，我们之间仍然有无穷的信任和尊敬。

长大的烦恼

梅子涵

女儿是在渐渐地长大。

个子在高起来，脚在大出来，少女的样子也都开始纷纷显露，到了爸妈过生日的时候，还特具审美地买来了礼物……甚至也有男生往家里打电话了。

当然不过都是些问问功课的电话。可看到她站在那里接电话，你还是要想：女儿长大了。

长大了是好事还是坏事？

长大了好像是好事，又好像是坏事。

好像有不止一个大人，不止十个大人，不止一百个大人，不止一千个大人，不止一万个大人，说过小孩长大了真烦哦！

梅思繁的姑姑就说过，小人长大了不要太烦哦！女儿叫梅思繁。

梅思繁的姑姑也生了一个女儿，这个女儿就是梅思繁的表姐。表姐姓谢名凝，谢凝现在上高一。有趣的是，谢凝的中学就是梅思繁爸爸的中学，是市重点。

大人说小人长大了不要太烦哦当然是指多方面的。

梅思繁的姑姑说小人长大了不要太烦哦当然也是指多方面的。

比如，就说男小孩女小孩的接触吧。

早在初一的时候，谢凝的妈妈就得到过消息，说谢凝和一个男小孩在外面逛马路，就在学校前面的马路上逛。那男生长得挺好，浓眉大眼，个头高高，还用手勾住谢凝的头颈，逛着逛着干脆走进"莫氏汉堡"了。

两个人坐了下来。男孩说："谢凝，你吃点什么？"

谢凝说:"随便。"

男孩说:"这里不卖随便的!"

谢凝笑笑:"那么就要牛奶和炸薯条。"

男孩说:"我还要汉堡包,肚子饿死了!"

招待小姐走到男孩面前说:"是小先生买单吗?"

谢凝笑起来。

男孩说:"我买我买!"

以上情景是一个人看到的。这个人把以上的情景告诉谢凝妈妈了。这个人是谁,谢凝妈妈始终不说。

谢凝妈妈气得要死。她想,完了,谢凝要变流氓阿飞了!

她就开始审问谢凝。她说:"谢凝!"

谢凝说:"唉。"

"你这几天跟男小人逛过马路了,是吗?"

"你有毛病哦,要么你自己跟男小人逛过马路哦。"

"你想赖啊?你以为我没看见是吗?"

"你在哪里看见的?"

"在你们学校那里!"

"我根本就没有在我们学校那里逛过马路!"

"你没有在你们学校那里逛过马路,那么你在哪里逛过马路?"

"我在哪里都没有逛过马路!"

"要是你逛过了呢?"

"要是我逛过了就不是人!"

"要是你逛过了,我不把你打死,我就不是人!"

"我问你,那个男小人是谁?"

"我怎么知道那个男小人是谁!"

"你跟他逛马路,你会不知道他是谁?"

"谁跟他逛马路了?要么你才跟他逛马路哦!"

"他还用手勾住你头颈!"

"下流!要么勾住你的头颈!"

"你当心被我吃生活!"

"谁叫你讲下流话?"

"你们还到'莫氏汉堡'吃东西,你说'随便',他说'这里不卖随便……'。我冤枉你了吗?"

谢凝说:"你没有冤枉我,但是那是谢圆圆!"

"谢圆圆?"

谢凝说:"你不相信,你打电话好了。"

结果的确是谢圆圆。

谢圆圆是谢凝的堂姐,比她大一个月,长得浓眉大眼,个子高高,像个男小孩。她从来没有像女小孩过,她到游泳池去游泳,进女更衣室更衣,人家老伯伯说:"喂喂,小弟弟,你走错了,那是女更衣室,男更衣室在这边……"

她跟谢凝一起坐车,只有一个座位,她就自己坐,让谢凝坐在她腿上。旁边大人就悄悄说:"现在是不得了,这么小的小人就谈朋友……"

谢凝听见了就悄悄伏在她耳边说:"你知道这两个大人在说我们什么?"

"说我们什么?"

"说这么小的小人就谈朋友。"

两个人就嘻嘻笑起来。

大人就继续悄悄地说,而且还摇头,刚才没有摇头,也可能刚才也摇头了,但是摇得没有现在明显:"像什么样子!要是我养了这种小人,打都把他(她)打死!"

可是她们还是嘻嘻地笑。

谢凝嘻嘻笑的时候是低着头的,谢圆圆嘻嘻笑的时候则不低着头,她甚至还抬起头看看人家,把人家的脸看看清楚,看看人家长得怎样,戆(gàng)不戆。

谢凝轻声说:"要是被他们养出来了,我逃也来不及。"

谢圆圆说:"对对对,我第一个逃!"

谢圆圆也想轻声的,可是没有用,一说话就不免粗声、爽气又嘹亮起来。

大人摇头,摇头,还说:"唉——"

在谢凝的妈妈审问谢凝的时候,谢凝的爸爸也在旁边。他是一个脾气异常好,态度异常好,克制力异常好,并且从不审问小孩的人。他永远是站在旁边,看你们审问,看你们激动,看你们暴跳如雷,甚至看你们大打出手。

现在谢凝的妈妈审问失败了,审出的结果是:原来,那个男小人是谢圆圆。这不由使他觉得又是开心又是好玩。

他从旁边走到当中来。他身高一米八七,所以只要他站在当中,那么你看见的就都是他了。

他装成报幕的声音说:"下面一个节目:《审问》。演出者:谢凝的妈妈和谢凝。我们欢迎!"

谢凝笑起来。

谢凝的妈妈说:"这个男人老十三点的哦!"

谢凝的妈妈说:"我听到这种事情不要急死的啊!

他说:"要急死的,要急死的。"

谢凝妈妈说:"小姑娘最怕的就是这种事情了!"

他说:"哪种事情啊?"

她说:"逛马路!"

他说:"谢凝,你听见了吗?以后你妈妈带你出去逛马路,你不要去哦!"

谢凝又笑起来。

她说:"你不要十三点腔调,我是说跟男男头逛马路!"

他就又说:"谢凝,听见了吗?以后我带你出去逛马路,你也不要去哦!"

谢凝的妈妈说:"你这个男人就是十三点。"

谢凝的妈妈说:"谢凝,记住哦,不许跟男小人逛马路哦!"

谢凝说:"谁逛?要么你才逛!"

谢凝爸爸就问谢凝妈妈:"你以前逛过吗?"

谢凝妈妈说:"逛你死掉,要么跟你逛!"

谢凝爸爸说:"我以前认也不认识你,怎么逛?"

谢凝妈妈说:"我以前读书时,男生都怕我的。我高兴摸他一记头就摸他一记头,高兴打他一记头塔就打他一记头塔。"

谢凝爸爸说:"这么说,是因为男生怕你,你才不逛马路的,而不是因为思想好,好好学习天天向上,不做流氓阿飞,才不逛马路的啰?"

谢凝说:"摸人家男生的头,不庄重!"

谢凝爸爸说:"反正你们两个都不是人。"

谢凝说:"我怎么不是人?"

"你刚才不是说,要是我逛过了就不是人吗,你跟谢圆圆逛,算不算逛过?"

谢凝妈妈说:"我怎么不是人啊?"

"你不是说,要是她逛过了,你不把她打死,你就不是人吗? 她跟谢圆圆逛,算不算逛?"

谢凝说:"爸爸这个人总会在旁边趁机的。"

谢凝妈妈说:"十三点哪!"

有的时候还有男生打电话来,谢凝妈妈就又要警惕。比如,谢凝妈妈就要这样问了,谢凝呢,当然也要答。

"是谁?"(谢凝刚刚放下电话。谢凝妈妈很直截了当。在这种事情上尤其必须直截了当、迅速、及时,她是克制不住的。)

"同学。"(谢凝心里有点烦。她想:什么都要问!)

"他打电话给你干什么?"(虽然已经是在审问,谢凝妈妈还是注意一点口气婉转的。再说情况不明,也不好一下子就把声音提到"7",就是"1234567í"的"7"。"1234567í"还是要一点点唱上去的。一下子就唱到最高音,是不是有点像神经病?)

"没有干什么。"(其实她应该直截了当地说。小孩说话有时喜欢不直截了当。他们喜欢跟大人"对着干"。这可以理解,小孩嘛。其实还是直截了当地说好,可以省掉一些事。)

"没有干什么,打电话给你干什么?"(你看,事情不是来了吗,问得对呀,没有干什么,那么打电话给你干什么呢? 不符合逻辑嘛! 再说,明明打电话给你了,你偏要说"没有干什么",这不是有点故意制造疑点吗,这种态度和办法不好,看来还是要直截了当。)

"是没有干什么呀,就问问功课。"(没有干什么,又问问功课,是不是自相矛盾,还不如一开始就说:"问我功课。")

"问功课为什么要问你,没有老师的?"(谢凝妈妈这样说话就有点不对头,同学之间就不能问问功课吗,你以前不也问过吗? 只不过她以前问不是打电话问的,家里没有电话,条件没有那么好,而现在家家有电话了,问功课也打电话了,潇洒是潇洒的,但是用的是父母的钱。不过谢凝妈妈之所以这样说,不大讲道理,可能也跟谢凝不直截了当,而且有点自相矛盾有关系。)

"我怎么知道为什么要问我? 滑稽吧!"(的确可能不知道,但是原因总是有的。比如,你的功课比较好啊,你们平时比较谈得来啊……)

"滑什么稽? 还滑鸭呢! 我对你说,以后少跟男生打电话打来打去干什么? 人一点点大,打电话还早呢! 把书给我读读好,你要打,等你长大以后再打好了!"(谢凝妈妈的声音已经到"5"

和"6"，离开"7"和"i"近在咫尺。谢凝妈妈用的都是"双关语"。她有她的道理。因为她有她的担心，所以她要对你发出一点警告。不过说话也别太"双关"，本来没有事，何必要暗示。本来是简单又纯洁的，偏要往大人的思路上去想。对小孩也要尊重一点，别以为是大人，话就可以乱讲。但是话又讲回来，一个人成功、杰出的一生，很可能就是和他小时候常听见这类双关语和警告有关系，而一个人失败、糟糕的一辈子，也可能就是因为他小时候大人总是什么都不管，结果在不应该收到"一封信"的时候却收到了"一封信"，不应该接到一个"电话"的时候却接到了一个"电话"……这不是故作深刻，有的时候的确是要深刻点的。）

……

她们两个下面的对话还不少，我们就省略吧！

你看，烦不烦？

所以，谢凝的妈妈认为还是像梅率尔这样小的小孩好。

梅率尔是谢凝的表弟，是梅思繁的堂弟，在上幼儿园。

谢凝的妈妈对梅率尔说："你以后不要打电话给人家小姑娘知道吗？"

梅率尔说："知道了。"

梅率尔说："你知道吧？昨天晚上陈伊静给我打电话了，问我老师家里的电话。咦，我怎么知道？"

谢凝的妈妈问："你跟陈伊静要好不要好？"

"要好的哦！"

"你还跟谁要好？"

"我还跟吴丽娜要好。"

"你怎么都是跟人家小姑娘要好？"

"我们老师说小朋友都要要好。"

可是，这一天梅率尔回来说，吴丽娜不跟他要好了。吴丽娜冲到他面前说："梅率尔，我反正不睬你了！"

梅率尔最喜欢干三件事情：一是画画，二是看《奥特曼》，三是像跟屁虫一样跟在谢凝和梅思繁的后面。

他画画真的不错，一会儿就把一只猪或者一只兔子什么的画出来了。

他是奥特曼专家。他一口气能把《奥特曼》里的人物统统背下来：圣斗士、神龙斗士、沃它诺、奥特曼、杰克、艾斯、雷欧、凯罗、赛文、奥特之父、奥特之母、三角奥特曼、五角奥特曼、花怪兽、胖怪兽、大王怪兽、剪子怪兽、蘑菇怪兽、炮怪兽、石头怪兽、攻击手、地雷、恐龙……

他是和他的奶奶、阿太住在一起的。星期天，谢凝来看外婆和阿太，梅思繁来看奶奶和阿太，他们就碰头了。但是，在有《奥特曼》的时间里，他肯定是要看《奥特曼》的。谁要看其他频道，他会哭，他哭的时候没有眼泪的，属于干哭。这个时候，唯一有点效的，就是说："噢，两个姐姐到外面去玩喽！"

他便开始有点为难，有点动摇，有点想离开奥特曼……

可是，两个姐姐从来不想带他出去，这是一个太小的小孩，什么都不懂，甚至把钢笔都会说成"笔钢"，还很烦，一会儿这样，一会儿那样，实在没有共同语言。

她们就对跟在屁股后面的跟屁虫说:"男男头老是跟在小姑娘后面干什么?"

跟屁虫就干哭。

谢凝就对他说:"你去跟你姑姑说,小姑娘不可以带男男头出去逛马路的。"

他就跑去对谢凝妈妈说:"姐姐说,小姑娘是不可以带男男头去逛马路的。"

可是,谢凝妈妈这时却不管什么小姑娘、男男头,朝着谢凝和梅思繁大叫一声:"带他去!"

谢凝和梅思繁就带他到"莫氏汉堡"去了。"莫氏汉堡"离这儿很近,就在谢凝的中学的对面。梅思繁的爸爸,也就是谢凝的舅舅以前在这里读书的时候,这里是没有什么"莫氏汉堡"的。莫名其妙的,什么"莫氏汉堡",一点革命的意思也没有。那时,是要讲革命的意思的,没有革命的意思,那就要革命,如果不革命,那就可能弄出反革命的意思来。那时,这里只有一个公共厕所。梅思繁的爸爸和他的同学们,上学和放学的时候,有时要走进去小便。这真是一个很干净的厕所,管厕所的老师傅革命觉悟高,全心全意为人民服务,把厕所打扫得干干净净,让你高兴而来,满意而去,并且不收钱。

谢凝和梅思繁领着男男头梅率尔走进"莫氏汉堡"。谢凝对梅思繁说,上次和谢圆圆就是在这里。谢凝问梅思繁:"繁繁,你说是谁看见的?"

梅思繁说:"不是你妈妈看见的吗?"

谢凝说:"根本不是的,她乱讲八讲,漏洞百出。如果是她看见的,她会不认识谢圆圆啊?"

梅思繁说:"对对对!"

谢凝说:"但是她不肯讲是谁看见的,一副保密的样子。"

梅思繁说:"如果讲了,人家以后就不肯讲给她听了。"

谢凝说:"你说,她可不可能雇用了一个侦探?"

梅率尔说:"不是侦探,是警察!"

他枪战片也看了不少,知道警察。他有的时候说自己是奥特曼,有的时候说自己是警察。他说自己是警察的时候,总是先从口袋里摸出一张纸头,让你看看,然后说:"我是警察!"

如果你没有看,觉得没有什么意思,不想看,他就会叫你:"你看呀,你看呀……我是警察!"

他爸爸小时候不说"我是警察"的,而是说:"汤司令到——"

汤司令是电影《战上海》里的坏蛋。

谢凝问梅思繁:"你要吃什么?"

梅思繁说:"随便。"

梅率尔说:"我不要吃随便,我要吃棉花糖!"

谢凝说:"这里是什么地方,怎么会有棉花糖,这里只有……"

梅率尔指指外面:"外面有的,我刚才看见的!"

梅思繁说:"你不上档次!"

可是梅率尔还是说:"我要吃棉花糖嘛,我要吃棉花糖……"

可是人总是要长大的。人难道能永远像梅率尔这样,把钢笔说成"笔钢",连"随便"也没有听懂,还以为"随便"是可以吃的呢,说什么"我不要吃随便,我要吃棉花糖,我要吃棉花糖嘛,我要吃棉花糖"……

所有的孩子都要长大的,只有一个例外,这个人就是小说《彼得·潘》里的彼得·潘,但是彼得·潘是不存在的。

人在长大,复杂、麻烦的事情就会出来,甚至源源不断。但是长大真有那么可怕吗? 真的值得那么紧张,需要大惊小怪、惶惶不可终日吗? 还是"船到桥头自然直",船总能开到大河,开到长江,甚至开到大海的……

当然这不是说不要舵,让它瞎开。舵是一定要的,舵也是一定要掌的,让小孩自己掌,大人站在旁边。

让女儿自己掌。

我们站在旁边。

孩子的马车

鲁 彦

为了工作的关系,我带着家眷从故乡迁到上海来住了。收入是微薄的,我决定在离开热闹的区域较远的所在租下了两间房子。照着过去的习惯,这里是依然被称为乡下的,但我却很满意,觉得比那被称为上海的热闹区域还好。这里有火车,有汽车,交通颇方便,这里有田野,有树木,空气很新鲜,这里的房租相当的便宜,合于我的经济情形,最后则是这里的邻居多和我一样的穷困,不至于对我射出轻蔑的眼光来。

于是我住下了,很安心地,而且一星期之后,甚至还发现了几个特点,几乎想永久的住下去了:第一是清静,合宜于我的工作;其次是朴素,合宜于我的孩子们的教养;再次是前后左右的邻居大部分是书店的编辑或学校的教员,颇可做做朋友的。

但是过了不久我不能安静地工作了。

"爸爸! 爸爸!"……我的两个孩子一天到晚地叫着,扯我的衣服,推我的椅子,爬到我的桌子上来,抢我的纸笔,扰乱我的工作。

为的什么呢?

"去买一个汽车来,红红的! 像金生的那样!"

这真是天晓得,我那里去弄这许多钱? 房租要付,衣服要做,饭要吃,每天还愁着支持不下来,却斜刺里来了这一个要求。

"金生是谁呀?"

"六号的小朋友!"他们已经交结下了朋友了。"红红的! 两个人好坐的,有玻璃,有喇叭——嘟……"

这就够了,我知道那样的车子是非三十几元钱不办的。

"去问妈妈,我没有钱,"我说。

他们去了,但又立刻跑了回来,叫着说:

"问爸爸呀! 妈妈说的!"

我摇了一摇头。

"我没有钱。"

于是他们哭了,蹬着脚,挥着手,扭着身子,整个的房子像要被震动得塌下来了似的。

"好呀,好呀,等我拿到钱去买呀!现在不准闹。"我终于把他们遏制住了。

但这也只是暂时的。第二天,他们又闹了,第三天又闹了,一直闹了下去,用眼泪,用叫号,仿佛永不会完结似的。

"唉,七岁了还这么不懂事,"妻对着大的孩子说,"你比妹妹大了两岁,应该知道呀!买这样贵的玩具的钱,可以给你做许多漂亮的衣服呢!"

"那你买一个脚踏车给我,像八号的!"大的孩子回答说,他算是让步了。

"好的,好的,等爸爸有了钱,是吗?"妻说,对我丢了一个眼色。

我点了一点头。

但这也是不可能的。像八号的孩子那样,就要八九元,而且是一个人坐的,买起来就得买两只。这希望,只好叫他们无限期的等待下去了。夏天已经来到,蚊子嗡嗡地叫了起来,帐子还没有做。我的身上的夹衣有点不能耐了,两件半新旧的单衫还寄在人家的屋子里。今天有人来收米账,明天有人来收煤账。偶然预支到一点薪水,没有留过夜,就分配完了。生活的重担紧紧地压迫着我透不过气来,我终于发气了,有一天,当他们又来扰乱我的工作的时候。

"滚开!"我捻着拳头,几乎往孩子的头上打了下去,一面愤怒地说着,忘记了他们是孩子。"不会偷,不会盗,又不会像人家似的向资本家讨好,我到那里去弄这许多钱来呀?……"

孩子们害怕了,这次一点也不敢哭,睁着惊惧的眼睛,偷偷地溜着走了出去。

他们有好几天不曾来扰乱我的工作。尤其是大的孩子,一看见我就远远地躲了开去,一天到晚低着头没有走出门外去。我起初很满意自己的举动,觉得意外地发现了管束孩子的方法,但随后却渐渐看出了我的大孩子不但对我冷淡,对什么人都冷淡了,他变得很沉默,没有一点笑脸。他的眼睛里含着失望的忧郁的光,常常一个人在屋角里坐着翕动着嘴唇,仿佛在自言自语似的。

"为了一个车子呵,"有一天,妻对我说,"这几天来变了样子连饭也不大爱吃,昨夜还听见他说梦话,问你要一个车子呢!"

我的心立刻沉下了:想不到一个小小的孩子对于自己的欲望就有着这样的固执。真的,他这几天来不但胃口坏得很,连颜色也变黄了。肌肉显然消瘦了许多,额上、颈上和手腕上都露出青筋来。这样下去是可怕的,我这个做父亲的人须得实现他的希望了,无论怎样的困难。

"好了,好了,爸爸就给你去买来,好孩子,"我于是安慰着孩子说,"但可只有一个,和妹妹分着骑,你是哥哥不能和她争夺的,听话吗?"

他的眼中立刻射出闪烁的光来,满脸都是笑容,他的妹妹也喜欢得跳跃了。

"听话的!我让妹妹先骑!"大的孩子叫着说。

于是我戴上帽子,预备走了,但妻却止住了我:

"你做什么要哄骗孩子呢?回来没有车子,不是更使他们失望吗?你袋袋里不是只有两元钱了,那里够买一辆车子呀!"

"我自有办法,"我说着走了,"一定给买来的。"

我从报上知道有一家公司正在廉价,说是有一种车子只要一元几毛钱。那么我的孩子可以得到一辆了。

那是一种小小的马车,有着木做的白色的马头,但没有马的身子。坐人的地方是圈椅的形式,漆得红红的,也颇美丽,轮子是铁的,也有薄薄的橡皮围着。

"是牺牲品呢!"公司里的人说,"从前差不多要卖四元,现在只有两辆了。"

我检查了一遍,尚无什么损坏,便立刻付了一元七毛半的代价,提着走了。

来去的时间相当的长,下午二时出门,到得家里已是黄昏时候。两个孩子正在弄堂外站着,据说是从我出门不到半点钟就在那里等候着的。

"啊,车子!啊!车子!"他们远远地就这样叫着,迎了上来,到得身边,一个抱住马头,一个扳住圈椅,便像要把它拆成两截一样。

"这车子,比人家的怎么样呀?"我按住了他们的手,问着。

"比人家的好!比人家的好!这是个马车,好看,好看!"两个孩子一致地回答说,欢喜得像要把它吞下去了似的。

"可不能争夺,一个一个轮着骑呢,听见吗?"

"听见的。"

"谁先骑?"

"妹妹先骑吧。"大孩子说着放了手,但又像舍不得似的,热情地亲爱地摸一摸那马头上的鬃毛,然后才怅惘地红着脸退了开去。

我不能知道他是怎样克服他自己的,我只看见他的眼睛里亮晶晶地闪动着泪珠。他的心显然在强烈地跳跃着。

我发现这辆车子够好了,它很轻快,没有那汽车的呆笨,而且给大孩子骑不会太小,给小孩子骑不会太大。他们很快的就练习得纯熟了。

"得而!得而!"他们一面这样喊着,像是骑在真的马上一样。

这是我的大孩子记起来的,他到过北方,看见过许多马车和骡车。现在他居然成了沙漠上的旅行者了。而且他还很得意,说是六号的小汽车不如这马车。

"我的是汽车呀!嘟……"六号的孩子说。

"我的是马车!得而……"

"是匹死马呀!"

"是个假汽车哩!"

"看谁跑的快!"

"比赛——一,二,三!"

我看见马车跑赢了,汽车到底是呆笨的,铁塔铁塔,既会响又吃力,不像马车的轻捷,尤其是转弯抹角,非跳出车子外,把它拖着走不可,尤其是跳进跳出,只能像绅士似的慢慢的来,不然就钩住了衣服,钩住了腿子。

我和妻都非常的喜悦。我们以前总以为穷人的孩子是没有享受幸福的命运的。

"早晓得这样,早就给他们买了,"我喃喃的说。

我从此可以安静地工作了,孩子们再也不来扰乱,他们一天到晚在外面玩那车子,甚至连饭也忘记吃,没有心思吃了。

然而这样幸福的时间,却继续得并不久。不到十天,那辆小小的马车完结了。

我听见孩子在弄堂里尖利的哭号的声音,跑出去看时,这辆马车已经倒在地上。它的头可怜地弯曲着,睁着损伤的眼睛仿佛在那里流眼泪,它的前面的一个铁轮子折断了,不胜痛苦似的屈伏着。大孩子刚从地上爬起来,手背流着血。

"是他呀! 他呀!"我的五岁的小孩叫着说,用手指指着。

那是六号的小孩。他坐在他的汽车里,睁着愤怒的眼望着我的孩子。

"是他来撞我的!"他说。

"是他呀! 他对我一直冲了过来!"我的大孩子哭号着说,"他恨我的车子跑得快!"

"要你赔!"小的孩子叫着说。

"你把我车头的漆撞坏了,要你赔!"

他们开始争吵了,大家握着拳,像要相打起来。

"算了,算了,"我叫着说,"赶快回家!"

"我早就说过,买车子不如做衣服穿! 果然没几天就撞坏了!"妻也走了出来说,"没有撞坏人,还算好的呀!"

我们拖着那可怜的马车,逼着孩子回到了家里。好不容易止住了大孩子的哭泣,细细检查那辆马车,已经没有一点救济的办法,只好把它丢到屋角去。

"一定是原来就坏的,所以这样便宜哪!"妻说。

"那自然,"我说,"即使不坏,也不会结实的,所以是牺牲品呵。这十天来也玩得够了,现在就废物利用,把木头的一部分拆下来烧饭吧。"

"那不能!"大孩子着急地叫着说,"我要的!"

他立刻跑去,把那个歪曲了的马头抱住了。许久许久,我还看见他露着忧郁的眼光,翕动着嘴唇在低声的说着什么,轻轻地抚摸着他所珍爱的结束了生命的马车。

一连几天,他没有开过笑脸。

妹妹不识字

刘庆邦

我妹妹不识字,她一天学都没上过。我们姐弟六个,活下来五个。大姐、二姐各上过三年学。我上过九年学。弟弟上了大学。只有我妹妹的脚从未踩过学校的门口。

不管是男孩子,还是女孩子,我们姐弟都很喜欢读书。比如我二姐,她比我大两岁。因村里办学晚了,二姐与我在同一个班,同一个年级。二姐学习成绩很好,在班里数一数二。1960 年夏天,我父亲病逝后,母亲就不让二姐再上学了。那天正吃午饭,二姐一听说不让她上学,连饭也不吃了,放下饭碗就要到学校里去。母亲抓住她,不让她去。她使劲往外挣。母亲就打她。二姐不服,哭的声音很大,还躺在地上打滚儿。母亲的火气上来了,抓过一只笤帚疙瘩,把二姐打得更厉害了。与我家同住在一个院的堂婶儿看不过去,说哪有这样打孩子的,要母亲别打了。母亲这才说了自己的难处。母亲说,几个孩子嘴都顾不上了,能挣个活命就不错了,哪能都上学呢,母亲也哭了。见母亲一哭,二姐没有再坚持去上学,她又哭了一会儿,然后就爬起来到地里去薅(hāo)草了。从那天起,二姐就失学了。

　　我很庆幸,母亲没有说不让我继续上学的事。

　　妹妹比我小三岁。在二姐失学的时候,妹妹也到了上学的年龄。母亲没有让我妹妹去上学,妹妹自己好像也没提出过上学的要求。我们全家似乎都把妹妹该上学的事忘记了。妹妹当时的任务是看管我们的小弟弟。小弟弟有残疾,是个罗锅腰。我嫌他太难看,放学后,或是星期天,我从不愿意带他玩。他特别希望跟我这个当哥哥的出去玩,我不带他,他就大哭。他哭我也不管,只管甩下他,然后自己跑走了。他只会在地上爬,不会站起来走,反正他追不上我。一跑到院子门口,我就躲到墙角后面观察他,等他觉得没希望了,哭得不那么厉害了,我才悄悄溜走。平日里,都是我妹妹带他玩。妹妹让小弟弟搂紧她的脖子,她双手托着小弟弟的两条腿,把小弟弟背到这家,背到那家。她用泥巴给小弟弟捏小黄狗,用高粱葶子给小弟弟编花喜鹊,还把小弟弟的头发朝上扎起来,再绑上一朵石榴花。有时,她还背着小弟弟到田野里去,走得很远,带小弟弟去看满坡的麦子。妹妹从来不嫌弃小弟弟长得难看,谁要是指出小弟弟是个罗锅腰,妹妹就跟人家生气。

　　妹妹还会捉鱼。她用竹篮子在水塘里捉些小鱼儿,然后炒熟了给小弟弟吃。那时,我们家吃不起油,妹妹炒鱼时只能放一点盐。我闻到炒熟的小鱼儿的香味,也想吃。我骗小弟弟,说替他拿着小鱼儿,他吃一个,我就给他发一个。结果,最后有一半小鱼儿跑到我肚子里去了,小弟弟再伸手跟我要,就没有了。小弟弟突然病死后,我想起了这件事,觉得非常痛心,非常对不起小弟弟。于是我狠狠地哭,哭得浑身抽搐,四肢麻木,几乎昏死过去。母亲赶紧找来一个老先生,让人家给我扎了几针,放出几滴血,我才缓过来了。

　　我妹妹下面还有一个弟弟,是我们的二弟弟。二弟弟到了上学年龄,母亲按时让他上学去了。这时候,母亲仍没有让妹妹去上学。妹妹没有跟二弟弟攀比,似乎也没有什么怨言,每天照样下地薅草,拾柴,放羊。大姐、二姐都在生产队里干活儿,挣工分。妹妹还小,队里不让她挣工分,她只能给家里干些放羊、拾柴的小活儿。我们家做饭烧的柴草,多半是妹妹拾来的。妹妹一天接一天地把小羊放大了,母亲把羊牵到集上卖掉,换来的钱一半给我和二弟弟交了学费,另一半买了一只小猪娃。这些情况我当时并不完全知道。妹妹每天下地,我每天上学,我们很少在一起。中午我回家吃饭,往往看见妹妹背着一大筐青草从地里回来。我们家养猪很少喂粮食,都是给猪喂青草。妹妹每天至少要给猪薅两大筐青草,才能把猪喂饱。妹妹的脸晒得通红,头发和辫子都毛茸茸的,汗水浸湿了打着补丁的衣衫。我对妹妹不是很关心,看见她也跟没看见差不多,很少和她说话。妹妹每天薅草,喂猪,我当时没觉得有什么不正常。至于家里让谁上学,不让谁上学,那是母亲的事,不是我的事。

　　妹妹是很聪明的,学东西很快,记性也好。我们村有一个老奶奶,会唱不少小曲儿。下雨天或下雪天,妹妹到老奶奶家去听小曲儿,听几遍就把小曲儿学会了。妹妹把小曲儿唱得声音颤颤的,虽说有点胆怯,却比老奶奶唱得还要好听许多。我们在学校里唱的歌,妹妹也会唱。我想,一定是我们在教室里学唱歌时,被妹妹听到了。我们的教室是土坯房,房四周裂着不少缝子,一唱歌,声音能传出很远。妹妹也许那会儿正在教室后面的坑边薅草,一听到歌声就被吸引住了。妹妹不是学生,没有资格进教室,她就跟着从墙缝子里冒出来的歌声学。不然的话,妹妹不会那么快就把我们刚学会的歌也学会了。我敢说,妹妹要是上学的话,肯定是一个好学生,学习成绩一定很好,在班里不能拿第一名,也能拿第二名。可惜得很,妹妹一直没得到上学的机会。

　　我考上镇里的中学后，就开始住校，每星期只回家一次。我星期六下午回家，星期天下午按时返校。我回家一般也不干活儿，主要目的是回家拿吃的。母亲为我准备下够一个星期吃的由红薯和红薯片磨成的面，我带上就走了。秋季的一个星期天，我又该往学校背面了，可家里一点面也没有了。夏季分的粮食已经吃完了，秋季的庄稼还没完全成熟，怎么办呢？我还要到学校上晚自习，就快快不乐地走了。我头天晚上没吃饭，第二天早上也没吃东西，一直饿着肚子坚持上课。那天下着小雨，秋风吹得窗外的杨树叶子哗哗响，我身上一阵阵发冷。上完第二节课，课间休息时，同学们都出去了，我一个人在教室里待着。有个同学告诉我，外面有人找我。我出去一看，是妹妹来了。她靠在一棵树后，很胆怯的样子。妹妹的衣服被雨淋湿了，打成一绺的头发沾在她的额头上。她从怀里掏出一块黑色的毛巾递给我。我认出这是母亲天天戴的头巾。里面包的是几块红薯，红薯还热乎着，冒着微微的白汽。妹妹说，这是母亲从自留地里扒的，红薯还没长开个儿，扒了好几棵才这么多。我饿急了，拿过红薯就吃，噎得我胸口直疼。我事后才知道，妹妹冒着雨在外面整整等了我一个课时。她以前从未来过我们学校，见很大的校园里绿树成荫，鸦雀无声，一排排教室里同学们正在上课，就躲在一棵树后，不敢问，也不敢走动。她又怕我饿得受不住，急得都快哭了。直到下课，有同学问她，她才说是来找我的。

　　后来，我到外地参加工作后，给大姐、二姐都写过信，就是没给妹妹写过信。妹妹不识字，给她写信她也不会看。这时我才想到，妹妹也该上学的，哪怕像两个姐姐那样，只上几年学也好呀。妹妹出嫁后，有一次回家，问我母亲，为什么她小时候不让她上学。妹妹一定是有了不识字的难处，才向母亲问这个问题的。母亲把这话告诉我了，意思是埋怨妹妹不该翻旧账。我听后，一下子觉得十分伤感。我觉得这不是母亲的责任，是我这个长子、长兄的责任。母亲一心供我上学，就没能力供妹妹上学了。实际上，是我剥夺了妹妹上学的权力，或者说是妹妹为我作出了牺牲。牺牲的结果就是，我妹妹一辈子都是一个睁眼瞎啊。

　　在单位，一听说为"希望工程"捐款，我就争取多捐。因为我想起了我妹妹。有一年春天，我到陕西一家贫困矿工家里采访。这家有一个正上小学六年级的女孩子，还是班长和少先队的大队长。我刚跟女孩子的母亲说了几句话，女孩子就扭过脸去哭了起来。因为女孩子的父亲因意外事故死去了，家里交不起学费，女孩子正面临失学的危险。这种情况让我马上想到了我二姐，还有我妹妹。我的眼泪哗啦啦地流，哽咽得说不成话，采访也进行不下去了。我掏出一点钱，给女孩子的母亲，让她给女孩子交学费，千万别让女孩子失学。

　　我想过，给"希望工程"捐款也好，替别的女孩子交学费也好，都不能给我妹妹弥补什么。可是，我有什么办法呢？

给我的孩子们

丰子恺

　　我的孩子们！我憧憬于你们的生活，每天不止一次！我想委曲地说出来，使你们自己晓得。可惜到你们懂得我的话的意思的时候，你们将不复是可以使我憧憬的人了。这是何等可悲哀的事啊！

瞻瞻！你尤其可佩服。你是身心全部公开的真人。你什么事体都像拼命地用全副精力去对付。小小的失意，像花生米翻落地了，自己嚼了舌头了，小猫不肯吃糕了，你都要哭得嘴唇翻白，昏去一两分钟。外婆普陀去烧香买回来给你的泥人，你何等鞠躬尽瘁地抱他，喂他；有一天你自己失手把他打破了，你的号哭的悲哀，比大人们的破产、失恋、broken heart（心碎）、丧考妣、全军覆没的悲哀都要真切。两把芭蕉扇做的脚踏车，麻雀牌堆成的火车、汽车，你何等认真地看待，挺直了嗓子叫"汪——""咕咕咕……"来代替汽笛。宝姐姐讲故事给你听，说到"月亮姐姐挂下一只篮来，宝姐姐坐在篮里吊了上去，瞻瞻在下面看"的时候，你何等激昂地同她争，说"瞻瞻要上去，宝姐姐在下面看"！甚至哭到漫姑面前去求审判。我每次剃了头，你真心地疑我变了和尚，好几时不要我抱。最是今年夏天，你坐在我膝上发见了我腋下的长毛，当作黄鼠狼的时候，你何等伤心，你立刻从我身上爬下去，起初眼睁睁地对我端相，继而大失所望地号哭，看看，哭哭，如同对被判定了死罪的亲友一样。你要我抱你到车站里去，多多益善地要买香蕉，满满地擒了两手回来，回到门口时你已经熟睡在我的肩上，手里的香蕉不知落在哪里去了。这是何等可佩服的真率、自然与热情！大人间的所谓"沉默"、"含蓄"、"深刻"的美德，比起你来，全是不自然的、病的、伪的！

你们每天做火车、做汽车、办酒、请菩萨、堆六面画、唱歌，全是自动的，创造创作的生活。大人们的呼号"归自然！""生活的艺术化！""劳动的艺术化！"在你们面前真是出丑得很了！依样画几笔画，写几篇文的人称为艺术家、创作家，对你们更要愧死！

你们的创作力，比大人真是强盛得多哩：瞻瞻！你的身体不及椅子的一半，却常常要搬动它，与它一同翻倒在地上；你又要把一杯茶横转来藏在抽斗里，要皮球停在壁上，要拉住火车的尾巴，要月亮出来，要天停止下雨。在这等小小的事件中，明明表示着你们的弱小的体力与智力不足以应付强盛的创作欲、表现欲的驱使，因而遭逢失败。然而你们是不受大自然的支配，不受人类社会的束缚的创造者，所以你的遭逢失败，例如火车尾巴拉不住，月亮呼不出来的时候，你们决不承认是事实的不可能，总以为是爹爹妈妈不肯帮你们办到，同不许你们弄自鸣钟同例，所以愤愤地哭了，你们的世界何等广大！

你们一定想：终天无聊地伏在案上弄笔的爸爸，终天闷闷地坐在窗下弄针引线的妈妈，是何等无气性的奇怪的动物！你们所视为奇怪动物的我与你们的母亲，有时确实难为了你们，摧残了你们，回想起来，真是不安心得很！

阿宝！有一晚你拿软软的新鞋子，和自己脚上脱下来的鞋子，给凳子的脚穿了，鞋袜立在地上，得意地叫"阿宝两只脚，凳子四只脚"的时候，你母亲喊着"龌龊了袜子！"立刻擒你到藤榻上，动手毁坏你的创作。当你蹲在榻上注视你母亲动手毁坏的时候，你的小心里一定感到"母亲这种人，何等杀风景而野蛮"吧！

瞻瞻！有一天开明书店送了几册新出版的毛边的《音乐入门》来。我用小刀把书页一张一张地裁开来，你侧着头，站在桌边默默地看。后来我从学校回来，你已经在我的书架上拿了一本连史纸印的中国装的《楚辞》，把它裁破了十几页，得意地对我说："爸爸！瞻瞻也会裁了！"瞻瞻！这在你原是何等成功的欢喜，何等得意的作品！却被我一个惊骇的"哼！"字喊得你哭了。那时候你也一定抱怨"爸爸何等不明"吧！

软软！你常常要弄我的长锋羊毫，我看见了总是无情地夺脱你。现在你，一定轻视我。想道:"你终于要我画你的画集的封面!"

最不安心的,是有时我还要拉一个你们所最怕的陆露沙医生来,教他用他的大手来摸你们的肚子,甚至用刀来在你们臂上割几下,还要教妈妈和漫姑擒住了你们的手脚,捏住了你们的鼻子,把很苦的水灌到你们的嘴里去。这在你们一定认为是太无人道的野蛮举动吧!

孩子们! 你们果真抱怨我,我倒欢喜;到你们的抱怨变为感谢的时候,我的悲哀来了!

我在世间,永没有逢到像你们这样出肺肝相示的人。世间的人群结合,永没有像你们样的彻底地真实而纯洁。最是我到上海去干了无聊的所谓"事"回来,或者去同不相干的人们做了叫做"上课"的一种把戏回来,你们在门口或车站旁等我的时候,我心中何等惭愧又欢喜! 惭愧我为什么去做这等无聊的事,欢喜我又得暂时放怀一切地加入你们的真生活的团体。

但是,你们的黄金时代有限,现实终于要暴露的。这是我经验过来的情形,也是大人们谁也经验过的情形。我眼看见儿时的伴侣中的英雄、好汉,一个个退缩、顺从、妥协、屈服起来,到像绵羊的地步。我自己也是如此。"后之视今,亦犹今之视昔",你们不久也要走这条路呢!

我的孩子们! 憧憬于你们的生活的我,痴心要为你们永远挽留这黄金时代在这册子里。然这真不过像"蜘蛛网落花"略微保留一点春的痕迹而忆。且到你们懂得我这片心情的时候,你们早已不是这样的人,我的画在世间已无可印证了! 这是何等可悲哀的事啊!

孩子的礼赞

——赠组缃女孩小鸠子

李长之

我从孩子们那里得的是太多了,可是我常对孩子不起。在孩子们的群里,我得着解放,我忘怀一切,可是我常不知不觉,露出多于他们的心眼儿,在玩上胜了他们,事后想想,这胜利都是可耻的,而且感到悲哀。

前几天吧,有几个孩子,是不相识的,登门来要画片。画片是我所爱的,来的是同好,我当然欢迎。可是界限也是有的,便是以我不太欢喜的画片为限,太大的牺牲,我是舍不得。我先把极其喜欢的画片藏着,谁知孩子们是不客气的,抽屉里的都翻出来了,我要禁止,不过因为我向来是不会摆尊严的面孔的,尤其对于我愿意亲近的孩子们,我也只能束手了,这是每每使我想到我那曾经在小学校教过一小时的书的经验,我看着那些像海里的珍珠样的一群眼,他们起始就嬉笑地望着我,我不能装模作样,我摆不出教师的架子,我就先笑了,他们也笑起来,于是我和他们哄然地下了堂,我说我不能教你们了,你们太顽皮了,可是他们一点也不是和我过不去,倒是太好感了,许多孩子来拉我的手,我俯着身子应接不暇,他们还有跳在我肩头的,抱着我的脖颈的,前边是些孩子挡着去路,后边是些孩子拥着,我于是陷在沉思里了,我觉得孩子是对的,我也没有错,可痛恨的却是现在的教育制度,因为在沉思,而且在倾向他们,我便一句责难他们的话也没有了,就是在这种场合,我有所屈服,我更不能尊严。这回也是的,孩子们嬉笑着,把我的画片都把在手里了,这时我就对不起孩子了,我说画片上有故事,得我讲才行,先把画片哄到手,把自己心爱的就隔过去,倘如被他们的小手指画着,意在暴露我的破绽时,我就说一个"那张不好"以了之。不多时候,我却发觉我的失败了,因为他们并不感到我那顺口瞎溜的故事的兴趣,他们对于画的好坏之感,也没听了我的指挥,我以为狗猫是他们喜欢的,在我又是想扔了的,我便大夸其好,以便他们要,好送给他们。可是他们很冷淡。也仿佛是多半引起了另外的野心,倒把目前的放过了似的,我在这里说狗猫,他们却说要看牛,翻着牛了,他们却说要看马,马我是有的,我不能示弱,必要向他们炫耀,我那张是法国达维(David)画的拿破仑骑着的一匹马,一向是爱着的,我一定要炫耀一下了,可又怕被孩子们要了去,终于炫耀的心强,战战兢兢地给他们看了,果然他们很喜欢,都跳了起来,我刚担心他们是要拿走的,其中的一个孩子却向我提出更进步的要求了,他说画上一匹马的他不要,他要两匹的,接连着就有一个孩子要三匹的,于是四匹的,五匹的都来了,我才知道他们并不是死死地要占有一张画,他们却是有理想的,只追求一种理想,他们实在是高尚多了,我在惭愧中,我说着:等我画吧,要多少匹,画多少匹,他们于是跳着,高兴地逞能地把匹数加多起来,就跳着去了。

这回我在孩子们那里不是得的很多了么? 我知道孩子们如何的爱美,又如何的纯洁,更如何的近于纯粹的审美的观照,在我自己,却是如何的狭小,如何的不及他们光明都证明出来了。

我常对不起孩子们的,可是孩子们并不冷淡我。我每每感到在孩子们前头而惭愧的,孩子们却像依然对我加以原宥。孩子们依然是给了我许多许多知识和德性。正如歌德说,我们当以他们为师。

现在在一起的孩子们中,我得益顶多的,又彼此知道姓名的,是小鸠子。也许是我锐感或过敏,这孩子和我颇有交情。孩子的爸爸组缃,真是如我们几个朋友所加的徽号,是一位感伤主义者,他看一件什么事物,无往而没有感伤的色彩。连他的声调也是感伤主义的,虽然在锐利的幽默中,甚而哪怕是讥笑的态度,也有怜悯的伤感的同情在。他的夫人和孩子刚来北平不久,他曾向我介绍过他的孩子,据说是非常想家,常模仿在家里的祖母想她的光景,而且还感到孤寂,因为那时还没有在一块玩的小孩,孩子才多大呢,不过六岁。我心里想,组缃的话是不能不承认的,因为有他这样伤感的爸爸,孩子难以不伤感,而且纵然不伤感,由感伤主义者的爸爸看去,也会伤感了的。

孩子是聪明的,大眼睛,像她的母亲。她母亲有一般的母亲的习惯,爱记得孩子在各种才能上初学时的情况,而且爱和人说,我没想到这小鸠子会那么对我有好感,因为我就不大能讲故事,连孩子的语言也很不熟悉,可是,她是可以把故事讲给我听的,而把孩子的语言和我说的。不但这,有次我看见她画的画,是画人,头都是圆头圆脑的,两个耳朵挂在头皮上,像茶壶盖一样的鼻子,腿照例是单线的,脚是和手没有分别。我看她是画得那么用心,我想起来了,不光她,一般的孩子,在会使用笔以后,没有不施展创作的才能的,人类对于艺术竟是这么根本而且普遍的呢! 这发现,就是从小鸠子得来的。我那时继而想,孩子的像爱艺术样的好倾向,是一切孩子共同着的。在反面,孩子的坏习惯,却是决不一律,这个会偷钱,那个会撒谎,便绝不是共同的,就可见人是善的,所谓坏不过是不好的环境中一些适应的方法而已,我从而知道,孩子,艺术,善,是三而一,一而三的宝贝了,这认识也是小鸠子给我的。

从孩子们那里,我们才减少了对人类的失望,我们才更坚决了社会新建设的急需与志愿。

孩子们那里有光明。孩子们那里有温暖的爱。又一回,是我坐着听音乐,我正和朋友搭讪着讲话呢,忽然有两只拖着我衣襟的小手,在笑声里是"找着你了! 找着你了!"的喊着,我一回头,却是小鸠子,圆圆的脸上,那么出之衷肠的高兴。

最近,我却真的对她不起了,那是晚上,在路上碰见她父母和她三人了,请他们在屋里坐了坐以后,送他们回去。我抱着她,我先和她说说这,说说那。我慢慢一种顽皮的孩子的野性恢复起来了,我问她:"为什么没见你哭? 为什么没见你闹?"她说:"我不哭,我不闹。"在嬉笑里持着正经的作答。我向来是反抗的,我是诅咒于孩子的被了成人的教训的,成人是教育、不过是想把孩子弄驯,驯得像自己一样枯燥、奴性才罢休。所以我一有机会,便想煽动孩子,使他们也偏不驯一下,和成人示示威。当时我就说:"不好。好孩子没有不哭不闹的。你的同学,也不哭不闹吗?""也不,"她笑了。"不好!"我说。"怎么没有哭的,闹的? 没有一个好孩子么?"还是我说。"有,"她说,"金国良闹来,挨打,哭来。""好,好,那是好孩子!"我们都笑了。在她听了我的论调后,还有种新奇的表情,大概会感觉清新而又惬意的吧,我可以看出来。我们转换了论点。她说她要把我拖到她家里去,我说我抱着她不撒手,一会就再可以抱回来,并不让她回去了。她听见了,可真急得要挣下来,我没放她。我说:"我不能去的。你爸爸你妈妈都不让。你不信,一到门口,你爸爸就说请回,把我请回来了。"她又新奇的表情地笑着了。我说:"你听,你爸爸要说请回了。"我放下她,她还拼命地拖着我,组湘果然说着"请回",我说着"再见",就打算回来了,小鸠子不让了,组湘要来抱她,上去就打起爸爸来了,也哭也闹,好容易她妈妈才抱着去了。组湘说着:"Irrational! Irrational!"我轻轻地说着:"正是 rational! 正是 rational! 再见!"回来的路上,还听见哭声和闹声。

我正感激那纯真的可敬爱的珍贵的泪之余,我觉得我只惹起反抗的情绪,并没有进一步的积极的长远的办法,不免落了幼稚的革命家的巢臼。但孩子却还是我们的导师,究竟当如何谋他们的解放和福利呢?

拣麦穗

张　洁

在农村长大的姑娘,谁不熟悉拣麦穗的事呢?

我要说的,却是几十年前拣麦穗的那段往事。

月残星疏的清晨,挎着一个空荡荡的篮子,顺着田埂上的小路走去拣麦穗的时候,她想的是什么呢?

在那夜雾腾起的黄昏,蹚着沾着露水的青草,挎着装满麦穗的篮子,走回破旧的窑洞的时候,她想的是什么呢?

唉,她能想什么呢?!

假如你没在那种日子里生活过,你永远不能想象,从这一粒粒丢在地里的麦穗上,会生出什么样的幻想。

　　她拼命地拣呐,拣呐,一个收麦子的季节,能拣上一斗!她把这麦子换来的钱积攒起来,等到赶集的时候,扯上花布,买上花线,然后她剪呀、缝呀、绣呀……也不见她穿,也不见她戴。谁也没和谁合计过,谁也没找谁商量过,可是等到出嫁的那一天,她们全会把这些东西,装进新嫁娘的包裹里去。

　　不过当她们把拣麦穗时所伴的幻想,一同包进包裹里去的时候,她们会突然感到那些幻想全部变了味儿,觉得多少年来她们拣呀、缝呀、绣呀实在是多么傻啊!她们要嫁的那个男人,和她们在拣麦穗、扯花布、绣花鞋的时候所幻想的那个男人,有着多么大的不同啊!但是,她们还是依依顺顺地嫁了出去,只不过在穿戴那些衣物的时候,再也找不到做它、缝它时的那种心情了。

　　这算得了什么呢?谁也不会为她们叹一口气,表示同情。谁也不会关心她们还曾经有过幻想。连她们自己也甚至不会感到过分的悲伤,顶多不过像是丢失哪一个美丽的梦。有谁见过哪一个人会死乞白赖地寻找一个梦呢?

　　当我刚刚能够歪歪咧咧地提着一个篮子跑路的时候,我就跟在大姐姐的身后拣麦穗了。

　　那篮子显得太大,总是磕碰着我的腿子和地面,闹得我老是跌跤。我也很少有拣满一个篮子的时候,我看不见田里的麦穗,却总是看见蝴蝶和蚂蚱,当我追赶它们的时候,拣到的麦穗还会从我的篮子里再掉到地里去。

　　有一天,二姨看着我那盛着稀稀拉拉几个麦穗的篮子说:"看看,我家大雁也会拣麦穗了。"然后,她又戏谑地说:"大雁,告诉姨,你拣麦穗做啥?"

　　我大言不惭地说:"我要备嫁妆哩!"

　　二姨贼眉贼眼地笑了,还向围在我们周围的姑娘、婆婆们眨了眨她那双不大的眼睛:"你要嫁谁吗?"

　　是呀,我要嫁谁呢?我忽然想起那个卖灶糖的老汉。我说:"我要嫁那个卖灶糖的老汉!"

　　她们全都放声大笑,像一群鸭一样嘎嘎地叫着。笑啥嘛!我生气了。难道做我的男人,他有什么不体面的地方吗?

　　卖灶糖的老汉有多大年纪了?我不知道。他脸上的皱纹一道挨着一道,顺着眉毛弯向两个太阳穴,又顺着腮帮弯向嘴角。那些皱纹给他的脸上增添了许多慈祥的笑意。当他挑着担子赶路的时候,他那剃得像半个葫芦样的后脑勺上的长长的白发,便随着颤悠悠的扁担一同忽闪着。

　　我的话,很快就传进了他的耳朵。

　　那天,他挑着担子来到我们村,见到我就乐了,说:"娃娃你要给我做媳妇吗?"

　　"对呀!"

　　他张着大嘴笑了,露出一嘴的黄牙。他那长在半个葫芦似的头上的白发,也随着笑声抖动着。

　　"你为啥要嫁我呢?"

　　"我要天天吃灶糖咧!"

　　他把旱烟锅子朝鞋底上磕着:"娃呀,你太小哩。"

　　"你等我长大嘛。"

　　他摸着我的头顶说:"不等你长大,我可该进土啦。"

　　听了他的话,我急了。他要是死了,可咋办呢?我急得要哭了。

　　他赶紧拿块灶糖塞进了我的手里。看着那块灶糖,我又带着眼泪笑了:"你别死啊,等着我长大。"

　　他又乐了。答应着我:"我等你长大。"

　　"你家住哪搭呢?"

　　"这担子就是我的家,走到哪搭,就歇在哪搭!"

　　我犯愁了:"等我长大,去哪搭寻你呀!"

　　"你莫愁,等你长大,我来接你!"

　　这以后,每逢经过我们这村子,他总是带些小礼物给我。一块灶糖,一个甜瓜,一把红枣……还乐呵呵地对我说:"看看我的小媳妇来呀!"

　　我呢,也学着大姑娘的样子——我偷偷地瞧见过——要我娘找块碎布,给我剪了个烟荷包,还让我娘在布上描了花。我缝呀,绣呀……烟荷包缝好了,我娘笑得个前仰后合,说那不是烟荷包,皱皱巴巴,倒像个猪肚子。我让我娘收了起来,我说了,等我出嫁的时候,我要送给我男人。

　　我渐渐地长大了,到了知道认真拣麦穗的年龄了,懂得了我说的都是让人害臊的话了。卖灶糖的老汉也不再开那玩笑——叫我是他的小媳妇。不过他还是常常带些小礼物给我。我知道,他真的疼我呢。

　　我不明白为什么,我倒真是越来越依恋他,每逢他经过我们村子,我都会送他好远。我站在土坎坎上,看着他的背影渐渐地消失在山坳坳里。

　　年复一年,我看得出来,他的背更弯了,步履也更加蹒跚了。这时,我真的担心了,担心他早晚有一天会死去。

　　有一年,过腊八的前一天,我约摸着卖灶糖的老汉那一天该会经过我们村。我站在村口上一棵已经落尽叶子的柿子树下,朝沟底下的那条大路上望着,等着。

　　路上来了一个挑担子的人。走近一看,担子上挑的也是灶糖,人可不是那个卖灶糖的老汉。我向他打听卖灶糖的老汉,他告诉我,卖灶糖的老汉老去了。

　　我哭了,哭得很伤心,哭那陌生的但却疼爱我的卖灶糖的老汉。

　　我常想,他为什么疼爱我呢? 无非因为我是一个贪吃的,因为极其丑陋而又没人疼爱的小女孩吧? 我常常想念他,也常常想要找到我那个皱皱巴巴的像猪肚子一样的烟荷包。可是它早已不知被我丢到哪里去了。

◇◇◇◇

缘　分

陈丹燕

　　忘记了哪一天,一个大女孩粗鲁地把我头发掀开,在我后脖颈儿上发现了一个深坑,她立刻幸灾乐祸地宣布:"她很馋。"这是孩子社会的法则,大家都认为脖颈儿上有坑的小孩很馋。

　　那以后,我一直不能忘记当时那羞愧难当的心情。小时候,我的确馋,由于家里从不给零花钱,家里的报纸、牙膏皮和秋冬吃完被我小心晒干并且天天翻动的橘子皮,就是我的陈皮条、半话李和丁香葡萄。

秋天的橘子又新鲜、又漂亮、又芬芳。

拿个旧信封装好晒干、变硬的橘子皮，捧着，一路闻着袋子里逃逸出来的好闻气味，来到中药店。

中药店是间又大、又暗、又高、又旧的中式房间。一走进去，就落进由各种各样的中药混在一起的辛辣干燥，但是很香的气味里，很多的甜、酸、苦、辣混和在一起，竟演变出那样的一种清香来。走进药店以后，心就变得恍惚而且安稳起来，似乎想着一些什么，就像以后所渐渐尝到的生活的味道。只想好好坐一会儿，想一会儿，甚至想什么也不是重要的。

在半明半暗的房间深处，有许多精巧不过的小抽屉，抽屉上贴着红纸，红纸上写了药名，是用极细的毛笔工工整整地写下来的繁体字。这些繁体字简直就像复杂而美丽的花纹。路路通、当归、车前草、黄连、麝香……都是有着说不出优雅的名字。这些都是中国的。

但我仿佛从小就不喜欢这些中国古代传下来的东西，总是有一个"外国好"的模糊想法。连小孩互相借书，一本外国书，都可以换两本中国书。即使语文老师从不在给我写的大字上画红圈，我也毫不生气，却沾沾自喜地认为，我生来就是和这些东西不合拍的。但是，从心里说，虽然外国的花体字是那样浪漫，但当我看到优美的毛笔字时，却是从心里感到了它的亲切。

柜台旁边有把太师椅，坐在那上面，感觉自己就像个财主。我在等老头拿秤称我的橘子皮。

越过柜台，能看到抽屉上的黄铜把手那黯淡的光芒。时常，我会觉得那里面有许多熟悉但又莫名的旧秘密，似乎只要轻轻一拉抽屉，就会惊异地叫："原来是你呀！"但它们又隔得那样遥远。

店里只有一扇窗，太阳好的时候半开着，窗外的天非常蓝，但它只有很遥远的小块，它完全被旧木窗框住了，像一口深井。不知道经过了多少年的风吹日晒，木窗颜色已经变得很白，但在凹陷下去的地方却还留着很好的桐漆。玻璃上的灰也不知道是多少年的了。窗外的天上没有鸟，没有云，没有声音，在这里不能相信窗外的竟然是天空，而它的确就是天空。在太师椅上仰望着它，心重重地沉了下去。那样的一种说不出的没有怨的忧愁！

我的橘子皮放在柜台的旧木桌上，像一小堆无比明媚的阳光，或者更像一个落难公主，本不该出现在这样的地方。

中药店是不讲时间的，坐在窗下，能望上好久，心里一片宁静。小孩也有宁静恬然的心情，虽然那时还无法表达出来。回想小时候，由于"文化大革命"，我受的教育很片断，大多数时间都是自己的。由于"文化大革命"殃及到仇恨中国人，所以在我读的书中，外国的占三分之二，中国的占三分之一。十九世纪的法国小说，似乎永远是更真实、更人道、更理想的社会。

如果在马路上看到许多人围观外国人，我会尽量昂起头从人群外走掉，并为围观的人们深感羞耻。有次，我在拐角的大店里看到一个浓妆艳抹的香港人，她很厌恶、很夸张地对柜台上的灰大惊小怪。我站在她后面，忍不住拿鞋底去抹她的白色皮鞋："你以为你是什么？你是狐假虎威的东西！"而我又是什么？我是没有家教、不爱祖国的流浪孩子。小孩总是小孩，总以为不爱就是断绝。

太师椅很旧了，异常光滑细腻，抚摩它时，总惊异于木头会这样老，这样硬，但却豪华，这样地充满了破落陈旧的哀愁和沉默的记忆。它使我感动。

中药店的老头把我的橘子皮铲进秤盘,用长指甲尖把秤砣上的细丝绳刮过去,秤杆上有极细的银子做成的秤星。

他的指甲修剪得极圆,就像抽屉顶上的那排白底蓝花的小瓷罐一样古老精巧,但是微脏。他和它们都在昏暗的屋里浮现。

他捧着我的橘子皮到柜台后面去,垂着肩往前快走的样子,实在像是梦中的灰衣人,他的袄领上有块缝得细密的半圆,他身上渗出了一种中药一样干燥的芳香和一种死了以后才有的神秘。

一样东西在精致的同时总使人感到衰落、陈旧。

我跟在他身后,真想轻轻摸一下他的后背。他就像我家的一个亲人,我就像回了自己几世以前的老家。柜台后面一拐弯,有张更大的方桌,绕过它一看,果真在绕过的地方有一张磨得好光的木凳,在桌下探头探脑。再往前走,哪怕已特别地放轻了脚步,那里的旧地板还是发出吱吱的响声。仔细闻闻,果然在中药的清香里还有那股在住熟了的老房子里才有的混合的气味。

在昏暗角落里堆着一小堆橘子皮,很远就能闻到它们的香气,整个屋子只有它们不像干了好久、死了好久的东西。但其实它们也是干了和死了的。把我的橘子皮倒进一大堆灿烂的橘子皮里面,但那座"金山"并没有增加了一点。

老头数了钱给我。

我说:"再给一点,我的橘子皮多好!"

他摇摇头。

我说:"再给一丁点。"

他还是摇头。

我走出来。街上太阳很好。我把装橘子皮的旧信封做成一个纸球,然后放在脚下面猛踩一脚。它忽地一下爆开,散开了一点橘子皮的香味。

假如让我重新做一次女孩

张抗抗

假如让我重新做一次女孩,最重要的事情,我仍然要选择我现在的妈妈再做一次我的妈妈。我的妈妈和别人的妈妈不一样,别人的妈妈操心孩子吃饭穿衣的那些事情,她都是马马虎虎的;可无论你对她说什么,她都仔细倾听,帮你出主意,就像一个真正的好朋友。有人说她有一颗童心,我觉得她倒是像一个女孩。所以和她在一起,总是很轻松很开心的。我认为一个家庭无论贫穷还是富裕,如果有一个好妈妈,天上的太阳就会永远微笑。

假如我重新做一次女孩,希望自己能长得胖一点,当然个头还是像现在这样。太瘦的女孩看上去像个精灵,人都以为你聪明得不得了,会让你很心虚。长相倒无所谓,不要太丑就行,只是眼睫毛应该长一点,像个布娃娃,傻傻的好可爱。然后扎一把粗黑的马尾辫,再系上一个漂亮的蝴蝶结,玫瑰红色或天蓝色,我在风中奔跑的时候,蝴蝶结像翅膀那样飞起来,我就变成了一只风筝。

假如我重新做一次女孩,我一定要穿超短的连衣裙和背带裙,格子的、小碎花的都好看,配一双白色的连裤袜,还有一双小红皮鞋。我希望自己的房间有一张小床,墙上贴满了我喜欢的画儿,当然不是明星头像什么的,我可不想当追星族,长大了我只想过一种散淡普通的生活,做一点自己愿意做和喜欢做的事情。当然,这些都没有关系,我真正想要的是一架钢琴。我奇怪现在许多女孩怎么不喜欢钢琴呢? 我一直梦想自己的琴声从窗口飞出去,引来许多五彩缤纷的小鸟,叽叽喳喳聚集在窗台上,为我的琴声伴奏。练琴虽然有点乏味,但美丽的音乐会滋养女孩的心灵,让她变得丰富而温情。弹琴的女孩会有一双纤细灵巧的手,她不需要说很多的话,琴键就替她说了。也许,练琴的女孩学电脑会比别人更省力些呢。

假如我重新做一次女孩,暑期里,除了游泳、看电视、打游戏机、练琴还有到外婆家去,我仍然会学习做饭烧菜,学习自己钉扣子、缝衣服,坚持写日记,并且看很多很多的书。我仍然会喜欢童话,少儿大百科和儿童文学,但我一定要看一些大人的书,包括爱情小说和侦探小说,我认为这样才会有更强的抵抗力。我要说服爸爸和妈妈相信我。也许我还会偷偷写点什么,但不会再寄出去发表。过早发表习作,会使一个女孩误以为自己天生要当作家的,就像一棵树还没有长大就开花结果,把底肥都用光了,而作为骨架的枝干却羸弱,将来支撑不起一树繁花。

假如我重新做一次女孩,我会玩命儿学外语,最好是英语,全世界通用的。我真正做女孩的时候,在杭高学的是俄语,当时自以为成绩还不错,后来不用都忘光了。外语不好的人,走出国门后(包括在国内),即使不出门,在网络上也走不远、走不顺畅。当全球一体化时代到来,就更寸步难行了。何况,不能与各种各样的人对话,会减少许多人生的乐趣。

假如我重新做一次女孩,我希望自己就像一个真正的女孩那样,柔声细气地说话,不要那么爱哭爱生气,不要那么咄咄逼人凶巴巴的。我不会再和爸爸顶嘴,我要做一个开心女孩,一个玩笑大王,最好什么都不在乎,心情总是万里无云的。我挽着爸爸的胳膊去散步,像朋友那样对他说:"嘿,哥们!"

假如我重新做一次女孩,无论别人对我说什么,我都不会再轻易相信。我只相信自己的眼睛看到的、自己的耳朵听到的、自己的心感受的。我不想被任何人和事摆布,更不会非当三好学生、班干部不可,更不会一定企图成为全班最优秀最出色的女生。我曾经是一个什么都相信的女孩,下一次,我会多问一个为什么,学会独立判断。

假如我重新做一次女孩,我希望自己的心是软的。一个雨天,那个拾垃圾的农村妇女湿淋淋地从我家门前经过,我会像妈妈那样,在雨中追出门去,交给她一顶草帽,哪怕是一块塑料布,她惊讶地回头,我就像小白兔那样跑掉了。

其实根本就没有什么"假如",每个人的人生都不可重新设计。当你从小女孩终于长成一个女人的时候,遗憾会让我们越发珍惜生命。

北极村的故事

迟子建

　　我出生在北极村,那里有一条美丽的黑龙江从它的身旁流过。

　　村子是由高大的木刻楞房子组成的居民区。房子与房子之间间隔很大,足足可以用柳条圈成两个大菜园。菜园中的土无须说,自是黑土,肥沃,且有香味。人们就在这园子中种菜,盖猪栏,架鸡舍等。

　　家家的门前都养着一条狗。入夜,风声大作的时候,狗叫声也就像涨潮一样汹涌不息了。

　　当然,这都是十几年前的事了。

　　十几年前的我正是爱做美梦的童年时期。我的饱经沧桑的外祖父和善良慈祥的外祖母曾给我讲了许多许多关于这条江、关于生活在这条江两岸的人们的故事。这些动人的故事就像阳光照耀下的沙滩上的五彩石一样,在我幼小的心灵里焕发着光辉。

　　可有一件事我却弄不明白,那就是外祖父所说的,他说还有比我们北极村更远的地方。他说那个地方的人们住冰房子,吃生鱼。外祖父没有到过那地方,可他却说得那样津津有味,仿佛那是真的似的。

　　"姥爷,你没去过那里,为什么知道那里的事情呢?"

　　"姥爷想的。"

　　"那我可不可以想一个呢?"

　　"那怎么不行?"外祖父说。

　　原来,任何一个没有去过的地方,都可以按自己想的去诉说那里的故事呀!

　　于是,我就想了一个更遥远的北极的故事。

　　我被一股强大而寒冷的气流给裹挟到了那里。呀,这里除了白色的东西之外,就是天空上的微红色的太阳了。

　　最先迎接我的是穿着银白色礼服的企鹅们。它们各个都长得丰腴美丽,步子迈得很有乐感,好像是集体出嫁的新娘。

　　企鹅带着我,先把我领进一座冰房子里。冰房子里没有生火炉,但阳光却洒满了房子,冰房子的四壁都洋溢着一种玫瑰色的喜气。

　　一个身穿虎皮的老人向我走来。他的胡子拖在地上,像彗星的长尾巴,在冰地上飘逸着。他快到我身边的时候,就轻轻地弹了一下手指,于是,那些企鹅就安静地出去了。

　　"你是哪个国家来的呀,姑娘?"

　　"我是从中国来的,我来自北极村。"

　　"你叫什么名字,孩子?"

　　"爸爸,你看她浑身在抖,你别问她叫什么名字了吧,先让她吃点熊肉吧。"一个穿着黑色裘皮衣服的少年对老人说。

"好吧,好吧。"

我就被那少年领进了冰房子里面的一个小空间。这里有一个像太阳那么大的火炉,炉子里烧的不是柴火,但橘黄色的火苗却很旺。

"这里烧的是什么?"

"是月光。"

"月光怎么能烧呢?"

"月光烧起来最温暖了,又不冒烟。"

"可怎么能拾到月光呢?"

"晚上,月亮升起来的时候,我们就背着桦皮篓,然后用铲花的小锄来拾。"

"怎么拾呢?"我还是问。

"晚上我带你去,你就知道了。"

我开始吃熊肉,我冷极了,也饿极了。熊肉煨得很烂糊,也很香,外祖母可从来没有做过这么好吃的熊肉。外祖母炖熊肉总是要用盐水煮,里面再扔几粒花椒。

"这熊肉这么好吃,它是怎么煮的?"

"它是用银河的水,加上白桦树的汁液以及雪莲花的花瓣煮成的。"

这多奇妙,我不由得吐吐舌头。

吃完了熊肉,我觉得浑身都暖洋洋的。我就坐在一块狗皮上,跟少年讲北极村的故事。

"你们北极村有企鹅吗?"

"没有。我们那里有山雀,红脑门儿的,可漂亮呢,也很会叫!"

"那你们那里有冰房子吗?"

"没有。我们住木头房子。里面砌上两面大火墙,烧原木疙瘩,可暖和呢!"

"那你们养狗吗?"

"我们养狗,家家的门前都养一条狗。"

"你们养狗做什么用呢?"

"看家,打猎。"

"那你叫什么名字? 几岁了?"

"我都十岁了。我叫迟子建。"

"迟子建? 是什么意思呢?"

"迟子建,是我爸爸给起的名字。他喜欢读曹植的《洛神赋》,而曹植的名字叫子建,他就给我起了这个名字。"

"可曹植是谁呢?"

"我也不知道,爸爸说我大了就知道了。"

"那他还活着吗?"

"爸爸说他早死了,死了很久很久了。"

"哦,这真有意思。"少年托着腮帮子,接着问我,"你的小名叫什么?"

"叫迎灯。我是正月十五生的,正月十五是灯节,我生在傍晚,天刚黑,灯还没点,所以叫'迎灯'。你们这里不过这个节日吧?"

"我们没有这个节日。我们每年只过一个节,是新年。"

"那你们这里可没有我们那里好。没有节日的日子多难过呀!"我说。

我和这个少年说了好久。他告诉我,他叫杰克,今年十三岁了,喜欢拉弓射箭。

晚上,杰克带着我去冰上拾月光。这里的月亮好大好大呀,我一出冰房子就惊喜得要跳起来了。好像再长几年,那枚月亮我就可以摘下来了。它那么温柔地照着极地的每一个地方,橘黄色的光辉洒在冰面上,就像给冰面刷了一层油似的,亮晶晶的。

我把桦皮篓卸下来,杰克就开始用小花锄拾月光了。他轻轻地铲,每铲一下,月光就消失了一点,一层黄油似的东西就堆在了一起,像块奶油似的。

最后,我们拾了满满一篓子的月光。桦皮篓一下子膨胀起来了。被刮过月光的冰面上呈现出银白的色调来,好像一大块丰收的麦田上飘拂着一块白纱巾。

我们背着桦皮篓往冰房子里走。杰克坚持不让我背,他说这么浓的月光很沉,我的肩膀现在还承受不了这重量。

那天晚上,我就睡在冰房子里。

第二天早晨,胡须拖地的老人把我摇醒了。他让我起来吃饭。他说吃过饭后,我们就坐着雪橇去捕鱼。

早餐是杰克起了个大早打来的。他射了一只老鹰,我们用它调汤喝。汤的味道鲜美极了。喝汤的时候,我和杰克共用一只桦皮碗,我们边喝边互相瞅着看。

"杰克,吃饭时不要东张西望。"老人说他。

"我在锻炼眼睛捕捉东西的能力呢。"杰克舀了满满一勺子汤。

"嗯。"老人不满地嘟哝了一句。

雪橇早已准备好,四条大黄狗被套在那里。企鹅们刚刚吃过早饭,都容光焕发地站在冰房子外面迎接我们出去。

杰克把网扔在雪橇上,然后就把一块熊皮铺好,让我坐在上面。一会儿的工夫,我们的雪橇就出发了。

雪橇像电一样嗖嗖地跑着,空气中雪粒飞扬,扑了我一脸,使我喘不过气来。四条黄狗跑得气喘吁吁的,身上冒着大雾一样的汗气。

这里没有山,没有树。这里只有冰和雪。雪橇在冰面上滑行一个多小时后,终于到达了一个大洋。

杰克说它叫北冰洋。我告诉他,这个地方我听外祖父讲过。这是个深蓝色的一望无际的冰封的大洋。大洋的上空正驮着一轮辉煌的红日。整个洋面辽阔坦荡、茫茫无边,就像我见过的家乡那秋季的天空一样。

"杰克,你去把昨天下的网起出来。"老人吩咐他。

杰克答应着,就去起网了。他先用铁钎锤击一块圆形的冰面,然后再用铁笊篱把碎冰碴儿捞起来,一圆孔的北冰洋的水就呈现在面前了。

杰克埋头起网,网被提出来了,一条条活蹦乱跳的鱼像一群光着屁股的胖娃娃,欢呼雀跃地上了冰面。老人用一条大麻袋再把它们装进去,每装满一袋,就用绳子扎紧口,然后扔在雪橇上。

我做杰克的帮手。有些大鱼他一个人弄不过来,我就上前帮忙。老人因为收获的喜悦而激动着,嘴角挂着笑意。

　　下午，太阳变得灰蒙蒙的，我们的雪橇装满了鱼，我和杰克坐在雪橇上回冰房子了。这时，天空飘下大片大片的雪来，很快，冰面上什么也看不清了，模糊一片，白茫茫的。

　　回到冰房子时，雪还没有停，企鹅们却焦急地等了好久了。它们没有去看雪橇上的鱼，就先嘟嘟哝哝跟老人讲什么。老人点着头，然后回头看我，我感到那目光很让人害怕。

　　进了冰房子，我才发现外祖母家那只可爱的白鸽子被绑了双脚，正在那里掉眼泪呢。

　　"白鸽子，你怎么在这里？"

　　我扑上去，把它抱在怀里，然后冲杰克大发脾气，我说你们这个地方的人怎么这么不讲人性，我家乡的鸽子来了竟受到这种待遇！杰克知道这是企鹅们自作主张办的蠢事，就狠狠地把它们骂了一顿，于是，那些肥胖的企鹅就垂头丧气地出去了。

　　"杰克，我们得让她走了。"老人捻着胡须对他说。

　　"为什么要让她走呢？"

　　"因为她的外祖母让鸽子捎来封信，说她是在睡梦中飞出来的。她爱做梦，可她的外祖母却很着急。"

　　"那他们怎么知道她到这里来了呢？"

　　"因为她外祖母说，她是这里天空中的一颗小星星。"

　　我终于想起来了，我七八岁的时候，妈妈就常常跟我说，她说她生我的时候曾经梦见一颗星星扑在她的奶子上。她说我是顶着星星下来的。可我不知道，我就是这里的一颗星，这里这么这么遥远，又这么这么冷，而且人又这么这么稀少，而且一年才只过一次节日！

　　我就是这里的一颗星星？

　　杰克听完这些话，就低头不做声了。杰克长着一双漂亮的像北冰洋的水那么蓝的眼睛，杰克没有一个很高傲的鼻子。杰克在冰面上拾月光的时候，动作非常优雅。

　　我和杰克还没有玩够呢！

　　可我不得不回去。我要走的前一晚，我和鸽子、杰克、老人围在月光炉上吃饭。这次我们吃的是蒸鱼，味道鲜美，恐怕这辈子是忘不了的了。

　　吃完饭，我就和杰克背着桦皮篓到冰房子外面拾月光。当桦皮篓里的月光满了的时候，我忽然发现杰克不见了。我喊他，他不答应，我就去冰房子找老人，老人也不见了。我又去找企鹅，企鹅也没了。

　　都没了，只剩下一片浏亮冰面上的好月光和我的一桦皮篓的月光。我趴在那里哭了。

　　这就是我常常做过的关于北极的梦。这梦想已过多年。我背着装有月光的桦皮篓，从北极村走出多年了。我还常常想起杰克，想起那个老人和那座冰房子。

　　既然妈妈说我是一颗星，那么，我希望几十年后，有了我归宿的那一天，我就去那里。

　　可我不知道杰克是否死了，或者，他活着却已经苍老了。可我还会爱他的，只因为那一块纯净的天地和那一种纯净的情怀。

论青年

朱自清

　　冯友兰先生在《新事论·赞中华》篇里第一次指出现在一般人对于青年的估价超过老年之上。这扼要的说明了我们的时代。这是青年时代，而这时代该从五四运动开始。从那时起，青年人才抬起了头，发现了自己，不再仅仅的做祖父母的孙子，父母的儿子，社会的小孩子，他们发现了自己，发现了自己的群，发现了自己和自己的群的力量。他们跟传统斗争，跟社会斗争，不断的在争取自己的领导权甚至社会领导权，要名副其实的做新中国的主人。但是，像一切时代一切社会一样，中国的领导权掌握在老年人和中年人的手里，特别是中年人的手里。于是乎来了青年的反抗，在学校里反抗师长，在社会上反抗统治者。他们反抗传统和纪律，用怠工，有时也用挺击。中年统治者记得五四以前青年的沉静，觉着现在青年爱捣乱，惹麻烦，第一步打算压制下去。可是不成。于是乎敷衍下去。敷衍到了难以收拾的地步，来了集体训练，开出新局面，可是还得等着瞧呢。

　　青年反抗传统，反抗社会，自古已然，只是一向他们低头受压，使不出大力气，见得沉静罢了。家庭里父代和子代闹别扭是常见的，正是压制与反抗的征象。政治上也有老少两代的斗争，汉朝的贾谊到戊戌六君子，例子并不少。中年人总是在统治的地位，老年人势力足以影响他们的地位时，就是老年时代，青年人势力足以影响他们的地位时，就是青年时代。老年和青年的势力互为消长，中年人却总是在位，因此无所谓中年时代。老年人在衰朽，是过去，青年人还幼稚，是将来，占有现在的只是中年人。他们一面得安慰老年人，培植青年人，一面也在讥笑前者，烦厌后者。安慰还是顺的，培植却常是逆的，所以更难。培植是凭中年人的学识经验做标准，大致要养成有为有守爱人爱物的中国人。青年却恨这种切近的典型的标准妨碍他们飞跃的理想。他们不甘心在理想还未疲倦的时候就被压进典型里去，所以总是挣扎着，在憧憬那海阔天空的境界。中年人不能了解青年人为什么总爱旁逸斜出不走正路，说是时代病。其实这倒是成德达才的大路；压迫着，挣扎着，才德的达成就在这两种力的平衡里。这两种力永恒的一步步平衡着，自古已然，不过现在更其表面化罢了。

　　青年人爱说自己是"天真的"，"纯洁的"。但是看看这时代，老练的青年可真不少。老练却只是工于自谋，到了临大事，决大疑，似乎又见得幼稚了。青年要求进步，要求改革，自然很好，他们有的是奋斗的力量。不过大处着眼难，小处下手易，他们的饱满的精力也许终于只用在自己的物质的改革跟进步上；于是骄奢淫逸，无所不为，有利无义，有我无人。中年里原也不缺少这种人，效率却赶不上青年的大。眼光小还可以有一步路，便是做自了汉，得过且过的活下去；或者更退一步，遇事消极，马马虎虎对付着，一点不认真。中年人这两种也够多的。可是青年时就染上这些习气，未老先衰，不免更教人毛骨悚然。所幸青年人容易回头，"浪子回头金不换"，不像中年人往往将错就错，一直沉到底里去。

　　青年人容易脱胎换骨改样子，是真可以自负之处；精力足，岁月长，前路宽，也是真可以自负之处。总之可能多。可能多倚仗就大，所以青年人狂。人说青年时候不狂，什么时候才狂？不错。但是这狂气到时候也得收拾一下，不然会忘乎所以的。青年人爱讽刺，冷嘲热骂，一学就成，挥之不去；但是这只足以取决一时，久了也会无聊起来的。青年人骂中年人逃避现实，圆通，不奋斗，妥协，自有他们的道理。不过青年人有时候让现实笼罩住，伸不出头，张不开眼，只模糊的看到面前一段儿路，真是"前不见古人，后不见来者"。这又是小处。若是能够偶然到所谓"世界外之世界"里歇一下脚，也许可以将自己放大些。青年也有时候偏执不回，过去一度以为读书就不能救国就是的。那时蔡孑民先生却指出"读书不忘救国，救国不忘读书"。这不是妥协，而是一种权衡轻重的圆通观。懂得这种圆通，就可以将自己放平些。能够放大自己，放平自己，才有真正的"工作与严肃"，这里就需要奋斗了。

　　蔡孑民先生不愧人师，青年还是需要人师。用不着满口仁义道德，道貌岸然，也用不着一手摊经，一手握剑，只要认真而亲切的服务，就是人师。但是这些人得组织起来，通力合作。讲情理，可是不敷衍；重诱导，可还归到守法上。不靠婆婆妈妈去乞怜青年人，不靠甜言蜜语去买好青年人，也不靠刀子手枪去示威青年人。只言行一致后先一致的按着应该做的放胆放手做去。不过基础得打在学校里；学校不妨尽量社会化，青年训练却还是得在学校里。学校好像实验室，可以严格的计划着进行一切；可不是温室，除非让它堕落到那地步。训练该注重集体的，集体训练好，个体也会改样子。人说教师只消传授知识就好，学生做人，该自己磨炼去。但是得先有集体训练，教青年有胆量帮助人，制裁人，然后才可以让他们自己磨炼去。这种集体训练的大任，得教师担当起来。现行的导师制注重个别指导，琐碎而难实践，不如缓办，让大家集中力量到集体训练上。学校以外倒是先有了集中训练，从集中军训起头，跟着来了各种训练班。前者似乎太单纯了，效果和预期差得多，后者好像还差不多。不过训练班至多只是百尺竿头更进一步，培杆根基还得在学校里。在青年时代，学校的使命更重大了，中年教师的责任也更重大了，他们得任劳任怨的领导一群群青年人走上那成德达才的大路。

读书示小妹十八生日书

贾平凹

　　七月十七日，是你十八生日，辞旧迎新，咱们家又有一个大人了。贾家在乡里是大户，父辈那代兄弟四人，传到咱们这代，兄弟十个，姊妹七个；我是男儿老八，你是女儿最小。分家后，众兄众姐都英英武武有用于社会，只是可怜了咱俩。我那时体单力屡，面又丑陋，十三岁看去老气犹如二十，村人笑为痴傻，你又三岁不能言语，哇哇只会啼哭，父母年纪尚老，恨无人接力，常怨咱这一门人丁不达。从那时起，我就羞于在人前走动，背着你在角落玩耍；有话无人可说，言于你你又不能回答，就喜欢起书来。书中的人对我最好，每每读到欢心处，我就在地上翻着跟头，你就乐得直叫，读到伤心处，我便哭了，你见我哭了，也便趴在我身上哭。但是，更多的是在沙地上，我筑好一个沙城让你玩，自个躺在一边读书，结果总是让你尿湿在裤子上，你又是哭，我不知如何哄你，就给你念书听，你竟不哭了，我感激得抱住你，说："我小妹也是爱书人啊！"东村的二旦家，其父是老先生，家有好多藏书，我背着你去借，人家不肯，说要帮着推磨子。我便将你放在磨盘顶上，教你拨着磨眼，我就抱着磨棍推起磨盘转，一个上午，给人家磨了三升包谷，借了三本书，我乐得去亲你，把你的脸蛋都咬出了一个红牙印儿。你还记得那本《红楼梦》吗？那是你到了四岁，刚刚学会说话，咱们到县城姨家去，我发现柜里有一本书，就蹲在那里看起来，虽然并不全懂，但觉得很有味道。天快黑了，书只看了五分之一，要回去，我就偷偷将书藏在怀里。三天后，姨家人来找，说我是贼。我不服，两厢骂起来，被娘打过一个耳光，我哭了，你也哭了，娘也抱住咱们哭，你那时说："哥哥，我长大了，一定给你买书！"妹，你那一句话，给了兄多大安慰，如今我一坐在书房，看着满架书籍，我就记想那时的可怜了。

咱们不是书香门第，家里一直不曾富绰，即使现在，父母和你还在乡下，地分了，粮是不短缺了，钱却有出没入，兄虽每月寄点，也只能顾住油盐酱醋，比不得会做生意的人家。

但是，穷不是咱们的错，书却会使咱们位低而人品不微，贫困而志向不贱。这个社会，天下在振兴，民族在发奋，咱们不企图做官，以仕途之路做功于国家，但作为凡人百姓，咱们却只有读书习文才能有益于社会啊。你也立志写作。兄很高兴，你就要把书看重，什么都不要眼红，眼红读书，什么朋友都可抛弃，但书之友不能一日不交。贫困倒是当作家的准备条件，书是忌富，人富则思惰，你目下处境正好逼你静心地读书，深知书中的精义。这道理人往往以为不信，走过来了方才醒悟，小妹可将我的话记住，免得以后悔之不及。

兄在外已经十年，自不敢忘了读书，所作一、二篇文章，尽属肤浅习作，愈是读书不已。过了二月二十一日，已到了而立之年，才更知立身难，立德难，立文难。夜读《西游记》，悟出"取经唯诚，伏怪以力"，不觉怀多感激，临风而叹息。兄在你这般年纪，读书目过能记，每每是借来之书，读得也十分注重，而今桌上、几上、案上、床上，满是书籍，却常常读过十不能记下四五，这全是年龄所致也，我至今只有以抄写辅助强记，但你一定要珍惜现在年纪，多多读书啊。

既有条件，读书万万不能狭窄。文学书要读，政治书要读，哲学、历史、美学、天文、地理、医药、建筑、美术、乐理……凡能找到的书，都要读读，若读书面窄，借鉴就不多，思路就不广，触一而不能通三。但是，切切又不要忘了精读，真正的本事掌握，全在于精读。世上好书，浩如烟海，一生不可能读完，且又有的书虽好，但不能全为之喜爱，如我一生不喜食肉，但肉确实是世上好东西。你若喜欢上一本书了，不妨多读：第一遍可囫囵吞枣读，这叫享受；第二遍就静心坐下来读，这叫吟味；第三遍便要一句一句想着读，这叫深究。三遍读过，放上几天，再去读读，常又会有再新再悟的地方。你真真正正爱上这本书了，就在一个时期多找些这位作家的书来读，读他的长篇，读他的中篇，读他的短篇，或者散文，或者诗歌，或者理论，再读外人对他的评论，所写的传记，也可再读读和他同期作家的一些作品。这样，你知道他的文了，更知道他的人了，明白当时是什么社会，如何的文坛，他的经历，性格，人品，爱好等等是怎样促使他的风格的形成。大凡世上，一个作家都有自己一套写法，都是有迹而可觅寻，当然有的天分太高了，便不是一时一阵便可理得清的。兄读中国的庄子、太白、东坡诗文，读外国的泰戈尔、川端康成、海明威之文，便至今于起灭转接之间不可测识。说来，还是兄读书太少，悟觉浅薄啊！如此这番读过，你就不要理他了，将他丢开，重新进攻另一个大家。文学是在突破中前进，你要时时注意，前人走到了什么地方，同辈人走到了什么地方？任何一个大家，你只能继承，不能重复，你要在读他的作品时，就将他拉到你的脚下来读。这不是狂妄，这正是知其长，晓其短，师精神而弃皮毛啊。虚无主义可笑，但全然跪倒来读，他可以使你得益，也可能使你受损，永远在他的屁股后了。这你要好好记住。

在家时,逢小妹生日,兄总为你梳那一双细辫,亲手要为你剥娘煮熟的鸡蛋。一走十年,竟总是忘了你生日的具体时间,这你是该骂我的了。今年一入夏,我便时时提醒自己,要到时一定祝贺你成人。邻居妇人要我送你一笔大钱,说我写书,稿费易如就地俯拾,我反驳,又说我"肥猪也哼哼",咳,邻人只知是钱!人活着不能没钱,但只要有一碗吃,钱又算个什么呢?如今稿费低贱,家岂是以稿费发得?!读书要读精品,写书要立之于身,功于天下,哪里是邻居妇人之见啊!这么多年,兄并不敢侈奢,只是简朴,唯恐忘了往昔困顿,也是不忘了往昔,方将所得数钱尽买了书籍。所以,小妹生日,兄什么也不送,仅买一套名著十册给你寄来,乞妹快活。

女孩子的花

唐　敏

相传水仙花是由一对夫妻变化而来的。丈夫名叫金盏,妻子名叫百叶。因此水仙花的花朵有两种,单瓣的叫金盏,重瓣的叫百叶。

百叶的花瓣有四重,两重白色的大花瓣中夹着两重黄色的短花瓣。看过去既单纯又复杂,像闽南善于沉默的女子,半低着头,眼睛向下看的。悲也默默,喜也默默。

金盏由六片白色的花瓣组成一个盘子,上面放一只黄花瓣团成的酒盏。这花看去一目了然,确有男子干脆简单的热情。特别是酒盏形的花芯,使人想到死后还不忘饮酒的男人的豪情。

要是他们在变成花朵之前还没有结成夫妻,百叶的花一定是纯白的,金盏也不会有洁白的托盘。世间再也没有像水仙花这样体现夫妻互相渗透的花朵了吧?常常想象金盏喝醉了酒来亲昵他的妻子百叶,把酒气染在百叶身上,使她的花朵里有了黄色的短花瓣。百叶生气的时候,金盏端着酒杯,想喝而不敢,低声下气过来讨好百叶。这样的时候,水仙花散发出极其甜蜜的香味,是人间夫妻和谐的芬芳,弥漫在迎接新年的家庭里。

刚刚结婚,有没有孩子无所谓。只要有一个人出差,另一个就想方设法跟了去。炉子灭掉,大门一锁,无论到多么没意思的地方也是有趣的。到了有朋友的地方就尽兴地热闹几天,留下愉快的记忆。没有负担的生活,在大地上遛来逛去,被称作"游击队之歌"。每到一地,就去看风景,钻小巷走大街,袭击眼睛看得到的风味小吃。

可是,突然地、非常地想要得到唯一的"独生子女"。冬天来临的时候,开始养育水仙花了。从那一刻起,把水仙花看作是自己孩子的象征了。

像抽签那样,在一堆价格最高的花球里选了一个。

如果开金盏的花,我将有一个儿子;

如果开百叶的花,我会有一个女儿。

用小刀剖开花球,精心雕刻叶茎。一共有六个花苞。看着包在叶膜里像胖乎乎婴儿般的花蕾,心里好紧张。到底是儿子还是女儿呢?

我希望能开出金盏的花。

从内心深处盼望的是男孩子。

绝不是轻视女孩子,而是无法形容地疼爱女孩子。

爱到根本不忍心让她来到这个世界。

因为我不能保证她一生幸福,不能使她在短暂的人生中得到最美的爱情。尤其担心她的身段、容貌不美丽而受到轻视,假如她奇丑无比却偏偏又聪明又善良,那就注定了她的一生将多么痛苦。

而男孩就不一样,男人是泥土造的,苦难使他们坚强。

上帝用泥土创造了男人,却用男人的肋骨造出了女人。肋骨上有新鲜的血和肉,只要轻轻一碰就会痛彻心肠,因此,女人连最微小的伤害也是不能忍受的。

从这个意义来说,女人是一种极其敏锐和精巧的昆虫。她们的触角、眼睛、柔软无骨的躯体,还有那艳丽的翅膀,仅仅是为了感受爱、接受爱和吸引爱而生长的。她们最早预感到灾难,又最早在灾难的打击下夭亡。

一天,和朋友在咖啡座小饮。这位比我多了近十年阅历的朋友说:

"男人在爱他喜欢的女人的过程中感到幸福。他感到美满是因为对方接受他为她做的每件事。女人则完全相反,她只要接受爱就是幸福。如果女人去爱去追求她喜欢的男子,那是顶痛苦的事,而且被她爱的男人也就没有幸福的感觉了。这是非常奇妙的感觉。"

在茫茫的暮色中,从座位旁的窗口望下去,街上行人如水,许多各种各样身世的男人和女人在匆匆走动。

"一般来说,男子的爱比女子长久。只要是他寄托过一段情感的女人,在许多年之后向他求助,他总是会尽心地帮助她的。男人并不太计较那女的从前对自己怎样。"

那一刹间我更加坚定了要生儿子的决心。男孩不仅仅天生比女孩能适应社会、忍受困苦,而且是女人幸福的源泉。我希望我的儿子至少能以善心厚待他生命中的女人,给她们短暂人生中永久的幸福感觉。

"做男人最大的缺点就是,没有办法珍惜他不喜欢的女人对他的爱慕。这种反感发自真心,一点不虚伪,他们忍不住要流露出对那女子的轻视。轻浮的少年就更加过分,在大庭广众之下伤害那样的姑娘。这是男人邪恶的一面。"

我想到我的女儿,如果她有幸免遭当众的羞辱,遇到了一位完全懂得尊重她感情的男人,却把尊重当成了对她的爱,那样的悲哀不是更深吗?在男人,追求失败了并没有破坏追求时的美感;在女人,则成了一生一世的耻辱。

怎么样想,还是不希望有女孩。

用来占卜的水仙花却迟迟不开放。

这棵水仙花长得从未有过地结实,从来没晒过太阳,也绿葱葱的,虎虎有生气。

后来,花蕾冲破包裹的叶膜,像孔雀的尾巴一样张开来,六只绿孔雀停在一块。

每一个花骨朵都胀得满满的,但是却一直不肯开放。到底是金盏,还是百叶呢?

弗洛伊德的学说已经够让人害怕了,婴儿在吃奶的时期起就有了爱欲,而一生的行为都受着情欲的支配。

偶然听佛学院学生上课，讲到佛教的"缘生"说。关于十二因缘，就是从受胎到死的生命的因果律，主宰一切有形和无形的生命与精神变化的力量是情欲。不仅是活着的人对自身对事物感受着情欲的支配，就连还没有获得生命形体的灵魂，也受着同样的支配。

生女儿的，是因为有一个女的灵魂爱上了做父亲的男子，投入他的怀抱，化做了他的女儿。

生儿子的，是因为有一个男的灵魂爱上了做母亲的女子，投入她的怀抱，化做了她的儿子。

如果我到死也没有听到这种说法，脑子里就不会烙下这么骇人的火印。如今却怎么也忘不了。

回家，我问我的郎君："要男孩还是女孩？"

"女孩！"他毫不犹豫地回答。

"男孩！"我气极了！

"为什么？"他奇怪了。

我却无从回答。

就这样，在梦中看见我的水仙花开放了。

无比茂盛，是女孩子的花，满满地开了一盆。

我失望得无法形容。

开在最高处的两朵并在一起的花说：

"妈妈不爱我们，那就去死吧！"

她们俩向下一倒，浸入一盆滚烫的开水中。

等我急急忙忙把她们捞起来，并表示愿意带她们走的时候，她们已经烫得像煮熟的白菜叶子一样了。

过了几天，果然是女孩子的花开放了。

在短短的几天内，她们拼命地怒放开所有的花朵。也有一枝花茎抽得最高的，在这簇花朵中，有两朵最大的花并肩开放着。和梦中不同的，她们不是抬着头的，而是全部低着头，像受了风吹，花向一个方向倾斜。抽得最长的那根花茎突然立不直了，软软地东倒西歪。用绳子捆，用铅笔顶，都支不住。一不小心，这花茎就啪地倒了下来。

不知多么抱歉，多么伤心。终日看着这盆盛开的花。

她们发出一阵阵锐利的芬芳，香气直钻心底。她们无视我的关切，完全是为了她们自己在努力地表现她们的美丽。

每朵花都白得浮悬在空中，云朵一样停着。其中黄灿灿的花瓣，是云中的阳光。她们短暂的花期分秒流逝。

她们的心中鄙视我。

我的郎君每天忙着公务，从花开到花谢，他都没有关心过一次，更没有谈到过她们。他不知道我的鬼心眼。

于是这盆女孩子的花就更加显出有多么的不幸了。

她们的花开盛了，渐渐要凋谢了，但依然美丽。

有一天停电，我点了一支蜡烛放在桌上。

当我从楼下上来时，发现蜡烛灭了，屋内漆黑。

　　我划亮火柴。

　　是水仙花倒在蜡烛上，把火压灭了。是那支抽得最高的花茎倒在蜡烛上。和梦中的花一样，她们自尽了。

　　蜡烛把两朵水仙花烧掉了，每朵烧掉一半。剩下的一半还是那样水灵灵地开放着，在半朵花的地方有一条黑得发亮的墨线。

　　我吓得好久回不过神来。

　　这就是女孩子的花，刀一样的花。

　　在世上可以做许多错事，但绝不能做伤害女孩子的事。

　　只剩下养水仙的盆。

　　我既不想男孩也不想女孩，更不做可怕的占卜了。

　　但是我命中的女儿却永远不会来临了。

十八岁出门远行

余　华

　　柏油马路起伏不止，马路像是贴在海浪上。我走在这条山区公路上，我像一条船。

　　这年我十八岁，我下巴上那几根黄色的胡须迎风飘飘，那是第一批来这里定居的胡须，所以我格外珍重它们。我在这条路上走了整整一天，已经看了很多山和很多云。所有的山所有的云，都让我联想起了熟悉的人。我就朝着它们呼唤他们的绰号。所以尽管走了一天，可我一点也不累。

　　我奇怪自己走了一天竟只遇到一次汽车。那时是中午，我刚刚想搭车，我站在路旁朝那辆汽车挥手，我努力挥得很潇洒。可那个司机看也没看我，汽车和司机一样，也是看也没看，在我眼前一闪就过去了。我就在汽车后面拼命地追了一阵，我这样做只是为了高兴，因为那时我还没有为旅店操心。我一直追到汽车消失之后，然后我对着自己哈哈大笑，但是我马上发现笑得太厉害会影响呼吸，于是我立刻不笑。接着我就兴致勃勃地继续走路，但心里却开始后悔起来，后悔刚才没在潇洒地挥着的手里放一块大石子。

　　公路高低起伏，那高处总在诱惑我，诱惑我没命地奔上去看旅店，可每次都只看到另一个高处，中间是一个叫人沮丧的弧度。尽管这样我还是一次一次地往高处奔，次次都是没命地奔。眼下我又往高处奔去。这一次我看到了，看到的不是旅店而是汽车。汽车是朝我这个方向停着的，停在公路的低处。我看到那个司机高高翘起的屁股，屁股上有晚霞。司机的脑袋我看不见，他的脑袋正塞在车头里。那车头的盖子斜斜翘起，像是翻起的嘴唇。车厢里高高堆着箩筐，我想着箩筐里装的肯定是水果。当然最好是香蕉。我想他的驾驶室里应该也有，那么我一坐进去就可以拿起来吃了。虽然汽车将要朝我走来的方向开去，但我已经不在乎方向。

　　我兴致勃勃地跑了过去，向司机打招呼："老乡，你好。"

　　司机好像没有听到，仍在拨弄着什么。

我绕着汽车转悠起来,转悠是为了侦查箩筐的内容。可是我看不清,便去用鼻子闻,闻到了苹果味。

苹果也不错,我这样想。不一会儿他修好了车,就盖上车盖跳了下来。我赶紧走上去说:"老乡,我想搭车。"不料他用黑乎乎的手推了我一把,粗暴地说:"滚开。"我气得无话可说,他却慢慢悠悠打开车门钻了进去,然后发动机响了起来。我知道现在应该豁出去了。于是我跑到另一侧,也拉开车门钻了进去。这时汽车已经开动了。然而他却笑嘻嘻地十分友好地看起我来,这让我大惑不解。他问:"你上哪?"我说:"随便上哪。"他又亲切地问:"想吃苹果吗?"他仍然看着我。

"那还用问。""到后面去拿吧。"他把汽车开得那么快,我敢爬出驾驶室爬到后面去吗?于是我就说:"算了吧。"他说:"去拿吧。"他还在看着我。

我说:"别看了,我脸上没公路。"

他这才扭过头去看公路了。

汽车朝我来时的方向驰着,我舒服地坐在坐椅上,看着窗外,和司机聊着天。现在我和他已经成为朋友了。我已经知道他是在个体贩运。这汽车是他自己的,苹果也是他的。

不久,这汽车抛锚了。那个时候我们已经是好得不能再好的朋友了。我把手搭在他肩上,他把手搭在我肩上。他正在把他的恋爱说给我听,正要说第一次拥抱女性的感觉时,这汽车抛锚了。于是他又爬到车头上去了。过了一会儿,他把脑袋拔了出来,把车盖盖上。他那时的手更黑了,他的脏手在衣服上擦了又擦,然后跳到地上走了过来。"修好了?"我问。"完了,没法修了。"他说。

我想完了,"那怎么办呢?"我问。"等着瞧吧。"他漫不经心地说。

这个时候我看到坡上有五个人骑着自行车下来,每辆自行车后座上都用一根扁担绑着两只很大的箩筐。

那五个人骑到我跟前时跳下了车,我很高兴地迎了上去,问:"附近有旅店吗?"

他们没有回答,而是问我:"车上装的是什么?"

我说:"是苹果。"他们五人推着自行车走到汽车旁,有两个人爬到了汽车上,接着就翻下来十筐苹果,下面三个人把筐盖掀开往他们自己的筐里倒。我目瞪口呆,然后就冲了上去,责问:"你们要干什么?"

他们谁也没理睬我,我上去抓住其中一个人的手喊道:"有人抢苹果啦!"这时有一只拳头朝我鼻子下狠狠地揍过来了,我被打出几米远。爬起来用手一摸,鼻子软塌塌地不是贴着而是挂在脸上,鲜血像是伤心的眼泪一样流。可当我看清打我的那个身强力壮的大汉时,他们五人已经跨上自行车骑走了。司机此刻正在慢慢地散步,嘴唇翻着大口大口喘气,他刚才大概走累了。他好像一点也不知道刚才的事。我朝他喊:"你的苹果被抢走了!"可他根本没注意我在喊什么,仍在慢慢地散步。我真想上去揍他一拳,也让他的鼻子挂起来。我跑过去对着他的耳朵大喊:"你的苹果被抢走了。"

他这才转身看起我来,我发现他的表情越来越高兴,我发现他是在看我的鼻子。这时候,坡上又有很多人骑着自行车下来了,每辆车后面都有两只大筐,骑车的人里面有一些孩子。他们蜂拥而来,又立刻将汽车包围。才一瞬间工夫,车上的苹果全到了地下。

我是在这个时候奋不顾身扑上去的,我大声骂着:"强盗!"扑了上去。于是有无数拳脚前来迎接,我全身每个地方几乎同时挨了揍。我支撑着从地上爬起来时,几个孩子朝我击来苹果,苹果撞在脑袋上碎了,但脑袋没碎。我正要扑过去揍那些孩子,有一只脚狠狠地踢在我腰部。我跌坐在地上,我再也爬不起来了,只能看着他们乱抢苹果。我开始用眼睛去寻找那司机,这家伙此时正站在远处朝我哈哈大笑,我便知道现在自己的模样一定比刚才的鼻子更精彩了。

那个时候我连愤怒的力气都没有了。我只能用眼睛看着这些使我愤怒的一切。我最愤怒的是那个司机。

我坐在地上爬不起来,我只能让目光走来走去。现在四周空荡荡了,只有一辆手扶拖拉机还停在趴着的汽车旁。有个人在汽车旁东瞧西望,是在看看还有什么东西可以拿走。看了一阵后才一个一个爬到拖拉机上,于是拖拉机开动了。这时我看到那个司机也跳到拖拉机上去了,他在车斗里坐下来后还在朝我哈哈大笑。我看到他手里抱着的是我那个红色的背包。他把我的背包抢走了。背包里有我的衣服和我的钱,还有食品和书。可他把我的背包抢走了。

我看着拖拉机爬上了坡,然后就消失了,但仍能听到它的声音,可不一会儿连声音都没有了。四周一下子寂静下来,天也开始黑下来。我仍在地上坐着,我这时又饥又冷,可我现在什么都没有了。我在那里坐了很久,然后才慢慢爬起来。我爬起来时很艰难,因为每动一下全身就剧烈地疼痛,但我还是爬了起来。我一拐一拐地走到汽车旁边。那汽车的模样真是惨极了,它遍体鳞伤地趴在那里,我知道自己也是遍体鳞伤了。

天色完全黑了,四周什么都没有,只有遍体鳞伤的汽车和遍体鳞伤的我。我打开车门钻了进去,坐椅没被他们撬去,这让我心里稍稍有了安慰。我就在驾驶室里躺了下来。我闻到了一股漏出来的汽油味,那气味像是我体内流出的血液的气味。外面风越来越大,但我躺在坐椅上开始感到暖和一点了。我感到这汽车虽然遍体鳞伤,可它心窝还是健全的,还是暖和的。我知道自己的心窝也是暖和的。我一直在寻找旅店,没想到旅店你竟在这里。我躺在汽车的心窝里,想起了那么一个晴朗温和的中午,那时的阳光非常美丽。我记得自己在外面高高兴兴地玩了半天,然后我回家了,在窗外看到父亲正在屋内整理一个红色的背包,我扑在窗口问:"爸爸,你要出门?"

父亲转过身来温和地说:"不,是让你出门。"

"让我出门?""是的,你已经十八岁了,你应该去认识一下外面的世界了。"后来我就背起了那个漂亮的红背包,父亲在我脑后拍了一下,就像在马屁股上拍了一下。于是我欢快地冲出了家门,像一匹兴高采烈的马一样欢快地奔跑了起来。

❖❖❖

青春的忧虑

祝　勇

也许年轻的时光过于美好了,心灵轻松得无须承载一片乌云,面孔鲜嫩得如同雨后绽开的花朵,力气可以使你到达任何向往的地方,目光总是期待着尚未解开的谜题。

　　所以那些青春不再的人们,回想起那些用诗串起的日子,总不免发出一声无奈的叹息;也有那么多正在青春途中的人们,担心着今日的一切终将飘远,终将被一个永远无法企及的距离隔开。

　　只因为青春无可挑剔的完美,所以在每一个人的心灵里都成了一份负担,生怕它有一丝一毫的衰减。还记得你被剧中的情节所吸引,又担心着落幕时的那种感觉吗?

　　其实,对于一个潇洒的灵魂,这一切都是一种执著的稚拙。生命的每一驿站都有它独到的意境,只要你把经过的一切都当成一种宝藏,只要你把视线投向尚未到达的前方,你会知道,即使青春终将落幕,届时在收获的欣喜中,你又会开始更有魅力的一程。

　　"春有百花,秋有月;夏有凉风,冬有雪。"如此,青春无需忧虑。

中　年

梁实秋

　　钟表上的时针是在慢慢的移动着的,移动的如此之慢,使你几乎不感觉到它的移动。人的年纪也是这样的,一年又一年,总有一天你会蓦然一惊,已经到了中年;到这时候大概有两件事使你不能不注意,讣闻不断的来,有些性急的朋友已经先走一步,很煞风景;同时又会忽然觉得一大批一大批的青年小伙子在眼前出现,从前也不知是在什么地方藏着的,如今一起在你眼前摇晃,磕头碰脑的尽是些昂首阔步满面春风的角色,都像是要去吃喜酒的样子。自己的伙伴一个个的都入蛰了,把世界交给了青年人。所谓"耳畔频闻故人死,眼前但见少年多",正是一般人中年的写照。

　　从前杂志背面常有"韦廉士红色补丸"的广告,画着一个憔悴的人,弓着身子,手拊在腰上,旁边注着"图中寓意"四字。那寓意对于青年人是相当深奥的。可是这幅图画却常在一般中年人的脑里涌现,虽然他不一定想吃"红色补丸",那点寓意他是明白的了。一根黄松的柱子,都有弯曲倾斜的时候,何况是二十六块碎骨头拼凑成的一条脊椎?年轻人没有不好照镜子的,在店铺的大玻璃窗前照一下都是好的,总觉得大致上还有几分姿色。这顾影自怜的习惯逐渐消失,以至于有一天偶然揽镜,突然发现额上刻了横纹,那线条是显明而有力,像是吴道子的"莼菜描",心想那是抬头纹,可是低头也还是那样,再一细看头顶上的头发有搬家到腮旁颔下的趋势,而最令人怵目惊心的是,鬓角上发现几根白发,这一惊非同小可,平时一毛不拔的人到这时候也不免要狠心的把它拔去,拔毛连茹,头发根上还许带着一颗鲜亮的肉珠。但是没有用,岁月不饶人!

　　一般的女人到了中年,更着急。哪个年轻女子不是饱满丰润得像一颗牛奶葡萄,一弹就破的样子?哪个年轻女子不是玲珑矫健得像一只燕子,跳动得那么轻灵?到了中年,全变了。曲线还存在,但满不是那么回事,该凹入的部分变成了凸出,该凸出的部分变成了凹入,牛奶葡萄要变成为金丝蜜枣,燕子要变鹌鹑。最暴露在外面的是一张脸,从"鱼尾"起皱纹撒出一面网,纵横辐辏,疏而不漏,把脸逐渐织成一幅铁路线最发达的地图,脸上的皱纹已经不是熨斗所能烫得平的，同时也不知怎么在皱纹之外还常常加上那么多的苍蝇屎。所以脂粉不可少。除非粪土之墙，没有不可污的道理。在原有的一张脸上再罩上一张脸，本是最简便的事。不过在上妆之前、下妆之后，容易令人联想起《聊斋志异》的那一篇《画皮》而已。女人的肉好像最禁不起地心的吸力，一到中年便一齐松懈下来往下堆摊，成堆的肉挂在脸上，挂在腰边，挂在踝际。听说有许多西洋女子用擀面杖似的一根棒子早晚浑身乱搓，希望把浮肿的肉压得结实一点；又有些人干脆忌食脂肪忌食淀粉，扎紧裤带，活生生的把自己"饿"回青春去。有多少效果，我不知道。

别以为人到中年，就算完事。不。譬如登临，人到中年像是攀跻到了最高峰，回头看看，一串串的小伙子正在"头也不回呀，汗也不揩"的往上爬。再仔细看看，路上有好多块绊脚石，曾把自己磕碰得鼻青脸肿，有好多处陷阱，使自己做了若干年的井底之蛙。回想从前，自己做过扑灯蛾，惹火焚身；自己做过撞窗户纸的苍蝇，一心想奔光明，结果落在粘苍蝇的胶纸上！这种种景象的观察，只有站在最高峰上才有可能。向前看，前面是下坡路，好走得多。

施耐庵《水浒》序云："人生三十未娶，不应再娶；四十未仕，不应再仕。"其实"娶"、"仕"都是小事，不娶不仕也罢，只是这种说法有点中途弃权的意味。西谚云："人的生活在四十开始。"好像四十以前，不过是几出配戏，好戏都在后面。我想这与健康有关。吃窝头米糕长大的人，拖到中年就算不易，生命力已经蒸发殆尽。这样的人焉能再娶？何必再仕？服"维他赐保命"都嫌来不及了。我看见过一些得天独厚的男男女女，年轻的时候愣头愣脑的，浓眉大眼，生僵挺硬，像是一些又青又涩的毛桃子，上面还带着挺长的一层毛。他们是未经琢磨过的璞石。可是到了中年，他们变得润泽了，容光焕发，脚底下像是有了弹簧，一看就知道是内容充实的。他们的生活像是在饮窖藏多年的陈酿，浓而芳冽！对于他们，中年没有悲哀。

四十开始生活，不算晚，问题在"生活"二字如何诠释。如果年届不惑，再学习溜冰踢毽子放风筝，"偷闲学少年"，那自然有如秋行春令，有点勉强。半老徐娘，留着"刘海"，躲在茅房里穿高跟鞋当做踩高跷般的练习走路，那也是惨事。中年的妙趣，在于相当的认识人生，认识自己，从而做自己所能做的事，享受自己所能享受的生活。科班的童伶宜于唱全本的大武戏，中年的演员才能担得起大出的轴子戏，只因他到中年才能真正懂得戏的内容。

作了父亲

谢六逸

"抱着小西瓜上下楼梯"，"小手在打拳了"，妻怀孕到第八个月时，我们常常这样说笑。妻以喜悦的心情，每日织着小绒线衣，她对于第一个婴儿的出产，虽不免疑惧，但一想到不久摇篮里将有一个胖而白的乖乖，她的母性的爱是很能克制那疑惧的。有时做活计太久了，她从疲倦里，也曾低微地叹息，朝着我苦笑。除此之外，她不因身体的累赘，而有什么不平。在我是第一次做父亲，对于生产这事，脑里时时涌现出奇异的幻想，交杂着恐怖与怜惜。将来妻临盆时，这小小的家庭，没有一个年老的人足以托靠。母亲远在千里，岳母又不住在一处，我越想越害怕，怕那挣扎与呻吟的声音。不出两个月，那新鲜的生命，将从小小的土地里迸裂出来，妻将受着有生以来的剧痛，使我暗中流泪。我在妻的怀孕时期的前半，为了工作的关系，曾离开了家，在旅途中唯一的安慰妻的法术，就是像新闻特派员似的写了长篇通信寄回。写信时像写小说一样地描写着，写满了近十页的稿纸，意思是使她接着我的一封信，可以慢慢地看过半天或一天。忖度那信要看完时，接着又写第二封信寄去。过了两个礼拜，我必借故跑回家来一次。到妻怀孕的第七个月时，我索性硬着头皮辞职回家来了。回来以后，我搜集了不少的关于妊娠知识的外文书籍，例如"孕妇的知识"，"初产的心得"之类。依照书里的指示，对妻唠叨着必须这么那么的。我怕妻不肯相信我这临时医生的话，要说什么时必定先提一句"书里说的……""书里说的……要用一块布来包着肚皮"，"书里说的……"这样可以使妻不至于提出异议。后来说多了，我的话还没有出口，妻就抢先说，"又是书里说的么？"我们是常常说笑，并且希望肚里的是一个女孩子，但是我暗中仍是异常的感伤，我的恐怖似乎比妻厉害些。我每天默念着，希望妻能够安产，小孩不管怎样都行。真是"日月如梭"，到了十月二十六日（一九二七年）的上午四时，天还没有亮，我听着妻叫看护妇的声音，我醒了。她对我说，有了生产的征候。我的心跳着，赶快到岳母家里去。这时街上的空气很清新，女工三三两两的谈笑走着，卖蔬菜的行贩正结队赶路，但我犹如在山中追逐鹿子的猎人，无心瞻望四围的景色。我通知了岳母，又去请以前约定好了的医生。回到家里，阵痛还没有开始。过了一刻，医生来了，据说最快还须等到今天夜里，并吩咐不要性急。下午三时以后，"阵痛"攻击我的妻了，大约是十分钟一次。我跑去打了五次电话，跑得满头是汗。唉唉，这是劳康（Lacoon）的苦闷的第一声了。妻自幼是养育在富裕的家庭里，但自从随着我含辛茹苦之后，一切劳作苦痛都习惯了。她的腹部虽是剧痛，她却撑持着下床步行，不愿呻吟一声。岳母用言语安慰她，我只有坐在房后的浴室流着泪。这一夜医生宿在家里，等候到翌日的下午五时，妻舍弃了无可衡量的血液与精神，为这条小小的生命苦斗着，经验了有生以来的神圣的灾难，于是我们有了一向希望着的女孩子了。"人生恋爱多忧患，不恋爱亦忧患多"，是一点不差的。我们的静寂的家庭，自此以后，增加了新鲜的力量，同时，使我们手忙脚乱起来。最苦的是母亲，日夜忙着哺乳，一会儿褓褓，一会儿洗浴。又因为素性酷爱清洁，卧在床上也得指点女佣洒扫；又须顾虑着每日的饮食。弥月以后，肌肉脱落了不少，以前的衣服，穿在身上，宽松了许多；脸上泛着的红色，只有在浴后才可以得见。在这时，我最怕看我妻的后影。妻的专长是钢琴（Piano）和英语，出了学校，对于自己所学的，没有放弃，现在可不行了。那些 Maiden's Player，Lohengrin 的调子是没有多弹奏的余裕了。我本来也想使自己的日常生活近于理想一点，就是起床、运动、思考、读书、著述、散步的生活，但是孩子来了，一切的理想都被打碎了。我们的实际生活，不能不随着改变了。每天非听啼声不可，非忍受着一切麻烦的琐事不可了。女孩子是有了，可是还没有名字，照着通例，总是叫她做毛头（头发是那么的黑而长），但妻说照这样叫下去不行，必须请祖母给她题一个名字。我赶快写信去禀告在家乡的母亲。过了许久，便接着了母亲亲笔写成的回信，信里附着一张长方形的红纸，用工楷的字体，写着几行字，上面是"祖母年近六旬为孙女题字，乳名宝珠，学名开志"。在旁边注着两行小字，是"吾家字派为二十字：天光开庆典，祖荫永新昭，学士经书裕，名家信义超。"这些尊重家名的传统习俗，我是忘记得干干净净了，可是我还记得这是祖父在日所规定的，足敷二十代人之用。我的父亲是"天"字一辈，我是"光"字，所以祖母替孙女起名，一定要有一个"开"字的。我们接到祖母的信时，十分的欢喜感激。并且这个名字，我们是很中意。别人为女孩子起名，多喜欢用"淑""芬""贞""兰"等含有分辨性别的字，"开志"这个名称，看不出有故意区分性别之意，所以我们很欢喜。有了名称，可是我们已经叫惯她做毛毛或是宝宝了，"开志"的名称，不过是偶然一用。宝宝到了第七个月时，真是可爱，她的面貌的轮廓渐渐清晰起来了。细长而弯的眉毛，漆黑的眼珠，修而柔的眼毛，还有鼻子，像她的母亲；嘴的轮廓，肤色，笑涡像父亲。志贺直哉氏在《到网走去》一篇小说里，说孩子能将不同的父母的相貌，融合为一，觉得惊奇，在我也有同感。到了第十三个月，因为奶妈的奶不足，我们便替她离了乳，到了今天，她的年岁是整整的三十七个月了。这其间，她会开口叫妈妈，叫阿爸，她会讲许多话，会唱几首歌，我写这篇短文时，她是在我的身旁聒噪了。宝宝的笑声啼声就是我们的"神"，我们的宗教。她的睡颜，她的唇，颊，头发，小手，使我们感到这是"智慧"的神。她有许多玩具，满满的装在小竹箱里。我们的家距淞沪火车路线很近，她看惯了火车的奔驰，听惯了火车的笛声，火车变成了她的崇拜物。在我的观察，她以为火车是最神奇的东西，为什么跑得这么快，为什么头上有两只大眼睛，为什么会发怒似的叫号。她崇拜火车，爱慕火车。崇拜爱慕的结果，把我的书从书架上搬下来，选出厚而且巨的，如大字典之类做火车头，其他的小型的书当车身，苹果两个权做火车眼睛。在许多玩具之中，她顶喜欢的是"车"的一类，她有了三轮的脚踏车，小汽车，装糖果的小电车，日本人做的人力车的模型，独轮车的模型。除了玩具，她最喜欢模仿父亲看书或看报。书报是她的爱人，尤其是东京《读卖新闻》附刊的漫画。她一个人睡在藤椅上，成一个"大"字形，两手举起报纸，嘴里叽哩咕噜，不知念些什么，看去她是十分的欢喜。在最近，她每天对母亲唠叨着说，"毛毛长长大大（杜杜）了，好去读书了。"她有了幼稚园读本，有了儿童画报，有了不碎石板和石笔，这些东西安放的位置，偶然被女佣移动一下，她就大声地叫喊。宝宝又爱散步，在秋天，总是每天两次，由我牵着小手到公园去，天寒了，午饭后，领着在林木道旁闲踱着：她的嘴里温着歌，路上散着黄色的落叶，月光从树梢筛在地上，一个大黑影和一个小黑影一高一低的彳亍着，于是我觉得这里也有"人生"。宝宝自己有她的歌，在二十五个月以后，便自作自唱起来。她的歌，我多记在日记里。例如："乌乌乌乌火车，叮当叮当当电车。"（在我们的屋后，有火车走过。她与火车最熟。有一天同母亲到百货店里去了回来，便独语似的念出这两句。）"鸟鸟飞，鸟鸟飞，鸟鸟飞飞，"到外祖母家去，一见小娘舅养着的金丝雀逃走了，回来便这么唱，"洋囡囡是要困困了，毛毛唱唱侬。"（母亲唱歌催她睡觉，她照样去催眠洋囡囡。）到了今年（一九三〇年），宝宝的智慧又进一步了。夏天买了叫叫虫来，挂在树枝上，一连几天都没有叫，我们说这叫叫虫不会开叫了。宝宝听了就唱着，"叫叫虫，不会叫，买得来，啥用场。"见了木匠来家里修门，唱的是，"木匠师父交关好，是我好朋友，做出物事交关好，是我好朋友。"夜里睡觉时，脱了衣服，口里念着，"耶稣慈悲，牧师听我，夜里保护我困觉，亚门！"（这是母亲教的，但无什么宗教的意味。有时白昼也大声的唱着，自己拍着小手。）宝宝的智慧是一天比一天增进了，这使我们担心着将来的教育问题。在我个人，是怀疑国内的一切学校教育的，宝宝现在是三十七个月了。附近虽有幼稚园，经我们来参观以后，便不放心送她进去。将来长大时，在上海地方，我们也不会知道那一所女子中学是优良的。听人说，甚至于有借办女子学校为名，而与政客官僚结纳，替他们介绍一两个女学生，因此募款自肥的。教会办的女子学校更不行，平时拿"耶稣"来骗人，记得几句死板板的英语。他们的宗旨不外是想培养"名媛"，预备在"时装展览会"里，穿上所谓"时装"，替富商大贾们做"衣架子"，（比以 mannequin girl 为职业的还要无自觉。）继而他们的芳容在上海的乌七八糟的"画报"上登载出来,大概就会有达官贵人,欧美博士之流来跪着求婚的。接着就是举行"文明结婚"仪式,请"局长""要人"们来证婚,来宾有千人之多。汽车,金刚石,锦绣断送了一生。在教会女学毕业出来的人,大多数以这条"出路"为她们的最高的理想。上海的女子教育,我是根本地摈斥的。再说,像我们这一阶级的人,能否供应一个女孩子多念几年书,也没有把握。所以我们对于自己的女孩子的教育计划,是想由我们自己的力量,将她培养成为一个"自由人",成为一个强健耐劳的女性。我们想就孩子的年龄(四岁到二十五岁),分做五个教育时期。按期把认字、写字(毛笔与钢笔)、儿歌、童话、儿童剧、运动(特别注重)、作文、散文、小说、诗歌、数学、阅报、自然科学与社会科学的常识、历史地理的知识、筋肉劳动(特别注重)、各国革命史、人类劳动史、外国语言文字、专门技能的学习(特别注重,但以筋肉劳动者为限,使她能在农村或工厂生活)等等教她。过了二十五年,她可以到社会的旋涡里去冲击了,假使我有一天能够脱离这 Salary man 的生活,也许我还能做一个打铁的工人。到了那时,我更能将我的手腕磨炼得粗厚些。靠着我的双腕,使我们的宝宝在精神和肉体两方面都健全地养育起来,让她做一个"自由人",做一个"勇者",我们的宝宝呀!

一个车夫

巴　金

我们吃过午饭,微雨已经住了。天空渐渐开朗起来。傍晚的空气是很凉爽的。这时候朋友方便提议到公园去。

"洋车! 洋车! 公园后门!"我们站在街口高声叫着。

一群车夫拖了车子向我们冲过来,把我们包围着。

我们没有选择,匆匆地跳上两部洋车就让车夫拉起走了。

我在车上坐定了身子,慢慢儿把安闲的眼光放到车夫的身上去。一个惊讶的感觉马上就捉住了我。在我的眼前晃动着一个十分瘦的影子。我的眼睛没有错。拉车的是个小孩,我估计他的年纪还不到十四。

"小孩,你今年多少岁?"我禁不住向他问道。

"十五岁!"他很勇敢很骄傲地回答着,他仿佛十五岁就达到成年的岁数了。一面拉起车子向前飞跑。他身子虽是很瘦小,然而他全身都是劲,决没有一点疲倦和病弱的表示。他这么一来,竟使得像我这样的一个小资产阶级也不好意思起什么"人道主义"的念头了。

"你拉车有多久了?"我继续问他,这全是为了满足好奇心的缘故。

"半年多了,"小孩依旧昂然地回答我。

"你一天拉得到多少钱?"

"还了车租剩得下二十吊钱!"

我知道二十吊钱就是四角洋钱。

"二十吊钱,一个小孩,真不易!"拉着方的车子的那个中年人不觉在旁边发出赞叹了。

"二十吊钱,你一家人够用吗?你家里有些什么人?"方听见了小孩的答语,对于这谈话也感到兴趣了,便这样问那小孩。

这一次小孩却不做声了,仿佛没有听见方在说话,其实我知道他一定把方的话听在耳里了。那么他为什么不回答呢?我想大概有别的缘故,使他不愿意提起这些事情。也许他没有父亲,只有个母亲在家里。

"你父亲有吗?"方不介意他的态度,继续简单地发问。

"没有!"他很快地回答道。

"母亲呢?"

"没有!"他短短地回答着,声音似乎很坚决,然而和前显然不同了。这次好像很不自然,声音里掩藏不住一种苦痛。我想他说的不一定是真话,他的家庭情形决不是这么简单。

"我有个妹子,"他好像实在忍耐不住了,不等我们问他,他自己说出来,"他把我妹子卖掉了。"

我一听这话马上就明白这个"他"字指的是什么人。我知道这小孩的身世一定很悲惨。我感动地说:

"那么你父亲还在——"

小孩不管我的话只顾自己说下去:"他抽白面。把我娘赶走了。妹子卖掉了。他一个人跑了。"

这三句短短的话就表现出了一幕何等悲痛的家庭惨剧。一个人在幼年所能碰到的不幸的境遇,这也算是够厉害的了。

"有这么狠的父亲!"那个中年车夫感叹地说了。"你现在住在那儿?"他一面拉着车一面和小孩谈起话来。他还时时安慰那小孩说:"你慢慢儿拉,省点气力,先生们不怪你。"

"我就住在车厂里面。一天花个一百子儿。剩下的存起来……做衣服。"

一百子儿就是两角钱,他每天还可以存下两角。

"这小孩真不易。还知道存钱做衣服。"中年的车夫带着赞叹的调子对我们说。过后他又去问小孩:"你父亲来看过你吗?"

"没有,他不敢来!"小孩坚决地回答。虽是短短的几个字,里面包含的怨气却很重。

我们找不出话来说了。对于这样的问题我还没有仔细思索过。我究竟应该拿什么话劝他呢?在我知道了他的惨痛的遭遇以后。

那个中年车夫却和我们不同。他毫不思索就对那小孩发表他的道德的见解,仿佛他对于这见解有着深的确信:

"小孩,听我说。你现在很好了。他究竟是你天伦。他来看你,你也该拿点钱给他用。"

"我不给!我碰着他就要弄死他!"小孩毫不迟疑坚决地回答道。语气非常强硬,简直没有挽回的余地。我想不到一个小孩的仇恨会是这样地深!他那声音,他那态度……他的愤怒仿佛传染到我心上来了。我自己感觉到。我也开始在恨他的父亲。

中年车夫碰了一个钉子以后也就不再开口了。两部车默默地在润湿的北长街的马路上滚着。

我看不见那小孩的脸,不能够知道他脸上的表情,但从他刚才的话语里我知道对于他是另有一个世界存在的。没有家,没有爱,没有温暖。只有一根生活的鞭子在驱策他。然而他能够倔强! 他能够恨! 他能够用自己的两只手擎起生活的担子,没有畏惧,没有悲哀。他能够做别的生在富裕的环境里的小孩所不能够做的事情,而且有着他们所不敢有的思想。

生活毕竟是一个伟大的洪炉。它能够锻炼出这样倔强的孩子来。甚至人世间最惨痛的遭遇也把他打不倒。

就在这个时候,车到了公园后门。我们下了车付了钱。我借着灯光看小孩的脸。出乎我意料之外,那完全是一个平凡的脸,圆圆的、没有一点特征。但是当我的眼光无意地触到他的眼光时,我就禁不住大大地吃了一惊了。这世界里存在着的一切在他的眼里都是不存在的。那一对眼睛里我找不出一点承认任何权威的表示。我从没有看见过这么骄傲,这么倔强,这么坚定的眼光。

我们买了票走进公园,我还回头去看那小孩,那时他正拉着一个新的乘客昂起头拔步跑开了。

中　年

俞平伯

什么是中年?不容易说得清楚,只说我暂时见到的罢。

当遥指青山是我们的归路,不免感到轻微的战栗。(或者不很轻微更是人情。)可是走得近了,空翠渐减,终于到了某一点,不见遥青,只见平淡无奇的道路树石,憧憬既已消释了,我们遂坦然长往。所谓某一点原是很准确的,假如有,那就是中年。

我也是关怀生死颇切的人,直到近年方才渐渐淡漠起来,看看从前的文章,有些觉得已颇渺茫,有隔世之感。莫非就是中年到了的缘故么?仿佛真有这么一回事。

我感谢造化的主宰,他老人家是有的话。他使我们生于自然,死于自然,这,是何等的气度呢!不能明言,唯有赞叹,赞叹不出,唯有欢喜。

万想不到当年穷思极想之余,认为了解不能解决的"谜",的"障",直至身临切近,早已不知不觉地走过去,什么也没有看见。今是而昨非呢?昨是而今非呢?二者之间似乎必有一个是非。无奈这个解答,还看你站的地位如何,这岂不是"白搭"。以今视昨则昨非,以昨视今,今也有何是处呢。不信么?我自己确还留得依微的忆念。再不信么?青年人也许会来麻烦您,他听不懂我讲些什么。这就是再好没有的印证了。

再以山作比。上去时兴致蓬勃,唯恐山径虽长不敌脚步之健。事实上呢,好一座大山,且有得走哩。因此凡来游的都快乐地努力地向前走。及走上山顶,四顾空阔,面前蜿蜒着一条下山的路,若论初心,那时应当感到何等的颓唐呢。但是,不。我们起先认为过健的脚力,与山径相形而见绌,兴致呢,于山尖一望之余随烟云而俱远,现在只剩得一个意念,逐渐地迫切起来,这就是想回家。下山的路去得疾啊,可是,对于归人,你得知道,却别有一般滋味的。

试问下山的与上山的偶然擦肩而过,他们之间有何连属?点点头,说几句话,他们之间又有何理解呢?我们大可不必抱此等期望,这原是不容易的事。至于这两种各别的情味,在一人心中是否有融会的俄顷,惭愧我不大知道。依我猜,许是在山顶上徘徊这一刹那罢。这或者也就是所谓中年了,依我猜。

"表独立兮山之上",可曾留得几许的徘徊呢。真正的中年只是一点,而一般的说法却是一段,所以它的另一解释也就是暮年,至少可以说是倾向于暮年的。

中国文人有"叹老嗟卑"之癖,的确是很俗气,无怪青年人看不上眼。以区区之见,因怕被人说"俗"并不敢言"老",这也未免雅得可以了。所以倚老卖老果然不好,自己嘴里永远是"年方二八"也未见得妙。甚矣说之难也,愈检点愈闹笑话。

究竟什么是中年,姑置不论,话可又说回来了,当时的问题何以不见了呢? 当真会跑吗? 未必。找来找去,居然被我找着了:原来我对于生的趣味渐渐在那边减少了。这自然不是说马上想去死,只是说万一死了也不这么顶要紧而已。泛言之,渐渐觉得人生也不过如此。这"不过如此"四个字,我觉得醇醇有余味。变来变去,看来看去,总不出这几个花头。男的爱女的,女的爱小的,小的爱糖,这是一种了。吃窝窝头的直想吃大米饭洋白面,而吃饱大米饭洋白面的人偏有时非吃窝窝头不行,这又是一种了。冬天生炉子,夏天扇扇子,春天困斯梦东,秋天惨惨戚戚,这又是一种了。你用机关枪打过来,我使用机关枪还敬,没有,只该先你而呜呼……这也尽够了。总而言之,统而言之,不新鲜。不新鲜原不是讨厌,所以这种把戏未始不可以看下去,但是在另一方面,说非看不可,或者没有得看,就要跳脚拍手,以至于投河觅井。这个,我真觉得不必。一不是幽默,二不是吹,识者鉴之。

看戏法不过如此,同时又感觉疲乏,想回家休息,这又是一要点。老是想回家大约就是没落之兆。(又是它来了,讨厌!)"劳我以生,息我以死",我很喜欢这两句话。死的确是一种强迫的休息,不愧长眠这个雅号。人人都怕死,我也怕,其实仔细一想,果真天从人愿,谁都不死,怎么得了呢? 至少争夺机变,是非口舌要多到恒河沙数。这真怎么得了! 我总得保留这最后的自由才好——既然如此说,眼前的夕阳西下,岂不是正好的韶光,绝妙的诗情画意,而又何叹惋之有。

他安排得这么妥当,咱们有得活的时候,他使咱们乐意多活,咱们不大有得活的时候,他使咱们甘心少活。生于自然里,死于自然里,咱们的生活,咱们的心情,永久是平静的。叫呀跳呀,他果然不怕,赞啊美啊,他也是不懂。"天地不仁""大慈大悲"……善哉善哉。

好像有一些宗教的心情了,其实并不是。我的中年之感,是不值一笑的平淡呢——有得活不妨多活几天,还愿意好好地活着,不幸活不下去,算了。

"这用得你说吗?"

"是,是,就此不说。"

有了小孩以后

老 舍

艺术家应以艺术为妻,实际上就是当一辈子光棍儿。在下闲暇无事,往往写些小说,虽一回还没自居过文艺家,却也感觉到家庭的累赘。每逢困于油盐酱醋的灾难中,就想到独人一身,自己吃饱便天下太平,岂不妙哉。

家庭之累,大半由儿女造成。先不用提教养的花费,只就淘气哭闹而言,已足使人心慌意乱。小女三岁,专会等我不在屋中,在我的稿子上画圈拉杠,且美其名曰"小济会写字!"把人要气没了脉,她到底还是有理!再不然,我刚想起一句好的,在脑中盘旋,自信足以愧死莎士比亚,假若能写出来的话。当是时也,小济拉拉我的肘,低声说:"上公园看猴?"于是我至今还未成莎士比亚。小儿一岁整,还不会"写字",也不晓得去看猴,但善亲亲,闭眼,张口展览上下四个小牙。我若没事,请求他闭眼,露牙,小胖子总会东指西指的打岔。赶到我拿起笔来,他那一套全来了,不但亲脸,闭眼,还"指"令我也得表演这几招。有什么办法呢?!

这还算好的。赶到小济午后不睡,按着也不睡,那才难办。到这么四点来钟吧,她的闲闹开始,到五点钟我已没有人味。什么也不对,连公园的猴都变成了臭的,而且猴之所以臭,也应当由我负责。小胖子也有这种不睡的时候,大概多数是与小济同时发难。两位小醉鬼一齐找毛病,我就是诸葛亮恐怕也得唱空城计,一点办法没有!在这种干等束手被擒的时候,偏偏会来一两封快信——催稿子!我也只好闹脾气了。不大一会儿,把太太也闹急了,一家大小四口,都成了醉鬼,其热闹至为惊人。大人声言离婚,小孩怎说怎不是,于离婚的争辩中瞎打混。一直到七点后,二位小天使已困得动不的,离婚的宣言才无形的撤销。这还算好的。遇上小胖子出牙,那才真教厉害,不但白天没有情理,夜里还得上夜班。一会儿一醒,若被针扎了似的惊啼,他出牙,谁也不用打算睡。他的牙出利落了,大家全成了红眼虎。

不过,这一点也不妨碍家庭中爱的发展,人生的巧妙似乎就在这里。记得 Frank Harris 仿佛有过这么点记载:他说王尔德为那件不名誉的案子过堂被审,一天中他侃侃而谈,语多幽默。及至原告提出几个男妓作证人,王尔德没了脉,非失败不可了。Harris 以为王尔德必会说:"我是个戏剧家,为观察人生,什么样的人都当交往。假若我不和这些人接触,我从哪里去找戏剧中的人物呢?"可是,王尔德竟自没这么答辩,官司就算输了!

把王尔德且放在一边;艺术家得多去经验,Harris 的意见,假若不是特为王尔德而发的,的确是不错。连家庭之累也是如此。还拿小孩们说吧——这才来到正题——爱他们吧,嫌他们吧,无论怎说,也是极可宝贵的经验。

在没有小孩的时候,一个人的世界还是未曾发现美洲的时候的。小孩是哥仑布,把人带到新大陆去。这个新大陆并不很远,就在熟习的街道上和家里。你看,街市上给我预备的,在没有小孩子的时候,似乎只有理发馆,饭铺,书店,邮政局等。我想不出婴儿医院,糖食店,玩具铺等等的意义。连药店里的许许多多婴儿用的药和粉,报纸上婴儿自己药片的广告,百货店里的小袜子小鞋,都显着多此一举,劳而无功。及至小天使自天飞降,我的眼睛似乎戴上了一双放大镜,街市依然那样,跟我有关系的东西可是不知增加了多少倍!婴儿医院不但挂着牌子,敢情里边还有医生呢。不但有医生,还是挺神气,一点也得罪不得。拿着医生所给的神符,到药房去,敢情那些小瓶子小罐都有作用。不但要买瓶子里的白汁黄面和各色的药饼,还得买瓶子罐子,轧粉的钵,量奶的漏斗,奶嘴,卫生尿布,玩艺多多了!百货店里那些小衣帽,小家具,也都有了意义;原先以为多此一举的东西,如今都成了非它不行;有时候铺中缺乏了我所要的那一件小物品,我还大有看不起他们的意思:既是百货店,怎能不预备这件东西呢?!慢慢的,全街上的铺子,除了金店与古玩铺,都有了我的足迹;连当铺也走得怪熟。铺中人也渐渐熟识了,甚至可以随便闲谈,以小孩为中心,谈得颇有味儿。伙计们,掌柜们,原来不仅是站柜作买卖,家中还有小孩呢!有的铺子,竟自敢允许我欠账,仿佛一有了小孩,我的人格也好了些,能被人信任。三节的账条来得很踊跃,使我明白了过节过年的时候怎样出汗。

小孩使世界扩大,使隐藏着的东西都显露出来。非有小孩不能明白这个。看着别人家的孩子,肥肥胖胖,整整齐齐,你总觉得小孩们理应如此,一生下来就戴着小帽,穿着小袄,好像小雏鸡生下来就披着一身黄绒似的。赶到自己有了小孩,才能晓得事情并不这么简单。一个小娃娃身上穿戴着全世界的工商业所能供给的,给全家人以一切啼笑爱怨的经验,小孩的确是位小活神仙!

有了小活神仙,家里才会热闹。窗台上,我一向认为是摆花的地方。夏天呢,开着窗,风儿轻轻吹动花与叶,屋中一阵阵的清香。冬天呢,阳光射到花上,使全屋中有些颜色与生气。后来,有了小孩,那些花盆很神秘的都不见了,窗台上满是瓶子罐子,数不清有多少。尿布有时候上了写字台,奶瓶倒在书架上。大扫除才有了意义,是的,到时候非痛痛快快的收拾一顿不可了,要不然东西就有把人埋起来的危险。上次大扫除的时候,我由床底下找到了但丁的《神曲》。不知道这老家伙干吗在那里藏着玩呢!

人的数目也增多了,而且有很多问题。在没有小孩的时候,用一个仆人就够了,现在至少得用俩。以前,仆人"拿糖",满可以暂时不用;没人做饭,就外边去吃,谁也不用拿捏谁。有了小孩,这点豪气乘早收起去。三天没人洗尿布,屋里就不要再进来人。牛奶等项是非有人管理不可,有儿方知卫生难,奶瓶子一天就得烫五六次;没仆人简直不行!有仆人就得捣乱,没办法!

好多没办法的事都得马上有办法,小孩子不会等着"国联"慢慢解决儿童问题。这就长了经验。半夜里去买药,药铺的门上原来有个小口,可以交钱拿药,早先我就不晓得这一招。西药房里敢情也打价钱,不等他开口,我就提出:"还是四毛五?"这个"还是"使我省五分钱,而且落个行家。这又是一招。找老妈子有作坊,当票儿到期还可以入利延期,也都被我学会。没工夫细想,大概自人有了儿女以后,我所得的经验至少比一张大学文凭所能给我的多着许多。大学文凭是由课本里掏出来的,现在我却念着一本活书,没有头儿。

装牛像牛,我也学会牛的忍性,小胖子觉得"开步走"有意思,我就得百走不厌;只作一回,绝对不行。多咱他改了主意,多咱我才能"立正"。在这里,我体验出母性的伟大,觉得打老婆的人们满该下狱。中秋节前来了个老道,不要米,不要钱,只问有小孩没有?看见了小胖子,老道高了兴,说十四那天早晨须给小胖子左腕上系一根红线。备清水一碗,烧高香三柱,必能消灾除难。右邻家的老太太也出来看,老道问她有小孩没有,她惨淡的摇了摇头。到了十四那天,倒是这位老太太的提醒,小胖子的左腕上才拴了一圈红线。小孩子征服了老道与邻家老太太。一看胖手腕的红线,我觉得比写完一本伟大的作品还骄傲,于是上街买了两尊兔子王,感到老道、红线、兔子王,都有绝大的意义!

娜拉走后怎样

——一九二三年十二月二十六日在北京女子高等师范学校文艺会讲

鲁　迅

我今天要讲的是"娜拉走后怎样？"

易卜生是十九世纪后半的挪威的一个文人。他的著作，除了几十首诗之外，其余都是剧本。这些剧本里面，有一时期是大抵含有社会问题的，世间也称作"社会剧"，其中有一篇就是《娜拉》。

《娜拉》一名 Ein Puppenheim，中国译作《傀儡家庭》。但 Puppe 不单是牵线的傀儡，孩子抱着玩的人形也是；引申开去，别人怎么指挥，他便怎么做的人也是。娜拉当初是满足地生活在所谓幸福的家庭里的，但是她竟觉悟了：自己是丈夫的傀儡，孩子们又是她的傀儡。她于是走了，只听得关门声，接着就是闭幕。这想来大家都知道，不必细说了。

娜拉要怎样才不走呢？或者说易卜生自己有解答，就是 Die Frau vom Meer，《海的女人》，中国有人译作《海上夫人》的。这女人是已经结婚的了，然而先前有一个爱人在海的彼岸，一日突然寻来，叫她一同去。她便告知她的丈夫，要和那外来人会面。临末，她的丈夫说，"现在放你完全自由。（走与不走）你能够自己选择，并且还要自己负责任。"于是什么事全都改变，她就不走了。这样看来，娜拉倘也得到这样的自由，或者也便可以安住。

但娜拉毕竟是走的。走了以后怎样？易卜生并无解答；而且他已经死了。即使不死，他也不负解答的责任。因为易卜生是在做诗，不是为社会提出问题来而且代为解答。就如黄莺样，因为他自己要歌唱，所以他歌唱，不是要唱给人们听得有趣，有益。易卜生是很不通世故的，相传在许多妇女们一同招待他的筵宴上，代表者起来致谢他作了《傀儡家庭》，将女性的自觉、解放这些事，给人心以新的启示的时候，他却答道，"我写那篇却并不是这意思，我不过是做诗。"

娜拉走后怎样？——别人可是也发表过意见的。一个英国人曾作一篇戏剧，说一个新式的女子走出家庭，再也没有路走，终于堕落，进了妓院了。还有一个中国人——我称他什么呢？上海的文学家罢——说他所见的《娜拉》是和现译本不同，娜拉终于回来了。这样的本子可惜没有第二人看见，除非是易卜生自己寄给他的。但从事理上推想起来，娜拉或者也实在只有两条路：不是堕落，就是回来。因为如果是一只小鸟，则笼子里固然不自由，而一出笼门，外面便又有鹰，有猫，以及别的什么东西之类；倘使已经关得麻痹了翅子，忘却了飞翔，也诚然是无路可以走。还有一条，就是饿死了，但饿死已经离开了生活，更无所谓问题，所以也不是什么路。

人生最苦痛的是梦醒了无路可以走。做梦的人是幸福的；倘没有看出可走的路，最要紧的是不要去惊醒他。你看，唐朝的诗人李贺，不是困顿了一世的么？而他临死的时候，却对他的母亲说，"阿妈，上帝造成了白玉楼，叫我做文章落成去了。"这岂非明明是一个谎，一个梦？然而一个小的和一个老的,一个死的和一个活的,死的高兴地死去,活的放心地活着。说诳和做梦,在这些时候便见得伟大。所以我想,假使寻不出路,我们所要的倒是梦。

但是,万不可做将来的梦。阿尔志跋绥夫曾经借了他所做的小说,质问过梦想将来的黄金世界的理想家,因为要造那世界,先唤起许多人们来受苦。他说,"你们将黄金世界预约给他们的子孙了,可是有什么给他们自己呢?"有是有的,就是将来的希望。但代价也太大了,为了这希望,要使人练敏了感觉来更深切地感到自己的苦痛,叫起灵魂来目睹他自己的腐烂的尸骸。唯有说诳和做梦,这些时候便见得伟大。所以我想,假使寻不出路,我们所要的就是梦;但不要将来的梦,只要目前的梦。

然而娜拉既然醒了,是很不容易回到梦境的,因此只得走;可是走了以后,有时却也免不掉堕落或回来。否则,就得问:她除了觉醒的心以外,还带了什么去?倘只有一条像诸君一样的紫红的绒绳的围巾,那可是无论宽到二尺或三尺,也完全是不中用。她还须更富有,提包里有准备,直白地说,就是要有钱。

梦是好的;否则,钱是要紧的。

钱这个字很难听,或者要被高尚的君子们所非笑,但我总觉得人们的议论是不但昨天和今天,即使饭前和饭后,也往往有些差别。凡承认饭需钱买,而以说钱为卑鄙者,倘能按一按他的胃,那里面怕总还有鱼肉没有消化完,须得饿他一天之后,再来听他发议论。

所以为娜拉计,钱——高雅的说罢,就是经济,是最要紧的了。自由固不是钱所能买到的,但能够为钱而卖掉。人类有一个大缺点,就是常常要饥饿。为补救这缺点起见,为准备不做傀儡起见,在目下的社会里,经济权就见得最要紧了。第一,在家应该先获得男女平均的分配;第二,在社会应该获得男女相等的势力。可惜我不知道这权柄如何取得,单知道仍然要战斗;或者也许比要求参政权更要用剧烈的战斗。

要求经济权固然是很平凡的事,然而也许比要求高尚的参政权以及博大的女子解放之类更烦难。天下事尽有小作为比大作为更烦难的。譬如现在似的冬天,我们只有这一件棉袄,然而必须救助一个将要冻死的苦人,否则便须坐在菩提树下冥想普度一切人类的方法去。普度一切人类和救活一人,大小实在相去太远了,然而倘叫我挑选,我就立刻到菩提树下去坐着,因为免得脱下唯一的棉袄来冻杀自己。所以在家里说要参政权,是不至于大遭反对的,一说到经济的平均分配,或不免面前就遇见敌人,这就当然要有剧烈的战斗。

战斗不算好事情,我们也不能责成人人都是战士,那么,平和的方法也就可贵了,这就是将来利用了亲权来解放自己的子女。中国的亲权是无上的,那时候,就可以将财产平均地分配子女们,使他们平和而没有冲突地都得到相等的经济权,此后或者去读书,或者去生发,或者为自己去享用,或者为社会去做事,或者去花完,都请便,自己负责任。这虽然也是颇远的梦,可是比黄金世界的梦近得不少了。但第一需要记性。记性不佳,是有益于己而有害于子孙的。人们因为能忘却,所以自己能渐渐地脱离了受过的苦痛,也因为能忘却,所以往往照样地再犯前人的错误。被虐待的儿媳做了婆婆,仍然虐待儿媳;嫌恶学生的官吏,每是先前痛骂官吏的学生;现在压迫子女的,有时也就是十年前的家庭革命者。这也许与年龄和地位都有关系罢,但记性不佳也是一个很大的原因。救济法就是各人去买一本 notebook 来,将自己现在的思想举动都记上,作为将来年龄和地位都改变了之后的参考,假如憎恶孩子要到公园去的时候,取来一翻,看见上面有一条道,"我想到中央公园去",那就即刻心平气和了。别的事也一样。

世间有一种无赖精神,那要义就是韧性。听说"拳匪"乱后,天津的青皮,就是所谓无赖者很跋扈,譬如给人搬一件行李,他就要两元,对他说这行李小,他说要两元,对他说道路近,他说要两元,对他说不要搬了,他说也仍然要两元。青皮固然是不足为法的,而那韧性却大可以佩服。要求经济权也一样,有人说这事情太陈腐了,就答道要经济权;说是太卑鄙了,就答道要经济权;说是经济制度就要改变了,用不着再操心,也仍然答道要经济权。

其实,在现在,一个娜拉的出走,或者也许不至于感到困难的,因为这人物很特别,举动也新鲜,能得到若干人们的同情,帮助着生活。生活在人们的同情之下,已经是不自由了,然而倘有一百个娜拉出走,便连同情也减少,有一千一万个出走,就得到厌恶了,断不如自己握着经济权之为可靠。

在经济方面得到自由,就不是傀儡了么?也还是傀儡。无非被人所牵的事可以减少,而自己能牵的傀儡可以增多罢了。因为在现在的社会里,不但女人常作男人的傀儡,就是男人和男人,女人和女人,也相互地作傀儡,男人也常作女人的傀儡,这决不是几个女人取得经济权所能救的。但人不能饿着静候理想世界的到来,至少也得留一点残喘,正如涸辙之鲋,急谋升斗之水一样,就要这较为切近的经济权,一面再想别的法。

如果经济制度竟改革了,那上文当然完全是废话。

然而上文,是又将娜拉当作一个普通的人物而说的,假使她很特别,自己情愿闯出去做牺牲,那就又另是一回事。我们无权去劝诱人做牺牲,也无权去阻止人做牺牲。况且世上也尽有乐于牺牲,乐于受苦的人物。欧洲有一个传说,耶稣去钉十字架时,休息在 Ahasvar 的檐下,Ahasvar 不准他,于是被了咒诅,使他永世不得休息,直到末日裁判的时候。Ahasvar 从此就歇不下,只是走,现在还在走。走是苦的,安息是乐的,他何以不安息呢?虽说背着咒诅,可是大约总该是觉得走比安息还适意,所以始终狂走的罢。

只是这牺牲的适意是属于自己的,与志士们之所谓为社会者无涉。群众——尤其是中国的——永远是戏剧的看客。牺牲上场,如果显得慷慨,他们就看了悲壮剧;如果显得觳觫,他们就看了滑稽剧。北京的羊肉铺前常有几个人张着嘴看剥羊,仿佛颇愉快,人的牺牲能给与他们的益处,也不过如此。而况事后走不几步,他们并这一点愉快也就忘却了。

对于这样的群众没有法,只好使他们无戏可看倒是疗救,正无需乎震骇一时的牺牲,不如深沉的韧性的战斗。

可惜中国太难改变了,即使搬动一张桌子,改装一个火炉,几乎也要血;而且即使有了血,也未必一定能搬动,能改装。不是很大的鞭子打在背上,中国自己是不肯动弹的。我想这鞭子总要来,好坏是别一问题,然而总要打到的。但是从那里来,怎么地来,我也是不能确切地知道。

我这讲演也就此完结了。

中年是下午茶

董　桥

一

中年最是尴尬。天没亮就睡不着的年龄。只会感慨不会感动的年龄。只有哀愁没有愤怒的年龄。中年是吻女人额头不是吻女人嘴唇的年龄；是用浓咖啡服食胃药的年龄。中年是下午茶：忘了童年的早餐吃的是稀饭还是馒头；青年的午餐那些冰糖元蹄葱爆羊肉都还没有消化掉；老年的晚餐会是清蒸石斑还是红烧豆腐也没注意；至于八十岁以后的夜宵就更渺茫了：一方饼干？一杯牛奶？总之这顿下午茶是搅一杯往事、切一块乡愁、榨几滴希望的下午。不是在伦敦夏蕙那么维多利亚的地方，也不是在成功大学对面冰室那么苏雪林的地方，更不是在北平琉璃厂那么闻一多的地方；是在没有艾略特、没有胡适之、没有周作人的香港。诗人庞德太天真了，竟说中年乐趣无穷，其中一乐是发现自己当年做得对，也发现自己比十七岁或者二十三岁那年的所思所为还要对。人已彻骨，天尚含糊；岂料诗人比天还含糊！中年是看不厌台静农的字看不上毕加索的画的年龄："山郭春声听夜潮，片帆天际白云遥；东风未绿秦淮柳，残雪江山是六朝！"

二

中年是杂念越想越长、文章越写越短的年龄。可是纳波可夫在巴黎等着去美国的期间，每天彻夜躲在冲凉房里写书，不敢吵醒妻子和婴儿。陀斯妥耶夫斯基怀念圣彼得堡半夜里还冒出白光的蓝天，说是这种天色教人不容易也不需要上床，可以不断写稿。梭罗一生独居，写到笔下约翰·布朗快上吊的时候，竟夜夜失眠，枕头下压着纸笔，辗转反侧之余随时在黑暗中写稿。托玛斯·曼临终前在威尼斯天天破晓起床，冲冷水浴，在原稿前点上几支蜡烛，埋头写作二三小时。亨利·詹姆斯日夜写稿，出名多产，跟名流墨客夜夜酬酢，半夜里回到家里还可以坐下来给朋友写十六页长的信。他们都是超人：杂念既多，文章也多。

中年是危险的年龄：不是脑子太忙、精子太闲；就是精子太忙、脑子太闲。中年是一次毫无期待心情的约会：你来了也好，最好你不来！中年的故事是那只扑空的精子的故事：那只精子日夜在精囊里跳跳蹦蹦锻炼身体，说是将来好抢先结成健康的胖娃娃；有一天，精囊里一阵滚热，千万只精子争先恐后往闸口奔过去，突然间，抢在前头的那只壮精子转身往回跑，大家莫名其妙问他干吗不抢着去投胎？那只壮精子喘着气说："抢个屁！他在自渎！"

三

"数卷残书,半窗寒烛,冷落荒斋里。"这是中年。《晋书》本传里记阮咸,说"七月七日,北阮盛晒衣服,皆锦绮灿目。咸以竿挂大布犊鼻于庭。人或怪之。答曰:'未能免俗,聊复尔耳!'"大家晒出来的衣服都那么漂亮,家贫没有多少衣服好晒的人,只好挂出了粗布短裤,算是不能免俗,姑且如此而已。

中年是"未能免俗,聊复尔耳"的年龄。

中　年

周作人

虽然四川开县有二百五十岁的胡老人,普通还只是说人生百年。其实这也还是最大的整数,若是人民平均有四五十岁的寿,那已经可以登入祥瑞志,当什么寿星看了。我们乡间称三十六岁为本寿,这时候死了,虽不能说寿考,也就不是夭折。这种说法我觉得颇有意思。日本兼好法师曾说:"即使长命,在四十以内死了最为得体。"虽然未免性急一点,却也有几分道理。

孔子曰,"四十而不惑。"吾友某君则云,人到了四十岁便可以枪毙。两样相反的话,实在原是盾的两面。合而言之,若曰,四十可以不惑,但也可以不不惑,那么,那时就是枪毙了也不足惜云尔。平常中年以后的人大抵胡涂荒谬的多,正如兼好法师所说,过了这个年纪,便将忘记自己的老丑。想在人群中胡混,执著人生,私欲益深,人情物理都不复了解,"至可叹息"是也。不过因为怕献老丑,便想得体地死掉,那也似乎可以不必。为什么呢?假如能够知道这些事情,就很有不惑的希望,让他多活几年也不碍事。所以在原则上我虽赞成兼好法师的话,但觉得实际上还可稍加斟酌,这倒未必全是为自己道地,想大家都可见谅的罢。

我决不敢相信自己是不惑,虽然岁月是过了不惑之年好久了,但是我总想努力不至于不不惑,不要人情物理都不了解。本来人生是一贯的,其中却分几个段落,如童年,少年,中年,老年,各有意义,都不容空过。譬如少年时代是浪漫的,中年是理智的时代,到了老年差不多可以说是待死堂的生活罢。然而中国凡事是颠倒错乱的,往往少年老成,摆出道学家超人志士的模样,中年以来重新来秋冬行春令,大讲其恋爱等等,这样地跟着青年跑,或者可以免于落伍之讥,实在犹如将昼作夜,"拽直照原":只落得不见日光而见月亮,未始没有好些危险。我想最好还是顺其自然,六十过后虽不必急做寿衣,唯一只脚确已踏在坟里,亦无庸再去讲斯坦那赫博士结扎生殖腺了,至于恋爱则在中年以前应该毕业,以后便可应用经验与理性去观察人情与物理,即使在市街战斗或示威运动的队伍里少了一个人,实在也有益无损,因为后起的青年自然会去补充(这是说假如少年不是都老成化了,不在那里做各种八股),而别一队伍里也就多了一个人,犹如退伍兵去研究动物学,反正于参谋本部的作战计划并无什么妨碍的。

话虽如此,在这个当儿要使它不发生乱调,实在是不大容易的事。世间称四十左右曰危险时期,对于名利,特别是色,时常露出好些丑态,这是人类的弱点,原也有可以容忍的地方。但是可容忍与可佩服是绝不相同的事情,尤其是无惭愧地,得意似的那样做,还仿佛是我们的模范似的那样做,那么容忍也还是我们从数十年来的世故中最大的应许,若鼓吹护持似乎可以无须了罢。我们少年时浪漫地崇拜许多英雄,到了中年再一回顾,那些旧日的英雄,无论是道学家或超人志士,此时也都是老年中年了,差不多尽数地不是显出泥脸便即露出羊脚,给我们一个不客气的幻灭。这有什么办法呢,自然太太的计划谁也难违拗她。风水与流年也好,遗传与环境也好,总之是说明这个的可怕。这样说来,得体地活着这件事或者比得体地死要难得多,假如我们过了四十却还能平凡地生活,虽不见得怎么得体,也不至于怎样出丑,这实在要算是侥天之幸,不能不知所感谢了。

人是动物,这一句老实话,自人类发生以至地球毁灭,永久是实实在在的,但在我们人类则须经过相当年龄才能明白承认。

所谓动物,可以含有科学家一视同仁的"生物"与儒教徒骂人的"禽兽"这两种意思,所以对于这一句话人们也可以有两样态度。其一,以为既同禽兽,便异圣贤,因感不满,以至悲观。其二,呼铲曰铲,本无不当,听之可也。我可以说就是这样地想,但是附加一点,有时要去纵核名实言行,加以批评。本来棘皮动物不会肤如凝脂,怒毛上指的猫不打着呼噜,原是一定的理,毋庸怎么考核,无如人这动物是会说话的,可以自称什么家或主倡某主义等,这都是别的众生所没有的。我们如有闲一点儿,免不得要注意及此。譬如普通男女私情我们可以不管,但如见一个社会栋梁高谈女权或社会改革,却照例纳妾等等,那犹如无产首领浸在高贵的温泉里命令大众冲锋,未免可笑,觉得这动物有点变质了。我想文明社会上道德的管束应该很宽,但应该要求诚实,言行不一致是一种大欺诈,大家应该留心不要上当。我想,我们与其伪善还不如真恶,真恶还是要负责任,冒危险。

我这些意思恐怕都很有老朽的气味,这也是没有法的事情。年纪一年年的增多,有如走路一站站的过去,所见既多,对于从前的意见自然多少要加以修改。这是得呢失呢,我不能说。不过,走着路专为贪看人物风景,不复去访求奇遇,所以或者比较地看得平静仔细一点也未可知。然而这又怎么能够自信呢?

怀四十岁的志摩

郁达夫

眼睛一眨,志摩去世,已经交五年了;在上海那一天阴晦的早晨的凶报,福煦路上遗宅里的仓皇颠倒的情形,以及其后灵柩的迎来,吊奠的开始,尸骨的争夺,和无理解的葬事的经营等情状,都还在我的目前,仿佛是今天早晨或昨天的事情。志摩落葬之后,我因为不愿意和那一位商人的老先生见面,一直到现在,还没有去墓前倾一杯酒,献一朵花;但推想起来,墓木纵不可拱,总也已经宿草盈阡了罢?志摩有灵,当能谅我这故意的疏懒!

综志摩的一生,除他在海外的几年不算外,自从中学入学起直到他的死后为止,我是他的命运的热烈的同情旁观者;当他死的时候,和许多朋友夹在一道,曾经含泪写过一篇极简略的短文,现在时间已经经过了五年,回想起来,觉得对他的余情还有许多郁蓄在我的胸中。仅仅一个空泛的友人,对他尚且如此,生前和他有更深的交谊的许多女友,伤感的程度自然可以不必说了,志摩真是一个淘气,讨爱,能使你永久不会忘怀的顽皮孩子!

称他作孩子,或者有人会说我卖老,其实我也不过是与他同年生,生日也许比他还后几日,不过他所给我的却是一个永不会老的新鲜活泼的孩子的印象。

志摩生前,最为人所误解,而实际也许是催他速死的最大原因之一的一重性格,是他的那股不顾一切,带有激烈的燃烧性的热情。这热情一经激发,便不管天高地厚,人死我亡,势非至于将宇宙都烧成赤地不可。发而为诗,就成就了他的五光十色,灿烂迷人的七宝楼台,使他的名字永留在中国的新诗史上。以之处世,毛病就出来了,他的对人对物的一身热恋,就使他失欢于父母,得罪于社会,甚而至于还不得不遗垢于死后。他和小曼的一段浓情,在他的诗里,日记里,书简里,随处都可以看得出来;若在进步的社会里,有理解的社会里,这一种事情,岂不是千古的美谈?忠厚柔艳如小曼,热烈诚挚若志摩,遇合在一道,自然要发放火花,烧成一片了,那里还顾得到纲常伦教?更那里还顾得到宗法家风?当这事情正在北京的交际社会里成话柄的时候,我就佩服志摩的纯真与小曼的勇敢,到了无以复加。记得有一次在来今雨轩吃饭的席上,曾有人问起我对这事的意见,我就学了《三剑客》影片里的一句话回答他:"假使我马上要死的话,在我死的前头,我就只想做一篇伟大的史诗,来颂美志摩和小曼。"

情热的人,当然是不能取悦于社会,周旋于家室,更或至于不善用这热情的;志摩在死的前几年的那一种穷状,那一种变迁,其罪不在小曼,不在小曼以外的他的许多男女友人,当然更不在志摩自身;实在是我们的社会,尤其是那一种借名教作商品的商人根性,因不理解他的缘故,终至于活生生的逼死了他。

志摩的死,原觉得可惜的很;人生的三四十前后——他死的时候是三十六岁——正是壮盛到绝顶的黄金时代。他若不死,到现在为止,五六年间,大约我们又可以多读到许多诗样的散文,诗样的小说,以及那一部未了的他的杰作——《诗人的一生》;可是一面,正因他的突然的死去,倒使这一部未完的杰作,更加多了深厚的回味之处却也是真的。所以在他去世的当时,就有人说,志摩死得恰好,因为诗人和美人一样,老了就不值钱了。况且他的这一种死法,又和罢伦,奢来的死法一样,确是最适合他身分的死。若把这话拿来作自慰之辞,原也有几分真理含着,我却终觉得不是如此的;志摩原可以活下去,那一件事故的发生,虽说是偶然的结果,但我们若一追究他的所以不得不遭逢这惨事的原因,那我在前面说过的一句话,"是无理解的社会逼死了他",就成立了。我们所处的社会,真是一个如何狭量,险恶,无情的社会!不是身处其境,身受其毒的人,是无从知道的。

过去的事情,已经过去了;我们在志摩的死后,再来替他打抱不平,也是徒劳的事情。所以这次当志摩四十岁的诞辰,我想最好还是做一点实际的工作来纪念他,较为适当;小曼已经有编纂他的全集的意思了,这原是纪念志摩的办法之一,此外象志摩文学奖金的设定,和他有关的公共机关里纪念碑胸像的建立,志摩图书馆的发起,以及志摩传记的编撰等等,也是都可以由我们后死的友人,来做的工作。可恨的是时势的混乱,当这一个国难的关头,要来提倡尊重诗人,是违背事理的;更可恨的是世情的浇薄,现在有些活着的友人,一旦钻营得了大位,尚且要排挤诋毁,诬陷压迫我们这些无权无势的文人,对于死者那更加可以不必说了。"侬今葬花人笑痴,他年葬侬知是谁?"悼吊志摩,或者也就是变相的自悼罢!

年　龄

梁实秋

从前看人作序，或题画，或是写匾，在署名的时候往往特别注明"时年七十有二"、"时年八十有五"或是"时年九十有三"，我就肃然起敬。春秋时人荣启期以为行年九十是人生一乐，我想拥有一大把年纪的人大概是有一种可在人前夸耀的乐趣。只是当时我离那耄耋之年还差一大截子，不知自己何年何月才有资格在署名的时候也写上年龄。我揣想署名之际写上自己的年龄，那时心情必定是扬扬得意，好像是在宣告："小子们，你们这些黄口小儿，乳臭未干，虽然幸离襁褓，能否达到老夫这样的年龄恐怕尚不可知哩。"须知得意不可忘形，在夸示高龄的时候，未来的岁月已所余无几了。俗语有一句话说："棺材是装死人的，不是装老人的。"话是不错，不过你试把棺盖揭开看看，里面躺着的究竟是以老年人为多。年轻的将来岁月尚多，所以我们称他为富于年。人生以年龄计算，多活一年即是少了一年，人到了年促之时，何可夸之有？我现在不复年轻，看人署名附带声明时年若干若干，不再有艳羡之情了。倒是看了富于年的英俊，有时不胜羡慕之至。

裸子植物和双子叶植物，其茎部的细胞因春夏成长秋冬停顿之故而形成所谓年轮，我们可以从而测知其年龄。人没有年轮，而且也不便横切开来察验。人年纪大了常自谦为马齿徒增，也没有人掰开他的嘴巴去看他的牙齿。眼角生出鱼尾纹，脸上遍洒黑斑点，都不一定是老朽的征象。头发的黑白更不足为凭。有人春秋鼎盛而已皓首皤皤，有人已到黄耇之年而顶上犹有"不白之冤"，这都是习见之事。不过，岁月不饶人，冒充少年究竟不是容易事。地心的吸力谁也抵抗不住。脸上、颈上、腰上、踝上，连皮带肉的往下坠，虽不至于"载跋其胡"，那副龙钟的样子是瞒不了人的。别的部分还可遮盖起来，面部经常暴露在外，经过几番风雨，多少回风霜，总会留下一些痕迹。

好像有些女人对于脸上的情况较为敏感。眼窝底下挂着两个泡囊，其状实在不雅，必剔除其中的脂肪而后快。两颊松懈，一条条的沟痕直垂到脖子上，下巴底下更是一层层的皮肉堆累，那就只好开刀，把整张的脸皮揪扯上去，像国剧一些演员化装那样，眉毛眼睛一齐上挑，两腮变得较为光滑平坦，皱纹似乎全不见了。此之谓美容、整容，俗称之为拉皮。行拉皮手术的人，都秘不告人，而且讳言其事。所以在饮宴席上，如有面无皱纹的年高名婆在座，不妨含混的称赞她驻颜有术，但是在点菜的时候不宜高声的要鸡丝拉皮。

其实自古以来也有不少男士热衷于驻颜。南朝宋颜延之《庭诰文》："炼形之家，必就深旷，友飞灵，糇丹石，粒精英，所以还年却老，延华驻采。"道家炼形养元，可以尸解升天，岂只延华驻采？这都是一些姑妄言之的神话。贵为天子的人才真的想要还老却老，千方百计的求那不老的仙丹。看来只有晋孝武帝比较通达事理，他饮酒举杯属长星（即彗星）："长星，劝尔一杯酒，自古何时有万岁天子？"可是一般的天子或近似天子的人都喜欢听人高呼万岁无疆！

除了将要诹吉纳采交换庚帖之外，对于别人的真实年龄根本没有多加探讨的必要。但是我们的习俗,于请教"贵姓"、"大名"、"府上"之后,有时就会问起"贵庚"、"高寿"。有人问我多大年纪,我据实相告"七十八岁了"。他把我上下打量,摇摇头说:"不像,不像,很健康的样子,顶多五十。"好像他比我自己知道得更清楚。那是言不由衷的恭维话,我知道,但是他有意无意的提醒了我刚忘记了的人生四苦。能不能不提年龄。说一些别的,如今天天气之类?

女人的年龄是一大禁忌,不许别人问的。有一位女士很旷达,人问其芳龄,她据实以告:"三十以上,八十以下。"其实人的年龄不大容易隐密,下一番考证功夫,就能找出线索,虽不中亦不远矣。这样做,除了满足好奇心以外,没有多少意义。可是人就是好奇。有一位男士在咖啡厅里邂逅一位女士,在暗暗的灯光之下他实在摸不清对方的年龄,他用臂肘触了我一下,偷偷的在桌下伸出一只巴掌,戟张着五指,低声问我有没有这个数目,我吓了一跳,以为他要借五万块钱,原来他是打听对方芳龄有无半百。我用四个字回答他:"干卿底事?"有一位道行很高的和尚,涅槃的时候据说有一百好几十岁,考证起来聚讼纷纷,据我看,估量女士的年龄不妨从宽,七折八折优待。计算高僧的年腊也不妨从宽,多加三成五成。

人到了迟暮,如石火风灯,命在须臾,但是仍不喜欢别人预言他的大限。邱吉尔八十岁过生日,一位冒失的新闻记者有意讨好的说:"邱吉尔先生,我今天非常高兴,希望我能再来参加你的九十岁的生日宴。"邱吉尔耸了一下眉毛说:"小伙子,我看你身体满健康的,没有理由不能来参加我九十岁的宴会。"胡适之先生素来善于言词,有时也不免说溜了嘴,他六十八岁时候来台湾,在一次欢宴中遇到长他十几岁的齐如山先生,没话找话的说:"齐先生,我看你活到九十岁决无问题。"齐先生楞了一下说:"我倒有个故事,有一位矍铄老叟,人家恭维他可以活到一百岁,忿然作色曰:'我又不吃你的饭,你为什么限制我的寿数?'"胡先生急忙道歉:"我说错了话。"

老人转世

周作人

我于前清光绪十年甲申十二月诞生,实在已是公元一八八五年的一月里了。照旧例的干支说来,当然仍是甲申,在中国近代史上,的确是多难的一年;法国正在侵略印度支那,中国战败,柬埔寨就不保了。不过在那时候,相隔又是几千里,哪里会有什么影响? 所以我很是幸运的,在那时,天下太平的空气中出世了。

我的诞生是极平凡的,没有什么事先的奇瑞,也没见恶的联兆。但是有一种传说,后来便以讹传讹,说是一个老和尚转生的,自然这都是迷信罢了。事实是有一个我堂房阿叔,和我是共高祖的,那一天里出去夜游,到得半夜里回来,进内堂的门时,仿佛看见一个白须老人站在那里,但转瞬却是不见了。这可能是他的眼花,所以有此错觉,可是他却信为实有,传扬出去,而我适值恰于这后半夜出生;因为那时大家都相信有投胎转世这一回事,也就听信了他,后来并且以讹传讹地说成是老和尚了。当时,我对这种浪漫的传说,颇有点喜欢,一九三一年曾经为人写一单条云:

"一月三十日晨,梦中得一诗云,'偃息禅堂中,沐浴禅堂外,动止虽有殊,心闲故无碍。'族人或云余前身为一老僧,其信然耶? 三月七日上午书此,时杜逢辰君养病北海之滨,便持赠之,聊以慰其寂寞。"本来是想等裱装好了送,后乃因循未果,杜君旋亦病重谢世了。两三年之后,我做那首打油诗,普通被称为"五十自寿"的七律,其首联云:"前世出家今在家,不将袍子换袈裟。"即是用的这个故典。我自信是个"神灭论者",如今乃用老人转世的故典,其打油的程度为何如,正是可想而知了。

因为我是老头子转世的人,虽然即此可以免于被称作"头世人"——谓系初次做人,故不大懂得人世的情理;至于前世是什么东西,虽然未加说明,也总是不大高明的了——但总之是有点顽梗,其不能讨人们的喜欢,大抵是当然的了。我不想举出事实,也实在没有事实,可以证明这事,现在只想一讲我在四五岁的年头上遇着的一个大灾难,即是出天花;这不但几乎夺去了我的生命,而且即使性命保全了,却变了麻子,一个麻脸的老和尚,这是多么的讨厌的东西呀! 说到这里,应当赶紧的声明一句,幸而二者都不,这是对于我的祖母、母亲的照顾应该感谢的。

痘为小儿的一大病,凡人都要经过这一难关。但只要人工的种过痘,无论土法或洋法,这便是牛痘,就可保无危险。可怕的痘神给种的"天然痘",它的死亡率不知百分之几,幸免的也要脸上加密圈。我所出的便是这种"天花"。据说在那偏僻地方,也有打官话的医官有时出张,施种牛痘,但是在两三年内大约医官不曾光临,所以也就淡然处之,直待痘儿哥哥或痘儿姐姐来给种上了。那时是我先出天花,不久把只周岁左右的妹子也给感染了。妹子名叫端姑,如果也是在北京的祖父给取的名字,那么一定也是得家信的这一天里,有一位姓端的旗籍大员适值来访,所以借用的;不过或者是女孩,不用此例,也未可知。据说这个妹子长得十分可喜,有一回我看她脚上的大拇趾,太是可爱了,便不禁咬了它一口,她大声哭了起来,大人急忙走来,才知道是我的顽劣行为。当天花初起时,我的病状十分险恶,妹子的却很顺当,大家正很放心,把两个孩子放在一间房里睡,有一天两人都在睡觉,忽然听见呀了一声。(不知道是谁在叫,据推测这是天花鬼的叫声。它从我这边出来,钻到妹子那里去了,那么在我也没有叫唤之必要,所以只好存疑了。)大人惊起看时,妹子的痘便都已隐入,我却显是好转了。急忙的去请天花寺门的王医师来看,已经来不及挽回,结果妹子终于死。后来葬在龟山的山后,父亲自己写了"周端姑之墓"五个字,凿一小石碑立于坟前,直到一九一九年鲁迅回去搬家,才把这坟和四弟的坟都迁葬于逍遥溇的。

鲁迅在种牛痘的时候,也只有两三岁光景,但他对于当时情形记得清清楚楚,连医官的墨晶大眼镜和他的官话,都还不曾忘记。我出天花是四五岁了,比他那时要大两三岁,可是什么都不记得了。只是听大人们追述,这才知道一点,据说因为病人发热怕光,一半也因了迷信关系,把房间窗门都用红纸糊封,而且还把眼睛也糊了红纸。这当时不晓得是否玩笑话,但听去又像在讲真话,所以我那眼睛实在有没有被封过,封了又是什么用意,现在已经无法质询,因此无从知道了。在天花结痂的时候,据说很是要紧,因为很痒不免要去搔爬,而这一搔爬可就坏了大事,脸上麻点的有无或多少,就在这里决定了。我是幸亏祖母看得很好,将两只手紧紧的捆住了,不让它动一动,当时虽然很窘,大约哭得很凶吧;然而也因此免于脸上雕花,这与我的出天花而幸得不死,都是很可庆幸的。

我在十岁以前,生过的病很多,已经都记不得,而且中医的说法都很奇怪,所以更说不清是食裹火或火裹痰了。不过其中顶利害的是因为没有奶吃,所以雇了一个奶妈,而这奶妈原来也是没有什么奶的;为的骗得小孩不闹,便在门口买种种东西给他吃,结果自然是消化不良,瘦弱得要死,可是好像是害了馋痨病似的,看见什么东西又都要吃。为的对症服药,大人便什么都不给吃,只准吃饭和腌鸭蛋——这是法定的养病的唯一的副食物。这在馋痨病的小孩一定是很苦痛的,但是我也完全不记得了,这是很可感谢的。只记得本家的老辈有时提起说:

"二阿官那时的吃饭是很可怜相的,每回一茶盅饭,一小牙(四分之一)的腌鸭子,到我们的窗口来吃。"她对我提示这话,我总是要加以感谢的。虽然在她同情的口气后面,可能隐藏着有什么恶意;因为她是挑拨离间的好手,此人非别,即鲁迅在《朝花夕拾》里所写的"衍太太"是也。

自传难写

老 舍

自古道:今儿个晚上脱了鞋,不知明日穿不穿;天有不测的风云啊!为留名千古,似应早早写下自传;自己不传,而等别人偏劳,谈何容易!以我自己说吧,眼看就快四十了,万一在最近的将来有个山高水远,还没写下自传,岂不是大大的一个缺憾?!

可是,说起来就有点难受。自传不难哪,自要有好材料。材料好办;"好材料",哼,难,自传的头一章是不是应当叙说家庭族系等等?自然是。人由何处生,水从哪儿来,总得说个分明。依写传的惯例说,得略述五千年前的祖宗是纯粹"国种",然后详道上三辈的官衔,功德,与著作。至少也得来个"清封大夫"的父亲,与"出自名门"的母亲。没有这么适合体裁的双亲,写出去岂不叫人笑掉门牙,您看,这一招儿就把咱撅个对头弯;咱没有这种父母,而且准知道五千年前的祖宗不见得比我高明。好意思大书特书"清封普罗大夫",与"出自不名之门"么?就是有这个勇气,也危险呀:普罗大夫之子共党耳,推出斩首,岂不糟了?!英雄不怕出身低,可也得先变成英雄啊。汉刘邦是小小的亭长,淮阴侯也讨过饭吃,可是人家都成了英雄,自然有人捧场喝彩。咱是不是英雄?对镜审查,不大像!

自传的头一章根本没着落。

再说第二章吧。这儿应说怎么降生:怎么在胎中多住了三个多月,怎么产房闹妖精,怎么天上落星星,怎么生下来啼声如豹,怎么左手拿着块现洋……我细问过母亲,这些事一概没有。母亲只说:生下来奶不足,常贴吃糕干——所以到如今还有时候一阵阵的发糊涂。

第二章又可以休矣。

第三章得说幼年入学的光景喽。"幼怀大志,寡言笑,囊萤刺股……"这多么好听,可是咱呢,不记得有过大志,而是见别人吃糖馅烧饼就馋得慌——到如今也没完全改掉。逃学的事倒不常干。而挨手板与罚跪说起来似乎并不光荣。第三章,即使勉强写出,也不体面。

没有前三章,只好由第四章写了,先不管有这样的书没有。这一章应写青春时期。更难下笔。假如专为泄气,又何必自传;当然得吹腾着点儿。事情就奇怪,想吹都吹不起来。人家牛顿先生看苹果落地就想起那么多典故来,我看见苹果落地——不,不等它落地就摘下来往嘴里送。青春时期如此,现在也没长进多少,不但没做过惊天动地的事,而且没存过惊天动地的心。偶尔大喊一声,天并不惊;跺地两脚,地也不动。第四章又是糖心的炸弹,没响儿!

以下就不用说了，伤心！

自传呢，下世再说。好在马上为善，或者还不太晚，多积点阴功，下辈子咱也生在贵族之家，专是自传的第一章就能写八万字。气死无数小布尔乔亚。等着吧，这个事是急不得的。

一个老战兵

沈从文

当时在补充兵的意义下每日受军事训练的，本城计分三组，我所属的一组为城外军官团陈姓教官办的，那时说来似乎高贵一些。另一组在城里镇守使衙门，归镇守使署卫队杜连长主持，名分上便稍差些。这两处皆用新式入伍训练。还有一处归我本街一个老战兵滕四叔所主持，用的是旧式教练。新式教练看来虽十分合用，钢铁的纪律把每个人皆造就得自重强毅，但实在说来真无趣味。且想想，一群小孩子，最大的不过十七岁，较小的还只十二岁，一下操场总是两点钟，一个跑步总是三十分钟，姿势稍稍不合就是当胸一拳，服装稍稍疏忽就是一巴掌，盘杠杆，从平台上拿顶，向木马上扑过，一下子摔到地上时，哼也不许哼一声儿，过天桥时还得双眼向前平视，来回作正步通过，野外演习时，不管是水是泥，喊卧下就得卧下，这规矩真不大同本地小孩性格相宜。可是旧式的那一组，他们却太潇洒了。他们学的是翻筋斗，打藤牌，舞长稍，耍齐眉棍。我们穿一色到底的灰衣，他们却穿花衣，他们有描花皮类的盾牌，用藤类编成的圆盾牌，有弓箭，有标枪，有各种华丽悦目的武器。他们或单独学习，或成对厮打，各人皆各照自己意见去选择。他们常常是一人手持盾牌单刀，一人使关刀或戈矛，照规矩练"大刀取耳""单戈破牌"或其他题目。两人一面厮打一面喊"砍""杀""摔""坐"，应当归谁翻一个筋斗时，另一个就用敏捷的姿势退后一步，让出个小小地位，应当归谁败下时，败的跌倒时也有一定的章法，做得又雅致又活泼。作教师的在身旁指点，稍有了些错误，自己就占据到那个地位上去，为他们纠正。

这教师就是个奇人趣人，不拘向任何一方翻筋斗时，毫不用力，只需把头一偏，即刻就可以把身体在空中打一个转折。他又会爬树，极高的桅子，顷刻之间就可上去。他又会拿顶，在城墙雉堞上，在城楼上，在高桅半空旗科上，无地无处不可以身体倒竖把手当成双脚，来支持很久的时间。他又会泅水，任何深处皆可以一余子到底，任何深处皆可泅去。他又会摸鱼，叉鱼，钓鱼，有鱼的地方他就可以得鱼。他又明医术，谁跌碰伤了手脚时，随手采几样路边草药，捣碎敷上，就可包好。他又善于养鸡养鸭，大门前常有许多高贵种类的斗鸡。他又会栽花，会接果树，会用泥土捏塑人像。

这旧式的一组能够存在，且居然能够招收许多子弟，实在说来，就全为的是这个教练的奇才异能。他虽同那么一大堆小孩子成天在一处过日子，却从不拿谁一个钱，也从不要公家津贴一个钱，他只属于中营的一个老战兵，他做这件事也只因为他欢喜同小孩子在一处。全城人皆喊他为"滕师傅"，他却的的确确不委屈这一个称呼。他样样来得懂得，并且无一事不精明在行，你要骗他可不成，你要打他你打不过他。最难得处就是他比谁也和气，比谁也公道。

但由于他是一个不识字的老战兵,见"额外""守备"这一类小官时,也得谦谦和和地喊一声"总爷",同时他不单教小孩子打拳,有时还鼓励小孩子打架,他不只教他们摆阵,甚至于还教他们洗澡赌博,因此家中有规矩点的小孩,却不大到他这里来,到他身边来的,多数是些寒微人家子弟。

他家里藏了漆朱红花纹的牛皮盾牌,带红缨的标枪,镀银的方天画戟,白檀木的齐眉棍。他家中有无数的武器,同时也有无数的玩具,有锣,有鼓,有笛子和胡琴;有渔鼓简板,有骨牌与纸牌。大白天,家中总常常有人唱戏打牌,到了应当练习武艺时,弟子儿郎们便各自扛了武器到操坪去。天气炎热不练武,吃过饭后就带了一群小孩,并一笼雏鸭,拿了光致致的小鱼叉,一同出城下河去教练小孩子泅水,且用极优美姿势钻进深水中去摸鱼。

在我们新式两组里,谁犯了事,不管年龄大小,不是当胸一拳就是罚半点钟立正,或一个人独自绕操场跑步一点钟。可是在他们这方面,就不作兴这类处罚。一提到处罚,他们就嘲笑这是一种"洋办法",从他们看来十分好笑。至于他们的错误,改正错误的,却总是那师傅来一个示范的典雅动作,相伴一个微笑。犯了事,应该处罚,也总不外是罚他泅过河一次,或类似有趣味的待遇。我们敬畏老师,一见教官时就严肃了许多,他们则爱他的师傅,一近身时就潇洒快乐了许多。我们那两组学到后来得学打靶、白刃战的练习,终点是学科中的艰深道理,射击学,筑城学,以及种种不顺耳不切于生活的名词。他们学到后来却是驰马射箭,再多学些便学摆阵,人穿了五彩衣服,各自随方位调动,随鼓声进退。我们永远是枯燥的,把人弄呆板起来,对生命不流动的,他们却自始至终皆使人活泼而有趣,学习本身同游戏就无法分开。

本地武备补充训练既分三处,当时从学的,最合于事实的希望,大都只盼得一个守兵的名额。我们新式操练成绩虽不坏,可是当时考取守兵名役时,还仍然让那老战兵所教练的旧式一组得去名额最多。即到十六年后的现在,从三处出身的军官,精明、能干、勇敢、负责,也仍然是一个从他那儿受过基础教育的张姓团长的最在行出色。

当时我同那老战兵既同住一条街上,家中间或有了什么小事,还得常常请他帮忙。譬如要点药,或做点别的事,总少不了他。可是家中却不许我跟这战兵在一处,仍然要我扛了一枝青竹出城过军官团去学习撑高跳,让班长用拳头打胸脯,大约就为的是担心我跟这样俗气的人把习惯弄坏。但家中却料不到,数十年后在军队中好几次危险,我用来自救救人的知识,便差不多全是从那老战兵学来的!

在我那地方,学识方面使我敬重的是我一个姨父,带兵方面使我敬重的是我那个陈姓统领官,做人最美,技能最多,使我觉得他富于人性十分可爱的,却是这个老战兵。

家中对于我的放荡缺少任何方法来纠正,家中正为外出的爸爸卖去了大部分不动产,还了几笔较大的债务,景况一天比一天坏下去。加之二姊死去,因此母亲看开了些,以为"与其让我在家中堕入下流,不如打发我到世界上去学习生存。在各样机会上去做人,在各种生活上去得到知识与教训"。当我母亲那么打算了一下,去向一个杨姓军官谈及得到了那方面的许可,应允我用补充兵的名义同过辰州驻防时,我自己还正好泡在河水里,试验我从那老战兵处学来的沉入水底以后的耐久力,与仰卧水面的上浮力。这天正是七月十五中元节,我记得分明,我到河边还为的是拿些纸钱同水酒白肉奠祭河鬼,照习俗这一天谁也不敢落水,我把纸钱烧过后,却把酒倒到水中去,把肉吃尽,脱了衣裤,独自一人在清清的河水中拍浮了约两点钟左右。

七月十六那天早上,我就背了个小包袱,离开了本县学校,开始混进一个更广泛的学校了。

老渡船

李广田

我常想用一种最简单的方法记述一个人。但是每当我提起笔时,就觉得这是一件难事。其初,我认为我可以用一个故事作中心,来说明这人的性格和行为,但计划了很久却依然构不出一个故事,这是一个没有故事的人物。这人与一只载重的老渡船无异,坚实、稳固,而又最能适应水面上一切颠颠簸簸,风风雨雨。其实,从这个人眼里看出来的一切事物,都好像在一种风平浪静的情形中一样,他是那样安于他所遇到的一切,无所谓满意,更无所谓不满意,只是天天负了一身别人的重载,耐劳,耐苦,耐一切屈辱,而无一点怨尤,永被一个叫做"命运"的东西任意渡到这边,又渡到那边。若说故事,这就是他的故事,此外再没有什么故事了。他在这种情形中已度过了五十几个春秋;将来的日子也许还要这样过下去的吧,他已经把他那份生活磨炼得熔进他的生命中去了。

然则用一种职业来说明这个人又将怎样呢,这个却是更难的办法,我根本就不能决定他作的是什么职业。他是一个儿子的父亲,一个妻子的丈夫;另有一种关系,我就不知道应如何称呼,或者勉强可以说是他妻子的情人的对手吧——他那妻子的朋友是一个跑大河的水手,强悍有力,狡黠伶俐,硬派他作为对手,他恐怕太不胜任了。此外呢,最确实的他还是一个伙伴的伙伴。他那伙伴是一个铁匠,当然他也就是一个铁匠了,但这又决不是他的专门职业,何况他在打铁的工夫上又只是帮人家去打"下锤"。比起打铁来,他却还是在田地里为风日所吹炙的时候居多,他有二亩薄田,却恰恰不够维持全家的生计。

他的家庭——在名义上他应当是一个家主,为尊重人家的名义起见,我们还不能不说是他的家庭——他的家庭是在一种特殊情形中被人家称作"闲人馆"的,在一座宽大明亮的房间里,有擦得亮晶晶的茶具,有泡得香香的大叶儿茶,有加料的本地老烟丝,有铺得软软的大土炕,有坐下去舒舒服服的大木椅。在靠左边的那把椅子上坐落下来的时常是他的妻子,那是一个四十左右的女人,有瘦小身材,白色皮肤,虽然有几行皱纹横在前额,然而这个并不能证明她的衰老,倒是因了这个更显出这人的好性情,她似乎是一个最能体贴人心的妇人。她时常用了故意变得尖细的嗓音招呼:"××,××"——这里所作的记号是那位主人翁的乳名,为了尊重人家名字起见,恕我不把他的真名写出。假如在这样的招呼之下能立刻得到一声回答,接着当然是"给我做这个,给我做那个"之类的吩咐。但她也绝不会因为得不到一声回答而生气,因为她知道,她的××不是去做这个就是去做那个了,不然就是到田里去了,田里是永有做不尽的工作的,再不然就是到河上去了。是的,到河上去——这一来倒使我发觉我的话已走了岔路,我原是说那座屋里的情形的。我已说过,左边那把木椅上是他妻子,那么右边呢,一定是那位水手了,不然,那位水手老爷是一个怪物,他在船上掌舵时是一个精灵,他回到这座屋里来便成了一个幽魂,他是时常睡在那方铺得软软的大土炕上的。他不一定是睡，他只是躺着，反正有人为他满茶点烟。除非他的船要开行，或已经开行了，他是不常留在船上的，他昼夜躺在这儿很舒服，他也时常用像呓语一般的声音吩咐那个主人："到河上去，到河上去。"他又是一个能赚银子的英雄汉，他把他在水上漂来漂去所赚得的银子都换成这个女人身边的舒服了。话又要岔下去，还是回头来再说这座屋子里的情形吧，这屋子里是不断地有闲人来谈天的，就是在乡间，虽然忙着收获庄稼，或忙着过新年时，这屋子里也不少闲人来坐坐——这就是被称作"闲人馆"的原因了。这里有着不必花钱的烟和茶，又有许多可高可低的好座位，至于义务，则只要坐下来同那位水手或女人闲谈就足够，譬如谈种种货物的价钱，谈种种食品的滋味，有时候也谈起些远年的或远方的荒唐事情。

他的裁缝儿子是一个二十四五岁的年轻人，高大，漂亮，戴假金戒指，吸"小粉包"香烟，不爱说话，却常显出一种蔑视他人的神气，而他所最看不起的人也许就正好是他的爸爸。然而他总还喊爸爸，譬如他把人家的新衣完成了，他说："爸爸，给某家某家送衣服。"于是爸爸就去送衣服了。这位裁缝是很少在家里过日子的，他有这么一份手艺，使他能各地找住处，寻饭食，并使他穿一身时髦衣服，他在这个家庭里不能安心久住，固然尚有其他难言的原因，而他有了人所不及的一派身份，也是重要的原因之一吧。说起衣服，我们无妨顺便谈谈那位家主的穿着。其实说起来也很困难，这还有什么可说的呢，你让他穿了好衣服去干什么，反正他又不能骑马去拜客。他天天同灰土搅在一块，同煤烟熏在一起，他自己又是闲不得的人，他最能利用时间，别人吩咐着固然肯干，别人不吩咐也会自己拾起工作来，如没有什么事可做时，他可以肩一个粪篮到处走走，或到各处拣拾些人家舍弃的东西，如半截铁钉，破烂绳头，瓶口碗底，草鞋底等。他的儿子和妻子也许不喜欢他这样，然而他总是这样，他们也许嫌恶他污秽，然而不污秽又将如何？有爱同他开玩笑的人说道："××，你看你这脏样子，你看你这身破狗皮。人家要信你是裁缝儿子的爸爸才怪呢！"他的回答是黧黑的脸上一堆微笑，和一声有意无意的"嘻嘻"。

我几乎忘记谈起他作铁匠的事情了，现在就让我来补述一下。他是铁匠，他当初也许立志要把打铁当作安身立命之道的，然而不幸，他的职务却老停在抢下锤和拉风箱上。他的伙伴倒是一把好手，左一把钳子，右一把小锤，能打造一切铁的家具，使这一带人民觉得他是少不得的一个师傅。他们的工作地点就在本村，而且也不是每天生火，除却五天一个市集是必然的工作日子外，五天之内也许是一两次听到他们叮叮当当地敲着，只要听到这叮叮当当的敲打声，人家也就陆续送来锄头犁头之类的东西。当然，他们两个赚得钱来只能劈一个四六份子，十分之四是作了"闲人馆"的小花销了。后来不知因为什么，这位掌钳子的师傅忽然瞎了一只眼睛，生意自然不如从前兴盛，但隔不过十天八日，也还能听到他们叮叮当当地敲着。又过不多久，这位一只眼睛的师傅居然不再管他的下锤伙伴，自己钻到土里睡觉去了，于是抢下锤的工作再也无法继续，这村子里也不再听到叮叮当当的响声了。

我写到这里不知怎地忽然觉得难过起来，我真是为了这位"闲人馆"的主人感到荒凉了。你看，你看，他不是又从那边走来了吗？他背上不知负着一大捆什么东西，沉甸甸的。现在我说他老了，可不是故意玩笑，是真的，他在我的眼里变得愈来愈老了。我很惭愧，我不该当这时候就把他介绍给世人，假如那位裁缝少爷也能读到这篇东西，一定再也不来承做我的新衣了，且有被他辱骂一阵的危险。我说这老人像一只"老渡船"，也是随便说的，我只是一想到他时，就想起他妻子那个水手情人，于是便联想到一只船罢了，请大家千万不要以为我给这个老人起了浑号，便跟在背后叫喊。你看，他负了一身重载已经从窗前走过去了。

老哥哥

臧克家

秋是怀人的季候。深宵里，床头上叫着蟋蟀，凉风吹一缕明光穿过纸窗来。在我这没法合紧双眼的当儿，一个老态龙钟的老人的影像便蒙眬在我眼前了。

可以说，我的心无论什么时候都给老哥哥牵着的。在青岛住过了五年，可是除了友情没有什么使我在回忆里怅惘，有那便是老哥哥了。青岛离家很近，起早也不过天把的路程呢。记得在中山路左角一家破旧的低级的交易场中常常可以得到老哥哥的消息。前来的乡人多半是贩卖鸡子回头带一点洋货，老哥哥的孙子也每年无定时的来跑几趟，他来我总能够知道，临走，我提一个小包亲自跑到嘈杂的交易所里从人丛中从忙乱中唤他出来交到他的手里。

"这是带给老哥哥的一点礼物。"

"这还使得呢！"口在推让着小包却早已接过去了。我知道这点礼物不比鸿毛有分量，然而一想老哥哥用残破的牙齿咀嚼着饼干时的微笑，自己的心又是酸又是甜的。

老哥哥离开我家，算来已经足足十年了。在这个长的期间里：我是一只乱飞的鸟，也偶尔的投奔一下故乡的园林。照例，在未到家以前，心先来一阵怕，怕人家说我变了，更怕有些人我已不认识有些人已见不到了。到了家一定还没坐好，就开始问短问长了。心急急想探一下老哥哥的存亡，可是话头却有些不敢往外吐，早晚用话头的偏锋敲出了老哥哥健在的消息，心这才放下了。

前年旧年是在家里过的。正月的日子是无底幽闲，便把老哥哥约到我家来了。见了面我还没来得及看清楚他，他却大声喊着说："你瘦了！小时候那样的又胖又白！"从他刚劲的声音里我听出了他的康健了。

"老哥哥，你拖在背上的小辫也秃尖了。"他没有听见，便在我的扶持下爬到我的炕头上了。

我们开始了短短长长的谈话，话头随意乱摆是没有一定的方向的。他的耳朵重听，说话的声音很高，好似他觉得别人的听觉也和他一样似的。用手势，用高腔，不容易把一句话递进他的耳朵里去。他说，他常常挂念着我，他的身子虽然在家里，可是心还在我的家呢。

语丝还缠在嘴角上，可是他已经虎虎的打起鼾声来了，我心里悲伤的说，"老哥哥老了！"

呼吸象拉风箱，一霎又咳嗽醒了，楞挣起来吐一口黄痰。他自己仿佛有点不好意思，要我扶他趋搭的到耳房里去，在那儿也许他觉得舒心一点，五十个年头身下的土炕会印上个血的影子吧？于今用了一把残骨他又重温别过十年的旧梦去了。

傍晚了。我留他住一宿，他一面摇头一面高声说："老了，夜里还得人服侍！日后再见吧！"我用眼泪留他，他象没有看见，起来紧了紧腰跟跄着向外面移步了。我扶着他，走下了西坡，老哥哥的村庄已在炊烟中显出影子来了。

我回步的时候晚霞正灼在西天，回头望望老哥哥，已经有些模糊了，在冷风里只一个黑影在闪。

"日后再见吧!"我一边走着一边味着老哥哥这句话。但是一个熟透了的果子谁料定它那刹会落呢?

回到家来更念念着老哥哥了。老哥哥真是老哥哥,他来到我家时曾祖父还不过十几岁呢。祖父是在他背上长大,父亲是在他背上长大的,我呢,还是。他是曾祖父的老哥哥,他是祖父和父亲的老哥哥,他是我的老哥哥。

听老人们讲,他到我家来那不过才二十岁呢。身子铜帮铁底的,一个人可以单拱八百斤重的小车,可是在我记事的时候他已是六十多岁的暮气人了。那时他的活是赶集,喂牲口,农忙了担着饭往坡里送。晒场的时节有时拿一张木叉翻一翻。扬场,他也拾起张锨来扬他几下,别人一面扬一面称赞他说"好手艺,扬出个花来,真果老将出马一个赶俩"。

从我记事以来,祖父没曾叫过他一声老哥哥,都是直呼他老李。曾祖父也是一样。曾祖父的脾气很暴,好骂人"王八蛋"。他老人家一生起气来,老哥哥就变成"王八蛋"了。祖父虽然不大骂人,然而那张不大说话的脸子一望见就得叫人害怕。老哥哥赶集少买了一样东西,或是祖父说话他耳聋听不见,那一张冷脸,半天一句的冷话他便伸着头吃上了。我在一边替老哥哥心跳,替老哥哥不平。心里想"祖父不也是在老哥哥手下长大了的吗?"

老哥哥对我没有那么好的。我都是牵着他的小辫玩。他说故事给我听。他说他才到我家来,我家正是旺时,六曾祖父做大京官,门前那迎风要倒的两对旗杆是他亲手加入竖起来的,那时候人口也多,真是热闹。语气间流露着"繁华歇"的感叹。我小时候最是迷赌,到了输得老鼠洞里也挖不出一个铜钱来的困窘时,我便想到老哥哥的那个小破钱袋来了。钱袋放在他枕头底下,顺手就可以偷到的,早晚他用钱时去摸钱袋,才发现里面已经空空了。他知道这个地道的贼,他一点也不生气。我后来向他自首时是这样说的:

"老哥哥,这时我还小呢,等我大了做了官一定给你银子养老。"

他听了当真的高兴。然而这话曾祖父小时曾说过,祖父小时也曾说过了!

在黄昏,在雨夜,在月明的树下,他的老话便开始了。我侧着耳朵听他说长毛作反,听他说天上掉下彗星来。然而给我印象最深的要数这一次了。那年我八岁,母亲躺在床上,脸上蒙一张白纸,我放声哭了,老哥哥对我说母亲有病他到吕标去取药吃上就好了。后来给母亲上坟也老是他担着菜盒我跟在后头,一路上他不住的说母亲是叫父亲气死的。"当年大相公,剪了发当革命党,还在外面和别的女人好,你小时穿一件时样的衣裳,姑们问一声'又是外边那个娘做来的',这话叫你娘听见,你想心里是什么味?而后,皇帝又一劲的杀革命党,你爷戴上假发到处亡命。这两桩事便把你娘致死了。"

老哥哥一天一天的没用了。日夜蜷缩在他那一角炕头上,象吐尽了丝的蚕一样,疲惫抓住了他的心。背屈的象张弓。小辫越显得细了。他的身子简直成了个季候表,一到秋风起来便咯咯的咳嗽起来。

"老李老了! 老李老了!"

大家都一齐这么说。年老的人最不易叫人喜欢。于是老哥哥的坏话塞满祖父的耳朵了。大家都讨厌他。讨厌他耳聋,讨厌他咯咯闹得人睡不好觉,讨厌他冬天把炕烧得太热,他一身都是讨厌骨头,好似来就没有过不讨厌的时候! 祖父最会打算,日子太紧,废物是得铲除的,于是寻了一点小事便把五十年来跑里跑外的老哥哥赶走了。我当时的心比老哥哥的还不好过,真想给老哥哥讲讲情,可是望一下祖父的脸,心又冷了。

老哥哥临走泪淋淋的,口里半诅咒半咕噜着说"不行了,老了"。每年十二吊钱的工价算清了账,肩上一个小包(五十年来劳力的代价)走出了我的大门。我牵着他的衣角,不放松的跟在后面。

老哥哥儿花女花是没有一点的。他要去找的是一个嗣子。说家是对自己的一个可怜的安慰罢了。但是,不是自己养的儿子,又没有许多东西带夫,人家能好好养他的老吗?我在替他担心着呢!

十年过去了,可喜老哥哥还在世。暑假在家住了一天,没能够见到他。但从三机匠口里听到了老哥哥的消息,他说在西河树行子里碰到老哥哥在背着手看夕照,见了他还亲亲热热的问这问那,他还说老哥哥一心挂念着我庄里的人,还待要鼓鼓劲来耍一趟,因为不过二里地的远近,老哥哥自己说脚力还能来得及呢。

又是秋天了,鹰秋风最能吹倒老年人!我已经能赚银子了,老哥哥可还能等得及接受吗?

老　王

杨　绛

我常坐老王的三轮。他蹬,我坐,一路上我们说着闲话。

据老王自己讲:北京解放后,蹬三轮的都组织起来;那时候他"脑袋慢""没绕过来","晚了一步",就"进不去了"。他感叹自己"人老了,没用了"。老王常有失群落伍的惶恐,因为他是单干户。他靠着活命的只是一辆破旧的三轮车。有个哥哥死了,有两个侄儿"没出息",此外就没什么亲人。

老王不仅老,他只有一只眼,另一只是瞎的。乘客不愿坐他的车,怕他看不清,撞了什么。有人说,这老光棍大约年轻时候不老实,害了什么恶病,瞎掉一只眼。他那只好眼也有病,天黑了就看不见。有一次,他撞在电线杆上,撞得半面肿胀,又青又紫。那时候我们在干校,我女儿说他是夜盲症,给他吃了大瓶的鱼肝油,晚上就看得见了。他也许是从小营养不良而瞎了一眼,也许是得了恶病,反正同是不幸,而后者该是更深的不幸。

有一天傍晚,我们夫妇散步,经过一个荒僻的小胡同,看见一个破破落落的大院,里面有几间塌败的小屋;老王正蹬着他那辆三轮进大院去。后来我坐着老王的车和他闲聊的时候,问起那里是不是他的家。他说,住那儿多年了。

有一年夏天,老王给我们楼下人家送冰,愿意给我们家带送,车费减半。我们当然不要他减半收费。每天清晨,老王抱着冰上三楼,代我们放入冰箱。他送的冰比他前任送的大一倍,冰价相等。胡同口蹬三轮的我们大多熟识,老王是其中最老实的。他从没看透我们是好欺负的主顾,他大概压根儿没想到这点。

"文化大革命"开始,默存不知怎么的一条腿走不得路了。我代他请了假,烦老王送他上医院。我自己不敢乘三轮,挤公共汽车到医院门口等待。老王帮我把默存扶下车,却坚决不肯拿钱。他说:"我送钱先生看病,不要钱。"我一定要给钱,他哑着嗓子悄悄问我:"你还有钱吗?"我笑说有钱,他拿了钱却还不大放心。

我们从干校回来，载客三轮都取缔了。老王只好把他那辆三轮改成运货的平板三轮。他并没有力气运送什么货物。幸亏有一位老先生愿把自己降格为"货"，让老王运送。老王欣然在三轮平板的周围装上半寸高的边缘，好像有了这半寸边缘，乘客就围住了不会掉落。我问老王凭这位主顾，是否能维持生活。他说可以凑合。可是过些时老王病了，不知什么病，花钱吃了不知什么药，总不见好。开始几个月他还能扶病到我家来，以后只好托他同院的老李来代他传话了。

有一天，我在家听到打门，开门看见老王直僵僵地镶嵌在门框里。往常他坐在蹬三轮的座上，或抱着冰伛着身子进我家来，不显得那么高。也许他平时不那么瘦，不那么直僵僵的。他面色死灰，两只眼上都结着一层翳，分不清哪一只瞎、哪一只不瞎。说得可笑些，他简直像棺材里倒出来的，就像我想象里的僵尸，骷髅上绷着一层枯黄的干皮，打上一棍就会散成一堆白骨。我吃惊地说："啊呀，老王，你好些了吗？"

他"唔"了一声，直着脚往里走，对我伸出两手，他一手提着一个瓶子，一手提着一包东西。

我忙去接。瓶子里是香油，包裹里是鸡蛋。我记不清是十个还是二十个，因为在我记忆里多得数不完。我也记不起他是怎么说的，反正意思很明白，那是他送我们的。

我强笑说："老王，这么新鲜的大鸡蛋，都给我们吃？"

他只说："我不吃。"

我谢了他的好香油，谢了他的大鸡蛋，然后转身进屋去。他赶忙止住我说："我不是要钱。"

我也赶忙解释："我知道，我知道——不过你既然自己来了，就免得托人捎了。"

他也许觉得我这话有理，站着等我。

我把他包鸡蛋的一方灰不灰、蓝不蓝的方格子破布叠好还他。他一手拿着布，一手攥着钱，滞笨地转过身子。我忙去给他开了门，站在楼梯口，看他直着脚一级一级下楼去，直担心他半楼梯摔倒。等到听不见脚步声，我回屋才感到抱歉，没请他坐坐喝口茶水。可是我害怕得糊涂了，那直僵僵的身体好像不能坐，稍一弯曲就会散成一堆骨头。我不能想象他是怎么回家的。

过了十多天，我碰见老王同院的老李。我问："老王怎么了？好些没有？"

"早埋了。"

"呀，他什么时候……"

"什么时候死的？就是到您那儿的那天。"

他还讲老王身上缠了多少尺全新的白布——因为老王是回民，埋在什么沟里。我也不懂，没多问。

我回家看着还没动用的那瓶香油和没吃完的鸡蛋，一再追忆老王和我对答的话，捉摸他是否知道我领受他的谢意。我想他是知道的。但不知为什么，每想起老王，总觉得心上不安。因为吃了他的香油和鸡蛋？因为他来表示感谢，我却拿钱去侮辱他？都不是。几年过去了，我渐渐明白：那是一个多吃多占的人对一个不幸者的愧怍。

上帝咬过的苹果

黄小平

"我有爱我和我爱着的亲人与朋友;对了,我还有一颗感恩的心……"

谁能想到,这段豁达而美妙的文字,竟是出自一位在轮椅上生活了三十余年高位瘫痪的残疾人。这位残疾人是谁? 他就是世界科学巨匠霍金。

一次,在学术报告结束之际,一位年轻的女记者不无悲悯地问:"霍金先生,卢伽雷病已将你永远固定在轮椅上,你不认为命运让你失去太多了吗?"面对这些突兀和尖锐的提问,霍金显得很平静,他的脸依然带着微笑,他用那根还能活动的手指,艰难地敲击键盘,打下了以上那段文字。

对霍金来说,命运对他可谓是苛刻的:他口不能说,腿不能站,身不能动,他失去了许多常人拥有的最基本的生存条件。可霍金仍感到自己很富有,比如,一根能活动的手指,一颗能思维的大脑……这些,都让他感到满足并对生活充满了感恩。

有人说,每个人都是被上帝咬过后的苹果,只因上帝特别喜爱某些人的芬芳,所以才对他咬得特别重。霍金就是这样一只苹果,上帝给了他残缺的肢体,却让他拥有了一个芳香的心灵。

生活给予每个人的都不会太少,只要好好珍惜其中的一二,并不断用心血去打造,就能拥有生命的芬芳。

倾听生命行走的声音

廖华歌

冬日里,我和村人一起,从遥远的大山往公路边扛木头,一截黑乎乎用来做拐棍的干枯柳木桩,被我顺手捎回,插在了院子内的土堆上。

这算是一件什么事呢? 根本就不值一提,我很快便将它忘掉了。只有母亲,偶尔会把一个湿筐子或一块刚洗出的旧布挂在它上面晾晒,使它干裂皱巴的躯体上浸一层漉漉的水渍。

过了一段时间,我突然惊奇地发现,这截木桩的到来,使院子里的一些东西竟有了很大的改变。确切地说,它改变了这个院子原本的结构。以前,院子里只有一棵小枣树,孤零零的,风刮来时,是一种寡不敌众很无奈且软弱无力的声音,听了,总叫人感到沮丧。现在不一样了,有天晚上,当尖利的吼叫声将我从梦中惊醒时,还以为是凶猛的野兽呢,仔细辨听,才知是从柳木桩上发出的声音。狂风没有将它刮歪,它仍直直地竖立在那儿,不像枣树那样弯腰屈膝,总想尽力摆脱风的肆虐,把落在自己身上的风再推给别人,结果是不但推不掉风,还每每被风撕扯得披头散发,没有了往日的形状。柳木桩不同,它不慌不乱,静立在那里,一副岿然不动的样子。它让风从它身边溜过,又吸收着它们,让它们进入自己的毛孔,成为自己身体的一部分。它们是朋友而不是仇敌。

柳木桩使得落在院子里的雨也仿佛有了灵性。多数情况下,雨会在院子的东西两边布出疏密不同的两种雨幕,每回西边的柳木桩子淋得直往下流水,东边的小枣树却干渴得蔫巴巴的没一点儿精神。就像是正行进中的雨阵突然被谁大喝一声,立即慢了下来一样,吓得雨也稀少起来。这情形以前似乎没有过,也或许有,但因为缺乏具体的事态而不曾引起注意。母亲心疼小枣树,多次动意想在柳木桩旁为小枣树再造一个新居,因怕把枣树挪死,才终未为其迁址。

大雪天,小枣树裹着棉絮,被雪压冰冻得严严的,几乎看不见任何枝梢。而柳木桩却光溜溜,水亮亮的,冰雪一附上去即刻就化,从不积存。一样的雪,一样的水,一样的严寒,却是两种情景,是风有意所为,还是枣树和柳木桩内部的原因?困惑中的我总涌起太多说不清的神秘猜测。

无风无雨的天气,我总能听出一种声音,这声音隐约而清晰,细微而执著,愈来愈厚,愈来愈深,就像是一个人在奋力行走:一会儿翻山,一会儿蹚河,一会儿在清风丽日下奔跑,一会儿又走在烟雨迷蒙的山间小径……开始的时候,我怀疑是自己的耳疾在作怪,因之产生了误听;后来,又当是月光在行走,仔细想想都觉不对。究竟怎么回事呢?我在院子里一个角落一个角落地寻找,在每一件细小物什上悉心谛听。无意中,当我的目光触到柳木桩子上那几片嫩黄的叶芽,那饱胀着青色汁液的肌体,那早已扎牢结实得再也拔不出来的根须,我还有什么不明白的呢?由一截枯木桩成为一棵枝繁叶茂的大树,这之间,是一种怎样的生命行走啊。固然是我拣拾了它,但如果它自己就此停止生命的脚步,树便永远只能成为一个虚幻的影子了。

小枣树依旧灰黑着,山风把它的枝梢摧折得七零八落,此时,它还在沉睡,在被动地等待着季节的到来,看不出它对未来有什么特别的打算。这是许多生命共有的选择,是它们共同的生命方式,似也不应苛责,毕竟,成长太惨烈,抗争太艰难了。我轻轻拍了拍它的躯干,表示自己的理解和宽谅。

无喜无忧的柳木桩,静静地指向天空,指向天幕上一颗很明亮的星,不知它与这颗星之间可否具有密不示人的约会?要不,小枣树的上空怎么就没有星儿呢?我双手搂抱着它,如在抚摸一个冬天的童话,感知着它生命的跃动,真想把自己在整整一冬的感受说给它听,当然,也要说说关于它自己的一些事情,以及与它同在一个院里的这棵小枣树的生长故事,可一看到它静默冷峻的样子,只好欲言又止。

一缕月光打着旋儿爬在了柳木桩的一片叶芽上。这月光是初次探看,还是先前就多次来过?等到这片叶子渐长渐大时,它还会光临它吗?来了,还能认出这片叶子吗?它会记得自己曾经的一次爬行吗?

随着时光的流逝,这棵柳树无疑会越长越大,我却越来越老,村子在衰败与新生中不断变化,若干年后,谁还记得一个女子和一截柳木桩的琐屑事情呢?

愿生命恬淡如湖水

张丽钧

睿智的庄子给我们留下一个发人深省的故事：一个博弈者用瓦盆做赌注，他的技艺可以发挥得淋漓尽致；而他拿黄金做赌注，则大失水准。庄子对此的定义是"外重者内拙"。

由于做事过度用力和意念过于集中，反而将平素可以轻松完成的事情搞糟了。现代医学称之为"目的颤抖"。

太想纫好针的手在颤抖，太想踢进球的脚在颤抖。华伦达原本有着一双在钢索上如履平地的脚，但是，过分求胜之心硬是使这双脚失去了平衡，那著名的"华伦达心态"以华伦达的失足殒命而被赋予了一种沉重的内涵。

人生岂能无目的？然而，目的本是引领着你前行的，如果将目的做成沙袋捆缚在身上，每前进一步，巨大的压力与莫名的恐惧就赶来羁绊你的手脚，那么，你将如何去约见那个成功的自我？

"目的颤抖"是因为心在颤抖。心台太低，远处的胜景便不幸为荒草杂树所遮蔽，平庸的眼，注定无福饱览那绝世的秀色；太在乎了，太看重了，结果，恐惧蛀蚀了勇敢，失败吞噬了成功。

"大体则有，具体则无"，把目光放得远一些，让生命恬淡成一泓波澜不惊的湖水，告诉自己：水穷之处待云起，危崖旁侧觅坦途。

假如我有第二次生命

吴阶平

假如我有第二次生命，我一定……

人无完人，我把自己的缺点、失误总结出来，以自己之"蜇"，长年轻人之"智"，已成为我长久以来的心愿。

我愿意总结自己一生的得失，特别是不足之处，写一本小册子给青年朋友们，名字叫《假如我有第二次生命》。

我在大学三年级前一直不是个好学生。贪玩、不刻苦，一切都从自己的兴趣爱好出发。这其中有学习方法问题，不愿意"死读书"，但过分强调这一点，走极端，就变成不刻苦学习、不勤奋，总想小聪明、走捷径。而且由于顽童心理，有时自己懒惰、不努力，也用"不愿意死读书"来当借口。

在读协和前自不必说了，凡是喜欢的课程是可以学好的，不喜欢的课程就得过且过，六十分大吉。学习没有明确的目标,缺乏学习的积极主动性。进了协和,在极其繁重的课业负担下,居然还是照旧。这固然有课程设置、老师讲课是否得法等诸多客观原因,可自己主观上不努力是一个无法回避的重要事实。

那时常常觉得学习很没意思,再加上大一的课程都是死记硬背,念起书来味同嚼蜡,有时自己不愿学,还去和别的用功读书的同学瞎搅和,搞恶作剧。

当时同寝室有一个同学,一到考试就把铺盖卷起,拆掉床,不睡觉。我当时对他不以为然,认为他是个典型的书呆子。一次考试的前一天晚上他还在寝室里看书,我去问他:"你念得怎么样?""哎呀,不行不行。"

"我来考考你,维他命A结构式是什么?"其实谁都知道维他命A的结构式是不需要考的。"这还要背呀?"

"你拿纸来。"我把结构式分毫不差地写下来。这是我刚背完而来捉弄人的。

这位同学大吃一惊,果然在临考的前一天晚上猛背各式各样的结构式。

我在心中甚是得意,觉得这种死读书的人真没用,捉弄你都不知道。

可以说当时一方面也感到学业的压力很重,另一方面并没有因此而刻苦努力,一切以考试过关大吉,学业对我来说只是"食之无味、弃之可惜"罢了。

回忆起自己青少年时代的学习经历,我十分后悔,因为那时不愿意下功夫去学的是很多死记硬背的东西,可这些课程也都是后来做一个好医生必须打下的基础。"书到用时方恨少",等到醒过来已经晚了,不得不花几倍的时间和精力去补回来,而有的已经很难补救了,吃了没有好好读书的苦头。

所以我很想告诫青年朋友,"学习、思考、实践"三者都是十分重要的,应该尽早结合,不可偏废。这就是所谓的"学而不思则罔,思而不学则殆"。如果"死读书"而不重视实践和思考,是不对的,但并不是说就可以不努力学习。"一分耕耘一分收获",任何成就的取得都没有捷径可走,必须下苦功夫才行。

这是我对自己的第一点反思,也是最急于要告诉年轻人的。特别是在现代社会,国家经济发展急需要大量实用型的人才,但"急需"、"实用"并不等于人人都去速成、取巧。只有扎扎实实打好基础,做"有准备的头脑",厚积薄发,其生命力才会长久。

反思自己的人生,我还认为,童年时代不努力造成的知识上的欠缺还只是一部分的遗憾,更重要的是没有从小养成勤奋钻研、锲而不舍的精神。这种精神不仅作为一名科学家必备,而且在任何领域要想取得真正突出的成就都必须具备这样的精神。

在大家眼里,我在医学上已经取得了令人瞩目的成绩,是一名当之无愧的医学科学院士。我自己也认为,在1950—1960年这十年里是取得了可喜成绩的。那时自己也的确十分勤奋。但这并不代表一生中都在坚持不懈的努力。自己在科学研究中锲而不舍的精神还远远不够,自省有偷懒、靠小聪明过关甚至是一知半解的地方。

青年与人生

李大钊

我今就现代青年活动的方向,稍有陈说,望我亲爱的青年垂听!

第一,现代的青年,应该在寂寞的方面活动,不要在热闹的方面活动。近来常听人说:"我们青年要耐得过这寂寞日子。"我想这"寂寞日子",并不是苦境,实在是一种乐境。我觉得世间一切光明,都从寂寞中发见出来。譬如天时,一年有一个冬季,是一年的寂寞日子。在此时间,万木枯黄,气象凋落,死寂,冷静,都是他的特色。可是那一年中最华美的春天,不是就从这个寂寞的冬天发见出来的么?一天有一个暗夜,也是一天的寂寞日子。在此时间,万种的尘嚣嘈杂,都有个一时片刻的安息。可是一日中最光耀的曙色,不是从这寂寞的暗夜发见出来的么?热闹中所含的,都是消沉,都是散灭;黑暗寂寞中所含的,都是发生,都是创造,都是光明。这样讲来,这寂寞日子,实在是有滋味、有趣意的日子,不是忍苦受罪的日子,我们实在乐得过,不是耐得过。况且耐得过的日子,必不长久。一个人若对于一种日子总觉得是耐得过,他的心中,必是认这寂寞日子,是一种苦境,是一种烦恼,那就很容易把他抛弃,去寻快乐日子过。因为避苦求乐,是人性的自然,勉强矜持的心,是靠不住的。譬如孀妇不再嫁,苦是本着她自由的意思,那便是她的乐境,那种寂寞日子,她必乐得过到底。若是全因为受传说偶像的拘束,风俗名教的迫胁,才不去嫁,那真是人间莫大的苦境,那种寂寞日子,她虽天天耐得过,天天总有耐不得跟着。乐得过的是一种趣味,耐得过的是一种矜持。青年呵!我们在寂寞的方面活动,不可带着丝毫勉强矜持的意思,必须知道那里有一种真趣味,一种真光明,甘心情愿乐得过这寂寞日子,才能有这寂寞日子中寻出真趣味,获得真光明的一日。

第二,现代的青年,应该在痛苦的方面活动,不要在欢乐的方面活动。本来苦乐两境,是比较的,不是绝对的。哪个苦?哪个乐?全靠各人的主观去判定他,本没有一定标准的。我从前曾发过一种谬想,以为人生的趣味就在苦中求乐,受苦是人生本分,我们青年应该练忍苦的本领。后来觉得大错。避苦求乐,是人性的自然,背着自然去做,不是勉强,就是虚伪。这忍苦的人生观,是勉强的人生观,虚伪的人生观。那求乐的人生观,才是自然的人生观,真实的人生观。我们应该顺应自然,立在真实上,求得人生的光明,不可陷入勉强、虚伪的境界,把真正人生都归幻灭。但是,求乐虽是人性的自然,苦境总缘着这乐境发生,总来缠绕,这又当怎样摆脱呢?关于此点,我却有一个新见解,可是妥当与否,我自己还未敢自信。我觉得人生求乐的方法,最好莫过于尊重劳动。一切乐境,都可由劳动得来,一切苦境,都可由劳动解脱。劳动的人,自然没有苦境跟着他。这个道理,可以由精神的物质的两方面说。劳动为一切物质的富源,一切物品,都是劳动的结果。我们凭的几,坐的椅,写字用的纸笔墨砚,乃至吃的米,饮的水,穿的衣,没有一样不是从劳动中得来。这是很容易晓得的。至于精神的方面,一切苦恼,也可以拿劳动去排除他,解脱他。这一点一般人却是多不注意。一个人一天到晚,无所事事,这个境界的本身,已竟是大苦;而在无事的时间,一切不正当的欲望,没趣味的思索,都乘隙而生;疲敝陈惰的血分,周满于身心,一切悲苦烦恼,相因而至,于是要想个消遣的法子。这消遣的法子,除去劳动,便没有正当的法则。吃喝嫖赌,真是苦中苦的魔窟,把宝贵的人生,都消磨在这个中间,岂不可惜!岂不可痛!堕落在这里的人,都是不知道尊重劳动,不知道劳动中有无限的快乐,所以才误入迷途了。青年呵!你们要晓得劳动的人,实在不知道苦是什么东西。譬如身子疲乏,若去劳动一时半刻,顿得非常的爽快。隆冬的时候,若是坐着洋车出门,把浑身冻得战栗,若是步行走个十里五里,顿觉周身温暖。免苦的好法子,就是劳动。这叫作尊劳主义。这样讲来,社会上的人,若都本着这尊劳主义去达他们人生的目的,世间不就没有什么苦痛了吗?你为何又说要我们青年在苦痛方面活动呢?此问甚是。但是现在的社会,持尊劳主义的人很少,而且社会的组织不良,少数劳动的人,所得的结果,都被大多数不劳动的人掠夺一空。劳动的人,仍不免有苦痛,仍不免有悲惨,而且最苦痛最悲惨的人,恐怕就是这些劳动的人。所以我们要打起精神来,寻着那苦痛悲惨的声音走。我们要晓得痛苦的人,是些什么人?痛苦的事,是些什么事?痛苦的原因,在什么地方?要想解脱他们的苦痛,应该用什么方法?我们不能从苦痛里救出他们,还有谁可能救出他们,肯救出他们?常听假慈悲的人说,这个苦痛悲惨的地方,我们真是不忍去,不忍看。但是我们青年朋友们,却是不忍不去,不忍不看,不忍不援手,把他们提醒,大家一齐消灭这苦痛的原因呵!

第三,现代的青年,也应在黑暗的方面活动,不要专在光明的方面活动。人生的努力,总向光明的方面走,这是人类向上的自然动机,但是世间果然到了光明的机运,无一处不是光明?我们在这光明中享尽人生之乐,岂不是一大幸事?无如世间的黑暗,仍旧遍在,许多的同胞,都陷溺到黑暗中间,我们焉能独自享受光明呢?同胞都在黑暗里面,我们不去援救他们,却自找一点不沾泥土的地方,偷去安乐,偷去清洁,那种光明,究竟能算得光明么?那种幸福,究竟能算得幸福么?旧时代的青年讲修养的,犹且有"先忧后乐"的话,新时代的青年,单单做到"独善其身"、"洁身自好"的地步,能算尽了责任的人么?俄国某诗人训告他们青年说:"毁了你的巢居,离开你的父母,你要独立自营,保持你心的清白与自然,那里有悲惨愁苦的声音,你到那里去活动。"这话真是现代青年的宝训,真是现代青年的警钟。我们睁开眼看!那些残杀同胞的兵士们,果真都是他们自己愿做这样残暴的事情?杀人果真是他们的幸福么?他们就没有一段苦情不平,为一般人所不知道的么?他们的背后,果真没有什么东西逼他们去作杀人野兽么?那么倚门卖笑的娼妓们,果真都是他们自己愿做这样丑贱的事情么?卖笑果真是他们的幸福么?他们就没有一段苦情不平,为一般人所不知道的么?他们的背后,果真没有什么东西迫他们去作辱身的贱业么?那些监狱里的囚犯们,果真都是他们自己愿作罪恶的事么?他们做的犯法的事,果真是罪恶么?他们所受的刑罚,果真适当他们的罪恶么?他们就没有一段苦情不平,为一般人所不知道的么?他们的背后,果真没有什么东西逼他们陷于罪恶或是受了冤枉么?再看巷里街头老幼男女的乞丐们,冻馁的战抖在一堆,一种求爷叫奶的声音,最是可怜,一种秽垢惰丧的神气,最是伤心,他们果真愿作这可耻的态度丝毫不觉羞耻么?他们堕落到这个样子,果真都因为他们是天生的废材么?他们就没有一段苦情不平,为一般人所不知道的么?他们的背后,果真没有什么东西逼他们不得不如此么?由此类推,社会上一切陷于罪恶、堕落、秽污、黑暗的人,都不必全是他们本身的罪过。谁都是爹娘生的,谁都有不灭的人性,我们不可把他们看作洪水猛兽,远远的躲避他们。固然在黑暗的里面,潜藏着许多恶魔毒菌,但是防疫的医生,虽有被传染的危险,也是不能不在恶疫中奋斗。青年呵!只要把你的心放在坦白清明的境界,尽管拿你的光明去照澈大千的黑暗,就是有时困于魔境,或竟作了牺牲,也必有良好的效果,发生出来。只要你的光明永不灭绝,世间的黑暗,终有灭绝的一天。

人生的真义

陈独秀

　　人生在世,究竟为的甚么?究竟应该怎样?这两句话实在难得回答的很,我们若是不能回答这两句话,糊糊涂涂过了一生,岂不是太无意识吗?自古以来,说明这个道理的人也算不少,大概约有数种:第一是宗教家,像那佛教家说:世界本来是个幻象,人生本来无生;"真如"本性为"无明"所迷,才现出一切生灭幻象;一旦"无明"灭,一切生灭幻象都没有了,还有甚么世界,还有甚么人生呢?又像那耶稣教说:人类本是上帝用土造成的,死后仍旧变为泥土;那生在世上信从上帝的,灵魂升天;不信上帝的,便魂归地狱,永无超生的希望。第二是哲学家,像那孔、孟一流人物,专以正心、修身、齐家、治国、平天下,做一大道德家、大政治家,为人生最大的目的。又像那老、庄的意见,以为万事万物都应当顺应自然;人生知足,便可常乐,万万不可强求。又像那墨翟主张牺牲自己,利益他人为人生义务。又像那杨朱主张尊重自己的意志,不必对他人讲甚么道德。又像那德国人尼采也是主张尊重个人的意志,发挥个人的天才,成功一个大艺术家、大事业家、叫做寻常人以上的"超人",才算是人生目的;甚么仁义道德,都是骗人的说话。第三是科学家。科学家说人类也是自然界一种物质,没有甚么灵魂;生存的时候,一切苦乐善恶,都为物质界自然法则所支配;死后物质分散,另变一种作用,没有联续的记忆和知觉。

　　这些人所说的道理,各个不同。人生在世,究竟为的甚么,应该怎样呢?我想佛教家所说的话,未免太迂阔。个人的生灭,虽然是幻象,世界人生之全体,能说不是真实存在吗?人生"真如"性中,何以忽然有"无明"呢?既然有了"无明",众生的"无明",何以忽然都能灭尽呢?"无明"既然不灭,一切生灭现象,何以能免呢?一切生灭现象既不能免,吾人人生在世,便要想想究竟为的甚么,应该怎样才是。耶教所说,更是凭空捏造,不能证实的了。上帝能造人类,上帝是何物所造呢?上帝有无,既不能证实;那耶教的人生观,便完全不足相信了。孔、孟所说的正心、修身、齐家、治国、平天下,只算是人生一种行为和事业,不能包括人生全体的真义。吾人若是专门牺牲自己,利益他人,乃是为他人而生,不是为自己而生,决非个人生存的根本理由,墨子的思想,也未免太偏了。杨朱和尼采的主张,虽然说破了人生的真相,但照此极端做去,这组织复杂的文明社会,又如何行得过去呢?人生一世,安命知足,事事听其自然,不去强求,自然是快活得很。但是这种快活的幸福,高等动物反不如下等动物,文明社会反不如野蛮社会;我们中国人受了老、庄的教训,所以退化到这等地步。科学家说人死后没有灵魂,生时一切苦乐善恶,都为物质界自然法则所支配,这几句话倒难以驳他。但是我们个人虽是必死的,全民族是不容易死的,全人类更是不容易死的了。全民族全人类所创的文明事业,留在世界上,写在历史上,传到后代,这不是我们死后联续的记忆和知觉吗?

照这样看起来,我们现在时代的人所见人生真义,可以明白了。今略举如下:

(一)人生在世,个人是生灭无常的,社会是真实存在的。

(二)社会的文明幸福,是个人造成的,也是个人应该享受的。

(三)社会是个人集成的,除去个人,便没有社会;所以个人的意志和快乐,是应该尊重的。

(四)社会是个人的总寿命,社会解散,个人死后便没有联续的记忆和知觉;所以社会的组织和秩序,是应该尊重的。

(五)执行意志,满足欲望(自食色以至道德的名誉,都是欲望),是个人生存的根本理由,始终不变的(此处可以说"天不变,道亦不变")。

(六)一切宗教、法律、道德、政治,不过是维持社会不得已的方法,非个人所以乐生的原意,可以随着时势变更的。

(七)人生幸福,是人生自身出力造成的,非是上帝所赐,也不是听其自然所能成就的。若是上帝所赐,何以厚于今人而薄于古人?若是听其自然所能成就,何以世界各民族的幸福不能够一样呢?

(八)个人之在社会,好像细胞之在人身,生灭无常,新陈代谢,本是理所当然,丝毫不足恐怖。

(九)要享幸福,莫怕痛苦。现在个人的痛苦,有时可以造成未来个人的幸福。譬如有主义的战争所流的血,往往洗去人类或民族的污点。极大的瘟疫,往往促成科学的发达。

总而言之,人生在世,究竟为的甚么?究竟应该怎样?我敢说道:"个人生存的时候,当努力造成幸福,享受幸福;并且留在社会上,后来的个人也能够享受。递相授受,以至无穷。"

数字人生

吴鲁芹

人生已经沦落到仅剩几个数字。几个数字就可以道尽人生。

这一结论或者感慨是六七年前由一些琐事麻烦所引起的。当时觉得孔老夫子若是生活在所谓二十世纪工业先进国家,恐怕会修正"小子何莫学夫诗"的理论的;至少会略微让步让小子先学会数一到九,学会运用这些数字,体认这些数字的变化无穷,光芒四射。

我对一些数字肃然起敬,已是中年以后,可以说成熟得相当晚。这是客观条件的使然,因为我到海外栖居,早已年逾不惑,也许正因为如此,对几个数字能有如此之大的威力,尊敬之外还带几分惊恐。上段说起感慨或者结论是琐事麻烦所引起——琐事是指两次微不足道的车祸。一次是大小女从寒舍驾车下山,转弯时大约略微偷工减料,使左边来车在角度上无法不碰,车身当然受了一点微伤。可是祸不分大小,报起账来手续同等麻烦,尤其令我自尊心略有不安的是向保险公司报案时,报完姓甚名谁之后,对方说:"更重要的是阁下保险单号码。"好像贱名无足轻重,可以等闲视之。接着就问当事人驾驶执照号码、对方驾驶执照号码、保险单号码,以及判断是非责任警察的号码,总之在抄号码报号码的忙乱中,我忽然体悟到几个数字居然能有那么多的变化,那么多的代表作用,那么大的支配力量。

另一次不但是"祸不单行"的成语显灵,而且是"祸从天外飞来"。就在前祸未平之后两天,大小女携二小女去森林俱乐部游泳,第二辆车在停车场给人把尾灯撞坏了。回家带来一张闯祸的人留字,文曰:"亲爱的会员同道,对不起,我倒车不慎把你的尾灯撞破了,我曾经请俱乐部管事的用扩音器报出你的牌照号码,等你出来当面说明,可是等了一刻钟还等不到你,我得回家晚餐了,我的电话号码(一堆数字)、我的保险单号码(一堆数字)、我的驾驶执照号码(又是一堆数字)。这是我的错,我的保险公司会负责赔偿的。请与我联络。"这次我有经验了,立刻用各种数字把自己武装起来。而且不再用"来将通名"的方式,不再等对方问有关数字,径行把各种号码像唱山歌一样报出去,效率比得上电话接线生,伶俐有如洋机关中的女书记,自己也要哑然失笑了。

这一晚我似乎是意犹未尽,竟然起了历史考据癖,把皮夹中支配我生活的各种数字,分类排开,看看我是如何沦落到仅剩一堆数字的。呜呼,冰冻三尺,非一日之寒。数字亦如病菌,侵蚀的过程也是渐进的,渗透之后,就呼朋引类,扩张势力,日子一久,范围愈广,泥淖也就愈深了。回忆我初到异域定居,和我有关的数字并不多,而且都是必要的,如护照号码、社会安全保险号码之类。那时我还十分遵从量入为出的好习惯,凡事都是银货两讫,相信欠债总不是好事。我当然亦知入国问俗,而且二十多年前就来游历过,并非初履斯土,但是不欠债是美德已经先入为主,不容易改弦易辙。我的一位美国老朋友说:"迟早你会发现你的美德是行不通的。"他的理论是:长安居,大不易,不赶快建立信用就更不易,而建立信用不能靠美德。美德是抽象的东西,不易捉摸,可以捉摸的是银钱往来。质言之:"欠债能还始有信。"

朋友预卜我的美德行不通,很快就灵验了。因为不出一两月,我进出加油站,付现钱等找钱,感觉到的确不便,这一转念之间,就等于尼姑动了凡心,大势不好,抵挡不住诱惑了。于是自言自语"申请一张购油信用卡吧",焉知道教训跟着来了,因为表上有一栏叫做"信用资料",本人只有从缺。某日油公司大约是管欠账的部门来电话查询了,我们的对话,回想起来,是颇足令人莞尔的。对方问我何以这一栏是空的,我说就是没有资料,但并不是没有信用。"那么阁下买车也是全部付清的?"我说岂单是汽车而已,所有的购买都是银货两讫。我想她一定以为我是从火星上降下来的怪物。但是生意上门,万不得已总不能拒人于千里之外,"冒一下险吧!"过几天信用卡就寄来了。

从此水闸一开,一泻千里,不可收拾了。有时是动了"方便"的凡心,自投罗网,有时是不请自来,多少表示阁下信用卓著,自愿来笼络投效了。不出两三年,我就有了三种不同牌子的加油站信用卡,两家大百货公司的信用卡,三家"放诸四海皆准"的信用卡。所谓"放诸四海皆准"者是指全球各地通行,无论是飞机公司、观光旅馆、百货商店,以及盛宴小酌,一律可用,"方便"的结果是身无分文,身外有债,被一堆数字支配到俯首称臣,旧时常说忙来忙去就是为了开门七件事,现在是为了维护这一堆数字屹然无恙。而且日子一久,就成了习惯,几乎是相依为命了。

当然这些数字除去帮助建立了信用卓著,亦确有其实际功用。某次在法国南部一小镇朵颐称快之后,发觉囊空如洗,问侍者接受某种信用卡否。答曰"唯"。这时就难免不感谢信用之无远弗届了。可是欠账不难,还账只要心底里尊重量入为出的大原则也不难。难的是数字泛滥,尤其错不得。差之毫厘,谬以千里,还是古代的观念推理。今天一切所谓"电脑"化了,记账亦然,据说电脑出错的机会不多,可是不错则已,一错就难追究。我曾写过若干封信给"亲爱的电脑计算机",有时亦庄亦谐,有时语中带刺,有时是苦苦哀求,可是电脑无情,不为所动,一笔错账往往经过几个月的纠缠，方能水落石出，最后恐怕还是靠了一点人的因素。然而当今之世，不进入"电脑化"是不行的，这是大势所趋。记得若干年前有一位老作家一向住在新英格兰某小镇，小镇上有一小银行，彼此相识有年。老作家不惯随身带支票，需款孔亟时，就用银行中的空白支票提款，但是某一天这小银行也开始电脑化了，老作家还想依惯例提款，抱歉得很，办不通了。因为他不记得账户号码，而电脑没有那一堆数字，就自然挡驾。老作家真是所谓"拖着沉重的脚步"走回去的，他说就像失掉了老伴，觉得天下大变了。

事实上，支配我们生活的还不仅仅是一堆与欠账有关数字，证明我们身份的有驾驶执照号码（一堆数字），管我们病痛的有医药保险号码（一堆数字），还有一种保险是深恐我们身后过于萧条家属衣食不济的，当然又另是一个号码，又是一堆数字。此外你可能是某些团体的会员，免不了另有一堆号码。日常你必须记得的数字，可也不少哩，如电话号码，因为随时会有人殷殷垂询的；如汽车牌照号码，否则扩音器中传出停车场中某个号码的车忘记关灯，你就得每次自作多情，移步去看个究竟。我们读古人传略，常觉得古人名字真多，某公讳什么，号什么，字什么，又亦字什么，再加上斋名、笔名等等，写上一两行，不足为奇。百年后若有人考证，今人默默无名，而号码独多，一堆数字紧接着一堆数字，漪欤盛哉，无义无情，比不上字与号，斋名、笔名能约略传出一个人的神采。可是一堆数字的魔力实在未可小觑，拿本人来说，代表我的各种数字，除去形容不出吴某人"语言无味面目可憎"以外，其他比较具体的事，如岁入若干，旅行次数多寡，买哪一类的衣服，吃哪一等的馆子，都可以有案可稽，一目了然。

我有时偶发奇想，觉得人类不大安分，小焉者如女人，上帝已经给她一张脸了，她硬要不惜工本另造一张；大焉者如男人（多半是男人），他相信人定胜天，于是把大地糟蹋得体无完肤，而且自鸣得意，说是进步，劝落后的地区赶快跟着工业起飞，飞起了之后再去担心空气污染吧，河流污染吧。凡是在大工业城市住过的人遇到风平浪静之日，污染的空气，特别浓得化不开，呼吸自然短促，很有点此恨难平的模样。东坡居士若是生在今朝，有幸住在工业先进地区，恐怕会把那首《临江仙》的下半阕改为：

长恨此身非我有，一堆数字为凭，夜阑风静气难平，湖海污染尽，何处寄余生。

今世的五百次回眸

毕淑敏

佛说，前世的五百次回眸，才换来今生的擦肩而过。顿生气馁，这辈子是没的指望了，和谁路遇和谁接踵，和谁相亲和谁反目，都是命定，挣扎不出。特别想到我今世从医，和无数病患咫尺对视。若干垂危之人，经我手治，每日查房问询，执腕把脉，相互间凝望的频率更是不可胜数，如有来世，将必定与他们相逢，赖不脱躲不掉的。于是，这一部分只有作罢，认了就是。但尚余一部分，却留了可以掌握的机缘。一些愿望，如果今生屡屡瞩目，就埋了一个下辈子擦肩而过的伏笔，待到日后便可再接再厉地追索和厮守。

今世，我将用余生五百次眺望高山。我始终认为高山是地球上最无遮掩的奇迹。一个浑圆的球,有不屈的坚硬的骨骼隆起,离太阳更近,离平原更远,它是这颗星球最勇敢最孤独的犄角。它经历了最残酷的折叠,也赢得了最高耸的荣誉。它有诞生也有消亡,它将被飓风抚平,它将被酸雨冲刷,它将把溃败的肌体化作肥沃的土地,它将在柔和的平坦中温习伟大。我不喜欢任何关于征服高山的言论,以为那是人的菲薄和短视。真正的高山不可能被征服的,它只是在某一个瞬间,宽容地接纳了登山者,让你在它头顶歇息片刻,给你一窥真颜的恩赐。如同一只鸟在树梢啼叫,它敢说自己把大树征服了吗?山的存在,让我们永保谦逊和恭敬的姿态,知道在这个世界上,有一些事物必须仰视。

今生,我将用余生一千次不倦地凝望绿色。我少年戍边,有十年的时间面对的是皑皑冰雪,看到绿色的时间已经比他人少了许多。若是因为这份不属于我选择的怠慢,罚我下辈子少见绿色,岂不冤枉死了?记得在千百个与绿色隔绝的日子之后,我下了喀喇昆仑山,在新疆叶城突然看到辽阔的幽深绿色之后,第一反应竟是悚然,震惊中紧闭了双眼,如同看到密集的闪电。眼神荒疏了忘却了这人间最滋润的色彩,以为是虚妄的梦境。就在那一瞬,我皈依了绿色。这是最美丽的归宿,有了它,生命才得以繁衍和兴旺。常常听到说地球上的绿地到了某一年就全部沙化了,那是多么恐怖的期限。为了人类的长盛不衰,我以目光持久地祷告。

今生,我将一万次目不转睛地注视人群。如果有来生,我期望还将成为他们之中的一员,而不是其他的什么动物或是植物。尽管我知道人类有那么多可怕的弱点和缺陷,我还是为这个物种的智慧和勇敢而赞叹。我做过一次人类了,我知道了怎样才能更好地做人,做人是一门长久的功课,当我们刚刚学会了最初的运算,教科书就被合上。卷子才答了一半,交卷的铃声就响了,岂不遗憾?

把自己喜欢的事一一想来,我还要看海看花,看健美的运动员,看睿智的科学家,看慈祥的老人和欢快的少女,当然还有无邪的小童,突然就笑了。想我这余生,也不用干其他的事了,每天就在窗前屋后呆呆地看山看树看人群吧,以求个来世的擦肩而过。这样一路地看下去,来世的愿望不知能否得逞,今生的时光可就白白荒废了。于是决定,从此不再东张西望,只心定如水,把握当前。

不为虚缈的擦肩而过,而把余生定格在回眸之中。喜欢山所表达的精神,就游历和瞻仰山的英拔和广博,期望自己也变得如许坚强。喜欢绿色和生命,喜爱人的丰饶和宝贵,就爱惜资源,尊重自己也尊重他人。

人生的真相

梁晓声

人活着就得做事情。

古今中外,无一人活着而居然可以不做什么事情,连婴儿也不例外。吮奶便是婴儿所做的事情,不许他做他便哭闹不休,许他做了他便乖而安静。广论之,连蚊子也要做事:吸血;连蚯蚓也要做事:钻地。

　　一个人一生所做之事，可以从许多方面来归纳——比如善事恶事、好事坏事、雅事俗事、大事小事等等。

　　世上一切人之一生所做的事情，也可用更简单的方式加以区分，那就是无外乎——愿意做的、必须做的、不愿意做的。

　　有些人却一生都在做着自己不愿意做的事情。比如他或她的职业绝不是自己愿意的，但若改变却千难万难，"难于上青天"。不说古代，不论外国，仅在中国，仅在二十几年前，这样一些终生无奈的人比比皆是。

　　而我们大多数人的一生，其实只不过都在整日做着自己必须做的事情。日复一日，渐渐地，我们对我们那些愿意做，曾特别向往去做的事情漠然了。甚至，再连想也不去想了。仿佛我们的头脑之中对那些曾特别向往去做的事情，从来也没产生过试图一做的欲念似的，即使那些事情做起来并不需要什么望洋兴叹的资格和资本。日复一日地，渐渐地，我们变成了一些生命流程仅仅被必须做的、杂七杂八的事情注入得满满的人。

　　我想，这乃是所谓人生的真相之一吧？衰老、生病、死亡，这些事任谁都是躲不过的。生病就得住院，住院就得接受治疗。治疗不仅是医生的事情，也是需要病人配合着做的事情。某些治疗的漫长阶段比某些病本身更痛苦。于是人最不愿意做的事情，一下子成了自己必须做的事情。到后来为了生命，最不愿做的事情不但变成了必须做的事情，而且变成了最愿做好的事情。

　　我们必须做的事情，首先是那些意味着我们人生支点的事情。我们一旦连这些事情也不做，或，做得不努力，我们的人生就失去了稳定性，甚而不能延续下去。比如我们每人总得有一份工作，总得有一份收入。于是有单位的人总得天天上班，自由职业者不能太随性，该勤奋之时就得自己要求自己孜孜不倦。这世界上极少数的人之所以是幸运的，幸运就幸运在——必须做的事情恰恰同时是自己愿意做的事情。大多数人无此幸运，大多数人有了一份工作，有了一份收入就已然不错。在就业机会竞争激烈的时代，纵然非是自己愿意做的事情，也得当成一种低质量的幸运来看待。即使打算摆脱，也无不掂量再三，思前虑后，犹犹豫豫。

　　因为对于我们大多数人而言，我们整日必须做的事情，往往不仅关乎着我们自己的人生，也关乎着种种的责任和义务。比如父母对子女的；夫妻双方的；长子长女对弟弟妹妹的……这些责任和义务，使那些我们寻常之人整日必须做的事情具有了超乎于愿意不愿意之上的性质，并随之具有了特殊的意义。这一种特殊的意义，纵然不比那些我们愿意做的事情对于我们自己更快乐，也比那些事情显得更值得。

　　我们做我们必须做的事情，有时恰恰是为了因而有朝一日可以无忧无虑地做我们愿意做的事情。普遍的规律也大抵如此。一些人勤勤恳恳地做他们必须做的事情，数年如一日，甚至十几年二十几年如一日，人生终于柳暗花明，终于得以有条件去做自己愿意做的事情了。其条件当然首先是自己为自己创造的。这当然得有这样的前提——自己所愿意做的事情，自己一直惦记在心，一直向往着去做，一直并没泯灭了念头……

　　我们做我们必须做的事情，有时恰恰不是为了因而有朝一日可以无忧无虑地做我们愿意做的事情。我们往往已看得分明，我们愿意做的事情，并不由于我们将我们必须做的事，做得多么努力做得多么无可指责而离我们近了；相反，却日复一日地，渐渐地离我们远了，成了注定与我们的人生错过的事情。但我们却仍那么努力那么无可指责地做着我们必须做的事情。为了什么呢？为了下一代。为了下一代得以最大限度地做他们和她们愿意做的事，为了他们和她们愿意做的事不再完全被动地与自己的人生眼睁睁地错过。为了他们和她们,不被那些自己根本不愿意做的事黏住,进而具有最大的人生能动性,使自己必须做的事与自己愿意做的事协调地相一致起来,起码部分地相一致起来,起码不重蹈上一代人人生的覆辙,因为整日陷于必须做的事而彻底断送了试图一做自己愿意做的事情的条件和机会。社会是赖于上一代如此这般的牺牲精神而进步的。下一代人也是赖于上一代人如此这般的牺牲精神而大受其益的。

有些父母为什么宁肯自己坚持着去干体力难支的繁重劳动,或退休以后也还要无怨无悔地去做份收入极低微的工作呢? 为了子女们能够接受高等教育,能够顺利地靠近他们愿意做的事情。

令人同情的是这样一些人——他们终于像放下沉重的十字架一样,摆脱了自己必须做甚而不愿意做却做了几乎整整一生的事情;终于有一天长舒一口气,自己对自己说——现在,我可要去做我愿意做的事情了。那事情也许只不过是回老家看看,或到某地去旅游,甚或,只不过是坐一次飞机,乘一次海船……而死神却突然来牵他或她的手了……

"可怜天下父母心"一句话,在这一点上,实在是应该改成"可敬天下父母心"的。

略谈人生观

胡　适

每个人可以说都有一个"人生观",我是以先几十年的经验,提供几点意见,供大家思索参考。

很多人认为个人主义是洪水猛兽,是可怕的,但我所说的是个平平常常,健全而无害的。干干脆脆的一个个人主义的出发点,不是来自西洋,也不是完全中国的。中国思想上具有健全的个人主义思想,可以与西洋思想互相印证。王安石是个一生自己刻苦,而替国家谋安全之道,为人民谋福利的人,当为非个人主义者。但从他的诗文可以找出他个人主义的人生观,为己的人生观。因为他曾将古代极端为我的杨朱与提倡兼爱的墨子相比。在文章中说:"为己是学者之本也,为人是学者之末也。学者之事必先为己为我,其为己有余,则天下事可以为人,不可不为人。"

这就是说,一个人在最初的时候应该为自己,在为自己有余的时候,就该为别人,而且不可不为别人。

19 世纪的易卜生,他晚年曾给一位年轻的朋友写信说:"最期望于你的只有一句话,希望你能做到真正的、纯粹的为我主义,要你有时觉得天下事只有自己最重要,别人不足想,你要想有益于社会最好的办法,就是把你自己这块材料铸成器。"另外一部自由主义的名著《自由论》,有一章"个性",也一再的讲人最可贵的是个人的个性,这些话,便是最健全的个人主义。一个人应该把自己培养成器,使自己有了足够的知识、能力与感情之后,才能再去为别人。

孔子的门人子路,有一天问孔子说:"怎样才能做成一个君子?"孔子回答说:"修己以敬。"这句话的意思,也就是要把自己慎重的培养、训练、教育好的意思。"敬"在古文解释为慎重。子路又说,这样够了吗? 孔子回答说:"修己以安人。"这句话的意思,就是先把自己培养、训练、教育好了,再为别人。子路又问,这样够了吗? 孔子回答说:"修己以安百姓。修己以安百姓,尧舜其犹病诸。"这句话的意思就是培养、训练、教育好了自己,再去为百姓。培养好了自己再去为百姓,就是圣人如尧舜,也很不易做到。孔子这一席话,也是以个人主义为起点的。自此可见,从 19 世纪到现在,从现在回到孔子时代,差不多都是以修身为本。修身就是把自己训练、培养、教育好。因此个人主义并不是可怕的,尤其是年轻人确立一个人生观,更是需要慎重地把自己这块材料培养、训练、教育成器。我认为最值得与年轻人谈的便是知识的快乐。一个人怎样能使生活快乐。人生是为追求幸福与快乐的,《美国独立宣言》中曾提及三种东西,即:1.生命,2.自由,3.追求幸福。但是人类追求的快乐范围很广,例如财富、婚姻、事业、工作,等等。但是一个人的快乐,是有粗有细的,我在幼年的时候不用说,但自从有知以来,就认为,人生的快乐,就是知识的快乐,做研究的快乐,找真理的快乐,求证据的快乐。从求知识的欲望与方法中深深体会到人生是有限,知识是无穷的,以有限的人生,去深求无穷的知识,实在是非常快乐的。

两千年前有一位政治家问孔子门人子路说,你的老师是怎样的人,子路不答。后来孔子知道了,说:"你为什么不告诉他,你的老师'其为人也,发愤忘食,乐以忘忧,不知老之将至'。"从孔子这句话,可以体会到知识的乐趣。希腊科学家阿基米德在澡堂洗澡时,想出了如何分析皇冠的金子成分的方法,高兴得赤身从澡堂里跳了出来,沿街跑去,口中喊着:"我找到了,我找到了。"这就是说明知识的快乐,一旦发现证据或真理的快乐。英国两位大诗人勃朗宁和丁尼生有两首诗,都是代表 19 世纪冒险的、追求新的知识的精神。

最后谈谈社会的宗教说。一个人总是有一种制裁的力量的,相信上帝的人,上帝是他的制裁力量。我们古代讲孝,于是孝便成了宗教,成了制裁。现在在台湾宗教很发达,有人信最高的神,有人信很多的神,许多人为了找安慰都走了宗教的道路。我说的社会宗教,乃是一种说法,中国古代有此种观念,就是三不朽:立德,是讲人格与道德;立功,就是建立功业;立言,就是思想语言。在外国也有三个,就是 Worth,Work,Words. :这三个不朽,没有上帝,亦没有灵魂,但却不十分民主。究竟一个人要立德、立功、立言到何种程度,我认为范围必须扩大,因为人的行为无论为善为恶都是不朽的。我国的古语"流芳百世,遗臭万年",便是这个意思……因此,我们的行为,一言一动,均应向社会负责,这便是社会的宗教,社会的不朽……我们千万不能叫我们的行为在社会上发生坏的影响,因为即使我们死了,我们留下的坏的影响仍是永久存在的。"我们要一出言不敢忘社会的影响,一举步不敢忘社会的影响"。即使我们在社会上留一白点,但我们也绝对不能留一点污点,社会即是我们的上帝,我们的制裁者。

人生三枚果

陆勇强

快乐是种品牌

圣诞节前,一个工作繁忙的女人兴冲冲地往家赶,她想和自己深爱的丈夫过一个愉快的圣诞节。当她回到家里,却发现丈夫为一个女人离家出走了。她没有哭,而是一个人安安静静地过完圣诞节。然后,她打了一个电话给法文学院,让他们派一个教师教她法文。

这年春节,她应邀参加北京的一个大型文艺晚会。准备上台的时候,突然接到一个电话。她若无其事地放下电话,却紧紧抓住一位好友的手。好友发现她的手冰凉,忙问何故。她平静地说:"丈夫和那女人在一起,永远不回来了。"

好友震惊之余,害怕她继续演出会演砸,但她还是从容地上台了。在摄像机镜头前,她依然一脸灿烂的阳光。

她就是靳羽西,一位传播中美文化、传播快乐的民间阳光大使,她说她这辈子只哭十天,其余都是快乐的。从她的齐耳短发和鲜艳的笑脸上,我们看到的是东方女性的快乐、从容、自信和美丽。

知道自己需要什么

多年前,一位老人曾对我说,人活在世上,最重要的是要知道自己需要什么。我说我知道自己需要什么,那就是事业有成。他听完,叹了口气说:"还有比这更重要的。"我忙问是什么?他说:"养家糊口。"当时的感觉真的很糟糕,一个人如果仅为养家糊口而活着,那么,理想呢?抱负呢?

多年后,当我再想起这句话时,多少悔悟在心中纠结而无法释怀。所谓理想、抱负,其实真的逃脱不了"养家糊口"。或者说,如果当年抱有养家糊口的念头,自己也许会对坎坷而艰苦的境遇多些忍受。

沈从文当年被批斗时,处境十分恶劣。对于一个极其敏感的文学大师而言,沦落到如此地步该是一件痛心疾首的事了吧?但是,他却从容地对前来拜访他的人说:"池塘里的荷花开了,很美!"

生命是尊贵的,正因为尊贵才要以智慧的方式活着。人应该知道自己最终需要什么,不论何种层次的需要,前提只有一个:好好活着。

为他人美丽

遇到她时,心还是怦怦跳,然后面红耳赤。十四年前,我们之间曾经有过一段朦朦胧胧的感情,但无始而终。我一直把她当作自己的初恋情人。她的笑容、她的声音、她的羞怯……有时候,她会像天使一样进入我的梦中。

可现在,她就站在我面前,衣着不整,头发枯黄,脸上还有许多黄褐色的斑点。如果不是她喊我,我根本不会认出眼前的女人就是当年的她。当时我结结巴巴说了些什么,事后自己也记不清了,只记得她那满面风尘的脸色让我心痛不已。岁月真是无情,只是十四年,就把一个女孩打磨成一个为生活奔波而精疲力竭的女人。

真的为自己感到伤心,觉得自己这辈子可能再也不会做那些纯真而美好的梦了。

人有时候输不起的是心情,一个藏于心灵深处独自品味和欣喜的心情。所以,我赞赏这样的生活态度——为他人美丽!

良好人生

莫小米

有一位同事美丽而文静,说话语速总是慢慢的,音量总是小小的,但很能说到人的心底里去,你不知自己是什么时候被她看穿的。

她的业绩说不上骄人,但也无可挑剔;她嫁了相爱的普通人,日子过得波澜不惊;她不要求孩子学这学那,双休日一家三口就去游玩;她每天都要午睡,每天都做健美操,生活很有规律;她从不嫉妒荣誉加身的同事也从不鄙视偶犯错误的同事,只对势利小人冷眼旁观,却也不恼。她觉得他们不会有好的心态与好的结局。她心明如镜绝顶聪明,与周围一些拼尽全力却活得七上八下不尽如人意的人相比,我觉得她的人生本来还可以更为出彩,而她没有去做。

有一个非常难得的机会我们两两相对。她说起她父亲的一句话奠定了她的人生。读初中时她体质弱,任何体育活动都没法参加,学习又非常争胜好强。偶尔有一门功课得不到第一就会难过就会自责。父亲说:以你的条件,你不必追求优秀,但你可以做到良好。她听父亲的话,比较轻松地将每门功课都保持了良好,同时她的体质也恢复到了良好的状态。高中毕业她给自己的定位是考上一所普通大学。压力不重反而发挥良好,她轻松地考上了重点大学,毕业时她那专业人才极紧俏,重点大学毕业生又可以在全国范围内选择工作,她却选择了中等城市的专业对口单位,她只求离父亲近些,可以相互照料。她娓娓地讲述着这些,就如她不急不躁地构筑她的良好人生。

良好的人生肯定不被小说家与剧作家看好,因为良好人生不能构成他们的创作素材,他们更感兴趣的是——事业有成而家庭破裂,辉煌的阴影里藏匿着堕落,幸福来临却紧随着死神——有一项优秀就总有一项不及格。

生活何尝不是同样的乖戾,倘若某人的某个单项特别优秀,他人生的另一重要项目,缺憾往往也特别的大。或者是,正因有无可弥补的缺憾,才发愤地去追求优秀。

所以良好人生的境界实在已经至高。当一个人的事业、爱情、品行、心境乃至体格都能达到良好时,谁说那人生不够优秀?

第二篇　父爱与母爱

回忆我的母亲

朱　德

得到母亲去世的消息，我很悲痛。我爱我母亲。特别是她勤劳一生，很多事情是值得我永远回忆的。

我家是佃农。祖籍广东韶关，客籍人，在"湖广填四川"时，迁移四川仪陇县马鞍场。世代为地主耕种，家境是贫苦的。和我们来往的朋友也都是老老实实的贫苦农民。

母亲一共生了十三个儿女。因为家境贫穷，无法全部养活，只留下八个。以后再生下的被迫溺死了。这在母亲心里是多么惨痛悲哀和无可奈何的事啊！母亲把八个孩子一手养大成人。可是她的时间大半被家务和耕种占去了，没法多照顾孩子，只好让孩子们在地里爬着。

母亲是个好劳动，从我能记忆时起，总是天不亮就起床。全家二十多口人，妇女们轮班煮饭，轮到就煮一年。母亲把饭煮了，还要种田，种菜，喂猪，养蚕，纺棉花。因为她身材高大结实，还能挑水挑粪。

母亲这样地整日劳碌着。我到四五岁时就很自然地在旁边帮她的忙，到八九岁时就不但能挑能背，还会种地了。记得那时我从私塾回家，常见母亲在灶上汗流满面地烧饭，我就悄悄把书一放，挑水或放牛去了。有的季节里，我上午读书，下午种地；一到农忙，便整日停在地里跟着母亲劳动。这个时期母亲教给我许多生产知识。

佃农家庭的生活自然是很苦的，可是由于母亲的聪明能干，也勉强过得下去。我们用桐子榨油来点灯，吃的是豌豆饭、菜饭、红薯饭、杂粮饭，把菜籽榨出的油放在饭里做调料。这类地主富人家看也不看的饭食，母亲却能做得使一家人吃起来有滋味。赶上丰年才能缝上一些新衣服，衣服也是自己生产出来的。母亲亲手纺出线，请人织成布，染了颜色，我们叫它"家织布"，有铜钱那样厚。一套衣服老大穿过了，老二老三接着穿还穿不烂。

　　勤劳的家庭是有规律有组织的。我的祖父是一个中国标本式的农民，到八九十岁还非耕田不可，不耕田就会害病，直到临死前不久还在地里劳动。祖母是家庭的组织者，一切生产事务由她管理分派；每年除夕就分派好一年的工作。每天天还没亮，母亲就第一个起身，接着听见祖父起来的声音，接着大家都离开床铺，喂猪的喂猪，砍柴的砍柴，挑水的挑水。母亲在家庭里极能任劳任怨。她性格和蔼，没有打骂过我们，也没有同任何人吵过架。因此，虽然在这样的大家庭里，长幼伯叔妯娌相处都很和睦。母亲同情贫苦的人——这是朴素的阶级意识，虽然自己不富裕，还周济和照顾比自己更穷的亲戚。她自己是很节省的。父亲有时吸点旱烟，喝点酒，母亲管束着我们，不允许我们染上一点。母亲那种勤劳俭朴的习惯，母亲那种宽厚仁慈的态度，至今还在我心中留有深刻的印象。

　　但是灾难不因为中国农民的和平就不降临到他们身上。庚子年（一九〇〇年）前后，四川连年旱灾，很多的农民饥饿，破产，不得不成群结队去"吃大户"。我亲眼见到，六七百穿得破破烂烂的农民和他们的妻子儿女被所谓官兵一阵凶杀毒打，血溅四五十里，哭声动天。在这样的年月里，我家也遭受更多的困难，仅仅吃些小菜叶、高粱，通年没吃过白米。特别是甲辰（一九〇四）那一年，地主欺压佃户，要在租种地上加租子，因为办不到，就趁大年除夕，威胁着我家要退佃，逼着我们搬家。在悲惨的情况下，我们一家人哭泣着连夜分散。从此我家被迫分两处住下。人手少了，又遇天灾，庄稼没收成，这是我家最悲惨的一次遭遇。母亲没有灰心，她对穷苦农民的同情和对为富不仁者的反感却更强烈了。母亲沉痛的三言两语的诉说以及我亲眼见到的许多不平事实，启发了我幼年时期反抗压迫追求光明的思想，使我决心寻找新的生活。

　　我不久就离开母亲，因为我读书了。我是一个佃农家庭的子弟，本来是没钱读书的。那时乡间豪绅地主的欺压，衙门差役的横蛮，逼得母亲和父亲决心节衣缩食培养出一个读书人来"支撑门户"。我念过私塾，光绪三十一年（一九〇五）考了科举，以后又到更远的顺庆和成都去读书。这个时候的学费都是东挪西借来的，总共用了二百多块钱，直到我后来当护国军旅长时才还清。

　　光绪三十四年（一九〇八）我从成都回来，在仪陇县办高等小学，一年回家两三次去看母亲。那时新旧思想冲突得很厉害，我们抱了科学民主的思想，想在家乡做点事情，守旧的豪绅们便出来反对我们。我决心瞒着慈爱的母亲离开家乡，远走云南，参加新军和同盟会。我到云南后，从家信中知道，我母亲对我这一举动不但不反对，还给我许多慰勉。

　　从宣统元年（一九〇九）到现在我再没有回家过一次，只在民国十年（一九二一）我曾经把父亲和母亲接出来。但是他俩劳动惯了，离开土地就不舒服，所以还是回了家。父亲就在回家途中死了。母亲回家继续劳动，一直到最后。

　　中国革命继续向前发展，我的思想也继续向前进步。当我发现了中国革命的正确道路时，我便加入了中国共产党。大革命失败了，我和家庭完全隔绝了，母亲就靠那三十亩地独力支持一家人生活。抗战以后，我才能和家里通信。母亲知道我所做的事业，她期望着中国民族解放的成功。她知道我们党的困难，依然在家里过着勤苦的农妇生活。七年中间，我曾寄回几百元钱和几张自己的照片给母亲。母亲年老了，但她永远想念着我，如同我永远想念着她一样。去年收到侄儿的来信说："祖母今年已八十有五，精神不如昨年之健康，饮食起居亦不如前，甚望见你一面，聊叙别后情景。……"但我献身于民族抗战事业，竟未能报答母亲的希望。

　　母亲最大的特点是一生不曾脱离过劳动。母亲生我前一分钟还在灶上煮饭。虽到年老，仍然热爱生产。去年另一封外甥的家信说："外祖母大人因年老关系，今年不比往年健康，但仍不辍劳作,尤喜纺棉。……"

我应该感谢母亲,她教给我与困难作斗争的经验。我在家庭中饱尝艰苦,这使我在三十多年的军事生活和革命生活中再没感到过困难,没被困难吓倒。母亲又给我一个强健的身体,一个勤劳的习惯,使我从来没感到过劳累。

我应该感谢母亲,她教给我生产的知识和革命的意志,鼓励我以后走上革命的道路。在这条路上,我一天比一天更加认识了:只有这种知识,这种意志,才是世界上最可宝贵的财产。

母亲现在离我而去了,我将永不能再见她一面了! 这个哀痛是无法补救的。母亲是一个"平凡"的人,她只是千百万劳动人民中的一员,但是,正是这千百万人创造了和创造着中国的历史。我用什么方法来报答母亲的深恩呢? 我将继续尽忠于我们的民族和人民,尽忠于我们的民族和人民的希望——中国共产党,使和母亲同样生活着的人能够过快乐的生活。这是我能做到的,一定能做到的。

愿母亲在地下安息!

我的母亲

胡　适

我小时身体弱,不能跟着野蛮的孩子们一块儿玩。我母亲也不准我和他们乱跑乱跳。小时不曾养成活泼游戏的习惯,无论在什么地方,我总是文绉绉地。所以家乡老辈都说我"象个先生样子",遂叫我做"穈先生"。这个绰号叫出去之后,人都知道三先生的小儿子叫做穈先生了。既有"先生"之名,我不能不装出点"先生"样子,更不能跟着顽童们"野"了。有一天,我在我家八字门口和一班孩子"掷铜钱",一位老辈走过,见了我,笑道:"穈先生也掷铜钱吗?"我听了羞愧得面红耳热,觉得太失了"先生"的身分!

大人们鼓励我装先生样子,我也没有嬉戏的能力和习惯,又因为我确是喜欢看书,故我一生可算是不曾享过儿童游戏的生活。每年秋天,我的庶祖母同我到田里去"监割",(顶好的田,水旱无忧,收成最好,佃户每约田主来监割,打下谷子,两家平分。)我总是坐在小树下看小说。十一二岁时,我稍活泼一点,居然和一群同学组织了一个戏剧班,做了一些木刀竹枪,借得了几副假胡须,就在村口田里做戏。我做的往往是诸葛亮、刘备一类的文角儿;只有一次我做史文恭,被花荣一箭从椅子上射倒下去,这算是我最活泼的玩艺儿了。

我在这九年(1895—1904)之中,只学得了读书写字两件事。在文字和思想(看下章)的方面,不能不算是打了一点底子。但别的方面都没有发展的机会。有一次我们村里"当朋"(八都凡五村,称为"五朋",每年一村轮着做太子会,名为"当朋")筹备太子会,有人提议要派我加入前村的昆腔队里学习吹笙或吹笛。族里长辈反对,说我年纪太小,不能跟着太子会走遍五朋。于是我便失掉了这学习音乐的唯一机会。三十年来,我不曾拿过乐器,也全不懂音乐;究竟我有没有一点学音乐的天资,我至今还不知道。至于学图画,更是不可能的事。我常常用竹纸蒙在小说书的石印绘像上,摹画书上的英雄美人。有一天,被先生看见了,挨了一顿大骂,抽屉里的图画都被搜出撕毁了。于是我又失掉了学做画家的机会。

但这九年的生活,除了读书看书之外,究竟给了我一点做人的训练。在这一点上,我的恩师便是我的慈母。

每天天刚亮时,我母亲便把我喊醒,叫我披衣坐起。我从不知道她醒来坐了多久了。她看我清醒了,便对我说昨天我做错了什么事,说错了什么话,要我认错,要我用功读书。有时候她对我说父亲的种种好处,她说:"你总要踏上你老子的脚步。我一生只晓得这一个完全的人,你要学他,不要跌他的股。"(跌股便是丢脸,出丑。)她说到伤心处,往往掉下泪来。到天大明时,她才把我的衣服穿好,催我去上早学。学堂门上的锁匙放在先生家里;我先到学堂门口一望,便跑到先生家里去敲门。先生家里有人把锁匙从门缝里递出来,我拿了跑回去,开了门,坐下念生书。十天之中,总有八九天我是第一个去开学堂门的。等到先生来了,我背了生书,才回家吃早饭。

我母亲管束我最严,她是慈母兼任严父。但她从来不在别人面前骂我一句,打我一下,我做错了事,她只对我一望,我看见了她的严厉眼光,便吓住了。犯的事小,她等到第二天早晨我眠醒时才教训我。犯的事大,她等到晚上人静时,关了房门,先责备我,然后行罚,或罚跪,或拧我的肉。无论怎样重罚,总不许我哭出声音来。她教训儿子不是借此出气叫别人听的。

有一个初秋的傍晚,我吃了晚饭,在门口玩,身上只穿着一件单背心。这时候我母亲的妹子玉英姨母在我家住,她怕我冷了,拿了一件小衫出来叫我穿上。我不肯穿,她说:"穿上吧,凉了。"我随口回答:"娘(凉)什么! 老子都不老子呀。"我刚说了这一句,一抬头,看见母亲从家里走出,我赶快把小衫穿上。但她已听见这句轻薄的话了。晚上人静后,她罚我跪下,重重的责罚了一顿。她说:"你没了老子,是多么得意的事! 好用来说嘴!"她气得坐着发抖,也不许我上床去睡。我跪着哭,用手擦眼泪,不知擦进了什么微菌,后来足足害了一年多的眼翳病。医来医去,总医不好。我母亲心里又悔又急,听说眼翳可以用舌头舔去,有一夜她把我叫醒,她真用舌头舔我的病眼。这是我的严师,我的慈母。

我母亲二十三岁做了寡妇,又是当家的后母。这种生活的痛苦,我的笨笔写不出一万分之一二。家中财政本不宽裕,全靠二哥在上海经营调度。大哥从小便是败子,吸鸦片烟,赌博,钱到手就光,光了便回家打主意,见了香炉便拿出去卖,捞着锡茶壶便拿出去押。我母亲几次邀了本家长辈来,给他定下每月用费的数目。但他总不够用,到处都欠下烟债赌债。每年除夕我家中总有一大群讨债的,每人一盏灯笼,坐在大厅上不肯去。大哥早已避出去了。大厅的两排椅子上满满的都是灯笼和债主。我母亲走进走出,料理年夜饭,谢灶神,压岁钱等事,只当做不曾看见这一群人。到了近半夜,快要"封门"了,我母亲才走后门出去,央一位邻舍本家到我家来,每一家债户开发一点钱。做势做歹的、这一群讨债的才一个一个提着灯笼走出去。一会儿,大哥敲门回来了。我母亲从不骂他一句。并且因为是新年,她脸上从不露出一点怒色。这样的过年,我过了六七次。

大嫂是个最无能而又最不懂事的人,二嫂是个很能干而气量很窄小的人。她们常常闹意见,只因为我母亲的和气榜样,她们还不曾有公然相骂相打的事。她们闹气时,只是不说话,不答话,把脸放下来,叫人难看;二嫂生气时,脸色变青,更是怕人。她们对我母亲闹气时,也是如此。我起初全不懂得这一套,后来也渐渐懂得看人的脸色了。我渐渐明白,世间最可厌恶的事莫如一张生气的脸;世间最下流的事莫如把生气的脸摆给旁人看。这比打骂还难受。

我母亲的气量大,性子好,又因为做了后母后婆,她更事事留心,事事格外容忍。大哥的女儿比我只小一岁,她的饮食衣服总是和我的一样。我和她有小争执,总是我吃亏,母亲总是责备我,要我事事让她。后来大嫂二嫂都生了儿子了,她们生气时便打骂孩子来出气,一面打,一面用尖刻有刺的话骂给别人听。我母亲只装做不听见。有时候,她实在忍不住了,便悄悄走出门去,或到左邻立大嫂家去坐一会,或走后门到后邻度嫂家去闲谈。她从不和两个嫂子吵一句嘴。

每个嫂子一生气,往往十天半个月不歇,天天走进走出,板着脸,咬着嘴,打骂小孩子出气。我母亲只忍耐着,忍到实在不可再忍的一天,她也有她的法子。这一天的天明时,她便不起床,轻轻的哭一场。她不骂一个人,只哭她的丈夫,哭她自己苦命,留不住她丈夫来照管她。她先哭时,声音很低,渐渐哭出声来。我醒了起来劝她,她不肯住。这时候,我总听得见前堂(二嫂住前堂东房)。或后堂(大嫂住后堂西房)有一扇房门开了,一个嫂子走出房向厨房走去。不多一会,那位嫂子来敲我们的房门了。我开了房门,她走进来,捧着一碗热茶,送到我母亲床前,劝她止哭,请她喝口热茶。我母亲慢慢停住哭声,伸手接了茶碗。那位嫂子站着劝一会,才退出去。没有一句话提到什么人,也没有一个字提到这十天半个月来的气脸,然而各人心里明白,泡茶进来的嫂子总是那十天半个月来闹气的人。奇怪的很,这一哭之后,至少有一两个月的太平清静日子。

我母亲待人最仁慈,最温和,从来没有一句伤人感情的话。但她有时候也很有刚气,不受一点人格上的侮辱。我家五叔是个无正业的浪人,有一天在烟馆里发牢骚,说我母亲家中有事总请某人帮忙,大概总有什么好处给他。这句话传到了我母亲耳朵里,她气得大哭,请了几位本家来,把五叔喊来,她当面质问他,她给了某人什么好处。直到五叔当众认错赔罪,她才罢休。

我在我母亲的教训之下住了九年,受了她的极大极深的影响。我十四岁(其实只有十二岁零两三个月)便离开她了,在这广漠的人海里独自混了二十多年,没有一个人管束过我。如果我学得了一丝一毫的好脾气,如果我学得了一点点待人接物的和气,如果我能宽恕人,体谅人——我都得感谢我的慈母。

母 亲

徐懋庸

母亲去世已满一个月了。近日想起,悲哀已像一块冷却的铁,虽然还压在心头,但失去灼痛的热度了。因此,能够沉重但冷静地想想她的命运。我能够说的,只有母亲的痛苦。

生在贫家,嫁在贫家,物质生活的辛苦,是不必说了。精神上,从也被贫困刺激得性情粗暴的丈夫那里是得不到安慰的。至于儿女,夭亡的夭亡了,离散的离散了。在十二三年的战争期间,千难万难地养大了一个孙女,是她膝下唯一承欢的人。但是,解放以后,先是我派了人要从她身边把她的孙女带走;这没有成,她却反而突然被死神带走了……

解放以后,她的桑榆暮景,本来也不算坏。知道我没有在战争中死掉,还给她添了一大群的孙儿,这"福气"就不小;我寄的钱,也够她和父亲温饱地度日;经过改革的社会,对她也尊重起来了……然而,她不满足,她非常痛苦,她是在痛苦中死去的。

她晚年的痛苦,是我所给她的。

我是她唯一可以指靠的儿子。指靠也算指靠到了,我供给了她的生活费用。但她所指望的，只是这么？她还有别的要求。但是我，解放以后，一次也没有回去过；孙儿一大群，对她也不过是想象中的存在。"福气"不小，可是虚的。二十多年不见，她该有多少话想同我说说啊，但是，一直没有得到机会……我要把她们接出来，她不愿意，说是过不来异乡的生活。她也知道同我们没有多的话可讲，而在家乡，可以同别的老太太们念念八仙佛（八个人一桌共同念佛），讲讲家常，热闹些。她叫我回去看看，我总是说，要去的，但终于没有去。我为什么不回去，原因很多，对她，却总是说工作忙。在她，以为我在欺骗，这是不会的，但她总觉得莫名其妙。对我这个儿子，她养到我十二三岁以后，就开始莫名其妙了，一直到最后还是莫名其妙。这情形，在做母亲的，是一件无比痛苦的事；所以，她在瞑目以前的一年中，已经神经错乱了。

母亲赋予我生命，但这个生命，是在穷困的家庭和黑暗的社会中长大起来的，它像一株野生植物，营养不足使它畸形地生长，它没有色和香与周围的百卉竞艳，它只长出刺来保护自己——往往在它自身和它所植根的土地受到侵犯的时候，它的刺就紧张起来了。

因此，我在十二三岁的时候，就形成了一种怪僻的性格，这性格使得我跟父母很少说话。父亲对这只是一味地责骂，母亲却只是用茫然的眼光看我。她看我总是在读书，正正经经地用着功，以为我一定有道理，而这些道理是她所不能懂的。所以，在大大小小的事情上，她对我绝不表示意见，只以整个母亲的心，不得要领地探测着，无能为力地护卫着我！

1937 年，抗日统一战线形成了。因为叔叔去世，我带了妻子和儿女回家去。看到了媳妇和儿孙，母亲是幸福极了，天天用我带去的钱请我们吃好的，我再三叫她省俭些，她总不听。有一天，令仔人对我说，母亲去向人家借钱。我问她，她说："有这回事的。你带来的钱用完了，我就暂时借着。你不用管。你走了以后，照样寄钱来，我苦一些，就还清了。你们在家里，总要吃得好一些的。"在这事情上，她固执得很！

当我要回上海的时候，有一晚，母亲以十几年来从未有过的命令口气对我说："你，你也对媳妇去说，你们把哗子给我留在身边。我要她，我会养得她好好的……"她流下了眼泪。

我们遵了命，走了。这成了永别的开端，对于母亲，也对于我们的女儿。

我同母亲的关系，就是这样的。

现在想来，其他的一切，还有可说的；而我在解放以后不去看看母亲，实在是罪无可赦的事。我倘若回去一次，让她看看我和她的孙儿们，让她同我说说她在战争时期她的苦难生活，让她听听我在战争时期的新奇经历，那在她，该是一种莫大的幸福，而她的晚年，就会过得很愉快。在这世界上，我，到底是她最亲切的人啊！寄给她钱让她吃饱，这算什么呢？她是吃惯了苦的。能够见到我的面，能够在精神上占有我——至少一部分，在她，这才是幸福的真谛。但是我，剥夺了她的全部幸福！

在她看来，她这亲生亲养的儿子，她用了整个的心爱了一生的儿子，到底只变成了每月若干元的人民币，这是多么伤心的事啊！

然而，她到死也不忍责备我一句。也许，她的母爱的盲目性，使她真的相信我并没有什么过错吧。通过解放后的许多事实，她知道共产党是干什么的，而她的儿子也是共产党，这一点，也应该是她谅解我的理由。但她对我究竟是莫名其妙的，因之可以想象，她内心的矛盾，该是多么深刻，这是最痛苦，最痛苦的！

我的母亲的一生，就是这样含辛茹苦的一生！我不回家去，是有许多正当的理由可以解释的，但是，母亲已经死了，这些理由没有机会讲了，就是讲也讲不清楚。她会相信，但她不会理解。她是一个最普通的村妇！

我这些抱憾无穷的思想,直到母亲死后才明确起来。过去,从未细想过,只以为母亲还能活好多年,总有一天可以回去看看,不在乎迟早;这事对她的意义之重大,也未曾揣摩过。现在想明白了,但是已经无可奈何了!就算我是全心全意在为人民服务吧,但对于人民——而且是最痛苦的劳动人民之一的母亲,给了我生命和全心的爱的母亲,却是这样地漠不关心;在我轻而易举而在她却是最大的幸福的会面,也不让她如愿。不受诅咒但我自己应该检讨!

只有一件事,我总算遂了她的心愿。前几年,她来信说要预造"寿坟"和"寿材",征求我的意见。我稍稍考虑了一下,就同意了。我知道,这一件事再不让她满足,她就会死不瞑目了。

人的一生,只在这一件事上得到满足,是极可悲的了,但在我的母亲,这总算是在生命的最后实现了她的心愿。这事,在我,是要从另一方面进行检讨的:迁就迷信——但我管不得许多了!

崇高的母性

黎烈文

辛辛苦苦在外国念了几年书回来,正想做点事情的时候,却忽然莫名其妙地病了,妻心里的懊恼、抑郁,真是难以言传的。

睡了将近一个月,妻自己和我都不曾想到那是有了小孩。我们完全没有料到他会来得那么迅速。

最初从医生口中听到这消息时,我可真的有点慌急了,这正像自己的阵势还没有摆好,敌人就已跑来挑战一样。可是回过头去看妻时,她正在窥伺着我的脸色,彼此的眼光一碰到,她便红着脸把头转过一边,但就在这闪电似的一瞥中,我已看到她是不单没有一点怨恨,还简直显露出喜悦。

"啊,她倒高兴有小孩呢!"我心里这样想,感觉着几分诧异。

从此,妻就安心地调养着,一句怨话也没有;还恐怕我不欢迎孩子,时常拿话安慰我:

"一个小孩是没有关系的,以后断不再生了。"

妻是向来爱洁的,这以后就洗浴得更勤;起居一切都格外谨慎,每天还规定了时间散步。一句话,她是从来不曾这样注重过自己的身体。她虽不说,但我却知道,即使一饮一食,一举一动,她都顾虑着腹内的小孩。

肚子一天天大起来,她所有的洋服都小了,从前那样爱美的她,现在却穿着一点样子也没有的宽大的中国衣裳,在霞飞路那样热闹的街道上悠然地走着,一点也不感觉着局促。

有些生过小孩的女人,劝她用带子在肚上勒一勒,免得孩子长得太大,将来难于生产,但她却固执地不肯,她宁愿冒着自己的生命的危险,也不愿妨害那没有出世的小东西的发育。

妻从小就失去了怙恃,我呢,虽然父母全在,但却远远地隔着万重山水。因此,凡是小孩生下时需用的一切,全得由两个没有经验的青年去预备。我那时正在一个外国通讯社做记者,整天忙碌着,很少功夫管到家里的事情,于是妻便请教着那些做过母亲的女人,悄悄地预备这样,预备那样。还怕裁缝做的小衣给初生的婴儿穿着不舒服,竟买了一些软和的料子,自己别出心裁地缝制起来。小帽小鞋等件,不用说都是她一手做出的。看着她那样热心地,愉快地做着这些琐事,任何人都不会相信这是一个在外国大学受过教育的女子。

医院是在分娩前四五个月就已定好了,我们恐怕私人医院不可靠,这是一个很大的公立医院。这医院的产科主任是一个和善的美国女人。因为妻能说流畅的英语,每次到医院去看时,总是由主任亲自诊查,而又诊查得那么仔细!这美国女人并且答应将来妻去生产时,由她亲自收生。

因此,每次由医院回来,妻便显得更加宽慰,更加高兴。她是一心一意在等着做母亲。有时孩子在肚内动得太厉害,我听到妻说难过,不免皱着眉说:

"怎么还没生下地就吵得这样凶!"

妻却立刻忘了自己的痛苦,带着慈母偏护劣子的神情,回答我道:

"像你啰!"

临盆的时期终于伴着严冬迫来了。我这时却因为退出了外国通讯社,接编了一个报纸的副刊,忙得格外凶。

现在我还分明地记得:十二月二十五那晚,十二点过后,我由报馆回家时,妻正在灯下焦急地等待着我。一见面她便告诉我小孩怕要出生了,因为她这天下午身上有了血迹。她自己和小孩的东西,都已收拾在一只大皮箱里。她是在等我回来商量要不要上医院。

虽是临到了那样性命交关的时候,她却镇定而又勇敢,说话依旧那么从容,脸上依旧浮着那么可爱的微笑。

一点做父亲的经验也没有的我,自然觉得把她送到医院里妥当些。于是立刻雇了汽车,陪她到了预定的医院。

可是过了一晚,妻还一点动静都没有,而我在报馆的职务是没人替代的,只好叫女仆在医院里陪伴着她,自己带着一颗惶忧不宁的心,照旧上报馆工作。临走时,妻拿着我的手说:

"真不知道会要生下一个什么样子的小孩呢!"

妻是最爱漂亮的,我知道她在担心生下一个丑孩子,引得我不喜欢。我笑着回答:

"只要你平安,随便生下一个什么样子的小孩,我都喜欢的。"

她听了这话,用了充满谢意的眼睛凝视着我,拿法国话对我说道:

——Oh! merci! tu es bien bon! (啊!谢谢你!你真好!)

在医院里足足住了两天两晚,小孩还没生,妻是简直等得不耐烦了。直到二十八日清早,我到医院时,看护妇才笑嘻嘻地迎着告诉我:小孩已经在夜里十一点钟生下了,一个男孩子,大小都平安。

我高兴极了,连忙奔到妻所住的病房一看,她正熟睡着,作伴的女仆在一旁打盹。只一夜工夫,妻的眼眶已凹进了好多,脸色也非常憔悴,一见便知道经过一番很大的挣扎。

不一会,妻便醒来了,睁开眼,看见我立在床前,便流露一个那样凄苦而又得意的微笑,仿佛在对我说:"我已经越过了死线,我已经做着母亲了!"

我含着感激的眼泪,吻着她的额发时,她就低低地问我道:

"看到了小东西没有?"

我正要跑往婴儿室去看,主任医师和她的助手——一位中国女医士,已经捧着小孩进来了。

虽然妻的身体那样弱,婴孩倒是颇大的,圆圆的脸盘,两眼的距离相当阔,样子全像妻。

据医生说,发作之后三个多钟头,小孩就下了地,并没动手术,头胎能够这样要算是顶好的。

助产的中国女士还笑着告诉我：

"真有趣！小孩刚刚出来，她自己还在痛得发晕的当儿，便急着问我们五官生得怎样！"

妻要求医生把小孩放在她被里睡一睡。她勉强侧起身子，瞧着这刚从自己身上出来的，因为怕亮在不息地闪着眼睛的小东西，她完全忘掉了晚来——不，十个月以来的一切苦楚。从那浮现在一张稍稍清瘦的脸上的甜蜜的笑容，我感到她是从来不曾那样开心过。

待到医生退出之后，妻便谈着小孩什么什么地方像我。我明白她是希望我能和她一样爱这小孩的。——她不懂得小孩愈像她，我便爱得愈切！

产后，妻的身体一天好一天。从第三天起，医生便叫看护妇每天把小孩抱来吃两回奶，说这样对于产妇和婴孩都很有利的。瞧着妻腼腆而又不熟练地，但却异常耐心地，睡在床上哺着那因为不能畅意吮吸，时而呱呱地哭叫起来的婴儿的乳，我觉得那是人类最美的图画。我和妻都非常快乐。因着这小东西的到来，我们那寂寞的小家庭，以后将充满生气。我相信只要有着这小孩，妻以后任何事情都不会想做的。从前留学时的豪情壮志，已经完全被这种伟大的母爱驱走了。

然而从第五天起，妻却忽然发热起来。产后发热原是最危险的事，但那时我和妻都一点不明白，我们是那样信赖医院和医生，我们绝料不到会出毛病的。直到发热的第六天，方才知道病人再不能留在那样庸劣的医生手里，非搬出医院另想办法不可。

从发热以来，妻便没有再喂小孩的奶，让他睡在婴儿室里吃着牛乳。婴儿室和妻所住的病房相隔不过几间房子，那里面一排排几十只摇篮睡着全院所有的婴孩。就在妻出院的前一小时，大概是上午八点钟罢，我正和女仆在清着东西，虽然热度很高，但神志仍旧非常清楚的妻，忽然带着惊恐的脸色，从枕上侧耳倾听着，随后用了没有气力的声音对我说道：

"我听到那小东西在哭呢，去看看他怎么弄的啦！"

我留神一下，果然听着遥远的孩子的啼声。跑到婴儿室一看，门微开着，里面一个看护妇也没有，所有的摇篮都是空的，就只剩下一个婴孩在狂哭着，这正是我们的孩子。因为这时恰是吃奶的时间，看护妇把所有的孩子一个一个地送到各人的母亲身边吃奶去了，而我们的孩子是吃牛乳的，看护妇要等别的孩子吃饱了，抱回来之后，才肯喂他。

看到这最早便受到人类的不平的待遇，满脸通红，没命地哭着的自己的孩子，再想到那在危笃中的母亲的锐敏的听觉，我的心是碎了的。然而有什么办法呢？我先得努力救那垂危的母亲。我只好欺骗妻说那是别人的一个生病的孩子在哭着。我狠心地把自己的孩子留在那些像虎狼一般残忍的看护妇的手中，用病院的救护车把妻搬回了家里。

虽然请了好几个名医诊治，但妻的病势是愈加沉重了。大部分时间昏睡着，稍许清楚的时候，便记挂着孩子。我自己也知道孩子留在医院里非常危险，但家里没有人照料，要接回也是不可能的，真不知要怎么办。后来幸而有一个相熟的太太，答应暂时替我们养一养。

孩子是在妻回家后第三天接出医院的，因为饿得太凶，哭得太多的缘故，已经瘦得不成样子，两眼也不灵活了，连哭的气力都没有了，只会干嘶着。并且下身和两腿生满了湿疮。

病得那样厉害的妻，把两颗深陷的眼睛睁得大大的，将抱近病床的孩子凝视了好一会，随后缓缓地说道：

"这不是我的孩子啊！……医院里把我的孩子换了啊！……我的孩子不是这副呆相啊！……"

我确信孩子并没有换掉，不过被医院里糟蹋到这样子罢了。可是无论怎样解释，妻是不肯相信的。她发热得太厉害，这时连悲哀的感觉也失掉了，只是冷冷地否认着。

因为在医院里起病的六天内，完全没有受到适当的医治，妻的病是无可救药了，所有请来的医生都摇头着，打针服药，全只是尽人事。

在四十一二度的高热下，妻什么都糊涂了，但却知道她已有一个孩子；她什么人都忘记了，但却没有忘记她的初生的爱儿。她做着呓语时，旁的什么都不说，就只喃喃地叫着："阿团！团团！弟弟！"大概因为她自己嘴里干得难过罢，她便连想到她的孩子也许口渴了，她有声没气地，反复地说着：

"团团嘴干啦！叫娘姨喂点牛奶给他吃罢！……弟弟口渴啦，叫娘姨倒点开水给他吃罢！……"

妻是从来不曾有过叫喊"团团"、"弟弟"、"阿团"那样的经验的，我自己也从来不曾听到她说出这类名字，可是现在她却这样熟稔地，自然地念着这些对于小孩的亲爱的称呼，就像已经做过几十年的母亲一样。——不，世间再没有第二个母亲会把这类名称念得像她那样温柔动人的！

不可避免的瞬间终于到来了！一月十四日早上，妻在我的臂上断了呼吸。然而呼吸断了以后，她的两眼还是茫然地睁开着。直待我轻轻地吻着她的眼皮，在她的耳边说了许多安慰的话，叫她放心着，不要记挂孩子，我一定尽力把他养大，她方才瞑目逝去。

可是过了一会，我忽然发现她的眼角上每一面挂着一颗很大的晶莹的泪珠。我在殡仪馆的人到来之前，悄悄地把它们拭去了。我知道妻这两颗眼泪也是为了她的"阿团"、"弟弟"流下的！

母 亲

石评梅

母亲！这是我离开你，第五次度中秋，在这异乡——在这愁人的异乡。

我不忍告诉你，我凄酸独立在枯池旁的心境，我更不忍问你团圆宴上偷咽清泪的情况。

我深深地知道：系念着漂泊天涯的我，只有母亲；然而同时感到凄楚黯然，对月挥泪，梦魂犹唤母亲的，也只有你的女儿！

节前许久未接到你的信，我知道你并未忘记中秋；你不写的缘故，我知道了，只为了规避你心幕底的悲哀。月儿的清光，揭露了的，是我们枕上的泪痕；她不能揭露的，确是我们一丝一缕的离恨！

我本不应将这凄楚的秋心寄给母亲，重伤母亲的心；但是与其这颗心，悬在秋风吹黄的柳梢，沉在败荷残茎的湖心，最好还是寄给母亲。假使我不愿留这墨痕，在归梦的枕上，我将轻轻地读给母亲。假使我怕别人听到，我将折柳枝，蘸湖水，写给月儿，请月儿在母亲的眼里映出这一片秋心。挹清嫂很早告诉我，她说：

"妈妈这些时为了你不在家怕谈中秋，然而你的顽皮小侄女昆林，偏是天天牵着妈妈的衣角，盼到中秋。我正在愁着，当家宴团圆时，我如何安慰妈妈？更怎能安慰千里外凝眸故乡的妹妹？我望着月儿一度一度圆，然而我们的家宴从未一次团圆。"

自从读了这封信，我心里就隐隐地种下恐怖，我怕到月圆，和母亲一样了。但是她已慢慢地来临,纵然我不愿撕月份牌,然而月儿已一天一天圆了!

　　十四的下午,我拿着一个月的薪水,由会计室出来,走到我办公处时,我的泪已滴在那一卷钞票上。母亲!不是为了我整天的工作,工资微少;不是为了债主多,我的钱对付不了;不是为了发得迟,不能买点异乡月饼,献给母亲尝尝,博你一次微笑,只为了这一卷钞票我才流落在北京,不能在故乡,在母亲的膝下,大嚼母亲赐给的果品。然而,我不是为了钱离开母亲,我更不是为了钱弃故乡。

　　你不是曾这样说吗,母亲:

　　“你是我的女儿,同时你也是上帝的女儿,为了上帝你应该去爱别人,去帮助别人。去吧!潜心探求你所不知道的,勤恳工作你所能尽力的。去吧!离开我,然而你却在上帝的怀里。”

　　因之,我离开你漂泊到这里。我整天地工作,当夜晚休息时,揭开帐门,看见你慈爱的相片时,我跪在地下,低低告诉你:

　　“妈妈!我一天又完了。然而我只有忏悔和惭愧!我莫有捡得什么,同时我也未曾给人什么!”有时我胜利地微笑,有时我痛恨地大哭,但是我仍这样工作,这样每天告诉你。

　　这卷钞票我如今非常爱惜,她曾滴满了我思亲泪!但是我想到母亲的叮咛时,我很不安,我无颜望着这重大的报酬。因此,我更想着母亲——我更对不起遥远的山城里,常默祝我尽职的母亲!

　　十五那天早晨很早就醒了,然而我总不愿起来;母亲,你能猜到我为了什么吗?

　　林家弟妹,都在院里唱月儿圆,在他们欢呼高亢的歌声里,激荡起我潜伏已久的心波,揭现了心幕底沉默的悲哀。我悄悄地咽着泪,揭开帐门走下床来;打开我的头发,我一丝一丝理着,像整理烦乱一团的心丝。母亲!我故意慢慢地迟延,两点钟过去了,我成功地盘了一个很松乱的髻。小弟弟走进来,给我看他的新衣裳,女仆走进来望着我拜节,我都付之一笑。这笑里映出我小时候的情形,映出我们家里今天的情形。母亲!你们春风沉醉的团圆宴上,怎堪想想寄人篱下的游子!

　　我想写信,不能执笔;我想看书,不辨字迹;我想织手工,我想抄心经;但是都不能。我后来想拿下墙上的洞箫,把我这不宁的心绪吹出;不过既非深宵,又非月夜,哪是吹箫的时节!后来我想最好是翻书箱,一件一件拿出,一本一本放回,这样挨过了半天,到了吃午餐时候。

　　不晓得怎样,在这里住了一年的旅客,今天特别拘束起来,举箸时,我的心颤跳得更利害;不知是否,母亲你正在念着我?一杯红艳艳的葡萄酒,放在我面前,我不能饮下去,我想家里的团圆宴上少了我,这里的团圆宴上却多了我。虽然人生旅途,到处是家,不过为了你,我才眷恋着故乡;母怀是我永久倚凭的柱梁,也是我破碎灵魂,最终归宿的坟墓。

　　母亲!你原谅我吧!当我情感流露时,允许我说几句我心里要说的话,你不要迷信不吉祥而阻止,或者责怪我。

　　我吃饭时候,眼角边看见炉香绕成个 A 字,我忽然想到你跪在观音面前烧香的样子,你唯一祷告的一定是我在外边“身体康健,一切平安”!母亲!我已看见你龙钟的身体,慈笑的面孔;这时候我连饭带泪一块儿咽下去。干咳了一声,他们都用怜悯的目光望我,我不由地低下头,觉着脸有点烧了。母亲!这是我很少见的羞涩。

　　林家妹妹,和昆林一样大;她叫我“大姊姊”;今天吃饭时,我屡次偷看她,不晓得为什么因为她,我又想起围绕你膝下,安慰欢愉你的侄女。惭愧!你枉有偌大的女儿;母亲!你枉有偌大的女儿！

吃完饭，晶清打电话约我去万牲园。这是我第一次去看她们创造成功的学校：地方虽不大，然而结构确很别致，虽不能及石附马大街富丽的红楼，但似乎仍不失小家碧玉的居处。

因此，我深深地感到了她们缔造艰难的苦衷了！

清很凄清，因她本有几分愁，如今又带了几分孝，在一棵垂柳下，转出来低低唤了一声"波微"时，我不禁笑了，笑她是这般娇小！

我们聚集了八个人，八个人都是和我一样离开了母亲，和我一样在万里外漂泊，和我一样压着凄哀，强作欢笑地度这中秋节。

母亲！她们家里的母亲，也和你想我一样想着她们；她们也正如我般眷怀着母亲。

我们飘零的游子能凑合着在天涯一角勉为欢笑，然而你们做母亲的，连凑合团聚，互谈你们心思的机会都莫有。因之，我想着母亲们的悲哀一定比女孩儿们的深沉！

我们缘着倾斜乱石，摇摇欲坠的城墙走，枯干一片，不见一株垂柳绿荫。砖缝里偶尔有几朵小紫花，也莫有西山上的那样令人注目；我想着这世界已是被人摒弃了的。

一路走着，她们在前边，我和清留在后边。我们谈了许多去年今日，去年此时的情景；并不曾令我怎样悲悼，我只低低念着：

> 惊节序，
> 叹沉浮，
> 秾华如梦水东流；
> 人间何事堪惆怅，
> 莫向横塘问旧游。

走到西直门，我们才雇好车。这条路前几月我曾走过，如今令我最惆怅的，便是找不到那一片翠绿的稻田，和那吹人醇醉的惠风；只感到一阵阵冷清。

进了门，清低低叹了口气，我问："为什么事你叹息？"她莫有答应我。多少不相识的游人从我身旁过去，我想着天涯漂泊者的滋味，沉默地站在桥头。这时，清握着我手说：

"想什么？我已由万里外归来。"

母亲！你当为了她伤心，可怜她无父无母的孤儿，单身独影漂泊在这北京城；如今歧路徘徊，她应该向那处去呢？纵然她已从万里外归来，我固然好友相逢，感到快愉。但是她呢？她只有对着黄昏晚霞，低低唤她死了的母亲；只有望着皎月繁星洒几点悲悼父亲的酸泪！

猴子为了食欲，做出种种媚人的把戏，栏外的人也用了极少的诱惑，逗着它的动作；而且在每人的脸上，都轻泛着一层胜利的微笑，似乎表示他们是聪明的人类。

我和清都感到茫然，到底什么是生存竞争的工具呢？当我们笑着小猴子的时候，我觉着似乎猴子也正在窃笑着我们。她们许多人都回头望着我们微笑，我不知道为了什么！琼妹忍不住了。她说：

"你看梅花小鹿！"

我笑了，她们也笑了；清很注意地看着栏里。琼妹过去推她说：

"最好你进去陪着她，直到月圆时候。"

母亲！梅花小鹿的故事，是今夏我坐在葡萄架下告诉过你的；当你想到时，一定要拿起你案上那只泥做的梅花小鹿，看着她是否依然无恙；母亲！这是我永远留着它伴着你的。经过了眠鸥桥,一池清水里,漂浮着几个白鹅;我望着碧清的池水,感到周围的寂静。我的心轻轻地跳了,在这样死静的小湖畔,我的心不知为什么反而这样激荡着? 我寻着人们遗失了的,在我偶然来临的路上;然而却失丢了我自己竟守着的,在这偶然走过的道上。在这小桥上,我凝望着两岸无穷的垂柳。垂柳! 你应该认识我,在万千来往的游人里,只有我是曾经用心的眼注视着你,这一片秋心,曾在你的绿荫深处停留过。天气渐渐黯淡了,阳光慢慢叫云幕罩了;我们踏着落叶,信步走向不知道的一片野地里去。过了福香桥,我们在一个小湖边的山石上坐着,清告诉我她在这里的一段故事。四个月前,清、琼、逸来到这里。过了福香桥有一个小亭,似乎是从未叫人发现过的桃源。那时正是花开得十分鲜艳的时候,逸和琼折下柳条和鲜花,给她编了一顶花冠,逸轻轻地加在她的头上。晚霞笑了,这消息已由风儿送遍园林,许多花草树林都垂头朝贺她!

她们恋恋着不肯走,然而这顶花冠又不能带出园去,只好仍请逸把它悬在柳丝上。

归来的那晚上就接到翠湖的凶耗! 清走了的第二个礼拜,琼和逸又来到这里,那顶花冠依然悬在柳丝上,不过残花败柳,已憔悴得不忍再睹。这时她们猛觉得一种凄凉紧压着,不禁对着这枯萎的花冠痛哭! 不愿她再受风雨的摧残,拿下来把她埋在那个小亭畔;虽然这样,但是她却造成一段绮艳的故事。

我要虔诚地谢谢上帝,清能由万里外载着那深重的愁苦归来,更能来到这里重凭吊四月前的遗迹。在这中秋,我们能团聚着;此时此景,纵然凄惨也可自豪自慰! 母亲! 我不愿追想如烟如梦的过去,我更不愿希望那荒渺未卜的将来,我只尽兴尽情地快乐,让幻空的繁华都在我笑容上消灭。

母亲! 我不敢欺骗你,如今我的生活确乎大大改变了,我不诅咒人生,我不悲欢人生,我只让属于我的一切事境都像闪电,都像流星。我时时刻刻这样盼着! 当箭放在弦上时,我已想到我的前途了。

我们由动物园走到植物园,经过许多残茎枯荷的池塘,荒芜落叶的小径;这似我心湖一样的澄静死寂,这似我心湖边岸一样的枯憔荒凉。我在豳风堂前望着那一池枯塘,向韵姊说:

"你看那是我的心湖!"

她不能回答我,然而她却说:

"我应该向你说什么?"

我深深地了解她的心,她的心是这般凄冷。不过在这样旧境重逢时,她能不为了过去的春光惆怅吗? 母亲! 她是那年你曾鉴赏过她的大笔的;然而,她如椽的大笔,未必能写尽她心中的惆怅,因为她的愁恨是那样深沉难测呵!

天气阴沉地令人感着不快,每个人都低了头幻想着自己心境中的梦乡;偶然有几句极勉强的应酬话,然而不久也在沉寂的空气中消失了。

清似乎想起什么一样,站起身来领着我就走,她说:"我领你到个地方去看看。"

这条道上,莫有逢到一个人。缘道的铁线上都晒着些枯干的荷叶,我低着头走了几十步,猛抬头看见巍峨高耸的四座塔形的墓。荒丛中走不过去,未能进去细看;我回头望望四周的环境,我觉着不如陶然亭寥阔而且凄静,萧森而且清爽。陶然亭的月亮,陶然亭的晚霞,陶然亭的池塘芦花,都是特别为坟墓布置的美景,在这个地方埋葬几个烈士或英雄,确是很适宜的地方。

母亲! 在陶然亭芦苇池塘畔,我曾照了一张独立苍茫的小像;当你看见它时,或许因为我爱的地方,你也爱它;我常常这样希望着。

我们见了颓废倾圮,荒棒没胫的四烈士墓,真觉为了我们的先烈难过。万牲园并不是荒野废墟,实不忍使我们的英雄遗骨,受这般冷森和凄凉!就是不为了纪念先贤,也应该注意怎样点缀风景!我知道了,这或许便是中国内政的缩影吧!

隔岸有鲜红的山楂果,夹着鲜红的枫树,望去像一片彩霞。我和清拂着柳丝慢慢走到印月桥畔;这里有一块石头,石头下是一池碧清的流水;这块石头上,还刊着几行小诗,是清四月间来此假寐时作的。她是这样处处留痕迹,我呢,我愿我的痕迹,永远留在我心上,默默地留在我心上。

我走到枫树面前,树上树下,红叶铺集着。远望去像一条红毡。我想拣一片留个纪念,但是我莫有那样的勇气,未曾接触它前,我已感到凄楚了。母亲!我想到西湖紫云洞口的枫叶,我想到西山碧云寺里的枫叶;我伤心,那一片片绯红的叶子,都给我一样的悲哀。

月儿今夜被厚云遮着,出来时或许要到夜半,冷森凄寒这里不能久留了;园内的游人都已归去,徘徊在暮云暗淡的道上的只有我们。

远远望见西直门的城楼时,我想当城圈里明灯辉煌,欢笑歌唱的时候,城外荒野尚有我们无家的燕子,在暮云底飞去飞来。母亲!你听到时,也为我们漂泊的游儿伤心吗?不过,怎堪再想,再想想可怜穷苦的同胞,除了悬梁投河,用死去办理解决一切生活逼迫的问题外,他们求如我们这般小姐们的呻吟而不可得。

这样佳节,给富贵人作了点缀消遣时,贫寒人却作了勒索生命的符咒。

七点钟回到学校,琼和清去买红玫瑰,芝和韵在那里料理果饼;我和侠坐在床沿上谈话。她是我们最佩服的女英雄,她曾游遍江南山水,她曾经过多少困苦;尤其令人心折的是她那娇嫩的玉腕,能飞剑取马上的头颅!我望着她那英姿潇洒的丰神,听她由上古谈到现今,由欧洲谈到亚洲。

八时半,我们已团团坐在这天涯地角,东西南北凑合成的盛宴上。月儿被云遮着,一层一层刚褪去,又飞来一块一块的絮云遮上;我想执杯对月儿痛饮,但不能践愿,我只陪她们浅浅地饮了个酒底。

我只愿今年今夜的明月照临我,我不希望明年今夜的明月照临我!假使今年此日月都不肯窥我,又那能知明年此日我能望月!在这模糊阴暗的夜里,凄凉肃静的夜里,我已看见了此后的影事。母亲!逃躲的,自然努力去逃躲,逃躲不了的,也只好静待来临。我想到这里,我忽然兴奋起来,我要快乐,我要及时行乐;就是这几个人的团宴,明年此夜知道还有谁在?是否烟消灰灭?是否风流云散?

母亲!这并不是不祥的谶语,我觉着过去的凄楚,早已这样告诉我。

虽然陈列满了珍馐,然而都是含着眼泪吃饭;在轻笼虹彩的两腮上,隐隐现出两道泪痕。月儿朦胧着,在这凄楚的筵上,不知是月儿愁,还是我们愁?

杯盘狼藉的宴上,已哭了不少的人;琼妹未终席便跑到床上哭了,母亲!这般小女孩,除了母亲的抚慰外,谁能解劝她们?琼和秀都伏在床上痛哭!这谜揭穿后谁都是很默然地站在床前,清的两行清泪,已悄悄地滴满襟头!她怕我难过,跑到院里去了。我跟她出来时,忽然想到亡友,他在凄凉的坟墓里,可知道人间今宵是月圆。

夜阑人静时,一轮皎月姗姗地出来;我想着应该回到我的寓所去了。到门口已是深夜,悄悄的一轮明月照着我归来。月儿照了窗纱,照了我的头发,照了我的雪帐;这里一切连我的灵魂,整个都浸在皎清如水的月光里。我心里像怒涛涌来似的凄酸,扑到床缘,双膝跪在地下,我悄悄地哭了,在你的慈容前。

母亲的记忆

孙 犁

母亲生了七个孩子,只养活了我一个。一年,农村闹瘟疫一个月里,她死了三个孩子。爷爷对母亲说:"心里想不开,人就会疯了。你出去和人们斗斗纸牌吧!"

后来,母亲就养成了春冬两闲和妇女们斗牌的习惯,并且常对家里人说:"这是爷爷吩咐下来的,你们不要管我。"

麦秋两季,母亲为地里的庄稼,像疯了似的劳动。她每天一听见鸡叫就到地里去,帮着收割、打场。每天很晚才回到家里来。她的身上都是土,头发上是柴草。蓝布衣裤,汗湿得泛起一层白碱,她总是撩起褂子的大襟,抹去脸上的汗水。她的口号是:"争秋夺麦!""养兵千日,用兵一时!"一家人谁也别想偷懒。

我生下来,就没有奶吃。母亲把馍馍晾干了,再粉碎煮成糊喂我。我多病,每逢病了,夜间,母亲总是放一碗清水在窗台上,祷告过往的神灵。母亲对人说:"我这个孩子,是不会孝顺的,因为他是我烧香还愿,从庙里求来的。"

家境小康以后,母亲对于村中的孤苦饥寒尽力周济,对于过往的人,凡有求于她,无不热心相帮。有两个远村的尼姑,每年麦秋收成后,总到我们家化缘。母亲除给她们很多粮食外,还常留她们食宿。我记得有一个年轻的尼姑,长得眉清目秀。冬天住在我家,她怀揣一个蝈蝈葫芦,夜里叫得很好听,我很想要。第二天清早,母亲告诉她,小尼姑就把蝈蝈送给我了。

抗日战争时,村庄附近,敌人安上了炮楼。一年春天,我从远处回来,不敢到家里去,绕到村边的场院小屋里。母亲听说了,高兴得不知给孩子什么好。家里有一棵月季,父亲养了一春天,刚开了一朵大花,她折下就给我送去了。父亲很心痛,母亲笑着说:"我说为什么这朵花,早也不开,晚也不开,今天忽然开了呢,因为我的儿子回来,它要先给我报个信儿!"

1956 年,我在天津,得了大病,要到外地去疗养。那时母亲已经八十多岁,当我走出屋来,她站在廊子里,对我说:"别人病了往家里走,你怎么病了往外走呢!"

这是我同母亲的永诀。我在外养病期间,母亲去世了,享年八十四岁。

我的母亲

老 舍

母亲的娘家是在北平德胜门外,土城儿外边,通大钟寺的大路上的一个小村里。村里一共有四五家人家,都姓马。大家都种点不十分肥美的土地,但是与我同辈的兄弟们,也有当兵的,作木匠的,作泥水匠的,和当巡察的。他们虽然是农家,却养不起牛马,人手不够的时候,妇女便也须下地作活。

对于姥姥家,我只知道上述的一点。外公外婆是什么样子,我就不知道了,因为他们早已去世。至于更远的族系与家史,就更不晓得了;穷人只能顾眼前的衣食,没有工夫谈论什么过去的光荣;"家谱"这字眼,我在幼年就根本没有听说过。

母亲生在农家,所以勤俭诚实,身体也好。这一点事实却极重要,因为假若我没有这样的一位母亲,我之为我恐怕也就要大大的打个折扣了。

母亲出嫁大概是很早,因为我的大姐现在已是六十多岁的老太婆,而我的大甥女还长我一岁啊。我有三个哥哥,四个姐姐,但能长大成人的,只有大姐,二姐,三哥与我。我是"老"儿子。生我的时候,母亲已有四十一岁,大姐二姐已都出了阁。

由大姐与二姐所嫁入的家庭来推断,在我生下之前,我的家里,大概还马马虎虎的过得去。那时候定婚讲究门当户对,而大姐丈是作小官的,二姐丈也开过一间酒馆,他们都是相当体面的人。

可是,我,我给家庭带来了不幸:我生下来,母亲晕过去半夜,才睁眼看见她的老儿子——感谢大姐,把我揣在怀里,未致冻死。

兄不到十岁,三姐十二三岁,我才一岁半,全仗母亲独力抚养了。父亲的寡姐跟我们一块儿住,她吸鸦片,她喜摸纸牌,她的脾气极坏。为我们的衣食,母亲要给人家洗衣服,缝补或裁缝衣裳。在我的记忆中,她的手终年是鲜红微肿的。白天,她洗衣服,洗一两大绿瓦盆。她作家永远丝毫也不敷衍,就是屠户们送来的黑如铁的布袜,她也给洗得雪白。晚间,她与三姐抱着一盏油灯,还要缝补衣服,一直到半夜。她终年没有休息,可是在忙碌中她还把院子屋中收拾得清清爽爽。桌椅都是旧的,柜门的铜活已残缺不全,可是她的手老使破桌面上没有尘土,残破的铜活发着光。院中,父亲遗留下的几盆石榴与夹竹桃,永远会得到应有的浇灌与爱护,年年夏天开许多花。

哥哥似乎没有同我玩耍过。有时候,他去读书;有时候,他去学徒,有时候,他也去卖花生或樱桃之类的小东西。母亲含着泪把他送走,不到两天,又含着泪接他回来。我不明白这都是什么事,因而只觉得与他很生疏。与母亲相依为命的是我与三姐。因此,她们作事,我老在后面跟着。她们浇花,我也张罗着取水;她们扫地,我就撮土……从这里,我学得了爱花,爱清洁,守秩序。这些习惯至今还被我保存着。

有客人来,无论手中怎么窘,母亲也要设法弄一点东西去款待。舅父与表哥们往往是自己掏钱买酒肉食,这使她脸上羞得飞红,可是,殷勤的给他们温酒作面,又给她一些喜悦。遇上亲友家中有喜丧事,母亲必把大褂洗得干干净净,亲自去贺吊——一份礼也许只是两吊小钱。到如今我的好客的习性,还未全改,尽管生活是这么清苦,因为自幼儿看惯了的事情是不易改掉的。

姑母时常闹脾气。她单在鸡蛋里找骨头。她是我家中的阎王。直到我入了中学,她才死去,我可是没有看见母亲反抗过。"没受过婆婆的气,还不受大姑子的吗?命当如此!"母亲在非解释一下不足以平服别人的时候,才这样说。是的,命当如此。母亲活到老,穷到老,辛苦到老,全是命当如此。她最会吃亏。给亲友邻居帮忙,她总跑在前面:她会给婴儿洗三——穷朋友们可以因此少花一笔"请姥姥"钱——她会刮痧,她会给孩子们剃头,她会给少妇们绞脸……凡是她能作的,都有求必应。但是,吵嘴打架,永远没有她。她宁吃亏,不逗气。当姑母死去的时候,母亲似乎把一世的委屈都哭了出来,一直哭到坟地。不知道哪里来的一位侄子,声称有承继权,母亲便一声不响,教他搬走那些破桌子烂板凳,而且把姑母养的一只肥肉鸡也送给他。

可是，母亲并不软弱。父亲死在庚子闹"拳"的那一年。联军入城，挨家搜索财物鸡鸭，我们被搜两次。母亲拉着哥哥与三姐坐在墙根，等着"鬼子"进了，街门是开着的。"鬼子"进门，一刺刀先把老黄狗刺死，而后入室搜索。他们走后，母亲把破衣箱搬起，才发现了我。假若箱子不空，我早就被压死了。皇上跑了，丈夫死了，鬼子来了，满城是血光火焰，可是母亲不怕，她要在刺刀下，饥荒中，保护着儿女。北平有多少变乱啊，有时候兵变了，街市整条的烧起，火团落在我们院中。有时候内战了，城门紧闭，铺店关门，昼夜响着枪炮。这惊恐，这紧张，再加上一家饮食的筹划，儿女安全的顾虑，岂是一个软弱的老寡妇所能受得起的？可是，在这种时候，母亲的心横起来，她不慌不哭，要从无办法中想出办法来。她的泪会往心中落！这点软而硬的性格，也传给了我。我对一切人与事，都取和平的态度，把吃亏当作当然的。但是，在作人上，我有一定的宗旨与基本的法则，什么事都可将就，而不能超过自己画好的界限。我怕见生人，怕办杂事，怕出头露面；但是到了非我去不可的时候，我便不敢不去，正像我的母亲。从私塾到小学，到中学，我经历过起码有二十位教师吧，其中有给我很大影响的，也有毫无影响的，但是我的真正的教师，把性格传给我的，是我的母亲。母亲并不识字，她给我的是生命的教育。

当我在小学毕了业的时候，亲友一致的愿意我去学手艺，好帮助母亲。我晓得我应当去找饭吃，以减轻母亲的勤劳困苦。可是，我也愿意升学。我偷偷的考入了师范学校——制服，饭食，书籍，宿处，都由学校供给。只有这样，我才敢对母亲说升学的话。入学，要交十元的保证金。这是一笔巨款。母亲作了半个月的难，把这巨款筹到，而后含泪把我送出门去。她不辞劳苦，只要儿子有出息。当我由师范毕业，而被派为小学校校长，母亲与我都一夜不曾合眼。我只说了句："以后，您可以歇一歇了！"她的回答只有一串串的眼泪。我入学之后，三姐结了婚。母亲对儿女是都一样疼爱的，但是假若她也有点偏爱的话，她应当偏爱三姐，因为自父亲死后，家中一切的事情都是母亲和三姐共同撑持的。三姐是母亲的右手，但是母亲知道这右手必须割去，她不能为自己的便利而耽误了女儿的青春。当花轿来到我们的破门外的时候，母亲的手就和冰一样的凉，脸上没有血色——那是阴历四月，天气很暖。大家都怕她晕过去。可是，她挣扎着，咬着嘴唇，手扶着门框，看花轿徐徐的走去。不久，姑母死了。三姐已出嫁，哥哥不在家，我又住学校，家中只剩母亲自己。她还须自早至晚的操作，可是终日没人和她说一句话。新年到了，正赶上政府倡用阳历，不许过旧年。除夕，我请了两小时的假，由拥挤不堪的街市回到清炉冷灶的家中。母亲笑了。及至听说我还须回校，她愣住了。半天，她才叹出一口气来。到我该走的时候，她递给我一些花生，"去吧，小子！"街上是那么热闹，我却什么也没看见，泪遮迷了我的眼。今天，泪又遮住了我的眼，又想起当日孤独的过那凄惨的除夕的慈母。可是，慈母不会再候盼着我了，她已入了土！

儿女的生命是不依顺着父母所投下的轨道一直前进的，所以老人总免不了伤心。我廿三岁，母亲要我结婚，我不要。我请来三姐给我说情，老母含泪点了头。我爱母亲，但是我给了她最大的打击。时代使我成为逆子。廿七岁，我上了英国。为了自己，我给六十多岁的老母以第二次打击。在她七十大寿的那一天，我还远在异域。那天，据姐姐们后来告诉我，老太太只喝了两口酒，很早的便睡下。她想念她的幼子，而不便说出来。

七七抗战后，我由济南逃出来。北平又像庚子那年似的被鬼子占据了，可是母亲日夜惦念的幼子却跑到西南来。母亲怎样想念我，我可以想象得到，可是我不能回去。每逢接到家信，我总不敢马上拆看，我怕，怕，怕，怕有那不祥的消息。人，即使活到八九十岁，有母亲便可以多少还有点孩子气。失了慈母便像花插在瓶子里，虽然还有色有香，却失去了根。有母亲的人，心里是安定的。我怕,怕,怕家信中带来不好的消息,告诉我已是失去了根的花草。

去年一年,我在家信中找不到关于老母的起居情况。我疑虑,害怕。我想象得到,没有不幸,家中念我流亡孤苦,或不忍相告。母亲的生日是在九月,我在八月半写去祝寿的信,算计着会在寿日之前到达。信中嘱咐千万把寿日的详情写来,使我不再疑虑。十二月二十六日,由文化劳军大会上回来,我接到家信。我不敢拆读。就寝前,我拆开信,母亲已去世一年了!

生命是母亲给我的。我之能长大成人,是母亲的血汗灌养的。我之能成为一个不十分坏的人,是母亲感化的。我的性格,习惯,是母亲传给的。她一世未曾享过一天福,临死还吃的是粗粮。唉!还说什么呢?心痛!心痛!

母　亲

碧　野

当那每一封字迹模糊的短信落到我手里的时候,我感觉到那薄薄的纸笺竟变成千斤的铁板压上了心头。

每封信,那模糊的字迹上,都涂抹着泥污、雨渍和泪痕。它们是那样的稀少,像每一只孤雁般的从南海边迁缓地飞到这北方,而终于栖歇在我心的枯枝上。从南海边到这北方,迢遥八千里呵,那无数的江河,无数的关山,从那重重阻隔而漫长的路途中,每季都载来了是辛酸也是温暖的母爱……

阔别母亲已经是八个长年了,那时我是一个十八岁的稚子,好像命运注定我就是人间的叛逆——我背负着被迫害的痛苦毅然地踏上了前路。记得那是稻谷黄熟的初夏季节,母亲用破烂的衣袖拭着眼泪送她的小小儿子出远门。当我乘坐绕行海道北航的大船的时候,在那凭临无边碧海的船栏边,我仍深深地忆想起鸡啼五更临行时母亲的话:"洋,四年后才能回来,但鸡雏不知换了十几胎!……"

"四年",呵,现在已经是八个长年了!她的儿子不但不能回去,而且将要漂泊到更迢遥的远方,去走那一去永不能回头的漫长的路。……

八年前,当我离开慈母的时候,我仍然是一个不识世途的孩子,而八年后的今天,我已经变成鬓发稀疏的人了!八长年流浪途上的辛劳、疾苦、贫穷……使我成了今天几近衰老的样子。

但是,我想:八年后今天的母亲——那六十多岁的老太婆将是被终年的愁苦摧成白发星星了!

母亲,在八年前我离开她的时候,从她的忧戚的眉宇间,仍然可以发掘出随着岁月而飞逝了的青春时的美丽。她个子是小巧的,但却也健实。二十岁时,她是一个临海山乡里的富家女,但是她为她的父亲所贱视,为她的后母所凌辱,她在家炊饭,到溪边洗衣裳,到山上去砍柴。正当是她已亡的生身母三年祭的那一天,她跟着村子里一个年轻的穷汉出奔了。这个年轻的穷汉,就是我的有着伟大灵魂的父亲。

以后的日子,就是我的母亲一直跟随着我的父亲过着那好像永无尽头的悠长的流浪生涯。他们从广东流浪到福建,又从福建流浪到江西,然后又从江西流浪回广东。当我的父亲做烧炭工人的时候,我的母亲就成了挑炭女人;当我的父亲做烧碗工人的时候,我的母亲就成了挑泥妇;当我的父亲做江河里的船夫的时候,我的母亲就成了搬运的女脚夫。……

在这中间,他们的肌肉虽然在劳苦中疲乏而痉挛,但他们两者的心灵,却在这合于节拍的劳动中得到微温的慰藉。

我是在流浪途中的一座荒僻的山村中呱呱堕地的,当我能意识到人间疾苦的时候,左右两边已经站着两个哥哥和一个姐姐了。

这可以想象得到,每当我们兄姐弟四人像是破车上的东西,而父亲像是压辕的骡子,母亲就恰像是车前拉拽绳子的马了。

我们从这个城镇流浪到那个城镇,从这条河水喝到那条河水,我们经常的家屋就是各处的土地庙。海盐是最便宜的食物,我们一家就用盐粒放进可以看清碗底的薄粥中挨过那一长串愁惨的日子。

婴孩期间,父亲总是用箩筐挑着我走。一踏上四岁,要是那一天走上六十里路,我就得跟在家人的后边跑半数的路了。大哥会做小偷,每到路上,他总是机伶地挖些红薯和花生吃。为了口馋,我总爱和我大哥混在一起,他带我去偷挖红薯和花生吃,带我到浅溪里去洗澡,带我到山上去采莓子,捉山雀子。到今天,我的两肩这样宽实,肌肉这样绷紧,无疑地,是当年小顽皮所赐。我觉得上苍降于人间千万件不公平事中却遗漏下一件公平事:在太阳的无极光辉中,穷人比富人活得要比较健康。

我懂得人世上的一些事情了,而母亲总是这样地告诫和勉励我:

"洋,穷人不要靠大树!"

在这句简单而有力的语气中,是凝聚着她多少悲愤,多少血泪呵!

十四岁那一年,在一批码头工人集资帮助之下,我开始用穷人偶然获得的幸运上了中学。那时,我的大哥战死在蚌埠,我的二哥也随军漂流到远方,我的姐姐被遣嫁到隔着大海重洋的南洋群岛上。在这种情景中,我的母亲日夜在愁思着孩子们的离散和死亡。从此,家中越陷于悲惨的境地,父亲做了染厂工人,母亲在码头上替人搬运行李货物,我么,是饥一阵寒一阵的外边走学。

母亲终于病倒了,一连病了两个月,白天,我一面走学,一面替她洗烂衣裳和烧稀粥;晚上,我一面赶读功课,一面替她捶背。在那狭小的一灯如豆的角楼上,我少小的心灵已蒙受到过分的悲愁了! 母亲因为爱我,虽在病中,仍叫我睡在她身边,病人的梦呓使我怜悯,也使我恐惧。

一夜,母亲叫我把手用力伸插过她贴紧床板的脊背,我遵照她的意思做了——手掌从她的左肋下伸插过她的右肋下。

"好了,手能伸得过来就行。"母亲呻吟地说,"天爷会保佑你妈起床的,不过要是你妈真的死了……"母亲软弱地呜咽起来。

当夜,母亲告诉我在角楼的一个壁缝里边,藏着有她的十七块钱,她嘱咐我当她死后拿去缴余欠的学费。

我哭了,我凄酸地哭了! 就是现在当我重新提起三次放下来的笔写到这里,回想起那海样深的母爱,不禁使我泪流满腮! ……

隔天,父亲突然把我拉到一个暗角里,偷偷地对我说:

"孩子,你妈是这两天里的人了!"

父亲用养家的工钱去请人缝制一些粗糙不堪的寿衣,我孩提的心被这人生最大的不幸所侵啮。

但是，将熄灭的灯火往往突跳着重燃起来，我的母亲，她的生命的灯火，也正是这样突跳着重燃起来的！也许她因爱子心切，而不愿这样快就舍弃满目凄凉的人间，她向死神夺回了延续的生命。

只半个月后田间大路上的行人，可以看见每天中午在含笑的阳光下，有一个孱弱的老妇人在拔着发酸的马耳草。

因为家贫，大病后的母亲只好自己寻找马耳草回来充饥。

当我乘大船绕海道北航到达北平后半年，突然传来我父亲暴死的消息，这接连不幸的遭遇，使我在悲痛中忽然变得异常苍老，我的耳后生了一撮白发。一直等到第二年的冬天，一个旧同学用同情而悲悯的声调告诉我关于我父亲暴死的真实情形：在我远离广东后的一个月，父亲为了我而被拽进牢狱，过了将近半年的囚禁生活才被放了出来，但是他的左右胸肋间已经布满了可怕的青紫色手枪嘴的狙击伤，一踏进破陋的家门连呼我的名字而发了疯，就这样，我的父亲在疯狂的激愤中吐血而死！

从此，母亲失去了人生途上的老伴，而她的唯一活着的儿子又是远远地离去。八年了，母亲浸进孤苦孀居的泪水中！在每次来信里，母亲除了哀诉她的凄凉和孤苦之外，从来不曾谴责过她儿子一句。正因为这，我扪心自问我是一个不孝子，父亲死了八年，我不曾回家去他墓前凭吊一眼！今天，那韩江边的古城已经沦陷，也许那八度含青的墓草已经在敌人战马的牧放中啃光。

现在秋风起了，落叶飘飘，雁群也已经南旋。在这种容易令人对往昔怀思的季节里，我又接到了一封涂抹着泥污、雨渍和泪痕的字迹模糊的短信，母亲的和蔼而又惨淡的容颜重又显现在我的面前。这次信中所说的，是母亲因为做工失脚堕入江中，幸而获救。记得三年前，当我从太行山南渡黄河到达古中州的时候，我也曾得到我母亲因替人扛米上粮棚而堕梯的消息。今天的堕江与三年前的堕梯，同样是令我伤心的事情。自小母亲一乳一血养育我成人，如今我羽毛丰盛了，却需要去迎接暴风雨的到来。

是的，大地上劳苦的母亲很多，而我的母亲却是最劳苦者中之一。虽然，我做儿子的一时不能来报答她生身和抚育之恩，但我却要用无上的勇猛擎起真理的大旗，用血的搏斗来取得未来母亲们的幸福。如万里外的母亲有知，当会含笑为她的儿子祝祷。

我骄傲，因为我辛劳的母亲是肥沃土地上的耕耘人，而我就要在这块大地上播下自由和光明的种子。……

最深情的哺育

梁晓声

我忘不了我的小说第一次被印成铅字时的那份儿喜悦。我日夜祈祷的是这回事儿。真是的，我想我该喜悦，却没怎么喜悦。避开人我躲在某个地方哭了，那一刻我最想我的母亲……

我的家搬到光仁街，已经是 1963 年了。那地方，一条条小胡同仿佛烟鬼的黑牙缝，一片片低矮的破房子仿佛是一片片疥疮。饥饿对于普通的人们的严重威胁毕竟开始缓解，我是小学五年级的学生了,已经有三十多本小人书。"妈,剩的钱给你。"

"多少?"

"五毛二。"

"你留着吧。"

买粮、煤、劈柴回来,我总能得到几毛钱。母亲给我,因为知道我不会乱花,只会买小人书。当年小人书便宜,厚的三毛几一本,薄的才一毛几一本。母亲从不反对我买小人书。

我还经常出租小人书,在电影院门口、公园里、火车站。有一次火车站派出所一位年轻的警察,没收了我全部的小人书,说我影响了站内秩序。

我一回到家就号啕大哭,我用头撞墙。我的小人书是我巨大的财富,我觉得我破产了,从阔绰富翁变成了一贫如洗的穷光蛋。我绝望得不想活,想死。我那种可怜的样子,使母亲为之动容,于是她带我去讨还我的小人书。

"不给!出去出去!"

车站派出所年轻的警察,大檐帽微微歪戴着,上唇留两撇小胡子,一副葛列高利那种桀骜不驯的样子。母亲代我向他承认错误,代我向他保证以后绝不再到火车站出租小人书,话说了许多,他烦了,粗鲁地将母亲和我从派出所推出来。

母亲对他说:"不给,我就坐在台阶上不走。"

他说:"谁管你!""砰"地将门关上了。

"妈,咱们走吧,我不要了……"

我仰起脸望着母亲,心里一阵难过。亲眼见母亲因自己而被人呵斥,还有什么事比这更令一个儿子内疚的?

"不走,妈一定给你要回来!"

母亲说着,就在台阶上坐了下去。并且扯我坐在她身旁,一条手臂搂着我。另外几位警察出出进进,连看也不看我们。

"葛列高利"也出来了一次。

"还坐这儿?"母亲不说话,不瞧他。

"嘿,静坐示威……"他冷笑着又进去了……

天渐黑了。派出所门外的红灯亮了,像一只充血的独眼自上而下虎视眈眈地瞪着我们。我和母亲相依相偎的身影被台阶斜折为三折,怪诞地延长到水泥方砖广场,淹在一汪红晕里。我和母亲坐在那儿已经近四个小时,母亲始终用一条手臂搂着我。我觉得母亲似乎一动也没动过,仿佛被一种持久的意念定在那儿了。

我想我不能再对母亲说——"妈,我们回家吧!"

那意味着我失去的是三十几本小人书,而母亲失去的是被极端轻蔑了的尊严,一个自尊的女人的尊严。

终于,"葛列高利"又走出来了。

"嗨,我说你们想睡在这儿呀?"母亲不看他,不回答,望着远处的什么。

"给你们吧……"

"葛列高利"将我的小人书连同书包扔在我怀里。

母亲低声对我说:"数数。"语调很平静。

我数了一遍,告诉母亲:"缺三本《水浒》。"

母亲这才抬起头来,仰望着"葛列高利",清清楚楚地说:"缺三本《水浒》。"

他笑了,从衣兜里掏出三本小人书扔给我,咕哝道:"哟嗬,还跟我来这一套……"

母亲终于拉着我起身,昂然走下台阶。

"站住!"

"葛列高利"以将军命令士兵般那种不容违抗的语气说:"等在这儿,没有我的允许不准离开!"

我惴惴地仰起脸望着母亲。

"葛列高利"转身就走。

他却是去拦截了一辆小汽车,对司机大声说:"把那个女人和孩子送回家去,要一直送到家门口!"

我买的第一本长篇小说是《青年近卫军》,一元多钱。母亲还从来没有一次给过我这么多钱。

我还从来没有向母亲一次要过这么多钱。

但我想有一本《青年近卫军》,想得整天失魂落魄、无精打采。

在自己对自己的怂恿之下,我到母亲的工厂向母亲要钱。母亲那一年被铁路工厂辞退了,为了每月27元的收入,又在一个街道小厂上班——一个加工棉胶鞋帮的作坊式的街道小厂。

那是我第一次到母亲为我们挣钱的那个地方。

空间非常低矮,低矮得使人感到心里压抑。不足200平方米的厂房,四壁潮湿颓败。七八十台破缝纫机一行行排列着,七八十个都不算年轻的女人忙碌在自己的缝纫机后。因为光线阴暗,每个女人头上方都吊着一只灯泡。正是酷暑炎夏,窗不能开,七八十个女人的身体和七八十只灯泡所散发的热量,使我感到犹如身在蒸笼。那些女人们热得只穿背心。有的背心肥大,有的背心瘦小,有的穿的还是男人的背心,暴露出相当一部分丰满或者干瘪的胸脯,千奇百怪。毡絮如同褐色的重雾,如同漫漫的雪花,在女人们、在母亲们之间纷纷扬扬地飘荡,而她们不得不一个个戴着口罩。女人们、母亲们的口罩上,都有三个实心的褐色的圆。那是因为她们的鼻孔和嘴的呼吸将口罩濡湿了,毡絮附着在上面。女人们、母亲们的头发、臂膀和背心也差不多都变成了褐色的、毛茸茸的褐色。我觉得自己恍如置身在山顶洞人时期的女人们、母亲们之间。

七八十台破缝纫机发出的噪声震耳欲聋。

我穿过一排排缝纫机,走到一个角落,看见一个极其瘦弱的女人,毛茸茸的褐色的脊背弯曲着,头凑近在缝纫机板上。周围几只灯泡的电热烤着我的脸。

"妈……"背直起来了,我的母亲。转过身来了,我的母亲。肮脏的毛茸茸的褐色的口罩上方,我熟悉的一双疲惫的眼睛吃惊地望着我,我的母亲的眼睛……

母亲大声问:"你来干什么?"

"我……"

"有事快说,别耽误妈干活!"

"我……要钱……"

我本已不想说出"要钱"两字,可是竟说出来了!

"要钱干什么?"

"买书……"

"多少钱?"

"一元五角就行……"

母亲掏衣兜。掏出一卷毛票,用指尖龟裂的手指点着。

旁边一个女人停止踏缝纫机,向母亲探过身,喊:"大姐,别给!没你这么当妈的!供他们吃,供他们上学,还供他们看闲书哇!"又对我喊:"看你妈这是在怎么挣钱!你忍心朝你妈要钱买书哇!……"

母亲却已将钱塞在我手心里了,大声回答那个女人:"谁叫我们是当妈的啊!我挺高兴他爱看书的!"

母亲说完,立刻又坐了下去,立刻又弯曲了背,立刻又将头俯在缝纫机板上了,立刻又陷入手脚并用的机械忙碌状态……

那一天我第一次发现,我的母亲原来是那么瘦小,竟快是一个老女人了!那一刻我努力要回忆起一个年轻的母亲的形象,竟回忆不起母亲她何时年轻过。

那一天我第一次觉得我长大了,应该是一个大人了。并因自己十五岁了才意识到自己应该是一个大人了而感到羞愧难当,无地自容。

我鼻子一酸,攥着钱跑了出去……

那天我用那一元五角钱给母亲买了一听水果罐头。

"你这孩子,谁叫你给我买水果罐头的?!不是你说买书,妈才舍得给你钱的嘛!"

那天母亲数落了我一顿。数落完我,又给我凑足了够买《青年近卫军》的钱……

我想我没有权利用那钱再买任何别的东西,无论为我自己还是为母亲。

从此我有了第一本长篇小说……

我的母亲

邹韬奋

说起我的母亲,我只知道她是"浙江海宁查氏",至今不知道她有什么名字!这件小事也可表示今昔时代的不同。现在的女子未出嫁的固然很"勇敢"地公开着她的名字,就是出嫁了的,也一样地公开着她的名字。不久以前,出嫁后的女子还大多数要在自己的姓上面加上丈夫的姓;通常人们的姓名只有三个字,嫁后女子的姓名往往有四个字。在我年幼的时候,知道担任商务印书馆出版的《妇女杂志》笔政的朱胡彬夏,在当时算是有革命性的"前进的"女子了,她反抗了家里替她订的旧式婚姻,以致她的顽固的叔父宣言要用手枪打死她,但是她却仍在"胡"字上面加着一个"朱"字!近来的女子就有很多在嫁后仍只用自己的姓名,不加不减。这意义表示女子渐渐地有着她们自己的独立的地位,不是属于任何人所有的了。但是在我的母亲的时代,不但不能学"朱胡彬夏"的用法,简直根本就好像没有名字!我说"好像",因为那时的女子也未尝没有名字,但在实际上似乎就用不着。像我的母亲,我听见她的娘家的人们叫她做"十六小姐",男家大家族里的人们叫她做"十四少奶",后来我的父亲做了官,人们便叫她做"太太",她始终没有用她自己名字的机会!我觉得这种情形也可以暗示妇女在封建社会里所处的地位。

我的母亲在我十三岁的时候就去世了。我生的那一年是在九月里生的,她死的那一年是在五月里死的,所以我们母子两人在实际上相聚的时候只有十一年零九个月。我在这篇文里对于母亲的零星追忆,只是这十一年里的前尘影事。

　　我现在所能记得的最初对于母亲的印象,大约在两三岁的时候。我记得有一天夜里,我独自一人睡在床上,由梦里醒来,蒙眬中睁开眼睛,模糊中看见由垂着的帐门射进来的微微的灯光。在这微微的灯光里瞥见一个青年妇人拉开帐门,微笑着把我抱起来。她嘴里叫我什么,并对我说了什么,现在都记不清了,只记得她把我负在她的背上,跑到一个灯光灿烂人影幢幢往来的大客厅里,走来走去"巡阅"着。大概是元宵吧,这大客厅里除有不少成人谈笑着外,有二三十个孩童提着各色各样的纸灯,里面燃着蜡烛,三五成群地跑着玩。我此时伏在母亲的背上,半醒半睡似的微张着眼看这个,望那个。那时我的父亲还在和祖父同住,过着"少爷"的生活;父亲有十来个弟兄,有好几个都结了婚,所以这大家族里有着这么多的孩子。母亲也做了这大家族里的一分子。她十五岁就出嫁,十六岁那年养我,这个时候才十七八岁。我由现在追想当时伏在她的背上睡眼惺忪所见着的她的容态,还感觉到她的活泼的欢悦的柔和的青春的美。我生平所见过的女子,我的母亲是最美的一个,就是当时伏在母亲背上的我,也能觉到在那个大客厅里许多妇女里面,没有一个及得到母亲的可爱。我现在想来,大概在我睡在房里的时候,母亲看见许多孩子玩灯热闹,便想起了我,也许蹑手蹑脚到我床前看了好几次,见我醒了,便负我出去一饱眼福。这是我对母爱最初的感觉,虽则在当时的幼稚脑袋里当然不知道什么叫做母爱。

　　后来祖父年老告退,父亲自己带着家眷在福州做候补官。我当时大概有了五六岁,比我小两岁的二弟已生了。家里除父亲母亲和这个小弟弟外,只有母亲由娘家带来的一个青年女仆,名叫妹仔。"做官"似乎怪好听,但是当时父亲赤手空拳出来做官,家里一贫如洗。我还记得,父亲一天到晚不在家里,大概是到"官场"里"应酬"去了,家里没有米下锅;妹仔替我们到附近施米给穷人的一个大庙里去领"仓米",要先在庙前人山人海里面拥挤着领到竹签,然后拿着竹签再从挤得水泄不通的人群中,带着粗布袋挤到里面去领米;母亲在家里横抱着哭泣着的二弟蹀来蹀去,我在旁坐在一只小椅上呆呆地望着母亲,当时不知道这就是穷的景象,只诧异着母亲的脸何以那样苍白,她那样静寂无语地好象有着满腔无处诉的心事。妹仔和母亲非常亲热,她们竟好象母女,共患难,直到母亲病得将死的时候,她还是不肯离开她,把孝女自居,寝食俱废地照顾着母亲。

　　母亲喜欢看小说,那些旧小说,她常常把所看的内容讲给妹仔听。她讲得娓娓动听,妹仔听着忽而笑容满面,忽而愁眉双锁。章回的长篇小说一下讲不完,妹仔就很不耐地等着母亲再看下去,看后再讲给她听。往往讲到孤女患难,或义妇含冤的凄惨的情形,她两人便都热泪盈眶,泪珠尽往颊上涌流着。那时的我立在旁边瞧着,莫名其妙,心里不明白她们为什么那样无缘无故地挥泪痛哭一顿,和在上面看到穷的景象一样地不明白其所以然。现在想来,才感觉到母亲的情感的丰富,并觉得她的讲故事能那样地感动着妹仔,如果母亲生在现在,有机会把自己造成一个教员,必可成为一个循循善诱的良师。

　　我六岁的时候,由父亲自己为我"发蒙",读的是《三字经》,第一天上的课是"人之初,性本善;性相近,习相远。"一点儿莫名其妙!一个人坐在一个小客厅的炕床上"朗诵"了半天,苦不堪言!母亲觉得非请一位"西席"老夫子,总教不好,所以家里虽一贫如洗,情愿节衣缩食,把省下的钱请一位老夫子。说来可笑,第一个请来的这位老夫子,每月束修只须四块大洋(当然供膳宿),虽则这四块大洋,在母亲已是一件很费筹措的事情。我到十岁的时候,读的是"孟子见梁惠王",教师的每月束修已加到十二元,算增加了三倍。到年底的时候,父亲要"清算"我平日的功课,在夜里亲自听我背书,很严厉,桌上放着一根两指阔的竹板。我的背向着他立着背书,背不出的时候,他提一个字,就叫我回转身来把手掌展放在桌上,他拿起这根竹板很重地打下来。我吃了这一下苦头,痛是血肉的身体所无法避免的感觉,当然失声地哭了,但是还要忍住哭,回过身去再背。不幸又有一处中断,背不下去,经他再提一字,再打一下。呜呜咽咽地背着那位前世冤家的"见梁惠王"的孟子! 我自己呜咽着背,同时听得见坐在旁边缝纫着的母亲也唏唏嘘嘘地泪如泉涌地哭着。我心里知道她见我被打,她也觉得好象刺心的痛苦,和我表着十二分的同情,但她却时时从呜咽着的断断续续的声音里勉强说着"打得好"! 她的饮泣吞声,为的是爱她的儿子;勉强硬着头皮说声"打得好",为的是希望她的儿子上进。由现在看来,这样的教育方法真是野蛮之至! 但是我不敢怪我的母亲,因为那个时候就只有这样野蛮的教育法;如今想起母亲见我被打,陪着我一同哭,那样的母爱,仍然使我感念着我的慈爱的母亲。背完了半本"梁惠王",右手掌打得发肿有半寸高,偷向灯光中一照,通亮,好象满肚子装着已成熟的丝的蚕身一样。母亲含着泪抱我上床,轻轻把被窝盖上,向我额上吻了几吻。

当我八岁的时候,二弟六岁,还有一个妹妹三岁。三个人的衣服鞋袜,没有一件不是母亲自己做的。她还时常收到一些外面的女红来做,所以很忙。我在七八岁时,看见母亲那样辛苦,心里已知道感觉不安。记得有一个夏天的深夜,我忽然从睡梦中醒了起来,因为我的床背就紧接着母亲的床背,所以从帐里望得见母亲独自一人在灯下做鞋底,我心里又想起母亲的劳苦,辗转反侧睡不着,很想起来陪陪母亲。但是小孩子深夜不好好的睡,是要受到大人的责备的,就说是要起来陪陪母亲,一定也要被申斥几句,万不会被准许的(这至少是当时我的心理),于是想出一个藉口来试试看,便叫声母亲,说太热睡不着,要起来坐一会儿。出乎我意料之外的,母亲居然许我起来坐在她的身边。我眼巴巴地望着她额上的汗珠往下流,手上一针不停地做着布鞋——做给我穿的。这时万籁俱寂,只听到滴答的钟声,和可以微闻得到的母亲的呼吸。我心里暗自想念着,为着我要穿鞋,累母亲深夜工作不休,心上感到说不出的歉疚,又感到坐着陪陪母亲,似乎可以减轻些心里的不安成分。当时一肚子里充满着这些心事,却不敢对母亲说出一句。才坐了一会儿,又被母亲赶上床去睡觉,她说小孩子不好好的睡,起来干什么! 现在我的母亲不在了,她始终不知道她这个小儿子心里有过这样的一段不敢说出的心理状态。

母亲死的时候才廿九岁,留下了三男三女。在临终的那一夜,她神志非常清楚,忍泪叫着一个一个子女嘱咐一番。她临去最舍不得的就是她这一群的子女。

我的母亲只是一个平凡的母亲,但是我觉得她的可爱的性格,她的努力的精神,她的能干的才具,都埋没在封建社会的一个家族里,都葬送在没有什么意义的事务上,否则她一定可以成为社会上一个更有贡献的分子。我也觉得,像我的母亲这样被埋没葬送掉的女子不知有多少!

秋天的的怀念

史铁生

双腿瘫痪后,我的脾气变得暴怒无常。望着望着天上北归的雁阵,我会突然把面前的玻璃砸碎;听着听着李谷一甜美的歌声,我会猛地把手边的东西摔向四周的墙壁。这时,母亲就悄悄地躲出去，在我看不见的地方偷偷地听着我的动静。当一切恢复沉寂，她又悄悄地进来，眼边红红的，看着我。"听说北海的花儿都开了，我推着你去走走。"她总是这么说。母亲喜欢花，可自从我的腿瘫痪后，她侍弄的那些花都死了。"不，我不去！"我狠命地捶打这两条可恨的腿，喊着，"我活着有什么劲！"母亲扑过来抓住我的手，忍住哭声，说："咱娘儿俩在一块儿，好好儿活，好好儿活……"

可我却一直都不知道，她的病已经到了那步田地。后来妹妹告诉我，她常常肝疼得整宿整宿翻来覆去地睡不了觉。

那天，我又独自坐在屋里，看着窗外的树叶刷刷地飘落。母亲进来了，挡在窗前："北海的菊花开了，我推着你去看看吧。"她憔悴的脸上现出央求般的神色。"什么时候？""你要是愿意，就明天？"她说。我的回答已经让她喜出望外了。"好吧，就明天。"我说。她高兴得一会儿坐下，一会儿站起："那就赶紧准备准备。""哎呀，烦不烦？几步路，有什么好准备的！"她也笑了，坐在我身边，絮絮叨叨地说着："看完菊花，咱们就去'仿膳'，你小时候最爱吃那儿的豌豆黄儿。还记得那回我带你去北海吗？你偏说那杨树花是毛毛虫，跑着，一脚踩扁一个……"她忽然不说了。对于"跑"和"踩"一类的字眼儿，她比我还敏感。她又悄悄地出去了。

她出去了，就再也没回来。

邻居们把她抬上车时，她还在大口大口地吐着鲜血。我没想到她已经病成那样。看着三轮车远去，我也绝没有想到那竟是永远的诀别。

邻居的小伙子背着我去看她的时候，她正艰难地呼吸着，像她那一生艰难的生活。别人告诉我，她昏迷前的最后一句话是："我那个有病的儿子和那个还未成年的女儿……"

又是秋天，妹妹推我去北海看了菊花。黄色的花淡雅，白色的花高洁，紫红色的花热烈而深沉，泼泼洒洒，秋风中正开得烂漫。我懂得母亲没有说完的话。妹妹也懂。我们俩在一块儿，要好好儿活……

忆母亲

庞　敏

我弟弟九个月的时候，我娘死了，那时我两岁。

据爸爸说，娘长得年轻漂亮，死的时候二十三岁。

这使我常常感到欣慰。

想起来，没有娘，是多么自由痛快。记得我读三年级的时候——不知为什么，记起童年的许多乐事，大都发生在三年级，而且常常下雨。

那是深秋的一天，下了很多雨，很冷。我和弟弟在屋檐沟里玩水，一人手里一根棍子，呼的一声抽下去，啪的一声爆起来。喷泉一样的水珠啊！这使我们很快活，我们比赛似的，长长一溜屋檐水被我们抽得精光，就像馋猫舔过的鱼盘子。这时，隔壁的大着肚子的香嫂子挑了一担水，挨上码头来。弟弟举起黏糊糊的泥棍子，涎着脸说："香嫂子，你赌不赌我把这根棍子放到你的水桶里?"

香嫂子站住脚,两手扶住两头的钩子,说:"赌你!"

我站旁边,心里想:这女人,怕我们不敢还是怎的!

弟弟把棍子举得更高一点:"真的赌?"

香嫂子脸渐渐红了,眼珠子一瞪:"真的赌!"

"那我真的会放啦。"弟弟上前一步说。

香嫂子一张脸变得通红:"你敢!"

弟弟鼻子里滑出轻蔑的笑声,手往下一落,一搅,一桶清水立刻变得浑黄。

香嫂子把桶子一顿,抢起扁担就扑,我发现香嫂子的牙帮骨一直是咬得紧紧的。"快跑!"我对着弟弟哈哈大笑。

弟弟撒开脚丫子就跑。赤脚板就像刚出炉的烙铁,踩得脚下的水洼洼哧哧地叫,掉了扣子的灰布衣像折扇一样,一收一扬,油光光的,沾不上一星半点的水珠。

"你不跑还好,你要跑,老子今天非得抓住你不可!"香嫂子摇晃着大肚子,气喘吁吁,铁钩钩撞在竹扁担上,发出哐当哐当的响声。

弟弟回过头来,冲她挑衅地笑。这时,只见他身子往前一倾,扑在泥地上,待他爬起来,香嫂子已从后面抓住了他的衣领,一提,对着面,挥手就是两个耳光。

我万没料到弟弟会挨两个耳光! 我把手里的泥棍往香嫂子的另一桶清水里一放,朝弟弟跑去。

弟弟粗糙得像灯芯绒的两颊,一面五个红红的手指印,我站在他面前:"你怎么会摔了一跤呢?"

弟弟胆怯地望着我:"我忘了,我踩着了我们挖的这个洞眼。"他指着脚下对我说。那洞已经挖了很久了,现在积了满满的水,浮着黑黑的一层东西,不知是猫屎还是狗屎。

我拉着弟弟的手,说:"算了! 回去吧。"

"可怜的,没娘崽,"我们回过头去,河边上的张孤老倚着门框,扯起她的宽厚的大襟衫沾沾眼角,"救得娘在世,自己的儿女哪有让别人打的哟,要是我的崽女……"

我眯起一只眼,冲她做个不屑的鬼脸。我的娘年轻又漂亮!

弟弟说:"要娘干什么? 我们没有娘,不是也很好吗,对吧,姐姐?"

是呀! 香嫂子这样的恶婆娘,宁可不要的好呢。她家的小辉、小梅,骂也被骂得要死,打也被打得要死。香嫂子给他们缝了新鞋袜、新帽子,原就是可以因此打他们的。嘻! 他们也真傻,怎么还叫她"娘"呢?

我看了弟弟一眼:"我们才不稀罕哪,你说是吧,弟弟?"弟弟顾不上擦满脸的泥汤,连忙说:"是的。"

又是一个静静的冬天,下着指甲那么小小的雪花,天上地上都是静静的。屋檐口、电线上,麻雀的叫声也是悄悄的,这使我们很扫兴,感到很寂寞。

我们站在台阶上,背抵着墙壁,看着雪花从很远的天上来到我们眼睛里,远远的村庄都静静地披上了雪装。我们都不讲话。

好久,弟弟忽然说:"姐,要是雪花落到身上暖烘烘的,那我情愿天天站在这里挨冻。"

"怎么会呢?"我望着远处河沿杨树枝上挂着的冷冷的冰凌,小声说,"我只想我们永远这样站着,终于,我们快要死了。这时候,我们身后突然站着一个仙女,她说:'可怜的孩子,快进屋去吧,我为你们烧了一堆永远温暖的火,做了香喷喷的大米饭,还有热腾腾的辣椒汤……'"

"可是我们应该站着不动,我们已经失去了知觉。对吧,姐姐?"弟弟急急忙忙地问我。

"那当然,可是你听仙女又说:'孩子,你要再不进去,我就要伤心了。'她说的时候,还哭了呢。"

"那我们就进去吧。"

"不!不要急嘛。仙女她又说:'亲爱的孩子,你们一定没有力气走路了,来,让我抱你们进去吧。"

"可是她抱得动吗?"

"她会使劲儿抱呗!"

"可怜的仙女!"弟弟垂下眼睑,又抬起眼睑,"姐姐,让仙女抱着一定很舒服吧?"

"当然啦。从那以后,仙女就住在咱们家,她不会像妈妈一样二十三岁就死去,也不会像爸爸一样常常不待在家里。我们有吃不完的饭菜,有穿不旧的衣裳,有很多很多的玩具、图书。"

"有天上的星星那么多,地上的渣子那么多,对吧,姐姐?"弟弟愉快地响应着,"要是仙女哪一天走了呢?"

我心里一想:就是呀,于是我结结巴巴地说:"那……那……那个时候我已长大了。"说着,我理直气壮地伸了伸腰。"那个时候我什么都有了。"

弟弟挨紧我:"姐姐,等你长大了,就给我买一把枪,比小辉的那把还长、还大的枪。"

我使劲点点头:"等我长大了,等我有了孩子,我要坚决不死,天天只和他们在一起!"

做晚饭的时候,弟弟往灶膛里扔了一把柴火,站起来,隔着烟雾大声说:"姐姐,我忘了告诉你,等你长大了,也不要离开我!"

"我保证!"我说,"可这一餐又没有菜。"

"我有!这儿有!"弟弟说着举起两棵大白菜,菜叶上的冰化了,很是苍翠。

"哪里弄来的?"

"偷的!"他附在我耳边,小声说,"可能是香嫂子家的。"

"要是她知道了,我们可怎么办哪?"我一边洗菜,一边问他。

"姐姐,这里还有辣椒呢,"他递给我辣椒,又伏在灶台上洗锅,"反正我们吃了不认,她也找不到。让她去骂好了。"

我们高高兴兴,吃得心满意足。

"真是难得一回吃这么多菜呀!"弟弟放下筷子,眼皮开始打架了,他坐到灶台脚下,"姐姐快洗碗吧。"

我也觉得睡意沉沉,把碗堆到锅里,浸上水:"明天洗吧。"掌了灯,准备去睡,却见弟弟仰在柴堆上,微张着嘴,睡着了。

我蹲下去,一手捏住他的鼻子:"喂,醒来!醒来!"

他嗯了一声,又睡到另一边去了。我放下灯,准备操他几下,却见他突然眉舒舒的,仿佛在轻轻地笑。

我站起身,外面风很大,树尖子好像在承受着巨大的迫害,呜呜地叫唤。我两手夹在腋窝里,看一眼熟睡的弟弟,我莫名其妙地想点根烟,夹在食指和中指间,然后那么来来回回地走动。

结果，我把被子搬到灶台脚下，盖在弟弟身上，我也挨着弟弟躺下去，弟弟也像往常一样靠过来，将手搭在我背上，迷迷糊糊的，我觉得我有了孩子，弟弟成了一个孩子，像一个只穿着红兜肚的小小的红孩子。

第二天早晨，香嫂子捶得门板乒乒响成一片，我睁开眼，扭头去看弟弟，弟弟也正扭过头来看我。

"怕什么！"他一跃而起。

怕什么呢！我也站起来。

香嫂子后面跟着张孤老。"你们这两个贼子，又偷了我的白菜！"

我梗着脖子："我们没偷！"

"对，我们根本就没有偷！"弟弟往我旁边一站。

"孙猴子还逃得出如来佛的手心？"她熟门熟路地直往门角落、柴堆里瞅，"我今天要是不在这里找出来就不是香嫂子！"她站在灶台边，就要揭锅盖子。

"哎呀，香嫂子你快来看，"张孤老的声音让我们都吓了一跳，"小梅衣裳没穿就跑出来了。"

"小梅！"香嫂子赶忙像着了火似的奔出门去，"这个剁手爪子的死丫头！"

张孤老看我们一眼，也像着了火似的慌慌张张地跑了。

于是，张孤老就常常给我们送来一碗乌黑乌黑、喷香喷香的干菜叶，有时也送辣椒，也送白菜。遇上我们对她亲热一点，她就要拿着印有蓝花花的粗瓷碗，站在门框边，扯起她的宽厚的大前襟，沾沾眼角："没毛毛的鸟鸟天照应咧！要是救得娘在世，唉……"那眼睛里，仿佛要伸出手搂我们进去似的。她又常常蹲在我们面前，捏住我们的手，瞪大眼珠子四顾左右："跟你娘一个模子印出来的呢。你娘也是这样，啧，漂漂亮亮！"

有一回，我和弟弟吵架了，互相说好了一生一世再不理睬了。我们正在各生各的气，张孤老出现在门框边，手里又端着一碗堆得冒尖的干菜叶，她看着我们，进也不是，退也不是。

我抬起头，扬起一只眼睛看她："哪个要你的？端回去吧！"我扭转头，听见她短促的喘息声和急切的脚步声离开了门边。这声音传进我耳朵里，也像有一股引力，我扑到门边："你回来，你不要走，不要走嘛！"

张孤老一个趔趄，回转脸，眼睛大得吓人，我忽然觉得张孤老这个样子很使我满意。我对弟弟说："拿碗来。"我们端着碗，双双走向她，我又感到很心酸，想哭。"你刚才不会生气吧？我们刚才吵架了，不是冲你生气的。"

张孤老显然还没有回过神来，然而我变得十分平静了，我第一次感觉到了当面认错后的那种心灵上的安宁。再看张孤老，不，张大娘的时候，我发现她竟是那样慈祥、善良。

我赶忙拉起弟弟的手往回跑，弟弟一点也没挣扎。

我们以后再也不要见到她了，我心里想。

好多天后，弟弟说："姐，仙女有时候也会变得又老又丑的吧？"我没有做声，因为我早就这么想过了。

现在，弟弟已是英俊少年，我也在读高二，快上高三了。有一次放假我们聚到一起了，在天井里的石桌子旁喝葡萄酒。那时月满中天，照耀着人间的喜庆团圆。弟弟拿起酒瓶，又满了两杯，递一杯给我，他说："姐姐，只要踏上这乌黑乌黑、喷香喷香的故土，听见那位大襟衫对我亲亲热热地叫一声'儿啊'，我就害怕自己会狼狈而且恭敬地叫出那声'娘啊'！"

我连忙举起杯子，高过额头，和弟弟的杯子碰一下，然后仰面灌了下去。

＊＊＊

妈

邹静之

母亲活着时我写过一首诗——

金　钗

听见母亲在那间屋中祷告
嗡嗡的声音她说着什么
像金钗的每一声颤动
所有的话语是为了我们

那声音扩大了另一重天
那声音要把胸前的衣扣撑开
我感觉到心的磨房旋转
天下的角落都分配到了爱

静寂中有两只相对的钟表
善良的尺子量过了时间
我知道房间的隔壁就是天庭
那些伟大的神灵也须息在听

母亲善良，一生不会恨人，甚至不会恨那些该恨的人。

记得一件不大的事。"文化大革命"时，在设计院九栋住的"黑高知""黑高干"家，几乎每天夜里都有人来搜查。有一次父亲机关原来常来求教的一位下属，跟着工宣队来了。这个再熟悉不过的人，那天像是接受了一件最为荣光的任务，变得不认识了。他手里拿了根长竹竿，在我家所有能伸进竹竿的地方扎来扫去，表现得分外卖力。他抱着一定能找出什么来的决心，就那么无来由地扎着扫着，母亲一直平静而尊严地配合着。时间久了，旁边的工宣队都有点看不下去了，说走吧。那人还要去阳台上再查一遍。我和妹妹站在深夜的屋子里愤怒地看着，母亲再次打开阳台门让他进去了，母亲的表情像在"文化大革命"前接待他来我家做客时一样。

事后，三个哥哥回家来，听我和妹妹说了这事，要去揍那人，被母亲拦住了。母亲说，他那样做也许有他那样做的道理，知道就行了。

上世纪90年代中，家里出了件事。二哥、三哥多年积下的一笔钱，加起来总在一百多万，被平时最为信任的一个朋友骗光了。这么多的钱，总要想办法要回来，结果告也告了，判也判了，就是执行不下来。那人天涯海角地躲着，自己的家也不像家了。母亲知道了这事后，想了一天，把两个哥哥找了去，说，"他也有母亲，也有老婆，算了吧……钱终归不是命。"母亲说这话是不愿看到那人家破人亡。母亲说了"钱不是命"这话。两个哥哥从此就再不提那钱的事了。

母亲说这话不是轻易说的。在此之前我听到她说得最多的一句话是"前半夜想想自己，后半夜想想人家。"话很朴素,是菩萨心。

　　母亲没怎么读过书,心胸很大。母亲比父亲大两岁,结婚后才几天,就放父亲出远门去外边读书。当时族中人让父亲结婚原是不想让他再出门的,现在婚结了人反而留不住,就都站出来反对:"少奶奶,你放少爷出门读书,将来会后悔一辈子的。"母亲不听这些话,默默地为父亲准备行装。我家祖上当时算是江西的名门望族,父亲又是独子,不求学也可过锦衣玉食的生活,母亲不以此来羁绊父亲,母亲说她看到的败家子太多了,母亲不会看得那么短浅。父亲后来一路求学读书,直至成为专家,与母亲当年的支持和见识分不开的。

　　前年我回老家,听族中的老人们讲起母亲当年办的一些事,听着生动。

　　父亲在外读书时,我的曾祖母和大祖母(我有两个祖母)几天中相继去世了。大祖母在世时,因出身诗书人家,虽孤儿寡母(我爷爷在我父亲4岁时就去世了),族中人也不太敢欺负。

　　现在太祖母、大祖母相继去世,父亲又不在家,母亲那时只生了大姐还抱在怀里(没有长孙),族中人就有要来觊觎祖上的家业。母亲在此之前又从来没有管过家,一时真是内外交困。家乡人回想说母亲从容不迫地把这堂白事办得风风光光,一应礼数都做得十分周全。母亲先是带着家人挨家挨户地报丧,每家送去一丈白布三块大洋,气魄很大。在当事的过程中,母亲怕族人挑出礼来,先是请来辈分最高的族人坐镇,自己几天几夜没有睡觉。到了关键的出灵的日子,很多子侄辈的都想来争着抱灵牌,母亲怀抱着大姐,让大姐抱定了灵牌,就没有给那些人一点的机会。这事儿,现在听老人们讲起来还是绘声绘色的。

　　日本鬼子就要打来的时候,父亲还在西南联大,一时回赶不回来。母亲毅然带着年幼的大姐和奶奶弃家逃亡。听奶奶后来说逃难时船在渡头镇给炸翻了,母亲和大姐落水,母亲抱定了大姐不放,最后才被好心人从水里救出来。再后来母亲听说了家中七进院子的祖宅被日本人当了军部,麻石谷场成了操练队伍的操场,母亲就再也没有回过家。现在想,母亲在战火纷飞中拖着小脚的奶奶,抱着女儿逃难求生,投亲靠友,得以辗转千里与父亲团聚,想想那样的情景一个脆弱的人怎么能经受得住。

　　这样的大事,母亲一生真是经得多了。

　　1952年在江西钨矿当主任的父亲,被当时的"打老虎运动"冤屈,关押起来。家中一时从宽裕的生活中跌到了没有生活来源的境地。那时我还没出生,前边已有了一母同胞的三个哥哥,三个姐姐,加上奶奶一家八口人,要吃要喝都没有办法。母亲为了让一家人能活下去,怀着我终日在缝纫机前缝钨砂口袋,一分钱一分钱地挣着家中的吃食。

　　这样的劳作致使在腹内的我,胎位不正。正在八月中秋应该是合家团圆的时候,母亲难产,我是瘟生而出的(臀位,老百姓的话是横生),后来才知道这对产妇和孩子都是最危险的,当时母亲不知经受了怎样的痛苦。

　　我出生后,还在关押中的父亲为家中的境况着想,偷着传出了一张纸条,说"不管生男生女送给人家"。父亲也是怕母亲太艰辛了,让把我送人。母亲怎么会舍得。后来家里人有时玩笑,说如果真送了人,现在静之大概在赣州的山里种地呢。母亲后来对我说过"怎么会送人呢,受了那样大的罪把你生下来,当时想的是厄运总该到头了"。真就应了母亲所想。我出生后不久,父亲无罪而释,随后就从江西调到了冶金部(当时的重工业部)来工作了,在我出生几个月后,全家十口人一起离开了赣州到了北京。

　　没有母亲就没有我,每一个人都能够说这样的话,但我要说出的意义真又是不同的。

母亲的处乱不惊是我至今都佩服的。"文化大革命"抄家之前，父亲还在德兴铜矿主持建设。母亲虽然不工作，但以她的敏感，还是觉得大的风雨要来躲不过了。在父亲回来之前，连着几天，母亲把家里的外文书籍和一些古旧的东西都毁掉了，同时又把定为地主成分的奶奶送回了老家。现在想来母亲是要在风雨之前，尽力地把家中将面临的苦难降至最小的程度。母亲对生活敏感而了悟。

第一次抄家那天我正好从外边学农劳动回来，母亲像是算准了我到家的时间，一直在单元门里站着，我刚推门进家，母亲马上迎了过来，母亲拦着我，现出若无其事，让我到外边再去玩会儿。母亲不愿让我看到当时的场景，但我还是看见了，家里已被翻得乱七八糟，我那时不到14岁。看着家里父亲单位的人在兴奋地翻着东西，我知道这是在抄家了。我要求回到自己的房间里去（那时我一人住在一间朝北的屋子）。我到了房间看到我读的一些书和做矿石收音机、半导体的零件都被人归拢到了一起，抄家的人说这将被当做特务专用的零件收走。我据理力辩，那些人拉着我把我的胳膊反扭了过来，母亲赶过来把我拉回到厨房，母亲抓着我的手不让动，就那么看着那些人把东西搬走了。整个的过程我和母亲就那么站着，相互间一句话也没说。

在随后的抄家展览中，我看到了那些我的电器零件，果然标明了是制作特务通信的零件。我同时看见了一些我没见过的邹家祖传的小金砖（大概在十多块之多），那时我并不知道我家还有这些东西。后来我对这些金子产生过非常不着边际的联想。

"文化大革命"结束后，那些金砖以九百九十块钱一市斤的价退了钱。金子没有了，母亲却很坦然，说"没有也好，东西要是在，大概会害了你们"。果不其然，有邻居的儿女拿了金戒指去倒卖（当时倒卖黄金是犯法的）被抓起来了。母亲对生活有朴素的直觉，母亲对钱和物的感受是清楚的。她常对家里人说的一句话是"辛苦钱，万万年"。她希望我们子女每挣的一分钱都是劳动得来的。这句话对我感触很深。

1960年，搬到皇亭子机关宿舍后，我们家住在一套四居室的大单元里。"文化大革命"开始，掺沙子挤进来一户人，四间就变成了三间，没有多久又挤进来一家，我们家就缩在一个套间中了。当时家里还有五口人，母亲把套间分成了男女宿舍，母亲、妹妹和偶尔回来的姐姐住在里屋，我和父亲及侄子住在外屋。家里不管谁回来了，都按男女宿舍那么住，床上住不下就打地铺。

1976年，唐山大地震的那一夜，我正好在家，当天深夜突然的震动让正熟睡的人不知所以。书架上的书、花瓶，桌子上的杯子，都被震得摔在了地上。那种震动真是骇人心魄，我听见整栋楼房的预制板在不断轰轰地互相撞击着，当时觉得这楼就要坍了，要坍了……马上就要坍了时，震动停止了。静了一会儿，接着是轰响的人声，父亲边穿衣裳边招呼大家快往外跑，他嘴里不断地念着"地震了！地震了！"拉着侄子跑下楼去。

我当时的情况是处在人生的最低谷，从北大荒转到河南农村插队，生活比在北大荒时还苦，吃不饱，睡不暖，学了8年的美声也是渺然无望，整个人变得很消极。地震时，我在床上躺着没动。那时我觉得灾难对我已不重要了，我听着楼上楼下的人蜂拥着冲下去。我躺着想也许就这么死了也没什么可怕的（很青春也很孩子气）。我以为家里人都走了，坐起来时，发现里屋的灯光亮着。

看见母亲在灯下，穿戴整齐地在大衣柜前翻着什么，我说："妈快走吧。"母亲打开抽屉说："我把粮票、副食本带上。"母亲从容地把粮票、粮本、布票、副食本，一家子人生活要用的票证拿好后揣进了怀里。母亲没有急着逃命,在那样的时刻她先想到的是一家人要吃要喝(那个时候对城里人来说票证就是活命)。我不知道母亲在那样的时刻,脑子为什么会叉到这些东西上去。我没法让这样的经历重复一下来考验我,真要是来了我想我还是会独自逃命。就是在闹情绪也会这样。母亲不同,母亲这就是母亲。

从那这后,我脑中常浮现出来的母亲形象,就是在里屋的白炽灯下,从容不迫地拿着粮票和副食本。

母亲在整座机关宿舍中受人爱戴。去世的前两年,年老体弱的母亲就不大下楼了。院子里的人见了我总是跑过来问,"邹妈妈的身体怎么样?"前天我回家看父亲,原来的一位是医务室的阿姨拉住我的手不放,说她最惋惜的是我母亲过世时,没能尽上力。

院子里的人都说母亲福气好,养了八个儿女,个个孝顺个个出息,甚至给别人养大的孩子也那么出息。母亲生养了我们八个后,在我上小学时,邻居家的阿姨初生的女儿,怎么也养不好,整日又拉又泻哭闹不止,母亲看不下去就把孩子抱过来养着。毕竟是养过八个孩子的母亲,就那么给带养了几年,把那个孩子带得又结实又漂亮,这孩子后来都被我们称为老九了,就跟自己家的人一样,都很大了还天天长在我们家里。母亲爱孩子,老九到了二十多岁时,对象都是母亲让我的姐姐们给操心的。现在老九久居国外已是两个孩子的母亲,日子过得很美满。母亲火化的那天,老九从国外赶回来,在母亲面前痛哭不已……

母亲老了,2003年开始频繁地住院,每次住院,兄弟姐妹们都轮班的守护在母亲身旁。我第一次值夜班的晚上,扶着母亲起夜,她走进卫生间后,执意让我把门关上,她不愿让自己的小儿子看到她零乱的样子,母亲一生都把自己收拾得一丝不苟,直到去世前,她不再让人给她照相,母亲的一生都是整整齐齐的。

夏天过后母亲住院就越来越频了,每次在病床上都是打着吊针,手上身上还夹满了东西。病中的母亲平静地像个局外人一样地看着那些闪烁的机器和进进出出的医生护士。母亲看着儿女常会不忍心地说:"我一生要强,现在开始拖累你们了。"

我永远能记住母亲那样的目光,平静中压抑着不舍。有天晚上我在给母亲搓过脚后,母亲拉着我的手说:"儿子,总有这么一天的,妈也舍不得,但总有这么一天……"母亲平静地跟我说出了诀别的话,我从小到大,甚至在北大荒18岁时在上千人的场合中挨斗时都没当着人落过泪。那个夜晚,我走在医院冰冷走廊中再也忍不住了,痛哭不止,把一生的泪都流尽了……

母亲在生命中最后的时日坚决要求回家。我们买了呼吸机和氧气机,接母亲回家了。母亲看着她的儿女们忙碌地围绕在她的身边,精神反而好多了。

母亲希望自己能平静而尊严地在亲人中离开。她甚至在去世的前一天都坚持不让人给她喂饭。

古人说"慷慨就义易,从容赴死难"。母亲从容而去,她在生命最终的时刻,想得最多的是怎样地安抚亲人。

母亲走的那一天是2003年的感恩节,我看着母亲躺在那儿像是睡着了,安详,甚至呼吸还在。值夜班的二哥说没有听到声音就那么睡过去了,平静地睡过去了,93岁,手张开着,所有的幸福、苦难,都撒开了,再不操心了,再不用在周末窗口站着盼着儿女们回来了……

妈,小时候您带我到西单菜市场去办年货,走丢了,我们在那么多的人群中急急地相互寻找着,突然看见您挎着篮子喊着我的名字从人群中挤了出来……现在我该去哪儿找您……

妈您走了,这个世界对我来说已不一样。

丑姆妈，丑姆妈

曾小春

很多年过去了，小镇还是原来的小镇。灰灰的一条街，长不过一截裤带，一色的麻条石板，一色的木板瓦屋。

丑姆妈在镇西的黑屋子里已住了许多年了。到底有多少年，谁也说不清，反正丑姆妈是一直住在那屋子里的。

丑姆妈走路一跷一跷的，瘦削的两肩一高一矮，好似舂米的摊子，眼圈烂得红花花的，淌着浊泪，睫毛被淹成蔫蔫的水草，头发则是一蓬枯乱的茅草。前些年镇上搞人口大普查，大家才发现丑姆妈的姓名、年龄、籍贯等等全都是未知。丑姆妈自己也糊涂了。

"几十年都这样过来了，还问这些做什么？"丑姆妈这样说。

丑姆妈的男人是个撑排佬，涨春水时，放排下赣州，就杳无音信了。那男人太能水了，这样的人多半是死在水里的，但这样的念头偶尔一闪，便泯灭了。丑姆妈呸呸地吐着唾沫，自己的男人总会回来的，她还没给他生个白白胖胖的崽仔呢，丑姆妈想。

老辈人还记得丑姆妈常常站在小镇码头的石阶上，穿着月白衫子，挽着油黑的发髻，银簪子斜斜地插着，落雨天还撑一把木柄的油纸伞，但那时的丑姆妈是苗条呢，还是漂亮呢，他们却全然淡忘了。

丑姆妈的左脚是摔坏的，这事儿人们也还记得。丑姆妈在码头上等男人归来，天黑时被石阶绊倒，左脚就咔嚓一声断了。请了郎中却没接正骨节，那腿就跛了。丑姆妈昏天黑地哭泣了几天几夜，从此，眼圈开始糜烂不堪。

后来，山上的树被砍光了，浩渺的江水日渐枯瘦下去，成了一条微弱的浅河。戈壁似的沙滩上搁浅着大小木船，它们倒扣着，好像一串螃蟹。青石砌成的码头石阶，不知被谁撬走了。

自己的男人也许真的回不来了。丑姆妈不再等待。

她开始拾破烂。她的烂眼圈从地上一寸寸移过，搜寻那些破布烂袜子、胶鞋底子、酒瓶子、牙膏皮子……凡是能卖钱的，她都拾掇起来，摞在破屋子里，再卖给小镇的废品回收站。

未跌坏腿之前，丑姆妈很长一段时日里都在给那些忙于生育的母亲们做保姆，而且从不拘工钱的多少。丑姆妈最大的乐趣是逗孩子，只要是孩子，她都喜爱。

对于丑姆妈来说，孩子的笑声、哭闹声，连被孩子尿湿衣服似乎也都是一种微妙的享受，抱孩子、哄孩子、洗尿布屎片似乎能多少满足她做母亲的欲望。孩子的父母不在的时候，丑姆妈会掀起衣襟，给嗷嗷待哺的孩子"喂奶"。看着孩子的头像牛犊似的一拱一拱的，丑姆妈便会发出醉心的笑声。

馋嘴的孩子更是把丑姆妈围得团团转，赛着劲儿喊她"姆妈，姆妈"，拿晶亮的眼睛看她。丑姆妈怡然微笑着，变戏法似的在他们肉嘟嘟的小手上点三五粒花花绿绿的珠珠糖，给孩子唧唧喳喳的惊喜。

自从丑姆妈烂了眼圈,跛了脚,年轻的母亲们便不再让孩子们亲近她了。丑姆妈也很知趣,只是远远地用柔柔的目光抚摸那些她抱过、亲过的孩子。窄巷相遇,孩子们仍喊她一声"姆妈",但声音是怯怯的,丑姆妈则亮亮地应一声:"唉!这孩子几好几乖,但我是丑姆妈,拾破烂的丑姆妈,你嫌吗?"

"丑姆妈,丑姆妈……"孩子们觉着有趣,就这样顺口叫开了。不久,小镇的大人也一并"丑姆妈,丑姆妈"地叫起来。

但丑姆妈不是母亲!

丑姆妈的命是太苦了,

那么,丑姆妈捡了大半辈子破烂,攒下一笔数目不小的款子,却不见她好好儿吃穿什么,又何苦呢? 小镇人不晓得丑姆妈是个什么想法。

丑姆妈翻着红花花的烂眼圈,跛着腿从人们探询的目光中高低不平地走过。

当丑姆妈一跛一跛地回到小镇的时候,人们才想起来有好些日子没见到丑姆妈了。

"丑姆妈,你去了哪里?"

"我是接儿子去了。"丑姆妈竟有点羞涩。

咦? 这时,丑姆妈身后站出一个六七岁光景的小男孩,瘦条条的,两只眼睛正亮亮地一闪一眨地看那些惊奇的人们。他歪着头,皱起小鼻子,嘴一咧,嘻嘻笑,一闪又缩到丑姆妈身后去了。

这孩子还蛮灵气呢!

只是,丑姆妈什么时候有过儿子呢?

小镇人用眼睛问丑姆妈,丑姆妈静静一笑,牵着小男孩的手走进暮色中去。

丑姆妈请了泥水匠,把那间黑屋子粉刷得雪白,又添了几件家具。屋顶上冒起了温馨的淡淡炊烟。

不久,人们打探到,那孩子是丑姆妈从城里的孤儿院领出来的。

那孩子也真是机灵可爱,不几日就与街坊四邻的孩子混得稔熟。因为长得单薄,孩子们就叫他"瓦片"。丑姆妈不计较,以为孩子的名字贱一些,命就耐磨,也随着"瓦片"、"瓦片"地叫。

丑姆妈很高兴,脸颊上浮着两朵红晕,眼圈还是红花花的,但干爽多了。她也不再捡破烂了。丑姆妈做母亲了!

每日早饭刚过,母子俩一老一少、一前一后地走在小镇的麻条石街上。

"那是什么呢,丑姆妈。"瓦片问。

"那是风车。谷子从上面的斗子倒下去。摇动风车叶子,喏——"丑姆妈把瓦片牵到风车前,很耐心地告诉她的孩子,"饱满的谷子就从下边这个小漏槽淌出来,瘪谷子是从左边那个大歪口子飞出去的。"

瓦片的黑眼睛亮亮的,走上前握住风车把子,要吱呀吱呀摇。丑姆妈却把他抱走了。

"丑姆妈,你让我摇吧。"

"瓦片,摇不得,你一摇,肚子就要疼的。"

"真的?"

"那是一架空风车呀! 摇空风车,肚子就会疼。"

在牛市,瓦片看见了牛,就要去摸牛的角。

"儿啊,摸不得,牛的角摸不得,一摸,牛就要动怒的,牛的角就会犁破人的肚皮。"丑姆妈捏紧瓦片的手。

小镇的四季都有山里女人卖野果子,瓦片问过这些野果子的名字后,就嚷着要,吃得小嘴红红的紫紫的,有时连皮带核都吃了。

"哎呀,瓦片,你怎么把果子核都吃了? 快吐出来,要不头上要长出树来的。"

瓦片嘻嘻笑。丑姆妈就伸手去抠孩子的嘴,把果核挖出来。

小镇的街是很窄的,小镇人晒衣服时把竹竿搭在两边的屋檐上,衣服像旗子一样在风中鼓荡着。丑姆妈拽着瓦片绕着那些裤子过。

"那是女人的裤子,男孩子从下面走就不要想长高了。"丑姆妈说。

可瓦片还是一个劲儿地蹿高了,他的头上也没长出杨梅树,他把空风车摇得呼呼叫,肚子照样不疼……

不知从什么时候开始,瓦片不愿再待在家里,听丑姆妈零碎的絮叨。碗一搁,嘴一抹,人就去外面了,而且是越来越野气了。更让丑姆妈慌神的是,瓦片还跟着那帮孩子到河边的柳荫里去逮蜻蜓,赤条条地跃入浅水里"狗扒沙",丑姆妈是恨不得一根绳子把瓦片系在裤腰上。

"瓦片,命根儿,回家转哪!"丑姆妈拖着残腿,吃力地在小镇走来走去,沙哑地喊着。

瓦片只当没听见,一溜烟地没了踪迹。有时,碰巧给丑姆妈逮住了往家里拽,瓦片就赖在地上不肯走,还哭嚷着:

"丑姆妈,你放开我。"

丑姆妈不松手,声音里透出乞求,颤颤地说:

"儿啊,儿啊,你要听娘的话。"

"你放开我,我不要你这个丑姆妈,"瓦片又踢又撞,像一头小驴子。

丑姆妈还是不放。瓦片就对着丑姆妈手背咬了一口,嗷地大叫一声,逃脱了。

丑姆妈捂着那圈紫黑的齿痕,眼泪吧嗒吧嗒地落下来,烂眼圈愈加血红。

小镇人叹着气:"丑姆妈,你何苦带一个别人的孩子,吃这份苦,那孩子也不像话!'丑姆妈'是他做儿子的叫的吗?"

丑姆妈抹着泪说:"我是丑姆妈,这不打紧,我只怕这孩子有个三长两短的……"

人们就说:"做母亲的哪能这样宠孩子? 瓦片这样不打是不行的。"

当初的丑姆妈就是看中了瓦片的调皮劲儿,她最爱活泼的孩子,却没想到调皮的孩子往往是不大听话的,另外,丑姆妈还从未想过孩子是可以用打的法子去调教的。

因此,当晚丑姆妈捉住瓦片,抖着手,扬起巴掌时,这巴掌怎么也落不下去。最后,丑姆妈一狠心,在瓦片的屁股蛋上打了两巴掌,但声音没打出来。

瓦片却杀猪似的号哭起来。丑姆妈的心慌慌的。

"儿啊,莫哭,莫哭,娘是为你好啊……"

瓦片泪痕满面,丑姆妈心疼得不行,转身去取毛巾给瓦片擦脸,瓦片却跳出门外,融入墨黑的夜色中。

丑姆妈双脚一软,瘫在门槛上,凄厉地喊了声:"瓦片儿——"她望着门外混沌的夜,失声呜咽了。

四周的街坊邻居被惊醒了,执着火把四处找寻。火光中人影幢幢,呼唤声、狗吠声、阵阵的锣声远远近近地叠响着。大家一直折腾到后半夜,才在一堆干草垛中翻出了熟睡的瓦片,他脸颊上残留着两滴泪珠,鼻翼欷歔抽搭。

丑姆妈跌跌撞撞地爬滚过去,连草带人地把瓦片拥入怀里,哭喊一声:"我的儿啊……"

丑姆妈昏死过去,双手却死紧地抱着瓦片。

人们只好把他们娘儿俩一同抬了回去。

日子过得很快,也很慢。丑姆妈的背脊有些佝偻了,还咳嗽。瓦片渐渐习惯了静坐,有时给丑姆妈捶胸捣背,帮助丑姆妈把喉咙深处的老痰咳出来。有瓦片在身边,丑姆妈的心就稳稳的。只是,瓦片有时会定定地看着一个地方出神。

"瓦片,你在想什么?"丑姆妈问。

"丑姆妈,你晓得我的娘在哪里吗?"瓦片眼神幽幽地看着丑姆妈。

丑姆妈的心咯噔一下:"儿啊,我就是你娘啊!

瓦片摇摇头:"你不是,你是丑姆妈。"

丑姆妈嗫嚅着:"你的娘把你丢在垃圾箱里,就不见了!"

"那她会来寻我吗?"

"你娘不要你了,要不,怎么会扔了你呢?"

瓦片的眼神黯淡下去,片刻,他又问:"丑姆妈,你怎么会要我呢?"

"丑姆妈要你做儿啊!"丑姆妈说到这里,把瓦片搂进怀里。

"可你不是我亲娘啊……"

丑姆妈叹了一口气,粗糙的手摩挲着瓦片的头。

夏天快过去的时候,来了一个白净的高个子男人。丑姆妈听说他是从学堂里来的,就叫他"先生"。

"'先生'是什么?"瓦片问。

"先生是教人认字算数的。"丑姆妈说。

先生问瓦片几岁了。丑姆妈这才想起瓦片来小镇有两年多了。瓦片有九岁了。

先生说,这孩子该进学堂了。

瓦片伏在丑姆妈膝上,黑眼睛在先生的脸上瞄来瞄去,似乎听到钟声与诵书声的悠扬,看到操场上跳皮筋的小女孩、空中斜飞的快乐的纸飞机……

"瓦片,你怕竹片条子打掌心吗?"丑姆妈问瓦片,"背不出书,先生就要打的。"

"先生不打我,是吗?"瓦片歪着头,笑嘻嘻地问先生。

先生伸出一根白皙的长手指刮了一下瓦片的鼻子,说:"现在不兴打手心了,那是旧的做法。"

丑姆妈很是吃惊:"是吗? 是吗?"

"明天就开学了,带孩子来报名吧。"先生说完,一摆一摆地走了。

丑姆妈想给瓦片做个书包,却发现眼睛老得不好使了,只好去店里买了一只黄挎包。

瓦片就背着空书包从小街一跳一跳地跃回家里。

晚饭后,丑姆妈在灶台上炷了三根线香,揖着手,鸡啄米似的拜了三拜,口里念念有词。瓦片看了直发笑。

"儿啊,在学堂不是在家里,要听先生的话。"

"嗯。"

"儿啊,上学的路上不要玩,过沟过坎不要一马跳。"

"嗯。"

"儿啊,下学了早回家,娘在家里等你吃饭。"

"嗯。"

丑姆妈升起炉子,把钢精锅子坐上去。锅里盛着一只子鸡。在小镇,上学的孩子都要吃鸡头鸡翅,那样,读书郎子就会有出息的。

丑姆妈把新衣、新裤、新布鞋叠放在床头。

"学堂就在镇东头的祠堂里,儿记得吗?"

"记得。"

"记得就好。明早你要起得早,娘不能送你去。"

"我晓得。"

丑姆妈下午买书包时告诉瓦片,第一日上学是不能遇上女人的,否则要触上晦气,因此明儿要早起,趁女人们还在梦中,到学堂去。

丑姆妈把一只纸灯笼别在门上,里面插了截蜡烛。瓦片晓得那是照路用的。提着这盏圆圆的小灯笼,黑夜就会让出一条白晃晃的路来。

"瓦片,你睡吧,早点睡吧。"丑姆妈做完许多事,坐在床沿给瓦片打扇子。

"丑姆妈,你也睡吧。"瓦片拉着丑姆妈的手。

丑姆妈淡淡地说:"你是读书郎子了,娘从今就不能与你睡一张床了。"

瓦片说:"因为你是女人吗?"

丑姆妈笑了笑,给瓦片放下蚊帐,用蒲扇把几只嗡嗡叫的蚊子驱了出去。瓦片迷迷糊糊合上了眼皮。

灶台上的油灯裂出几瓣灯花,那是一盏长明灯,燃到天亮也不会熄的。风在窗外像个流浪汉一样孤独地踱过来,踱过去。

丑姆妈躺在另一张床上,听着瓦片轻微的鼾声,怎么也睡不着。锅子里的炖鸡在汤水的咕嘟沸响中沉寂下去。

风消失了。星子淡淡褪色,宁静的夜深处那一声等待中的鸡鸣歌子似的唱起来。丑姆妈隔着帐子把瓦片推醒了。

丑姆妈从帐子细密的网眼中看见瓦片窸窸窣窣地穿衣,然后洗脸,掀开锅盖,开始啃鸡腿。

"丑姆妈,我到学堂去了。"瓦片对着丑姆妈睡的床说。

丑姆妈躺在床上不做声。丑姆妈在这个日子是不能与瓦片说话的,但她看见瓦片走过来了,伸手要拉帐子。丑姆妈忙把蚊帐的口子拉得严严实实的,不让瓦片看见自己。

瓦片转过身去,背上空书包,取下门上的灯笼,把蜡烛点亮了,一轮圆圆的光晕,泻出月似的温馨。

瓦片拉开那扇嘎吱作响的门,对着茫茫夜海,伫立着,突然转过身来:"丑姆妈,我走了啊!"

丑姆妈看见瓦片的脸上爬着两行晶莹的泪水。

瓦片把门带上。丑姆妈抓着帐子的手缓缓松了。

狗子吠起来,一行怯怯的足音响起又逝去。

丑姆妈的心突突地跳。别人的孩子都是父亲送去学堂的,瓦片却孤零零地去。那狗吠一声声咬在丑姆妈的心尖上。

丑姆妈从床上爬起来,看见一颗星子曳着流光从窗口划了过去。丑姆妈"呸呸"几声。

丑姆妈拉开门。小镇似一条睡熟的小狗蜷伏在夜中。丑姆妈走下台阶。她要跟在孩子的身后,悄悄送瓦片进学堂。

"丑姆妈,丑姆妈,我在这里呢!"

丑姆妈身子一颤。一条黑影从窗下蹿过来,紧紧抱住了丑姆妈的腰身。那纸灯笼插在地上,没有了如月的烛光。

这时,天微亮了。

晨曦中,水淋淋的太阳就要从河滩上冉冉升起……

我　妈

钱海燕

上幼儿园时我开始喜欢画画,纸上画不过瘾,就用蜡笔在客厅的白粉墙上涂鸦,踮脚站在凳子上,好像莫高窟里呕心沥血的画匠。爸,军人出身,建议先揍我一顿,可妈说,让她画吧,客人可以在书房喝茶。

妈这么宽容并不是想把我培养成张大千或毕加索,她对我说:做你梦想的事,成为你想成为的人——只要不杀人放火卖国求荣,你快乐我也会快乐,而且,你要懂得为快乐付出代价。

最后这句话我是慢慢弄懂的。那次,巷子口新开家糖果铺,我天天跑去买薄荷糖吃,妈除了提醒我刷牙,并不多说话。可几天后我要租小人书的钱,妈拒绝:钱已经给你了,你有支配的自由,但自由的限度是每天一毛,就这样。我知道妈一说"就这样"即意味着讨论结束。多说无益,权衡再三,我选择了精神食粮。

从小我是个不听话的孩子,进学校变成了一个不听话的学生。有一阵,学校要求中午回家必须睡觉,还要家长写午睡条。但我天生觉少,躺在那里翻来覆去简直活受罪。跟妈商量用阅读代替午睡,她答应了:要是你能保证下午上课不瞌睡。啊,我现在还怀念那些美好的逃睡的夏天中午:窗帘如羞涩的睫毛低垂,电扇轻轻地吹,我躺在冰凉的席子上看唐诗、童话、外国游记、本草纲目,手边一碗冰糖绿豆汤。妈没说过开卷有益之类的话,但她不禁止我看任何课外书,对她来说,书就是书——也许可以用"好不好看"来区分,但没必要说是否跟学习有关。四年级我看《红楼梦》,妈远远瞄了一眼:"也许你现在还看不懂,"我闲闲翻一页:"懂——黛玉是个爱闹别扭的女孩,比我们班胡晴晴还小心眼,可她心里喜欢宝玉,宝玉也知道。"妈把最后一个饺子扔进锅里:"有道理。"

初中经常逃学,背了画夹去美丽湖写生,到图书馆翻旧杂志,或者干脆在家写诗。妈委婉地提醒几次后放弃了说服的努力:"我不赞成你这样做,但我保留意见。我希望你有分寸感,而且,我不会替你向老师撒谎请假。"一定是"分寸感"三个字触动了我,我把逃学频率控制在每周两次,考试保持在十名之前。爸说以我的聪明应该考前三名,但妈说与考分相比,她更希望我有个宽松丰富的少年时代。"孔子说因材施教,"妈一边抹玻璃一边悄悄对爸说,"你得承认你女儿和别的孩子不一样。"妈以前当过老师,其实她常说的话就是每个孩子都不一样:尊重受教育者的个性,这是教育的前提,她说。

高中我开始有了点稿费,开始有男孩子到家里来找我——借书,还书,或者什么的。我买了一大堆美丽的画册,买了一个绿色的缎子蝴蝶结,配一条苔绿的丝绒芭蕾裙,在镜子前面照来照去。还有一次,我偷偷买了一支口红,妈妈看见没说话……我也就没用,后来她替我保存起来了。

十八岁进大学,先在经济系。当我和一大群女伴关起门听摇滚翻时装杂志时,妈会笑眯眯地敲门,端来几碟自己做的绿草冰激凌,顶尖一粒樱桃。她从来没当众问过我的测验成绩。她笑着说:年轻真好。

那年我有了今生第一次约会,我告诉妈,他是世界上最聪明最可爱最英俊的男孩子(现在我已经忘了他长什么样子)。周末的夜晚,我兴高采烈地踩着舞步推开家门,看见爸正坐在客厅里开着电视打盹,我问他干吗呢? 他嘟哝说他喜欢那个侦探片。妈早就睡了。后来,那男孩打电话来说对不起:他喜欢另外一个女孩——他只是把我看做一个小妹妹。我哭得枕头都漂了起来。爸摩拳擦掌,声称要去揍那个有眼无珠的小子。妈只是端来一碗汤:喝了就好啦! 她微笑:相信吗? 有一天你会连他长什么样儿都忘了。

大二那年我转系,转中文。当时经济专业热得像个走红大歌星,中文如式微的贵族小姐粗头乱服可怜巴巴。朋友劝我,喜欢写东西可以把它当业余爱好嘛,我说真喜欢就没法业余——就像真爱一个人,就不愿仅仅给他做情人一样。妈签字,我转了系。

毕业后,我在一家报纸做副刊编辑,闲了自己画画插图,偶尔趁约稿外出旅游一番,薪水是当初经济系同学的三分之一。妈问我是否后悔——当时我正在比照同学刚买的一件对我而言太昂贵的晚装裙动手仿做。我想了想,低头画了一道粉线:不。

妈笑了:真是我的女儿。

这似乎是一种夸奖。

母亲是船也是岸

韩静霆

那年5月,我回到阔别多年的故乡,叩响了家门。隔门听到老人鞋子在地上拖沓的沉缓的声音,半晌才是苍老的问话。"谁呀?""我。"终于还是迟疑着。母亲,母亲,您辨不出您的儿子的声音啦? 您猜不出是您放飞二十三载的鸟儿归巢么? 门,"吱吱"地开一条窄缝儿。哦,母亲! 母亲的眼睛!

那双眼睛,迟滞地抬起来。老人的两眼因为灶火熏,做活计熬,又经常哭泣,还倒睫,干涩涩的,下眼睑垂着很大的泪囊。那眼睛打量着穿军装的儿子,疑惑,判断,凝固着。真是不认识啦。

"妈妈!"我唤一声"妈妈",母亲眼里的光立即颤抖起来,嘴唇抖动着细小的皱纹,她问自己:是谁? 是静霆啊? 眼里便全是泪了。

母爱就是这样,她是人间最无私的、最自私的、最崇高的、最真挚最热烈最柔情最慈祥最长久的。母亲无私地把生命的一半奉献给儿子,自私地渴望用情爱的红绳把儿子系在身边,母亲含辛茹苦地教养儿女,夸大儿女的微小的长处,甚至护短。她的爱一直延续到离开人世,一直化成儿女骨中的钙、血中的盐、汗中的碱。母亲定定地望着我。我在这一刹那间忽然想到了在张家口,在坝上,在长江流域,在鲁东,都看到过的"望儿山",大概全世界无论哪儿都有"望儿山",都有天天盼望游子远归的母亲变成化石。母亲还在呆呆地望着我。那双蒙眬的泪眼啊!

蓦然想到了一周后如何离开,儿子到底是有些自私。我害怕到时候必得说一个"走"字,碎了母亲的心。记得十年前我匆匆而归,匆匆而去。临走的那个拂晓,我在梦中惊醒,听见灶间有抽泣的声音。披衣起身,见老母亲一边佝偻着往灶里添火,一边垂泪。

"妈,才四点钟,还早啊,你怎么就忙着做饭?"

"你爱吃葱花儿饼,你爱吃。"

如果儿子爱吃猴头熊掌,母亲也会踏破深山去寻的啊! 回到家的日子,母亲一会儿用大襟兜来青杏,一会儿去买爆米花,她还把四十岁的军人当成孩子。我受不住那青杏,受不住那爆米花,更受不住母亲用泪和面的葱花饼,受不住离别的时刻。

母亲原来是个性情刚烈、脾气火暴的人。她十四岁被卖做童养媳。生我的那年,父亲被诬坐监。母亲领着父亲前妻遗下的一男一女,忍痛把我用芦席一卷,丢弃在荒郊雪地里,多亏邻居大娘把我拾回,劝说母亲抚养。为了这个,我偷偷恨过母亲。孩提时遇有人逗我说:"喂,你是哪儿来的? 树上掉下来的吧?"我就恶狠狠地说:"我是乱葬岗捡来的,她是后妈!"理解自己的母亲也需要时空,理解偏偏需要离别。印象里母亲似不大在意我的远行。我十九岁那年离家远行,到北京读书。大学毕业正逢十年浩劫,我被遣到农场劳动。那个年月,我做牛拉犁,做马拉车,人不人鬼不鬼。清理阶级队伍的时候,人人自危。我足足有三个月没给家写信。母亲来信了,歪歪斜斜的别字错字涂在纸上。

"静霆,是不是你犯错误了? 是不是你当了反革命啊? 你要是当了反革命,就回家吧。什么也不让你干,我养活你……"我的泪扑簌簌落在信纸上。母亲,母亲,您的怀抱是儿子最后的也是最可靠的寨! 你的双眸永远是我生命之船停泊的港湾! 记得后来我回了一次家,您说:"人老啦,才知道舍不得儿子远走。"说着声泪俱下。

可是你总是得走。你总得离开母亲膝下。你是个军人。可是你到底还是不敢看母亲佝偻的背和含泪的眼。你没有看母亲的泪眼,可是你的心上永远有她老人家的目光。

那时候我懂得了:母亲的目光是可以珍藏的。儿子可以一直把母亲的目光带到远方。

我搀着母亲走进了昏暗的小屋。屋子里有一种说不出的气味使我感到亲切,感到自己变小了,又变成了孩子。年逾古稀的父亲呆呆地拥被坐着,无言无泪,无喜无悲。父亲患脑血栓,瘫痪失语了。我看见母亲用小勺给父亲喂水喂饭;看见她用矮小笨拙的身体,背负着父亲去解手;看见她把父亲的卧室收拾干净。母亲就这样默默地背负着家庭背负着生活的重担而极少在信里告诉我家庭负担的沉重。

我心里内疚。不孝顺,你这个不孝顺的儿子!

可是你还得走。

转眼便是离家的日子! 我不知怎么对母亲说离去这层意思,只是磨蹭着收拾行装。我能感觉到母亲的目光贴在我的脊背上。离别大约是人生最痛苦的了。记得,上次我探家回归的时候,吉普车一动,我万万没想到年迈的母亲竟然顺着门外的土坡,踉踉跄跄跑起来,追汽车,她喊道:"你的腿有毛病! 冷天可要多穿点啊!"

后来,母亲寄给我二十几双毛毡与大绒的鞋垫,真不知母亲那双昏花的眼睛怎能看见那样小那样密的针脚。

后来,母亲又寄给我一条驼绒棉裤,膝与臀处,都缀着兔皮。她哪里知道北京的三九天也用不着穿这驼绒与兔皮的棉裤。它实在是太热了,只好搁在箱底。为了让妈妈的眼睛里有一丝欣慰,少几分担忧,我在回信中撒谎说——那条棉裤舒适至极,我穿着,整个冬天总是穿着。

谎言能报答母亲么? 可是天底下哪个儿女不对母亲说谎?

我对母亲撒谎说:我不久就会回来。我撒谎:您的儿媳妇和孙子都会来。我说也许中秋也许元旦也许春节一定会来……母亲默默地听着,一声不响。她的眼神却回答我:儿子,我——不——相——信!

我以为,最难的离别,当是游子同白发母亲的告别。见一回少一回啦,不是么? 临走那天,我实在不敢再看一眼母亲的白发和泪眼。我安排了许多同学和亲友来安抚母亲。车来了,我便逃之夭夭,匆匆忙忙跑出门,匆匆忙忙钻进吉普车。在车门关上的一瞬间,我,一个四十岁的军人,竟"呜呜"地哭出了声。我忙把带泪的目光向车窗外伸展,可是——母亲没有出门来送她的儿子。她没有用眼泪来送行。

我不难想象老母亲此时此刻的心境。儿子从她身边离开了,她经不起这痛苦;一个军人告别家乡回军营去了,她必须承受这痛苦。哦,母亲,我知道,我还在您的眼睛里,您那盈满泪水的眼睛,永远是儿子泊船的港湾。可是您这个做军人的儿子,他那爱的小船,却必须远航到遥远的彼岸。

必须远航。是的,必须。

妈妈的梦幻

李　敖

妈妈从小有一个梦幻,就是当她长大结婚以后,她要做一家之主,每个人都要服从她。

当妈妈刚到我们李家的时候,妈妈的妈妈也跟着来了。外祖母是一位严厉而干练的老人,独裁而又坚强,永远是高高在上的大权独揽:上自妈妈,下至我们八个孩子(二元宝,六千金),全都唯她老太太命是从。妈妈虽是少奶奶兼主妇,可是在这位"太上皇后"的眼里,她只不过是一个"孩子王";一个孩子们的小头目;一个能生八个孩子的大孩子。

由于外祖母的侵权行为,妈妈只好仍旧做着梦幻家。她经常流连在电影院里——那是使她忘掉不得志的好地方。

在外祖母专政的第十九年年底,一辆黑色的灵车带走了这个令人敬畏的老人。五天以后,爸爸从箱底掏出一张焦黄的纸卷,用像读诏书一般的口吻向妈妈朗诵道:凡我子孙,当法刘伶;

妇人之言,切不可听!

　　带着冰冷的面孔,爸爸接着说:"这十六个字是我们李家的祖训。十九年来,为了使姥姥高兴,我始终没有拿出来实行,现在好了,你们外戚的势力应该休息休息了!从今天起,李家的领导权仍旧归我所有,一切大事归我来管,你继续照做孩子头!"

　　在一阵漫长的沉默中,妈妈的梦幻再度破灭了!于是,在电影院附近的几条街上,更多了妈妈高跟鞋的足迹。

　　爸爸的治家方法比外祖母民主一些,他虽秉承祖训,不听"妇人之言",可是他对妈妈的言论自由却没有什么钳制的举动。换句话说,妈妈能以在野之身,任意发挥宪法上第十一条所赋予的权利——批评爸爸。通常是在晚饭后,妈妈展开她一连串、一系列的攻击,历数爸爸的"十大罪":说他如何刚愎自用,如何治家无方……听久了,千篇一律总是那一套。而爸爸呢,却安坐在大藤椅里,一面洗耳恭听;一面悠然喝茶;一面频频点首;一面笑而不答。其心胸之浩瀚、态度之从容、古君子之风度,使人看起来以为妈妈在指摘别人一般。直到妈妈发言累了,爸爸才转过头来,对弟弟说:"'唱片'放完啦!小少爷,赶紧给你亲爱的妈妈倒杯茶!"

　　旧历年到了,爸爸总是预备九个红包,妈妈在原则上是绝不肯收这份压岁钱,可是当弟弟偷偷告诉她分给她的那包的厚度值得考虑的时候,妈妈开始动摇了,犹豫了一会儿以后,她终于没有兴趣再坚持她的"原则"了!

　　堂堂主妇被人当做孩子,这是妈妈最不服气的事。可是令她气恼的事还多着哪!妈妈逐渐发现,她的八个孩子也把她视为同列了。例如爸爸买水果回来,我们八个孩子却把水果分为九份,爸爸照例很少吃,多的那一份大家都知道是分给谁的,妈妈本来赌气不想吃,可是一看水果全是照她喜欢吃的买来的,她就不惜再宣布一次"下不为例"了!

　　爸爸"执政"第八年的一个清晨,妈妈在流泪中接替了家长的职位。丧事办完以后,妈妈把六位千金叫进房里,叽叽咕咕地开了半天妇女会,我和弟弟两位男士敬候门外,等待发布新闻。最后门开了,幺小姐走出来,拉着嗓门喊道:"老太太召见大少爷!"我顿时感到情形不妙。进屋以后,十四只女性的眼光一齐集中在我身上,我实在惶恐了!终于,妈妈开口了,她用着竞选演说一般的神情,不慌不忙地说道:"李家在你姥姥时代和你老子时代都是不民主的;不尊重'主权'——'主'妇之'权'的!现在他们的时代都过去了!我们李家要开始一个新时代!昨天晚上听你在房中读经,高声朗诵《礼记》里女人'幼从父兄;嫁从夫;夫死从子'那一段,我不知道你是不是故意念给我听的。不过,大少爷,你是聪明人,我是在台大学历史的,总不会错认时代的潮流而倒车吧?我想你一定能够看到现在已经不是一个'夫死从子'的时代了……"

　　我赶紧插嘴说:"当然,当然,妈妈说的是,现在时代的确不同了!爸爸死了,您老人家众望所归,当然是您当家,这是天之经、地之义、人之伦呀!还有什么可怀疑的?您做一家之主!我投您一票!"

　　听了我这番话,妈妈——伟大的妈妈——舒了一口气,笑了;"筹安六君子"也笑了;"咪咪"——那只被大小姐指定为波斯种的母猫,也摇了一阵尾巴。我退出来,向小少爷把手一摊,做了一个鬼脸,喟然叹曰:李家的外戚虽然没有了,可是女祸却来了!好男不跟女斗,识时务者为俊杰,我看咱们哥俩还是赶快"劝进"吧!

　　妈妈政变成功以来,如今已经五年了!五年来,每遇家中的大事小事,妈妈都用投票的方式决定取舍,虽然我和弟弟的意见——"男人之言"经常在两票对七票的民主下,做了被否决的少数,可是我们习惯了,我们都不再有怨言,我们是大丈夫,也是妈妈的孝顺儿子,男权至上不至上又有什么要紧——只要妈妈能实现她的梦幻!

附记: 这篇文章是 1959 年写的,原登在 1960 年 11 月 20 日台北《联合报》副刊。发表后,妈妈终于找到了我,向我警告说:"大少爷! 你要是再把我写得又贪财又好吃,我可要跟你算账了!"

永恒的母亲

三 毛

我的母亲——猎进兰女士,在 19 岁高中毕业那年,经过相亲,认识了我的父亲。母亲 20 岁的时候,她放弃进入大学的机会,下嫁父亲,成为一个妇人。

童年时代,很少看见母亲有过什么表情,她的脸色一向安详,在那安详的背后,总使人感受到那一份巨大的茫然。

等我上了大学的时候,对于母亲的存在以及价值,才知道再做一次评价。记得放学回家来,看见总是在厨房里的母亲,突然脱口问道:"妈妈,你读过尼采没有?"母亲说没有。又问:"那叔本华、康德和萨特呢? 还有……这些哲人难道你都不晓得?"母亲还是说不晓得。我呆望着她转身而去的身影,一时感慨不已,觉得母亲居然是这么一个没有学问的人。我有些发怒,向她喊;"那你去读呀!"这句喊叫,被母亲丢向油锅内的炒菜声挡掉了,我回到房间去读书,却听见母亲在叫:"吃饭了! 今天都是你喜欢的菜。"

以前,母亲除了东南亚之外,没有去过其他的国家。八年前,当父亲和母亲排除万难,飞去欧洲探望外孙和我时,是我的不孝,给了母亲一场心碎的旅行。外孙的意外死亡,使得父亲、母亲一夜之间白了头发。更有讽刺意味的是,母女分别了十三年的那个中秋节,我们却正在埋葬一个亲爱的家人。这万万不是存心伤害父母的行为,却使我今生今世一想起那父母亲的头发,就要泪湿满襟。

母亲的腿上,好似绑着一条无形的带子,那一条带子的长度,只够她在厨房和家中走来走去。大门虽没有上锁,她心里的爱,却使她甘心情愿把自己锁了一辈子。

我一直怀疑,母亲总认为她爱父亲的深度胜于父亲爱她的程度。

还是九年前吧,小兄的终身大事终于在一场喜宴里完成了。那一天,当全场安静下来的时候,父亲开始致词。父亲要说什么话,母亲事先并不知道,他娓娓动听地说了一番话。最后,他话锋一转道:"我同时要深深感谢我的妻子,如果不是她,我不能得到这四个诚诚恳恳、正正当当的孩子,如果不是她,我不能拥有一个美满的家庭……"当父亲说到这里时,母亲的眼泪夺眶而出,她站在众人面前,任凭泪水奔流。我相信,母亲一生的辛劳和付出,终于在父亲对她的肯定里,得到了全部的回收和喜极而泣的感触。

这几天,每当我匆匆忙忙由外面赶回家去晚餐时,总是呆望着母亲那拿了一辈子锅铲的手发呆。就是这双手,把我们这个家管了起来。就是那条腰围,没有缺过我们一顿饭菜。就是这一个看上去年华渐逝的妇人,将她的一生一世,毫无怨言更不求任何回报地交给了父亲和我们这些孩子。

回想到一生对于母亲的愧疚和爱,回想到当年读大学时看不起母亲不懂哲学书籍的罪过,我恨不能就此在她的面前,向她请求宽恕。今生唯一的孝顺,好似只有在努力加餐这件事上来讨得母亲的快乐。

想对母亲说:真正了解人生的人,是她;真正走过那么长路的人,是她;真正经历过那么多沧桑的,全然用行为解释了爱的人,也是她。在人生的旅途上,母亲所赋予生命的深度和广度,没有一本哲学书籍能够比她更周全。

母亲啊母亲,在你女儿的心里,你是源,是爱,是永恒。

你也是我们终生追寻的道路、真理和生命。

忆母亲

肖复兴

世界上有一部永远写不完的书,那便是母亲……

那一年,我的生母突然去世,我不到八岁,弟弟才三岁多一点儿,我俩朝爸爸哭着闹着要妈妈。爸爸办完丧事,自己回了一趟老家。他回来的时候,给我们带回来了她,后面还跟着一个不大的小姑娘。爸爸指着她,对我和弟弟说:"快,叫妈妈!"弟弟吓得躲在我身后,我撅着小嘴,任爸爸怎么说就是不吭声。"不叫就不叫吧!"她说着,伸手要摸摸我的头,我扭着脖子闪开,就是不让她摸。

望着这陌生的娘俩,我首先想起了那无数人唱过的凄凉小调:"小白菜呀,地里黄呀,两三岁呀,没了娘呀……"我不知道那时是一种什么心绪,总是忐忑不安地偷偷看她和她的女儿。

在以后的日子里,我从来不喊她妈妈。学校开家长会,我硬是把她堵在门口,对同学说:"她不是我妈。"有一天,我把妈妈生前的照片翻出来挂在家里最醒目的地方,以此向后娘示威。怪了,她不但不生气,而且常常踩着凳子上去擦照片上的灰尘。有一次,她正擦着,我突然向她大声喊着:"你别碰我的妈妈。"好几次夜里,我听见爸爸在和她商量,"把照片取下来吧!"而她总是说,"不碍事儿,挂着吧!"头一次我对她产生了一种说不出的好感,但我还是不愿叫她妈妈。

孩子没有一个是省油的灯,大人的心操不完。我们大院有块平坦、宽敞的水泥空场。那是我们孩子的乐园,我们没事便到那儿踢球、跳皮筋,或者漫无目的地疯跑。一天上午,我被一辆突如其来的自行车撞倒,重重地摔在水泥地上,立刻晕了过去。等我醒来的时候,已经躺在医院里了,大夫告诉我:"多亏了你妈呀!她一直背着你跑来的,生怕你落下后遗症,长大可得好好孝顺呀……"

她站在一边不说话,看我醒过来伏下身摸摸我的后脑勺,又摸摸我的脸。我不知怎么搞的,第一次在她面前流泪了。"还疼?"她立刻紧张地问我。我摇摇头,眼泪却止不住。"不疼就好,没事就好!"

回家的时候,天已经全黑了。从医院到家的路很长,还要穿过一条漆黑的小胡同,我一直伏在她的背上。我知道刚才她就是这样背着我,跑了这么长的路往医院赶的。以后的许多天里,她不管见爸爸还是见邻居,总是一个劲埋怨自己,"都赖我,没看好孩子!千万别落下病根呀……"好像一切过错不在那硬邦邦的水泥地,不在我那样调皮,而全在于她。一直到我活蹦乱跳一点儿没事了,她才舒了一口气。

没过几年,三年自然灾害就来了,只是为了省出家里一口人吃饭,她把自己的亲生闺女,那个老实、听话,像她一样善良的女儿托付给人家了,回来的路上她一边走一边叨叨:"好啊,好啊,闺女大了,早点寻个人家好啊,好!"那时我实在是不知道人生的滋味儿,不知道她一路上叨叨的这几句话是在安抚她自己那流血的心。她也是母亲,她送走自己的亲生闺女,为的是两个并非亲生的孩子,世上竟有这样的后母?望着她那日趋弓起的背影,我的眼泪一个劲往外涌,"妈妈!"我第一次这样称呼了她。她站住了,回过头了,愣愣地看着我不敢相信这是真的。我又叫了一声"妈妈",她竟"呜"的一声哭了,哭得像个孩子。多少年的酸甜苦辣,多少年的委屈,全都在这一声"妈妈"中融解了。母亲啊,您对孩子的要求就是这么少……

这一年,爸爸因病去世了。妈妈她先是帮人家看孩子,以后又在家里弹棉花、攒线头,妈妈就是用弹棉花攒线头挣来的钱供我和弟弟上学的。望着妈妈每天满身、满脸、满头的棉花毛毛,我常想亲娘又怎么样?从那以后的许多年里,我们家的日子虽然过得很清苦,但是,有妈妈在,我们仍然觉得很甜美。无论多晚回家,那小屋里的灯总是亮的,橘黄色的火里是妈妈跳动的心脏。只要妈妈在,那个小屋便充满温暖,充满了爱。

我总觉得妈妈的心脏会永远地跳动着,却从来没想到,我们刚大学毕业的时候,妈妈却突然倒下了,而且再也没有起来。妈妈,请您在天之灵能原谅我们儿时的不懂事,而我却永远也不能原谅自己。我知道在这个世界上,我什么都可以忘记,却永远不能忘记您给予我们的一切……

世上有一部永远写不完的书,那便是母亲。

失 母

席慕蓉

8岁还是9岁的那年,住在香港,有一回在最热闹的中环街上和姐姐走散了。

在努力地左奔右跑试了一阵子之后,终于明白自己是回不去了,吓得魂飞魄散,一个人站在马路旁边大哭了起来,一面哭一面还向聚过来看热闹的路人哀求:"请你带我回家好吗?"

后来还真是有好心的路人替我找来警察,高大的警察把我带回办公室,再通知父亲来领我回去。见到父亲时大哭了一场,等到回到家里,又有点害怕母亲会责怪我,就踌躇着不敢向前了。母亲微笑着什么话也没说,倒是姐姐们在旁边一直问我,问我真的好意思一个人站在马路上哭给大家看?

而在今年5月3日的这天,在台中一个专科学校的礼堂里,在千百人的面前,在初闻噩耗的那一刻,我也和多少年前一样,魂飞魄散,不得不失声痛哭起来。

只是因为一切来得实在太突然,我好像站在生命的十字路口,忽然发现自己再也回不了原来的家。

在前一天下午和母亲道别的时候,还没有任何的征兆,一切如常。母亲仍然是那个安静平稳,在努力做着复健运动的母亲,我仍然是那个匆忙急躁有着一切理由要跑出门去的女儿,是一个星期六的下午,一切如常。

我一面急着往外跑一面又回头高声向她说再见,我说我去台中领个奖章回来送她好不好?母亲正在护士扶持之下做一个困难的动作,没有回答我,而我也并没有耐心地停下来等她回答。

我也没领到那个奖章。

清晨就赶到台中的丈夫,在颁奖会场入口签名的地方伸手拦住了我,把我牵到旁边,迟疑又迟疑之后,用他所能用的最和缓的语气向我宣告:"妈妈过去了。"

而在那个时候我脸上竟然还带着微笑,还正在惊喜于他的出现,正在奇怪他为什么不让我签名,不让我和身旁的朋友打招呼。

要在思索了一段时间之后才明白那五个字的意思,要在挣扎抗拒了之后才在热泪滂沱中接受命运的宣判。

我站在生命的十字路口失声痛哭,忽然明白自己从此是个失母的人了。和许多年前的那一天完全不一样的是我从此再也没有可以回头的路,再也没有可以重新获得的机会。

5月终于过去了。此刻的母亲已经长眠在一处有着许多阳光的山坡上,山坡周围有野生的松树和台湾相思,远处可以望到北海岸灰蓝色的海洋。父亲忽然回头问我:"妈妈这墓地是朝北的吗?"

我一时也不知道该怎么回答,北方?北方是哪里?是哪一个方向呢?

是妈妈用71年的时间慢慢走过来的那个最初的地方吗?是妈妈在离开的时候并不知道从此就不能再回去的故乡吗?

母亲的故乡在内蒙古昭乌达盟克什克腾旗,一个遥远的她的孩子们从来没有见过的地方,只听说春天来时草原上会开满了花朵,而夏日风过时草香直漫到天际。乡关路远,归梦难圆。而此刻,要经过生死的界限,要终于长眠在温热的南国岛屿上之后,我们的母亲才能重新再回到她的土地上去了吧。

而那是多远多远的一条路呢?

娘是世上那个最亲你的人

王小艾

一

她出生在一个小乡村,父母都是农民,世世代代也都是在那儿生活的。她的下边还有一弟一妹,她从小就洗衣做饭,充当他们的保姆,穷人的孩子早当家。

可她是个心气极高的女子,从小就觉得自己不该出生在这样的家庭,而应该是那种大富大贵的家庭。但是出身已经无法选择了,她明白只有靠好好学习才能改变自己的命运。

她的母亲是个只有小学三年级文化程度的矮小女人,嫁给了一个酗酒的男人,每天为了丈夫和孩子忙碌着,忙完了家里忙田里,从来都没有自我。在她小小的心灵中,这样的一生真是无趣之极啊。

而她也从未从母亲那里得到更多的关爱,从小她就懂得要把好吃的、好玩的让给弟弟妹妹,争宠什么的在她是从没想过的。

每天上学的时候,隔壁养鸭大王的小女儿都来叫她一起走。人家同龄的小女孩都穿得花枝招展,而她的衣服都是最朴素和最普通的。她的心里不是没有羡慕过。有一年过年的时候,她看中了一条带有小小的蕾丝花边的裙子,眼睛停留在上面不动,她的母亲过来一把将她拉开,嘴里嘟囔着:"太贵了,都抵得一袋粮食了。"那以后的几个夜晚,她的梦里都是那条小裙子,泪水打湿了枕巾。她多么恼啊,为什么我要生在这样的家庭?为什么我要有这样的母亲?童年没有玩具,没有漂亮的衣服,只有不应属于她的早熟。倔强的她在外人面前总要装出一副毫不在意的样子,因为她有最令她自豪的资本,她的成绩是年级第一。

二

她的父母没有注意到这个喜欢沉默的瘦小丫头的决心,尽管也为她的成绩高兴。可是她的压力却很大,因为她把自己的未来赌在这上面了,她要上大学,去很远的京城。有时偶尔考差一次,自尊心极强的她就会惩罚自己,要么不吃饭,要么拼命地干活。而她从不对她的母亲讲,她的母亲不会理解的,她的母亲也不知道怎样给孩子最好的学习方法指导和意见。

13岁时她来月经了,鲜红的血一个劲地流出来,肚子又疼得厉害,她吓傻了,以为自己要死了。她偷偷跑去问同村的高年级的表姐,表姐给她买了白色的很温暖的卫生巾,给她讲了很多有关的知识。而她的母亲是后来才知道自己的女儿已经长大了,可是作为每个女人成长过程的必经阶段,母亲对她并没有给予更多的关心,甚至连关怀的话都没说过一句。

她寂寞地独自成长着,很多时候想着自己以后有了女儿,一定要事先将很多东西都教会她,一定不让她这样孤单地、茫然地面对成长的种种烦恼。

她和母亲的隔阂越来越深。她觉得在精神上、物质上,母亲都是亏欠她的。

三

她考上了省城最好的高中,可是那里学费比较贵,而她家还有两个上学的孩子,是不可能供得起的。于是她选择了一个可以免除她三年学费的普通高中,是金子到哪儿都会发光的,她相信自己。

她从不参加同学的生日聚会,因为她买不起漂亮的礼物。而她连自己的生日也常常忘记了。她的母亲从来不会给她买一个生日蛋糕。经常会有同学的父母来看望自己的孩子,她却从来不敢奢望她的父母来,因为他们没有时间,即使有了时间也不可能给她买什么补品之类的东西。

三年的高中,她的母亲只来过一次,是大清早来卖自己地里的西瓜的,带着几个瓜来看她。她的母亲头上还带着露水,和她说了不到三句话就匆匆地走了。

她放学后到那个地方去找她的父母,想帮忙卖瓜,可是走近了却怎么也叫不出来,她怕被自己的同学们听见后笑话。她的父母什么都没说,只是让她回学校,别耽误学习。

母亲要上厕所,她带母亲去公厕,母亲很恼火,上厕所还要钱啊。从卫生间出来后,她听到有人在身后说了一句:"上完厕所都不冲水,一点素质都没有。"她的母亲不知道该怎样使用那个小小的按钮。她的眼泪差点出来,她知道不能怪母亲,一个只有小学三年级文化的农村妇女,可是她心里却有小小的怨气,要是我的母亲不是这样多好啊。

四

高考时,她填报的都是北京的高校。她最终被京城一所高校录取了,学费也是申请的助学贷款。每一年她依然得一等奖学金。一到周末她就自己去做家教或者促销什么的。她的父母只是偶尔给她寄几百元钱,也是从牙缝里省下的。

她的同学中,有很多父母都是高官或知识分子。有时,听同学打电话给母亲,叫"darling"、"亲爱的老妈我很想你",她真的很羡慕,她是永远不可能对自己的母亲说出这样的话的,而她的母亲也不会对她说一句"我想你"。她的成长环境和她们是不一样的。她从不在别人面前提起自己的父母。她被城市渐渐地同化,也学会了吃麦当劳,偶尔也和别人一起去喝咖啡,去唱歌。很多时候她在想,这才是我想要的生活啊。而她母亲的一生都没有这样的生活质量啊。

有一次,她回家过年,母亲看着她的花边牛仔裤、美宝莲璀璨唇膏,摇了摇头。她不以为然,这些都是自己挣钱买的。她越来越觉得和自己母亲之间的代沟太深。这代沟的产生,不光是因为她们是两代完全不同的人,在她看来更多的是自己的母亲没什么文化。她无法给她的母亲讲国内外的什么事件,她的母亲只关心粮食的产量、庄稼的收成、孩子的成绩。

吃饭的时候,她竟然觉得自己的母亲吃东西的声音太大了,而且她第一次发现母亲竟然像个男人一样吃了两大碗米饭。她的心里不由得反感起来,尽管另一个声音告诉她,这是你的娘,不管怎样你都要尊重她。可是那种看不惯好像已经在她心里发了芽,根深蒂固,让她不由自主地想逃离。

五

大学毕业,她考上了国家公务员,终于留在了自己渴望的京城。不多久她就找了个北京"土著"男友,感情还算不错,可她从不去他的家,害怕人家的父母问起自己的家庭情况。于她,那是一个疤痕,她不想示之于人。每个月她总是按时地寄五百元回家,给弟弟妹妹上学用。她想,对父母,她已经做到仁至义尽。

她学会了和身边的人攀比,在这个贫富差距巨大的城市里,她的欲望不断地膨胀。穿衣服要名牌,手提电脑和珠宝什么的都不能比人差。为了显示自己良好的家境,她给男友也买了很多东西,而这些是她的工资所无法满足的。

最终她被查出挪用公款十万余元。男友没有和她一起承担，从她的生活里消失了，而平时的那些朋友很多也是对她躲之不及。只有几个死党把自己婚嫁的钱都给她垫出来了，可是离十万还差三万多。她整个人崩溃了，才 24 岁，她不想坐牢啊。最后她甚至想到了一死了之。

她的母亲是从她最好的朋友那里知道这个消息的。电话打到了村支书家，让人家去叫的母亲。她的母亲听完了朋友断断续续的话后，愣了很久，没说一句话，最后坚定地对她的朋友说："告诉我的娃，千万别想不开，有娘在。"

她的母亲一生不曾求人，为了找换女儿命的钱，她抛下尊严，一家亲戚一家亲戚地借钱；她卖掉了家里的几头猪，卖掉了几乎所有值钱的东西。她每月寄的钱母亲都一分没动地存着，是为她应急用的。终于在不到一个月的时间里，凑齐了三万块钱。

那一次，她的没有出过县城的母亲在上大学的妹妹带领下第一次到了京城，来到她租的小屋里。母亲看到她第一眼，第一句话就是："孩子，你受苦了。娘给你做点好吃的。"便开始在厨房里忙碌起来。

妹妹在她的身边给她讲着母亲是怎样筹钱的。"姐姐，你知道吗？你一直是娘的骄傲啊。娘一直以你为荣，在心里是最喜欢你的啊。姐姐，你很少回家，可能不知道，娘曾为了我们的学费去卖过血。这一次娘也去卖了啊，她还让我一直瞒着你。"她原本已经想死的心，一点点地被融化，最终抱着妹妹号啕大哭。

身高不足一米六的矮小的母亲，做好了她最爱吃的土豆肉丝和鸡蛋汤。仿佛什么都不曾发生过一样，只是眼神里的坚定让母亲变得高大，她掀开母亲的衣袖，看到了母亲胳膊上密密麻麻的针眼。"娘！"她第一次扑在自己母亲的怀里，像一个婴儿在那温暖的怀抱里找到了重生的力量和爱。

父亲的新年

傅东华

中学生杂志社邀我去谈话的那天晚上，适巧我的母亲从故乡到上海，女儿娟，儿子浩，都特地向学校告了假，要我带他们到车站去迎接。车是十一点五分到的，谈话约的是六点钟，我若是赴了约吃了饭回来再带他们到车站，时间一定来不及，不回来带他们去，又怕太扫他们的兴子，盘算了许久，这才算出一条妙策来，就是带他们先去赴约。

母亲接到了，在别了一年后的琐屑家庭谈话当中，偶然提起了明年是父亲的七十阴寿，那时我口里谈话，心里正被《中学生》编辑者方才出给我的题目"新年"占据着，及至提起了父亲，这才像通了电似的突然把新年的观念和父亲的影像融合了起来。

是的，自从我能记忆的时候起直到我童年的终了，每个新年的回忆里总是父亲的影像居于最前列。一到腊月初头，父亲的面容就变严肃了，账目要清理，年事要备办，一切都得父亲独个人担当。有时候，父亲紧皱着眉头，双手互相笼在袖筒里，默不作声地在房里整日的往来踱着，我们都知道他正过着难关，于是新年将到的喜望就不觉被给父亲的同情所销克。

但是到了谢年的晚上(寻常总在二十七八),父亲的愁颜总是会消解的。迨到厨房里端出了三牲,供桌上点起了红烛,父亲拿着三炷香深深一拜下去的时候,口里总跟着大大吁了一口气,欣幸着一年的负担至此暂告一个结束。

此后,父亲的行动就随着年事忙碌的程度逐渐活泼起来。年年挂的几盏灯,年年挂的几幅画,总是父亲亲手洗刷,亲手悬挂的,迨到除夕的早晨,父亲早已使新年的空气洋溢了全宅。

年夜饭照例是同样的十大碗,又因账目早已弄清楚,照例一到上灯就开始的,那时街上讨债人的行灯还正往来如鲫,我们却已安然团坐吃喝了。因了这,父亲每年总有一番自慰的感慨:"我们能够这样也就不容易啦,"他对我们很郑重的说。

从元旦直到灯节的终了,都算是新年期间。元旦早起,父亲就穿着廪生的衣冠开始请神供祖。正厅中心的方桌上这时挂上红桌帏,朝南一张椅子披上红椅罩,上面竖着一个纸神马,桌上供着五事和神果盒。这排场也是年年不变的;这就是过新年的主要背景了。在这背景上演着过新年的节目的就只父亲一个人。我们都是看客,至多也不过是助手罢了。我们看过他必恭必敬的跪拜祖先容,看着他送往迎来的招待贺年客。这些,在我们都是过新年的有趣的节目,在父亲却是严肃的义务。啊,我是直到现在才了解这种义务的意义的,虽然这套节目到我手里是早已废止了。

到了灯节,过新年的兴味才从家里移到了街上,但是仍旧离不了父亲。从正月十三夜起接连四夜,灯的路程总是一样的,及到行过我家门口,差不多总是午夜时分了。每夜,父亲总先领我们到别处看过一遍,这才回家等着,等到行过我家门口,我们全家人就都站在门口看。行列的末节是关圣帝君的香亭,前面有灯伞仪仗,伴着细乐,神气很是庄严,后面四面尖角旗,一面大帅旗,都挂着灯笼。也有一副锣鼓伴着,总是冬仓冬仓的敲得那么单调。我们听见这声音,总感着一种兴会完尽的不快,而父亲每夜又必加上一句结束词,使我们愈加觉得难过。在前三夜,他的结束词是:"好啦好啦,明天再看啦!"以后就是关门,熄灯,睡觉,沉默。最后一夜他只换了一个字,音调却悲怆得多:"好啦好啦,明年再看啦!"我们听见这话时的感触是难以形容的,但也直到现在,我才十分了解这话的意义。

父亲去世已经二十七年了,故乡废止行灯也已有了好几年,即使他活到现在,也已不复得"明年再看啦"。

娟和浩都不曾见过祖父,不知祖父怎么个样子。他们自己的父亲不会像祖父那样过新年给他们看,这是他们的不幸。但是每个新年终了时的那种悲怆情调他们却也尝不着,又何尝不是他们的幸福?而且当他们的父亲过着这样的新年的时候,他还没有做到中学生哩。

背　影

朱自清

我与父亲不相见已二年余了,我最不能忘记的是他的背影。那年冬天,祖母死了,父亲的差使也交卸了,正是祸不单行的日子,我从北京到徐州,打算跟着父亲奔丧回家。到徐州见着父亲,看见满院狼藉的东西,又想起祖母,不禁簌簌地流下眼泪,父亲说,"事已如此,不必难过。好在天无绝人之路!"

回家变卖典质,父亲还了亏空;又借钱办了丧事。这些日子,家中光景很是惨淡,一半为了丧事,一半为了父亲赋闲。丧事完毕,父亲要到南京谋事,我也要回到北京念书。我们便同行。

到南京时,有朋友约去游逛,勾留了一日;第二日上午便须渡江到浦口,下午上车北去。父亲因为事忙,本已说定不送我,叫旅馆里一个熟识的茶房陪我同去。他再三嘱咐茶房,甚是仔细。但他终于不放心,怕茶房不妥帖;颇踌躇了一会。其实我那年已二十岁,北京已来往过两三次,是没有甚么要紧的了。他踌躇了一会,终于决定还是自己送我去。我两三回劝他不必去;他只说,"不要紧,他们去不好!"

我们过了江,进了车站。我买票,他忙着照看行李。行李太多了,得向脚夫行些小费,才可过去。他便又忙着和他们讲价钱。我那时真是聪明过分,总觉他说话不大漂亮,非自己插嘴不可。但他终于讲定了价钱;就送我上车。他给我拣定了靠车门的一张椅子;我将他给我做的紫毛大衣铺好座位。他嘱我路上小心,夜里要警醒些,不要受凉。又嘱托茶房好好照应我。我心里暗笑他的迂;他们只认得钱,托他们真是白托!而且我这样大年纪的人,难道还不能料理自己么?唉,我现在想想,那时真是太聪明了!

我说道,"爸爸,你走吧。"他往车外看了看,说,"我买几个橘子去。你就在此地,不要走动。"我看那边月台的栅栏外有几个卖东西的等着顾客。走到那边月台,须穿过铁道,须跳下去又爬上去。父亲是一个胖子,走过去自然要费事些。我本来要去的,他不肯,只好让他去。我看见他戴着黑布小帽,穿着黑布大马褂,深青布棉袍,蹒跚地走到铁道边,慢慢探身下去,尚不大难。可是他穿过铁道,要爬上那边月台,就不容易了。他用两手攀着上面,两脚再向上缩;他肥胖的身子向左微倾,显出努力的样子。这时我看见他的背影,我的泪很快地流下来了。我赶紧拭干了泪,怕他看见,也怕别人看见。我再向外看时,他已抱了朱红的橘子往回走了。过铁道时,他先将橘子散放在地上,自己慢慢爬下,再抱起橘子走。到这边时,我赶紧去搀他。他和我走到车上,将橘子一股脑儿放在我的皮大衣上。于是扑扑衣上的泥土,心里很轻松似的,过一会说,"我走了,到那边来信!"我望着他走出去。他走了几步,回过头看见我,说,"进去吧,里边没人。"等他的背影混入来来往往的人里,再找不着了,我便进来坐下,我的眼泪又来了。

近几年来,父亲和我都是东奔西走,家中光景是一日不如一日。他少年出外谋生,独立支持,做了许多大事。那知老境却如此颓唐!他触目伤怀,自然情不能自已。情郁于心,自然要发之于外;家庭琐屑便往往触他之怒。他待我渐渐不同往日。但最近两年的不见,他终于忘却我的不好,只是惦记着我,惦记着我的儿子。我北来后,他写了一信给我,信中说道,"我身体平安,惟膀子疼痛厉害,举箸提笔,诸多不便,大约大去之期不远矣。"我读到此处,在晶莹的泪光中,又看见那肥胖的,青布棉袍,黑布马褂的背影。唉!我不知何时再能与他相见!

父亲的病

鲁　迅

大约十多年前罢，S 城中曾经盛传过一个名医的故事：——

他出诊原来是一元四角，特拔十元，深夜加倍，出城又加倍。有一夜，一家城外人家的闺女生急病，来请他了，因为他其时已经阔得不耐烦，便非一百元不去。他们只得都依他，待去时，却只是草草地一看，说是"不要紧的"，开一张方，拿了一百元就走。那病家似乎很有钱，第二天又来请了。他一到门，只见主人笑面承迎，道："昨晚服了先生的药，好得多了，所以再请你来复诊一回。"仍旧引到房里，老妈子便将病人的手拉出帐外来。他一按，冷冰冰的，也没有脉，于是点点头道，"唔，这病我明白了。"从从容容走到桌前，取了药方纸，提笔写道：——

"凭票付英洋壹百元正。"下面是署名，画押。

"先生，这病看来很不轻了，用药怕还得重一点罢。"主人在背后说。

"可以，"他说。于是另开了一张方：——

"凭票付英洋贰百元正。"下面仍是署名，画押。

这样，主人就收了药方，很客气地送他出来了。

我曾经和这名医周旋过两整年，因为他隔日一回，来诊我的父亲的病。那时虽然已经很有名，但还不至于阔得这样不耐烦；可是诊金却已经是一元四角。现在的都市上，诊金一次十元并不算奇，可是那时是一元四角已是巨款，很不容易张罗的了；又何况是隔日一次。他大概的确有些特别，据舆论说，用药就与众不同。我不知道药品，所觉得的，就是"药引"的难得，新方一换，就得忙一大场。先买药，再寻药引。"生姜"两片，竹叶十片去尖，他是不用的了。起码是芦根，须到河边去掘；一到经霜三年的甘蔗，便至少也得搜寻两三天。可是说也奇怪，大约后来总没有购求不到的。

据舆论说，神妙就在这地方。先前有一个病人，百药无效；待到遇见了什么叶天士先生，只在旧方上加了一味药引：梧桐叶。只一服，便霍然而愈了。"医者，意也。"其时是秋天，而梧桐先知秋气。其先百药不投，今以秋气动之，以气感气，所以……我虽然并不了然，但也十分佩服，知道凡有灵药，一定是很不容易得到的，求仙的人，甚至于还要拚了性命，跑进深山里去采呢。

这样有两年，渐渐地熟识，几乎是朋友了。父亲的水肿是逐日利害，将要不能起床；我对于经霜三年的甘蔗之流也逐渐失了信仰，采办药引似乎再没有先前一般踊跃了。正在这时候，他有一天来诊，问过病状，便极其诚恳地说：——

"我所有的学问，都用尽了。这里还有一位陈莲河先生，本领比我高。我荐他来看一看，我可以写一封信。可是，病是不要紧的，不过经他的手，可以格外好得快……"

这一天似乎大家都有些不欢，仍然由我恭敬地送他上轿。进来时，看见父亲的脸色很异样，和大家谈论，大意是说自己的病大概没有希望的了；他因为看了两年，毫无效验，脸又太熟了，未免有些难以为情,所以等到危急时候,便荐一个生手自代,和自己完全脱了干系。但另外有什么法子呢?本城的名医,除他之外,实在也只有一个陈莲河了。明天就请陈莲河。

陈莲河的诊金也是一元四角。但前回的名医的脸是圆而胖的,他却长而胖了:这一点颇不同。还有用药也不同。前回的名医是一个人还可以办的,这一回却是一个人有些办不妥帖了,因为他一张药方上,总兼有一种特别的丸散和一种奇特的药引。

芦根和经霜三年的甘蔗,他就从来没有用过,最平常的是"蟋蟀一对",旁注小字道:"要原配,即本在一窠中者。"似乎昆虫也要贞节,续弦或再醮,连做药资格也丧失了。但这差使在我并不为难,走进百草园,十对也容易得,将它们用线一缚,活活地掷入沸汤中完事。然而还有"平地木十株"呢,这可谁也不知道是什么东西了,问药店,问乡下人,问卖草药的,问老年人,问读书人,问木匠,都只是摇摇头,临末才记起了那远房的叔祖,爱种一点花木的老人,跑去一问,他果然知道,是生在山中树下的一种小树,能结红子如小珊瑚珠的,普通都称为"老弗大"。

"踏破铁鞋无觅处,得来全不费工夫。"药引寻到了,然而还有一种特别的丸药:败鼓皮丸。这"败鼓皮丸"就是用打破的旧鼓皮做成;水肿一名鼓胀,一用打破的鼓皮自然就可以克伏他。清朝的刚毅因为憎恨"洋鬼子",预备打他们,练了些兵称作"虎神营",取虎能食羊,神能伏鬼的意思,也就是这道理。可惜这一种神药,全城中只有一家出售的,离我家就有五里,但这却不像平地木那样,必须暗中摸索了,陈莲河先生开方之后,就恳切详细地给我们说明。

"我有一种丹,"有一回陈莲河先生说,"点在舌上,我想一定可以见效。因为舌乃心之灵苗……价钱也并不贵,只要两块钱一盒……"

我父亲沉思了一会,摇摇头。

"我这样用药还会不大见效,"有一回陈莲河先生又说,"我想,可以请人看一看,可有什么冤愆……医能医病,不能医命,对不对?自然,这也许是前世的事……"

我的父亲沉思了一会,摇摇头。

凡国手,都能够起死回生的,我们走过医生的门前,常可以看见这样的匾额。现在是让步一点了,连医生自己也说道:"西医长于外科,中医长于内科。"但是S城那时不但没有西医,并且谁也还没有想到天下有所谓西医,因此无论什么,都只能由轩辕岐伯的嫡派门徒包办。轩辕时候是巫医不分的,所以直到现在,他的门徒就还见鬼,而且觉得"舌乃心之灵苗"。这就是中国人的"命",连名医也无从医治的。

不肯用灵丹点在舌上,又想不出"冤愆"来,自然,单吃了一百多天的"败鼓皮丸"有什么用呢?依然打不破水肿,父亲终于躺在床上喘气了。还请一回陈莲河先生,这回是特拔,大洋十元。他仍旧泰然的开了一张方,但已停止败鼓皮丸不用,药引也不很神妙了,所以只消半天,药就煎好,灌下去,却从口角上回了出来。

从此我便不再和陈莲河先生周旋,只在街上有时看见他坐在一名轿夫的快轿里飞一般抬过;听说他现在还康健,一面行医,一面还做中医什么学报,正在和只长于外科的西医奋斗哩。

中西的思想确乎有一点不同。听说中国的孝子们,一到将要"罪孽深重祸延父母"的时候,就买几斤人参,煎汤灌下去,希望父母多喘几天气,即使半天也好。我的一位教医学的先生却教给我医生的职务道:可医的应该给他医治,不可医的应该给他死得没有痛苦。——但这先生自然是西医。

父亲的喘气颇长久,连我也听得很吃力,然而谁也不能帮助他。我有时竟至于电光一闪似的想道:"还是快一点喘完了罢……"立刻觉得这思想就不该,就是犯了罪;但同时又觉得这思想实在是正当的,我很爱我的父亲。便是现在,也还是这样想。

早晨,住在一门里的衍太太进来了。她是一个精通礼节的妇人,说我们不应该空等着。于是给他换衣服;又将纸锭和一种什么《高王经》烧成灰,用纸包了给他捏在拳头里……

"叫呀,你父亲要断气了。快叫呀!"衍太太说。

"父亲! 父亲!"我就叫起来。

"大声! 他听不见。还不快叫?!"

"父亲! 父亲!!"

他已经平静下去的脸,忽然紧张了,将眼微微一睁,仿佛有一些苦痛。

"叫呀! 快叫呀!"她催促说。

"父亲!!"

"什么呢? ……不要嚷。……不……"他低低地说,又较急地喘着气,好一会,这才复了原状,平静下去了。

"父亲!!"我还叫他,一直到他咽了气。

我现在还听到那时的自己的这声音,每听到时,就觉得这却是我对于父亲的最大的错处。

父亲的玳瑁

王鲁彦

在墙脚根刷然溜过的那黑猫的影,又触动了我对于父亲的玳瑁的怀念。

净洁的白毛的中间,夹杂些淡黄的云霞似的柔毛,恰如透明的妇人的玳瑁首饰的那种猫儿,是被称为"玳瑁猫"的。我们家里的猫儿正是那一类,父亲就给了它"玳瑁"这个名字。

在近来的这一匹玳瑁之前,我们还曾有过另外的一匹。它有着同样的颜色,得到了同样的名字,同是从我姊姊家里带来,一样地为我们所爱。

但那是我不幸的妹妹的玳瑁,它曾经和她盘桓了十二年的岁月。

而现在的这一匹,是属于父亲的。

它什么时候来到我们家里,我不很清楚,据说大约已有三年光景了。父亲给我的信,从来不曾提过它。在他的理智中,仿佛以为玳瑁毕竟是一匹小小的兽,比不上任何的家事,足以通知我似的。

但当我去年回到家里的时候,我看到了父亲和玳瑁的感情了。

每当厨房的碗筷一搬动,父亲在后房餐桌边坐下的时候,玳瑁便在门外"咪咪"地叫了起来。这叫声是只有两三声,从不多叫的。它仿佛在问父亲,可不可以进来似的。

于是父亲就说了,完全像对什么人说话一样:

"玳瑁,这里来!"

我初到的几天,家里突然增多了四个人,在玳瑁似乎感觉到热闹与生疏的恐惧,常不肯即刻进来。

"来吧,玳瑁!"父亲望着门外,不见它进来,又说了。

但是玳瑁只回答了两声"咪咪",仍在门外徘徊着。

"小孩一样,看见生疏的人,就怕进来了。"父亲笑着对我们说。

但是过了一会,玳瑁在大家的不注意中,已经跃上了父亲的膝上。

"哪,在这里了。"父亲说。

我们弯过头去看,它伏在父亲的膝上,睁着略带惧怯的眼望着我们,仿佛预备逃遁似的。

父亲立刻理会它的感觉,用手抚摩着它的颈背,说:"困吧,玳瑁。"一面他又转过来对我们说:"不要多看它,它像姑娘一样的呢。"

我们吃着饭,玳瑁从不跳到桌上来,只是静静地伏在父亲的膝上。有时鱼腥的气息引诱了它,它便偶尔伸出半个头来望了一望,又立刻缩了回去。它的脚不肯触着桌。这是它的规矩,父亲告诉我们说,向来是这样的。

父亲吃完饭,站起来的时候,玳瑁便先走出门外去。它知道父亲要到厨房里去给它预备饭了。那是真的。父亲从来不曾忘记过,他自己一吃完饭,便去添饭给玳瑁的。玳瑁的饭每次都有鱼或鱼汤拌着。父亲自己这几年来对于鱼的滋味据说有点厌,但即使自己不吃,他总是每次上街去,给玳瑁带了一些鱼来,而且给它储存着的。

白天,玳瑁常在储藏东西的楼上,不常到楼下的房子里来。但每当父亲有什么事情将要出去的时候,玳瑁像是在楼上看着的样子,便溜到父亲的身边,绕着父亲的脚转了几下,一直跟父亲到门边。父亲回来的时候,它又像是在什么地方远远望着,静静地倾听着的样子,待父亲一跨进门限,它又在父亲的脚边了。它并不时时刻刻跟着父亲,但父亲的一举一动,父亲的进出,它似乎时刻在那里留心着。

晚上,玳瑁睡在父亲的脚后的被上,陪伴着父亲。

我们回家后,父亲换了一个寝室。他现在睡到弄堂门外一间从来没有人去的房子里了。

玳瑁有两夜没有找到父亲,只在原地方走着,叫着。它第一夜跳到父亲的床上,发现睡着的是我们,便立刻跳了出去。

正是很冷的天气。父亲记念着玳瑁夜里受冷,说它恐怕不会想到他会搬到那样冷落的地方去的。而且晚上弄堂门又关得很早。

但是第三天的夜里,父亲一觉醒来,玳瑁已在床上睡着了,静静地,"咕咕"念着猫经。

半个月后,玳瑁对我也渐渐熟了。它不复躲避我。当它在父亲身边的时候,我伸出手去,轻轻抚摩着它的颈背,它伏着不动。然而它从不自己走近我。我叫它,它仍不来。就是母亲,她是永久和父亲在一起的,它也不肯走近她。父亲呢,只要叫一声"玳瑁",甚至咳嗽一声,它便不晓得从什么地方溜出来了,而且缠着父亲的脚。

有两次玳瑁到邻居去游走,忘记了吃饭。我们大家叫着"玳瑁玳瑁",东西寻找着,不见它回来。父亲却猜到它那里去了。他拿着玳瑁的饭碗走出门外,用筷子敲着,只喊了两声"玳瑁",玳瑁便从很远的邻屋上走来了。

"你的声音像格外不同似的。"母亲对父亲说,"只消叫两声,又不大,它便老远地听见了。"

"是哪,它只听我管的哩。"

对于寂寞地度着残年的老人,玳瑁所给与的是儿子和孙子的安慰,我觉得。

六月四日的早晨，我带着战栗的心重到家里，父亲只躺在床上远远地望了我一下，便疲倦地合上了眼皮。我悲苦地牵着他的手在我的面上抚摩。他的手已经有点生硬，不复像往日柔和地抚摩玳瑁的颈背那么自然。据说在头一天的下午，玳瑁曾经跳上他的身边，悲鸣着，父亲还很自然地抚摩着它，亲密地叫着"玳瑁"。而我呢，已经迟了。

从这一天起，玳瑁便不再走进父亲的以及和父亲相连的我们的房子。我们有好几天没有看见玳瑁的影子。我代替了父亲的工作，给玳瑁在厨房里备好鱼拌的饭，敲着碗，叫着"玳瑁"。玳瑁没有回答，也不出来。母亲说，这几天家里人多，闹得很，它该是躲在楼上怕出来的。于是我把饭碗一直送到楼上。然而玳瑁仍没有影子。过了一天，碗里的饭照样地摆在楼上，只饭粒干瘪了一些。

玳瑁正怀着孕，需要好的滋养。一想到这，大家更是焦虑了。

第五天早晨，母亲才发现给玳瑁在厨房预备着的另一只饭碗里的饭略略少了一些。大约它在没有人的夜里走进了厨房。它应该是非常饥饿了。然而仍像吃不下的样子。

一星期后，家里的戚友渐渐少了。玳瑁仍不大肯露面。无论谁叫它，都不答应，偶然在楼梯上溜过的后影，显得憔悴而且瘦削，连那怀着孕的肚子也好像小了一些似的。

一天一天家里愈加冷静了。满屋里主宰着静默的悲哀。一到晚上，人还没有睡，老鼠便吱吱叫着活动起来，甚至我们房间的楼上也在叫着跑着。玳瑁是最会捕鼠的。当去年我们回家的时候，即使它跟着父亲睡在远一点的地方，我们的房间里从没有听见过老鼠的声音，但现在玳瑁就睡在隔壁的楼上，也不过问了。我们毫不埋怨它。我们知道它所以这样的原因。

可怜的玳瑁。它不能再听到那熟识的亲密的声音，不能再得到那慈爱的抚摩，它是在怎样的悲伤呵！

三星期后，我们全家要离开故乡。大家预先就在商量，怎样把玳瑁带出去。但是离开预定的日子前一星期，玳瑁生了小孩了。我们看见它的肚子松瘪着。

怎样可以把它带出来呢？

然而为了玳瑁，我们还是不能不带它出来。我们家里的门将要全锁上。邻居们不会像我们似的爱它，而且大家全吃着素菜，不会舍得买鱼饲它。单看玳瑁的脾气，连对于母亲也是冷淡淡的，决不会喜欢别的邻居。

我们还是决定带它一道来上海。

它生了几个小孩，什么样子，放在那里，我们虽然极想知道，却不敢去惊动玳瑁。我们预定在饲玳瑁的时候，先捉到它，然后再寻觅它的小孩。因为这几天来，玳瑁在吃饭的时候，已经不大避人，捉到它应该是容易的。

但是两天后，我们十几岁的外甥遏抑不住他的热情了。不知怎样，玳瑁的孩子们所在的地方先被他很容易地发现了。它们原来就在楼梯门口，一只半掩着的糠箱里。玳瑁和它的小孩们就住在这里，是谁也想不到的。外甥很喜欢，叫大家去看。玳瑁已经溜得远远地在惧怯地望着。

我们想，既然玳瑁已经知道我们发觉了它的小孩的住所，不如便先把它的小孩看守起来，因为这样，也可以引诱玳瑁的来到，否则它会把小孩衔到更没有人晓得的地方去的。

于是我们便做了一个更适安的窠，给它的小孩们，携进了以前父亲的寝室，而且就在父亲的床边。

那里是四个小孩子，白的，黑的，黄的，玳瑁的，都还没有睁开眼睛。贴着压着，钻做一团，肥圆的。捉到它们的时候,偶然发出微弱的老鼠似的吱吱的鸣声。

"生了几只呀?"母亲问着。

"四只。"

"嗨,四只!怪不得!扛了你父亲的棺材,不要再扛我的呢!"母亲叹息着,不快活地说。

大家听着这话,愣住了。

"把它们丢出去!"外甥叫着说,但他同时却又喜悦地抚摩着玳瑁的小孩们,舍不得走开。

玳瑁现在在楼上寻觅了,它大声地叫着。

"玳瑁,这里来,在这里,"我们学着父亲仿佛对人说话似的叫着玳瑁说。

但是玳瑁像只懂得父亲的话,不能了解我们说什么。它在楼上寻觅着,在弄堂里寻觅着,在厨房里寻觅着,可不走进以前父亲天天夜里带着它睡觉的房子。我们有时故意作弄它的小孩们,使它们发出微弱的鸣声。玳瑁仍像没有听见似的。

过了一会,玳瑁给我们女工捉住了。它似乎饿了,走到厨房去吃饭,却不防给她一手捉住了颈背的皮。

"快来!快来!捉住了!"她大声叫着。

我扯了早已预备好的绳圈,跑出去。

玳瑁大声地叫着,用力地挣扎着。待至我伸出手去,还没抱住玳瑁,女工的手一松,玳瑁溜走了。

它再不到厨房里去,只在楼上叫着,寻觅着。

几点钟后,我们只得把玳瑁的小孩们送回楼上。它们显然也和玳瑁似的在忍受着饥饿和痛苦。

玳瑁又静默了,不到十分钟,我们已看不见它的小孩们的影子。现在可不必再费气力,谁也不会知道它们的所在。

有一天一夜,玳瑁没有动过厨房里的饭。以后几天,它也只在夜里,待大家睡了以后到厨房里去。

我们还想方设法带玳瑁出来,但是母亲说:

"随它去吧,这样有灵性的猫,那里会不晓得我们要离开这里。要出去自然不会躲开的。你们看它,父亲过世以后,再也不忍走进那两间房里,并且几天没有吃饭,明明在非常的伤心。现在怕是还想在这里陪伴你们父亲的灵魂呢。它原是你父亲的。"

我们只好随玳瑁自己了。它显然比我们还舍不得父亲,舍不得父亲所住过的房子,走过的路以及手所抚摩过的一切。父亲的声音,父亲的形象,父亲的气息,应该都还很深刻地萦绕在它的脑中。

可怜的玳瑁,它比我们还爱父亲!

然而玳瑁也太凄惨了。以后还有谁再像父亲似的按时给它好的食物,而且慈爱地抚摩着它,像对人说话似的一声声地叫它呢?

离家的那天早晨,母亲曾给它留下了许多给孩子吃的稀饭在厨房里。门虽然锁着,玳瑁应该仍然晓得走进去。邻居们也曾答应代我们给它饲料。然而又怎能和父亲在的时候相比呢?

现在距我们离家的时候又已一月多了。玳瑁应该很健康着,它的小孩们也该是很活泼可爱了吧?

我希望能再见到和父亲的灵魂永久同在着的玳瑁。

落花生

许地山

　　我们屋后有半亩隙地，母亲说："让它荒芜着怪可惜，既然你们那么爱吃花生，就辟来做花生园罢。"我们几姊弟和几个小丫头都很喜欢——买种的买种，动土的动土，灌园的灌园；过不了几个月，居然收获了。

　　妈妈说："今晚我们可以做一个收获节，也请你们爹爹来尝尝我们底新花生，如何？"我们都答应了。母亲把花生做成好几样的食品，还吩咐这节期要在园里底茅亭举行。

　　那晚上底天色不大好，可是爹爹也到来，实在很难得！爹爹说："你们爱吃花生么？"

　　我们都争着答应："爱！"

　　"谁能把花生底好处说出来？"

　　姊姊说："花生底气味很美。"

　　哥哥说："花生可以制油。"

　　我说："无论何等人都可以用贱价买它来吃；都喜欢吃它。这就是它的好处。"

　　爹爹说："花生底用处固然很多；但有一样是很可贵的。这小小的豆不像那好看的苹果、桃子、石榴，把它们底果实悬在枝上，鲜红嫩绿的颜色，令人一望而发生羡慕的心。它只把果子埋在地底，等到成熟，才容人把它挖出来。你们偶然看见一棵花生瑟缩地长在地上，不能立刻辨出它有没有果实，非得等到你接触它才能知道。"

　　我们都说："是的。"母亲也点点头。爹爹接下去说："所以你们要像花生。因为它是有用的，不是伟大、好看的东西。"我说："那么，人要做有用的人，不要做伟大、体面的人了。"爹爹说："这是我对于你们的希望。"

　　我们谈到夜阑才散，所有花生食品虽然没有了，然而父亲底话现在还印在我心版上。

多年父子成兄弟

汪曾祺

　　这是我父亲的一句名言。

　　父亲是个很随和的人，我很少见他发过脾气，对待子女，从无疾言厉色。他爱孩子，喜欢孩子，爱跟孩子玩，带着孩子玩。我的姑妈称他为"孩子头"。春天，不到清明，他领一群孩子到麦田里放风筝。放的是他自己糊的蜈蚣（我们那里叫"百脚"），是用染了色的绢糊的。放风筝的线是胡琴的老弦。老弦结实而轻，这样风筝可笔直的飞上去，没有"肚儿"。用胡琴弦放风筝，我还未见过第二人。清明节前，小麦还没有"起身"，是不怕践踏的，而且越踏会越长得旺。孩子们在屋里闷了一冬天，在春天的田野里奔跑跳跃，身心都极其畅快。他用钻石刀把玻璃裁成不同形状的小块，再一块一块逗拢，接缝处用胶水粘牢，做成小桥、小亭子、八角玲珑的水晶球。桥、亭、球是中空的，里面养了金铃子。从外面可以看到金铃子在里面自在爬行，振翅鸣叫。他会做各种灯。用浅绿透明的"鱼鳞纸"扎了一只纺织娘，栩栩如生。用西洋红染了色，上深下浅，通草做花瓣，做了一个重瓣荷花灯，真是美极了。用小西瓜（这是拉秧的小瓜，因其小，不中吃，叫做"打瓜"或"笃瓜"）上开小口挖净瓜瓤，在瓜皮上雕镂出极细的花纹，做成西瓜灯。我们在这些灯里点了蜡烛，穿街过巷，邻居的孩子都跟过来看，非常羡慕。

　　父亲对我的学业是关心的，但不强求。我小时候，国文成绩一直是全班第一。我的作文，时得佳评，他就拿出去到处给人看。我的数学不好，他也不责怪，只要能及格就行了。他画画，我小时也喜欢画画，但他从不指点我。他画画时，我在旁边看，其余时间由我自己乱翻画谱，瞎抹。我对写意花卉那时还不太会欣赏，只是画一些鲜艳的大桃子，或者我从来没有见过的瀑布。我小时字写得不错，他倒是给我出过一点主意。在我写过一阵"圭峰碑"和"多宝塔"以后，他建议我写写"张猛龙"。这建议是很好的，到现在我写的字还有"张猛龙"的影响。我初中时爱唱戏，唱青衣，我的嗓子很好，高亮甜润。在家里，他拉胡琴，我唱。我的同学有几个能唱戏的。学校开同乐会，他应我的邀请，到学校去伴奏。几个同学都只是清唱。有一个姓费的同学借到一顶纱帽，一件蓝官衣，扮起来唱"朱砂井"，但是没有配角，没有衙役，没有犯人，只是一个赵廉，摇着马鞭在台上走了两圈，唱了一段"崤坞县在马上心神不定"便完事下场。父亲那么大的人陪着几个孩子玩了一下午，还挺高兴。我十七岁初恋，暑假里，在家写情书，他在一旁瞎出主意。我十几岁就学会了抽烟喝酒。他喝酒，给我也倒一杯。抽烟，一次抽出两根，他一根我一根。他还总是先给我点上火。我们的这种关系，他人或以为怪。父亲说："我们是多年父子成兄弟。"

　　我和儿子的关系也是不错的。我戴了"右派分子"的帽子下放张家口农村劳动，他那时从幼儿园刚毕业，刚刚学会汉语拼音，用汉语拼音给我写了第一封信。我也只好赶紧学会汉语拼音，好给他写回信。"文化大革命"期间，我被打成"黑帮"，送进"牛棚"。偶尔回家，孩子们对我还是很亲热。我的老伴告诫他们"你们要和爸爸划清界限"，儿子反问母亲："那你怎么还给他打酒？"只有一件事，两代之间，曾有分歧。他下放山西忻县"插队落户"。按规定，春节可以回京探亲。我们等着他回来。不料他同时带回了一个同学。他这个同学的父亲是一位正受林彪迫害、搞得人囚家破的空军将领。这个同学在北京已经没有家，按照大队的规定是不能回北京的，但是这孩子很想回北京，在一伙同学的秘密帮助下，我的儿子就偷偷地把他带回来了。他连"临时户口"也不能上，是个"黑人"，我们留他在家住，等于"窝藏"了他。公安局随时可以来查户口，街道办事处的大妈也可能举报。当时人人自危，自顾不暇，儿子惹了这么一个麻烦，使我们非常为难。我和老伴把他叫到我们的卧室，对他的冒失行为表示很不满，我责备他："怎么事前也不和我们商量一下！"我的儿子哭了，哭得很委屈，很伤心。我们当时立刻明白了：他是对的，我们是错的。我们这种怕担干系的思想是庸俗的。我们对儿子和同学之间的义气缺乏理解，对他的感情不够尊重。他的同学在我们家一直住了四十多天，才离去。

　　对儿子的几次恋爱，我采取的态度是"闻而不问"，了解，但不干涉。我们相信他自己的选择，他的决定。最后，他悄悄和一个小学时期女同学好上了，结了婚。有了一个女儿，已近七岁。我的孩子有时叫我"爸"，有时叫我"老头子"，连我的孙女也跟着叫。我的亲家母说这孩子"没大没小"。我觉得一个现代化的、充满人情味的家庭,首先必须做到"没大没小"。父母叫人敬畏,儿女"笔管条直"最没有意思。儿女是属于他们自己的。他们的现在和他们的未来,都应由他们自己来设计。一个想用自己理想的模式塑造自己的孩子的父亲是愚蠢的,而且,可恶!另外作为一个父亲,应该尽量保持一点童心。

我的父亲鲁迅

周海婴

我是意外降临于人世的。原因是母亲和父亲避孕失败。父亲和母亲商量要不要保留这个孩子,最后还是保留下来了。由于我母亲是高龄产妇,生产的时候很困难,拖了很长时间生不下来。医生问我父亲是保留大人还是要孩子,父亲的答复是留大人。这个回答的结果是大人孩子都留了下来。有人说难产的孩子脑子笨,不知道这对我今后的智力有没有影响?至少在我小时候,背诵古文很困难,念了很多遍,还是一团糨糊,丢三忘四。而我父亲幼年时,别的孩子还在苦苦地背书,他已经出去玩了。这些,在父亲的著作里都有记录。

我记忆中,父亲的写作习惯是晚睡迟起。以小孩的眼光判断,父亲这样的生活是正常的。早晨不常用早点,也没有在床上喝牛奶、饮茶的习惯,仅仅抽几支烟而已。

我早晨起床下楼,脚步轻轻地踏进父亲的门口,床前总是一张小茶几,上面有烟嘴、烟缸和香烟。我取出一支插入短烟嘴里,然后大功告成般地离开,似乎尽到了极大的孝心。许妈急忙催促我离开,怕我吵醒"大先生"。偶尔,遇到父亲已经醒了,眯着眼睛看看我,也不表示什么。就这样,我怀着完成一件了不起大事的满足心情上幼稚园去。

整个下午,父亲的时间往往被来访的客人所占据。一般都倾谈很久,我听到大人们的朗朗笑声,便钻进去凑热闹。母亲没有招待点心的习惯,糖果倒是经常有的,有时父亲从小铁筒里取出请客。因此我嘴里讲"陪客人",实际上是为分得几粒糖。待我纠缠一阵后,母亲便来解围,抓几颗糖果打发我走开。我在外边玩耍一会儿回来,另一场交涉便开始了。这就是我为了要"热闹",以解除"独生子"的寂寞,要留客人吃饭。父亲实际上已经疲乏,母亲是清楚的,可我哪里懂得?但母亲又不便于表态,虽也随口客气,却并不坚留。如果客人理解而告辞,母亲送客后便松一口气。如果留下便饭,她就奔向四川北路上的广东腊味店买熟食,如叉烧肉、白鸡之类。顺便再买一条鱼回来,急忙烹调。至于晚上客人何时告辞,我就不得而知了,因为我早已入了梦乡。

如果哪天的下午没有客,父亲便翻阅报纸和书籍。有时眯起眼靠着藤椅打腹稿,这时大家走路说话都轻轻地,尽量不打扰他。母亲若有什么要吩咐佣工,也从来不大声呼唤,总是走近轻讲。所以此时屋里总是静悄悄的。

晚间规定我必须8点上楼睡觉,分秒必争也无效。因此夜里有什么活动,我一概不知。偶然在睡意迷蒙之中,听到"当朗朗"跌落铁皮罐声,这时许妈正在楼下做个人卫生,不在床边,我就蹑足下楼,看到父亲站在窗口向外掷出一个物体,随即又是一阵"当朗朗……"还相伴着雄猫

"哗喵"的怒吼声。待父亲手边的 50 支装铁皮香烟罐发射尽了，我下到天井寻找，捡到几只凹凸不平的"炮弹"，送还给父亲备用。这是我很高兴做的一件事。原来大陆新村的房子每户人家二楼都有一个小平台，那是前门进口处的遮雨篷。而雄猫就公然在这小平台上呼唤异性，且不断变换调门，长号不已，雌猫也大声应答，声音极其烦人。想必父亲文思屡被打断，忍无可忍，才予以打击的。

这里要插一段国民党曾要暗杀父亲的史实。那是 1992 全国人大调整到全国政协，作为"特邀代表"编入第 44 组里有几位熟人和知名人士。但在小组会议室靠窗边处，坐着一位我不熟悉的老者。当我得知他便是国民党军统著名的暗杀高手沈醉，不禁多看了几眼。散会后，他对每个人均礼节性地致意。真所谓人不可貌相，这位当年地位显赫的可怖人物，长相却并不横眉獠目，更不是新中国成立前我所见过的国民党小特务那种模样。如今我们党和人民对他宽恕了、容纳了，他被入选政协当委员，大家同席而坐，不再怒目以对。因此，在小组会的休息时间里，相互走访寒暄，我也跟着去沈醉住处访问。过了几天，我又在餐厅遇见他，他约我得空谈一下。我应邀去他房间，他显得很激动，向我吐露一个"从没透露的秘密"。他说，在一九三几年，他接到上级命令，让他组成一个监视小组打算暗杀我父亲。结果在对面楼里监视了多日，他也去过几回，只见到我父亲经常在桌上写字，我还很小，在房间里玩耍，看不到有什么特别的举动。由于父亲的声望，才没有下手，撤退了。他说，否则我会对不住你，将铸成不可挽回的悲剧。

父亲的记忆

孙 犁

父亲 16 岁到安国县（原先叫祁州）学徒，是招赘在本村的一位姓吴的山西人介绍去的。这家店铺的字号叫永吉昌，东家是安国县北段村张姓。

店铺在城里石牌坊南。门前有一棵空心的老槐树。前院是柜房，后院是作坊——榨油和轧棉花。

我从 12 岁到安国上学，就常常吃住在这里。每天掌灯以后，父亲坐在柜房的太师椅上，看着学徒们打算盘。管账的先生念着账本，人们跟着打，十来个算盘同时响，那声音是很整齐很清脆的。打了一通，学徒们报了结数，先生把数字记下来，说：去了。人们扫清算盘，又聚精会神地听着。

在这个时候，父亲总是坐在远离灯光的角落里，默默地抽着旱烟。

我后来听说，父亲也是先熬到先生这一席位，念了十几年账本，然后才当上掌柜的。

夜晚，父亲睡在库房。那是放钱的地方，我很少进去，偶尔从撩起的门帘缝望进去，里面是很暗的。父亲就在这个地方，睡了二十几年，我是跟学徒们睡在一起的。

父亲是 1937 年，"七七事变"以后离开这家店铺的，那时兵荒马乱，东家也换了年轻一代人，不愿再经营这种传统的老式的买卖，要改营百货。父亲守旧，意见不合，等于是被辞退了。

父亲在那里，整整工作了 40 年。每年回一次家，过一个正月十五。先是步行，后来骑驴，再后来是由叔父用牛车接送。我小的时候,常同父亲坐这个牛车。父亲很礼貌,总是在出城以后才上车,路过每个村庄,总是先下来,和街上的人打招呼,人们都称他为孙掌柜。

父亲好写字。那时学生意,一是练字,一是练算盘。学徒3年,一般的字就写得很可以了。人家都说父亲的字写得好,连母亲也这样说。他到天津做买卖时,买了一些旧字帖和破对联,拿回家来叫我临摹,父亲也很爱字画,也有一些收藏,都是很平常的作品。

抗战胜利后,我回到家里,看到父亲的身体很衰弱。这些年闹日本,父亲带着一家人,东逃西奔,饭食也跟不上。父亲在店铺中吃惯了,在家过日子,舍不得吃些好的,进入老年,身体就不行了。见我回来了,父亲很高兴。有一天晚上,一家人坐在炕上闲话,我絮絮叨叨地说我在外面受了多少苦,担了多少惊。父亲忽然不高兴起来,说:"在家里,也不容易!"

回到自己屋里,妻抱怨说:"你应该先说爹这些年不容易!"

那时农村实行合理负担,富裕人家要买公债,又遇上荒年,父亲不愿卖地,地是他的性命所在,不能从他手里卖去分毫。他先是动员家里人卖去首饰、衣服、家具,然后又步行到安国县老东家那里,求讨来一批钱,支持过去。他以为这样做很合理,对我详细地描述了他那时的心情和境遇,我只能默默地听着。

父亲是1947年5月去世的。春播时,他去耪楼,出了汗,回来就发烧,一病不起。立增叔到河间,把我叫回来。

我到地委机关,请来一位医生,医术和药物都不好,没有什么效果。

父亲去世以后,我才感到有了家庭负担。我旧的观念很重,想给父亲立个碑,至少安个墓志。我和一位搞美术的同志,到店子头去看了一次石料,还求陈肇同志给撰写了一篇很简短的碑文。不久就土地改革了,一切无从谈起。

父亲对我很慈爱,从来没有打骂过我。到保定上学,是父亲送去的。他很希望我能成才,后来虽然有些失望,也只是存在心里,没有当面斥责过我。在我教书时,父亲对我说:"你能每年交我一个长工钱,我就满足了。"我连这一点也没有做到。

父亲对给他介绍工作的姓吴的老头,一直很尊敬。那老头后来过得很不如人,每逢我们家做些像样的饭食,父亲总是把他请来,让在正座。老头总是一边吃,一边用山西口音说:"我吃太多呀,我吃太多呀!"

关于父子

贾平凹

一个儿子酷像他的父亲,做父亲的就要得意了,世界上有了一个小小的自己的复制品,时时对着欣赏,如镜中的花水中的月,这无疑比仅仅是个儿子自豪得多。我们常常遇到这样的事,一个朋友已经去世几十年了,忽一日早上又见着了他,忍不住就呼叫了他的名字,当然知道这是他的儿子,但能不由此而企羡起这一种生生不灭、永存于世的境界吗?

做父亲的都希望自己的儿子像蛇蜕皮一样的始终是自己,但儿子却相当多愿意像蝉蜕壳似的裂变。一个朋友给我说,他的儿子小时候最高兴的是让他牵着逛大街,现在才读小学三年级,就不愿意同他一块出门了,因为嫌他胖得难看。

中国的传统里,有"严父慈母"之说,所以在初为人父时可以对任何事情宽容放任,对儿子却一派严厉,少言语,多板脸,动辄吼叫挥拳。我们在每个家庭都能听到对儿子以"匪"字来下评语和"小心剥了你的皮"的警告,他们常要把在外边的怄气回家来发泄到儿子身上,如受了领导的压制,挨了同事的排挤,甚至丢了一串钥匙,输了一盘棋。儿子在那时没力气回打,又没多少词汇能骂,经济不独立,逃出家去更得饿死,除了承接打骂外唯独是哭,但常常又是不准哭,也就不敢再哭。偶尔对儿子亲热了,原因又多是自己有了什么喜事,要把一个喜事让儿子酝酿扩大成两个喜事。在整个的少年,儿子可以随便呼喊国家主席的小名,却不敢悄声说出父亲的大号的。我的邻居名叫"张有余",他的儿子就从不说出"鱼"来,饭桌上的鱼就只好说吃"蛤蟆",于是小儿骂仗,只要说出对方父亲的名字就算是恶毒的大骂了。可是每一个人的经验里,却都在记忆的深处牢记着一次父亲严打的历史,耿耿于怀,到晚年说出来仍愤愤不平。所以在乡下,甚至在眼下的城市,儿子很多都不愿同父亲待在一起,他们往往是相对无言。我们总是发现父亲对儿子的评价不准,不是说儿子"呆",就是说他"痴相",以至儿子成就了事业甚或成了名人,他还是惊疑不信。

可以说,儿子与父亲的矛盾是从儿子一出世就有了,他首先使父亲的妻子的爱心转移,再就是向你讨吃讨喝以至意见相悖惹你生气,最后又亲手将父亲埋葬。古语讲,男当十二替父志,儿子从十二岁起父亲就慢慢衰退了,所以做父亲的从小严打儿子,这恐怕是冥冥之中的一种人之生命本源里的嫉妒意识。若以此推想,女人的伟大就在于从中调和父与子的矛盾了。世界上如果只有大男人和小男人,其实就是凶残的野兽,上帝将女人分为老女人和小女人派下来就是要掌管这些男人的。

只有在儿子开始做了父亲,这父亲才有觉悟对自己的父亲好起来,可以与父亲在一条凳子上坐下,可以跷二郎腿,共同地衔一支烟吸,共同拔下巴上的胡须。但是,做父亲的在已经丧失了一个男人在家中的真正权势后,对于儿子的能促膝相谈的态度却很有几分苦楚,或许明白这如同一个得胜的将军盛情款待一个败将只能显得人家宽大为怀一样,儿子的恭敬即使出自真诚,父亲在本能的潜意识里仍觉得这是一种耻辱,于是他开始钟爱起孙子了。这种转变皆是不经意的,不会被清醒察觉的。父亲钟爱起了孙子,便与孙子没有辈分,嬉闹无序,孙子可以嘲笑他的爱吃爆豆却没牙咬动的嘴,在厕所比试谁尿得远,自然是爷爷尿湿了鞋而被孙子拔一根胡子来惩罚了。他们同辈人在一块,如同婆婆们在一块数说儿媳一样数说儿子的不是。完全变成了长舌男,只有孙子来,最喜欢的也最能表现亲近的是动手去摸孙子的"小雀雀"。这似乎成了一种习惯,且不说这里边有多少人生的深沉的感慨、失望和向往,但现在一见孩子就要去摸简直是唯一的逗乐了。这样的场面,往往使做儿子的感到了悲凉,在孙子不成体统地与爷爷戏谑中就要打罚自己的儿子,但父亲却在这一刻里凶如老狼,开始无以复加地骂儿子,把积聚于肚子里的所有的不满全要骂出来,真骂个天昏地暗。

但爷爷对孙子无论怎样地好,孙子都是不记恩的。孙子在初为人儿时实在也是贱物,他放着是爷爷的心肝不领情而偏要作父亲的扁桃体,于父亲是多余的一丸肉,又替父亲抵抗着身上的病毒。孩子没有一个永远记着他的爷爷的,由此,有人强调要生男孩能延续家脉的学说就值得可笑了。试问,谁能记得他的先人什么模样又叫什么名字呢,最了不得的是四世同堂能知道他的爷爷、老爷爷罢了,那么,既然后人连老爷爷都不知何人,那老爷爷的那一辈人一个有男孩传脉,一个没男孩传脉,价值不是一样的吗? 话又说回来,要你传种接脉,你明白其中的玄秘吗? 这正如吃饭是繁重的活计,不但要吃,吃的要耕要种要收要磨,吃时要咬要嚼要消化要拉泄,要你完成这一系列任务,就生一个食之欲给你,生育是繁苦的劳作,要性交要怀胎要生产要养活,要你完成这一系列任务就生一个性之欲给你,原来上帝在造人时玩的是让人占小利吃大亏的伎俩! 而生育比吃饭更繁重辛劳,故有了一种欲之快乐后还要再加一种不能断香火的意识,于是,人就这么傻乎乎地自得其乐地繁衍着。唉,这话让我该怎么说呀,还是只说关于父子的话吧。

　　我说,作为男人的一生,是儿子也是父亲。前半生儿子是父亲的影子,后半生父亲是儿子的影子。前半生儿子对父亲不满,后半生父亲对儿子不满,这如婆婆和媳妇的关系,一代一代的媳妇都在埋怨婆婆,你也是媳妇你也是婆婆你埋怨你自己。我有时想,为什么上帝不让父亲永远是父亲,儿子永远是儿子,人数永远是固定着,儿子那就甘为人儿地永远安分了呢? 但上帝偏不这样,一定是认为这样一直不死的下去虽父子没了矛盾而父与父的矛盾就又太多了。所以要重换一层人,可是人换一层还是不好,又换,就反反复复换了下去。那么,换来换去还是这么些人了! 可不是吗,如果不停生人死人,人死后据说灵魂又不灭,那这个世界里到处该是幽魂,我们抬脚动手就要撞碰他们或者他们撞碰了我们。不是的,绝不是这样的,一定还是那些有数的人在换着而重新排列罢了。记得有一个理论是说世上的有些东西并不存在着什么优劣,而质量的秘诀全在于秩序排列,石墨和金刚石其构成的分子相同,而排列的秩序不一,质量截然两样。聪明人和蠢笨人之所以聪明蠢笨也在于细胞排列的秩序不同。哦,不是有许多英雄和盗匪在被枪杀时大叫"20 年后又一个×××"吗? 这英雄和盗匪可能是看透了人的玄机的。所以我认为一代一代的人是上帝在一次次重新排列后推到世界上来的,如果认为那怎么现在比过去人多,也一定是仅仅将原有的人分劈开来,各占性格的一个侧面一个特点罢了,那么你曾经是我的父亲,我的儿子何尝又不会是你,父亲和儿子原本是没有什么区别的。明白了这一点多好呀,现时为人父的你还能再专制你的儿子吗? 现时为人儿的你还能再怨恨现时你的父亲吗? 不,不,还是这一世人民主、和平、仁爱地活着为好!

苦涩的父爱

王景科

　　当我写下这个题目的时候,我的双眼已饱含热泪,心中有说不出的难过和酸楚。这主要是为了我那既当爹又当娘辛苦一辈子却没过上一天好日子的父亲,为我那可怜的父亲!

　　父亲是在 1985 年夏天的一个午后因病去世的。他那强壮的身体在去世时瘦得只有几十斤重。在人世间他尝尽了艰辛和痛苦,伴着贫困默默无闻地走完了六十六个寒暑春秋。

　　我仔细算了算,我们父女相处的时间加起来不超过五年的光景。

　　我是姥娘一手养大的。在姥娘家,姥娘、姥爷疼我、爱我,舅舅、妗子可怜我、宠惯我。他们供我上小学、升中学，我在当了五年半民办教师之后，又被村里推荐为第一届工农兵大学生，还是姥娘一家省吃俭用让我上大学。毕业留校任教至今，每年学校放假我总是先回姥娘家。

我三岁时，狠心的母亲因为一件事竟抛下父亲和我们姐妹二人跳井而死。看着眼前三岁的我和刚刚会爬的妹妹，父亲一夜之间就愁白了头。好心的邻居看我父亲愁坏了，便提议这姐妹二人养一个算了，将另一个卖掉或送人吧！权衡再三，父亲决定将我以一麻袋粮食的代价卖给南村王庄的一户人家。当我姥爷、姥娘听了这事之后，把父亲连推加赶轰出了家门，并骂父亲心太狠。姥娘表示："没了眼珠子（她失去了女儿）我也要留住眼眶子（收养我）。我要把这苦命的孩子养大成人。"从此之后，我便寄养在外祖母家。于是，我与父亲之间的关系渐渐疏远，我们父女之间便失去了那份人间的天伦之乐。姥娘时常提起父亲要卖我的事，不谙世事的我对父亲也产生了恨意。在我幼小的心灵里，父亲对我既不亲也不爱。

特别是在姥娘哄我睡觉时唱的那首童谣，更增加了我与父亲之间的隔膜。我每晚睡觉时姥娘便轻声唱起那首儿歌："小白菜，黄又黄，从小三岁没了娘。只想跟着爹爹睡，又怕爹爹寻晚娘！"姥娘常常是一边唱，一边流泪，她那冰凉的泪滴落在我的脸上，我也在被窝里无声地任泪水流淌，于是，我便在泪水洗面中睡去。第二天早上起床时，我变成了肿眼泡。因此，"晚娘"（继母）一词便牢牢记在我幼小心灵的深处，有时夜里做梦也哭喊着不要晚娘。每当父亲到外祖母家看望我时，我就大吵大闹地告诉他："我不要晚娘！我不要晚娘！不让你再给我娶个晚娘！"

当我上中学时，热心人还真给我父亲找了一个女人，我还从姥娘家回家去看了一趟。那女人看见我也不冷不热的，吃了她做的一顿饭之后我马上又回到了姥娘家。当时父亲问我："那女人留在咱家里给我做饭行不行？"我不假思索地对父亲说："不行！她对我不亲热！"果然，那女人第二天便离开了父亲。

父亲仍然孤苦伶仃地带着妹妹生活，过着既当爹又当娘的苦日子。

现在想来，我感到万分的愧疚和难过，觉得非常对不起父亲。自从母亲去世之后，他一把屎一把尿地将我刚会爬的妹妹一天天带大，这对一个大老爷们儿来讲要经受多大的艰辛和不易呀！可是，直到他去世，也没有对我讲他这一辈子的酸甜苦辣。父亲心里难过时是什么样子？父亲心里有话要讲时没人诉说又是什么样子？这些我全然不知。只是在他病重期间，妹妹回家去借钱而没借着时，他老人家便一手揽着妹妹，一手揽着我，爷仁抱头痛痛快快地哭了半个上午……

父亲一辈子老实巴交地过日子，将自己满腔的父爱默默地倾注到我们姐俩身上。记得我上小学时的一个冬天，我的脚冻肿了，恰巧父亲拿着一双黑平绒的棉鞋来看我。一放学后回到家我一眼看到父亲正坐在屋里，脸上带着一丝苦涩的笑意喊我："大妮儿，过来！试试这棉鞋合适不？这是我托在东北的邻居给买了捎来的！"我走到父亲跟前，他帮我脱掉脚上的单鞋，又把那双崭新的棉鞋给我穿上。顿时，我感到暖意充满了全身，更有那份父爱，使我感到那时我是世界上最幸福的人。当我穿着新棉鞋上学去，又蹦又跳地向父亲道别时，我分明看到父亲的双眼中闪着泪花。直到现在，那满含热泪的双眼仍深深地印在我心中。

父亲性格内向，不善言语，可他对女儿的那份爱是无论如何也掩饰不住的。尽管父亲带着妹妹生活，可是，他仍没有忘记对我的关怀和父爱。为了维持他和妹妹的生活，在三年自然灾害时期，他将不满十岁的妹妹舍在家中，竟然起早贪黑去界河采石场砸石子挣钱，并将剩余的钱买了花布给我做衣服穿。记得有一次，他拿着新买的花布又去看我，因我不喜欢那花布的颜色，当我接过花布往桌子上一扔，并表示出极大的不满意时，我看到当时父亲的脸色很难看，他既没有数落我，也没再说一句话，坐了一会儿便起身走了。自那以后，父亲再也没有给我买过新花布和新衣服。现在想来，是我对那布的不满意态度伤透了父亲那颗慈爱的心。他虽然没有当着我的面说出来，可是，他心里一定会万分难过。快过年了，看着别人家的孩子都穿新衣服，他也给我这个没娘的孩子——自己的女儿买了新布，哪想到不懂事的我却不理解他的心情，他心里会是什么滋味？后来听别人告诉我姥娘，说那次我爹是哭着走出姥娘的家门的。当姥娘对我说起这事时，我哇的一声哭了，并对姥娘说是我把爹气走的，也是我把他气哭的！

如果父亲现在还活着，我会双膝跪地大声地告诉他："爹！您老人家能原谅您不懂事的女儿吗？女儿对不起您呀！不该惹您生气，更不该阻拦您再为我们找个后妈！您为了自己的两个女儿苦了自己一辈子呀！"

当我慢慢长大懂事之后，我再也不敢惹我可怜的父亲生气了。我知道父亲不容易。他含辛茹苦将妹妹拉扯大，笨手笨脚地为妹妹补衣、套被子。当他眼睛花了，妹妹长大了，便让妹妹干起了家中的针线活。妹妹考上中学他没让她去上，为此我曾问他为什么不让妹妹去上中学？他只淡淡地说："我从心里也想让她上，哪有钱？"是的，那时父亲和妹妹的生活一贫如洗，只好让妹妹在家挣工分，爷俩相依为命，苦度光景。

当我在姥娘家村里被推荐上大学时，父亲竟分文也拿不出，是舅舅借了邻居家卖姜的二十元钱给了我，我带着这二十元钱走进了大学。为了让我能好好学习，就在我上大学第一年的夏天，父亲让妹妹在信封里装了四元钱寄给我。妹妹在信中说："这是咱爹让寄的，是我跟别人到界河去送公粮挣的四元钱，回家交给父亲时，父亲说：'你姐上大学需要钱，咱别花了，你去寄给她吧！'"当我看完信后，已是泪水满面，心中充满了对父亲的感激。

当我大学毕业留校后，正打算把他老人家接到济南好好孝敬他，让他过过好日子时，他却得了不治之症。在给他看病的日子里，我千方百计尽一切能力给他治病，为他拿药、熬药，给他做他喜欢吃的东西。可是，一切都晚了！

父亲到死也没有给我们找个晚娘，他在孤苦、寂寞中伴着贫穷走完了自己的一生。他尝尽了人生的酸甜苦辣，却将全部的父爱都给了他的两个从小失去母爱的女儿。别人都说父爱是甜蜜的，而我体味到的父爱却是苦涩的。作为女儿，父亲生前所给予我的哪怕是无言的爱，现在回想起来都令我心中备感温暖，更令我眼中充满泪花……倘若父亲九泉有知，一定能听到我从内心发出的对他的愧疚：是我的无知害得父亲没能找一个陪他说话的女人，是我的不懂事害得父亲没能找一个给他做饭缝衣的女人，更是我的任性害得父亲没能再找一个他心中理想的老伴，致使他独自一人饮完了人生的苦酒，是心中的苦与愁伴他走完了人生之路。至今想起来我仍深深感到对不起他老人家！听到我这些话，父亲，您会原谅这个不懂事的女儿吗？

父亲和我

杨振宁

1922 年我在安徽合肥出生的时候,父亲是安庆一所中学的教员。安庆当时也叫怀宁。父亲给我取名"振宁",其中的"振"字是杨家的辈名,"宁"字就是怀宁的意思。我不满周岁的时候父亲考取了安徽留美公费生,出国前我们一家三口在合肥老宅院子的一角照了一张相片。父亲穿着长袍马褂,站得笔挺。我想那以前他恐怕还从来没有穿过西服。两年以后他自美国寄给母亲的一张照片是在芝加哥大学照的,衣着、神情都已进入了 20 世纪。父亲相貌十分英俊,年轻时意气风发的神态,在这张相片中清楚地显示出来。

父亲 1923 年秋进入斯坦福大学,1924 年得学士学位后转入芝加哥大学读研究院。

1928 年夏父亲得了芝加哥大学的博士学位后乘船回国,母亲和我到上海去接他。我这次看见他,事实上等于看见了一个完全陌生的人。几天以后我们三人和一位自合肥来的佣人王姐乘船去厦门,因为父亲将就任为厦门大学数学系教授。

厦门那一年的生活我记得是很幸福的,也是我自父亲那里学到很多东西的一年。那一年以前,在合肥母亲曾教我认识了大约 3000 个汉字,我又曾在私塾里学过《龙文鞭影》,可是没有机会接触新式教育。在厦门父亲用大球、小球讲解太阳、地球与月球的运行情形;教了我英文字母;当然也教了我一些算术和文化和鸡兔同笼一类的问题。不过他并没有忽略中国文化知识,也教我读了不少首唐诗,恐怕有三四十首;教我中国历史朝代的顺序、干支顺序、八卦等等。

父亲的围棋下得很好。那一年他教我下围棋。记得开始时他让我 16 子,多年以后渐渐退为 9 子,可是我始终没有从父亲那里得到"真传"。一直到 1962 年在日内瓦我们重聚时下围棋,他还是要让我 7 子。这是没有做过父母的人不易完全了解的故事。

在厦大任教了一年以后,父亲改任北平清华大学教授。我们一家三口于 1929 年秋搬入清华园西院 19 号,那是西院东北角上的一所四合院。西院于 1930 年向南方扩建后,我们家的门牌改为 11 号。我们在清华园里一共住了 8 年,从 1929 年到抗战开始那一年。清华园的 8 年在我回忆中是非常美丽、非常幸福的。那时社会十分动荡,内忧外患,困难很多。但我们生活在清华园的围墙里头,不大与外界接触。我在这样一个被保护起来的环境里度过了童年。在我的记忆里头,清华园是很漂亮的。我跟我的小学同学们在园里到处游玩,几乎每一棵树我们都曾经爬过,每一棵草我们都曾经研究过。这是我在 1985 年出版的一本小书《读书教学四十年》中写的我童年的情况,里面所提到的"在园里到处游玩",主要是指今天的清华园附近。

父亲常常和我自家门口东行,沿着小路去古月堂或去科学馆。这条小路特别幽静,穿过树丛以后,有一大段路,左边是农田与荷塘,右边是小土山。路上很少遇见行人,春夏秋冬的景色虽不同,幽静的气氛却一样。童年的我当时未能体会到,在小径上父亲和我一起走路的时刻是我们单独相处最亲近的时刻。

我九、十岁的时候,父亲已经知道我学数学的能力很强。到了 11 岁入初中的时候,我在这方面的能力更充分显示出来。回想起来,他当时如果教我解析几何和微积分,我一定学得很快,可是他没有这样做。在我初中一、二年级之间的暑假,父亲请雷海宗教授介绍一位历史系的学生教我《孟子》。雷先生介绍他的得意学生丁则良来。丁先生学识丰富,不只教我《孟子》,还给我讲了许多历史知识,是我在学校的教科书上从来没有学到的。下一年暑假,他又教我另一半的《孟子》,所以在中学的年代我可以背诵《孟子》全文。父亲书架上有许多英文和德文的数学书籍,我常常翻看。

1937 年抗战开始,我们一家先搬回合肥老家,后来在日军进入南京以后,我们经汉口、香港、海防、河内,于 1938 年 3 月到达昆明。我在昆明昆华中学读了半年高中二年级,没有念高三,于 1938 年秋以"同等学力"的资格考入了西南联合大学。1938 年到 1939 年这一年父亲介绍我接触了近代数学的精神。他借了 GHH 的《PM》与 ETB 的《MM》给我看。他和我讨论不同的无限大等观念。这些都给了我不可磨灭的印象。40 年以后在一本书中我这样写道:我的物理学界同事们大多对数学采取功利主义的态度。也许因为受我父亲的影响,我较为欣赏数学。我欣赏数学家的价值观,我赞美数学的优美和力量:它有战术上的机巧与灵活,又有战略上的雄才远虑。而且,奇迹的奇迹;它的一些美妙概念竟是支配物理世界的基本结构。

父亲虽然给我介绍了数学的精神,却不赞成我念数学。他认为数学不够实用。

1938 年我报名考大学时很喜欢化学,就报了化学系。后来为准备入学考试,自修了高中物理,发现物理更合我的口味,这样我就进了西南联大物理系。

抗战八年是艰苦困难的日子,也是我一生学习新知识最快的一段日子。我还记得 1945 年 8 月 28 日那天我离家即将飞往印度转去美国留学的细节:清早父亲只身陪我自昆明西北角乘黄包车到东南郊拓东路等候去巫家坝飞机的公共汽车。离家的时候,四个弟妹都依依不舍,母亲却很镇定,记得她没有流泪。到了拓东路父亲说了些勉励的话,两人都很镇定。话别后我坐进很拥挤的公共汽车,起先还能从车窗往外看见父亲向我招手,几分钟后他即被拥挤的人群挤到远处去了。车中同去美国的同学很多,谈起话来,我的注意力即转移到飞行路线与气候变化等问题上去。等了一个多钟头,车始终没有发动。突然我旁边的一位美国人向我做手势,要我向窗外看:骤然间发现父亲原来还在那里等!他瘦削的身材,穿着长袍,额前头发已显斑白。看见他满面焦虑的样子,我忍了一早晨的热泪,一时迸发,不能自已。

1928 年到 1945 年这 17 年时间,是父亲和我常在一起的年代,是我童年到成人的阶段。古人说父母对子女有"养育"之恩。现在不讲这些了,但其哲理我认为是有永存的价值。1946 年初,我注册为芝加哥大学研究生。选择芝加哥大学倒不是因为它是父亲的母校,而是因为我仰慕已久的费米教授去了芝大。当时芝加哥大学物理、化学、数学系都是第一流的。我在校共三年半,头两年半是研究生,得博士学位后留校一年任教员,1949 年夏转去普林斯顿高等学术研究所。父亲对我在芝大读书成绩极好,当然十分高兴。更高兴的是我将去有名的普林斯顿高等学术研究所,可是他当时最关心的不是这些,而是我的结婚问题。1949 年秋吴大猷先生告诉我胡适先生要我去看他。胡先生我小时候在北平曾见过一两次,不知道隔了这么多年他为什么在纽约会想起我来。见了胡先生面,他十分客气,说了一些称赞我的学业的话,然后说他在出国前曾看见我父亲,父亲托他关照我找女朋友的事。我今天还记得胡先生极风趣地接下去说:"你们这一辈年轻人能干多了,哪里用得着我来帮忙!"

1950 年 8 月 26 日,杜致礼和我在普林斯顿结婚。我们相识倒不是由胡先生或父亲的其他朋友所介绍,而是因为她是 1944 年到 1945 年我在昆明联大附中教书时中五班上的学生。当时我们并不熟识。后来在普林斯顿唯一的中国餐馆中偶遇,恐怕是前生的姻缘吧。50 年代胡先生常来普林斯顿大学葛斯德图书馆,曾多次来我家做客。第一次来时他说:"果然不出我所料,你自己找到了这样漂亮能干的太太。"

父亲对我 1947 年来美国后发表的第一篇文章与翌年我的博士论文特别发生兴趣。1957 年 1 月,吴健雄的实验证实了宇称不守恒的理论以后,我打电话到上海给父亲,告诉他此消息,父亲当然十分兴奋。那时他身体极不好,得此消息对他精神安慰极大。1957 年我和杜致礼及我们当时唯一的孩子光诺(那时 6 岁)去日内瓦。我写信请父亲也去日内瓦和我们见面。他得到统战部的允许,以带病之身,经北京、莫斯科、布拉格,一路住医院,于 7 月初飞抵日内瓦,到达以后又立刻住入医院。医生检查数日,认为他可以出院,但每日要自己检查血糖与注射胰岛素。我们那年夏天租了一公寓,每天清早光诺总是非常有兴趣地看着祖父用酒精灯检查血糖。我醒了以后他会跑来说:"It is not good today, it is brown."(今天不好,棕色。)或"It is very good today, it is blue."(今天很好,蓝色。)过了几星期,父亲身体逐渐恢复健康,能和小孙子去公园散步。他们非常高兴在公园一边的树丛中找到了一个"secret path"(秘密通道)。每次看他们一老一少准备出门:父亲对着镜子梳头发,光诺雀跃地开门,我感到无限的满足。

父亲给致礼和我介绍了新中国的许多新事物。他对毛主席万分敬佩,尤其喜欢毛的诗句。

有一天他给致礼和我写了两句话。今天的年轻人恐怕会觉得这两句话有一点封建味道,可是我以为封建时代的思想虽然有许多是要不得的,但也有许多是有永久价值的。

1960 年夏至 1962 年间,父亲又和母亲两度与我在日内瓦团聚。致礼、光宇(我们家老二)和二弟振平也都参加了。父亲三次来日内瓦,尤其后两次,都带有使命感,觉得他应当劝我回国。这当然是统战部或明或暗的建议,不过一方面也是父亲自己灵魂深处的愿望。可是他又十分矛盾:一方面他有此愿望,另一方面他又觉得我应该留在美国,力求在学术上更上一层楼。和父亲、母亲在日内瓦三次见面,对我影响极大。那些年代我在美国对中国的实际情形很少知道。三次见面使我体会到了父亲和母亲对新中国的看法。记得 1962 年我们住在 Route de Florissant,有一个晚上,父亲说新中国使中国人真正站起来了,从前不会做一根针,今天可以制造汽车和飞机(那时还没有制成原子弹,父亲也不知道中国已在研制原子弹),从前常常有水灾旱灾,动辄死去几百万人,今天完全没有了。从前文盲遍野,今天至少城市里面所有小孩都能上学。从前……今天……正说得高兴,母亲打断了他的话说:"你不要专讲这些。我摸黑起来去买豆腐,排队站了三个钟头,还只能买到两块不整齐的,有什么好?"

父亲很生气,说她专门扯他的后腿,给儿子的错误的印象,气得走进卧室,"砰"的一声关上了门。我知道他们二位的话都有道理,而且二者并不矛盾:国家的诞生好比婴儿的诞生,会有更多的困难,会有更大的痛苦。

1971 年夏天我回到了阔别 26 年的祖国。那天乘法航自缅甸东飞,进入云南上空时,驾驶员说:"我们已进入中国领空!"当时我的激动的心情是无法描述的。

傍晚时分,到达上海。母亲和弟妹们在机场接我。我们一同去华山医院看望父亲。父亲住院已有半年。上一次我们见面是 1964 年底的香港,那时他 68 岁,还很健康。六年半中间,受了一些隔离审查的苦,老了、瘦了许多,已不能自己站立行走。见到我他当然十分激动。1972 年夏天我第二度回国探亲访问。父亲仍然住在医院,身体更衰弱了。次年 5 月 12 日清晨父亲长辞人世,享年77岁。

6岁以前我生活在老家安徽合肥,在一个大家庭里。每年旧历新年正厅门口都要换上新的春联。上联是"忠厚传家",下联是"诗书继世"。父亲一生确实贯彻了"忠"与"厚"两个字。另外他喜欢他的名字杨克纯中的"纯"字,也极喜欢朋友间的"信"与"义"。父亲去世以后,我的小学同班同学、挚友熊小明写信来安慰我,说父亲虽已过去,我的身体里循环着他的血液。是的,我的身体里循环着的是父亲的血液,是中华文化的血液。

我于1964年春天入美国籍,差不多20年以后我在论文集中这样写道:从1945年至1964年,我在美国已经生活了19年,包括了我成年的大部分时光。然而,决定申请入美国籍并不容易。对一个在中国传统文化里成长的人,作这样的决定尤其不容易。一方面,传统的中国文化根本就没有长期离开中国而长居他国的观念。迁居别国曾一度被认为是彻底的背叛。另一方面,中国有过辉煌灿烂的文化,她近一百多年来所蒙受的屈辱和剥削在每一个中国人的心灵中都留下了极深的烙印。任何一个中国人都难以忘记这一百多年的历史。我父亲在1973年故去之前一直在北京和上海当数学教授,他曾在芝加哥大学获得博士学位,他经历甚广。但我知道,直到临终前,对于我的放弃故国,他在心底里的一角始终没有宽恕过我。

1997年7月1日清晨零时,我有幸在香港会议展览中心参加了回归盛典。看着中华人民共和国国旗在"起来,不愿做奴隶的人们"的音乐声中冉冉上升,想到父亲如果能目睹这历史性的、象征中华民族复兴的仪式,一定比我还要激动。他出生于1896年——101年前,《马关条约》、庚子赔款的年代,在残破贫穷、被列强欺侮、实际上已瓜分了他的祖国。他们那一辈的中国知识分子,目睹洋人在租界中的专横,忍受了二十一条款、"五卅惨案"、"九一八事变"、"南京大屠杀"等说不完的外人欺凌,出国后尝受了种族歧视的滋味,他们是多么盼望有一天能看到站起来的富强的祖国,能看到"大英帝国"落旗退兵,能看到中国国旗骄傲地向世界宣称:这是中国的土地。这一天,1997年7月1日,正是他们一生梦寐以求的一天。

父亲对这一天的终会到来始终是乐观的。可是直到1973年去世的时候,他却完全没有想到他的儿子会躬逢这一天的历史性的盛典。否则他恐怕会改吟陆放翁的名句吧:国耻尽雪欢庆日,家祭无忘告乃翁。

祭　父

贾平凹

父亲贾彦春,一生于乡间教书,退休在丹凤县棣花。年初胃癌复发,7个月后便卧床不起,饥饿疼痛,疼痛饥饿,受罪至第27天的傍晚,突然一个微笑而去世了。其时中秋将近,天降大雨,我还远在400里之外,正预备着翌日赶回。

我并没有想到父亲的最后离去竟这么快。以往家里出什么事,我都有感应,就在他来西安检查病的那天,清早起来我的双目无缘无故地红肿,下午他一来,我立即感到有悲苦之灾了。经检查,癌已转移,半月后送走了父亲,天天心揪成一团,却不断地为他卜卦。卜辞颇吉祥,还疑心他会创造出奇迹,所以接到病危电报,以为这是父亲的意思,要与我交代许多事情。一下班车,看见戴着孝帽接我的堂兄,才知道我回来的太晚了,太晚了。父亲安睡在灵床上,双目紧闭,口里衔着一枚铜钱,他再也没有以往听见我的脚步便从内屋走出来喜欢地对母亲喊:"你平回来了!"也没有我递给他一支烟时,他总是摆摆手而拿起水烟锅的样子,父亲永远不与儿子亲热了。

守坐在灵堂的草铺里,陪父亲度过最后一个长夜。小妹告诉我,父亲饲养的那只猫也死了。父亲在水米不进的那天,猫也开始不吃,11日中午,猫悄然毙命,7个小时后父亲也倒了头。我感动着猫的忠诚,我和我的弟妹都在外工作,晚年的父亲清淡寂寞,猫给过他慰藉,猫也随他去到另一个世界。人生的短促和悲苦,大义上我全明白,面对着父亲我却无法超脱。满院的泥泞里人来往作乱,响器班在吹吹打打,透过灯光我呆呆地望着那一棵梨树,这是父亲亲手栽的,往年果实累累,今年竟独独一个梨子在树顶。

父亲的病是两年前做的手术,我一直对他瞒着病情,每次从云南买药寄他,总是撕去药包上癌的字样。术后恢复得极好,他每顿已能吃两碗饭,凌晨要喝一壶茶水,坐不住,喜欢快步走路。常常到一些亲戚朋友家去,撩了衣服说:瞧刀口多平整,不要操心,现在什么病也没有了。看着父亲的豁达样,我暗自为没告诉他病情而宽慰,但偶尔发现他独坐的时候,神色甚是悲苦,竟有一次我弄来一本算卦的书,兄妹们都嚷着要查各自的前途机遇,父亲走过来却说:"给我查一下,看我还能活多久?"我的心咯噔一下沉起来,父亲多半是知道了他得的什么病,他只是也不说出来罢了。卦辞的结果,意思是该操劳的都操劳了,待到一切都好。父亲叹息了一声:"我没好福。"我们都黯然无语,他就又笑了一下:"这类书怎么当真?人生谁不是这样呢!"可后来发生的事情,不幸都依这卦辞来了。

先是数年前母亲住院,父亲一个多月在医院伺候,做手术的那天,我和父亲守在手术室外,我紧张得肚子疼,父亲也紧张得肚子疼。母亲病好了,大妹出嫁,小妹高考却不中,原本依父亲的教龄可以将母亲和小妹的户口转为城镇户口,但因前几年一心想为小弟有个工作干,自己硬退休回来,现在小妹就只好窝在乡下了。为了小妹的前途,我写信申请,父亲四处寻人说情,他是干了几十年教师工作,不愿涎着脸给人说那类话,但事情逼着他得跑动,每次都十分为难。他给我说过,他曾鼓很大勇气去找人,但当得知所找的人不在时,竟如释重负,暗自庆幸,虽然明日还得再找,而今天却免去一次受罪了。整整两年有余,小妹的工作有了着落,父亲喜欢得来人就请喝酒,他感激所有帮过忙的人,不论年龄大小皆视为贾家的恩人。但就在这时候,他患了癌病。担惊受怕的半年过去了,手术后身体一天天好起来,这一年春节父亲一定要我和妻子女儿回老家过年,多买了烟酒,好好欢度一番,没想年前两天,我的大妹夫突然出事故亡去。病后的父亲老泪纵横,以前手颤的旧病又复发,三番五次划火柴点不着烟。大妹带着不满一岁的外甥重又回住到我家,沉重的包袱又一次压在父亲的肩上。为了大妹的生活和出路,父亲又开始比小妹当年就业更艰难的奔波,一次次的碰壁,一夜夜的辗转不眠。我不忍心看着他的劳累,甚至对他发火,他就再一次赶来给我说情况时,故意做出很轻松的样子,又总要说明他还有别的事才进城的。大妹终于可以吃商品粮了,甚至还去外乡做临时工作,父亲是想领大妹一块去乡政府报到,但癌病复发了,终未去成。父亲之所以在动了手术后延续了两年多的生命,他全是为儿女要办完最后一件事,当他办完事了竟不肯多活一月就悠然长逝。

俗话讲,人生的光景几节过,前辈子好了后辈子坏,后辈子好了前辈子坏,可父亲的一生中却没有舒心的日月。在他的幼年,家贫如洗,又常常遭土匪的绑票,三个兄弟先后被绑票过三次，每次都是变卖家产赎回，而年仅 7 岁的他，也竟在一个傍晚被人背走到几百里外。贾家受尽了屈辱，发誓要供养出一个出头的人，便一心要他读书。父亲提起那段生活，总是感激着三个大伯，说他夜里读书，三个大伯从几十里外扛木头回来，为了第二天再扛到 20 里外的集市上卖个好价，成半夜在院中用石槌砸木头的大小截面，那种"咣咣"的响声使他不敢懒散，硬是读完了中学成为贾家第一个有文化的人。此后的四五十年间，他们兄弟四人亲密无间，22 口的大家庭一直生活到 60 年代，后来虽然分家另住，谁家做一顿好吃的，必是叫齐别的兄弟。我记得父亲在邻县的中学任教时期，一直把三个堂兄带在身边上学，他转到哪儿，就带在哪儿，堂兄在学生宿舍里搭合铺，一个堂兄尿床，父亲就把尿床的堂兄叫去和他一起睡，一夜几次叫醒小便，但常常堂兄还是尿湿了床，害得父亲这头湿了睡那头，那头暖干了睡这头。我那时和娘住在老家，每年里去父亲那儿一次，我的伯父就用箩筐一头挑着我，一头挑着粮食翻山越岭走两天，我至今记得我在摇摇晃晃的箩筐里看夜空的星星，星星总是在移动，让我无法数清。当我参加了工作第一次领到了工资，39 元钱先给父亲寄去了 10 元，父亲买了酒便请了三个伯父痛饮，听母亲说那一次父亲是醉了。那年我回去，特意跑了半个城买了一根特大的铝盒装的雪茄，父亲拆开了闻了闻，却还要叫了三个伯父，点燃了一口一口轮流着吸。大伯年龄大，已经下世 10 多年了，按常理，父亲应该照看着二伯和三伯先走，可谁也没想到，料理父亲丧事的竟是二伯和三伯。在盛殓的那个中午，贾家大小一片哭声，二伯和三伯老泪纵横，瘫坐在椅子上不得起来。

"文化大革命"中，家乡连遭三年大旱，生活极度拮据，父亲却被诬陷为历史反革命关进了牛棚。正月十五的下午，母亲炒了家中仅有的一疙瘩肉盛在缸子里，伯父买了四包香烟，让我给父亲送去。我太阳落山时赶到他任教的学校，父亲已经遭人殴打过，造反派硬不让见，我哭着求情，终于在院子里拐角处见到了父亲，他黑瘦得厉害，才问了家里的一些情况，监管人就在一边催时间了。父亲送我走过拐角，却将缸子交给我，说："肉你拿回去，我把烟留下就是了。"我出了院子的栅栏门，门很高，我只能隔着栅栏缝儿看父亲，我永远忘不了父亲呆呆站在那儿看我的神色。后来，父亲带着一身伤残被开除公职押送回家了。那是个中午，我正在山坡上拔草，听到消息扑回来，父亲已躺在床上，一见我抱了我就说："我害了我娃了！"放声大哭。父亲是教了半辈子书的人，他胆小，又自尊，他受不了这种打击，回家后半年内不愿出门。但家庭从政治上、经济上一下子沉沦下来，我们常常吃了上顿没有下顿，自留地的包谷还是嫩的便掰了回来，包谷颗儿和穗儿一起在碾子上砸了做糊糊吃，麦子不等成熟，就收回用锅炒了上磨。全家唯一的指望的是那头猪，但猪总是长一身红绒，眼里出血似的盼它长大了，父亲领着我们兄弟将猪拉到 15 里的镇上去交售，但猪瘦不够标准，收购站拒绝收。听说 20 里外的邻县一个镇上标准低，我们决定重新去交，天不明起来，特意给猪喂了最好的食料，使猪肚撑得滚圆，我们却饿着，父亲说："今日把猪交了，咱父子仨一定去饭馆美美吃一顿！"这话极大地刺激了我和弟弟，赤脚冒雨将猪拉到了镇上。交售猪的队排得很长，眼看着轮到我们了，收购员却喊了一声："下班了！"关门去吃饭。我们迭声叫苦，没有钱去吃饭，又不能离开，而猪却开始排泄，先是一泡没完没了的尿，再是翘了尾巴要拉，弟弟急了，拿脚直踢猪屁股，但最后还是拉下来，望着那老大的一堆猪粪，我们明白那是多少钱的分量啊。骂猪，又骂收购员，最后就不骂了，因为我和弟弟已经毫无力气了。直等到下午上班收购员过来在猪的脖子上捏捏，又在猪肚子上踹踹，头不抬地说："不够等级！下一个……"父亲首先急了，忙求着说："按最低等级收了吧。"收购员翻着眼训道："白给我也不收哩！"已经去验下一头猪了。父亲在那里站了好大一会儿，又过来蹲在猪旁边，他再没有说话,手抖着在口袋里掏烟,但没有掏出来,扭头对我们说:"回吧。"父子仨默默地拉猪回来,一路上再没有说肚子饿的话。

在那苦难的两年里,父亲耿耿于怀的是他蒙受的冤屈,几乎过三天五天就要我来写一份翻案材料寄出去。他那时手抖得厉害,小油灯下他讲他的历史,我逐字书写,寄出去的材料百分之九十泥牛入海,而父亲总是自信十足。家贫买不起纸,到任何地方一发现纸就眼开,拿回来仔细裁剪,又常常纸色不同,以至后来父子俩谈起翻案材料只说"五色纸"就心照不宣。父亲幼年因家贫害过胃疼,后来愈过,但也在那数年间被野菜和稻糠重新伤了胃,这也便是他恶变胃癌的根因。当父亲终于冤案昭雪后,星期六的下午他总要在口袋装上学校的午餐,或许是一片烙饼,或是四个小素包子,我和弟弟便会分别拿了躲到某一处吃得最后连手也舔了,末了还要趴在泉里喝水涮口咽下去。我们不知道那是父亲饿着肚子带回来的,最最盼望每个星期六傍晚太阳落山的时候。有一次父亲看着我们吃完,问:"香不香?"弟弟说:"香,我将来也要当个教师!"父亲笑了笑,别过脸去。我那时稍大,说现在吃了父亲的馍馍,将来长大了一定买最好吃的东西孝敬父亲。父亲退休以后孩子们都大了,我和弟弟都开始挣钱,父亲也不愁没有馍馍吃,在他64岁的生日我买了一盒寿糕,他却直怨我太浪费了。5月初他病加重,我回去看望,带了许多吃食,他却对什么也没了食欲,临走买了数盒蜂王浆,叮咛他服完后继续买,钱我会寄给他的,但在他去世后第五天,村上一个人和我谈起来,说是父亲服完了那些蜂王浆后曾去商店打问过蜂王浆的价钱,听说一盒8元多,他手里捏着钱却又回来了。

父亲当然是普通的百姓,清清贫贫的乡间教师,不可能享那些大人物的富贵,但当我在城里每次住医院,看见老干部楼上的那些长期为小病疗养而坐在铺有红地毯的活动室中玩麻将的人,我就不由得想到我的父亲。

在贾家家庭里,父亲是文化人,德望很高,以至大家分为小家,小家再分为小家,甚至村里别姓人家,大到红白喜丧之事,小到婆媳兄妹纠纷,都要找父亲去解决。父亲乐意去主持公道,却脾气急躁,往往自己也要生许多闷气。时间长了,他有了一定的权威,多少也有了以"势"来压的味道,他可以说别人不敢说的话,竟还动手打过一个不孝其父的逆子的耳光,这少不得就得罪了一些人。为这事我曾埋怨他,为别人的事何必那么认真,父亲却火了,说道:"我半个眼窝也见不得那些龌龊事!"父亲忠厚而严厉,胆小却嫉恶如仇,他以此建立了他的人品和德行,也以此使他吃了许多苦头,受了许多难处。当他活着的时候,这个家庭和这个村子的百多户人家已经习惯了父亲的好处,似乎并不觉得什么,而听到他去世的消息,猛然间都感到了他存在的重要。我守坐在灵堂里,看着多少人来放声大哭,听着他们哭诉:"你走了,有什么事我给谁说呀?"的话,我欣慰着我的父亲低微却崇高,平凡而伟大。

在我小小的时候,我是害怕父亲的。他对我的严厉使我产生惧怕,和他单独在一起我说不出一句话,极力想赶快逃脱。我恋爱的那阵,我的意见与父亲不一致,那年月政治的味道特浓,他害怕女方的家庭成分影响了我,他骂我,打我,吼过我"滚"。在他的一生中,我什么都听从他,唯那件事使他伤透了心。但随着时代的变化,家庭出身也不再影响到个人的前途,但我的妻子并未记恨他,像女儿一样孝敬他,他又反过来说我眼光比他准,逢人夸说儿媳的好处,在最后的几年里每年都喜欢来城中我的小家中住一个时期。但我在他面前,似乎一直长不大,直到我的孩子已经上小学了,一次他来城里,见面递给我一支烟来吸,我才知道我成熟了,有什么可以直接同他商量。父亲是一个普通的乡村教师,又受家庭生计所累,他没有高官显禄的三朋,也没有身缠万贯的四友,对于我成为作家,社会上开始有些虚名后,他曾是得意和自豪过。他交识的同行和相好免不了向他恭贺,当然少不了向他讨酒喝,父亲在这时候是极其的慷慨,身上有多少钱就掏多少钱,喝就喝个酩酊大醉。以至后来,有人在哪里看见我发表了文章,就拿着去见父亲索酒。他的酒量很大,原因一是"文革"中心情不好借酒消愁,二是后来为我的创作以酒得意,喝酒喝上了瘾,在很长的日子里天天都要喝的,但从不一人独喝,总是吆喝许多人聚家痛饮,又一定要母亲尽一切力量弄些好的饭菜招待。母亲曾经抱怨:家里的好吃好喝全让外人享用! 我也为此生过他的气,以我拒绝喝酒而抗议,父亲真有一段时间也不喝酒了。1982 年的春天,我因一批小说受到报刊的批评,压力很大,但并未透露一丝消息给他。他听人说了,专程赶 30 里到县城去翻报纸,熬煎得几个晚上睡不着。我母亲没文化,不懂得写文章的事,父亲给她说的时候,她困得不时打盹,父亲竟生气得骂母亲。第二天搭车到城里见我,我的一些朋友恰在我那儿谈论外界的批评文章,我怕父亲听见,让他在另一间房内休息,等来客一走,他竟过来说:"你不要瞒我,事情我全知道了。没事不要寻事,有了事就不要怕事。你还年轻,要吸取经验教训,路长着哩!"说着又返身去取了他带来的一瓶酒,说:"来,咱父子都喝喝酒。"他先倒了一杯喝了,对我笑笑,就把杯子给我。他笑得很苦,我忍不住眼睛红了。这一次我们父子都重新开戒,差不多喝了一瓶。

自那以后,父亲又喝开酒了,但他从没有喝过什么名酒。两年半前我用稿费为他买了一瓶茅台,正要托人捎回去,他却来检查病了,竟发现患的是胃癌。手术后,我说:"这酒你不能喝了,我留下来,等你将来病好了再喝。"我心里知道父亲怕是再也喝不成了,如果到了最后不行的时候,一定让他喝一口。在父亲生命将息的第 10 天,我妻子陪送老人回老家,我让把酒带上。但当我回去后,父亲已经去世了,酒还原封未动。妻说:父亲回来后,汤水已经不能进,就是让喝酒,一定腹内烧得难受,为了减少不必要的痛苦,才没有给父亲喝。盛殓时,我流着泪把那瓶茅台放在棺内,让我的父亲在另一个世界上再喝吧。如今,我的文章还在不断地发表出版,我再也享受不到那一份特殊的祝贺了。

父亲只活了 66 岁,他把年老体弱的母亲留给我们,他把两个尚未成家的小妹留给我们,他把家庭的重担留给了从未担过重的长子的我。对于父亲的离去,我们悲痛欲绝,对于离去我们,父亲更是不忍。当检查得知癌细胞已广泛转移毫无医治可能的结论时,我为了稳住父亲的情绪,还总是接二连三地请一些医生来给他治疗,事先给医生说好一定要表现出检查认真,多说宽心话。我知道他们所开的药全都是无济于事的,但父亲要服只得让他服,当然是症状不减,且一日不济一日,他说:"平呀,现在咋办呢?"我能有什么办法呀,父亲。眼泪从我肚子里流走了,脸上还得安静,说:"你年纪大了,只要心放宽静养,病会好的。"说罢就不敢看他,赶忙借故别的事走到另一个房间去抹眼泪。后来他预感到了自己不行了,却还是让扶起来将那苦涩的药面一大勺一大勺地吞在口里,强行咽下,但他躺下时已泪流满面,一边用手擦着一边说:"你妈一辈子太苦,为了养活你们,舍不得吃,舍不得穿,到现在还是这样。我只说她要比我先走了,我会把她照看得好好的……往后就靠你们了。还有你两个妹妹……"母亲第一个哭起来,接着全家大哭,这是我们唯有的一次当着父亲的面痛哭。我真担心这一哭会使父亲明白一切而加重他的负担,但父亲反倒劝慰我们,他照常要服药,说他还要等着早已订好的国庆节给小妹结婚的那一天,还叮咛他来城前已给菜地的红萝卜浇了水,菜苗一定长得茂密,需要间一间。就在他去世的前 5 天,他还要求母亲去抓了两副中草药熬着喝。父亲是极不甘心地离开了我们,他一直是在悲苦和疼痛中挣扎，我那时真希望他是个哲学家或是个基督教徒，能透悟人生，能将死自认为一种解脱，但父亲是位实实在在地为生活所累了一生的平民，他的清醒的痛苦的逝去使我心灵不得安宁。当得知他在最后一刻终于绽出一个微笑，我的心多多少少安妥了一些。可以告慰父亲的是，母亲在悲苦中总算挺了过来，我们兄妹都一下子更加成熟，什么事都处理得很好。小妹的婚事原准备推迟但为了父亲灵魂的安息，如期举办，且办得十分圆满。这个家庭没有了父亲并没有散落，为了父亲，我们都在努力地活着。

按照乡间风俗，在父亲下葬之后，我们兄妹接连数天的黄昏去坟上烧纸和燃火，名曰："打怕怕"，为的是不让父亲一人在山坡上孤单害怕。冥纸和麦草燃起，灰屑如黑色的蝴蝶满天飞舞，我们给父亲说着话，让他安息，说在这面黄土坡上有我的爷爷奶奶，有我的大伯，有我村更多的长辈，父亲是不会孤单的，也不必感到孤单，这面黄土坡离他修建的那一院房子并不远，他还是极容易来家中看看；而我们更是永远忘不了他，会时常来探望他的。

话说父亲

王安忆

从小就知道，父亲是一个话剧导演。然而，导演究竟是什么，什么才是导演，却很不明白。记忆中，最早看父亲导演的一个戏，名字叫做《海滨激战》。只记得是一个很热的夏天，剧场中冷气大开放，冻得人打哆嗦，妈妈便在我与姐姐裸着的胳膊和腿上盖上一些手帕御寒，然后的记忆，便是两声枪响，它响起得是那么突兀，毫无思想准备，于是，又是一阵大大的哆嗦。这便是这个戏给我留至今日的全部印象。以后当然还看过不少戏，有些是父亲执导，另有一些不是父亲执导，却依然不懂得导演是什么，什么才是导演。我被舞台迷住了，灯光、布景、女演员以及在那小小一方虚拟的世界里所演出的大大的真实的故事。后来，我依然喜欢话剧，也依然不明白什么是导演。有时候，为了证明自己是导演的女儿，看完一个戏后，在人们说"演得好"的时候，我则说："导得好。"仅此而已。因此，对于父亲的事业，我可说是很少了解。

我想在这里写的，就只是我的父亲。

我的父亲出生在很远的地方，那地方在很长的时间里，一直与我们失了联系，再加上他那一副很不知人事世故的样子，便像是从天上掉下来似的，真正是一派天然。再没有比父亲更不会做人的人了，这大约也是因为他出生成长的地方，与我们这一片以做人为根本的土地相距甚远。他甚至连一些最常用的寒暄絮语都没有掌握，比如，他与一位多年不见的老战友见面时，那叔叔说："你一点没老。"他则回答道："你的头发怎么都没了？"弄得十分扫兴。见面的套话没有掌握，告别的套话也没有。有他不喜欢的、不识趣的客人来访，他竟会在人刚转身跨出门槛时，就朝人背后扔去一只玻璃杯。他极保护自己个人的生活，他是愿意怎么生活就怎么生活，毫不顾及别人会说什么。别人对他留有什么印象，是他从不关心的。他是只需自己就能证明得了自己，只需自己这一个证明的。可说是十分的自信。比起世上太多的终年终月为别人的观瞻营造一个自己的生活，是要轻松，却也多了一种别样的艰难。

在我们长大以后,姐姐已开始向往做一个红卫兵的时候,我们才明白了一个真相,便是:父亲曾经是一名右派。当然觉得真是经历了极大的打击,觉得我们真是太倒霉了、太不幸了。而以后我才明白,像他那样的人,做一名右派是太应该不过的事情了。因此,如我,既要出生于世,有一个右派的父亲,便是别无选择了。他同样的,以只需他自己证明的赤诚去爱国,去爱党。以他最无方式最无策略的形式去爱国和爱党,在一些最不合宜的时候说一些最不合宜的话,又因他极易冲动的情绪,将那些话表达得十分极端。这于一个以中庸为美德的民族实是十分十分的不适宜了。他是一无辩证的思想,他的哲学里,很少"但是"、"然而"这样可将语意表达得七回八折的转折用语,他是一根肚肠通到了底,既不给人转弯,也不给自己留下转弯的余地。在一个障碍极多的世界上,他便很难顺利了。幸而他是十分的逍遥,才没有觉着太多的委屈,甚至还不如我们孩子所觉着的那么多。我们常常为他切切的、大老远地赶回来革命而抱屈,而他却很释然。妈妈曾在一个乡下人那里为他算过命,说他是"自己自在,自己逍遥,否则便要去上吊了"。大家都觉得很准。曾听我家老保姆描绘过她第一次见到爸爸的印象。那时她刚到我们家,有一天,说是晚上先生要回来,忙着换洗床单,铺鸭绒被。然后有人敲门,便去开门,只见门口站着一个胡子拉碴、又黑又瘦、叫花子般的男人,得知他就是"先生"以后,她就开始为那张床担心,这么干净的床怎么能睡这样脏的一个人。根据时间推算,那正是父亲倒霉的一年,而我已记不得那时父亲的模样了。想来是十二分的狼狈。

后来,父亲和他的兄弟姐妹又有了联系,姑母与叔叔每年一次地来国内看望我们全家,见面时很激动,分手时,则有种松了一口气的感觉。父亲和他们在一起总有一种寂寞的感觉,这一种寂寞甚至要胜过那一种委屈。有一次,当他们走之后,他对妈妈说过这样一段话,意思是,在他们面前,他对自己的价值感到怀疑。他这一生,只有两桩事业,一是革命,一是艺术,而在他们笃守的钱的面前,这两桩事业都失了位置,这也是他至今不愿回出生地看看的最大原因。他是宁在此地委屈,也不愿去彼地寂寞的。而由此看来,他的那一种自信的人生态度,那一种我行我素的生活原则,便又只能在这一片与他不适宜的土地上才可确立了。他只有在这一片不适宜的土地上,方可建立他的人生,因这方土地,是他种植他革命与艺术这两桩事业的土地,无论与他是多不协调,却也分离不开了。因而,他所有的遭遇便是他的宿命了,也是我们的宿命了。

要命的是,他所笃守的革命和艺术,却又常常发生冲突。他是斯坦尼斯拉夫斯基的信徒,以这体系确立了他的导演艺术,以这艺术导了许多戏。到了"文化大革命"中,这体系便无可避免地遭了袭击。他是又要革命,又要艺术,一方也舍弃不了。而那一个年代,即使像我父亲那样自信的人都要困惑,都要怀疑一切。他面对那样"伟大"的时代,革命的力量"无比强大",他终于同意批判斯坦尼了。他批判得极认真,将斯坦尼的著作重读了一遍(我便是在那时候接触了斯坦尼,看了他的著作,在父亲批判的同时,我则开始信守),然后,他写了文章,他写得很得意。并且在以后的为斯坦尼平反的日子里他还继续得意。在做斯坦尼的信徒已成光荣的时候,却不再说"没有斯坦尼便没有我王啸平"的话,他已悄悄地与他信守的体系产生了裂变,在一个奇怪的时代里,得了一个奇怪的契机,而有了奇怪的进步。可惜我没有读过他的文章,只猜想,他所进行的批判或许是一种真诚的批判,从艺术的科学态度出发的批判。他只可能作这样的批判了。他绝不会违了良心去批判。他自己的良心便是一切行事的坐标了,所以他极少做违心的事。因他极少做违心的事,才可过得自在逍遥,而不至于去上吊了。

而奇怪的是,像他这样不会做人的人,却有着惊人的人缘。1978年那一个奇热的上海的暑天,他的胆囊炎大发作,除却手术别无他路。妈妈患有冠心病、高血压,弟弟还小,姐姐在外地,只有我和未婚夫两人可照料病人。于是,人艺的男演员们便自发排了班次,两小时一班地轮流看护,准时准刻,从不曾有过误点的事情。这是极罕见的一支看护队伍,即便是在显赫的高干病房,大约也难有这种挚诚至深的对待,令我们久久难以忘怀。我能看出人们真诚地爱他。因他对人的爱也是真心流露。他不会勉强自己去爱什么,可是如他要爱,却也无法勉强他不爱。我们虽不知道他对演员们是如何,可从演员们对他,却可看出他的对待。俗话常说人心换人心。也因他对人不加矫饰,人对他也同样的不加矫饰,不以虚礼往来。我们经常听到演员们以他的素材演编的长篇喜剧,比如,喝了药水之后,发现瓶上所书:服前摇晃,于是便拼命地晃肚子;还比如,将给妈妈的信投到"人民检举箱"等等,诸如此类,刻画了一个糊里糊涂的父亲。因他对人率真,人对他也率真;因他对人不拘格局,人对他则也不拘格局。他活得轻松,人们与他也处得轻松。即便在他不很得意的时候,他的身边也没缺少过朋友。听母亲说,在他被划为右派的时候,就有一位阮若珊阿姨为他辩护,而因此几乎划为了右倾。"文化大革命"中,他与沙叶新合作的《边疆新苗》临到危难之际,就有人相继而来,通风报信。似乎是,正因为他没有努力地去做人,反倒少了虚晃的手势,使他更明白于人,更明白于世。与人与世之间,因少了虚晃手势所筑的障碍,倒反更容易加入与介入。因此,他似是在人外,却颇得人缘;似是在世外,则又很积极。只是多了一种超然以应付人事与世事的变故。所以,他倒也活得比谁都自在。

当然,他如此自在地做人,尚须条件。至少,在他朝人身后扔去一只玻璃杯子后,要有人为他打扫现场。他一如不食人间烟火,皆也因为,尚有人为他操心此类俗事,家庭便是他坚强的后盾了。在这一个纷繁的世界里,他的纯净的哲学要建立并实践,必得有人为他开辟一个清静的场所。他在我们这一个家庭的安全的庇护下,可以极尽逍遥自在。因此,父亲又是很幸运的。曾有个朋友写过关于他的文章,提及一则传说,说他往鸡汤里放洗衣粉,他误以为是盐了。而这位朋友却不知道,我父亲是连洗衣粉也不会朝鸡汤里放的。就在不久之前,他还不懂得如何煮一碗方便面。后来,因保姆回乡,他终于学会了下面,下得既快又好。还学会了洗短裤和袜子,先用强力洗衣粉泡一夜,再用肥皂狠搓,大约搓去半块肥皂,再淘清了晾干,倒确是雪白如漂。他是连一桩人间的游戏都不会,打牌只会打一种,早已失传的"抽乌龟",不用机智,但凭运气,轮番地抽牌,抽到完就行了的一种。下棋还会下"飞行棋",也只需掷掷骰子,凭了号码走棋便可。他不会玩一切斗智的游戏,腹中是没有一点点春秋三国,只迷住一本与世无争的书。他最大的娱乐,也是最大的功课,便是读书,中文的,或者外文的,戏剧的,或文学的,个个种种。书也为他开辟了另一个清静的世界,在那里,他最是自由而幸福,他的智慧可运用得点滴不漏。

因了以上的这一切,他在离休以后的日子里,便不像许多老人那样,觉得失了依傍而恍恍然、怅怅然,他依然如故,生活得充实而有兴味。他走的是一条由出世而入世,由不做人而做人的道路,所以,他总能自在而逍遥。

这便是我眼睛里的父亲。

父 亲

林贤治

一个大小半尺的原木相框摆放在书桌的上端。15 年了。由于居室靠近阳台,灰尘很大,每隔一段时日都得扯一块棉花擦拭一次;不然,里面的面影和衣衫很快就给弄模糊了。

这是朋友为晚年的父亲拍的一帧侧身照。

父亲身后的院子,那砖墙,小铁桶,孩子种的花草,一切都是我所熟悉的。如果说院子是一个小小王国,那么父亲就是那里的英明的君王。他以天生的仁爱赢得儿女们的尊敬,以他的勤勉和能力,给王国带来了稳定、丰足与和平。作为一个乡村医生,他对外施行仁义而非"输出革命",所以,邻居和乡人也会常常前来做客,对父亲的那份敬重,颇有"朝觐"的味道。我最爱看傍晚时分,他忙完一天活计,一个人端坐在大竹椅上那副自满自足的样子。但是,自从院子的土墙换成了砖墙以后,他就迅速衰老了,目光里仿佛也有了一种呆滞、茫然的神色。只是照片里的父亲很好。在拍照的瞬间,父亲因为什么突然变得那么兴奋呢?我猜想,一定是他喜爱的孙儿一个顽皮的动作逗得他发笑,要不就是拍照的朋友让他做一个笑容的时候,他笑着笑着便真的笑了起来。总之脸部很舒展,很明亮,很灿烂,让人看了会马上想起秋阳照耀下的一株大丽菊。

父亲是乡下少有的那种爱体面的人,而他也确乎能够维持相当长一段体面的日子。自从60 年代末,他两次被打成"现行反革命"以后,整个人就变得很委顿了。遭遇了一场政治迫害和人身攻击,他会发现,他在周围一带的威望已经大不如前。而且年近古稀,再没有可以重建的机会,何况运动的险恶随时伺机而起呢。

那时,父亲被撤销了大队卫生站医生的职务,还曾一度被剥夺了行医资格。这个打击是沉重的。由于命运的戏弄,过了一段时间,我居然做起了医生,辗转以至终于代替了父亲的位置。这种叫做"子承父业"的情况,应当令父亲感到宽慰的了;但我发觉,事情并不完全是这样。因为老屋行将倾塌,70 年代初,我通过多方借贷,重新建造了一座青砖大瓦房。建造期间,父亲是兴奋的,忙碌的;他总喜欢包揽或干预一些事情,譬如给人计算砖瓦账之类,但当见到我走近,有时竟会中途突然停下来。我总觉得那神色有点异样,但是形容不出来,也无法猜度那意思。他总该不至于嫉妒起自己的儿子来了吧?大约在这种场合,他觉得他的存在有点多余,或者自觉已经失去了干预的能力。无论如何,属于他的王国是被摧毁了。在父亲看来,像建屋这样的大事业,是只配他一个人来撑持的。他是唯一的顶梁柱。他应当把巢筑好以后来安顿他的儿女,让儿女在他的羽翼之下获得永远的庇护。而今,事实证明了他不但无力保护,反而成了被安顿的对象了。他不愿意这样。

然而,时光同世事一样无情。这是无法抵御的。

后来我到了省城做事。每次回家,都看到父亲明显地一次比一次衰老。终于有一天,父亲一病不起了。

父亲中风卧病半年,我不能请长假照顾他,只能断断续续地匆匆回去看望。最苦的是父亲不能言语,只能呆呆地望着床沿上的我,有时我能看到他眼里的闪烁的泪花。一天,大家都说父亲不行了,要我请理发师傅给他理发。在乡下,老人临终前,理发几乎成了一种固定的仪式。我不愿承认父亲的大限已到,更不愿父亲承受这样的折磨。为了这件事,我足足犹豫了几天。周围的人们都来劝说我,说理发是为父亲好,他到了阴间以后会如何如何。我同意了。

我把村中的理发师傅请了来,亲自将父亲强扶起来,又叫了两个人帮忙抱住他坐好。当剪刀刚刚落到他的头上,他的身子猛地一抖,眼睛在刹那间露出极度惊恐的神色。父亲一切都明白了!我的眼泪忍不住刷地流了下来……

我要一万遍诅咒乡间的恶俗!一万遍诅咒自己的愚蠢和残酷!就在父亲的生命的最后一刻,是我用自己的手,掐断了他也许一直在苦苦保持的生之希望,只一掌,就把他推向黑暗的永劫不复的深渊中去了!

每当想起父亲,我都会不时地想起他最后留给我的惊恐的一瞥!所以,相框虽然摆在桌边,也常常有着不愿重睹的时候。我曾经将照片放大了一张送给姐姐,她不要,说是见到父亲的照片要哭的。我知道姐姐,她比我更深地爱着父亲。

半个父亲在疼

庞余亮

爹中风了。爹只剩下半个爹了。

现在再看爹,爹怎么也不像爹了,过去爹像一只豹子,衣服挺括挺括,头发水光油亮——梳的是毛主席的头,向后,把阔大的额头露出来,口袋中还装着小骨梳。时不时就掏出梳子梳一下,小时候的我经常羡慕那把小骨梳。爹如果能亲亲我,抱抱我或者摸摸我该有多好,可爹没有,爹不但没亲过我,也没有亲过抱过大哥二哥,十四岁大哥曾与爹打了一架,大哥被爹打得脸都肿了,但大哥仍然在笑,把半截骨梳伸向流泪的娘。

爹的声音也变了,过去声音像喇叭,现在声音像受了潮的耳机传出来的,这倒不完全是半个舌头的原因,而是因为爹说话首先带着哭腔。比如他叫我:"三子,我要喝水。"我听上去就变成了"三子,我——要——喝——水——"这中间一停顿,一哆嗦,再加上不清楚的发音一拖,什么滋味都有。有时我会回他一句:"让你大儿子倒吧。"爹听了会歪着嘴苦笑,涎水就挂了下来,"三子,爹都这样了……你还记仇?"

我怎么能不记仇,爹把他的三个儿子当成了他算盘上的三个珠子,大哥出门上学,二哥出外当兵,只让我留在了他的手指中间。本来我也在那一年征兵中验上了兵,可爹跳上蹿下,甚至说出了他对国家已仁至义尽了,不能贡献两个儿子,弄得那个带兵的首长都感到这个老头不可思议。其实爹的心思早由娘告诉我了,爹老了,他不能不留一个儿子防老。娘还对我说,"娘支持你出去,你爹这时想到老了,当初他什么时候替你们把过一泡尿的。那一年我有病爬不起来请他替你把一次尿,他理都不理……"就是这样的爹,我成了一名工人,爹的目的实现了,大哥二哥在外地成家了,大哥结婚时甚至没有告诉爹。爹肯定是不指望大哥二哥了,他谈起他们时总说那两个畜生。奇怪的是我大哥说起我爹时也说那个老畜生。爹中风了,我把消息告诉他们,大哥二哥像商量好了的,我们工作忙。我知道他们的意思,原来在家里他们就一起联合起来骗我,明明我看到他们一起吃糖了,我还闻见糖味了,大哥说没有,二哥则信誓旦旦地说,"对,我发誓,没有,是他的嘴巴痒,舌头痒。"

我正要给爹倒水,娘就走了过来,"三子,别倒水给你爹,一会儿他不要尿在裤子上了,人越活越小了哇。"

爹这时目光变了,他愤怒地看着娘,满头白发的娘也盯着他。"怎么啦,你这老不死的想吃了我,你怎么不躺在那个狐狸精那里,你这时候倒知道朝我身边一躺呢。"娘越说越得意,禁不住声音变成了怪里怪气的普通话:"阿东啊,我想找你谈一谈。"说罢,娘的腰身还扭了一扭,娘是在模仿着谁。

我被娘的表演弄笑了。爹的嘴张了张,不说话,头用力地扭了过去。我说,"爹,那个狐狸精是谁啊,告诉我,让我给她打电话,让她来接你。"爹依旧不说话,喉咙里响了一声,又响了一声,然后他狠狠地朝地上吐了一口浓痰。

娘像是什么也没看见似的走了,娘得去打纸牌。纸牌是娘悄悄学会的,爹曾骂不识字的娘是个笨蛋是个木瓜不活络,但娘还是学会了打纸牌。她依旧保持每天下午去打一场纸牌,两块钱进花园。本来认为爹中风了她会停下来,娘说:"我想通了,为你们庞家苦了一辈子,我想通了。"

待娘走后,我起身为爹倒了一杯水,爹用尚能活动的一只手接过来,只喝了半杯,还有半杯就洒在了前襟上,并慢慢绽放。爹的一行泪就滚下来了。爹哭的样子很滑稽,一半脸像在哭,一半脸像在笑。

我从厂里回来时,爹已经应了娘的话了,尿了裤子。娘一边帮着爹换裤子,一边对我说:"三子,我说不倒水给他你偏倒水给他,乖儿子啊,孝顺儿子啊。"我没有吱声。娘可能换得很吃力,声音都喘了起来,"人要自觉一点,我病了我也自觉,这下可好了,又尿了。"

娘给爹换裤子的动作很大,爹像个大婴儿在她的怀里笨拙地蠕来蠕去。一会儿我爹就光着下身了,我看着光着下身的爹目光呆滞,裆前的一团乱草已经变成了灰白色。要在以前,光滑水溜的爹怎么会这样不注意形象。我把哆嗦不已的爹扶坐在一张藤椅上,藤椅吱呀吱呀地叫。爹重重叹了一口气。沉缓,滞重。我想替他擦洗一下,待我把水弄过来时,光着下身的爹已经睡着了,涎水又流了下来,真的不像个人了,其实已经不像人了。

娘说:"晚上给你大哥二哥写一封信,让他们回来。他们不要以为在外面就可以躲。躲是躲不掉的。三子,不是我有意见,小文也有意见。快,三子,快给那个老东西换裤子,小文快回来了,看到了可不好。"

我胡乱地替爹擦了擦,然后替爹换裤子,他的一条腿像是假的,不,比假的更难穿裤子。换好裤子我又发现爹的脚指甲和手指甲都已经很长了。这也一点不像他了,我记得我曾想跟爹借一样宝贝,不是骨梳,而是爹系在一串咣当咣当钥匙中间的指甲剪。爹经常用它修手指上的指甲。边修还边阴阳怪气地说娘。爹没有把它从裤腰带上解下来给我,而是给了正在掏他腰上钥匙的我一巴掌,还对娘说,"看,都像你,都像你一样木。"

我知道娘是不会替他剪指甲的,我只好去抽屉里找来了剪刀。我对爹说:"爹,给你剪指甲。"爹没听懂,我又说了一遍。爹就用好的左手把另一只不动的右手尽力搬到我的面前,像搬着一根棍子似的。我握住了爹的右手,爹的右手已变得说不出的怪,冰凉,又不冰凉。这只右手上的指甲长得又老又长,我用剪刀尽力地剪着,大拇指,食指,中指……我竟然想起来了,我说:"爹,这是小时候你打我的那只手吧。你那时候下手怎么那么狠呢,使劲地打我,一打五个指印,想到这我真不想替你剪。"爹嘴里嘟哝了一句,听不清他在说什么。可能爹在狡辩;正在洗衣服的娘说:"那时这个老东西正准备把我们娘几个都抛弃掉呢。"娘说的声音不大,但爹还是听见了,竟然回过头来对娘说了一句什么,像是在呵斥。娘甩着手中的肥皂泡沫说:"你凶什么,你有什么资格凶,你现在不要凶,你现在归我管,不归那个骚狐狸精管。"

我还没替爹剪完指甲,小文回来了,小文什么也没说就冲进了房间,我进房间时,小文大声地说,"你把你的爪子好好地洗一洗,多用些肥皂。"我说:"已经洗了。"小文头也不回地说:"再洗洗。"

清晨起来,娘正在吃力地给爹穿衣服,娘经常说,"还不如把没用的一半给锯掉呢,锯掉反而好穿了。"爹没有用的那一只手的确很是累人。我正要过去帮忙,小文就喊住了我:"娘叫你写的信呢。"我说:"还没写。"小文的脸就变长了:"你为什么舍不得你大哥二哥就舍得你娘啊。他们不是你爹生的吧。"我说:"你吵什么? 你吵什么? 大哥他们忙。"说着我就把小文推进门里面,并低声说叫小文不要吵了。小文不但没听,嗓音反而更响了,"他们忙个屁,你大哥一家正在青岛旅游呢。"我正准备再说,可门外面有重物落地的声音传来了。我知道不好,爹掉到地上了,只剩下半个身子的爹重心不稳了。

我和娘吃力地把爹抬上了床。爹似乎并不疼,他什么也不说,靠在床头,眼睛呆呆地看着墙上的相框。我问:"爹,摔疼了没有?"爹不说,依旧看着墙上的相框,相框里是大哥穿着西装的照片,二哥穿着军装的照片。娘说:"老神经了,三子在问你。"爹好像没有听见似的。娘又说了一句,"老神经,怕是不行了,三子,你在信中写上一句,爹不行了,叫他们全部回来。"

爹突然开了口:"你敢。"我还看见那已经残疾的右手动了动。爹说完了重重叹了一口气,眼睛依旧盯着墙上的相框。娘说:"看吧,看吧,这些可都是你的乖儿子!"爹没理娘,眼皮耷拉上了。小文飞也似的逃出了家,临走时依旧把门重重地关上了,一股小旋风把墙上的日历纸吹得哗啦哗啦响。

娘说:"三子,小文还没吃早饭吧。你们为什么还不要孩子,娘还能为你们带上几天。"

我没有理娘:"不管她,她又不是小孩。"

娘就抹开了眼泪:"老东西,都是你,在外面胡搞,狐狸精能碰吗,这倒好,小的都跟着受罪。"我是最不愿看到娘流泪的。那时当爹骂娘把娘骂哭了我也是常常跟着哭的。

我心里酸酸的,从药瓶里倒出一堆药,莲子样的华佗再造丸、回春丸、活络丹。我说:"娘,给爹吃了,我去上班了,中午不回来。"

下午还没下班,我的耳朵就火辣辣的,我知道家里肯定出事情了。下了班,我急急地往家里赶,开了门一看,爹依旧躺在床上,我早上数好的药仍然在桌上。我低声问娘:"怎么回事呢。"娘说:"老东西又犯神经了,他不吃药也不吃饭了。"

我走上去叫了声:"爹。"爹闭着眼。我用手去摸他的鼻子,他还活着。我又叫了一声:"爹,叫大哥回来也叫二哥回来,立即乘飞机回来,我去打电报。"说罢我就往外走,爹终于睁开眼来,说:"三子,求求你们了,或者让我死,或者把我送到国外,把我治好了,我做牛做马来回报你们。"

娘听了呸了一口,又呸了一口。"老东西,人家医生不是说了吗?没有特效药。中央首长也这么看。你吃了多少药了,两万多块钱啊,都扔下水了。"

爹说:"吃了又没用,我就不吃药。"

我说:"不吃药?!那会再次中风,病情更重,连这只膀子也会废掉。"

爹嘟哝说:"当初你们为什么要救我?"

我不再说话了。爹依旧再问了一句,"当初你们为什么要救我?"

我看着这个不像爹的爹心里说,为什么要救你,你是我爹呢。不救你我们就没有爹了。好在现在还有爹在面前啊。现在想起来,在医院的三天三夜真是太苦了。

爹依旧问:"当初你们为什么要救我?"

娘说:"神经病,你死嘛,你现在有本事就去死。"

晚上我给大哥二哥写信。记得小时候总是娘让我写信。给大哥写信,给二哥写信。可是回信总是爹拆了看,看完了就把信摔在桌上,然后气冲冲地走了。他向外面打的"两个算盘珠子"在信中从不问候他,尽管信封上写的是他的名字,他的大名。

我在信中写道,爹情绪不好,娘情绪也不好,我和小文都好。小文看了后说:"请把我的名字画掉,或者写上,小文情绪也不好。"我只好把小文两个字画掉。画了之后信封上就多了两个墨团,我索性撕了,又重新写道:爹情绪不好,娘情绪也不好,我很好。写完了我问自己,我很好吗?

我又在信上继续写道,爹经常发脾气。娘也发脾气。想写小文也经常发脾气,但忍住了。我又写道,大哥二哥要是你们都很忙的话,你们就不回来。如果不很忙,就回来一趟看看爹,看一眼少一眼了。

小文又提了意见,"回来一趟做什么?要不回来将他们接走,要不就不回来,回来像做亲戚似的,你不嫌忙,我还嫌忙呢。"

我说:"小文,你这是什么话?"

小文说:"什么话什么话,我告诉你,中国话!"

我不禁恼了:"小文,他毕竟是爹。"

小文鼻子里哼了一声。

"小文,你哼什么?"

"我哼什么,你的爹,你的爹,你的爹就不是你大哥二哥的爹?"

"你也有爹的。"

"我爹又没有住在我家。"

"你能保证你爹不生病。"

"我爹有病,那你爹早已死了,你咒我爹有病,那我就咒你爹死。"

"你爹死不了,能活二百岁。"

"你爹能活五百年,上千年,像一只老乌龟。"

小文的声音很响,我估计外面的爹和娘都听见了。我叫小文不要再吵了,小文的头偏得像只长颈鹿。我走上前对着小文扬起了巴掌,小文不但不怕,反而把脸凑了上来……我打了小文一个嘴巴,小文在床上哭了整整一夜。我也一夜未睡。到了凌晨,我看着小文那样子,前几天陪她去妇产科取化验的结果时她像只小鸟,现在成了老鹰了。为了小文肚子里的孩子,我把我写好的信拿到小文面前一片一片地撕了,小文不哭了。

我又写信了,大哥二哥,爹情况不好,娘情况也不好……

我和小文一起走出房门时,爹已经穿好衣服坐在藤椅上了,娘也烧好了早饭,我想,他们肯定也一夜未睡。

娘好像想说什么,但最终没有说。耷拉着头的爹反而叫了一声:"小文。"

小文回过头来,说了一声:"爹娘,我和三子出去吃早饭。"

我和小文就来到了刚刚醒来的大街上,似乎每家每户都把一个夜晚贮下来的浑浊的气味放到了大街上,那难闻的空气更加令人不安。小文在前面急急地走,我在后面追,小文走了一会儿终于开口了:"姓庞的,你真的挺会装孙子。"

一个星期过去了,大哥二哥依旧没有回来的迹象。小文说:"应了我的话了吧,他们早把这个爹当成你的爹了。"小文说这话时爹娘都在场,都听见了的。爹和娘的脸一直沉着,娘也不出门打纸牌了。小文出门时带门声很重,有时小文关门,娘和爹的身体都不由自主地跟着震动一下。

到了第九天晚上,大哥回来了,就大哥一个人。当时我正在看电视,小文正在打毛衣。爹已经脱了衣服躺在床上。娘在洗碗,"紫英呢?"大哥说大嫂紫英忙。娘又问起了大孙子小军。大哥说小军上学。爹睁开眼来,大哥上前扶起爹穿上了上衣。爹就哭了起来,老泪一行一行地往下掉。娘也哭了起来,最后大哥也哭了起来。小文听见了,说:"三子你出去,也去哭一下。"我说我不出去。小文说:"你不出去我就出去骂他们了。"

我出去的时候的确什么也哭不出来,大哥红着眼睛说:"三子,我给老二挂了电话,老二有任务,不能回来。"说着大哥掏出了一只信封:"这是我和二哥给爹的五千块钱,你多担待一点,小文也多担待一点。"

我听见了小文在房间里不知把什么扔到了地上。我不知道是接这五千块钱还是不接这五千块钱。

大哥说:"老三,我知道你为了爹,没有生小孩,爹也没有几年好活了。我也很苦的,你大嫂你又不是不知道,你二嫂你也不是不知道,只有小文最好。"

小文不知什么时候站在了门口,说:"大哥,你不要给我戴高帽子,只要你们知道我们的苦就行了,这五千块我们不要,给娘。"

娘说:"我也不要,给你爹。你爹总是问,又把钱花到哪儿去啦?想当年,他把钱都花到了那个狐狸精身上,我问过他一句了吗?现在他可好了,管事了。"

大哥说:"娘,你看你。"

爹笑了,爹笑得很滑稽,有点像哭,有点像笑。爹伸出左手想接住那装有五千元的信封。

娘一把夺了过去:"还是给我吧。"

大哥在家里只住了一夜,我让小文回了娘家,大哥跟我睡。本来大哥想换娘服侍一夜爹。娘说:"不要脏了你的手,你有这个心就得了。"

我和大哥都没睡,我还开玩笑地对大哥说:"大哥,你怎么这么尊敬他了,你不是叫他老畜生的吗?"大哥没有回答我,叹了口气,然后说了一些小军的情况。大哥变得很胖了,我说大哥你要当心遗传啊。大哥又叹了口气。大哥在后来的话中反复暗示我,对爹要"放开"点。我们已"够仁至义尽"了,大哥说"他又对我们不怎么样",我们可以说是"自己长大的"。大哥说了两遍,怕我不懂,又仔细讲了一个国外安乐死的事。大哥的意思我懂。大哥怕娘受苦。大哥在临走时又说了一句,要娘"放开"点。然后使劲地握了一下我的手,匆匆地走了。我估计他是偷着来的,大嫂是大城市的人,大哥有点怕她。大哥走后,娘把五千元交给了小文。小文推了一下,还是收下了。这一点,也不只这一点,小文很像娘,真是"不是一家人,不进一家门"。

进入秋天后,爹的状态越来越不行了。经常尿在身上。有时候在夜里,针灸过的右手和右腿都会不由自主地抽搐起来,把床板弄得咚咚咚地响,像是在敲鼓。娘不说是敲鼓,娘说是老东西又想打算盘了。娘还说,你爹快不行了。

爹吃也吃得少了。原先刚中风后的那会儿他一点儿也不少吃,甚至还多吃。现在他少吃多了。爹越来越瘦了。爹开始有点糊涂了,爹有时候喊娘居然喊:"小秋。"娘开始听了这话就对爹:"老不死的,你还在想着那个狐狸精啊,我看还是把你送到那个狐狸精那儿算了。"后来当爹再喊娘"小秋"时,娘就用变了调的普通话答应了,还回喊了一声"阿东——"娘的样子很让我们开心,我和小文都会笑起来,娘也禁不住笑起来,笑笑着眼泪就出来了,拭了一把,又是一把。娘也老了。后来我们笑的时候爹也跟着傻笑,爹越来越糊涂了,有一次我们吃午饭时他居然把屎拉在了裤子上,娘在跟他换裤子时忍不住打了他后脑勺一下,爹居然像小孩一样呜呜呜地哭了起来。

整整一个秋天,家里都充斥着难闻的气味,娘抱怨地说:"我够了,我真的够了,菩萨啊,还是让我先死吧。"

不光有这件事,这个秋天小文的妊娠反应非常厉害。小文的呕吐声,娘的唠叨声,爹迷睡时的呼噜声令我惊惶不安。我有点憎恨这个秋天。

有一天夜里,我正在做着和小文吵架的梦,娘敲响了我家的门说:"三子,爹不行了。"

我衣服也没穿冲了出来。爹无声无息地躺在床上。我握住他的右手,他一点反应也没有。我握住他的左手,他左手也没有一点反应。我挠他的左脚板心,挠了一下没反应,我使劲挠了一下,爹的腿忽然一缩,爹怕痒,爹还没有死。

我还是不放心,我坐在爹的面前,想着天亮时应该给大哥打电报的事。屋子里不知什么秋虫在叫,声音很急,像一把锯子一样锯着这个夜晚,烦闷的锯声慢慢地淹没了我。我看着一动不动的爹,忽然忆起了爹与我的种种细节。鼻子一酸,眼泪就落了下来。我想起了爹第一次带我去看电影,第一次带我去澡堂洗澡,第一次去吃豆腐脑,第一次……

娘见了我流泪,说:"三子,你是孝子,别哭了,人总有这一遭。"

外面的天渐渐亮了,爹却醒了过来,直喊饿,他让娘给他喂粥。

粥烧好了,爹只吃了两口就摇头不吃了。

爹怕活不过这个冬天了。

小文依旧反应得厉害。娘很高兴。爹似乎也很高兴。娘好像还忘记了打纸牌这件事。记得她以前出去打纸牌,爹就一个人守着收音机。如今收音机坏了,爹也不想听了,爹整天坐在藤椅上,藤椅已不像以前那样吱呀吱呀地响,他整天迷睡着,涎水流得更长。娘开始给小孩做小衣服了。娘悄悄对小文说,要趁早做,万一爹去了,就没时间了。

爹有时候还醒过来嘟哝道:"小秋。"这时娘已没心思答应爹了,也不骂爹了。小文还就此事问娘,"那个小秋……小秋漂亮不漂亮?"

娘却说:"老东西已经傻了。"

不管爹傻不傻,小文的肚子还是一天天地大起来了。我真担心有一天,爹的死和小文的生是同一天时间。我真不知道如何面对这样的生和死。或者是爹死在前面,小文的生在后面。或者相反——两样其实都不好。我整天都在为这个问题担忧着,有时候我听见爹的鼾声停了,我就上前用手挠他的左手心。还没挠爹就醒了,对我打了一个大哈欠,还嘟哝了一句,可能是说痒痒。还笑。笑得依旧很滑稽,笑得连口水也流出来了,收都收不住。

爹死的时候是非常突然的。我和小文都睡着了。娘也睡着了,娘事后说她在那天晚上还梦见了那个叫小秋的女人,娘在梦中和她纠缠在一起,最后娘把那个小秋打倒在地,还拽着那小秋的长发在地上拖,那个小秋一声都不叫。娘就用脚踢她,小秋也不叫。娘后来踢到了已经凉下来的爹。娘惊醒过来,发现爹已经过去了。

我有点不甘心,我挠他的左手心,爹不动。我又挠他的左脚心,挠了一下,又挠了一下,爹依然不动。我又去挠爹的胳肢窝,爹不动。我又俯下身去听爹的心脏是否跳动,爹的胸膛依旧什么也没有。泪从我的眼里冲了出来,我觉得我对不起爹,我是一个不孝之子。我确确实实做了大哥所说的"放开一点"。爹有很多要求我都没答应他。他多少次想让我教他学走路,我都嘲笑他。

娘也哭了,娘哭着骂着:"你这个老不死的,就这么死啦,就这么丢下我一个人了,还叫那个狐狸精跟我打架。"小文也在抹眼泪,娘说:"小文,你回房间里去,你是有身子的人了,你保好身子就是孝顺。"

我开始替爹净身,我用热毛巾擦爹有点歪的脸,这有点歪的脸就像在笑,这有点笑的爹紧闭双眼。我用热毛巾擦爹的身子,爹身上有很多跌伤的斑痕,爹就是带着满身的学步的伤痕走的。我用热毛巾替爹擦背,爹的臀部上有褥疮。我真是一个不孝之子。爹,你再打我一下。娘见我哭得很伤心,就反过来劝我,"三子,你这么伤心干吗,他那么打你你不记得了?"

娘这么一说我哭得更厉害了。

收殓时,娘做了几只面饼。娘说,你爹是吃过狗肉的,去了阴间要打狗呢。但爹的右手怎么也握不住,最后娘用了一根她的头发把面饼绑在了爹的手上。我不知道爹到了阴间会不会把这根头发解开,把面饼掷向跟他索债的狗?爹到了阴间会不会健步如飞? 爹死后,娘总是梦见爹拐腿的可怜样。而我在以后的梦中,我是一直梦见爹是健步如飞的。

爹在世时我一点也不觉得爹的重要,爹走了之后我才觉得爹的不可缺少。我再没有爹可叫了。每每看见有中风的老人在挣扎着用半个身子走路,我都会停下来,甚至扶一扶,吸一吸他们身上的气息,或者目送他们努力地走远,泪水又一次涌上了我的眼帘,我把这些中风的老人称作半个父亲,半个父亲在疼。

爸爸的味道

张小娴

每个人身上都有一种独特的气味,日子久了,那种气味就代表他。

F说,他爸爸是一家海鲜酒家的厨师。小时候,每晚爸爸下班回来,他都嗅到他身上有一股浓烈的腥味。他们住在一个狭小的房间里，爸爸身上的腥味令他很难受。他和爸爸的关系很差，考上大学之后，他立刻搬出去跟朋友住。两父子每年只见几次面。

后来，他爸爸病危，躺在医院里。临终的时候，他站在爸爸的病榻旁边，老人家身上挂满各种点滴，加上医院里浓烈的消毒药水味道，他再也嗅不到小时候他常常嗅到的爸爸身上的那股腥味，那股为了养活一家人而换来的腥味。他把爸爸的手指放到自己鼻子前面，可是，那记忆里的腥味已经永远消失。那一刻，他才知道，那股他曾经十分讨厌的腥味原来是那么芳香。

爸爸走了，他身上的腥味却永存在儿子的脑海中，变成了悔疚。F说，他不能原谅自己小时候曾经跟同学说："我讨厌爸爸的味道。"

他记得他有一位同学的爸爸是修理汽车的，每次他来接儿子放学，身上都有一股修车房的味道。另一个同学的爸爸在医院工作，身上常常散发着医院的味道。

爸爸的味道，总是离不开他的谋生伎俩。爸爸老了，那种味道会随风逝去。我们曾否尊重和珍惜他身上的味道？

你爸爸是什么味道的？

爸爸，我不想做你的女儿

珠 墨

二十几年前的那个春天，爸爸，一个流浪猫似的黑瘦丫头游荡到了你的怀里，也就是说这一天你多了一个女儿。爸爸，你抱起这个丑女儿的时候一定有点失望吧，那一年你36岁，你想原本可以再添一个小儿子挨你的巴掌，可你失算了，原来生儿生女不是你这个当爹的说了算。那个春天你的一只耳朵已经聋了，据说是因为当年挖煤的时候身边一个哑炮突然爆炸，而你的同伴、那个18岁的小伙子在这声巨响里软瘫瘫地倒下再也没有起来。爸爸你说那时刻左半边脸全被来自于同伴的一种黏稠液体覆盖，从那以后你的左耳就成了一个摆设。

爸爸，二十几年前我张着没有牙齿的大嘴哇哇地哭，把口水统统地抹在你胡子拉碴的下巴上。其实我对你也不满意，我还畅游在柔软的母腹的时候，就以为我的爸爸应该穿着干净的白衬衫，我的爸爸应该戴着黑框眼镜，我的爸爸应该双手纤细，中指有钢笔摩擦过的痕迹。可你，这个中年男人却是个受了伤的煤矿工人，你从来只用报纸包馒头，你光膀子蹲在门外吃面条，你的手指甲里都是煤灰，而且你的左耳还是个摆设。爸爸，当我第一天睁开眼睛，天外有个声音告诉我："小丫头，这就是你爹了，认命吧。"

爸爸，很快你闺女长大了。等我6岁的时候，我不会跳新疆舞，我不会背唐诗，我不知道3加4等于几，我见了生人总是躲到桌子底下。可是爸爸你从来没担心过你这个女儿可能就这样成了一个傻丫头，你由着我整天拖着鼻涕跟在哥哥屁股后面上山偷玉米，你由着我用棍子把小男孩追打进男厕所，你由着我把妈妈的内衣当成风筝在屋顶上翻飞，你由着我头发乱糟糟地骑在你的肩膀上咯咯傻笑。爸爸，你喝醉了酒就摔家里的盘子我不管，你嫌妈妈做的菜咸就甩下筷子我不管，你把哥哥摁到板凳上用皮带揍我不管，甚至你总是用手擤鼻涕我都不管，可你就这么纵容你的女儿一无所知地长大，长成一个粗枝大叶的准文盲，这让我觉得那个童年是爸爸你让我失去了很多。

爸爸，那年我 15 岁。那天早晨你给我叠被子，把我藏在枕头底下的卫生巾弄到了地上，你还大大咧咧地拿起来掸掸上面的灰，而当时你青春期的女儿就在旁边。那一整天我都躲着你，可你还大呼小叫地喊我的名字，要我去给你买烟。爸爸，你的女儿长大了，而你是个男人，你却都体会不到。一个男生在我家门外吹口哨叫我去"接头"，你二话不说跑出门外提溜着人家衣领叫人家滚，你知道当时我有多么看不起你，我摔了门跑出去的时候冲你喊："你没文化，你就不配做我爸爸！"

爸爸，这年我 19 岁。高考前你在我身后扇着大蒲扇打呼噜，蚊子在你耳边哼哼你都不知道，因为你耳聋。你身上散发出一股汗味儿，你的大脚脏兮兮地跷在我手边。那很多个夏夜，我说："爸，你睡去吧，呼噜打得人家都静不下心。"你打着哈欠说："哪打呼噜了，我都没睡着，这不是给你扇着风呢。"爸爸，我拿到大学录取通知书的时候，你用大手噼里啪啦地拍我的头，把我的头快拍到了 3000 里外的上海。你就不能轻柔地抱抱我，抚摸着我的头发慈祥地叫我乖女儿，或者整理一下我的衣服说戒骄戒躁前面的路还长。人家的父亲都能那样知书达理、循循善诱，你为什么只知道二百五似的拨拉我的头？

爸爸，还记得吗，我小时候用筷子都拿得很靠上，都说这样的姑娘将来要离家远。爸爸，我生来就不属于你的这个世界，我总有一天要离开，这一天就是 19 岁的夏天。

那个 19 岁的夏天，你远远地在送行的站台哭了，尽管你背过身去我还是看到你的肩膀在抖动。你这个大男人怎么就哭了？不就是没办法亲自送我到 3000 里外的大学吗？不就是我走的时候拎的两个箱子太重吗？你就不能扶着我的肩膀对我说到学校为了理想好好学习，你这人根本不知道什么是理想，对吧，这会儿，你还是不像个爸爸样儿，在那么多人中间你哭得像个受委屈的男孩子。你知不知道父亲应该是女儿的一片晴天，你需要微笑着给平凡的女儿一些鼓励，你需要张开有力的臂膀给远行的女儿一点信心。可这一切你都不懂，你只知道你心疼的小女儿要离开了，你难过你忍不住要流泪。爸爸，那一刻我仍然没法选择，你这个糙老爷们仍然是我天经地义的爸爸。

这一年你的女儿在上海读书，一个月需要你寄过去 400 块钱，还需要你每年再预支 2000 元的学费。那时候你这个没什么文化的工人一个月的工资只有 700 块，你该怎么办？你养不起你的女儿了，你供不起她上大学。你是不是深夜里抽着廉价香烟想自己不配做爹？爸爸，你这人没本事，我们大家谁都看在眼里了。你总和领导吵架，你快 60 岁的人连个内退都弄不到，你那当了摆设的耳朵竟然领不到工伤补助。

可你就是一根筋，你想既然二十几年前一不留神生下了我，把我放到犄角旮旯还混成了一个女大学生，怎么也要对我负责。你第二天就骑着破自行车跑到几十里外的农村去收购鸡蛋，然后装满两篮子到城北的农贸市场去卖。为什么要骑到城北，因为我家在城南，你要绕过那些老街坊，你觉得卖鸡蛋丢人，你怎么也是堂堂正正的国家工人。你脸红脖子粗地在城北的破市场里吆喝，你为了五毛钱和一个老婆娘吵了半小时，人家指着鼻子骂你不是男人。那年冬天，你骑车摔在了雪地里，两篮子鸡蛋碎了一地，你蹲下来在黏糊糊的泥浆里挑几个完整的鸡蛋。爸你为什么就不能骑上车走，你的手隔着手套已经血肉模糊了你不觉得疼，你在那儿唉声叹气还掉了两滴眼泪。你不舍得走可漫山遍野没有人可怜你，你 3000 里外的女儿正和一个臭小子在林荫路上手牵手。几年以后我不能吃鸡蛋了,时至今天我仍然会因为那幅场景而在黑夜流泪,这是上天给我的报应吧!

有一年暑假妈妈说我现在是你们唯一的希望了,可有你这么一个爸爸,我的希望在哪?大四的时候我眼睁睁地看着同学都因为父母的奔波留在了上海。在她们打扑克的时候,我灰头土脸地奔波在各个招聘会,看着那些大爷们把我的简历当作卫生纸随便扔到脚底下。爸爸,在那些日子,我半夜躲在被窝里哭。别的女孩可以天真烂漫、无忧无虑,别的女孩可以像花蝴蝶一样挂在男朋友的胳膊上,这一切对于我都显得遥不可及。我整天沉重得像个老处女,我用稚嫩的肩膀扛着不能承受的压力。我不止一次地在日记里写"我有这样一个爸爸,所以我必须用别人双倍的努力得到别人十分之一的成功"。爸爸,这就是你们的希望,因为了你们的平凡而几乎决定了我的命运,一个我连自己都没法掌控的未来,这希望何在?

爸爸,那年我23岁。我终于留在了这个大城市,我染了花里胡哨的头发,我在耳朵后面涂了香水,我说话的时候开始加英语单词,我上网泡吧去参加 party,我和男朋友在轻音乐里接吻。爸爸,我不知道那时候山沟沟里的你都在干吗?抠脚指头,打呼噜,吸溜吸溜地吃面条,抱着收音机听《隋唐演义》?爸爸,你的女儿已经从表面上摆脱了你,无论是你还是她吃过的那么多苦都为了一个目的,那就是让她来彻底地否定有你身影的历史。

爸爸,当我认识了这一生最爱的一个男人的时候,我问你:"爸,他是农民的儿子,他没有钱,他看起来将来也不会有什么大本事。"你说:"你自己看吧,你长大了爸管不了你了。"爸爸,当我离开了这个一生最爱的男人,我独自在离你几千里的城市哭了一个月,一个月后你的女儿比谁都显得厌世。爸爸那时候我又开始恨你了,如果你在之前阻止我接近这份脱离现实的爱情,如果你在之前能提醒我爱情对于穷孩子是空中楼阁,甚至如果你之前能逼迫我和那穷小子分手否则就不认我这女儿,我都不至于后来那么责怪你!爸爸,十几年前你揪着小男孩衣领子的劲儿哪去了?你给我掸掉卫生巾上灰尘的细心哪去了?你摇着大蒲扇怕我热的担忧哪去了?爸爸,你从来都在某一个时刻让自己成为一个不称职的父亲,这么多年来我没有从你那里得到过一点指导,我深一脚浅一脚地摸索着长大,你为什么不能做个可以给我导航的父亲,你除了扇蒲扇、卖鸡蛋还能干吗?

爸爸,时间总在我们的手边流逝,在我什么都没有抓住的时刻,你已经那么的苍老。你的头发比其他同龄人白很多,你整天嘻嘻哈哈地没有原则,你弯着腰眯着眼睛和一些老头打牌吵架,你看着那些重播的清宫戏分不清和坤和纪晓岚,你总是说车臣是南斯拉夫的非法武装。爸爸,苍老的你又还怎么做我的父亲?我还没来得及在雨地里等来你撑伞,我还没来得及委屈后靠在你的肩膀上哭泣,而你还没有来得及对我说"女儿,一切都有爸爸"。爸爸,一切还都来不及的时候,你就这么老了。一切都还来不及的时候,你的女儿眼看着就将被另一个凭空出现的年轻男人带走。我觉得委屈,我不想这么快地就让另一个男人开始取代你的价值!

爸爸,这二十几年来,多少次我梦想着有一个权高望重、博学多才的父亲。如果二十几年前没有机会把自己的口水涂在你胡子拉碴的下巴上,我的一生会否更加的幸福,二十几年前那一次偶然让我闯入了你的家庭,我就必然地跟从了你这位普通父亲带给我的命运。爸爸,你不会看到这些文字,尽管写它们的时候我哭了好多次。擦干净眼泪最后说一句爸爸,我从来都不想做你的女儿。

结束此文女儿认命了。爸爸,你就踏踏实实做我最爱最宝贝的老爸吧!

药里有种成分叫父爱

邓军清

听母亲说,我是痦生,从小体质就弱,稍微受点风吹草动就会发烧,而一发烧,喉咙便开始肿大,直至不能进食。

这样,背着我上医院打青霉素便成了父亲每天做农活前要做的第一件事。

由于长期使用青霉素,我的体内对其逐渐产生了抗体,以至后来发烧时,医生用药的剂量由五六针增加到二三十针。

医生还告诉父亲,我的这种病是从母体带来的一股热毒,根本没法根治。但父亲从来就不相信。为了治好我的病,没多少文化的他竟买了一些中医药方面的书籍自个研究起来。他对母亲说:"既然医生说孩子身上带了一股热毒,我们就挖一些清凉解毒的草药去一去孩子身上的火气。"

在我的记忆中,那段日子父亲刚忙完农活,就扛着锄头到离家十多公里的公子山去挖草药。听父亲说药性好的草药一般都长在深山里,有时为了寻找到书里所描述的药,他必须先砍掉一大片荆棘才能找到。

有一次,到了晚上九点钟,父亲依然没有回家,六神无主的母亲便拉着我们兄妹几个点着火把去寻找父亲。当我们来到公子山的半山腰时,父亲听到了我们的呼喊。原来,父亲为了去采一些悬崖边上的金银花,一不小心踏空了,从一棵松树上摔了下去。父亲当时呼救了好几次,却没有一个人听到。

当一家人把父亲拉上悬崖时,父亲的脸上、身上到处都被划出一道道深深的血印,被摔伤的左手红肿得像个刚出锅的包子,胖乎乎的,却死死攥着一些采来的金银花。看到全家人,一天未进食的父亲笑了:"我还以为要在这个悬崖脚下待上两三天呢!"父亲一笑,脸上那些刚刚凝固的血疤又拉出了几滴鲜红的血液,顺着脸往下流。回家的路上,除了父亲,全家人都是边走边哽咽。

父亲摔伤的左手,半个月才消肿、痊愈。但就在这期间,父亲还坚持去公子山挖草药。

很快的,父亲从山上挖回的树根和采回的树藤,摆满了家里的整个后院。

看到这些根根草草,母亲很是担心,生怕父亲挖回来的药,不仅治不好我的病,还会把我的身体毒坏。父亲也有同样的担心,于是一副药熬好后第一个喝的总是没病的父亲,他喝下去如果没事,第二天才会让我喝。

一次,父亲在喝完一种新药后上呕下泻,呕得两个眼圈直凹陷下去,没过几天整个人都消瘦了一圈。心疼的母亲结果把父亲的药罐子藏了起来,再也不让父亲去研究草药了:"你这样,不仅孩子的病没有治好,还把自己身体搞垮了,以后一家人怎么活呀!"

固执的父亲并没有因此而选择放弃,等母亲出去做农活了,他又开始用家里的饭锅煮他的草药。

精诚所至,后来我一犯病,竟然真的不用打针了,只要喝了父亲熬制的中草药,就会奇迹般地慢慢好起来。慢慢地,父亲的药也变成了我们当地的一种秘方,不仅可以治好我从母体内带来的热毒,还可以医治其他孩子因火气引发的一些疾病。

就这样,父亲的草药一直伴随着我成长,直到我后来到离家几百里的城市求学,才离开了父亲的药罐子。

在学校里,我发烧时只能往学校的医务室跑。一次,因发烧引起扁桃体发炎,咽喉痛得无法吃进一点东西,在医务室打了整整一个星期的点滴也不见好转,吓得班主任连忙给父亲打电话。

第二天凌晨两点多,迷迷糊糊的我突然听到外面有人敲门,宿舍里的同学打开门,我看到是被雨淋透的父亲给我送药来了。父亲是连夜乘火车于凌晨一点到达学校所在的城市的,此时公共汽车也停开了,父亲就一个人提着一袋药,匆匆走了二十多里的夜路来到学校。

由于是深更半夜,宿舍没有热水,父亲给我喝完药以后就上床睡觉了。不知是我身体烧得发烫,还是父亲一路上吹着冷风,我只觉得他那双瘦小的脚一阵冰凉,当我把他两只脚挝在腋下的时候,两滴眼泪情不自禁地流了下来。

第二天,父亲又得赶回家,在上车前父亲乐哈哈地告诉我,现在他的药加了一种保鲜剂,熬好的药用可乐瓶子装着放一个月都没事!

看着父亲的笑脸,我陷入了沉思。我想:父亲配制的草药之所以能药到病除,里面除了父亲用心良苦寻找的各种药材以外,其中一定还有一种特别的成分,那就是——父亲对我的深深的爱!

发给老爹的短信

王学亮

我和老爹的隔膜由来已久。小时候慑于他的威严;上学后再没有时间;工作了,我在省城,老爹在老家,每次回去都是匆匆忙忙的,和他老人家的交流少之又少。每当看到他如银的白发、微驼的背,内心深处充满感恩之情,我自认为和老爹之间的隔膜只能让我把对老爹的爱埋藏在心里,羞于表达。

一切的改变缘于几年前的父亲节那天醉酒后我发给老爹的短信。那几个月我一直穿梭在省城的大街小巷找工作。碰到现场招聘的,我就当场递交自己的个人简历;在网上看到"非约勿访"的招聘启事,我就邮寄个人的资料。接到笔试电话我就拿起我唯一的铅笔去参加;收到面试通知我就穿上我平常舍不得穿的新西服赴约。功夫负了有心人,当复印个人资料几乎花去我身上所有的细软、当我唯一的铅笔变成铅笔头、当我的新西服变成旧西服的时候,我还是没有找到所赖以安身立命的单位。

疲于奔命的辛酸、"英雄无用武之地"的悲怆化成"男人哭吧哭吧不是罪"的歌声直刺我的耳膜。一瓶廉价的白酒在父亲节那天的晚上麻痹了我的神经,我控制不住对家的思念,竟然给老爹发了一条短信。我不敢打电话给家里,害怕酒后吐真言,没找到工作的事实只能给老爹老娘徒增伤感,他们也帮不了什么忙。再说,我不习惯于和老爹面对面甚至电话的交流。每次回家,见到老爹的第一句话都是:"老爹,俺老娘去哪儿了?"每次往家里打电话的第一声问候都是:"老爹,让我老娘接电话!"我不知道老爹每次见到我之后听到的第一句话、每次电话接到的第一声问候都是和老娘有关的,他该是怎样的伤感!我只知道儿子的近况还要通过老娘才能传达给老爹,我的心里满是愧疚。几个月来,生活的磨砺、生存的压力让我渐渐明白一个男人生活在这个世界上是多么的不易,和老爹的交流也就有了一个所谓的"共同语言",于是,和老爹的隔膜就似有似无了。即使如此,我发给老爹的短信还是短得不能再短:老爹,我想您、想老娘和家了……不一会儿,我就收到了老爹的回复,老爹的回复也很短,比我给他发的短信还要短,只有四个字:我的儿子……看完短信我禁不住泪水模糊了双眼,老爹把他舐犊情深的爱都浓缩进了这四个字!接下来,又接到老爹的电话,老爹在电话里说,儿子,回来。休息一段时间再说……老爹的话语、声音、语气和腔调像极了《钢铁是怎样炼成的》中保尔的母亲说给保尔的话:"我岁数大了……不管养多少孩子,一长大就都飞了……总要等你们生病了,受伤了,我才能见到你们……"

那次,老爹给我的电话打了很长时间,这很不符合他节俭的习惯。

我听话地回到了老家。我没想到,父亲节那天醉酒后的我发给老爹的短信竟然消除了我自认为的和老爹之间的隔膜。在家的那几天,我和老爹说了很多话,比我上学十多年以及工作几年和老爹说的话加起来还要多。我们像老朋友一样谈工作和生活……

也许是消除了和老爹的隔膜改变了我的心境,也许是老爹的生活经验和处世哲学给了我无限的动力,返回省城没多长时间我就找到了我满意的工作。

今年的父亲节,我专门请假回家看望老爹。闲来无事拿起老爹的手机把玩,无意间我看到了一条短信:老爹,我想您、想老娘和家了……我震撼了,给老爹的一条短信,老爹竟然整整保存了三年而没有删除!老娘说:"你老爹现在越来越絮叨了,经常拿着手机给我读这条短信……"

晚上吃饭的时候,我端起酒杯给老爹敬酒。发自内心地想说点什么,可说出声的,只有几个字:"老爹,那条短信……"我看到,老爹的眼睛发红,继而流出了眼泪。也许老爹没有听过"男人哭吧哭吧不是罪"的歌,他极力掩饰自己的真情流露,一只手擦了擦湿润的眼睛,另一只手颤抖着端起桌上的酒一饮而尽。

灯　祭

迟子建

父亲在世时,每逢过年我就会得到一盏灯。那灯是不寻常的。

从门外的雪地上捡回一个罐头瓶,然后将一瓢滚热的开水倒进瓶里,"啪"的一声,瓶底均匀地落下来,灯罩便诞生了。赶紧用废棉花将灯罩擦得亮亮的,亮到能看清瓶中央飞旋的灰尘为止。灯的底座是圆形的,木制,有花纹,面积比灯罩要大上一圈,沿边缘对称地钻两个眼,将铁丝从一个眼穿过去,然后沿着底座的直径爬行,再扎入另一个眼中,铁丝在手的牵引下像眼镜蛇一样摇摆着身子朝上伸展,两个端头一旦扭结在一起,灯座便大功告成了。那时候从底座中心再钉透一根钉子,把半截红烛固定在钉子上。待到夜幕降临时,轻轻捧起灯罩,"嚓"地点燃蜡烛,敛声屏气地落下灯罩,你提着这盏灯就觉得无限风光了。

父亲给我做这盏灯总要花上很多工夫。就说做灯罩,他总要捡回五六个瓶子才能做成一个。不是把瓶子全炸碎了,就是瓶子安然无恙地保持原状,再不就是炸成功了,一看却是一个猪肉罐头瓶子,怎么擦都浑浊,只好弃了。

尽管如此,除夕夜父亲总能让我提上一盏称心如意的灯。没有月亮的除夕夜里,这盏灯就是月亮了。我怀揣着一盒火柴提着灯走东家串西家,每到一家都将灯吹灭,听人家夸几句这灯看着有多好,然后再心满意足地擦根火柴点燃灯去另一家。每每转回到自家时,蜡烛烧得只剩下一汪油了。

那时父亲会笑吟吟地问:"把那些光全折腾没了吧?"

"全给丢在路上了。"我说,"剩下最亮的光赶紧提回家来了。"

"还真顾家啊。"父亲打趣着我去看那盏灯。那汪蜡烛油上斜着一束蓬勃芬芳的光,的确是亮丽至极。将死的光芒总是灿烂夺目的。

过年要让家里里外外都是光明。所以不仅我手中有灯,院子里也是有灯的。院子中的灯有高有低。高高在上的灯是红灯,它被挂在灯笼杆的顶端,灯笼穗长长的,风一吹,刷刷响。低处的灯是冰灯,冰灯放在窗台上,放在大门口的木墩上,冰灯能照亮它的周围,所以除夕夜藏猫猫,要离冰灯远远的。无论是高出屋脊的红灯还是安闲地坐在低处的冰灯,都让人觉得温暖。但不管它们多么动人,也不如父亲送给我的灯美丽。

因为有了年,就觉得日子是有盼头的;而因为有了父亲,年也就显得有声有色;而如果又有了父亲送我的灯,年则妖娆迷人了。

年一过去后,新衣服就脱下来了,灯也收了,院子里黑黢黢的,那时候我就会望着窗外的雪花发怔,心想:原来一年之中只有几天好日子啊,而人为了那几天充满光明的好日子,就要整整辛苦一年。唉!

我一年年地长大了,父亲不再送灯给我,我已经不是那个提着灯串来串去的小孩子了。我开始在灯下想心事。但每逢除夕,院子里照例要在高处挂起红灯,在低处摆上冰灯。

然而父亲没能走到老年就去世了。父亲去世的当年我们没有点灯。别人家的院子灯火辉煌,我们家却黑黢黢的。我坐在暗处想:点灯的时候父亲还不回来,看来他是迷了路了。我多想提着父亲送我的灯到路上接他回来啊。爸爸,回家的路这么难找吗?

从此之后虽然照例要过年,但是我再也没有接受灯的那种福气了。

一进腊月,家里就忙年了。姐姐会来信叙说年忙到什么地步了,比如说被子拆洗完了,年干粮也蒸完了,各种吃食采买得差不多了,然后催我早点回家过节。所以,不管我身在西安、北京还是哈尔滨,总是千里迢迢地冒着严寒朝家奔,当然今年也不例外。

腊月廿六我赶回家中,母亲知道这个日子我会回去的。因为腊月廿七我们姐弟要请父亲回家过年。

我们就去看父亲了。给他献过烟和酒,又烧(捎)了些钱,已经成家立业的弟弟就叩头对父亲说:

"爸爸我有自己的家了,今年过年去儿子家吧,我家住在——"

　　弟弟把他家的住址门牌号重复了几遍,怕他记不住,我又补充说:"离综合商场很近。"父亲生前喜欢到综合商场买皮蛋来下酒,那地方想必他是不会忘的。

　　父亲的房子上落着雪,周围都是雪,还有树,有时从树林深处传来鸟鸣。太阳极端明亮。

　　我们一边召唤着父亲回家过年,一边离开墓地。因为母亲住在姐姐家,所以我们都到姐姐家来了。我们都喜欢姐姐家的孩子小虎,他刚过周岁,已经会走路了,非常漂亮。

　　一进门母亲就抱着小虎从里屋出来了。我点着小虎的脑门说:"把你姥爷领回来过年了。"

　　小虎乐了,他一乐大家也乐了。

　　当夜小虎哭个不休。该到睡觉的时辰了,他就是不睡。母亲关了灯,千般万般地哄,他却仍然嘹亮地哭着。直到天亮时,他才稍稍老实起来。

　　姐夫说:"可能咱爸跟到这儿来了,夜里稀罕小虎了。"

　　我们都信了。

　　父亲没有看过他的外孙,而他生前又是极端喜欢孩子的。我们从墓地回来,纷纷到了姐姐家,他怎么会路过女儿的家门而不入呢? 而他一进门就看见了小虎,当然更舍不得离开了。

　　母亲决定把父亲送到弟弟家去。

　　早饭后,母亲穿戴好后推起自行车,对父亲说:"孩子也稀罕过了,跟我到儿子家去过年吧。"母亲哄孩子一般地说:"慢慢跟着走,街上热闹,可别东看西看的,把你丢了,我可就不管了。"

　　我心想:这回母亲要把父亲丢了,一定是丢到街上的酒馆了。

　　母亲把父亲送走的当夜,小虎果然睡了个安稳觉。第二天早晨起来他把屋子挨个走了一遍,骨碌着一双黑莹莹的眼睛东看西看的,仿佛在找什么,小虎是不是在想:姥爷到哪儿去了?

　　初三过后,父亲要被送回去了。我愿意请他回来,而永远不希望送他回去。天那么冷,他又有风湿病,一个人朝回走会是什么样的心情呢?

　　正月十五到了。这天是我的生日。二十八年前,一个落雪的黄昏,我降临人世了。那时窗外还没有挂灯,天似亮非亮,似暝非暝,父亲便送我一乳名:迎灯。没想到我迎来了千盏万盏灯,却再也迎不来幼时父亲送给我的那盏灯了。

　　走在冷寂的大街上,忽然发现一个苍老的卖灯人。那灯是六角形的,用玻璃做成的,玻璃上还贴着"福"字。我立刻想到了父亲,正月十五这一天,父亲的房子该有一盏灯的。我买下了一盏灯。天将黑时,将它送到了父亲的墓地。

　　"嚓"地划根火柴,周围的夜色就颤动了一下,父亲的房子在夜色中显得华丽醒目,凄切动人。

　　这是我送给父亲的第一盏灯。那灯守着他,虽灭犹燃。

第三篇　情感与亲情

初　恋

周作人

那时我十四岁,她大约是十三岁吧。我跟着祖父的妾宋姨太太寄寓在杭州的花牌楼,间壁住着一家姚姓,她便是那家的女儿,她本姓杨,住在清波门头,大约因为行三,人家都称她作三姑娘。姚家老夫妇没有子女,便认她做干女儿,一个月里有二十多天住在他们家里,宋姨太太和远邻的羊肉店石家的媳妇虽然很说得来,与姚宅的老妇却感情很坏,彼此都不交口,但是三姑娘并不管这些事,仍旧推进门来游嬉。她大抵先到楼上去,同宋姨太太搭讪一回,随后走下楼来,站在我同仆人阮升公用的一张板桌旁边,抱着名叫“三花”的一只大猫,看我映写陆润庠的木刻的字帖。

我不曾和她谈过一句话,也不曾仔细的看过她的面貌与姿态。大约我在那时已经很是近视,但是还有一层缘故,虽然非意识的对于她很是感到亲近,一面却似乎为她的光辉所掩,抬不起眼来去端详她了。在此刻回想起来,仿佛是一个尖面庞,乌眼睛,瘦小身材,而且有尖小的脚的少女,并没有什么殊胜的地方,但在我的性的生活里总是第一个人,使我于自己以外感到对于别人的爱着,引起我没有明了的性之概念的,对于异性的恋慕的第一个人了。

我在那时候当然是“丑小鸭”,自己也是知道的,但是终不以此而减灭我的热情。每逢她抱着猫来看我写字,我便不自觉的振作起来,用了平常所无的努力去映写,感着一种无所希求的迷蒙的喜乐。并不问她是否爱我,或者也还不知道自己是爱着她,总之对于她的存在感到亲近喜悦,并且愿为她有所尽力,这是当时实在的心情,也是她所给我的赐物了。在她是怎样不能知道,自己的情绪大约只是淡淡的一种恋慕,始终没有想到男女关系的问题。有一天晚上,宋姨太太忽然又发表对于姚姓的憎恨,末了说道:

“阿三那小东西,也不是好货,将来总要流落到拱辰桥去做婊子的。”

我不很明白做婊子这些是什么事情,但当时听了心里想道:

"她如果真是流落做了,我必定去救她出来。"

大半年的光阴这样的消费过了。到了七八月里因为母亲生病,我便离开杭州回家去了。一个月以后,阮升告假回去,顺便到我家里,说起花牌楼的事情,说道:

"杨家的三姑娘患霍乱死了。"

我那时也很觉得不快,想象她的悲惨的死相,但同时却又似乎很是安静,仿佛心里有一块大石头已经放下了。

雷峰塔下

——寄到碧落

庐 隐

涵! 记得吧! 我们徘徊在雷峰塔下,地上芊芊碧草,间杂着几朵黄花,我们并肩坐在那软绵的草上,那时正是四月间的天气,我穿了一件浅紫麻纱的夹衣,你采了一朵黄花插在我的衣襟上,你仿佛怕我拒绝。你羞涩而微怯的望着我,那时我真不敢对你逼视,也许我的脸色变了,我只觉得心脏急速的跳动,额际仿佛有些汗湿。

黄昏的落照,正射在塔尖,红霞漾射于湖心,轻舟兰桨,又是一双双情侣,在我们面前泛过。涵! 你放大胆子,悄悄的握住我的手——这是我们头一次的接触,可是我心里仿佛被利剑所穿,不知不觉落下泪来,你也似乎有些抖颤,涵! 那时节我似乎已料到我们命运的多磨多难!

山脚上忽涌起一朵黑云,远远的送过雷声——湖上的天气,晴雨最是无凭,但我们凄恋着,忘记风雨无情的吹淋,顷刻间豆子般大的雨点,淋到我们的头上身上,我们来时原带着伞,但是后来看见天色晴朗,就放在船上了。

雨点夹着风沙,一直吹淋。我们拼命的跑到船上,彼此的衣裳都湿透了,我顿感到冷意,伏作一堆,还不禁抖颤,你将那垫的毡子,替我盖上,又紧紧的靠着我,涵! 那时你还不敢对我表示什么!

晚上依然是好天气,我们在湖边的椅子上坐着,看月。你悄悄对我说:"雷峰塔下,是我们生命史上一个大痕迹!"我低头不能说什么,涵! 真的! 我永远觉得我们没有幸福的可能!

唉! 涵! 就在那夜,你对我表明白你的心曲,我本是怯弱的人,我虽然恐惧着可怕的命运,但我无力拒绝你的爱意!

从雷峰塔下归来,一直四年间,我们是度着悲惨的恋念的生活。四年后,我们胜利了! 一切的障碍,都在我们手里粉碎了。我们又在四月间来到这里,而且我们还是住在那所旅馆,还是在黄昏的时候,到雷峰塔下,涵! 我们那时是毫无所拘束了。我们任情的拥抱,任意的握手,我们多么骄傲! ……

但是涵! 又过了一年。雷峰塔倒了,我们不是很凄然的惋惜吗? 不过我绝不曾想到,就在这一年十月里你抛下一切走了,永远的走了! 再不想回来了! 呵! 涵! 我从前惋惜雷峰塔的倒塌,现在,呵! 现在我感谢雷峰塔的倒塌,因为它的倒塌,可以扑灭我们的残痕!

涵!今年十月就到了。你离开人间已经三年了人间渐渐使你淡忘了吗?唉!父亲年纪老了!每次来信都提起你,你们到底是什么因果?而我和你确是前生的冤孽呢!

涵!去年你的二周年纪念时,我本想为你设祭,但是我住在学校里,什么都不完全,我记得我只作了一篇祭文,向空焚化了。你到底有灵感没有?我总痴望你,给我托一个清清楚楚的梦,但是哪有?!

只有一次,我是梦见你来了,但是你为什么那么冷淡?果然是缘尽了吗?涵你抛得下走了,大约也再不恋着什么!不过你总忘不了雷峰塔下的痕迹吧!

涵!人间是更悲惨了,你走后一切都变更了。家里呢:也是树倒猢狲散,父亲的生意失败了!两个兄弟都在外洋飘荡,家里只剩母亲和小弟弟,也都搬到乡下去住,父亲忍着伤悲,仍在洋口奔忙,筹还拖欠的债,涵!这都是你临死而不放心的事情,但是现在我都告诉了你,你也有点眷恋吗?

我!大约你是放心的,一直扎挣着呢,涵!雷峰塔已经倒塌了,我们的离合也都应验了。——今年是你死后三周年——我就把这断藕的残丝,敬献你在天之灵吧!

择偶记

朱自清

自己是长子长孙,所以不到十一岁就说起媳妇来了。那时对于媳妇这件事简直茫然,不知怎么一来,就已经说上了。是曾祖母娘家人,在江苏北部一个小县份的乡下住着。家里人都在那里住过很久,大概也带着我,只是太笨了,记忆里没有留下一点影子。祖母常常躺在烟榻上讲那边的事,提着这个那个乡下人的名字。起初一切都像只在那白腾腾的烟气里。日子久了,不知不觉熟悉起来了,亲昵起来了。除了住的地方,当时觉得那叫做"花园庄"的乡下实在是最有趣的地方了。因此听说媳妇就定在那里,倒也仿佛理所当然,毫无意见。每年那边田上有人来,蓝布短打扮,衔着旱烟管,带好些大麦粉,白薯干儿之类。他们偶然也和家里人提到那位小姐,大概比我大四岁,个儿高,小脚,但是那时我热心的其实还是那些大麦粉和白薯干儿。

记得是十二岁上,那边捎信来,说小姐痨病死了。家里并没有人叹惜,大约他们看见她时她还小,年代一多,也就想不清是怎样一个人了。父亲其时在外省做官,母亲颇为我亲事着急,便托了常来做衣服的裁缝做媒。为的是裁缝走的人家多,而且可以看见太太小姐。主意并没有错,裁缝来说一家人家,有钱,两位小姐,一位是姨太太生的,他给说的是正太太生的大小姐。他说那边要相亲。母亲答应了,定下日子,由裁缝带我上茶馆。记得那是冬天,到日子母亲让我穿上枣红宁绸袍子,黑宁绸马褂,戴上红帽结儿的黑缎瓜皮小帽,又叮嘱自己留心些。茶馆里遇见那位相亲的先生,方面大耳,同我现在年纪差不多,布袍布马褂,像是给谁穿着孝。这个人倒是慈祥的样子,不住地打量我,也问了些念什么书一类的话。回来裁缝说人家看得很细:说我的"人中"长,不是短寿的样子,又看我走路,怕脚上有毛病,总算让人家看中了,该我们看人家了。母亲派亲信的老妈子去。老妈子的报告是,大小姐个儿比我大得多,坐下去满满一圈椅,二小姐倒苗苗条条的,母亲说胖了不能生育,像亲戚里谁谁谁;教裁缝说二小姐。那边似乎生了气,不答应,事情就吹了。

母亲在牌桌上遇见一位太太,她有个女儿,透着聪明伶俐。母亲有了心,回家说那姑娘和我同年,跳来跳去的,还是个孩子。隔了些日子,便托人探探那边口气。那边做的官似乎比父亲的更小,那时正是光复的前年,还讲究这些,所以他们乐意做这门亲。事情已经到了九成九,忽然出了岔子。本家叔祖母用的一个寡妇老妈子熟悉这家子的事,不知怎么教母亲打听着了。叫她来问,她的话遮遮掩掩的。到底问出来了,原来那小姑娘是抱来的,可是她一家很宠她,和亲生的一样。母亲心冷了。过了两年,听说她已生了痨病,吸上鸦片烟了。母亲说,幸亏当时没有定下来。我已懂得一些事了,也这末想着。

光复那年,父亲生伤寒病,请了许多医生看。最后请着一位武先生,那便是我后来的岳父。有一天,常去请医生的听差回来说,医生家有位小姐。父亲既然病着,母亲自然更该担心我的事。一听这话,便追问下去。听差原只顺口谈天,也说不出个所以然。母亲便在医生来时,教人问他轿夫,那位小姐是不是他家的。轿夫说是的。母亲便和父亲商量,托舅舅问医生的意思。那天我正在父亲病榻旁,听见他们的对话。舅舅问明了小姐尚没有人家,便说,像 X 翁这样人家怎么样?医生说,很好呀。话到此为止,接着便是相亲,还是母亲那个亲信的老妈子去。这回报告不坏,说就是脚大些。事情这样定局,母亲教轿夫回去说,让小姐裹上点儿脚。妻嫁过来后,说相亲的时候早躲开了,看见的是另一个人。至于轿夫捎的信儿,却引起了一段小小风波。岳父对岳母说,早教你给她裹脚,你不信;瞧,人家怎么说来着?岳母说,偏偏不裹,看他家怎么样!可是到底采取了折衷的办法,直到妻嫁过来的时候。

论求婚

周建人

这已是数个月前的话了,有一天一位同事给我看广东供食用的几种昆虫。其中之一为甲虫,名曰龙虱。它是一种黑色带绿的甲虫,光亮的背脊,胖胖的最前的一对脚,很引人注意的。它的前肢为什么胖胖的呢,研究生物学的人都知道:那里有一对吸盘吸住他的异性死不放。但学科学者最忌言过其实,死不放的话要不是比喻之词,未免有言过真实之嫌,盖龙虱对于雌虫并非真是吸住死不放,不过有时长久的吸住至数日不放罢了!

但像龙虱的用吸盘吸住它的配偶,及海狗的拖住伊,这等求婚是缺乏艺术,要是这也可以称求婚的话,也是强奸式的求婚罢?因为这实比阿 Q 的见女人跪下祈求更其粗糙了。

这种粗糙的求婚在生物界中不是唯一的形式,此外更有精美的或武勇的形式存在。说到武勇,鹿之类雄的均有角,公鸡更有锐利的嘴和距,这是它们的武器,竞争配偶的时候所常用的。鹿之类在虎豹爪下是怯弱的东西,但竞争雌头时却有着它们的勇武,有时牡者喘息着,身上斑斑的染着血污。虽然不乏例子,败者甘心死于情敌的手下,但也不乏例子:它走了,企图他日的再试。

若说精美的一方面,则有鸣禽及其他装饰得很美丽的鸟。它们是不用武力的,只放开喉咙唱它们的甜美的歌,或展开闪耀的羽毛,或者作有节拍的跳舞,在对方的前面献媚。它们是不掠夺,不强求,待对方选取最美的做了伊的配偶后,落选者便失意地都走了。

以上是动物界中的求婚的不同的形式,在人间社会里也同样的多样,前面已说及,阿 Q 的求婚形式,是见了女人便跪下叩头,口中哀告"我同你睡觉"的。这是不止一种形式中的一种,别一方面尚有别种形式存在。最显著而且最流行的是所谓"绑票式求婚",其中最大的特色便是"恐吓"与"要挟"。所谓恐吓是告诉对手,倘使不允要求便当杀掉你;要挟伊是不允所求时,便发表伊从前和他往来的信件或事迹。在这一方面,某艺术家发表"情书记"以攻击对方是显著的例,主张情人制和提倡美育的张竞生也曾用什么记之类以揣击先前的情人,利用因袭的贞洁观念为武器。呜呼,人间的丑恶和矛盾有过于这种行为的么?

更有一种求婚的形式,是很难得到适当的名称的。这类人眼前正多着。他们的特色,便是觌面或书面求婚的时候,照例是说倘若不允所求,必定自杀。若在更进步的一派,则不曰自杀而竟曰流血。盖自杀也许悬梁或投河,或服安眠药水,平安的死去,流血则不是用刀刎颈,定是拳铳穿胸,形势显得更险恶了。愿人生存是女人的特性,在为母的时候即显出这伟大来。但这在那些求婚者的心中却变为良好的弱点,可以利用的了——虽然即遭摈弃,履行他们的话的究竟有几人! 至于过分的表扬对手的如何有感情,以束缚伊的自由,却还只能算是辅助的手段。

无赖之中有所谓"挨党"者,以"哀"与"韧"见长。他来和你寻衅时候,盼望你打他。既被打,他于是有词可藉,就得诈称打伤,要钱调养了! 以自杀或流血要挟对方的人,办法虽然不同,精神却很相象。但他不重在韧着挨打而重在示人以哀。在没有法子之中,我们姑且称施用这等手段的为"哀党式"的求婚罢。

人是生物界的一分子,但正因为仅是一分子之故,故有着其他生物所不具的特点。固然,他有着他的伟大和可敬的人性,但同时也充满着卑劣和无可比拟的丑恶。在求婚的行为中也会显示着这方面!

恋爱和求婚

林语堂

有一个问题可以发生:中国女子既属遮掩深藏,则恋爱的罗曼斯如何还会有实现的可能?或则可以这样问:年轻人的天生的爱情,怎么样儿的受经典的传统观念的影响? 在年轻人,罗曼斯和恋爱差不多是寰宇类同的,不过由于社会传统的结果,彼此心理的反应便不同。无论妇女怎样遮掩,经典教训却从来未逐出爱神。恋爱的性质容貌或许可以变更,因为恋爱的情感的流露,本质上控制着感觉,它可以成为内心的微鸣。文明有时可以变换恋爱的形式,但也绝不能抑制它。"爱"永久存在着,不过偶尔所蒙受的形、象,由于社会与教育背景之不同而变更。"爱"可以从珠帘而透入,它充满于后花园的空气中,它拽撞着小姑娘的心坎。或许因为还缺少一个爱人的慰藉,她不知道什么东西在她心头总是烦恼着她。或许她倒并未看中任何一个男子,但是她总觉得恋爱着男子,因为她是爱着男子,故而爱着生命。这使她更精细的从事刺绣而幻化的觉得好象她正跟这一幅虹彩色的刺绣恋爱着,这是一个象征的生命,这生命在她看来是那么美丽。大概她正绣着一对鸳鸯,绣在送给一个爱人的枕套上,这种鸳鸯总是同栖同宿,同游同泊,其一为雌,其一为雄。倘若她沉浸于幻想太厉害,她便易于绣错了针脚,重新绣来,还是非错误不可。她很费力的拉着丝线,紧紧地,涩涩地,真是太滞手,有时丝线又滑脱了针眼。她咬紧了她的樱唇而觉得烦恼,她沉浸于爱的波涛中。

这种烦恼的感觉,其对象是很模糊的,真不知所烦恼的是什么;或许所烦恼的是在于春,或在于花,这种突然的重压的身世孤寂之感,是一个小姑娘的爱苗成熟的天然信号。由于社会与社会习俗的压迫,小姑娘们不得不竭力掩盖住她们的这种模糊而有力的愿望,而她们的潜意识的年轻的幻梦总是永续的行进着。可是婚前的恋爱在古时中国是一个禁果,公开求爱真是事无前例,而姑娘们又知道恋爱便是痛苦。因此她们不敢让自己的思索太放纵于"春""花""蝶"这一类诗中的爱的象征,而假如她受了教育,也不能让她多费工夫于诗,否则她的情愫恐怕会太受震动。她常忙碌于家常琐碎以卫护她的感情之圣洁,譬如稚嫩的花朵之保护自身,避免狂蜂浪蝶之在未成熟时候的侵袭。她愿意静静地守候以待时机之来临,那时恋爱变成合法,而用结婚的仪式来完成正当的手续。谁能逃避纠结的情欲的便是幸福的人。但是不管一切人类的约束,天性有时还是占了优势。因为像世上的一切禁果,两性吸引力的锐敏性,机会以尤少而尤高。这是造物的调剂妙用。照中国人的学理,闺女一旦分了心,什么事情都将不复关心。这差不多是中国人把妇女遮掩起来的普遍心理背景。

小姑娘虽则深深遮隐于闺房之内,她通常对于本地景况相差不远的可婚青年,所知也颇为熟悉,因而私心常能窃下主意,孰为可许,孰不惬意。倘因偶然的机会她遇到了私心默许的少年,纵然仅仅是一度眉来眼去,她已大半陷于迷惑,而她的那一颗素来引以为自傲的心儿,从此不复安宁。于是一个秘密求爱的时期开始了。不管这种求爱一旦泄露即为羞辱,且常因而自杀;不管她明知这样的行为会侮蔑道德规律,并将受到社会上猛烈的非难,她还是大胆的去私会她的爱人,而且恋爱总能找出进行的路径的。

在这两性的疯狂样的互相吸引过程中,那真很难说究属男的挑动女的,抑是女的挑动男的。小姑娘有许多机敏而巧妙的方法可以使人知道她的临场。其中最无罪的方法为在屏风下面露出她的红绫鞋儿。另一方法为夕阳斜照时站立游廊之下。另一方法为偶尔露其粉颊于桃花丛中。另一方法为灯节晚上观灯。另一方法为弹琴(古时的七弦琴),让隔壁少年听她的琴挑。另一方法为请求她的弟弟的教师润改诗句,而利用天真的弟弟权充青鸟使者,暗通消息;这位教师倘属多情少年,便欣然和复一首小诗。另有多种交通方法为利用红娘(狡黠使女);利用同情之姑嫂;利用厨子的妻子;也可以利用尼姑。倘两方面都动了情,总可以想法来一次幽会。这样的秘密聚会是极端不健全的;年轻的姑娘绝不知道怎样保护自身于一刹那;而爱神,本来怀恨放浪的卖弄风情的行为,乃挟其仇雠之心以俱来。爱河多涛,恨海难填,此固为多数中国爱情小说所欲描写者。她或许竟怀了孕!其后随之以一热情的求爱与私通时期,软绵绵的,辣泼泼的,情不自禁,却就因为那是偷偷摸摸的勾当,尤其觉得可爱可贵,惜乎,通常此等幸福,终属不耐久啊!

在这种场合,甚么事情都可以发生。少年或小姑娘或许会拂乎本人的意志而与第三者缔婚,这个姑娘既已丧失了贞操,那该是何等悔恨。或则那少年应试及第,被显宦大族看中了,强制的把女儿配给他,于是他娶了另一位夫人。或则少年的家族或女子的家族阖第迁徙到遥远的地方,彼此终身不得复谋一面。或则那少年一时寓居海外,并无意背约,可是中间发生了战事,因而形成无期的延宕。至于小姑娘困守深闺,则只有烦闷与孤零的悲郁。倘若这个姑娘真是多情种子,她是患一场重重的相思病(相思病在中国爱情小说中真是异样的普遍),她的眼神与光彩的消失，真是急坏了爹娘，爹娘鉴于眼前的危急情形，少不得追根究底问个清楚，终至依了她的愿望而成全了这桩婚事，俾挽救女儿的生命，以后两口儿过着幸福的一生。

"爱"在中国人的思想中因而与涕泪、惨愁，与孤寂相揉和，而女性遮掩的结果，在中国一切诗中，掺进了凄惋悲忧的调子。唐以后，许许多多情歌都是含着孤零消极无限的悲伤，诗的题旨常为闺怨，为弃妇，这两个题目好象是诗人们特别爱写的题目。

符合于通常对人生的消极态度，中国的恋爱诗歌吟咏别恨离愁，无限凄凉，夕阳雨夜，空闺幽怨，秋扇见捐，暮春花萎，烛泪风悲，残枝落叶，玉容憔悴，揽镜自伤。这种风格，可以拿林黛玉临死前，当她得悉了宝玉与宝钗订婚的消息所吟的一首小诗为典型，字里行间，充满着不可磨灭的悲哀：

> 侬今葬花人笑痴，
>
> 他年葬侬知是谁？

但有时这种姑娘运气好，也可以成为贤妻良母。中国的戏曲，故通常都殿以这样的煞尾："愿天下有情人都成眷属。"

男子对女子的自由离婚

夏丏尊

这两年，自由离婚的呼声很响，别的不必说，在我知友之中也常有关于这切身问题的商量，并且有的已由商量而进于实行了。无论结合的方式怎样，已经结合了的夫妇，至于非离不可，这其间当然有不能忍耐的苦楚。我们对于知友们的附骨的苦楚，当然同情，但究不能不认离婚是一种悲剧，特别于男子离女子时，在现制度中，觉得是一种沉痛阴郁的悲剧。

我们即抛了现制度不管，单就自然状态说，觉得即使在圆满的婚姻中，婚姻一事在女子已是有损害的。娠妊，分娩，乳育，哪一件不是女子特有的枷锁？"自然"给予女子的枷锁，我们原无法替女子解除净尽，但人为地使女子受枷锁的事，我们如可避免，当然是应该避免的。女子在自然状态中，在现制度中，都是弱者。欺侮惯女子的男子，要牺牲一女来逞他的所谓"自由"，原算不得什么。不过，人应不应该牺牲了他人去主张自己的自由，究是一个疑问。

在某一意义上，旧家庭中儿子打老子，可以说是好事，因为足以促进家庭的改良；暴兵杀平民，可以说是好事，因为足以彰兵的罪恶。依了这理由，有人说，男子可以自由离弃女子，女子愈苦痛，愈可以促婚姻制度的改善。但这话只有掌握进化大权的"自然"或者支配说，人们恐无此僭越权吧！我们立在喜马拉雅山顶上去什么都可以说得，都可以提创得，一到了人间，立在受损害者的地位，就觉得不能无所顾虑了！

夫不爱妻，或积极地与妻诟诼，或消极地把妻冷遇，结果给予生活费若干，离妻别娶（其中也有一种聪明人，专用冷遇的手段，使妻一方面来提出原离的），这大概是一般中流以上的男子离弃女子的普遍过程吧。这种离婚的方式一向就有，现在居然加了"自由"两个形容字了！据我所知，近来男女订婚时，女子很多要求男子支给学费的。离婚的时候，在现制度中，女子势又不能不要求男子支给生活费。结婚脱不出买卖,离婚也脱不出买卖,买卖式的离婚有什么自由可说呢?

我们自信不至于顽固到反对自由离婚,但不能承认买卖离婚是自由离婚,尤不敢承认男子牺牲女子去逞他的所谓"自由"是应该的事。我们以为:非到了女子再嫁不被社会鄙笑的时候,后母后父不歧视前夫或前妻之子女的时候,女子不赖男子生活时候,自由离婚是无法实现的,即使能实现,也不过是几个有特别境遇的男女们罢了。

我们以自由离婚作为解决夫妻间种种纠葛的目标,努力来创造这新的时代吧。不算旧账,忍了苦痛,创造新的环境,使后人不至再受这苦,这是过渡时代人们所应该做的事。

那么,将何以拯救现在夫妇间的苦痛呢?这正难言。但是,夫妇的爱即使不存在,只要对于人类还有少许的爱的人们,总不至于有十分惨酷的行为吧!理想原和事实不同,我们的理想虽如此,不能使世间的事实不如彼。不,正唯其世间的事实如彼,所以我们才有如此的理想。但总期望事实与理想渐相接近。同一买卖式的强迫离婚中,程度固有高低,同一牺牲对手,手段也有凶辣与忠厚的不同。能少使对手者受苦,是我们所祈祷的。能男女大家原谅弱点,把有缺陷的夫妇关系修补完好,尤是我们所祈祷的。

现世去理想尚很辽远。如果有不顾女子的苦痛离弃女子的,我们也只认为这是世间的事实,不加深责。但要申明一事,这不是我们所理想的自由离婚。

婚 姻

张中行

婚姻,古今都看作人生的一件大事。大,因为影响生活过于深远。深远,限于己身,是一生的苦乐都与这件事密切相关。还可以扩张到己身以外,古人明说,是延续香烟(说朴素些就是传种);今人很少明说,可是有的希望多生,有的节育,却把所生供奉为小祖宗,等于间接表示,延续香烟是超级的大事。于是婚姻也就成为超级大事。但是我们也要知道,婚姻成为大事,是社会的生活模式决定的。这是说,没有婚姻的形式,人也能活,香烟也能延续。也能,社会为什么来多管闲事?所为不只一项。一是变男女结合的轻易为郑重,显然,这对个人的生活,对社会的秩序,都会有很大好处。二,婚姻是家庭的奠基形式,至少是直到现在,家庭还是社会的最基本的单位,所以没有婚姻,现代形式的社会根基就会动摇。三,由家庭的组织引申,影响有内涵的,是建立了一体的经济关系,用俗话说是有福同享,有罪同受;影响有外向的,是依法律和礼俗,排斥外人阑入两性关系。四,影响还扩展到身后,是婚姻的一方先离开这个世界,财产和债务的处理要以婚姻关系为依据。所以总而言之,对于人的一生,婚姻的影响是最广泛的。

事重大,就不能不重视。重视是知,表现为行,要如何办理?原则好说,是慎重,找各方面都合适的。具体做就大难。细说,这大难还可以分为两项:一是如何断定,具有哪些条件是合适的;二是假定能够判定,哪里去找。旧时代迷信也不无好处,那是把这个难题交给月下老人去解决,幻想这位老人有慧眼,看清了,抽一条红丝,两端一结,于是有情人成为眷属。可惜红丝是看不见的,月下老人更渺茫,要结合又不能不实际。办法两种,一是自选,二是他人代选;或两种办法兼用。旧时代没有兼用的便利,因为闺秀只能在闺房里秀,没有天眼通本领的男士或才子是无缘见到的。于是就得靠媒妁之言,然后父母之命。媒妁之言难免掺假,至少是好话多说。父母呢?那时候没有照相、录像,可用的慎重之法,除年龄差不多以外,只有门当户对,至于更加重要的条件,如体貌、性格、能力之类,只好任凭机遇了。这就一定不能美满(偏于指主观的)吗?也未必,因为一,"男女居室,人之大欲存焉";二,男女结合,比如算机遇的百分数,如果昔日的是百分之九十几,今日的也总当不少于百分之五十吧,那就真如孟老夫子所说,以五十步笑百步了;还有三,天造地设的合适,是什么样子,人间有没有,大概只有天知道。

新的先恋爱后结合的形式是增加自主性、减少机遇性,求以人力胜天然的办法,当然可以算作后来居上。居上,就一定可以美满吗?也未必。原因是天然的力量过大,人力终归是有限的。先看看天然的力量。其一,美满有理想的美满,是天生的一对,男,才如曹植,貌如潘安(传说的,下同),女,才如谢道韫,貌如西施,而就真红丝牵足,真成为一对,可是,世间真有这样十全十美的人吗?其二,退一步,只求实际的美满,男女都非十全十美,可是合在一起却天衣无缝,这,至少由现实中找例证,也大不易。其三,前面谈"机遇"的时候已经说过,甲男之能认识乙女,也是凭机遇,完全合适的可能究竟有多少呢?其四,也是天命,易动情,情人眼里出西施,理智被挤退隐,完全合适的可能就更小了。不过新的允许尽人力,终归比过去的当事者不参加,合意的可能就大多了。比如说,最低,体貌方面的缺点就无法隐藏;或略高,可以大致了解心灵方面的情况,那就以合适为目标,向前迈了一大步。能不能所得更多,以至于达到至少是接近合适的目标?非绝对不可能,但要有条件,是机会加理智。机会有上好的,是碰巧遇见一个合适的,只须理智的小盘算,就成为天衣无缝。机会有次好的,是有机会结识较多的有可能成为眷属的异性,容许理智精打细算,最后选定一个比较合适的。再说后一个理智的条件,这理论上是在人力之内,实际却常常在人力之外。何以故?是天然会以情欲的形式介入捣乱。具体说是情欲会使人盲目,视不合适的为合适,即通常所谓一见倾心,不容许理智参加,精打细算。有人甚至说,真爱就必须盲目,计算利害就不是真爱。作为叙述事实,这说法大概不错;可是离开理智而纯任情欲,主观的好事会变为坏事,也同样是事实。所以为了婚姻的美满或比较美满,还是应该勉为其难,让理智参加,在一些重要条件方面打打算盘。条件有以下这些。其一最重要,是品格。这是泛泛地由理想方面说;世间自然也有不少远离理想的,那就物以类聚,成为另一回事,这里不谈。品格,卑之无甚高论,是惯于以忠恕对人,其反面是私利第一,不惜害人。显然,如果重视理想,这个条件就必须满足,不可迁就。其二是体貌(包括健康情况),直截了当地说,一见不能倾心,或更甚,心中不快,必不合适。其三是思想(如果对关系较大的事都有所见)。常说的志同道合就指这一方面,当然不容忽视,举例说,一个急进,一个保守,且不问谁是谁非,常常争辩不已,一起度日就困难了。其四是性格,或称为脾气。与品格、思想相比,这像是小节,但日久天长,小可以变大,轻可以变重,其甚者就会水火不能相容,所以也要仔细考虑。其五是能力。虽然天之生材不齐,要求不宜过高,可是既要共同生活,就不能不顾及生活的物质条件,这类条件的取得要靠某种能力,所以盘算一下还是应该的。其六是生活习惯。这指更小的小节,如吸烟、晚起,以至小到喜欢吃什么之类,看来无关大体,可是也会成为反目的根源,所以盘算的时候,最好也不放过。以上种种算计,都是立脚于现在而往远处看,这就需要冷静。正在恋情的火热中能够冷静吗?还有个补救的办法,是多听听亲友的。不过听也只能来于冷静,所以成与败,理智还是难于完全做主的。

幸而人碌碌一生，对于经历的许多大事小事，已经惯于接受差不多主义，那么，婚姻之不能十全十美，也就可以不多计较了。但这会引来一个问题，是：既然难得美满，能不能不要这种形式？理论上非不可能，比如仍要恋情，仍要男女居室，而扔掉这样的社会契约，对于种族的延续，也许不至有过大的妨害。还不只是理论，据说国外的新潮青年真有这样干的。但可以推想，如果这样干的成为多数，稳定的男女关系，家庭，以至整个社会，就会有大的变化，也必会引来许多使人头疼的问题。所以，本诸一动不如一静的原则，对于这类关系人生苦乐、社会治乱的大事，如果没有十分把握，还是以走改良主义的路为好。

那就还得要这种形式。之后是有两个实际方面的小问题，这里也谈一谈。一个是成年以后，早结婚好还是晚结婚好。这也不容易一言定案，因为，从满足恋情的要求方面看，至少是无妨早一些；可是从个人的负担（包括家庭负担和育幼负担）和事业前途（主要是学业）方面看，偏早又不如偏晚。具体如何决定，似乎应该兼考虑这两个方面，就事论事。另一个问题是，大举与小举之间，以何者为可取。大举包括两项内容：一项是住所的布置和身上的穿戴，都要追时风，高级，而且应有尽有；另一项是结婚礼仪，要大摆宴席，宾客满堂。小举是这些都可免，至少是降级。我认为还是小举好。理由很多，可以总括为物和心两种。物是可以少耗费，如果当事人本不富裕，那就于少耗费之外，还可以有个大优点，是少着急，少苦恼。心，或说精神方面，所得就更多，消极方面是没有与时风的俗同流合污，积极方面是体现了爱情至上，如传说的梁鸿与孟光那样。

最后说说，与婚姻相反的生活，独身，我们应该怎么看。独身有不同的情况。名副其实的佛教徒并出了家的，目的是用灭情欲的办法而脱离苦海。非佛教徒，也有行成于思，坚守独身主义的。更多的是独身而不主义，即常说的高不成、低不就的。这些，因为人人有决定自己如何生活的自由，我们难于表示意见。如果非说一两句不可，就只好说，我们是常人，用常人的眼看，这孤军作战的行径纵使可钦可敬，终是太难了。

无情的多情和多情的无情

梁遇春

情人们常常觉得他俩的恋爱是空前绝后的壮举，跟一切芸芸众生的男欢女爱绝不相同。这恐怕也只是恋爱这场黄金好梦里面的幻影罢。其实通常情侣正同博士论文一样地平淡无奇。为着要得博士而写的论文同为着要结婚而发生的恋爱大概是一样没有内容罢。通常的恋爱约略可以分做两类：无情的多情和多情的无情。

一双情侣见面时就倾吐出无限缠绵的话，接吻了无数万次，欢喜得淌下眼泪，分手时依依难舍，回家后不停地吟味过去的欣欢——这是正打得火热的时候，后来时过境迁，两人不得不含着满泡眼泪离散了，彼此各自有个世界，旧的印象逐渐模糊了、新的引诱却不断地现在当前。经过了一段若即若离的时期，终于跟另一爱人又演出旧戏了。此后也许会重演好几次。或者两人始终持当初恋爱的形式，彼此的情却都显出离心力，向外发展，暗把种种盛意搁在另一个人身上了。这般人好像天天都在爱的旋涡里，却没有弄清真的爱哪一个人，他们外表上是多情，处处花草颠连,实在是无情,心里总只是微温的。他们寻找的是自己的享乐,以"自己"为中心,不知不觉间做出许多残酷的事,甚至于后来还去赏鉴一手包办的悲剧,玩弄那种微酸的凄凉情调,拿所谓痛心的事情来解闷消愁。天下有许多的眼泪流下来时有种快感,这般人却顶喜欢尝这个精美的甜味。我们爱上了爱情,为爱情而恋爱,所以一切都可以牺牲,只求始终能尝到爱的滋味而已。他们是拿打牌的精神踱进情场,"玩玩罢"是他们的信条。他们有时也假装诚恳,那无非因为可以更玩得有趣些。他们有时甚至于自己也糊涂了,以为真是以全生命来恋爱,其实他们的下意识是了然的。他们好比上场演戏,虽然兴高采烈时忘了自己,居然觉得真是所扮的角色了,可是心中明知台后有个可以洗去脂粉,脱下戏衫的化妆室。他们拿人生最可贵的东西:爱情来玩弄。跟人生开玩笑,真是聪明得近乎大傻子了。这般人我们无以名之,名之为无情的多情人,也就是洋鬼子所谓 Sentimental 了。

上面这种情侣可以说是走一程花草缤纷的大路,别一种情侣却是探求奇怪瑰丽的胜境,不辞跋涉崎岖长途,缘着悬岩峭壁屏息而行,总是不懈本志,从无限苦辛里得到更纯净的快乐。他们常拿难题来试彼此的挚情,他们有时现出冷酷的颜色。他们觉得心心既相印了,又何必弄出许多虚文呢?他们心里的热情把他们的思想毫发毕露地照出,他们的感情强烈得清晰有如理智。天下抱定了成仁取义的决心的人干事时总是分寸不乱,行若无事的,这般情人也是神情清爽,绝不慌张的,他们始终是朝一个方向走去,永久抱着同一的深情,他们的目标既是如皎日之高悬,像大山一样稳固,他们的步伐怎么会乱呢?他们已从默默相对无言里深深了解彼此的心曲,他们哪里用得着绝不能明白传达我们意思的言语呢?他们已经各自在心里矢誓,当然不作无谓的殷勤话儿了。他们把整个人生搁在爱情里,爱存则存,爱亡则亡,他们怎么会拿爱情做人生的装饰品呢?他们自己变为爱情的化身,绝不能再分身跳出圈外来玩味爱情。聪明乖巧的人们也许会嘲笑他们态度太严重了,几十个夏冬急水般的流年何必如是死板板地过去呢;但是他们觉得爱情比人生还重要,可以情死,绝不可为着贪生而断情。他们注全力于精神,所以忽于形迹,所以好似无情,其实深情,真是所谓"多情却似总无情"。我们把这类恋爱叫做多情的无情,也就是洋鬼子所谓 Passionate 了。

但是多情的无情有时渐渐化作无情的无情了。这种人起先因为全借心中白热的情绪,忽略外表,有时却因为外面惯于冷淡,心里也不知不觉地淡然了。人本来是弱者,专靠自己心中的魄力,不知道自己魄力的脆弱,就常因太自信了而反坍台。好比那深信具有坐怀不乱这副本领的人,随便冒险,深入女性的阵里,结果常是冷不防地陷落了。拿宗教来做比喻罢,宗教总是有许多仪式,但是有一般人觉得我们既然虔信不已,又何必这许多无谓的虚文缛节呢,于是就将这道传统的玩意儿一笔勾销,但是精神老是依着自己,外面无所附着,有时就有支持不起之势,信心因此慢慢衰颓了。天下许多无谓的东西所以值得保存,就因为它是无谓的,可以做个表现各种情绪的工具。老是扯成满月的弦不久会断了,必定有弛张的时候。睁着眼睛望太阳反见不到太阳,眼睛倒弄晕眩了,必定斜着看才行。老子所谓"无"之为用,也就是在这类地方。

夫妇之间

王了一

五伦之中,夫妇最早。若不先有夫妇,就不会有所谓父子兄弟。至于君臣,更是后起的事。也许有人说,应该是朋友最早,因为应该先是男女恋爱,然后结为夫妇。这话也有相当的理由。不过,依《旧约》里说,亚当和夏娃是上帝所预定的夫妇,他们并没有经过恋爱的阶段。由此看来,仍该说是夫妇最早。至少,西洋人不会反对我这一种说法。

上帝对夏娃说:"你必恋慕你丈夫,你丈夫必管辖你。"这是夏娃听信了蛇的话之后,上帝对女人的处分。这两句话就是万世夫妇的祸根,一切夫妇之间的妒忌和争吵,都是由此而起。近来有人说结婚是爱情的坟墓,这话应该是对的,不信试看中国旧小说里,才子和佳人经过了许多悲欢离合,著书的人无不津津乐道,一到了金榜题名,洞房花烛,那小说也戛然而止,岂不是著者觉得再说下去也就味同嚼蜡了吗?

为什么结婚是爱情的坟墓呢?因为结婚之后爱情像启封泄气的酒,由醉人的浓味渐渐变为淡水的味儿;又因油盐酱醋把两人的心腌得五味俱全,并不像恋爱时代那样全是甜味了。成了家,妻子便把丈夫当做马牛;磨房主人对于他的马,农夫对于他的牛,未尝不知道爱护,然而这种爱护比之热恋的时候却是另一种心情!成了家,丈夫便把妻子当做狗,既要她看家,又要她摇尾献媚!对不住许多配偶,我这话一说,简直把极庄严正经的"人伦"描写得一钱不值。但是,莫忘了我所说的是"爱情的坟墓":那些因结了婚而更升到了"爱情的天堂"的人,是犯不着为看了这一段话而生气的。

古人说:"妻不如妾,妾不如妓,妓不如偷。"这话已经不合时代了。现在该说"婚不如姘"。某某高等民族最聪明,正经配偶之外往往另有外遇。正经配偶为的是油盐酱醋,所以女人非有二十万以上的财产就不容易嫁出去,男人若有巨万的家财,白发红颜也不妨相安,外遇为的是醇酒,就非十分倾心的人不轻易以身相许了。据说感情好的夫妻也不妨有外遇,因为富于热情的人,他的热情必须有所寄托,然而热情和感情是可以并行不悖的,凡为了夫或妻有外遇而反目的人简直是观念太旧,脑筋不清楚。天啊!若依这种说法,我想有许多"痴心女子",在结婚之前唯恐她的心上人不热情,结婚以后,却又唯恐他太热情了。

随你说观念太旧也好,脑筋不清楚也好,夫妇之间往往免不了吃醋。占有欲是爱情的最高峰吗?有人说不,一千个不。但是,我知道有人不许太太让男理发匠理发,怕他的手亲近她的红颜和青丝;又有人不许太太出门,若偶一出门,回来他就用香烟烙她的脸,要摧毁她的颜色,让别人不再爱她,以便永远独占。

夫妇反目,也是难免的事情。但是,老爷撅嘴三秒钟,太太揉一会儿眼睛,实在值不得记入起居注。甚至老爷把太太打得遍体鳞伤,太太把老爷拧得周身青紫,有时候却是增进感情的要素,而劝解的人未必不是傻瓜。莫里哀在《无可奈何的医生》里,叙述斯加拿尔打了他的妻子,有一个街坊来劝解,那妻子就对那劝解者说:"我高兴给他打,你管不着!"真的,打老婆,逼投河,催上吊的男子未必为妻所弃,也未必弃妻;揪丈夫的头发,咬丈夫的手腕的女人也未必预备琵琶别抱。倒反是有些相敬如宾的摩登夫妇,度了蜜月不久,突然设宴话别,搅臂去找律师,登离婚广告,同时还相约常常通信,永不相忘。

从前常听街坊劝被丈夫打了的妻子说:"丈夫丈夫,你该让他一丈。"这格言并没有很多的效力。在老爷的字典里是"妇者伏也",在太太的字典里却是"妻者齐也"。甚至于太太把自己看得比老爷高些。从前有一个笑话说,老爷提出"天地","乾坤"……等等字眼,表示天比地高,乾比坤高;太太也提出"阴阳","雌雄"……等等字眼,表示阴在阳上,雌在雄上。至于现代夫妇之间,更是太太们有一种优越感。其实,若要造成家庭幸福,最好是保持夫妇间的均势,不要让东风压倒西风,也不要让西风压倒东风。否则我退一尺,他进十寸,高的越高,高到三十三重天堂,为玉皇大帝盖瓦,低的越低,低到一十八层地狱,替阎罗老子挖煤,夫妇之间就永远没有和平了。

穿心米线

乔 叶

对于一对来自农村的大学生而言,如果家庭生活水平很一般,那么爱情生活的消费自然而然就会显得有些拮据。所以他和她每天散步时最大的享受,就是去校园东门口的那个卖米线的小店里吃两碗米线。

米线的味道很好,鸡汤清香浓郁,米线柔韧悠长。每当他们在小木桌前坐下,老板娘就会笑意盈盈地迎上来,问道:"要大碗还是小碗?"

"小碗。"她往往会马上说,"大碗吃不了。"

这时候,他就会用歉意的目光看看她。一块五一小碗,两块钱一大碗,虽然一碗只差五角钱,但是他还是请不起她吃大碗——如果请她吃大碗,他也得吃大碗,不然她绝对不会吃,这样就会多花一块钱。虽然只有一块钱,可是这一块钱平均到他每天的生活费里,实在让他不容忽视。

她明白这些,所以她每次都会主动要小碗。然而她越是主动,他就会越不安。爱情的色彩似乎也因此黯淡了许多,甜蜜似乎也打了个折扣。

"委屈你了。"他常常叹道,"怪不得古人会说'贫贱夫妻百事哀'呢。"

"呸!谁和你是夫妻!"她红着脸啐他。稍停,却又笑道,"其实我觉得这样很好。当然,如果将来能毫无顾忌地吃上大碗的米线,那就更好了。"

"这算什么好?"他心疼地看着她,郑重地许诺,"将来,我一定让你过上好生活。"

"什么是好生活?"她问。

他不知道该怎么回答。良久,他茫然而坚定地说:"到了将来,你自然会知道。"

然而,好生活仿佛总是那么遥远。毕业、工作、结婚、生子……他所企盼的好生活还是没有出现。虽然已经成为他妻子的她一直很体贴他、宽慰他,他却始终不能释怀,甚至越来越不甘心。

深思熟虑之后,他决定孤注一掷,去外面闯荡。

"需要多长时间?"她问。

"不知道。"

"我劝你还是不要去。"她像往常一样带着困惑和满足分析着说,"我们的薪水虽然不多,但是足够生活;我们的职位虽然不高,但是还算稳固;我们的孩子虽然不是神童,但是也很聪明健康;我们的房子虽然不够宽敞,但是十分安宁舒适。总之,我觉得目前的一切都很好。"

"燕雀安知鸿鹄之志!"他吐出了《史记》里那句人人皆知的典故。

"鸿鹄也不见得理解燕雀心中的幸福。"她的泪水流下来,"如果注定要这样,我们就只好分手。"

他犹疑了很久,觉得还是不能改变自己的初衷。分手就分手吧,等到他衣锦还乡的时候,她就会明白他的苦心了,他想。

他们以快得惊人的速度离了婚。

六载的光阴很快过去了。这期间,他吃了许多不能想象的苦,受了许多无法言说的罪,经历了许多明明暗暗的波折,也抓住了许多大大小小的机遇。终于,他创下了一份丰厚的家业。

一个阳光很好的下午,他长嘘了一口气,决定回去看看。两个小时的飞机转眼就到了,仿佛做梦一样,他又站到了她的面前。此时的她,正牵着儿子的小手,从从容容地走在回家的路上。

"晚上一起吃饭,好吗?"他轻轻说。

她点点头。

"你想吃什么?"他忍着泪问儿子。儿子已经不认识他了。

"米线。"儿子说。

他怔了怔,打了一辆车,领着他们直奔全市最豪华的五星级酒店,点了最高档的云南过桥米线。

开始进餐了。先是一桌子的海鲜大菜,接着是每人 15 个调料盘碟,然后是成分复杂的鸡汤,最后才是千呼万唤始出来的米线。六个服务员马不停蹄地为他们表演着让他们眼花缭乱的程序:怎样拌调料,怎样兑鸡汤,怎样放紫菜……等到三碗米线做好之后,三个人都早已没了胃口。

"好吃吗?"从酒店里走出来,他问儿子。

儿子摇摇头。沉默了一会儿,儿子才困惑而小心地说:"那些菜和那些盘碟跟米线有什么关系? 他们弄得那么啰唆,为什么还没有妈妈常带我去的那家小店做得好吃?"

他看了她一眼,久久无语。夜幕深垂时,三个人又来到了那家小吃店。

"你可有日子没来了。"老板娘居然认出了他,熟稔地笑道,"要大碗还是小碗?"

"大碗。"三个人异口同声地说。然后他们又不约而同地笑起来。短暂的笑声之后,又是漫长的沉默。沉默中,他感到自己的心像被米线一根根穿过一般疼痛。

三大碗米线端了上来。依旧是那么清香浓郁,柔韧悠长。在腾腾的热气中,听着妻儿简单的谈话,他的眼泪再也止不住,狂涌而出——他突然意识到,虽然他已经衣锦还乡,但是在他最在意的那个人眼里,他的锦衣正如安徒生童话里皇帝的新衣一样,没有任何实际的意义。锦衣无色,他也无乡可还。无乡可还的他,就只是一具一无所有的裸体。

他也终于明白:如果从科技的角度上讲,只有求新求高才会让社会进步的话;那么从精神的角度上看,就只有求真求实才会使灵魂幸福。从这个意义上来说,他不是鸿鹄,她也不是燕雀。正如那一桌子海鲜大菜十五个盘盘碟碟和米线是否好吃没有什么本质的关系一样,他所向往的好生活和金钱别墅宝马香车也没有什么必然的因果。最重要的只是爱情。而真正的爱情是不讲究热闹、不讲究排场、不讲究繁华、更不讲究噱头的。这些只是与之毫无关联却极易蒙昧灵智的异物。

真正的爱情如米线一样,只注重——味道。

"你需要的是食物,而你想要的却是巧克力圣代。拂去外表的尘埃,你便看到了生活的真谛。"在这个简陋的小店里,他默诵着《相约星期二》中的主人公美国老人莫里·施瓦茨去世前所说的这两句话,一遍又一遍。

哑夫妻

孙宴明

他是个哑巴,虽然能听懂别人的话,却说不出自己的感受。她是他的邻居,一个和外婆相依为命的女孩。她一直喊他哥哥。

他真像个哥哥,带她上学,伴她玩耍,含笑听她叽叽喳喳讲话。他只能用手势和她交谈,可她能读懂他的每一个眼神。从哥哥注视她的目光里,她知道他有多么喜欢自己。

后来,她考上了大学,他便开始拼命地挣钱,然后源源不断地寄给她。她从没拒绝。终于,她毕业了,参加了工作。然后,她坚定地对他说:"哥哥,我要嫁给你!"

他像只受惊的兔子逃掉了,再也不肯见她,无论她怎样哀求。她这样说:"你以为我同情你吗?想报答你吗?不是,从12岁我就爱上你了。"可是,她得不到他的回答。

有一天,她突然住进了医院。他吓坏了,跑去看她。医生说,她喉咙里长了一个瘤,虽然切除了,却破坏了声带,可能再也讲不了话了。病床上,她泪眼婆娑地注视着他。

于是,他们结婚了。很多年以后,没有人听他们讲过一句话。他们用手、用笔、用眼神交谈,分享喜悦和悲伤。他们成了相恋男女羡慕的对象。人们说,那是一对多么幸福的哑夫妻啊!

爱情阻挡不了死神的降临,他撇下她一个人先走了。人们怕她经受不住失去爱侣的打击来安慰她。这时,她收回注视他遗像的呆痴目光,突然开口讲话:"爱人已去,谎言也该揭穿了。"

人们惊讶之余,都感叹不已:这是一份多么执著的、深厚的、像童话一样的爱呀!从此,她不再讲话,不久也离开了人世。恋爱中的男女仍会拿他们当做谈论的话题,他们常说,你听过那对哑夫妻的故事吗?

因为深爱,所以离开

关　鸿

勃拉姆斯第一次敲开舒曼家大门的时候,根本没有想到,他这一生会与这扇门里的女人结下不解之缘。

舒曼听说来了客人,从书房里走出来,他穿着便服和拖鞋,文静而忧郁,声音低得简直难以听清,目光亲切柔和,使羞怯的勃拉姆斯顿时摆脱了窘境。

勃拉姆斯取出他最早创作的一首 C 大调钢琴奏鸣曲的草稿,请舒曼指教。

舒曼打开琴盖,让勃拉姆斯坐下来弹奏。他还没弹完一页,站在他背后的舒曼就轻轻按了一下他的肩头,亲切地说:"请停一停,我希望克拉拉也能听到……"

克拉拉是他的爱妻和著名钢琴家。

当克拉拉走进客厅的时候,勃拉姆斯眼前一亮。

这时的克拉拉虽然已经过了如花似玉的少女时代而步入中年,但正是一个女人的知性、情感和美貌最成熟最有光彩的时期。克拉拉高贵的气质和风度有一种超凡脱俗的魅力。

勃拉姆斯愣了片刻,一种从未体验过的情感油然而生。

他的手指无比灵巧地在琴键上滑动。当他弹完一曲站起来时,舒曼热情张开双臂抓住他,兴奋地喊道:"天才啊! 年轻人,天才! ……"

这天晚上,克拉拉在她的日记里写道:

"今天从汉堡来了一位了不起的人——勃拉姆斯……他只有 20 岁,是由神直接差遣而来的。罗伯特说,除了向上苍祈求他的健康外,不必有别的盼望。"

舒曼情不自禁地提起十一年前就中断的评论之笔,为《新音乐杂志》写了著名的音乐评论《新的道路》,热情地向音乐界推荐这位新的天才。

这是他一生最后一篇音乐评论。

他还运用自己的影响,使出版商出版了勃拉姆斯的早期作品。

他邀请勃拉姆斯住在自己家里。那些天,这对大师夫妇整天议论的就是这个金发青年。

他们深深地被这个年轻人迷住了。

勃拉姆斯也完全被这对音乐大师夫妻征服了。他不仅出于感激和知遇之恩,更是钦慕他们的智慧和人格。

这个年轻人出生于汉堡的贫民窟,少年时代就为生活所迫而混迹于酒吧间里,缺乏受教育的机会,也无从学习礼仪。他待人接物粗疏直率,不拘礼节,脾气近乎乖戾。他是一个农民的儿子,有着很多农民的习性。但是,他在舒曼和克拉拉面前,却像换了一个人。

尤其是对于克拉拉,这个女人无论在知性、教养和气质上都要比他优越。即使在他成熟和成名以后,只要他站在克拉拉面前,就处处感觉到她比自己优越。

他崇拜她。

在这次有决定意义的会见之后,不到半年,舒曼精神失常。

早在舒曼和克拉拉结婚四年后的夏天,舒曼就第一次出现神经虚脱症状。后来,甚至听音乐声音,神经都无法忍受。他父亲死于精神病。这种遗传症是他的致命伤,也给他和克拉拉如诗如花的幸福生活蒙上了阴影。

1854 年 2 月的一天,舒曼整个通宵被天使和魔鬼的声音所折磨。接着在一个下雨天,连帽子也不戴,悄悄走到莱茵河桥上,跳到激流中。幸亏被人发现,送进了疯人院。

当时,正在汉诺瓦的勃拉姆斯,听到这个可怕的消息,便什么也顾不得,立即赶到克拉拉身边。

克拉拉正怀着第七个孩子,这样可怕的打击使她悲恸欲绝。勃拉姆斯成了这位不幸的妻子和母亲的唯一可信赖依靠的朋友。她的苦难感召了他的勇气和同情,使这个木讷的、有点粗俗的年轻人变得感情细腻和无微不至。

他全心全意地照顾她和她的孩子们，当克拉拉外出表演时，他就在家里看管孩子。他还曾一本正经地给克拉拉写信，不厌其烦地告诉她："孩子们不肯用功学习 ABC，我给他们吃了许多糖果，还是没用，真拿他们没办法。"

他还代克拉拉去疯人院看望舒曼，把探望的情形详细地写信告诉在外演出的克拉拉。他向克拉拉描绘了他把她的肖像放在舒曼手中时的情景："他吻着它，然后哆哆嗦嗦地双手捧着它放下来。这真是最动人的一幕。他那优美而沉静的动作，他说到你时所表现的温馨，以及他见到你的肖像时的欣悦，我都无法加以描绘，只能让你自己用最美的想象去摹拟了，我是快活得几乎要醉倒了。"

这是何等真挚纯洁的感情呵！

这时，勃拉姆斯的创作正处在最初的高潮中，由于与舒曼的交往，他终于捕捉了浪漫派音乐的精髓，于是，他用了半年时间写作了"B 大调钢琴三重奏"。在克拉拉心情平静的时候，他就弹给她听，征求她的意见。有时候，又根据舒曼送给克拉拉的主题，弹出一首美妙的变奏曲。

长期以来，克拉拉一直作为缪斯女神受人崇拜。现在，当她痛苦而又疲惫不堪的时候，还能给一个年轻的崇拜者以灵感，不能不是一种莫大的慰藉，这使她的心境变得开朗一些。在这患难与共、相濡以沫的亲切气氛中，他们之间的感情也愈显炽烈。

起初，勃拉姆斯是为了道义上的责任感来到克拉拉身边的，而今，他已经不可能和克拉拉分离了。

克拉拉为了疗养，前往佛斯丹特。勃拉姆斯正在外旅行，闻讯立即赶到克拉拉身边。几个月后，克拉拉到荷兰旅行演出，勃拉姆斯为了和她相聚几天，花去了他仅有的积蓄，赶到鹿特丹去伴随她。

勃拉姆斯对于克拉拉虔诚的崇拜和真挚的情感，很自然地渐渐变成了热烈的爱情。虽然，克拉拉比他大整整十四岁，而且，是七个孩子的母亲，但这一点也没有减退他对她的眷恋。相反，由于她对人生懂得比他更多，反而增加了她的吸引力。而她对于悲痛的忍耐力和自制力更使他钦佩不已。

但是，克拉拉是他恩师的妻子，这时，舒曼正落于可怕的病魔之手，而克拉拉依然把自己永恒的爱情奉献给自己的丈夫。因此，勃拉姆斯只能默默地爱她，只能把她看做母亲般的朋友。

他几次放弃可以出名和赚钱的机会，只是为了留在克拉拉身边。他不断地给她写情书，倾诉自己的肺腑之言，但这些情书一封也没有送到克拉拉的手里。因为，他从克拉拉那儿理解了爱情的真正的含义，看到了自我克制的美。

克拉拉理解勃拉姆斯的热情，理解他想要为她献出一切的狂热。但她更爱惜他的天才和他的忠诚。她也原谅他的稚气。她以女性的温柔引导他面向现实，又以母性的爱抚慰他骚动的灵魂。

整整两年，勃拉姆斯的整个生活，全部是为了克拉拉，为了那种纯洁的、崇高的、无望的爱情，为了那种只能深深埋藏在心底的爱情。

克拉拉是他的女神。

两年后，舒曼去世了。

漫长的痛苦并没有减弱这最后一次打击的分量。克拉拉的心碎了。

现在，克拉拉自由了。

　　过去两年，那些热衷于散布流言飞语的卑鄙小人们更加无耻地在那儿鼓噪着。有人甚至说，勃拉姆斯就是克拉拉最后一个孩子的父亲。

　　然而勃拉姆斯却出人意料地离开了克拉拉。

　　勃拉姆斯倒不是惧怕那些闲言碎语，而是因为，他越来越感到他的爱情是道义所不容许的，而且，这种爱情也不可能填补克拉拉失去舒曼的精神缺憾。这种感情与理智、感情与道德的冲突越来越尖锐，不能忘却的爱情和难以逾越的道德，在他心里撕咬着，使他感到莫大的、无法解脱的痛苦。

　　最后，他选择了离开。

魂归大漠

陶　靖

　　上世纪 60 年代初，我在新疆一个农场的生产连队里当会计。连队里当时有一个上海支边青年排，排长是一个身材挺拔、相貌堂堂的年轻人，名叫陆大为。那时候上海支边青年中很少有结婚成家的，只有他不但已成家，还有个非常可爱的小女儿，已经一岁半了，名字叫娜娜。他的妻子名叫杨惠，也是上海支边青年。一家人就住在我们家的隔壁。我和陆大为是很要好的朋友，我岳母又一直在帮他们带小娜娜，所以我们两家的关系也就非同一般。

　　这夫妻俩有一段曲折浪漫的恋爱史，在附近的上海支边青年中曾经广为传颂。原来他俩在上海时就已深深相爱，但由于两家的条件相差悬殊，遭到了杨惠父母的坚决反对。杨惠是家中的独生女儿，原不在支边的名单上，可是为陆大为她毅然抛弃了一切，万里相随跟他到了新疆，在连队里当了名普通的农工。她的这一勇敢行动深受支边青年们的敬重，大家都把她看做是大姐姐，有困难有委屈都找她来倾诉，有麻烦有矛盾时也常请她来调解。

　　总之，这是一个令人羡慕的家庭，夫妻恩爱，女儿聪明、漂亮、健康。那时候农场里的条件还很艰苦，但他们的小日子仍然过得幸福而又甜蜜。

　　后来发生了一件意外的事，这件事不但无情地毁掉了这个幸福的家庭，也在许多人的心中留下了永久的伤痛。

　　事情发生在一个星期天，那天早晨，夫妻俩早早地起来，将娜娜送到我们家后，就带上干粮、水、绳索等工具，拉着一辆手拉车进了沙漠。他们是利用这个休息天到沙漠里去打梭梭柴。那时候农工们的生活都不富裕，大家平日里烧的柴特别是冬季取暖，全靠到沙漠里去打梭梭柴来解决。我们连队紧靠沙漠，大家每年都要进出沙漠十来次，早已经是熟门熟路了，所以谁也不把进沙漠当做什么大事，他们自己更没有想到会发生什么意外的事情。

　　打梭梭柴一般要进入沙漠八九公里，因为近处的梭梭林早已经被采伐一空。他们那天大约是在进入沙漠八公里处找到了一小片适合采伐的梭梭林，但此时却发现手拉车的车胎没有气了，而且糟糕的是，他们忘了带气筒。夫妻俩商议后，决定大为留下来伐梭梭柴，杨惠回家去取气筒并顺便照看一下小娜娜。

　　杨惠走前大为还歉疚地对她说："都怪我，一时疏忽，连累你来回要走这么远的路。"杨惠笑着回答:"没关系,我不是也忘了吗?今天阴天,路上凉快,多走点路累不着。你抓紧时间,等我回来咱们就装车,天黑前误不了回家。"

这是他们夫妻俩最后一次对话,杨惠这一走,陆大为就再也没有见到她。

杨惠是拿了气筒再进入沙漠的途中迷路的。可是陆大为当时不知道,他一直等到天快黑了才丢下车子往回赶。一路上他还以为是娜娜又病了,杨惠顾不上拿气筒抱着女儿看病去了。当他回来得知杨惠拿了气筒早在中午又进了沙漠时,顿时急出了一身冷汗,他知道问题严重了,杨惠一定是在沙漠中迷了路!

后来分析,那天天阴,下午沙漠里刮起了风,致使地面上的各种脚印、车印变得模糊不清。杨惠大概赶路心急,又想不到自己会迷路,就被路上这些模糊的印迹引错了方向。如果她意识不到这点继续往错的方向走,最后就会有迷路的危险。

我们连长是一个有丰富沙漠经验的人,接到报告后立刻带着一支精干的搜寻队伍,骑着马连夜进沙漠去寻找。我们在那片梭梭林附近的几个沙包上燃起六堆熊熊大火,杨惠如果在距离火堆五公里的范围内,就有可能在黑夜中发现这些火光。接着我们又分散开来,大家都以火堆为中心,在能够看得见火光的距离之内,从各个方向分头寻找,但是整整找了一夜,就像是大海里捞针一样,没有一点点踪迹。

第二天,我们扩大搜寻范围继续寻找,场部和附近连队闻讯后也组织人员参加搜寻。第三天,第四天,第五天,搜寻范围一圈一圈扩大,参加寻找的人员不断增加,但是随着时间的推移,寻找的希望变得越来越渺茫。到第六天傍晚,其他的搜寻人员都不得不撤离了,只有我们几个人还在沙漠里坚持寻找。其实我们也知道没有希望了,可是陆大为坚决不回来,我们不能将他一个人留在那里。

第七天上午,我们在偏离火堆西北约十一公里的一个沙包上发现了那把气筒。气筒斜插着,木把上密密麻麻刻着许多字,估计是杨惠用自己的发卡刻上去的。凡读过木把上这些字的人无不伤心落泪。这是杨惠在饥渴难忍中用自己的心血刻的,是她留在这个世界上最后的几句话:

"大为,我迷路了,今天是第三天。我已经坚持不住,决定朝木头指的方向走,你要是能看见,就快来找我。

"大为,娜娜,我的亲人们,我真想你们。

"大为,我要是死了,来世我们还做夫妻,说定了,我等你。"

气筒的钢管上也有字,但不明显,仔细辨认,却都是同一个字:"水,水,水,水……"

陆大为看到这些后,手捧气筒"扑通"一声跪在沙包上放声痛哭。他发疯似的用头撞地,恨自己没有早几天找到这里来。我们将他劝起来后,他立刻就要到西南方向去寻找,谁劝他他都不听。他身材高大力气也大,我们四五个人都拉不住他。后来我急了,一巴掌打过去,冲着他喊:"陆大为,你冷静点!要去也得先回连里,带上足够的水和食物。你要是这样就去,还想不想回来?"

他这才清醒过来,于是我们立刻纷纷上马,将他围在中间,一路扬鞭飞奔跑回连里。连长听完我的报告后仰天长叹,说:"晚了,这样的热天,她没有水没有食物,很难坚持到第五天。多么好的一个同志啊,自愿离开繁华的大上海到新疆,就这样走了,真让人难过……陆大为呢?他现在有什么情况?"

我说:"连长,我们好不容易才把他拉回来,他现在正在做出发的准备,不让他去恐怕拦不住。"

连长想了想,说:"陆大为是个重感情的人,他们夫妻间的情义非同寻常,不让他去不合情理。还是让他去尽一下心吧,否则这一辈子他都会不安的。走,我们都去帮他一下,再送他起程,好让他早去早回。"

于是连里给他调拨了一匹马,马背上驮着足够人、畜十天所需的水、食物、草料,以及一条毯子、一把铁锹、一支大号手电筒、两只指南针、一张场部签发的通行证、一张详细的新疆地图等等,进沙漠去的必需物品。连长对他说:"陆排长,杨惠不但是你的妻子,也是连队的职工,现在我批准你代表连里去找她。"

接着他打开地图,指着图说:"从那个沙包往西南方向约二百公里就能走出这个沙漠。你每天边搜寻边前进三十公里左右,要确保七天内走完全部路程。无论找到与否,都不能从原路回来,因为那样太危险。走出大沙漠后就是独克公路,你可以骑马或乘车往南到奎屯,再绕道石河子回家。在沙漠里晚上要找避风处歇下,最好能燃一堆篝火。马匹要拴牢靠,铁锹放在伸手可及的地方。用水要小心,切不可让水白白流失。记住,一直朝着西南方别转向,不要想着再到各处去找一找,这样你自己也会迷失在沙漠之中。陆排长,你是一个勇敢坚强的人,沙漠中的困难很多,我相信你会克服这些困难平安归来。"

连长走后陆大为将我叫到他家中,交给我一封寄给杨惠父母的信和他家中的全部钥匙,对我说:"陶会计,你我朋友一场,我拜托你三件事:第一,这段时间娜娜就请你们多多关照了。第二,如果十天内我回不来,请你将这封信寄出去,杨惠父母收到信会来接娜娜的。她是他们家唯一的外孙女,为了娜娜的将来,她应该回到外婆的身边去,这是她最好的选择。第三,如果我回不来,我和杨惠最后一次工资加上抽屉里的一点存款就赔连里的这匹马,剩下的钱和家中全部物品都分送给连里生活有困难的人。杨惠父亲来后只交给他那把气筒的木把就行了,这是给娜娜留下的一个纪念……"

我一听,他这好像是在交代后事,就劝他说:"大为,你别胡思乱想了。你带有足够的装备,方向又明确,一定能够平安回来的。你可别忘了你还有小娜娜,她不能够再失去父亲了!"

这时候我岳母将娜娜抱了过来,她一看见大为就扑在他的怀里,委屈万分地喊:"爸爸,爸爸,妈妈呢? 妈妈呢? 奶奶不带我去找妈妈,我要妈妈,我要妈妈啊!"

她挥舞着小手指向门外,在她父亲的怀里又哭又喊。陆大为泪如雨下,紧抱着女儿亲了又亲,然后将娜娜交回给我岳母,转过身就向门口走去。

"走!"他在门外大吼一声,跳上马就向大沙漠方向走。根据连里的指示,我带着5个人骑马送他到那个沙包,又和他一起往西南方向搜寻了约二十公里。接下去他要一个人走了,我们和他一一道别后,目送着他独自向大漠的深处走去。

陆大为走后第九天,我在办公室里突然接到他的电话,原来他已经走出了沙漠,正在独克公路附近的一个镇子上。他打电话的目的是了解这几天有没有杨惠的消息。原来他还抱着最后一线希望,期盼会有奇迹发生。显然,他这一路上也没有找到她。我告诉他实情并安慰他说你已经尽力了,找不到是没有办法的事,还是按计划早点回来吧,小娜娜每天都在哭着找你呢。

我在电话里听到他哽咽了几下,接着他说:"陶会计,我不能这样让杨惠独自留在沙漠里,我决定还是再回去找她……"

我一听对着话筒大喊:"什么? 陆大为你疯了? 再回去必死无疑,你不能这样做!"

他说:"我知道,但是杨惠以前为了我能够抛弃一切,我现在为了她也准备抛弃一切。我要一直找下去，找到她我就背她回来，找不到她我也许就回不来了……"

"不!"我急得伸手去抓，想把他拉回来，却抓了个空。我用尽力气喊："陆大为，你等等，你不能这样! 你女儿在等你，朋友们和连队的人也都在等你，你千万不要再回去!"

但是电话已经断了。我拿着话筒发了一会儿呆，放下电话就去找连长，对他说："连长，陆排长刚才来电话，他已经走出沙漠了，可是他说他决定还要再回去找。"

连长吃了一惊，问："为什么? 你说详细一些，他为什么还要回去?"

我将陆大为的话都告诉了他。连长听后沉默良久，才感慨万千地说道：

"陆排长，陆大为，你这哪里是人回到沙漠去，简直就是魂归大漠啊! 杨惠呀杨惠，你有这样的丈夫，我看天下的女人都不如你，你可以瞑目了。"

从此以后就再也没有了陆大为的音讯。

三个月后，杨惠的父母亲一起来接小娜娜，她走的时候全连的人都出来相送。小娜娜紧紧抱着我不松手，又哭又喊不肯去，在场的人无不伤心流泪。但是我知道，对她来说，回上海是最好的选择，但愿她在外公外婆身边能够幸福地成长。

小娜娜终于走了，可怜的孩子，祝你一路平安! 长大了你可千万要回来一趟，到大漠里去看望一下你的父母亲啊!

大难来时，我要拽住你的手

窦　挺

他和她都是知青子女，结了婚，生了女儿，后来离婚了。离婚的原因很偶然，发生了一点儿矛盾，吵着吵着就当了真，偏偏他又是个极内向的人，不会哄也不会骗，就这样一直别扭，直到办了离婚手续。离婚后她带着女儿住在父母留给她的一套一居室里。这期间，她在一家超市做营业员，他开出租车。每个周末，他都来看一次女儿，捎带着帮她做点粗重活。离婚3年，他和她都没有再找另一半，亲戚朋友都说，好好的离什么婚呢?

那个星期六，他没有像往常一样来看女儿，她有点奇怪，女儿吵着要爸爸，她便往他家打了个电话，结果却是晴天霹雳，他肝坏死，已经昏迷住院。她一下懵了，深一脚浅一脚往医院赶。医生的话简单得像一根冰条直戳人心：必须进行肝移植，否则就没救了。手术费要20万元。他和她的父母都是返城的上海知青，家底很薄，当初他们结婚的时候就因为经济条件的原因一切从简。20万，无疑是天文数字。她眼看着他父母含着泪在医院的通知单上签下了"放弃"的字样。

她睁了一夜的眼，第二天一早就跑到医院，找到医生说，她卖房子筹手术费，赶紧帮他联系肝源。接着到房产中介所将房子挂牌出售。消息一传出去，大家都呆了，要好的小姐妹纷纷来劝她："卖了房子你住哪里?""他要是救不过来，你岂不是人财两空?""他父母都放弃了，你还出什么头?"房子卖了。因为卖得急，比市价低了好几万，她唯一的要求是要现金，一次付清。拿到钱她就往医院赶。他躺在病床上，看着她，一句话也说不出来。她轻轻拍着他的手："我们复婚。"有人说，女人真傻，都快死的人了，能出钱救他，已经是仁至义尽，还复什么婚呢?

婚也复了。因为情况特殊,民政局的人来医院帮他们现场办理了复婚手续。没有鲜花也没有仪式,他还是躺在病床上,唯一有点喜气的,是床头柜上几包婚礼奶糖。肝源在最后期限前找到了,一切都紧张得让人喘不过气来,做完手术医生说,再晚两天,即使有肝源也救不活他了。为了多挣钱,除了他动手术那天她请了一次假,其余时间都照常上班,一天也不曾落下。好在上海的商场都是做一天歇一天,她也没耽误去医院照顾他。

手术一个星期后,他脱离了危险。得知这个消息,她松了口气,腿一软就坐到了地上。医院的病友们捐了点款,派了代表送到她家去。她正在收拾东西,因为家境本来就不太好,再加上他的病,小小的房子里简直四壁空空,地上摆着几只装电器的大纸箱,她就往箱子里一一放被褥、衣物、日用品。大家问她:"这是干什么?"她说:"这几天光顾着忙他的事,都忘记新房主快要来收拾房子了,这不,收拾收拾准备搬家呢。"有人问她:"没了房子,以后怎么办呢?"她笑笑:"先租房子,只要人好了,总会有办法的。"有人试探着:"你想过没有,万一他救不过来,怎么办呢?"她沉默了半天,才答:"看到他父母都放弃他了,我心疼得受不了,我再不管他,谁来管?他才35岁啊!"

有人在门边发现了一个鞋架,原木的颜色,四层高,还有个放雨伞的托子,既实用又拙朴有趣,就问她:"是在哪儿买的?蛮合用。"她说着指点着家里的东西,女儿的小自行车是他买的,钉在墙上的杂物架也是他做的,桌子上漆成彩色的储蓄罐,也是他亲手做的。鞋架上放着三双拖鞋,一双男式的,一大一小两双女式的。他们明明是离了婚的,然而他的影子在她家里却无处不在。

挺过复杂的排异反应,他慢慢好起来了。住院的时间久了,病房里的几个病友熟悉得像好朋友一样。趁她不在,大家开他的玩笑:"你真是天上掉下来的福气,有这样的老婆。"有人问他:"她带着个孩子,找对象不容易,你却不一样,离婚三年多,你怎么就没想到再找一个?"他不善言辞,好久才憨笑着挤出一句话来:"我当时就想,等她找了,我再找。"有个外地病友感叹:"都说上海女人精明,会算计,我看不全是。这样实心眼的女人,打着灯笼都难找呢。"

她来的时候,总是捧着一个大号的保温桶,母鸡汤是补身体的,黑鱼汤是收刀口的,汤里漂几粒红艳艳的枸杞,煞是好看。她舀一匙送到他嘴边:"快,趁热喝。"他抚着她的手:"你也喝,看你,瘦了多少了。"她拗不过他,便喝了一口。每到这时,满病房的人都放轻了动作,那些琐碎的隔隔细语,像月光泻地,把整个病房都照得温馨起来。每个人对爱都有不同的诠释,她的最简单,因为她心疼他。她和他是同林鸟,所以,大难来的时候,她拽住了他的手,没有独自飞。

朋友住院,我去看望她,这个故事,是在上海华山医院里亲眼看到亲耳听到的。

天上的爱情

韩少功

山顶上还住着人,不过不是《桃花源记》里的避秦遗民,而是多年前迁来的一对私奔男女。

他们原住江西修水,是叔叔与侄媳的关系,只因侄儿到广东打工,长年不在家,侄媳一遇难事就得找叔叔帮忙。要种田了,得请叔叔来赶牛犁田。要卖猪了,得请叔叔来套绳捉猪。有时侄媳头痛脑热，也得靠叔叔请郎中，抓草药，端汤送水。三来两去，两人就黏到一起了。侄媳当时是乡里的小学教师。

风声传到侄儿耳朵里。侄儿赶回家操起一把菜刀就要杀人，吓得奸夫淫妇夺路而逃，几乎是净身出屋，一根针也没来得及带。他们知道自己乱了大伦，没有脸面回村，就从江西流落到了这一方。他们打过工，讨过饭，最后听说老山里有荒田和空房，便悄悄来此安身。

大概半年以后，赶马驭树的人看见这里有炊烟，消息才传开去。大家才知道山上住下了这一对贼男女。乡政府派人来查看，发现他们不是特务或罪犯，只属于伤风败俗的姘头，破坏计划生育的黑户。这种人按理也应遣返原籍。但山下有些山民替他们说情，说这对痴男女也可怜，一听说要遣返，就声称以死相拼，把吊颈绳挂上了梁——女方还是个大肚子。事情到了这一步，看来也不好硬逼，再说，山上那些田反正没人种，荒着也是对不起祖宗，还不如在他们手里长点谷米。

乡干部找不出更好的办法，也就不了了之。

我们爬上一个高坡，来到了这对私奔男女的土屋前。地坪里有狗吠，有三个娃崽多来咪，显然是爱情的系列果实。这些果实早早发现了我们，一个个兴奋地叫喊，有足够的理由把我们当做天外来客，或者是眼生的人形动物。但这里是伊甸园吗？这里没有玫瑰花、水晶项链以及吃不完的香甜果子，倒是猪羊鸡鸭长期随意野放，使空气中弥漫着野粪的酸臭。过于自由的日子里，主人的农具和家具也随手丢放得特别散乱——家门之外到处是家，遍地为居室。

一个老男人在舂米，看上去不像是娃崽的父亲，倒像是他们的爷爷，背驼了，牙也缺了，不光皮肤是黄，牙齿也是黄，头发也是黄，全身都是日光烤灼下的清一色焦黄，像一块老熏肉。他不大会应酬，笑一笑，没有话；嘴唇哆嗦了几下，还是没有话。来回窜了几趟也没端来一碗茶，最后搓搓手，只得去地上叫女主人。

女主人稍后挑着一担包谷回家了，是从山雾拉起的彩虹中走来。她身子有点胖，膀大腰圆，但眉长眼大，尚有几分少妇风韵，显得比姘夫年轻太多。她不愧是当过老师的，一出场就落落大方，江西口音里还略飘一点点京腔。

龙老师见三个娃崽怯生生躲在母亲身后，一一问起他们的年龄。他今天就是来动员娃崽入学的。

"谁说不是呢？我们这一辈子，反正也这样了。只是娃崽……"女主人突然红了眼圈。

"上学是远了点，不过可以寄宿的，费用也不太高……"

孩子们一听到读书都很兴奋，情不自禁地扯开嗓门念出一些拼音字母，以示他们并非一无所知。其中一个还唱起歌来——显然也是母亲教的。"我在马路边捡到一分钱，把它交到警察叔叔手里边……"

"怎么唱的？"母亲觉得后一句跑了调，忍不住加以纠正："把它交到警察叔叔……是这样拐上去，再拐下来！"

其实她自己也没怎么唱对。

另一个小孩还搬来了自己的习字本。此时，一片滚滚的云潮顺着山势扑涌上来，在一块巨石前翻溅起云浪，在空中高高地凝固片刻，再缓缓垮塌，终于把我们一口吞灭。但女主人没叫我们坐进屋去，对这种情形习以为常。

龙老师的老家原来就在这一带，自己打小也是从这里下山去求学。他同女主人隔着云雾两相朦胧，谈到种田、烧炭、沟渠、豹子等朦胧之事，最后又回到更朦胧的读书问题。照他的想法，孩子在校寄宿,家长每到周末去半山腰接送,问题就基本解决了。

"我们哪知道星期几?"云雾那边的声音有些慌,"我们只晓得天亮了天黑了,月圆了月缺了。不下山去,连过年是哪一天也掐不准。"

"你们得有个日历。"

"万一撕错了一张怎么办?也没处找人问。"

"……这里有没有手机信号?"

我隐约看到龙老师掏出了手机,但他忘了,即使这里有信号,手机充电也是一个难题。说这事的时候,云潮开始悄悄下泻,形成大小不等的云溪、云瀑以及云河,流回右边山谷的云湖,把我们重新抛回明亮的阳光里。一缕缕残留的云絮,从我们的肩头坠下来,从我们的指掌间流过,在我们的鞋子边久久旋绕。

我们现在回到了清晰的话题。我说有一种小水电机,价格不算太贵,可带动一户的电灯和电视,我在其他山区见过,他们不妨一试。

女主人对这些建议都表示感激,对蓄水发电一事又参与些合计,见我们一人一杖准备起身,热情邀我们留下来吃饭,说今天刚舂了新米,家里还有干鱼,说什么也要吃了再走。

我们不是不想吃一口天上的饭,只是考虑到天黑前必须赶到千石峒,不然下山就有危险了。眼看着日落西山,阴峡骤冷,我们打了个寒战,赶紧放下衣袖和扣紧衣领,重返云下人间。

婚 外

张中行

婚外指与配偶以外的人发生两性关系。古今都算在内,有各种情况(皇帝是社会认可的特种动物,不算)。依照由像是可行到像是不可行的次序排列,一种是变为独身(丧偶或离异)之后再结合,男为再娶,女为再嫁。这种情况,法律允许;道德或时风则因时因人而异。比如在旧时代,男性如此,光明正大,女性就不光彩。新时代呢,还会因人而异,比如少壮之年,前一个如意人走了(向阴间或向阳间),再找如意人,光明正大,老朽就未必容易,因为儿女未必同意。另一种是富贵的男性纳妾,现代不容许,旧时代则视为当然。大富大贵。纳的还不只一个,有的所纳,还是原配夫人主持收的。这种情况,评论界限分明,是无论法律还是道德,旧时代都容许,现代都不容许。再一种是嫖娼和卖淫。旧时代,法律允许,因为可以挂牌开业(暗娼情况略有不同);道德方面,也是对男性宽(如明清之际,还视出入秦淮河为雅事),对女性严(有名如顾媚、李香君之流,终是男性的玩物)。到现代,地上转为地下,证明法律是不允许了;但还不少有,也就会有道德性的评论,是仍有传统意味,对男性略宽,对女性严。还有一种,与上面几种情况相比,是化显为隐,可是面宽(至少是就现代说),而且与恋情有不解缘,所以引来的问题更加复杂,这是通常说的"婚外恋"。这种恋,理论上有走得远近之差,近是有恋情而没有两性关系(或竟是柏拉图式);远是既有恋情又有两性关系。实际呢,是以下两种情况多见:一种,恋情也许并不多而有两性关系;另一种,恋情多,依天命或说依常情,顺流而下,于是有了两性关系。显然,这最后一种,既恋又有两性关系的,就现代说,数量可能不少,因而引来的问题最多,也就最难解决。本篇所谓婚外,想限定指这一种。

这一种婚外,旧时代可能(因为无法统计)不多;但可以推想,即使网密也会漏掉小鱼,数量一定远远少于现代。这原因,不是现在人心不古,那时古,而是彼时男女不平等,女性是男性的私产,有男女授受不亲的礼教保护这私产,婚外恋是侵犯产权,必为人天所不容,所以就罕见了。说起这授受不亲的礼教,也就是女性只能由男性一人占有的礼教,力量竟是如此之大,以至受制的女性也信为天经地义。春秋时期宋国的伯姬之死可作为最好的例证。《春秋》襄公三十年记载:"五月甲午,宋灾,伯姬卒。"《公羊传》说明灾和死的情况是:"宋灾,伯姬(案已年六十)存焉(在失火的房子里,还活着),有司复(告知)曰:'火至矣,请出'。夕伯姬曰:'不可,吾闻之也,妇人夜出,不见傅、母(女师傅)不下堂。'傅至矣,母未至也,逮(火烧到)乎火而死。"失火,以六十岁的老太婆,已经有傅一人陪伴,因为还缺母,不合礼的教条,就宁可烧死,这样为男性守身,婚外的危险自然就不会有。这礼教的力量还可以再扩张,是男性已经不在世(甚至也未婚),只要有父母之命,媒妁之言,也要终身守节。守能得荣誉,失节是大耻辱,所以扩散为世风,除近亲以外,异性交往的机会就几乎没有,更不要说接近了。显然,这就堵塞了通往婚外的路,许多因婚外而引起的问题也就可以灰飞烟灭。问题少是获得,虽然这获得是用过多的代价换来的。这代价有明显的,是女性都要舍己为人(某一个男性);有不明显的,是一切人都只许有婚德而不许有恋情。冲破藩篱不容易。自然,也不至绝无。可分为上中下三等。上如北魏胡太后之与杨华,恋,真就成了(后来杨惧祸逃往南朝梁,胡作"阳春二三月"之歌表示思念)。中如朱彝尊之恋小姨,只能作《风怀诗二百韵》,以作为"苦闷的象征"。下如不少文人之编造刘阮入天台之类的故事,现实无望,做白日梦,慰情聊胜无而已。

这样说,就是旧时代,也不是因克己复礼而都能太上忘情,而是受社会力量的禁锢,绝大多数人"像是"风平浪静,像是与实况有距离,或说大距离,具体说是背后隐藏着无限的苦痛和泪水。新时代来了,情况有了变化,或说相当大的变化。计有三个方面。其一最重大,是男女有了自由交往的机会。不相识,可以并肩挤公共车,相识,可以贴胸跳交际舞,以至大街上携手同行,小屋中对坐夜话,等等,在旧时代都是不可想像的。其二,与此相关,是女性地位提高,言行解放,变昔日的三从为今日的一从,即婚姻大事也可以自己做主。婚姻之外的其他事,只说社交方面的与男性,聚则同席,分则写信,当然也就可以从心所欲。其三是对于两性关系,看法正在"走向"现代化。这所谓现代化,有如经济和科技,所谓先进国家在前面跑,我们在后面追。自然还有一段距离,因为我们的传统底子厚,力量大,以车为喻,负载过重,快跑就不容易。但是在一些思想堪称遗老(尤其女性)的眼里,步子已经迈得太大了,比如一再离一再嫁,年及古稀的老太太也嫁,青年不婚而同居,以至婚外谈情说爱,等等昔日认为不得了的,今日已成为司空见惯。遗老看不惯,却无力反对,因为这是大势所趋,用流行的新语说,是不以人的意志为转移。而且可以推想,情况,用旧语说是方兴未艾,因为如上面所说,我们还在远望着现代化,追而且赶。这结果,可以想见,就目前说,因婚外而引起的问题已经不少,将来必致更多。

有问题,要解决,至少是要研究应如何处理。先问个根本的,是这种事(婚外有恋)对不对?好不好?难答,因为答之前,脚不能不踩在某一种"理"上。而理,都是既由天上掉下来,又由社会加了工的。而说起天命,古人说"天命之谓性"之后,接着说"率性",而不问何谓天命,想是因为,一,缺少玄学兴趣;二,天命如何,自然只有天知道。至于加工的社会,总是如韩非子所说,时移则世异,世异则备变,这世,这备,对不对,好不好,想评断,就还要找"理"。不得已,三才,只好不顾天地而只问人,或称为人文主义,其评断原则是,"利"于人是对的,好的,反之是错的,坏的。表面看,这个原则不坏,比如评论药品,说真药好,因为利于病,假药不好,因为不利于病,泾渭分明,干净利落。由药品移到婚外恋,问题就不这样简单,因为牵涉的人不只一个;更严重的是何谓利,也会成为问题。

麻烦问题之来,是因为利的范围扩大,性质变为深远,具体说是由利病变为利"生"。古人相信天地之大德曰生,又说"生之谓性","率性之谓道",左说右说,至少原因的一部分是,恍惚有所感而想不很清楚,也就说不明白。求清楚,明白,还要在生的解析方面下大力量。这,我们在前面也曾大致谈过,要点是,生的究极目的,以至有没有,我们不知道;我们知道的只是,我们,说是天命也可,不说也干脆,反正都乐生,生是一种求绵延、求扩张的趋势,抗很难,所以就宁可"顺应"。何谓顺应?用庄子的每下愈况法答,是,衣,新皮夹克比敝缊袍舒服,我们就取新潮皮夹克而舍敝缊袍,食,烤鸭比白薯干舒服,我们就取烤鸭而舍白薯干,住,高级公寓比穴居野处舒服,我们就取高级公寓而舍穴居野处,行,奔驰卧车比椎轮大辂舒服,我们就取奔驰卧车而舍椎轮大辂,外加一项,饮食男女的男女,结合,西施比无盐舒服,我们就取西施而舍无盐,所以取舍都取决于感受,而不问舒服有没有究极价值。不问究极价值是躲开哲理;其实由某一个角度看,顺应也正是一种哲理。至于实际,顺应也会引来不顺,以新潮皮夹克为例,如果群体经济情况还不能有求必应,运用顺应原则而取就会引来许多问题,如贫富不均、求而不得等就是。这里想谈的只是由取西施而引起的问题。扣紧本题说是,已经有了如意人,看见西施,还爱,或另一性,看见潘安,还爱,怎么解决?

如果用旧时代的眼光看,这问题容易解决,至少是容易评论,说是不应该。但就是旧时代,对于这类问题,也不是异口同声,而是人多语杂。以曹植的《洛神赋》为例,本是见了已为曹丕霸占的甄氏,爱而不得作的,后代读书人,甚至包括程、朱、陆、王在内,不是念到"凌波微步,罗袜生尘",也摇头晃脑吗?这说穿了也颇为凄惨,是虽有礼教的大伞罩着,人心终归是肉长的,有时就难免情动于中,不知手之舞之足之蹈之也。到现代,所谓新时代,礼教的大伞变为残破(不是扔开不用),问题显然就变为多而明朗,也就更难解决。难,有的由实况来,如上面所说,是男女不再授受不亲;亲的紧邻是近,是情动于中,动有大力,"知止而后有定"也就难了。难,有的由理论来,是,如果扔开礼教的大伞,或暂不管社会的制约,见西施或见潘安而情动于中,就不应该吗?想答,要先看看天命。天之生材不齐,有的人情多易动,有的人情少不易动。庄子是推崇情少不易动的。所以说:"其耆(嗜)欲深者其天机浅。"现实也可以为庄子的想法作证,以《红楼梦》中人物为例,林黛玉多情,傻大姐甚至不知情,林黛玉就不免多烦恼,多流泪,也就是生活多苦。至少由佛家看,林黛玉的路是错了,正道应该是灭情欲,以求无苦。可惜这也是理想,因为,如舞台上所表现,有的和尚下山了,有的尼姑思凡了。这就又回到天命,是天机深的人,恐怕为数不多;街头巷尾遇见的,各种渠道听说的,几乎都是天机浅的。有不少还是过浅的,那就宁愿,或虽不愿而不得不,"衣带渐宽终不悔,为伊消得人憔悴"。这类为伊神魂颠倒的事,由于人不见经传,以及社会的制约,绝大多数葬在当事者的心中。有少数,幸或不幸,成为流传的轶事,如徐志摩,使君有妇,又爱林徽因,又爱陆小曼,表示见才女就情动于中,就是这样。某男某女一爱再爱是个人私事,但因人可以推想天,是,如果清除社会制约而专看"天命之谓性",多爱(男性较甚)大概不是某些人的习染之性,而是人人都有的本然之性,因为爱的生物本原是传种,传种与从一是没有必然联系的。从一的要求由社会制约来,这有所为,是一,适应两性间的独占之愿;二,防止多求多不得而引起的社会混乱;三,利于生育和养育。如果这样的理解不错,就会因多爱之性而出现两种不协调:一种是天命与天命间的,是多爱之性与独占之性不能协调;另一种是天命与社会间的,是多爱与从一不能协调。一切难题都是由这两种不能协调来;或减缩为一种,是人和天的难于协调:人表现为理智的要求,是最好能从一;天表现为盲目的命令,是多爱。

荀子相信人力可以胜天,这很好,用实际来对证,也不全错。如果发乎情,止乎礼义也算,纵使名为小胜,实例也许可以找到很多。但那时旧时代,重视社会制约而不问何以必须听从制约。新时代来了,形势逼人,是不想问也不能不问。比如更趋近现代化,人造了天的反,珍视恋情之流而不再重视传种之源,又有避孕妙法为虎作伥,婚姻,家庭,地位也就不像过去(或兼包括现在)那样稳固了吧?紧接着就不得不问,从一还是美德或必需的吗?时移则事异,两性亲合关系的阶段化,也许就成为司空见惯了吧?就现在说,这只是推想,但它可以因事见理,是从一的基础可能是"一时的"社会制约,未必合于人文主义的理。人文主义要重视利生的利,利不能离开打算盘的量,而一打算盘,加加减减,从一与多爱,究竟谁上谁下,至少是还在不定中吧?这显然还是偏重未来,至少是偏重理论说,有人会以为想入非非。那就由玄远回到现实,看看从一与多爱间有什么纠缠。事实是硬邦邦的,最有力,可以先看看。婚前,成为眷属的双方,专就印象和感情说,情况千差万别,简化,比如说,有的是百分之百(可能不很多),有的只是百分之五十。婚后,依常情,会有小摩擦,就是没有,日久天长,也必致要变浓为淡。而人,"天命之谓性",总是需要,至少是欢迎情热的,这时候,男女授受可亲的机会就容易引来情动于中,就是原来的百分之百,也未必能够心如止水吧?不止而动荡,就社会说,有不如没有,因为会在平静的水面搅起一些或大或小的波澜。就己身说,有无间的选择就大不易,因为有,会有所失(包括各种苦恼和困难);无,也会有所失(就不会得情热)。更遗憾的是,在这类事情上,人常常没有选择的能力,而是迷离恍惚,坠入情网。苦也罢,乐也罢,成为事实,说有不如无也就不再有用;务实,应该研究,怎么样过下去才比较妥善。

总的问题是怎样看待,然后是怎样处理婚外恋的问题。怎样看待,上面已经大致谈了,是也来于天命之谓性,好不好,难说;反正人力有限,抗不了,只好顺受。至于如何处理,因为牵涉到二人以外的另一些人,而二人的要求又各式各样,具体说就太难。剩下的路只有一条,是概括说说原则,由喜怒哀乐之未发说起。总的精神是人与天兼顾。这之后是一,天机深的人得天独厚,见可欲而心不乱,有福了,因为可以面壁而心安理得。二,得天不厚或不很厚,最好是能够以人力移天然,譬如择偶时候慎重,求百分之百,婚后想各种办法,求百分之百不多下降,等等,以求不需要,或不很需要另外的情热。三,幸或不幸而又坠入情网,宜于不要求过多,譬如满足于柏拉图式或准柏拉图式,具体说是不求组成家庭,影响就可能不至于过于深远。四,也是最好,喜新而不厌旧,过一段时间,就也会渐旧,加以社会制约有大力,生活的这种波澜可以渐渐平静。就是狂热时期,也应该认知这种情况,以求大事可以化小,小事可以化无。五,万一相关的人有所察觉,宜于谅解多于责备。这样做,理由之一来于对人生的理解(甚至想想易地的情况);之二来于有所求,即上面所说,波澜终于会渐变为风平浪静。六,离婚是最下策,因为,除非你能找到天机深的;在男女授受可亲的社会,找一个天机浅的而要求除自己以外,对任何人都不会情动于中,是既有违天命又不合常情的(纵使同样是可能的)。人总不能不生在天命之下和常情之中,所以可行的路只有一条,是乐得十全十美而又能安于不十全十美。

姻　缘

史铁生

　　我在陕北的一处小山村插过队。我写过那地方,叫它作"清平湾",实际的名称是关家庄,因为村前的河叫清平河,清平河冲流淤积出的一道川叫清平川。清平川蜿蜒百余里,串联起几十个村落。在关家庄上下的几个村子插队的,差不多都是我的同学,曾在同一所中学甚至同一个班级念书。也有例外,男士 A 不是我的同学但是和我们一起来到清平川插队,他是为了和我的同学男士 B 插在一处。但是阴差阳错,到了清平川,公社知青办的干部们将我和 B 等几个同学分配在关家庄,却把 A 与我的另几个同学安置在另一个村。费几番周折也没能改变命运的意图。这样男士 A 便在另一个村中与我的同学 C 相识,在同一个灶上吃饭,在同一块地里干活,从同一眼井中担水,走同一条路去赶集,数年后二人由恋人发展成夫妻,在同一个屋顶下有了同一个家。有一回我跟他们开玩笑说:"可记得你们的媒人是谁吗? 是 B!"大家愣了一下,笑道:"不,不是 B,是公社知青办那几位先生。"大家笑罢又有了进一步觉悟,说:"不不,还是不对,不是 B 也不是那几位先生,是伟大领袖毛主席,若非他老人家的战略部署,A 和 C 缘何相识呢?"思路如此推演开去,疑为 A 和 C 的媒人者纷纭而至成几何级数增长,且无止境。

　　我难得登高望远,坐轮椅正坐至第二十个年头,尚无终期。

　　某一日,电梯载我升上几十层高楼,临窗俯瞰,见城市喧嚣浩瀚比以前更大得触目惊心,楼堂房舍鳞次栉比也更多彩多姿,纵横交织的街道更宽阔美丽。唯如蚁的人群一如既往地埋头奔走,动机莫测出没无常;熙来攘往擦肩而过,就像互相绕开一棵树或一面墙;忽而也见两三位远远地扑来一处交头接耳,之后又分散融入人流再难辨认;一串汽车首尾相接飞驰向东,当中一辆不知瞬间受了什么引诱,减速出列掉头改道又急驶向西了;飘飘扬扬的一缕红裙,飘飘扬扬的分外醒目,但蓦地永远不见了,于原来的地位上顶替以一位推车的老太;老人缓缓地走,推的是一辆婴儿车,车厢里的小孩顾自酣甜地睡着……我想,这老人这小孩恰是人间亿万命运的象征,来路和去向仍是一贯的神秘。

　　居高而望这宏大的人间,很可能正像量子力学家们对微观世界的测验和观察吧。书上说,经典力学具有完全确定的性质,即给出力和质量以及初始位置和速度,就能够精确地预言运动客体的未来或过去的性状。但是,在量子力学中,海森伯测不准原理指出,微观粒子的位置和动量是不能同时精确测定的;因此牛顿定律不能适用于原子范围。量子力学定律并不描述粒子轨道的细节,它只能给出可能发生的事件及其在不同情况下发生的相对几率。书上说,后来,物理学家把一切物质都看作具有波粒二象性。我想,人也是这样也具有波粒二象性吧。你每一个瞬间都处于一个位置,都是一个粒子,但你每时每刻都在运动,你的历史正是一条不间断的波,因而你在任何瞬间在任何位置,都一样是运途难测,书上说,物质世界是由同时存在着的无穷大的场构成。那么人间社会料想也是如此;在几十亿条命运轨道无穷多的交织组合之间,一个人的命运真可谓朝不虑夕了。你能知道你现在正走向什么? 你能知道什么命运正向你走来吗?

　　我坐在十几层高楼的窗前,想起往日的一个男孩。那男孩七岁时有一次问他的母亲:"什么是结婚?"母亲说:"一个男人,和一个女人,他们想要在一起生活。"七岁的男孩于是问父亲:"你结婚了吗?"父亲说:"如果我是你的父亲。我肯定是结过婚了。"男孩迷茫地想了一会,说:"我不结婚。"母亲笑道:"你现在当然不要结,但将来你会结。""为啥?""因为,一般来说,所有的人都要结婚。"为此男孩郑重其事地想了一下午,晚上他又问母亲:"那我和谁结婚呢?"母亲说:"这现在谁也不知道。不过那个女孩可能正在向你走来。"男孩于是独自到阳台上去,俯看街上埋头奔走的人流,很想辨出那个女孩,他想看见她从哪走来……

这时我忽然想起问我妻子:"我七岁那年,你在哪?"她正在读一本书,抬头望了望我,说:"下次别再忘了——又过了三年我才出生。"她笑了。可我没笑。"那么那时你的父母,他们在哪?""很可能那时,"她一边重新埋下头去,"我的父母还不相识。"

从上海来的一位朋友对我说,夏夜的外滩,情侣的密度当属世界之最。骄阳落去,皎月初升,江风习习吹开熏蒸的溽热之时你瞧吧,沿江的栅栏边,情男恋女伏栏面水倾诉衷肠,一条大队直排出几里,仿佛对黄浦江夹道的欢迎与欢送;一对紧挨一对,一对一对甚至互相不能留出间隙,一男一女一男一女一男一女,倘忽略每一颗头的扭向让你猜哪两个是一对,你有50%的可能错点了鸳鸯。我对他的描述略表怀疑,"怎么你不信?"我的这位富于想象力的朋友笑道,"这么说吧,要是这时有谁下一道命令,譬如喊一二三,或者吹一声口哨,情男恋女们无须移动位置只要一齐转头180度,便可在全新的组合中继续谈情说爱。"

"很可能,"我说,"这样的命令已经下过了。"

"下过了?"这一回轮到他怀疑。

"下过了,但是你没听见。"

"你听见了?"

"我有时感到我听见了。在你去外滩之前很久上帝的哨子已经吹过了,因此你看见了你所看到的情景,你看见了你只能看到的一种组合。"

不久前我读一本书,书上说到洗牌。一局牌开始,首先要洗牌。连续的输家抱怨手气不好,尤其要洗牌,别人洗过了他还不放心,一定要自己再洗,一面把牌打乱一面心中祈祷好运的来临。那本书的作者说,当然这会改变他的牌运,但是,到底是改变得更好了还是更坏了却永远不能知道。被你洗掉了的种种排列,未及存在就已消逝,上帝只取其中一种与你遭遇。

沉淀的爱情

刘　墉

有个学生写了一首徘句式的短诗,只有两句:

"使用前请摇一摇,沉淀的爱情!"

"妙极了!"我说,"但什么是沉淀的爱情?又怎样摇一摇呢?"

"爱得太久,疲了,倦怠了,不论朋友或夫妻,爱情都会沉淀!"学生说,"沉淀的爱情上面都是水,淡而无味,必须常常振动一下,才能有味道。譬如送他一个惊喜的礼物,穿着一件特殊的睡衣,甚至……甚至跟他说有个小男生在追他老婆,叫他小心,别忘了自己老婆还是非常吸引人的。总之，不要让婚姻成为一种习惯，常给那睡着了的婚姻一点刺激，就算是摇一摇！"

她的道理固然不错，但我觉得沉到水底，上面淡而无味的爱，倒也别有一种滋味，好比浓茶有浓茶的美，淡茶有淡茶的妙。

《菜根谭》里说得好，"酽肥辛甘非真味，真味只是淡；神奇卓异非至人，至人只是常。"这虽不是讲婚姻，但那真味只是淡，却也堪玩味。

我发现许多婚后不久出问题的夫妻，不见得是因为生活变得太淡，而是婚前味道太浓。譬如婚前热恋期，总是出外旅游、夜总会嬉戏，一下子结婚静下来，餐馆成了厨房、风景胜地改为公寓阳台、蝴蝶鸳鸯成了食谱账单，生活由热滚滚，一下子成为温吞吞，自然容易出问题。

反倒是那些婚前就由热恋"跌入"现实的男女，能慢慢将飞驰的爱情逐步减速，由求其"快"，到求其"长"，成家之后比较幸福。

有位朋友热恋多年，突然跑来对我说："我终于决定娶她了。"

"难道以前这么多年，你都没想娶她？"

"问题是她也没想嫁给我啊！"

"那你怎知道她现在愿意嫁了呢？"

"因为我们前两天逛夜市的时候，看到一个很漂亮的瓶子，她喜欢极了，我就说要买了送她。照以前她一定会跳起来搂着我的脖子打转，这一回居然瞄瞄价钱，说太贵了，以后再谈。表示她开始往远处想，这远处，不就是结婚吗？所以送玫瑰花的爱情，不一定长久；'种'玫瑰花的爱情，才是真的！"

还有一朋友说：

"我现在跟女朋友进入了新的境界。过去我们上餐馆，别人一看就知道是情侣，现在则会认为是夫妻！"

经我追问，原来因为他现在跟女朋友对面而坐，不再是喁喁私语，而成为"女朋友看菜单，他看报纸"。

这使我想起梁实秋先生，在《雅舍小品》续集里"沉默"那篇文章里写的，有位朋友去看他，以嘴边绽着微笑，当做见面行礼。二人默对，不交一语，梁教授递过香烟，对方便一支一支地抽。又献上茶，也便一口一口地呷，左右顾盼，意态萧然。等到茶尽三碗，烟罄半听，主人并未欠伸，客人兴起告辞，梁教授誉之为"六朝人的风度"。

这也令我想起王维在"山中与裴秀才迪书"，写他去看老朋友，正巧朋友在读经，也就不打扰，径自往山里走了。那种老远跑去，却又能以"意到己足"，而淡然离开的境界，不是"平淡入妙"吗？

还记得古诗中有句"我醉欲眠卿且去，明朝有意抱琴来"。诗人在与朋友一起赏花饮酒时醉了，便径自去睡，叫朋友："你要是有意思，明天再抱着琴来玩！"也是在淡远中，显示一种挚情。

当然这种淡，不能是无礼，而应该是具有深厚情谊，默然会心，而不拘小节的率性。如同那坐在餐馆看报的朋友，他的女伴如果能不觉得自己被冷落，反觉得那只是率真，则未尝不是另一种境界。

名作家琦君女士曾说，她跟另一半常难得有说话的机会，只好在桌上留字条，我乍听觉得不可思议，但见琦君好文章不断，渐渐领悟夫妻相处的另一妙处：

"Give him or her a break! Leave a space between each other! 在彼此之间留一点空间，让大家

保留一点自己,而不必成天腻在一块。"

热恋中的朋友,一定不会同意我的看法。

因为平淡入妙的境界,没有十几二十年的工夫,是达不到的!

婚姻鞋

毕淑敏

先有了脚,然后才有了鞋。幼小的时候光着脚在地上走,感受沙的温热、草的润凉,那种无拘无束的洒脱与快乐,一生中会将我们从梦中反复唤醒。

路走得远了,便有了跋涉的痛苦。在炎热的沙漠被炙得像鸵鸟一般奔跑,在深陷的沼泽被水蛭蜇出肿痛……人生是一条无涯的路,于是人们创造了鞋。

穿鞋是为了赶路,但路上的千难万险,有时尚不如鞋中的一粒砂石令人感到难言的苦痛。

鞋,就成了文明人类祖祖辈辈流传的话题。鞋可由各式各样的原料制成。最简陋的是一片新鲜的芭蕉叶,最昂贵的是仙女留给灰姑娘的那只水晶鞋。

不论什么鞋,最重要的是合脚;不论什么样的姻缘,最美妙的是和谐。切莫只贪图鞋的华贵,而委屈了自己的脚。别人看到的是鞋,自己感受到的是脚。脚比鞋重要,这是一条真理,许许多多的人却常常忘记。

我见过许多医生,常给年轻的女孩子包脚,锋利的鞋帮将她们的脚踝砍得鲜血淋淋。裹上雪白的纱布,套好光洁的丝袜,她们袅袅地走了。但我知道,当翩翩起舞之时,也许会有人冷不防地抽搐嘴角:那是因为她的鞋。

看到过祖母的鞋,没有看到过祖母的脚。她从不让我们看她的脚,好像那是一件秽物。脚驮着我们站立行走。脚是无辜的,脚是功臣。丑恶的是那鞋,那是一副刑具,一套铸造畸形残害天性的模型。

每当我看到包办而蒙昧的婚姻,就想到祖母的三寸金莲。幼时我有一双美丽的红皮鞋,但鞋窝里潜伏着一只夹脚趾的虫。每当我不愿穿红皮鞋时,大人们总是把手伸进去胡乱一探,然后说:"多么好的鞋,快穿上吧!"为了不穿这双鞋,我进行了一个孩子所能爆发的最激烈的反抗。我始终不明白:一双鞋好不好,为什么不是穿鞋的人具有最后决定权?!

旁的人不要说三道四,假如你没有经历过那种婚姻。

滑冰要穿冰鞋,雪地要着雪靴,下雨要有雨鞋,旅游要有旅游鞋。大千世界,有无数种可供我们挑选的鞋,脚却只有一双。朋友,你可要慎重!

少时参加运动会,临赛的前一天,老师突然给我提来一双橘红色的带钉跑鞋,祝愿我在田径比赛中如虎添翼。我褪下平日训练的白网球鞋,穿上像橘皮一样柔软的跑鞋,心中的自信突然溜掉了。鞋钉将跑道锲出一溜齿痕,我觉得自己的脚被人换成了蹄子。我说我不穿跑鞋,所有的人都说我太傻。发令枪响了,我穿着跑鞋跑完全程。当我习惯性地挺起前胸去撞冲刺线的时候,那根线早已像绶带似的悬挂在别人的胸前。

橘红色的跑鞋无罪,该负责任的是那些劝说我的人。世上有很多很好的鞋,但要看适不适合你的脚。在这里,所有的经验之谈都无济于事,你只需在半夜时分,倾听你脚的感觉。

看到那位赤着脚参加世界田径大赛的南非女子的风采,我报以会心一笑:没有鞋也一样能破世界纪录! 脚会长,鞋却不变。于是鞋与脚,就成为一对永恒的矛盾。鞋与脚的力量,究竟谁的更大些? 我想是脚。只见有磨穿了的鞋,没有磨薄了的脚。鞋要束缚脚的时候,脚趾就把鞋面挑开一洞,到外面去凉快。

脚终有不长的时候,那就是我们开始成熟的年龄。认真地选择一种适合自己的鞋吧:一只脚是男人,一只脚是女人,鞋把他们联结为相似而又绝不相同的一双。从此,世人在人生的旅途上,看到的就不再是脚印,而是鞋印了。

削足适履是一种愚人的残酷,郑人买履是一种智者的迂腐;步履维艰时,鞋与脚要精诚团结;平步青云时切不要将鞋儿抛弃……

当然,脚比鞋贵重。当鞋确实伤害了脚,我们不妨赤脚赶路!

对爱情的渴望

李银河

有些男性似乎不会使用"爱"的语言——在他们大脑的字库中没有存储"爱"这个字,一位结婚多年的女性说:"他从没说过他爱我,我逼他说这个字,他怎么也说不出,只是说,我对你好不好看行动嘛。哪儿有那么多爱情,就是互相关心嘛。他平常总是沉默寡言的。"

男女表达感情的方式或许是有点不同的。另一位女性也谈到她爱人很少对她说"爱"这个字:"一说到这个,他就说,爱不爱看行动就行了。"

不少女性抱怨丈夫婚后感情发生变化:"我们刚接触时感情很好,他很主动,几乎每天都给我写一封信。结婚以后他变化特别大,用他自己的话说,他要'从奴隶到将军'了。"

一位在婚后还常常感到感情饥渴的女性这样谈到她的丈夫:"他是工人家庭出身。婚后我们有很长时间两地分居。他倒是经常打电话给我,可电话里他总是干瘪瘪的。让我老觉得我们的关系中差点什么。可他觉得对我已经很好了。我总觉得对他在精神上没有依恋。他脑子里好像就没有感情这根弦似的。我每次一谈这个,他就觉得我可笑。在生活上他对我倒真是特别好。他总说:你还追求什么? 有吃有喝,我又把你照顾得那么好,你还要什么? 可我就是接受不了他这说法。"

不少女性认为,自己比男性更看重浪漫的情调:"他总说我像个高中生,可我觉得他怎么那么没有情调。过去我们过生日都要造点气氛,现在他生日都不过了,他觉得这些情调都没有必要了。他对气氛情调要求这么低,这一点很让我失望。他老说我是高中生,长不大,对我不耐烦。"

有位女性抱怨说:"我觉得他是块石头,我的感情好像穿不透他似的。他说过,我们不在一起时,他从不想我。有时出差分开两三个月,他就觉得自由了,像小鸟飞出笼子一般,没有思念过我。"

"我的真情流露老得不到应有的回应。举个例子,结婚生小孩以后,有一段我特别不讲究穿戴，我想节约点钱，心想，结了婚的人还打扮什么，我这都是为家为孩子省，可他就嫌我穿得难看；我看到一种好吃的，比较贵，我知道他喜欢，就给他买回家，可他不但不领情，还嫌我买贵了；过中秋节他出差，我要给他带点月饼，让他路上吃了也是一点安慰，可他就是不愿带。我悄悄给他带上几块，结果还落下埋怨，他说，我说不带不带你非要带，我都送人了！我喜欢美的东西，有一次买了一幅壁挂，满心以为他会喜欢，结果他说，你买的什么狗屁！有时我觉得简直像一种精神摧残似的。"

"我和他谈恋爱那段时间常常憧憬将来有个小家，书架上放些古董，煮一壶茶，我们看书聊天，特别浪漫，当然还要有个孩子。"

一位离婚女性说："我要找的男人是，真爱到相当的份上，能调动起我全部的女性才行。我感到，现在我在爱情里处于一种上升的趋势，我不知道我的下一个对象是什么样的人。我过去觉得我爱不上第一流的男人，是因为我不是个第一流的女人，可我最近结束的一次恋爱对象就是个第一流的男人，他是个典型的一流男子汉。"

"我过去对刘晓庆并没有什么特别好的印象，可有次看了她一篇文章，改变了看法。她在那文章里说，作为一个女人我生活里什么也没有，感情上是零。我看完特同情她。她是痴情的。我觉得人不管男女，只要是痴情的，就是可爱的。"

"我的男朋友是个见异思迁的人，他使我感到，没有永恒的东西。我原来想追求真善美和永恒，可他却让我感到一切美好的东西都只存在于瞬间。"

"'爱'这个字的意义人和人的理解不一样。有人轻易不说爱，一说爱就很重要；有人说爱，意思仅仅是说，我不想 fuck（操）别人想 fuck 你。"

苏格拉底曾提出这样一个问题：什么是爱？并以狄欧提玛这位爱的导师的话作答："它既非不朽之物，也非必朽之物，而是界于这两者之间……它是一个伟大的精灵，而正像所有的精灵一样，它是神明与凡夫之间的一个中介。"（转引自《罗洛梅》，第 104 页）由于研究过同性恋，我开始对这样一个问题不能释怀：一对一的异性感情到底是怎样产生的，它是自然的吗？ 一男一女爱得死去活来，究竟凭的是一种什么样的心理动力机制？有没有人为的成分？有没有故意的成分？有没有不自然的成分？为什么不是一男两女、两女一男、多男多女，甚至是同性相爱？要想回答这类问题，决不是仅靠社会学研究能办到的，它需要心理学甚至生物学领域的研究探讨。这也是同性恋者对学界研究同性恋成因耿耿于怀的原因所在——为什么只有同性恋的成因值得研究，异性恋的成因就不值得研究呢？我想，异性恋的成因绝对是一个值得研究的问题，绝非"天生如此"一句话所能囊括的。我可以想到的表现在我们社会中的异性感情至少有这样一些成因：生理上的相互吸引；心理上的相互吸引；生育后代的愿望；社会行为规范的影响；影视文学作品中所充斥的浪漫爱情故事的影响，等等。

从调查的结果看，在感情方面，人们不仅有异性恋倾向与同性恋倾向之分，还有爱的能力的强弱之分，对爱的追求的执着与随遇而安之分。得到了爱的固然感到幸福（其中会不会有自欺欺人的成分？）；得不到爱的女人有的还在苦苦寻觅，有的已经不再奢望。也许很多人可以满足于结伴过日子，也许心理学研究的结果最终表明，"爱"这种感觉不过是一种错觉而已；但的确有人经历过被称作"爱"的这样一种心理过程，有爱和没爱的界限在她们心中像黑和白一样分明。无论如何，"爱"是一种非常奇妙的感觉，在我看来，它不论发生在什么样的人之间（无论是同性异性、年老年轻、婚内婚外、两人还是多人），都是美好的，都是一种不可多得因而值得珍视也是值得尊重的人类体验。虽然当事人有时不得不为了其他的价值牺牲爱，就像《廊桥遗梦》里的女主人公为了家庭价值牺牲爱那样,爱本身是没有罪的。如果一桩爱情发生了,它就是发生了,它不仅不应当因为任何原因受责备,而且从审美的角度来看,它肯定是美的。

爱情不风流

周国平

有一个字,内心严肃的人最不容易说出口,有时是因为它太假,有时是因为它太真。

爱情不风流,爱情是两性之间最严肃的一件事。

调情是轻松的,爱情是沉重的。风流韵事不过是躯体的游戏,至多还是感情的游戏。可是,当真的爱情来临时,灵魂因恐惧和狂喜而战栗了。

爱情不风流,因为它是灵魂的事。真正的爱情是灵魂与灵魂的相遇,肉体的亲昵仅是它的结果。不管持续时间是长是短,这样的相遇极其庄严,双方的灵魂必深受震撼。相反,在风流韵事中,灵魂并不真正在场,一点儿小感情只是肉欲的佐料。

爱情不风流,因为它极认真。正因为此,爱情始终面临着失败的危险,如果失败又会留下很深的创伤。这创伤甚至可能终身不愈。热恋者把自己全身心投入对方并被对方充满,一旦爱情结束,就往往有一种被掏空的感觉。风流韵事却无所谓真正的成功或失败,投入甚少,所以退出也甚易。

爱情不风流,因为它其实是很谦卑的。"爱就是奉献"——如果除去这句话可能具有的说教意味,便的确是真理,准确地揭示了爱这种情感的本质。爱是一种奉献的激情,爱一个人,就会遏制不住地想为她(他)做些什么,想使她快乐,而且是绝对不求回报的。爱者的快乐就在这奉献之中,在他所创造的被爱者的快乐之中。最明显的例子是父母对幼仔的爱,推而广之,一切真爱均应如此。可以用这个标准去衡量男女之恋中真爱所占的比重,剩下的就只是情欲罢了。

爱情不风流,因为它需要一份格外的细致。爱是一种了解的渴望,爱一个人,就会不由自主地想了解她(他)的一切,把她(他)所经历和感受的一切当作最珍贵的财富接受过来,精心保护。如果你和一个异性发生了很亲密的关系,但你并没有这种了解的渴望,那么,我敢断定你并不爱她,你们之间只是又一段风流姻缘罢了。

爱情不风流,因为它虽甜犹苦,使人销魂也令人断肠,同时是天堂和地狱。正如纪伯伦所说——

"爱虽给你加冠,它也要把你钉在十字架上。它虽栽培你,它也刈剪你。"

"它虽升到你的最高处,抚惜你在日中颤动的枝叶。它也要降到你的根下,摇动你的根柢的一切关节,使之归土。"

所以,内心不严肃的人,内心太严肃而又被这严肃吓住的人,自私的人,懦弱的人,玩世不恭的人,饱经风霜的人,在爱情面前纷纷逃跑了。

所以,在这人际关系日趋功利化、表面化的时代,真正的爱情似乎越来越稀少了。有人激愤地问我:"这年头,你可听说某某恋爱了,某某又失恋了?"我一想,果然少了,甚至带有浪漫色彩的风流韵事也不多见了。在两性交往中,人们好像是越来越讲究实际,也越来越潇洒了。

也许现代人真是活得太累了,所以不愿再给自己加上爱情的重负,而宁愿把两性关系保留为一个轻松娱乐的园地。也许现代人真是看得太透了,所以不愿再徒劳地经受爱情的折磨,而宁愿不动感情地面对异性世界。然而,逃避爱情不是现代人精神生活空虚的一个征兆吗?爱情原是灵肉两方面的相悦,而在普遍的物欲躁动中,人们尚且无暇关注自己的灵魂,又怎能怀着珍爱的情意去发现和欣赏另一颗灵魂呢?

可是,尽管真正的爱情确实可能让人付出撕心裂肺的代价,却也会使人得到刻骨铭心的收获。逃避爱情的代价更大。就像一万部艳情小说也不能填补《红楼梦》的残缺一样,一万件风流韵事也不能填补爱情的空白。如果男人和女人之间不再信任和关心彼此的灵魂,肉体徒然亲近,灵魂终是陌生,他们就真正成了大地上无家可归的孤魂了。如果亚当和夏娃互相不再有真情甚至不再指望真情,他们才是真正被逐出了伊甸园。

爱情不风流,因为风流不过尔尔,爱情无价。

游在婚姻池塘里的鱼

余小惠

挑挑拣拣是我从小到大的坏毛病。小时候在幼儿园的饭桌上挑挑拣拣,这盘菜不想吃,那盘菜不爱动,急得生活老师一看见我吃饭的样子便愁眉紧锁。一旦到了该嫁人的年龄,望着偌大的一汪人海,更是挑挑拣拣,嫁给这个嫌不够美满,嫁给那个又唯恐好景不长,当自己是金枝玉叶,不嫁个白马王子总是心有不甘,最担心的是,天知道将来娶我的那个人,会要求我做一个怎样的妻子?就这么犹犹豫豫着,直到有一天,耳边响起这样一句话:"要是我们结婚的话,家里应该有个约法三章。"

"噢,是个什么样的三章呢?"我随口答碴着。

那人一脸的认真相:"第一,不去猜疑对方;第二,不去干涉对方;第三,不去改变对方。"

我双眼望定了说话的人:"这三章,当真是你心里想的?"

"这是列宁在结婚前对克鲁普斯卡娅说的。"

我开怀大笑:"好啊你,把自己比列宁呀!"

那人很认真地回答:"哪里。我是想,伟大领袖都这样,何况我们这些普通人呢!"

这一番言语下来,一直不敢嫁人的我,就把自己这条自由自在的鱼,扔进了婚姻的池塘里。

那人的优点之一就是恪守诺言,因而我们婚姻的池塘里一直波澜不惊。婚后两个人分分聚聚不断,但我却没有一般为人妻的那种种家累。我自由自在地在家里进进出出,一样不少地做着自己从前喜欢做的那些事情,不用看丈夫的脸色,也用不着担心自己的吃相,更不用去管做姑娘与做妻子的天壤之别。女人婚后的历历痕迹,在我的身上是打着灯笼也不大容易找得到的。

终于有一天,我发现池塘里出了问题。

"哎,你家那位要我劝劝你,你们该要个孩子了。"一次出差去广州,几位朋友在一家餐馆里为我送行。

"他不过是随便说说,我们讲好了不要孩子的。"我不以为然地对说话的女友笑笑。

"他说,前几年可以不要,可现在该要了。"女友郑重其事地望着我。在座的几位朋友开始对我一通七嘴八舌。听着听着我明白过来:原来,我那貌似憨厚的丈夫,已经暗自将我的朋友们一一发动起来了,为的是让大家一齐来帮他劝我要个孩子!

坐在回北京的火车上,我兀自靠在车窗前久久思索,第一次清醒地意识到:原来我家的另一半是那么想当爸爸!看来他从来就没有想过要做无后主义者,他过去在这件事上的合作态度只不过是暂时放我一马。从另一个方面说,我是他明媒正娶的妻子且身体健康,一个有生育能力的妻子天经地义该为想当爸爸的丈夫生个孩子。这当然不该成问题。

成问题的是我的生命计划。这计划里根本就没有那项内容。好多年前我就应邀写过一篇《无后主义者的自白》的小文。我在文中一一历数着"志愿放弃生育"的种种好处——往大里说,我是在为减少中国的人口基数作贡献,因为我少生育一个孩子就等于我的家族里每一代都减少一个人口;往小里说,那好处就更多了:比如可以让并不富裕的自己减少一笔不菲的花费,比如不必为了孩子的生存去低三下四地求人,再比如可以有足够的时间做自己喜欢做的事情,还有那永远的无牵无挂,永远的轻松自在,等等等等。况且持有这种生命计划的人并不只我一个人,总体数字据说已经达到了好几十万,很快将会飙升到上百万。这个数字也许并不重要,但它至少可以说明我不是怪癖,只不过是稍稍懂得不随波逐流而已,只不过是有着自己独特的生命计划而已。

生命计划是一个人立身此生的依据。一个人究竟是想活得小桥流水,还是想活得大江东去,抑或是想活得清空渺渺,都在那份生命计划中跟自己事先有个约定,所以再寻常的人,也都有他自己的生命计划。天下的夫妻,两个人的生命计划彼此靠近当然最好,能够彼此融合也还算不赖。从某种意义上说,做妻子的与其说是嫁给那人,不如说是嫁给他的生命计划,而做丈夫的呢?与其说是你娶了她这个人,不如说是你娶了她的生命计划。过日子的实质就是:两个人将各自的生命计划一起放进生活的磨盘里,在岁月的碾磨之下,最后达到你中有我,我中有你。许多夫妻的好日子都是这么过出来的。

我当然想有自己的好日子,于是想到了那个化解危机最为广泛使用的办法:谈判。

某个星期天的早晨,一场煞有介事的谈判在我家的大床上开始了。有篇科普文章说过,人在躺着时最能调动思维的良性运转。写文章的人还设想,若是出席联合国会议的人们都躺着开会,这个世界必定会减少许多的战争与纷争。而我们夫妻的切身体会则是:刚刚睡足了觉的人,谈起任何事情来都会比较心平气和一些。事实上我家的许多重大问题,当真都是在这张床上最终达成了共识的。

"我想郑重其事地告诉你,反正我是一辈子都不会要孩子的,你就是发动全世界的人来劝我也是枉然。"

一定是我从未有过的严肃口气,令他仔仔细细地看了看我,然后才说:"我以为,也许你现在想要小孩子了。"

看我用坚定不移的眼神做答,他顿了一下又说:"你想想,我们家里要是有个小孩子跑来跑去的,该多有意思!

望着这个一脸憧憬的人,我提醒他说:"我是个无后主义者,你忘了吗?"

"可我不是什么无后主义者。"

他的口气里带着一种对我的生命计划的不以为然。我怀疑,他也许从没把我的生命计划当回事儿。我觉得问题严重到了必须由我作出某种牺牲。既然人家那么希望此生有个自己的孩子,我一味地横加阻拦未免太过残酷。扪心自问,凭他做丈夫的一应本领,这世上愿意嫁给他的女人,不会少到只有我一个,反倒是不肯给他生孩子的,目前只有我这么个天马行空惯了的女人。

"看来我们只好离婚了。我可不愿意因为我,造成你的终生遗憾。"说这话的时候,我第一次感到什么叫做"悲怆"。

身边躺着的那人沉默着。此时,清晨的阳光洒满我们的小屋,点点灰尘在阳光里无声地飘浮着。这也许就是生活中的不完美吧。房间里有了阳光,却看见了更多的灰尘;你不能贪心地鱼与熊掌都想要;世上的窗子不会每一扇都向你打开;要奋斗就会有牺牲。这些同类意思的格言,在那一刻里突然一齐涌现,支撑着我并不坚强的根根神经。

"好吧,"那人到底开口宣判了,他声音低沉,但很坚定的样子,"孩子和你,如果只能选择一个,我就要你吧。"

听完这话让我一阵心跳气短。要知道,他这样义无反顾地把他的生命计划向我靠近,并不是我的大获全胜,天晓得我欠下了他多么大的一份人情——为了我,他"扼杀"了"他的孩子"。自从那天起,这笔巨大而沉重的人情债便一天天地压在我的心底深处。欠债不还,从来不是我的风格,可是此生此世,叫我怎么偿还他呢?

事情终于被我找到了转机!我发现,不知从什么时候起,丈夫迷上了汽车。他看见漂亮汽车的眼神,就像许多男人看见漂亮姑娘的那种眼神。走在车水马龙的大街上,若是有他中意的汽车擦肩而过,他总是禁不住回头张望,哪怕是骑在自行车上也把头整个扭过去望着,全然不管身边飞驰来去的车辆。那股痴迷劲让我目瞪口呆。

"你玩儿命啊?这样下去,没等你开上汽车,先就被汽车轧死啦!"我每每吓得大叫大嚷。

"我们这辈子一定能开上汽车的!汽车是一个国家的支柱产业,我们国家正在大力发展家庭轿车……"

"要是买车,我们该买辆真正的家用车,后排座椅可以放倒当床用的那种,再开车出去旅游,就可以省下住旅馆的钱了。可惜国内现在只造乘务车,不适合咱家,可人家国外早就……"

"你说,我们买什么颜色的车好?我想你一定是喜欢红色吧?现在国外的第一流行色是蓝色和灰色。黑色一般都是高档车,咱们买不起……"

这类关于汽车的话题频频出现在丈夫的谈话中,渐渐取代了关于孩子的话题。起先我当他是痴人说梦,任他把那子虚乌有的梦话在口中说来说去,反正说梦话又用不着花费我们家的存款,权当让他过嘴瘾好了。有一年丈夫过生日,我送他的生日礼物,就是一辆玩具汽车,潜意识里很有点儿跟他逗趣儿的意思。

渐渐发现那人对家用汽车的向往是绝对当真的。有关微型汽车的书籍与杂志,开始一本接一本地出现在他的书桌上。电视里面凡有介绍汽车的节目,他必定早早地坐在电视机前候着。看一个个主持人对世界各款汽车说长道短,丈夫凝神注目的样子恰似盯着卡通片目不转睛的儿童。最说明问题的是,此人去趟香港,最满意的购物成果,就是一本介绍国外新型家用汽车的精装杂志。杂志扉页上,蓝天碧海的浪漫背景里,安静地趴着一辆最对他心思的家用小轿车:能开上沙滩,能开向野外,车后座还能放倒,整部车子因而变成了一间舒适的小型卧室,还有放饮料和书报的小装置呢。最重要的是,那车当时售价十万港元,正是他可以承受的购车价格。回到家后他对这一心仪的尤物赞不绝口,甚至将它的内部结构一笔一笔地仔细画成图纸,挑了一家他认为合适的汽车制造厂,托朋友将图纸和信转交老总,建议人家依照他的图纸将那辆车的内部做出改型处理。

　　人家汽车厂理不理会他，我无从知晓，但是我不能不理会他了。我开始明白一件事情：我嫁的这个男人，他不抽烟不喝酒又不爱穿衣打扮，此生就只爱两样东西：孩子与车子。孩子的事情是我不肯配合，但是我没理由再在车子的问题上不积极配合。而且这正是我"欠债还钱"的最佳时机呀！我这种喜欢了无牵挂的女人，是宁肯费劲地帮丈夫挣辆车子，也不愿顺其自然地给丈夫生个孩子的。

　　从此，这个家的财政计划里就有了一个共同的奋斗目标：挣钱买汽车。碰到什么可买可不买的东西，丈夫就总说要省下钱来买汽车。而我原本视作神圣的写作，也增添了"赚钱"的计划。我点灯熬油地一集集写着自以为能挣到钱的电视剧，每天晚上停笔前都幸福地想象着，今天又为那辆理想中的汽车买下了某个零件或是某只轮子。可叹的是，我家的汽车零件和汽车轮子永远凑不齐，因为拿去剧本的人，总有理由不按当初讲好的价格付稿费。好多回我都想硬着头皮提醒对方：对不起，我在等钱用哎。可是，怎么能指望人家同情你的买车愿望呢？你又不是在饿肚子。

　　好长一段时间，我家的买车计划被朋友们戏称为"说故事"。但是丈夫从不气馁，也从未见他急躁不安，仍然不时兴致勃勃地拿回一些关于汽车的最新资讯，仍然大谈特谈该买怎样配置的车子，仍然眼盯别人的好车目光炯炯如遇绝代佳人，而且还挺会自我安慰。"大街上开的那些车都是商务车，不适合咱家，咱家要买就买家用车，可真正的家用车还没在中国生产出来呢！我是在等着中国造的家用车。"

　　望着丈夫执着的样子，我不由地想：以他这样的痴情，家中真有了汽车，作妻子的我，岂不是要成为多余分子吗？换个角度又想：此种永不气馁的品性，不正是一个作丈夫的男人必需的吗？容易心灰意冷的我，身边最需要这样一个人时时鼓励着，好面对这一生的风风雨雨。况且，若有了汽车便使我多余起来，那我就——开车出走！绝对胜过当年娜拉坐辆马车离家出走。

　　如今，我家已有了一辆真正意义上的家用轿车，没有豪华的外表，但拥有一辆好车必需的所有品质，用丈夫的话说就是"配置高"。自厂家宣布投产那款车型，丈夫日日盯着它下线的时间，一旦下线就急猴猴地上门去找厂家，到底让厂家将一辆样车卖给了我们。新车开回家中的那个晚上，丈夫激动得要在车里过夜。数九寒冬的季节，我没让他做那要车不要命的傻事。从此，我们住的大院里总能看见一个不变的身影：那人夜晚为他的爱车盖上篷布，早上再为它揭开篷布。四季更迭变换，他这一套动作天天不变。等到我也学会开车了，大院里的那个人影开始换成了我。不过我是被逼无奈。丈夫在许多事情上好商量，唯独这事绝不妥协。他的理由听上去似是而非："夜里的露水最毁车。"

　　总以为当汽车开进我们这个"丁克家庭"后，生活会变得如寻常家那般平稳，谁知近些日子丈夫又看上了房车。那人时常两眼发亮地望着窗外问我想不想坐在一辆有卧室有客厅还有厨房的汽车去周游世界。"等我们老的时候，我开着房车带你满世界地跑，而你坐在车上一路写着天下见闻……"

　　丈夫的描述透着无法抵御的诱惑，我开始掰着手指计算老年时代的到来还有多久。算着算着蓦然惊觉：游在婚姻池塘里这条自命不凡的鱼，不知不觉中，就这么一直游了下来……

鱼香茄子的爱情味道

缎　苏

爸爸不经常下厨,下厨必做一道菜——鱼香茄子。我不明白,妈妈为什么那么喜欢,每次都要吃个底朝天。

不过,爸爸做这道菜确实拿手。一整个的茄子不切开,把它蒸过然后在炭火上烧熟,直到茄子皮焦黄焦黄的,煞是好看。接着,把茄子切成很多小块,但刀不能切到底,要保持茄子整个的形状放在盘子里。最后,把事先调好的汁,滚烫的,浇到茄子上。一眼看过去,红红绿绿间好像卧着一条美丽的鱼。不但好看,而且好吃,入口松软,唇齿留香,真还有鱼肉的味道。

我知道好吃,但绝对不会去学,爸爸做的时候我根本不想挨近看有什么秘诀。我甚至奇怪,为什么爸爸有心情做这样麻烦的菜。我是现代女性,信奉的是男女平等。我视做饭为洪水猛兽,宁肯不吃也不做。因为这些,我被大家怒斥为女权主义者,男友和我也经常因此闹点别扭。

那一天,我们又吵架了。起因就是做饭问题。我懒散地坐在沙发上看电视,他不停眨眼示意我去帮帮厨房里的妈妈。我故意视而不见。几个回合后,他忍无可忍,大声责备我:"从没见过像你这么懒的人!"我也火冒三丈,一字一顿地回击他:"现在你看见了。你后悔还来得及。我告诉你,我就是不做饭,现在不做,以后也不做!"

他正准备拂袖而去,被听到动静从厨房里出来的妈妈拉住。

妈妈让我们坐下,清清嗓子,给我们讲了关于鱼香茄子的故事。

那是 20 多年前,妈妈和爸爸刚刚结婚。妈妈是个很能干的女人,风风火火,不但工作上干得有声有色,而且家务事也样样来得,尤其烧得一手好菜。爸爸简直是过着衣来伸手饭来张口的少爷生活。所有人都羡慕爸爸,说娶到妈妈真是一生的福气。

有个周末,家里要来客,妈妈忙不过来,就叫爸爸帮忙递递菜递递碗什么的。千呼万唤,爸爸却只应着不挪步,眼光都不肯从书本上移开一下。油锅"呼"一下着了火,妈妈又气又急,手忙脚乱间还把锅打翻了,结果烫伤了脚。

爸爸当时肠子都悔绿了。

妈妈卧床那些日子,突然变得很爱吃鱼。那时,生活水平那么低,吃鱼吃肉一般是过年过节才有的奢侈。妈妈的伤,其实已经花了很多钱,几个朋友那里都已经借遍。所以,给妈妈买过两次鱼以后,经济捉襟见肘的爸爸就只有愧疚和无奈了。

大约过了一个星期,爸爸在晚饭时间兴冲冲端了一盘菜放到妈妈面前。浇汁的鱼,满屋子的芳香。妈妈吃了一口,说不出是什么鱼,细细咀嚼,发现不是鱼肉,却有鱼的鲜香滋味。爸爸得意洋洋地笑:"这叫鱼香茄子,味道好吧?"

原来,爸爸托朋友找了一个食堂大厨拜师学艺。人家本来不肯教的,但他好说歹说,大厨师感动了,才把这门绝活教给他。家常菜其实是很难做的,靠手艺。爸爸学了一个星期,才有点眉目。他像献宝一样,不停问妈妈:"好吃吗?"还说,以后再不袖手旁观了,一定会帮妈妈一起做家务活。妈妈一边吃,一边掉眼泪。眼泪和着菜,全都是幸福的滋味。

故事讲完,妈妈擦擦眼角,轻叹一声:"一晃,也吃了那么多年了。好像还有很多滋味呢。"刚下班进门的爸爸也语重心长地接口:"为一个关心的人做饭,其实有时候就是一种乐趣。两个人在一起,本来就应该互相体谅和包容。"

他们相视着微笑。而男友也紧紧握住我的手,我抬头看他,他正冲我深情地看过来。我悄悄决定了,明天就开始向爸爸学艺,学这个他拿手的鱼香茄子。

何当共剪西窗烛

王晓玉

案头两本书,一本是《简·爱》,他翻译的;一本是《紫藤花园》,我创作的。

完成这两本书是我们多年的心愿。我们早已作了许多准备,可是我们一直缺少整段的操作时间。我们的主职在学校,他是外国语言文学方面的教授,我承担中文专业的好几门课程。我们的大半个身子都陷在论述性的文字之中,当作家和翻译家都是业余的。

眼看都快过了后中年时期了,我们终于痛下决心——一方面毅然搁置下手头的好几件大事要事,另一方面则很不情愿却又很主动积极地抑制和消淡去了老来相伴的依恋亲情,冷酷地实行了协议式的分居:先是租了一间小小过街楼,把我放逐了进去,一关半年,直至基本完成了我那长篇的初稿方罢;再是他挟了早已完成了一半的译稿出走,加入了作家协会组织的"冬令营",在一座山庙旁的诵经声和击钟声里为译文画下了最后一个句号。一年之中,我们分开了七八个月。

各自捧了自己的作品,相对凝望着又松了一圈的眼睑,又添了几道的皱纹,又染白了数茎的枯发,我俩禁不住又想起了那句诗来:何当共剪西窗烛,却话巴山夜雨时。

我俩第一次合吟这两句名诗,是在二十五年前。

新婚不过一二十天,我们就要分离了。

他在上海工作,我却被分配到了黑龙江。我必须马上去报到。我已经因为这婚事而延宕了"毕业分配介绍信"上所规定的准备期了。我到现在也没弄明白那时候管分配的人是出于怎样的一种心态,依据的又是哪一条路数的政策,很存心地很不亏心地很以正义和道德的化身自居地,专干拆散姻缘和造成两地分居的事儿。且不论我——因为当年留上海的名额毕竟少,就说我们班的一名男生吧,跟一位低我们两届的女生恋上了,大家都知道的。到分配时,他给分到了四川,而她却偏让塞进了贵州省——那一年去四川的名额,其实并不紧俏。这分飞的劳燕后来很忠贞地结了婚,后来又并非自觉地生了双胞胎。分居给他们一家四口造成的艰难,是任谁都想象得出来的!

我临走前的那个夜晚,下着雨,我俩说着话,几乎说了一个通宵,并不是如今小说和电影里常见的难舍难分缠绵悲切——那时候无论是社会大环境还是具体的个人,好像都不像现在这般多情细腻——更多的话题倒是互相的安慰、勉励和对日后前景的展望。天快亮时,我们切实地意识到迫近了的分离以及国定一年十二天探亲假的遥远,于是便与那位擅写离别之情的诗人以及他老先生的佳句产生了真正的共鸣:何当共剪西窗烛,却话巴山夜雨时。

八年后我们相聚时,已是两个孩子的父母。屈指一算,老夫老妻八年中见面的日子,只不过几个月。

我们格外地珍爱自己的小家。学校给我们的栖身之处是一间不足七平方米的小房,原先是学生练琴用的。我们很满足。太小的面积容不下除了一床一桌之外的家具,我们就盘腿坐在床上读和写,像东北炕上的老大娘似的。吃饭的餐桌用两张方凳组接而成,尽管儿子几次让热汤烫了肚皮,但我们每顿都吃得有滋有味。小小的暖巢,补偿着分离日子里损失的亲情。

可是我们又不甘于永远蜗居于这一小方温馨的天地。我们在共同的空间里向各自的领域探寻和冲刺。他一往情深地推敲着英美语言文学,我开始眼睛发直地用笔描绘我正在日渐往深处理解的人生。没多久,他考上了"文革"结束后的第一批公派留学生,去澳洲读硕士,当四十岁的老童生,为期两载。我们又分开了。

这回的分离已不再是一种无奈。他满怀豪情地走,我欣欣鼓舞地送,"巴山夜雨"时的话语有了实实在在的奋斗内容和前景目标。两年后他回国,捧着戴了硕士帽傻笑的毕业照见我,我则递给他两册现在看来简直是少儿习作的小书给他,以示我的成就和得意。我们为又一次的团聚而欢笑,只在对方的细细的皱纹中,读出了两年中他在异域他乡的孤独和我一人拖着一双幼小儿女的艰难。我们毕竟都已在"不惑"的门槛上了。

自找的分离从此成了我们生活中常有的节目。

分离非心所愿,却又不得不时而为之。我俩都不是安分的守成者。我们总觉得上苍生我必用我,生活的路在面前如同两行永无止境的铁轨一般,远远地伸将出去,更加秀丽的风光不是在身后,也不是在面前,而是在经过又一程的行进之后的下一站。我们不肯如一对老雀般蜷于小窠,不屑滞留于由几茎衰草垫出的温暖,也不甘心因为岁月的无情流逝而将自身的价值转向下一代,仅只得意于两枚共同造就的雀蛋。于是我们总是马不停蹄,年年月月日日地寻觅和奋斗,而将宁静安逸的家庭乐趣作为一种不得不牺牲掉的代价,做着减法支付出去。

他又出国过几次,作短期访问或是学术交流。在国内的日子里,南来北往的会议是常事。偶有他忙中偷闲可以小守营盘的时候,他便放我出去,大多是让我去参加生产文稿的笔会,一走半个月几个星期,他在家包揽了养儿育女的一应业务,等我带了成品和半成品回来。

为了避开各种各样的干扰,我们常常自我放逐自我禁闭,拒绝在中心计划之外的家庭的亲情。为完成我的《紫藤花园》,我在那间过街楼里孤零零地啃了半年之久的面包;他为了重译《简·爱》,也不得不扔下刚装修了一半的新居出走,待他返回时,我这代理总统已经把工程治理得一团糟而且成就了大局。

书橱中专列我俩著作的那一排日渐充盈了起来,我们俩的白发也随之逐日增添。时光如轻掠而过的风,我们在"巴山夜雨"和"西窗剪烛"的聚聚散散中,从青年步入中年,从初秋走向晚秋,作品与年轮同增,一晃就都过了半百之岁了。

一九九三年的下半年,把那两本一中一西一著一译的《紫藤花园》和《简·爱》立上我们的书案不久,他又接下了与澳大利亚一所大学作校际交流的任务,为期一年,其间须去美国一次。我们在双双走向"知天命"之年时又得分离。

临行他跟我说,这一年里,他将尽可能多地收集有关澳大利亚当代文学的最新资料,以充实他那本即将杀青的《澳大利亚文学史》。我一面帮他收拾着行李,一面告诉他,如果没有变化,在他返国时,我的一本随笔集、一本小说集、一本主编的教材,大概也是可以面世的了。

我们又一次进入了"巴山夜雨"的境界。一直到今天,我们还是在聚聚散散中。

很累,很辛苦,可是充实——或许,这就是我们的宿命。

写给一个哥哥的回信

殷 夫

　　亲爱的哥哥：你给我最后的一封信，我接到了，我平静地含着微笑的把它读了之后，我没有再用些多余的时间来想一想它的内容，我立刻把它揉了塞在袋里，关于这些态度，或许是出于你意料之外的吧？我从你这封信的口气中，我看见你写的时候是暴怒着，或许你在上火线时那么的紧张着，也说不定，每一个都表现出和拳头一般地有一种威吓的意味，从头至尾都暗示出：

　　"这是一封哀的美顿书！"

　　或许你预期着我在读时会有一种忏悔会扼住我吧？或许你想我读了立即会"觉悟"过来，而重新走进我久已鄙弃的路途上来吧？或许你希望我读了立刻会离开我目前的火线，而降到你们的那一方去，到你们的脚下去求乞吧？

　　可是这，你是失望了，我不但不会"觉悟"过来，不但不会有痛苦扼住我的心胸，不但不会投降到你们的阵营中来，却正正相反，我读了之后，觉到比读一篇滑稽小说还要轻松，觉到好像有一担不重不轻的担子也终于从我肩头移开了，觉到把我生命苦苦地束缚于旧世界的一条带儿，使我的理想与现实不能完全一致地溶化的压力，终于是断了，终于是消灭了！我还有什么不快乐呢？所以我微微地笑了，所以我闭了闭眼睛，向天嘘口痛快的气。好哟，我从一个阶级冲进另一个阶级的过程，是在这一刹那完成了：我仿佛能幻见我眼前，失去了最后的云幕，青绿色的原野，无限地伸张着柔和的胸膛，远地的廊门，明耀地放着纯洁的光芒，呵，我将为它拥抱，我将为它拥抱，我要无辜地磕睡于这和平的温风中了！哥哥，我真是无穷地快乐，无穷快乐呢！

　　不过，你这封信中说："×弟，你对于我已完全没有信用了。"这我觉你真说得太迟了。难道我对于你没有信用，还只有在现在你才觉着吗？还是你一向念着兄弟的谊分，而没有勇敢地，或忍心地说出呢？假如是后者的对，那我不怪你，并且也相当地佩服你，因为这是你们的道德，这是你们的仁义；如果是前者的对，我一定要说你是"聪明一世，懵懂一时"了。

　　为什么呢？你静静气，我得告诉你：我对你抽去了信用的梯子，并不是最近才开始，而是在很早，当我的身子，已从你们阶级的船埠离开一寸的时候，我就开始欺骗你，或甚至鄙弃你了；只可惜你一直都没有察觉而已！

　　在一九二七年春季！你记得吗？那时你真是显赫的很，C总司令部的总参谋处长，谁有你那么阔绰呢？可是你却有一次给我利用了，这是你从来没有梦想过的吧？自然，这时我实在太小，太幼稚，这个利用，仍然是一种心底的企图，大部分都没有实现，尤其是因为胆怯和动摇，阻碍了我计划的布置，这至今想起来有些遗憾，因为如果我勇敢地"利用"你了，我或许在这时可以很细小的帮助一下我们的阶级事业呢！

　　"你这小孩子，快不要再胡闹，好好地读书吧！"你在C总司令部参谋处里，曾这样地对我说。

　　"这些，为什么你要那末说呢？我不是在信中给你说过了吗？"我回答。

　　"但是，"你低声地说，"我告诉你，将来时局一下变了，你是一定会吃苦的。"

"时局要变,你怎末知道呢?"

"我……怎末不知道?"

"那末,告诉我吧!"我颤抖了,那时我就在眼前描出一幅流血的惨图。

"你不要管,小孩子,我要警告你的是:不要再胡闹,你将来一定要悔恨……"

那时,一位著名的刽子手,姓杨的特务处长进来了:他那高身材,横肉和大眼眶,真仿佛是应着他的名字,真是好一副杀人的魔君相,我悸栗着,和后来在法庭中见他一眼时一样的悸栗。

你站起了说:

"回学校去吧? 知道了吗? 多用脑子,多看看世面!"

我颤战着,动摇着走回去,一路上有两个情感交战着:我们的劫难是不可免的了,退后呢? 前进呢? 这老实说,真是不可赦免的罪恶。我旧的阶级根性,完全支配了我,把我整个的思维,感觉系统,都搅得像瀑下的溪流似的紊乱,纠缠,莫衷一是。

一直到三天后,我会见了 C 同志,他才搭救了我,他说:

"你应该立即再去,非把详情探出来不可!"

"是的,"我勇敢地答应了。

可是这天早晨再去见你,据说 C 总司令部全部都于前一夜九点钟离开上海了! 我还有什么话呢;就在这巍峨的大厦前面,我狠命的敲我自己的头。

过了一夜,上海便布满了白色的迷雾,你的警告,变成事实来威吓我了。

到后来,你的预言,不仅威吓我,而已真的抓住我了:铁的环儿紧扣着我的手脚,手枪的圆口对准着我的胸口,把我从光明的世界迫进了黑暗的地狱。到这时候,在死的威吓之下,在答楚皮鞭的燃烧之下,我才觉悟了大半:我得前进,我得更往前进!

我在这种彻悟的境地中,死绝对不能使我战栗,我在皮鞭扭扼我皮肉的当儿,我心中才第一次开始倔强地骂人了:

"他妈妈的,打吧!"

我说第一次骂人,这意义你是懂得的,我从小就是羞怯的,从来没骂过人呢!

同时我说:"我还得活哟,我为什么应该乱丢我的生命,我不要做英雄,我的生命不是我自己可支配的。"所以我立刻掏出四元钱,收买了一个兵士,给我寄一封快信给你;这效力是非常的迅速,那个杀人不眨眼的人虎,终于也对我狠狠地狞视一会,无声地摆头示意叫他的狗儿们在我案卷上写着两字:

"开释。"

这是我第二次利用你哟。

出狱后,你把我软禁在你的脚下,你看我大概是够驯服的了吧,但你却并没知道我在预备些什么功课呢?

当然,你对待我,确没有我对你那样凶,因为你对我是兄弟,我对你是敌对的阶级。我站在个人的地位,我应该感谢你,佩服你,你是一个超等的"哥哥"。譬如你要离国的时候,你送我进 D 大学,用信,用话,都是鼓励我的,都是劝慰我的,我们的父亲早死了,你是的确做得和我父亲一般地周到的,你是和一片薄云似的柔软,那末熨帖,但是试想,我一站在阶级的立场上来说呢? 你叫我预备做剥削阶级的工具,你叫我将来参加这个剥削机器的一部门,我不禁要愤怒,我不禁要反叛了!

D 大学的贵族生涯,我知道足以消灭我理想的前途,足成为我事业的威吓,我要以集团的属望来支配我自己的意志,所以我脱离了,所以我毅然决然的脱离了,也可说是我退一步对你们阶级的摆脱。

但我不是英雄,我要利用社会的剩余来为我们阶级维持我的生命,所以我一,再,三的欺骗你的钱,来养活我为这我企图消灭的社会所吞噬的生命。

我承认欺骗你,你千万别要以为我是忏悔了,不,我丝毫也想不到这讨厌的字眼!我觉得从你们欺骗来一些钱,那是和一颗柳絮给春风吹上云层一般地不值注意的。你们的钱是那儿来的?是不是从我们阶级的身上搜括去的?你们的社会是建筑在什么花岗石,大理石上的?是不是建筑在我们阶级的血肉上的?虽然我明白,欺骗不是正当的方法,我们应该用的是斗争,是明明白白的向你们宣言,我们要夺回你们手中的一切!但是,即使是欺骗,只不过是一个不好的方法,绝不是罪恶!

我说了这一大篇,做什么呢?我不过想证明给你,你到现在才说对我失去了信用,是已经迟到最最迟了。

最后,我要说正面的话了:

哥哥,这是我们告别的时候了,我和你相互间的系带已完全割断了,你是你,我是我,我们之间的任何妥协,任何调和,是万万不可能的了,你是忠实的,慈爱的,诚恳的,不差;但你却永远是属于你的阶级的,我在你看来,或许是狡诈的,奸险的,也不差;但并不是为了什么,只因为我和你是两个阶级的成员了。我们的阶级和你们的阶级已没有协调、混合的可能,我和你也只有在兄弟地位上愈离愈远,在敌人地位上愈接愈近的了。

你说你关心我的前途,我谢谢你的好意,但这用不着你的关心,我自己已被我所隶属的集团决定了我的前途,这前途不是我个人的,而是我们全个阶级的,而且这前途也正和你们的前途正相反。对,我们不会没落,不会沉沦到坟墓中去,我们有历史保障着!要握有全世界!

完了,我请你想到我时,常常不要当我还是以前那末羞怯、驯服的孩子,而应该记住,我现在是列在全世界空前未有的大队伍中,以我的瘦臂搂挽着钢铁般的筋肉呢!我应该在你面前觉得骄傲的,也就是这个:我的兄弟已不是什么总司令、参谋长,而是多到无穷数的世界的创造者!

别了,再见在火线中吧,我的"哥哥"!你最后的弟弟在向你告别了,听!

纪念志摩去世四周年

林徽因

今天是你走脱这世界的四周年!朋友,我们这次拿什么来纪念你?前两次的用香花感伤地围上你的照片,抑住嗓子底下叹息和悲哽,朋友和朋友无聊地对望着,完成一种纪念的形式,俨然是愚蠢的失败。因为那时那种近于伤感,而又不够宗教庄严的举动,除却点明了你和我们中间的距离,生和死的间隔外,实在没有别的成效;几乎完全不能达到任何真实纪念的意义。

去年今日我意外的由浙南路过你的家乡,在昏沉的夜色里我独立火车门外,凝望着那幽黯的站台,默默的回忆许多不相连续的过往残片,直到生和死间居然幻成一片模糊,人生和火车似的蜻蜓一串疑问在苍茫间奔驰。我想起你的：

> 火车擒住轨,在黑夜里奔
>
> 过山,过水,过…………

如果那时候我的眼泪曾不自主的溢出睫外,我知道你定会原谅我的。你应当相信我不会向悲哀投降,什么时候我都相信倔强的忠于生的,即使人生如你底下所说：

> 就凭那精窄的两道,算是轨,
>
> 驮着这份重,梦一般的累赘!

就在那时候我记得火车慢慢的由站台拖出一程一程的前进,我也随着酸怆的诗意,那"车的呻吟","过荒野,过池塘,……过嚏口的村庄"。到了第二站——我的一半家乡。

今年又轮到今天这一个日子!世界仍旧一团糟,多少地方是黑云布满粗着筋络望理想的反面猛进,我并不在瞎说,当我写：

> 信仰只一细炷香,
>
> 那点子亮再经不起西风
>
> 沙沙的隔着梧桐树吹。

朋友,你自己说,如果是你现在坐在我这位子上,迎着这一窗太阳;眼看着菊花影在墙上描画作态;手臂下倚着两叠今早的报纸;耳朵里不时隐隐的听着朝阳门外"打靶"的枪弹声;意识的,潜意识的,要明白这生和死的谜,你又该写成怎样一首诗来,纪念一个死别的朋友?

此时,我却是完全的一个糊涂!习惯上我说,每桩事都像是造物的意旨,归根都是运命,但我明知道每桩事都有我们自己的影子在里面烙印着!我也知道每一个日子是多少机缘巧合凑拢来拼成的图案,但我也疑问其间的排布谁是主宰。据我看来:死是悲剧的一章,生则更是一场悲剧的主干!我们这一群剧中的角色自身性格与性格矛盾;理智与情感两不相容;理想与现实当面冲突,侧面或反面激成悲哀。日子一天一天向前转,昨日和昨日堆垒起来混成一片不可避脱的背景,做成我们周遭的墙壁或气氛,那么结实又那么缥缈,使我们每一个人站在每一天的每一个时候里都是那么主要,又是那么渺小无能!

此刻我几乎找不出一句话来说,因为,真的,我只是个完全的糊涂;感到生和死一样的不可解,不可懂。

但是我却要告诉你,虽然四年了你脱离去我们这共同活动的世界,本身停掉参加牵引事体变迁的主力,可是谁也不能否认,你仍立在我们烟涛渺茫的背景里,间接的是一种力量,尤其是在文艺创造的努力和信仰方面。间接的你任凭自然的音韵,颜色,不时的风轻月白,人的无定律的一切情感,悠断悠续的仍然在我们中间继续着生,仍然与我们共同交织着这生的纠纷,继续着生的理想。你并不离我们太远。你的身影永远挂在这里那里,同你生前一样的心旋转。

说到您的诗,朋友,我正要正经的同你再说一些话。你不要不耐烦,这话迟早我们总要说清的。人说盖棺定论,前者早已成了事实,这后者在这四年中,说来叫人难受,我还未曾读到一篇中肯或诚实的论评,虽然对你的赞美和攻评由你去世后一两周间,就纷纷开始了。但是他们每人手里拿的都不像纯文艺的天秤;有的喜欢你的为人;有的疑问你私人的道德;有的单单尊崇你诗中所表现的思想哲学,有的仅喜爱那些软弱的细致的句子,有的每发议论必须牵涉到你的个人生活之合乎规矩方圆,或断言你是轻薄,或引证你是浮奢豪侈!朋友,我知道你从不介意过这些,许多人的浅陋老实或刻薄处你早就领略过一堆,你不止未曾生过气,并且常常表示怜悯同原谅;你的心情永远是那么洁净;头老抬得那么高;胸中老是那么完整的诚挚;臂上老有那么许多不折不挠的勇气。但是现在的情形与以前却稍稍不同,你自己既已不在这里,做你朋友的,眼看着你被误解,曲解,乃至于谩骂,有时真忍不住替你不平。

但你可别误会我心眼儿窄,把不相干的看成重要,我也知道误解曲解谩骂,都是不相干的,但是朋友,我们谁都需要有人了解我们的时候,真了解了我们,即使是痛下针砭,骂着了我们的弱处错处,那整个的我们却因而更增添了意义,一个作家文艺的总成绩更需要一种就文论文,就艺术论艺术的和平判断。

你在《猛虎集》序中说"世界上再没有比写诗更惨的事",你却并未说明为什么写诗是一桩惨事,现在让我来个注脚好不好? 我看一个人一生为着一个愚诚的倾向,把所感受到的复杂的情绪尝味到的生活,放到自己的理想和信仰的锅炉里烧炼成几句悠扬铿锵的语言,(那怕是几声小唱),来满足他自己本能的艺术的冲动,这本来是个极寻常的事。那一个地方那一个时代,都不断有这种人。轮着做这种人的多半是为着他情感来的比寻常人浓富敏锐,而为着这情感而发生的冲动更是非实际的——或不全是实际的——追求,而需要那种艺术的满足而已。说起来写诗的人的动机多么单简可怜,正是如你序里所说"我们都是受支配的善良的生灵"! 虽然有些诗人因为他们的成绩特别高厚旷阔包括了多数人,或整个时代的艺术和思想的冲动,从此便在人中间披上神秘的光圈,使"诗人"两字无形中挂着崇高的色彩。这样使一般努力于用韵文表现或描画人在自然万物相交错的情绪思想的,便被人的成见看作夸大狂的旗帜需要同时代人的极冷酷的讥讽和不信任来扑灭它,以挽救人类的尊严和健康。

我承认写诗是惨淡经营,孤立在人中挣扎的勾当,但是因为我知道太清楚了,你在这上面单纯的信仰和诚恳的尝试,为同业者奋斗,卫护他们情感的愚诚,称扬他们艺术的创造自己从未曾求过虚荣,我觉得你始终是很逍遥舒畅的。如你自己所说"满头血水"你"仍不曾低头",你自己相信"一点性灵还在那里挣扎","还想在实际生活的重重压迫下透出一些声响来"。

简单的说,朋友,你这写诗的动机是坦白不由自主的,你写诗的态度是诚实,勇敢,而倔强的。这在讨论你诗的时候,谁都先得明了的。

至于你诗的技巧问题,艺术上的造诣,在几乎没有一定的定义时代,转入这讨论外形内容,以至于音节韵脚章句意象组织等艺术技巧问题的时期,即是根据着对这方面努力尝试过的那一些诗,你的头两个诗集子就是供给这些讨论见解最多材料的根据。外国的土话说"马总得放在马车的前面",不是? 没有一些尝试的成绩放在那里,理论家是不能老在那里发一堆空头支票的,不是?

你自己一向不止在那里倔强的尝试用功,你还曾用尽你所有活泼的热心鼓励别人尝试,鼓励"时代"起来尝试——这种工作是最犯风头嫌疑的,也只有你胆子大头皮硬顶得下来! 我还记得你要印诗集子时我替你捏一把汗,老实说还替你在有文采的老前辈中间难为情过,我也记得我初听到人家找你办晨副时我的焦急,但你居然板起个脸抓起两把鼓锤子为文艺吹打开路乃至于扫地,铺鲜花,不顾旧势力的非难,新势力的怀疑,你干你的事"事在人为,做了再说"那股子劲,以后别处也还很少见。

现在你走了,这些事渐渐在人的记忆中模糊下来,你的诗和文章也散漫在各小本集子里压在有极新鲜的封皮的新书后面,谁说起你来,不是麻麻糊糊的承认你是过去中一个势力,就是拿能够挑剔看轻你的诗为本事(散文人家很少提到,或许"散文家"没有诗人那么光荣不值得注意)。朋友,这是没法子的事,我却一点不为此灰心,因为我有我的信仰。

我认为我们这写诗的动机既如前边所说那么简单愚诚;因在某一时,或某一刻敏锐的接触到生活上的锋芒,或偶然的触遇到理想峰巅上云彩星霞,不由得不在我们所习惯的语言中,编缀出一两串近于音乐的句子来,慰藉自己,解放自己,去追求超实际的真美,读诗者的反应一定有一大半也和我们这写诗的一样诚实天真,仅想在我们句子中间由音乐性的愉悦,接触到一些生活的底蕴渗合着美丽的憧憬;把我们的情绪给他们的情绪搭起一座浮桥;把我们的灵感,给他们生活添些新鲜;把我们的痛苦伤心再揉成他们自己忧郁的安慰!

我们的作品会不会长存在下去,也就看它们会不会活在那一些我们从不认识的人,我们作品的读者,散在各时,各处互相不认识的孤单的人的心里的,这种事它自己有自己的定律,不需要我们的关心的。你的诗据我所知道的,它们仍旧在这里浮沉流落,你的影子也就浓淡参差的系在那些诗句中,另一端印在许多不相识人的心里。朋友,你不要过于看轻这种间接的生存,许多热情的人他们会为着你的存在,而加增了生的意识的。伤心的仅是那些你最亲热的朋友们和同兴趣的努力者,你不在他们中间的事实,将要永远是个不能填补的空虚。

你走后大家就提议要为你设立一个"志摩奖金"来继续你鼓励人家努力诗文的素志,勉强象征你那种对于文艺创造拥护的热心,使不及认得你的青年人永远对你保存着亲热。如果这事你不觉到太寒伧不够热气,我希望你原谅你这些朋友们的苦心,在冥冥之中笑着给我们勇气来做这一些蠢诚的事吧。

传授给儿子

傅　雷

亲爱的孩子……对恋爱的经验和文学艺术的研究,朋友中数十年悲欢离合的事迹和平时的观察思考,使我们在儿女的终身大事上能比别的父母更有参加意见的条件。……

首先态度和心情都要尽可能的冷静。否则观察不会准确。初期交往容易感情冲动,单凭印象,只看见对方的优点,看不出缺点,甚至夸大优点,美化缺点。便是与同性朋友相交也不免如此,对异性更是常有的事。许多青年男女婚前极好,而婚后逐渐相左,甚至反目,往往是这个原因。感情激动时期不仅会耳不聪,目不明,看不清对方;自己也会无意识的只表现好的方面,把缺点隐藏起来。保持冷静还有一个好处,就是不至于为了谈恋爱而荒废正业,或是影响功课或是浪费时间或是损害健康,或是遇到或大或小的波折时扰乱心情。

所谓冷静,不但是表面的行动,尤其内心和思想都要做到。当然这一点是很难。人总是人,感情上来,不容易控制,年轻人没有恋爱经验更难维持身心的平衡,同时与各人的气质有关。我生平总不能临事沉着,极容易激动,这是我的大缺点。幸而事后还能客观分析,周密思考,才不致于使当场的意气继续发展,闹得不可收拾。我告诉你这一点,让你知道如临时不能克制,过后必须由理智来控制大局:该纠正的就纠正,该向人道歉的就道歉,该收篷时就收篷,总而言之,以上二点归纳起来只是:感情必须由理智控制。要做到,必须下一番苦功在实际生活中长期锻炼。

我一生从来不曾有过"恋爱至上"的看法。"真理至上""道德至上""正义至上"这种种都应当作为立身的原则。恋爱不论在如何狂热的高潮阶段也不能侵犯这些原则。朋友也好,妻子也好,爱人也好,一遇到重大关头,与真理、道德、正义……等等有关的问题,决不让步。

其次,人是最复杂的动物,观察决不可简单化,而要耐心、细致、深入,经过相当的时间,各种不同的事故和场合。处处要把科学的客观精神和大慈大悲的同情心结合起来。对方的优点,要认清是不是真实可靠的,是不是你自己想象出来的,或者是夸大的。对方的缺点,要分出是否与本质有关。与本质有关的缺点,不能因为其他次要的优点而加以忽视。次要的缺点也得辨别是否能改,是否发展下去会影响品性或日常生活。人人都有缺点,谈恋爱的男女双方都是如此。问题不在于找一个全无缺点的对象,而是要找一个双方缺点都能各自认识,各自承认,愿意逐渐改,同时能彼此容忍的伴侣。(此点很重要。有些缺点双方都能容忍;有些则不能容忍,日子一久即造成裂痕。)最好双方尽量自然,不要做作,各人都拿出真面目来,优缺点一齐让对方看到。必须彼此看到了优点,也看到了缺点,觉得都可以相忍相让,不会影响大局的时候,才谈得上进一步的了解;否则只能做一个普通的朋友。可是要完全看出彼此的优缺点,需要相当时间,也需要各种大大小小的事故来考验;绝对急不来! 更不能轻易下结论(不论是好的结论或坏的结论)! 唯有极坦白,才能暴露自己;而暴露自己的缺点总是越早越好,越晚越糟! 为了求恋爱成功而尽量隐藏自己的缺点的人其实是愚蠢的。当然,在恋爱中不知不觉表现出自己的光明面,不知不觉隐藏自己的缺点,不在此例。因为这是人的本能,而且也证明爱情能促使我们进步,往善与美的方向发展,正是爱情的伟大之处,也是古往今来的诗人歌颂爱情的主要原因。小说家常常提到,我们在生活中也一再经历:恋爱中的男女往往比平时聪明;读起书来也理解得快;心地也往往格外善良,为了自己幸福而也想使别人幸福,或者减少别人的苦难;同情心扩大就是爱情可贵的具体表现。刚柔、软硬、缓急的差别要能相互适应调剂。还有许多表现在举动、态度、言笑、声音……之间说不出也数不清的小习惯,在男女之间也有很大作用,要弄清这些就得冷眼旁观慢慢顺摸。所谓经得起考验乃是指有形无形的许许多多批评与自我批评(对人家一举一动所引起的反应即是无形的批评)。诗人常说爱情是盲目的,但不盲目的爱毕竟更健全更可靠。

人生观世界观问题你都知道,不用我谈了。人的雅俗和胸襟气量倒是要非常注意的。据我的经验:雅俗与胸襟往往带先天性的,后天改造很少能把低的往高的水平上提;故交往期间应该注意对方是否有胜于自己的地方,将来可帮助我进步,而不至于反过来使我往后退。你自幼看惯家里的作风,想必不会忍受量窄心浅的性格。

以上谈的全是笼笼统统的原则问题。……

长相身材虽不是主要考虑点,但在一个爱美的人也不能过于忽视。

交友期间,尽量少送礼物,少花钱:一方面表明你的恋爱观念与物质关系极少牵连;另一方面也是考验对方。事情主观上固盼望必成,客观方面仍须有万一不成的思想准备。为了避免失恋等等的痛苦,这一点"明智"我觉得一开头就应当充分掌握。最好勿把对方作过于肯定的想法,一切听凭自然演变。

总之,一切不能急,越是事关重要,越要心平气和,态度安详,从长考虑,细细观察,力求客观! 感情冲上高峰很容易,无奈任何事物的高峰(或高潮)都只能维持一个短时间,要久而弥笃的维持长久的友谊可很难了。

除了优缺点,俩人性格脾气是否相投也是重要因素。

流最多眼泪的一句话

张小娴

哪一句话令你流最多的眼泪？不是"我不爱你了"。

不是"我从来没有爱过你"。不是"我爱上了别人"。不是"我想分手"。

那一句话，不是令你震惊、令你伤心的话，那一句往往是以下这一句："不要这样。"

你伤心、震惊，泪水差不多要夺眶而出，你正吃力地咬着牙控制着自己，不让自己哭出来。这个时候，有人安慰你说："不要这样。"你的眼泪立刻就像决堤一样，再也控制不住。

当他说："我不爱你了。"你只是在那里饮泣。然而，当他尝试安慰你，尝试叫你不要哭，当他说"不要这样"，你却立刻号啕大哭。

我们哭的时候，最怕就是身边的男人手足无措地说："不要哭"、"不要这样"，这些话就像有人按下我们身上一个控制泪水的按钮，一按下去，眼泪就夺眶而出，直到痛哭失声。

所以，亲爱的人，下一次我哭的时候，你千万别说"不要这样"。

念祖母

任白戈

祖母死了！这是最近才从伯父底信中得着的消息。看伯父底口气，似乎他们很轻松地对于这一桩大事，既没有什么哀悼的呼叹，亦没有什么追念的感伤。而且，还很宁静似的向我说："祖母已经是将近百岁的人了。在这样离乱的年间，能够安然地归天是祖母一生修得的福，我们当子孙的，总算在心上又释下一挑最大的重担了！"伯父底话是不错的。前几个月，我曾经听说过我们那兵团丛的家乡底人已经快要跑完了，只有一部分上有老母下有幼儿的跑不动的人家才在那里忍受着残酷的压迫。而我底伯父和父亲们就正因为有了年高的祖母不得不被压迫在那里，想起来恐怕祖母和伯父们彼此都是愿意分手的吧。至少，在我是应该作如此的想。我还能作别样的想吗？是的，我应该作如此的想，而且更应该想到：从此后，伯父们可以放心地去奔走各自底前程了，我亦总算是在心上又释下一挑最大的负担了。然而，我却苦于不能如此的想去，结果倒被感伤的追念引起了我底呼叹的哀悼。

我能说些什么呢？我不能说，什么也不能说。我只能说这样的一句话：我是随着祖母而生存的。但是，现在祖母是死了，祖母已经死了多久了！

一般都这样地说：孩子是由母亲底怀中长大起来的。在一些有钱能雇奶妈的人家，自然亦可以说孩子是由奶妈底怀中长大起来的。我呢？却是由祖母底怀中长大起来的。据祖母说：母亲刚将我生下地来就塞在她底怀中。因为那时候，父亲正在外面做生意，家里只有母亲和祖母两人，而事前又毫无一点准备，事实是非要母亲亲身去烧水来洗婴儿不可。以后，除了晚间得和母亲睡在一起外，所有一切的日子我都是在祖母底怀中过去的。这样，一直在不知什么时候，谁能使我将祖母忘去呢？

祖母是一个受尽了人间底一切折磨的人，无论在外表或内心上都是非常慈祥的。她只能教出一个纯谨朴的儿童而不能管着一个放浪不羁的大人，有些人也就说她没有出息。自小就失掉了父母的她，中年又失掉了丈夫的她，一颗孤苦的心自然只有寄托在自己亲生的儿童身上了。然而，年轻的伯父，却将一家人赖以生活的田产荡光，静悄悄地跑了，倒给她留下了一批难于偿清的债务。随着无边无底的岁月过去，拖着两个弱小无力的幼子在难挨的悲愁里爬逡，于是她那饱经忧患的眼睛便被血泪淹瞎了。自然，从此她只得永远地生活在黑暗的世界里，一切的五光十色都与她绝了缘分。我还记得她常常爱这样地说："到了儿孙满堂叫我可以享受的时候，我却连看也看不着你们了。"而且往往总是摸着我底脑顶接着感叹似的说着："乖孙儿！长大起来为祖母争一口气啊！我命苦。"为了掩埋过去的不幸，为了填补现在的失望，她不能不在与她形影不离的孙儿身上挂上一串将来的希望！这是任何人都可以体谅得到的。所以，我一向就作了她底怀中的太阳。我相信，当她临死的时候还一定要喃喃地问着："我底亮晶晶的孙儿呢？我底亮晶晶的孙儿呢？……"这，我是想得到的！然而我这寄着祖母底将来的希望的孙儿啊……

儿时的事情，已经不大记得清楚了。但有一点使我最难忘记的，就是关于父亲在我母亲死了以后的续弦问题。中年的父亲，除了忍受着情感上的鞭挞以外，还要将一切内外的事务和儿女底抚养都放在自己一人身上，自然是很苦很苦的。在姑母们底意思，都希望父亲再得着一个贤内助，而祖母却不同意。祖母说："没娘的孩子是很可怜的，有了后娘的孩子是更可怜的，我不愿意亲眼见着我底孙儿孙女被一个陌生的女人虐待，要讨也要等我死了再讨。"这是一个隆冬的夜里祖母向着她那特来为她贺寿的女儿和女婿说的，我记得说了以后接着就是将我拉入怀中抱着啜泣。从此后，再没有人敢提到这件使她伤心的事情了，而家中一切原由母亲担任着的事情就由祖母分配给那忽然回到家来一心侍奉祖母的伯父担任。伯父对我们是很好的，有些地方甚至比母亲还好，单就我能受着教育这一点说我也不能不感谢伯父对我的一番好心，但大半的感谢还应该归之于祖母，倘若不是为了体贴亲心的关系，也许伯父对我们的好底程度又有差异吧。

及到我入了高等小学以后，祖母对我的爱似乎更加热烈起来。每个星期日回来，祖母必定要将我拉入怀中，用她那颤颤的手从我底头上摸到足下，再从足下摸到头上，然后再紧紧地将我抱着说："乖孙儿！你又长高一些了。"倘若是学校有接连放到两天以上的假期，她就一定要留我在家中住宿，通夜睡在床上和我讲故事，结尾总不外是说她一生受别人底欺侮和咒骂不少，希望我长大起来为她争一口气。她从来不曾想到，恐怕连梦也不会梦到她底孙儿不但没有为她争一口气，而且居然像那年时候的伯父一样，一离开了家就长久地不回转去，以致使她临终的时候都不能再看着一眼。

长长的追念已经很可以不必要了，我不能再这样地追念着。空空的哀悼又有什么用处呢。我只希望伯父们真的能够因为祖母之死而放心地去奔走各自的前程，使祖母这一死得成为给她底子孙们以自由的代价。再说呢，为了自己在心上真的释下一个最大的重担，我更希望祖母在生前心中还未对我失望，在死前口中并未念着这样的一串话："孙儿是不回来了！孙儿是不回来了！孙儿是不……"

兄和弟

靳以

边路上,有两个人揪在一处。停足而观的人,已经有了七八个,可是没有一个人去劝解。

"你打我吧,你打我吧!"

"我不能够,我虽不读书明理,你可是我的哥哥,我不能打你。"

于是我,我也停下脚来了。

那个被抓住的,是只有二十几岁的年轻人,圆圆的脸,穿了一件油晃晃的长衫,却有几处是破烂了的;抓住的人,有着三十以上的年岁,瘦长的脸,小小的身量(至少是比那个人低下半个头),唇际有着胡子,是穿了一件短衣。

还有一辆空的洋车放在那傍面。

那个瘦小的人,以一只手抓了那个的领口,那个人却用手来护着自己。他们的脸可都是愁苦的。

"你不要这样拉着我,要你松开,费不了什么事。"

"好,随你的便吧,你打死我,你是一条汉子!"

瘦小的人气喘着,他的脸成为苍白的了。

"那我可不能够,哥哥,好歹我们是一母所生,我顾念手足的情谊。"

"你还顾念手足的情谊,你不如杀了我,倒来得干脆!"

那个哥哥却以沙哑的嗓子叫着了,他的两脚跳着。

若真是相打呢,每个人都能看出来弟弟是胜着哥哥一着的,但是他们并没有象仇人一般地厮打着,虽然他们各人的心中都积有深切的愤恨。

我是惘然地立在那里(我想旁观的人总不会有谁清楚地知道何以他们争吵起来),从他们的衣着与神态上我所能知道的就是他们都很穷,都为生活压着喘不过一口气来。

"众位,您给评评,"那个瘦小的人把脸朝着旁观的人,"不错,我们是亲弟兄俩,他给人家当厨子,我拉散车,这两个月他下了事,就住在家里,他偷偷地把我的一点衣服都拿去卖了。您众位说,我不容易呵,我……"

下面的话我听不清楚了,可是他那么大的人,几乎象是要哭出来似的。

他是等待一个人出来说点什么,可是围观的人对于事情的本身却象不感到些许的兴趣,只是为了看热闹才站在那里,噤然地如蛰伏的鸣虫。

"我可没干别的,我拿那个钱做了一回小买卖。我这么一个大小伙子,能坐着吃么?你也没有富裕钱,那我是知道的,我想先拿你几件不用的衣服,给当了点钱,谁想到给亏光了,唉,运气不济我早晚还给你,那么我卖我自己的肉……"

"你不用说这个风凉话,自从你走了我就没有见着你——"

"我凑不上钱那能见你,不瞒众位说,我还饿着两顿呢!"

就是这样的话,也没有打动围观的人,因为他们知道饿着肚子的不是自己,而且站在那里,也不过是因为有着多余的闲暇而已。

"你看我如今还穿单的,你不用花言巧说,你——"

那个瘦小的人顿然舞起右掌来,平平地打在那个人的面颊上,清脆地响了一声。

"我不能还手,你总是我的哥哥。"

那个人低下头去。从他的嘴角里却有鲜红的血流出来了,那一击并不十分有力,显然地他没有受什么重大的伤创,许是偶然地牙齿触破了皮,便流出血来。

可是那个瘦小的哥哥却露出一点慌张来了,他松开抓了那个人衣领的手,急速地解下来系在车把上一条汗污的布,为那个弟弟揩抹着流出来的血。

他象是要有多少话要说的,可是没有说出来,终于温和地说着:

"我们走吧,到那边吃点什么再说。"

他就拉起那辆车来,一齐向着东面走去。

围观的人也散了,怅然地觉着这并没有什么值得观望。

家　信

夏征农

傍晚,下了一阵雨,天气转凉了。因为房子前面是一块大空场,我们站在平台上,便可以望到许许多多的伟大建筑物,尤其那廿五层的上海唯一的大厦,屹然塞在我们的眼前,遮住了一角天。

"这是多么有诗意啊!"卿这样说。

然而,我们并不是诗人,我们既没有鉴赏的心情,也不存有什么神秘的感触,这里只有平凡,平凡,和商店里的大减价一样的平凡。我仅仅给了卿一个会意的苦笑。

我们沉默地望着黑暗慢慢向大地压下来。

"信!"房东的敲门声,忽然把我们唤醒。

信是我的兄弟写来的。家里的信,从来不曾给过我好消息;不是说穷,便是诉苦。我拿着信,心里很不耐烦起来,我不愿把它拆开,甚至没有勇气把它拆开。我尽望着它出神,似乎觉察出那里面包含着什么危险。当然,我是不好怪家里的,事实是这样,总不好专捏造出一些好消息来给我听;他们不能饿着肚皮说饱了,不能瞒小孩子般说大炮声、机关枪声是新年放爆竹。我可怜他们,同情他们,也就因为这样,我才更感觉到那封信给了我很大的威迫。

信上是这样写着的:

……今年乡下苦极了,简直寸草无收,我们一村能够有饭吃的只有一两家。

从六月起,便没有下过雨。你想,这成了一个怎样的世界啦。连吃的水,也要跑到十几里路远的大河里去挑。禾,望着一天天干死;尽管你日夜车水,用尽了汗血,有什么用?最后,所有的池塘发坼了。谷一粒一粒变成了白壳,变成了粉。哥,你总记得好些年前你在家时那一次的旱灾吧!可不是,你还因为天天帮忙车水害了一场大病!这一次,比前一回真不知要厉害多少倍：前一回总还有几根杆收，今年杆也干枯得没有用了，压根就没有用镰刀。

　　这该是多么悲惨啊。我以前，总不相信人会饿死，现在，已经成了常见的事。那个瞎了眼的仁伯伯，就是因为挨不住饿，在三四日前自己活活勒死了。还有我们屋背的何八婶，还有，多咧！

　　记得：祖父在时，常常谈起因为灾荒挖青草根吃的那回事，他还说，'真饿了，青草根也很有味道咧，'那时候我们总笑他老人家：青草根有什么味道呢？那晓得，原是实在的情形。这时青草是干死了，大家吃的是榆树皮。哥，你没有看到他们吃时是多够味啊。我也吃过好几次，却还没有领略到那种滋味。我想，如果连榆树皮也吃光了时又吃什么？

　　已经有许多人在向别处逃荒了，我不明白，别处又是怎样，但人总是望生的，只要有一口气，决不会坐着等死。大约，不到一个月后，附近几十里路远近，一定要变成一块无人烟的沙漠了！

　　我们家里也不能维持，父亲已经急病了。然而，这是毫无办法的事，谁也不能怪谁。前天，还有粮差下乡来催粮，被我们瞎骂一阵骂走了。你想，这时候有谁来理这些呢？……

　　幸好的，是这时并不见有什么骚扰。

　　父亲要你寄点钱回来。我知道，你是有困难的，你有一个家，几十块钱一个月，够做什么，但我却不能不照着父亲的意思告诉你。

　　哥，我也想在最近离开家庭了。也许你不赞成，但这是无用的，因为，这样最少可以减少一个人吃饭。我想到上海来。你能在上海帮我找点事么？一二十块钱的事，就是单单吃饭的事也可以。这应该行吧。哥！你要负责去进行，立即去进行：快，快，即使是吃饭的事……

　　看完了信，我的心，真不知感到怎样的凄凉。饥饿的呼声，荒凉的村舍，逃荒的队伍——从耳边，从眼底活现出来。

　　我怎样去安慰我的父亲呢？我又怎样安插我的兄弟呢？

　　上海，满地是金子的上海：汽车，电车，跳舞厅，影戏院，不是照常挤的满满的？然而，这里却没有一个逃荒的人立脚的地方；对于逃荒的人，这里仍旧是一片沙漠！

　　我尽管茫然地望着信，尽管呆着想。

　　"信上说些什么？"卿一直站在旁边，担心地问。

　　我没有回答她的话，她再问：

　　"说些什么？"

　　我这才回了一口气，把信交给她，默然地说：

　　"乡下大旱，一点收成没有。"

　　她接了信，仅仅望了一眼，听到我的话，似乎也没有勇气再看下去，随即把它丢在桌上。她默默地看着我，好一会，才非常不安地牵着我的手。

　　"我们上街去逛一逛吧。"

　　我明白她的意思，她是替我着想，不愿我陷入在可怕的凄凉里。我顺着她的手站起来，点点头，下意识地向她一笑。

　　街上的电灯已经炫耀地睁开了夜眼。

儿行千里

范春歌

　　在俄罗斯的一个乡村,失去丈夫的农妇与儿子相依为命,靠着勤劳的双手,日子虽然不富足但幸福安宁。有一次,回乡度假的庄园主的女儿所乘的马车受惊,农妇的儿子救了她一命,并且在四目相对的那一刻,爱上了美丽的贵族少女。备受单相思煎熬的他,为了争取和少女接近的机会,做出了离家到庄园主家当花匠的决定。

　　启程的那天,雨丝纷飞。孤独的母亲坐在滴雨的屋檐下目送儿子欢天喜地地朝远方的庄园走去,她默默地注视着儿子执著的背影祈祷着:"孩子,你仿佛被一根施了魔法的绳子牵着往前走,我只希望你回头看一眼母亲,哪怕一眼呢……"

　　年轻的农夫欢快地走着,他吹着欢快的口哨,始终没有回头。

　　为了赢得庄园主女儿的爱情,年轻人视苦役为欢乐。秋收的一天,他自告奋勇地爬上高高的草垛,卖力地干活,因为他心爱的少女正在楼上的阳台注视着这里。高傲的少女或许也被这劳动的场面所感染,顽皮地向草垛上的人们伸出了手臂,年轻人踮起脚尖为了握一握少女的纤手,不幸从高高的草垛上跌落摔死。

　　母亲闻讯赶来了。与儿子分别已久,万万没有想到会以这种结局重逢。当儿子在村人的嬉笑中下葬的时候,她紧紧地搂住冰冷的儿子,没有一丝抱怨,两行热泪从这位一生倔强从不落泪的农妇的脸庞上滑落。她说:"我的孩子!"

　　从小到大看电影无数,许多影片别说情节,就连名字也记不大清楚了,但少年时看过的这部反映俄罗斯生活的片子至今记忆犹新。

　　我恰恰是影片中那样一个孩子——疯狂地爱上了去远方的大路。多少年行色匆匆地穿行于中国的大地,拎起行囊道一声"我去西藏了!""我去黑龙江了!"头也不回便出了门,一心直奔目的地。

　　直到有一天,我离开院子走了很远,忽然漫不经心地回了一下头的时候,发现年迈的姥姥、两鬓染霜的父母仍然伫立在阳台上,望着我。

　　我每次出远门的时候,家人都是这样久久地凝视着我的背影,只是因为我从不回头,所以从不知道。我还不知道,即便我度完周末离家去江对岸的报社上班的时候,他们同样在阳台上目送着我的离去。

　　我回头的那一天,第一次向他们扬起了手。我永远记得家人的笑容。

　　一年又一年过去了,站在阳台上的亲人一个个离我而去,如今只剩下母亲,以她不变的柔情站在那里。

　　我第一次骑单车穿越中国的途中,母亲还不时将一封封家书提前寄到我将到达的地方,好让我每次到达一个陌生的城镇,都会收到家人的问候,它温暖了我一程又一程。每次风尘仆仆地归来时,我的背囊里总塞有一摞沉甸甸的家书。

　　1998年我得到去南极中国长城站采访的机会,出发的时候,身为画家一生拿惯了油画笔的母亲为我赶织了一双厚厚的羊毛袜。当时考察队发的靴子没有女性的尺码,是母亲织的那双厚毛袜才使我的一双脚在男式靴里没有打晃晃。在南极大陆的暴风雪中跋涉的时候,冰雪毫不留情地灌进了靴子结成冰坨,也多亏母亲给我的羊毛袜让我的双脚抵御了南极的冰寒。

四年前我受报社的派遣到海外追访郑和下西洋遗踪,连续三年在印度洋沿岸的亚非国家奔波。每次出发的时候,母亲都要帮助我准备行囊。她既担心携带的物品多累坏了我,又担心哪一样物品没带上,路上会有诸多不便。于是,放进行囊中的每件物品都要掂量再三。将迈入七旬的老人了,她甚至还吃力地将沉甸甸的行囊试着背到瘦弱的肩上,体验我将承受的分量。

儿行千里母担忧。行者在路上,亲人最担忧的莫过于他的安全。深明这一点,在路上报喜不报忧成为我最珍视的经验。

震惊世界的"9·11"事件发生之后,也门很快被美国宣布为空袭目标之一,而它也恰好在我"重走郑和路"的路上。抵达也门首都萨那,我在深夜被爆竹般的响声惊醒,爬到窗口一看,才知道附近发生了激烈的枪战。平生头一回离枪声如此之近,只身住在一座小旅馆的我,产生了从未有过的恐惧与紧张。不久,当地又发生绑架人质事件,新闻很快传遍了世界,自然也会传到母亲身边。这些事件是我瞒不住的,除非我能垄断世界媒体的信息源。

尾随在全副武装的军警身后,我穿过街头举刀持枪的游行队伍到邮电局给母亲报平安。拿起电话筒之前,我一再告诫自己要平静,不能让母亲听出一点慌乱,让万里之外的她倍添不安。但是,当我听到从大海的那一端传来的母亲的声音,无法忍住哽咽。

有时,再坚强的儿女在母亲面前也无法扮演坚强。因为,她是世界上最疼你的那个人啊!母亲在电话那端没有落泪,她以超乎寻常的镇定提示我如何注意安全,如何寻求中国大使馆的支持。

有时,再脆弱的母亲在儿女面前也要守住坚强。因为,她是世上最疼你的那个人。

我想起了徒步穿越中国的途中倒在罗布泊的余纯顺,他倒下的那年,社会对他的赞颂对他的宣传达到顶点。那年我恰好在上海,他的家乡。经人指点我找到了他的家,上海一条弄堂里一间简陋的房子。屋子虽小,但因为只有他父亲一人在而显得空空荡荡。老人低着花白的脑袋正在凝视儿子背着行囊的照片,此刻市内举办的余纯顺徒步中国事迹展览正观者爆满。当时正午已过,听说老人还没有吃午饭,我走进厨房发现只有一把青菜,帮老人煮了一碗清汤面,老人端着碗仍吃不下,他睁着昏花的双眼望着我说:"人们夸倒下的是个英雄,对我这个父亲来讲,死去的是一个儿子啊!"

我永远记住了那句话,正如我难忘阳台上亲人注视我远去的背影一样。

有一年的夏天,我遇到一位长年穿行在中国大地的背包族,和我一样被人们称为所谓的"行者",他拿出一个旅途留言簿希望我在上面写几句话,我说就不用写了吧,有件事你记住就行——在路上常给母亲打一个平安的电话。

孩子,我为什么打你

毕淑敏

有一天与朋友聊天,我说,就是在文化大革命中当红卫兵,我也没打过人。我还说,我这一辈子,从没打过人……你突然插嘴说:"妈妈,你经常打一个人,那就是我……"

那一瞬屋里很静很静。那一天我继续同客人谈了很多的话，但所有的话都心不在焉。孩子，你那固执的一问，仿佛爬山虎无数细小的卷须，攀满我的整个心灵。面对你纯正无瑕的眼睛，我要承认：在这个世界上，我只打过一个人，不是偶然，而是经常，不是轻描淡写，而是刻骨铭心，这个人就是你。

在你最小最小的时候，我不曾打你。你那么幼嫩，好像一粒包在荚中的青豌豆。我生怕任何一点儿轻微的碰撞，将你稚弱的生命擦伤。我为你无日无夜地操劳，无怨无悔。面对你熟睡中像合欢一样静谧的额头，我向上苍发誓：我要尽一个母亲所有的力量保护你，直到我从这颗星球上离开的那一天。

你像竹笋一样开始长大。你开始淘气，开始恶作剧……对你摔破的盆碗、拆毁的玩具、遗失的钱币、污脏的衣着……我都不曾打过你。我想这对于一个正常而活泼的儿童，都像走路会跌跤一样应该原谅。

第一次打你的起因，已经记不清了。人们对于痛苦的记忆，总是趋向于忘记。总而言之那时你已渐渐懂事，初步具备童年人的智慧：它混沌天真又我行我素，它狡黠异常又漏洞百出。你像一匹顽皮的小兽，放任无羁地奔向你向往中的草原，而我则要你接受人类社会公认的法则……为了让你记住并终生遵守它们，在所有的苦口婆心都宣告失效，在所有的夸奖、批评、恐吓以及奖赏都无以建树之后，我被迫拿出最后一件武器——殴打。

假如你去摸火，火焰灼痛你的手指，这种体验将使你一生不会再去抚摸这种橙红色抖动如绸的精灵。孩子，我希望虚伪、懦弱、残忍、狡诈这些最肮脏的品质，当你初次与它们接触时，就感到切肤的疼痛，从此与它们永远隔绝。

我知道打人犯法，但这个世界给了为人父母者一项特殊的赦免——打是爱。世人将这一份特权赋于母亲，当我行使它的时候臂系千钧。

我谨慎地使用殴打，犹如一个穷人使用他最后的金钱。每当打你的时候，我的心都在轻轻颤抖。我一次又一次问自己：是不是到了非打不可的时候？不打他我还有没有其他的办法？只有当所有的努力都归于失败，孩子，我才会举起我的手……每一次打过你之后，我都要深深地自责。假如惩罚我自身可以使你汲取教训，孩子，我宁愿自罚，那怕它将苛烈十倍。但我知道，责罚不可以替代也无法转让，它如同饥馑中的食品，只有你自己嚼碎了咽下去，才会成为你生命体验中的一部分。这道理可能有些深奥，也许要到你也为人父母时，才会理解。

打人是个重体力活儿，它使人肩酸腕痛，好像徒手将一千块蜂窝煤搬上五楼。于是人们便发明了打人的工具：戒尺、鞋底、鸡毛掸子……

我从不用那些工具。打人的人用了多大的力，便是遭受到同样的反作用力，这是一条力学定律。我愿在打你的同时，我的手指亲自承受力的反弹，遭受与你相等的苦痛。这样我才可以精确地掌握数量，不致于失手将你打得太重。

我几乎毫不犹豫地认为：每打你一次，我感到的痛楚都要比你更为久远而悠长。因为，重要的不是身累，而是心累……

孩子，听了你的话，我终于决定不再打你了。因为你已经长大，因为你已经懂了很多的道理。毫不懂道理的婴孩和已经很懂道理的成人，我以为都不必打，因为打是没有用的。唯有对半懂不懂、自以为懂其实不甚懂道理的孩童，才可以打，以助他们快快长大。孩子，打与不打都是爱，你可懂得？

手足之情

刘　墉

从今天清晨五点零六分开始,你在人生的旅程上,又多了一个伴侣,那就是你的妹妹。

她有七磅十一盎司重,身长二十一英寸半。你的母亲说,她长得跟你初生时有些像,我则认为她太小,还看不出来。但是无论外表相似与否,她与你是同胞兄妹,流着同一支的血液,且将在同一个家庭里成长,当然是会相像的。

中国人称兄弟姐妹为手足,正比喻了其间密切的关系。手足同样由身躯伸出,它们靠着同一心脏压缩出的血液而生存,它们彼此扶持、荣辱与共。在我们的生命中,可能获得的朋友相当多,但没有任何朋友能完全等于手足。朋友可以与你绝交,从此便不再是你的朋友;夫妻可以离异,从此就不再是夫妻。但是,手足即使有了摩擦、产生争执,甚至登报脱离关系,他们实实在在还是同父母所生。那与生俱来的"同",是无法改变的。

记得你小时候,每当我们问你希不希望再添个弟弟或妹妹时,你都大声抗议,说小奶娃会吵闹,大一点则会弄乱你的东西、砸坏你的玩具。那时候我确实也认为多一个孩子,会分享你的一切,这或许是因为我自己身为独子,不太能了解手足之情。

但是今天,当你蹙着眉,似乎有些忧心地问我"小妹妹出生时脐带绕在了脖子上,会不会有不良的影响"时,我突然领悟了:

手足固然可能从父母那里分享了原属于自己的时间与物质,但是他们也彼此给予了关爱与帮助。他们是父母逝去时,站在送葬行列中,与你同样伤逝的人;他们也是当你父母都离去之后,能够让你回忆起幼时家庭生活的人;他们可能是你遇到挫折,甚至夫妻失和时的避风港。因为他们与你有相同的生活经验,无法改变的血缘关系,自然也有着共同的意识。

你很快就要十七岁了,与你的妹妹也就是有着十七年的差距,你们或许不容易玩到一起,你也必然先要对妹妹作单方面的付出。可以预见的,当你赚钱的时候,妹妹一定会向你讨红包;当妹妹到能跑爱跳的年纪,你也必然得常带她出去玩,她会成为你的一个小累赘。但是进一步想,你会发觉未来有一个妹妹向你提供属于另一个年龄层次的资讯与观念,而且随着她的成长,也会带给你很多意想不到的欢笑。尤其是当你年老,年轻十七岁的妹妹仍然活力充沛,那也就是她回馈你的时候。

有一位美国朋友对我说:

"每年感恩节时,我特别急着赶回乡下的老家,因为平常回去看到的只是父母,唯有感恩节时,能见到所有的兄弟姐妹,大家打打闹闹,好像一下子又回到了童年。"

有一位在台湾的大陆老兵对我说:

"人人都返乡了,但是我没有回去,因为我没有兄弟姐妹,父母死了,回去看谁?"

有一天你会发现,手足不但是父母生命的延伸、童年记忆的延伸,甚至是故乡的延伸!

这么爱

赵 凯

我爸是挖煤的,我妈是种地的。在我的印象里,他们只会干这个,也许从我还没有出生时就已经开始了,不知道干了多少年。

这埋头苦干的职业,造就了他们的沉默寡言。我们一家三口像是生活在一个无声的世界里,早上闷头吃完饭,我上学,爸爸下井,妈妈忙家务和农活。中饭、晚饭也是一样,都没有人愿意开口说话。

爸爸无疑是这个家的核心。绝大多数傍晚,他都是全身黑不溜秋地回来,然后把手上的衣服、皮带重重地摔在椅子上。这表示他不高兴,那最好别出声。他发怒的时候,眼睛不看人,而是死盯着地板,直到你不寒而栗。

我一直不知道他为什么发怒,后来终于找到答案:我长得太白。因为有一次,妈妈给他盛饭的时候,他斜眼瞅了我一会儿,嘟囔道:"这么白?"

我也觉得自己太白,不像农民的儿子,更不像挖煤工的儿子。我以为自己是捡来的。

爸爸的语气我们已经习惯了,从来不会反驳,于是大家陷入沉默。往往如此。在我的记忆里,好不容易开始的几次谈话,都被爸爸的愤怒扼杀在摇篮里。

这凝重的气氛似乎要永远持续下去,但在我十二岁那年,它被一声啼哭打破了。这一年我的妹妹降临人间,她让爸爸高兴了。

妹妹属兔,爸爸就叫她"兔崽子"。临出门的时候,他总要把妹妹抱过来啃半天,"兔崽子、兔崽子"地叫上几十遍才肯走;傍晚他从矿上回来,把东西一撂,叫一声:"兔崽子呢?"然后,他又把妹妹抱过去亲呀、啃呀的。

其实我比"兔崽子"整整大一圈,也是属兔的,可他从来没有叫过我一声"兔崽子"。只是在合称我们兄妹的时候,才说一句"这两个兔崽子"。这明显是搭配,嘴上说两个,心里其实只有一个。

不过我倒没有什么怨气,反而觉得这是合理的。因为妹妹实在太可爱了。她哭声响亮,笑容甜美,总是在大家感到乏味的时候,适时地发出咿咿呀呀的声音,让气氛顿时活跃起来。她来到这个家里,仿佛就是为打破沉闷而来。

稍大一点的时候,妹妹又显出懂事的天分。很多事没有人教她,她却可以做得很好。爸爸每天回来,妈妈都会打一盆水给他洗脸。有一次妈妈忙着炒菜,没来得及打水,妹妹就用她的小塑料盆打了满满一盆水,挺着肚子端了过来。她真的把吃奶的劲都给用上了,到爸爸面前的时候,她的小脸憋得通红。

那时候妹妹才两岁多,爸爸的感动可想而知,他一手接过盆子,一手将妹妹抱起来,亲得她黑不溜秋的。

从那以后,每天打水的就是妹妹了。估计爸爸要到家了,妹妹就打好水蹲在厨房里,只等爸爸那一声"兔崽子呢",她就挺着肚子冲过来。爸爸则站在门口,一边拍巴掌,一边有节奏地叫着"好、好、好",为她加油。

等到妹妹到了面前,爸爸接过水,就会边洗脸边问她:"想爸爸吗?"

"想!"

"爱爸爸吗?"

"爱!"

"有多爱?"

这时候,妹妹就会挺起胸脯,把两条小胳膊张开,伸得老远,做出拥抱全世界的样子,说:"这么爱!"

爸爸最喜欢妹妹这个"这么爱"的姿势,所以每天回来都要进行这段对话,为的就是在最后能欣赏到她这个姿势。这样的场景持续了一年多,每天都如期上演,父女俩乐此不疲。

吃完晚饭,爸爸洗了澡,换上干净衣服,就会把妹妹抱在腿上,给她讲故事。无非就是那几个大灰狼、小白兔的故事,翻来覆去地讲,妹妹却听得起劲,还总在情节紧张的那几个关键时刻,插入她百问不厌的几个问题。

这是我儿童时代没见过的父亲的形象。这时候的他干净清爽,表情松弛,语气柔和,像一个很有文化的人。

我们家房子很小,除了用土砖搭的厨房、杂屋,就只有一间不到二十平方米的小瓦房了。在我小时候,爸爸妈妈睡大床,我就睡在旁边的小床上。到我上小学的时候,爸爸就找了一些木板把房子隔了一下,我单独睡在外面的小间里。

妹妹出生后,头三年都是跟爸爸妈妈睡的,不过等她过了三岁,也被爸爸妈妈"赶"出来了。爸爸在我的小床上加了块板子,这样妹妹就有地方睡了。

爸爸在煤矿做事,每个月有一千块钱的收入,这个收入在村里算多的了,房子太小实在有些说不过去。妈妈常跟爸爸说想加一两间房子,不过爸爸每次都没答应。

这些事爸爸妈妈没跟我说过,都是我晚上隔着木板听来的。我和妹妹在一天天长大,爸爸妈妈的卧谈会也越开越长了。我总是在隔壁偷听,渐渐地懂了许多事。

有天晚上,我听到妈妈说:"趁现在天气好,还是把房子盖了吧。你总不能老让他们挤在一起吧?"

爸爸叹了口气,说:"还是等下半年吧,'兔崽子'马上要初中毕业了。别看他不说话,他一心想考市里的一中哩! 这个钱不能少……"

我听着爸爸说这些,眼泪忍不住流出来。考一中这件事,我从来没有跟任何人说过,爸爸竟然这么清楚。原来,我也是"兔崽子"!

爸爸仍是只逗妹妹玩,很少跟我说话,但我的心情从此明亮多了。

我没有让爸爸失望,夏天的时候,我收到了一中的录取通知书。当天晚上爸爸准时回来了,进门还是叫"兔崽子呢",于是妹妹端着水冲出来。不过这次还没等爸爸开口,妹妹就先报喜了:"爸爸,哥哥考上一中了!"

爸爸好像没什么反应,对站在一旁的我视而不见,还是继续跟妹妹说话。

"是吗? 那你高兴吗?"

"高兴!"

"有多高兴?"

"这么高兴!"

妹妹又摆出她那拥抱全世界的造型。在欢声笑语中,爸爸看了我一眼,这唯一温柔的一瞥,令我毕生难忘。

第二天,爸爸回来得晚些,手里多了个大塑料袋。妹妹在厨房里腿都蹲麻了,才听到那一声"兔崽子呢",她冲出去的时候还差点摔了一跤。

"哟! 跑得比兔子还快!"

爸爸赶紧把水接过来,但并不急于洗脸。他故意在袋子里掏来掏去,逗妹妹踮着脚在那里翘首以盼。

掏了半天,爸爸掏出了一件连衣裙,是给妹妹的。裙子颜色鲜艳,有漂亮的小碎花,好看极了!我难以想象大老粗的爸爸还有这么好的审美眼光。

"快试试!"爸爸说。

妈妈接过裙子,很利索地给妹妹套上。那裙子实在太长,都拖地上了。妹妹提着裙摆站在原地不敢动,像个穿着睡袍的小公主。大家看了一会儿,都忍不住笑出声来。

这时候,爸爸把那个大塑料袋拎给了我。打开一看,是一个新书包!

这是爸爸第一次给我买礼物,我想说一句感谢的话,却始终没有说出口。"奖给你的。"爸爸丢下四个字就转身洗脸去了,留下我在原地发呆。

那天天气很热,吃完饭我们都在外面乘凉。爸爸还是给妹妹讲故事,不过这次他只讲了一个新故事,而没有讲那些冗长的老故事,因此他们的故事会很快就结束了。

这时候,月亮升了上来,蛙声四起。我们都很默契地不再说话。这久违了的沉默,带给了我们幸福安宁的感受。

后来还是爸爸先开口说话,他问了妹妹一个怪问题:"以后爸爸死了是用土埋起来好呀,还是用火烧了好呀。"

"埋起来好一些。"

"为什么埋起来好些呢?"

"埋起来就可以长出一个新爸爸呀!"

爸爸笑了,重重地给了妹妹一个"啵"。不过我很快发现,妈妈不高兴了,她站起身,招呼大家睡觉去了。

妹妹爬上床睡着了,还是摆着她那个拥抱全世界的姿势。可我毫无睡意,因为爸爸今晚的表现让我觉得怪怪的。过了一会儿,我听到妈妈在隔壁说:"你没事说死啊、埋啊的干什么?"

"今天坑道里老是掉煤末,我担心塌方哩!"

"那还不停工?"

"老板说没事,出了事他负责。"

"要钱不要命……那你赶快别做了!"妈妈急了。

"不做,到哪里去找一千块钱的事做。有老板负责,你怕什么?"

爸爸嘻嘻笑了两声,两个人没有再说什么。

这是爸爸留给我们的最后的声音。第二天快收工的时候,爸爸头顶的煤层突然塌方,他真的被埋起来了。

傍晚的时候,几个人到家里报信。他们还没说完,妈妈就晕过去了。大家慌忙展开急救。

看着眼前乱糟糟的景象,我却显得异常冷静,因为我知道自己是家里唯一的男人了。妈妈很快醒了,睁眼看了一会儿,就号啕大哭起来,那声音撕心裂肺,隔村相闻。我突然想起妹妹,她一定还在厨房里。

我走进厨房,见妹妹还死死端着一盆水,蹲在那里一动不动。我的眼泪如决堤之水,霎时涌了出来。

"起来吧,爸爸不会回来了。"我蹲下身子想扶起她。

"会回来的!还没叫'兔崽子'呢!"妹妹倔犟地不肯动,但眼泪也已流了出来,一滴一滴,都掉在了她的小盆子里。

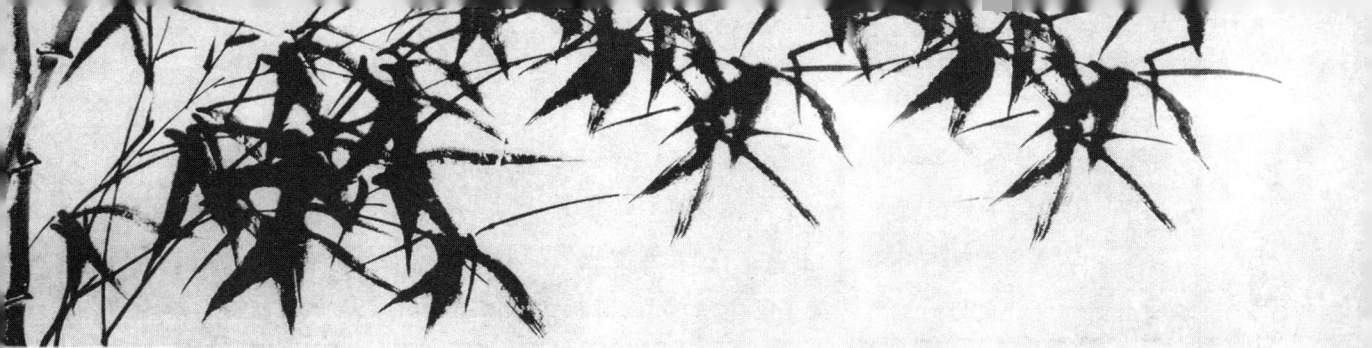

第四篇　乡情与自然

三味书屋

周作人

旧日书房有各种不同的式样,现今想约略加以说明。这可以分作家塾和私塾,其设在公共地方,如寺庙祠堂,所谓"庙头馆"者,不算在里边。上文所述的书房,即是家塾之一种——我说一种,因为这只是具体而微,设在主人家里,请先生来走教,不供膳宿,而这先生又是特别的马虎,所以是那么情形。李越缦有一篇《城西老屋赋》,写家塾情状的有一段很好,其词曰:

"维西之偏,实为书屋。榜曰水香,逸民所目。窗低迫檐,地窄疑舻。庭广倍之,半割池渌。隔以小桥,杂莳花竹。高柳一株,倚池而覆。予之童骏,踞瓴而读。先生言归,兄弟相速。探巢上树,捕鱼入罟。拾砖拟山,激流为瀑。编木叶以作舟,揉筱枝而当轴。寻蟋蟀而汸墙,捉流萤以照犊。候邻灶之饭香,共抱书而出塾。"这里先生也是走教的,若是住宿在塾里,那么学生就得受点苦,因为是要读夜书的。洪北江有《外家纪闻》中有一则云:

"外家课子弟极严,自五经四子书及制举业外,不令旁及;自成童入塾后晓夕有程,寒暑不辍,夏月别置大瓮五六,令读书者足贯其中,以避蚊蚋。"鲁迅在第一次试作的文言小说《怀旧》中,描写恶的塾师"秃先生",也假设是这样的一种家塾,因为有一节说道:

初亦尝扳王翁膝,令道山家故事。而秃先生必继至,作厉色曰,"孺子勿恶作剧,食事既耶,盍归就尔夜课矣!"稍忤,次日便以界尺击吾道曰,"汝作剧何恶,读书何笨哉!"我秃先生盖以书斋为报仇地者,遂渐弗去。

第二种为私塾,设在先生家里,招集学生前往走读,三味书屋便是这一类的书房。这是坐东朝西的三间侧屋,因为西边的墙特别的高,所以并不见得南晒,夏天也还得去。《从百草园到三味书屋》里说明道:

出门向东,不上半里,走过一道石桥,便是我的先生的家了。从一扇黑油的竹门进去,第三间是书房。中间挂着一块匾道:三味书屋;匾下面是一幅画,画着一只很肥大的梅花鹿伏在古树下。没有孔子牌位,我们便对着那匾和鹿行礼。第一次算是拜孔子,第二次算是拜先生。

三味书屋后面也有一个园,虽然小,但在那里也可以爬上花坛去折腊梅花,在地上或桂花树上寻蝉蜕。最好的工作是捉了苍蝇喂蚂蚁,静悄悄地没有声音。然而同窗们到园里的太多,太久,可就不行了,先生在书房里便大叫起来:

"人都到那里去了!"

人们便一个一个陆续走回去;一同回去,也不行的。他有一条戒尺,但是不常用,也有罚跪的规则,但也不常用,普通总不过瞪几眼,大声道:——

"读书!"

从这里所说的看来,这书房是严整与宽和相结合,是够得上说文明的私塾吧。但是一般的看来,这样的书房是极其难得的,平常所谓私塾总还是坏的居多,塾师没有学问还在其次,对待学生尤为严刻,仿佛把小孩子当作偷儿看待似的。譬如用戒尺打手心,这也罢了,有的塾师便要把手掌拗弯来,放在桌子角上,着实的打,有如捕快拷打小偷的样子。在我们往三味书屋的途中,相隔才五六家的模样,有一家王广思堂,这里边的私塾便是以苛刻著名的,塾师当然是姓王,因为形状特别,以绰号"矮癞胡"出名,真的名字反而不传了,他打学生便是那么打的;他又没收学生带去的烧饼糕干等点心,归他自己享用。他设用什么"撒尿签"的制度,学生有要小便的,须得领他这样的签,才可以出去。这种情形大约在私塾中间,也是极普通的,但是我们在三味书屋的学生得知了,却很是骇异,因为这里是完全自由,大小便时径自往园里走去,不必要告诉先生的。有一天中午放学,我们便在鲁迅和章翔耀的率领下,前去惩罚这不合理的私塾。我们到得那里,师生放学都已经散了,大家便攫取笔筒里插着的"撒尿签"撅折,将朱墨砚覆在地下,笔墨乱撒一地,以示惩罚,矮癞胡虽然未必改变作风,但在我们却觉得这股气已经出了。

下面这件事与私塾不相干,但也是在三味书屋时发生的事,所以连带说及。听见有人报告,小学生走过绸缎铺的贺家门口,被武秀才所骂或者打了,这学生大概也不是三味书屋的。大家一听到武秀才,便不管三七二十一的觉得讨厌,他的欺侮人是一定不会错的,决定要打倒他才快意。这回计划当然更大而且周密了,约定某一天分作几批在绸缎铺集合,这些人好像是《水浒》的好汉似的,分散着在武秀才门前守候,却总不见他出来;可能他偶尔不在,也可能他事先得到消息,怕同小孩们起冲突;但在这边认为他不敢出头,算是屈服了,由首领下令解散,各自回家。这些虽是琐屑的事情,但即此以观,也就可以想见三味书屋的自由空气了。

一个人在途上

郁达夫

在东车站的长廊下,和女人分开以后,自家又剩了孤零丁的一个。频年飘泊惯的两口儿,这一回的离散,倒也算不得什么特别。可是端午节那天,龙儿刚死,到这时候北京城里虽已起了秋风,但是计算起来,去儿子的死期,究竟还只有一百来天。在车座里,稍稍把意识恢复转来的时候，自家就想起了卢骚晚年的作品《孤独散步者的梦想》的头上的几句话：

> 自家除了己身以外，已经没有弟兄，没有邻人，没有朋友，没有社会了。自家在这世上，这样的，已经成了一个孤独者了。……

然而当年的卢骚还有弃养在孤儿院内的五个儿子，而我自己哩，连一个抚育到五岁的儿子都还抓不住！

离家的远别，本来也只为想养活妻儿。去年在某大学的被逐，是万料不到的事情。其后兵乱迭起，交通阻绝，当寒冬的十月，会病倒在沪上，也是谁也料想不到的。今年二月，好容易到得南方，静息了一年之半，谁知这刚养得出趣的龙儿，又会遭此凶疾的呢？

龙儿的病报，本是在广州得着，匆促北航，到了上海，接连接了几个北京来的电报。换船到天津，已经是旧历的五月初十。到家之夜，一见了门上的白纸条儿，心里已经是跳得慌乱，从苍茫的暮色里赶到哥哥家中，见了衰病的她，因为在大众之前，勉强将感情压住。草草吃了夜饭，上床就寝，把电灯一灭，两人只有紧抱的痛哭，痛哭，痛哭，只是痛哭，气也换不过来，更哪里有说一句话的余裕？

受苦的时间，的确脱煞过去得太悠徐，今年的夏季，只是悲叹的连续。晚上上床，两口儿，哪敢提一句话？可怜这两个迷散的灵心，在电灯灭黑的黝暗里，所摸走的荒路，每会凑集在一条线上，这路的交叉点里，只有一块小小的墓碑，墓碑上只有"龙儿之墓"的四个红字。

妻儿因为在浙江老家内，不能和母亲同住，不得已，而搬往北京当时我在寄食的哥哥家去，是去年的四月中旬。那时候龙儿正长得肥满可爱，一举一动，处处教人欢喜。到了五月初，从某地回京，觉得哥哥家太狭小，就在什刹海的北岸，租定了一间渺小的住宅。夫妻两个，日日和龙儿伴乐，闲时也常在北海的荷花深处，及门前的杨柳荫中带龙儿去走走。这一年的暑假，总算过得最快乐，最闲适。

秋风吹叶落的时候，别了龙儿和女人，再上某地大学去为朋友帮忙，当时他们俩还往西车站去送我来哩！这是去年秋晚的事情，想起来还同昨日的情形一样。

过了一月，某地的学校里发生事情，又回京了一次，在什刹海小住了两星期，本来打算不再出京了，然碍于朋友的面子，又不得不于一天寒风刺骨的黄昏，上西车站去乘车。这时候因为怕龙儿要哭，自己和女人，吃过晚饭，便只说要往哥哥家里去，只许他送我们到门口，记得那一天晚上他一个人和老妈子立在门口，等我们俩去了好远，还"爸爸！爸爸！"的叫了好几声。啊啊，这几声惨伤的呼唤，便是我在这世上听到的他叫我的最后的声音！

出京之后，到某地住了一宵，就匆促逃往上海。接续便染了病，遇了强盗辈的争夺政权，其后赴南方暂住，一直到今年的五月，才返北京。

想起来，龙儿实在是一个填债的儿子，是当饥离困厄的这几年中间，特来安慰我和他娘的愁闷的使者！

自从他在安庆生落地以来，我自己没有一天脱离过苦闷，没有一处安住到五个月以上。我的女人，也和我分担着十字架的重负，只是东西南北的奔波飘泊。然当日夜难安，悲苦得不了的时候，只教他的笑脸一开，女人和我，就可以把一切穷愁，丢在脑后。而今年五月初十待我赶到北京的时候，他的尸体，早已在妙光阁的广谊园地下躺着了。

他的病，说是脑膜炎。自从得病之日起，一直到旧历端午节的午时绝命的时候止，中间经过有一个多月的光景。平时被我们宠坏了的他，听说此番病里，却乖顺得非常。叫他吃药，他就大口的吃,叫他用冰枕,他就很柔顺的躺上。病后还能说话的时候,只问他的娘:"爸爸几时回来?""爸爸在上海为我定做的小皮鞋,已经做好了没有?"我的女人,于惑乱之余,每幽幽的问他:"龙儿!你晓得你这一场病,会不会死的?"他老是很不愿意的回答说:"哪里会死的哩?"据女人含泪的告诉我说,他的谈吐,绝不似一个五岁的小儿。

未病之前一个月的时候,有一天午后他在门口玩耍,看见西面来了一乘马车,马车里坐着一个戴灰白色帽子的青年。他远远看见,就急忙丢下了伴侣,跑进屋里去叫他娘出来,说:"爸爸回来了,爸爸回来了!"因为我去年离京时所戴的,是一样的顶白灰呢帽。他娘跟他出来到门前,马车已经过去了,他就死劲的拉住了他娘,哭喊着说:"爸爸怎么不家来吓? 爸爸怎么不家来吓?"他娘说慰了半天,他还尽是哭着,这也是他娘含泪和我说的。现在回想起来,自己实在不该抛弃了他们,一个人在外面流荡,致使他那小小的灵心,常有这望远思亲的伤痛。

去年六月,搬往什刹海之后,有一次我们在堤上散步,因为他看见了人家的汽车,硬是哭着要坐,被我痛打了一顿。又有一次,也是因为要穿洋服,受了我的毒打。这实在只能怪我做父亲的没有能力,不能做洋服给他穿,雇汽车给他坐。早知他要这样的早死,我就是典当抢劫,也应该去弄一点钱来,满足他这点点无邪的欲望。到现在追想起来,实在觉得对他不起。实在是我太无容人之量了。

我女人说,濒死的前五天,在病院里,他连叫了几夜的爸爸!她问他:"叫爸爸干什么!"他又不响了,停一会儿,就又再叫起来。到了旧历五月初三日,他已入了昏迷状态,医师替他抽骨髓,他只会直叫一声:"干吗?"喉头的气管,咯咯在抽咽,眼睛只往上吊送,口头流些白沫,然而一口气总不肯断。他娘哭叫几声:"龙!龙!"他的小眼角上,就会迸流些眼泪出来,后来他娘看他苦得难过,倒对他说:

"龙!你若是没有命的,就好好的去罢!你是不是想等爸爸回来? 就是你爸爸回来,也不过是这样的替你医治罢了。龙!你有什么不了的心愿呢? 龙!与其这样的抽咽受苦,你还不如快快的去罢!"

他听了这一段话,眼角上的眼泪,更是涌流得厉害。到了旧历端午节的午时,他竟等不着我的回来,终于断气了。

丧葬之后,女人搬往哥哥家里,暂住了几天。我于五月十日晚上,下车赶到什刹海的寓宅,打门打了半天,没有应声。后来抬头一看,才见一张告示邮差送信的白纸条。

自从龙儿生病以后,连日夜看护久倦了的她,又哪里经得起最后的这一个打击? 自己当到京之夜,见了她的衰容,见了她的眼泪,又哪里能够不痛哭呢!

在哥哥家里小住了两三天,我因为想追求龙儿生前的遗迹,一定要女人和我仍复搬回什刹海的住宅去住它一两个月。

搬回去那天,一进上屋的门,就见了一张被他玩破的今年正月里的花灯。听说这张花灯,是南城大姨妈送他的,因为他自家烧破了一个窟窿,他还哭过好几次来的。

其次,便是上房里砖上的几堆烧纸钱的痕迹!系当他下殓时烧给他的。

院子里有一架葡萄,两棵枣树,去年采取葡萄枣子的时候,他站在树下,兜起了大褂,仰头在看树上的我。我摘一颗,丢入了他的大褂兜里,他的哄笑声,要继续到三五分钟。今年这两棵枣树,结满了青青的枣子,风起的半夜里,老有熟极的枣子辞枝自落,女人和我,睡在床上,有时候且哭且谈,总要到更深人静,方能入睡。在这样的幽幽的谈话中间,最怕听的,就是这滴答的坠枣之声。

到京的第二日,和女人去看他的坟墓。先在一家南纸铺里买了许多冥府的钞票,预备去烧送给他。直到到了妙光阁的广谊园茔地门前,她方从呜咽里清醒过来,说:"这是钞票,他一个小孩如何用得呢?"就又回车转来,到琉璃厂去买了些有孔的纸钱。她在坟前哭了一阵,把纸钱钞票烧化的时候,却叫着说:

"龙!这一堆是钞票,你收在那里,待长大了的时候再用,要买什么,你先拿这一堆钱去用吧!"

这一天在他的坟上坐着,我们直到午后七点,太阳平西的时候,才回家来。临走的时候,她娘还哭叫着说:

"龙!龙!你一个人在这里不怕冷静的么?龙!龙!人家若来欺你,你晚上来告诉娘罢!你怎么不想回来了呢?你怎么梦也不来托一个呢?"

箱子里,还有许多散放着的他的小衣服。今年北京的天气,到七月中旬,已经是很冷了。当微凉的早晚,我们俩都想换上几件夹衣,然而因为怕见到他旧时的夹衣袍袜,我们俩却尽是一天一天的捱着,谁也不说出口来,说"要换上件夹衫"。

有一次和女人在那里睡午觉,她骤然从床上坐了起来,鞋也不拖,光着袜子,跑上了上房起坐室里,并且更掀帘跑上外面院子里去。我也莫名其妙跟着她跑到外面的时候,只见她在那里四面找寻什么,找寻不着,呆立了一会,她忽然放声哭了起来,并且抱住了我急急的追问说:"你听不听见?你听不听见?"哭完之后,她才告诉我说,在半醒半睡的中间,她听见"娘!娘!"的叫了两声,的确是龙的声音,她很坚定的说:"的确是龙回来了。"

北京的朋友亲戚,为安慰我们起见,今年夏天常请我们俩去吃饭听戏。她老不愿意和我同去,因为去年的六月,我们无论上哪里去玩,龙儿是常和我们在一处的。

今年的一个暑假,就是这样的,在悲叹和幻梦的中间消逝了。

这一回南方来催我就道的信,过于匆促,出发之前,我觉得还有一件大事情没有做了。

中秋节前新搬了家,为修理房屋,部署杂事,就忙了一个星期。出发之前,又因了种种琐事,不能抽出空来,再上龙儿的坟地里去探望一回。女人上东车站来送我上车的时候,我心里尽酸一阵痛一阵的在回念这一件恨事。有好几次想和她说出来。教她于两三日后再往妙光阁去探望一趟,但见了她的憔悴尽的颜色,和苦忍住的凄楚,又终于一句话也没有讲成。

现在去北京远了,去龙儿更远了,自家只一个人,只是孤零丁的一个人。在这里继续此生中大约是完不了的飘泊。

济南的冬天

老 舍

对于一个在北平住惯的人,像我,冬天要是不刮大风,便是奇迹;济南的冬天是没有风声的。对于一个刚由伦敦回来的人,像我,冬天要能看得见日光,便是怪事;济南的冬天是响晴的。自然,在热带的地方,日光是永远那么毒,响亮的天气反有点叫人害怕。可是,在北中国的冬天,而能有温晴的天气,济南真得算个宝地。

　　设若单单是有阳光,那也不算了出奇。请闭上眼睛想:一个老城,有山有水,全在蓝天底下,很暖和安适的睡着,只等春风来把它们唤醒,这是不是个理想的境界?

　　小山整把济南围了个圈儿,只有北边缺着点口儿。这一圈小山在冬天特别可爱,好像是把济南放在一个小摇篮里,它们全安静不动的低声的说:"你们放心吧,这儿准保暖和。"真的,济南的人们在冬天是面上含笑的。他们一看那些小山,心中便觉得有了着落,有了依靠。他们由天上看到山上便不觉的想起:"明天也许就是春天了罢?这样的温暖,今天夜里山草也许就绿起来了罢?"就是这点幻想不能一时实现,他们也并不着急,因为有这样慈善的冬天,干啥还希望别的呢!

　　最妙的是下点小雪呀。看罢,山上的矮松越发的青黑,树尖上顶着一髻儿白花,好像小日本看护妇。山尖全白了,给蓝天镶上一道银边。山坡上,有的地方雪厚点,有的地方草色还露着;这样,一道儿白,一道儿暗黄,给山们穿上一件带水纹的花衣;看着看着,这件花衣好像被风吹动,叫你希望看见一点更美的山的肌肤。等到快日落的时候,微黄的阳光斜射在山腰上,那点薄雪好像忽然害了羞,微微露出点粉色。就是下小雪罢,济南是受不住大雪的,那些小山太秀气!

　　古老的济南,城内那么狭窄,城外又那么宽敞,山坡上卧着些小村庄,小村庄的房顶上卧着点雪,对,这是张小水墨画,或者是唐代的名手画的罢。

　　那水呢,不但不结冰,倒反在绿藻上冒着点热气。水藻真绿,把终年贮蓄的绿色全拿出来了。天儿越晴,水藻越绿,就凭这些绿的精神,水也不忍得冻上;况且那长枝的垂柳还要在水里照个影儿呢!看罢,由澄清的河水慢慢往上看罢,空中、半空中、天上,自上而下全是那么清亮,那么蓝汪汪的,整个是块空灵的蓝水晶。这块水晶里,包着红屋顶,黄草山,像地毯上的小团花的小灰色树影;这就是冬天的济南。

故乡的野菜

周作人

　　我的故乡不止一个,我住过的地方都是故乡。故乡对于我并没有什么特别的情分,只因钓于斯游于斯的关系,朝夕会面,遂成相识,正如乡村里的邻舍一样,虽然不是亲属,别后有时也要想念到他。我在浙东住过十几年,南京东京都住过六年,这都是我的故乡;现在住在北京,于是北京就成了我的家乡了。

　　日前我的妻往西单市场买菜回来,说起有荠菜在那里卖着,我便想起浙东的事来。荠菜是浙东人春天常吃的野菜,乡间不必说,就是城里只要有后园的人家都可以随时采食,妇女小儿各拿一把剪刀一只"苗篮",蹲在地上搜寻,是一种有趣味的游戏的工作。那时小孩们唱道,"荠菜马兰头,姊姊嫁在后门头。"后来马兰头有乡人拿来进城售卖了,但荠菜还是一种野菜,须得自家去采。关于荠菜向来颇有风雅的传说,不过这似乎以吴地为主。《西湖游览志》云,"三月三日男女皆戴荠菜花。谚云,三春戴荠花,桃李羞繁华。"顾禄的《清嘉录》上亦说,"荠菜花俗呼野菜花,因谚有三月三蚂蚁上灶山之语,三日人家皆以野菜花置灶陉上,以厌虫蚁。侵晨村童叫卖不绝。或妇女簪髻上以祈清目,俗号眼亮花。"但浙东人却不很理会这些事情,只是挑来做菜或炒年糕吃罢了。

黄花麦果通称鼠曲草,系菊科植物,叶小微圆互生,表面有白毛,花黄色,簇生梢头。春天采嫩叶,捣烂去汁,和粉作糕,称黄花麦果糕。小孩们有歌赞美之云,

> 黄花麦果韧结结,
>
> 关得大门自要吃:
>
> 半块拿弗出,一块自要吃。

清明前后扫墓时,有些人家大约是保存古风的人家——用黄花麦果作供,但不作饼状,做成小颗如指顶大,或细条如小指,以五六个作一攒,名曰茧果,不知是什么意思,或因蚕上山时设祭,也用这种食品,故有是称,亦未可知。自从十二三岁时外出不参与外祖家扫墓以后,不复见过茧果,近来住在北京,也不再见黄花麦果的影子了。日本称作"御形",与荠菜同为春的七草之一,也采来做点心用,状如艾饺,名曰"草饼",春分前后多食之,在北京也有,但是吃去总是日本风味,不复是儿时的黄花麦果糕了。

扫墓时候所常吃的还有一种野菜,俗名草紫,通称紫云英。农人在收获后,播种田内,用作肥料,是一种很被贱视的植物,但采取嫩茎瀹食,味颇鲜美,似豌豆苗。花紫红色,数十亩接连不断,一片锦绣,如铺着华美的地毯,非常好看,而且花朵状若蝴蝶,又如鸡雏,尤为小孩所喜。间有白色的花,相传可以治痢,很是珍重,但不易得。日本《徘句大辞典》云,"此草与蒲公英同是习见的东西,从幼年时代便已熟识。在女人里边,不曾采过紫云英的人,恐未必有罢。"中国古来没有花环,但紫云英的花球却是小孩常玩的东西,这一层我还替那些小人们欣幸的。浙东扫墓用鼓吹,所以少年常随了乐音去看"上坟船里的姣姣";没有钱的人家虽没有鼓吹,但是船头上篷窗下总露出些紫云英和杜鹃的花束,这也就是上坟船的确实的证据了。

乌篷船

周作人

子荣君:

接到手书,知道你要到我的故乡去,叫我给你一点什么指导。老实说,我的故乡,真正觉得可怀恋的地方,并不是那里;但是因为在那里生长,住过十多年,究竟知道一点情形,所以写这一封信告诉你。

我所要告诉你的,并不是那里的风土人情,那是写不尽的,但是你到那里一看也就会明白的,不必啰唆地多讲。我要说的是一种很有趣的东西,这便是船。你在家乡平常总坐人力车,电车,或是汽车,但在我的故乡那里这些都没有,除了在城内或山上是用轿子以外,普通代步都是用船。船有两种,普通坐的都是"乌篷船",白篷的大抵作航船用,坐夜航船到西陵去也有特别的风趣,但是你总不便坐,所以我也就可以不说了。乌篷船大的为"四明瓦"(Symenngoa),小的

为脚划船(划读如 uoa)亦称小船。但是最适用的还是在这中间的"三道",亦即三明瓦。篷是半圆形的,用竹片编成,中夹竹箬,上涂黑油;在两扇"定篷"之间放着一扇遮阳,也是半圆的,木作格子,嵌著一片片的小鱼鳞,径约一寸,颇有点透明,略似玻璃而坚韧耐用,这就称为明瓦。三明瓦者,谓其中舱有两道,后舱有一道明瓦也。船尾用橹,大抵两支,船首有竹篙,用以定船。船头着眉目,状如老虎,但似在微笑,颇滑稽而不可怕,唯白篷船则无之。三道船篷之高大约可以使你直立,舱宽可以放下一顶方桌,四个人坐着打马将——这个恐怕你也已学会了吧?小船则真是一叶扁舟,你坐在船底席上,篷顶离你的头有两三寸,你的两手可以搁在左右的舷上,还把手都露出在外边。在这种船里仿佛是在水面上坐,靠近田岸去时泥土便和你的眼鼻接近,而且遇着风浪,或是坐得少不小心,就会船底朝天,发生危险,但是也颇有趣味,是水乡的一种特色,不过你总可以不必去坐,最好还是坐那三道船吧。

你如坐船出去,可是不能像坐电车的那样性急,立刻盼望走到。倘若出城,走三四十里路(我们那里的里程是很短,一里才及英里三分之一),来回总要预备一天。你坐在船上,应该是游山的态度,看看四周物色,随处可见的山,岸旁的乌桕,河边的红蓼和白苹,渔舍,各式各样的桥,困倦的时候睡在舱中拿出随笔来看,或者冲一碗清茶喝喝。偏门外的鉴湖一带,贺家池,壶觞左近,我都是喜欢的,或者往娄公埠骑驴去游兰亭(但我劝你还是步行,骑驴或者于你不很相宜),到得暮色苍然的时候进城上都挂着薜荔的东门来,倒是颇有趣味的事。倘若路上不平静,你往杭州去时可于下午开船,黄昏时候的景色正最好看,只可惜这一带地方的名字我都忘记了。夜间睡在舱中,听水声橹声,来往船只的招呼声,以及乡间的犬吠鸡鸣,也都很有意思。雇一只船到乡下去看庙戏,可以了解中国旧戏的真趣味,而且在船上行动自如,要看就看,要睡就睡,要喝酒就喝酒,我觉得也可以算是理想的行乐法。只可惜讲维新以来这些演剧与迎会都已禁止,中产阶级的低能人另在"布业会馆"等处建起"海式"的戏场来,请大家买票看上海的猫儿戏。这些地方你千万不要去。——你到我那故乡,恐怕没有一个人认得,我又因为在教书不能陪你去玩,坐夜船,谈闲天,实在抱歉而且惆怅。川岛君夫妇现在俙山下,本来可以给你介绍,但是你到那里的时候他们恐怕已经离开故乡了。初寒,善自珍重,不尽。

一九二六年一月十八日夜于北京

白马湖之冬

夏丏尊

在我过去四十余年的生涯中,冬的情味尝得最深刻的,要算十年前初移居白马湖的时候了。十年以来,白马湖已成了一个小村落,当我移居的时候,还是一片荒野。春晖中学的新建筑巍然矗立于湖的那一面,湖的这一面的山脚下是小小的几间新平屋,住着我和刘君心如两家。此外两三里内没有人烟。一家人于阴历十一月下旬从热闹的杭州移居这荒凉的山野,宛如投身于极带中。

那里的风,差不多日日有的,呼呼作响,好像虎吼。屋宇虽系新建,构造却极粗率,风从门窗隙缝中来,分外尖削,把门缝窗隙厚厚地用纸糊了,椽缝中却仍有透入。风刮得厉害的时候,天未夜就把大门关上,全家吃毕夜饭即睡入被窝里,静听寒风的怒号,湖水的澎湃。靠山的小后轩,算是我的书斋,在全屋子中风最少的一间,我常把头上的罗宋帽拉得低低地在洋灯下工作至夜深。松涛如吼,霜月当窗,饥鼠吱吱在承尘上奔窜。我于这种时候深感到萧瑟的诗趣,常独自拨划着炉灰,不肯就睡,把自己拟诸山水画中的人物,作种种幽邈的遐想。

现在白马湖到处都是树木了,当时尚一株树木都未种。月亮与太阳都是整个儿的,从上山起直要照到下山为止。太阳好的时候,只要不刮风,那真和暖得不像冬天。一家人都坐在庭间曝日,甚至于吃午饭也在屋外,像夏天的晚饭一样。日光晒到哪里,就把椅凳移到哪里,忽然寒风来了,只好逃难似的各自带了椅凳逃入室中,急急把门关上。在平常的日子,风来大概在下午快要傍晚的时候,半夜即息。至于大风寒,那是整日夜狂吼,要二三日才止的。最严寒的几天,泥地看去惨白如水门汀,山色冻得发紫而黯,湖波泛深蓝色。

下雪原是我所不憎厌的,下雪的日子,室内分外明亮,晚上差不多不用燃灯。远山积雪足供半个月的观看,举头即可从窗中望见。可是究竟是南方,每冬下雪不过一二次。我在那里所日常领略的冬的情味,几乎都从风来。白马湖的所以多风,可以说有着地理上的原因。那里环湖都是山,而北首却有一个半里阔的空隙,好似故意张了袋口欢迎风来的样子。白马湖的山水和普通的风景地相差不远,唯有风却与别的地方不同。风的多和大,凡是到过那里的人都知道的。风在冬季的感觉中,自古占着重要的因素,而白马湖的风尤其特别。

现在,一家僦居上海多日了,偶然于夜深人静时听到风声,大家就要提起白马湖来,说"白马湖不知今夜又刮得怎样厉害哩!"

五峰游记

李大钊

我向来惯过"山中无历日,寒尽不知年"的日子,一切日常生活的经过都记不住时日。

我们那晚八时顷,由京奉线出发,次日早晨曙光刚发的时候,到滦州车站。此地是辛亥年张绍曾将军督率第二十军,停军不发,拿十九信条要胁清廷的地方。后来到底有一标在此起义,以众寡不敌失败,营长施从云、王金铭,参谋长白亚雨等殉难。这是历史上的纪念地。

车站在滦州城北五里许,紧靠着横山。横山东北,下临滦河的地方,有一个行宫,地势很险,风景却佳,而今作了我们老百姓旅行游览的地方。

由横山往北,四十里可达卢龙。山路崎岖,水路两岸万山重迭,暗崖很多,行舟最要留神,而景致绝美。由横山往南,滦河曲折南流入海,以陆路计,约有百数十里。

我们在此雇了一只小舟,顺流而南,两岸都是平原。遍地的禾苗,都很茂盛,但已觉受旱。禾苗的种类,以高粱为多,因为滦河一带,主要的食粮,就是高粱。谷黍豆类也有。滦水每年泛滥,河身移徙无定,居民都以为苦。其实滦河经过的地方,虽有时受害,而大体看来,却很富厚,因为他的破坏中,却带来了很多的新生活种子,原料。房屋老了,经他一番破坏,新的便可产生。

上质乏了,经他一回滩淤,肥的就会出现。这条滦河简直是这一方的旧生活破坏者,新生活创造者。可惜人都是苟安,但看见他的破坏,看不见他的建设,却很冤枉了他。

河里小舟漂着,一片斜阳射在水面,一种金色的浅光,衬着岸上的绿野,景色真是好看。

天到黄昏,我们还未上岸。从舟人摇橹的声中,隐约透出了远村的犬吠,知道要到我们上岸的村落了。

到了家乡,才知道境内很不安静。正有"绑票"的土匪,在各村骚扰。还有"花会"照旧开设。

过了两三日,我便带了一个小孩,来到昌黎的五峰。是由陆路来的,约有八十里。从前昌黎的铁路警察,因在车站干涉日本驻屯军的无礼的行动,曾有五警士为日兵惨杀。这也算是一个纪念地。

五峰是碣石山的一部,离车站十余里,在昌黎城北。我们清早雇骡车运行李到山下。

车不能行了,只好步行上山。一路石径崎岖,曲折的很,两傍松林密布。间或有一两人家很清妙的几间屋,筑在山上,大概窗前都有果园。泉水从石上流着,潺潺作响,当日恰遇着微雨,山景格外的新鲜。走了约四里许,才到五峰的韩公祠。

五峰有个胜境,就在山腹。望海,锦绣,平斗,飞来,挂月,五个山峰环抱如椅。好事的人,在此建了一座韩文公祠。下临深涧,涧中树木丛森。在南可望渤海,碧波万顷,一览无尽。我们就在此借居了。

看守祠宇的人,是一双老夫妇,年事都在六十岁以上,却很健康。此外一狗,一猫,两只母鸡,构成他们那山居的生活。我们在此,找夫妇替我们操作。

祠内有两个山泉可饮。煮饭烹茶,都从那里取水。用松枝作柴。颇有一种趣味。

山中松树最多,果树有苹果,桃,杏,梨,葡萄,黑枣,胡桃等。今年果收都不佳。

来游的人却也常有。但是来到山中,不是吃喝,便是赌博,真是大杀风景。

山中没有野兽,没有盗贼,我们可以夜不闭户,高枕而眠。

久旱,乡间多求雨的,都很热闹,这是中国人的群众运动。

昨日山中落雨,云气把全山包围。树里风声雨声,有波涛澎湃的样子。水自山间流下,却成了瀑布。雨后大有秋意。

没有秋虫的地方

叶绍钧

阶前看不见一茎绿草,窗外望不见一只蝴蝶,谁说是鹁鸪箱里的生活,鹁鸪未必这样枯燥无味呢。秋天来了,记忆就轻轻提示道:"凄凄切切的秋虫又要响起来了。"可是一点影响也没有,邻舍儿啼人闹弦歌杂作的深夜,街上轮震石响邪许并起的清晨,无论你靠着枕头听,凭着窗沿听,甚至贴着墙听,总听不到一丝秋虫的声息。并不是被那些欢乐的劳困的宏大的清凉的声音淹没了,以致听不出来,乃是这里根本没有秋虫。啊,不容留秋虫的地方!秋虫所不屑居留的地方！

若是在鄙野的乡间，这时候满耳朵是虫声了。白天与夜间一样安闲；一切人物或动或静，都有自得之趣；嫩暖的阳光和轻淡的云覆盖在场上，到夜间呢，明耀的星月和轻微的凉风看守着整夜，在这境界这时间里唯一足以感动心情的是秋虫的合奏。它们高、低、宏、细、疾、徐、作、歇，仿佛经过乐帅们的精心训练，所以这样地无可批评，踌躇满志，其实他们每一个都是神妙的乐师；众妙毕集，各抒灵趣，那有不成人间绝响的呢？

虽然这些虫声会引起劳人的感叹，秋士的伤怀，独客的微喟，思妇的低泣，但是这正是无上的美的境界，绝好的自然诗篇，不独是旁人最喜欢吟味的，就是当境者也感受一种酸酸麻麻的味道，这种味道在另一方面是非常隽永的。

大概我们所蕲求的不在于某种味道，只要时时有点儿味道尝尝，就自诩为生活不空虚了。假若这味道是甜美的，我们固然含着笑来体味它，若是酸苦的，我们也要皱着眉头来辨尝它；这总比淡漠无味胜过百倍，我们以为最难堪而极欲逃避的，唯有这个淡漠无味！

所以心如槁木不如多愁善感，迷蒙的醒不如热烈的梦，一口苦水胜于一盏白汤，一场痛哭胜于哀乐两忘。这里并不是说愉快欢乐是要不得的，清健的醒是不必求的，甜汤是罪恶的，狂笑是魔道的；这里只是说有味道胜于淡漠罢了。

所以虫声是足系恋念的东西，何况劳人秋士独客思妇以外还有无量的人，他们当然也是酷嗜趣味的，当这凉意微逗的时候，谁能不忆起那美妙的秋之音乐？

可是没有，绝对没有！井底似的庭院，铅色的水门汀地，秋虫早已避去唯恐不速了。而我们没有它的翅膀与大腿，不能飞又不能跳，还是死守在这里，想到"井底"与"铅色"，觉得象征意味丰富极了。

藕与莼菜

叶绍钧

同朋友喝酒，嚼着薄片的雪藕，忽然怀念起故乡来了。若在故乡，每当新秋的早晨，门前经过许多的乡人：男的紫赤的臂膊和小腿肌肉突起，躯干高大且挺直，使人起康健的感觉；女的往往裹着白地青花的头布，虽然赤脚却穿短短的夏布裙，躯干固然不及男的这样高，但是别有一种康健的美的风致；他们各挑着一副担子，盛着鲜嫩玉色的长节的藕。在藕的家乡的池塘里，在城外曲曲弯弯的小河边，他们把这些藕一灌再灌，所以这样洁白了。仿佛他们以为这是供人体味的高品的东西，这是清晨的图画里的重要题材，假若满涂污泥，就把人家欣赏的浑凝之感打破了；这是一件罪过的事情，他们不愿意担在身上，故而先把它们濯得这样洁白了，才挑进城里来。他们想要休息的时候，就把竹扁担横在地上，自己坐在上面，随便拣择担里的过嫩的藕或是较老的藕，大口地嚼着解渴。过路的人便站住了，红衣衫的小姑娘拣一节，白头发的老公公买两支。清淡的甘美的滋味于是普遍于家家且人人了。这种情形，差不多是平常的日课，直要到叶落秋深的时候。

在这里，藕这东西几乎是珍品了。大概也是从我们的故乡运来的，但是数量不多，自有那些伺候豪华公子硕腹巨贾的帮闲茶房们把大部分抢去了；其余的便要供在大一点的水果铺子里，位置在金山苹果吕宋香芒之间，专善待价而沽。至于挑着担子在街上叫卖的，也并不是没有，但不是瘦得像乞丐的臂腿，便涩得像未熟的柿子，实在无从欣羡。因此，除了仅有的一回，我们今年竟不曾吃过藕。

这仅有的一回不是买来吃的，是邻舍送给我们吃的。他们也不是自己买的，是从故乡来的亲戚带来的。这藕离开它的家乡大约有好些时候了，所以不复呈玉样的颜色，却满被着许多锈斑。削去皮的时候，刀锋过处，很不顺爽。切成了片，送入口里嚼着，颇有点甘味，但没有一种鲜嫩的感觉，而且似乎含了满口的渣，第二片就不想吃了。只有孩子很高兴，他把这许多片嚼完，居然有半点钟工夫不再作别的要求。

因为想起藕，又联想到莼菜。在故乡的春天，几乎天天吃莼菜，它本来没有味道，味道全在于好的汤。但这样嫩绿的颜色与丰富的诗意，无味之味真足令人心醉呢。在每条街旁的小河里，石埠头总歇着一两条没篷船，满舱盛着莼菜，是从太湖里去捞来的。像这样地取求很便，当然能得日餐一碗了。

而在这里又不然；非上馆子，就难以吃到这东西。我们当然不上馆子，偶然有一两回去扰朋友的酒席，恰又不是莼菜上市的时候，所以今年竟不曾吃过。直到最近，伯祥的杭州亲戚来了，送他几瓶装瓶的西湖莼菜，他送我一瓶，我才算也尝了新了。

向来不恋故乡的我，想到这里，觉得故乡可爱极了。我自己也不明白，为什么会起这么深浓的情绪？再一思索，实在很浅显的：因为在故乡有所恋，而所恋又只在故乡有，便萦着系着不能离舍了。譬如亲密的家人在那里，知心的朋友在那里，怎得不恋恋？怎得不怀念？但是仅仅为了爱故乡么？不是的，不过在故乡的几个人把我们牵着罢了。若无所牵，更何所恋？象我现在，偶然被藕与莼菜所牵，所以就怀念起故乡来了。

所恋在那里，那里就是我们的故乡了。

我的家乡

白　薇

我生长的村子，名叫"秀流"。

"青山耸翠，秀水流长"，这八个字可以形容我们村子的环境。

东面是重重叠叠的高山，一个峰依着一个峰的肩怀，高峰甜蜜地吻着青天，以一个熄火山，俗名"通天蜡烛"的巨峰顶，衬在最后，而从远地滚滚流来的江水弯过山脚，我们的村落，就从那儿起头。

南面是一条刚刚转过弯的江水急流芦下，横过村前，水面很宽，澄清见底。隔江是湘粤交通的大路，芦洲，沙岸，散散的桃李，伟大的樟树，松林，巨树掩蔽的伙铺绵长半里，点缀路的两旁；还有田地交错的平原，绿野，浅山，慢慢地层叠而上，展开遥远的洞口（洞口，是山与山之间的有田有地有倾坡浅山的开朗的地方）十几里。

西面除了少许的禾田之外，隔江是壁立的山岩，山壁怪石嵯峨，断岩片片陡映江心，而江水碰着西面的山壁，又转一个弯折而北下。山下是澄碧的深渊深几十丈，水涡回旋，山上是灌木，小竹满山好几里。春夏雨水足时，几十天的瀑布飞溅着可爱的白沫，轰轰的瀑布声交应着"咕咕咕"的鹧鸪唱和声；瀑布旁有著名的山洞，洞长四十里。依照洞内天然的石壁，建有很大的庙宇，村村的妇女求子问财祈福寿，都到那庙里去烧香许愿，庙门就对着我家的西窗。洞中有美丽的钟乳石，石乳滴成的莲花盆（是雪白的石乳莲花，坐在雪白的石乳盆里），乳桌，乳球等，用棍去敲这些乳桌，莲花，发出铿锵动听的声音。又有无数大蝙蝠，展开翅膀六尺许。还有层层不规则的石壁房，及暗黑的长洞，水洞……洪杨之乱，人民避乱在洞里，近来成为读书人的避暑地。

北面却稍平凡，水田，黄土，散散着可种杂粮的倾坡，枣林遍地，最后蔽天的松林无边际，远远浅山起伏。

在这样的环境中，"秀流"，好像一条长龙，从山下伸出身子往江里深渊处去饮水。它从东山脚，江水滨，搭起吊楼（虚脚楼）板房，建筑店铺式的房屋，中间留出一条像街的通路，这儿，还没有展开村落宽广的面积，仿佛是还留在山脚的龙尾；空一些隙地，是砖瓦的楼房，一幢一幢地，沿着江，由江岸层叠上去，屋瓦鳞连直往西下，至中段是祠堂，祠前有水塘，那儿屋宇稠密，仿佛是肥胖的龙腹；再沿江西下，屋子一排排朝江层叠着，和江滨横黛的桃，柳，梨树，石榴，乌竹，橘，柚，形成狭长数里的村落，直到最下游的大厦，前一幢面江的是我们底家，后一幢是古书房（书院），那是龙头了，它接近江水的深渊。

有条像长街的大路，直贯在村中，沿村有七个码头，我们门前，是由上数下第七个码头，叫做"大码头"，因它统用的居户最多，码头也最大，全村的妇女，分在这七个码头挑水，洗菜，洗衣服。每一个码头，湾泊着许多条长的木船，大船有篷，是下走东江上走黄草坪，百多里水程载货的；小船无篷，是上走滁口，下走西瓜铺，上水（由下而上）专载货，下水（由上而下）载货也载人的。

船客多半是挑脚夫（由"湘南"挑茶油去"粤北"卖，由粤挑盐，海菜，糖类，糖果回湘），也有少数学生及买卖人，他们喜欢高唱山歌，每当船一泊到码头湾里，他们和码头上洗衣挑水的年轻妇女，常常巧眼盼兮，传神送语。但他们的打趣很迫促，这些码头的泊船，只有一顿饭久，等船老板回家仓忙地吃了一顿饭折回船，就马上解缆开船走了。打着桨，唱着歌，流水急滩奔驰地，瞬忽间，他们的船悠然漂逝了，在西面岩壁江折处，船转湾消向北方去。

村中男子，以划船为主业，种田为副业，民性虽纯朴坚实，也比较山中的人来得活泼，伶俐。女子比较安闲，不耕不织，只管女红和家事，稍稍种些菜。

在春夏，从隔江看我们的村落，好像一条锦带，因为全村都掩蔽在江岸的桃花，梨花，竹，柳，淡绿的枣林，及鲜红热烈的榴花中。

"秀流"，这远年富庶的乡村！听说在前清咸丰同治年间，女人不穿裙子，谁也不能走过祠堂门前一步。他们相沿有很好的礼节，很好的风俗，很讲究迎神嫁娶。

在我幼时，给我很多欢喜，使我深留记忆的，有五件事：

一、拜天地。每年大年初一，这朱姓的户族所有的长老及好家庭的少年壮年，都穿起清朝的大礼服，戴红缨铜顶礼帽，对祠前陈设的祭坛尽拜，两边有读词章的祭司，大家对着横陈夹长的祭坛三拜九叩，拜了一次，把祭坛移向前些再拜，总共不知拜三次还是几次，这叫做"拜天地"。

祭坛上香烛之外摆设巨大的猪头、羊、鹅、鸡、鲤鱼，及无数盘的珍肴、美果，这些上面，都盖着大红纸剪的灵巧的图案模样，如猪头上盖的花样就像猪，鲤鱼上盖的花样就像鲤鱼，糍粑鲜果上的花样可随剪花人巧出匠心，这些花样，全是村中的聪明女子剪的，我的母亲，常在过年以前，要替他们剪好几天。

元旦的早晨，祠堂前铁炮轰震了，接着爆竹蓬蓬响震全村，全村的长老都礼服礼帽仿佛上朝的群臣，雍容雅步走进祠堂，在轰轰的炮声中，全都跪在香纸烟雾隆重烛光明恍的祠堂中，即拜了祖先，再退出祠堂拜天地，祭坛上仍是烛光恍恍，香烟弥漫，爆竹声铁炮声中，严肃地拜了又拜，全村的妇女、小孩都新衣整齐，团聚着看。

拜过天地后，全村的人聚在祠堂里用早餐，俗名"把宗"。全要吃素，吃的是糍粑、糖果、热酒，由各家自动地携带丰富的食品去，每桌十几个糖果点心盘子，许多瓶酒，大家交换着吃喝，交杂着坐位，畅谈笑乐。

二、龙灯故事。每逢新年，总有许多龙灯故事看，或是本村自己弄的，或由别村来的。最讲究的是六龙抢珠，用绸料制成三十几丈长一条的龙，腹背颜色各异，两条龙的颜色也不同。选出熟练的舞龙手使双龙环环翻舞之后，双龙东西腾跃地去抢一个盘大的血红的珠，谁方的龙手技术好，那条龙的嘴里，就可夺获那飞滚飞滚的红珠。有了这样漂亮的龙，必配以五色的花灯百个以上，当舞龙时，花灯队在周围慢慢地环走着，舞龙毕，排花灯，把花灯排成种种的建筑物形，或排成移动的军队形、象棋形、围棋形、图案形，流去流来在排动，由技巧熟练的人在指挥，每个掌灯人，都听取指挥而聚散。在热烈的锣鼓喇叭军号铁炮爆竹声中，龙热烈的翻舞，灯疯狂地排聚，这叫做"大故事"。出动人员二三百。在沿途走时，凉伞（仿佛皇上御前的伞），彩旗（是新砍下的小竹，约一丈长，连枝带叶地、枝中拖两副大红的长带，把竹竿下端背在肩上），旗帜，军号，大鼓，喇叭，锣类等乐器在前导，随着的是大礼服红缨帽的两位陪龙公子，于是龙，灯队，乐队。大故事只能走大村子，走到那儿就吃宿在那儿，各村先打听他们来到的时刻，准备欢迎。

小故事是一条十几丈的龙，配以几十把灯，或另有舞狮子，踩高脚，乐器也只有锣鼓之类。夜里也舞香火龙，是稻草扎成的，而插满点燃的香火，大的龙头有二三抱大，仅走附近的村落，走到那村或那个大户，都是送给几把香，此外还给几把点燃的香火替龙插上，还赠一些蜡烛给那些点着烛火的花灯，花灯多的有六七十把，少也二三十。那是看龙的大小而决定。舞龙时花灯还是环走着，龙舞完，玩花灯，迎送都得放爆竹，和迎送大小故事一样，锣鼓和小故事同样简单。

故事中给解情的男女最开脾胃的，要算串春牛戏，是用土语编成歌辞，用土语演唱，以胡琴取唱拍，略配以锣鼓，戏情是一个农夫牵着水牛在耕田，且耕且唱，好一会，一个妖俗透骨的农妇，涂抹着浓厚的脂粉，摇着白纸扇，提了饭篮，往田间送饭，歌唱而前，她一望见农夫，弄眉丢眼，欲前佯退，一曲情歌，勾引得农夫心魂搔痒。于是农夫弃了犁牛，狂热地去追她，高歌热唱，把她扭回田里，一唱一和，轻薄地卖弄风情，尽量地打情骂俏，却又装出羞却，且演且唱，句句合着胡琴，弄到情浓如烈火，热唱像疯狂，妖荡澈骨，情不能自已时，来了第三者……

戏是怎样结局，我已忘记。因为它是用农民的日常生活作戏情，又用土语演唱，所以博得乡下人热烈的欢迎，妇女和小孩，也异常爱看。但读书人摆起道学先生的架子，说它俗不可耐，远远避开。

三、唱大戏。大戏就是京戏，从省城或外省聘来的班子演唱的。乡下人一面把大戏看成敬神最大的典礼，一面把大戏看做最高的娱乐。殷富的大族，在秋季收获以后，常请了班子来唱七天,半月,或月余的大戏。

每逢唱大戏那年,本村邻村乃至远近许多村落的男女老少,都准备他们看戏的新衣,及带来看戏的钱。到了唱戏的时候,不但本村疯狂了,大家无限欢喜,就是远亲近戚们,亲疏的朋友们,大大小小,穿了最好的衣服,带了钱,十里数十里赶来看戏,"秀流"附近的村子很少唱大戏的,所以"秀流"当这时,家家挤满着客人,一班去了又来一班,忙得主人晕晕颠倒。

戏台建在旷野,是有浮雕有悬空的塑画的建筑物,塑画施以素雅的色彩,每幅一个富有诗意的故事,如李白醉酒,太公钓鱼……

苍翠的树林作戏台左右两翼,前面是广大的观众区,左前是极大的买卖区,赌博区在后面。台下是低低的草坪,男性的观众,密密地都站在坪里看戏,妇女小孩,在倾坡高叠的田亩上,自己带了凳去,排成一列列,远远对着戏台。

可是这千万的观众,很少尽日在专心看戏,男的在草坪里移来溜去,找朋友,看生人,或和朋友三三五五,到食品场去吃点心;或到买卖场去买东西,看由省城由各地集来的衣服,奇货;或跑到赌博区去,双眼注视树上挂着的一团几斤的鱼肉,细心去猜想它的重量,谁猜中的谁得出极少兴赌的钱,可得了那几斤的一团肉去,这叫做"猜标"。总之,男人观众区总是交谈细语,嗡嗡嗡地,一片的人头在波动。

女的坐在较高三四尺的田里,她们打扮得花枝招展,她们除了做新娘子,就算看戏最能尽兴装扮了,年轻的女子,服装红红绿绿的,右胸衣襟上挂许多银饰,珠宝,美女镜配丝褡子,玲玲琅琅一大串。头上满戴银丝扭成的银花、翡翠,珠宝,或绸缎羽毛扎成的花朵,蝶儿,脚上全穿绣花鞋,脸上却很少擦脂粉,黄脸素颜。

她们一到戏台前,唯一的目的,是溜着睛光搜看美人,或探视奇装异服的女子,把她多看几眼。年长一点的妇女,也热心地在凳隙行间,穿来复去,找朋友,认亲戚,买了点心,水果,或热气腾腾的十锦粥,面,一盘数碗,由厂篷里的粥主助手端去,送到亲戚朋友甚至知名而不相识的妇女手上去,就在惊奇未吃之间,宾主相见,有礼有貌地大家交通笑语,相识的愈加亲切,不相识的也亲热起来,然后,把自己愿意请的客人请到家里去住宿,吃饭,家里住满男男女女。由是,订媳妇,选女婿,都借这样的机会,看准,择定。

戏是上午十时起演到夕阳落山,每到午后三时,广大的买卖场上挤满了顾客。常常为着价钱,高声争吵,也有一物几个顾主,拍卖似的争出价钱。这时,观众区的人数大减,而从山巴里来看戏的瑶人,解下她们背上的儿女,放胆大吃大笑。瑶妇极健强,穿宽袖披领的衣裳,袖口领头,绿红黄白四色布条。穿草鞋,戴织箕(和满洲女人戴的横长有珠垂下的东西差不多),面色粉红又白。

自唱戏的第四天下午,从祠堂前搬出一个竹骨纸糊的"将军",身高好几丈,拿着二丈长的关刀,凶神恶煞,据说是鬼王,把它摆在距戏台七八丈远的对面,说是可以镇压群鬼作恶。

当它从祠堂移到里许的戏台前,那叫做"移将军",十几个壮丁把它抬走,族中长老们,又都穿起大礼服,戴红缨大礼帽,跟着铜鼓,喇叭,长长的乐队慢慢前进,凉伞,彩旗,旗帜,走在将军前,排成一长队,一位主持的妇人,带着白米,一路把米对将军身上洒,沿途是轰轰的铁炮声,爆竹声不断。

这家伙虽大人敬之如神,看它移来大家站起向它行礼,但小孩们非常害怕它,一见就哇啦大哭,被吓坏的也有。

每晚还有夜戏,小孩少年不准看夜戏。因为都是调情的戏,主妇们许多只有晚上才有工夫看戏,所以夜戏为一般上了年纪的人及忙人所酷爱。

四、吃枣子。"秀流"是著名的枣园,在立秋前后,遍地的枣树都累累翻红,有糖枣,木枣(长枣),川枣(蜜枣)三种。这之前,把枣园的青草铲光,家家又给远亲近戚吃枣子的客人充满,附近的乡村,外县的男子及枣商,挑了竹篓,源源地来收买枣子。家家的妇女儿童,带着枣商到枣园去,拿了长竹竿,爬上树树的枝头,把枣子一树树敲下来,我总爱在树枝上跳上跳下敲,大家蹲在树下拾,全拾完时,当地就粜给枣商,大约二角多小洋一斗,最好的也不过每斗四角。

拣了好的,一担担挑去送给亲友,也自己留着晒许多。总之,枣子熟时又家家挤着亲疏各样的客人,亲朋比吃喜酒还来得多,随便自动地来,有的携儿挈女,来几天就走,有的要等枣子晒干。

晒枣子是件最麻烦的事,每早太阳刚出,村中妇女及女客们(男人极少他们要划船,耕田)挑的,扛的,大篓大担,在士敏土的禾场上晒,我们门前广大的禾场,拥满了这些女人连小孩,扛出棉被敷上白布,把枣子倒在上面,一粒一粒在被单上排匀来晒,这样要晒三四礼拜。一边排晒一边谈笑,无数的女人小孩的嘴,无数的话声交流,谈到各样琐事,风俗,人情,各样的性格,面目,表情。吃了早饭,又到烈日炙人的枣林去敲枣子了,还同样是你谈我笑。妇女这种快乐的社交,在别的村子是绝少享得到的。

五、待江。这是每两年或三年,沿着"秀水"几十里乃至百里的江主,举行一次联合总捕鱼,叫做"待江"。

方法预先由各地居民,在山上割得一种使鱼吃了就发晕的药,嫩枝绿叶,大捆地晒干,捣碎,装进麻布袋里,等到待江的时候,把药袋浸在江滩,药浸发了,大家下水一袋袋去揉榨,揉榨到没有药力为止,这,叫做"洗药"。大约每十五里洗药一次,捕鱼的人,密密地等在下水候鱼受到药力暴跳时,用网打,结捞,铁叉去叉,或用鸬鹚队到深渊去把大鱼捞出。药力正旺时,鱼类都从石底,从岩下,从深渊,疯狂地浮跳到滩头水面,滩头水面全是鱼在跳跃,两岸看的妇女小孩,非常有趣,水里船上捕鱼的人也异常起劲,满江是人来船往网在撒,并有用横长几十丈的带网,从此岸挂到彼岸,横断江面拦鱼,一网要捉百多斤。

非江主的远近几十里的男人,也得赶来参加这"待江"的豪兴,亲朋们可以请他们同道共捕,不相干系的任何人民,都得自由来捕捉,但限制他们只用小网铁钩,在江边捞打,一到距江岸若干丈的深水处捕时,就要受干涉。江面水深水浅,何处该船航步涉,何处是自由捞打地,都插有红绿黄白小旗做标记。

女人儿童,也有在岸边捞的,捉的,书生文武秀才,也都闻风来参加这壮举。满江满岸是人,看的捕的,竞捕笑乐,快畅欢呼,船儿梭来梭往,网子一收一撒,鸬鹚呷呷呷噪叫,捕获六七斤一条的大鱼,轰笑震天。这一段江捕完了,又追随新洗的药水往下捕,兴奋快乐又紧张到极点。

到了晚上,家家给渔客从屋里挤满到庭外,我们大厦的厅中走廊,全被渔客占据,几十村几十姓的男人混在一块,谈论着捕鱼的快乐,或分鱼,或摊网,或烹鱼烫酒慢慢吃,彻夜不睡,门前的鱼一堆一堆。

我们小孩子,再没有比看到千万人欢悦鼓舞共捕鱼还快乐的事。

这些,都是我童年的经历,留下的记忆永远都刻在脑里!我爱我的家乡,我庆幸我生长在这样一个可爱的村子,它,给我比别村的孩子更多的见识,更多的美的憧憬,狂热的情绪。

我们的家因为和村子有不能分离的关系，也同样给我爱着，给我更多的情感和回忆。

从建筑上说，我们的家，虽不怎样堂皇，只有前后三进，几十间房子，没有亭榭，一律楼房，但从风景的美丽，开朗说，我生平走过的地方，没有看到谁家的住宅，有这样好的风景，秀流风景的精华，集在我们的一家。

前面朝南面江，透过密密的枣林、桃、梨、石榴、柚子树，可以看到澄碧的江水，江中的行船，船上的歌声送到我们门前、窗楼；隔江可以清楚地看到湘粤交通的大路，以及沿路伟大的樟树，松林，散散的桃李；而远远可看到波叠而上的稻田，绿野，浅山，展开洞口几十里；大门正对过去的遥远处，是摩天的遥岗山，那是大庾岭的一段，群峰耸翠，一峰依着一峰的肩怀，峰峰恬静地吻着碧霞横黛的天边。东面是火山统率的翠秀的群峰；西面是陡峭的山壁隔江紧迫着，春夏雨后，那飞溅的瀑布挂在眼前，瀑布声，鹧鸪声，交响在我们童年的耳里。

这些美景，启发我幼时的美感不少。我还记得，当我三岁时，是一个晴朝，我独倚在门前的围墙，看到墙外的梨花满树白，衬以远远正放的桃李，隔江黄金色的菜花无边际，我陶醉了；清明时，我看到西山满开着鲜红的杜鹃花，配以鹧鸪声不绝，我呆呆地看，听，到黄昏暮黑还不想回屋里；我爱或红或白，拖着孔雀尾毛的长尾鸟，出没在母亲卧房的屋角的石榴花树上，我爱它的灵巧，美丽，狂啼；也爱出没花间，又胖又大的五彩蝴蝶。

我爱我们的家，我家的环境太雄壮优美！我更爱最爱我的祖母，她是那末温柔，美丽，高贵像仙女。也爱我纯洁壮美的父亲，贤明能干的母亲。但我美育的涵养，从小就醉心自然美，从小就爱画花草，小动物，爱用纸剪花草生物，可以说是环境的赐我及祖母的肯教我。

祖母边教我边讲给我听，她说：她是南京县长的满女，她在"太平天国"宫中的情景是怎样，怎样，她是用双刀杀开血路，从"太平天国"宫中跑出来的；又说，祖父因为不听清廷的召旨，不跟曾国藩去打洪秀全，竟被清兵执着，幸亏祖父应用灵机，方得脱险保命；又说，我们的大厦正落成，就逢洪杨之乱，祖父出走的时候，写了一张字条贴在门首说："仓里很多的五谷，厩中无数的牛羊，士兵将官尽管吃，只不要毁坏房子。"可是等到乱平回家时，窗上的雕刻没有了，画栋雕梁给锯下当柴烧了。

我爱外祖母家的背后，那遍山数里的处女林中，千万响蝉震耳的黄昏，红霞盖碧落；也爱舅舅家的私塾后，泉水深处，几湾几坡参天的竹林，林梢浓雾聚忽散；我最爱上外祖母家路中必经过的水口山，那儿奇高的树林构成不见天日的绿幽幽的长路，路旁一面是山，一面是幽泉深谷，泉声瀑布声，千百娇啭的鸟声，嗡嗡的蜂声，微风轻吹树叶声，奏成伟大的天然交响曲，绿荫的美，配着竞开的各种奇花，当我儿时通过那里，仿佛做梦飞入了仙界。外祖母家是在极高的山中，我每次去她们家时，路上看到翠嫩的勾藤蔓延山壁，高林榕树在路的两旁形成天然的廊榭，及爬那陡峻的高山为极乐，觉得她们是住在天上，云中。

她家虽是地方上首富的财主，有很多财宝埋藏在地下，而且舅舅们是文武秀才，大医生，州官，外祖母九十一岁做寿时，穿龙袍，戴凤冠，可是平日他们全穿土布，朴质得和山中一般平民无差别，且比奴隶还勤劳，那是代表山地的民性。不像我祖母，衣服素雅而领上绣花，衣角用毛金纸盘花还绽上绿玉，爱歌舞，养宾客，六七天要吃一个二三百斤的猪，鸡鱼牛羊在外，卖了田来花费。

乡间民情很朴质，近山的比近水的还多些老实，古板。地方平静。自我读小学后，我总是穿男装，为着交朋友，访先生，看亲戚，走过许多乡村，我所看到的男人是耕田、种土、挑担、划船，读书的最少,女人是织麻、纺纱、种菜、养猪,兼管家,大都安居乐业。虽大家庭的少女,数人或只身在外面跑,不会遇到甚么危险,大我十多岁的侄女,她常一人骑马驰骋乡间,我也总是男装,一人跋山涉水,从没有遇到一点惊吓,一点欺侮。

民国二年,我第一次踏出远近三十里的家乡,走过更广的乡土,在下衡州进"师范"的路上,经过一些奇兀的风景,以离家四五十里的水脚滩,景色最为奇突,伟丽。那儿一面是青山枞林,倾斜下来,伸出蟹脚似的盘石,扼崎江心;一面是断岩峭壁,层叠嵯峨的江岸江底,把浩浩荡荡二三十丈宽的江面,钳锁得不过一二丈宽。而江心磐石突凸,滩头起伏,一个滩比一个滩洼落三四五丈,形成三四五丈长一匹的雄伟壮观的瀑布直垂着,接接连连几十匹,一匹之下一个浪花腾跃高丈许的水潭,潭上飞溅的浪花如立起的舞狮,卷曲着飞舞的白浪白茫茫一片,潭下轰轰的水声如雷响,使岸上的行人,铺里的饭客,对语也听不清。每隔数丈又是直垂一匹,都从怪险的滩头吊下飞沫旋卷的滩脚,腾跃着如舞狮的浪花,再滔滔滚滚而下,这样一共有三十六滩,江水隐伏在山里,十几里都不能行船。货物旅人,全得走峻险的山路。过此则展开三十丈宽的江面,两岸绿着翠媚的幽林,水平似镜,大船小船风帆满江。

家乡,地带总是这般险阻,恬静平安仿佛天堂!那年春天,我因求学欲所驱使,出走家庭,一个人跋涉长途,隔年夏天,又为父亲的迫令,只身回到家里,路上并没有遇到一点惊吓,一点欺侮。而耒阳一带,种着各种各色的莲花,脂红、桃红、粉红,自和绿色的花朵,大朵大朵地开遍不知几千万亩田地,一望无涯,半天也在莲花田陌上穿不尽,那倒使我神清气爽,又如梦如醉。

走出莲花地带,一弯一折地登上山,沿途奇高的密林遮蔽天日,林梢漏下绿幽幽的光辉,给我悦目爽心的快感透进魂胆,我像踏进了美妙的幻墟,几疑自身是林间仙子。但尽走不见天日,幽幽数里无人烟,心头不免有些恐怖,然而还是没有遇到一点惊吓,一点欺侮。

我自民国四年,到长沙"第一女子师范"读书,直到民国十五年,给中国大革命的风,把我由日本吹到广东,再由广东吹回我的家乡。

第一个使我不快意的,就在广东北江,和同船的旅客,请了许多兵保护,才得通过江岸六十多位土匪的难关;同时我妹妹从长沙回家,也一样请兵保护。时代已经变了,再不是十二三年前,名门的少女,可以只身远走无忧的太平世界了!

因此,虽有岭南的梅花,娇红艳艳,开遍山荫、平野;虽有高出云表的"大庾岭"惊奇的风光,峦山峻岭,每一个山腹山峰,全是蒙着盛开的洁白大朵的茶花,清香又美丽;虽有浓雾像乳白的河,一忽充塞在弯曲深邃的谷底,使绵长深邃的幽谷,俨然给牛奶盛满的河流,河上雾气腾卷,仿佛八月钱塘江的浪花,奶河分流交错极壮观,一忽又弥漫天际,使天和地隔离,往下看不见地的影子;虽有许多七色的虹彩,从我们天上行人的脚下,出现山的这边那边,向下伸到深不可测的谷底,半空,伸向灰白的重雾隔断天与地之间的云层云下去;虽然觉得人在天上走,发丝上凝着满头冰珠,鸢在下界飞,眼底是不可测的石层,雾层,和幽谷,这些壮美少见的景色,总不能使我畅快无忧地走过,总怕山中的土匪出来吊羊(绑人去),把我绑去。这年头,已经不是往日的太平世界了。

幸而碰着大雾天,土匪没有透过浓雾的肉眼,我得平安地过了"大庾岭"。下了岭,很快就到了我的家乡。

啊,家乡!它,像个十七八岁最美丽的少女,已经变成一个五十多岁的老妇人了!它美丽的光华,随着我的童年,悠悠地逝去了,山脚抛弃着没人耕种的荒田沃土,村村减少隆盛的气象,江上的船不是寂寞地停泊着,就给兵匪划去不交还,昔日殷实活泼的人民,变颓丧,变穷酸了。

流水急滩,船在重复的山的肠里驶行着,从滁口驶到了"秀流",啊,"秀流"!萧条的冻伤在灰色的江滨,江岸再没有往日那些桃李梨花竞艳的春天,也再没有那些枣子,石榴,橘柚丰熟的秋夏了,据说再没有往日那漂亮的龙灯故事,也再不待江唱大戏了。总之,它是一个枯干贫血的老太婆,娇艳丰满的少女的影子也没有了!

我们门前撒开很大的梨树,像陶醉过我儿时的满树白的梨花,不知要到那儿去吊它的艳魂?左右屋后的桃树,石榴树,和我幼时手植的名花异草芭蕉,连根都没有了,肥大的彩蝶绝少出现,长尾鸟也再不来唱歌了!

啊,家乡!我十二年没有回去过的家乡,骤然看到它的老态我发呆了。而母亲,姨娘,村中的长辈们都向我说:"小姑娘出去,这末快就老了!"不知家乡比我老得快四倍呵!家乡匆匆逝去红颜的理由,据说是:——

自"洪宪"称帝,"宣统"复辟,继以军阀混战,一年一年十来年的战争,我们地当湘粤交通,兵家必争的喉管:禾田种植,给铁蹄蹂躏了;苛捐杂税,刮尽了老百姓的膏血;居民一夕数惊,逃亡流离所致。我的母亲,常卷了一条被单,就逃走出去,躲在山中森林里,一天一天一月一月地,总是带着一条被,一捆茅,转辗山林躲藏着;我年轻的妹妹,也再不能安住家乡,逃出找着她的奶妈,躲在穷乡僻壤。兵灾去后,土匪横行,处处劫掠,"吊羊",有饭吃的人家,常常被抄被绑,绑了人再送回,起码要求一千八百。所以我的父母,当我要离家之前,凄然地对我说:"地方上这样不平静,来往得花钱请兵保护,女子出门诸多不便,谅这一出去,恐怕再不能回家来看看父母了。"我含着凄凄的眼泪,望着临别不舍的慈爱的双亲,双亲的心似乎要碎了。

在彼此惜别的感情中,在啪啪啪欢送的爆竹声里,我又离开了我的家乡,带着少许的钱,顺着秀水、末水、湘水,流浪流浪,流到衡阳,无赖得很,看了"南岳",钱完了,幸巧碰着初识的老乡帮助数元,流到长沙、汉口、武昌,几乎要饿死汉口时,天天夜夜在街上跑,企图碰幸运,碰着了东京的老认识,荐我进了革命军的总政治部,看了大革命的热狂。我心中,还是时时想到我的家乡,我想我的家乡,定会因着革命成功,再恢复昔日的繁盛,再改良,进步。

然而,那次革命象朵娇艳无比的昙花,一现就遭了惊魂夺魄的浩劫。我的家乡,从此兵灾匪祸,连年不息。县党部被捣毁了,捉了人去枪杀;妇女部被逐散了,娘儿们被打在街头巷角,任意践踏,捉拉;农民协会,工会被解散,组织该会的主动人——我的父亲,被驱逐逃走广东了;革命是犯了重罪,大家在遭受浩劫!曾给打倒的土豪劣绅,又回到他们作威作恶的老巢了!

兵如潮,匪似蜂,苛捐杂税,三倍繁重,由是中产家人,渐渐破落,愁衣又忧食;一般平民贫如洗,勇敢的男子去当土匪,善良的壮丁被拉夫了,留下孤苦的妇女和小孩,给兵匪惊扰,流离四散;地主纳不起税,把田契贴在门上逃跑了。但田契贴在门上几星期也没有人要。

我的母亲,这贤明能干的女人!全村人始终都敬爱她的女人,她一手整顿给祖母弄到垂败的大家,又操劳家务兼管理产业的脚色,这时,抛弃家产房屋一切。又拖着一条被,一捆茅,村中的壮年轮流伴她,在山林中躲避数月不能回家了。因为我们的大厦,不是驻扎×军,就是官军的营房。而且"秀流"村前一条江水的两岸,常常是×军和官军隔江对峙的重地了。

北伐以来,灾祸如此越来越猛烈,再没女人们纺纱的轧轧机声,再没有少女敢只身孤行,村村少见鸡犬猪鸭,人人择着僻静处去躲身。山山岭岭,全有×军出没;平原森林,随处给激增的土匪,雄视占领;巨村镇上,也充满着源源开到的官军,由是敌锋接触越多,平地燃起了烽火:我曾酷爱过的莲花地带,百里烧杀无人烟,舅家那儿的峻岭崇山,是土匪的大本营,杀了表弟和四舅,掘去了他们埋在地下的宝藏;秀流江上的船只,给军匪掳去,扣留,船民闲着挨饿数月又数月;蹂躏妻女,割去田禾,人民敢怒而不敢言;筑碉堡;设军防,老百姓几乎逃走一光;形成风景的树林,给斫下做柴烧,百鸟给枪弹惊散了。

唉,家乡!

一切的一切,是另外的一切了!

最近,民众自觉了,他们不怕匪众也不怕正式军队,他们要冒死谋生存,决心团结来自卫,大家齐心,自己组织自卫军,练团勇(勇即兵),买枪械,保卫地方的安全,请一切扰乱民间的军匪出境。听说一位往日文质彬彬,衣裳楚楚,雄冠巍峨的我最亲爱的人,现在短衫光头,一股劲儿在当自卫团的指挥。

我常常很喜欢,我那位六十岁的长辈,从文人,从大医生,从礼教的忠实信徒,一变而为保土卫民的老将军! 啊,家邻,走上荣盛再造的道路了!

今年冬天,乡村又恢复着嫁娶的热闹了。

钓台的春昼

郁达夫

因为近在咫尺,以为什么时候要去就可以去,我们对于本乡本土的名区胜景,反而往往没有机会去玩,或不容易下一个决心去玩的。正唯其是如此,我对于富春江上的严陵,二十年来,心里虽每在记着,但脚却没有向这一方面走过。一九三一,岁在辛未,暮春三月,春服未成,而中央党帝,似乎又想玩一个秦始皇所玩过的把戏了,我接到了警告,就仓皇离去了寓居。先在江浙附近的穷乡里,游息了几天,偶而看见了一家扫墓的行舟,乡愁一动,就定下了归计。绕了一个大弯,赶到故乡,却正好还在清明寒食的节前。和家人等去上了几处坟,与许久不曾见过面的亲戚朋友,来往热闹了几天,一种乡居的倦怠,忽而袭上心来了,于是乎我就决心上钓台访一访严子陵的幽居。

钓台去桐庐县城二十余里,桐庐去富阳县治九十里不足,自富阳溯江而上,坐小火轮三小时可达桐庐,再上则须坐帆船了。

我去的那一天,记得是阴晴欲雨的养花天,并且系坐晚班轮去的,船到桐庐,已经是灯火微明的黄昏时候了,不得已就只得在码头近边的一家旅馆的楼上借了一宵宿。

桐庐县城,大约有三里路长,三千多烟灶,一二万居民,地在富春江西北岸,从前是皖浙交通的要道,现在杭江铁路一开,似乎没有一二十年前的繁华热闹了。尤其要使旅客感到萧条的,却是桐君山脚下的那一队花船的失去了踪影。说起桐君山,却是桐庐县的一个接近城市的灵山胜地,山虽不高,但因有仙,自然是灵了。以形势来论,这桐君山,也的确是可以产生出许多口音生硬,别具风韵的桐严嫂来的生龙活脉。地处在桐溪东岸,正当桐溪和富春江合流之所,依依一水,西岸便瞰视着桐庐县市的人家烟树。南面对江,便是十里长洲;唐诗人方干的故居,就在这十里桐洲九里花的花田深处。向西越过桐庐县城,更遥遥对着一排高低不定的青峦,这就是富春山的山子山孙了。东北面山下,是一片桑麻沃地,有一条长蛇似的官道,隐而复现,出没盘曲在桃花杨柳洋槐榆树的中间,绕过一支小岭,便是富阳县的境界,大约去程明道的墓地程坟,总也不过一二十里地的间隔。我的去拜谒桐君,瞻仰道观,就在那一天到桐庐的晚上,是淡云微月,正在作雨的时候。

鱼梁渡头,因为夜渡无人,渡船停在东岸的桐君山下。我从旅馆踱了出来,先在离轮埠不远的渡口停立了几分钟。后来向一位来渡口洗夜饭米的年轻少妇,弓身请问了一回,才得到了渡江的秘诀。她说:“你只须高喊两三声,船自会来的。”先谢了她教我的好意,然后以两手围成了播音的喇叭,“喂,喂,渡船请摇过来!”地纵声一喊,果然在半江的黑影当中,船身摇动了。渐摇渐近,五分钟后,我在渡口,却终于听出了咿呀柔橹的声音。时间似乎已经入了酉时的下刻,小市里的群动,这时候都已经静息,自从渡口的那位少妇,在微茫的夜色里,藏去了她那张白团团的面影之后,我独立在江边,不知不觉心里头却兀自感到了一种他乡日暮的悲哀。渡船到岸,船头上起了几声微微的水浪清音,又铜东的一响,我早已跳上了船,渡船也已经掉过头来了。坐在黑影沉沉的舱里,我起先只在静听着柔橹划水的声音,然后却在黑影里看出了一星船家在吸着的长烟管头上的烟火,最后因为被沉默压迫不过,我只好开口说话了:“船家!你这样的渡我过去,该给你几个船钱?”我问。“随你先生把几个就是。”船家的说话冗慢幽长,似乎已经带着些睡意了,我就向袋里摸出了两角钱来。“这两角钱,就算是我的渡船钱,请你候我一会,上山去烧一次夜香,我是依旧要渡过江来的。”船家的回答,只是恩恩乌乌,幽幽同牛叫似的一种鼻音,然而从继这鼻音而起的两三声轻快的咳声听来,他却似已经在感到满足了,因为我也知道,乡间的义渡,船钱最多也不过是两三枚铜子而已。

到了桐君山下,在山影和树影交掩着的崎岖道上,我上岸走不上几步,就被一块乱石绊倒,滑跌了一次。船家似乎也动了恻隐之心了,一句话也不发,跑将上来,他却突然交给了我一盒火柴。我于感谢了一番他的盛意之后,重整步伐,再摸上山去,先是必须点一支火柴走三五步路的,但到得半山,路既就了规律,而微云堆里的半规月色,也朦胧地现出一痕银线来了,所以手里还存着的半盒火柴,就被我藏入了袋里。路是从山的西北,盘曲而上,渐走渐高,半山一到,天也开朗了一点。桐庐县市上的灯火,也星星可数了。更纵目向江心望去,富春江西岸的船上和桐溪合流口停泊着的船尾船头,也看得出一点一点的火来。走过半山,桐君观里的晚祷钟鼓,似乎还没有息尽,耳朵里仿佛听见了几丝木鱼钲钹的残声。走上山顶,先在半途遇着了一道道观外围的女墙,这女墙的栅门,却已经掩上了。在栅门外徘徊了一刻,觉得已经到了此门而不进去,终于是不能满足我这一次暗夜冒险的好奇怪僻的。所以细想了几次,还是决心进去,非进去不可,轻轻用手往里面一推,栅门却呀的一声,早已退向了后方开开了,这门原来是虚掩在那里的。进了栅门,踏着为淡月所映照的石砌平路,向东向南的前走了五六十步,居然走到了道观的大门之外,这两扇朱红漆的大门,不消说是紧闭在那里的。到了此地,我却不想再破门进去了,因为这大门是朝南向着大江开的,门外头是一条一丈来宽的石砌步道,步道的一旁是道观的墙,一旁便是山坡,靠山坡的一面,并且还有一道二尺来高的石墙筑在那里,大约是代替栏杆,防人倾跌下山去的用意,石墙之上,铺的是二三尺宽的青石,在这似石栏又似石凳的墙上,尽可以坐卧游息,饱看桐江和对岸的风景,就是在这里坐它一晚,也很可以,我又何必去打开门来,惊起那些老道的恶梦呢!

　　空旷的天空里，流涨着的只是些灰白的云，云层缺处，原也看得出半角的天，和一点两点的星，但看起来最饶风趣的，却仍是欲藏还露，将见仍无的那半规月影。这时候江面上似乎起了风，云脚的迁移，更来得迅速了，而低头向江心一看，几多散乱着的船里的灯光，也忽明忽灭地变换了一变换位置。

　　这道观大门外的景色，真神奇极了。我当十几年前，在放浪的游程里，曾向瓜洲京口一带，消磨过不少的时日。那时觉得果然名不虚传的，确是甘露寺外的江山，而现在到了桐庐，昏夜上这桐君山来一看，又觉得这江山之秀而且静，风景的整而不散，却非那天下第一江山的北固山所可与比拟的了。真也难怪得严子陵，难怪得戴征士，倘使我若能在这样的地方结屋读书，以养天年，那还要什么的高官厚禄，还要什么的浮名虚誉哩？一个人在这桐君观前的石凳上，看看山，看看水，看看城中的灯火和天上的星云，更做做浩无边际的无聊的幻梦，我竟忘记了时刻，忘记了自身，直等到隔江的击柝声传来，向西一看，忽而觉得城中的灯影微茫地减了，才跑也似的走下了山来，渡江奔回了客舍。

　　第二日清晨，觉得昨天在桐君观前做过的残梦正还没有续完的时候，窗外面忽而传来了一阵吹角的声音。好梦虽被打破，但因这同吹筚篥的商音哀咽，却很含着些荒凉的古意，并且晓风残月，杨柳岸边，也正好候船待发，上严陵去；所以心里虽怀着了些儿怨恨，但脸上却只现出了一痕微笑，起来梳洗更衣，叫茶房去雇船去。雇好了一只双桨的渔舟，买就了些酒菜鱼米，就在旅馆前面的码头上上了船，轻轻向江心摇出去的时候，东方的云幕中间，已现出了几丝红晕，有八点多钟了。舟师急得利害，只在埋怨旅馆的茶房，为什么昨晚上不预先告诉，好早一点出发。因为此去就是七里滩头，无风七里，有风七十里，上钓台去玩一趟回来，路程虽则有限，但这几日风雨无常，说不定要走夜路，才回来得了的。

　　过了桐庐，江心狭窄，浅滩果然多起来了。路上遇着的来往的行舟，数目也是很少，因为早晨吹的角，就是往建德去的快班船的信号，快班船一开，来往于两岸之间的船就不十分多了。两岸全是青青的山，中间是一条清浅的水，有时候过一个沙洲，洲上的桃花菜花，还有许多不晓得名字的白色的花，正在喧闹着春暮，吸引着蜂蝶。我在船头上一口一口的喝着严东关的药酒，指东话西地问着船家，这是什么山，那是什么港，惊叹了半天，称颂了半天，人也觉得倦了，不晓得什么时候，身子却走上了一家水边的酒楼，在和数年不见的几位已经做了党官的朋友高谈阔论。谈论之余，还背诵了一首两三年前曾在同一的情形之下做成的歪诗：

　　　　不是尊前爱惜身，
　　　　佯狂难免假成真，
　　　　曾因酒醉鞭名马，
　　　　生怕情多累美人。
　　　　劫数东南天作孽，
　　　　鸡鸣风雨海扬尘，
　　　　悲歌痛哭终何补，
　　　　义士纷纷说帝秦。

　　直到盛筵将散，我酒也不想再喝了，和几位朋友闹得心里各自难堪，连对旁边坐着的两位陪酒的名花都不愿意开口。正在这上下不得的苦闷关头，船家却大声的叫了起来说：

"先生，罗芷过了，钓台就在前面，你醒醒罢，好上山去烧饭吃去。"

擦擦眼睛，整了一整衣服，抬起头来一看，四面的水光山色又忽而变了样子了。清清的一条浅水，比前又窄了几分，四围的山包得格外的紧了，仿佛是前无去路的样子。并且山容峻削，看去觉得格外的瘦格外的高。向天上地下四围看看，只寂寂的看不见一个人类。双桨的摇响，到此似乎也不敢放肆了，钩的一声过后，要好半天才来一个幽幽的回响，静，静，静，身边水上，山下岩头，只沉浸着太古的静，死灭的静，山峡里连飞鸟的影子也看不见半只。前面的所谓钓台山上，只看得见两大个石垒，一间歪斜的亭子，许多纵横芜杂的草木。山腰里的那座祠堂，也只露着些废垣残瓦，屋上面连炊烟都没有一丝半缕，像是好久好久没有人住了的样子。并且天气又来得阴森，早晨曾经露一露脸过的太阳，这时候早已深藏在云堆里了，余下来的只是时有时无从侧面吹来的阴飕飕的半箭儿山风。船靠了山脚，跟着前面背着酒菜鱼米的船夫走上严先生祠堂的时候，我心里真有点害怕，怕在这荒山里要遇见一个干枯苍老得同丝瓜筋似的严先生的鬼魂。

在祠堂西院的客厅里坐定，和严先生的不知第几代的裔孙谈了几句关于年岁水旱的话后，我的心跳也渐渐儿的镇静下去了，嘱托了他以煮饭烧菜的杂务，我和船家就从断碑乱石中间爬上了钓台。

东西两石垒，高各有二三百尺，离江面约两里来远，东西台相去只有一二百步，但其间却夹着一条深谷。立在东台，可以看得出罗芷的人家，回头展望来路，风景似乎散漫一点，而一上谢氏的西台，向西望去，则幽谷里的清景，却绝对的不像是在人间了。我虽则没有到过瑞士，但到了西台，朝西一看，立时就想起了曾在照片上看见过的威廉退儿的祠堂。这四山的幽静，这江水的青蓝，简直同在画片上的坷罗版色彩，一色也没有两样，所不同的就是在这儿的变化更多一点，周围的环境更芜杂不整齐一点而已，但这却是好处，这正是足以代表东方民族性的颓废荒凉的美。

从钓台下来，回到严先生的祠堂——记得这是洪杨以后严州知府戴槃重建的祠堂——西院里饱啖了一顿酒肉，我觉得有点酩酊微醉了。手拿着以火柴柄制成的牙签，走到东面供着严先生神像的龛前，向四面的破壁上一看，翠墨淋漓，题在那里的，竟多是些俗而不雅的过路高官的手笔。最后到了南面的一块白墙头上，在离屋檐不远的一角高处，却看到了我们的一位新近去世的同乡夏灵峰先生的四句似邵尧夫而又略带感慨的诗句。夏灵峰先生虽则只知崇古、不善处今，但是五十年来，像他那样的顽固自尊的亡清遗老，也的确是没有第二个人。比较起现在的那些官迷的南满尚书和东洋宫婢来，他的经术言行，姑且不必去论它，就是以骨头来称称，我想也要比什么罗三郎郑太郎辈，重到好几百倍。慕贤的心一动，熏人臭技自然是难熬了，堆起了几张桌椅，借得了一枝破笔，我也向高墙上在夏灵峰先生的脚后放上了一个陈屁，就是在船舱的梦里，也曾微吟过的那一首歪诗。

从墙头上跳将下来，又向龛前天井去走了一圈，觉得酒后的干喉，有点渴痒了，所以就又走回到了西院，静坐着喝了两碗清茶。在这四大无声，只听见我自己的啾啾喝水的舌音冲击到那座破院的败壁上去的寂静中间，同惊雷似的一响，院后的竹园里却忽而飞出了一声闲长而又有节奏似的鸡啼的声来。同时在门外面歇着的船家，也走进了院门，高声的对我说：

"先生，我们回去罢，已经是吃点心的时候了，你不听见那只鸡在后山啼么？我们回去罢！"

故都的秋

郁达夫

秋天，无论在什么地方的秋天，总是好的；可是啊，北国的秋，却特别地来得清，来得静，来得悲凉。我的不远千里，要从杭州赶上青岛，更要从青岛赶上北平来的理由，也不过想饱尝一尝这"秋"，这故都的秋味。

江南，秋当然也是有的；但草木雕得慢，空气来得润，天的颜色显得淡，并且又时常多雨而少风；一个人夹在苏州上海杭州，或厦门香港广州的市民中间，浑浑沌沌地过去，只能感到一点点清凉，秋的味，秋的色，秋的意境与姿态，总看不饱，尝不透，赏玩不到十足。秋并不是名花，也并不是美酒，那一种半开，半醉的状态，在领略秋的过程上，是不合适的。

不逢北国之秋，已将近十余年了。在南方每年到了秋天，总要想起陶然亭的芦花，钓鱼台的柳影，西山的虫唱，玉泉的夜月，潭拓寺的钟声。在北平即使不出门去罢，就是在皇城人海之中，租人家一椽破屋来住着，早晨起来，泡一碗浓茶，向院子一坐，你也能看得到很高很高的碧绿的天色，听得到青天下驯鸽的飞声。从槐树叶底，朝东细数着一丝一丝漏下来的日光，或在破壁腰中，静对着像喇叭似的牵牛花（朝荣）的蓝朵，自然而然地也能够感觉到十分的秋意。说到了牵牛花，我以为以蓝色或白色者为佳，紫黑色次之，淡红色最下。最好，还要在牵牛花底，教长着几根疏疏落落的尖细且长的秋草，使作陪衬。

北国的槐树，也是一种能使人联想起秋来的点缀。像花而又不是花的那一种落蕊，早晨起来，会铺得满地。脚踏上去，声音也没有，气味也没有，只能感出一点点极微细极柔软的触觉。扫街的在树影下一阵扫后，灰土上留下来的一条条扫帚的丝纹，看起来既觉得细腻，又觉得清闲，潜意识下并且还觉得有点儿落寞，古人所说的梧桐一叶而天下知秋的遥想，大约也就在这些深沉的地方。

秋蝉的衰弱的残声，更是北国的特产；因为北平处处全长着树，屋子又低，所以无论在什么地方，都听得见它们的啼唱。在南方是非要上郊外或山上去才听得到的。这秋蝉的嘶叫，在北平可和蟋蟀耗子一样，简直像是家家户户都养在家里的家虫。

还有秋雨哩，北方的秋雨，也似乎比南方的下得奇，下得有味，下得更像样。

在灰沉沉的天底下，忽而来一阵凉风，便息列索落地下起雨来了。一层雨过，云渐渐地卷向了西去，天又青了，太阳又露出脸来了；著着很厚的青布单衣或夹袄的都市闲人，咬着烟管，在雨后的斜桥影里，上桥头树底下去一立，遇见熟人，便会用了缓慢悠闲的声调，微叹着互答着的说：

"唉，天可真凉了——"（这了字念得很高，拖得很长。）

"可不是么？一层秋雨一层凉了！"

北方人念阵字，总老像是层字，平平仄仄起来，这念错的歧韵，倒来得正好。

北方的果树，到秋来，也是一种奇景。第一是枣子树；屋角，墙头，茅房边上，灶房门口，它都会一株株地长大起来。像橄榄又像鸽蛋似的这枣子颗儿，在小椭圆形的细叶中间，显出淡绿微黄的颜色的时候,正是秋的全盛时期;等枣树叶落,枣子红完,西北风就要起来了,北方便是尘沙灰土的世界,只有这枣子、柿子、葡萄,成熟到八九分的七八月之交,是北国的清秋的佳日,是一年之中最好也没有的 Golden Days。

有些批评家说,中国的文人学士,尤其是诗人,都带着很浓厚的颓废色彩,所以中国的诗文里,颂赞秋的文字特别的多。但外国的诗人,又何尝不然?我虽则外国诗文念得不多,也不想开出账来,做一篇秋的诗歌散文钞,但你若去一翻英德法意等诗人的集子,或各国的诗文的 Anthology 来,总能够看到许多关于秋的歌颂与悲啼。各著名的大诗人的长篇田园诗或四季诗里,也总以关于秋的部分,写得最出色而最有味。足见有感觉的动物,有情趣的人类,对于秋,总是一样的能特别引起深沉,幽远,严厉,萧索的感触来的。不单是诗人,就是被关闭在牢狱里的囚犯,到了秋天,我想也一定会感到一种不能自已的深情;秋之于人,何尝有国别,更何尝有人种阶级的区别呢?不过在中国,文字里有一个"秋士"的成语,读本里又有着很普遍的欧阳子的《秋声》与苏东坡的《赤壁赋》等,就觉得中国的文人,与秋的关系特别深了。可是这秋的深味,尤其是中国的秋的深味,非要在北方,才感受得到底。

南国之秋,当然是也有它的特异的地方的,比如廿四桥的明月,钱塘江的秋潮,普陀山的凉雾,荔枝湾的残荷等等,可是色彩不浓,回味不永。比起北国的秋来,正像是黄酒之与白干,稀饭之与馍馍,鲈鱼之与大蟹,黄犬之与骆驼。

秋天,这北国的秋天,若留得住的话,我愿把寿命的三分之二折去,换得一个三分之一的零头。

江南的冬景

郁达夫

凡在北国过过冬天的人,总都道围炉煮茗,或吃涮羊肉,剥花生米,饮白干的滋味。而有地炉,暖炕等设备的人家,不管它门外面是雪深几尺,或风大若雷,而躲在屋里过活的两三个月的生活,却是一年之中最有劲的一段蛰居异境;老年人不必说,就是顶喜欢活动的小孩子们,总也是个个在怀恋的,因为当这中间,有的萝卜,雅儿梨等水果的闲食,还有大年夜,正月初一元宵等热闹的节期。

但在江南,可又不同,冬至过后,大江以南的树叶,也不至于脱尽。寒风——西北风——间或吹来,至多也不过冷了一日两日。到得灰云扫尽,落叶满街,晨霜白得像黑女脸上的脂粉似的清早,太阳一上屋檐,鸟雀便又在吱叫,泥地里便又放出水蒸气来,老翁小孩就又可以上门前的隙地里去坐着曝背谈天,营屋外的生涯了,这一种江南的冬景,岂不也可爱得很么?

我生长江南,儿时所受的江南冬日的印象,铭刻特深;虽则渐入中年,又爱上了晚秋,以为秋天正是读读书,写写字的人的最惠节季,但对于江南的冬景,总觉得是可以抵得过北方夏夜的一种特殊情调,说得摩登些,便是一种明朗的情调。

我也曾到过闽粤,在那里过冬天,和暖原极和暖,有时候到了阴历的年边,说不定还不得不拿出纱衫来着;走过野人的篱落,更还看得见许多杂七杂八的秋花!一番阵雨雷鸣过后,凉冷一点,至多也只好换上一件夹衣,在闽粤之间,皮袍棉袄是绝对用不着的,这一种极南的气候异状,并不是我所说的江南的冬景,只能叫它作南国的长春,是春或秋的延长。

江南的地质丰腴而润泽,所以含得住热气,养得住植物;因而长江一带,芦花可以到冬至而不败,红叶也有时候会保持得三个月以上的生命。像钱塘江两岸的乌桕树,则红叶落后,还有雪白的柏子着在枝头,一点一丛,用照相机照将出来,可以乱梅花之真,草色顶多成了赭色,根边总带点绿意,非但野火烧不尽,就是寒风也吹不倒的。若遇到风和日暖的午后,你一个人肯上冬郊去走走,则青天碧落之下,你不但感不到岁时的肃杀,并且还可以饱觉着一种莫名其妙的含蓄在那里的生气;"若是冬天来了,春天也总马上会来"的诗人的名句,只有在江南的山野里,最容易体会得出。

说起了寒郊的散步,实在是江南的冬日,所给与江南居住者的一种特异的恩惠;在北方的冰天雪地里生长的人,是终他的一生,也决不会有享受这一种清福的机会的。我不知道德国的冬天,比起我们江浙来如何,但从许多作家的喜欢以 Spaziergang 一字来做他们的创造题目的一点看来,大约是德国南部地方,四季的变迁,总也和我们的江南差仿不多。譬如说十九世纪的那位乡土诗人洛在格(Peter Rosegger 1843—1918)罢,他用这一个"散步"做题目的文章尤其写得多,而所写的情形,却又是大半可以拿到中国江浙的山区地方来适用的。

江南河港交流,且又地滨大海,湖沼特多,故空气里时含水分;到得冬天,不时也会下着微雨,而这微雨寒村里的冬霖景象,又是一种说不出的悠闲境界。你试想想,秋收过后,河流边三五家人家会聚在一道的一个小村子里,门对长桥,窗临远阜,这中间又多是树枝槎丫的杂木树林;在这一幅冬日农村的图上,再洒上一层细得同粉也似的白雨,加上一层淡得几不成墨的背景,你说还够不够悠闲?若再要点景致进去,则门前可以泊一只乌篷小船,茅屋里可以添几个喧哗的酒客,天垂暮了,还可以加一味红黄,在茅屋窗中画上一圈暗示着灯光的月晕。人到了这一个境界,自然会得胸襟洒脱起来,终至于得失俱亡,死生不同了;我们总该还记得唐朝那位诗人做的"暮雨潇潇江上村"的一首绝句罢?诗人到此,连对绿林豪客都客气起来了,这不是江南冬景的迷人又是什么?

一提到雨,也就必然的要想到雪:"晚来天欲雪,能饮一杯无?"自然是江南日暮的雪景。"寒沙梅影路,微雪酒香村",则雪月梅的冬宵三友,会合在一道,在调戏酒姑娘了。"柴门村犬吠,风雪夜归人",是江南雪夜,更深人静后的景况。"前树深雪里,昨夜一枝开"又到了第二天的早晨,和狗一样喜欢弄雪的村童来报告村景了。诗人的诗句,也许不尽是在江南所写,而做这几句诗的诗人,也许不尽是江南人,但假了这几句诗来描写江南的雪景,岂不直截了当,比我这一枝愚劣的笔所写的散文更美丽得多?

有几年,在江南,在江南也许会没有雨没有雪的过一个冬,到了春间阴历的正月底或二月初再冷一冷下一点春雪的;去年(一九三四)的冬天是如此,今年的冬天恐怕也不得不然,以节气推算起来,大约大冷的日子,将在一九三六年的二月尽头,最多也总不过是七八天的样子。像这样的冬天,乡下人叫作旱冬,对于麦的收成或者好些,但是人口却要受到损伤;旱得久了,白喉、流行性感冒等疾病自然容易上身,可是想恣意享受江南的冬景的人,在这一种冬天,倒只会得到快活一点,因为晴和的日子多了,上郊外去闲步逍遥的机会自然也多,日本人叫作 Hiking,德国人叫作 Spaziergang 狂者,所最欢迎的也就是这样的冬天。

窗外的天气晴朗得像晚秋一样;晴空的高爽,日光的洋溢。引诱得使你在房间里坐不住,空言不如实践,这一种无聊的杂文,我也不再想写下去了,还是拿起手杖,搁下纸笔,上湖上散散步罢!

江南的春讯

成仿吾

达夫：

前几天接读了你的《北国的微音》，今早又接到了你的一封信；信虽很短，然而我们看了之后只觉半晌说不出话。

我们各人写了几句简单的回信之后，沫若只是在那边默默地踱来踱去，只让他的急促的步声略告他的悲伤的心境，我只呆呆地注视着你的来信。

现在沫若跑下楼去了，他的步声虽然没有刚才那样高，然而依然是很急促。他现在高声吟唱起来了。他念诗的声音你是很知道的。我时常觉得他的声音于激越之中含有不尽的悲哀，于悲哀之中又含有几分的激越。我知道他此刻正在为你凄楚。也在为自己悲伤。我听了他从楼下送来的动人的声音，不觉更加了几分悲感。想起了你在《北国的微音》中所说的话，不禁磨起墨来，想同你笔谈一阵了。

一个人生在世间，本来只是孤孤单单地在走各人的路；纵然眼见有许多的人同自己在一起，好像是自己的同伴，然而仔细看起来，自己与别人的中间实有一个无限大的空域，一个人就好像物质构造上的一个分子，只能任自己的微细的躯体在自己的孤寂的世界之内盘旋，永远不能跑出一步。一个人只要复归到了自己，便没有不痛切地感到这种"孤独感"的，实在也只有这种感觉是人类最后的实感。

所以你说的"牢牢捉住这'孤单'的感觉"实是文艺创作上的要诀，因为什么可以称为最高艺术，除了"生之实感"？

不过你说人类的一切行动都是由这"孤单"的感觉催发出来，我以为不如说都是为的反抗这种"孤单"的感觉。这种感觉是闯进人生的宴会上来的恶魔，人类自有始以来便与它在不断地狠斗。未受文明的流毒的我们的祖先，他们的生活没有我们今日这等困难，他们多有暇的时候，这种感觉便也最频繁地使他们烦恼。他们驰逐于山林，他们漂流于海上，无非是反抗这位狠毒的闯入者。世渐进化，生活渐难，人类忙于维持自己的存在，便把自己的身神没入于生存竞争，取了一种消极的反抗，后来更只无意识地反抗了。所以我以为人类的一切行为都是为的反抗这种"孤单"的感觉。

人类的生活，我以为是一部反抗的历史。不仅从古以来经过了无数的反抗的激战，即每一个人生下地来便不能不与气候斗，与疾病斗，与他人斗，与习俗斗。人类是反抗着而存在。

有许多古昔的贤哲为自己的虚构而闷争，而反抗；他们不仅反抗他人，而且反抗自己。他们的反抗纵令失败了，然而他们生活是有意义的，因为反抗便是生活。

人类是在反抗着而生活；而这种种的反抗都是一个一贯的，对于孤独感的反抗的分枝，全体的不变的目标是在反抗这种人生的孤独感。

讲到了反抗，达夫！我觉得不可不把近来时常在我心里的几句话同你谈谈了。再过两三天，我回到中国来就要满了三周岁。我抱了反抗的宗旨回到中国来，你是知道的。这三年的中间，我的反抗有时虽然也成了功，然而最后的结果却是弄得几乎无处可以立足，不仅多年的朋友渐渐把我看得不值一钱，便是在我自己并没有野心想要加入的文学界——在这样的文学界，我也不仅遭了许多名人硕学的倾陷，甚至一些无知识的群盲也群起而骂我是黑旋风，骂我是匹疯狗。可是我对于这些天天增加的倾陷与毒骂者，我只觉得他们不过是跑来在我的反抗的炉火上加一些煤炭与木材，使火势不至于消灭。当然我的反抗决不是对向他们，我反而觉得他们有怜悯的必要；我的反抗是对向酿成这种现象的社会全体。有时候，因为人类已经不可救药，我也不免时抱悲观，然而当我否认了一切之后，我到底把反抗肯定了。从小深处僻地的家中，全然没有与闻世事，十三岁时飘然远去，又在异样的空气与特别的孤独中长大了的我，早已知道自己不适于今日的中国，也曾痛哭过命运的悲惨，然而近来更觉我与社会之间已经没有调和的余地了。我要做人的生活，社会便强我苟且自欺；我要依我良心的指挥，社会便呼我为疯狗。这样的状态是不可以须臾容忍的，而我所有的知识没有方法可以使我自拔出来；在这样的穷境中，我终于认识了反抗而得到新的生命了！不错，我们要反抗这种社会，我们要以反抗社会为每天的课程，我们要反抗而战胜！

古来有多少善人贤哲，为了一种空想或理想，闹了多少的闷争。他们是与自己的影子在争斗，所以总没有过战胜的一天。我们的对象不是什么空想或理想，我们是面对现在的社会，我们要把现在这社会的咽喉扼住，把它向地下摔倒。

我们要随时随地地与社会战争；以前继续下来的反抗的工作，我们要更加用了十分的意识做下去。有些人宣传我们的本来不值一钱的文字为"为艺术的艺术"，称我们为颓废派，一些以耳代目的人便也一齐向我们乱指；专门诬害他人的小人们哟！让你们的良心从黑暗的囚牢里跑出来；以耳代目的盲人们哟！把你们的眼睛从狭小的眼眶里放出来，你们再看看我们以往的文字，也看看我们将来的作品罢；你们把你们惯会拿来诬人或惯会盲从瞎闹的文字丢开，看看显而易见的彼此的行为罢！

达夫！我想起了现在满目皆是的这些小人与盲人来，不觉我的反抗的炉火又加了一番火势。最近又有许多以社会主义号召的人也似乎隐隐约约地说了些关于我们的话。我真不解他们几时从什么地方得了专卖特许权，能够说别人所卖的不是与自己的同种。打"只此一家"的招牌，还不过犯了狡猾的商人的恶习，然而诬陷别人，惑人欺世，正义到那里去了？这也是要有以耳代目的群盲的中华民国才有的事。他们只知信任自己的耳鼓，别人在他们的耳鼓边乱吹一阵，便也肯信而不疑。我愿得扯住他们的耳叫醒他们，教他们张开自己的双眼，亲眼看看彼此的行为的实际。我以为文艺与社会运动素来是取同一方向的，打出了社会运动家的聪明人哟，你们也不要因为自己不曾看见，便诬他人不是同你们在一个方向走！

写来不觉很长了，达夫！你说孤独感"是我们人类从生到死味觉得到的唯一的一道实味"，我现在提出"人类的一切行为都是为的反抗这种孤独感"的一个议案，不过我所谓反抗只含有争斗的意义，没有灭绝的意思。因为这种孤独感是不能灭绝的，反而我们愈反抗，它便也愈逼近拢来，我们纵然一时把它打退了，它仍要取更凶的威势扑来。所以归根起来，它仍如你所说，是我们人类从生到死味觉得到的唯一的一道实味。

达夫！在我回国后的这三年之间，我的全身神差不多要被悲愤烧毁了。这两种激荡不宁的感情就好像两条恶狠狠的火蛇，只是牢牢地缠住我不肯松放。奄奄待毙的国家，龌龊的社会，虚伪的人们,渺茫的身世,无处不使人一想起了便要悲愤起来。而在我们现在的社会,愈是坏人,便愈能卓立,愈是无知无识的流氓,便愈能成为伟大的名人学者,我偶然愤不可遏,骂了出来,那些名人学者固然千般倾陷,便是一般的群盲,也就张开了嘴大呼奇事,甚或要加我一些不当的称号,我想起了这种不可救药的社会,想起了这种忘恩负义的群盲,有时也觉得全心都已灰尽,然而我现在在悲愤的深渊之中发现了"反抗"这条真理,我从此以后更要反抗,反抗,反抗! 孤独的朋友哟! 我们仍来继续我们的反抗,反抗到那尽头,要死便一齐同死!

至关于我结婚的事,我以为你此后倒可以不要再为我忧愁,因为我只要听到了女人二字,就好像看得见一张红得可厌的嘴在徐徐翻动着向我说:"你虽也还年轻,不过相貌太不好,你的袋里也没有几多的钱。"脱尔斯泰生得丑陋,每以为苦,但是他颇有钱,所以倒也痛饮过青春的欢乐。像我这样赤条条的人,我以为决不会有什么女人来缠扰,对于一个 Misogamist,这倒也不是怎样坏的境遇。

春光又回到江南来了,梅花已经反抗着春风,登场演了她的一回手势戏。再过些时,龙华的桃花就要开了。黄浦江的浊水常在激荡着反抗它们的命运。新落成的欧战纪念塔上的女神常在放着光反抗旁边的高塔的威压。在一间破陋而漫无秩序的长方形的房子里,三个方正的男子常在商量周报周年后改良的方法,预备反抗一切未来的困苦。达夫! 你如能回到南边来,就早点来也好,我们需要你呢!

一九二四年三月二十八日

青纱帐

王统照

稍稍熟悉北方情形的人,当然知道这三个字——青纱帐,帐子上加青纱二字,很容易令人想到那幽幽地,沉沉地,如烟如雾的趣味。其中大约是小簟轻衾吧? 有个诗人在帐中低吟着"手倦抛书午梦凉"的句子,或者更宜于有个雪肤花貌的"玉人",从淡淡地灯光下透露出横陈的丰腴的肉体美来。可是煞风景得很! 现在在北方一提起青纱帐这个暗喻格的字眼,汗喘气力,光着身子的农夫,横飞的子弹,枪,杀,劫掳,火光,这一大串的人物与光景,便即刻联想得出来。

北方有的是遍野的高粱,亦即所谓秫秸,每到夏季,正是它们茂生的时季,身个儿高,叶子长大,不到晒米的日子,早已在其中可以藏住人,不比麦子豆类隐蔽不住东西。这些年来北方,凡是有乡村的地方,这个严重的青纱帐季,便是一年中顶难过而要戒严的时候。

当初给遍野的高粱赠予这个美妙的别号的,够得上是位"幽雅的诗人"吧? 本来如刀的长叶,连接起来恰像一个大的帐幔,微风过处,秆,叶摇拂,用青纱的色彩作比,谁能说是不对? 然而高粱在北方的农产植物中是具有雄伟壮丽的姿态的。它不像黄云般的麦穗那么轻袅,也不是谷子穗垂头委琐的神气,高高独立,昂首在毒日的灼热之下,周身碧绿,满布着新鲜的生机。高粱米在东北几省中是一般家庭的普通食物,东北人在别的地方住久了,仍然还很欢喜吃高粱米煮饭。除那几省之外,在北方也是农民的主要食物,可以糊成饼子,摊作煎饼,而最大的用处是制造白干酒的原料,所以白干酒也叫做高粱酒。中国的酒类性烈易醉的莫过于高粱酒。可见这类农产物中所含精液之纯,与北方的土壤气候都有关系。但高粱的特性也由此可以看出。

为什么北方农家有地不全种能产小米的谷类,非种高粱不可?据农人讲起来自有他们的理由。不错,高粱的价值不要说不及麦,豆,连小米也不如。然而每亩的产量多,而尤其需要的是燃料。我们的都会地方现在是用煤,也有用电与瓦斯的,可是在北方的乡间因为交通不便与价值高贵的关系,主要的燃料是高粱秸。如果一年地里不种高粱,那末农民的燃料便自然发生恐慌。除去为作粗糙的食品外,这便是在北方夏季到处能看见一片片高秆红穗的高粱地的缘故。

高粱的收获期约在夏末秋初。从前有我的一位族侄——他死去十几年了,一位旧典型的诗人——他曾有过一首旧诗,是极好的一段高粱赞:

> 高粱高似竹,遍野参差绿。粒粒珊瑚珠,节节琅玕玉。

农人对于高粱的红米与长秆子的爱惜,的确也与珊瑚琅玕相等。或者因为这等农产物品格过于低下的缘故,自来少见诸诗人的歌咏,不如稻,麦,豆类常在中国的田园诗人的句子中读得到。

但这若干年来,高粱地是特别的为人所憎恶畏惧!常常可以听见说:"青纱帐起来,如何,如何……""今年的青纱帐季怎么过法?"因为每年的这个时季,乡村中到处遍布着恐怖,隐藏着杀机。通常在黄河以北的土匪头目,叫做"秆子头",望文思义,便可知道与青纱帐是有关系的。高粱秆子在热天中既遍地皆是,容易藏身,比起"占山为王"还要便利。

青纱帐,现今不复是诗人、色情狂者所想象的清幽与挑拨肉感的所在,而变成乡村间所恐怖的"魔帐"了!

多少年来帝国主义的压迫,与连年内战,捐税重重,官吏、地主的剥削,现在的农村已经成了一个待爆发的空壳。许多人想着回到纯洁的乡村,以及想尽方法要改造乡村,不能不说他们的"用心良苦",然而事实告诉我们,这样枝枝节节,一手一足的办法,何时才有成效!

青纱帐季的恐怖不过是一点表面上的情形,其所以有散布恐慌的原因多得很呢。

"青纱帐"这三个字徒然留下了极淡漠的,如烟如雾的一个表象在人人的心中,而内里面却藏有炸药的引子!

温州的踪迹

——录三则

朱自清

一 "月朦胧,鸟朦胧,帘卷海棠红"

这是一张尺多宽的小小的横幅,马孟容君画的。上方的左角,斜着一卷绿色的帘子,稀疏而长;当纸的直处三分之一,横处三分之二。帘子中央,着一黄色的,茶壶嘴似的钩儿——就是所谓软金钩么？"钩弯"垂着双穗，石青色；丝缕微乱，若小曳于轻风中。纸右一圆月，淡淡的青光遍满纸上；月的纯净，柔软与平和，如一张睡美人的脸。从帘的上端向右斜伸而下，是一枝交缠的海棠花。花叶扶疏，上下错落着，共有五丛；或散或密，都玲珑有致。叶嫩绿色，仿佛掐得出水似的；在月光中掩映着，微微有浅深之别。花正盛开，红艳欲流；黄色的雄蕊历历的，闪闪的。衬托在丛绿之间，格外觉着妖娆了。枝欹斜而腾挪，如少女的一只臂膊。枝上歇着一对黑色的八哥，背着月光，向着帘里。一只歇得高些，小小的眼儿半睁半闭的，似乎在入梦之前，还有所留恋似的。那低些的一只别过脸来对着这一只，已缩着颈儿睡了。帘下是空空的，不着一些痕迹。

试想在圆月朦胧之夜，海棠是这样的妩媚而嫣润；枝头的好鸟为什么却双栖而各梦呢？在这夜深人静的当儿，那高踞着的一只八哥儿，又为何尽撑着眼皮儿不肯睡去呢？他到底等什么来着？舍不得那淡淡的月儿么？舍不得那疏疏的帘儿么？不，不，不，您得到帘下去找，您得向帘中去找——您该找着那卷帘人了？他的情韵风怀，是这样这样的哟！朦胧的岂独月呢；岂独鸟呢？但是，咫尺天涯，教我如何耐得？我揣着千呼万唤；你能够出来么？

这页画布局那样经济，设色那样柔活，故精彩足以动人。虽是区区尺幅，而情韵之厚，已足沦肌浃髓而有余。我看了这画，瞿然而惊；留恋之怀，不能自已，故将所感受的印象细细写出，以志这一段因缘。但我于中西的画都是门外汉，所说的话不免为内行所笑。——那也只好由他了。

1924 年 2 月 1 日，温州作

二　绿

第二次到仙岩①的时候，我惊诧于梅雨潭的绿了。

梅雨潭是一个瀑布潭。仙岩有三个瀑布，梅雨瀑最低。走到山边，便听见花花花花的声音；抬起头，镶在两条湿湿的黑边儿里的，一带白而发亮的水便呈现于眼前了。我们先到梅雨亭。梅雨亭正对着那条瀑布；坐在亭边，不必仰头，便可见它的全体了。亭下深深的便是梅雨潭。这个亭踞在突出的一角的岩石上，上下都空空儿的；仿佛一只苍鹰展着翼翅浮在天宇中一般。三面都是山，像半个环儿拥着；人如在井底了。这是一个秋季的薄阴的天气。微微的云在我们顶上流着；岩面与草丛都从润湿中透出几分油油的绿意。而瀑布也似乎分外的响了。那瀑布从上面冲下，仿佛已被扯成大小的几绺；不复是一幅整齐而平滑的布。岩上有许多棱角；瀑流经过时，作急剧的撞击，便飞花碎玉般乱溅着了。那溅着的水花，晶莹而多芒；远望去，像一朵朵小小的白梅，微雨似的纷纷落着。据说，这就是梅雨潭之所以得名了。但我觉得像杨花，格外确切些。轻风起来时，点点随风飘散，那更是杨花了。——这时偶然有几点送入我们温暖的怀里，便倏的钻了进去，再也寻它不着。

梅雨潭闪闪的绿色招引着我们；我们开始追捉她那离合的神光了，揪着草，攀着乱石，小心探身下去，又鞠躬过了一个石穹门，便到了汪汪一碧的潭边了。瀑布在襟袖之间；但我的心中已没有瀑布了。我的心随潭水的绿而摇荡。那醉人的绿呀！仿佛一张极大极大的荷叶铺着，满是奇异的绿呀。我想张开两臂抱住她；但这是怎样一个妄想呀。——站在水边，望到那面，居然觉

---

① 山名，瑞安的胜迹。

着有些远呢！这平铺着，厚积着的绿，着实可爱。她松松的皱缬着，像少妇拖着的裙幅；她轻轻的摆弄着，像跳动的初恋的处女的心；她滑滑的明亮着，像涂了"明油"一般，有鸡蛋清那样软，那样嫩，令人想着所曾触过的最嫩的皮肤；她又不杂些儿尘滓，宛然一块温润的碧玉，只清清的一色——但你却看不透她！我曾见过北京什刹海拂地的绿杨，脱不了鹅黄的底子，似乎太淡了。我又曾见过杭州虎跑寺近旁高峻而深密的"绿壁"，丛叠着无穷的碧草与绿叶的，那又似乎太浓了。其余呢，西湖的波太明了，秦淮河的也太暗了。可爱的，我将什么来比拟你呢？我怎么比拟得出呢？大约潭是很深的，故能蕴蓄着这样奇异的绿；仿佛蔚蓝的天融了一块在里面似的，这才这般的鲜润呀。——那醉人的绿呀！我若能裁你以为带，我将赠给那轻盈的舞女；她必能临风飘举了。我若能挹你以为眼，我将赠给那善歌的盲妹；她必明眸善睐了。我舍不得你；我怎舍得你呢？我用手拍着你，抚摩着你，如同一个十二三岁的小姑娘。我又掬你入口，便是吻着她了。我送你一个名字，我从此叫你"女儿绿"，好么？

　　我第二次到仙岩的时候，我不禁惊诧于梅雨潭的绿了。

2月8日，温州作

三　白水漈

　　几个朋友伴我游白水漈。

　　这也是个瀑布；但是太薄了，又太细了。有时闪着些须的白光；等你定睛看去，却又没有——只剩一片飞烟而已。从前有所谓"雾縠"大概就是这样了。所以如此，全由于岩石中间突然空了一段；水到那里，无可凭依，凌虚飞下，便扯得又薄又细了。当那空处，最是奇迹。白光嬗为飞烟，已是影子，有时却连影子也不见。有时微风过来，用纤手挽着那影子，它便袅袅的成了一个软弧；但她的手才松，它又像橡皮带儿似的，立刻伏伏贴贴的缩回来了。我所以猜疑，或者另有双不可知的巧手，要将这些影子织成一个幻网。——微风想夺了她的，她怎么肯呢？

　　幻网里也许织着诱惑；我的依恋便是个老大的证据。

3月16日，宁波作

乡　愁

罗黑芷

　　写了《死草的光辉》已经回到十四年前去的这个主人，固然走入了淡淡的哀愁，但是想再回去到一个什么样的时候，终寻不出一个落脚的地方。这并非是十四年以前的时间的海洋里，竟看不见一点飘荡的青藻足以系住他的紊思，其实望见的只是茫茫的白水，须得像海鸟般在波间低徊，待到落下倦飞的双翼，如浮鸥似的贴身在一个清波上面，然后那仿佛正歌咏着什么在这暂时有了着落的心中的叹息，才知道这个小小的周围是很值得眷恋的。谁说，你但向前途寻喜悦，莫在回忆里动哀愁呢？

呵！哀愁也好,且回转去罢,去到那不必计算的一个时候。那时候是傍晚的光景;我不知被谁,大约是一个嬷嬷吧? 抱在臂里,从后厅正屋出到前厅回廊,给放下在右手阑干边一个茶几上站住。才从母亲床上欢喜地睁开来的一双迷矇矇的小眼睛,在那儿看见一个穿蓝色竹布衣衫的女人,是在我小小的心中觉得一见面便张手要伊拥抱的女人。这是谁呢? 你猜一猜看。伊凭倚着阑干,微笑着,望着那被黄昏的光充塞了的庭院,空中无数点点的飞虫穿来穿去,它们的薄翅振动仿佛习习有声。

"孩子! 这是萤火虫呀! 这是——"

我立刻被伊的唇吻着了,我在伊的那从有史以来便凝聚着爱情的黑晶晶的睫下了,我从旁边不知又是谁的手里喝了一口苦味的浓茶,舌头上新得了一种苏生的刺戟,我立刻在这小小的模糊的心中感觉了:这是我家的七月的黄昏。

回转去罢,房屋依然是那所古旧的房屋,在那条有一个木匠人家管守入口的短巷左边;落雨的时节,那木匠饲养的三只斑鸠便在檐下笼中咕咕地叫唤,时候却仿佛是五月。祖母在伊静悄悄的房中午睡;父亲的窗子里似乎有说话的声音;我的一个伴侣一个比我大两岁的哥哥,叔母生的——不知到哪里去了;母亲也不见;我独自在后院天井里蹲着。那从墙边和砖缝里挺生出来的野草,有圆叶的,有方叶的,密密的,疏疏的,不知叫作什么,衬着满阶遍地的青苔,似乎满院里都是绿色的光的世界。

"哥儿! 哪! 这儿一点东西送给你。"

挑水的老王,从他担进院来而尚未息肩的一头水桶里,取出一枝折断了的柳梢,尖尖的长叶滴下了的水珠在他的手背上。呵! 城外是一个什么世界呢? 他又在他肚腰带里挖摸着,一个黑壳亮翅的虫儿嘶鸣着随着他的手出来了:

"这叫做蝉子。"

"呵! 老王!"

我飞跳过去了。于是那蝉和柳枝便齐装在一个小方竹笼内挂在后院的壁上。我在这东西旁边盘旋玩耍,直到"赫儿,赫儿"地呼唤着的即在今日还能引我潸然下泪的母亲的声音,可爱地送到我的小耳朵里。

回转去罢。回转去罢,这回仿佛是在一个暮春的夜里。母亲坐在有灯光的桌前和邻家的姆姆安闲地谈着话,一个姑娘——我为你祝福,姑娘,我记不起你的名字了——背靠着那窗下坐着。伊是我的姐姐,这是母亲教我这样称呼的;当伊站立起来的时候,伊仿佛比我高半个身躯,听说是要说人家了,因为是十五岁的女孩儿呢! 正是,我来到母亲房里瞧看伊,原是我的先生的吩咐。我记得进来的时候,仿佛那先生已经到了后厅的屏门外,将他的一只耳朵和一只眼睛交换贴在门缝边向内打听。十分对不住您,先生,我现在应该这样向您道歉,因为姐姐抱我坐在伊的膝上,伊用面庞亲热地偎傍我,偏起头看我,摇我的肩膊,抚我的头发,喊我做"赫弟! 赫弟!"我痴痴地瞧着伊的那笑眯眯但是而今我记不清楚了的尖尖的脸。先生,伊或许已经替你生了几个好儿子吧? 可是我所能有的,只是那一根灯草头上吐出来的静静的一朵黄色灯焰,这也即是儿时母亲房里的春夜的光辉呵! 虽然伊的身影很模糊,我细细吟味,如掣电般我便又站立在伊的面前了。

隔着彭蠡的水,隔着匡庐的云,自五岁别后,这一生认为是亲爱的人所曾聚集过的故乡的家,便在梦里也在那儿唤我回转去。回转去罢,我而今真的回来了:你无恙么? 我家的门首的石狮,我记得我曾在你身上骑过;你还是被人家唤做秃头么?卖水果的老蒋,我记得你的担子上的桃子是香脆的;你还是在巷中袒出赤膊滑滑地和你师父同锯木头么?可怜的癫子徒弟,那些斑鸠又在叫唤你喂食给它们呢!这真是了不得,我还握着四文小钱在手中,听见门外叫卖糯米团子的熟悉声音来了,我便奔向大门去:

"糯米团子,一个混糖的,一个有白糖馅的!"

很甜,很甜,妈妈,您吃不吃呢?

村声

老　向

没有声响,不足以表现寂静;没有寂静,也不足以显示声响。这种情理,在居住乡下的人们很容易悟出来。

从太阳没了说起吧:爱吵爱叫的孩子们,都像小麻雀似的各自回家去了。所有的街巷,一齐入了睡眠状态。完全黑夜自不待言,就是有月光的日子,那路旁的树影儿,也不会把孩子们喊出来再玩玩不是?偶尔,纯乎是偶尔,有个小贩在晚餐以后会来吆喝一声:"老豆腐开锅!"那声调又高又颤,好像一只带伤的秋雁,飞到东西,飞到南北,终于又飞回来;因为四围都让寂静给塞满了,没有它的去路。

"雄鸡司晨",仿佛是鸡祖宗留下的老例。然而定县的雄鸡,很有一些"祖宗不足法"的创造精神,它爱几时叫了就几时叫。它的鸣声很草率,大概它并不指望着震动天下,也不管那些"打夜作"的人们听了发生什么感想。它仿佛是对于这黑夜的寂静有些胆怯了,所以要试着叫一叫。

俗谚说:"夜猫进宅,无事不来。"夜猫,俗名叫做秃枭。许多人家都把秃枭当作凶鸟,很厌恶它在深夜间大呼小叫的。本来夜里静得就有点死气,它的啸声仿佛使死气颤动起来,自然不免有些鬼气森森,无怪乎人们听了觉得有点毛骨悚然。我个人并不怎样讨嫌它;绕在我的住室前后的古树上,时常有一两只枭鸟夜鸣。在这无边寂静的秋夜,它的一声高啸,到底把寂静画了一个轮廓。

在这并不"夜不闭户"的年头儿,夜间有比枭鸣更足以使人提心吊胆的声音,那便是群狗狂吠。自然,狗有时也会"咬空儿",所谓为了要叫而叫的;但是据说大部分是"有所见而叫",人们怎么能不惊心?在有许多村狗向着一个目标叫成了一片的时候,留心门户的人们,会爬到房上去,相应的有一两声表示他有戒备的假咳嗽。

夜间的声音,不知道从那一个时刻起便宣告结束。黎明,首先冲进村街的是一面"蓬蓬蓬"的破皮鼓。敲鼓,在北平是卖零碎木炭的唤头,在此间却成了卖豆腐的了。无论多么困倦的人,听了这破鼓晨声,若还赖在炕上,那便是村中加料的懒人,便会失掉许多街坊的同情。像我们这些按照钟点作息的人们,有时感到这面破鼓惊扰睡梦,心里很不高兴。可是既而一想,这只能怪自己起得太晚,怪不着别人。而且这面破鼓,不论冬夏,也不论风雨,比鸡叫还靠得住,天天准是黎明即到;默默之中有着报时钟的作用。

晨鼓之外，这一个整天儿还有一种经常的声音，就是卖烧饼麻糖的那面小铜锣。乡下人们，要不是去瞧病人或是哄孩子，谁能那么不知物力艰难，随便拿起个烧饼来吃吃？好，这样儿，一时出售不完，那卖烧饼的可有活儿干了。他好像一个吃着双工钱的更夫，由早到晚，由东铛铛到西，由南铛铛到北。最初我们觉得他简直是发疯，以为敲一两下，大家都得听见就得了，何必那么不怕麻烦连续着敲？后来明白这道理了：说他深怕锣声一住，这个村庄便真个静得死过去，也许靠不住；说他自己忍不住这寂静，八成没有错儿。

在寻常的日子，村子里再没有别的声音了。遇上城里大集的日子，有个把卖鸭梨的小贩，剩下了货底儿，在归途上路过这个村庄，也许顺便摆在街上吆喝两声。这时，许多人们不论买与不买，总要跑出街门来，看看。但是十集八集，这类小贩也未必来一回。

村妇骂街，也不失为冲破沉寂的声音，可惜是也不常有。

另外，在白天，碰巧了有"钱买杂皮"或是"猫皮狗皮换鞭梢"的小贩到了，村里的狗们一定会总动员去欢迎他，远远的向他狂吠致敬，也还有相当的热闹。

晚饭以后，我们时常翻阅"皇历"，挑拣"诸事皆宜"的好日子，猜想会有谁家"娶儿嫁女"，会有一班吹鼓手来大闹一阵。及至到了那一天，并无此事，心里仿佛失掉些什么似的。

有时觉得下雨也好，下雨可以听到檐前的滴水淅沥；刮风也好，刮风可以听到屋后的白杨萧萧。恰巧在这"春秋多佳日"的季节，又少风无雨。

深山古寺里的和尚，不肯蒲团静坐，养性修真，偏要去听听鸟叫，听听泉鸣；早晚还要轻叩木鱼，低诵经文；有了这一切还嫌不够，不时的还要笙管箫笛铙钹钟鼓的大吹大擂。以前我不懂这是什么出家人的道理，现在，我明白了。街上一个小孩子随便大嚷一声，不是都能把我叫出门去么？

龙 山

蒋牧良

龙山是我们湖南一个二等名山。位置在宝庆和湘乡的交界处。宝庆府志有一段唐朝孙思邈在这山里著《千金方》的记载。据一般传说，山上那个首峰——岳平顶，是与衡山的祝融回雁两峰齐高得名的。乡里人形容着说：

"四十六面龙山，半在天外半在人间。"

可是这地方我没去过。

今年春季回到了故乡，有位老朋友君石对我说：

"克明现在龙山养肺病，想来看你，可是他不能走。"

提到克明，我就记起了十来岁时共板凳念书那个圆睛白皮的小胖子，口没有迟疑的答道：

"啊，他害了肺病？这……这该我去看他才对！什么日子我们同去？……老实说：我还想搭着看看山哩。"

一个晴和的日子，我和君石起身到龙山去。

　　九点钟左右,我们到了少狮峰。——这是一座峻峭的高峰,比起岳平顶来,逊不了多少色。可是一点也不像狮形,倒像匹伏在地下受载的骆驼。龙山的山脉,本来就和水浪子一样起伏着,一到离少狮峰不远的地方,格外显得崎岖挺拔,冒出这个狮头之后,(许多人都指那高岗叫狮头。)又矫健地向北拐去。

　　从南边的山峡里泻出一条小涧,紧抱着少狮峰的山脚。两岸尽是岩石,水势急湍。沿山涧十步或二十步的急水滩头,有些纺车大小一座的筒车。可是车上没装有水勺,不像用来灌田的。岸边石板上另外安设一节装有长柄的木材。水力激着车轮,使木材自动地在石板上磨擦。还有许多舂米舂糠的水研春,都是一样安设。不知道的,还以为这地方有了一架大大的发动机。

　　我刚想要问问这些筒车怎么不装水勺,君石可比我先开口:

　　"你看了不认得吧?——这是香车子。"

　　"香车子?我还以为是小筒车。"

　　"哈哈……筒车在这地方有什么用处?"君石笑了起来,"山里的人没田种,土里可用不着多灌水的。"

　　我看看两边,果然没有田。君石就详详细细说出香车子是借水力把木料磨成细粉,收集起来做线香,子午香,檀条香……这一类东西的原料,算是山里人的一种出产。

　　我们一面说一面走,从一座小木桥上横过这条山涧,到了少狮峰去飞水洞的路上。君石抬一下头:

　　"唔,上岭了,我们预备。"

　　他脱下夹袍子来横搭在肩上,我也把裤脚边子卷得高高的。

　　路——不过二尺来宽,从一些蒙茸的乱草和柴薪中间扭上去,像个草写的之字。一到极陡的地方,要攀着柴草才爬得上。气喘得急起来了,我俩张开嘴巴,悄没声的在坡上攀援着。

　　大约走了七八里路,到了少狮峰的山腰里。君石向左边拐一拐弯,路就成了横的,对一座挤密的竹林里扑去,身上沁出汗水,衣服粘在皮肉上怪难过的。

　　竹林里没少狮峰那么多柴草,老竹的新叶长成了,嫩竹正在开着枝。懒黄黄的太阳打竹梢上洒下来,把地下映成千百万个三角叉,在纵横的晃荡着。湿潮潮的落叶上,还有些露水滴,脚步踏上去,听得擦呀擦的响,整个林子里发出一股泥土香来,闻到鼻子里,使你觉得全身都要轻松些似的。

　　"呀,坐一刻吧,"君石停在山凹里一个石墩子边上说,"爬山真不行,我们比起山上的人来,连一个老太婆都不如。"

　　他翻起夹袍子的衣襟来擦把汗,一屁股顿在石墩子上,两手捧着脑袋。我透过一口气,问:"还有多远——到飞水洞?"

　　"远倒……翻过这座竹山就瞧得见了。"

　　我坐到君石隔边的地下,想来抽一支烟,刚刚擦燃自来火,忽然上面有个女人压尖着嗓子喊:

　　"这地方坐不得的,这地方……我们要放竹了。"

　　我和君石赶急闪到右边一个坂上,还没坐下,上面就有许多去掉了枝子的绿皮嫩竹,接二连三的向凹里射来,不到一杯茶久,百十条死蛇似的嫩竹,在凹里躺拦一地的。

　　我正想瞧瞧山上有多少人,猛听得屁股背后有阵脚板响;一个二十零岁的女人,从山脊梁上赛跑似的冲下来。她左膀子底下挟着三尺多长一截树,右手拈把镮刀,在这些凸头孔脑石子上,踏着平地一样的飞奔着,等到她插过我的身边,才发现她背上还有个字纸篓一样的竹篓,里面装个岁把的小孩,在吃山茶泡。她的髻子上,插着几朵新摘的燕山红。

一到凹里,她就把挟来的那截树顿到地下,像板鸭店里的斩砧似的用镮刀在上面砍着嫩竹,断成一节一节的。她的臂膀蛮有力,一刀下去,嫩竹就成了两截,刀子还砍在树上站得稳稳的,可是头脑子上沁出汗来,这么三月里的天气,只穿着一层破烂的单衣,还时不时把衣袖在擦那酱油色脖子上的汗。

"龙山的男子汉呢,怎么要让女人来干这些事?"我歪一下脑袋向着君石说。

他把下巴朝我的背后一翘:

"哪,不是打那里来了么?"

我回转头去,并没有瞧见什么男子汉,只有两捆已经劈成小块的嫩竹,打我们刚才走过的地上向这儿移来。每一捆嫩竹,都有那么丈把长,合抱来粗。我不能估计它的重量,不过它们中间,有条茶碗大小当扁担用的杉树,两端都沉了下去。

两捆嫩竹移近了,我看明白了中间那个挑的——这是个三十来岁的汉子,前额有点突,一见眼,就知道是女人背上那个孩子的父亲。他光着上半截身子,个子并不怎么高大,比起他挑的那担东西来,很不相称。可是他下死劲地驮了它们在这条横路上歪着身子走,步子踏得非常慢,两条多毛的脚杆,发着抖。他的胸脯和膀子都凸起一瓣一瓣的栗子肉,颈筋绷得弓弦一样,那条做扁担用的杉树,深陷地嵌进肩窝的肉里面去。

我和君石赶紧站起来让他走,他可一眼也没瞧我们。——那两颗突眼球紧盯了脚底下这条路,断续地发出"ng!ng!……"的喊叫。这声音沉重地打中人心里,我有些受了压迫似的感觉。君石坐的石墩子上有了两个圆形的湿点子,这是那汉子滴的汗水。在太阳光底下,我仿佛看它带着血红色。

那汉子一走到凹里,就把嫩竹斜靠在一棵树边上,抱着嫩竹上挂的一个茶筒"咕嘟咕嘟"的喝。

"你去接了姆妈那一担来吧,她走不动了。"男的把茶筒放下,用一手扒掉额上的汗,就给女的解下那个小孩来说。

这小女人去不多久,打那边山里又挑了一担来,虽然没有男的那担大,百把斤是有的。她的背后跟着一个头发斑白了的老太婆,张开一张瘪嘴来喘气,整块衣背心给湿透了。

我们在这地方坐不到多大一会,君石又站起身来向前走。这时候,山凹里那对夫妻,已经在劈着那些砍断的嫩竹。老太婆一面逗小孩,一面劈花子。离开他们不到三五丈远,我就问君石:

"男男女女都能这样拼命,山上的人也不家家如此吧?"

"那里,住在龙山的人,都一样地靠着山土过活,不拼命,他怎么能过下去?"

我们又走上大半里路,才出了这座竹林。

飞水洞那道瀑布,挂在前面的高峰上。那岗峦比少狮峰还要高出几十丈。远看去像个白胡子老头坐在那里烤太阳,两边耸着许多小峰,有些像笔架,有些像尖顶帽子,还有一些像小孩和鬼怪,都围着这老头的前后左右。那道白胡子在太阳底下,显得格外惹眼,还隔着一二里路,就听得到"xa-a-a-a-a-a……"。

脚底下的路已经变平了,靠飞水洞这边的大半面山,全是山芋地。这中间瞧不见一棵树,或是一根草,全是新挖垦的,直伸到前面那片大大的桐子树山里,有几百亩宽。

半山上横站着十多个人,在挖呀掘的。他们列得像散兵线一样,保持着相当远的距离,有男人也有女人,还有驼着脊背的老头子。都弓着脊梁,挺起屁股,在运用着那些笨重的锄头。

我和君石走在路上,离他们还有上十丈地远,瞧不出他们是不是运用了全身的精力,可是从那姿式上,和打木桩一样的重浊的响声听来,我仿佛也看见他们一锄下去,全身的肌肉都得那么抖动一下。

到了飞水洞底下,天上罩着一层厚厚的云雾似的。一些粉一样碎的水星星,溅在衣上和头发上,成了一层白毛,似乎上面正在下着牛毛细雨。我和君石只隔得四五尺远,也得打手势——说话是听不见的。

我们攀着柴草和树枝在左边那岩石上走,可是不敢去瞧右边——底下是个十丈高的深坑,两边矗立着许多狗牙齿一样的岩石,碧绿的水流一摔到这些石齿上,就便成牛奶似的一条白虹,汹涌地,怒吼地,向洞里滚去。

三四十分钟以后,爬到了飞水洞上面。这地方离岳平顶大约有二十来里路,远远相对,可像两个旗台。我们一到那最高峰,整个龙山都踏在脚底下。全山的岗峦,杂乱的像个大义冢山里的坟堆子,可是远处那许多高峰,照在太阳光底下,变成了青灰色,又仿佛一些倒摆着的螺丝。

龙山的云,可真有些古怪:有的堆得宝塔一样,挂在高空;有的却像棉絮,满铺在这些山凹里。猛一看,这个岗峦和那个岗峦的中间,似乎隔着一沟水。在飞水洞右前方那个叫做芙蓉峰的高峰,简直像飞在空中——山脚全给白云埋着了,只有上面露出一个尖顶来。

经过这样一次攀登,我和君石都有点疲劳。我还把眼光放得远远的,想数清龙山到底有多少峰峦,君石却仰躺在草地上,闭着眼睛半天没有动弹一下。

太阳已经爬到了天顶上,我的影子成了一个圆饼,贴在脚尖子前面。君石有气没力的爬起来坐着说:

"走吧?我们还得和克明去多谈一谈。"

"来了就还看一刻吧,费了这样大的劲!"

"我说瀑布还是要隔得远看才有趣,爬到上面倒觉得没有多少意思。"

"看山不是越高越痛快?干么一定要看瀑布?……杨家滩那条河都成了一条带子,帆船不过和些虱子似的在上面爬。"

君石站起来伸个懒腰,向我指着的方向随便望了一望,可还是提不起什么兴致来。我怕他等急了,站不到十来分钟,就同着他打山北寻路到克明养病的地方来。

事情可真不凑巧,我们来到克明的门口,上面挂着一把锁。君石找着他一个又聋又瞎的邻居婆子问了半天,才知道他又吐过两次血,给他的家里人用轿子抬下山去了。

"怎么办?"君石把眼睛瞧着我,"只有明儿到他家里去。"

我点了点头。还想问问这老太婆克明的病到底怎么了。可是她只摇头,问不出什么道理来。君石又催着我早点下山去,一路找不出什么店子,肚子里可有些饿了。

一路上,我们并没有多说话,都感到有些扫兴。

快走到那桐子树山里的一个岩石边上,君石发现了那边的洼地里有一座小茅屋,他刹住步子,回头瞧我一眼说:

"我们到这屋子里去买点什么东西吃吧?我真饿起来了!"

"行!"我这样答应。

屋子里有三个人坐在那里吃饭,一见我们进去,一齐站了起来——原来是上午在竹山里的那对夫妻和那个老太婆,只有孩子睡着了。他们那些嫩竹,都堆在前面的坪子里,君石说出了我们的来意,老太婆就满脸含笑说:

"阿弥陀佛! 只怕我们吃的东西你们不能吃,要给什么钱! ……还有那些蒿子粑粑,请你们尝尝我们山里的口味去。"

接着,她就招呼那插燕山红的小女人进里面屋子里弄粑粑去,她自己也给她去烧火。屋里只有那汉子还在吃他的饭,他不很爱说话,显得非常朴厚,似乎见了我们也有些局促。他们的桌子是一条烂板凳仰天躺着,四条脚上架着一口缺了一小块的锅子,里面装着一些野苔苗。

君石站在那汉子的后面,向他碗里努努嘴,我才发现他全吃的是锅子里那些东西,并没有饭。可是他吃得非常香甜的样子,仿佛不知道还有别的更好吃的东西似的。

老太婆从里面装上了一大碗蒿子粑粑给我们,那颜色虽然有些发青,可是里面杂着有些高粱粉做成的,比起他们的野苔苗来,可有些两样。

我们正在费力地咽着蒿子粑粑,外面走进来了一个穿黑海青的中年和尚。老太婆一见眼,赶紧让出自己坐的那张凳:

"阿呀,迪光师,你来了! 快坐一刻,到这里坐一刻!"

可是那和尚只靠着门站着,不肯进来,他瞧一眼男的说:

"嘿,你们家里倒好! 去年的药税没缴清,今年的嫩竹又不肯合漕,这话到底怎么说?"

那汉子睁着眼睛看住他,一句话也说不出来。还是老太婆先赔了一个笑脸说:

"这事情是这样,迪光师! 不是不想合漕,他父亲去年死了,还欠一身债,我想把嫩竹卖几个现钱来救急。要不是,寺里不是一样的? 只怕远水救不了近火。……本来想先来求求老师父,那药税……"

"不要唠叨,不要唠叨!"那和尚一面摆手,一面返身就跑,"每一次来,你都有这么多话说的。……你们不先把药税弄清,不要想把嫩竹卖出去,莫说我没有给你们的信。"

老太婆追出去,想再和他说几句话,可是那个和尚已经走远了。插燕山红的女人望望窗户外面,不知她嘴里骂了一句什么。

老太婆转来了,她脸上显着有些不安的神色。看看儿子说:

"这事情。你今天下午还是先到寺里去说一下的好,你想这些贼秃驴的心不狠? 方家呢——那不是已经做了一个样么?"

"怎么你们的嫩竹庵子要威逼你卖?"我问那老太婆。

"是罗! 先生,你哪里知道我们龙山? 老师父就比县太爷还要大,嫩竹子要和他们合漕,又不出现钱。真的说我们欠寺里的药税,老早在生息钱的,他怎么能管得到嫩竹上来?"

"和尚这么凶起来,你们不告他么?"

"呵,还说告? 我们凭什么东西去告寺里的? 吃饭的钱都没有,还打得起官司? ……作孽哟,真是敬菩萨的人,反比什么都要狠!"

我可给这老太婆说得不能开口了,君石在微微地对我笑着。这使我有些不解。我们吃过蒿子粑粑,给了两串钱,她不肯要。我把钱丢在那孩子睡的摇篮里,掉头就跑。

"你刚才笑我的什么,话说错了不是?"离开那屋不远,我就问君石。

"我笑你太不知道龙山了!"

接着,他就详详细细告诉我:住在龙山的人,嫩竹,山芋,高粱,都还是副出产,顶重要的一年都靠在秋季以后挖药草。不知什么朝代起,挖药草每百斤要纳庙子里二十斤税,不纳不成;龙山的庙多,和尚也多,他们一年到头,吃的就在这些人身上,山里的人得罪了庙里,就不要想活在龙山,宝庆县都管不了,到什么地方告去?

"你想你刚才说得不值得笑么?"他结束了他的话。

"哦,原来如此!"我恍然的答。

等到我们走下山来,整个龙山,都已笼在苍茫的暮色里。

故乡的杨梅

鲁　彦

过完了长期的蛰伏生活,眼看着新黄嫩绿的春天爬上了枯枝,正欣喜着想跑到大自然的怀中,发泄胸中的郁抑,却忽然病了。

唉,忽然病了。

我这粗壮的躯壳,不知道经过了多少炎夏和严冬,被轮船和火车抛掷过多少次海角与天涯,尝受过多少辛劳与艰苦,从来不知道颤栗或疲倦的呵,现在却呆木地躺在床上,不能随意的转侧了。

尤其是这躯壳内的这一颗心。它历年可是铁一样的。对着眼前的艰苦,它不会畏缩;对着未来的憧憬,它不肯绝望;对着过去的痛苦,它不愿回忆的呵,然而现在,它却尽管凄凉地往复的想了。

唉,唉,可悲呵,这病着的躯壳的病着的心。

尤其是对着这细雨连绵的春天。

这雨,落在西北,可不全像江南的故乡的雨吗? 细细的,丝一样,若断若续的。

故乡的雨,故乡的天,故乡的山河和田野……还有那蔚蓝中衬着整齐的金黄的菜花的春天,藤黄的稻穗带着可爱的气息的夏天,蟋蟀和纺织娘们在濡湿的草中唱着诗的秋天,小船吱吱地触着沉默的薄冰的冬天……还有那熟识的道路,还有那亲密的故居……

不,不,我不想这些,我现在不能回去,而且是病着,我得让我的心平静;恢复我过去的铁一般的坚硬,告诉自己:这雨是落在西北,不是故乡的雨——而且不像春天的雨,却像夏天的雨。

不要那样想吧,我的可怜的心呵,我的头正像夏天的烈日下的汽油缸,将要炸裂了,我的嘴唇正干燥得将要迸出火花来了呢。让这夏天的雨来压下我头部的炎热,让……让……

唉,唉,就说是故乡的杨梅吧……它正是在类似这样的雨天成熟的呵。

故乡的食物,我没有比这更喜欢的了。倘若我爱故乡,不如就说我完全是爱的这叫做杨梅的果子吧。

呵,相思的杨梅! 它有着多么惊异的形状,多么可爱的颜色,多么甜美的滋味呀。

它是圆的,和大的龙眼一样大小远看并不稀奇,拿到手里,原来它是遍身生着刺的哩。这并非是它的壳,这就是它的肉。不知道的人,一定以为这满身生着刺的果子是不能进口的了,否则也须用什么刀子削去那刺的尖端的吧? 然而这是过虑。它原来是希望人家爱它吃它的。只要等它渐渐长熟,它的刺也渐渐软了,平了。那时放到嘴里,软滑之外还带着什么感觉呢? 没有人能想得到,它还保存着它的特点,每一根刺平滑地在舌尖上触了过去,细腻柔软而且亲切——这好比最甜蜜的吻,使人迷醉呵。

颜色更可爱呢。它最先是淡红的,像娇嫩的婴儿的面颊,随后变成了深红,像是处女的害羞,最后黑红了——不,我们说它是黑的。然而它并不是黑,也不是黑红,原来是红的。太红了,所以像是黑。轻轻的啄开它,我们就看见了那新鲜红嫩的内部,同时我们已染上了一嘴的红水。说它新鲜红嫩,有的人也许以为一定像贵妃的肉色似的荔枝吧? 嗳,那就错了。荔枝的光色是呆板的,像玻璃,像鱼目;杨梅的光色却是生动的,像映着朝霞的露水呢。

滋味吗? 没有十分成熟是酸带甜,成熟了便单是甜。这甜味可决不使人讨厌,不但爱吃甜味的人尝了一下舍不得丢掉,就连不爱吃甜味的人也会完全给它吸引住,越吃越爱吃。它是甜的,然而又依然是酸的,而这酸味,我们须待吃饱了杨梅以后,再吃别的东西的时候,才能领会得到。那时我们才知道自己的牙齿酸了,软了,连豆腐也咬不下了,于是我们才恍然悟到刚才吃多了酸的杨梅。我们知道这个,然而我们仍然爱它,我们仍须吃一个大饱。它真是世上最迷人的东西。

唉,唉,故乡的杨梅呵。

细雨如丝的时节,人家把它一船一船的载来,一担一担的挑来,我们一篮一篮的买了进来,挂一篮在檐口下,放一篮在水缸盖上,倒上一脸盆,用冷水一洗,一颗一颗的放进嘴里,一面还没有吃了,一面又早已从脸盆里拿起了一颗,一口气吃了一二十颗,有时来不及把它的核一一吐出来,便一直吞进了肚里。

"生了虫呢……蛇吃过了呢……"母亲看见我们吃得快,吃得多,便这样的说了起来,要我们仔细的看一看,多多的洗一番。

但我们并不管这些,它成了我们的生命,我们越吃越快了。

"好吃,好吃,"我们心里这样想着,嘴里却没有余暇说话。待肚子胀上加胀,胀上加胀,眼看着一脸盆的杨梅吃得一颗也不留,这才呆笨地挺着肚子,走了开去,叹气似的嘘出一声"咳"来……

唉,可爱的故乡的杨梅呵。

一年,二年……我已有十六七年不曾尝到它的滋味了。偶而回到故乡,不是在严寒的冬天,便是在酷热的夏天,或者杨梅还未成熟,或者杨梅已经落完了。这中间,曾经有两次,在异地见到过杨梅,比故乡的小,比故乡的酸,颜色又不及故乡的红。我想回味过去,把它买了许多来。

"长在树上,有虫爬过,有蛇吃过呢……"

我现在成了大人,有了知识,爱惜自己的生命甚于杨梅了。我用沸滚的开水去细细的洗杨梅,觉得还不够消除那上面的微菌似的。

于是它不但更不像故乡的,简直不是杨梅了。我只尝了一二颗,便不再吃下去。

最后一次我终于在离故乡不远的地方见到了可爱的故乡的杨梅。

然而又因为我成了大人,有了知识,爱惜自己的生命甚于杨梅,偶然发现一条小虫,也就拒绝了回味的欢愉。

现在我的味觉也显然改变了，即使回到故乡，遇到细雨如丝的杨梅时节，即使并不害怕从前的那种吃法，我的舌头应该感觉不出从前的那种美味了，我的牙齿应该不能像从前似的能够容忍那酸性了。

唉，故乡离开我愈远了。

我们中间横着许多鸿沟。那不是千万里的山河的阻隔，那是……

唉，唉，我到底病了。我为什么要想到这些呢？

看呵，这眼前的如丝的细雨，不是若断若续的落在西北的春天里吗？

乡 心

潘漠华

阿贵今天忽然来看我们，这是出于意外的事。

他是一个青年木匠，住在离我乡五里路的溪口。他底父亲，也是木工。我十二岁的时候，在外祖父家里过年。元旦闲着无事，外祖父坐着给我讲些故事。夕阳快要落山了，他指着那摆在厅堂中央的四方桌说，"这是森友做的，做来已经十几年了，到现在还没有脱缝呢。"森友就是他底父亲。过了几年，我父要造座排五的房子，就去请了他父子来。他还有一个弟弟，年纪大约相差二三岁。那时我还和四五个弟妹在老屋楼上读书。夜里也要读三支香的时间才去睡。他时常趁着楼上有灯光，来到楼上吵闹。他那时是戴着黄卵金镶边的毡帽；狡狯的面孔，做出泡骨头的怪样子，时常嚷些不中听的鲁莽的粗糙的话。后来惹起弟妹底讨厌来，就央求祥兄把他赶下去。并禁止他不准再到这里来；甚至于说踏上楼梯一步，我们都要不肯干休。他临走时，满面绯红，还假装作安常的神态，徐徐走下楼梯。走到梯末底几级，我们听得接连响着的他底急促的脚步声，知道他是不好意思了。我十七岁时，在上陶小学校里教书，听说他是在悟正寺修理大殿；并听说他时常和别人打架。悟正寺离学校不到三里路，我时时散步到那寺里；但每回东西走了一转，木匠是有七八个在那里，他却一次也不曾遇到。不久我离开上陶到杭州来，关于他底消息，就一些不知道了。

我到杭州月余的一天午后，我正用过了午饭，自己洗了碗，想走过轩间来。正走过那篱笆的尽头处，却听得有个杭州人底口气，喊着我在家乡通常称呼的乳名。我当时很觉得惊异，回头一看，如梦境里似的，认得是他了。他来杭州我是没有知道的。他那天穿了一件旧蓝布的夹袄，腰里围了一条边缘破了的布裙；手里拿了一把作刀，在那儿修理那篱笆。我当时很高兴，就快快地走近他那儿去，问他几时来杭州的，现时住在那里。他似乎一时说不出，凝着眼微笑地看住我。我们在那篱边，差不多谈了半个钟头。我才晓得他来杭州已经半年多了。他和他底老婆同来的。现在是住在跟近西桥边的木店里；他就替那木店里做个伙计。但他来杭州底原因，老婆又是同来的，这因为不便详细问他，就没有晓得底细了。这还是前年秋天的事。后来过冬边，我到梅花碑去有事，在西街上逢着他，他是提着筲篮买菜。他问我几时回乡去，说有信托我带给他父亲。我当时告诉他我归家的行期,请他送信到我寓所里来。我们这样说就分别了。我要动身回家去的前几天,果然收到他奉他父亲的信。因为那天他送信来时,我正出外有事去,他就留下信去了。他这信是不封口的,我随手抽出信来看看,信上面是这样写着:"父亲大人膝下:男到杭州快一年。身体安好,勿要挂念。你不要时常写信来,后来我会归来。男阿贵敬禀。十二月二十二日。"这信后来是祥兄带去的。我因为临走时忽然病了,便留在杭州过年。

去年一年,我只逢着阿贵三回。第一回,是在正月里,我特为走到西桥边的木店里,去回话他托我带信的事体。我那时病已好了多日,就坐在那脚下堆满了木花的短凳上,看他一面工作,一面和我谈说些故乡底事情。他几次想放去墨斗,专来和我谈话,几次都被我阻止了。他说在杭州,是做不得有好吃。杭州房租又贵,这样大的一间屋,一月要一块钱的房租。他说时用曲尺在地上画了一个四方桌样大的圈子。我因为怕妨碍了他底工夫,坐不到一刻就走了。第二回,是在路上逢着,他问我讨几张旧报纸,没有说什么话。第三回,就是我送些旧报纸去,正值他立在门外,口里衔着纸烟。他接了旧报纸去,我就回来了,也没有说什么话。我此后也时常想起他,但也轻烟似的想起,轻烟似的放去,没有仔细去推想他是怎样。

今年春天,品南也来杭州和我合住在一块。他是和阿贵同地方,两家隔了一条溪住着。他到杭州后几天,一切都安定了,我凑空就向他说起阿贵的事情。他忽然忆起他离家时阿贵底父亲向他说的话,就说,"他现在是住在那儿呢? 他父亲叫他归家去哩。"我现在才晓得事情是这样的:阿贵父子三个,手艺虽然高妙,但家里人口多,年成又不好,做做总是不够吃用,每年要借贷些凑凑。到了前年春天,欠账就欠到满项颈了。他想尽管这样混下去,是不会有宽泰的日子过的。他于是就请了几位亲房来,给阿贵兄弟分家;将债账每人担负一半。阿贵本是个强项的后生,心想这样做去,将要终年劳苦,赚几个钱来充充利息,都不够了。于是他就打定主意,在一天的早晨,骗说到姑公家中去一去,就带同老婆一溜烟跑来杭州了。品南又说,"他离家后,半年没有消息,父母都急煞,到处央人访问。直到下半年九月间,才知道他是在杭州。他父亲时常写信来叫他回去,但他总没有回信。后来过年边,才收到你祥兄带来的那封信。他底老婆,从小是他母亲养大的,他底母亲很疼爱她;现在他们还愁她被他卖掉呢。我来时,他父亲来和我说,叫我去劝劝他,喊他回去。账呢,一概都由他自己负担。说只要他回去就好了。"我们于是定后天去访他。

我自去年七八月会着他一次,后来就再没会面过。几次走过那西桥边的木店前,也看不见有他在那儿工作。我们现在去访他,只有仍旧到那木店去探问。

我们走到那木店门口时,那小伙计就招呼了。因为我去过多次,他有点认识我。"你又来看你那位同乡么? 他久已不在这里了。他现在是在这里走过去,过了官桥隆兴当店间壁的一爿木店里。那儿是一间屋的门面,上手就是一月新开的茶店。你们走去就可以晓得的。"当他这样殷勤地指导着的时候,旁边坐着一位老妈妈,似乎有些厌恶,几次口唇颤动,想来插嘴的样子;那小伙计却一面和我们说着,一面使眼色,止住她。

我们向那小伙计道谢后就出来,依他底话走去。走到了,我反向下面去寻,品南却早早看见他了,他背着身在工作。我们踏进门内走过他底身边时,他向后一看,才知道是我们来了。他慌慌放去墨斗,解开作裙,随意丢在作篮的背上;用手掸去粘在身上的木屑,口里连说,"坐坐罢! 坐坐罢!"他走到外面,回来手里拿着三支纸烟叫我们吸,我们因为从来没有抽过烟,只得回了他。他又跑进内房去,拿出一盒火柴,自己点了一支,放在嘴里。我们问他几时换到这里来的,现在住在那里。他也问品南几时来的，乡里的情形怎样等等话。他说，"那边，我已同他们闹过架儿。去年九月初到这里来做的。开始离了那木店，是搬住在骆驼桥边。才前几天，又搬到大东门直街去了。"

"你这里每天多少工钱呢？"品南这样问。

"工钱是比我们乡里多些，吃他底饭每天三角五。但做做也只靠一天供给一天。这里米一斤要一角二分大洋，柴要两个铜子一斤。去年我们运气不好，时常害病，一年虽然做得九十多块钱，弄得现在还欠了八九块的账。"

我们这样谈着，他那支纸烟也快要吸完了，他顺手把它丢到街心去。我当时凑空就说道，"品南离家的时候，你底父亲和他说，叫你归家去做，他老人家很挂心你；现在账已都还掉。还乡也可找着生意做，他叫你不要远离开家乡。你心中以为怎样？"品南也接着说，"你的老婆，你母亲是很疼爱的，你自己也知道的。她现在日夜挂念着，总想她回去看看她。你父亲对我说，你如再不回去，他要自己到杭州来寻你。我想你省得他老人家想念，还是回去的好！"他听我们谈到这个问题，就低下头去，半晌不说话，两手只徐徐揩着那放在凳上的粗糙的木板。两次抬起头来，想说话，眼眶满含了眼泪；但都苦笑了一笑，又垂下去。后来他气急的说，"前年初来的时候，东西寻不着生意做，却也想到还是不出来好。现在人地熟识了，也勉强可以支糊得过去。回去一次，路费要十几块，现在那里有余钱呢？父亲叫他不要白费了钱，叫他不要来；后来我自然可以归去。你们以后逢着他们，尽可这样对他们说：'他在杭州很好，叫你们不要挂心；后来他自己会归来的。'你们只要这样对他们说就好了。"我们再想说几句，他就拦住道："我们到外面去耍子去，去耍子去。"我晓得他是不愿意谈着归家的事情了。谈到这些事情，可以使他心痛。他现在面上已经火红，手指有些颤动，说话也有些不自然了。我们也就转了话柄说，"不要去耍子罢。我们今夜没有事，还是到你家里去坐坐；晚饭后，你回家时来叫我们，我们在那里等你。"

"我屋里有什么好坐呢？象猪栏鸡笼一样的哩。待我来叫你们好了，你们一定要去。"我们走出门外来十多步，回头看看，他正在那里提转小襟，想拭眼泪。

那天晚饭后，我们就谈论着他底事情，等他来。品南说，"他口里这样说，心肠不知怎样的回绕了！他在家时，时常和父亲阿弟赌气的；现在这里住了两年，觉得比较舒服些。他又是一个带有好汉气的后生，总想后来有钱再回去，也可以面上稍为过得去。现在这样叫他回去，他死也做不到的。"可是夜一刻一刻的过去了，他终于没有来。

阿贵那夜没有来。第二天，我们还谈起他好几回。第三四天，我们还时常想起；后来日子长久了，我们也漠漠然似乎忘记了。他今天突然来寻我们，这是我们想不到的事。他今天是穿了一件丝罗缎的旧夹袄，下身穿了一条深蓝的粗布的裤子，裤脚缠了一双玄色的扎带。鞋面是有点破了，但已补上一块小青布，不仔细看，也认不出破痕来。他坐在靠放窗前的椅子上，品南斟了一杯茶放在他面前时，他半身立起，说句客气话。品南问他，"今天不做生意么？"他说有好几天没有做了。因为牙龈痛的旧病，近来又发了。有时痛到很厉害时，连说话行走都不能，只好安睡在床里。他说昨天觉得清爽些，所以今天来叫我们到他家里去。但他那天为什么说了来又不来的缘故，却没有说起。

我们才出门外几十步路，他就向着一家络丝的人家走去。当时我心想他就是住在这里的么？他走到那门前，却立着向里面一个正在络丝的女人说，"他们要到我们家里去呢。"我立刻就想起，那女人必定是他底老婆了。品南是认识的，我问他时，他向我点点头，那女人年纪约二十三四岁,披发弯弯的覆在额上,看去似乎和善,但又觉得有几分粗笨。她当时在衣袋里拿出一串锁匙来,交给阿贵,阿贵向后招呼了我们一声,再向东平巷走去。我在路上问她络丝的事情。他说,"她来到这里络丝,才三四天。每天早晨天一亮,就要吃了早餐到这里来,夜深了才回去。她现在每天也可得一角五分钱的工资,听说后来可络得四五角钱一天。但我不愿她多辛苦,她身体也很软弱的,三日两头有病。"

我们转了几个弯,走入一条小巷里,他在一个小门前停住了,回首向我们说,"就是这里。"我们随了他进去,经过狭隘的一条弄堂,向左手转弯去,他在那转角的一间屋前用那锁匙开门了,这里面住着不止一家,蓬头乱发的妇人和污手垢面的小孩,不时在厢门口出入。天井是狭长的一条。这边没有垃圾和石砾堆着;那边便满是破饭甑碎碗片和一堆堆的断砖残瓦。那朝东的檐下街沿上,却放着一个人样高的破凳,上面放着栽在破竹篮里的几篮菊花,现在还正在抽芽,细小的嫩绿的叶片,可使人发出惊异的赞美。

他把门推开,我们就跨进门内。里面是很狭仄的。靠墙壁沿,放着一个新做的桌。桌上放着酒壶,饭碗和筷子一类的东西。那桌角放着一个发刷;刨花也浸在一碗浅水里,放在旁边。桌下放着一个长凳。再那边就是风生炉,泥灶,铁钳一类烹饪用的杂具。靠墙边那屋柱上,挂着一把铜丝锯。这些东西,表面看去似乎零乱;但却也都很清洁,放置着有一定疏散的秩序。我们进去时,他用手指着间壁说,"那边也是这样大的一间房子,就是我们底卧房。出乡来,也总如此住住,究竟有什么好呢?"

"我想你还是回去好!"品南趁机又这样说。

他面上就立刻微红起来,头转向外面看住天井,低声颤抖的说,"我现在是不能回去。等我运气稍为好些,等我积蓄几个钱起来,再回去看看他们也不迟。但我在家时,父母也太看不起我了!现在他们挂念我,也难怪他们的!我到这里来已过了两个年了!"他用手轻轻抹去眼泪。各人底心头,都深沉的怆凉的缠绵着乡愁。

那天别了他归来,已是上灯火的时候,晚饭都预备好放在桌上,可是我们底肚里,总觉得非常的饱闷,不想再吃什么东西。戴着黄卵金丝镶边的毡帽的几年前的阿贵,在故乡流着泪的我亲爱的母亲,荒凉草满的死父底墓地,低头缝衣的阿姊,隐约模糊的故乡底影子,尽活泼地明鲜地涌上在我底回忆里。品南呢,他也有他的愁虑。呵!缠绵的乡心。

雅　舍

梁实秋

到四川来,觉得此地人建造房屋最是经济。火烧过的砖,常常用来做柱子,孤零零的砌起四根砖柱,上面盖上一个木头架子,看上去瘦骨嶙嶙,单薄得可怜;但是顶上铺了瓦,四面编了竹篦墙,墙上敷了泥灰,远远的看过去,没有人能说不像是座房子。我现在住的"雅舍"正是这样一座典型的房子。不消说,这房子有砖柱,有竹篦墙,一切特点都应有尽有。讲到住房,我的经验不算少,什么"上支下摘","前廊后厦","一楼一底","三上三下","亭子间","茆草棚","琼楼玉宇"和"摩天大厦",各式各样,我都尝试过。我不论住在那里,只要住得稍久,对那房子便发生感情,非不得已我还舍不得搬。这"雅舍",我初来时仅求其能蔽风雨,并不敢存奢望,现在住了两个多月,我的好感油然而生。虽然我已渐渐感觉它是并不能蔽风雨,因为有窗而无玻璃,风来则洞若凉亭,有瓦而空隙不少,雨来则渗如滴漏。纵然不能蔽风雨,"雅舍"还是自有它的个性。有个性就可爱。

"雅舍"的位置在半山腰,下距马路约有七八十层的土阶。前面是阡陌螺旋的稻田。再远望过去是几抹葱翠的远山,旁边有高粱地,有竹林,有水池,有粪坑,后面是荒僻的榛莽未除的土山坡。若说地点荒凉,则月明之夕,或风雨之日,亦常有客到,大抵好友不嫌路远,路远乃见情谊。客来则先爬几十级的土阶,进得屋来仍须上坡,因为屋内地板乃依山势而铺,一面高,一面低,坡度甚大,客来无不惊叹,我则久而安之,每日由书房走到饭厅是上坡,饭后鼓腹而出是下坡,亦不觉有大不便处。

"雅舍"共是六间,我居其二。篱墙不固,门窗不严,故我与邻人彼此均可互通声息。邻人轰饮作乐,咿唔诗章,喁喁细语,以及鼾声,喷嚏声,吮汤声,撕纸声,脱皮鞋声,均随时由门窗户壁的隙处荡漾而来,破我岑寂。入夜则鼠子瞰灯,才一合眼,鼠子便自由行动,或搬核桃在地板上顺坡而下,或吸灯油而推翻烛台,攀援而上帐顶,或在门框桌脚上磨牙,使得人不得安枕。但是对于鼠子,我很惭愧的承认,我"没有法子"。"没有法子"一语是被外国人常常引用着的,以为这话最足代表中国人的懒惰隐忍的态度。其实我的对付鼠子并不懒惰。窗上糊纸,纸一戳就破;门户关紧,而相鼠有牙,一阵咬便是一个洞洞。试问还有什么法子? 洋鬼子住到"雅舍"里,不也是"没有法子"? 比鼠子更骚扰的是蚊子。"雅舍"的蚊风之盛,是我前所未见的,"聚蚊成雷"真有其事! 每当黄昏时候,满屋里磕头碰脑的全是蚊子,又黑又大,骨骼都像是硬的。在别处蚊子早已肃清的时候,在"雅舍"则格外猖獗,来客偶不留心,则两腿伤处累累隆起如玉蜀黍,但是我仍安之。冬天一到,蚊子自然绝迹,明年夏天——谁知道我还是否住在"雅舍"!

"雅舍"最宜月夜——地势较高,得月较先。看山头吐月,红盘乍涌,一霎间,清光四射,天空皎洁,四野无声,微闻犬吠,坐客无不悄然! 舍前有两株梨树,等到月升中天,清光从树间筛洒而下,地上阴影斑斓,此时尤为幽绝。直到兴阑人散,归房就寝,月光仍然逼进窗来,助我凄凉。细雨蒙蒙之际,"雅舍"亦复有趣。推窗展望,俨然米氏章法,若云若雾,一片弥漫。但若大雨滂沱,我就又惶悚不安了,屋顶湿印到处都有,起初如碗大,俄而扩大如盆,继则滴水乃不绝,终乃屋顶灰泥突然崩裂,如奇葩初绽,砉然一声而泥水下注,此刻满室狼藉,抢救无及。此种经验,已数见不鲜。

"雅舍"之陈设,只当得简朴二字,但洒扫拂拭,不使有纤尘。我非显要,故名公巨卿之照片不得入我室;我非牙医,故无博士文凭张挂壁间;我不业理发,故丝织西湖十景以及电影明星之照片亦均不能张我四壁。我有一几一椅一榻,酣睡写读,均已有着,我亦不复他求。但是陈设虽简,我却喜欢翻新布置。西人常常讥笑妇人喜欢变更桌椅位置,以为这是妇人天性喜变之一征。诬否且不论,我是喜欢改变的。中国旧式家庭,陈设千篇一律,正厅上是一条案,前面一张八仙桌,一边一把靠椅,两傍是两把靠椅夹一只茶几。我以为陈设宜求疏落参差之致,最忌排偶。"雅舍"所有,毫无新奇,但一物一事之安排布置俱不从俗。人入我室,即知此是我室。笠翁《闲情偶寄》之所论,正合我意。

"雅舍"非我所有,我仅是房客之一。但思"天地者万物之逆旅",人生本来如寄,我住"雅舍"一日，"雅舍"即一日为我所有。即使此一日亦不能算是我有，至少此一日"雅舍"所能给予之苦辣酸甜，我实躬受亲尝。刘克庄词："客里似家家似寄。"我此时此刻卜居"雅舍"，"雅舍"即似我家。其实似家似寄，我亦分辨不清。

长日无俚，写作自遣，随想随写，不拘篇章，冠以"雅舍小品"四字，以示写作所在，且志因缘。

采蒲台的苇

孙 犁

我到了白洋淀，第一个印象，是水养活了苇草，人们依靠苇生活。这里到处是苇，人和苇结合的是那么紧。人好像寄生在苇里的鸟儿，整天不停的在苇里穿来穿去。

我渐渐知道，苇也因为性质的软硬、坚固和脆弱，各有各的用途。其中大白皮和大头栽因为色白、高大，多用来织小花边的炕席；正草因为有骨性，则多用来铺房、填房碱；白毛子只有漂亮的外形，却只能当柴烧；假皮织篮捉鱼用。

我来的早，淀里的凌还没有完全融化。苇子的根还埋在冰冷的泥里，看不见大苇形成的海。我走在淀边上，想象假如是五月，那会是苇的世界。

在村里是一垛垛打下来的苇，它们柔顺的在妇女们的手里翻动。远处的炮声还不断传来，人民的创伤并没有完全平复。关于苇塘，就不只是一种风景，它充满火药的气息，和无数英雄的血液的记忆。如果单纯是苇，如果单纯是好看，那就不成为冀中的名胜。

这里的英雄事迹很多，不能一一记述。每一片苇塘，都有英雄的传说。敌人的炮火，曾经摧残它们，它们无数次被火烧光，人民的血液保持了它们的清白。

最好的苇出在采蒲台。一次，在采蒲台，十几个干部和全村男女被敌人包围。那是冬天，人们被围在冰上，面对着等待收割的大苇塘。

敌人要搜。干部们有的带着枪，认为是最后战斗流血的时候到来了。妇女们却偷偷的把怀里的孩子递过去，告诉他们把枪枝插在孩子的裤档里。搜查的时候，干部又顺手把孩子递给女人……十二个女人不约而同的这样做了。仇恨是一个，爱是一个，智慧是一个。

枪掩护过去了，闯过了一关。这时，一个四十多岁的人，从苇塘打苇回来，被敌人捉住。敌人问他："你是八路？""不是！""你村里有干部？""没有！"敌人砍断他半边脖子，又问："你的八路！"他歪着头，血流在胸膛上，说："不是！""你村的八路大大的！""没有！"

妇女们忍不住，她们一齐沙着嗓子喊："没有！没有！"

敌人杀死他，他倒冰上。血冻结了，血是坚定的，死是刚强！

"没有！没有！"

这声音将永远响在苇塘附近，永远响在白洋淀人民的耳朵旁边，甚至应该一代代传给我们的子孙。永远记住这两句简短有力的话吧！

春底林野

落华生

春光在万山环抱里，更是泄露得迟。那里底桃花还是开着；漫游的薄云从这峰飞过那峰，有时稍停一会，为的是挡住太阳，教地面底花草在它底荫下避避光线底威吓。

岩下底荫处和山溪底旁边满长了微蕨和其它凤尾草。红、黄、蓝、紫的小草花点缀在绿茵上头。

天中底云雀，林中底金莺，都鼓起它们底舌簧。轻风把它们底声音挤成一片，分送给山中各样有耳无耳的生物。桃花听得入神，禁不住落了几点粉泪，一片一片凝在地上。小草花听得大醉，也和着声音底节拍一会儿倒，一会儿起，没有镇定的时候。

林下一班孩子正在那里捡桃花底落瓣呢。他们捡着，清儿忽嚷起来，道："嘎，邕邕来了！"众孩子住了手，都向桃林尽头盼望。果然邕邕也在那里摘草花。

清儿道："我们今天可要试试阿桐底本领。若是他能办得到，我们都把花瓣穿成一串璎珞围在他身上，封他为大哥如何？"

众人都答应了。

阿桐走到邕邕面前，道："我们正等着你来呢。"

阿桐底左手盘在邕邕底脖子上，一面走一面说："今天他们要替你办嫁妆，教你做我底妻子。你能做我底妻子么？"

邕邕狠视了阿桐一下，回头用手推开他，不许他底手再搭在自己脖子上。孩子们都笑得支持不住了。

众孩子嚷道："我们见过邕邕用手推人了！阿桐赢了！"

邕邕从来不会拒绝人，阿桐怎能知道一说那话，就能使她动手呢？是春光底荡漾，把他这种心思泛出来呢？或者，天地之心就是这样呢？

你且看：漫游的薄云还是从这峰飞过那峰。

你且听：云雀和金莺底歌声还布满了空中和林中。在这万山环抱的桃林中，除那班爱闹的孩子以外，万物把春光领略得心眼都迷蒙了。

我是扬州人

朱自清

有些国语教科书里选得有我的文章，注解里或说我是浙江绍兴人，或说我是江苏江都人——就是扬州人。有人疑心江苏江都人是错了，特地老远的写信托人来问我。我说两个籍贯都不算错,但是若打官话,我得算浙江绍兴人。浙江绍兴是我的祖籍或原籍,我从进小学就填的这个籍贯;直到现在,在学校里服务快三十年了,还是报的这个籍贯。不过绍兴我只去过两回,每回只住了一天;而我家里除先母外,没一个人会说绍兴话。

我家是从先祖才到江苏东海做小官。东海就是海州,现在是陇海路的终点。我就生在海州。四岁的时候先父又到邵伯镇做小官,将我们接到那里,海州的情形我全不记得了,只对海州还有亲热感,因为父亲的扬州话里夹着不少海州口音。在邵伯住了差不多两年,是住在万寿宫里。万寿宫的院子很大,很静;门口就是运河。河坎很高,我常向河里扔瓦片玩儿。邵伯有个铁牛湾,那儿有一条铁牛镇压着。父亲的当差常抱我去看它,骑它,抚摩它。镇里的情形我也差不多忘记了。只记住在镇里一家人家的私塾里读过书,在那里认识了一个好朋友叫江家振。我常到他家玩儿,傍晚和他坐在他家荒园里一根横倒的枯树干上说着话,依依不舍,不想回家。这是我第一个好朋友,可惜他未成年就死了;记得他瘦得很,也许是肺病罢?

六岁那一年父亲将全家搬到扬州。后来又迎养先祖父和先祖母。父亲曾到江西做过几年官,我和二弟也曾去过江西一年;但是老家一直在扬州住着。我在扬州读初等小学,没毕业;读高等小学,毕了业;读中学,也毕了业。我的英文得力于高等小学里一位黄先生,他已经过世了。还有陈春台先生,他现在是北平著名的数学教师。这两位先生讲解英文真清楚,启发了我学习的兴趣;只恨我始终没有将英文学好,愧对这两位老师。还有一位戴子秋先生,也早过世了,我的国文是跟他老人家学着做通了的。那是辛亥革命之后在他家夜塾里的时候。中学毕业,我是十八岁,那年就考进了北京大学预科,从此就不常在扬州了。

就在十八岁那年冬天,父亲母亲给我在扬州完了婚。内人武钟谦女士是杭州籍,其实也是在扬州长成的。她从不曾去过杭州;后来同我去是第一次。她后来因为肺病死在扬州,我曾为她写过一篇《给亡妇》。我和她结婚的时候,祖父已死了好几年了。结婚后一年祖母也死了。他们两老都葬在扬州,我家于是有祖茔在扬州了。后来亡妇也葬在这祖茔地。母亲在抗战前两年过去,父亲在胜利前四个月过去,遗憾的是我都不在扬州;他们也葬在那祖茔里。这中间叫我痛心的是死了第二个女儿!她性情好,爱读书,做事负责任,待朋友最好。已经成人了,不知什么病,一天半就完了!她也葬在祖茔里。我有九个孩子。除第二个女儿外,还有一个男孩不到一岁就死在扬州;其余亡妻生的四个孩子都曾在扬州老家住过多少年。这个老家直到今年夏初才解散了,但是还留着一位老年的庶母在那里。

我家跟扬州的关系,大概够得上古人说的"生于斯,死于斯,歌哭于斯"了。现在亡妻生的四个孩子都已自称为扬州人了;我比起他们更算是在扬州长成的,天然更该算是扬州人了。但是从前一直马马虎虎的骑在墙上,并且自称浙江人的时候还多些,又为了什么呢?这一半因为报的浙江籍,求其一致;一半也还有些别的道理。这些道理第一桩就是籍贯是无所谓的。那时要做一个世界人,连国籍都觉得狭小,不用说省籍和县籍了。那时在大学里觉得同乡会最没有意思。我同住的和我来往的自然差不多都是扬州人,自己却因为浙江籍,不去参加江苏或扬州同乡会。可是虽然是浙江绍兴籍,却又没跟一个道地的浙江人来往,因此也就没人拉我去开浙江同乡会,更不用说绍兴同乡会了。这也许是两栖或骑墙的好处罢?然而出了学校以后到底常常会到道地绍兴人了。我既然不会说绍兴话,并且除了花雕和兰亭外几乎不知道绍兴的别的情形,于是乎往往只好自己承认是假绍兴人。那虽然一半是玩笑,可也有点儿窘的。

还有一桩道理就是我有些讨厌扬州人;我讨厌扬州人的小气和虚气。小是眼光如豆,虚是虚张声势,小气无须举例。虚气例如已故的扬州某中央委员,坐包车在街上走,除拉车的外,又跟上四个人在车子边推着跑,我曾经写过一篇短文,指出扬州人这些毛病。后来要将这篇文收入散文集《你我》里,商务印书馆不肯,怕再闹出“闲话扬州”的案子。这当然也因为他们总以为,我是浙江人,而浙江人骂扬州人是会得罪扬州人的。但是我也并不抹煞扬州的好处,曾经写过一篇《扬州的夏日》,还有在《看花》里也提起扬州福缘庵的桃花。再说现在年纪大些了,觉得小气和虚气都可以算是地方气,绝不止是扬州人如此。从前自己常答应人说自己是绍兴人,一半又因为绍兴人有些戆气,而扬州人似乎太聪明。其实扬州人也未尝没戆气,我的朋友任中敏(二北)先生,办了这么多年汉民中学,不管人家理会不理会,难道还不够“戆”的!绍兴人固然有戆气,但是也许还有别的气我讨厌的,不过我不深知罢了。这也许是阿Q的想法罢?然而我对于扬州的确渐渐亲热起来了。

扬州真像有些人说的,不折不扣是个有名的地方。不用远说,李斗《扬州画舫录》里的扬州就够羡慕的。可是现在衰落了,经济上是一落千丈的衰落了,只看那些没精打彩的盐商家就知道。扬州人在上海被称为江北老,这名字总而言之表示低等的人。江北老在上海是受欺侮的,他们于是学些不三不四的上海话来冒充上海人。到了这地步他们可竟会忘其所以的欺负那些新来的江北老了。这就养成了扬州人的自尊心理。抗战以来许多扬州人来到西南,大半都自称为上海人,就靠着那一点不三不四的上海话,甚至连这一点也没有,也还自称为上海人。其实扬州人在本地也有他们的骄傲的。他们称徐州以北的人为侉子,那些人说的是侉话。他们笑镇江人说话土气,南京人说话大舌头,尽管这两个地方都在江南。英语他们称为蛮语,说这种话的当然是蛮子了。然而这些话只好关着门在家里说,到上海一看,立刻就会短上半截,缩起舌头不敢喷声了。扬州真是衰落得可以啊!

我也是一个江北老,一大堆扬州口音就是招牌,但是我却不愿做上海人;上海人太狡猾了。况且上海对我太生疏,生疏的程度跟绍兴对我差不多;因为我知道上海虽然也许比知道绍兴多些,但是绍兴究竟是我的祖籍,上海是和我水火无干的。然而年纪大起来了,世界人到底做不成,我要一个故乡。俞平伯先生有一行诗,说“把故乡掉了”,其实他掉了故乡又找到了故乡;他诗文里提到苏州那一股亲热,是可羡慕的,苏州就算是他的故乡了。他在苏州度过了他的童年。所以提起来一点一滴都亲亲热热的,童年的记忆最单纯最真切,影响最深最久;种种悲欢离合,回想起来最有意思。“青灯有味是儿时”,其实不止青灯,儿时的一切都是有味的。这样看,在那儿度过童年,就算那儿是故乡,大概差不多罢?这样看,就只有扬州可以算是我的故乡了。何况我的家又是“生于斯,死于斯,歌哭于斯”呢?所以扬州好也罢,歹也罢,我总该算是扬州人的。

桃源与沅州

沈从文

全中国的读书人,大概从唐朝以来,命运中就注定了应读一篇《桃花源记》,因此把桃源当成一个洞天福地,人人皆知道那地方是武陵渔人发现的,有桃花夹岸,芳草鲜美。远客来到,乡下人就杀鸡,温酒,表示欢迎。乡下人皆避秦隐居的遗民,不知有汉朝,更无论魏晋了。千余年来读书人对于桃源的印象,既不怎么改变,所以每当国体衰弱发生变乱时,想做遗民的必多,这文章也就增加了许多人的幻想,增加了许多人的酒量。至于住在那儿的人呢,却无人自以为是遗民或神仙,也从不曾有人遇着遗民或神仙。

桃源洞离桃源县二十五里。从桃源县坐小船沿沅水上行,船到百马渡时,上岸走去,忘路之远近乱走一阵,桃花源就在眼前。那地方桃花虽不如何动人,竹林却很有意思。如椽如柱的大竹子,随处皆可发现前人用小刀刻画留下的诗歌。新派学生不甘自弃,也多刻下英文字母的题名。竹林里间或潜伏一二剪径壮士,待机会霍地从路旁跃出,仿照《水浒传》上英雄好汉行为,向游客发个利市。桃源县城则与长江中部各小县城差不多,一入城门最触目的是推行印花税与某种公债的布告。城中有棺材铺,官药铺。有茶馆酒馆,有米行脚行,有和尚道士,有经纪媒婆。庙宇祠堂多数为军队驻防,门外必有个武装同志站岗。土栈烟馆皆照章纳税,受当地军警保护。代表本地的出产,边街上有几十家玉器作,用珉石染红着绿,琢成酒杯笔架等物,货物品质平平常常。价钱却不轻贱。另外还有个名为"后江"的地方,住下无数公私不分的妓女,很认真经营她们的业务。有些人家在一个菜园平房里,有些却又住在空船上,地方虽脏一点倒富有诗意。这些妇女使用她们的下体,安慰军政各界,且征服了往还沅水流域的烟贩,木商,船主,以及种种过路人。挖空了每个顾客的钱包,维持许多人生活,促进地方的繁荣。一县之长照例是个读书人,从史籍上早知道这是人类一种最古的职业,没有郡县以前就有了它们,取缔既与"风俗"不合,且影响及若干人生存,因此就很正当的向这些人来抽收一种捐税(并采取了个美丽名词叫作花捐),把这笔款项用来补充地方行政,保安,或城乡教育经费。

桃源既是个有名地方,每年自然就有许多"风雅"人,心慕古桃源之名,二三月里携了《陶靖节集》与《诗韵集成》等物,来到桃源县访幽探胜。这些人往桃源洞赋诗前后,必尚有机会过后江走走。由朋友或专家引导,这家那家坐坐,烧匣烟,喝杯茶,看中意某一个女人时,问问行市,花个三元五元,便在那醃臜不堪万人用过的花板床上,压着那可怜妇人胸膛放荡一夜,于是纪游诗上多了几首无题诗,"巫峡神女","汉皋解佩","刘沅天台"等等典故,一律被引用到诗上去。看过了桃源洞,这人平常是很谨慎的,自会觉得应当过医生处走走,于是匆匆的回家了。至于接待过这种外路风雅人的妓女呢,前一夜也许陆续接待过了三个麻阳船水手,后一夜又得陪伴两个贵州省牛皮商人。这些妇人说不定还被一个水手,一个县公署执达吏,一个公安局书记,或一个当地小流氓,长时期包定占有,客来时那人往烟馆过夜,客去时再回到妇人身边来烧烟。

妓女的数目,占城中人口比例数不小。因此仿佛有各种原因,她们的年龄皆比其他都市更无限制。有些人年在五十以上,还不甘自弃,同孙女辈行来参加这种生活斗争,每日轮流接待水手同军营中火夫。也有年纪不过十三四岁,乳臭尚未脱尽,便在那儿服侍客人过夜的。

她们的技艺是烧烧鸦片烟,唱点流行小曲,若来客是粮子上跑四方人物,还得唱唱军歌党歌,与电影明星的新歌,应酬应酬,增加兴趣。她们的收入有些一次可得洋钱二十三十,有些一整夜又只得三毛五毛。这些人有病本不算一回事,实在病重了,不能作生活挣饭吃,间或就上街走到西药房去打针,六零六三零三扎那么几下,或请走方郎中配付药,朱砂茯苓吃一阵,只要支持得下去,总不会坐下来吃白饭。直到病倒了,毫无希望可言了,就叫毛伙用门板抬到那类住在空船中孤身过日子的老妇人身边去,尽她咽最后那一口气,死去时亲人呼天抢地哭一阵,罄所有请和尚安魂念经再托人赊购副四合头棺木,或借"大加一"买付薄薄板片,土里一埋也就完事了。

桃源地方已有公路,直达号称湘西咽喉的武陵(常德),每日皆有八辆十辆新式载客汽车,按照一定时刻在公路上奔驰。距常德约九十里,车票价钱一元零。这公路从常德且直达湖南省会的长沙,汽车路程约四点钟,车票价约六元。公路通车时,有人说这条公路在湘省经济上具有极大意义,对于黔省出口特货运输可方便不少。这人似乎不知道特货过境每次皆三百担五百担,公路上一天不过十几辆汽车来回,若非特货再加以精制,每天能运输特货多少?关于特货的精制,在各省严厉禁烟宣传中,平民谁还有胆量来作这种非法勾当。假若在桃源县某种铺子里,居然有人能够设法购买一点黄色粉末药物,仔细问问也就弄明白那货物的来源,且明白出产地并不是桃源县城,运输出口或用轮船直往汉口,却不需借公路汽车转运长沙。

真可称为桃源名产的,是家鸡同鸡卵,街头巷尾无处不可发现这种冠赤如火庞大庄严的生物。凡过路人初见这地方鸡卵,应必以为是鸭卵或鹅卵。其次,桃源有一种小划子,轻捷,稳当,干净,在沅河中可称首屈一指。一个外省旅行者,若想到湘西的永绥、干城、凤凰,研究湘边苗族的分布状况,或想从湘西往四川的酉阳、秀山,调查桐油的生产,往贵州的铜仁,调查朱砂水银的生产,往玉屏调查竹科种类,注意造萧制纸的工业,皆可在桃源县魁星阁下边,雇妥那么只小船,沿沅河溯流而上,直达目的地,到地时取行李上岸落店,毫无何等困难。

一只桃源小划子上照例要个舵手,管理后梢,调动船只左右。张挂风帆,松紧帆索,捕捉河面山谷中的微风。放缆拉船,量渡河面宽窄与河流水势,伸缩竹缆。另外还要个拦头人,上滩下滩时看水认容口,出事前提醒舵手躲避石头、恶浪,与袯流,出事后点篙子需要准确,稳重。这种人还要有胆量,有气力,有经验。张帆落帆皆得很敏捷的拉桅下绳索。走风船行如箭时,便蹲坐在船头打吆喝呼啸,嘲笑同行落后的船只。自己船只落后被人嘲骂时,还得回骂;人家唱歌也得用歌声作答。两船相碰说理时,不让别人占便宜。动手打架时,先把篙子抽出拿在手上。船只揖入急流乱石中,不问冬夏,皆得敏捷而勇敢的脱光衣裤,向急流中跳去,在水里尽肩背之力使船只离开险境。掌舵的有事不能尽职,就从船顶爬过船屋去,作个临时舵手,船上若有小水手,还应事事照料小水手,指点小水手。更有一分不可推却的职务,便是在一切过失上,应与掌舵的各据小船一头,相互辱宗骂祖,继续使船前进。小船除此两人以外,尚需要个小水手,居于杂务地位,淘米,烧饭,切菜,洗碗,无事不作。行船时应荡桨就帮同荡桨,应点篙就帮同持篙。这种水手大都在学习期间,应处处留心,取得经验同本领。除了学习看水,看风,记石头,使用篙桨以外,也学习挨打挨骂。尽各种古怪希奇字眼儿成天在耳边响着,好好的保留在记忆里,将来长大时再用它来辱骂旁人。上行无风吹,一个人还得负了纤板,曳着一段竹缆,在荒凉河岸小路上拉船前进。小船停泊码头边时,又得规规矩矩守船。关于他们经济情势,舵手多为船家长年雇工,平均算来合八分到一角钱一天。拦头工有长年雇定的,人若年富力强多经验,待遇同掌舵的差不多。若只是短期包来回,上行平均每天可得一毛或一毛五分钱,下行则尽义务吃白饭而已。至于小水手,学习期限看年龄同本事来,学习期间有些人每天可得两分钱作零用,有些人在船上三年五载吃白饭,一个不小心,闪不知被自己手中竹篙弹入乱石激流中,泅水技术又不在行,淹死了,船主方面写得有字据,生死家长不能过问,掌舵的把死者剩余的衣服交给亲长说明白落水情形后,烧几百钱纸手续便清楚了。

一只桃源小划子,有了这样三个水手,再加上一个需要赶路,有耐心,不嫌孤独,能花个二十三十的乘客，这船便在一条清明透澈的沅水上下游移动起来了。在这条河里在这种小船上作乘客，最先见于记载的一人，应当是那疯疯颠颠的楚逐臣屈原。在他自己的文章里，他就说道："朝发枉渚，夕宿辰阳。"若果他那文章还值得称引，我们尚可以就"沅有芷兮澧有兰"与"乘舲上沅"这些话，估想他当年或许就坐了这种小船，溯流而上，到过出产香草香花的沅州。沅州上游不远有个白燕溪。小溪谷里生芷草，到如今还随处可见。这种兰科植物生根在悬崖桠隙间，或蔓延到松树枝桠上，长叶飘拂，花朵下垂成一长串，风致楚楚。花叶形体较建兰柔和，香味较建兰淡远。游白燕溪的可坐小船去，船上人若伸手可及，多随意伸手摘花，顷刻就成一束。若崖石过高，还可以用竹篙将花打下，尽它堕入清溪洄流里，再用手去溪里把花捞起。除了兰芷以外，还有不少香草香花，在溪边崖下繁殖。那种黛色无际的崖石，那种一丛丛幽香眩目的奇葩，那种小小洄漩的溪流，合成一个如何不可言说迷人心目的圣境！若没有这种地方，屈原便再疯一点，据我想来他文章未必就能写得那么美丽。

什么人看了我这个记载，若神往于香草香花的沅州，居然从桃源包了小船，过沅州去，希望实地研究解决《楚辞》上个草木问题。到了沅州南门城边，也许无意中会一眼瞥见城门上有一片触目黑色，因好奇想明白它，一时可无从向谁去询问。他所见到的只是一片新的血迹，并非古迹。大约在清党前后，有个晃州姓唐的青年，北京农科大学毕业生，用党务特派员资格，率领了两万以上四乡农民，肩持各种农具，上城请愿。守城兵先已得到长官命令，不许请愿群众进城。于是两方面自然而然发生了冲突。一面是旗帜，木棒，呼喊与愤怒，一面是一尊机关枪同四支步枪。街道那么窄，结果站在最前线上的特派员同四十多个青年学生与农民，便皆在城门边牺牲了。其余农民一看情形不对，抛下农具四散吓跑了。那个特派员的身体，于是被兵士用刺刀钉在城门木板上，示众三天，三天过后，便抛入屈原所称赞的清流里喂鱼吃了。几年来本地人派捐拉夫，在应付差役中把日子混过去，大致把这件事也慢慢的忘掉了。

桃源小船载客载到沅州府，把客人行李扛上岸，讨得酒钱回船时，这些水手必乘兴过皮匠街走走。那地方同桃源的后江差不多，住下不少经营最古职业的人物。地方既非商埠，价钱可公道一些。花四百钱关一次门，上船时还可以得一包黄油油的上净丝烟，那是十年前的规矩。照目前百物昂贵情形想来，一切当然已不同了，出钱的花费也许得多一点，收钱的待客也许早已改用美丽牌代替上净丝了。

或有人在皮匠街蓦见水手，对水手发问："弄船的，'肥水不落外人田'，家里有的你让别人用，用别人的你还得花钱，上算吗？"

那水手一定会拍着腰间麂皮抱兜，笑迷迷的回答说："大爷，'羊毛出在羊身上'，这钱不是我桃源人的钱，上算的。"

他回答的只是后半截，前半截却不必提。本人正在沅州，离桃源远过八百里，桃源那一个他管不着。

便因为这点哲学，水手们的生活，比起风雅人来似乎洒脱多了。若说话不犯忌讳，无人疑心我袒护无产阶级，我还想说他们的行为，比起风雅人来也实在道德的多。

说乡情

林语堂

金圣叹批西厢,列举"不亦乐乎"三十三事。其中一条,是久客还乡之人,舍舟登陆,行渐近,渐闻本乡土音,算为人生快事之一。我来台湾,不期然而然听见乡音,自是快活。电影戏院,女招待不期然而说出闽南话。坐既定,隔座观客,又不期然说吾闽土音。既出院,两三位女子,打扮的是西装白衣红裙,在街中走路,又不期然而然,听她们用闽南话互相揶揄,这又是何世修来的福分。

台湾观光,自多名胜,乌来瀑布、石门水库、日月潭、玄奘骨,都可领略,引人入胜。独此故乡情味,不足为外省人道也。

少居漳州和坂仔之乡,高山峻岭,令人梦寐不忘。凡人幼年所闻歌调,所见景色,所食之味,所嗅花香,类皆沁入心脾,在血脉中循环,每每触景生情,不能自已。此詹森总统所以每一二月必回故乡,尝其放牛牧马生活也。吾少居田野,认为赤足走草坡,入涧淘小虾,乃人生最满意之一刹那。及长成,西装革履,束之,缚之,拘之,屈之,由是足趾之原形已经变状,天赋灵巧,已失效用。履之为甚,其可革乎? 故每痒痒,思恢复其自由,明知残朴以为器,工匠之罪,但隔靴搔痒,仍是搔不着也。适人之适,而不自适其适,人世总是如此。奈何,奈何?

我们漳州民间,穷苦者什之一,富户劣绅亦什之一,大半耕者有其田。但是生活水准,教育普遍,自不如今日之台湾。由是,每每因乡语之魔力使我疑置故乡之时,又觉骇异二事。一、这些乡民忽然都识字了。而且个个国语讲得非常纯正。这不是做梦吗? 又路上行人,男男女女,一切洋装、村装妇女,我所疑为漳州妇女的,又个个打扮的那样漂亮,红红绿绿,可喜娘儿一般,与吾乡少时所见不同。由是给我一种恍然隔绝人世可遇而不可求的美梦。

以国语说乡情,在我们不大容易。漳州话 B、G 两音,连注音字母也拼不出来。beh、bah、bat(要、肉、识)就不在汉字系统中。无已,权借国语,表出乡音。

乡情宰(怎)样好 让我说给你 民风还淳厚 原来是按尼(如此) 汉唐语如此 有的尚迷离 莫问东西晋 桃源人不知 父老皆伯叔 村姬尽姑姨 地上香瓜熟 枝上红荔枝 新笋园中剥 早起(上)食谱糜(粥) 胪脍莼羹好 呒值(不比)水(田)鸡低(甜) 查母(女人)真正水(美) 郎郎(人)都秀媚 今天戴草笠 明日装入时 脱去白花袍 后天又把锄 黄昏倒的困(睡) 击壤可吟诗

遥远的自然

韩少功

城市是人造品的巨量堆积,是一些钢铁、水泥和塑料的构造。标准的城市生活是一种昼夜被电灯操纵、季节被空调机控制、山水正在进入画框和阳台盆景的生活,也就是说,是一种越来越远离自然的生活。这大概是城市人越来越怀念自然的原因。

城市人对自然的怀念让人感动。他们中的一些人不大能接受年迈的父母,却愿意以昂贵的代价和不胜其烦的劳累来饲养宠物。他们中的一些人不可忍受外人的片刻打扰,却愿意花整天整天的时间来侍候家里的一棵树或者一块小小的草坪。他们遥望屋檐下的天空,用笔墨或电脑写出了赞颂田园的诗歌和哲学,如果还没有在郊区或乡间盖一间木头房子,至少也能穿上休闲服,带上食品和地图,隔那么一段时间(比方几个月或者几年),就把亲爱的大自然定期地热爱一次。有成千上万的旅游公司正在激烈竞争,为这种定期热爱介绍着目标和对象并提供周到的服务。

他们到大自然中去寻找什么呢? 寻找氧气? 负离子? 叶绿素? 紫外线? 万变的色彩? 无边的幽静? 人体的运动和心态的闲适? ……事实上,人造的文明同样可以提供这一切,甚至可以提供得更多和更好,也更加及时和方便。氧吧和医院里的输氧管可以随时送来森林里的清新。健身器上也可以随时得到登山时大汗淋淋的感觉。而世界上任何山光水色的美景,都可以在电视屏幕上得到声色并茂的再现。但是,如果这一切还不足以取消人们对自然的投奔冲动,如果文明人的一个个假日仍然意味着自然的召唤和自然的预约,那么可以肯定,人造品完全替代自然的日子还远远没有到来。

而且还可以肯定:人们到大自然中去寻找的,是氧气这一类东西以外的什么。

也许,人们不过是在寻找个异。作为自然的造化,个异意味着世界上没有一片叶子是完全相同的,没有一个生命的个体是完全相同的,但这种状况对于都市中的文明人来说,正在变得越来越稀罕。他们面对着千篇一律的公寓楼,面对着千篇一律的电视机、快餐食品以及作息时间表,不得不习惯着自己周围的个异的逐渐消失。连最应该各各相异的文艺作品,在文化工业的复制技术下,也正在变得面目相似,无论是肥皂剧还是连环画,都以彼此莫辨和新旧莫辨为人们所容忍。现代工业品一般来自批量生产的流水线,甚至不能接受手工匠人的偶发性随意。不管它们出于怎样巧妙的设计,它们之间的差别只是类型之间的差别,而不是个异之间的差别。它们的品种数量总是有限,一个型号下的产品总是严格雷同和大量重复,而这正是生产者们梦寐以求的目标:严格雷同就是技术高精度的标志,大量重复就是规模经济的最重要特征。第一千甲型电话机必定还是甲型,第一万辆乙型汽车必定还是乙型,它们在本质上以个异为大忌,整齐划一地在你的眼下哗哗哗地流过,代表着相同的功能和相同的价格,不可能成为人们的什么惊讶表现。它们只有在成为稀有古董以后,以同类产品的大面积废弃为代价,才会成为某种怀旧符号,与人们的审美兴趣勉强相接。它们永远没法呈现出自然的神奇和丰富——毫无疑问,正是那种造化无穷的自然原态才是人的生命起点，才是人们不得不一次次回望的人性家园。

也许，人们还在寻找永恒。一般来说，人造品的存在期都太过短促了，连最为坚固的钢铁，一旦生长出锈痕，简直也成了速朽之物，与泥土和河流的万古长存无法相比。它甚至没有遗传的机能，较之于动物的生死和植物的枯荣，缺乏生生不息的恒向和恒力。一棵路边的野草，可以展示来自数千年乃至数万年前的容貌，而可怜的电话机或者汽车却身前身后两茫茫，哪怕是最新品牌，也只有近乎昙花一现的生命。时至今日，现代工业产品在更新换代的催逼之下，甚至习惯着一次性使用的转瞬即逝，纸杯，易拉罐，还有毛巾和袜子，人们用过即扔。这种消费方式既然是商家的利润所在，于是也很快在宣传造势中成为普遍的大众时尚。在这个意义上，现代工业正在加速一切人造品进入垃圾堆的进程，正在进一步削弱人们与人造品之间稳定的情感联系。人们的永恒感觉，或者说相对恒久的感觉，越来越难与人造品相随。激情满怀一诺千金之时，人们可以对天地盟誓，但怎么可以想象有人面对一条领带或者一只沙发盟誓？牵肠挂肚离乡背井之时，人可以抓一把故乡的泥土入怀，但怎么可以想象有人取一只老家的电器零件入怀？在全人类各民族所共有的心理逻辑之下，除了不老的青山、不废的江河、不灭的太阳，还有什么东西更能构成一种与不朽精神相对应的物质形式？还有什么美学形象更能承担一种信念的永恒品格？

如果细心体会一下，自然能使人们为之心动的，也许更在于它所寓含着的共和理想。在人们身陷其中的世俗生活中，文明意味着财富的创造，也意味着财富的秩序和规则。人造品总是被权利关系分割和网捕。所有的人造品都是产品，既是产品就有产权，就与所有权和支配权结下了不解之缘。不论是个人占有还是集团占有，任何楼宇、机器、衣装、食品从一开始就是物各有主，冷冷地阻止着权限之外的人僭用，还有精神上的亲近和进入。正因为如此，人们很难怀念外人的东西，比如怀念邻家的钟表或者大衣柜。人们对故国和家园的感怀，通常都只是指向权利关系之外的自然——太阳、星光、云彩、风雨、草原、河流、群山、森林以及海洋，这么多色彩和音响，尽管也会受到世俗权利的染指，比如局部地沦为庄园或者笼鸟，但这种染指毕竟极其有限；大自然无比高远和辽阔的主体，至少到目前为止还无法被任何人专享和收藏，只可能处于人类公有和共有的状态。在大自然面前，私权只是某种文明炎症的一点点局部感染。世俗权利给任何人所带来的贫贱感或富贵感、卑贱感或优越感、虚弱感或强盛感，都可能在大山大水面前轻而易举地得到瓦解和消散。任何世俗的得失在自然面前都微不足道。古人已经体会到这一点，才有"山水无常属，闲者是主人"一说，才有"山可镇俗，水可涤妄"一说。这些朴素的心理经验，无非是指大自然对所有人一视同仁的慷慨接纳，几乎就是齐物论的哲学课，几乎就是共和制的政治伦理课，指示着人们对世俗的超越，最容易在人们心中轰然洞开一片万物与我一体的阔大生命境界。

当然，这一切并不是自然的全部。人们在自然中可以寻找到的，至少还有残酷。台风、洪水、沙暴、雷电、地震，无一不显露出凶暴可畏的面目——人们只有依靠文明才得以避其灾难。自然界的生物链存在方式则意味着，自然的本质只不过是千万张欲望的嘴，无情相食，你死我活。敦厚如老牛也好，卑微如小草也好，每一种生物其实都没有含糊的时候，都以无情食杀其他生命作为自己存在的前提。即使在万籁俱寂的草地之上也永远进行着这种轰轰烈烈的战争。文明进程之外的原始初民，同样是食物链中完全被动的一环。山林部落之间血腥的屠杀，也许只是一种取法自然并且大体上合乎自然的方式，只能算作野生动物那里生存斗争的寻常事例。他们还缺乏文明人的同类相悯和同类相尊，还缺乏减少流血的理性手段——虽然这种理性的道德和法律也可以在世界大战一类事故中荡然无存,并不总是特别的牢靠。

由此看来,文明人所热爱的自然,其实只是文明人所选择、所感受、所构想的自然。与其说他们在热爱自然,毋宁说他们在热爱文明者对自然的一种理解。与其说他们在投奔自然,毋宁说他们在投奔自然所呈现的一种文明意义。他们为之激情满怀的大漠孤烟或者林中明月,不过是自然这面镜子里社会现实处境的倒影,是他们用来批判文明缺陷的替代品。他们的激情,不能证明别的什么,恰恰确证了自己文明化的高度。换一句话说,他们对待自然的态度,常常不过是对现存文明品质的某种测试:他们正是敏感到文明的隐疾,正是敏感到现实社会中的类型原则正在危及个异,现时原则正在危及永恒,权利原则正在泯灭人类的共和理想,才把自然变成了一种越来越重要的文明符号,借以支撑自己对文明的自我反省、自我批判以及自我改进。他们对自然的某种绿色崇拜,不仅仅是补救自己的生存环境,更重要的是,是补救自己的精神内伤。

迄今为止,宗教一直在引导着文明对自然的认识。教堂总是更习惯于建立在闹市尘嚣之外,建立在山重水复之处,把人们引入自然的旅途。真正的教徒总是容易成为素食者,至少也有戒杀惜生的信念和习惯。迄今为止,艺术也一直在引导着文明对自然的认识。音乐、美术以及文学的创作者们,无一不在培育着人类对一花一草一禽一畜的赞美和同情,无一不明白情景相融和情景相生的道理,总是把自然当作人类美好情感的舞台和背景。他们如果不愿意止于拒绝和批判,而有意于更积极的审美反应,有意于表达更有建设性的精神寄托,他们的眼光就免不了要指向文明圈以外,指向人造品的局限视界以外,不论是用直接或间接的方式,他们的诗情总是不由自主地在自然的抚慰之下或拥抱之中得到苏醒。他们的精神突围,总是有地平线之外某些自然之境在遥遥接应。赤壁之于苏东坡,草原之于契诃夫,向日葵之于凡·高,黄河之于冼星海,无疑都有精神接纳地的意义。正是在这里,宗教和艺术显示了与一般实用学问的差别,显示了自己的重要特征。它们追问着文明的终极价值,它们对精神的关切,使它们更愿意在自然界伸展自己的根系。

作为一种文明活动,它们当然并不代表人与自然的唯一关系。在更多的时候,以利用自然、征服自然、改造自然甚至破坏自然为特征的人类生存方式构成了文明的主流。现代的商家甚至可以从人对自然的向往中洞察到潜在的利润,于是开始了对感悟和感动的技术化生产,开始制作自然的货品,拓展自然的市场。宗教已经受到了市场的鼓励,其活动场所正在成为旅游者的诸多景点,其活动规程正在成为吸引游客的诸多收费演出。艺术同样已经受到了市场的鼓励,正以奇山异水奇风异俗的搜集和展示,成为各种文字和图像的创作动力,制作出吸引远方客人的导游资料或代游资料。文化搭台经济唱戏,艺术门类正在被日益壮大的旅游业一一收编,正在主宰着人与自然的诗学关系,正在搜索着任何一块人迹罕至的自然,运用公路、酒吧、星级宾馆、景区娱乐设施把天下所有的自然风光一网打尽并且制作成快捷方便的观赏节目;至少也可以用发达的现代视像技术,用风光照片、风光影视片以及异国情调小说一类产品,把大自然的尸体囚禁在广为复制的各种媒体上,变成工业化时代的室内消费。

旅游正在成为一场悄然进行的文化征讨。它是强势文明区与弱势文明区互为"他者"的观赏与交流,它的后果,一般来说是强势文明的一体化进程无往不胜一统天下,也是文明向自然成功地实现扩张、延展和渗透。它带来了新的市场、利润以及物质繁荣,当然是人类之福。但它一旦商业化和消费化,似乎也可能带来物质生产方式对人类精神需求的挤压和侵害。对于当今的很多文明者来说,有了钱就有了自然,通向自然之路已经不再艰难和遥远。问题在于:在这种工业技术所覆盖的自然里,我们还能不能寻找到我们曾经熟悉的个异、永恒以及共和理想? 还能不能寻找到大震撼和大彻悟的无声片刻? 这种旅游业正在帮助人类实现着对自然的物质化占有,与此同时,它是不是也可能在遮蔽和销毁着自然对于人类的精神性价值?

如果说微笑中可以没有友情,表演中可以没有艺术,那么旅游中当然也可以没有自然。这是一个游客匆匆于今为盛的时代,是一个什么都需要购买的时代:自然不过是人们旅游车票上的价位和目的地。这个目的地正在扑面而来,已经送来了旅游产品的嘈杂叫卖之声、进口啤酒的气息、五颜六色的泳装和太阳伞。也许,恰好是在这个时候,某一个现代游客会突然感觉到:他通向自然的道路实际上正在变得更加艰难和更加遥远。他会有一种在旅游节目里一再遭遇的茫然和酸楚;童年记忆中墙角的一棵小草,对于他来说已经更加遥不可及相见无期。

鸟的天堂

巴 金

在 N 的小学校里我们吃过了晚饭,热气已经退了。太阳落下了山坡,只留了一段灿烂的红霞在天边,在山头,在树梢。

"我们划船去!"N 提议说,那时候我们大家站在校前的池畔,看那山景。

"好。"别的朋友很高兴的接口说,我也跟着赞同了。

我们走过一条石子路,很快地就到了河边。那里有一个茅草的水阁,穿过它,在河边大树下我们发见了几只小船。

我们陆续跳在一只船上,一个朋友解开了绳,拿起竹竿一拨,于是船缓缓地动了,向着河中间流去。

三个朋友划着船,我袖手坐在船中望四周的景致。

远远地一座塔耸立在山坡上面,许多绿树拥抱着它,在这附近很少有那样的塔,那里是朋友 Y 的家乡,我明天就要到那里去,登那山,上那塔。

河面是很宽的,白茫茫的水上没有一点波浪。船平静地在水面流动。三只桨有规律地在水里拨动,那声音送进耳朵去就像一曲音乐。

在一个地方河面变窄了。一簇簇的绿叶突出到水面来。那树叶真绿得可爱。是许多株茂盛的榕树,但我却看不出它们的树干在什么地方。

当我说许多株榕树的时候,我的错误马上就给朋友们纠正了,一个朋友说那里只有一株榕树,另一个朋友说那里的榕树是两株。

我看见过不少的大榕树,但像这样大的榕树我却是第一次看见。

我们的船渐渐逼近那榕树了。我便有了机会看见它的真面,真是一株大树,枝干的数目是不可计数的。枝上又生根,有许多根直垂到地上,进入了土里。一部分的树枝垂到水面,从远处看,就像一株大树躺卧在水面一般。

这时候正是榕树茂盛的时期。(树上已经结了小小的果实,而且许多落下来了。)它现在好像在把它的全部生命力展示给我们看。那么多的绿叶,一簇堆在另一簇上面,不留一点缝隙。那翠绿的颜色明亮地照耀着我们的眼睛,似乎每一片树叶上都有一个新的生命在颤动。这美丽的南国的树。

船在树下泊了片刻,岸上很湿,我们没有上去。朋友说这里是"鸟的天堂",有许多鸟在这树上做窠,农民不许人去捉它们。我仿佛听见几只鸟扑翅的声音,但等我的眼睛注意地去看那里时,我却看不见一只鸟的影儿。只有无数的树根立在地上,像许多根木桩。土地是湿的,大概潮涨时河水时常会冲上岸去。鸟的天堂里没有一只鸟儿,我不禁这样想。于是船开了。一个朋友拨着船,缓缓地流到河中间去。

在河边田畔的小径上有几株荔枝树。绿叶丛中垂着累累的红色果实,映到我们的眼帘来就带了大的引诱性。我们的船就往那里流。一个朋友拿起桨把船拨进一条小沟。在那小径边旁,船停住了,我们都跳上了岸。

两个朋友很快地爬到树上去,从树上抛了几枝带叶的荔枝下来,我们接着,我和 N 和 Y 三个人站在树下,就剥开几个来吃。等他们下地来时,我们大家一面吃着荔枝,一面回到船上去。这荔枝还没有成熟,大家后来都不想吃了。

第二天我们划着船到 Y 的家乡去,就是那个有山有塔的地方。从 N 的小学校出发,我们又经过那"鸟的天堂"。

这一次是在早晨,阳光照耀在水面上,在树梢,一切都显得更加光明了。我们也把船在树下泊了片刻。

起初周围是静寂的。后来忽然起了一声鸟叫。朋友 N 把手一拍,我们便看见一只大鸟飞了起来。接着又看见第二只,第三只。我们继续在拍掌。很快地这树林就变得热闹了。到处都是鸟声,到处都是鸟影。大的,小的,花的,黑的,有的站在树枝上叫,有的飞起来,有的在扑翅膀。

我注意地看着。我的眼睛真是应接不暇,看清楚了这只,又看落了那只,看见了那只,第三只又飞起了。一只画眉鸟飞了出来。给我们的拍掌声惊吓着,又飞进了树林,站在一根小枝上兴奋地叫着,那歌声真好听。

"走罢。"Y 催促说。

当小船向着高塔下面的乡村流去的时候,我还回头去看那被抛在后面的茂盛的榕树。我感到一点儿的留恋的心情。昨天是我的眼睛骗了我。那"鸟的天堂"的确是鸟的天堂啊!

囚绿记

陆　蠡

这是去年夏间的事情。

我住在北平的一家公寓里,我占据着高广不过一丈的小房间,砖铺的潮湿的地面,纸糊的墙壁和天花板,两扇木格子嵌玻璃的窗,窗上有很灵巧的纸卷帘,这在南方是少见的。

窗是朝东的。北方的夏季天亮得快,早晨五点钟左右太阳便照进我的小屋,把可畏的光线射个满室,直到十一点半才退出,令人感到炎热。这公寓里还有几间空房子,我原有选择的自由的,但我终于选定了这朝东房间,我怀着喜悦而满足的心情占有它,那是有一个小小理由。

这房间靠南的墙壁上,有一个小圆窗,直径一尺左右。窗是圆的,却嵌着一块六角形的玻璃,并且左下角是打碎了,留下一个大孔隙,手可以随意伸进伸出。圆窗外面长着常春藤。当太阳照过它繁密的枝叶,透到我房里来的时候,便有一片绿影。我便是欢喜这片绿影才选定这房间的。当公寓里的伙计替我提了随身小提箱,领我到这房间来的时候,我瞥见这绿影,感觉到一种喜悦,便毫不犹疑地决定下来,这样了截爽直使公寓里伙计都惊奇了。

绿色是多宝贵的啊!它是生命,它是希望,它是慰安,它是快乐。我怀念着绿色把我的心等焦了。我欢喜看水白,我欢喜看草绿。我疲累于灰暗的都市的天空,和黄漠的平原,我怀念着绿色,如同涸辙的鱼盼等着雨水!我急不暇择的心情即使一枝之绿也视同至宝。当我在这小房中安顿下来,我移徙小台子到圆窗下,让我的面朝墙壁和小窗。门虽是常开着,可没人来打扰我,因为在这古城中我是孤独而陌生。但我并不感到孤独。我忘记了困倦的旅程和已往的许多不快的记忆。我望着这小圆洞,绿叶和我对语。我了解自然无声的语言,正如它了解我的语言一样。

我快活地坐在我的窗前。度过了一个月,两个月,我留恋于这片绿色。我开始了解渡越沙漠者望见绿洲的欢喜,我开始了解航海的冒险家望见海面飘来花草的茎叶的欢喜。人是在自然中生长的,绿是自然的颜色。

我天天望着窗口常春藤的生长。看它怎样伸开柔软的卷须,攀住一根缘引它的绳索,或一茎枯枝;看它怎样舒开折叠着的嫩叶,渐渐变青,渐渐变老,我细细观赏它纤细的脉络,嫩芽,我以揠苗助长的心情,巴不得它长得快,长得茂绿。下雨的时候,我爱它淅沥的声音,婆娑的摆舞。

忽然有一种自私的念头触动了我。我从破碎的窗口伸出手去,把两枝浆液丰富的柔条牵进我的屋子里来,教它伸长到我的书案上,让绿色和我更接近,更亲密。我拿绿色来装饰我这简陋的房间,装饰我过于抑郁的心情。我要借绿色来比喻葱茏的爱和幸福,我要借绿色来比喻猗郁的年华。我因住这绿色如同幽囚一只小鸟,要它为我作无声的歌唱。

绿的枝条悬垂在我的案前了。它依旧伸长,依旧攀缘,依旧舒放,并且比在外边长得更快。我好象发现了一种"生的欢喜",超过了任何种的喜悦。从前有个时候,住在乡间的一所草屋里,地面是新铺的泥土,未除净的草根在我的床下苗出嫩绿的芽苗,蕈菌在地角上生长,我不忍加以剪除。后来一个友人一边说一边笑,替我拔去这些野草,我心里还引为可惜,倒怪他多事似的。

可是每天早晨,我起来观看这被幽囚的"绿友"时,它的尖端总朝着窗外的方向。甚至于一枚细叶,一茎卷须,都朝原来的方向。植物是多固执啊!它不了解我对它的爱抚,我对它的善意。我为了这永远向着阳光生长的植物不快,因为它损害了我的自尊心。可是我因系住它,仍旧让柔弱的枝叶垂在我的案前。

它渐渐失去了青苍的颜色,变成柔绿,变成嫩黄;枝条变成细瘦,变成娇弱,好像病了的孩子。我渐渐不能原谅我自己的过失,把天空底下的植物移锁到暗黑的室内;我渐渐为这病损的枝叶可怜,虽则我恼怒它的固执,无亲热,我仍旧不放走它。魔念在我心中生长了。

我原是打算七月尾就回南去的。我计算着我的归期,计算这"绿囚"出牢的日子。在我离开的时候,便是它恢复自由的时候。

芦沟桥事件发生了。担心我的朋友电催我赶速南归。我不得不变更我的计划;在七月中旬,不能再留连于烽烟四逼中的旧都,火车已经断了数天,我每日须得留心开车的消息。终于在一天早晨候到了。临行时我珍重地开释了这永不屈服于黑暗的囚人。我把瘦黄的枝叶放在原来的位置上,向它致诚意的祝福,愿它繁茂苍绿。

离开北平一年了。我怀念着我的圆窗和绿友。有一天,得重和它们见面的时候,会和我面生么?

桂林山水

方　纪

到了桂林,每日面对着这胜甲天下的桂林山水,看着它在朝雾夕晖、阴晴风雨中的变化,实在是一种很大的享受。于是从心里,羡慕起住在桂林的人们来了。虽然早在二十三年前,抗日战争时期,我在桂林的八路军办事处工作过半年多;但那时候,一来年轻,二来也没有看风景的心情,除了觉得这些山水果真奇异,七星岩里还可以躲躲空袭之外,于它的胜美之处,实在是很少领略的。一九五九年夏天——刚好过了二十年,李可染同志由桂林写生回到北京,寄了一幅画给我看,标题是《桂林画山侧影》。一下子,我就被画幅吸引了,画面把我带到了一种可以说是幸福的回忆中——不仅是桂林的山水,连同和这相关联的那一段生活,都在我记忆里复活起来。那些先前不曾领会的,如今领会了;先前不曾认识的,如今认识了。桂林山水,是这样逼真地又出现在我面前。这时,我惊叹于艺术的力量之大,感人之深。并且惊叹之余,还诌了这样四句不成样子的旧诗寄他:

> 皴法似此并世无,墨犹剥漆笔犹斧;
>
> 画山九峰兀然立,语意新出是功夫。

这次重到桂林,置身桂林山水之间,使我又想到了可染同志的这幅画。于是就记忆,印证了画与山的关系,艺术与真实的关系;明白了它们是怎样地从自然存在,经过画家的劳动,变为有生命的、可以打动人心灵的艺术作品。

桂林山水的宜于入画,古人早已注意到了。宋代诗人黄庭坚就写道:"桂岭环城如雁荡,平地苍玉忽嵯峨。李成不生郭熙死,奈此千峰百嶂何。"诗人的意思,恐怕不止是说当时画家画桂林山水的少,还在说,即使李成、郭熙在,也还没有画出如桂林山水的这般秀丽来吧?后来元明人多画黄山,到清初的石涛,由于他的出生桂林,才把他幼年的印象,带入山水画中,形成了独特的风格。到了近代,山水画大师黄宾虹,便以能"遍写桂林山水"为生平得意,齐白石更说"自有心胸甲天下,老夫看惯桂林山"了。所以看起来,桂林山水的入画,对于丰富中国山水画的技法,该是不无关系的。

至于在文学上,为桂林山水塑造出一种形象,为人所公认,并能传之千古的,恐怕至今还要推韩愈的"江作青罗带,山如碧玉簪"两句。他把桂林山水拟人化,比喻为一个素朴而秀美的女子,确是有独到的观察。虽然这种形象,在我们时代的生活里已经看不见了,但透过对于古代生活的理解,人们还是可以想象出桂林山水的面貌和性格来的。这次到桂林,登叠彩山,攀明月峰,凌空一望,果然,漓江澄碧,自西北方向款款而来,直逼明月峰下,然后向东一转,穿桂林市,绕伏波山、象鼻山,向东南而去。正像一条青丝罗带,随风飘动。而周围的山峰,在阳光和雾霭的照映中,绿的碧绿,蓝的翠蓝,灰的银灰,各各浓淡有致,层次分明;正像是美人头上的装饰,清秀淡雅。

概括一带自然面貌,塑造出鲜明的形象来,在文字上是不容易的,往往不是过分刻画,就是失之抽象。难怪后来的诗人,包括那些知名的如黄庭坚、范成大、刘后村等等,虽都到了桂林,写了诗,但却没有一个形象如韩愈的这般概括而生动。范成大写《桂海虞衡志》,极力状写桂林山水的奇异,结果是人家不相信,只好画了图附去。可见用语言文字,表现一些人所不经见的东西,是需要一点艺术手段的。

古人于描写山水中创造意境,不独描写自然的面貌,是早有体会的。所以山水画、风景诗,才成为作者思想与人格的表现。柳宗元的遭贬柳州为"僇人",终日"施施而行,漫漫而游",结果是写出了那些意境清新、韵味隽永的散文来。试读从《桂州訾家洲亭记》以下,至《至小丘西小石潭记》的十来篇,在描写桂林一带的山水上,真是精美无匹。这些散文虽只记述一次出游,或描写一丘一壑,一水一石,长不逾千,短的不到二百字,但那观察之细微,体会之深入,描绘之精确,文字之简洁,在古代描写风景的散文里,可以说是少见的。柳宗元在这些文章里创造了一系列前人所无的境界,到最后,却自己写道:"坐潭上,四面竹树环合,寂寥无人,凄神寒骨,悄怆幽邃。以其境过清,不可久居,乃记之而去。"(《至小丘西小石潭记》)他对这样的山水得出,一个"清"字的境界来,这于他那个时代的桂林的自然面貌,并自身遭遇的感受,是非常确切的。但当他概括地写到桂林的山,便也只有"发地峭竖,林立四野"八个字了。

在散文里面,描写桂林山水的真实性、具体性上,倒要推徐宏祖的《徐霞客游记》。他的散文很少概括和比拟,但却忠实而详尽。读起来你不免要为他的游兴所动,为他的辛勤所感,为他的具体而生动的记游所心向往之。不过你要想从他的记述里去想象桂林山水到底是什么样子,却也不易。他自己就说:"然予所欲睹者,正不在种种规拟也。"他是另一种游法,另一种写法的。他记述自然面貌,道路里程,水之所出,出之所向。他的游记,不独是好的文学作品,而且留下许多有用的科学资料。所以看起来,徐宏祖倒是古今第一个最会游历的人。他的不辞辛苦地游,倾家荡产地游,走遍天下,所到之处,如实记载,即兴发抒,不拘一格,不做规拟,倒成了他的散文的最能引人入胜的特色。

所以从古以来,山水怎么看,恐怕是各人各有心胸的。但一切既反映了自然真实面貌,又创造了崇高意境的,则无论是绘画、诗、散文,都成为了我国人民的精神财富,为我们伟大祖国的富丽山河,赋予了种种美好的形象和性格,启示了和发展着人们的爱国主义思想情感。

桂林山水,毕竟是美的。早晨起来,打开窗子,便有一片灰得发蓝的山色扑进房子里来,照得房间里的墙壁、书桌,连同桌上的稿纸,都仿佛有一层透明的岚光在浮动。而窗前的树,案头的花,也因为这山岚的照耀,绿得更深,红得更艳了。

当然,这是太阳的作用,太阳这时还在山那面,云里边。由于重重山峰的曲折反映,层层云雾的回环照耀,阳光在远近的山峰、高低的云层上,涂上浓淡不等的光彩。这时,桂林的山最是丰富多彩了：近处的蓝得透明；远一点的灰得发黑；再过去，便挨次地由深灰、浅灰，而至于只剩下一抹淡淡的青色的影子。但是，还不止于此。有时候，在这层次分明、重叠掩映的峰峦里，忽然现出一座树木葱茏、岩石睦增的山峰来。在那涂着各种美丽色彩的山峰中间，它像是一个不礼貌的汉子，赤条条地站在你面前——那是因为太阳穿过云层，直接照在了它身上。

接着，便可以看到，漓江在远处慢慢的泛着微光，一闪一闪地亮起来了。太阳把漓江染成了一条透明的青丝罗带，轻轻地抛落在桂林周围的山峰中间。

这时，你可以出去了。无论走到什么地方，有时是转过一幢房子，忽然一座高倚天表的山峰，矗立在你面前。有时是坐在树下，透过茂密的枝叶，又看到它清秀的影子。或者在公园的亭子里，你刚探出身，一片翠幕般的青峰，就张挂在亭子的飞檐上。如果站在湖边，它那粼粼波动的倒影，常常能引起你好一阵的遐思。

这样，桂林山水，总是无时无处不在你的身边，不在你眼里，不在你心里，不在你的感受和思维中留下它的影响。

但是，如果住在阳朔，那感觉不知会是怎样的？就去过一次的印象说，只好用"仙境"二字来形容。那山比起桂林来，要密得多，青得多，幽得多，也静得多了。一座座的山峰，从地面上直拔了起来，陡升上去，却又互相接连，互相掩映，互相衬托着。由于阳光的照射，云彩的流动，雾霭的聚散和升降，不断变换着深浅浓淡的颜色。而且，阳朔的山，不像桂林的那样裸露着岩石，而是长满了茂密的丛林，把它遮盖得像穿上了绿色天鹅绒的裙子。这还不算，最妙的是在春天，清明前后，在那翠绿的丛林中，漫山遍野开满了血红的杜鹃。就像在绿色天鹅绒的裙子上，绣满了鲜艳的花朵。这使得人在一片幽静的气氛中，能生发出一种热烈的情感。

到阳朔去，最好是坐了木船在漓江里走。单是那江里的倒影，就别有一番境界。那水里的山，比岸上的山更为清晰；而且因为水的流动，山也仿佛流动起来。山的姿态，也随着船的位置，不断变化。漓江的水，是出奇的清的，恐怕没有一条河流的水能有这样清。清到不管多么深，都可以看到底；看到河底的卵石，石上的花纹，沙的闪光，沙上小虫爬过的爪痕。河底的水草，十分茂密。长长的、像蒲草一样的叶子，闪着碧绿的光，顺着水的方向向前流动。

从桂林到阳朔，有人比喻为一幅天然的画卷。但比起画卷来，那山光水色的变化，在清晨，在中午，在黄昏，却是各有面目，变化万千，要生动得多的。尤其是在春雨迷濛的早晨，江面上浮动着一层轻纱般的白濛濛的雨丝，远近的山峰完全被云和雨遮住了。这时只有细细的雨声，打着船篷，打着江面，打着岸边的草和树。于是，一种令人感觉不到的轻微的声响，把整个漓江衬托得静极了。这时，忽然一声欸乃，一只小小的渔舟，从岸边溪流里驶入江来。顺着溪流望去，在细雨之中，一片烟霞般的桃花，沿小溪两岸一直伸向峡谷深处，然后被一片看不清的或者是山，或者是云，或者是雾，遮断了。

这时，我想起了可染同志的《杏花春雨江南》……

但是，接着，"画山"在望了。陡峭的石壁，直立在岸边，由于千百万年风雨的剥蚀，岩石轮廓分明地现出许多层次，就像是无数山峰重叠起来压在一起。这些轮廓的线条，层次的明暗，色彩的变化，使人们把它想象成为九匹骏马，所以画山又称"画山九马图"。九匹骏马，矗立在漓江岸边的石壁上，或立或卧，或仰或俯，或奔腾跳跃，或临江漫饮，看上去确是极为生动的。但是，可染同志的那幅《桂林画山侧影》，同时在我记忆里复活起来，而且是更为生动地在我面前出现了。

画的篇幅不大，而且是全不着色的白描。整个画面，几乎全被兀立的山岩占满了，只在画面下部不到五分之一的位置，有一排树木葱笼的村舍，村前田塍上，有一个牵牛的人走来。但这些都不是画的主体，也不引起观者的特别注意。而一下子就吸引了观者的，正是那满纸兀立的山岩。山岩像挨次腾起的海上惊涛，一浪高过一浪，层层叠竖，前呼后拥，陡直地升高上去，升高上去，直到顶部接近天空的地方，才分出画山九峰的峰峦来。而山岩石壁，直如斧劈刀斩一样，峻嶒峻峭，粗涩的石灰岩质，仿佛伸手就能触到。于是整个画山，现出一种雄奇峻拔、咄咄逼人的气势。这时，在我面前，画山仿佛脱离开周围的山而凸现出来，活动起来，变成了一个有生命，有血肉，有思想和情感的物体。自然存在的山，和艺术创作的山，竟分不出界限，融为一体。

但是，这只是一刹那间的事。等到画山过去，印象消逝，在我记忆里，便只剩下一种雄奇的意境，奋发的情思了……

坐在船头，我木然地沉思着，并且像是有所领悟地想到：人的劳动，人的精神的创造，是这样神奇！它像是在人和自然之间，搭起了一座神话中的桥梁；又像是一把神话中的金钥匙，打开了神仙洞府的门。人们通过这桥梁，走进这洞门，才看清了自然的底蕴，自然的灵魂。

桂林山水，从地质学的观点看来，不过是一种"喀斯特"现象：石灰岩的碳酸钙质，长期为水溶解，而形成的"溶洞"地区。除桂林外，云南的石林，也是地质学上所谓的"喀斯特最发育"的地区。作为一种自然现象，它们本身原无所谓美丑。这些山水的美，和有些山水的不美，或不够美，原是人在社会生活中，长期观察和比较的结果。而这美丑的观念，正是人对自然界施加劳动和意识作用的产物。人对自然的这种劳动和意识作用，已经是历史地形成了，自然美也就成为了一种独立的客观存在。并且，在不同的时代和阶级，不断地改变着人对自然美的观点，而使得人对自然的认识，日益深刻和丰富起来。

山水画作为一种艺术，从古以来就成为了帮助人们认识自然，欣赏自然美，进而帮助人们"按照美的法则"，改造自然的一种手段。和所有的艺术一样，它的力量是建筑在对自然的深刻观察和具体描写上。可染同志的画，就具有这样的特点——不只观察深刻，而且描写具体；因而看起来真实而且有力。结果，就使你从对山水的具体感受中，不知不觉进入了画家所创造的精神境界。无论是雄伟，无论是壮丽，无论是种种可以使你对祖国山河油然而生的爱恋情绪。这时，你会感觉到，你的爱国主义是具体的，有力量的，是饱含着自己的经验和感受在内的激昂奋发的情绪。于是，画家的劳动，也就在这时得到了报偿。

可染同志近年来画了不少写生作品，他把自己这种创作方法叫做"对景创作"。在这些作品中，当然没有凭空虚构，但也没有临摹自然。他总是描写一个具体对象，并且把所描写的对象放在一个具体环境中。然后，他的概括也是大胆的；他总是在一笔不苟的具体刻画中，去表现对象的精神世界。这样，就在这些叫做"写生"的作品中，产生了那种人人可以看得见，感觉到的祖国河山具体而又普遍的典型性格。

也许正是在这一点上吧，《桂林画山侧影》成功了。它透过对桂林山的石炭岩质的真实而大胆的刻画，表现了桂林山水的精神面貌。因而对观众，对我，产生了一种能以根据自身经验去进一步认识生活的艺术的力量。

故乡行

曹靖华

大半个世纪来,迫于形势,我到处飘泊,走了大半个地球。所到之处,那些山啊,总没有故乡的翠;那些水啊,也没有故乡的甜;至于人啊,故乡的父老兄弟姊妹们的恳挚豪爽,也是少有的。这是偏见吗? 也许是,但我总觉得自己感受是如此的,故乡一切甲天下!

提起故乡卢氏,在豫西八百里伏牛山的腹地,千峰万嶂,不用说解放前颠沛流离,山水阻隔,回一趟故乡,可不容易,就是解放后,忙于工作,也难得有这样的机遇和心情。

今年6月,西安地区文教各单位,为了纪念鲁迅诞生一百周年,举行学术讨论会,我应邀前往。会毕,乘车东返。一出潼关,就是灵宝。灵宝啊,鲁迅先生赞不绝口的灵宝红枣,就是这儿产的。灵宝也是我青年时代离家外出求学的必由之路。但那时,我是一个穷学生,每次途经这里,也只能在"鸡鸣早看天"的小客栈歇上一宿,次日天不亮又匆匆跨上征途。这次既然经过灵宝,我可得好好看看故乡。

车到灵宝,县委的负责同志就已经冒着酷暑前来迎接了。恳挚之情,令人永感不忘。在这里我看到党的三中全会以后,生产面貌发生的变化,现在除抓传统的粮食、棉花、大枣等以外,搞各业并举,开采金矿,种植泡桐,后两项收入都很可观。这里的泡桐还远销日本(这是防震最理想的建筑材料,它质轻而且经久不腐),每年为国家换取不少外汇。此外,这里的黄香蕉和青香蕉苹果,在去年质量评比中,竟压倒盛产苹果的东北和其他地区,而一举夺魁,这是我从所未料的。现在县委正带领全县人民,向每人平均收入千元的目标奋进呢。从灵宝,我看到家乡在飞跃,祖国在飞跃……

由灵宝到卢氏,在旧时代不通汽车。当年,伏牛山窝的人,如果不出县境,甚至不知道车轮是圆的。那时,由灵宝到卢氏县城,需翻山越岭,沿着崎岖的山路,步行需整整两天;到五里川,仍得整整一天。青年时代,每次外出回家,都得背着行李,要通过"二十五里脚不干,四十五里猴跳圈"的羊肠鸟道。历来都称"蜀道难,蜀道难,蜀道之难难于上青天","上青天"容易啊!而现在呢,崇山峻岭中,已修起了盘山公路,汽车沿蜿蜒崎岖的公路驶去,穿过西安岭的隧道,过了五里川西部的五龙潭,这原是一个大山头,山头歪着,把河水聚成一个深水潭,相传是龙喝水的地方。旧时代的老路,就从这水潭旁边绕过。现在把山岩劈开,公路从龙脖子穿过去。从灵宝车行五六小时,即到老家五里川路沟口了!"若为化得身千亿,散上峰头望故乡。"现在我迢迢千里,回到你的身边了,怎能不叫我从心坎里涌出热泪呢。八十多年前,我出生的三间小土屋,经受了近百年的风风雨雨,而依然无恙;大门外那口井,已经装上了辘轳,无需再用井杆打水了;村边那一片石垄啊,我童年时代曾在那里种过谷子,如今那比牛大的"卧牛石"都被搬走作石料了。这块原来不生长任何作物的沙石地,已垫上土,生长着一片绿油油的庄稼。童年时代在家门口捕鱼的那条小河啊,河水依旧潺潺地流着,依旧那样明净、清澈……我"回家"了! 回到了阔别数十年的老家了! 故乡的一山一水,一草一木啊,都比骨肉之亲还可爱,还亲切啊。

由五里川东去三十里，就是朱阳关。这里清末称河南陕州直棣分州，因为卢氏县面积过大，所以把朱阳关划出来，成为直棣于陕州的"分州"。它的行政权比县大，有文武两个行政官，文的官署在街东头，称东衙门；武的在街西头，称西衙门。前者管民事，后者管治安。并设有一所"义学"，就是州的"书院"。这是分州的最高学府，虽然程度不同的学生都有。当年我父亲就在这里教书，我在这里读书。这里当年交通是很发达的，它是北通陕州，东通襄樊的要道。辛亥革命前后，州的地位逐渐消失，后来成为卢氏县的一个镇了。当年义学的校舍，现在还保留着一部分。

车过鱼塘沟口，不禁想起了沟里的"鱼库"，鱼塘沟正是因"鱼库"而得名的。那"鱼库"，每逢谷雨前后，常由山跟前的泉眼里出鱼。我在《尾尾"没六"洞中来》的散文里，谈到广西"没六鱼"时，提到过这里也出鱼，大概同"没六鱼"的道理是一样的。

从朱阳关，我们一直来到马耳岩。那是群山环抱中的一个山村。父亲晚年也在这里教过书。沟里的那条河，就是汤河。因上游有汤池而得名。中国的老地名，凡带"汤"字或"温"字的，一般都有温泉。汤池的水是硫磺质的，当年有皮肤病的人，常到那里浴疗。这是难得的天然恩惠，是天然的财富，可否由科学工作者取样化验，如水质值得开采，则大可设汤河疗养院，供劳动人民之用；广东省从化温泉疗养院，泉眼就在山前流溪河的河心，将泉眼围起来，用管子将热水抽出，送到疗养院的。如果从化不是有温泉，那里当初也不一定设疗养院了。中外各地，大都如此……

故乡啊，比起大半个世纪前，发生了天翻地覆的变化。"山性使人塞"，当年山峦起伏，交通阻隔，过去内乡、卢氏一带连盐都要从晋南过黄河，经灵宝，用骡子驮，人力挑，沿着比蜀道还难的"难于上青天"的栈道，翻山越岭运去的。运到目的地，光"脚钱"比盐价不知高多少倍啊。深山的劳动人民，旧时代有多少过年过节才能吃上盐的。那样的日子，到了解放才结束。卢氏山多地少，平均每人只有几分地。要富裕，还要加强开发山区资源。这里也有许多宝，伏牛山的漆树、桦栎树、木耳、猴头、药材及其他山货，是取之不尽的宝库。卢氏的漆，早在清朝就远销武汉、京津，而漆树不但出漆，树干可作种种用途，漆籽可榨油。桦栎树可产木耳，树皮即栓皮，不但可做软木塞，工业上用途极广。我想，在六中全会召开后的今天，这里不也该像灵宝那样，取长补短，把伏牛山这座宝库开发经营得更好吗？陪同的同志在车上告诉我，在我们到达的前几天，这里刚用飞机播下了大片的松树籽。飞机造林在这里早已开始了。春风化雨，我跟前展开了一片绿色的海洋。多么希望卢氏也像灵宝那样，插翅奋飞啊。

故乡行的下一站，就是途经洛阳到开封。开封，这中州的历史名城，它激起我多少思绪啊！学生时代，我曾从熊耳山区来到这古城求学。"五四"运动中，我在这里参加学生运动，抵制日货，宣传新文化，打倒卖国贼。1920年，也正是在这里被选为全省学生代表，出席在上海召开的全国第一次学生代表大会；大革命前夕，在这里参加了国民革命军第二军苏联顾问团的外事工作，国民革命失败后，奔赴广州，参加了北伐军，打到武汉、南昌、郑州……这次重到开封，来到"五四"运动中在开封读书的第二中学的旧址（今开封第五中学），当初我上课的教室楼，现在仍旧耸立在那里；当年站岗把守城门，检查日货的宋门，已被拆除，现在只留下两段城墙；而行宫角附近苏联顾问团的那座办公楼，已荡然无存了。当年翻译《阿Q正传》的王希礼，就在那小楼里工作。我站在当年的小楼对面，迎着毛毛细雨，心里浮起当年共同打倒军阀，帮助王希礼翻译《阿Q正传》的情景；想起王希礼得到鲁迅先生为他写的俄译本《阿Q正传序》时的欢快的心情。当时我们同在开封,同游龙亭……他是第一个把《阿Q正传》译成俄语的欧洲人,第一个把《阿Q正传》介绍到苏联,由苏联传到西方去的。他在苏联介绍中国现代文学上是第一个。通过他的介绍,中国现代文学才由苏联传入西欧。他在苏联文教界传播中国现代文学是有贡献的。50年代初,莫斯科大学有位研究中国文学的女博士波兹涅耶瓦,就是王希礼的学生。不幸他在斯大林肃反扩大化中被"扩大化"了。我们的《关于无产阶级专政的历史经验》《再论无产阶级专政的历史经验》中,谈到斯大林晚年时说,"在他犯极严重错误时,他还以为非如此不足以捍卫十月革命的成果"。这确是中肯之论。

由开封返回郑州,是这次故乡行的结束。在即将离开郑州时,我满怀激动的心情,感谢河南省委、省出版局、省文联、洛阳地委、洛阳地区文联、灵宝、卢氏县委,以及五里川公社的同志们,他们为我这次的故乡行,做了极细心的安排和无微不至的工作,使我每到一处,都受到情逾骨肉的关切,这是我终身感念不忘的。火车徐徐开动了。那一张张亲切的面庞,那一双双挥动的手臂,一直浮现在我跟前,那恳挚叮咛的乡语,在耳边萦绕。再见了,故乡啊!再见了,亲人们啊!我虽然离开了故乡,可是我的心啊,却永远留在这青山碧水之间,留在那魂牵梦萦的故乡,祝愿它同全国各地一道飞跃吧!

老家的萤火

范茂震

当我仰望夏夜的星空时,那灿烂的星光,使我想起故乡的萤火,那飘忽的带绿色的萤光,曾是我童年的欢乐和梦幻。

故乡的夏夜是美丽的。当夕阳最后一抹水红的霞光隐去,黛蓝的雁荡山后,升起一弯金红的新月,如同湛蓝的盆子里,放上了半片橙黄的柑橘,十分诱人。远处的小河,像条金色的缎带,蜿蜒穿过墨绿的稻田,河上亮起点点渔火,几只鱼鹰停立在小船边,像黑色的剪影。这一切在薄暮中朦胧交叠,幻化成扑朔迷离的梦境。

等月亮爬上了老槐树的梢顶,老人们围到树下,摇着蒲扇,喝着新茶,拉起家常来。孩子们自有自己的乐园,草丛、墙角、菜畦,都有无限的乐趣。单是寻找金铃子和纺织娘,就十分奇妙,只听它东一声西一声,一会近一会远地,唱着清越的山歌,使人觉得这月光树影下的草丛菜园,竟是一座童话中的迷宫,任你转来转去,也走不到尽头。但最使孩子们神往的,还是萤火虫。它灵动的光,在夜空中飘来飘去,像飞动的星。这微微的灵光,恍惚中与星星交融了,是星星降落人间,抑或是我们到了苍穹?母亲见我提了满满一瓶萤火虫,便对我讲起了"车胤盛萤照读"的故事,但我捉拿这闪光的虫子,却只是为了好玩。在我看来,装着萤火的瓶里,也装着好多的童话,自然比读课本有趣多了。每天晚上,我枕边总放着一只闪烁萤光的小瓶,望着它,很快就进入梦乡,遨游在童话王国里。

一天,当月亮躲在柳丛里,我和姐姐依偎在母亲身旁,听她讲"秃秃大王"的故事,我们被这故事逗得前仰后合,乐不可支,萤火虫似乎也乐了,在四周欢快地盘旋,闪着柔和的光。这时,我看见母亲那双明亮的眼睛,在月光下一闪一闪,犹如快活的萤火一般。从此,我更爱夏夜的萤火了:因为她使我想起了母亲深情、慈祥的目光。过了多年,我到西北高原工作了,就再没有见到这夏夜的萤火,只有深邃的星,常常会勾起童年的梦。

去年秋天,我途经峨嵋山,出乎意外,竟见到了思念已久的萤火。

我下榻在峨眉山下的报国寺。这是一座环绕着苍楠翠竹的古庙。高耸的殿宇,凌空的飞檐,在细雨中显得缥缈高远,如同传说中的仙山琼阁。

当夜幕下垂,整个报国寺被黑暗融化了,庙宇、山峰浑然一体,分不出哪是山,哪是殿。雨停了,月亮从云端露出,刹那间一切豁然明亮,峨嵋山像一下从平地拔起,直向苍穹飞去。报国寺里一片银光水色,静静的,亮亮的,恍若一座水晶宫殿。幽深的石板路边,翠竹扶疏摇曳,投下浓淡相间的竹影,好像一位画家正铺开一轴墨竹长卷。四周一片寂静,静得连月光也不再随人徘徊。几个华侨青年的身影在花丛中晃动,传来一声感叹,一个轻柔的声音说:"这里多美! 连土也是香的。""可不,水也是甜的。"另一位喃喃地说。突然,点点带绿光的星星从草丛升起,飘然起舞,组成绚烂的花环,宛如天女洒下幸福的花雨。那几个青年欢呼起来:"呵,萤火虫! 多美的萤火!"于是朗朗笑声冲破了浑圆的静谧。他们奔逐欢跳,终于逮住几只萤火虫。"把它装在瓶子里,带给阿婆,她不是常叨念着老家的萤火吗?"一位姑娘天真地说。夜显得不平静了,风吹得树叶飒飒地响,空气中冲击着一股荡人的热浪。青年们向旅舍走去,我目送他们的身影,不禁想起了那遥远的童年的梦。我想,他们今晚一定能睡得香甜,因为他们枕边闪烁着"老家的萤火"。

天上的星星闪着蓝莹莹的光,姑娘们的对话又在我耳边回响。我忽然觉得,那天上的星星宛然是人间的萤火,我似乎看到了,远离祖国的侨胞们,也正仰视这"老家的萤火"。呵,萤火,你微小而神奇的光,将牵动多少游子的情思,重温那诗一般的故乡的梦! 去吧,萤火,把家乡的祝愿带给海外侨胞,告诉他们这里繁花似锦,萤火正盛。

地瓜赋

高维晞

我很早就想写一篇《地瓜赋》了,特别是读着《两都赋》、《茶花赋》、《爱莲说》等等古今华章的时候,感动之余,也深为没有一篇是赞颂大地瓜的而颇感不平。

地瓜,又名白薯,貌不惊人,不见之于经传,也不被列入五谷之内,可它依然世世代代以其血肉之躯造福于人类。

它的长处可谓多矣:易于种植,产量极高,便于贮存,用途广泛。以之作主食,蒸、煮、烧、烤,味道甘美;以之为副食,则煎、炒、烹、炸,无不相宜。它还是做团粉、粉条和酿酒的好原料。

然而,地瓜之真正拨动了我的心弦,还是在战火纷飞的解放战争年代。

那时候,部队终日行军打仗,吃是很重要的。但并不是为了享受,只是想把肚子填饱,以便有力气歼灭敌人,夺取战争的胜利。当时被敌人重点进攻的山东,环境尤为艰苦,部队的衣食供应就更困难了。国民党军队所到之处，田地荒芜，五谷不长。而地瓜却在敌人铁蹄的践踏下，与杂草争地盘，抢养分，坚强地活下来了。战士们几十里路急行军之后，口干舌燥，腹中空空，能有地瓜吃，强似平日吃山珍海味。到达宿营地，群众给送来的几乎全是它。部队一在村头歇下来，男女老幼都挑着担子来了。那担子的一头是个篮子，里面盛着干粮、小菜，另一头是个瓦罐，盛着稀饭。敞开来看，热气腾腾，好香！主食是清一色的地瓜：煮地瓜，地瓜煎饼，地瓜稀饭……

当年迈的老大娘，用她颤巍巍的双手，把一个热呼呼的红皮大地瓜捧到你手上的时候，你会作何感想呢？

战斗刚刚过去，人民的生命财产受到严重的摧残和破坏。此刻，大娘的肚子里还是空空的吧？可一听村长说，子弟兵路过这里要吃饭，就把仅有的一点吃食做好捧来了。这地瓜有多大分量、多少情意啊！

一个战士接过大娘递过来的地瓜，一口咬下去，嘿，真好，栗子味的。

大娘心满意足地笑了。周围的儿童团、识字班的老乡们也笑了。

一个还没吃完，大娘掀开笼布，又轻轻捧出一个来：

"呐，孩子，再尝尝这个。这是冰糖味儿的。我估摸你们要来，就早些起出来，晒在日头地里了。"

只见大娘手里的那个地瓜，红艳艳，黄连连的，被太阳光一照，晶莹透亮，那菲薄的皮里边，像流动着盈盈的蜜……

战士忸怩一下，接了过去。

部队饱餐一顿地瓜筵之后，又朝前线开去了。

那时候，我们打的是运动战。这一带成拉锯状态，我们转移，敌人就会侵占。半月后，当我军反击时，那位战士光荣负伤。他拖着一条伤腿，爬了几十里路也没追上部队。情况又不明，夜里只好伏在野地里。这是一块地瓜地。他两天汤水未进，饥渴难挨，可他并没有吃那就在嘴边的地瓜。是铁的纪律，是群众利益高于一切的信条，坚定了他的信念，宁可饿死，也不能损害群众的利益，损伤人民军队的形象。

难耐的饥渴煎熬着他。他也曾产生过原谅自己的念头，动手扒那地瓜，而且看到了那地瓜的可爱的形象：胖墩墩，圆滚滚的……

可是他舔着干裂的嘴唇，吃力地又把那个扒出一半的地瓜埋到了土里去……强忍着饥渴的熬煎和伤痛的折磨，渐渐失去了知觉……

我们打扫战场的时候，那位战士已经被群众救护到家里去了。而救护他的，恰恰就是前不久手捧地瓜给他吃的老大娘。

我们在儿童团员的热心引导下，来到大娘家时，她正用地瓜捣碎做成的稀粥，一勺勺喂那战士——其貌不扬的地瓜，此时又成为帮助伤员恢复健康的最好的流汁饭。

亲人相见，自然有许多话要说，可大娘说得最多的是埋怨战士不该太"死心眼"，守着她的地瓜不吃，差点饿死。她盘腿坐在炕头上，用手轻轻抚摸着战士瘦削的脸颊，不觉眼泪扑簌簌掉了下来……

哦，地瓜！你的美德与人民群众的深情厚意俱在，你养育子弟兵战胜敌人的功绩，将与日月争辉。你虽然没有莲藕"出淤泥而不染"那样的高洁，没有童子面茶花那样的艳丽动人，可是你的纯朴、忠厚，你那不牟名利，岁岁年年忍辱负重而献身的高尚品格，是任何名花贵草所不可企及的！

延安水杉

和　谷

我又来到了延安,赶上阳春三月的好时候。

庆幸的是,在园林处的苗圃里,我看见了一种美丽的树,它叫水杉。初识这稀有树种,不免觉得煞是稀罕。看上去,挺拔而又秀气,端庄而又潇洒,简直像亭亭伫立又似飘然欲仙的少女。青绿色针叶,在熏风中微微闪动,荡漾一股神姿妙韵。不曾看见过这绝美的水杉,感叹之余确有几缕相见恨晚的意绪呢!

顺着刚刚消融的延河,我同园林处的老黄同志到王家坪去。延安的第一代水杉,据说已经在那里生长了二十三个冬春了。

我们漫步在河滩里,迎面是夹杂着细沙的黄风。延安的春天总是姗姗来迟,又往往这么多风。背凹里还闪着星星点点的残雪,阳坡上已透出拙朴的景色。延河揽着细碎透明的冰屑,庄重地涌流而去。河边松软的沙滩,踩去绵绵地适意。浅淡的几星黄色小花,摇曳在苏醒了的萋萋荒草里。

据史书记载,陕北高原也曾是古树参天、幽旷绝尘的绿色原野,堪称肥美的卧马草地。大气环流,地质变迁,使这里日逐趋为干旱、风沙与水土流失的黄土高原。脉络似的山梁与皱纹状的山地,呈显一个苍老庄稼人的模样。可高原,曾有过这么个美丽的绿色童年啊!

"黄土高原,黄土高原,什么时候能返老还童为绿色高原就好了!"老黄揩着被沙尘打湿的眼睛,噙着泪深沉地环顾着四周的山塬。一缕风儿吹来,他又揉眼了。似有那么个顽皮孩子,朝他好意地扬把沙子,又溜走了。

真看不出,这位中年汉子,一个有着黝黑皮肤、粗手笨脚的山野之人,对高原竟有这般诗的情感!在他细微的神色里,似乎风沙也很亲切,因为它是属于延安的风沙,打出眼泪也是有几分幸福的。

穿过马路,踏上一条洁静的甬道,我们步入了王家坪的窑院,小憩在一方石桌旁。我是常来延安的,这里也到过三次。可总也没注意到这窑院里的水杉。这回要不是专程看望水杉,也不会光顾它的。但水杉不是早就生长在这里吗?我也许曾披过它的葱郁的浓荫,呼吸过它的清馨气息,但不曾打问过它的名字,以及它的历史,它的性情,它的风格。

我要好好地看看水杉了。其形状,比苗圃里的幼树更为可观。许是经风沐雨的缘故,枝股舒展开来,显得健美而遒劲。树冠三十来米高,形若宝塔。树叶呈披针形,亦作对生。树干洁丽、圆润,枝条趋向高处,勃然欲飞。缕缕阳光,穿织其间,更显得奇丽丰采。

遇上老黄这位向导,深沉且极热情,又内行得很,这是我所庆幸的。他告诉我,水杉系高大落叶乔木,球界的果鳞交互对生,到了冬季,叶子与小枝一并脱落,母体便在冬寒中以铁的自然规律,坦然地完成了又一个年轮。水杉又是一种所汲取的营养,就有落叶化为泥土后的祝愿。水杉还耐水湿,耐一定的盐碱与低温。它不仅属建筑、家具和装饰的极好用材,更是国内外享有盛名的风景树。由此可见,水杉给予人们以实惠的物质利益,更给予以精神的力量和美感的享受。

老黄讲起水杉的历史,越发令我感到神奇了。二十世纪四十年代间,日本神户和我国东北以及苏联库页岛,相继发现一种植物化石。从标本看,与生存于北美的红杉、落羽杉及我国的水松有相似之处,却又有明显差异。古植物学家就给它定名为一个新属,曰水杉属。诸多地质学家和白垩纪早期,曾分布于以北极圈为轴心的北半球。尔后,地质运动与气候逐渐变冷,及被子植物的出现,使水杉被迫迁居欧洲、北美和亚洲北部。但到一百万年前的冰川时期,就逐渐绝迹,只能从化石中找到标本了。一直到一九四一年冬,竟在我国四川和湖北交界处方圆六百平方里的地区,发现了一千多株正在生长着的活的水杉。被科学界一向以为绝灭的植物,却幸存在中国的土地上。这便成为二十世纪植物学的一个重大发现,一度轰动世界,并被五十多个国家所引种。在中国的土地上,北至黄河,南及珠江,水杉已成为栽种的绝美树种了。

我们竟有兴致扯了这么多,这么远!这延安的第一代水杉是怎样引种的呢?在许多人的印象中,延安是黄皮肤的,很少有绿色,怎么也会有水杉这样上好的树呢?

我急切想知道延安水杉引种和养育的事儿,可老黄总如数家珍似地谈说一般概貌。在我的盘问下,他不得已告诉了我,而且是那么令人心弦震颤的一个优美而沉重的故事。

是在五十年代中期,参加在延安召开的五省区青年造林大会的代表中,有一位浙江青年。他是林校毕业后被分配到杭州园林处的技术员,从美丽的西子湖边,给延安带来了水杉等名贵苗木。人们以为水杉是一种娇贵树木,在南方可以成活,但在地处黄土高原的延安未必能扎下根来。这位杭州青年不信,硬是在王家坪的窑院栽下了三十棵水杉,并申请留在了延安安家落户。他守着水杉,适时浇水、施肥。入冬用谷草给水杉穿上棉衣,以增强抗寒力。来年春上,水杉吐芽出叶了。它汲吮着延河的水,在土里扎下了根。这位杭州青年当时刚刚二十三岁,与他的水杉结为伴侣,又在延安这块土地上生活了又一个二十三年。然而,这是默默的二十三年呵!

水杉,从柳浪闻莺的西子湖边移栽到黄土高原的延安,是适应了,生长起来了。可这位结伴而至的水乡青年,由于气候干燥的不适和艰苦的生活而患了肺病。渐渐地,肺病把他撂倒了。一咳嗽,就大口地吐血。血,也是吐在延安的土地上的,那殷红的鲜艳的血啊!病稍好,他又爬上山去,看他的林子,他的树,他绿色的爱的理想。他曾十多次住进延安医院,少则一日,多则一年,执拗地拒绝返回杭州。他的心,是完全交给了延安的。

这些年里,他几乎踏遍延安城郊每一寸土地,记着每一株绿树。他摸索出的"冻土移栽法",繁殖了几十种树木。在他的具体指导下,延安的松树从无到有,发展到十万余株。苹果由几棵,达到现在的三千多亩。他的青春呢?年华呢?溶入了松柏的绿荫,酿进了苹果的清香。可他的命运,却是不幸的。曾给单位领导提了点意见,被说成是右派言论,因此在那动乱的年月被关进牢狱。他在延安当地找的爱人,每天给他送饭。他和她,是爱的知音。他为绿化革命的故乡,美化延安环境付出了代价,却因此而受到磨难。可他从未抱怨过脚下的土地,从未忏悔过绿色的理想。多少年间,没有记者光顾,没有受任何表彰,延安人民是认识他的,理解他的。他和延安的山水河川、莽原沟谷紧紧地搂抱着,偎依着。

听着这些,我眼睛发潮了,一种对这位杭州青年的敬慕之情,油然而升腾于襟怀。我向老黄同志询查这位杭州青年的近况,却见我的这位向导沉吟了。他攥着一把刚刚醒了的泥土,攥着,攥着,青筋暴鼓的茧手如一苍虬的树根,挚情地握着延安的土地。泥土在指缝间流落,几滴晶亮的泪珠渗入了泥土。

我这才蓦地发现，老黄同志刚才的言谈，陕北乡音中夹杂着的不易觉察的南方口音，莫非我面前的汉子就是那位杭州青年吗？一定是他！从他的肤色，衣着，风度，看去已完全是一个延安人了。古铜色脸膛，是高原的雄风所赐予的；拙朴的性情，是延安的水土陶冶的，头发白了许多根，枯萎了的秋草一样。他是把绿色生命的精华，已经奉献给延安的土地了。他的性情和风度，已经没有了学生腔的斯文，没有丝毫的轻浅与空虚。火热而严峻的生活，赋予他高原的雄沉与浑厚、笃实。

水杉树下，是这般的静。水杉枝条在煦煦的春阳里婆娑着，发出丝丝瑟瑟的音响。老黄同志披着斑驳的光点，慢慢走上前，抚摸着粗壮的树干，仰脸欣然望去。他在和他的水杉谈些什么呢？我后悔自己，不该触动他心灵深处的东西。

他突然扭过脸来，欣喜地告诉我："最近我就要离开延安了。"

怎么？我感到几分惊疑，但也觉得可以谅解。原来是组织考虑他身体状况，准备调他回杭州工作的，调令已经到了。有人劝他，已经把自己生命的一半多交给了延安，而且是生命中最宝贵的精华啊！情况如今好了，该回去了。可你能回去吗？

我们步出王家坪的窑院，又抄来时的小路下了河滩，顺延河徜徉而去。

老黄同志告诉我，这回不但不南下，还要北上。革命是从南方走来的，北上是一个时代的开拓者的理想之路。北上是强者，南下则是弱者。这是五十年代初的时代赋予他的生活格言，已长久、也将永生镌刻在了他赤子的寸草心上。他要到东北、华北、西北组成的"三北"建设林业局去，到长城线上去，建设万里绿色长城。比起延安，那里是前线。在不远的明天，绿色长城将在祖国北方巍然挺立，一条纵横一万四千里的八千万亩防护林带，其面积相当于一千六百条古长城。这是为了子孙后代造福的宏伟事业，确是令人神往的。

我问他："你准备到哪一带去？身体行吗？"

他豁然笑了："要去就到毛乌素大沙漠去。这么些年纪了，没能为社会尽到应有的职责，为党做的工作少，惭愧呀！只能是背水一战了，也就是把老骨头埋在沙漠里，也会长出一株水杉来，为绿色长城添一点春色。"

延河的水，默默地涌流着。我简直被水杉的故事和他的故事深深地感动而驰思不已了。珍贵的水杉，曾经被委屈过，埋没过，误会过，它曾生长在我们的土地上，只是人们没有发现它。它不是化石，而是活生生地却也是默默地生长在土地上，装点着那里的色彩，繁衍着绿色子孙。桑田变迁，地壳运动，是不会毁灭大自然的万千生命的。没有被认识和发现的东西，并不等于能够否定得了它的存在。正如延安水杉的伴侣，我的向导老黄同志一样，生命是多么美丽，却也备受厄运的磨难，但他心灵深处的美却不易被摧毁，而会更为柔韧、光彩！因为它是属于这个时代的情操，有绿色种子，就一定有绿色的原野，绿色的海！

我想问他，到长城线上还带延安的水杉吗？那园林处苗圃里的幼苗是为此行准备的吗？它们能在大漠风沙中扎根生长、蔚然成林吗？

可他，已大步朝前走去了。

延河里，一轮夕阳如血如火，映照着粗犷而雄沉的山塬。

五味巷

贾平凹

　　长安城内有一条巷:北边为头,南边为尾,千百米长短;五丈一棵小柳,十丈一棵大柳。那柳都长得老高,一直突出两层木楼,巷面就全阴了,如进了深谷峡底:天只剩下一带,又尽被柳条割成一道儿的,一溜儿的。路灯就藏在树中,远看隐隐约约,羞涩像云中半露的明月,近看光芒成束,乍长乍短在绿缝里激射。在巷头一抬脚起步,巷尾就有了响动,背着灯往巷里走,身影比人长,越走越长,人还在半巷,身影已到巷尾去了。巷中并无别的建筑,一堵侧墙下,孤零零站一竿铁管,安有龙头,那便是水站了;水站常常断水,家家少不了备有水瓮,水桶,水盆儿,水站来了水,一个才会说话的孩子喊一声"水来了!"全巷便被调动起来。缺水时节,地震时期,巷里是一个神经,每一个人都可以当将军。买高档商品,是要去西大街、南大街,但生活日用,却极方便:巷北口就有了四间门面,一间卖醋,一间卖椒,一间卖盐,一间卖碱;巷南口又有一大铺,专售甘蔗,最受孩子喜爱,每天门口拥集很多,来了就赶,赶了又来。巷本无名,借得巷头巷尾酸辣苦咸甜,便"五味,五味",从此命名叫开了。

　　这巷子,离大街是最远的了,车从未从这里路过,或许就最保守着古老,也因保守的成分最多,便一直未被人注意过,改造过。但居民却看重这地方,住户越来越多,门窗越安越稠。东边木楼,从北向南,一百二十户,西边木楼,从南向北,一百零三户。门上窗上,挂竹帘的,吊门帘的,搭凉棚的,遮雨布的,一入巷口,各人一眼就可以看见自己门窗的标志。楼下的房子,没有一间不阴暗,楼上的房子,没有一间不裂缝;白天人人在巷里忙活,夜里就到每一个门窗去,门窗杂乱无章,却谁也不曾走错过。房间里,布缦拉开三道,三代界线划开;一张木床,妻子,儿子,香甜了一个家庭,屋外再吵再闹,也彻底酣眠不醒了。

　　城内大街是少栽柳的,这巷里柳就觉得稀奇。冬天过去,春天几时到来,城里没有山河草林,唯有这巷子最知道。忽有一日,从远近的地方向巷中一望,一巷迷迷的黄绿,忍不住叫一声"春来了!"巷里人倒觉得来的突然,近看那柳枝,却不见一片绿叶,以为是迷了眼儿。再从远处看,那黄黄的,绿绿的,又弥漫在巷中。这奇观儿曾惹得好多人来,看了就叹,叹了就折,巷中人就有了制度:君子动眼不动手。只有远道的客人难得来了,才折一枝二枝送去瓶插。瓶要瓷瓶,水要净水,在茶桌几案上置了,一夜便皮儿全绿,一天便嫩芽暴绽,三天吐出几片绿叶,一直可以长出五指长短,不肯脱落,秀娟如美人的长眉。

　　到了夏日,柳树全挂了叶子,枝条柔软修长如长发,数十缕一撮,数十撮一道,在空中吊了绿帘,巷面上看不见楼上窗,楼窗里却看清巷道人。只是天愈来愈热,家家门窗对门窗,火炉对火炉,巷里热气散不出去,人就全到了巷道。天一擦黑,男的一律裤头,女的一律裙子,老人孩子无顾忌,便赤着上身,将那竹床,竹席,竹凳,巷道两边摆严,用水哗地一泼了,身子躺着卧着上去,茶一碗一碗喝,扇一时一刻摇,旁边这盆凉水,一刻钟去换一次。有月,白花花一片;无月,烟火点点,一直到夜阑,打醋的,低谈的,坐的,躺的,横七竖八,如到了青岛的海滩。

若是秋天，这里便最潮湿，砖块铺成的路面上，人脚踏出坑凹，每一个砖缝都长出野草，又长不出砖面，就嵌满了砖缝，自然分出一块一块的绿的方格儿。房基都很潮，外面的砖墙上印着泛潮一片一片的白渍，内屋脚地，湿湿虫繁生，半夜小解一拉灯，满地湿湿虫乱跑，使人毛骨悚然，正待要捉，却霎时无影。难得的却有了鸣叫的蛐蛐，水泥大楼上，柏油街道上都有着蛐蛐，这砖缝，木隙里却是它们的家园。孩子们喜爱，大人也不去捕杀，夜夜懒散地坐在家中，倒听出一种生命之歌，欢乐之歌。三天，五天，秋雨就落一场，风一起，一巷乒乒乓乓，门窗皆响，索索瑟瑟，枯叶乱飞。雨丝接着斜斜下来，和柳丝一同飘落，一会拂到东边窗下，一会拂到西边窗下。末了，雨戛然而止，太阳又出来，复照玻璃窗上，这儿一闪，那儿一亮，两边人家的动静，各自又对映在玻璃上，如演电影，自有了天然之趣。

孩子们是最盼着冬天的了。天上下了雪，在楼上窗口伸手一抓，便抓回几朵雪花，五角形的，七角形的，十分好看，凑进鼻子闻闻有没有香气，却倏忽就没了。等雪在柳树下积得厚厚的了，看见有相识的打下边过，动手一扯那柳枝，雪块就哗地砸下，并不生疼，却吃一大惊，楼上楼下就乐得大呼小叫。逢着一个好日头，家家就忙着打水洗衣，木盆都放在门口，女的揉，男的涂，花花彩彩的衣服全在楼窗前用竹竿挑起，层层迭迭，如办展销。风翻动处，常露出姑娘俊俏俏的白脸，立即又不见了，唱几句细声细气的电影插曲，逗起过路人好多遐想。偶尔就又有顽童恶作剧，手握一小圆镜，对巷下人一照，看时，头儿早缩了，在木楼里嗤嗤痴笑。

这里每一个家里，都在体现着矛盾的统一。人都肥胖，而楼梯皆瘦，两个人不能并排，提水桶必须双手在前；房间都小，而立柜皆大，向高空发展，乱七八糟东西一古脑全塞进去；工资都少，而开销皆多，上养老，下育小，一个钱顶两个钱花，自由市场的鲜菜吃不起，只好跑远道去国营菜场排队；地位都低，而心性皆高，家家看重孩子学习，巷内一位老教师，人人器重。当然没有高干、中干住在这里，小车不会来的，也就从不见交通警察，也不见一次戒严。他们在外从不管教别人，在家也不受人管教；夫妻平等，男回来早男做饭，女回来早女做饭。他们也谈论别人住水泥楼上的单元，但末了有数说那单元房住了憋气：一进房，门"砰"地关了，一座楼分成几十个世界。也谈论那些后有后院，前有篱笆花园的人家，但末了就又数说那平房住不惯：邻人相见，而不能相逾。他们害怕那种隔离，就越发拥护着亲近，有生人找一家，家家都说得清楚：走哪个门，上哪个梯，拐哪个角，穿哪个廊。谁家婆媳妇，鞭炮一响，两边楼上楼下伸头去看，乐事的剪一把彩纸屑，撒下新郎新娘一头喜，夜里去看闹新房，吃一颗喜糖，说十句吉祥。谁说不出谁家大人的小名，谁家小孩的脾气呢？

他们没有两家是乡党的，汉、回、满，各种风俗。也没有说一种方言的，北京，上海，河南，陕西，南腔北调。人最杂，语言丰富，孩子从小就会说几种话，各家都会炒几种风味菜，除了外国人，哪儿来的人都能交谈，哪儿来的剧团，都要去看。坐在巷中，眼不能看四方，耳却能听八面，城内哪个商场办展销，哪个工厂办技术夜校，哪个书店卖高考复习资料？只要一家知道，家家便知道。北京开了什么会，他们要议论，某个球队出国得了冠军，他们要欢呼，哪个干部搞走私，他们要咒骂，议完了，笑完了，骂完了，就各自回家去安排各家的事情，因为房小钱少，夫妻也有吵的，孩子也有哭的，但一阵雷鸣电闪，立即便风平浪静，妻子依旧是乳，丈夫依旧是水，水乳交融，谁都是谁的俘虏；一个不笑，一个不走，两个笑了，孩子就乐，出来给人说：爸叫妈是冤家，妈叫爸是对头。

早上，是这个巷子最忙的时候。男的买菜，排了豆腐队，又排萝卜队，女的给孩子穿衣喂奶，去炉子上烧水做饭。女的头发要油光松软，裤子要线楞不倒。男子要领齐帽端，鞋光袜净，夫妻各自是对方的镜子，一切满意了，一溜一行自行车扛下楼，一声叮零，千声呼应，头尾相接，出巷去了。中午巷中人少，孩子可以隔巷道打羽毛球。黄昏来了，巷中就一派悠闲：老头去喂鸟儿，小伙去养鱼，女人最喜育花。鸟笼就挂满楼窗和柳丫上，鱼缸是放在走廊、台阶上，花盆却苦于没处放，就用铁丝木板在窗外凌空吊一个凉台。这里的姑娘和月季，突然被发现，立即成了长安城内之最，五年之中，姑娘被各剧团吸收了十人，月季被植物园专家参观了五次。

就是这么个巷子，开始有了声名，参观者愈来愈多了。八一年冬，我由郊外移居城内，天天上下班，都要路过这巷子，总是带了油盐酱醋瓶，去那巷头四间门面捎带，吃醋椒是酸辣，尝盐碱是咸苦。进了巷口，一直往南走，短短小巷，却用去我好多时间，走一步，看一步，想一步，千缕思绪，万般感想。出了南巷口，见孩子们又拥集在甘蔗铺前啃甘蔗，吃得有滋有味，小孩吃，大人也吃。我便不禁两耳下陷坑，满口生津，走去也买一根，果然水分最多，糖分最浓，且甜味最长。

榆钱饭

刘绍棠

我自幼常吃榆钱饭，现在却很难得了。

小时候，年年青黄不接春三月，榆钱儿就是穷苦人的救命粮。杨芽儿和柳叶儿也能吃，可是没有榆钱儿好吃，也当不了饭。

那时候我六七岁，头上留个木梳背儿；常跟着比我大八九岁的丫姑，摘杨芽，采柳叶，捋榆钱儿。

丫姑是个童养媳，小名就叫丫头。因为还没有圆房，我只能管她叫姑姑，不能管她叫婶子。

杨芽和柳叶儿先露头。

杨芽儿摘嫩的，浸到开水锅里烫一烫又化成一锅黄汤绿水，吃不到嘴里；摘老了，又苦又涩，入口难以下咽。只有不老不嫩的筋劲儿，摘下一大篮子，清水洗净，开水锅里烫个翻身儿，笊篱捞上来挤干了水，拌上虾皮和生酱，玉米面糝合榆皮面的薄皮儿，包大馅儿团子吃，省不了多少粮食。柳叶不能做馅儿，采下来也是洗净开水捞，拌上生酱小葱当菜吃，却又更费饽饽。

杨芽儿和柳叶儿刚过，榆钱儿又露面了。

村前村后，河滩坟圈子里，一棵棵老榆树耸入云霄，一串串榆钱儿挂满枝头，就像一串串霜凌冰挂，看花了人眼，馋得人淌口水。丫姑野性，胆子比人的个儿还大。她把黑油油的大辫子七缠八绕在脖子上，雪白的牙齿咬着辫梢儿，扒光了脚丫子，双手合抱比她的腰还粗的树身，哧溜溜，哧溜溜！直上直下爬到树梢，岔开腿骑在树杈上。

我站在榆树下，是个小跟班，眯起眼睛仰着脸儿，身边一只大荆条筐。

榆钱儿生吃很甜，越嚼越香。丫姑折断几枝扔下来，边叫我的小名儿边说："先喂饱你！"我接住这几大串榆钱儿，盘膝大坐在树下吃起来，丫姑在树上也大把大把地揉进嘴里。

我们将满一大筐，背回家去，一顿饭就有着落了。

九成榆钱儿搅合一成玉米面,上屉锅里蒸,水一开花就算熟,只填一灶柴禾就够火候儿。然后,盛进碗里,把切碎的碧绿白嫩的春葱,泡上隔年的老腌汤,拌在榆钱饭里;吃着很顺口,也能哄饱肚皮。

这都是我童年时代的故事,发生在旧社会,已经写进我的乡土文学小说里。

但是,十年内乱中,久别的榆钱饭又出现在家家户户的饭桌上。谁说草木无情? 老榆树又来救命了。

政策一年比一年"左",粮食一年比一年减产。五尺多高的大汉子,每年只得三百二十斤到三百六十斤毛粮,磨面脱皮,又减少十几斤。大口小口,每月三斗,一家人才算吃上饱饭;然而,半大小子,吃穷老子,比大人还能吃,口粮定量却还要二八开。闲时吃稀,忙时吃干,数着米粒下锅;待到惊蛰——犁土的春播时节,十家已有八户亮了囤底了,揭不开锅了。巧妇难为无米之炊,管家婆不能给孩子大人画饼充饥;她们就像胡同捉驴两头围、追、堵、截,党支部书记和大队长,手提着口袋借粮。支部书记和大队长被逼得走投无路,恨不能钻进灶膛里,从烟囱里爬出去,逃到九霄云外。

吃粮靠集体,集体的仓库里颗粒无存,饿得死老鼠。靠谁呢? 只盼老榆树多结榆钱儿吧!

丫姑已经年过半百,上树登高爬不动了,却有个女儿二妹子,做她的接班人。二妹子身背大筐捋榆钱儿,我这个已经人过四十天过午的人,又给她跑龙套。我沾她的光,她家的饭桌上有我一副碗筷,年年都能吃上榆钱饭,混个半饱。

我把这些亲历目睹的辛酸往事,也写进了我的小说里。

一九七九年春天,改正了我的"一九五七年问题",我回了城。但是,年年暮春时节,我都回乡长住。仍然是青黄不接春三月,一九八〇年不见亏粮了,一九八一年饭桌上是大米白面了,一九八二年更有酒肉了。是想忆苦思甜,还是想打打油腻,我又向丫姑和二妹子念叨着吃一顿榆钱饭。丫姑上树爬不动了,二妹子爬得动也不愿爬了。越吃不上,我越想吃;可是磨破了嘴皮子,却不能打动二妹子。幸亏大风帮了忙。夜里一场大风刮折了一枝榆树杈子,丫姑才给我做了两碗吃。一九八一年回乡,正是榆钱成熟的时候,可是丫姑又盖新房,又给二妹子招了个倒插门女婿,双喜临门,连日大宴小宴,我怎么能吵着要吃榆钱饭,给大家刹风景? 忍一忍,等待来年吧!

一九八二年春光明媚,我赶早来到二妹子家。二妹子住在青砖、红瓦、高墙、花门楼的大宅院里,花草树木满庭芳;生下个白白胖胖的女儿,刚出满月。一连几天,鸡、鸭、鱼、肉,我又烧肚膛了。忽然,抬头看见院后的老榆树挂满了一串串粉个囊囊的榆钱儿,不禁又口馋起来,堆起笑脸怯生生地说:"二妹子,给我做一顿……"二妹子却恼了,脸上挂霜,狠狠剜了我两眼,气鼓鼓地说:"真是没有受不了的罪,却有享不了的福,你这个人是天生的穷命!"

我知道,眼下家家都以富为荣,如果二妹子竟以榆钱饭待客,被街坊邻居看见,不骂她刻薄,也要笑她小抠儿。二妹子怕被人家戳脊梁骨,我怎能给她脸上抹黑?

但是,鱼生火,肉生痰,我的食欲不振了。我不敢开口,谁知道二妹子有没有看在眼里。

一天吃过午饭,我正在床上打盹,忽听二妹子大声吆喝:"小坏嘎嘎儿,我打折你们的腿!"我从睡梦中惊醒,走出去一看,只见几个顽童爬到老榆树上掏鸟儿;二妹子手持一条棍棒站在树下,虎着脸。

几个小顽童,有的嬉皮笑脸,有的抹着眼泪,向二妹子告饶。我看着心软,忙替这几个小坏嘎嘎儿求情。

"罚你们每人捋一兜榆钱儿!"二妹子噗哧笑了,刚才不过是假戏真唱。

我欢呼起来:"今天能吃上榆钱饭啦!"

"你这不是跟我要短吗?"二妹子又把脸挂下来,"我哪儿来的玉米面!"

是的,二妹子的囤里,不是麦子就是稻子;缸里,不是大米就是白面。二妹子的男人承包三十亩大田,种的是稻麦两茬,不种粗粮。

有了榆钱儿又没有玉米面,我只能生吃。

看来,我要跟榆钱饭做最后的告别了。二妹子的女儿长大,不会再像她的姥姥和母亲,大好春光中却要捋榆钱儿充饥。

或许,物以稀为贵,榆钱饭由于极其难得,将进入北京的几大饭店,成为别有风味的珍馐佳肴。

打碗碗花

李天芳

小的时候,离我家门前不远,有条水渠。这水渠从哪里来,往哪里去,我都说不清了。只记得顺着水渠朝前走,穿过一堵破旧的土城墙,就可以望见碧绿的麦田,斑驳的菜地,以及呆呆地卧在那里的村子了。

最使人难忘的是水渠边那块荒地。不知哪个朝代留下的石人石马,怪模怪样地站立在荒地上。因为无法耕种,它便成了小草和野花的世界,也成为附近的孩子们的宝地。在我的记忆中,这宝地上的野花,总是那么灿烂,红、黄、蓝、紫,竞赛似的一茬接一茬,仿佛终年不断——除非水渠结冰了,雪花掩没了大地。

有一次,外婆牵着我从水渠上经过。老远地,就望见草地上新冒出来的野花开得一片粉白。走到近处,才看清那花儿生得十分异样,粉中透红的花瓣连在一起,形成一个浅浅的小碗,那"碗"底上还滚动着夜里的露珠。多么新奇、多么有趣的花儿! 我挣脱外婆的手,蹦跳着去摘那些花。不想外婆却急忙扯住我,连声不迭地说:

"不敢,不敢,那是打碗碗花——"

好怪的花名儿,我还是第一次听到呢。

"——谁折它,谁就要打破饭碗。"

我被唬住了,伸出的手又缩了回来。花里头有好看、不怎样好看的;鲜亮的、不怎样鲜亮的,我可从来没听说过有让人专门打破饭碗的。我将信将疑地看着外婆,她脸上的神色是严肃的、郑重的,并且絮絮叨叨地说起来,谁家的孩子在过年时候打破了花碗,谁家的新媳妇刚过门就打碎了婆家的碟子,全都因为折了这打碗碗花——她千叮嘱万叮嘱,让我当心,再也不要碰这打碗碗花了。

还有一次,一伙女孩儿在草地上耍亲亲家。几个大一点的,要我作她们的"娃娃",着意地打扮我,七手八脚地往我的头上插花。我跑到渠边一照,水中间映出满头是花的我——那一色的黄茸茸的小花,蝴蝶似的在我的头发上悠悠颤动。我大约以为那样很美,玩过之后也舍不得取掉,洋洋得意地顶着一头的碎花回家去了。

走进家门,外婆大惊失色。像是我闯下大祸那样,她吼喊着,扭动着一双小脚朝我跑来:

"天爷爷呀,你不想要头发了,咋敢把这秃子花戴一头……"

待我弄清,这种叫秃子花的花蕊如果落在头发上,头发就要脱落,变成一个秃头的时候,我的沮丧和惊惧比听到打碗花大过十倍。谁家的姑娘不珍爱自己的头发?何况是我——大人们总是那么嘲谑地议论我,眼睛如何地小,鼻子如何地塌,脸又如何地像个柿子杷杷。只有一头乌黑发亮的头发,倒是经常惹人夸奖。倘若连这头发也脱光了,那我还有什么可珍贵的呢?我急得差点哭出来。外婆一边麻利地拔掉我头上的花,一边把那些花朝树上的喜鹊投去,咒语般地喃喃说:

"叫喜鹊戴花去,叫喜鹊脱成一个光秃秃去……"

过了一些时候,外婆的警告和由此产生的不安,逐渐地淡薄起来,而好奇心却强烈地鼓动我,想要看看打碗花究竟怎么个打碗?秃子花究竟怎么个秃头,难道它真会使人手中的碗叭的一声落在地上,打得粉碎吗?难道它真会使人满头黑发一根根地脱掉,变成一个秃和尚吗?

吃饭的时候,我把一束打碗花藏在布衫底下,端起碗,一声不吭地嚼着饭。我紧张极了,真担心手中的碗会像变戏法那样骤然打碎。但一顿饭吃毕,那碗却安然无恙,丝毫也没有要破的意思。我又用同样的办法得知,秃子花也并不伤害人的头发——这个重大的发现,使我小小的心如释重负,我再也不肯听信外婆关于打碗花、秃子花的话了。倘若她再要提起,我便自信不疑地回答:

"打碗花——不打碗,秃子花——不秃头!"

但我始终不能明白,人们何以要把这样一些丑恶的名字加给它们。须知那原是一些美丽的、可爱的花朵呀!

我的母亲常常为之叹息,她因为无法照看我,不得不把我丢在乡下,让外婆作了我童年的启蒙教师,因而把许多诸如打碗花、秃子花之类古老的、带着迷信色彩的观念灌输给我。我被早早地送进了学校。

念书了,自然没有工夫再到渠边和荒地上去。随着年龄的增长,关于打碗花、秃子花的事,也像黎明前的星辰,渐渐地隐没了。但有时候,一些完全不相干的事,却常常触动儿时的记忆,使它突然蹦出来,变得十分鲜明。

有一天,我捧着一本书,看得入神了,忘记吃饭。母亲走过来,拿过我的书,她朝那书皮上瞥了一眼,顿时脸色都变了,惊恐万状地说:

"你怎么还读这样的书?"

这是什么样的书,我并不完全清楚。只记得第二天的报纸上,赫然刺目的大字批判这本书和作者,以及别的书和作者。在"四害"横行的日子里,这样的文字充斥了所有的出版物,让人看后,背透冷汗。

图书馆开始了大检查,凡属这样的书,都捡出来,扔进火堆里去了。母亲千叮嘱万叮嘱,让我当心,再不敢贸然地乱读这些书了。她的焦急和不安,一如当年外婆看见我手摘打碗花、头戴秃子花一样,仿佛这书里每一个字都含着毒汁,一碰它就会使我浑身肿起来。

但是我忘不了那些书，它们是那样吸引我，打动我。尽管大火毁去这些书的大部分，但仍然在青少年中暗暗流传。每当这种时候，不知怎的，我会猛然地想起打碗花、秃子花来。难道这些书籍的命运也和这两种野花是一样的吗？

我因为胡乱地读书，也胡乱地偷偷地写起文章来了。这文章要让真正的作家笑掉牙。就连我自己，每每看见它变成铅字的时候，总是满面羞愧。我们那里写文章的人常常说：别人的婆娘，自己的文章——我可从来没有过这种自豪感。但是在六十年代那场政治风暴中，它却给我带来大祸。我们那个仅有几十人的小天地，因为再没有更多的"文化"，便从我的那点可怜的文章揭开本单位"文化大革命"的序幕。

我更惊愕地看到，许许多多如庞然大物般的著作家们，因为他们的著作，一个个被削职流放——将饭碗打得粉碎；一个个被剃了脑袋——比秃头更难看的那种半阴半阳的头；更有严重者便进了监狱，丢了性命。

不知怎的，我又一次想起打碗花、秃子花来。难道他们被称之为毒草的著作，真的像人们说的这种野花一样，使它的主人不可避免地要遭此厄运吗？假若这种危难也落在我的头上，难道真是因为我儿时摘了那种危险的花朵吗？

我格外地怀念起已经过世的外婆来，懊悔没有认真地听从她的忠告。我是多么热切地盼望，她能像从前一样，扭动着小脚跑过来，咒语般喃喃着，将眼前一场灾难化为乌有呵！

今天，这一切连同儿时的记忆，又一次变为遥远的事了。

我欣喜若狂地看到，那些被不公正地诬为打碗花、秃子花，而实际是带着露珠的，很美丽的花朵，都得以在祖国的土地上，重新开放，自由开放。生活似乎在提示：真正的美，具有不衰的生命，而不管你曾经把它称作什么。

花儿似乎应该竞相开放，不必再担忧人们给它加上什么丑恶的、污秽的名称。

培花人似乎应该大胆栽培，不必再担忧手中花朵使他们打碎饭碗、秃了头发。

但愿我关于打碗碗花的记忆，永远地成为过去！

煎饼花儿

马瑞芳

一

每当读到蒲松龄的《煎饼赋》："圆如望月，大似铜钲，薄似剡溪之纸，色似黄鹤之翎。"我总有一种特殊的亲切感。

煎饼，是鲁中人民的日常食物。煎饼，引起我对童年——五十年代的遐想。

鸟儿啁啾，天光方曙，哥哥姐姐就围在厨房门口，像檐间叽叽喳喳的小雀，嗷嗷待哺。

"娘摊新煎饼罗！"

"我要个黄澜的!"

"我要个软和的!"

我不伸手。煎饼,摊得再好吧,能比得上对门油饼铺的酥油饼好?假如我坚持"绝食",没准儿娘掏两百块钱(旧人民币)给我买一片很窄很窄的油饼。上小学的几员"大将"中,我最小,常受点特殊照顾。如果我的"绝食"换来的却是"死科子!"的训斥,那说明娘连买青菜的钱也没有了,我只好去吃高粱煎饼。菜呢?自腌青萝卜。刚断奶的小妹一见煎饼,就咧嘴嚎啕,被特许吃细粮,大家常向她翻白眼。统购统销之初,细粮比例是相当小的。

使我十分恼火的是,三哥创作了一幅漫画打趣我。他画了个极丑的小妞儿,张着豁牙的嘴啃油饼,还图文并茂,旁白曰:"这饼真香!"

家门口小商贩的奚落,更令我尴尬。

"咸渍渍,又酥又香的油饼哩,买块带着上学吧,小姑姑?"卖油饼的汉子说。

"买俩热包子上学吧,小姑姑? 羊肉煎包,一咬一包油!"那花白胡子又招呼道。

这些比我大几十岁的人一本正经的叫我"姑姑",颇令我悻悻然。"拄拐棍的孙子,穿开裆裤的爷爷",转弯抹角净亲戚,本是回族人的特点,不足为奇。只是那花白胡子尤使我反感,从我记事,他就蹲在我家门口卖油煎包了,可直至我到省城上中学,我仍无从知晓,他那煎包究竟是不是"一咬一包油"!

对煎饼,我倒是也有好的回忆。当母亲的煎饼囤露了底时,她就用那些七大八小、零零碎碎的煎饼花儿,用油盐葱花炒得松软可口,大家吃起来,风卷残云,流星赶月,"脱一瞬兮他顾,旋回首兮净光",那副形象,实在登不得大雅之堂。

哥哥姐姐却对煎饼深恶而痛绝。煎饼之制"溲含米豆,磨如胶肠",推磨的角色是他们。头晕目眩倒也罢了,还常因此上学迟到。那位严厉得全县闻名的中学校长,在大会上怒斥不守纪律者,就把他们三人"金榜题名":

"某某,他的妹妹某某,他的弟弟某某,要特、特、特别地注意!"

因为学了语法,哥哥姐姐知道这"特、特、特别"表达的是十分严重的语气。自不能等闲视之。更何况校长又每晨亲自把守校门盘查呢! 从此,他们鸡鸣即起,天亮时已推完磨,背上书包走了。

油饼铺的汉子来劝母亲了:"过得这么艰窘,还上什么学? 叫姑姑们下学吧!"

"我砸锅卖铁,也要供他们上学!"

母亲的"声明"颇有点儿"万般皆下品,唯有读书高"的意味儿,至于上学是为学本领,为建设社会主义,那是老师们教的,少先队学的,是中学校长"特、特、特别"指出的。

经济拮据,大家精神却十分饱满。东方未晞,分头上学;夜晚,争抢罩子灯下的"有利地形",读书写字。每逢过节,就揣上两个煎饼,一齐去扭大秧歌。二哥在队首开路,手持大钹,威风凛凛。余者身穿列宁服,腰系红彩绸,载歌载舞。

> 解放区的天是明朗的天,
> 解放区的人民好喜欢,
> 民主政府爱人民哪,
> 共产党的恩情说不完哪……

是啊,明朗的天! 解放前,回回都是肩挑贸易,朝谋夕食,读书人如凤毛鳞角。我家世传中医,算识文断字了。可父亲初中毕业即辍学。我出生那年(一九四二),天灾肆虐,因为连煎饼也吃不上,父亲只好将祖房抵了高利贷。上无片瓦,下无立锥之地,摆在争食煎饼花儿的诸兄妹面前的前程,或许是推车卖浆,或许是肩挑青菜,或许是烙油饼、卖煎包,如那花白胡子……

沧桑之变,解放了! 土改中房子回来了,读书的权利也获得了。破屋足蔽风雨,兄弟你追我赶,大的读,小的也读;男的读,女的也读。"砸锅卖铁也供他们上学。"其实母亲有多少铁锅可砸? 我们上学,靠的是人民助学金!

春苗逢喜雨,一日长三寸。解放区的天是明朗的天,瓦蓝瓦蓝的天。

二

生活稍稍好起来,来了母亲之谓"大乱钢铁"。曾点过哥哥姐姐名的中学校长向同学们宣布:"两年进入共产主义!"

我是高中生了,已懂得两道加法:马克思的——共产主义＝物质极大丰富＋觉悟空前提高;列宁的——共产主义＝苏维埃政权＋电气化。

现实生活与导师的"加法"却分道扬镳了。

"电气化"了:家中电灯的光亮令罩子灯退避三舍。只是我们都失却了争光抢亮的兴趣,在为"小高炉"夜以继日搞运输。什么xyz,什么氧化还原反应、卷舌音,全丢在九霄云外! 我曾一宿搬三趟砖,一次两块,行程四十里。食堂也实行"共产主义"了,地瓜蛋随便吃! 于是,我有了一道新加法:共产主义＝一宿搬六块砖＋敞开供应大地瓜。只是我的胃不作美,吃地瓜吃得直冒酸水。于是我不无向往:什么时候吃上碗有油有盐的煎饼花儿? 这"共产主义"竟不要也罢了。

母亲的锅终于砸了。并非为了卖铁供子女上学,而是装进老太太们自制的坩锅中炼"优质钢",结果变成了一堆青不青、红不红的海绵铁。

等到中学校长预言共产主义到来的岁月,地瓜已变成了"高档商品"。我们堂堂高等学府竟供起狗都不予问津的"代食品"来。好在有中华民族的脊梁骨替我们承受"×分天灾,×分人祸"的重压,周恩来总理亲自下令提高了大学生的助学金、伙食费,大学里竟没出现饿殍。在浮肿病刚刚退却时,戎马终生的陈毅元帅又在广州会议上号召大学生向科学进军。振臂一呼,应者云集。我和哥哥姐姐都在家门口上大学,周末回家,又争抢台灯下的有利地形,有的读原子物理,有的钻高等数学,有的看《文心雕龙》……

那年考过了头一门课,母亲炒了些煎饼花儿,给三个吃够了"瓜菜代"的大学生过"开斋节"。大家边吃边议论考试。我因为把托尔斯泰的生卒年月答错了,俄苏文学史能否得"优"? 颇犯嘀咕。三哥又来讪笑我:"这回旗开失败,马到垮台。你就是吃饭数第一,瞧,'这饼真香'!"

我的脸"腾"地红到耳根,仿佛又看到那幅捉弄人的漫画,那啃油饼的大豁牙。在我们这些读书人看来,学业上不能争光,是比懒与馋,更为见不得人的。物换星移,逝者如斯。一九七〇年,我那个见了煎饼就咧嘴哭的妹妹从医学院毕业了。她是七兄妹中第七个大学生。我们则是回族医生家第一代大学生。我们七人都曾抱着玫瑰色的理想去日夜攻读考大学。有的向往亲手发射中国第一颗人造卫星;有的企望成为当代的扁鹊、华佗,妙手回春,起死回生;有的憧憬下笔绣辞,扬手文飞,为民族文化平添春色。进了大学,更是人人矢志握灵蛇之珠,个个力图抱荆山之玉,五年寒窗,胼手胝足,朝咏外语于晨熹中,暮诵文献于华灯下……

然而,十年浩劫,国难民忧;造反有理,读书无用;"生儿不用识文字,斗鸡走马胜读书";"案后一腔冻猪肉,所以名为姜侍郎"。我的大妹妹是学自动控制的,毕业时因为是"刘少奇的党员",被贬到县城,分配当售货员。据说,卖无线电元件对于工业大学五年制毕业生,仍算"专业对口"!我们另外的人呢,或靠边站,或当"老牛",或干"火头军"。一言蔽之曰:臭老九。孑然独坐,百忧俱至;瀹茗对谈,哀愤交集;你的计划成了水中月,她的打算变为镜中花,我的劳动付诸东流水……我百思不得其解:母亲用煎饼花儿,人民用助学金,供我们读十七年书,难道是为了让我们跟在地富反坏之后,忝列第九? 我是何等懊恼烦闷啊!

三

前天,小妹对镜纠正日语发音,忽然说:"我的下巴就是比我女儿的宽,归根到底,我也是吃煎饼长大的,咀嚼肌格外发达。"

"你闺女不至于见了煎饼咧嘴就哭了?"我揭她的短。

"她最爱吃煎饼了。"小妹妹笑嘻嘻地说,"可你看,人家吃的什么煎饼?"

说着,她从桌上拿起一包塑料纸包装的糖酥煎饼。那是用小米加香蕉、菠萝、橘子、白糖制成的,比一般糕点还要昂贵的山东名产。"文化革命"前,只能从高级宾馆买到,现在,泉城处处可见,并成为小妹母女的日常早点了。

母亲不以为然,说:"如今,煎饼都成了甜的,咱可没摊过……"

变甜者岂止是煎饼? 还有我们的生活! 闭门独坐,读书攻关;醇酒对酌,笑语绵绵;你提了讲师,我升了工程师,她入了党;你的论文得发表,我的设计已过关,他开始学第三门外国语。一言以蔽之:学以致用,争作贡献……

我丢一块糖酥煎饼在口中嚼着,赞叹道:"香甜如饴,酥脆可口,这股甜蜜劲儿,真适合除四害后咱们老九的心境。"

三哥又挖苦我一句:"这饼真香!"

大家哄堂大笑,又一致断定:这糖酥煎饼花儿不及母亲那有油有盐的煎饼花儿可口。

"为什么呢?"我很感兴趣地问。

有的说:这煎饼甜得发腻,失去了做鲁中劳动人民主食的资格,因为山东人不嗜甜。

更多的却说,因为母亲的煎饼花儿引起大家对"早晨"的联想。

不是吗? 那阵子,我们吃煎饼花儿,我们抢罩子灯亮儿,我们穿补钉衣服,弟弟拣哥哥的,妹妹拾姐姐的,清贫朴素,甚至不免寒碜。可我们这帮黄毛丫头、毛头小子,恰如初生的新中国,奋发向上,朝气蓬勃! 我们多想再揽上煎饼,哼着"解放区的天是明朗的天"去扭大秧歌! 那或许会使我们对失而复得的教书——读书权利加倍地珍视,那或许能令我们将十年创伤留下的瘢痕尽快消除,那或许使我们在大学讲堂,实验室中,手术台上,更多地想到民族殷切的期望,国家复兴的重责……

不要忘了吃煎饼花儿的年代;更不要忘了连煎饼花儿也吃不上的年代吧。

水乡茶居

杨羽仪

在广东水乡,茶居是一大特色。

每个村庄,百步之内,必有一茶居。这些茶居,不像广州的大茶楼,可容数百人;每一小"居",约莫只容七八张四方桌,二十来个茶客。倘若人来多了,茶居主人也不心慌,临河水榭处,湾泊着三两画舫,每舫四椅一茶几,舫中品茶,也颇有味。

茶居的建筑古朴雅致,小巧玲珑,多是一大半临河,一小半倚着岸边。地板和河面留着一个涨落潮的落差位。近年的茶居在建筑上有较大的变化,多用混凝土水榭式结构,也有砖木结构的,而我却偏好竹寮茶居。它用竹子做骨架,金字屋顶上,覆盖着蓑衣或松树皮,临河四周也是松树皮编成的女墙,可凭栏品茗,八面来风,即便三伏天,这茶居也是一片清凉的世界。

茶居的名字,旧时多用"发记茶居"、"昌源茶室"之类字号。现在,水乡人也讲斯文,常常可见"望江楼"、"临江茶室"、"清心茶座"等雅号。

旧时的水乡茶室,多备"一盅两件"。所谓"一盅",便是一只铁嘴茶壶配一个瓦茶盅。壶里多放粗枝大叶,茶叶味涩而没有香气,仅可冲洗肠胃而已。所谓"两件",多是粗糙的大件松糕、芋头糕、萝卜糕之类,虽然不怎样好吃,却也可以填肚子,干粗活的水乡人颇觉实惠。现时,水乡人品茗,是越来越讲究了。茶居里再也不见粗枝大叶,铁嘴壶也被淘汰,换上雪白的瓷壶。柜台上陈列着十多种名茶,洞庭君山、云南普洱、西湖龙井、英德红茶……偶有一两种大众化的,也至少是茉莉花茶和荔枝红了。至于那"两件",也绝非粗品,而时兴"干蒸烧卖","透明鲜虾饺"、"蛋黄鱼饼"、"牛肉精丸"之类,倘要填肚子,也很少吃糕,而多取"荷叶糯米鸡"了。在那"史无前例"的年月,因为《爱莲说》的作者是士大夫,于是"糯米鸡"外面的荷叶也被取消了,糯米饭中裹的也不是鸡肉而变成了猪肉,"糯米鸡"变成了"裸裸糯米猪"。现在,水乡茶居的糯米鸡,不但恢复了传统的荷叶包裹,而且糯米饭里头的确裹着鸡肉,还拌以虾米、冬菇、云耳等珍品,色香味均属上品,百啖不厌。

水乡人饮茶,又叫"叹"茶。那个"叹"字,是广州方言,含有"品味"和"享受"之意。不论"叹"早茶或晚茶,水乡人都把它作为一种享受。他们一天辛勤劳作,各自在为新生活奔忙,带着一天的劳累和溽热,有暇"叹"一盅茶,去去心火,便是紧张生活的一种缓冲。我认为"叹"茶的兴味,未必比酒淡些,它也可以达到"醺醺而不醉"的境界。

"叹"茶的特点是慢饮。倘在早晨,茶客半倚栏杆"叹"茶,是在欣赏小河如何揭去雾纱,露出俏美的真容么?瞧,两岸的番石榴、木瓜、杨桃果实,或浓或淡的香气,渗进小河里,迷濛、淡远的小河便如倾翻了满河的香脂。也许,是看大小船只在半醒半睡的小河中摇橹扬帆来去,看榕荫、朝日及小鸟的飞鸣吧!倘在傍晚,日光落尽,云影无光,两岸渐渐消失在温柔的暮色里,船上人的吆喝声渐渐远去,河面被一片紫雾笼罩。不知不觉,皎月悄悄浸在小河里……此境此情,倘遇幽人雅士,固然为之倾倒,然而多是"卜佬"的茶客。他们"叹"茶,动辄一两个小时,有如牛的反刍，也是一种细细品味——不是品味着食物，而是品味着生活。

一座水乡小茶居，便是一幅"浮世绘"。茶被"冲"进壶里，不论同桌的是知己还是陌路人，话匣子就打开了。村里的新闻、世事的变迁、人间的悲欢，正史的还是野史的，电台播的大道新闻还是乡村小道消息，全都在"叹"茶中互相交换。说着，听着，有轻轻的叹息，有嘀嘀的笑声，也有愤世嫉俗的慨叹。无怪乎古时柳泉居士蒲松龄先生要在泉边开一小茶座，招呼过往客人，一边"叹"茶，一边收集可写《聊斋志异》的故事了。

在茶居里，也有独自埋下头，静静地读完一张《羊城晚报》的人，读着，读着，突然拍案而起，惊动四邻。他们评论着、叹息着、赞扬着……更多的议题则是农村经济政策的不断落实，正像水乡人的两道浓眉越来越舒展一样。茶客们"叹"着茶，便心碰心儿，谁个养了多少头奶牛，年产量多少；谁个治木瓜害虫有特效药，谁个万元户联合起来给穷队投资，帮助穷队改变落后面貌……茶越"冲"越淡了，话却越说越浓。一桩桩事儿，就在"叹"茶中经过"斟盘"而"拍板"了。这时，茶客们的兴致更浓了，他们举起茶杯"碰"起杯来……

这样的"草草杯盘共一欢"，便是水乡生活中的诗。生活有了诗，"叹"茶也如吃酒，且比酒味更醇，而世间最好的酒肴，莫过于生活中的诗了。有了诗，桌上即使摆着盐渍鸡、炸禾花雀、炖水鱼、炸花生米等，也味同嚼蜡了。唯独那一盅茶，绝不可放弃，因为它也能"酿"出生活中的诗来。

月已阑珊，上下莹澈，茶居灯火的微茫，小河月影的皱皱，水气的奔驰，夜潮的拍岸，一座座小小茶居疑在醉乡中。一切都和心象相融合。我始觉这个"叹"字的功夫，颇如艺术的魅力，竟使人"渐醉"……

紫藤萝瀑布

宗　璞

我不由得停住了脚步。

从未见过开得这样盛的藤萝，只见一片辉煌的淡紫色，像一条瀑布，从空中垂下，不见其发端，也不见其终极，只是深深浅浅的紫，仿佛在流动，在欢乐，在不停地生长。紫色的大条幅上，泛着点点银光，就像迸溅的水花。仔细看时，才知那是每一朵紫花中的最浅淡的部分，在和阳光互相挑逗。

这里春红已谢，没有赏花的人群，也没有蜂围蝶阵。有的就是这一树闪光的、盛开的藤萝。花朵儿一串挨着一串，一朵接着一朵，彼此推着挤着，好不活泼热闹！

"我在开花！"它们在笑。

"我在开花！"它们嚷嚷。

每一穗花都是上面的盛开，下面的待放。颜色便上浅下深，好像那紫色沉淀下来了，沉淀在最嫩最小的花苞里。每一朵盛开的花像是一张鼓满了的小小的帆，帆下带着尖底的舱。船舱鼓鼓的，又像一个忍俊不禁的笑容，就要绽开似的。那里装的是什么仙露琼浆？我凑上去，想摘一朵。

　　但是我没有摘。我没有摘花的习惯。我只是伫立凝望,觉得这一条紫藤萝瀑布不只在我眼前,也在我心上缓缓流过。流着流着,它带走了这些时一直压在我心上的焦虑和悲痛,那是关于生死谜、手足情的。我浸在这繁密的花朵的光辉中,别的一切暂时都不存在,有的只是精神的宁静和生的喜悦。

　　这里除了光采,还有淡淡的芳香,香气似乎也是浅紫色的,梦幻一般轻轻地笼罩着我。忽然记起十多年前家门外也曾有过一大株紫藤萝,它依傍一株枯槐爬得很高,但花朵从来都稀落,东一穗西一串伶仃地挂在树梢,好像在察颜观色,试探什么。后来索性连那稀零的花串也没有了。园中别的紫藤花架也都拆掉,改种了果树。那时的说法是,花和生活腐化有什么必然关系。我曾遗憾地想:这里再看不见藤萝花了。

　　过了这么多年,藤萝又开花了,而且开得这样盛,这样密,紫色的瀑布遮住了粗壮的盘虬卧龙般的枝干,不断地流着,流着,流向人的心底。

　　花和人都会遇到各种各样的不幸,但是生命的长河是无止境的。我抚摸了一下那小小的紫色的花舱,那里满装生命的酒酿,它张满了帆,在这闪光的河流上航行。它是万花中的一朵,也正是由每一个一朵,组成了万花灿烂的流动的瀑布。

　　在这浅紫色的光辉和浅紫色的芳香中,我不觉加快了脚步。

故乡的食物

汪曾祺

咸菜茨菇汤

　　一到下雪天,我们家就喝咸菜汤,不知是什么道理。是因为雪天买不到青菜? 那也不见得。除非大雪三日,卖菜的出不了门,否则他们总还会上市卖菜的。这大概只是一种习惯。一早起来,看见飘雪花了,我就知道:今天中午是咸菜汤!

　　咸菜是青菜腌的。我们那里过去不种白菜,偶有卖的,叫做"黄芽菜",是外地运去的,很名贵。一般黄芽菜炒肉丝,是上等菜。平常吃的,都是青菜,青菜似油菜,但高大得多。入秋,腌菜,这时青菜正肥。把青菜成担的买来,洗净,晾去水气,下缸。一层菜,一层盐,码实,即成。随吃随取,可以一直吃到第二年春天。

　　腌了四五天的新咸菜很好吃,不咸,细、嫩、脆、甜,难可比拟。

　　咸菜汤是咸菜切碎了煮成的。到了下雪的天气,咸菜已经腌得很咸了,而且已经发酸,咸菜汤的颜色是暗绿的。没有吃惯的人,是不容易引起食欲的。

　　咸菜汤里有时加了茨菇片,那就是咸菜茨菇汤。或者叫茨菇咸菜汤,都可以。

　　我小时候对茨菇实在没有好感。这东西有一种苦味。民国二十年,我们家乡闹大水,各种作物减产,只有茨菇却丰收。那一年我吃了很多茨菇,而且是不去茨菇的嘴子的,真难吃。

我十九岁离乡,辗转漂流,三四十年没有吃到茨菇,并不想。

前好几年,春节后数日,我到沈从文老师家去拜年,他留我吃饭,师母张兆和炒了一盘茨菇肉片。沈先生吃了两片茨菇,说:"这个好! 格比土豆高。"我承认他这话。吃菜讲究"格"的高低,这种语言正是沈老师的语言。他是对什么事物都讲"格"的,包括对于茨菇、土豆。

因为久违,我对茨菇有了感情。前几年,北京的菜市场在春节前后有卖茨菇的。我见到,必要买一点回来加肉炒了。家里人都不怎么爱吃。所有的茨菇,都由我一个人"包圆儿"了。

北方人不识茨菇。我买茨菇,总要有人问我:"这是什么?"——"茨菇。"——"茨菇是什么?"这可不好回答。北京的茨菇卖得很贵,价钱和"洞子货"(温室所产)的西红柿、野鸡脖韭菜差不多。

我很想喝一碗咸菜茨菇汤。

我想念家乡的雪。

炒米和焦屑

小时读《板桥家书》:"天寒冰冻时暮,穷亲戚朋友到门,先泡一大碗炒米送手中,佐以酱姜一小碟,最是暖老温贫之具",觉得很亲切。郑板桥是兴化人,我的家乡是高邮,风气相似。这样的感情,是外地人们不易领会的。炒米是各地都有的。但是很多地方都做成了炒米糖。这是很便宜的食品。孩子买了,咯咯地嚼着。四川有"炒米糖开水",车站码头都有得卖,那是泡着吃的。但四川的炒米糖似也是专业的作坊做的,不像我们那里。我们那里也有炒米糖,像别处一样,切成长方形的一块一块。也有搓成圆球的,叫做"欢喜团"。那也是作坊里做的。但通常所说的炒米,是不加糖黏结的,是"散装"的;而且不是作坊里做出来,是自己家里炒的。

说是自己家里炒,其实是请了人来炒的。炒炒米也要点手艺,并不是人人都会的。入了冬,大概是过了冬至吧,有人背了一面大筛子,手执长柄的铁铲,大街小巷地走,这就是炒炒米的。有时带一个助手,多半是个半大孩子,是帮他烧火的。请到家里来,管一顿饭,给几个钱,炒一天。或二斗,或半石;像我们家人口多,一次得炒一石糯米。炒炒米都是把一年所需一次炒齐,没有零零碎碎炒的。过了这个季节,再找炒炒米的也找不着。一炒炒米,就让人觉得,快要过年了。

装炒米的坛子是固定的,这个坛子就叫"炒米坛子",不作别的用途。舀炒米的东西也是固定的,一般人家大都是用一个香烟罐子。我的祖母用的是一个"柚子壳"。柚子——我们那里柚子不多见,从顶上开一个洞,把里面的瓤掏出来,再塞上米糠,风干,就成了一个硬壳的钵状的东西。她用这个柚子壳用了一辈子。

我父亲有一个很怪的朋友,叫张仲陶。他很有学问,曾教我读过《项羽本纪》。他薄有田产,不治生业,整天在家研究易经,算卦。他算卦用蓍草。全城只有他一个人用蓍草算卦。据说他有几卦算得极灵。有一家,丢了一只金戒指,怀疑是女佣人偷了。这女佣人蒙了冤枉,来求张先生算一卦。张先生算了,说戒指没有丢,在你们家炒米坛盖子上。一找,果然。我小时就不大相信,算卦怎么能算得这样准,怎么能算得出在炒米坛盖子上呢? 不过他的这一卦说明了一件事,即我们那里炒米坛子是几乎家家都有的。

炒米这东西实在说不上有什么好吃。家常预备,不过取其方便。用开水一泡,马上就可以吃。在没有什么东西好吃的时候,泡一碗,可代早晚茶。来了平常的客人,泡一碗,也算是点心。郑板桥说"穷亲戚朋友到门,先泡一大碗炒米送手中",也是说其省事,比下一碗挂面还要简单。炒米是吃不饱人的。一大碗,其实没有多少东西。我们那里吃泡炒米,一般是抓上一把白糖,如板桥所说"佐以酱姜一小碟",也有,少。我现在岁数大了,如有人请我吃泡炒米,我倒宁愿来一小碟酱生姜——最好滴几滴香油,那倒是还有点意思的。另外还有一种吃法,用猪油煎两个嫩荷包蛋——我们那里叫做"蛋瘪子",抓一把炒米和在一起吃。这种食品是只有"惯宝宝"才能吃得到的。谁家要是老给孩子吃这种东西,街坊就会有议论的。我们那里还有一种可以急就的食品,叫做"焦屑"。糊锅巴磨成碎末,就是焦屑。我们那里,餐餐吃米饭,顿顿有锅巴。把饭铲出来,锅巴用小火烘焦,起出来,卷成一卷,存着。锅巴是不会坏的,不发馊,不长霉。攒够一定的数量,就用一具小石磨磨碎,放起来。焦屑也像炒米一样,用开水冲冲,就能吃了。焦屑调匀后成糊状,有点像北方的炒面,但比炒面爽口。

我们那里的人家预备炒米和焦屑,除了方便,原来还有一层意思,是应急。在不能正常煮饭时,可以用来充饥。这很有点像古代行军用的"糒"。有一年,记不得是哪一年,总之是我还小,还在上小学,党军(国民革命军)和联军(孙传芳的军队)在我们县境内开了仗,很多人都躲进了红十字会。不知道出于一种什么信念,大家都以为红十字会是哪一方的军队都不能打进去的,进了红十字会就安全了。红十字会设在炼阳观,这是一个道士观。我们一家带了一点行李进了炼阳观。祖母指挥着,特别关照,把一坛炒米和一坛焦屑带了去。我对这种打破常规的生活极感兴趣。晚上,爬到吕祖楼上去,看双方军队枪炮的火光在东北面不知什么地方一阵一阵地亮着,觉得有点紧张,也觉得好玩。很多人家住在一起,不能煮饭,这一晚上,我们是冲炒米、泡焦屑度过的。没有床铺,我把几个道士诵经用的蒲团拼起来,在上面睡了一夜。这实在是我小时候度过的一个浪漫主义的夜晚。

第二天,没事了,大家就都回家了。

炒米和焦屑和我家乡的贫穷和长期的动荡是有关系的。

没有见过的故乡

席慕蓉

缠绕着我们这一代的,就尽只是些没有根的回忆,无边无际。有时候是一股汹涌的暗流,突然冲向你,让你无法招架。有时却又缥缥缈缈地挨过来,在你心里打上一个结,你却找不出这个结结在哪里,也不知道是为了什么原因,也不知道是为了哪一个人。

三年以前,在瑞士过了一个夏天,认识了好几个当地的朋友,常常一起去爬山。有一天,其中一个男孩子请我们去他家玩。他家坐落在有着大片果园的山坡上,从后门出去,就可以看到后山下一大片树林围着一个深深的湖。这个男孩子指着他家院墙外的一棵大樱桃树说:

"你看见从下面数左边第五枝的枝子了吗。那根枝子歪得很特别的,看见没有?那是我爸爸七岁时候的事了,他爬到树上采樱桃,也是在这样一个夏天,被我祖父看见了,罚他就在那根枝子上坐了一个下午,不准下来。那根枝子从此就歪了。"

也许是他在唬我,也许是他父亲唬了他。可是他对家的眷恋,对儿时的追怀,对时光逝去的否认,都可以由这一棵大树,甚至由这棵大树上的一根歪歪的枝杈获得满足了。因此,他说话时甚至带了一点骄傲。而我呢? 我给他看我的拖鞋吗,我或许可以给他唱那首儿歌,但是他听得懂吗? 就算他终于懂了? 那分量能抵得过就在眼前的这一棵他曾祖母手植的庞然大物吗,能抵得过他立足于上的这块生他又育他的土地吗?

而我就越发怀念那我从来没有见过的故乡了。

小时候最喜欢的事就是听父亲讲故乡的风光。冬天的晚上,几个人围坐着,缠着父亲一遍又一遍地诉说那些发生在长城以外的故事。我们这几个孩子都生在南方,可是那一块从来没有见过的大地的血脉仍然蕴藏在我们身上。靠着父亲所述说的祖先们的故事,靠着在一些杂志上被我们很惊喜地发现的大漠风光的照片,靠着一年一次的圣祖大祭,我一点一滴地积聚起来,一片一块地拼凑起来,我的可爱的故乡便慢慢成形了。而我也就靠着这一份拼凑起来的温暖,慢慢地长大了。

故乡的榕树

黄河浪

住所左近的土坡上,有两棵苍老翁郁的榕树,以广阔的绿阴遮蔽着地面。在铅灰色的水泥楼房之间,摇曳赏心悦目的青翠;在赤日炎炎的夏天,注一潭诱人的清凉。不知什么时候,榕树底下辟出一块小平地,建了儿童玩的滑梯和亭子,周围又种了蒲葵和许多花朵,居然成了一个小小的儿童世界。也许是对榕树有一份亲切的感情罢,我常在清晨或黄昏带小儿子到这里散步,或是坐在绿色的长椅上看孩子们嬉戏,自有种悠然自得的味道。

那天特别高兴,动了未泯的童心,我从榕树枝上摘下一片绿叶,卷制成一支小小的哨笛,放在口边,吹出单调而淳朴的哨音。小儿子欢跳着抢过去,使劲吹着,引得谁家的一只小黑狗循声跑来,摇动毛茸茸的尾巴,抬起乌溜溜的眼睛望他。他把哨音停下,小狗失望地跑开去;他再吹响,小狗又跑拢来……逗得小儿子嘻嘻笑,粉白的脸颊上泛起淡淡的红晕。

而我的心却像一只小鸟,从哨音里展翅飞出去,飞过迷蒙的烟水、苍茫的群山,停落在故乡熟悉的大榕树上。我仿佛又看到那高大魁梧的躯干,鬈曲飘拂的长须和浓得化不开的团团绿云;看到春天新长的嫩叶,迎着金黄的阳光,透明如片片碧玉,在袅袅的风中晃动如耳坠,摇落串串晶莹的露珠。

我怀念从故乡的后山流下来、流过榕树旁的清澈的小溪,溪水中彩色的鹅卵石,到溪畔洗衣和汲水的少女,在水面嘎嘎嘎地追逐欢笑的鸭子;我怀念榕树下洁白的石桥,桥头兀立的刻字的石碑,桥栏杆上被人抚摸光滑了的小石狮子。那汩汩的溪水流走了我童年的岁月,那古老的石桥镌刻着我深深的记忆,记忆里的故事有榕树的叶子一样多……

站在桥头的两棵老榕树,一棵直立,枝叶茂盛;另一棵却长成奇异的 S 形,苍虬多筋的树干斜伸向溪中,我们都称它为"驼背"。更特别的是它弯曲的这一段树心被烧空了,形成丈多长平放的凹槽,而它仍然顽强地活着,横过溪面,昂起头来,把浓密的枝叶伸向蓝天。小时候我们对这棵驼背榕树分外有感情,把它中空的那段凹槽当做一条"船"。几个伙伴爬上去,敲起小锣鼓,以竹竿当桨七上八落地划起来,明知这条"船"不会前进一步,还是认真地、起劲地划着。在儿时的梦里,它会顺着溪流把我们带到秧苗青青的田野上,绕过燃烧着的火红杜鹃的山坡,穿过飘着芬芳的小白花的橘树林,到大江大海里去,到很远很美丽的地方去……

有时我们会问:这棵驼背的老榕树为什么会被烧成这样呢?听老人说,很久很久以前,有一条大蛇藏在这树洞中,日久成精,想要升天;却因伤害人畜,犯了天条,触怒了玉皇大帝。于是有天夜里,乌云紧压着树梢,狂风摇撼着树枝,一个强烈的闪电像利剑般劈开树干,头上响起惊天动地的炸雷!榕树着火烧起来了,烧空了一段树干,烧死了那头蛇精,接着一阵瓢泼大雨把火浇熄了……这故事是村里最老的老人说的,他像老榕树一样垂着长长的胡子。我们相信他的年纪和榕树一样苍老,所以我们也相信他说的话。

不知在什么日子,我们还看到一些女人到这榕树头虔诚地烧一沓纸钱,点几炷香,她们怀着怎样的心愿来祈求榕树之神呢?我只记得有的小孩子面上长了皮癣,母亲就会把他带到这里,在榕树干上砍几刀,用渗流出来的乳白的液汁涂在患处,过些日子,那癣似乎也就慢慢地好了。而我最难忘的是,每当过年的时候,老祖母会叫我顺着那"驼背"爬到树上,折几枝四季常青的榕树枝,用来插在饭甑炊熟的米饭四周,祭祀祖先的神灵。那时候,慈爱的老祖母往往会踮着缠得很小的"三寸金莲",笃笃笃地走到石桥上,一边看着我爬树,一边唠唠叨叨地嘱咐我小心。而我虽然心里有点战战兢兢的,却总是装出毫不在乎的样子,把折到的树枝得意地朝着她挥舞。

使人留恋的还有铺在榕树头四周的长长的石板条,夏日里,那是农人们的"宝座"和"凉床"。每当中午,亚热带强烈的阳光令屋内如焚、土地冒烟,唯有这两棵高大的榕树撑开遮天巨伞,抗拒迫人的酷热,洒落一地阴凉,让晒得黝黑的农人们踏着发烫的石板路到这里透一口气。傍晚,人们在一天辛劳后,躺在用溪水冲洗过的石板上,享受习习的晚风,漫无边际地讲"三国"、说"水浒",从远近奇闻谈到农作物的长势和收成……高兴时,还有人拉起胡琴,用粗犷的喉咙唱几段充满原野风味的小曲,在苦涩的日子里寻一点短暂的安慰和满足。

苍苍的榕树啊,用怎样的魔力把全村的人召集到膝下?不是动听的言语,也不是诱惑的微笑,只是默默地张开温柔的翅膀,在风雨中为他们遮挡,在炎热中给他们阴凉,以无限的爱心庇护着劳苦而纯朴的人们。

我深深怀念在榕树下度过的愉快的夏夜。有人卷一条被单,睡在光滑的石板上;有人搬几块床板,一头搁着长凳,一头就搁在桥栏杆上,铺一张草席躺下。我喜欢跟大人们一起挤在那里睡,仰望头上黑黝黝的榕树的影子,在神秘而恬静的气氛中,用心灵与天上微笑的星星交流。要是有月亮的夜晚,如水的月华给山野披上一层透明的轻纱,将一切都变得不很真实,似梦境,似仙境。在睡意蒙眬中,有嫦娥驾一片白云悄悄飞过,有桂花的清香自榕树枝头轻轻洒下来。而桥下的流水静静地唱着甜蜜的摇篮曲,催人在夜风温馨的抚摸中慢慢沉入梦乡……有时早上醒来,清露润湿了头发,感到凉飕飕的寒意,才发觉枕头不见了,探头往桥下一看,原来是掉到溪里,吸饱了水,胀鼓鼓的,搁浅在乱石滩上……

那样的日子不会回来了。我仿佛刚刚从一场梦中醒转,身上还留有榕树叶隙漏下的清凉;但我确实知道,这一觉已睡过了三十年,而人也已离乡千里万里外了!故乡桥头苍老的榕树啊,也经历了多少风霜?听说那棵"驼背",在一次台风猛烈的袭击中,挣扎着倒下去了,倒在山洪暴发的溪水里,倒在故乡亲爱的土地上,走完了自己生命的历程。幸好另一棵安然无恙,仍以它浓蔚的绿叶荫庇着乡人。而当年把驼背的树干当船划的小伙伴们,都已长成。有的像我一样,把生命的船划到遥远的异乡,却仍然怀念着故土的榕树么? 有的还坐在树头的石板上,讲着那世世代代讲不完的传说么? 但那像榕树一样垂着长长胡子的讲故事的老人已经去世了;过年时常叫我攀折榕树枝叶的老祖母也已离开人间许久了;只有桥栏杆上的小石狮子,还在听桥下的溪水滔滔流淌罢?

"爸爸,爸爸,再给我做几个哨笛。"不知什么时候,小儿子也摘了一把榕树叶子,递到我面前,于是我又一叶一叶卷起来给他吹,那忽高忽低、时远时近的哨音,弥漫成一片浓浓的乡愁,笼罩在我的周围。故乡的亲切的榕树啊,我是在你绿阴的怀抱中长大的,如果你有知觉,会知道我在这遥远的异乡怀念着你么? 如果你有思想,你会像慈母一样,思念我这飘泊天涯的游子么?

故乡的榕树啊……

大地上的事情

芋　岸

一

我观察过蚂蚁营巢的三种方式。小型蚁筑巢,将湿润的土粒吐在巢口,垒成酒盅状、灶台状、坟冢状、城堡状或松疏的蜂房状,高耸在地面;中型蚁的巢口,土粒散得均匀美观,围成喇叭口或泉心的形状,仿佛大地开放的一只黑色花朵;大型蚁筑巢像北方人的举止,随便、粗略、不拘细节,它们将颗粒远远地衔到什么地方,任意一丢,就像大步奔走撒种的农夫。

二

下雪时,我总想到夏天,因成熟而褪色的榆荚被风从树梢吹散。雪纷纷扬扬,给人间带来某种和谐感,这和谐感正来自于纷纭之中。雪也许是更大的一棵树上的果实,被一场世界之外的大风刮落。它们漂泊到大地各处,它们携带的纯洁,不久即蓄衍成春天动人的花朵。

三

写《自然与人生》的日本作家德富芦花,观察过落日。他记录太阳由衔山到全然沉入地表,需要三分钟。我观察过一次日出,日出比日落缓慢。观看落日,大有守侍圣哲临终之感;观看日出,则像等待伟大英雄辉煌的诞生。仿佛有什么阻力,太阳艰难地向上跃动,伸缩着挺进。太阳从露出一丝红线,到伸缩着跳上地表,用了约五分钟。

世界上的事物在速度上,衰落胜于崛起。

四

这是一具熊蜂的尸体,它是自然死亡,还是因疾病或敌害而死,不得而知。它偃卧在那里,翅零乱地散开,肢蜷曲在一起。它的尸身僵硬,很轻,最小的风能将它推动。我见过胡蜂巢、土蜂巢、蜜蜂巢和别的蜂巢,但从没有见过熊蜂巢。熊蜂是穴居者,它们将巢筑在房屋的立柱、檩木、横梁、椽子或枯死的树干上。熊蜂从不集群活动,它们个个都是英雄,单枪匹马到处闯荡。熊蜂是昆虫世界当然的王,它们身着的黑黄斑纹,是大地上最怵目的图案,高贵而恐怖。老人们告诉过孩子,它们能蜇死牛马。

五

麻雀在地面的时间比在树上的时间多。它们只是在吃足食物后,才飞到树上。它们将短硬的喙像北方农妇在缸沿砺刀那样,在枝上反复擦拭。麻雀蹲在枝上啼鸣,如孩子骑在父亲的肩上高声喊叫,这声音蕴含着依赖、信任、幸福和安全感。麻雀在树上就和孩子们在地上一样,它们的蹦跳就是孩子们的奔跑。而树木伸展的愿望,是给鸟儿送来一个个广场。

六

穿越田野的时候,我看到一只鹞子。它静静地盘旋,长久浮在空中。它好像看到了什么,径直俯冲下来,但还未触及地面又迅疾飞起。我想象它看到一只野兔,因人类的扩张在平原上已近绝迹的野兔,梭罗在《瓦尔登湖》中预言过的野兔:"要是没有兔子和鹧鸪,一个田野还成什么田野呢?它们是最简单的土生土长的动物,与大自然同色彩、同性质,和树叶、和土地是最亲密的联盟。看到兔子和鹧鸪跑掉的时候,你不觉得它们是禽兽,它们是大然的一部分,仿佛飒飒的木叶一样。不管发生怎么样的革命,兔子和鹧鸪定可以永存,像土生土长的人一样。不能维持一只兔子的生活的田野一定是贫瘠无比的。"

看到一只在田野上空徒劳盘旋的鹞子,我想起田野往昔的繁荣。

七

在我的住所前面,有一块空地,它的形状像一只盘子,被四周的楼群围起。它盛过田园般安详的雪。盛过赤道般热烈的雨,但它盛不住孩子们的欢乐。孩子们把欢乐撒在里面,仿佛一颗颗珍珠滚到我的窗前。我注视着男孩和女孩在一起做游戏,这游戏是每个从他们身边匆匆走过的大人都做过的。大人告别了童年,就将游戏像玩具一样丢在了一边。但游戏在孩子们手里,依然一代代传递。

八

在一所小学教室的墙壁上,贴着孩子们写自己家庭的作文。一个孩子写道:他的爸爸是工厂干部,妈妈是中学教师,他们很爱自己的孩子。星期天常常带他去山边玩,他有许多玩具,有自己的小人书库,他感到很幸福。但是妈妈对他管教很严,命令他放学必须直接回家,回家第一件事是用肥皂洗手。为此他感到非常不幸,恨自己的妈妈。

每一匹新驹都不会喜欢给它套上羁绊的人。

九

黎明,我常常被麻雀的叫声唤醒。日子久了,我发现它们总在日出前二十分钟开始啼叫。冬天日出较晚,它们叫的也晚;夏天日出早,它们叫的也早。麻雀在日出前和日出后的叫声不同,日出前它们发出"鸟、鸟、鸟"的声音,日出后便改成"喳、喳、喳"的声音。我不知它们的叫法和太阳有什么关系。

十

在山岗的小径上,我看到一只蚂蚁在拖蛴螬的尸体。蛴螬可能被人踩过,尸体已经变形,渗出的体液黏着两粒石子,使它更加沉重。蚂蚁紧紧咬住蛴螬,它用力扭动身躯,想把蛴螬拖走。蛴螬微微摇晃,但丝毫没有向前移动。我看了很久,直到我离开时,这个可敬的勇士仍在不懈地努力。没有其他蚁来帮它,它似乎也没有回巢去请援军的想法。

十一

麦子是土地上最优美、最典雅、最令人动情的庄稼。麦田整整齐齐摆在辽阔的大地上,仿佛一块块耀眼的黄金。麦田是五月最宝贵的财富,大地蓄积的精华。风吹麦田,麦田摇荡,麦浪把幸福送到外面的村庄。到了六月,农民抢在雷雨之前,把麦田搬走。

十二

在我窗外阳台的横栏上,落了两只麻雀。那里是一个阳光的海湾,温暖、平静、安全。这是两只老雀,世界知道它们为它哺育了多少雏鸟。两只麻雀蹲在辉煌的阳光里,一副丰衣足食的样子。它们眯着眼睛,脑袋转来转去。毫无顾忌。它们时而啼叫几声,声音朴实而亲切。它们的体态肥硕,羽毛蓬松,头缩进厚厚的脖颈里,就像冬天穿着羊皮袄的马车夫。

十三

下过雪许多天了,地表的阴面还残留着积雪。大地斑斑点点,仿佛一头在牧场垂首吃草的花斑母牛。

积雪收缩,并非因为气温升高了,而是大地的体温在吸收它们。

十四

冬天，一次在原野上，我发现了一个奇异的现象，它纠正了我原有的关于火的观念。我没有见到这个人，他点起火走了。火像一头牲口，已将枯草吞噬很大一片。北风吹着，风头很硬，火紧贴在地面上，火首却逆风而行，这让我很吃惊。为了再次证实，我把火种引到另一片草上，火依旧溯风烧向北方。

十五

我时常忆起一个情景，它发生在午后时分。如大兵压境，滚滚而来的黑云，很快占据了整面天空。随后，闪电进绽，雷霆轰鸣，分币大的雨点砸在地上，烟雾四起。骤雨像是一个丧失理性的对人间复仇的巨人。就在这万物偃息的时刻，我看到一只衔虫的麻雀从远处飞回，雷雨没能拦住它，它的窝在雨幕后面的屋檐下。在它从空中降落飞进檐间的一瞬，它的姿势和蜂鸟在花丛前一样美丽。

十六

五月，在尚未插秧的稻田里，闪动着许多小鸟。我叫不出它们的名字，它们神态机灵，体型比麻雀娇小。它们走动的样子，非常庄重。麻雀行走用双足蹦跳，它们行走像公鸡那样迈步。它们飞得很低，从不落到树上。它们是田亩的精灵。它们停在田里，如果不走动，便认不出它们。

十七

秋收后，田野如新婚的房间，已被农民拾掇得干干净净。一切要发生的，一切已经到来的，它都将容纳。在人类的身旁，落叶正悲壮地诀别它们的母亲。我忽然想，树木养育了它们，仿佛只是为了此时大地上呈现的勇士形象。

十八

在冬天空旷的原野上，我听到过啄木鸟敲击树干的声音。它的速度很快，仿佛弓的颤响，我无法数清它的频率。冬天鸟少，鸟的叫声也被藏起。听到这声音，我感到很幸福。我忽然觉得，这声音不是来自啄木鸟，也不是来自光秃的树木，它来自一种尚未命名的鸟，这只鸟，是这声音创造的。

十九

1988 年 1 月 16 日，我看到了日出。我所以记下这次日出，因为有生以来我从没见过这样大的太阳。好像发生了什么奇迹，它使我惊得目瞪口呆，久久激动不已。哥伦比亚作家加西亚

·马尔克斯在《百年孤独》中这样描述马贡多连续下了四年之久的雨后日出："一轮憨厚、鲜红、像破砖碎末般粗糙的红日照亮了世界,这阳光几乎像流水一样清新。"我所注视的这次日出,我不想用更多的话来形容它,红日的硕大,让我首先想到乡村院落的磨盘。如果你看到了这次日出,你会相信。

二十

已经一个月了,那窝蜂依然伏在那里,气温渐渐降低,它们似乎已预感到什么,紧紧地挤在一起,等待最后一刻的降临。只有太阳升高,阳光变暖的时候,它们才偶尔飞起。它们的巢早已失去,它们为什么不在失去巢的那一天飞走呢? 每天我看见它们,心情都很沉重。在它们身上,我看到了某种大于生命的东西。那个一把火烧掉蜂巢的人,你为什么要捣毁一个无辜的家呢? 显然你只是想借此显示些什么,因为你是男人。

二十一

太阳的道路是弯曲的。我注意几次了。在立夏前后,朝阳能够照到北房的后墙,夕阳也能够照到北房的后墙。其他时间,北房拖着变深的影子。

二十二

立春一到,便有冬天消逝、春天降临的迹象和感觉。整整过了一冬的北风,到达天涯后已经返回,它们告诉站在大路旁的我:春天已被它们领来。看着旷野,我有一种庄稼满地的幻觉。踩在松动的土地上,我感到肢体在伸张,血液在涌动。我想大声喊叫或疾速奔跑,想拿起锄头拼命劳动一场。我常常产生这个愿望:一周中,在土地上至少劳动一天。爱默生认为,每一个人都应当与这世界上的劳作保持着基本关系。劳动是上帝的教育,它使我们自己与泥土和大自然发生基本的联系。

但是,在这个世界上,有一部分人,一生从未踏上土地。

二十三

捕鸟人天不亮就动身,鸟群天亮开始飞翔。捕鸟人来到一片果园,他支起三张大网,呈三角状。一棵果树被围在里面。捕鸟人将带来的鸟笼,挂在这棵树上,然后隐在一旁。捕鸟人称笼鸟为"鹨子",它们的作用是呼喊。鹨子在笼里不懈地转动,每当鸟群从空中飞过,它们便急切地扑翅呼应。它们凄怆的悲鸣,使飞翔的鸟群回转。一些鸟撞到网上,一些鸟落在网外的树上,稍后依然扑向鸟笼。鸟像木叶一般,坠满网片。

丰子恺先生把诱引羊群走向屠场的老羊,称作"羊奸"。我不称这些鹨子为"鸟奸",人类制造的任何词语,都仅在他自己身上适用。

第五篇 文化与生活

美 文

周作人

　　外国文学里有一种所谓论文,其中大约可以分作两类。一批评的,是学术性的。二记述的,是艺术性的,又称作美文,这里边又可以分出叙事与抒情,但也很多两者夹杂的。这种美文似乎在英语国民里最为发达,如中国所熟知的爱迭生、兰姆、欧文、霍桑诸人都做有很好的美文,近时高尔斯威西、吉欣、契斯透顿也是美文的好手。读好的论文,如读散文诗,因为他实在是诗与散文中间的桥。中国古文里的序、记与说等,也可以说是美文的一类。但在现代的国语文学里,还不曾见有这类文章,治新文学的人为什么不去试试呢?我以为文章的外形与内容,的确有点关系,有许多思想,既不能作为小说,又不适于做诗(此只就体裁上说,若论性质则美文也是小说,小说也就是诗,《新青年》上库普林作的《晚间的来客》,可为一例),便可以用论文去表他。他的条件,同一切文学作品一样,只是真实简明便好。我们可以看了外国的模范做去,但是须用自己的文句与思想,不可去模仿他们。《晨报》上的浪漫谈,以前有几篇倒有点相近,但是后来(恕我直说)落了窠臼,用上多少自然现象的字面,衰弱的感伤的口气,不大有生命了。我希望大家卷土重来,给新文学开辟出一块新的土地来,岂不好么?

闭户读书论

周作人

　　自唯物论兴而人心大变。昔者世有所谓灵魂等物,大智固亦以轮回为苦,然在凡夫则未始不是一种慰安,风流士女可以续未了之缘,壮烈英雄则曰:"二十年后又是一条好汉。"但是现在知道人的性命只有一条,一失足成千古恨,再回头已百年身,只有上联而无下联,岂不悲哉! 固然,知道人生之不再,宗教的希求可以转变为社会活动,不求未来的永生,但求现世的善生,勇猛地冲上前去,造成恶活不如好死之精神,那也是可能的。然而在大多数凡夫却有点不同,他的结果不但不能砭顽起懦,恐怕反要使得懦夫有卧志了吧。

　　"此刻现在",无论在相信唯物或是有鬼论者都是一个危险时期。除非你是在做官,你对于现时的中国一定会有好些不满或是不平。这些不满和不平积在你的心里,正如噎嗝患者肚里的"痞块"一样,你如没有法子把他除掉,总有一天会断送你的性命。那么,有什么法子可以除掉这个痞块呢? 我可以答说,没有好法子。假如激烈一点的人,且不要说动,单是乱叫乱嚷起来,想出出一口鸟气,那就容易有共党朋友的嫌疑,说不定会同逃兵之流一起去正了法。有鬼论者还不过白折了二十年光阴,只有一副性命的就大上其当了。忍耐着不说呢,恐怕也要变成忧郁病,倘若生在上海,迟早总跳进黄浦江里去,也不管公安局钉立的木牌说什么死得死不得。结局是一样,医好了烦闷就丢掉了性命,正如门板夹直了驼背。那么怎么办好呢? 我看,苟全性命于乱世是第一要紧,所以最好是从头就不烦闷。不过这如不是圣贤,只有做官的才能够,如上文所述,所以平常下级人民是不能仿效的。其次是有了烦闷去用方法消遣。抽大烟,讨姨太太,赌钱,住温泉场等,都是一种消遣法,但是有些很要用钱,有些很要用力,寒士没有力量去做。我想了一天才算想到了一个方法,这就是"闭户读书"。

　　记得在没有多少年前曾经有过一句很行时的口号,叫做"读书不忘救国"。其实这是很不容易的。西儒有言,二鸟在林不如一鸟在手,追两兔者并失之。幸而近来"青运"已经停止,救国事业有人担当,昔日辘轳体的口号今成截上的小题,专门读书,此其时矣,闭户云者,聊以形容,言其专一耳,非真辟孔则不把卷,二者有必然之因果也。

　　但是,敢问读什么呢?《经》,自然,这是圣人之典,非读不可的,而且听说三民主义之源盖出于《四书》,不特维礼教即为应考试计,亦在所必读之列,这是无可疑的了。但我所觉得重要的还是在于乙部,即是四库之史部。老实说,我虽不大有什么历史癖,却是很有点历史迷的。我始终相信《二十四史》是一部好书,它很诚恳地告诉我们过去曾如此,现在是如此,将来要如此。历史所告诉我们的在表面的确只是过去,但现在与将来也就在这里面了:正史好似人家祖先的神像,画得特别庄严点,从这上面却总还看得出子孙的面影,至于野史等更有意思,那是行乐图小照之流,更充足地保存真相,往往令观者拍案叫绝,叹遗传之神妙。正如獐头鼠目再生于十世之后一样,历史的人物亦常重现于当世的舞台,恍如夺舍重来,慑人心目,此可怖的悦乐为不知历史者所不能得者也。通历史的人如太乙真人目能见鬼,无论自称为什么,他都能知道这是谁的化身,在古卷上找得他的元形,自盘庚时代以降——具在,其一再降凡之迹若示诸掌焉。浅学者流妄生分别,或以二十世纪,或以北伐成功,或以农军起事划分时期,以为从此是另一世界,将大有改变,与以前绝对不同,仿佛是旧人霎时死绝,新人自天落下,自地涌出,或从空桑中跳出来,完全是两种生物的样子:此正是不学之过也。宜趁现在不甚适宜于说话做事的时候,关起门来努力读书,翻开故纸,与活人对照,死书就变成活书,可以得道,可以养生,岂不懿欤?——喔,我这些话真说得太抽象而不得要领了。但是,具体的又如何说呢?我又还缺少学问,论理还应少说闲话,多读经史才对,现在赶紧打住吧。

自己的文章

周作人

听说俗语里有一句话,人家的老婆与自己的文章总觉得是好的。既然是通行的俗语,那么一定有道理在里边,大家都已没有什么异议的了,不过在我看来却也不尽然的地方。关于第一点,我不曾有过经验,姑且不去讲她。文章呢,近四十年来古文白话胡乱地涂写了不少,自己觉得略有所知,可是我毫不感到天下文风全在绍兴而且本人就是城里第一。不,读文章不论选学桐城,稍稍辨别得一点好,写文章也微微懂得一点苦甘冷暖,结果只有"一丁点儿"的知,而知与信乃是不大合得来的,既知文章有好坏,便自然难信自己的都是好的了。

听人家称赞我的文章好,这当然是愉快的事,但是这愉快大抵也就等于看了主考官的批,是很荣幸的,然而未必切实。有人好意地说我的文章写得平淡,我听了很觉得喜欢但也很惶恐。平淡,这是我所最缺少的,虽然也原是我的理想,而事实上绝没有能够做到一分毫,盖凡理想本来即其所最缺少而不能做到者也。现在写文章自然不能再讲什么义法格调,思想实在是很重要的。思想要充实已难,要表现得好更大难了,我所有的只有焦躁,这说得好听一点是积极,但其不能写成好文章来反正总是一样。民国十四年我在《雨天的书序》二中说:

> 我近来作文极慕平谈自然的景地。但是看古代或外国文学才有此种作品,自己还梦想不到而能做的一天,因为这有气质境地与年龄的关系,不可勉强,像我这样褊急的脾气的人,生在中国这个时代,实在难望能够从容镇静地做出平和冲淡的文章来。

又云:

> 我很反对为道德的文学,但自己总做不出一篇为文章的文章,结果只编集了几卷说教集,这是何等滑稽的矛盾。

近日承一位日本友人寄给我一册子,题曰《北京的茶食》,内凡有《上下身》,《死之默想》,《沈默》,《碰伤》等九篇小文,都是民国十五年左右所写的,译成流利的日本文,固然很可欣幸,我重读一遍却又十分惭愧,那时所写真是太幼稚地兴奋了。过了十年,是民国二十四年了,我在《苦茶随笔》后记中说道:

> 我很惭愧老是那么热心,积极,又是在已经略略知道之后——难道相信天下真有奇迹么?实实是大错而特错也。以后应当努力,用心写好文章,莫管人家鸟事,且谈草木虫鱼,

要紧要紧。

这番叮嘱仍旧没有用处，那是很显然的。孔子曰，鸟兽不可与同群，吾非斯人之徒而谁与。中国是我的本国，是我歌于斯哭于斯的地方，可是眼见得那么不成样子，大事且莫谈，只一出动就看见女人的扎缚的小脚，又如此刻在写字耳边就满是后面人家所收广播的怪声的报告与旧戏，真不禁令人怒从心上起也。在这种情形里平淡的文情那里会出来，手底下永远是没有，只在心目中尚存在耳，所以我的说来淡乃是跛者之不忘履也，诸公同情遂以为真是能履，跛者固不敢承受，诸公殆亦难免有失眼之讥矣。

又或有人改换外目称之曰闲适，意思是表示不赞成，其实在这里也是说得不对的。热心社会改革的朋友痛恨闲适，以为这是布尔乔亚的快乐，差不多就是饱暖懒惰而已。然而不然。闲适是一种很难得的态度，不问苦乐贫富都可以如此，可是又并不是容易学得会的。这可以分作两种。其一是小闲适，如俞理初在癸巳存稿卷十二关于闲适的文章里有云：

秦观词云，醉卧古藤阴下，了不知南北。王铚《默记》以为其言如此，必不能至西方净土。其论甚可憎也。……盖流连光景，人情所不能无，其托言不知，意本深曲耳。

如农夫终日车水，忽驻足望西山，日落阴凉，河水变色，若欣然有会，亦是闲适，不必卧且醉也。其二可以说是大闲适罢。沈赤然著《寄傲轩读书续笔》卷四云：

宋明帝遣药酒赐王景文死，景文将饮酒，谓客曰，此酒不宜相劝。齐明帝遣赍鸩逼巴陵王子伦死，子伦将饮，顾使者曰，此酒非劝客之具，不可相奉。其言何婉而趣也。大都从容镇静之态平时尚可伪为，至临死关头不觉本性全露，若二人者可谓视死如甘寝矣。

又如陶渊明《拟挽歌辞》之三云：

向来相送人，各自还其家，亲戚或馀悲，他人亦已歌。

这样的死人的态度真可以说是闲适极了。再看那些参禅看话的和尚，虽似超脱，却还念念不忘腊月二十八，难免陶公要攒眉而去。夫好生恶死人之常情也，他们亦何必那么视死如甘寝，实在是"千年不复朝，贤达无奈何"耳，唯其无奈何所以也就不必多自扰扰，只以婉而趣的态度对付之，此所谓闲适亦即是大幽默也。但此等难事唯有贤达能做得到，若是凡人就是平常烦恼也难处理，岂敢望这样的大解放乎。总之闲适不是一件容易学的事情，不佞安得混冒！自己查看文章，即流连光景且不易得，文章底下的焦躁总要露出头来，然则闲适亦只是我的一理想而已，而理想之不能做到如上文所说又是当然的事也。

看自己的文章，假如这里边有一点好处，我想只可以说在于未能平淡闲适处，即其文字多是道德的。在《雨天的书序》二中云：

我平素最讨厌的是道学家（或照新式称为法利赛人），岂知这正因为自己一个道德家的原故。我想破坏他们的伪道德不道德的道德，其实却同时非意识地想建设起自己所信的新的道德来。

我的道德观恐怕还当说是儒家的，但左右的道与法两家也都掺合在内，外面只加了些现代科学常识，如生物学人类学以及性的心理，而这末一点在我较为重要。古人有面壁悟道的，或是看蛇斗懂得写字的道理，我却从"妖精打架"上想出道德来，恐不免为傻大姐所窃笑罢。不过好笑的人尽管去好笑，我的意见实实在在以我所知为基本，故自与他人不能苟同。至于文章自己承认未能写得好,朋友们称之曰平淡或闲适而赐以称许或嘲骂,原是随意,但都不很对,盖不佞以为自己的文章好处或不好处全不在此也。

诗　人

高长虹

诗是生活,不是技巧。

假的诗人只想从模仿、做、写中求得诗,所以他们终于是迷途者。

先有行为;诗人是人生的实行者。

诗人的人生,不是自我的利害,个别的琐事,而是人类全体的生命。

诗人诅咒罪恶,非根据法律第几条,而为由人性的深奥处所破发者。故世间无单独的罪人,一切人类是犯罪者,现实便是人类犯罪的证据。

诗人歌颂理想,不出于理智的判别,不出于刹那的幻想而为由人性的深奥处所开掘者。诗人是人类的灵魂的探险家。他不能满足有不能被他透视的隐蔽的真实。

光明藏在黑暗的下面,诗人是光明的嗜好者,也是黑暗的嗜好者。诗人对于一切,不取躲避的态度。诗的自身便是最高的勇敢。

诗人读别人的作品,只是要从别人中看见自己,不含有下级的研究的意味,研究的懒惰者偷窃的勾当。

行为的本身是创造的,人不能够偷窃别人的行为。诗人站在人类的上面,同时又站在人类的下面。但他决不与庸众妥协,委蛇而周旋。

诗人是敏感的,社会是跛脚的,真的诗人必不为社会所了解。诗人所明见的未来时代的真实,在社会是疯狂者的吼语。

诗人的行为,在社会必常以怪诞目之,诗人常成为人生的奇装异服者。

诗人是神行者,他常背负着时代的命运向辽远的前面钻进;但他所背负者毕竟是太重了!

一首好诗,一定是当代文华的最高点。它需要科学革命的合作而完成人类的使命。

诗人是人类的一首好诗。

学问之趣味

梁启超

我是个主张趣味主义的人,倘若用化学化分"梁启超"这件东西,把里头所含一种原素名叫"趣味"的抽出来,只怕所剩下的仅有个"0"了。我以为凡人必须常常生活于趣味之中,生活才有价值:若哭丧着脸挨过几十年,那么,生活便成沙漠,要他何用?中国人见面最喜欢用的一句话："近来作何消遣？"这句话我听着便讨厌。话里的意思，好像生活得不耐烦了，几十年日子没有法子过，勉强找些事情来消他遣他。一个人若生活于这种状态之下，我劝他不如早日投海。我觉得天下万事万物都有趣味，我只嫌二十四点钟不能扩充到四十八点，不够我享用。我一年到头不肯歇息。问我忙什么，忙的是我的趣味，我以为这便是人生最合理的生活，我常常想动员别人也学我这样生活。

凡属趣味，我一概都承认他是好的。但怎么才算趣味？不能不下一个注脚。我说："凡一件事做下去不会生出和趣味相反的结果的，这件事便可以为趣味的主体。"赌钱有趣味吗？输了，怎么样？吃酒，有趣味吗？病了，怎么样？做官，有趣味吗？没有官做的时候，怎么样……诸如此类，虽然在短时间内像有趣味，结果会闹到俗语说的"没趣一齐来"，所以我们不能承认他是趣味。凡趣味的性质，总要以趣味始，以趣味终。所以能为趣味之主体者，莫如下列的几项：一、劳作，二、游戏，三、艺术，四、学问。诸君听我这段话，切勿误会：以为我用道德观念来选择趣味。我不问德不德，只问趣不趣。我并不是因为赌钱不道德才排斥赌钱，因为赌钱的本质会闹到没趣，闹到没趣便破坏了我的趣味主义，所以排斥赌钱。我并不是因为学问是道德才提倡学问，因为学问的本质，能够以趣味始，以趣味终，最合于我的趣味主义条件，所以提倡学问。

学问的趣味，是怎么一回事呢？这句话我不能回答。凡趣味总要自己领略，自己未曾领略得到时，旁人没有法子告诉你。佛典说的："如人饮水，冷暖自知。"你问我这水怎样的冷，我便把所有形容词说尽，也形容不出给你听，除非你亲自喝一口。我这题目：《学问之趣味》，并不是要说学问是如何如何有趣味，只是要说如何如何便会尝得着学问的趣味。

诸君要尝学问的趣味吗？据我所经历过的，有下列几条路应走：第一，无所为。趣味主义最重要的条件是"无所为而为"。凡有所为而为的事，都是以别一件事为目的而以这一件事为手段。为达目的起见，勉强用手段：目的达到时，手段便抛却。例如学生为毕业证书而做学问，著作家为版权而做学问，这种做法，便是以学问为手段，便是有所为。有所为虽然有时也可以为引起趣味的一种方法，但到趣味真发生时，必定要和"所为者"脱离关系。你问我："为什么做学问？"我便答道："不为什么。"再问，我便答道："为学问而学问。"或者答道："为我的趣味。"诸君切勿以为我这些话是掉弄玄虚，人类合理的生活本来如此。小孩子为什么游戏？为游戏而游戏。人为什么生活？为生活而生活。为游戏而游戏，游戏便有趣；为体操分数而游戏，游戏便无趣。

第二，不息。"鸦片烟怎样会上瘾？""天天吃。""上瘾"这两个字，和"天天"这两个字是离不开的。凡人类的本能，只要哪部分搁久了不用，它便会麻木，会生锈。十年不跑路，两条腿一定会废了。每天跑一点钟，跑上几个月，一天不跑时，腿便发痒。人类为理性的动物，"学问欲"原是固有本能之一种，只怕你出了学校便和学问告辞，把所有经营学问的器官一齐打落冷宫，把学问的胃口弄坏了，便山珍海味摆在面前也不愿意动筷了。诸君啊！诸君倘若现在从事教育事业或将来想从事教育事业，自然没有问题，很多机会来培养你的学问胃口。若是做别的职业呢，我劝你每日除本业正当劳作之外，最少总要腾出一点钟，研究你所嗜好的学问。一点钟哪里不消耗了，千万不要错过，闹成"学问胃弱"的征候，白白自己剥夺了一种人类应享之特权啊！

第三，深入的研究。趣味总是慢慢的来，越引越多，像倒吃甘蔗，越往下才越得好处。假如你虽然每天定有一点钟做学问，但不过拿来消遣消遣，不带有研究精神，趣味便引不起来。或者今天研究这样，明天研究那样，趣味还是引不起来。趣味总是藏在深处，你想得着，便要进去。这个门穿一穿，那个门张一张，再不曾看见"宗庙之美，百官之富"，如何能有趣味？我方才说：

"研究你所嗜好的学问。"嗜好两个字很要紧。一个人受过相当教育之后，无论如何，总有一两门学问和自己脾胃相合，而已经懂得大概，可以作加工研究之预备的。请你就选定一门作为终身正业（指从事学者生活的人说），或者作为本业劳作以外的副业（指从事其他职业的人说）。不怕范围窄，越窄越便于聚精神；不怕问题难，越难越便于鼓勇气。你只要肯一层一层的往里面钻，我保你一定被他引到"欲罢不能"的地步。

第四，找朋友。趣味比方电，越摩擦越出。前两段所说，是靠我本身和学问本身相摩擦，但仍恐怕我本身有时会停摆，发电力便弱了。所以常常要仰赖别人帮助。一个人总要有几位共事的朋友，同时还要有几位共学的朋友。共事的朋友，用来扶持我的职业，共学的朋友和共玩的朋友同一性质，都是用来摩擦我的趣味。这类朋友，能够和我同嗜好一种学问的自然最好，我便和他搭伙研究。即或不然，他有他的嗜好，我有我的嗜好，只要彼此都有研究精神，我和他常常在一块或常常通信，便不知不觉把彼此趣味都摩擦出来了。得着一两位这种朋友，便算人生大幸福之一。我想只要你肯找，断不会找不出来。

我说的这四件事，虽然像是老生常谈，但恐怕大多数人都不曾这样做。唉！世上人多么可怜啊！有这种不假外求，不会蚀本，不会出毛病的趣味世界，竟没有几个人肯来享受！古书说的故事"野人献曝"，我是尝冬天晒太阳滋味尝得舒服透了，不忍一人独享，特地恭恭敬敬地来告诉诸君，诸君或者会欣然采纳吧？但我还有一句话：太阳虽好，总要诸君亲自去晒，旁人却替你晒不来。

我是船，书是帆

张海迪

偶尔翻开少女时代的一个旧本子，几片彩色从里面忽闪着飘落到地上，捡起来，我禁不住快乐地笑了，它们给了我一个意外的惊喜，那是我少女时代自己做的书签。有用卡片纸做的，也有用树叶做的。我在小小的卡片上用水彩画了美丽的图画。每一个书签都系了一根彩色的丝线。其中一片书签上画着一只小船，正高高地扬着白帆在蓝色的海上航行。我久久地凝视着这个书签，那时候，我正像一只小船，疾病像急流冲击着我，而一本本好书却像鼓满风的帆推着我勇敢地逆流而行……

那时，我没有想到后来自己能成为作家，我想我当作家或许是因为我读了很多作家写的书。我并不具备当作家的天赋，缺乏作家思维的能力。我生性热情奔放，率直单纯，少女时代我只是梦想，一再梦想，将来当医生或是化学家。在长期的病痛中，是一本本书让我沉静下来，它们牵着我的思绪四处漫游，从遥远的古代到宇宙的深处，从幽静的山村农舍到繁华喧闹的异国城市，都留下了我思想的航迹。还有古今中外圣贤哲人睿智的思想和渊博的学识，各种各样平凡的人们形形色色的生活、境遇、梦想和希望，都留下了我触摸的手印……终于有一天，我觉得我有很多很多话要用笔来倾诉，我幻想着我的脑汁凝固成一本书——就像我曾读过的书。

在读书中，我的心灵得到了陶冶，我的思想得到了飞升，不再把个人的痛苦看得太重，我懂得了世界和人类的历史就是由无数的灾难、苦痛和奋争组成的。那些日子，我曾经为书中的人物热血澎湃,我曾经为他们的命运流下泪水,我更为许多高尚者肃然起敬。哦,书是多少敏感的心灵在悲与喜的交织中碰撞出来的火花,书是多少深沉的头脑对社会对人生反复思索的结晶,书是多少人对后代的期望和启蒙……

我不再仅仅沉湎于文学作品之中,我拓展着自己生活的天地。我读外语、读历史、读地理、读哲学……我记住了培根的"知识就是力量"这句话。知识是基础,是成功的基石。学习专业知识远比单纯地阅读文学作品困难得多,学习中每一段道路都必须负重而行。学习外语时不光要读书,还要把书中的知识消化掉,变成自己的知识积淀。学习专业知识的时候,读书经常有读不下去的时候,甚至为了记忆要经受令人难耐的反复阅读。几年下来,一本本工具书甚至被磨得毛了边。那努力的过程,就像希腊神话中的西西弗斯,整日推着一块大石头上山,推上去,滚下来,再推上去……但苦读之后,如同饮下一杯醇香的酒,知识带给人类的快乐真是回味无穷。

在我攻读硕士学位的日日夜夜,身边又堆起比往日更多的书,古今中外的哲人对生活和生命博大精深的认识和诠释,使我的文化视野更开阔,也使我能重新审视自己的生命轨迹。生活是什么? 人生的意义是什么? 什么样的生活才有意义? 在那之前,我曾经多次产生过对痛苦的厌倦,对疾病折磨的无可奈何,而书本却告诉我,即使是痛苦的生命,只要不放弃,也会绽放出艳丽的花朵。

今天,我依然像童年和少女时代一样,深深地热爱每一本好书。长期被疾病禁锢在室内的生活,于常人看来是太孤独了,而我不这样想。清晨,每当我睁开眼睛,第一眼就会看到满架的书籍,还有堆在桌子上和床头的一本本打开的书。甚至还有半夜因困倦从手中滑到地上的书。我一醒来就会感到自己置身在一个纷繁的世界。翻开一本本书,我的眼前便会浮升起一条颤动的地平线,于是,我就仿佛看见古今中外的人物晃动着不同的身影向我走来……

多少年,我总是在书籍的鼓舞下,在探求知识、渴望认识的激情中,从病床上一次次挣扎起来,开始一天的工作。

我是船,书是帆,尽管生活的大海上有时还会浓雾迷漫,还会有狂风巨浪,但有了帆,我的航线就不会偏离,我的船就不会沉没……

读书与风趣

林语堂

黄山谷说:"三日不读书,便语言无味,面目可憎。"这是一句名言,含有至理。读书不是美容术,但是与美容术有关。女为悦己者容,常人所谓容不过是粉黛卷烫之类,殊不知粉黛卷烫之后,仍然可以语言无味,面目可憎。男女都是一样。我想到谢道蕴的丈夫王凝之。我想凝之定不难看,况且又是门当户对。道蕴所以不乐,大概还是王朗太少风趣。所以谢安问他侄女:"王郎逸少子,甚不恶,汝何恨也?"道蕴答道:"一门叔父,则有阿大,中郎;众从兄弟复有封、胡、羯、末,不意天壤之中,乃有王郎。"我个人断定,王郎是太不会说话,太无谈趣了。所以闺中终日与一个虚有其表的郎君对坐,实在厌烦。李易安初嫁赵明诚,甚相得。何以? 故因为志趣相同。后来明诚死于兵乱,易安再嫁一位什么有财有势的蠢货,懊悔万分。道蕴辩才无碍,这我们知道的。凝之弟王献之与宾客辩论,词穷理屈。这位嫂子倒能遣侍女告诉小叔"请为小郎解围"。乃以青绫步障自蔽,把客人驳倒。这样看来,王郎也是一位语言无味的蠢才无疑,人而无风趣,不知其可也。

凡人之性格,都由谈吐之间可看出来。王郎太无意见了。处于今日,道蕴问他看电影,他也好,道蕴说不去,他也好。要看西部电影他也好。要看艳情电影,他也好。这样不把道蕴气死了吗?红楼梦大观园姊妹,都是在各人的说话中表达出来。平儿之温柔忠厚,凤姐之八面玲珑,袭人之伶俐涵养,晴雯之撒泼娇憨,黛玉之聪慧机敏,宝钗之厚重大方,以至宝玉之好说怪话,呆霸王之呆头呆脑,都由他们的说话中看出。你说读书可以养性也可以,说读书可以启发心灵、增加风趣也可以。只是语言无味,面目可憎,断断不可以。

或谓清谈可以误国。我说清谈可以误国,不清谈也可以误国。理学家"无事袖手谈心性,临危一死报君王"。一样的误国。东晋亡于清谈者之手,南宋何尝不亡于并不清谈者之手?所以以亡国之罪挂在清谈上头是不对的。纣王亡于妲己,你想这个昏君,没有妲己就可以不亡吗?虐主暴君亡国,都得找一个替身负罪。由于昏君暴主政治不良,武人跋扈,像嵇康洁身自好的人犹不能免于一死。所以清谈是虐政生出来的,不是虐政由清谈生出来的。向来儒家,倒果为因,不思之甚。

书

梁实秋

从前的人喜欢夸耀门第,纵不必家世贵显,至少也要是书香人家才能算是相当的门望。书而曰香,盖亦有说。从前的书,所用纸张不外毛边连史之类,加上松烟油墨,天长日久密不通风自然生出一股气味,似沉檀非沉檀,更不是桂馥兰薰,并不沁人脾胃,亦不特别触鼻,无以名之名之曰书香。书斋门窗紧闭,乍一进去,书香特别浓,以后也就不大觉得。现代的西装书,纸墨不同,好像有一股煤油味,不好说是书香了。

不管香不香,开卷总是有益。所以世界上有那么多有书癖的人,读书种子是不会断绝的。买书就是一乐,旧日北平琉璃厂隆福寺等的书肆最是诱人,你迈进门去向柜台上的伙计点点头便直趋后堂,掌柜的出门迎客,分宾主落座,慢慢的谈生意。不要小觑那位书贾,关于目录版本之学他可能比你精。搜访图书的任务,他代你负担,只要他摸清楚了你的路数,一有所获立刻专人把样函送到府上,合意留下翻看,不合意他拿走,和和气气,书价么,过节再说。在这样情形之下,一个读书人很难不染上"书淫"的毛病,等到四面卷轴盈满,连坐的地方都不容易匀让出来,那时候便可以顾盼自雄,酸溜溜的自叹:"丈夫拥书万卷,何假南面百城?"现代我们买书比较方便,但是搜访的乐趣,搜访而偶有所获的快感,都相当的减少了。挤在书肆里浏览图书,本来应该是像牛吃嫩草,不慌不忙的,可是若有店伙眼睛紧盯着你,生怕你是一名雅贼,你也就不会怎样的从容,还是早些离开这是非之地好些。更有些书不裁毛边,干脆拒绝翻阅。

"郝隆七月七日,出日中仰卧,人问其故,曰:'我晒书'。"(见《世说新语》)郝先生满腹诗书,晒书和日光浴不妨同时举行,恐怕那时候的书在数量上也比较少,可以装进肚里去。司马温公也是很爱惜书的,他告诫儿子说:"吾每岁以上伏及重阳间视天气晴明日,即净几案于当日所,侧群书其上以晒其脑。所以年月虽深,从不损动。"书脑即是书的装订之处,翻页之处则曰书口。司马温公看书也有考究,他说:"至于启卷,必先几案洁净,藉以茵褥,然后端坐看之。或欲行看,即承以方版,未曾敢空手捧之,非惟手污渍及,亦虑触动其脑。每至看竟一版,即侧右手大指面衬其沿,随覆以次指面,捻而夹过,故得不至揉熟其纸。每见汝辈多以指爪撮起,甚非吾意。"(见《宋稗类钞》)我们如今的图书不这样名贵,并且装订技术进步,不像宋朝的"蝴蝶装"那样的娇嫩,但是读书人通常还是爱惜他的书,新书到手先裹上一个包皮,要晒,要揩,要保管。我也看见过名副其实的收藏家,爱书爱到根本不去读它的程度,中国书则锦函牙签,外国书则皮面金字,庋置柜橱,满室琳琅,真好像是琅嬛福地,书变成了陈设,古董。

有人说"借书一痴,还书一痴"。有人分得更细:"借书一痴,惜书二痴,索书三痴,还书四痴。"大概都是有感于书之有借无还。书也应该深藏若虚,不可慢藏诲盗。最可恼的是全书一套借去一本,久假不归,全书成了残本。明人谢肇淛编《五杂俎》,记载一位"虞参政藏书数万卷,贮之一楼,在池中央,小木为杓,夜则去之。榜其门曰:'楼不延客,书不借人。'"这倒是好办法,可惜一般人难得有此设备。

读书乐,所以有人一卷在手往往废寝忘食。但是也有人一看见书就哈欠连连,以看书为最好的治疗方法。黄庭坚说:"人不读书,则尘俗生其间,照镜则面目可憎,对人则语言无味。"这也要看所读的是些什么书。如果读的尽是一些猥亵的东西,其人如何能有书卷气之可言?宋真宗皇帝的劝学文,实在令人难以入耳:"富家不用买良田,书中自有千钟粟,安居不用架高堂,书中自有黄金屋,出门莫恨无人随,书中车马多如簇,娶妻莫恨无良媒,书中自有颜如玉,男儿欲遂平生志,六经勤向窗前读。"不过是把书当做敲门砖以遂平生之志,勤读六经,考场求售而已。十载寒窗,其中只是苦,而且吃尽苦中苦,未必就能进入佳境。倒是英国十九世纪的罗斯金,在他的《芝麻与白百合》第一讲里,劝人读书尚友古人,那一番道理不失雅人深致。古圣先贤,成群的名世的作家,一年四季的排起队来立在书架上面等候你来点唤,呼之即来挥之即去,行吟泽畔的屈大夫,一邀就到;饭颗山头的李白、杜甫也会连袂而来;想看外国戏,环球剧院的拿手好戏都随时承接堂会;亚里士多德可以把他逍遥廊下的讲词对你重述一遍。这真是读书乐。

我们国内某一处的人最好赌博,所以讳言书,因为书与输同音,读书曰读胜。基于同一理由,许多地方的赌桌旁边忌人在身后读书。人生如博弈,全副精神去应付,还未必能操胜算。如果沾染上书癖,势必呆头呆脑,变成书呆,这样的人在人生的战场之上怎能不大败亏输?所以我们要钻书窟,也还要从书窟里钻出来。朱晦庵有句:"书册埋头何日了,不如抛却去寻春。"是见道语,也是老实话。

读书与看书

林语堂

曾国藩说,读书看书不同,"看者攻城拓地,读者如守土防隘,二者截然两事,不可阙,亦不可混。"读书道理,本来如此。曾国藩又说:读书强记无益,一时记不得,丢了十天八天再读,自然易记。此是经验之谈。今日中小学教育全然违背此读书心理学原理,一不分读书,看书,二叫人强记。故弄得学生手忙脚乱,浪费精神。小学国语固然应该读,文字读音意义用法,弄得清清楚楚,不容含糊了事。至于地理常识等等,常令人记所不当记,记所不必记,真真罪恶。譬如说,镇江名胜有金山、焦山、北固山,此是常识,应该说说,记得固好,不记得亦无妨,以后听人家谈起,或亲游其地,自然也记得。试问今日多少学界中人,不知镇江有北固山,而仍不失为受教育者,何苦独苛求于三尺童子?学生既未见到金山、北固山,勉强硬记,亦不知所言为何物,只知念三个名词而已。扬州有瘦西湖,有平山堂,平山堂之东有万松林,瘦西湖又有五亭桥、小金山、二十四桥旧址,此又是常识,也应该说说,却不必强记。实则学生不知五亭桥、万松林为何物,连教员之中十九亦不知所言为何物。今考常识,学生曰,万松林在平山堂之西,则得零分,在平山堂之东,则得一百分,岂不笑话?卫生一科,知道人身有小肠大肠固然甚好,然大肠明明是一条,又必分为升结肠、横结肠、降结肠,又是无端添了令人强记名词,笑话不笑话?弊源有二:一教科书编者,专门抄书,表示专家架子;二教员不知分出重轻,全课名词,必要学生硬记。学生吓于分数之威严,为所屈服,亦只好不知所云的硬记,由是有趣的常识,变为无味的苦记。殊不知过些时候,到底记得多少,请教员摸摸良心自问可也。何故作践青年精神光阴?

读书的艺术

林语堂

诸位,兄弟今日重游旧地,以前学生生活苦乐酸甜的滋味,都一一涌上心头。不但诸位所享弦诵的快乐,我能了解,就是诸位有时所受教员的委曲磨折,注册部的挑剔为难,我也能表同情。兄弟今日仍在读书时期,所不同者,不怕教员的考试,无虑分数之高低,更无注册部来定我的及格不及格,升级不升级而已。现就个人所认为理想的方法,与诸位学友通常的读书方法比较研究一下。

余积二十年读书治学的经验,深知大半的学生对于读书一事,已经走入错路,失了读书的本意。读书本来是至乐之事,杜威说,读书是一种探险,如探新大陆,如征新土壤;佛兰西也已说过,读书是"魂灵的壮游",随时可以发见名山巨川,古迹名胜,深林幽谷,奇花异卉;到了现在,读书已变成仅求幸免扣分数留班级一种苦役而已。而且读书本来是个人自由的事,与任何人不相干,现在你们读书,已经不是你们的私事,而处处要受一些不相干的人的干涉,如注册部及你们的父母妻室之类。有人手里拿一书本,心里想我将何以赡养父母,俯给妻子,这实在是一桩罪过。试想你们看《红楼》、《水浒》、《三国志》、《镜花缘》,是否你们一己的私事,何尝受人的干涉,何尝想到何以赡养父母,俯给妻子的问题?但是学问之事,是与看《红楼》、《水浒》相同。完全是个人享乐的一件事。你们若不能用看《红楼》、《水浒》的方法去看《哲学史》、《经济学大纲》,你们就是不懂得读书之乐,不配读书,失了读书之本意,而终读不成书。你们能真用看《红楼》、《水浒》的方法去看哲学、史学、科学的书,读书才能"成名"。若用注册部的方法读书,你们最多成了一个"秀士"、"博士",成了吴稚晖先生所谓"洋绅士"、"洋八股"。

我认为最理想的读书方法,最懂得读书之乐者,莫如中国第一女诗人李清照及其夫赵明诚。

我们想象到他们夫妇典当衣服，买碑文水果，回来夫妻相对展玩咀嚼的情景，真使我们向往不已。你想他们两人一面剥水果，一面赏碑帖，或者一面品佳茗，一面校经籍，这是如何的清雅，如何得了读书的真味。易安居士于《金石录后序》自叙他们夫妇的读书生活，有一段极逼真极活跃的写照。她说："余性偶强记，每饭罢坐归来堂，烹茶指堆积书史，言某事在某书某卷第几页第几行，以中否角胜负，为饮茶先后。中即举杯大笑，至茶倾覆怀中，反不得饮而起。甘心老是乡矣！故虽处忧患困穷，而志不屈，……收藏既富，于是几案罗列，枕席枕籍，意会心谋，日往神授，乐在声色狗马之上。……"你们能用李清照读书的方法来读书，能感到李清照读书的快乐，你们大概也就可以读书成名，可以感觉读书一事，比巴黎跳舞场的"声色"，逸园的赛"狗"，江湾的赛"马"有趣。不然，还是看逸园赛狗、江湾赛马比读书开心。

什么才叫做真正读书呢？这个问题很简单，一句话说，兴味到时，拿起书本来就读，这才叫做真正的读书，这才是不失读书之本意。这就是李清照的读书法。你们读书时，须放开心胸，仰视浮云，无酒且过，有烟更佳。现在课堂上读书连烟都不许你抽，这还能算为读书的正轨吗？或在暮春之夕，与你们的爱人，携手同行，共到野外读《离骚》经，或在风雪之夜，靠炉围坐，佳茗一壶，淡巴菰一盒，哲学经济诗文史籍十数本，狼藉横陈于沙发之上，然后随意所之，取而读之，这才得了读书的兴味。现在你们手里拿一书本，心里计算及格不及格，升级不升级，注册部对你态度如何，如何靠这书本骗一只较好的饭碗，娶一位较漂亮的老婆——这还能算为读书，还配称为"读书种子"吗？还不是沦为"读书谬种"吗？

有人说，如林先生这样读书方法，简单固然简单，但是读不懂如何，而且成效如何？须知世上决无看不懂的书，有之便是作者文笔艰涩、字句不通，不然便是读者的程度不合、见识未到。各人如有就兴味与程度相近的书选读，未有不可无师自通，或事偶有疑难，未能遽然了解，涉猎既久，自可融会贯通。试问诸位少时看《红楼》、《水浒》何尝有人教，何尝翻字典？你们的侄儿少辈现在看《红楼》、《西厢》，又何尝须要你们去教？许多人今日中文很好，都是由看小说史记得来的，而且都是背着师长，偷偷摸摸硬看下去，那些书中不懂的字，不懂的句，看惯了就自然明白。学问的书也是一样，常看下去，自然会明白；遇有专门名词，一次不懂，二次不懂，三次就懂了。只怕诸位不得读书之乐，没有耐心看下去。

所以我的假定是学生会看书，肯看书；现在教育制度是假定学生不会看书，不肯看书。说学生书看不懂，在小学时可以说，在中学还可以说，但是在聪明学生，已经是一种诬蔑了。至于已进大学还要说书看不懂，这真有点不好意思吧！大约一人的脸面要紧，年纪一大，即使不能自己喂饭，也得两手拿一只饭碗硬塞到口里去，似乎不便把你们的奶妈干娘一齐都带到学校来给你们喂饭，又不便把大学教授看做你们的奶妈干娘。

至于"成效"，我的方法可以包管比现在大学的方法强。现在大学教育的成效如何，大家是很明了的。一人从六岁一直读到二十六岁大学毕业，通共读过几本书？老实说，有限得很。普通大约总不会超过四五十本以上。这还不是跟以前的秀才举人相等？从前有一位中了举人，还没听见过《公羊传》的书名，传为笑话。现在大学毕业生就有许多近代名著未曾听过名字，即中国几种重要丛书也未曾见过，这是学堂的不是，假定你们不会看书，因此也不让你们有自由看书的机会。一天到晚，总是摇铃上课，摇铃吃饭，摇铃运动，摇铃睡觉。你想一人的精神是有限的，从八点上课一直到下午四五点，还要运动，拍球，那里还有闲工夫自由看书呢？而且凡是摇铃，都是讨厌，即使摇铃游戏，我们也有不愿意之时，何况是摇铃上课？因为学堂假定你们不会读书，不肯读书，所以把你们关在课堂，请你们静坐，用"注射"、"灌输"的形式，由教员将知识注射入你们的脑壳里。无如常人头颅都是不透水的，所以知识注射普通不大成功。但是比如依我方法，假定你们是会看书，要看书，由被动式改为发动式的，给你们充分自由看书的机会，这个成效如何呢？间尝计算一下，假定上海光华、大夏或任何大学，有一千名学生，每人每期交学费一百圆，这一千名学费已经合共有十万圆。将此十万圆拿去买书，由学校预备一间空屋置备书架，扣了五千圆做办公费（再多便是罪过），把这九万五千圆的书籍放在那间空屋，由你们随便胡闹去翻看，年底拈阄分配，各人拿回去九十五圆的书，只要所用的工夫与你们上课的时间相等，一年之中，你们学问的进步，必非一年上课的成绩所可比。现在这十万圆用到那里去，大概一成买书，而九成去养教授及教授的妻子、教授的奶妈，奶妈又拿去买奶妈的马桶，这还可以说是把你们的"读书"看做一件正经事吗？

　　假定你们进了这十万圆书籍的图书馆，依我的方法，随兴之所至去看书，成效如何呢？有人要疑心，没有教员的指导，必定是不得要领，杂乱无章，涉猎不精，不求甚解。这自然是一种极端的假定，但是成绩还是比现在大学教育好。关于指导，自可编成指导书及种种书目。如此读了两年可以抵过在大学上课四年。第一样，我们须知道读书的方法，一方面要几种精读，一方面也要尽量涉猎翻览。两年之中能大概把二十万圆的书籍，随意翻览。知其书名作者内容大概，也就不愧为一读书人了。第二样，我们要明白，学问的事决不是如此呆板。读书必求深入，而欲求深入，非由兴趣相近者入手不可。学问是每每互相关连的。一人找到一种有趣味的书，必定由一问题而引起其他问题，由看一本书而不得不去找关系的十几种书，如此循序渐进，自然可以升堂入室，研磨既久，门径自熟；或是发见问题，发明新义，更可触类旁通，广求博引，以证己说，如此一步一步的深入，自可成名。这是自动的读书方法。较之现在上课听讲被动的方法，如东风过耳，这里听一点，那里听一点，结果不得其门而入，一无所获，强似多多了。第三，我们要明白，大学教育的宗旨，对于毕业的期望，不过要他博览群籍而已（be a well-read man）。并不是如课中所规定，一定非逻辑八十分，心理七十五分不可，而也不是说心理看了一百八十三页讲义，逻辑看了二百零三页讲义，便算完事。这种的读书，便是犯了孔子所谓"今汝画"的毛病。所谓博览群籍，无从定义，最多不过说某人"书看得不少"，某人"差一点"而已，那里去定什么限制？说某人"学问不错"，也不过这么一句话而已，那里可以说某书一定非读不可，某种科目是"必修科目"。一人在两年中翻览这二十万圆的书籍，大概他对于学问的内容途径，什么名著杰作版本、笺注，总多少有一点把握了。

　　现在的大学教育方法如何呢？你们的读书是极端不自由，极端不负责。你们的学问不但由注册部定标准，简直可以称斤两的，这个斤两制，就是学校的所谓"七十八分""八十六分"之类，及所谓多少"单位"。试问学问之事，何得称量斤两？所谓英国史七十八分，逻辑八十六分，如何解释？一人的逻辑，怎么叫做八十六分？且若谓世界上关于英国史的知识你们百分已知道了七十八分，世上岂有那样容易的事？但依现在制度，每周三小时的科目算三单位，每周二小时的科目算二单位，这样由一方块一方块的单位，慢慢堆叠而来，叠成多少立方尺的学问，于是某人"毕业"，某人是"秀士"了。你想这笑话不笑话？须知我们何以有此大学制呢？是因为各人要拿文凭，因为要拿文凭，故不得不由注册部定一标准，评衡一下，就不得不让注册部来把你们"称一称"。你们如果不拿文凭，便无被称之必要。但是你们为什么要文凭呢？说来话长。有人因为要行孝道，拿了父母的钱，心里难过，于是下定决心要规规矩矩安心定志读几年书，才不辜负父母一番的好意及期望。这个是不对的，与遵父母之命媒妁之言恋爱女子一样的违背道德。这是你们私人读书享乐的事，横被家庭义务的干涉，是想把真理学问孝敬你们的爸爸妈妈老太婆。

只因真理学问,似太渺茫,所以还是拿一张文凭具体一点为是。有人因为想要得文凭学位,每月可以多得几十块钱,使你们的亲卿宁馨儿舒服一点。社会对你们的父母说,你们儿子中学毕业读了三十本书,我可给他每月四五十圆,如果再下二千圆本钱再读了三十本书,大学毕业,我可给他每月八九十圆。你们父母算盘一打,说"好",于是议成,而送你们进大学。于是你们被称,拿文凭,果然每月八九十圆到手,成交易。这还不是你们被出卖吗?与读书之本旨何关,与我所说读书之乐又何关?但是你们不能怪学校给你们称斤两,因为你们要向他拿文凭,学堂为保持招牌信用起见,不能不如此。且必如此,然后公平交易,童叟无欺。处于今日大规模生产品(mass production)之时期,不能不划定商货之品类(Standardization of products)。学问既然成为公然交易的商品,秀士、硕士、博士既为大规模生产品之一,自然也不能不"划定"一下。其实这种以学问为交易之事,自古已然。如子张学干禄;子曰:"三年学,不至于谷,未易得也。"(关于往时"生员"在社会所作的孽,可参观《亭林文集生员论》上中下三篇。)

到了这个地步,读书与入学,完全是两件事了,去原意远矣。我所希望者,是诸位早日觉悟,在明知被卖之下,仍旧不忘其初,不背读书之本意,不失读书的快乐,不昧于真正读书的艺术。并希望诸位趁火打劫,虽然被卖,钱也要拿,书也要读,如此就两得其便了。

寂寞的春朝

郁达夫

大约是年龄大了一点的缘故罢?近来简直不想行动,只爱在南窗下坐着晒晒太阳,看看旧籍,吃点容易消化的点心。

今年春暖,不到废历的正月,梅花早已开谢,盆里的水仙花,也已经香到了十分之八了,因为自家想避静,连元旦应该去拜年的几家亲戚人家都懒得去。饭后瞌睡一醒,自然只好翻翻书架,检出几本正当一点的书来阅读。顺手一抽,却抽着了一部退补斋刻的陈龙川的文集。一册一册的翻阅下去,觉得中国的现状,同南宋当时,实在还是一样。外患的迭来,朝廷的蒙昧,百姓的无智,志士的悲哽,在这中华民国的二十四年,和孝宗的乾道淳熙,的确也没有什么绝大的差别,从前有人吊岳飞说:"怜他绝代英雄将,争不迟生付孝宗!"但是陈同甫的《中兴五论》,上孝宗皇帝的《三书》,毕竟又有点什么影响?

读读古书,比比现代,在我原是消磨春昼的最上法门。但是且读且想,想到了后来,自家对自家,也觉得起了反感。在这样好的春日,又当这样有为的壮年,我难道也只能同陈龙川一样,做点悲歌慷慨的空文,就算了结了么?但是一上书不报,再上,三上书也不报的时候,究竟一条独木,也支不起大厦来的。为免去精神的浪费,为避掉亲友的来扰,我还是拖着双脚,走上城隍山去看热闹去。

自从迁到杭州来后,这城隍山真对我发生了绝大的威力。心中不快的时候,闲散无聊的时候,大家热闹的时候,风雨晦冥的时候,我的唯一的逃避之所就是这一堆看去也并不高大的石山。去年旧历的元旦,我是上此地来过的;今年虽则年岁很荒,国事更坏,但山上的香烟热闹,绿女红男,还是同去年一样。对花溅泪,怕要惹得旁人说煞风景,不得已我只好手背着手走下山来

的途中,哼它两句旧诗:

> 大地春风十万家,偏安原不损繁华。输降表已传关外,册帝文应出海涯。北阙三书终失策,暮年一第亦微瑕。千秋论定陈同甫,气壮词雄节较差。

走到了寓所,连题目都想好了,是《乙亥元日,读〈陈龙川〉集,有感时事》。

入厕读书

周作人

郝懿行著《晒书堂笔录》卷四有《入厕读书》一条云:

"旧传有妇人笃奉佛经,虽入厕时亦讽诵不辍,后得善果而竟卒于厕,传以为戒,虽出释氏教人之言,未必可信,然亦足见污秽之区,非讽诵所宜也。《归田录》载钱思公言平生好读书,坐则读经史,卧则读小说,上厕则阅小词,谢希深亦言宋公垂每走厕必挟书以往,讽诵之声琅然闻于远近。余读而笑之,入厕脱裤,手又携卷,非惟太亵,亦苦甚忙,人即笃学,何至乃尔耶。至欧公谓希深言平生所作文章多在三上,乃马上枕上厕上也,盖惟此万可以属思尔,此语却妙,妙在亲切不浮也。"郝君的文章写得很有意思,但是我稍有异议,因为我是颇赞成厕上看书的。小时候听祖父说,北京的跟班有一句口诀云,老爷吃饭快,小的拉矢快,跟班的话里含有一种讨便宜的意思,恐怕也是事实。一个人上厕的时间本来难以一定,但总未必很短,而且这与吃饭不同,无论时间怎么短总觉得这是白费的,想方法要来利用他一下。如吾乡老百姓上茅坑时多顺便喝一筒旱烟,或者有人在河沿石磴下淘米洗衣,或有人挑担走过,又可以高声谈话,说这米几个铜钱一升或是到什么地方去。读书,这无非是喝旱烟的意思罢了。

话虽如此,有些地方原来也只好喝旱烟,于读书是不大相宜的。上文所说浙江某处一带沿河的茅坑,是其一。从前在南京曾经寄寓在一个湖南朋友的书店里,这位朋友姓刘,我从赵伯先那边认识了他,那年有乡试,他在花牌楼附近开了一家书店,我患病住在学堂里很不舒服,他就叫我住到他那里去,替我煮药煮粥,招呼考相公卖书,暗地还要运动革命,他的精神实在是很可佩服的。我睡在柜台里面书架子的背后,吃药喝粥都在那里,可是便所却在门外,要走出店门,走过一两家门面,一块宽地的墙根的垃圾堆上。到那地方去我甚以为苦,这一半固然由于生病走不动,就是在康健时也总未必愿意去的,是其二。民国八年夏我到日本日向去访友,住在一个名叫木城的山村里,那里的便所虽然同普通一样上边有屋顶,周围有板壁门窗,但是他同住房离开有十来丈远,孤立田间,晚间要提了灯笼去,下雨还得撑伞,而那里雨又似乎特别多,我住了五天总有四天是下雨,是其三。末了是北京的那种茅厕,只有一个坑两垛砖头,雨淋风吹日晒全不管。去年往定州访伏园,那里的茅厕是琉球式的,人在岸上,猪在坑中,猪咕咕的叫,不习惯的人难免要害怕,那工夫看什么书,是其四。《语林》云,石崇厕有绛纱帐大床,茵蓐甚丽,两婢持锦临时囊,这又是太阔气了,也不适宜。其实我的意思是很简单的,只要有屋顶,有墙有窗有门,晚上可以点灯,没有电灯就点白蜡烛亦可,离住房不妨有二三十步,虽然也要用雨伞,好在北方不大下雨。如有这样的厕所,那么上厕时随意带本书去读读我想倒还是呒啥的吧。

谷崎润一郎著《摄阳随笔》中有一篇《阴翳礼赞》，第二节说到日本建筑的厕所的好处。在京都奈良的寺院里，厕所都是旧式的，阴暗而扫除清洁，设在闻得到绿叶的气味青苔的气味的草木丛中，与住房隔离，有板廊相通。蹲在这阴暗光线之中，受着微明的纸障的反射，耽于瞑想，或望着窗外院中的景色，这种感觉真是说不出地好。他又说：

"我重复地说，这里须得有某种程度的阴暗，彻底的清洁，连蚊子的呻吟声也听得清楚地寂静，都是必须的条件。我很喜欢在这样的厕所里听萧萧地下着的雨声。特别在关东的厕所，靠着地板装有细长的扫出尘土的小窗，所以那从屋檐或树叶上滴下来的雨点，洗了石灯笼的脚，润了踏脚石上的苔，幽幽地沁到土里去的雨声，更能够近身地听到。实在这厕所是宜于虫声，宜于鸟声，亦复宜于月夜，要赏识四季随时的物情之最相适的地方，恐怕古来的俳人曾从此处得到过无数的题材吧。这样看来，那么说日本建筑之中最是造得风流的是厕所，也没有什么不可。"谷崎压根儿是个诗人，所以说得那么好，或者也就有点华饰，不过这也只是在文字上，意思却是不错的。日本在近古的战国时代前后，文化的保存与创造差不多全在五山的寺院里，这使得风气一变，如由工笔的院画转为水墨的枯木竹石，建筑自然也是如此，而茶室为之代表，厕之风流化正其余波也。

佛教徒似乎对于厕所向来很是讲究。偶读大小乘戒律，觉得印度先贤十分周密地注意于人生各方面，非常佩服，即以入厕一事而论，后汉译《大比丘三千威仪》下列举"至舍后者有二十五事"，宋译《萨婆多部毗尼摩得勒伽》六自"云何下风"至"云何筹草"凡十三条，唐义净著《南海寄归内法传》二有第十八"便利之事"一章，详细的规定，有的是很严肃而幽默，读了忍不住五体投地。我们又看《水浒传》鲁智深做过菜头之后还可以升为净头，可见中国寺里在古时候也还是注意此事的。但是，至少在现今这总是不然了，民国十年我在西山养过半年病，住在碧云寺的十方堂里，各处走到，不见略略像样的厕所，只如在《山中杂信》五所说：

"我的行踪近来已经推广到东边水泉。这地方确是还好，我于每天清早没有游客的时候去徜徉一会，赏鉴那山水之美。只可惜不大干净，路上很多气味，——因为陈更着许多《本草》上的所谓人中黄。我想中国真是一个奇妙国，在那里人们不容易得着营养料，也没有方法处置他们的排泄物。"在这种情形之下，中国寺院有普通厕所已经是大好了，想去找可以瞑想或读书的地方如何可得。出家人那么拆烂污，难怪白衣矣。

但是假如有干净的厕所，上厕时看点书却还是可以的，想作文则可不必。书也无须分好经史子集，随便看看都成。我有一个常例，便是不拿善本或难懂的书去，虽然看文法书也是寻常。据我的经验，看随笔一类最好，顶不行的是小说。至于朗诵，我们现在不读八大家文，自然可以无须了。

吃　茶

周作人

前回徐志摩先生在平民中学讲"吃茶"——并不是胡适之先生所说的"吃讲茶"——我没有工夫去听，又可惜没有见到他精心结构的讲稿，但我推想他是在讲日本的"茶道"（英文译作

Teaism），而且一定说的很好。茶道的意思，用平凡的话来说，可以称作"忙里偷闲，苦中作乐"，在不完全的现世享乐一点美与和谐，在刹那间体会永久，是日本之"象征的文化"里的一种代表艺术。关于这一件事，徐先生一定已有透彻巧妙的解说，不必再来多嘴，我现在所想说的，只是我个人的很平常的喝茶观罢了。

喝茶以绿茶为正宗，红茶已经没有什么意味，何况又加糖与牛奶。葛辛（George Gissing）的《草堂随笔》（原名 Private Papers of Henry Ryecroft）确是很有趣味的书，但冬之卷里说及饮茶，以为英国家庭里下午的红茶与黄油面包是一日中最大的乐事，东方饮茶已历千百年，未必能领略此种乐趣与实益的万分之一，则我殊不以为然。红茶带"土斯"未始不可吃，但这只是当饭，在肚饥时食之而已；我的所谓喝茶，却是在喝清茶，在赏鉴其色与香与味，意未必在止渴，自然更不在果腹了。中国古昔曾吃过煎茶及抹茶，现在所用的都是泡茶，冈仓觉三在《茶之书》（Book of Tea, 1919）里很巧妙的称之曰"自然主义的茶"，所以我们所重的即在这自然之妙味。中国人上茶馆去，左一碗右一碗的喝了半天，好像是刚从沙漠里回来的样子，颇合于我的喝茶的意思（听说闽粤有所谓吃工夫茶者自然更有道理），只可惜近来太是洋场化，失了本意，其结果成为饭馆子之流，只在乡村间还保存一点古风，唯是屋宇器具简陋万分，或者但可称为颇有喝茶之意，而未可许为已得喝茶之道也。

喝茶当于瓦屋纸窗下，清泉绿茶，用素雅的陶瓷茶具，同二三人共饮，得半日之闲，可抵十年的尘梦。喝茶之后，再去继续修各人的胜业，无论为名为利，都无不可，但偶然的片刻优游乃正亦断不可少。中国喝茶时多吃瓜子，我觉得不很适宜；喝茶时可吃的东西应当是清淡的"茶食"。中国的茶食却变了"满汉饽饽"，其性质与"阿阿兜"相差无几，不是喝茶时所吃的东西了。日本的点心虽是豆米的成品，但那优雅的形色，朴素的味道，很合于茶食的资格，如各色的"羊羹"（据上田恭辅氏考据，说是出于中国唐时的羊肝饼），尤有特殊的风味。江南茶馆中有一种"干丝"，用豆腐干切成细丝，加姜丝酱油，重汤炖热，上浇麻油，出以供客，其利益为"堂信"所独有。豆腐干中本有一种"茶干"，今变而为丝，亦颇与茶相宜。在南京时常食此品，据云有某寺方丈所制为最，虽也曾尝试，却已忘记，所记得者乃只是下关的江天阁而已。学生们的习惯，平常"干丝"既出，大抵不即食，等到麻油再加，开水重换之后，始行举箸，最为合式，因为一到即罄，次碗继至，不遑应酬，否则麻油三浇，旋即撤去，怒形于色，未免使客不欢而散，茶意都消了。

吾乡昌安门外有一处地方名三脚桥（实在并无三脚，乃是三出，因以一桥而跨三汊的河上也），其地有豆腐店曰周德和者，制茶干最有名。寻常的豆腐干方约寸半，厚可三分，值钱二文，周德和的价值相同，小而且薄，才及一半，黝黑坚实，如紫檀片。我家距三脚桥有步行两小时路程，故殊不易得，但能吃到油炸者而已。每天有人挑担设炉镬，沿街叫卖，其词曰：

　　辣酱辣，

　　麻油炸，

　　红酱搽，

　　辣酱拓：

　　周德和格五香油炸豆腐干。

其制法如上所述，以竹丝插其末端，每枚三文。豆腐干大小如周德和，而甚柔软，大约系常品，唯经过这样烹调，虽然不是茶食之一，却也不失为一种好豆食。——豆腐的确也是极好的佳妙的食品，可以有种种的变化，唯在西洋不会被领解，正如茶一般。

日本用茶淘饭，名曰"茶渍"，以腌菜及"泽庵"（即福建的黄土萝卜，日本泽庵法师始传此法,盖从中国传去)等为佐,很有清淡而甘香的风味。中国人未尝不这样吃,唯其原因,非由穷困即为节省,殆少有故意往清茶淡饭中寻其固有之味者,此所以为可惜也。

谈 酒

周作人

这个年头儿,喝酒倒是很有意思的。我虽是京兆人,却生长在东南的海边,是出产酒的有名地方。我的舅父和姑父家里时常做几缸自用的酒,但我终于不知道酒是怎么做法,只觉得所用的大约是糯米,因为儿歌里说:"老酒糯米做,吃得变 nionio"——末一字是本地叫猪的俗语。做酒的方法与器具似乎都很简单,只有煮的时候的手法极不容易,非有经验的工人不办,平常做酒的人家大抵聘请一个人来,俗称"酒头工",以自己不能喝酒者为最上,叫他专管鉴定煮酒的时节。有一个远房亲戚,我们叫他"七斤公公"——他是我舅父的族叔,但是在他家里做短工,所以舅母只叫他作"七斤老",有时也听见她叫"老七斤",是这样的酒头工,每年去帮人家做酒;他喜吸旱烟,说玩话,打马将,但是不大喝酒(海边的人喝一两碗是不算能喝,照市价计算也不值十文钱的酒),所以生意很好,时常跑一二百里路被招到诸暨嵊县去。据他说这实在并不难,只须走到缸边屈着身听,听见里边起泡的声音切切察察的,好像是螃蟹吐沫(儿童称为蟹煮饭)的样子,便拿来煮就得了;早一点酒还未成,迟一点就变酸了。但是怎么是恰好的时期,别人仍不能知道,只有听熟的耳朵才能够断定,正如古董家的眼睛辨别古物一样。

大人家饮酒多用酒盅,以表示其斯文,实在是不对的。正当的喝法是用一种酒碗,浅而大,底有高足,可以是古已有之的香宾杯。平常起码总是两碗,合一"串筒",价值似是六文一碗。串筒略如倒写的凸字,上下部如一与三之比,以洋铁为之,无盖无嘴,可倒而不可筛,据好酒家说酒以倒为正宗,筛出来的不大好吃。唯酒保好于倒酒之前先"荡"(置水于器内,摇荡而洗涤之谓)串筒,荡后往往将清水之一部分留在筒内,客嫌酒淡,常起争执,故喝酒老手必先戒堂馆以勿荡串筒,并监视其量好放在温酒架上。能饮者多索竹叶青,通称曰"本色","元红"系状元红之略,则着色者,唯外行人喜饮之。在外省有所谓花雕者,唯本地酒店中却没有这样东西。相传昔时人家生女,则酿酒贮花雕(一种有花纹的酒坛)中,至女儿出嫁时用以饷客,但此风今已不存,嫁女时偶用花雕,也只临时买元红充数,饮者不以为珍品。有些喝酒的人预备家酿,却有极好的,每年做醇酒若干坛,按次第埋园中,二十年掘取,即每岁皆得饮二十年陈的老酒了。此种陈酒例不发售,故无处可买,我只有一回在旧日业师家里喝过这样好酒,至今还不曾忘记。

我既是酒乡的一个土著,又这样的喜欢谈酒,好像一定是个与"三酉"结水解缘的酒徒了。其实却大不然。我的父亲是很能喝酒的,我不知道他可以喝多少,只记得他每晚用花生米水果等下酒,且喝且谈天,至少要花费两点钟,恐怕所喝的酒一定很不少了。但我却是不肖,或者可以说有志未逮,因为我很喜欢喝酒而不会喝,所以每逢酒宴我总是第一个醉与脸红的。自从辛酉患病后,医生叫我喝酒以代药饵,定量是勃兰地每回二十格阑姆,蒲陶酒与老酒等倍之,六年以后酒量一点没有进步,到现在只要喝下一百格阑姆的花雕,便立刻变成关夫子了。(以前大家笑谈称作"赤化",此刻自然应当谨慎,虽然是说笑话。)有些有不醉之量,愈饮愈是脸白的朋友,我觉得非常可以欣羡,只可惜他们愈能喝酒便愈不肯喝酒,好像是美人之不肯显示她的颜色,这实在是太不应该了。

黄酒比较的便宜一点,所以觉得时常可以买喝,其实别的酒也未尝不好。白干于我未免过凶一点,我喝了常怕口腔内要起泡,山西的汾酒与北京的莲花白虽然可喝少许,也总觉得不很和善。日本的清酒我颇喜欢,只是仿佛新酒模样,味道不很静定。葡萄酒与橙皮酒都很可口,但我以为最好的还是勃兰地。我觉得西洋人不很能够了解茶的趣味,至于酒则很有工夫,决不下于中国。天天喝洋酒当然是一个大的漏卮,正如吸烟卷一般,但不必一定进国货党,咬定牙根要抽净丝,随便喝一点什么酒其实都是无所不可的,至少是我个人这样的想。

喝酒的趣味在什么地方?这个我恐怕有点说不明白。有人说,酒的乐趣是在醉后的陶然,是境界,但我不很了解这个境界是怎样的,因为我自饮酒以来似乎不大陶然过,不知怎的我的醉大抵都只是生理的,而不是精神的陶醉。所以照我说来,酒的趣味只是在饮的时候,我想悦乐大抵在做的这一刹那,倘若说是陶然那也当是杯在口的一刻吧。醉了,困倦了,或者应当休息一会儿,也是很安舒的,却未必能说酒的真趣是在此间。昏迷,梦魇,呓语,或是忘却现世忧患之一法门;其实这也是有限的,倒还不如把宇宙性命都投在一口美酒里的耽溺之力还要强大。我喝着酒,一面也怀着"杞天之虑",生恐强硬的礼教反动之后将引起颓废的风气,结果是借醇酒妇人以避礼教的迫害,沙宁(Sanin)时代的出现不是不可能的。但是,或者在中国什么运动都未必彻底成功,青年的反拨力也未必怎么强盛,那么杞天终于只是杞天,仍旧能够让我们喝一口非耽溺的酒也未可知。倘若如此,那时喝酒又一定另外觉得很意思了吧?

吃豆腐

周作人

好几年前在上海,才听到吃豆腐这句话,在北京是一直没有听见过的。我们的乡下另有一句吃大豆腐,那是指办丧事时的素菜,所以是死的替代词。不管这些俗语的含义如何,豆腐这东西实在是很好吃的。就乡下的经验来说,豆腐顶好是炖豆腐,丧事时的大豆腐其实也即是这个,不过平时不那么叫,只是直称炖豆腐而已。光绪年间,有近亲在大寺里打水陆道场,我去看了几天,别的多忘了,只记得有一天看和尚吃午饭,长板桌长板凳,排坐着许多和尚,合掌在念经,各人面前放着一大碗饭,一大碗萝卜炖豆腐,看去觉得十分好吃的。这是我对于豆腐一个不能忘记的印象,虽然家里做的原来也是一样的好吃,将豆腐先煮一过,加上笋干香菇,透味炖成,风味甚佳,有些老太太能吃长素,我颇疑心大半是因为有这一碗菜,而霉货与干菜也是一半的原因。此外有溜豆腐,这里我姑且用溜黄菜的溜字,与醋溜鱼意义很不相同,此字应当从手从柳声才行,可惜没法子写。制法是把豆腐放入小钵头内,用竹筷六七只并作一起用力溜之,即是拿筷子急速画圈,等豆腐全化了,研盐种为末加入,在饭锅上蒸熟。盐种或称盐奶,云是烧盐时泡沫结成,后来不知何故甚不易得,或以竹叶包盐火烧代用,却不很佳,这与盐不同,微有涩味,即其特色。溜豆腐新成者也可以吃,但以老为佳,多蒸几回其味更加厚,即此一点亦甚适于穷人之用,价廉味美,往往一大碗可以吃上好几天,早晚有这些在桌上,正如东坡所说,亦何必要吃鸡豚也。

饮食男女在福州

郁达夫

福州的食品,向来就很为外省人所赏识;前十余年在北平,说起私家的厨子,我们总同声一致的赞成刘崧生先生和林宗孟先生家里的蔬菜的可口。当时宣武门外的忠信堂正在流行,而这忠信堂的主人,就系旧日刘家的厨子,曾经做过清室的御厨房的。上海的小有天以及现在早已歇业了的消闲别墅,在粤菜还没有征服上海之先,也曾盛行过一时。面食里的伊府面,听说还是汀州伊墨卿太守的创作;太守住扬州日久,与袁子才也时相往来,可惜他没有像随园老人那么的好事,留下一本食谱来,教给我们以烹调之法;否则,这一个福建萨伐郎(Savarin)的荣誉,也早就可以驰名海外了。

福建菜的所以会这样著名,而实际上却也实在是丰盛不过的原因。第一,当然是由于天然物产的富足。福建全省,东南并海,西北多山,所以山珍海味,一例的都贱如泥沙。听说沿海的居民,不必忧虑饥饿,大海潮回,只消上海滨去走走,就可以拾一篮海货来充作食品。又加以地气温暖,土质腴厚,森林蔬菜,随处都可以培植,随时都可以采撷。一年四季,笋类菜类,常是不断;野菜的味道,吃起来又比别处的来得鲜甜。福建既有了这样丰富的天产,再加上以在外省各地游宦营商者的数目的众多,作料采从本地,烹制学自外方,五味调和,百珍并列,于是乎闽菜之名,就喧传在饕餮家的口上了。清初周亮工著的《闽小纪》两卷,记述食品处独多,按理原也是应该的。

福州海味,在春二三月间,最流行而最肥美的,要算来自长乐的蚌肉,与海滨一带多有的蛎房。《闽小纪》里所说的西施舌,不知是否指蚌肉而言;色白而腴,味脆且鲜,以鸡汤煮得适宜,长圆的蚌肉,实在是色香味俱佳的神品。听说从前有一位海军当局者,老母病剧,颇思乡味;远在千里外,欲得一蚌肉,以解死前一刻的渴慕,部长纯孝,就以飞机运蚌肉至都。从这一件轶事看来,也可想见这蚌肉的风味了;我这一回赶上福州,正及蚌肉上市的时候,所以红烧白煮,吃尽了几百个蚌,总算也是此生的豪举,特笔记此,聊志口福。

蛎房并不是福州独有的特产,但福建的蛎房,却比江浙沿海一带所产的,特别的肥嫩清洁。正二三月间,沿路的摊头店里,到处都堆满着这淡蓝色的水包肉;价钱的廉,味道的鲜,比到东坡在岭南所贪食的蚝,当然只会得超过。可惜苏公不曾到闽海去谪居,否则,阳羡之田,可以不买,苏氏子孙,或将永寓在三山二塔之下,也说不定。福州人叫蛎房作"地衣",略带"挨"字的尾声,写起字来,我想只有"蚔"字,可以当得。

在清初的时候,江瑶柱似乎还没有现在那么的通行,所以周亮工再三的称道,誉为逸品。在目下的福州,江瑶柱却并没有人提起了,鱼翅席上,缺少不得的,倒是一种类似宁波横脚蟹的蟳蟹,福州人叫作"新恩",《闽小纪》里所说的虎蟳,大约就是此物。据福州人说,蟳肉最滋补,也最容易消化,所以产妇病人以及体弱的人,往往爱吃。但在对蟹类素无好感的我看来,却仍赞成周亮工之言,终觉得质粗味劣,远不及蚌与蛎房或香螺的来得干脆。

福州海味的种类,除上述的三种以外,原也很多很多;但是别地方也有,我们平常在上海也常常吃得到的东西,记下来也没有什么价值,所以不说。至于与海味相对的山珍哩,却更是可以干制,可以输出的东西,益发的没有记述的必要了,所以在这里只想说一说叫作肉燕的那一种奇异的包皮。

初到福州,打从大街小巷里走过,看见好些店家,都有一个大砧头摆在店中;一两位壮强的男子,拿了木锥,只在对着砧上的一大块猪肉,一下一下的死劲地敲。把猪肉这样的乱敲乱打,究竟算什么回事? 我每次看见,总觉得奇怪;后来向福州的朋友一打听,才知道这就是制肉燕的原料了。所谓肉燕者,就是将猪肉打得粉烂,和入面粉,然后再制成皮子,如包馄饨的外皮一样,用以来包制菜蔬的东西。听说这物事在福建,也只是福州独有的特产。

福州食品的味道,大抵重糖;有几家真正福州馆子里烧出来的鸡鸭四件,简直是同蜜饯的罐头一样,不杂入一粒盐花。因此福州人的牙齿,十人九坏。有一次去看三赛乐的闽剧,看见台上演戏的人,个个都是满口金黄;回头更向左右的观众一看,妇女子的嘴里大半镶着全副金色牙齿。于是天黄黄,地黄黄,弄得我这一向就痛恨金牙齿的偏执狂者,几乎想放声大哭,以为福州人故意在和我捣乱。

将这些略嫌糖重的食味除去,若论到酒,则福州的那一种土黄酒,也还勉强可以喝得。周亮工所记的玉带春、梨花白、蓝家酒、碧霞酒、莲须白、河清、双夹、西施红、状元红等,我都不曾喝过,所以不敢品评。只有全城各处在卖的鸡老(酪)酒,颜色却和绍酒一样的红似琥珀,味道略苦,喝多了觉得头痛。听说这是以一生鸡,悬之酒中,等鸡肉鸡骨都化了后,然后开坛饮用的酒,自然也是越陈越好。福州酒店外面,都写酒库两字,发卖叫发扛,也是新奇得很的名称。以红糟酿的甜酒,味道有点像上海的甜白酒,不过颜色桃红,当是西施红等名目出处的由来。莆田的荔枝酒,颜色深红带黑,味甘甜如西班牙的宝德红葡萄,虽则名贵,但我却终不喜欢。福州一般宴客,喝的总还是绍兴花雕,价钱极贵,斤两又不足,而酒味也淡似沪杭各地,我觉得建庄终究不及京庄。

福州的水果花木,终年不断;橙柑、福橘、佛手、荔枝、龙眼、甘蔗、香蕉,以及茉莉、兰花、橄榄等等,都是全国闻名的品物;好事者且各有谱谍之著,我在这里,自然可以不说。

闽茶半出武夷,就是不是武夷之产,也往往借这名山为号召。铁罗汉、铁观音的两种,为茶中柳下惠,非红非绿,略带赭色;酒醉之后,喝它三杯两盏,头脑倒真能清醒一下。其他若龙团玉乳,大约名目总也不少,我不恋茶娇,终是俗客,深恐品评失当,贻笑大方,在这里只好轻轻放过。

从《闽小纪》中的记载看来,番薯似乎还是福建人开始从南洋运来的代食品;其后因种植的便利,食味的甘美,就流传到内地去了;这植物传播到中国来的时代,只在三百年前,是明末清初的时候,因亮工所记如此,不晓得究竟是否确实。不过福建的米麦,向来就说不足,现在也须仰给于外省或台湾,但田稻倒又可以一年两植。而福州正式的酒席,大抵总不吃饭散场,因为菜太丰盛了,吃到后来,总已个个饱满,用不着再以饭颗来充腹之故。

饮食处的有名处所,城内为树春园、南轩、河上酒家、可然亭等。味和小吃,亦佳且廉;仓前的鸭面,南门兜的素菜与牛肉馆,鼓楼西的水饺子铺,都是各有长处的小吃处;久吃了自然不对,偶尔去一试,倒也别有风味。城外的南台的西菜馆,有嘉宾、西宴台、法大、西来,以及前临闽江、内设戏台的广聚楼等。洪山桥畔的义心楼,以吃形同比目鱼的贴沙鱼著名;仓前山的快乐林,以吃小盘西洋菜见称,这些当然又是菜馆中的别调。至如我所寄寓的青年会食堂,地方清洁宽广,中西菜也可以吃吃,只是不同耶稣的飨宴十二门徒一样,不许顾客醉饮葡萄酒浆,所以正式请客,大感不便。

　　此外则福建特有的温泉浴场,如汤门外的百合、福龙泉,飞机场的乐天泉等,也备有饮馔供客;浴客往往在这些浴场里可以鬼混一天,不必出外去买酒买食,却也便利。从前听说更可以在个人池内男女同浴,则饮食男女,就不必分求,一举竟可以两得了。

　　要说福州的女子,先得说一说福建的人种。大约福建土著的最初老百姓,为南洋近边的海岛人种;所以面貌习俗,与日本的九州一带,有点相像。其后汉族南下,与这些土人杂婚,就成了无诸种族,系在春秋战国、吴越争霸之后。到得唐朝,大兵入境;相传当时曾杀尽了福建的男子,只留下女人,以配光身的兵士;故而直至现在,福州人还呼丈夫为"唐晡人",晡者系日暮袭来的意思,同时女人的"诸娘仔"之名,也出来了。还有现在东门外北门外的许多工女农妇,头上仍带着三把银刀似的簪为发饰,俗称他们作三把刀,据说犹是当时的遗制。因为他们的父亲丈夫儿子,都被外来的征服者杀了;他们誓死不肯从敌,故而时时带着三把刀在身边,预备复仇。只今台湾的福建籍妓女,听说也是一样;亡国到了现在,也已经有好多年了,而她们却仍不肯与日本的嫖客同宿。若有人破此旧习,而与日本嫖客同宿一宵者,同人中就视作禽兽,耻不与伍,这又是多么悲壮的一幕惨剧!谁说犹唱后庭花处,商女都不知家国的兴亡哩!试看汉奸到处卖国,而妓女乃不肯辱身,其间相去,又岂只泾渭的不同?这一种古代的人种,与唐人杂婚之后,一部分不完全唐化,仍保留着他们固有的生活习惯、宗教仪式的,就是现在仍旧退居在北门外万山深处的畲民。此外的一族,以水上为家,明清以后,一向被视为贱民,不时受汉人的蹂躏的,相传其祖先系蒙古人,自元亡后,遂贬为蜑户,俗呼科蹄。科蹄实为曲蹄之别音,因他们常常曲膝盘坐在船舱之内,两脚弯曲,故有此称。串通倭寇,骚扰沿海一带的居民,古时在泉州叫作泉郎的,就是这一种人种的旁支。

　　因为福州人种的血统,有这种种的沿革,所以福建人的面貌,和一般中原的汉族,有点两样。大致广颡深眼,鼻子与颧骨高突,两颊深陷成窝,下颏也稍稍尖凸向前。这一种面相,生在男人的身上,倒也并不觉得特别;但一生在女人的身上,高突部为嫩白的皮肉所调和。看起来却个个都是线条刻划分明,像是希腊古代的雕塑人形了。福州女子的另一特点,是在她们的皮色的细白。生长在深闺中的宦家小姐,不见天日,白腻原也应该;最奇怪的,却是那些住在城外的工农佣妇,也一例地有着那种嫩白微红,像刚施过脂粉似的皮肤。大约日夕灌溉的温泉浴是一种关系,吃的闽江江水,总也是一种关系。

　　我们从前没有居住过福建,心目中总只以为福建人种,是一种蛮族。后来到了那里,和他们的文化一接触,才晓得他们虽则开化得较迟,但进步得却很快;又因为东南是海港的关系,中西文化的交流,也比中原僻地为频繁,所以闽南的有些都市,简直繁华摩登得可以同上海来争甲乙。及至观察稍深,一移目到了福州的女性,更觉得她们的美的水准,比苏杭的女子要高好几倍;而装饰的入时,身体的康健,比到苏州的小型女子,又得高强数倍都不止。

　　"天生丽质难自弃",表露欲,装饰欲,原是女性的特嗜;而福州女子所有的这一种显示本能,似乎比什么地方的人还要强一点。因而天晴气爽,或岁时伏腊,有迎神赛会的关头,南大街、仓前山一带,完全是美妇人披露的画廊。眼睛个个是灵敏深黑的,鼻梁个个是细长高突的,皮肤个个是柔嫩雪白的;此外还要加上以最摩登的衣饰,与来自巴黎纽约的化装品的香雾与红霞,你说这幅福州晴天午后的全景,美丽不美丽?迷人不迷人?

　　亦唯因此之故,所以也影响到了社会,影响到了风俗。国民经济破产,是全国到处都一样的事实;而这些妇女子们,又大半是不生产的中流以下的阶级。衣食不足,礼义廉耻之凋伤,原是自然的结果,故而在福州住不上几月,就时时有暗娼流行的风说,传到耳边上来。都市集中人口以后,这实在也是一种不可避免而急待解决的社会大问题。

说及了娼妓,自然不得不说一说福州的官娼。从前邵武诗人张亨甫,曾著过一部《南浦秋波录》,是专记南台一带的烟花韵事的;现在世业凋零,景气全落,这些乐户人家,完全没有旧日的豪奢影子了。福州最上流的官娼,叫作白面处,是同上海的长三一样的款式。听几位久住福州的朋友说,白面处近来门可罗雀,早已掉在没落的深渊里了;其次还勉强在维持市面的,是以卖嘴不卖身为标榜的清唱堂,无论何人,只须化三元法币,就能进去听三出戏。就是这一时号称极盛的清唱堂,现在也一家一家的废了业,只剩了田墩的三五家人家。自此以下,则完全是惨无人道的下等娼妓,与野鸡款式的无名密贩了,数目之多,求售之切,到了骇人听闻的地步。至于城内的暗娼、包月妇、零售处之类,只听见公安维持者等谈起过几次,报纸上见到过许多回,内容虽则无从调查,但演绎起来,旁证以社会的萧条、产业的不振、国步的艰难、与夫人口的过剩,总也不难举一反三,晓得她们的大概。

总之,福州的饮食男女,虽比别处稍觉得奢侈,而福州的社会状态,比别处也并不见得十分的堕落。说到两性的纵弛,人欲的横流,则与风土气候有关,次热带的境内,自然要比温带寒带为剧烈。而食品的丰富,女子一般姣美与健康,却是我们不曾到过福建的人所意想不到的发见。

馋

梁实秋

馋,在英文里找不到一个十分适当的字。罗马暴君尼禄,以至于英国的亨利八世,在大宴群臣的时候,常见其撕下一根根又粗又壮的鸡腿,举起来大嚼,旁若无人,好一副饕餮相!但那不是馋。埃及废主法鲁克,据说每天早餐一口气吃二十个荷包蛋,也不是馋,只是放肆,只是没有吃相。对某一种食物有所偏好,于是大量的吃,这是贪多无餍。馋,则着重在食物的质,最需要满足的是品味。上天生人,在他嘴里安放一条舌,舌上还有无数的味蕾,教人焉得不馋?馋,基于生理的要求;也可以发展成为近于艺术的趣味。

也许我们中国人特别馋一些。馋字从食,毚声。毚音谗,本义是狡兔,善于奔走,人为了口腹之欲,不惜多方奔走以膏馋吻,所谓“为了一张嘴,跑断两条腿”。真正的馋人,为了吃,决不懒。我有一位亲戚,属汉军旗,又穷又馋。一日傍晚,大风雪,老头子缩头缩脑偎着小煤炉子取暖。他的儿子下班回家。顺路市得四只鸭梨,以一只奉其父。父得梨,大喜,当即啃了半只,随后就披衣戴帽,拿着一只小碗,冲出门外,在风雪交加中不见了人影。他的儿子只听得大门哐啷一声响,追已无及。越一小时,老头子托着小碗回来了,原来他是要吃榲桲拌梨丝!从前酒席,一上来就是四干、四鲜、四蜜饯,温桲、鸭梨是现成的,饭后一盘榲桲拌梨丝别有风味(没有鸭梨的时候白菜心也能代替)。这老头子吃剩半个梨,突然想起此味,乃不惜于风雪之中奔走一小时。这就是馋。

人之最馋的时候是在想吃一样东西而又不可得的那一段期间。希腊神话中之谭塔勒斯,水深及颚而不得饮,果实当前而不得食,饿火中烧,痛苦万状,他的感觉不是馋,是求生不成求死不得。馋没有这样的严重。人之犯馋,是在饮暖之余,眼看着、回想起或是谈论到某一美味,喉头像是有馋虫搔抓作痒，只好干咽唾沫。一旦得遂所愿，恣情享受，浑身通泰。抗战七八年，我在后方，真想吃故都的食物，人就是这个样子，对于家乡风味总是念念不忘，其实，"千里莼羹，未下盐豉"也不见得像传说的那样迷人。我曾痴想北平羊头肉的风味，想了七八年；胜利还乡之后，一个冬夜，听得深巷卖羊头肉小贩的吆喝声，立即从被窝里爬出来，把小贩唤进门洞，我坐在懒凳上看着他于暗淡的油灯照明之下抽出一把雪亮的薄刀，横着刀刃片羊脸子，片得飞薄，然后取出一只蒙着纱布的羊角，洒上一些焦盐。我托着一盘羊头肉，重复钻进被窝，在枕上一片一片的羊头肉放进嘴里，不知不觉的进入了梦乡，十分满足的解了馋瘾。但是，老实讲，滋味虽好，总不及在痴想时所想象的香。我小时候，早晨跟我哥哥步行到大鹁鸽市陶氏学堂上学，校门口有个小吃摊贩，切下一片片的东西放在碟子上，洒上红糖汁、玫瑰木樨，淡紫色，样子实在令人馋涎欲滴。走近看，知道是糯米藕。一问价钱，要四个铜板，而我们早点费每天只有两个铜板。我们当下决定，饿一天，明天就可以一尝异味。所付代价太大，所以也不能常吃。糯米藕一直在我心中留下不可磨灭的印象。后来成家立业，想吃糯米藕不费吹灰之力，餐馆里有时也有供应，不过浅尝辄止，不复有当年之馋。

　　馋与阶级无关。豪富人家，日食万钱，犹云无下箸处，是因为他这种所谓饮食之人放纵过度，连馋的本能和机会都被剥夺了，他不是不馋，也不是太馋，他麻木了，所以他就要千方百计的在食物方面寻求新的材料、新的刺激。我有一位朋友，湖南桂东县人，他那偏僻小县却因乳猪而著名，他告我说每年某巨公派人前去采购乳猪，搭飞机运走，充实他的郇厨。烤乳猪，何地无之？何必远求？我还记得有人治寿筵，客有专程献"烤方"者，选尺余见方的细皮嫩肉的猪臀一整块，用铁钩挂在架上，以炭肉燔炙，时而武火，时而文火，烤数小时而皮焦肉熟。上桌时，先是一盘脆皮，随后是大薄片的白肉，其味绝美，与广东的烤猪或北平的炉肉风味不同，使得一桌的珍馐相形见绌。可见天下之口有同嗜，普通的一块上好的猪肉，苟处理得法，即快朵颐。像"世说"所谓，王武子家的㸆独，乃是以人乳喂养的，实在觉得多此一举，怪不得魏武未终席而去。人是肉食动物，不必等到"七十者可以食肉矣"，平夙有一些肉类佐餐，也就可以满足了。

　　北平人馋，可是也没听说有谁真个馋死，或是为了馋而倾家荡产。大抵好吃的东西都有个季节，逢时按节的享受一番，会因自然调节而不逾矩。开春吃春饼，随后黄花鱼上市，紧接着大头鱼也来了，恰巧这时候后院花椒树发芽，正好掐下来烹鱼。鱼季过后，青蛤当令。紫藤花开，吃藤萝饼，玫瑰花开，吃玫瑰饼；还有枣泥大花糕。到了夏季，"老鸡头才上河哟"，紧接着是菱角、莲蓬、藕、豌豆糕、驴打滚、艾窝窝，一起出现。席上常见水晶肘，坊间唱卖烧羊肉，这时候嫩黄瓜、新蒜头应时而至。秋风一起，先闻到糖炒栗子的气味，然后就是炮烤涮羊肉，还有七尖八团的大螃蟹。"老婆老婆你别馋，过了腊八就是年。"过年前后，食物的丰盛就更不必细说。一年四季的馋，周而复始的吃。

　　馋非罪，反而是胃口好、健康的现象，比食而不知其味要好得多。

吸　烟

梁实秋

　　烟，也就是菸，译音曰淡巴菰。这种毒草，原产于中南美洲，遍传世界各地，到明朝，才传进中土。利马窦在明万历年间以鼻烟入贡，后来鼻烟就风靡了朝野。在欧洲，鼻烟是放在精美的小盒里，随身携带。吸时，以指端蘸鼻烟少许，向鼻孔一抹，猛吸之，怡然自得。我幼时常见我祖父辈的朋友不时的在鼻孔处抹鼻烟，抹得鼻孔和上唇都染上焦黄的颜色。据说能明目祛疾，谁知道？我祖父不吸鼻烟，可是备有"十三太保"，十二个小瓶环绕一个大瓶，瓶口紧包着一块黄褐色的布，各瓶品味不同，放在一个圆盘里，捧献在客人面前。我们中国人比欧人考究，随身携带鼻烟壶，玉的、翠的、玛瑙的、水晶的，精雕细镂，形状百出。有的山水图画是从透明的壶里面画的，真是鬼斧神工，不知是如何下笔的。壶有盖，盖下有小勺匙，以勺匙取鼻烟置一小玉垫上，然后用指端蘸而吸之。我家藏鼻烟壶数十，丧乱中只带出了一个翡翠盖的白玉壶，里面还存了小半壶鼻烟，百余年后，烈味未除，试嗅一小勺，立刻连打喷嚏不能止。

　　我祖父抽旱烟，一尺多长的烟管，翡翠的烟嘴，白铜的烟袋锅（烟袋锅子是塾师敲打学生脑壳的利器，有过经验的人不会忘记）。著名的关东烟的烟叶子贮存在一个绣花的红缎子葫芦形的荷包里。有些旱烟管四五尺长，若要点燃烟袋锅子里的烟草，则人非长臂猿，相当吃力，一时无人伺候则只好自己划一根火柴插在烟袋锅里，然后急速掉过头来抽吸。普通的旱烟管不那样长，那样长不容易清洗。烟袋锅子里积的烟油，常用以塞进壁虎的嘴巴置之于死。

　　我祖母抽水烟。水烟袋仿自阿拉伯人的水烟筒（hookah），不过我们中国制造的白铜水烟袋，形状乖巧得多。每天需要上下抖动的冲洗，呱哒呱哒的响。有一种特制的烟丝，兰州产，比较柔软。用表心纸揉纸煤儿，常是动员大人孩子一齐动手，成为一种乐事。经常保持一两只水烟袋作敬客之用。我记得每逢家里有病人，延请名医周立桐来看病，这位飘着胡须的老者总是昂首登堂直就后炕的上座，这时候送上盖碗茶的水烟袋，老人拿起水烟，装上烟草，突的一声吹燃了纸煤儿，呼噜呼噜抽上三两口，然后抽出烟袋管，把里面烧过的烟烬吹落在他自己的手心里，再投入面前的痰盂，而且投得准。这一套手法干净利落。抽过三五袋之后，呷一口茶，才开始说话："怎么？又是那一位不舒服啦?"每次如此，活龙活现。

　　我父亲是饭后照例一支雪茄，随时补充纸烟，纸烟的铁罐打开来，嘶有一声响，先在里面的纸笺上写启用日期，藉以察考每日消耗数量不使超高。雪茄形似飞艇，尖端上打个洞，叼在嘴里真不雅观，可是气味芬芳。纸烟中高级者都是舶来品，中下级者如强盗牌在民初左右风行一时，稍后如白锡包、粉包、国产的联珠、前门等等，皆为一般人所乐用。就中以粉包为特受欢迎的一种，因其烟支之粗细松紧正合吸海洛因者打"高射烟"之用，儿童最喜欢收集纸烟包中附置的彩色画片。好像是前门牌吧，附置的画片是水浒传一百零八条好汉的画像，如有人能搜集全套，可得什么什么的奖品，一时儿童趋之若鹜。可怜那些热心的收集者，枉费心机，等了多久多久，那位及时雨宋公明就是不肯亮相！是否有人集得全套，只有天知道了。

　　常言道："烟酒不分家"，抽烟的人总是桌上放一罐烟，客来则敬烟，这是最起码的礼貌。可是到了抗战时期,这情形稍有改变。在后方,物资很难,只有特殊人物才能从怀里掏出"幸运"、"骆驼"、"三五"、"毛利斯"在侪辈面前炫耀一番,只有豪门仕女才能双指夹着一支细长的红踊的"法蒂玛"扭怩作态。一般人吸的是"双喜",等而下之的便要数"狗屁牌"(Cupifd)香烟了。这渎亵爱神名义的香烟,气味如何自不待言,奇的是卷烟纸上有涂抹不匀的硝,吸的时候会像儿童玩的烟火"滴滴金",劈劈拍拍的作响、冒火星,令人吓一跳。饶是烟质不美,瘾君子还是不可一日无此君,而且通常是人各一包深藏在衣袋里面,不愿人知是何品牌,要吸时便伸手入袋,暗中摸索,然后突的抽出一支,点燃之后自得其乐。一听烟放在桌上任人取吸,那种场面不可复见。直到如今,大家元气稍复,敬烟之事已很寻常,但是开放式的一罐香烟经常放在桌上,仍不多见。

我吸纸烟始自留学时期,独身在外,无人禁制,而天涯羁旅,心绪如麻,看见别人吞云吐雾,自己也就效颦起来。此后若干年,由一日一包,而一日两包,而一日一听。约在二十年前,有一天心血来潮,我想试一试自己有多少克己的力量,不妨先从戒烟做起。马克·吐温说过:"戒烟是很容易的事,我一年戒过好几十次了。"我没有选择黄道吉日,也没有诹访室人,闷声不响地把剩余的纸烟一古脑地丢在垃圾堆里,留下烟嘴、烟斗、烟包、打火机,以后分别赠给别人,只是烟灰缸没有抛弃。"冷火鸡"的戒烟法不大好受,一时间手足失措,六神无主,但是工作实在太忙,要发烟瘾没得工夫,实在熬不过就吃一块巧克力。巧克力尚未吃完一盒,又实在腻胃,于是把巧克力也戒掉了。说来惭愧,我戒烟只此一遭,以后一直没有再戒过。

吸烟无益,可是很多人都说"不为无益之事何以遣有涯之一?"而且无益之事有很多是有甚于吸烟者,所以吸烟或不吸烟,应由各人自行权衡决定。有一个人吸烟,不知是为了特技表演,还是为了节省买烟钱,经常猛吸一口咽烟上肚,绝不污染体外的空气,过了几年此人染了肺癌。我吸了几十年烟,最后才改吸不花钱的新鲜空气。如果在公共场所遇到有人口里冒烟,甚或直向我的面前喷射毒雾,我便退避三舍,心里暗自咒诅:"我过去就是这副讨人嫌恶的样子!"

烤羊肉

梁实秋

北平中秋以后,螃蟹正肥,烤羊肉亦一同上市。口外的羊肥,而少膻味,是北平人主要的食用肉之一。不知何故很多人家根本不吃牛肉,我家里就牛肉不曾进过门。说起烤肉就是烤羊肉。南方人吃的红烧羊肉,是山羊肉,有膻气,肉瘦,连皮吃,北方人觉得是怪事,因为北方的羊皮留着做皮袄,舍不得吃。

北平烤羊肉以前门肉市正阳楼为最有名,主要的是工料细致,无论是上脑、黄瓜条、三叉、大肥片,都切得飞薄,切肉的师傅就在柜台近处表演他的刀法,一块肉用一块布蒙盖着,一手按着肉一手切,刀法利落。肉不是电冰柜里的冻肉(从前没有电冰柜),就是冬寒天冻,肉还是软软的,没有手艺是切不好的。

正阳楼的烤肉支子,比烤肉宛烤肉季的要小得多,直径不过二尺,放在四张八仙桌子上,都是摆在小院里,四围是四把条凳。三五个一伙围着一个桌子,抬起一条腿踩在条凳上,边烤边饮边吃边说笑,这是标准的吃烤肉的架势。不像烤肉宛那样的大支子,十几条大汉在熊熊烈火周围,一面烤肉一面烤人。女客喜欢到正阳楼吃烤肉,地方比较文静一些,不愿意露天自己烤,伙计们可以烤好送进房里来。烤肉用的不是炭,不是柴,是烧过除烟的松树枝子,所以带有特殊香气。烤肉不需多少佐料,有大葱芫荽酱油就行。

正阳楼的烧饼是一绝,薄薄的两层皮,一面粘芝麻,打开来会冒一股滚滚的热气,中间可以塞进一大箸子烤肉,咬上去,软。普通的芝麻酱烧饼不对劲,中间有芯子,太厚实,夹不了多少肉。

我在青岛住了四年,想起北平烤羊肉馋涎欲滴。可巧厚德福饭庄从北平运来大批冷冻羊肉片,我灵机一动,托人在北平为我订制了一具烤肉支子。支子有一定的规格尺度,不是外行人可以随便制造的。我的支子运来之后,大宴宾客,命儿辈到寓所后山拾松塔盈筐,敷在炭上,松香浓郁。烤肉佐以潍县特产大葱,真如锦上添花,葱白粗如甘蔗,斜切成片,细嫩而甜。吃得皆大欢喜。

提起潍县大葱,又有一事难忘。我的同学张心一是一位奇人,他的夫人是江苏人,家中禁食葱蒜,而心一是甘肃人,极嗜葱蒜。他有一次过青岛,我邀他家中便饭,他要求大葱一盘,别无所欲。我如他所请,特备大葱一盘,家常饼数张。心一以葱卷饼,顷刻而罄,对于其他菜肴竟未下箸,直吃得他满头大汗。他说这是数年来第一次如意的饱餐!

我离开青岛时把支子送给同事赵少侯,此后抗战军兴,友朋星散,这青岛独有的一个支子就不知流落何方了。

烧 鸭

梁实秋

北平烤鸭,名闻中外。在北平不叫烤鸭,叫烧鸭,或烧鸭子,在口语中加一子字。
《北平风俗杂咏》严辰《忆京都词》十一首,第五首云:

忆京都·填鸭冠寰中

烂煮登盘肥且美,

加之炮烙制尤工。

此间亦有呼名鸭,

骨瘦如柴空打杀。

严辰是浙人,对于北平填鸭之倾倒,可谓情见乎词。

北平苦旱,不是产鸭盛地,惟近在咫尺之通州得运河之便,渠塘交错,特宜畜鸭。佳种皆纯白,野鸭花鸭则非上选。鸭自通州运到北平,仍需施以填肥手续。以高粱及其他饲料揉搓成圆条状,较一般香肠热狗为粗,长约四寸许。通州的鸭子师傅抓过一只鸭来,夹在两条腿间,使不得动,用手掰开鸭嘴,以粗长的一根根的食料蘸着水硬行塞入。鸭子要叫都叫不出声,只有眨巴眼的分儿。塞进口中之后,用手紧紧的往下捋鸭的脖子,硬把那一根根的东西挤送到鸭的胃里。

填进几根之后,眼看着再填就要撑破肚皮,这才松手,把鸭关进一间不见天日的小棚子里。几十百只鸭关在一起,像沙丁鱼,绝无活动余地,只是尽量给予水喝。这样关了若干天,天天扯出来填,非肥不可,故名填鸭。一来鸭子品种好,二来师傅手艺高,所以填鸭为北平所独有。抗战时期在后方有一家餐馆试行填鸭,三分之一死去,没死的虽非骨瘦如柴,也并不很肥,这是我亲眼看到的。鸭一定要肥,肥才嫩。

北平烧鸭,除了专门卖鸭的餐馆如全聚德之外,是由便宜坊(即酱肘子铺)发售的。在馆子里亦可吃烤鸭,例如在福全馆宴客,就可以叫右边邻近的一家便宜坊送了过来。自从宣外的老便宜坊关张以后,要以东城的金鱼胡同口的宝华春为后起之秀,楼下门市,楼上小楼一角最是吃烧鸭的好地方。在家里,打一个电话,宝华春就会派一个小利巴,用保温的铅铁桶送来一只才出炉的烧鸭,油淋淋的,烫手热的。附带着他还管代蒸荷叶饼葱酱之类。他在席旁小桌上当众片鸭,手艺不错,讲究片得薄,每一片有皮有油有肉,随后一盘瘦肉,最后是鸭头鸭尖,大功告成。主人高兴,赏钱两吊,小利巴欢天喜地称谢而去。

填鸭费工费料,后来一般餐馆几乎都卖烧鸭,叫做叉烧烤鸭,连闷炉的设备也省了,就地一堆炭火一根铁叉就能应市。同时用的是未经填肥的普通鸭子,吹凸了鸭皮晾干一烤,也能烤得焦黄崩脆。但是除了皮就是肉,没黄油,味道当然差得多。有人到北平吃烤鸭,归来盛道其美,我问他好在哪里,他说:"有皮,有肉,没有油。"我告诉他:"你还没有吃过北平烤鸭。"

所谓一鸭三吃,那是广告噱头。在北平吃烧鸭,照例有一碗滴出来的油,有一副鸭架装。鸭油可以蒸蛋羹,鸭架装可以熬白菜,也可以煮汤打卤,馆子里的鸭架装熬白菜,可能是预先煮好的大锅菜,稀汤洗水,索然寡味。会吃的人要把整个的架装带回家里去煮。这一锅汤,若是加口蘑(不是冬菇,不是香蕈)打卤,卤上再加一勺炸花椒油,吃打卤面,其味之美无与伦比。

酸梅汤与糖葫芦

梁实秋

夏天喝酸梅汤,冬天吃糖葫芦,在北平是不分阶级人人都能享受的事。不过也有精粗之别。琉璃厂信远斋的酸梅汤与糖葫芦,特别考究,与其他各处或街头小贩所供应者大有不同。

徐凌霄《旧都百话》关于酸梅汤有这样的记载:

暑天之冰,以冰梅汤为最流行,大街小巷,干鲜果铺的门口,都可以看见"冰镇梅汤"四字的木檐横额。有的黄底黑字,甚为工致,迎风招展,好似酒家的帘子一样,使过往的熟人,望梅止渴,富于吸引力。昔年京朝大老,贵客雅流,有闲工夫,常常要到琉璃厂逛逛书铺,品品骨董,考考版本,消磨长昼。天热口干,辄以信远斋梅汤为解渴之需。

信远斋铺面很小,只有两间小小门面,临街是旧式玻璃门窗,拂拭得一尘不染,门楣上一块黑漆金字匾额,铺内清洁简单,道地北平式的装修。进门右手方有黑漆大木桶一,里面有一大白瓷罐,罐外周围全是碎冰,罐里是酸梅汤,所以名为冰镇,北平的冰是从什刹海或护城河挖取藏在窖内的,冰块里可以看见草皮木屑,泥沙秽物更不能免,是不能放在饮料里喝的。什刹海会贤堂的名件"冰碗",莲蓬桃仁杏仁菱角藕都放在冰块上,食客不嫌其脏,真是不可思议。有人甚至把冰块放在酸梅汤里！信远斋的冰镇就高明多了。因为桶大罐小冰多,喝起来凉沁脾胃。他的酸梅汤的成功秘诀,是冰糖多、梅汁稠、水少,所以味浓而酽。上口冰凉,甜酸适度,含在嘴里如品纯醪,舍不得不咽。很少人能站在那里喝那一小碗而不再喝一碗的。抗战胜利还乡,我带孩子们到信远斋,我准许他们能喝多少碗都可以。他们连尽七碗方始罢休。我每次去喝,不是为解渴,是为解馋。我不知道为什么没有人动脑筋把信远斋的酸梅汤制为罐头行销各地,而一任"可口可乐"到处猖狂。

信远斋也卖酸梅卤、酸梅糕。卤冲水可以制酸梅汤,但是无论如何不能像站在那木桶旁边细啜那样有味。我自己在家也曾试做,在药铺买了乌梅,在干果铺买了大块冰糖,不惜工本,仍难如愿。信远斋掌柜姓萧,一团和气,我曾问他何以仿制不成,他回答得很妙:"请您过来喝,别自己费事了。"

信远斋也卖蜜饯、冰糖子儿、糖葫芦为最出色。北平糖葫芦分三种。一种用麦芽糖,北平话是糖稀,可以做大串山里红的糖葫芦,可以长达五尺多,这种大糖葫芦,新年厂甸卖的最多。麦芽糖裹水杏儿(没长大的绿杏),很好吃,做糖葫芦就不见佳,尤其是山里红常是烂的或是带虫子屎。另一种用白糖和了粘上去,冷了之后白汪汪的一层霜,另有风味。正宗是冰糖葫芦,薄薄一层糖,透明雪亮,材料种类甚多,诸如海棠、山药、山药豆、杏干、葡萄、橘子、荸荠、核桃,但是以山里红为正宗。山里红,即山楂,北地盛产,味酸,裹糖则极可口。一般的糖葫芦皆用半尺来长的竹签,街头小贩所售,多染尘沙,而且品质粗劣。东安市场所售较为高级。但仍以信远斋所制为最精,不用竹签,每一颗山里红或海棠均单个独立,所用之果皆硕大无疵,而且干净,放在垫了油纸的纸盒中由客携去。

离开北平就没吃过糖葫芦,实在想念。近有客自北平来,说起糖葫芦,据称在北平这种不属于任何一个阶级的食物几已绝迹。他说我们在台湾自己家里也未尝不可试做,台湾虽无山里红,其他水果种类不少,沾了冰糖汁,放在一块涂了油的玻璃板上,送入冰箱冷冻,岂不即可等着大嚼？他说他制成之后将邀我共尝,但是迄今尚无下文,不知结果如何。

麻　将

梁实秋

我的家庭守旧,绝对禁赌,根本没有麻将牌。从小不知麻将为何物。除夕到上元开赌禁,以掷骰子状元红为限,下注三十几个铜板,每次不超过一二小时。有一次我斗胆问起,麻将怎个打法。家君正色曰:"打麻将吗？到八大胡同去！"吓得我再也不敢提起麻将二字。心里留下一个并不正确的印象,以为麻将与八大胡同有什么密切关联。

后来出国留学,在轮船的娱乐室内看见有几位同学作方城戏,才大开眼界,觉得那一百三十六张骨牌倒是很好玩的。有人热心指点,我也没学会。这时候麻将在美国盛行,很多美国人家里都备有一副,虽然附有说明书,一般人还是不易得其门而入。我们有一位同学在纽约居然以教人打牌为副业,电话召之即去,收入颇丰,每小时一元。但是为大家所不齿,认为他不务正业,贻士林。

科罗拉多大学有两位教授，姊妹俩，老处女，请我和闻一多到她们家里晚餐，饭后摆出了麻将，作为余兴。在这一方面我和一多都是属于"四窍已通其三"的人物——一窍不通，当时大窘。两位教授不能了解中国人竟不会打麻将？当晚四个人临时参看说明书，随看随打，谁也没能规规矩矩的和下一把牌，窝窝囊囊的把一晚消磨掉了。以后再也没有成局。

麻将不过是一种游戏，玩玩有何不可？何况贤者不免。梁任公先生即是此中老手。我在清华念书的时候，就听说任公先生有一句名言："只有读书可以忘记打牌，只有打牌可以忘记读书。"读书兴趣浓厚，可以废寝忘食，还有工夫打牌？打牌兴亦不浅，上了牌桌全神贯注，焉能想到读书？二者的诱惑力、吸引力，有多么大，可以想见。书读多了，没有什么害处，顶多变成不更事的书呆子，文弱书生。经常不断的十圈二十圈麻将打下去，那毛病可就大了。有任公先生的学问风操，可以打牌，我们没有他那样的学问风操，不得藉口。

胡适之先生也偶然喜欢摸几圈。有一年在上海，饭后和潘光旦、罗隆基、饶子离和我，走到一品香开房间打牌。硬木桌上打牌，没有溜溜的，震天价响，有人认为痛快。我照例作壁上观。言明只打八圈。打到最后一圈已近尾声，局势十分紧张。胡先生坐庄，潘光旦坐对面，三副落地，吊单，显然是一副满贯的大牌。"扣他的牌，打荒算了。"胡先生摸到一张白板，地上已有两张白板。"难道他会吊孤张？"胡先生口中念念有词，犹豫不决。左右皆曰："生张不可打，否则和下来要包！"胡适先生自己的牌也是一把满贯的大牌，且早已听张，如果扣下这张白板，势必拆牌应付，于心不甘。犹豫了好一阵子，"冒一下险，试试看。"拍的一声把白板打了出去！"自古成功在尝试"，这一回却是"尝试成功自古无"了。潘光旦嘿嘿一笑，翻出底牌，吊的正是白板。胡先生包了。身上现钱不够，开了一张支票，三十几元。那时候这不算是小数目。胡先生技艺不精，没得怨。

抗战期间，后方的人，忙的是忙得不可开交，闲的是闷得发慌。不知是谁诌了四句俚词："一个中国人，闷得发慌。两个中国人，就好商量。三个中国人，作不成事。四个中国人，麻将一场。"四个人凑在一起，天造地设，不打麻将怎么办？雅舍也备有麻将，只是备不时之需。有一回有客自重庆来，第二天就回去，要求在雅舍止宿一夜。我们没有招待客人住宿的设备，颇有难色，客人建议打个通宵麻将。在三缺一的情形下，第四者若是坚不下场，大家都认为是伤天害理的事。于是我也不得不凑一角。这一夜打下来，天旋地转，我只剩得奄奄一息，誓言以后在任何情形之下，再也不肯做这种成仁取义的事。

麻将之中自有乐趣。贵在临机应变，出手迅速。同时要手挥五弦目送飞鸿，有如谈笑用兵。徐志摩就是一把好手，牌去如飞，不加思索。麻将就怕"长考"。一家长考，三家暴躁。以我所知，麻将一道要推太太小姐们最为擅长。在牌桌上我看见过真正春笋一般的玉指洗牌砌牌，灵巧无比。（美国佬的粗笨大手砌牌需要一根大尺往前一推，否则牌就摆不直！）我也曾听说某一位太太有接连三天三夜不离开牌桌的纪录，（虽然她最后崩溃以至于吃什么吐什么！）男人们要上班，就无法和女性比。我认识的女性之中有一位特别长于麻将，经常午间起床，午后二时一切准备就绪，呼朋引类，麻将开场，一直打到夜深。雍容俯仰，满室生春。不仅是技压侪辈，赢多输少。我的朋友卢冀野是个倜傥不羁的名士，他和这位太太打过多次麻将，他说："政府于各部会之外应再添设一个'俱乐部'，其中设麻将司，司长一职非这位太太莫属矣。"甘拜下风的不只是他一个人。

路过广州，耳畔常闻噼噼啪啪的牌声，而且我在路边看见一辆停着的大卡车，上面也居然摆着一张八仙桌,四个人露天酣战,行人视若无睹。餐馆里打麻将,早已通行,更无论矣。在台湾,据说麻将之风仍然很盛。有中国人的地方就有麻将,有些地方的寓公寓婆亦不能免。麻将的诱惑力太大。王尔德说过:"除了诱惑之外,我什么都能抵抗。"

我不打麻将,并不妄以为自己志行高洁。我脑筋迟钝,跟不上别人反应的速度,影响到麻将的节奏。一赶快就出参差。我缺乏机智,自己的一副牌都常照顾不来,遑论揣度别人的底细,既不知己又不知彼,如何可以应付大局?打牌本是寻乐,往往是寻烦恼,又受气又受窘,干脆不如不打。费时误事的大道理就不必说了。有人说卫生麻将又有何妨?想想看,鸦片烟有没有卫生鸦片,海洛因有没有卫生海洛因?大凡卫生麻将,结果常是有碍卫生。起初输赢小,渐渐提升。起初是朋友,渐渐成赌友,一旦成为赌友,没有交情可言。我曾看见两位朋友,都是斯文中人,为了甲扣了乙一张牌,宁可自己不和而不让乙和,事后还扬扬得意,以牌示乙,乙大怒。甲说在牌桌上损人利己的事是可以做的,话不投机,大打出手,人仰桌翻。我又记得另外一桌,庄家连和七把,依然手顺,把另外三家气得目瞪口呆面色如土。结果是勉强终局,不欢而散。赢家固然高兴,可是输家的脸看了未必好受。有了这些经验,看了牌局我就怕,坐壁上观也没兴趣。何况本来是个穷措大,"黑板上进来白板上出去"也未免太惨。

对于沉湎于此道中的朋友们,无论男女,我并不一概诅咒。其中至少有一部分可能是在生活上有什么隐痛,藉此忘忧,如同吸食鸦片一样久而上瘾,不易戒掉。其实要戒也很容易,把牌和筹码以及牌桌一起蠲除,洗手不干便是。

下 棋

梁实秋

有一种人我最不喜欢和他下棋,那便是太有涵养的人。杀死他一大块,或是抽了他一个车,他神色自若,不动火,不生气,好像是无关痛痒,使得你觉得索然寡味。君子无所争,下棋却是要争的。当你给对方一个严重威胁的时候,对方的头上青筋暴露,黄豆般的汗珠一颗颗地在额上陈列出来,或哭丧着脸作惨笑,或咕嘟着嘴作吃屎状,或抓耳挠腮,或大叫一声,或长吁短叹,或自怨自艾口中念念有词,或一串串地噎嗝打个不休,或红头涨脸如关公,种种现象,不一而足,这时节你"行有余力"便可以点起一支烟,或啜一碗茶,静静地欣赏对方的苦闷的象征。我想猎人追逐一只野兔的时候,其愉快大概略相仿佛。因此我悟出一点道理,和人下棋的时候,如果有机会使对方受窘,当然无所不用其极,如果被对方所窘,便努力作出不介意状,因为既不能积极地给对方以苦痛,只好消极地减少对方的乐趣。

自古博弈并称,全是属于赌的一类,而且只是比"饱食终日无所用心"略胜一筹而已。不过弈虽小术,亦可以观人,相传有慢性人,见对方走当头炮,便左思右想,不知是跳左边的马好,还是跳右边的马好,想了半个钟头而迟迟不决,急得对方拱手认输。是有这样的慢性人,每着都要考虑,而且是加慢的考虑,我常想这种人如加入龟兔竞赛,也必定可以获胜。也有性急的人,下棋如赛跑,劈劈拍拍,草草了事,这仍就是饱食终日无所用心的一贯作风。下棋不能无争,争的范围有大有小,有斤斤计较而因小失大者,有不拘小节而眼观全局者,有短兵相接作生死斗者,有各自为战而旗鼓相当者,有赶尽杀绝一步不让者,有好勇斗狠同归于尽者,有一面下棋一面诮骂者,但最不幸的是争的范围超出了棋盘,而拳足交加。有下象棋者,久而无声音,排闼视之,阒不见人,原来他们是在门后角里扭做一团,一个人骑在另一个人的身上,在他的口里挖车呢。被挖者不敢出声,出声则口张,口张则车被挖回,挖回则必悔棋,悔棋则不得胜,这种认真的态度憨得可爱。我曾见过二人手谈,起先是坐着,神情潇洒,望之如神仙中人,俄而棋势吃紧,两人都站起来了,剑拔弩张,如斗鹌鹑,最后到了生死关头,两个人跳到桌上去了!

笠翁《闲情偶寄》说弈棋不如观棋,因观者无得失心,观棋是有趣的事,如看斗牛、斗鸡、斗蟋蟀一般,但是观棋也有难过处,观棋不语是一种痛苦。喉间硬是痒得出奇,思一吐为快。看见一个人要入陷阱而不做声是几乎不可能的事,如果说得中肯,其中一个人要厌恨你,暗暗地骂一声"多嘴驴!"另一个人也不感激你,心想"难道我还不晓得这样走!"如果说得不中肯,两个人要一齐嗤之鼻,"无见识奴!"如果根本不说,憋在心里,受病。所以有人于挨了一个耳光之后还要抚着热辣辣的嘴巴大呼"要抽车,要抽车"!

下棋只是为了消遣,其所以能使这样多人嗜此不疲者,是因为它颇合于人类好斗的本能,这是一种"斗智不斗力"的游戏。所以瓜棚豆架之下,与世无争的村夫野老不免一枰相对,消此永昼;闹市茶寮之中,常有有闲阶级的人士下棋消遣,"不为无益之事,何以遣此有涯之生?"宦海里翻过身最后退隐东山的大人先生们,髀肉复生,而英雄无用武之地,也只好闲来对弈,了此残生,下棋全是"剩余精力"的发泄。人总是要斗的,总是要钩心斗角地和人争逐的。与其和人争权夺利,还不如在棋盘上多占几个官,与其招摇撞骗,还不如在棋盘上抽上一车。宋人笔记曾载有一段故事:"李讷仆射,性卞急,酷好弈棋,每下子安详,极于宽缓,往往躁怒作,家人辈则密以弈具陈于前,讷睹,便忻然改容,以取其子布弄,都忘其恚矣。"(南部新书)下棋,有没有这样陶冶性情之功,我不敢说,不过有人下起棋来确实是把性命都可置诸度外。我有两个朋友下棋,警报作,不动声色,俄而弹落,棋子被震得在盘上跳荡,屋瓦乱飞,其中一位棋瘾较小者变色而起,被对方一把拉住:"你走!那就算是你输了。"此公深得棋中之趣。

请　客

梁实秋

常听人说:"若要一天不得安,请客;若要一年不得安,盖房;若要一辈子不得安,娶姨太太,"请客只有一天不得安,为害不算太大,所以人人都觉得不妨偶一为之。

所谓请客,是指自己家里邀集朋友便餐小酌,至于在酒楼饭店"铺筵席,陈尊俎",呼朋引类,飞觞醉月,享用的是金樽清酒,玉盘珍羞,最后一哄而散,由经手人员造账报销,那种宴会只能算是一种病狂或是罪孽,不提也罢。

妇主中馈,所以要请客必须先归而谋诸妇。这一谋,有分教,非十天半月不能获致结论,因为问题牵涉太广,不能一言而决。

首先要考虑是请什么人。主客当然早已内定,陪客的甄选大费酌量。眼睛生在眉毛上边的宦场中人,吃不饱饿不死的教书匠,一身铜臭的大腹贾,小头锐面的浮华少年……若是聚在一个桌上吃饭,便有些像是鸡兔同笼,非常勉强。把凤未谋面的人拘在一起,要他们有说有笑,同时食物都能顺利的从咽门下去,也未免强人所难。主人从中调处,殷勤了这一位,怠慢了那一位,想找一些大家都有兴趣的话题亦非易事。所以客人需要分类,不能鱼龙混杂。客的数目视设备而定。若是能把所有该请的客人一网打尽,自然是经济算盘,但是算盘亦不可打得太精。再大的圆桌面也不过能坐十三四个体态中型的人。说来奇怪,客人单身者少,大概都有宝眷,一请就是一对,上桌只好当半桌用。有人请客发重笺贴,心想总有几位心领谢谢,万想不到人人惠然肯来,而且还有一位特别要好带一个七八岁的小宝宝!主人慌忙添座,客人谦让"孩子坐我腿上!"大家挤挤攘攘,其中还不乏中年发福之士,把圆桌围得密不通风,上菜需飞越人头,斟酒要从耳边下注,前排客满,主人在二排敬陪。

拟菜单也不简单。任何家庭都有它的招牌菜,可惜很少人肯其所长,大概是以平素见过的饭馆酒席的局面作为蓝图。家里有厨师厨娘,自然一声吩咐,不再劳心,否则主妇势必亲自下厨操动刀俎。主人多半是擅长理论,真让他切葱剥蒜都未必能够胜任。所以拟定菜单,需要自知之明,临时"钻锅"翻看食谱未必有济于事。四冷荤,四热炒,四压桌,外加两道点心,似乎是无可再减,大鱼大肉,水陆杂陈,若不能使客人连串的打饱嗝,不能算是尽兴。菜单拟订的原则是把客人一个个的填得嘴角冒油。而客人所希冀的也往往是一场牙祭。有人以水饺宴客,馅子是猪肉菠菜,客人咬了一口,大叫:"哟,里面怎么净是青菜!"一般人还是欣赏肥肉厚酒,管它是不是烂肠之食!

宴客的吉日近了,主妇忙着上菜市,挑挑检检,检检挑挑,又要物美又要价廉,装满两个篮子,半途休憩好几次才能气喘汗流的回到家。泡的,洗的,剥的,切的,闹哄一两天,然而丑媳妇怕见公婆子不行,吉日到了。客又早已折简相邀,难道还会不肯枉驾?不,守时不是我们的传统。准时到达,岂不像是"头如穹庐咽细如针"的饿鬼?要让主人干着急,等他一催请再催请,然后徐徐命驾,姗姗来迟,这才像是大家风范。当然朋友也有特别性急而提早莅临的,那也使得主人措手不及慌成一团。客人的性格不一样,有人进门就选一个比较最好的座位,两脚高架案上,真是宾至如归;也有人寒暄两句便一头扎进厨房,声称要给主妇帮忙,系着围裙伸着两只油手的主妇连忙谦谢不迭。等到客人到齐,无不饥肠辘辘。

落座之前还少不了你推我让的一幕。主人指定座位,时常无效,除非事前摆好名牌,而且写上官衔,分层排列,秩序井然。敬酒按说是主人的责任,但是也时常有热心人士代为执壶,而且见杯即斟,每斟必满。不知是什么时候什么人兴出来的陋习,几乎每个客人都会双手举杯齐眉,对着在座的每一位客人敬酒,一霎间敬完一圈,但见杯起杯落,如"兔儿爷捣碓"。不喝酒的也要把汽水杯子高高举起,虚应故事,喝酒的也多半是拧眉皱眼的抿那么一小口。一大盘热糊糊的东西端上来了。像翅羹,又像浆糊,一人一勺子,盘底花纹隐约可见,上面洒着的一层芫荽不知被哪一位像芟除毒草似的拨到了盘下,又不知被哪一位从盘下夹到嘴里吃了。还有人坚持海味非蘸醋不可,高呼要醋,等到一碟"忌讳"送上台面海味早已不见了。菜是一道一道的上,上一道客人喊一次"太丰富,太丰富",然后埋头大嚼,不敢后人。主人照便谦称:"不成敬意,家常便饭。"心直口快的客人就许提出疑问:"这样的家常便饭,怕不要吃穷了?"主人也只好噗哧一笑而罢。将近尾声的时候,大概总有一位要先走一步,因为还有好几处应酬。这时候主妇蹑了进来,红头涨脸,额角上还有几颗没揩干净的汗珠,客人举起空杯向她表示慰劳之意,她坐下胡乱吃一些残羹剩炙。

席终,香茗水果伺候,客人靠在椅子上剔牙,这时节应该是客去主人安了。但是不,大家雅兴不浅,谈锋尚健,饭后磕牙,海阔天空,谁也不愿首先辞,致败人意。最后大概是主人打了一个哈欠而忘了掩口,这才有人提议散会。天下无不散之筵席,奈何奈何? 不要以为席终人散,立即功德圆满,地上有无数瓜子皮,纸烟灰,桌上杯碟狼藉,厨房里有堆成山的盘碗锅勺,等着你办理善后!

送 礼

梁实秋

俗语说:"官不打送礼的。"此语甚妙。因为从前的官不是等闲人,他是可以随便打人的,所以有人怕见官,见了官便不由的有三分惧怕,而送礼的人则必定是有求于人,惟恐人家不肯赏收,必定是卑躬屈膝春风满面、点头哈腰老半天,谁还狠得下心打笑脸人? 至于礼之厚薄倒无关宏旨,好歹是进账,细大不蠲,收下再说。

不过送礼的人也确实有些是该打屁股的。

送礼这件事,在送的这一方面是很苦恼的一个节目,尤其是逢时按节的例行送礼,前例既开,欲罢不能。如果是个什么机构之类,有人可以支使采办,倒还省事。采办的人在其中可以大显身手。礼讲究四色,其中少不得一篮应时水果,篮子硕大无朋,红绳缎带,五花大绑,一张塑料纸绷罩在上面,绷得紧,系得牢,要打开还很费手脚。打开之后,时常令人叫绝。原来篮子之中有草纸一堆坟然隆起,上面盖着一层光艳照人的苹果、梨、柑之类,一部分水果的下面是黑烂发霉的。四色之中可能还有金华火腿一只,使得这一份礼物益发高贵而隆重。死尸可以冷藏而不腐,火腿则必须在适当温度中长期腌制,而亚热带天气只适宜促成其面的爪尖干干净净,红色门票上还有金字。有一天打开一看,嘿! 就像医师开刀发现内部癌瘤已经溃散赶紧缝起创口了事一般,我也赶快把它原封包起。原来里面万头攒动着又白又胖的蛆虫,而且不需用竹筷贯刺就有一股浓厚的尸臭令人欲呕。我有意把这只金华火腿送走,使它物还原主,又真怕伤了他的自尊,而且西谚有云:"不要扒开人家赠你的一匹马的嘴巴看。"其意是对礼物不可挑剔。无可奈何之中,想起了平剧中有"人头挂高杆"之说,于是乘黄昏时候蹑手蹑脚的把这只火腿挂在大门外的电线杆上。自门隙窥伺之,果见有人施施然来,睹物一惊,驻足逡巡,然后四顾无人迅速出手,挟之而去,这只火腿的最后下落如何我就不知道了。送水果、送火腿的人,那分隆情盛意,我当然是领受了。

英文里有个名词"白象"(white elephant),意为相当名贵而无实用并且难于处置的东西。试想有人送你一头白象,你把它安顿在哪里? 你一天需要饲喂它多少食粮? 它病了你怎么办? 它死了你怎么办? 发脾气你怎么办? 我相信一旦白象到门,你会手足无措。事实上我们收到的礼物偶然也是近似白象,令人啼笑皆非。我收到一项礼物,瓶状的电桌灯一盏,立在地面上就几乎与我齐眉,若是放在太和殿里当然不嫌其大,可惜蜗居逼仄,虽不至于仅可容膝,这样的庞然巨制放在桌上实在不称,万一头重脚轻倒栽下来,说不定会砸死人。居然有客人来,欣赏其体制之雄伟,说它壮观,我立即举以相赠,请他把白象牵了出去,后遂不知其所终。

生日礼物,顺理成章的是一块大蛋糕。问题在,你送一块,他也送一块,一下子收到十块、二十块大蛋糕,其中还可能有两个人抬着拿进来的超大号的,虽说"好的东西不嫌多",真的多了起来也是一患。我亲见有一位宦场中人,他生日那天收到三十块以上的蛋糕,陈列在走廊上,洋洋大观。最后筵席散了,主人央客各自携带一块蛋糕回家,这样才得收疏散之效。客人各自提着像帽盒似的一个纸匣子,鱼贯而出,煞是好看。照理说,蛋糕是好东西,或细而软,或糙而松,各有其风味,唯独上面糊着的一层雪白的"蜡油"实在令人难以入口。偶然也有使用搅打过的鲜奶油的,但不常见,常见的硬是"蜡油"。我曾亲见一个任性的孩子,一次罄了一个直径一尺以上的蜡油蛋糕,父母不拦阻他,因为他们府上蛋糕实在太多正苦没有销场,结果是那个孩子倒在床上呻吟呕吐,黄澄澄一橛一橛的从嘴里吐出来。那样子好难看!

有些人家是很讲究禁忌的。大概最忌的是送钟,因为钟与终二字同音。送钟来,拒受则失礼,往往当即回敬一圆钱,象征其是买而非送,即足以破除其不祥。其实有始即有终,此乃自然之道。何况大限未至,即有人先来预约执绋,料想将来局面不致冷冷清清,也正是好事。有人在生日的时候,收到一份奇特的礼物——半匹粗白布。这种东西不是没有实用,将来不定为了谁而遵礼成服的时候,为经、为带均无不可,只是不知要收藏多久。主妇灵机一动,把布染成粉红色,剪裁加穗,做成很出色的成套的沙发罩布,化乖戾普吉祥。有人忌讳朋友送书给他,生怕因此而赌输。我从不赌博,因此最欢迎有人送书给我,未读之书太多,开卷总归有益,但是朋友们总是怕我坏了手气,只有很少的几位肯以书见贻,真所谓"知我者,二三子"!

送礼给人,当然是应该投其所好。除非是存心呕气,像诸葛孔明之送巾帼给司马仲达。所以送礼之前,势必要先通过大脑思量一番。如果对方是和尚,送篦子就不大相宜,虽然也"金篦刮眼"之说。如果对方患消渴,则再好的巧克力糖也难以使他衷心喜悦。如果对方已经老掉了牙,铁蚕豆就不可以请他尝试。诸如此类,不必细举。再说礼物轻重也该有个斟酌,轻了固然寒伧,重了也容易启人疑窦,以为你有什么分外的企图。从前旧俗,家家有一本礼簿,往来户头均有记录,逢年过节或红白喜事均有例可循,或送现金,或送席票。如果向无往来,新开户头,则看下次遇到机会对方有无还礼,有则继续下去,无则不再往来,这不失为公平合理的办法。现在时代不同,人口流动,酬应频繁,粉红炸弹与白色讣闻满天飞,送礼变成了灾害,如果逃不掉躲不开,则只好虚应故事,投以一篮鲜花或是一端幛子,而没有其他多少选择了。

论西装

林语堂

许多朋友问我为何不穿西装。这问题虽小,却已经可以看出一人的贤愚与雅俗了。倘是一人不是俗人,又能用点天赋的聪明,兼又不染季常癖,总没有肯穿西装的,我想。在一般青年,穿西装是可以原谅的,尤其是在追逐异性之时期,因为穿西装虽有种种不便,却能处处受女子之青睐,风俗所趋,佳人所好,才子自然也未能免俗。至于已成婚而子女成群的人,尚穿西装,那必定是他仍旧屈服于异性的徽记了。人非昏瞆,又非惧内,决不肯整日价挂那条狗领而自豪。在要人中,惧内者好穿西装,这是很鲜明彰著的事实。也不是女子尽喜欢作弄男子,令其受苦。不过多半的女子似乎觉得西装的确较为摩登一等。况且即使有点不便,为伊受苦,也是爱之表记。

古代英雄豪杰，为着女子赴汤蹈火，杀妖斩蛇，历尽苦辛以表示心迹者正复不少。这种女子的心理的遗留，多少还是存在于今日，所以也不必见怪。西装只可当为男子变相的献殷勤罢了。不过平心而论，西装之所以成为一时风气而为摩登士女所乐从者，唯一的理由是，一般人士震于西洋文物之名而好为效響；在伦理上，美感上，卫生上是决无立足根据的。

不知怎样，中装中服，暗中是与中国人之性格相合的，有时也从此可以看出一人中文之进步。满口英语，中文说得不通的人必西装，或是外国骗得洋博士，羽毛未干，念了三两本文学批评，到处横冲直撞，谈文学，盯女人者，亦必西装。然一人的年事渐长，素养渐深，事理渐达，心气渐平，也必断然弃其洋装，还我初服无疑。或是社会上已经取得相当身分，事业上已经有相当成就的人，不必再服洋装以掩饰其不通英语及其童骍之气时，也必断然卸了他的一身洋服。所有例外，除有季常癖者，也就容易数得出来，洋行职员，青年会服务员及西崽为一类，这本不足深责，因为他们不但中文不会好，并且名字就是取了约翰，保罗，彼得，Jimmy 等，让西洋大班叫起来方便。再一类便是月薪百元的书记，未得差事的留学生，不得志之小政客等。华侨子弟，党部青年，寓公子侄，暴富商贾及剃头师父等又为一类，其穿西装心理虽各有不同，总不外趋俗两字而已，如乡下妇女好镶金齿一般见识，但决说不上什么理由。在这一种俗人中，我们可以举溥仪为最明显的例子。我猜疑着，像溥仪或其妻一辈人必有镶过金齿，虽然在照片上看不出。你看那一对蓝（黑）眼镜，厚嘴唇及他的英文名字"亨利"，也就可想而知了。所以溥仪在日本天皇羽翼之下，尽可称皇称帝。到了中国关内想要复辟，就有点困难。单那一套洋服及那英文名字就叫人灰心。你想"亨利亨利"，还像个中国天子之称吗？

大约中西服装哲学上之不同，在于西装意在表现人身形体。而中装意在遮盖身体。然而人身到底像猴狲，脱得精光，大半是不甚美感，所以与其表扬，毋宁遮盖。像甘地及印度罗汉之半露体，大半是不能引人生起什么美感的。只有没有美感的社会，才可以容得住西装。谁不相信这话，可以到纽约 Coney Island 的海岸，看看那些海浴的男妇老少的身体是怎样一回事。裸体美多半是画家挑出几位身材得中的美女画出来的，然而在中国之画家，已经深深觉得身段匀美的模特儿之不易得了。所以二十至三十五岁以内的女子西装，我还赞成，因为西装确可极量表扬其身体美，身材轻盈，肥瘦停匀的女子服西装，的确占了便宜。然而我们不能不为大多数的人着想，像纽约终日无所事事髀肉复生的、四十余岁贵妇，穿起夜服，露其胸背，才叫人触目惊心。这种妇人穿起中服便可以藏拙，占了不少便宜。因为中国服装是比较一视同仁，自由平等，美者固然不能尽量表扬其身体美于大庭广众之前，而丑者也较便于藏拙，不至于太露形迹了，所以中服很合于德漠克拉西的精神。

以上是关于美感方面。至于卫生通感方面，更无足为西装置辩之余地。狗不喜欢带狗领，人也不喜欢带上那西装的领子，凡是稍微明理的人都承认这中古时代 Sir Walter Raleigh, Cardinal Rioheliou 等传下来的遗物的变相是不合卫生的。西方就常有人立会宣言，要取消这条狗领。西洋女装在三十年来的确已经解放不少，但是男子服装还是率由旧章，未能改进，男子的颈子，社会总还认为不美观不道德，非用领子扣带起来不可。带这领子，冬天妨碍御寒，夏天妨碍通气，而四季都是妨碍思想，令人自由不得。文士居家为文，总是先把这条领子脱下，居家而尚不敢脱领，那便是惧内之徒，另有苦衷了。

自领以下，西装更是毫无是处。西人能发明无线电飞机，却不能了悟他们身体只有头面一部尚算自由。穿西装者，必穿紧封皮肉的贴身卫生里衣，叫人身皮肤之毛孔作用失其效能。中国衣服之好处，正在不但能通毛孔呼吸，并且无论冬夏皆宽适如意，四通八达，何部痒处，皆搔得着。西人则在冬天尤非穿刺身之羊毛里衣不可。卫生里衣之衣裤不能无褶,以致每堆积于腹部,起了反抗,由是不能不改为上下通身一片之 union suit。里衣之外,必加以衬衫,衬衫之外,必束以紧硬的皮带,使之就范,然就范不就范就常成了问题。穿礼服硬衬衫这人就知道其中之苦处。衬衫之外,又必加以背心。这背心最无道理,宽又不是,紧又不是,须由背后活动钩带求得适宜之中点,否则不是宽时空悬肚下,便是紧时妨及呼吸。凡稍微用脑的人,都明白人身除非立正之时,胸部与背后之直线总有不同,俯前则胸屈而背伸,仰后则胸伸而背屈。然而西洋背心偏偏是假定胸背长短相称,不容人俯仰于其际。惟人既不能整日挺直,结果非于俯前时,背心不得自由而褶成数段,压迫呼吸,便是于仰后时,背心尽处露出,不能与裤带相衔接。其在体材胖重的人,腹部高起之曲线既无从隐藏,背心之底下尽处遂成为那弧形之最向外点,由此点起,才由裤腰收敛下去,长此暴露于人世,而裤带也时时刻刻岌岌可危了。人身这样的束缚法,难怪西人为卫生起见,要提倡裸体运动,摒弃一切束缚了。

但是如果人类还是爬行动物,那裤带也不至于成为岌岌可危之势。只消像马鞍的腹带,绑上便不成问题,决不上下于其间。但人类虽然已经演化到竖行地步,西洋裤带却仍就假定我们是爬行动物。妇人堕胎常就是吃这竖行之亏,因为人类的行走虽然已取立势,而吾人腹部的肌肉还未演化改造过来,以致本为爬行载重于横脊骨上之极稳重设置,遂发生时有堕胎之危险。现在立势即成,妇人腹部肌肉却仍是横纹,不是载重于肩旁。而男人之裤带也一样的有时时不得把握之势而受地心吸力所影响。唯一补救的办法,就是将裤带拼命扣紧,致使妨碍一切脏腑之循环运动,而间接影响于呼吸之自由。

单这一层,我们就可以看出将一切重量载于肩上令衣服自然下垂的中服是唯一的合理的人类的服装。至于冬夏四时之变易,中服得以随时增减,西装却很少商量之余地,至少非一层里衣一层衬衫一层外衣不可。天炎既不可减,天凉也无从加。这种非人的衣服,非欲讨好女子的人是决不肯穿来受罪的。

中西服装之利弊如此显然,不过时俗所趋,大家未曾着想,所以我想人之智愚贤不肖,大概可以从此窥出吧?

论躺在床上

林语堂

看起来我是天命注定要做一个市场哲学家的;可是我没有办法。一般地说来,哲学似乎是那种把简单的东西弄得难懂的学问,可是我能想象得到一种使困难的东西简单化的学问。"唯物主义","人文主义","超绝主义","多元论",及其他的一切"主义"虽然都有很冗长的理论,可是我想这些哲学体系并不比我自己的哲学更深刻。归根结底的说来,生活不外是吃饭,睡觉,和朋友们相会,作别,团聚和送别会,泪和笑,两星期剪一次头发,在一盆花上浇水,看邻人由屋顶上跌下去;用一种学术上的隐语,把我们关于这些人生简单现象的观念加以装饰,乃是大学教授掩饰极端空虚的思想或极端含糊的思想的一个诡计。因此,哲学变成一种使我们越来越不了解自己的学术。哲学家所完成的功绩就是:他们讲得越多,我们越觉糊涂。

人们很少知道躺在床上的艺术的重要,这是很奇怪的;据我看来,世界上最重要的发现,无论在科学方面或哲学方面,十分之九是科学家或哲学家,在上午两点钟或五点钟盘身躺在床上时所得到的。

有些人白天躺在床上,有些人夜间躺在床上。讲到"Lying"这个字,不外两种意义,(按英文"Lying"一字同时有"躺"和"撒谎"两种意义。——译者注)一为身体上的,一为道德上的,因为这两种动作恰巧是符合一致的。我相信躺在床上是人生一种最大的乐趣;我觉得那些像我这样相信的人是诚实者,而那些不相信躺在床上的人是撒谎者,他们事实上在白天是大撒其谎的,在外表方面如此,在道德方面亦莫不如此。那些在白天撒谎的人是道德促进家,幼稚园教师,和《伊索寓言》的读者,而那些和我坦白承认一个人应该有意培养躺在床上的艺术的人,都是诚实者,他们宁愿读《阿丽思漫游奇境记》(Alice in Wonderland)这一类不含教训的书。

身体上和精神上躺在床上的意义是甚么呢? 由身体上言之,躺在床上是我们摒弃外物,退居房中,而取最合于休息,宁静和沉思的姿势。躺在床上有一种适当而奢逸的方法。最伟大的人生艺术家孔子是"寝不尸"的,是盘身而卧的。我相信人生一种最大的乐趣是蜷起腿卧在床上。为达到最高度的审美乐趣和智力水准起见,手臂的位置也须讲究。我相信最佳的姿势不是全身躺直在床上,而是用软绵绵的大枕头垫高,使身体与床铺成三十角度,而把一手或两手放在头后。在这种姿势之下,诗人写得出不朽的诗歌,哲学家可以想出惊天动地的思想,科学家可以完成划时代的发现。

人们很少知道寂静和沉思的价值,这是可怪的。在你经过了一天劳苦工作之后,在你和许多人见面,和许多人谈话之后,在你的朋友们向你说无意义的笑话之后,在你的哥哥姐姐想规劝你的行为,使你可以上天堂之后,在这一切使你郁然不快之后,躺在床上的艺术不但可以给你身体上的休息,而且可以给你完全的舒畅。我承认躺在床上有这一些功效;可是其功效尚不止此。躺在床上的艺术如果有着适当的培养,应该有清净心灵的功效。许多商业中人每以事业繁忙自豪,一天到晚东奔西跑,席不暇暖,案上三架电话机拨个不停。殊不知他们若肯每天上午一点钟或七点钟醒在床上静躺一小时,牟利一定可以加倍。就使躺到上午八点钟才起来,那又何妨? 如果他放了一盒上等香烟在床边的小桌上,费了充足的时间离床起身,在刷牙之前把当天的一切问题全都解决完毕,那可就更好了。在床上,当他穿了睡衣,舒服地伸直着腰或盘身而卧着,不受那可恶的羊毛内衣,或过厌的腰带或吊带,令人窒息的衣领,和笨重的皮鞋所束缚时,当他的脚趾自由开放了,恢复它们白天失掉了的自由时,在这个时候,有真正商业头脑的人便能够思想了,因为一个人只有在脚趾自由的时候,头脑才能够获得自由,只有在头脑自由的时候,才能够有真正的思想。这样,他在那种舒服的位置之中,可以追思昨天作事之成绩及错误,同时拣定今日工作之要点。他与其准时在上午九点钟或八点三刻到办公处,像奴隶管理人那样地监督他的下属人员,而"无事忙"起来,还不如胸有成竹地到上午十点钟才上办公处。

至于思想家,发明家,和理想家,在床上静躺一点钟的效力尤其宏大。文人以这种姿势来想他的文章或小说的材料,比他一天到晚坐在书台边所得的更多。因为他在床上不受电话、善意的访客和日常的琐事所打扰,可以由一片玻璃或一幅珠帘看见人生,现实的世界罩着一个诗的幻想的光轮,透露着一种魔术般的美。在床上,他所看见的不是人生的皮毛,人生变成一幅更现实的图画,像倪云林或米芾的伟大绘画一样。

所以如此者,是因为当我们躺在床上之时,一切肌肉在休息状态中,血脉呼吸也归平稳了,五官神经也静止了,由了这身体上的静寂,使心灵更能聚精会神不为外物所扰,所以无论是思想,是感官,都比日间格外灵敏。一切美妙的音乐,都应该取躺卧的姿势,闭着眼去详细领略。李笠翁早已在《论柳》一篇里说过,闻鸟宜于清晨静卧之时。假如我们能利用清晨,细听天中乐,福分真不小啊!事实上,多数的城市都洋溢着鸟儿的音乐,虽则我相信有许多居民没有感觉到。例如,这是我一天早晨在上海所听到的声音:

> 今天早晨,我五点就醒,躺在床上听见最可喜的空中音乐。起初是听见各工厂的汽笛而醒,笛声高低大小长短不一。过一会儿,是远处传来愚园路上的马蹄声,大约是外国骑兵早操经过。在晨光熹微的静寂中,听马蹄滴笃,比听布剌谟兹(J. Brahms 十九世纪德国制曲家)的交响曲还有味道。再过一会,便有三五声的鸟唱。可惜我对于鸟声向来不曾研究,不辨其为何声,但仍不失闻鸟之乐。

> 自然鸟声以外,还有别种声音。五点半就有邻家西崽叩后门声,大概是一夜眠花宿柳回来。隔弄有清道夫竹帚扫弄沙沙的声音。忽然间,天中两声"工——当"飞雁的声音由空中传过。六时二十五分,远地有沪杭甬火车到西站的机器隆隆的声音,加上一两声的鸣笛。隔壁小孩子房中也有声响了。这时各家由夜乡中相继回来,夜的静寂慢慢消逝,日间外头各种人类动作的混合声慢慢增高,慢慢宏亮起来.接下佣人也起来了。有开窗声,钩钩声,一两咳嗽声,轻微脚步声,端放杯盘声。忽然间,隔房小孩叫"妈妈!"

这就是我那天早晨在上海所听到的大自然音乐。

在那年整个春天之中,我最享乐的,就是听见一种鸟声,与我幼时在南方山上所听相似,土名为 Kachui,大概就是鸠鸟。他的唱调有四音——do,mi,re - ti,头二音合一拍,第三音长二拍半,而在半拍之中转入一简短的低阶的 ti(第四音)——第四音简短停顿的最妙。这样连环四音续唱,就成一极美的音调,又是宿在高树上,在空中传一绝响,尤为动人。最妙者,是近地一鸠叫三五声,百步外树梢就传来另一鸠鸟的应声,这自然是雌雄的唱和,为一切声音的原始。这样唱和了一会,那边不和了,这边心里就着急,调子就变了,拍节加快,而将尾音省去,只成 do,mi,re 三音,到了最后无聊,才归静止,过一会再来。这鸠鸟的清唱,在各种鸟声中最美而留给我最深的印象。此外鸟声尚多;我除了用音乐的乐谱之外,不晓得怎样描写这些歌声,可是我知道这些歌声之中有鹊鸟、黄鹏和啄木鸟的歌声,以及鸽子的鸪鸪声。雀声来得较迟,就是因为醒得较迟,其理由不外我们的伟大美食家兼诗人李笠翁所指出的。别的鸟最怕人,我们这最可恶的人类一醒,不是枪弹就是掷石,一天不得清静,所以连唱都不能从容了之,尽其能事了。故日间吟唱,其唱不佳。为此只好早点起来清唱。唯有雀,既不怕人,也就无妨从容多眠一会儿。

我的戒烟

林语堂

凡吸烟的人,大都曾在一时糊涂,发过宏愿,立志戒烟,在相当期内与此烟魔决一雌雄,到了十天半个月之后,才自醒悟过来。我有一次也走入歧途,忽然高兴戒烟起来,经过三星期之久,才受良心责备,悔悟前非。我赌咒着,再不颓唐,再不失检,要老老实实做吸烟的信徒,一直到老毫为止。到那时期,也许会听青年会俭德会三姑六婆的妖言,把它戒绝,因为一人到此时候,总是神经薄弱,身不由主,难代负责。但是意志一日存在,是非一日明白时,决不会再受诱惑。因为经过此次的教训,我已十分明白,无端戒烟断绝我们灵魂的清福,这是一件亏负自己而无益于人的不道德行为。据英国生物化学名家夏尔登 Haldane 教授说,吸烟为人类有史以来最有影响于人类生活的四大发明之一。其余三大发明之中,记得有一件是接猴腺青春不老之新术。此是题外不提。

在那三星期中,我如何的昏迷,如何的懦弱,明知于自己的心身有益的一根小小香烟,就没有胆量取来享用,说来真是一段丑史。此时事过境迁,回想起来,倒莫明何以那次昏迷一发发到三星期。若把此三星期中之心理历程细细叙述起来,真是罄竹难书。自然,第一样,这戒烟的念头,根本就有点糊涂。为什么人生世上要戒烟呢?这问题我现在也答不出。但是我们人类的行为,总常是没有理由的,有时故意要做做不该做的事,有时处境太闲,无事可作,故意降大任于己身,苦其筋骨,饿其体肤,空乏其身,把自己的天性拂乱一下,预备做大丈夫罢?除去这个理由,我想不出当日何以想出这种下流的念头。这实有点像陶侃之运甓,或是像现代人的健身运动——文人学者无柴可剖,无水可汲,无车可拉,两手在空中无目的的一上一下,为运动而运动,于社会工业之生产,是毫无贡献的。戒烟戒烟,大概就是贤人君子的健灵运动罢。

自然,头三天,喉咙口里,以至气管上部,似有一种怪难堪似痒非痒的感觉。这倒易办。我吃薄荷糖,喝铁观音,含法国顶上的补喉糖片。三天之内,便完全把那种怪痒克服消灭了。这是戒烟历程上之第一期,是纯粹关于生理上的奋斗,一点也不足为奇。凡以为戒烟之功夫只在这点的人,忘记吸烟魂灵上的事业;此一道理不懂,根本就不配谈吸烟。过了三天,我才进了魂灵战斗之第二期。到此时,我始恍然明白,世上吸烟的人,本有两种,一种只是南郭先生之徒,以吸烟跟人凑热闹而已。这些人之戒烟,是没有第二期的。他们戒烟,毫不费力。据说,他们想不吸就不吸,名之为"坚强的意志"。其实这种人何尝吸烟?一人如能戒一癖好,如卖掉一件旧服,则其本非癖好可知。这种人吸烟,确是一种肢体上的工作,如刷牙、洗脸一类,可以刷,可以不刷,内心上没有需要,魂灵上没有意义的。这种人除了洗脸、吃饭、回家抱孩儿以外,心灵上是不会有所要求的,晚上同俭德会女会员的太太们看看《伊索寓言》也就安眠就寝了。辛稼轩之词、王摩诘之诗、贝多芬之乐、王实甫之曲,是与他们无关的。庐山瀑布还不是从上而下的流水而已?试问读稼轩之词、摩诘之诗而不吸烟,可乎?不可乎?

但是在真正懂得吸烟的人,戒烟却有一问题,全非俭德会男女会员所能料到的。于我们这一派真正吸烟之徒,戒烟不到三日,其无意义,与待己之刻薄,就会浮现目前。理智与常识就要问:为什么理由,政治上,社会上,道德上,生理上,或者心理上,一人不可吸烟,而故意要以自己的聪明埋没,违背良心,戕贼天性,使我们不能达到那心旷神怡的境地?谁都知道,作文者必精力美满:意到神飞,胸襟豁达,锋发韵流,方有好文出现,读书亦必能会神会意,胸中了无窒碍,神游其间,方算是读。此种心境,不吸烟岂可办到?在这兴会之时,我们觉得伸手拿一支烟乃唯一合理的行为;若是把一块牛皮糖塞入口里,反为俗不可耐之勾当。我姑举一两件事为证。

我的朋友 B 君由北京来沪。我们不见面,已有三年了。在北平时,我们是晨昏时常过从的,夜间尤其是吸烟瞎谈文学、哲学、现代美术以及如何改造人间宇宙的种种问题。现在他来了,我们正在家里炉旁叙旧。所谈的无非是在平旧友的近况及世态的炎凉。每到妙处,我总是心里想伸一只手去取一支香烟,但是表面上却只有立起而又坐下,或者换换坐势。B 君却自自然然的一口一口的吞云吐雾,似有不胜其乐之概。我已告诉他,我戒烟了,所以也不好意思当场破戒。

话虽如此,心坎里只觉得不快,嗒然若有所失,我的神志是非常清楚的。每回 B 君高谈阔论之下,我都能答一个"是"字,而实际上却恨不能同他一样的兴奋倾心而谈。这样畸形的谈了一两小时,我始终不肯破戒,我的朋友就告别了。论"坚强的意志"与"毅力"我是凯旋胜利者,但是心坎里却只觉得快快不乐。过了几天,B 君途中来信,说我近来不同了,没有以前的兴奋、爽快,谈吐也大不如前了,他说一或者是上海的空气太恶浊所致。到现在,我还是怨悔那夜不曾吸烟。

又有一夜,我们在开会,这会按例星期一次。到时聚餐之后,有人读论文,作为讨论,通常总是一种吸烟大会。这回轮着 C 君读论文。题目叫做《宗教与革命》,文中不少诙谐语。在这种扯谈之时,室内的烟气一层一层的浓厚起来,正是暗香浮动奇思涌发之时。诗人 H 君坐在中间,斜躺椅上,正在学放烟圈,一圈一圈的往上放出,大概诗意也跟着一层一层上升,其态度之自若,若有不足为外人道者。只有我一人不吸烟,觉得如独居化外,被放三危。这时戒烟越看越无意义了。我恍然觉悟,我太昏迷了。我追想搜索当初何以立志戒烟的理由,总搜寻不出一条理由来。

此后,我的良心便时起不安。因为我想,思想之贵在乎兴会之神感,但不吸烟之魂灵将何以兴感起来?有一下午,我去访一位洋女士。女士坐在桌旁,一手吸烟,一手靠在膝上,身微向外,颇有神致。我觉得醒悟之时到了。她拿烟盒请我。我慢慢的,镇静的,从烟盒中取出一支来,知道从此一举,我又得道了。

我回来,即刻叫茶房去买一包白锡包。在我书桌的右端有一焦迹,是我放烟的地方。因为吸烟很少停止,所以我在旁刻一铭曰"惜阴池"。我本来打算大约要七八年,才能将这二英寸厚的桌面烧透。而在立志戒烟之时,惋惜这"惜阴池"深只有半生丁米突而已。所以这回重复安放香烟时,心上非常快活。一因为虽然尚有远大的前途,却可以日日进行不懈。从来因搬屋,书房小,书桌只好卖出,"惜阴池"遂不见。此为余生平第一恨事。

可持续的快乐

周国平

如果一个年轻女性来问我,青春不能错过什么,要我举出十件必须做的事,我大约会这样列举:

一、至少恋爱一次,最多两次。一次也没有,未免辜负了青春。但真爱不易,超过两次,就有赝品之嫌。

二、交若干好朋友,可以是闺中密友,也可以是异性知音。

三、学会烹调,能烧几样好菜。重要的不是手艺本身,而是从中体会日常生活的情趣。

四、每年小旅行一次,隔几年大旅行一次,增长见识,拓宽胸怀。

五、锻炼身体,最好有一种自己喜欢、能够持之以恒的体育项目。

六、争取接受良好的教育,精通一门专业知识或技能,掌握足以维持生存的看家本领。尽量按照自己的兴趣选择取舍。如果做不到,就以敬业精神对待本职工作,同时在业余发展自己的兴趣。

七、养成高品位的读书爱好,读一批好书,找到属于自己的书中知己。

八、喜欢至少一种艺术,音乐、舞蹈、绘画都行,可以自己创作和参与,也可以只是欣赏。

九、养成写日记的习惯。它可以帮助你学会享受孤独,在孤独中与自己谈心。

十、经历一次较大的挫折而不被打败。只要不被打败,你就会变得比过去强大许多倍。不经历这么一回,你不会知道自己其实多么有力量。

开完这个单子,我再来说一说我的指导思想。

我的指导思想很简单,第一条是快乐。青春是人生中生命力最旺盛的时期,快乐是天经地义的。我最讨厌那种说教,什么"少壮不努力,老大徒伤悲",什么"吃得苦中苦,方为人上人",仿佛青春的全部价值就在于为将来的成功而苦苦奋斗。在所有的人生模式中,为了未来而牺牲现在是最坏的一种,它把幸福永远向后推延,实际上是取消了幸福。

人只有一个青春,要享受青春,也只能是在青春时期。有一些享受,过了青春期诚然还可以有,但滋味是不一样的。譬如说,人到中老年仍然可以恋爱,但终归减少了新鲜感和激情。同样是旅行,以青春期的好奇、敏感和精力充沛,也能取得中老年不易有的收获。

依我看,"少壮不享乐,老大徒懊丧"至少也是成立的。倘若一个人在年轻时只知吃苦,拒绝享受,到年老力衰时即使成了人上人,却丧失了享受的能力,那又有什么意思呢。尤其是女性,我衷心希望她们有一个快乐的青春,否则这个世界也不会快乐。

但是,快乐不应该是单一的,短暂的,完全依赖外部条件的,而应该是丰富的,持久的,能够靠自己创造的,否则结果仍是不快乐。所以,我的第二条指导思想是可持续的快乐。这是套用可持续的发展一语,用在这里正合适。

青春终究会消逝,如果只是及时行乐,毫不为今后考虑,倒真会"老大徒伤悲"了。为今后考虑,一方面是实际的考虑,例如要有真本事,要有健康的身体,等等。另一方面,更重要的是,要使快乐本身具有生长的能力,能够生成新的更多的快乐。我所列举的多数事情都属于此类,它们实际上是一些精神性质的快乐。

青春是心智最活泼的时期,也是心智趋于定型的时期。在这个时期,一个人倘若能够通过读书、思考、艺术、写作等等充分领略心灵的快乐,形成一个丰富的内心世界,他就拥有了一个永不枯竭的快乐源泉。这个源泉将泽被整个人生,他即使在艰难困苦之中,仍拥有人类最高级的快乐。在我看来,这是一个人可能在青春期获得的最重大成就了。

追寻简单

牟瑞彬

简单,只两个字眼儿,简单得无须解释,又深刻得难以解说。

一个馒头,一碗粥,一碟小菜,心满意足地吃下来,这是简单;三口人,两份工资,一个家,锅碗瓢盆地过日子,这是简单;高级职称三个名额四个人要,那我就退出来,下次再来,这是简单;中伤之言,一笑置之,小人原本少教养,跟他计较不值,这是简单;破破烂烂,可卖则卖,该扔就扔,毫不可惜,决不留情,这是简单……孩子们永远天真永远快乐,是因为人生在他们眼里只是简单;少女们总是无限感伤无限烦恼,是因为人们总对她们说人生不简单;中年人常常郁闷愁眉紧锁,是因为他们找不到简单;老年人安详、冷静,是由于经历了一番艰难人生跋涉,穿越了人类自己制造的纷杂、喧嚣、迷茫的思想迷雾,在人生的那一端,他们看到了生活其实是简单。

是的,人生的道理原本简单——男人和女人共同组成人类。生和死是人的全部生命过程。世上最透彻的生活哲理往往藏在最朴素无华的人生世界、最简单明白的大实话中。粮店来了好米,老婆一声呼唤:"扔下你那书本,人活着先得吃饭!"半夜里赶写论文点灯熬油,老婆轻轻唠叨:"丢了小命,职称有啥用?"瞧,生活里的普普通通一句话常能引领人瞅见高山背后坦荡荡一片人生平原。这话是深刻,更是简单。简单是一种生活方式,不讲奢华,不求档次,钱少少花,钱多也不乱花;简单更是一种人生态度,得失随缘,不尚华贵,不羡名利。钱钟书夫妇俩,几十年来把自己圈在围城里,红尘滚滚,商潮汹汹,都拒之于城墙之外,简单的日子过得平和、充实、清静、舒畅。19世纪中叶美国著名作家亨利·戴维·梭罗,一个把思想和人生完善结合起来的人,为了试验人除了必要的物品,其他一无所有是否能在大自然中愉快地生活,1845年7月,28岁的梭罗提着一把借来的斧子只身来到康科德郊外的瓦尔登湖边亲手为自己建筑起一座房子,过起了如初民般的生活,一年仅用6个星期去谋生,剩下的时间全留给自己去做自己喜欢做的事情——观察、阅读、思考、写作,两年自给自足的生活之后,他写出了超经验主义的经典之作《瓦尔登湖》。

这世界并不复杂,只要心简单就行了;如果心复杂了,这世界就复杂了。悟出简单的人自会轻轻松松地享受人生。从根本的意义上明白人活着都要吃饭穿衣,你就会自然想到飞扬只是人生的一瞬,平凡细琐才是生命的永恒。那又何必奢望浮名耗费心机,为觅不到人生的雄奇博大唉声叹气?懂得"我是我自己的",当然不屑企求别人的承认;知道昨天的经验教训只是为了今天活得更好,又何须为过去的伤心事哀痛不已?人这个自然之子,他(她)的肉躯只需要从自然之中获取适量的五谷杂粮,只需要几套保暖的衣物,只需要不多但真挚的亲情、友情和爱情,简简单单的日子更能咀嚼出生活的滋味:放眼望去,满街绅男淑女中,自己虽不抢目也不显寒酸,倒落得个逍遥自在;少了浮躁,少了矫饰,少了繁琐,简单的日子竟让自己神清气爽起来。学会了换一种眼光来看世界、就会发现,商场里充斥了奢靡的物品,报刊里塞满了矫情的文字,办公室里弥漫着过多虚伪的寒暄……于是,不再被外在的世界,内在的心弄得疲惫不堪,得失随缘,心无增减,处世以不即不离之法,居心于有意无意之间。简单些,试着解除一些物质之累和心负之累吧!

简单不是浅陋,是海洋中的静谧和深邃,简单也不等于平庸,是高原深秋的宽广无垠;简单不是不要丰足小康、明快多彩的生活,不是拒绝浪漫情怀、潇洒风度,它只是喧嚣中保持一份空灵,不去凑那份热闹;只是流行中认定平淡如金,不去追什么潮流赶什么时髦。

简单如高天上流云,高山上流水,让凝涩的人生流畅,把板结的心情融化,使喧哗的世界灵动。简单会使精神有了一种高尚感,心灵有了一种净化感,灵魂有了一种安详感,身心有了一种健康感。简单的生活,造就了高尚的人格,那才是真不简单哩。

生活还是毁灭由你选择

孙盛起

约翰尼·卡许是六七十年代风靡欧美流行歌坛的超级巨星。在卡许还是个孩子的时候，心中就怀有一个梦想：做个受世人仰慕的歌手。高中毕业后，他参军离开了家乡，不久被派往德国驻军。在德国的一个军人商店里，卡许买到了自己有生以来的第一把吉他。他利用业余时间刻苦练琴和唱歌，并自学谱曲，开始为实现自己的理想而奋斗。

服役期满后，卡许回到美国，奔走于各唱片公司和电台。可是，没有一家唱片公司肯为他灌制唱片，就连电台音乐节目广播员的职位他也没能得到。他只能靠挨家挨户推销各种生活用品来维持生计。然而，遭遇的挫折和生活的窘迫不仅没有泯灭他心中的梦想，反而越发激励他努力提高自己的演唱技巧。他坚信，自己独特的演唱风格终有一天会被世人接受。

不久，他结识了几个志同道合的人组织了一个小型歌唱组。在城市的街道、教堂前的石台上、乡村小镇的酒吧前，他们为歌迷们做巡回演出，足迹遍布半个美国。终于，一家唱片公司独具慧眼，为他灌制了第一张唱片。这张唱片立刻在欧美歌坛引起轰动，各大电视台也纷纷邀他演出，约翰尼·卡许因此一举成名。无休止的演出，天天被狂热的歌迷所包围，掌声、签名和自己的一切都暴露给世人，这些虽然是每个歌手梦寐以求的荣誉，但也是巨大的压力。几年下来，卡许被拖垮了，晚上需服安眠药才能入睡，白天更要吃些兴奋剂才能维持全天的精神状态。

渐渐地，他恶习缠身，酗酒和服用各种镇静或兴奋性药片成瘾，以至于后来他每天必须吞服100多片药才能使自己勉强站在舞台上。由于他服用的都是限量药品，药店有时会限制他购买，为了获取那些药片，他竟然常常失去控制，破门闯入药店进行抢夺。

他的劣行不仅使他很快失去了观众，更使他成了监狱里的常客。

一天早晨，当卡许再一次从佐治亚州的一所监狱刑满出狱时，典狱长——一位他以前的忠实歌迷对他说："约翰尼·卡许，我今天要把你的钱和麻醉药都还给你，因为你比别人更明白你能充分自由地选择自己想干的事。看，这就是你的钱和药片，你现在就把这些药片扔掉吧，否则，你就去麻醉自己。生活还是毁灭，你选择吧！"

卡许回到老家纳什维利，找到他的私人医生，表示自己要戒掉药瘾。医生不太相信他，告诉他："戒药瘾比找上帝还难。"

可是卡许决心选择生活，重新找回自己心中的上帝。他把自己锁在卧室里闭门不出，开始以非凡的毅力戒除毒瘾，为此他忍受了巨大的痛苦。他失眠烦躁，坐卧不宁，时常感到身体里像是有许多玻璃球在膨胀，突然一声爆响，他的五脏六腑就扎满了玻璃碎片，他甚至能清楚地看到身体上有无数小孔在汩汩流血！然而，他的毅力和信念顽强地支撑着他，使他最终摆脱掉麻醉药的诱惑而听从于心中梦想的召唤，一步一步艰难地从毁灭的边缘爬了回来。

9个星期以后，可怕的玻璃球不再在身体里出现，卡许又逐渐恢复了以前的神采。又经过几个月的努力，他满怀自信地重返歌坛引吭高歌，再一次成为被人仰慕的超级巨星。

后来他说："人生在紧要处就那么几步；左边是生活，右边是毁灭，看你怎样选择。"

一只特立独行的猪

王小波

　　插队的时候,我喂过猪,也放过牛。假如没有人来管,这两种动物也完全知道该怎样生活。它们会自由自在地闲逛,饥则食渴则饮,春天来临时还要谈谈爱情;这样一来,它们的生活层次很低,完全乏善可陈。人来了以后,给它们的生活作出了安排:每一头牛和每一口猪的生活都有了主题。就它们中的大多数而言,这种生活主题是很悲惨的:前者的主题是干活,后者的主题是长肉。我不认为这有什么可抱怨的,因为我当时的生活也不见得丰富了多少,除了八个样板戏,也没有什么消遣。有极少数的猪和牛,它们的生活另有安排,以猪为例,种猪和母猪除了吃,还有别的事可干。就我所见,它们对这些安排也不大喜欢。种猪的任务是交配,换言之,我们的政策准许它当个花花公子。但是疲惫的种猪往往摆出一种肉猪(肉猪是阉过的)才有的正人君子架势,死活不肯跳到母猪背上去。母猪的任务是生崽儿,但有些母猪却要把猪崽儿吃掉。总的来说,人的安排使猪痛苦不堪。但它们还是接受了:猪总是猪啊。

　　对生活做种种设置是人特有的品性。不光是设置动物,也设置自己。我们知道,在古希腊有个斯巴达,那里的生活被设置得了无生趣,其目的就是要使男人成为亡命战士,使女人成为生育机器,前者像些斗鸡,后者像些母猪。这两类动物是很特别的,但我以为,它们肯定不喜欢自己的生活。但不喜欢又能怎么样? 人也好,动物也罢,都很难改变自己的命运。

　　以下谈到的一只猪有些与众不同。我喂猪时,它已经有四五岁了,从名分上说,它是肉猪,但长得又黑又瘦,两眼炯炯有光。这家伙像山羊一样敏捷,一米高的猪栏一跳就过;它还能跳上猪圈的房顶,这一点又像是猫——所以它总是到处游逛,根本就不在圈里待着。所有喂过猪的知青都把它当宠儿来对待,它也是我的宠儿——因为它只对知青好,容许他们走到三米之内,要是别的人,它早就跑了。它是公的,原本该敲掉。不过你去试试看,哪怕你把劁猪刀藏在身后,它也能嗅出来,朝你瞪大眼睛,噢噢地吼起来。我总是用细米糠熬的粥喂它,等它吃够了以后,才把糠兑到野草里喂别的猪。其他猪看了嫉妒,一起嚷起来。这时候整个猪场一片鬼哭狼嚎,但我和它都不在乎。吃饱了以后,它就跳上房顶去晒太阳;或者模仿各种声音。它会学汽车响、拖拉机响,学得都很像;有时整天不见踪影,我估计它到附近的村寨里找母猪去了。我们这里也有母猪,都关在圈里,被过度的生育搞得走了形,又脏又臭,它对它们不感兴趣;村寨里的母猪好看一些。它有很多精彩的事迹,但我喂猪的时间短,知道得有限,索性就不写了。总而言之,所有喂过猪的知青都喜欢它,喜欢它特立独行的派头儿,还说它活得潇洒。但老乡们就不这么浪漫,他们说,这猪不正经。领导则痛恨它,这一点以后还要谈到。我对它则不止是喜欢——我尊敬它,常常不顾自己虚长十几岁这一现实,把它叫做"猪兄"。如前所述,这位猪兄会模仿各种声音。我想它也学过人说话,但没有学会——假如学会了,我们就可以做倾心之谈。但这不能怪它。人和猪的音色差得太远了。

　　后来,猪兄学会了汽笛叫,这个本领给它招来了麻烦。我们那里有座糖厂,中午要鸣一次汽笛,让工人换班。我们队下地干活时,听见这汽笛响就收工回来。我的猪兄每天上午十点钟总要跳到房上学汽笛,地里的人听见它叫就回来——这可比糖厂鸣笛早了一个半小时。坦白地说,这不能全怪猪兄,它毕竟不是锅炉,叫起来和汽笛还有些区别,但老乡们却硬说听不出来。领导上因此开了一个会,把它定成了破坏春耕的坏分子,要对它采取专政手段——会议的精神我已经知道了,但我不为它担忧——因为假如专政是指绳索和杀猪刀的话,那是一点门都没有的。以前的领导也不是没试过,一百人也逮不住它。狗也没用:猪兄跑起来像颗鱼雷,能把狗撞出一丈开外。谁知这回是动了真格的:指导员带了二十几个人,手拿五四式手枪;副指导员带了十几人,手持看青的火枪,分两路在猪场外的空地上兜捕它。这就使我陷入了内心的矛盾:按我和它的交情,我该舞起两把杀猪刀冲出去,和它并肩战斗。但我又觉得这样做太过惊世骇俗——它毕竟是只猪啊;还有一个理由,我不敢对抗领导,我怀疑这才是问题之所在。总之,我在一边看着。猪兄的镇定使我佩服之极:它很冷静地躲在手枪和火枪的连线之内,任凭人喊狗咬,不离那条线。这样,拿手枪的人开火就会把拿火枪的打死,反之亦然;两头同时开火,两头都会被打死。至于它,因为目标小,多半没事。就这样连兜了几个圈子,它找到了一个空子,一头撞出去了;跑得潇洒之极。以后我在甘蔗地里还见过它一次,它长出了獠牙,还认识我,但已不容我走近了。这种冷淡使我痛心,但我也赞成它对心怀叵测的人保持距离。

我已经四十岁了,除了这只猪,还没见过谁敢于如此无视对生活的设置。相反,我倒见过很多想要设置别人生活的人,还有对被设置的生活安之若素的人。因为这个原故,我一直怀念这只特立独行的猪。

READING 阅读 经典 CLASSICS

ZUISHOU DUZHE
XIAIDE
WENZHANG da quan ji

最受读者喜爱的文章

石伟坤 / 主编

大全集

〈下卷〉

外国卷

百花洲文艺出版社

外国卷目录

第五篇　要生活得写意

第六篇　蚂蚁与蜜蜂

第一篇　成功的秘诀

富人与穷人

〔埃及〕曼法鲁蒂

昨夜,我见到一个可怜的人,他双手抱腹、一副痛苦不堪的样子。其状不禁令我恻隐之心大动,我便问他,肚子怎么了? 他告之腹饥所致。我依已所能帮了他,尔后离开他去看一位朋友。这位朋友是位富有之人。令我惊讶的是,我见到他也双手抱腹,和那个穷苦的可怜人一样痛苦不堪。我问他怎么了? 他说吃多了。我心说:怪哉! 倘若这富人将他多吃的食物匀给那穷苦人一点儿,他们两人谁也不会遭受痛苦。

那位富人本应吃饱喝足便罢,可他太爱自己,太看重自己,便将穷人的那份食物也搜刮过来,放在自己的餐桌上。真主便用腹胀来惩罚他的残酷无情,使虐待他人者也不能舒舒服服。正如谚语所说:富人的腹胀正是穷人饥饿的报复。

苍天不吝啬它的雨露,大地不悭吝自己的五谷。但强者嫉妒弱者对它们的拥有,便对弱者巧取豪夺。弱者变得一无所有,怨声载道,叫苦连天;其实与弱者作对的是富人们,而不是大地和苍天。

但愿我也有那些人所有的那种头脑,我便能像他们那样地想象。强者们的借口是他们更有权获得钱财,更应从弱者那儿把它据为己有;倘若强大是他们侵占钱财的借口,他们为什么不以此借口夺去弱者们的性命,就像他们夺去弱者们的钱财那样? 在活着的人看来,生命并不比饥饿者手中的一口食物更值钱。如果他们借口说他们是从他们的父辈那儿继承的那些钱财,那么我们要说:如果为人父当有遗产,为什么你们只继承了你们父辈的钱财,而没有将他们的罪孽也继承过来? 你们的父辈是强者,他们从弱者那儿抢占了钱财,他们原本应当把他们从弱者那儿抢来的东西归还给弱者;如果你们必定要做他们的继承人,你们就该替他们将那钱财归还其主,而不是继续抢夺。

　　人类中的强者多么暴虐,他们的心肠是多么残酷啊!他们中有人躺在松软的床上酣睡,就是听到邻居饥寒交迫的呻吟也无动于衷;他们坐在烧烤煎炒、甜酸俱全的美味佳肴前,就是得知他的亲戚朋友中有人在饥肠辘辘地期待着得到桌上的残渣剩羹,也照旧胃口不减。他们中有的人不知什么叫怜悯,也不知什么叫廉耻;总是喋喋不休,即便是当着穷人的面也仍夸多斗靡,也许他想借数说自己库房的金银、箱柜里的珠宝、房间里的家具和华丽服饰,来撕碎穷人的心,使他更痛苦,更憎恨自己的人生;就仿佛他的一言一行都在说:我幸福是因为我富有,你凄惨是因为你贫穷。

　　我琢磨若不是强者们需要弱者,需要像使用他们家里的工具那样使用他们,以满足自己的需要;需要像使唤他们的牲口那样,使唤弱者,以满足自己的要求;若不是强者们想留下弱者以欣赏他们在自己手下作奴隶,在自己面前卑躬屈膝的场面,他们早就像侵吞弱者的糊口之物那样,吸干了弱者的血,早就像剥夺了弱者的生活享受那样,剥夺了他们的生命。

　　我认为只有乐善好施之人才是人,因为人与动物之间除了乐善好施再没有别的什么真正的区别。在我看来人有四种:一种人善待他人是为了让别人善待自己,他是那种认为乐善好施就是奴役他人的暴虐者;第二种人只善待自己不善待他人,他是那种倘若知道鲜血可以变成金块,便会为此而杀死所有人的贪得无厌者;第三种人不善待自己,也不善待他人,他是那样枵腹敛财的愚蠢守财奴;第四种人则是那种既善待他人又善待自己的人。我不知道这种人在什么地方,也不知去何处寻觅他。我想他就是古希腊犬儒学派的哲学家艾迪尤金所寻找的那种人。当他大白天提着灯转来转去时,有人问他:你提着灯在干什么?他说:"我在找人。"

(蒋传瑛　周　烈　译)

成功的秘诀

〔奥地利〕茨威格

　　25岁的时候,我在巴黎一面研究,一面写作。那时我发表的文学作品,已有不少人加以赞美,其中有些我自己也很喜欢。但在我的内心深处,总觉得还可使其更加完美一些,虽则自己不能肯定短处究竟在什么地方。

　　在这个时期,一位艺术大师给了我一个极大的教训。这教训初看似乎是无足轻重的小小际遇而已,事实上却是我一生写作生活的转折点。

　　有一晚我在比利时的名作家凡拉爱朗先生家里。同座是一位年长的画家,他对于晚近雕塑艺术的退步,极表慨叹。我那时年少气盛,对于他的意见竭力反对。我说:"以巴黎而论,难道我们就没有一位雕刻家足与米开朗琪罗媲美吗?难道罗丹先生雕刻的潘赛阿像、巴尔扎克像,不能跟大理石的耐久力同传不朽吗?"

　　我的驳辩说完之后，凡拉爱朗欣然地拍拍我的肩头："我明天就要去拜访罗丹先生，"他说，"跟我同去。像你这样的钦佩他，就有权利跟他会会面。"

　　我满心的高兴。但第二天凡拉爱朗把我介绍给那位雕刻大师之后，我一个字也说不出来。他们两位老朋友谈天说地，我觉得自己好像是一个不必要的旁听者。

　　然而那位大艺术家是十分和善的。当我们告别的时候，罗丹转过脸来对我说道："我想你或许要看看我的雕刻作品，可惜都不在这里。但请你星期日到我梅登的乡下住宅来，我们并且可以一同用便饭。"

　　在罗丹朴素的乡下住宅里，我们坐在一张小桌子旁吃了一餐家常饭。他慈祥而柔和地看着我，坦率的神情立刻使我忘记了局促。

　　他的雕刻室，也很简单，装着高大的窗子；里面有已经完成的造像，更有许许多多石膏所塑，作为初步试验的模型——一只胳膊，一只手，有时甚至只是一只指头或一个小小关节；桌上堆满着种种素描的图形。这些都显示出它的主人一生在不断地研究，不断地工作。

　　罗丹套上一件白布外衣，立刻变成一个工人的样子。他在一个雕刻架子前立定了。

　　"这是我最近的作品，"他一面揭去盖在上面的湿布，就露出一个女性的半身像来，那是用泥土所塑的，"我觉得这已是完工的了。"

　　这身体魁梧、肩膀宽阔、一脸灰白胡子的老头子，往后退了一步，侧着头细加端详。"是的，我想没有什么毛病了。"但审视了一会儿之后，忽又喃喃自语道："只有那肩膀上面，线条仍旧嫌太硬。对不起……"

　　他就捡起一柄塑像用的木质小刀来。小刀在柔软的泥土上轻轻拂过，使塑像的肌肉发生一种更细腻的光泽。老头子的手指变得轻巧而活泼，眼睛里放着光芒。"还有这里……这里……"他又修改了别的几处地方，再退后一步，细细观察。然后又把架子转过来，喉咙里喃喃地发出奇怪的声音。有时他欣然微笑，有时他眉头紧皱，有时捏了一点泥，加到像身上去，又轻轻抓掉一些。

　　如此继续了半小时，一小时……他从没有对我说一句话。除了创造他理想中的塑像之外，他什么都忘记了，似乎天地间只有这工作的存在，好像上帝着手创造世界的第一天那样。

　　后来，他大功告成似的松了一口气，丢下小刀，把刚才的那块湿布给塑像盖上，那种小心翼翼的神情，宛如一个男人给他情侣披上披肩。然后转背向外，仍旧恢复了初见时那魁梧的老人。还没有走到门口，忽然发现了我，他一惊。直到这个时候他才想起了我，刚才的失礼显然使他非常过意不去："对不起，先生。我简直把你忘记了。但是……"我十分感激地紧紧握住了他的手。或许他也感觉到了我的情绪，所以微微笑着，举起膀子围住了我的肩头，两个人一同走出那房间去。

　　这一天的收获，比我在学校里多年的用功还有益处。从此以后我知道，一切人类的工作如欲完善而有价值，应当是如何做法的。

　　一个人可以如此完全忘记了时间、空间与整个的世界，这个认识，使我得到了空前绝后的感动。这一小时，使我把握住了一切艺术、一切事业成功的奥秘——聚精会神；集中着所有的力量以完成不论大小的一件工作；把我们容易分散、容易旁骛的意志贯注在小小的一点。

我觉悟遗忘一切其他事物而集中意志以求完美的热忱，就是我过去所缺乏的。除了工作，好像自己都不存在，这是成功的秘诀。我现在知道舍此以外，别无神妙的方法了。

（王家槐　译）

高师精神

〔法国〕季洛杜

在一部专门探讨法国文学的书籍中，对高等师范学校竟然一字不提，这可能是极其不公正的。应当对那些并不了解它、甚至对它一无所知的人提出的批评作出反应。因为，高师诚然是以平民百姓为其学生构成的少数国立学校之一，然而，它却给了学生们一套终身的制服，即高师精神。

事实上，高师的确是一所精神学校。我并不以为这个学校培养出来的人都幽默、诙谐，但是，他们富有才智。他们是精神的信徒，也就是物质的反对者。他们既不接受社会的影响，也不甘忍受身体的约束，他们穿的衣服下摆宽松、透气，使他们得以在这没有空间的生活中自在地活动——而这就是精神。

他们在法国的这种境遇，显然不是绝无仅有的。但是，就多数情况而言，精神状态通常都是依据一种志向或对尘世生活的弃绝而确立的。画家、喜剧演员或作家都听命于他们的绘画、表演或写作，神甫则弃绝了他们所想象的具有侮辱性质的生活的训练。然而，高等师范学校学生一般并不具备什么天赋，而且，很少有批判性。他们的禀性，就是他们的天真。他们仅仅是精神的一代。他们的特点恰恰在于他们忽视现实，他们并不是理解现实，而是因为他们对它毫不怀疑。因此，他们在现实中总是无拘无束。他们无视意识危机，因为他们生来就与意识结下不解之缘，他们的政治趣味，不管是取自左或是右，在娱悦、理论和能力诸方面都达到同样的高度。他们也感觉不到贫穷，因为，对他们来说，只存在精神上的财富，而且，他们持有收藏这一财富的银箱的钥匙：高等师范学校可是一所富豪们的学校。

高师精神并不留给那些借助竞争的机遇而走上宇尔姆街①的人。有一类人无法用考试来鉴定。一般说来，进入任何学校的准备工作，都是一次全身心的投入，是一项人为而随意的加热工作、一项精神能力的体力训练。相反，进入高等师范学校的准备则是一次选择，一种放松。这是精神领域面向富于思想的年轻人的毫不保留的、全面的开放。这就是科学院，是真正的学院，是柏拉图学园，是生命的开端而不是生命的终结的学院。从这时起，未来的高师学生便上升为同伟大的伦理学、美学和伟大作家亲近的人。他可能显得渺小而平庸，但他属于他们那一类人。他常常把他们的语言说得和写得挺糟，但他只使用这种语言。此时，不难看到这种杂乱的语言可能引起的喋喋不休而又条理不清的毛病，但是，有关的大作家想必喜爱这种语言。问题显然

---

① 宇尔姆街：高师的所在地。

不在于一种恬静的赞赏,甚至也并不总是在于一种非常敏捷的理解。大作家与高师学生之间的关系,更确切地说,是享有盛名的父辈和子侄辈的关系,这些年轻人保持着他们全部的自由和对先辈们有克制的批评,他们的坦率想必吸引了前辈们;这种血肉关系,举例来说,决不会把拉辛与维克多·雨果连接起来,相反,倒把拉辛直接与某个取得语法教师学衔的高师学生联系在一起。高师全院展现的家族场景是这样的,在那儿,拉辛、帕斯卡尔、蒙田以及其他30位作家的半身像从他们各自的凉廊深情而欣喜地凝视着年轻的高师学生,学生们只穿无领衬衫,在草坪上打滚,承受着狂热情绪的折磨,驱使自己写下关于短短长格诗句中的顿挫或关于阿拉马尼颂歌中隐喻的学位考试论文的第二段落。

　　这样,人们发现高师根本不是一个人文主义中心。这是那些需要汇聚在一起,过一种特别强烈的个性化生活的人的组合。这是修道院般的准则,犹如无政府主义生活的支柱。要从中了解一体主义①的牢笼,必须像罗曼那样身为一体主义的首脑人物。相反,我却在其中看到一批绝对孤独的人,他们在全身心投入普通的娱乐活动的时候,更突出了自己精神上的孤立。高师学生的特长并非组成社团。他们的特长在于通过自然的调整,把一种臆想的生活,毫无痕迹地、令人惊异地转化为一种最离奇古怪的现实生活。这种生活不会使他遭人轻视,反而抬高了他的地位。高师是一些声称自己最不适合搏斗的人的组合,然而比诸圣西尔学校②的学生,他们战死的比例要高得多,他们出版的书数量最大,但发行量却是最小……我觉得这两个例证足以给这个学校下定义。

　　高等师范学校堪称一所精神现实主义的学校。

(谭立德　译)

起　点

〔法国〕尤奈斯库

　　我所有的剧本都源自两种基本精神状态,它们时此时彼占支配地位,有时又两者结合。这就是说,既意识到事物的消逝,也意识到它的常在;既意识到一片虚无,也意识到庞杂存在;既意识到人间虚假的透明度,也意识到它的混浊度;既意识到光明,也意识到黑暗。我们每个人都会在一瞬间确实感到人生犹如梦幻一般,壁垒不再森严,仿佛能看穿一切,进入一个由纯净的光芒色彩织成的茫茫无垠的宇宙;整个人生、整个世界史,都在那一刹那间变得无足轻重,毫无意义,根本不存在。你如果还没超越这种茫然失措的境界——因为你确实有一种正在警觉到人生变幻莫测的印象——那么,这种消逝感就会使你苦恼,使你昏眩。但是,这一切又同样可以导致一

---

　　① 一体主义:系20世纪初的法国一种文学流派,强调表现某一团体的一致的精神和心理状态,法国作家于勒·罗曼为代表人物。
　　② 圣西尔学校:1686年由曼德侬夫人创办,后在1808年由拿破仑一世辟为专门的军事学校。1944年学校被毁,后在原址又建一所陆军学校和一所中学。

种异常欣喜的感觉,苦恼顿时化为解脱;在我们重新获得这种自由的时候,一切都变得无所谓了,唯独对于存在感到惊异,新奇地意识到存在于清新的晨曦下的生命;在一个现在看来充满幻觉和虚假的世界里,人类的一切行为都表现得荒诞无稽,整个历史绝对无益,这个存在的事实使我们惊讶万分。一切现实和语言都仿佛失去了意义而土崩瓦解;在这万事皆休、无足轻重、仅余嘲笑的时刻,还可能剩下什么反应呢? 在这样的时刻,我自己觉得彻底自由自在,同时获得这样一种印象,那就是我可以利用那样一个世界里的语言和人物来干我想干的任何事情,那个世界对我来说则已不再是什么了不起的东西,而不过是一个无根无据、荒诞的赝品罢了。

这种精神状态当然是难得出现的,这种由于活在一个不再搅扰我、不再存在的宇宙里而感到的欢乐和惊奇,只勉勉强强存留一会儿,而更通常的是那种相反的感觉占据优势:轻的变重,透明的变为混浊的,人间变得压抑不堪,宇宙在把我压垮。一道帷幕——一堵不可逾越的墙,横在我和世界之间,横在我和我自己之间;物质充塞每个角落,占据一切空间,它的势力扼杀一切自由;地平线包抄过来,人间变成一个令人窒息的地牢。语言以一种不同的方式坍塌了,词汇像石块或死尸一般坠落下来;我觉得自己受到强大的力量的侵袭,要抵制它,我只能打一场不可能取胜的仗。

这肯定是我那些被公认为更富戏剧性的剧本《阿麦迪或脱身术》和《责任的牺牲者》的起点。有了这样的想法,词汇的魅力随即消逝,它们显然被物体、道具所代替:无数的蘑菇滋生在阿麦迪和玛德琳的一套公寓房间里,一个患"几何级数"增长症的尸体也在那里长大,把客房排挤出去;在《责任的牺牲者》里,咖啡给剧中人物端上来时,台上出现几百个堆得像山似的杯子;《新房客》里的家具起先堵塞大楼的每一阶梯,接着乱糟糟地堆满整个舞台,最后把那个来租一间屋的剧中人也给掩埋了;在《椅子》里,舞台上放满了几十把为那些看不见的客人准备的椅子;在《耶克》里,好几个鼻子出现在一个姑娘的脸上。词汇耗尽,思想也随之耗尽。宇宙被物质所壅塞,于是也就不再存在:"过分"与"不足"相联,物体是孤独的具体化,是反精神力量获胜的具体化,是一切我们与之斗争的事物的具体化。但是,在这种忧虑的处境中,我并没完全放弃战斗;如果照我所希望的那样,我不顾苦恼,而设法把幽默注入这种苦恼之中,幽默是另一种存在的欢乐的征兆,那么,这种幽默就是我的出路、我的解脱和我的得救。

我无意对自己的剧本加以评论,这不是我分内的事。我只不过试图指出一下,我在创作过程中注入了什么思想感情,根源是什么,也就是指明那是一种情绪而不是一种意识状态,一种冲动而不是一种纲领;严密的一致性使处于原始状态的感情具有正规结构,这种一致性是为了满足内心的一种需要,而不是为了适应外界强加的某种结构程序的逻辑;并不屈从于某种预定的行动,而是精神原动力的具体化,是内心斗争在舞台上的一幅投影图,是内心世界的一幅投影图。但是由于微观世界酷似宏观世界,我们每个人又都是所有别的人,在我的内心深处,在我的苦恼和梦想的深处,在我的孤独中,我才能够有最好的机会来重新发现这个普遍性的概念,这个共同点。

评论家认为《秃头歌女》是我唯一的一出"纯喜剧性的"戏剧。而喜剧性对我来说,又像是表达异常事物的一种方式。但是,在我看来只有最平淡无奇的日常工作、最乏味的言语被应用得超过限度时,才会从其中涌现出异常事物来。感觉到荒诞,感觉到不可能有日常经验,也不可能有人与人之间沟通思想的尝试,这已经进入一个更深的阶段了;在这样做之前,你必须首先让自己处于饱和状态。喜剧性是异常纯粹而简单的,没有什么比陈辞滥调更让我感到惊讶的了;"超现实"其实就在我们日常谈话之中,唾手可得。

(屠　珍　梅绍武　译)

穿着拖鞋出走

〔捷克斯洛伐克〕塞弗尔特

1872 年 7 月 7 日,星期天,保尔·魏尔伦①上街去给患病的妻子玛蒂尔达买药,药店就在附近。在短短的路程中,他不幸遇上了韩波②。韩波没费多少口舌就说服了魏尔伦弃家出走,同他一起去比利时旅行。魏尔伦于是未去药店,却和韩波径直到了火车站。玛蒂尔达徒然满巴黎找了他三天,走遍朋友家,甚至停尸间都去找过了。后来才知道丈夫同《醉舟》的作者一起,到邻国比利时去了。

上街买药——我这里要记述的一件往事,使我不由得想起了诗人魏尔伦。看来,有些作家的妻子假如病了,是不宜打发丈夫出去买药的。

不过,我得从另一处讲起。

第一次世界大战后期,我们住在日什科夫区胡斯大街一栋简陋楼房的一套简陋住所里。这栋破旧房屋地处转弯角上,我们那套住所有个莫大的也是唯一的可取之处:阳台和厨房的窗户都对着维特科夫山开阔的山坡。山坡上,从铁路边缘起,长着成片成片的金链花,春天开出浓密艳丽的黄色花朵,虽然不香,但波浪似的满山都是,景色绝美。弗拉尼亚·什拉麦克③曾写过一首优美的咏金链花的诗。金链花谢了以后,铁路两侧洋槐花的甜香便涌进了我家的窗户。整栋房屋、阳台和晦暗的小院子都弥漫着这股甜香。一堵高墙把小院子同铁路的路基隔开。高墙已断裂,墙边建了一些堆煤的木棚屋。春天的芳香在这里很需要。院子又小又阴暗。战争期间,房客们在这儿养了一群母鸡,它们徒劳无益地用小爪子刨着石头地面,啄食墙上的灰泥。在这里,大白天也不时有耗子跑出来同母鸡分食房客们从阳台上扔下的残羹剩菜。到了傍晚天快黑的时候,母鸡便一只只奔到院门旁边,耐心地等待着谁走来给它们开门,然后一窝蜂拥向楼梯,惹人发笑地一级一级蹦上楼去,准确无误地找到各自的楼层和家门。即使快要下蛋了,母鸡也一级一级地蹦,然后慌慌张张钻进家里,接着整座房子便回响着它那欢乐的母性的歌声,歌唱它创造了奇迹:一个小小的,但在战时却非常珍贵的宝贝儿。

若问母鸡养在哪儿? 或者在厨房里,或者绝大多数都在那间狭小、幽暗的食品储藏室里。

---

① 魏尔伦(1844—1896):法国诗人,印象派诗歌的代表。魏尔伦意志薄弱,曾偕同诗人韩波流浪到英国和比利时。后来交恶,魏尔伦枪击韩波,被判处两年徒刑。

② 韩波(1854—1891):法国诗人。著名长诗《醉舟》是他的后期作品。

③ 弗拉尼亚·什拉麦克(1877—1952):捷克诗人。

这里的一扇窗户对着臭烘烘的天窗,无法储存食物。不过,战争期间谈得上什么食物啊!

我家一间小屋的窗子朝着嘈杂的街道,正同金天使饭馆隔街相望。饭馆的镀金浮雕挂在它的门额上。那座房子里住着弗朗基谢克·绍埃尔,日什科夫区大名鼎鼎的人物,一个和善的人,晚年还写过一本书,记叙他不平凡的一生。

战争结束了。雅罗斯拉夫·哈谢克回国后不久,就同他从俄国带回来的第二个妻子搬进了绍埃尔家。有个从来都喜欢故弄玄虚的人说她是公爵夫人。她看上去不像。我们两家的窗户遥遥相对,我们能看到他们家左面的后屋和舒拉太太——日什科夫的街坊们都这样称呼她,总见她蛮有兴致地瞧着街道上熙熙攘攘的捷克人的生活。

隔了一座房子住着我的同学和朋友伊万·苏克。我只要站在阳台上吹一声口哨,苏克就会出现在他家的阳台上。我们两个常常一块儿玩台球。苏克住的那座楼里有一家小饭馆。不知为什么,大伙儿管它叫"顽石饭店"。那里的一位房客是个玩台球的行家,待人和蔼,他教会了我们玩台球的门道。

雅罗斯拉夫·哈谢克有时也上这家饭馆里来。他待不长久,这里离他的妻子太近了,妻子总是徒劳无益地想把哈谢克留在家里。一次,有人问哈谢克为什么不上金天使饭馆,他不以为然地说那里要爬楼。实际上,金天使饭馆只有三级台阶。

一个夏天的晚上,哈谢克衣冠不整地走进了饭馆。他只穿了件衬衫,趿着拖鞋,裤子用手提着。他坦率地告诉大家,说妻子舒拉把他的皮鞋、背带和外套全都锁起来了。他这是上药房去买药,妻子患病,医生开了药方。他随身带了个酒瓶,说是就便捎瓶酒回去。没等店主人把酒瓶灌满,也没等站着把一杯啤酒喝尽,他就同我们玩起台球来了。他玩得非常糟糕。喝完第三杯啤酒之后,他下了决心,说非去买药不可了,舒拉在等着哩,酒瓶嘛先放在这儿,等他买药回来时取走。他没有回来。

两天后,有人果断地在敲我们家的大门。门外站着面有愠色的舒拉,她气冲冲地问道:
"雅娄谢克①在哪儿?"
后来她对着我的母亲哭了一会儿,抹抹眼泪走了。

不,哈谢克并没有遇上什么韩波,也没有跑到国外去。一个星期之后他回家了。带回一瓶啤酒,可是没有药。反正药也不要了。他的妻子已经恢复了健康。甚至健康得过头啰!他大笑着补了一句。

在这段时间里,哈谢克趿着拖鞋,没穿外套,在夏天的布拉格久久地游荡,当然去了所有可能去的饭馆,在朋友和伙伴们中间——他们丝毫没看重他的创作——写了满满一练习本的《好兵帅克》。他伏在桌子一角写稿,写完几页就由伙伴中的某一个送去给出版商西内克。出版商按交稿数量,付给他相应的稿酬。当然一个克朗也不会多给。哈谢克以此打发一天或一个晚上,第二天他若不愿意对着空杯枯坐,就得提笔再写。

这等样的创作条件不禁令人产生疑问:假如哈谢克有个清静的环境,坐在书桌前舒舒服服地写作,他的这部作品可能会是什么样呢? 然而,这是永远无法解答的、致命的"假如"。有可能假如哈谢克不是在泼洒着啤酒的桌面上、在酒肆饭馆的喧闹声中、在一群贪杯的朋友之间、为

---

① 雅娄谢克:雅罗斯拉夫的昵称。

了挣几十个克朗买啤酒而从事写作的话,这部作品也许不会问世,哈谢克就不会是誉满欧洲的哈谢克了。

　　大家知道,哈谢克不久之后就去世了。舒拉太太也去世了。哈谢克的忠心耿耿的朋友、很有耐性的弗朗基谢克·绍埃尔也去世了。唯有帅克,这个胖乎乎、性格外向、绝对不懂得粉饰现实的循环性精神病患者——正如封·德拉切克教授给帅克作的诊断中所说的——却活在人间,快活地不仅朝着普津姆①前进,而且几乎远行全世界,走向他从来没有打算要去的地方。

(杨乐云　译)

倒霉的职业

〔美国〕梅　勒

　　我的第一部小说②出版时,我还在大学里读书,那是将近40年前的事了。从那时起,我自然自认为是作家了。时间一长,别人也这样看了。于是我就难免要听到别人的哀叹。

　　"唉,"门外汉说,"我本想当个作家。"可他们想到的是生活自由,不必应酬上司,不用突击干活,以及名人的种种乐趣。他们甚至渴望事实果真像他们心里喋喋不休地所说的那样:"没人会知道我的一生是多么不同寻常。全都是些我无法言传的秘密。"

　　我理解他们的感情。几年前我曾写道:"经验,若不能同别人交流,定会自行枯萎,这比被遗忘更糟。"我至今犹在揣摩这句话。有时,你的手会写出一个句子,真实得连你自己都不知道它是从哪儿来的。这一二十个字同你的生活经验是休戚相关的。

　　我于是懂得人们为何想写作。虽说我是职业作家,我仍然动辄要嘲笑。我暗自说:"他们会写信,他们就以为自己能讲述自己生平的故事。他们不知道要花多长的时间才能入门。"要是我认为他们的态度多少是严肃的,我便尽可能有礼貌地说:"就这么说吧,学写作至少同学钢琴一样不容易。"

　　因此,如果他们想当作家的唯一原因是要一夜成名,那他们定会大失所望,这话对我也适用。绝不要鼓励别人为太狭隘的原因去写作。你若想到写作的报酬,那么当作家的生活可真不坏,但是你若不善于写作,对于你的心灵来说,这种生活就是死亡。

　　所以,让我告诉你当作家有什么坏处吧,这样你对自己从未去发现你是否有才能讲述你个人的故事,就不会感到那么遗憾了。你至少可以免受压力,当作家就要受到倒霉的道德压力。评论文章可都是杀气腾腾的。

　　"花哨"、"不老实"、"做作"、"讨厌"、"白开水"、"不可救药"、"令人作呕"、"骇人听闻"、"淫秽"、"粗制滥造",这些可都是毁灭性的字眼,但在评论文章中却屡见不鲜。我至今还记得,

---

　　①　普津姆:捷克布杰约维采附近的一个小镇。
　　②　第一部小说:指《裸者与死者》(1950)。

大约30年前《时代》周刊把我的第二部小说《在野蛮的边缘》说成是"没章法,毫无审美力,缺德"。

很难找到一种职业会像写作那样受到如此残暴的批评。然而最糟糕的是,文学界的这种做法还得说是光明正大的。你要是挨上一回,那可是火辣辣的,但又是光明正大的。可是你写书的时候毕竟是在书房这安全的环境内。只要你不拿出去发表,你便是安全的。

真的。除去你的自尊心,你的账单,或者你的编辑以外,没人会来问你要件作品看。你的书本来只该在够得上发表时才能拿出去,如果你花得起这时间的话。倘若经济上的匮乏迫使你以不利于作品质量的速度仓促地去写作,那只好这么说了,人人有他的糟透的故事。但实际情况是,不顾交纳定期租金而写成的不多,在悬崖边上的急就章可不少。

事实上,有才能的作家经数十年而仍然多产者并不多见。别的艰险实在太多。在时尚变动的情况下,把公众爱好的激流里抛出的每一滴水看成某人前途的毁灭,这是颇为自然的,即使在年富力强、信心十足的岁月,也总有那么点恐惧:明天这一切就到头了吗?

一个人的职业心是脆弱的。它永远不会自动告诉你时尚变了,而历史是个舞女,她还会向你调情。如果一个人初出茅庐时是个过分敏感的青年,那要学会在文学界坚持必要的斯多噶主义可非易事。如果给予一个作家的主题以力量的是悲观主义——这种情形居多——那末指望走运也非易事。

或许这不过是盲目的决心,某些作家仍莫名其妙地坚持着。他们三番五次学着如何坚持写书,同时心里明白,书一出版他们也许要遭诛伐,而且不能回击。偶然有一篇评论可以挑出来反击一下,或者给某个书评栏编辑去封信,但这种自卫无异于用步枪的火力对付炮轰。

作家的勇气,如果有的话,将来自他带着对他的作品的评论所留下的慢性创伤的生活之中。

换言之,你不可能成为职业作家,并从事写作三四十年,除非你学会同你的生存的首要条件共存,那就是严厉的、近乎冷酷无情的书评。因此,对评论是公允的信念必须深深扎下根来,并使你具备与耕耘坡地的农民同样的心理,他长年累月地一只脚踩到高处、另一只脚踩在低处干活,并认为这是理所当然的。

任何为自己闯一条漫长的创作道路的优秀作家,都必须具备一种品格,在不被接受时比较能顶得住。这才能产生艺术!

没有几个作家年轻时就具备能经风雨的品格。他们更像是站在场外的人,刚开始杜撰被歪曲的、热情的、辛酸的、先验的生活幻想,它日后将使美国公众注意他们。但仅仅是日后。

青年作家通常是作为失败者起步的,因此必然怀有这样的信念:最好是他所知道的这个世界有问题,不然就是他自己不对头。他对自己真正的生存权的估计,取决于上述答案。由于贪婪、塑料制品、大众媒介以及各种讨厌的技术产物,世界是成问题了。

作为失败者的某一年轻作家偶尔能成为优胜者,暂时的。他的幻想牵着他向前——他正好走在他的时代的前头。但是,毫无疑问,倒霉的、孤独的写作活动会拖他后退。这在一个人未成形的心灵中会引起多大的纷乱啊。

这是困难的另一方面。这是内心的压力。这种纷乱对不从事写作的人很难解释清楚。他们不理解作家在书房里常常感觉到自己像上帝。他安稳地坐着审理别人的生活。

　　一个作家自觉或不自觉地总要同他试图写下的既往的每一天签订新的和约。必要的条件是,他必须摆脱对自己的鄙视,不然他就无权像上帝一样明察他人的作为,对他们作出判断,从而有效地告诉他人该如何生活。

　　然而,听了任何好消息他都不该飘飘然。在写字台前他不该太喜欢自己。如果哪天清晨冒出了美好的回忆,那就必须随即勾销,否则它们就会助长狂躁,使作家太高兴,太有劲,太仁慈,太雄浑。

　　草率从事发生在一名好法官不冷静的时候。在这种情况下,正直的法官会感觉到,由于作了不公正的判决,他已损害了社会。同样,作家也得扪心自问,他对自己的人物是否够公平。

　　如果作家歪曲他笔下的某个人物的生活,就是说,他一直担惊受怕地设法保持他的书的趣味性,便歪曲他的人物,使之比应有的形象更滑稽,更腐化,或者更邪恶,那他便是在狡猾地损害读者。这是一种道德罪。不犯这种罪的作家寥寥无几。他们都犯有软化人物的错误。

　　小说家不愿承认一个迷人的女主人公会对着她的孩子尖声喊叫,从而破坏读者可能对她产生的同情。他的小说于是乎不胫而走。所以,你要有铁石心肠,就像你要做到公平一样,都需要文学家的诚实。

　　书写到一半的时候,最初的构思的乐趣已不再支撑你了,你只是习惯性地往下写,只感到修行般的枯燥乏味,而且你还知道,有发表意见的才能的评论家正在山那边等待着。这时,你要走完这段漫长而艰难的路程,又要保持你的文学水平,不管怎么说也是困难的。这就不难得出这样的结论:如果你想要生存下来,你——当这关系到你自己的作品时——最好成为他们中间最深刻的评论家。

　　作家首先得看到自己作品中的任何瑕疵,这样才能找到办法,使写作保持在好的水平上,不然的话,他就无法断定写作的优劣。

　　不管怎样,你得使自己看清你的作品的缺陷,你偷懒的地方、华而不实的地方,而你的胆识本来可以在那儿制造出一点真正的光彩来的,这样你就可以承受错误的评论了。如果批评家没有像把自己的脏口袋里外翻个个儿似的,充分揭露你心灵中腐恶的部分,你甚至可以自己讲出来。如果你深信你对一本书已经尽了全力,在写作时已经诚实到顶点了,甚至连一点点不诚实的地方都砍掉了,那么,恶毒的评论不论有多少,你都能读下去。这种令人惊讶的情况确实会有的。

　　到了这样纯正的地步,由于欢迎者寥寥无几,会有损你的版税,但无损于你继续写作的自尊心。如果书是好的,被接受的情况不佳,那你可以坚定地希望,历史——那个专唱感伤恋歌的歌手——在未来的岁月里会为你唱出另一支歌。

　　所以,办法是简单的。学会不发表有严重的华而不实因素的作品。也许这样说更准确,要不是我们大家都发表自己确实感到有点难为情的作品的话,这个办法本来是很简单的。一个程度问题。

　　一本书里有点不纯,是自然的,一如作家的作风;但是,大量的文学上的过失,就像一个患病的器官。如果批评家击中了它,那它至少会有感觉的,而且恰好在你的债权人还没走的时候。这是写每一本书时的后顾之忧。

我一生尝试学习如何写作,如何做人,如何为我的奇特、孤独的小船而自豪,我留恋这岁月。我还感觉到任何青年人面临考试时都会有的青年人的害怕心理——我能行吗? 我能诚实地写作吗? 我只好微笑了。我同来询问我该如何写作的门外汉有几分相像,因为他们也要坐下来寻找一种途径,来讲述自己不可思议的生活中的秘密故事。

我同那些门外汉是一样的。40 年来我一直在写,我应该对写作有所了解,我也确实有所了解;我已写了天底下事情的一半,然而我这个 57 岁的人还在不遗余力地深深吸一口气,来讲述我们每个人都会有的最原始的故事,我们自己的生活的真实故事,它的离奇的转折,以及所有它的私密的部分,是啊,照照镜子然后开始写作。啊,多么可怕的一个职业啊!

（治　淮　译）

教育为了什么

〔英国〕吉　尔

教育的总目标和目的是什么呢?

很明显,你不能完全违背一个人的自然习惯而去引导他。喂养与训练一匹马时,千万要牢牢记住你是在与一匹马打交道。我们不会把它当别的什么对待。但是与人打交道,我们却更会犯迷糊。我们简直不知道人到底是什么东西,人生来是为了什么。所以,显然,这点是首先要弄清楚的。人是什么呢? 人生一世到头来是为了什么呢?

在当今这个世界上,不管我们嘴上说什么,我们的行为差不多全部表明,人活一生除了在这个世界上出人头地,别无任何理由——只为获得大量的物质享受——只为获得一份优厚的薪水。这点似乎被人们视作理所当然与至关重要的事情。占有这种物质之后,我们才认为倘若人再粉饰一种文化与彬彬有礼——也就是人们能够欣赏好书,说话字正腔圆——的华丽外衣,那是一种美上加美的事情。

因此,看来当今之日我们关于人的定义是:人是一种动物,之所以存在只是为了活着时活得快活,因此教育的目标便是为了把适合这一目的那些本领挖掘出来。首先,他必须学会如何争取过上一种好生活;其次,学会如何享受好生活,享受方式务必不至毁掉它。我们必须学会如何发家致富,我们还必须学会远离醉生梦死的生活,别把财富挥霍一空。剥去一切伪装,这就是当今之日人们的观念的总路线。这并非我们所说,而正是我们所做。而且就是那些自认为比别人更有教养的人也是如出一辙地按这条老路走着;也许,他们会在嘴上说,教育的目标是把我们身上最好的东西挖掘出来——教我们认识自己并控制自己,然后我们就能更加愉快地生活下去——但是真正实行起来却又是另一回事——获取过上等生活的手段,然后享受生活。

然而,如果说人类这种习以为常的唯物是占的观点就是让人们去获取东西,多多为善——很少有人会真正感到获取够了——这显然是一种非常有局限的观点了,对我们大家一致推崇备至的那些人身上应具备的品质完全没有考虑在内,比如谦虚、无私和仁慈,除非这些优良品质有助于我们出人头地;这种观点没有考虑人类对某种真实的和不变的而且不会腐朽和死亡的东西孜孜不倦的追求。我不禁会问,如果人类这种习以为常的唯物是占的定义只是让人们多多获取物质,那么别的观点还有立足之地吗?如果人类是兽类之中的一种,那么人类还算人吗?是啊,我看,即使不涉足宗教争论这块可怕的领地,我们也会争辩几句。上帝存在,上帝是一个人——是万物的有人性的造物主和主宰;而我们是他的臣民,是他牧场上的羔羊。我们是按他的样子创造出来的——也就是说,我们生就了上帝的精神本质。我们是理性的存在物,能对行为的利弊得失谨慎考虑,仔细权衡;如此这番地权衡过后,我们能自由地行动。不管我们能否善待自己,可我们肯定能管住自己,不干恶事,哪怕我们管到某种程度——也许能管到很大程度——不致成为我们肉体的心理的伪装牺牲品。因此,我们被恰如其分地称为负有责任的人,而不是甘愿听凭那些我们身置其中的力量支配的自动玩具。所以,如果我们是上帝的孩子——因为从宗教看人的角度来说,我们不应只是没有任何责任感的动物(毕竟,你可以惩罚一只狗——但是你无法真的让它负什么责任)——如果我们是上帝的孩子,那么我们也是继承人。我们应该与上帝分享他自己生活里的某种东西——我们有我们所谓的使命感。事实上,我们有一种独立于我们在这人世间物质生活之外的归宿。为了这一归宿,这种物质生活是训练基地,是做准备的所在。事实上,这就是学校——一个我们接受教育的地方。

话至此,说明白了还是没有?就是说,如果我接受了宗教关于人之本质的看法,那么我们就应该采取一种截然不同、另行一套的教育观。我们不再仅仅认为在商业和物质意义上发迹就是成功。我们这下必须认定在走往天堂的路上应该与众不同。我们学会的每一样东西,向我们的孩子或者我们的学生灌输的每一种东西,我们务必记住这一事实。我们必须学会在这个世界上出人头地——但出人头地本身不是目的,只是走向天堂的阶梯。任何教育,只要忽略了这点,又忽略到了某种程度,那它就是虚假的教育,因为它对人类是虚假的。它是反自然的;它也是与上帝之子以及继承人的本质背道而驰的。

这一切听起来非常虔诚——虽然听来虔诚没有什么害处——有人会认为我在鼓吹全然不顾实践事情的漠然态度——也许还认为我在蔑视世俗的成功,我在蔑视阅读、写作,在蔑视算术和舞蹈和体操和科学和历史呢。并非如此。我只是在说,作为家长和老师,我们教授这些东西时必须用一只眼睛盯着我们的目标。如果,如同唯物主义者一样,像我们今天大多数在实践中的所作所为一样,我们认为没有什么目标可言了,那么,针对这种只是训练孩子去获奖去谋好差事为唯一目标的教育,说什么都是废话了。

但是,如果我们不接受这种唯物主义哲学,如果我们不同意这种以金钱衡量历史的看法,如果我们认为人不仅仅是除了获取物质财富别无他求的东西,如果我们接受了这种宗教观念——因为如果我们多少动一动念头,我们就会知道我们不会仅仅满足于干活挣钱去购买那些只是人们制造出来为了出卖的东西……那么我们就会采取一种大相径庭的教育观点。我们甚至对数学、对阅读、对写作都采取大相径庭的观点,因为我们会以全然不同的心境攻击它们。这才是要点。问题并不是说我们什么都不干,只写赞美诗好了,尽管最好的诗歌就是赞美诗。问题也不是说我们只读《圣经》,尽管《圣经》是最好的书;或者说我们只在计算我们给予多少(而不是计算我们花掉了多少)，仅仅是因为我们会以某种天堂的方式或者通往天堂的方式看待所有的事情。因为这样一来，教育就不仅意味着挖掘那些让我们在世俗事情上成功的本领，还会挖掘那些让我们更适合一种永远生存而不仅仅是暂时生存的本领。我们审视每件事情，一如哲学家所说，sub speie ternitatis——也就是说我们会看每件事情看其本来形态，看其永久的形态，看其存在的形态而非其行为的形态。因为这不是我们非得这样做事不可，而是我们本来就该这样做事。存在比行为更重要。但是如果，像唯物主义者及其追随者，今天的生意人，那么我们会说行为后面没有存在，只有行为，随后我们不仅会失去天堂里的那个"上帝之国"，还会丢掉人世间的"上帝之国"。

然而，尽管我们对追求世俗的成功满怀热情，但是我们知道一种世俗的教育观念是非常难以令人满足的——至少可以这样讲。追求世俗并不能令我们满意。我们想要更多的东西。我们经常想，一方面学会有助于我们能够出人头地的本事，一方面掌握我们称为高尚的学科——一点点艺术，一点点诗歌和外语——那就两全其美了；正如同人们修建银行和市政大楼，要使用钢筋和水泥和最廉价最省工的方法，然后依照古典庙宇装点立柱和雕刻的样子，在前面精心搞一些石雕装饰。

教育就应该是这样的。如果我们不能让我们的孩子受到真正的宗教教育，一层深似一层，这样他们学习的每种东西可以与他们的最终的天堂归宿相得益彰，那么我们索性只关心生意中黄油面包的部分，教给他们一些实际的东西——例如读写算和健身和如何看旅客列车表和如何开汽车——这倒是更可取，管它什么经典作品和莎士比亚和一切伪文化。

因为如果文化只是钢铁建筑表层外加了一种哥特式装饰——比如伦敦塔桥——或者钢架结构上安装了一层古典样式——比如舰队街上的《每日电邮报》大楼——那它就是虚幻的了。文化，如果它要成为一种货真价实的东西而且是一件神圣的东西，那么它必须是为了生计而制造的一种产品——而不是什么加在表皮上的东西，比如丸药外面裹的糖衣。

所以，说来说去还是这样的问题：人是什么？人仅仅是为了世俗生活奔波一生的动物呢，还是把永恒生命考虑在内的上帝之子？

(辛　梅　译)

有才能的人如何还债

〔法国〕波德莱尔

有个人跟我讲了下面这个故事，他嘱咐我对谁也不要讲，因此，我想对所有的人讲一讲。

……他正发愁呢，看他双眉紧锁，那张阔嘴也不像平时那么松弛肥厚，大步流星地走过歌剧院，又走了回来，中间常常猝然停住。他正发愁呢。

正是他，十九世纪商业界和文学界最顽强的人物，他那诗人的头脑像金融家的书房一样充满了数字；正是他，有过无数次神话般的破产，办过若干虚夸的、古怪的企业，却总是忘掉最关键的东西;他是梦幻的伟大追求者,不断地《探求绝对》①;他是《人间喜剧》②最好奇、最滑稽、最有趣、最虚荣的人物;他呀,他是个怪人,在生活中令人不堪忍受,写起东西来妙不可言;他是个大孩子,他的优点和缺点让人不知如何是好,砍掉一些又怕丢了另一些,从而毁坏了这个不可救药的、无法抗拒的庞然大物!

他是怎么了,心情如此阴郁,这个大人物?他竟这样走路,下巴挨着了大肚子,低着头,额上皱成了《驴皮》③。

他在梦想着廉价的菠萝,藤索吊桥,还是有装着细窗纱的小客厅却没有台阶的别墅?某个年近四十的公主可曾向他投来那种天才在美人眼中引起的含意深远的一瞥④?他那装着某种工业机器的头脑是否正受着《发明家的苦难》⑤的折磨?

不,唉!不是;大人物的忧愁是一种庸俗的、平凡的、讨厌的、可耻的和可笑的忧愁;他正处在那种我们大家都经历过的境遇之中,飞逝的每一分钟都在它的翅膀上带走了一个获救的机会;发明的天才眼睛盯着钟表,感到随着时光的流逝,那个决定命运的时刻到来的速度越来越快,他必须付出两倍、三倍、十倍的努力。《汇票的理论》⑥的杰出作者第二天有一张一千二百法郎的期票要偿付,而且夜已很深了。

在此类境遇中,有时候,在必要性这个活塞的挤压之下,精神会出人意料地、胜利地一跃,突然冲出牢笼。

这大概正是伟大的小说家身上发生的事情,因为他那被紧张破坏了骄傲的线条的嘴上浮出了微笑。我们的小说家又变得安详平静,高视阔步地朝黎塞留大街走去。

他走进一座房子,里面一位生意兴隆的富商正在壁炉前喝茶,以消除一天的劳顿。他因他的名字而受到隆重的接待,几分钟之后,他表明了此次造访的目的:

"您想后天在《世纪》和《辩论》⑦的杂文栏中刊登两篇关于《法国人自画像》的大作,我写的、署上我的名字的两篇大作吗?我需要一千五百法郎。这对您来说可是一桩好买卖啊。"

看来,这位与众不同的出版商认为这种推理很合理,因为交易马上就做成了。不过,小说家改变了主意,强调一千五百法郎要在第一篇文章登出的时候支付,然后,他不慌不忙地朝歌剧院那边走去了。

几分钟以后,他看见了一个小个子年轻人,此人一副易怒而聪明的相貌:曾经为他的《赛查·皮罗多盛衰记》⑧写过一篇惊世骇俗的序言,他因一种滑稽的、近乎叛教的激情而在新闻界出了名;虔信派还没有剪掉他的爪子,笃信宗教的书报还没有张开它们那使人幸福的熄灯罩。

"爱德华⑨,您愿意明天得到一百五十法郎吗?"

---

① 巴尔扎克的小说,中译本作《绝对之探求》。
② 巴尔扎克全部小说的总称。
③ 巴尔扎克的小说,中译本作《驴皮记》。
④ 此段文字影射巴尔扎克小说中的某些情节。
⑤ 巴尔扎克的小说《幻灭》的第三部,题目为《发明家的苦难》。
⑥ 巴尔扎克并无以此命名的著作,但他在《幻灭》第三部《发明家的苦难》中曾经大谈了汇票问题。注家以为波德莱尔指的是此段文字。
⑦ 当时法国的两家大报。
⑧ 巴尔扎克的一部小说。
⑨ 指法国作家爱德华·乌里亚克(Edouard Ourliac,1813—1848)。

"当然啦!"

"那好!来喝杯咖啡吧。"

年轻人喝了一杯咖啡,他那南方人的小身躯热起来了。

"爱德华,明天早晨我需要三栏有关《法国人自画像》的文字给杂文栏。听清楚,早晨,一大早,因为全文由我抄写,并署上我的名字。这很重要。"

这位大人物用一种令人倾倒的夸张说了这番话,口气极大,他有时就用这种口气对一个他不能接待的朋友说:"这样把您拒之门外,亲爱的,真是万分抱歉。我正在与一位公主单独谈话,她的名誉可操在我的手里,您知道……"

爱德华如同面对一个恩人,跟他握了握手,跑去干活了。

伟大的小说家又在那瓦兰街①订下了他的第二篇文章。

第三天,第一篇文章在《世纪》上刊出。奇怪的是,既没有署小人物的名字,也没有署大人物的名字,而是署上了一个在浪荡文人的圈子里以喜爱公猫和喜歌剧闻名的一个人的名字。

第二位朋友肥胖、懒惰、迟钝,过去如此,现在依然如此。更有甚者,他没有思想,只会像奥萨奇人②穿项链似的把词穿起来,而因为堆满三大栏文字远比写一本有思想的著作费时更长,所以他的文章数日之后才登出来。它没有登在《辩论》上,而是登在《新闻报》③上。

一千二百法郎的期票偿付了,人人都很满意,除了出版商,他感到差强人意。有才能的人就是这样还债的……

如果某个聪明的竟敢认为这是一种小报的闲话,是损害本世纪最伟大的人物的光荣,那他就错了,可耻地错了。我是想说明大诗人能够同样容易地解决一张汇票和完成一部最神秘、最复杂的小说。

(郭宏安　译)

做牛做马

〔英国〕毛　姆

当你在路上看到挑着担子的苦力时,最初看去,那形象颇为悦目。他穿一身破烂的蓝褂子陪衬周围的景色,那蓝色斑斑驳驳,有靛青、青绿乃至乳白色天空的青灰,种种蓝色毕具。他吃力地走在水田间狭窄的田坎上时,或登上绿茵茵的山坡时,看起来与景色配得恰到好处,十分协调。他的衣着,不过一件短褂,一条裤子;即使他曾经有一套衣服,刚穿时是完整的,可是,到了要补的时候,他却从未想到要选一块颜色相同的布料来补。什么凑手就用什么。头上戴一顶草帽遮阴挡雨,那草帽像个灭烛器,边儿宽得不近情理。

---

① 当时泰奥菲尔·戈蒂耶(Thophile Gautier,1811—1872)寓居此地。
② 奥萨奇人是印第安人的一支。
③ 当时法国的一家大报。

　　当你又看到一长溜苦力，肩上挑着担子，担子上一头吊着个大包，一个接着一个走来时，他们也构成一幅宜人的画面。看着他们映在水田中的倒影匆匆而过，很有意思。他们在你身边走过时，你也会看看他们的脸。要是你脑子里还没有灌进这种成见，认为东方人不可理解，你会说那些脸很善良、坦率；当你又看见他们在路边土地庙旁的榕树下，歇下担子，高高兴兴地抽着烟闲聊，如果你试着挑过他们那副一天要挑三十多英里的担子，对他们那样的耐力和毅力，不由你不感到赞佩。可是，如果你向中国的老居民谈到你对苦力的赞佩之情，他们会认为你有点荒唐。他们会宽容地耸耸肩告诉你，苦力就是牛马，祖祖辈辈挑了两千年担子，因此，要是他们挑得轻松愉快，是不足为奇的。你自己也能看到他们的确从小就开始挑担子，因为有时你会碰到肩上垫着肩垫、挑着沉重的菜篮子、摇摇晃晃地走过的孩子。

　　那天，时间不早了，天气渐渐热起来。苦力们脱下褂子，光着膀子赶路。有时，一个苦力暂时歇下担子，但扁担不离肩，因此不得不稍稍哈着腰，这时，你看到他身上那可怜的劳累的心脏在肋骨间跳动；那心跳，就像在医院的门诊室里看到心脏病的某些病例那样，看得清清楚楚，叫人特别难受。你再看看苦力的肩背。扁担长年累月、日复一日地压在肩上，已经压出深红色的印子，由于跟扁担摩擦，有时甚至蹭破皮，伤口老大也不上药包一下；可是，最令人惊奇的是，他们身上似乎出现畸形，在压扁担的地方往往像骆驼似的鼓起一块，仿佛大自然有意要让人类适应他所受的这种虐待似的。不管急剧的心、跳、难忍的伤痛，也不管风雨交加、烈日炎炎，他们没完没了地走啊，走啊，年复一年，从早走到晚，从幼年走到生命的尽头。你看看那些老头，身上没有一点脂肪，一身皮干巴巴的，松垮垮地蒙在那把骨头上，小脸上满是皱纹，像猿猴一样，头发稀薄、斑白；他们挑着担子，踉踉跄跄，快走进他们就要在那里长眠的坟墓了。可是，苦力们仍然侧着身子，迈着似跑非跑的快步，眼睛瞧着地上，选择落脚的地方，脸上挂着紧张不安的神色。他们这样赶路时，你再也不能从中看出美妙的画面了。他们的劳累使你感到压抑。你心里充满了爱莫能助的同情。

　　在中国，人就是牛马。

　　"一辈子受累受苦，匆匆地走完一生，而无法中止人生这一行程——岂不可叹？一辈子不停地劳动，在世时也未享受过劳动成果，便精疲力尽，突然死去，自己也不知道会死在何方——这岂不正是令人感到悲哀的原因吗？"

　　那位中国神秘主义者写过这样一段话。

（石永礼　译）

世界的边沿在哪儿？

〔白俄罗斯〕兹·比雅杜里亚

　　太阳在透明的遥远的天边薄薄地镀上了一层黄金。有些地方，天空被参差不齐的松树林子支撑着，有些地方它又被土岗支撑着。远处的某些地带，好像是在太阳底下铺开来的一条一条漂白的麻布,联结着大地和天空。

松树林子黑幽幽的,那些地带逐渐呈现出灰色而轻柔的、隐约可见的薄雾,和浅蓝色的天空融合在一起。

七岁的小男孩杨卡,在牧场的小河旁边放鹅,他那一双浅蓝色的眼睛,惊奇地环顾着四周。

每走一步,杨卡都看见非常非常奇妙的事物。

"嗞嗞,嗞嗞！看吧,杨卡,世界是多么辽阔,它是无边无际的。"坐在三叶草的花朵上的金色蜜蜂对他说,"而在这儿,好吃的、甜蜜的花朵又是这么多！世界真大啊……"

"……嘶——嘶——嘶！周围有多少麦穗啊。"一株黑麦穗嘟哝着对杨卡说,"它们是我的亲兄弟,数也数不清……"

"……告诉你,告诉你,杨卡！"百灵鸟在牧童的头上唱着歌,"我们头上的天空是多么高啊,要是你知道的话……"

杨卡看见、听到并知道许多东西。同龄的孩子们嘲笑他——他总是孤独而又畏怯,好像狼崽子一样。他不跟谁在一起骑马玩耍,躲避开一切人。这是不好的。他的眼睛有时带着忧郁的神情,特别是在人们从宽阔的大路上经过的时候。他们在天边出现,像黑色的小看家狗一般,然后变大起来,一直变到像杨卡的父亲那么高大。小牧人听见了鞭子的响声,看见了流着汗的马儿。

过路的人们去得远了,远了。杨卡好奇地望着他们。他们的谈话、衣着、马匹、车辆,都使他感到兴趣。

小杨卡感到诧异,惊奇不已……

过路的人们飞驰到遥远的地方去了。车轮轰隆轰隆地响着,然后就静下来了。人们变得越来越小,他们和他们的马匹重又变得像黑色的小看家狗,像刚开始出现的那个模样。他们在大地的尽头,在那小土岗的后面隐藏不见了。他们没有了,消逝得无影无踪了……

道路重又变得空旷、静默。路上的尘土像金黄色的斑点,也平息下来了。

夏天是如此静寂,仿佛整个世界都睡着了。

一切都使杨卡惊奇。他的好奇心是没有止境的:这些出现在天边的过路人从哪里来？他们在道路的另一端消失不见,到哪里去了？

杨卡聚精会神地望着那一条条带子般的、沉默不语的道路——怎么都弄不懂。金黄色的沙子像柔软的地毯,在延伸开去的道路上随处可见,又仿佛是祖母脸上的皱纹一般。

"我们的大地已经很老很老了,"杨卡想道,"而它还活着。"而且,它还用多么年轻的声音逗弄着他杨卡啊。

他记得,有一次他跟妈妈一道去采蘑菇。他在路边一个蚂蚁窝跟前玩耍,把妈妈给丢了。他害怕了,在整个林子里喊着:

"妈妈,你在哪儿?"

"妈妈,你在哪儿?"——大地从四面八方戏弄着他:从桦树林里,从松树林里,从空旷的地方。

他笑——大地也笑。他哭——大地也哭。

但是,道路比一切都更使杨卡感到兴趣,因为人们是出现在道路上的,他们从不可知的地方来,又消失到不可知的地方去。

有时候,出现了一个拿竖琴的瞎子,一个小男孩牵着他行走。有时候,出现了许多去赶集的人。

杨卡瞧见了并听到了生活在永不停息地运动。

鹅群钻进了黑麦地里。而杨卡,张着嘴,望着没有尽头的、完全不可理解的、使他激动而又惊奇的道路。

父亲不止一次因为鹅群糟蹋了庄稼而鞭打杨卡。

"世界的边沿在哪儿?"杨卡整天想着,但总是弄不懂。

祖母阿芙多蒂亚也弄不懂,而阿尔吉姆舅舅对他的疑问仅仅是加以嘲笑。父亲也许知道,但是杨卡不敢去问他:恐怕他要发脾气。父亲总是忙着,没有空闲时间。

"我自己会搞清楚的! 靠自己的本事来搞清楚它!"

杨卡爱听祖父讲古老的童话。最使他害怕的是那些讲到食人者和强盗们的故事,当牧人们在夜间唱起哀歌来的时候,眼泪从他的双眼里流了出来,幼小的心快要跳出了胸膛。不过,当故事讲到所有的食人者和强盗们都被消灭掉的时候,杨卡就有了勇气。

"世界的边沿在哪儿,也许太阳知道,"杨卡这样想。而太阳是他的最好的朋友。

杨卡爱看太阳,不管春夏秋冬,都是一样,从日出看到日落。

他眯着眼睛向太阳望,心里就感到快乐。

太阳是杨卡所熟悉的辽阔大地的忠实、优秀的守望者。

夏天,太阳很早就从山的那一边升起来了,给生长在河边低处的赤杨树梢镀上一层黄金。它很晚才从山的另一边沉落下去,重又把树梢镀成金色。

太阳在杨卡所熟悉的辽阔大地的上空几乎绕了整整的一圈。

秋天,太阳从桦树丛里升了起来,沉没在黑黝黝的松树林里,它在空中只绕了半个圈子。

冬天,太阳起来得很晚,在道路的上空露了露脸,很早就跌落到谷地里去了。它在天空里绕的圈子很小。

"太阳在冬天大概怕冷,"杨卡想。

而在春天快要到来的时候,变得暖和的太阳在空中散步的时间就越来越长了。有时它把云彩渲染得如此美丽,杨卡再看也看不够。那时的天空使人眼花缭乱——又是白玫瑰色的大理石城堡,又是一群一群的奇珍异兽,又是巨大的篝火,又是红色的小河……

"太阳知道世界的边沿在哪儿。"有一天,快到傍晚的时候,杨卡终于这样肯定了。

要是把鹅群抛下不管,妈妈将会严厉地处罚他,但是要知道,他这一辈子总得到世界的边沿那儿去一次啊。必须到那儿去,太阳在那儿过夜,行路的人在那儿隐藏不见……

孩子望了望在牧场干枯的沟里咯咯叫着的鹅群。又朝树林那边望了望——有没有人打那儿出来到街上去。四处空旷无人,在太阳落山以前,寂静笼罩着一切。

而太阳伴着红色的晚霞,站在山顶上,呼唤小杨卡到它那儿去。

孩子跑了起来。

可爱的人儿跑着,跑着。跑到桦树林跟前了,快要落山的太阳就在树林后面。但是,瞧,它又跑远了,到灰色的沙坡后面去了。它斜靠在绿色的橡树上,越来越往下沉。

孩子考虑了一下,又全力向前跑去。他很想瞧瞧太阳落在哪儿。而它越跑越远。

杨卡累了,满身是汗,但仍然尽力向前跑着,向太阳、向被太阳烧红了的天空跑着。

在杨卡的眼前出现了新的远景,谷地,土岗,树木,出现了新的大路和小径,它们有的笔直,有的弯曲,通向四面八方……

"站住!"他对太阳叫着,心里已经着急了。他想起回到家里就要受罚——鹅群大概跑进黑麦地里去了。

"站住!"大地从树林里、从群山中、从四面八方逗弄着孩子。

"站住! ……"

杨卡使劲地向前跑着。眼睛在发亮。他想要知道,世界的边沿在哪儿。

太阳落下去了。山谷里越来越暗。河面上升起了灰色的雾。天空里出现了星星,地面上闪烁着灯火。

"世界的边沿究竟在哪儿? 在书本上一定写着。"杨卡想道,"到了秋天我要到学校里去,我要学习,并且要知道一切的一切。"

(罗 洛 译)

我家的财富

〔日本〕德富芦花

一

房子不过三十三平方米,庭院也只有十平方米。人说,这里既褊狭,又简陋。屋陋,尚得容膝;院落小,亦能仰望碧空,信步遐思,可以想得很远、很远……

日月之神长照。一年四季,风雨霜雪,轮番光顾,兴味不浅。蝶儿来这里欢舞,蝉儿来这里鸣叫,小鸟来这里玩耍,秋蛩来这里低吟。静观宇宙之大,其财富大多包容在这座十平方的院子里。

二

院里有一棵老李树,到了春四月,树上开满了青白的花朵,碰到有风的日子,李花从迷离的碧空飘舞下来,须臾之间满院飞霜。

邻家多花树,飞花随风飘到我的院子里,红雨霏霏,白雪纷纷,转眼间满院披上了花衣衫。

仔细看,有桃花,有樱花,有山茶花,有棠棣,有李花。

三

院角上长着一株栀子。五月黄昏,春阴不晴,百花盛开,清香阵阵。主人沉默寡言,妻子也很少开口。这样的花生长在我家,最为相宜。

老李背后有棵梧桐,绿干亭亭,绝无斜出,似乎告诉人们:"要像我一般正直。"

梧桐和水盆旁边的八角金盘,叶片宽阔,有了它我家的雨声也多了起来。

李子熟了,每当沾满了白粉的琥珀般的玉球骨碌碌滚到地面的时候,我就想,要是有个孩子,我拾一个给他,那该多高兴啊!

四

蝉声凄切之后,世界进入了冬天。山茶花开了,三尺高的红枫像燃烧着一团火。房东留下的一株黄菊也开了。名苑之花固然娇美,然而,秋天里优雅闲寂的情趣却荟萃在我家的庭树上了。假如我是诗翁蜕岩,我将吟咏"独怜细菊近荆扉",使我惭愧的是,我不能唱出"海内文章落布衣"的诗句来。

屋后有一株银杏,每逢深秋,一树金黄,朔风乍起,落叶翩翩,恰如仙女玉扇坠地。夜半梦醒,疑为雨声;早起开门一看,一夜过后,满庭灿烂。屋顶房檐,无处不是落叶,片片红枫相间其中。我把黄金翠锦都铺到院子里了。

五

树叶落尽,顿生凄凉之感。然而,日光月影渐渐增多,仰望星空,很少遮障,令人欣喜。

太阳的话

〔日本〕岛崎藤村

"早上好!"

我向太阳隐身的地方致意。没有回答。今天仍旧是太阳隐居的日子。

让我在这里写下一点自己记忆中的事吧。我第一次发现太阳的美,并不是在日出的瞬间,而是在日落的时刻。我已经是十八岁的青年了。当时在我的周围,虽然也有人教给我对大自然的很淡然的爱,但是没有人批示我说:你看那太阳。我在高轮御殿山的树林中发现了正在沉落的夕阳,为了分享那从未有过的惊奇与喜悦,我发狂般地向一起来游山的朋友跑去。我和朋友二人,眺望着日落的美景,在那里站立了许久许久。那时充满在我胸中的惊奇与欢乐,至今仍旧难以忘怀。

然而,更使我难以忘怀的,乃是我第一次感受到太阳在我的精神内部升起的时候。我在青年时代的生活颇多坎坷不平,时时与艰难为伴,在漫长而暗淡的岁月里,我连太阳的笑脸也不曾仰望过。偶尔映入我眼里的,不过是没有温度,没有味道,没有生气,只是朝从东方出,夕由西天落的红色、孤独的圆轮。在我二十五岁的青年时代,我感到寂寞无聊而去仙台旅行,就是从那时开始,我懂得了自己的生命内部也有太阳升起的时刻。

阳光的饥饿——我渴求阳光的愿望本身是极其强烈的。但是,在似亮非亮的暗淡笼罩的日子里,我也曾非常失望过。我也曾几次失去了太阳。甚至连渴求太阳的愿望也时而变得淡漠。太阳远离我而存在,在我的眼里,它的面容永远是毫无意义的、悲哀痛苦的。

然而,曾一度懂得在自己的生命内部也会有太阳升起之时的我,几经彷徨后,又回归到等待黎明的心境。不论是在每年的冬季要持续五个月之久的信浓山区,还是在好似新开垦的处女地的东京郊外的田野,或是在便于观赏那城镇上空的日出的隅田川的岸边,我一直在翘盼着天明。不仅如此,在漫长的岁月里,我也曾沦为异邦的旅人。在那时,无论从宛若紫色的泥土般的遥远的海上,无论从看去如同梦境般流泻着蓝色磷光的热带地区的水波之间,也无论是在如冰的石建筑鳞次栉比、林荫树凄冷昏黑、万物仿佛全都结冻了似的寒冷的异乡街头,我仍然在固执地盼着天明。甚至在梦中思念着遥远的日出,踏着朝霞向故乡迢迢归来。

我等待了三十多年。恐怕我的一生就要在这样的等待中度过了。然而,谁都可以拥有太阳。我们的当务之急不仅仅是要追赶眼前的太阳,更重要的是要高高地举起自己生命内部的太阳。这种想法与日俱烈,在我年轻的心灵中深深地扎下了根。

现在我所想象的太阳,已经到了古稀高龄。仅就我记忆中的,自物心相合以后的太阳的年龄,如今已经是五十又三。如果加上我无从记得的从前的年龄,那么太阳是怎样一位长寿的老人,则是无论如何也无法知晓的。

人若到了五十又三的年龄,不衰老者极为少见。头发逐年增白,牙齿先后脱落,视力也日渐减弱。曾经是红润的双颊,变得就像古老的岩壁一样,刻上了层层皱纹。甚而还在皮肤上留下如同贴在地上的地苔一样的斑点。许多亲密的人相继过世,不可思议的疾病与晚年的孤独,在等待着人们。与人的如此软弱无力相比,太阳的生命力实在是难以估量的。看它那无休无止的飞翔、腾跃,以及每夜沉落不久又放射出红色朝霞的生气! 真正拥有丰富的老年的,除太阳之外,更有何者! 然而,在这个世上,最古老的就是最年轻的。这个道理深深地震动着我的心灵。

"早上好!"

我再一次致意。仍旧没有回答。然而我已经到了这样的年龄,而且感觉到了自己内部的太阳正在醒来,因此我坚信,黎明一定会在不远的将来光临。

最后的炉火

〔法国〕科莱特

　　点吧,你在炉里点起一年的最后一次火吧! 阳光和火焰一起,要把你的脸照亮。你手一挥,一捆柴烧起来了,火光四射,烟袅袅上升,但我已不再认出我们那冬天的炉火了,由于不断添进干柴和大量树根,我们的火炽热旺盛,噼啪作响。它像一颗极为明亮的星,今天早晨从开着的窗子外飞起来,落在我们的房里,像主人一样留了下来。

　　瞧! 太阳不可能关心别的花园像关心我们的花园那样,你好好地瞧瞧,因为这里的一切一点也不像我们去年的园子了。今年这一年一开始,尽管春寒料峭,但它已经开始着手改变我们那安闲的隐居生活的环境了。它使我们梨树的每根树枝上长出饱满而有光泽的花骨朵,它使每一丛丁香长出一簇簇新的尖叶子……

　　啊! 特别是丁香,你看看它们究竟怎样在生长! 去年你从旁边经过时,你亲得着它们的花朵,不过当五月又来临时,你闻不到它们的香味了,你只好踮起脚尖,得用手把它们那一串串花朵勾到你的嘴边来……你好好地瞧瞧那小路的细沙上,红柳那枯瘦的阴影吧,明年,你会认不出它来了。

　　说到堇菜花属,它们好像着了魔似的,昨天晚上在草地上突然全部开放了,你还认得出它们来吗? 你弯下身子,像我一样,你很惊奇,在春天时它们的蓝颜色不是显得还要重一些吗? 不,不,你搞错了,去年我看到它们的时候颜色还没那么深,那时是蓝紫的,你难道想不起来了……你反驳着,你摇着头,笑得很认真,嫩草的碧色使你那闪着金褐色色彩的眼神也相形失色了……更紫一些……不,更蓝一些……别在这上面费口舌了,你还不如去闻闻这些多变的堇菜花特有的香气呢! 你闻着那使你入迷的能忘却以往岁月的香气时,你像我一样去瞧瞧,那重新苏醒复活过来的、在你眼前越来越清晰的你那童年时代的春天吧!

　　颜色更紫……不,更蓝。我仿佛又重新看到了草地,看到了深深的树林,林里新发的嫩叶使整个林子蒙上了一层绿色的烟雾,一种很难形容的绿色。寒冷的小溪,溪水刚冒出来又马上被沙子吸没了。还有复活节时候的报春花,黄色的红口水仙,花蕊的颜色是橘黄色的,还有堇菜花……我重新看到一个安静的女孩子,春天那粗犷的野性气息使她心醉神迷,使她感到一种夹杂着凄凉而又神秘的幸福……这是一个白天被关在学校里的女孩子,她用玩具和图片来和附近农场放羊的小姑娘交换她从树林里带来的最早的一束束堇菜花,这些花都用一根红棉线扎起来,有短茎的堇菜花,有白色的堇菜花,蓝色的堇菜花,还有一种泛着蓝色的白堇菜花,花上还有紫色的脉纹,还有报春堇菜花,它叶宽而软弱无力,长长的茎上高挂着一些没有香气的惨淡的花冠,还有二月在雪地里开花的堇菜花,它经常被霜打落,变成红黄色,很难看,散发着一丁点香味……啊,我童年时代的堇菜花啊,你们一朵朵全都在我面前再现了,在这四月乳白色的天空里,到处都排列着你们那数不清的小脸,不断地飘舞着,使我晕眩,使我如痴如醉……

你把头向后一仰,在想些什么呢? 你抬起你那安静的双眼勇敢地朝着太阳,但这只是为了去看一只今年第一次见到的蜜蜂,它正在飞翔,它飞得不太灵活,迷了路,正在寻找带蜜的桃花……赶走它,它快挂在发亮的栗树花蕾上了! 不,它消失在蓝色的空气里,它使你眩晕……你啊,你也许会对这破布似的一块蓝天感到满意,这块因被我们狭小的园子围墙局限而显得像片碎布一样的天空。你去幻想吧,去想象在世界的某个地方,一个令人羡慕的、会在那里发现整个天空的地方! 想吧,你去遐想吧,就像你在向往到一个无法接近的王国去一样! 你去想吧,在那遥远的天边,在接近大地边缘的地方,那种微妙的发白的颜色……在这姗姗来迟的春天里,有一天,在那边,越过墙,我在捉摸一条微微起伏的有力的线条,那条被孩子时的我称作大地的边缘的线,它变成玫瑰色,接着又成蓝的了,变成一种像水果核旁的那种汁的颜色,一种柔和的金色……你那美丽而又令人怜悯的眼神,别抱怨我这样强烈地在想我想要的东西! 我那急切的愿望总使我在想一些我没有而又想得到的东西! 是的,我笑了,带着好心笑了,笑你那闲着的没有拿花的手……太早了,太早了,蜜蜂和我们,还有那朵桃花,我们都过早地去寻找春天……

草蒲睡着了,它在三层发绿的绸子里把自己卷成圆锥形;而牡丹呢? 它用它那像珊瑚样硬的树枝使劲地顶土而出,不过玫瑰还只敢长出一点点红色的像栗子那样大小的蓓蕾,一种很像蚯蚓那样的颜色。现在到处可以采到棕色的桂竹香,它在郁金香之前开放,这种花颜色很深,土里土气,穿了一件很结实的绒衣,好像一个乡巴佬。但是现在还先别去找铃兰,它像淡菜的壳一样,长在两个瓣之间,它那东方绿的珍珠般的花苞,在慢慢地很神秘地鼓起来,马上就要散发出一种浓郁的香味……

阳光在沙地上移动,从淡紫色的东方刮过来了一阵冰冷的风,使你感到像電子那样的冰冷。在空中,桃花被刮得到处都是……啊呀,我都感到冷了,那只暹罗母猫,它的脸像一块深色的丝绒,刚才还很安静很自在地躺在温暖的墙边,突然睁开了它那蓝宝石一样的眼睛。肚子,长长的,贴着地,怕冷的耳朵贴着脖子,向家里匍匐着走去……瞧! 我怕这朵紫色的云,它镶了一条古铜色的边,在威胁着落日。你刚才点着的火现在在房里蹦跳着,真像一只关在家里的欢快的动物,正在窥伺着我们的归来……

啊,一年里最后一次的炉火,最后的,也是最美的火! 这是你的一朵粉色的牡丹,在炉子里零乱地不停地开放着。我们向火弯下身来,我们伸出了我们的手,它们被火红的微光烘烤着……我们园子里没有一朵花能比它更美丽,没有一棵树的枝叶能比它更茂盛,没有一株草能比它更随风飘曳,也没有一根藤像它那样专横,那样出其不意地把人缠住! 让我们待在这里吧! 我们要照顾好我们这位变化无常的神,它使你那忧郁的眼睛里出现了一丝微笑……再过一会儿,当我脱下连衣裙的时候,你会看到我的全身也是红红的,像一尊彩绘的塑像一样。我站在这位神的面前,一动也不动,在那一明一暗的微光下,我的皮肤被激活了,颤抖着,就像在相爱的时刻里,那无法躲避的爱的羽翼,突然向我扑来一样……让我们呆在这儿吧! 一年里最后一次的炉火使我们沉静下来,懒洋洋的,使我们得到了一次非常温馨的小憩! 我倾听着,头倚在你的胸前,倾听着风、火焰和你的心的跳动。这时,在黝黑的玻璃窗外,一枝粉色的桃树枝却不停地敲打着窗子,它的叶子已大半脱落,显得非常可怕,活像一只在暴风雨中被击败的鸟儿一样。

歌 声

〔智利〕米斯特拉尔

一位妇女在山谷唱歌,掠过的阴影将她遮挡,但那歌声使她挺立在田野上。

她的心破碎了,就像今天傍晚她在小溪的卵石上摔碎的水罐一样。然而她还在唱,从那隐秘的创口透出一缕歌声,变得更纤细、更强劲。在悠扬的曲调中,那歌声被鲜血沾湿了。

为着每天都有人死去,田野里其他声音都已沉寂。刚才,连那只落在最后的小鸟的啼啭也听不到了。她那不会死去的心,那为痛苦而活着的心,汇拢了一切已经沉寂的声音,现在她的歌声虽已变得高亢,但始终是甜美的。

她是在为她丈夫歌唱? 暮色中丈夫正默默地望着她。或者,她唱歌是为了孩子? 孩子是那么迷人,使她减轻痛苦;或者,她只是为自己的心歌唱? 她的心比黄昏时分孤独的孩子更加无依无靠。

这歌声使正在降临的夜晚变得慈爱,群星带着人间的甜蜜在闪烁,布满星星的天空变得通晓人情,理解大地的痛苦。

田野纯净得像月光下的水面,平原抹去那不高尚的白天的浊气。白日里人们互相憎恨。那妇人仍然在歌唱,歌声从咽喉中飞出,越过变得高尚的白天,朝着群星飞升!

统治者

〔匈牙利〕伊耶什

童年时,我曾经想毫不迟延地管理整个世界,于是我整整齐齐地摆好了我的小信箱,接着摆好了我的还愿画,接着又摆好了我的邮票。邮票在我看来神效最大,它们甚至能够将我的意愿带往世上最偏僻遥远、最微不足道的岛屿。童年的每一天伴随着多少意图,多少思绪,多少计划,又有多少美好的意愿!

冷酷对于细小的我也并不陌生。面对死亡景象,谁的眼睛比暴君的眼睛眨得更少? 孩子的。

而准许赦免又有多少乐趣！

在希蒙托尔尼奥，在遥远的希欧渠岸边，在德金泽沙区，在一个农民家的厨房里，面对着火炉，我静静地坐着，腿上放着自己制作的集邮册，这时，春天已开始将朵朵白云点缀在依然寒冷的天空。在莫日斯山坡上——那里所有事物的名称都奇特无比——是的，那是，一切多么美好……

如今，背井离乡——犹如被废黜的、甚至刚从陵墓里爬出来的国王——我禁不住为那失去的魔力而哭泣。

为留住记忆而挣扎

〔智利〕聂鲁达

我的思想离开我去流浪，现在走上一条友善的小径，我摒除一切强烈的悲伤，停下来，闭上眼睛，在某些遥远的时间和地点的气味里软弱下来，这种气味是我凭借对圣洁的谦卑挣扎而保留下来的。我只在昨天里生活。"现在"是各种欲望的赤裸期盼，是因缺乏爱而衰老的临时誓约。

昨天是一棵枝叶茂密的树，我在树荫下回想。

忽然，我诧异地看见成列的朝圣者像我一样到这小径来了；他们的眼睛充满回忆的喜悦，他们唱着歌回味过去。反正，我知道他们改变是为了维持不变，他们讲话是为了沉默，他们张开神奇的眼睛看星庆祝是为了闭眼记住……

我躺在新路旁边，热切的眼光充满那些日子的花朵，我徒然想留住泛着涟漪流过我身上的时间之河。然而我汲取的水却滞留在我心底黑暗的池子里，明天，我必须把衰老孤单的手沉进这些水池……

气 球

〔俄罗斯〕柯热夫尼科夫

圆滚滚的样子讨我喜爱，轻飘飘的感觉也同样讨我喜爱。虽说我绝对地拥有这种感觉——已成过去。现在我已不能像从前那样腾起、升高，在城市上空翱翔了。在我的下面，人们在忙碌,房屋在微微摇晃,河水被钳制在花岗石之间泛着水花。人们仰头眺望着我,误以为我能如云一般浮游天际,房屋深深地羡慕我,流水竭力追求我。可我正轻飘飘地、晃晃悠悠地下沉着,幻想着。我朝窗户里探视,窗户里发生着各种各样的事情,我恍惚觉得,我也是人,或者至少是只猫,仿佛我能穿墙破壁,跟人一起坐在桌边,也许还能津津有味地喝着茶,甚至还指望着看看电视。又降下一阵后,我回想起:他们有手,他们当时用手抓住我,他们有嘴,他们当时用嘴吹我。在那一刻,我感到很不自在,甚至感到害怕,可是我浑身充满了气之后,由于我所取得的弹性,由于我那薄得无与伦比的外壳,把整个世界分成了两半:内部的世界和外部的世界,我欣喜若狂。以前有过某种东西,与现在截然不同的一种东西,我想那是种什么东西,可是怎么也想不起来——是什么?

生命来自无休无止的节日。我出生在一个庆典的日子里。可狂欢终于结束,火炬终于熄灭。礼炮的回声终于沉在河底——又要回到平常日子了,我看到了我的同类:蓝色的和黄色的,绿色的,透明的,红色的,像我一样带着各种图形和花纹,圆圆的像西瓜,椭圆的像西葫芦——啊,周围你们有多少呀,全失去了美丽的球形,在往下落,你们多么可怜地颤动着,像枯萎的树叶,挂在树枝的弯曲处;像被揉皱的卷烟纸,拖曳在柏油路上;像从水底泛上来的死鱼,在铲形的浪花里浮动。

我的日子究竟还剩下多少?我不知道。树枝老是要朝我身上扎,我担心被刺穿,可我很走运,依然保持着完整,于是我继续往下降,我拍打着柏油路面,又担心被粗糙的石头擦破,可我很走运,没被擦破,我继续跳跳蹦蹦,随风飘荡,仿佛什么也不用担心;我"啪"地落到水里,可并没有弄出溅水声:我依然轻轻地,圆圆的,随着水流飘浮,要知道我就是一个——气球。

雪花像蒲公英籽儿一般不慌不忙地飘到河面上。雪好似从胆怯的侦察兵一变而为无数的空降兵,这不,许许多多雪花堆积在我身上,可我抖掉了重负,翻过身来,显得非常轻松,旋即又对新落在我身上的雪着手进行同样的程序。

一团雪花啪的一声落在我身边,我被溅了一身水。岸边——有两个孩子:一个男孩在做着新的雪球,一个女孩求他不要把我扔远了,而让他抓住我送给她。男孩扔出雪球,可是扔得不是地方,我反而飘得远些了,同时为自己的未来饱受着惊吓,我祈求得到怜悯,我徒然地恳求:孩子们,你们尽可跟我一起度过美好的时光。小男孩,你尽可跟我开开心心地玩耍。要知道我是个气球——我圆圆的,没有重量,我——是被薄如蝉翼的外壳隔成两个世界的空气,你要是能抓着扎住我喉咙的线,用我整个的躯体敲打着什么,比如说,敲打你自己腿上的膝盖,或者敲打——朋友的头顶,那可是太妙了,这时发出的声音将带着闪光,你会觉得好笑、开心、会哈哈大笑,于是你松开我,我会飞啊飞啊慢慢地升高。而你,小姑娘,你尽可将我高高抛起,再抓住我,要知道这是极其有趣的——放开球,当它下降时,它会在你身边打着转,一圈、两圈、三圈!

孩子们顺着河岸追我。男孩重新拿着一团白花花的雪球向我瞄准,他的雪球碰上了我。一大块沉沉的,可它顺着我的身体滑掉了,没有毁坏我球的形状。

　　桥下，在那难以看清的阴影里，有一只细颈玻璃瓶在蹦跳，它的上端被打碎了。因此它的样子预示着不祥。我为自己担惊受怕。我打算呼叫，呼叫援助，然而——我不能：我只是一只球。孩子们扔过来的雪球，改变了我前进道路的轨道，风驱赶着我，它一阵一阵地带着我、赶着我，玻璃瓶在蹦跳，它无情地将尖尖的碎口对着我。

第二篇　艺术的需要

艺术手记

〔奥地利〕里尔克

一

艺术乃是万物的朦胧愿望。惶惶然的话一心想诉诸于诗,鄙陋的景赋形于图,有毛病的人在其中变美。这使得:艺术将他为他的表现而选择的事物从许多偶然的、习俗的关系中加以突出,使其孤立,并将这些孤立者置于一种简单的、纯粹的联系中。倘若他喜爱一件东西,他就会在他的影子下,承担着许多悄悄的自白,无保留地向它吐露成百的秘密。他的种种亲密的感觉就会在某一种狭窄的东西后头产生出来,并迫使他将一件新的外衣排在那第一件狭长的外衣旁边,穿上第二、三件,第四件来扩建那座大墙,在其后面他的生活激起浪花。那些东西感觉到少有的亲密,它们对他来讲慢慢变成外衣。深刻的、艺术家本人没有认识到的种种关系互相联系得紧紧的。它们相互变得相似了。它们的模糊轮廓载着……

二

艺术乃是万物的朦胧愿望。它们想要成为我们的所有秘密的图像。它们很乐意抛却其业已凋敝的意识,以承载某种我们的沉重的渴求。它们逃离传统习俗。它们想充当我们所中意的那种东西。它们乐于带着艺术家所赠予的新名称而感激不尽,千依百顺。它们好比求人带上自己外出的孩子:尽管对一路出现的成千零散而偶然的印象什么都不理解,但会使他们单纯的脸色神采飞扬。事物就是想用这样的态度来对待艺术家的诚意的,只要他选中它们作为自己作品的包装的话。既严守秘密,又泄露秘密。朦胧,但被他的才智所折服,一如他的心灵映出的许多张歌唱着的脸孔。

这是艺术家所听到的呼唤:事物的愿望是想成为他的语言。艺术家应当将事物从传统的种种沉重而无意义的关系里,提升到他的本质的巨大联系之中。

(叶廷芳 译)

读书与书籍

〔德国〕叔本华

一

愚昧无知如伴随着富豪巨贾,更加贬低了其人的身价。穷人忙于操作,无暇读书无暇思想,无知是不足为怪的。富人则不然,我们常见其中的无知者,恣情纵欲,醉生梦死,类似禽兽。他们本可做极有价值的事情,可惜不能善用其财富和闲暇。

二

我们读书时,是别人在代替我们思想,我们只不过重复他的思想活动的过程而已,犹如儿童启蒙习字时,用笔按照教师以铅笔所写的笔画依样画葫芦一般。我们的思想活动在读书时被免除了一大部分。因此,我们暂不自行思索而拿书来读时,会觉得很轻松,然而在读书时,我们的头脑实际上成为别人思想的运动场了。所以,读书愈多,或整天沉浸于读书的人,虽然可借以休养精神,但他的思维能力必将渐次丧失,此犹如时常骑马的人步行能力必定较差,道理相同。有许多学者就是这样,因读书太多而变得愚蠢。经常读书,有一点闲空就看书,这种做法比常做手工更会使精神麻痹,因为在做手工时还可以沉湎于自己的思想中。我们知道,一条弹簧如久受外物的压迫,会失去弹性,我们的精神也是一样,如常受别人的思想的压力,也会失去其弹性。又如,食物虽能滋养身体,但若吃得过多,则反而伤胃乃至全身;我们的"精神食粮"如太多,也是无益而有害的。读书越多,留存在脑中的东西越少,两者适成反比,读书多,他的脑海就像一块密密麻麻、重重叠叠、涂抹再涂抹的黑板一样。读书而不加以思考,决不会有心得,即使稍有印象,也浅薄而不生根,大抵在不久后又会淡忘丧失。以人的身体而论,我们所吃的东西只有五十分之一能被吸收,其余的东西,则因呼吸、蒸发等等作用而消耗掉。精神方面的营养亦同。

况且被记录在纸上的思想,不过是像在沙上行走者的足迹而已,我们也许能看到他所走过的路径;如果我们想要知道他在路上看见些什么,则必须用我们自己的眼睛。

三

作家们各有其所专擅,例如雄辩、豪放、简洁、优雅、轻快、诙谐、精辟、纯朴、文采绚丽、表现大胆等等,然而,这些特点,并不是读他们的作品就可学得来的。如果我们自己天生就有着这些优点,也许可因读书而受到启发,发现自己的天赋。看别人的榜样而予以妥善的应用,然后我们才能有类似的优点。这样的读书可教导我们如何发挥自己的天赋,也可借以培养写作能力,但必须以自己有这些禀赋为先决条件。否则,我们读书只能学得陈词滥调,别无利益,充其量只不过是个浅薄的模仿者而已。

四

如同地层依次保存着古代的生物一样,图书馆的书架上也保存着历代的各种古书。后者和前者一样,在当时也许曾洛阳纸贵,传诵一时,而现已犹如化石,了无生气,只有那些"文学的"考古学家在鉴赏而已。

五

据希罗多德(Herodotus,希腊史家)说,薛西斯(Xerxes,波斯国王)眼看着自己的百万雄师,想到百年之后竟没有一个人能幸免黄土一抔的厄运,感慨之余,不禁泫然欲泣。我们再联想起书局出版社那么厚的图书目录中,如果也预想到十年之后,这许多书籍将没有一本还为人所阅读时,岂不也要令人兴起泫然欲泣的感觉?

六

文学的情形和人生毫无不同,不论任何角落,都可看到无数卑贱的人,像苍蝇似的充斥各处,为害社会。在文学中,也有无数的坏书,像蓬勃滋生的野草,伤害五谷,使它们枯死。他们原是为贪图金钱,营求官职而写作,却使读者浪费时间、金钱和精神,使人们不能读好书,做高尚的事情。因此,它们不但无益,而且为害甚大。大抵来说,目前十分之九的书籍是专以骗钱为目的的。为了这种目的,作者、评论家和出版商,不惜同流合污,朋比为奸。

许多文人,非常可恶又狡猾,他们不愿他人企求高尚的趣味和真正的修养,而集中笔触很巧妙地引诱人来读时髦的新书,以期在交际场中有谈话的资料。如斯宾德连①、布维(Bulwer)及尤金·舒②等人都很能投机,而名噪一时。这种为赚取稿费的作品,无时无地都存在着,并且数量很多。这些书的读者真是可怜极了,他们以为读那些平庸作家的新作品是他们的义务,因此而不读古今中外的少数杰出作家的名著,仅仅知道他们的名姓而已——尤其那些每日出版的通俗

---

① 斯宾德连(Spindlen,1579—1688):德国小说家。
② 尤金·舒(Engen Sue,1804—1857):法国小说家。

刊物更是狡猾,能使人浪费宝贵的时光,以致无暇读真正有益于修养的作品。

因此,我们读书之前应谨记"绝不滥读"的原则,不滥读有方法可循,就是不论何时,凡为大多数读者所欢迎的书,切勿贸然拿来读。例如正享盛名,或者在一年中发行了数版的书籍都是,不管它属于政治或宗教性还是小说或诗歌。你要知道,凡为愚者所写作的人是常会受大众欢迎的。不如把宝贵的时间专读伟人的已有定评的名著,只有这些书才是开卷有益的。

不读坏书,没有人会责难你,好书读得多,也不会引起非议。坏书有如毒药,足以伤害心神——因为一般人通常只读新出版的书,而无暇阅读前贤的睿智作品,所以连作者也仅停滞在流行思想的小范围中,我们的时代就这样在自己所设的泥泞中越陷越深了。

七

有许多书,专门介绍或评论古代的大思想家,一般人喜欢读这些书,却不读那些思想家的原著。这是因为他们只顾赶时髦,其余的一概不理会;又因为"物以类聚"的道理,他们觉得现今庸人的浅薄无聊的话,比大人物的思想更容易理解,是以古代名作难以入目。

我很幸运,在童年时就读到了施勒格尔①的美妙警句,以后也常奉为圭臬。

"你要常读古书,读古人的原著:

今人论述他们的话,没有多大意义。"

平凡的人,好像都是一个模型铸成的,太类似了!他们在同时期所发生的思想几乎完全一样,他们的意见也是那么庸俗。他们宁愿让大思想家的名著摆在书架上,但那些平庸文人所写的毫无价值的书,只要是新出版的,便争先恐后地阅读。太愚蠢了!

平凡的作者所写的东西,像苍蝇似的每天产生出来,一般人只因为它们是油墨未干的新书,而爱读之,真是愚不可及的事情。这些东西,在数年之后必遭淘汰,其实,在产生的当天就应当被遗弃的才对,它只可作为后世的人谈笑的资料。

无论什么时代,都有两种不同的文艺,似乎各不相悖的并行着。一种是真实的,另一种只不过是貌似的东西。前者成为不朽的文艺,作者纯粹为文学而写作,他们的进行是严肃而静默的,然而非常缓慢。在欧洲一世纪中所产生的作品不过半打。另一类作者,文章是他们的衣食父母,但它们却能狂奔疾驰,受旁观者的欢呼鼓噪,每年送出无数的作品于市场上。但在数年之后,不免令人发生疑问:它们在哪里呢?它们以前那喧嚣的声誉在哪里呢?因此,我们可称后者为流动性的文艺,前者为持久性的文艺。

八

买书又有读书的时间,这是最好的现象,但是一般人往往是买而不读,读而不精。

要求读书的人记住他所读过的一切东西,犹似要求吃东西的人,把他所吃过的东西都保存着一样。在身体方面,人靠所吃的东西而生活;在精神方面,人靠所读的东西而生活,因此变成

---

① 施勒格尔(Schlegel,1767—1845):德国作家。

他现在的样子。但是身体只能吸收同性质的东西，同样的道理，任何读书人也仅能记住他所感兴趣的东西，也就是适合于他的思想体系，或他的目的物。任何人当然都有他的目的，然而很少人有类似思想体系的东西，没有思想体系的人，无论对什么事都不会有客观的兴趣，因此，这类人读书必定是徒然无功，毫无心得。

Repetitio est Mater Studioun.（温习乃研究之母。）任何重要的书都要立即再读一遍，一则因再读时更能了解其所述各种事情之间的联系，知道其末尾，才能彻底理解其开端；再则因为读第二次时，在各处都会有与读第一次时不同的情调和心境，因此，所得的印象也就不同，此犹如在不同的照明中看一件东西一般。

作品是作者精神活动的精华，如果作者是一个非常伟大的人物，那么他的作品常比他的生活还有更丰富的内容，或者大体也能代替他的生活，或远超过它。平庸作家的著作，也可能是有益和有趣的，因为那也是他的精神活动的精华，是他一切思想和研究的成果；但他的生活际遇并不一定能使我们满意。因此，这类作家的作品，我们也不妨一读。何况，高级的精神文化，往往会使我们渐渐达到另一种境地，从此可不必再依赖他人以寻求乐趣，书中自有无穷之乐。

没有别的事情能比读古人的名著更能给我们精神上快乐。我们一拿起一本这样的古书来，即使只读半小时，也会觉得无比的轻松、愉快、清净、超逸，仿佛汲饮清冽的泉水似的舒适。这原因，大概一则是由于古代语言之优美，再则是因为作者的伟大和眼光之深远，其作品虽历数千年，仍无损其价值，我知道目前要学习古代语言已日渐困难，这种学习，如果一旦停止，当然会有一种新文艺兴起，其内容是以前未曾有过的野蛮、浅薄和无价值。德语的情况更是如此，现在的德语还保留有古代的若干优点，但很不幸的却有许多无聊作家正在热心而有计划地予以滥用，使它渐渐成为贫乏、残废，或竟成为莫名其妙的语言。

文学界有两种历史：一种是政治的，一种是文学和艺术的。前者是意志的历史；后者是睿智的历史。前者的内容是可怕的，所写的无非是恐惧、患难、欺诈及可怖的杀戮等等；后者的内容都是清新可喜的，即使在描写人的迷误之处也是如此。这种历史的重要分支是哲学史。哲学实在是这种历史的基础低音，这种低音也传入其他的历史中。所以，哲学实在是最有势力的学问，然而它发挥作用是很缓慢的。

九

我很希望有人来写一部悲剧性的历史，他要在其中叙述：世界上许多国家，无不以其大文豪及大艺术家为荣，但他们在生前，却遭到虐待；他要在其中描写，在一切时代和所有的国家中，真和善常对着邪和恶作无穷的斗争；他要描写，在任何艺术中，人类的大导师们几乎全都遭灾殉难；他要描写，除了少数人外，他们从未被赏识和关心，反而常受压迫，或流离颠沛，或贫寒饥苦，而富贵荣华则为庸碌卑鄙者所享受，他们的情形和《创世记》中的以扫（Esau）相似。（旧约故事，以扫和雅各为孪生兄弟。以扫出外为父亲击毙野兽时，雅各穿上以扫的衣服，在家里接受父亲的祝福。）然而那些大导师们仍不屈不挠，继续奋斗，终能完成其事业，光耀史册，永垂不朽。

（陈晓南　译）

谈艺术

〔俄国〕列夫·托尔斯泰

一部艺术作品是好是坏,取决于艺术家说什么,怎样说,所说的又是在多大程度上出自内心的。

为了使艺术作品完美,需要艺术家所说的是崭新的,对一切人而言是重要的,需要表现得十分优美,需要艺术家说的是出于内心的要求,并因此说的是完全真实的。

为了使艺术家说的是崭新的和重要的,就需要艺术家是有道德修养的人,因此不是过非常自私的生活,而是人类共同生活的参与者。

为了使艺术家所说的能够表现得优美,需要艺术家能够掌握自己的技巧,以至在写作时,很少想到这技巧的规则,正如一个人在行走时很少想到力学的规则那样。

为了做到这一点,艺术家任何时候也不应反复打量自己的工作,不应欣赏它,不应把技巧当作自己的目标,正如行走的人不应想到自己的步态并欣赏它那样。

艺术家为了能表现心灵的内在需要,并由此由衷地说他所说的,他应该,第一,不要关心许多细琐小事,以免妨碍他真正地去爱那值得爱的东西;第二,必须自己去爱,以自己的心灵而不是以别人的心灵去爱,不是假惺惺地去爱别人认可或认为是值得爱的东西。为了做到这一点,艺术家应该像巴兰那样,当使臣们来见过他以后,他独自到一旁去等待上帝的旨意,为了只说上帝所晓谕的。但艺术家不应做这同一个巴兰为礼物所诱惑时所做的事,当时他违背上帝的旨意,去见国王,连他所骑的驴都看清楚的,他却看不见,他被利欲和虚荣心迷住了。①

下列三类艺术作品每一类所达到的完美程度,决定着一些作品与另一些作品的优点的差别。作品可以是(一)意义重大的,优美的,不太真诚的和真实的;可以是(二)意义重大的,不太美的,不太真诚的和真实的;可以是(三)意义不大的,优美的、真诚的、真实的,以及其他各种各样的组合。

所有这样的作品都有自己的优点,但都不能被认为是尽善尽美的艺术作品。只有内容意义重大、新颖,表现得十分优美,艺术家对自己的对象的态度又十分真诚,因此是十分真实的,只有这样的作品才是尽善尽美的艺术作品。这类作品无论过去和将来总是罕见的。至于其余一切作品,当然是不大完美的,按照艺术的三个基本条件主要分为三类:(一)就内容的意义重大而言是卓越的作品,(二)就形成的优美而言是卓越的作品,(三)就其真诚和真实性而言是卓越的作品,但这三者中,每一类在其他两方面都没有达到同样的完美。

所有这三类加在一起接近于完美的艺术,凡有艺术的地方都无可避免地存在着这三类。青

---

① 事见《圣经·旧约·民数记》第二十二章。摩押王巴勒派使臣巴兰,请他去诅咒以色列人,巴兰留使臣住宿,他等待上帝的晓谕,因为上帝不许,他没有随使臣去见巴勒。第二次巴勒又派使臣来,许给他很大的尊荣和礼物,他动了心,与使臣一起去了。在路上,耶和华的使者拦阻他,他骑的驴看见了,他却看不见。

年艺术家的作品往往以态度真诚取胜,内容却很空洞,形式则或多或少是优美的;老年艺术家则正好相反;勤奋的职业艺术家的作品以形式见长,却往往缺乏内容和真诚的态度。

按照艺术这三个方面又分为三种主要的错误的艺术理论。依这些理论看来,没有兼备这三种条件、从而位于艺术边缘的作品不仅被认为是作品,而且被视为艺术的典范。这些理论之一认为,艺术作品的优点主要有赖于内容,哪怕它缺乏优美的形式和真诚的态度。这是所谓倾向性的理论。

另一种理论认为,艺术作品的优点有赖于形式,哪怕它的内容空洞,艺术家对作品的态度又不真诚。这是为艺术而艺术的理论。第三种理论认为,全部问题在于真诚、真实,哪怕内容如何空洞,形式如何不完美,只要艺术家喜爱他所表现的东西,作品就会是艺术性的。这种理论被称为现实主义理论。

基于这些错误的理论,艺术作品就不再像往昔那样,在一代人生活的时期内,每一领域只出现一二种,而是每年在每个首都(有许多游手好闲者的地方),艺术的所有领域都出现千千万万所谓的艺术作品。

在当代,要从事艺术创作的人并不等待他心中出现自己真正喜爱的、重要而新颖的内容,并因为喜爱才赋予它以合适的形式,而是或者依照第一种理论,撷取当时流行的和他心目中的聪明人所赞美的内容,并尽可能赋予它以艺术的形式;或者依照第二种理论,选取他最能表现技艺的那种对象,竭尽全力耐心地制造出他所认为的艺术作品;或者依据第三种理论,在获得愉快的印象时,就撷取他所喜欢的东西作为作品的对象,以为这会是艺术作品,因为这作品是他喜欢的。于是出现了难以胜数的所谓的艺术作品,它们可以像任何工匠的产品那样片刻不停地被制造出来,因为在社会上总会有流行的时髦见解,只要有耐心总能学会任何技巧,随便什么东西总会有人喜欢。

由此产生了当代的奇怪状况,指望成为艺术作品的作品充斥于整个世界,它们和工匠的产品的区别只在于,它们不仅毫无用处,而且往往恰好是有害的。

由此又产生一种离奇的现象,它明显地表明艺术概念的紊乱,比如对于一部所谓的艺术作品,没有同时不存在两种截然相反的意见的,这两种意见又都来自同样有教养、有权威的人士。由此还产生一种令人惊异的现象,即大多数人沉湎于最愚蠢、最无益而且常常是不道德的活动,也就是制造并阅读书籍,制造并观看绘画,制造并欣赏音乐剧、话剧和协奏曲,而且完全真诚地相信,他们做的是一件十分聪明、有益和高尚的事。

当代人仿佛对自己说,艺术作品是好的和有益的,因此必须更多地把它们制造出来。确实,如果它们更多些,当然很好。不幸的是,定做出来的只能是一些由于缺乏艺术的全部三个条件,或因三个条件的分离而降低到工匠的产品水平的作品。

而兼备全部三个条件的真正艺术作品是不能定做的,其所以不能是因为:艺术作品源自艺术家的精神境界,而艺术家的精神境界是知识的最高表现,是人生奥秘的启示。既然这种精神境界是最高的知识,那就不可能有另一种能够指导艺术家掌握这种最高知识的知识。

(陈 焱 译)

音乐是人的忠实朋友[①]

〔俄国〕柴可夫斯基

……有一件事情我是很清楚的——从理论上说,你是反对教会和教条的。我知道,经过几年的思索,你已经为你自己创造了一种独立的宗教哲学体系。但你宣称你在你先前的盲目信仰的废墟上所建立的建筑物,是很结实,很壮大,很能够替代了宗教的位置,我想你这是错的。一个人倾向于怀疑主义的悲剧,就是:他在寻找一些可以代替他所忽视的传统信仰时,枉然地从这一种哲学理论跑到那一种哲学理论去,他希望在每一种哲学理论中,都能够寻出一种力量,使信仰者可以武装起来作反抗生活的斗争。一句话也别说! 信仰——不是因为缺乏心力——而是用一种能够调协种种错误观念,种种因为心情的严重而引起的矛盾的幻想来信仰。

凡是一心一意信仰上帝的有智慧的人(世间是有不少这样的人的),都有一面盾牌,命运的打击是绝对打不进去的。你说你已经放弃了从来的宗教,你说你已经找到了一种代替的东西。但是宗教却包含着对生命的协调。这一点你有没有呢? 我们回答是"没有",假如你有的话,那你也不至于像由柯莫写来的信那样说了。你记得吗? 所谓发疯,所谓不满,所谓对于不定理想的一种不定憧憬,所谓只有在音乐(最理想主义的艺术)才能够给重要问题找到答案——一切都证明了你自己的宗教还没有把你引导到真正的精神安静。你懂得我的意思吗? 我以为你之所以和我的音乐协调,是因为我也充满了对那种理想的愿望。我们的冲突是相同的。你的疑虑恰如我的疑虑一样强烈;我们都游泳在怀疑主义的无边无际的海里,寻找我们永远不会发现的一个港口。是不是为了这,我的音乐对你很有作用,而且很接近你的心呢?

我想,你把你自己称作现实主义者,这也是不对的。如果现实主义者这个名词的意思,是指一个憎恨生命与艺术上的一切虚伪和作假的人时,那么你倒确实是一个现实主义者。但是,你得知道,真正的现实主义者永远不会找音乐来做慰安与静穆的,如你所知——我毋宁把你叫做一个理想主义者。你所谓现实主义者,唯一的意思是不肯伤感,不愿意把你的时间花到无结果和普通的梦想中去——这些梦想是多少妇女所共有的。你讨厌空洞的话语,不诚实的话语,懒洋洋的伤感,但是这并不等于说你是一个现实主义者。你也不能够做一个现实主义者。现实主义包含着一种心境的狭隘,包含着一种十分容易和廉价满足欲望的能力,满足寻求真理的能力。现实主义者对于知识并不饥渴,对于寻求人生之谜的答案并不饥渴,他甚至否认了寻求真理的必要性,他对那些在宗教,哲学或者艺术里面寻求安静的人们,抱着怀疑的观念。现实主义者对艺术是不发生兴趣的——尤其是音乐——因为它是在他有限的存在中简直不会的一个问题的答案。这就是为什么我以为你把你列入现实主义的旗下,是不对的道理。你说音乐给你一种愉快的肉体的感觉,此外就没有什么。请让我抗议! 你骗了你自己。难道你之喜欢音乐,就等于

---

① 原文为作者致友人的信,标题为编者所加。

我之喜欢胡瓜么？不是的，你爱音乐，是由于音乐值得爱，这意味着你衷心将你自己贡献给它，毫无保留地把你自己服从它的魔幻的力量。

我允许我来问到你自己的事情，这也许是很古怪的，但我意见却是：首先，你是一个非常好的人，而且自出世以来，就是如此。你爱真理，因为你对真理有着天生的爱力，你也同样憎恨虚伪和丑恶。你是聪明的，因此你是一个怀疑派。聪明的人总不能不是怀疑派——起码他的生活必须有一段包含着残酷的怀疑主义。当自己的怀疑主义无可避免地把你引导到否定教条和传统的一点时，你开始寻找一条路，打出你所曾陷落下去的疑虑的泥潭。你在你的世界泛神论中，和在音乐中，发现了若干帮助，但是你并没有找到充分的安静。你憎恨丑恶和虚伪，而且你把你自己局限在你的家庭的周围，作为看不见人类堕落的一道藩篱。你做了很多好事，你对艺术和大自然的热情的爱，使为嬗变成你这样的高贵灵魂所必需。你帮忙你的邻人，不是为在天堂得到未来的幸福——这你是不相信的，但也不十分否定——只是因为你生来如此，你不能不为善罢了。

但我看假如我这样写下去，要把我所要说的话写完，那么这封信就会占去我一天工夫。我已经开始工作了：我很累，再写下去就很辛苦了。

亲爱的娜杰日达·菲拉列托夫娜，如果我笨拙而天真地要证明你对你自己，还不及我对你那么了解，如果我说我能够解释你的本性这种设想是可笑而且冒犯时，这就请你原谅我。我可以告诉你：你的信已把你带到更加靠近我，甚至对我更加亲切了。唉，我是多么爱你呢，我是多么多么心急要你知道呢。唉！说话总难找到适当的言词呢。

明天，我再写信，把我自己的宗教观念告诉你。我也要说明我现在为什么还不能够回到俄国来的缘故。

继续我上次的复信：我觉得关于教堂的事，和你的意见不很相同。对于我，它还保持了诗意的引诱。我常常去做弥撒——我认为《克里索斯托姆的约翰》(John of Chrysostom)的祈祷文，是最伟大的艺术创造之一。如果谁认真参加我们的祈祷，他决不会在精神上一无所获的。我也喜欢晚祷。星期六跑进一间小小的古礼拜堂，站在半暗半亮的烟中，沉思，寻求对永久问题的一种答案——何故，何时，何处，什么目的；然后又被合唱的歌声所惊醒——"许多情欲从我的青春起就在我心中搏斗"，——于是将自己委弃到这颂歌的魔幻的诗意中，洋溢着静穆的狂喜，于是主的门打开了，"光荣归于上帝！"的歌声重又唱起——这一切我都爱，而且这是我最大的快乐之一。

因此，我的一部分是和教堂联结在一起的，另一部分，像你似的，早就已经抛弃了对一切教条的信仰……永久的生命——一个人怎么能够把它想象做无穷的欢愉呢？生命的动人就是在于苦与乐、光与暗的迅速变换，就在于善与恶的冲突……但意见是一回事，本能又是一回事。尽管反对个人的不朽有着最强的信念，但我却永不能同意我所最爱的母亲就为此永远的不见了，我就永远没有机会告诉她一声，说，23 年离别之后，我还是像往昔一样爱她的。

你瞧，我亲爱的朋友，我就是由许多矛盾造成功的呀，虽然我已活到中年，但是我的心境还没有把我不安的精神与宗教或哲学妥协。如果不是为音乐，确实有理由可以发狂的呢！音乐是上天给人类最伟大的礼物——给在黑暗中的流浪者的礼物。只有音乐能够说明安静和静穆。

音乐是一个忠实的朋友、保护神和慰安者。为着她,才可以在世间过活。天堂那里也许没有音乐的吧? 那么就让我们生活在地上好了。

(陈 原 译)

谈谈艺术家

〔法国〕巴尔扎克

在我们提出的有关艺术尊严这一相当重要的问题中,有一些看法可以说是与艺术家本人有关,现在我们先来研究一下,艺术家在社会上所遇到的许多困难,来自艺术家本身,因为凡是不符合凡夫俗子的一切,便会挫伤凡夫俗子,使他感到拘束,感到不满。

不管艺术家的有力是由于他把人所共有的智能不断运用、加以锻炼;不管他所施的威力来自大脑的畸形发展,不管天才是人的一种病,犹如明珠之与河蚌;也不管他的身世是替一部著作下注,是替得之于天铭刻在心中的某一独特思想下注,大家公认艺术家本人并不知道自己的才能的秘密。他的行动是受某些环境所支配,而各种环境的组合正是问题的奥妙之处,艺术家自己做不了主。有一种力量变幻莫测,非常任性,他就是这种力量的玩弄对象,由它摆布。

某一天,吹来一阵风,一切都放松,连他自己都不觉得。即使能得到高官厚禄,百万资财,他也不拿起画笔,不塑蜡制模,哪怕是片断,不写作,哪怕是一行;如果他尝试的话,那么不是他自己在拿画笔,拿蜡或写字的笔,而是另一个人——是他的第二个他,完全像他的人,那个骑马的,爱说趣话的,嗜酒贪睡的,狗嘴里吐不出象牙、胡言乱语倒很聪明的人。

某一天晚上在街头,某一天清晨起身的时候,或是在寻欢作乐狂饮的席上,会发生这样的事:一团热火触及这个脑门,这双手,这个舌头;一个字马上就能唤起种种念头;这些念头在滋生、成长、激动。悲剧、绘画、雕塑、喜剧,它们显露的是匕首、色彩、形象和风趣。这是一种幻象,如此短促,转眼即逝,如生死一般;这是像深渊的深不见底、滔滔白浪的壮丽;这是耀眼的丰富的色彩;这是一座群像,无愧于比格马利昂①,得此绝代佳人,能迷住魔鬼的心窍;这是一个发噱的场面,病入膏肓的垂死者也为之解颐;那些就是艺术家的劳动,把所有的炉火烧得通红;寂静与孤独打开它们宝藏的门;天下无难事,没有不可能,最后是孕育所带来的,掩盖分娩的剧痛的孕育所带来的喜悦,心醉神迷。

艺术家就是这样的人:他是专横的意志的驯服工具,听从这一主子的命令,有人以为他自由自在,其实他成了奴隶;有人看见他兴奋激动,如癫如狂,纵情声色,其实他既无力量,又无主见,等于死人。这种连续不断的对照出现在他的庄严的权力中,虚无的生命中,他永远是一个神或者永远是一具尸体。

想从思想的产物上投机牟利的,大有人在,多半是贪得无厌。寄托在纸上的这种盘算,从来

① 比格马利昂:神话传说中的古代雕塑家,他爱上了自己所做的女神雕像,后爱神维纳斯给雕像以生命,使之与雕塑家成婚。

不会那样迅速地成为事实。由此艺术家所许的诺言很少能兑现；由此招来了责难，因为这些在铜钱里翻筋斗的家伙不会理解从事思想工作的人，社会上的人以为艺术家经常能够创作，就像办公室内的仆役每天早上拂去办事员的文条上的灰尘那样容易。由此，也招来了贫困。

不错，一种思想往往是个宝藏，但是这些思想，像分布在地球上的金刚石矿一样稀少，需要长时间地去寻找，或者说等待它们要妥当些；需要在无边无际汪洋大海一般的冥思默想中航行探索，测出深度，一件艺术品是一种具有威力的思想，其威力的程度相当于发明彩票，相当于给全世界带来蒸气的物理观察，相当于生理分析，用以替代在调整和比较事件时所用的旧框框。因而，一切来自智慧的行动，不分高下，并驾齐驱，拿破仑是和荷马同样伟大的诗人；拿破仑写了诗就像荷马打了仗。夏多布里昂是和拉斐尔同样伟大的画家，而普桑①是和安德烈·歇尼埃同样伟大的诗人。

所以，对于一个牧人，在木块上雕了一个非常美妙的女像，说："是我发现的！"一个牧人，一个在他并不存在的事物中、在无人知晓的领域中作探索的人，归根结蒂，也就是对于艺术家，外在世界无足轻重！在神奇的思想领域中所见的一切，他们的叙述从来是不忠实的。柯累乔在创作他的圣母像很久以前，早就赞叹他的圣母光艳照人，使他陶醉在这无上的幸福中。像伊斯兰教的国王一样，只是在自己畅美地享受以后才把这个形象交给你们。当一个诗人、一个画家、一个雕塑家，赋予他们的作品以强有力的真实性，那是因为创作的意图和创作的过程是同时实现的。这样的作品才是艺术家最优秀的作品，至于他们自己特别珍惜的作品，恰恰相反，总是最拙劣的，因为他们和理想的形象早就相处已久，感受过深，反而难以表达了。

艺术家在捕捉思想时所感到的幸福是无法形容的。据说牛顿有一天早晨思考问题，到了第二天早晨，有人发现他保持着同样的姿态，而他本人还以为在上一天。关于拉封丹和卡尔当②，也有人提起过类似的实例。

艺术家的创造力变幻莫测，难以捉摸，除此以外，艺术家所特有的这种心醉神迷的快乐，正是招致社会上讲求实际的人的非难的第二个原因。在这些狂热的时刻里，在这些漫长的苦思中，任何杂念不能触及他们，任何金钱的考虑不能使他们动心：他们忘了一切。德·高尔比埃③的话，在这一点上，是千真万确的。是的，艺术家常常只要有"水和面包"就行了。但是，当思想经历了长征，当艺术家和幻想中的人物在寂寞中、在魔术的殿堂里居住以后，他比任何人更需要享受文明为有钱的人和游手好闲的人所创造的舒适的生活。他需要一位莱奥诺尔公主，像歌德替塔索所安排的莱奥诺尔公主那样，关心艺术家的锦绣外套，花边衣领，正是由于经常运用这种出神入化的能力，漫无节制，正是由于对追求的目标深思静观，孜孜不倦，伟大的艺术便招来贫困，潦倒终身。

如果存在着值得世人感激的业绩，那就是某些女性出于至诚，忠心耿耿，关注与爱护这些光辉的人物、这些拥有世界却没有面包的盲人。如果荷马遇到像安提戈涅那样的一个女子，也许她也分享盛名，留芳万世。拉·福尔纳丽娜④和拉·莎布里埃夫人，她们至今还在使所有爱好

---

① 普桑(1594—1665)：法国古典主义画家。
② 卡尔当(1501—1576)：意大利数学家、哲学家。
③ 德·高尔比埃(1767—1853)：法国保王党政治家，复辟时代任内务大臣，于1830年退出政治舞台。
④ 拉·福尔纳丽娜：拉斐尔的爱人。

拉斐尔和拉封丹作品的人们深受感动,感激不尽。

由此可见,首先艺术家不是一个——按照黎希留的说法——一个利禄之徒,他不是满脑袋贪图财富的商人。他之所以为钱奔波,只是为救燃眉之急;因为吝啬即是天才的死亡。一个创造者所需要的应该是满腔热情;慷慨赠与,哪能容得如此卑鄙的思想。他的得天独厚的才能就是他的连续不断的贡献。

其次,艺术家在常人心目中是一个懒汉;这两种古怪的现象,都是漫无节制地深思冥想的必然后果,是两种缺陷,加之一个有才能的人几乎总是来自人民。膏粱子弟,王孙公子,养尊处优,豪华奢侈,已成习惯,不会去选择这一困难重重令人心灰意懒的生涯,纵然他也喜爱艺术,但在他跨进社会朝欢暮乐的享受中,这种艺术感情会失去锐气,变为迟钝。于是,有才华的人原先的双重缺陷之所以特别令人厌恶,正是因为它们,由于他的社会地位,似乎被人看作是懒惰和以贫傲人的结果;居然有人把他的劳动时间目为偷闲,把他的不求名利,视为无能。

但是这都算不了什么。一个人习惯于把自己的心灵当做镜子,让整个宇宙反映在镜中,让不同的地域和风俗、不同的人物和欲念,呼之即来,挥之即去,随己所欲地呈现在镜中,这样的一个人必然缺乏我们称之为"性格"的那种逻辑和固执。他有点儿像"窑姐"(恕我说话粗鲁),他像孩子一般,什么东西使他惊异,他就热爱它,着了迷。他体会一切,体验一切。看到人类生活中正反两面的这种高度的洞察力,庸俗的人却称之为判断错误的谬论。因而,艺术家在战斗中可能是个胆小鬼,在断头台上却很英勇;他可能把心爱的情妇当作偶像那样崇拜,后来又并无显著的理由把她遗弃;他对傻瓜们所迷恋的,奉为神圣的最最愚蠢的事表示自己的意见,天真纯朴;他可能毫不在乎自动拥护任何一个政府的人,或是成为一个激进的共和党人,在人们所谓的"性格"中,他表现的却是创作思想的不固定性,他有意识地一任自己的躯体受到世事变幻的摆布,因为他的心灵飞翔在高空,始终没有停止过。他行走,脚在地上,头在天空。他既是赤子,又是巨人。

"利禄之徒"一起床就满心希望去看看有声望的人是怎样穿衣打扮的,或是去向上司卑躬屈膝,曲意奉承,他们多么得意啊,面对着这种种永恒的矛盾,出现在一个出身卑微,生活艰难的孤独者身上的这种种永恒的矛盾!他们只等此人呜呼哀哉,成为伟人,然后跟在灵柩后替他送殡。

不仅如此而已,思想可以说是反自然的东西。在太古时代,人类只限于"外在的生活"。而各种艺术,却是思想的滥用。这一点我们没有觉察到,因为我们接受两千年以来的文化遗产,就好像后代子孙继承了巨大的财富,却没有想到祖先为积聚这笔家产所付出的辛勤劳动;所以我们不应该忽视。如果我们真正想要很好地理解艺术家,他的不幸和他在世俗生活中养成的乖僻,我们不应该忽视艺术中有超自然的东西,不可思议,最美的作品从来不被人理解,甚至连作品的纯朴也是一种抗力,因为欣赏的人必须知道谜底。广施于内行的人的精神享受,原来隐藏在一所庙堂中,不是随便什么人都会说:"芝麻,你开门吧!"

因此,为了把我们的见解,艺术家自己和外行都不大注意的这种见解表达得更有逻辑性,那么我们就试一试吧,说明一下艺术作品的目的。

塔尔玛才说几个字,便把两千观众的心灵引到同一种感情上去,全场激动。这几个字,是无边无际的象征,这几个字,是一切艺术的综合。他只用一个表情就概括了这一史诗场面的全部诗意。在每个观众的想象中,便有了画面或情节,被唤醒了的形象和深刻的感觉。艺术作品就是这样。它在最小的面积上聚积了最丰富的思想,它类似总结、概括,然而愚蠢的人,他们又是多数,居然妄想一下子就能看出是部杰作。其实连"芝麻,你开门吧!"这个秘诀还不知道;他们只能对门欣赏,隔靴搔痒。这就是为什么多少诚实的人只去过一次歌剧院或美术馆,便发誓说,下次再也不上当了。

　　艺术家的使命是要捉住距离最远的事物的内在联系,是要化平凡为神奇,把两件普通的事物接近靠拢,以期收到惊人的效果,这样的艺术家似乎经常在胡言乱语,不合情理。许许多多人都看是红的,他呢,却看出是蓝的,他对事物的底蕴、事物的内在原因,有如此深入的体会,竟使他欢呼祸患、诅咒佳丽;他赞扬某种缺点,他为某种罪行辩护;他具有疯病的各种迹象,因为他采用的手段越是接近目标,看起来好像离目标越远。整个法兰西讥笑拿破仑在布洛涅军营中布置的核桃壳般大小的小艇,十五年后我们才知道英国从来没有像当时那样更接近毁灭的边缘。只是在这个巨人垮了以后,全欧洲才认识到他最大胆的图谋。因此有才能的人整天被看做傻子,大智若愚,在交际场中红极一时的人把他看得毫无用处,只能当个杂货店里的小伙计;其实他的精神看得很远,而世人认为如此重要的身边琐事反倒看不见,他正在和未来交谈。于是,他的妻子便说他是个笨蛋。

(沈　琪　译)

论创造

〔法国〕罗曼·罗兰

　　生命是一张弓,那弓弦是梦想。箭手在何处呢?

　　我见过一些俊美的弓,用坚韧的木料制成,了无节痕,谐和秀逸如神之眉,但仍无用。

　　我见过一些行将震颤的弦线,在静寂中战栗着,仿佛从动荡的内脏中抽出的肠线。它们绷紧着,即将奏鸣了……它们将射出银矢——那音符——在空气的湖面上拂起涟漪,可是它们在等待什么?终于松弛了。永远没有人听到乐声了。

　　震颤沉寂,箭枝纷散;

　　箭手何时来拈弓呢?

　　他很早就来把弓搭在我的梦想上。我几乎记不起何时我曾躲过他。只有神知道我怎样地梦想!我的一生是一首梦。我梦着我的爱,我的行动和我的思想。在晚上,当我无眠时;在白天,当我白日幻想时,我心灵中的谢海莱莎特就解开了纺纱竿;她在急于讲故事时,把她梦想的线索搅乱了。我的弓跌到了纺纱竿一面。那箭手,我的主人,睡着了。但即使在睡眠中,他也不放松我。我挨近他躺着;我像那把弓,感到他的手放在我光滑的木杆上;那只丰美的手、那些修长而柔软的手指,它们用纤嫩的肌肤抚弄着在黑夜中奏鸣的一根弦线。我使自己的颤动融入他身体的颤动中,我战栗着,等候苏醒的瞬间,那时神圣的箭手就会把我搂入他怀抱里。

所有我们这些有生命的人都在他掌中;灵智与身体、人,兽,元素——水与火——气流与树脂———切有生之物……

生存何足道! 要生活,就必须行动。您在何处,primns movens? 我在向您呼吁,箭手! 生命之弓在您脚下阑珊地横着。俯下身来,捡起我吧! 把箭搭在我的弓弦上,射吧!

我的箭如飘忽的羽翼,嗖地飞去了:那箭手把手娜回来,搁在肩头,一面注视着向远方消失的飞矢;而渐渐的,已经射过的弓弦也由震颤而归于凝止。

神秘的发泄! 谁能解释呢? 一切生命的意义就在于此——在于创造的刺激。

万物都在期待着这刺激的状态中生活着。我常观察我们那些小同胞,那些兽类与植物奇异的睡眠——那些禁锢在茎衣中的树木、做梦的反刍动物、梦游的马、终生懵懵懂懂的生物。而我在他们身上却感到一种不自觉的智慧,其中不无一些悒郁的微光,显出思想快形成了:

"究竟什么时候才行动呢?"

微光隐没。他们又入睡了,疲倦而听天由命……

"还没到时候呐。"

我们必须等待。

我们一直等待着,我们这些人类。时候毕竟到了。

可是对于某些人,创造的使者只站在门口。对于另一些人,他却进去了。他用脚碰碰他们:"醒来! 前进!"

我们一跃而起。咱们走!

我创造,所以我生存。生命的第一个行动是创造的行动,一个新生的男孩刚从母亲子宫里冒出来时,就立刻洒下几滴精液。一切都是种子;身体和心灵均如此。每一种健全的思想是一颗植物种子的包壳,传播着输送生命的花粉。造物主不是一个劳作了 6 天而在安息日上休憩的有组织的工人。安息日就是主日,那伟大的创造日。造物主不知道还有什么别的日子。如果他停业创造,即使是一刹那,他也会死去。因为"空虚"会张开两颚等着他……颚骨,吞下吧,别做声! 巨大的播种者散布着种子,仿佛流泻的阳光;而每一颗洒下来的渺小种子就像另一个太阳。倾泻吧,未来的收获,无论肉体或精神的! 精神或肉体,反正都是同样的生命之源泉。"我的不朽的女儿,刘克屈拉和曼蒂尼亚……"我产生我的思想和行动,作为我身体的果实……永远把血肉赋予文字……这是我的葡萄汁,正如收获葡萄的工人在大桶中用脚踩出的一样。

因此,我一直创造着。……

(孙 梁 译)

创作哲学①

〔美国〕爱伦·坡

我的案头上放着一封查理·狄更斯的便函,他在其中提到了某次我对《巴拿比·罗支》的结构所做的分析。他说:"可你知道吗,葛德文是倒着写《凯莱布·威廉斯》的? 他先将主人公陷入重重困境,构成第二卷,然后再想方设法说明他如何落到这般田地的,作为第一卷。"②

我想葛德文未必是完全按着这个步骤写作的——且葛德文的自述与狄更斯先生的说法又不全吻合——但《凯莱布·威廉斯》的作者有很好的艺术修养,不会不想到按照与此大致雷同的步骤写作的优越性。文学家在落笔之前,必须使每个情节,像样的情节,朝着结局展开,这是再清楚不过的了。只有时刻不忘结局,使所有的事件,特别是各个环节的语气,完全有助于发展我们的意图,才能给予情节一种必不可少的原因或结果的味道。

我以为一般的故事构思法,有个根本的错误。或历史提供了一个材料——或现实中有件事可写——或充其量作者动手将一些突出事件组合起来,只是搭成了小说的架子——一般都打算在每页上的事件或行动不足之处,用描写、对话,或作者评论来弥补漏洞。

我喜欢从考虑效果入手。我时刻不忘要有独创性——因为只有违心的人才会不顾这样一个如此明显,如此容易汲取的趣味的源泉——一开始,我就自问:"在众多的能感化心、智,或是(更广泛些)灵魂的效果或印象中,我目前这篇将选用哪一种?"在选定了一个首先要新颖然后要生动的效果后,我就要考虑是用事件还是情调来达到它——是写些普通的事件但具有不寻常的情调好呢还是反之,还是事件与情调都奇特——然后我在身边(其实是在内心中)搜寻最能帮助我制造出这种效果的事件或情调的组合。

我常想如果有作家肯将——即能将——他完成某部作品的一步一步的过程详尽地披露于杂志上,那将是一篇多么饶有兴味的文章啊。我真不懂,为什么至今尚不见这类文章问世——或许是作家的虚荣心而不是其他的东西在作祟吧。作家——诗人尤甚——大都愿意让人们以为他是借助一种神奇的狂放③——一种产生狂喜的直觉——写作的。如若公众提出看看幕后情况,他肯定会不寒而栗,怕让公众见到他开始时冥思苦想,犹疑不决——到最后方才心血来潮——千头万绪均不成章——成熟的想法由于难以驾驭不得不忍痛割爱——细心地挑选和舍弃——苦心地删节和补充——总之怕让他们见到轮子和齿轮——换幕用的工具——高蹬梯子

---

① 原编者注:题意可解释为"写作原理",原系爱伦·坡的一篇演讲稿,他利用自己成名之作《乌鸦》来宣传多年来他撰文提倡的写作方法:用审慎的功力而不要靠自由的喷涌。本文所谈的不一定是《乌鸦》的实际写作过程。爱伦·坡在1846年8月9日的信中称此文是他"最好的分析标本"。本文取自《格雷汉姆》杂志第二十八期(1846年4月)第163~167页,是初版本。

② 原编者注:威廉·葛德文在1382年版的《凯莱布·威廉斯》序言中说过此话(该书1794年初版)。

③ 原编者注:语出莎士比亚《仲夏夜之梦》第五幕一场第十二行。提修斯描写诗人为:"诗人的眼睛在那神奇的狂放的一转中,便能从天上看到地下,从地下看到天上。想象会把不知名的事物用一种方式呈现出来,诗人的笔,再使它们具有如实的形象,空虚的无物也会有了居处和名字。"(朱生豪译)

和神魔出入口——鸡毛、红漆、黑补丁,即那些100个文学家①中99人要使用的道具。

另一方面,我也知道作家要一步步回顾完成作品的过程也不是件轻而易举之事。一般来说,各种念头混在心间,随用随忘。

至于我,我既不避讳让公众看幕后情况,也可随时毫不困难地回忆起任何一篇我作品的进行步骤;而且既然我认为分析或重新构思是重要的②,对它们的兴趣与对分析对象本身的实存的或想象的兴趣无关,那么我如将某篇拙作的写作方法③公之于众,也就不能算失体。我选中《乌鸦》,因为读者最熟悉。我的目的是要表明在整个创作过程中,丝毫也没有可称之为偶然或直觉的地方——作品是按部就班写成的,就像演算一道数学题一样步步精确、严谨。

此处我不拟谈论是什么情况或什么必要性使我产生一种意图,想写一首既能迎合大众的爱好又能恰投批评家口味的诗——因为这与诗本身关系不大。

那么,就从我的意图谈起。

我第一步考虑的是诗的长度。任何文学作品如不能一次读完,我们都不得不舍弃由一体印象中得出的重要无比的效果——因为如果须分两次读完,中间有世事干扰,则整体性这类的东西会马上受到破坏。但既然诗人不能丢掉任何可能有助于他推进计划的东西,在其他条件相同的情况下④,就要揣度在长度中是否有任何优点能抵消由于长度而失去的一体感。我的答案是没有,毫不含糊。我们所说的长诗,实际上是一连串的短诗——即一连串的短暂的诗意效果。此处无须论证,诗之为诗,只是因为它能通过令人感到高尚而引起灵魂的强烈兴奋。但由于心理上的必然,一切强烈的兴奋都很短暂。就此而论《失乐园》⑤,至少有半部实际上是散文——一连串的诗意兴奋中必然要夹杂着对应的消沉——全诗由于过长,而丧失了至关重要的艺术因素,整体效果或一体效果。

由此看出,一切文艺作品均有个很明确的长度极限——能一次读完——某些散文作品,如《鲁滨孙漂流记》(无须一体感),超出这个限度效果可能更佳,但诗却不宜超出这个限度。在这个限度之内可使诗的长度与诗的价值——换言之与兴奋或激昂——再换言之与诗能诱发出的真正诗意效果的大小——呈数学关系;因为很清楚,简短与预定效果的强度一定是成正比的:——就是如此,但附有条件——要产生任何效果,一定程度的持续时间是绝对必要的。

考虑到以上各因素,以及兴奋的程度,我认为既不要超出群众的爱好又不要低于批评家的口味,立即决定了我认为是要写的这首诗的恰当的长度100行左右。最后成文是108行。

我下一步的想法是要选择表达什么样的一个印象或效果;此处无妨插一句,在整个创作过程中,我从未忘记要使作品尽人皆爱的打算。此处我如大谈我一贯主张的但对诗来说根本无须证明的一点,我就离题了。我是说美是诗的唯一正统的领域。但由于我的一些朋友颇有误解之意,我在此处还须解释一下我的本意。我以为那种既是最强烈,又是最激昂、最纯净的愉快感觉,是在思考美的事物时产生的。其实当人们谈到美时,确切地说来并不把它看成是一种性质,如人们习惯上认为的,而是把它看成是一种效果——简言之,人们指的只是灵魂的——不是理

---

① 原文为拉丁文。
② 原文为拉丁文。
③ 原文为拉丁文。
④ 原文为拉丁文。
⑤ 原编者注:约翰·弥尔顿著,12卷,长10500行,超出坡认为诗的最可心的长度达100倍之多。

智的或心情的——强烈的纯净的激昂。这种效果我在前面已谈过，而且是由于思考"美的事物"而经历到的。我现在将美视为诗的领域，仅只因为艺术有一条明显的规则，即效果的取得应来自直接原因——即目标的实现应通过为实现它而采用的最相宜的手段——诗能欣然实现上述的特殊的激昂，这一点至今还没有人敢公然否认。如果目标、真理，或称之为智力满足，激情，或称之为心情的兴奋，虽然在诗中也能部分得到实现，但还是在散文中更容易达到。事实上，真实要求的是精确，而激情，是平庸（真正的激情者会理解我为什么这么说），这两者与我认为的能引起灵魂兴奋或愉快地激昂的美是相悖的。但不能由此推论出在诗中不能引进激情甚至真实，有时引进了，效果会更佳——它们可以通过对比帮助讲清文意或加强总的效果，就如音乐中用不和谐音烘托主旋律一样——但真正的艺术家总是设法首先使它们不要喧宾夺主，其次尽量用构成全诗气氛与精髓的美像一层面纱似的将它们罩住。

认定了美是我的领域之后，接着的问题是考虑一个最能表现充分的语调——所有的经验都说明了这种语调应该是哀伤。不论何种美发展到最高阶段时必然要引起敏感的人落泪。因此，忧郁是所有诗的情调中最正宗的。

确定了长度、领域及语调后，我着手研究常用的诱导法，以期找到某种艺术性的刺激作为我这首诗的结构的主音——能带动全诗结构转动的中心轴。我仔细研究了所有常用的艺术效果——也就是戏剧意义上的表演点——立即归纳出用得最广泛的莫过于叠句了。叠句得到广泛的应用说明其确有实价，省却了我再来分析的麻烦。但当我琢磨叠句是否还有改进余地时，竟发现叠句的应用还处于相当原始的阶段。叠句，或称重复句，不仅一般只用于抒情诗中，而且是靠单一音调——声音上的与内容上的——来给读者以印象。快感纯粹来自同一感——重复感。我立意要使叠句有变化，以大大提高效果，我一般在声音上保持着单一音调，但在内容上要不断地有变化：即我决定变化叠句的应用，以不断产生新鲜效果——但叠句本身基本不变。

解决以上各点之后，我接着要研究叠句的性质。既然每用一次就要变化一次，显而易见叠句必须简短，句子长了，变化起来就极为困难。句子越短，越易变化。于是我立即想到用一个字做叠句最为相宜。

接下来的问题是这个字的特征。我既已决定用叠句，自然这首诗必须写成若干节，每节以叠句结尾。结尾要有力，无疑就必须声音铿锵，余音袅绕，我于是想到了用元音中听起来最响亮的长音 o 与辅音中最易搭配的 r 结合使用。

叠句的声音确定后，需选一个包含该音的字，这个字还要与早已确定了的全诗的忧郁情调相吻合，寻来寻去必然会想起 nevermorec（再也不能）这个字。事实上，首先出现在我脑子里的也正是这个字。

下一步需要的就是为不断使用"再也不能"这个词寻找一个理由。我立即发现要找到一个令人信服的理由是相当困难的，但幸好我看出了困难之所在主要是我的先入之见：以为不断地单调地重复这一个词的只能是一个人——简言之，我幸好看出困难在于如何把单调和重复这个词的理智生物二者调和起来。想到这里，我脑子里立刻闪出一个想法，找一个会说话，但没有理智的东西；自然而然地首先就要想到鹦鹉，但后来我用了乌鸦，因为它与全诗预定的语气无比相投，而且也会说话。

至此我已构思出了一只乌鸦——凶兆之鸟——在每节诗的结尾处呆板地重复着"再也不

能"这个词,来配这首长约一百行的情调忧郁的诗。因为我已认为在各点上都要达到至高无上,或完美的目的,所以我又自问道:"在所有的忧郁的话题中,人们普遍认为哪一种最忧郁呢?"死亡——答案是明确的。"那么什么时候,"我说,"这最忧郁的话题最富有诗意呢?"答案从我详述的上文中也可明显得出——"当死亡与美紧密联系在一起的时候。"所以美妇人之死无疑地是最富有诗意的主题——而这主题如由悼念亡者的恋人口中说出是再恰当不过了。

我现在需将一个恋人哀伤已故的情人这想法与一只乌鸦反复重述"再也不能"这个词的想法结合起来——结合时还要不时记住原订计划:即在每节诗的最后一行有变化地重复使用这个词;这种结合的唯一合乎情理的办法是设想恋人发问,乌鸦用这个词回答。想到这里,我立刻看到这正是取得我所指望的效果的机会,——即有变化地应用这个词的效果。我想开始时由恋人发问——乌鸦答道:"再也不能"——这第一问不过是句一般的话——第二问就有些认真了——第三问更甚,依此类推——最后恋人一改当初的冷漠态度,这词的忧郁性质使他惊讶——这词的一再重复使他惊讶——想到发出这声音的鸟的恶名声使他震惊——乃至迷信起来,惶惑间提些与前迥然不同的问题——答案他早已胸中有数——发问的原因迷信有之,那种耽于自我折磨的沮丧也有之——他发问倒不全是由于相信这只鸟能预言或者它是恶魔的化身(理智告诉他这鸟只是念叨一个死记住的声音),而是因为他想好了一些问题,在听到预期的回答"再也不能"时,领受到了最难耐因而也是最甘美的悲哀,从而经历到一种发了疯似的喜悦。我抓住这机会——或说得更确切些,机会在我构思过程中不放过我——在脑中首先筹划了高潮或最后一问——答话"再也不能"也是全诗的最后一句话——在这最后的答话"再也不能"中应包涵最大限度的哀伤与失望。

我的诗可以说始自于此——始于结尾,这该是一切艺术作品的开章法——从此处,考虑到这一地步时,我开始动笔写出了下面的诗节:

> "先知啊,"我说,"你这祸种!你是鸟是鬼,总归有灵!看在头顶上的苍穹——看在崇敬的上帝面上,
>
> 请告诉这个苦命人,在那遥远的天国,它还能不能和那天使赐名为丽诺,那圣洁纯真的少女,
>
> 天使赐名为丽诺,即光彩照人的少女,拥抱重逢?"
>
> 乌鸦答道:"再也不能。"

此刻我写出上面那一节,首先是确定了高潮后即可按其严肃程度和重要程度来变化、安排高潮前恋人的提问——其次可最后确定诗节的节奏、格律、长度及其他一般的段落排列——同时还可以安排高潮前各诗节的节奏效果不使其压倒这一节。即使我当时能写出比这节还要有力的诗行,我也一定会毫不迟疑地有意识地削弱它们的分量,以免干扰高潮的效果。

此处容我提一下作诗法。在这个问题上,我的首要目标(一如既往)也是要创新。但作诗法上的创新竟受到如此忽视,实在是世上令人最难以理解的事情。单就节奏而言,是没有多大变化余地的,但在格律和诗节方面很明显的还是大有可为的。但数百年来竟没有一个诗人在这方面有所突破或试图突破,做出创新。事实是创新(才智超群的作者不在此列)绝不是靠冲动或直觉,如某些人所认为的那样,一般说来,要有所得,必须上下求索,创新虽是一种最高级的积

极美德,要想成功,却须否定多于创造。

当然我不敢说《乌鸦》在节奏或格律上有多少创新。节奏我用的是长短律——格律是完全的八步韵,但第五行的叠句是缺尾韵七步韵,最后一行用缺尾韵四步韵。为了减少学究气——音步从头至尾都是一长一短(长短韵);每节第一行有 8 个音步——第二行 7 个半$\left(\text{实际上是 } 7\frac{2}{3}\right)$——第三行 8 个——第四行 7 个半——第五行同上——第六行 3 个半。这些音步单独地都曾被使用过,《乌鸦》的创新就是把这些音步组合在一节诗中,这是前人根本未曾尝试过的。此外我又对脚韵及头韵的应用原则做了发挥,取得一些不寻常的有些甚至是全新的效果,以辅助音步组合上创新的效果。

下一步要考虑的是用什么方式使恋人与乌鸦相遇——第一小点是地点,最自然的联想似乎就是森林或田野——但我总觉得一个孤立的事件要产生效果还须发生在一个有界限范围的空间为好——那界限的作用就像是镜框对画的作用,在使注意力集中方面,具有无可争辩的寓意力量,可是当然不能把它与仅仅是地点的统一混为一谈。

于是我决定将恋人置于自己的房间之中——他把这间屋子看得神圣无比,因为她曾经常在此逗留,为他留下了记忆。屋内陈设华丽——这纯粹是为了追求我上文所提到的想法,即美是诗的唯一真正的课题。

地点确定后,我现在得把鸟引进来——这时必然会想到由窗而入。恋人听到鸟翼扑打百叶窗时起初误以为是"敲门"的想法,来自想通过延迟效果以引起读者好奇心的愿望以及想制造偶然效果的愿望,恋人大开房门,外面一片漆黑,由此可产生半幻觉状态使他以为是亡人的灵魂来叩门。

我把夜晚写成是风雨交加,第一可以说明乌鸦为何想进屋,其次可以与屋内的(形体的)宁静形成对比。

我让鸟落在智慧女神雅典娜的雕像上,大理石和羽毛又能产生对比效果——雕像全系因鸟而设,这点很明白——选用雅典娜首先是因为它最能衬托出恋人的学者风度,其次是因为雅典娜这几个字听起来声音铿锵。

大约在诗的中部我也用了对比作用以加深最终印象。例如写到乌鸦进屋时,颇有一种异想天开的味道——尽量写得荒诞可笑——它进屋时不停地飞舞着,扑扇着:

> 也不问安行礼,丝毫也不犹疑,径直就飞上我的门楣,
>
> 看它正襟危坐多么神气,俨然是个皇亲国戚。

接下来的两节,更能看清我的意图:

> 乌黑的鸟儿那副庄严肃穆,彬彬有礼的神情,
>
> 驱散了我的烦愁,逗得我不觉露出笑容。
>
> "你虽然冠子剃秃,羽毛拔尽,"我说,"毕竟还是位英雄,
>
> 你这又老又丑的乌鸦常在夜茫茫的彼岸飘零——
>
> 你这黑夜冥府彼岸的寓公,请问你尊姓大名!"
>
> 乌鸦答道:"再也不能。"

听了这丑鸟简单明白的言词,我暗暗惊叹,

虽然它的回答不着边际,毫无意义,其妙莫名,

因为我们得承认没有一位活着的万物之灵

曾享受眼看一只丑鸟蹲在他房门顶上的光荣——

鸟也罢,兽也罢,蹲在他书房门顶雕像上的光荣,

大名唤做:"再也不能。"

既已为结尾埋下伏笔,我立即摈弃怪诞口吻转而采用了一种极其严肃的口气:——紧接上面引文的那节诗的第一行就用了这种口气:

但乌鸦高坐在沉静的雕像上,只说道……

从这时起恋人无心取乐——不再觉得乌鸦的举止有任何可笑之处了,他称它为"古代的狰狞、粗鲁、鬼一般的憔悴的恶鸟",并觉得鸟儿那双燃烧着的眼睛直灼他"胸膛"。恋人这种思想上或看法上的转变是想在读者方面也诱发出同样的反应——为结尾做好准备——此时就要尽可能急转直下来收尾了。

写完结尾部分——恋人最后问道他是否能在天国里再见到他的意中人,乌鸦回答"再也不能"——这首诗的表面阶段即作为一首简单的叙事诗,可以结束了。至此一切都解释得通——是现实的。一只死记住"再也不能"这个词的乌鸦,逃出了樊笼,深夜不堪风雨的吹打妄图钻入一扇透出灯亮的窗户——这是扇书房的窗户,学者虽在读书却又在梦想故去的亲爱的意中人,听到鸟翅的扑打声,他推开窗扉,那鸟就势栖在他伸手不及的地方,这件事情以及鸟儿古怪的举止令学者觉得有趣,他戏谑地询问鸟儿的尊姓大名,其实并没有打算得到回答,乌鸦听罢,习惯地答道:"再也不能"——这个词勾起了学者无限的伤情,他又问了几个临时想到的问题,鸟儿反复重述"再也不能"使他再次震惊,虽说他已猜到了端倪,但如我上文所说的,渴望自我折磨的天性与迷信念头驱使他向鸟儿提出些问题,在听到预料中的回答"再也不能"时,他,这恋人能享受到最大的悲哀。写到他沉溺于最大限度的自我折磨时,叙述部分,即我称为诗的第一阶段,也就是表面阶段可以极其自然地结束了。至此,全诗没有超越现实的地方。

但在这样处理过的题材中,尽管手法高明,叙事生动,总有某种生硬或裸露之感,使艺术家不屑一顾。有两点肯定是需要的——第一点需要些复杂,或说得更贴切些,需要改编一下;第二点需要加些含意——一点暗流,不管意思多么含糊不清。特别是这后者,给予了一部艺术作品很多的,常被我们与理想混为一谈的丰富内容(恕我借用了口语中这个有分量的字眼)。正是过量的含蓄意思,正是使含蓄的意思成为主题的明流而不是暗流,才使得所谓的超验主义者们称之为诗的读起来像是散文(最乏味的散文)。

我因为有以上想法,所以又在结尾处加写了两节——就这样使这两节的含意贯穿了前面全诗的叙述部分。意思的暗流首见于以下两行:

"从我的心头拔掉你的尖喙,从我的门楣闪去你的身影。"

乌鸦答道:"再也不能!"

读者可以看出"从我的心头"涉及了全诗的第一个隐喻。这几个字以及答话"再也不能"促

使读者返回叙述部分去寻找寓意。到这时读者开始把乌鸦看成是个象征——但直到最后一节的最后一行,乌鸦是哀伤和绵绵相思的象征才明确地交代出来。

> 但这乌鸦纹丝不动,稳坐屋中,稳坐屋中。
> 栖在雅典娜苍白的雕像上,在我书房门楣上方。
> 他的一双眼睛酷似恶魔睡梦中的姿态。
> 头顶上悬着的吊灯,在地板上投下了他的身影。
> 我的灵魂啊,将摆脱地板上晃动着的阴影。
> 振起飞升——再也不能!

(李淑言 译)

托尔斯泰的艺术理论

〔日本〕小泉八云

去年我曾就艺术上一种新的理论问题作过一次简短讲演,其中提到,任何一种艺术的最高境界即在它能具有激起人们的高尚热情与真诚的自我牺牲这种效果。我曾把这样一种艺术的理想效果拿来和一个宽厚的心灵初恋时候的感情效果作了比较,指出这个宽厚的感情所带来的真正影响便是强烈的道德感,它产生着一种自我牺牲的愿望。但是那时我还没有读过托尔斯泰讨论这个问题的那部名著。那部著作反复强调了我在一些讲演里曾经尽量阐述过的许多道理;而且直到目前还没有哪一本书曾引起过这样一番激战。所以我认为今天讲讲这个问题完全是有必要的。作为大学学生,你们应当对当前文艺界的现状具有相当的了解;而托尔斯泰这本书的出版(这本书起初曾以杂志论文的形式发表)实在是文坛上的一件大事。这书法译本的标题是"Qu'est ce que l'Art?"①。

在未讲之前,我想提醒你们注意,对于这个理论,决不要因为人们对它作了种种批评便因此对它怀有成见。一个文学研究者特别需要注意的就是,他的见解不应由别人去代他形成。这一点我不能不向你们特加说明,希望你们对我自己的看法也用这个标准来衡量。不要认为某个东西便是好的,某个东西便是不好的,只是因为我是这么讲的,而是要通过不杂成见的阅读与思考去进行一番独立的探索,看看我说的到底对与不对。在托尔斯泰这个问题上,批评是那样地来势凶猛,而且在某些方面又是那样地有根有据,因此连我也犹豫了起来,怀疑这本书值不值得去买。但是我很快就又想到,一本能使世界上这么多人在一个艺术问题上大发脾气的书一定会是一本气魄很大的书。的确,如果一个人只是因为发了什么意见就引起了千万人去骂他,这也未尝不是一个好的兆头,它说明这个人还是有点价值的。书读了以后,我觉得我的那些想法是完全对的。它的确是一本非常伟大的书,但同时你思想上也得有准备,书里面又充满着种种令人

---

① 法语,意为"艺术是什么"。

吃惊的错误，意想不到的谬误判断，这些也确实应该遭受严厉批评。许多伟大的思想家在某些方面固然很强，但在另一些方面却也很弱。罗斯金就是一个这样的人，他对希腊艺术并不真正理解，而且在许多方面很像托尔斯泰，喜好诋毁他不懂的东西，不只是希腊艺术，还有日本艺术。他在希腊艺术上发表过的一条见解很可以证明他认识上的局限性。他曾说梅迪奇的维纳斯是一座非常平淡乏趣的雕刻。托尔斯泰所说的就常常更怪了；他对莎士比亚、对但丁以及对许多人都不喜欢，而这些人的名声乃是多少世纪以来早已肯定了的。他整批整批地否定许多文学派别、美术派别与音乐派别。如果有人把他说过的错话一条条从他的原著里都摘出来，单独印在一页纸上（这事已经有些评论家做了），那么读了这页东西以后，你一定会以为托尔斯泰已经突然精神失常了。但是我们却不必去计较这些细小缺点。有些巨人是不能根据他们的缺点来加以评价的，而只能根据他们的才力来作评价，而且尽管有这许许多多毛病，这本书却可以帮助人用一种新的和宽厚的眼光来看事物。况且，这本书也是非常诚恳的和无私的——它的作者甚至把他自己的作品，他青年时代所写的许多精彩东西，也都一概加以否定；这些书曾为他在现代小说家中赢得极高的席位的。但是他现在却对我们说，这些都不是艺术作品。

对于上面所说的这些，这里有一点需要加以修饰一下。托尔斯泰并不否认他所排斥的许多艺术在狭义上讲也还是一种艺术；他的意思是说它们不是好的艺术，不是最好的艺术，因此也就不应受到赞美。这点交代清楚以后，下面我们就好来解释他的学说了。

他所坚持的第一个立场大致是这样：相当一部分号称伟大的艺术作品，除了受过教育的人们以外，往往没人能懂。你的教育和素养必须达到相当的程度，才谈得上去理解许多东西的妙处，比如一件希腊的珍宝或雕刻，一篇繁复的乐章或一首卓越的现代诗歌。你一定要经过相当的训练才能懂得现代社会认为是美的那些东西美在什么地方。从人群中找上个农民来，把一张名画拿给他，把一首好诗念给他听，或者让他欣赏一篇复杂的大部头的乐曲，然后问问他，他对这些东西有什么看法。这时他就会老实不客气地告诉你说，他更喜欢的是他村里教堂中的图画，卖唱人所唱的歌曲和跳舞音乐。这是毫无疑问的事实；谁也不能否认。

但是任何一个国家的主要部分，人群中的绝大多数，却又是没有文化的，不富裕的，不风雅的；是由工人和农民组成的，而不是女士和先生们组成的。有教养的阶层总是一小部分；一个民族中的多数仍是劳动的人。但是依照对艺术的一般理解与做法，艺术却成了只有受过高深教育和富裕的人才能理解和欣赏的事物了。这样一来，艺术岂不成了一种人类当中至少十分之九的人都和它毫无关系的东西了！

而且，强调一般群众是低劣的这种话又有什么意义呢？难道他们就真是低劣动物，对最高尚最美好的感情都没有知觉吗？那么艺术家们所大谈特谈的最高尚最美好的感情又是些什么呢？难道不是指的忠诚、爱情、义务、顺从、忍耐、勇敢——总之一切构成一个民族的种种长处和美德的那些品质吗？农民没有忠，没有爱，没有勇气、耐心和爱国思想吗？事实上，难道不正是农民才更甘愿为他的国王和国家奋不顾身，为旁人牺牲自己，在危急关头做出壮烈举动，在和平时候不顾自己来成全别人，在一切情况下服从命令？难道不正是农民才最懂得爱？最好的丈夫、最好的父亲究竟都是哪些人呢？在一切多少足为教会增光的人们当中，最虔诚的信徒们又是些谁呢？老实说吧，也老实承认吧，农民在道德上是比一般高贵与富裕的人士要强些的。所谓的人类善良在哪里可以看到呢？各种道德的通俗范例到哪里去找呢？是到城里的富人中间去找呢,还是到村民中间、到那些不懂什么是艺术的人们中间去找呢?答案只有一个,而且也就是罗斯金很久以前已经作出过的那个。整个来说,穷人是最好的人。如果你想要寻找神圣——作为人类善良解释的神圣,那你就必须到穷人中间去寻找。感情生活里面的一切高尚的东西都在那里。其中少数人的邪恶勾当和愚昧行为并不能说明什么;人民中的大多数都是好的。

好了,多数人们都是好的,可就是与艺术无关。那么试问艺术又是什么呢?艺术乃是凭借文字、音乐、色彩与形式以传达感情的一种力量;乃是通过人们的感觉去接受真与美的一种手段。但是一般人却无法理解艺术!如若这样,那岂不是说一般人对真与美都没有感觉了吗?可是前面我们不是已经承认人类的高尚情操都属于他们?因此如果说多数人们本来就具有各种高尚情操,而我们所谓的艺术却又打动不了他的思想与感情,试问毛病在哪里呢?毛病肯定在那艺术,而不在人。

这就又引起了一个问题——历来我们所说的种种伟大艺术是否能真的诉诸人类的高尚感情?这里托尔斯泰毫无畏惧地作了回答,当然不能。如果真能这样,那么人们也就会受到感动了。但是人们并没有受到感动;人们并不理解它们;人们并不喜欢它们。这便是这些艺术并不曾诉诸人们高尚感情的绝好证明。那么这些艺术又能诉诸什么呢?在这点上,托尔斯泰的文章实在是鞭辟入里之至,令人无可反驳,虽然其中个别错误不免使整个论点受到削弱。我们一向所谓的艺术作品,据他的说法,只能诉诸人的肉感与情欲;而一般农民却是纯洁的。他们不喜爱裸体画或者别的这类雕刻;另外一切带有诲淫性质的诗歌小说他们也都一律不爱。肉感主义乃是最靡弱和站不住脚的;真正的强者决不去追求这类东西——他的立身行事都与这种反常的做法无缘;如果打个比方,他正像有些动物那样,天生不喜淫乱。我们知道,多数动物正是这种情形。但是西方的艺术,不论希腊的也好,意大利的与法兰西的也好,却多少世纪以来一向太欠纯洁,对其鉴赏者只知作性的挑拨。自然其中不乏例外,但是我们在检阅艺术的意义时只能就其主要方面考虑,我想在这点上托尔斯泰的看法是完全正确的,任何人也反驳不了。

其次,我们就以文学为例来谈谈。现在的情形是,农民看不懂我们的精致文学;这些对他们完全不起作用。而他们那里却有着他们自己一套简单的文学,但却非常优美——一例如种种教人为善的动人诗歌与故事,等等,另外就连我们最高明的批评家也无不承认,任何一位诗家都不愁从那些颇遭轻视的农民文学里面汲取到最美好最真纯的灵感。我们决不能认为农民接受不了文学里的感情——正相反,他们完全能提供这些,甚至传授这些;以英国而论,他们自从华尔特·司各特以来,甚至更在这以前,便已对每个英国诗人作过传授。苏格兰歌手中最伟大的人物便是一位贫苦农民①。所以我们必须承认,农民对文学感情的高级形式绝非陌生。但是我们的精致的文学,我们有教养人士的文学,却完全不能引起他们的兴趣。因此,那毛病一定出在艺术本身,而与农民无关。现在我们就来探讨一下,我们高级文学作品所自谓能表达与传授的崇高感情其性质究竟是如何。

这里托尔斯泰的锋芒也是锐不可当的。我们许多伟大的剧作处处离不开犯罪、凶杀、淫欲、通奸、阴谋、叛逆,总之,人性当中一切令人发指的东西。我们的小说,就其绝大部分而言,在所描写的社会生活里面,旨在挑拨情欲的地方也很明显。我们的诗歌则千百年以来关于性爱乃至

———————————

① 贫苦农民:指罗伯特·彭斯。

更加莫名其妙的情欲的描写也在那里面占了绝大篇幅。这里我只是将托尔斯泰的看法作一概括;另外,使你吃惊的是,他竟将那么多鼎鼎大名的人物都置于他的批判之列,而且尽管这样,在我看来,也还不失为正确。他接着又说:"你的作品永远也不能为那广大的诚实人们所接受。你永远也不能靠那些海淫海盗、放佟邪僻的故事去打动他们的心。他们心地善良,是不会到那些东西里去寻找乐趣的。"

至于他对现代音乐以及其他艺术部门的谴责,我这里就不多提了,因为以上所举例证已足够说明这些。他的结论便是:"如果艺术乃是表现与传达感情的手段,那么最高尚的艺术也就应当是表现与传达最高尚感情的手段,但是最高尚的感情却应当是能为一切人所感受到的;因此真正的艺术便应当能诉诸全体人类,而不仅限于某一阶级。现代艺术所以不是伟大艺术,甚至仅是坏的艺术,那证据便是,一般人们不理解它。"

（高　健　译）

我为何做起小说来

〔日本〕德富芦花

一

某先生曾谓余曰:"你为何要写小说? 不如做个小学教师培育未来国民更好。"本乡某生寄书曰:"您为何要写小说? 游戏文字大都不能作出有用的东西来吗?"

然而,我为何要写小说呢?

我一再用这个问题不断反问自己。我也不止一次产生怀疑,比起写几部蹩脚的小说,也许不如生产一块白薯更为有利。在狭小的日本,写小说的人为数实在太多。逍遥、鸥外、篁村诸老先生,二叶亭、嵯峨之舍、绿雨等久已就此绝笔的诸先辈,以及一叶女史等故人皆从文一时。以小说家立足于现代之日本,纵有万般缺点,终无损"不朽"二字的诗人如露伴;若以露伴为父,则堪称近代小说之母的如红叶氏;作为一名小说家,将红露二家置于眼下,令人想起巴尔扎克的郁愤大家如柳浪氏;步武于柳浪,而精悍之气愈益迫人的如天外氏;以玄想之妙笔,同赫索伦一起称雄于世的如镜花氏;苦于多才的我国莫泊桑如风叶氏;其泉不深而水清,其才不雄而佳美的如眉山氏;对于跻入思维超逸之小说家班底不屑一顾的如月郊氏;气韵深厚如宙外氏;势如破竹如水荫氏;温藉缠绵如秋声氏、春叶氏;老劲多枯涩如鲁阉氏;独立历史小说之道场,披荆斩棘如涩柿园氏;趣向纯正,前途令人瞩目的如春雨氏;多诗人气质亦不乏小说家敏锐的如独步,清秀的如花袋两氏,如葵山氏,如颇有文名的弦斋氏,如幽芳氏,如松鱼鹤伴诸氏,如丽水松叶诸氏,如门庭冷寂的力士浪卞氏……其他还有无数闻其名而不见其作,或见其作而不知其名的作家。真不知我有何等权利忝列诸君之末席。

团十菊五诸氏有被称为江湖戏子的时代;芳崖雅邦氏也有不挨饿的日子;曲亭氏戏墨余绪,本领却在别处,其时代明辨其才,使之奋而跃起。时代变了吗? 戏作者之名变成小说家,可作家地位又有几多进取? 有的新闻记者被称作采访匠而愠怒,一听到小说家有几人唇边不露出冷笑呢? 啊,我为何做起小说来呢? 有人说,我并非靠文笔立世之人。我亦想说一句:"我何尝想以小说立世呢?"不,我本来是想以小说立世的,有个时期我曾希望做小说家,打那时我就怀着一种希望。拜伦说:"我不以福音为耻。"我以做个小说家为荣。

不要再听我吹嘘吧。说什么法国有雨果,俄国有托尔斯泰,史达尔夫人的笔胜过十万精兵,可以废止奴隶制;说什么贝桑尔的《人们》在伦敦建立了平民宫。邻儿虽贤无碍于我儿之愚。彼之长与吾之短有何干系? 虽瘦亦立于自家之足,虽幽亦靠自家之灯。在我等看来,以乔木作支柱,借电灯之余光以修缮自家之面目,实属难以容忍。

然而,我为何做起小说来呢?

二

为了吃饭就要有农耕,医疗,娼妇的卖淫,大臣的捺印。为了生存,才写小说。

为了消遣。落于不幸的才为多情人。处于时,当此事,思想活跃,感情激动,心中有无限寂寥。有忧愁。有不平。有不快。有悲哀。有愤激。抬眼,则有罪恶之跋扈,无数之冤枉。君不见世上多少曲直事,侧耳听,则有无限哀音。君未闻此大千世界面向宇宙所发出的悲苦的叹息。

呜呼,苦悲者唱道:"万物皆劳苦。"歌之才可发泄几分苦闷。我的小说是无吕律的歌。我的小说是我存在的安全阀。

三

然而,"人并非只为了面包而生存",同时也依靠自尊而生存。政客不是也说为衣食而奔走也为国家而尽力吗? 商贾不是也说营家亦富国吗? "劝善惩恶"不正是曲亭氏的自诩吗? Weekday Preacher[1] 是萨克雷[2]的自诩。人道主义的使徒是雨果氏的自我标榜。我为何要写小说? 不为别的,作为人类的一员,总希望四海一家的大理想更靠近这个世界,哪怕毫厘之微。作为日本国民的一员,只愿以进步大军中的别动队,鞭策一度顿挫的维新风潮。呜呼,此乃大胆不逊之宣言。而且,我记得克拉克氏曾经对他钟爱的弟子说过一句话:"Boy be ambitious[3]!"我自知乃庸劣菲才,但我矢志不可移转。

不要以为我是倾向小说和主观主义小说的鼓吹者。小说不是伦理学的讲堂录,当然也不是政治小册子。作为小说要弄清它的价值,不管它的作用如何。小说家的第一要义在于看。边走边看,归来报以所见所闻,它可以单纯地报告,也可以附上自家的意见。总之,看要看得彻底,写要写得深透,唯此而已。然而,小说是画图,不是照片。透过冰冷的玻璃镜头的印象,和透过温

---

① 英语,"每日说教"之意。
② 萨克雷:英国作家,著有长篇小说《名利场》。
③ 英语,意即"后生们,你们应有雄心壮志"。

暖鲜活的人的眼球的印象,不属同一类。人也是一样,自然是迥然各异。人既然不是机器,客观上就不会使自己过不去。被称作忘却自我的沙翁文集中,沙翁不是仿佛依然存在吗?毕竟作品是作家的影子,作家平生怀抱的主义、精神、气质、性情,不管如何遮掩,总有几分传达给了读者。当然,有时有意,有时属无意,不用说,小说到底是个有力的武器,巨腕挥舞这一武器可以发挥重大作用,弱手挥舞这一武器,也可获得相应的利害。那么,以小说立世的人,难道不要预先想想应该如何发挥其作用吗?

四

小说家是小上帝。必须是小上帝。古人不是说吗,百人利于思,一人利于视。世间有无数偏癖,有假装,有枉屈。正如树老会成精显灵一般,人唯其老就会有真理化的习惯。历史有潜流,往往和表流背向而驰。个人的一生有内部生活和外部生活。言行在此而动机往往在彼。命运在彼而生命往往在此。罪果真是罪,恶果真是恶吗?世上所罚的果真都是罪人吗?受奖赏者果真都有神前之义举吗?不放过罪行,不泄漏真情,不容半点曲枉。小说家应当是人们的辩护士兼警察,而最终要站在审判官的位置上。他无须朗诵判决书,只要陈辞论事则义理自现。小说家是手握春秋之笔的人。

语曰:世之一半不知另一半如何生活。岂止是他人,就是自知者又有几人?多忙之世,皮相之世,往往忘记人与动物的区别,被风潮所驱使,唯营营奔走,骄横,犯罪,误解,速决。有称为小说家者,以玻璃镜照之曰:看,这就是人,就是你。再以幻灯映之曰:这就是社会。然后又以电影示之曰:这就是你等的行路图。将解剖图公之于众曰:社会的病根在此。将理想之境招入反射镜中曰:你等要到达的即在彼方。要知己,要反省。要恕人,不要等到有人喝令叫你停止好好想一想,善恶需自语。只有政治家才忧国吗?只有新闻记者才是世之木铎吗?只有教育家才教化人吗?只有学者才是真理的发明者吗?传教岂止于教堂、寺院?娱乐人心岂只是小说家所能?不,小说家必须和他们共担责任,共享光荣。

小说家又是小小历史家。史家从社会角度描写个人的发展,小说家从个人角度寻求社会的命运。无意义地列举繁琐的事实,非史家之所能事。小说家的眼光,应当在于看破、识别和组织。于无意义的琐事之中引出意见,于拉杂之中辨认一贯的命脉,就此追索着灵魂的历史。岂止这些。循着命运的足迹,探寻因果的起伏,发明造化摄理之大法,考虑神人之交涉,正如大历史家同时也是大诗人、大预言家一样,大小说家也应该是大预言家。

小说是本真的事业。小说是尊贵的职掌。自重吧,小说家!拓宽你的心胸,纯净你的心灵,从你的眼中抹去偏癖。要明视,要精察,要忠实地报告。不要把读者放在你的眼前,只是忠实地发挥自家和自家之所见。勿忌惮。勿枉曲。打吧。笑吧。怒吧。哭吧。用你的眼泪去慰藉人。用你的愤怒去唤醒人。用你的笑声去羞耻人。你的笑虽小而你的权力和责任至大。要自觉,要自觉。自觉就是自重。自重就是权力。我希望小说家能自重,坚决站在这个岗位上。

五

"文章千古事,得失寸心知。"我岂止不知自己无学菲才,我还不知自己的眼高手低,技疏,根薄,观察肤浅,思想平庸,再加上缺乏处世经验和智慧,其文生硬粗笨。总之,比起旧式的传奇小说来,减少了文章之美,增加了一些洋味,实为幼稚。余好名,尚不忍希图虚名,对于我来说,写小说是唯一的嗜好,唯一的手段,也是唯一的事业。半生所见不少,所感亦不可谓不多。就是说,我写小说不光是为生存,但我希望为写小说而生存。顾余年虽已渐长,但心尚是学龄儿童。愿附诸先辈之骥尾,脱退一切偏癖,使自己痛苦的心跳和世界的大脉搏相一致,用"With malice towards none withcharity for all①"的眼睛,见所能见,并欲将其所见寄语我的同胞。

呜呼,"言者不知知者默",暴露自家肺腑,提出过大的承诺,至为愚蠢。然有感于心,不得不言。裁制一书答某先生和某君,亦为自家布下背水之阵矣。

明治三十五年九月二日

（陈德文 译）

绘画论

〔意大利〕达·芬奇

绘画是自然的一切肉眼可见的创造物的唯一模仿者,如果你蔑视绘画,那么,你必然将蔑视微妙的虚构,这种虚构借助哲理的、敏锐的思辨来探讨各种形态的特征:大海、陆地、树林、动物、草木、花卉以及被光和影环绕的一切。事实上,绘画就是自然的科学,是自然的合法女儿,因为绘画是由自然所诞生。但是,为了把意思表达得更精确一些,我们说,绘画是自然的孙女,因为一切肉眼可见的事物都是由自然所诞生,而绘画则是由这些事物所诞生。因此,我们可以公正地把绘画称作自然的孙女和上帝的亲属。

……

想象和现实之间的关系,好比影子和投下这阴影的物体之间的关系。同样的关系存在于诗歌与绘画之间。要知道,诗歌借助读者的想象来表现自己的对象,而绘画则把物体这样真实地展示在眼前,使眼睛所看到的这些物体的形象,仿佛就是真正的物体。诗歌反映各种事物的时候就缺少这样逼真的形象,它不能像绘画那样借助视力把物体摄入印象。

绘画以更真实、更可靠的方式,把自然的创造物展示给人的感官,语言或文字是无法做到这一点的;但是文字能够更真实地表达语言,而这是绘画无能为力的。不过,我们可以说,绘画作为描绘自然的创造物的艺术,诗歌作为表现人的创造物即语言的艺术,还有其他借助人的语言的艺术,比较起来,前者是更为奇妙的艺术。

……

如果你,诗人,描叙一场血肉横飞的战千:战场上天色昏暗,浑浊的飞尘笼罩大地,令人恐怖的战车在燃烧,可怜的人们在死亡的威胁下惊恐地四处逃窜;那么,画家在这方面将超过你,因

---

① 这句话意思是:"对任何人都不应有恶意,对所有的人都应有善心。"

为当你还没有来得及完全叙述出画家以他的艺术描叙出来的全部图景的时候,你的笔、墨已经消耗殆尽,在你用语言描绘出画家顷刻之间表现出的题材以前,你已经疲劳不堪,口干舌燥,饥肠辘辘……绘画异常概括、真实地描绘出战士的各种动作、身体各部分的姿势和他们的服饰,而对于诗歌来说,要再现这一切,那将是一件多么缓慢而讨厌的事情啊。诚然,绘画表达不出战车的轰鸣,骄横的胜利者的欢呼,战败者的哀叫和哭泣,但这些也同样是诗人无法提供给读者的听觉的。因此,我们可以说,诗歌是为盲人创作的艺术,绘画则是为聋子创作的艺术。但绘画仍然是更高贵的艺术,因为它是为高贵的感官服务的。

　　……

　　绘画是不说话的诗歌,诗歌是看不见的绘画。绘画与诗歌都力求竭尽自己的可能来模仿自然,无论是前者,或是后者,都能够提供许多富于教益的东西,例如阿珀勒斯的《诬告》[①]。

　　绘画既然服务于最高贵的感官——眼睛,因而能够产生匀称的和谐感,就像许多不同的声部在同一时间里交融为一体,组成一种协调、和谐的音乐,使听觉欣悦,听众为之倾倒。少女的天使般美丽、匀称的脸容,一旦在画家笔下描绘出来,就能够产生极为强烈的效果,导致一种和谐的意境,在映入眼帘的时候,就像音乐作用于听觉一样。如果把这种和谐的美展示给少女的恋人,他毫无疑问地会惊奇、赞叹,体验到一种任何情感无法比拟的欣喜。

　　至于说诗歌,它总是力求通过表现各个局部来反映完善的美。这些局部在绘画中能够构成上述的和谐,而在诗歌中产生的美,仅仅像音乐中许多不同的声部在不同的时间里各自独立发出的声音,不能导致任何和谐的意境,就仿佛我们展示一个人的脸孔的时候,并不一下子展示它的全貌,而只是分别地显露它的各个局部,这种印象的不连贯性阻碍了任何和谐的美的形成,因为眼睛无法同时摄取这些局部。诗人在描述某个事物的美的时候,也正是这种情形;他只能在不同的时间里分别地描述各个局部,记忆力阻碍了和谐的美的形成。

　　让劳作超越自己的思考,这是微不足道的画家;让思考超越自己的劳作,是走向艺术完美境地的画家。

　　……

　　不用说,画家在创作的过程中不应该拒绝任何一个人的意见,因为我们清楚地知道,即使一个不会作画的人,他对别人的形状也还是晓得的,他能够很好地判断,那个人是否驼背,或者是否一个肩膀偏高或偏低,他的嘴巴或者鼻子是否偏大,或者是否还有别的缺陷。人既然能够正确地判断自然的创造物,那么我们就更应该承认,他们能够判断我们的错误;要知道,人在创作时往往会犯错误,如果你不能在自己身上发现这些缺点,那就注意别人,从别人的错误中汲取益处。因此,你要耐心地听取别人的意见,很好地研究,很好地考虑,非难者对你的指摘是否有道理;如果你认为他是正确的,那就接受,修改自己的作品;如果你认为他是错误的,那就装出没有听懂他的话的样子,或者,如果你尊重这个人,那就举出恰当的理由,证明他是错误的。

　　……

　　我告诉画家们,任何时候、任何人都不应该模仿别人的风格;因为,如果那样,他在艺术上将只配称作自然的孙子,而不是自然的儿子。须知,自然界的事物是那么丰富多姿,所以最好还是

────────────

① 阿珀勒斯(前356—前308):希腊著名画家,擅长画人物,《诬告》是他的一幅代表作。

诉诸自然,而不是求助于那些拜自然为师的画家。我这番话,不是讲给那些把艺术当作猎取财富的手段的人听的,而是对希求借助艺术获得荣誉和尊敬的人的忠告。

……

优秀的画家应该描写两件主要的东西:人和他的心灵。描写人,是容易的;描写人的心灵,则是艰难的,因为心灵应该通过人的肢体的姿态和动作去表现。在这方面需要向哑人学习,因为他们比其他人做得更好。

(吕同六　译)

历尽艰辛话买书

〔英国〕吉　辛

每逢我在自己的书架周围顾盼留连的时候,眼前总是浮现出兰姆①的那些"断简残编"。当然我的书也不完全是从古旧书店买来的。我将它们一一进行检点的时候,每每发现其中有许多完好无损的书,有的甚至还是昂贵的古香版本呢。但由于我时常搬家,我那小小的图书馆在每一次迁移中也就难免厄运。说句实在话,我经常无法对付它(因为我在料理事物上,往往表现得笨拙无能)。这样一来,哪怕是我那些最贵重的书也往往蒙受着不公正的待遇。有不少的书甚至还被装订书箱的长钉戳破。当然这只是情形最糟的例子了。不过当我生活安定、心境平和的时候,我发现自己渐渐变得精明谨慎起来。显而易见,环境是能磨炼出一个人的长处来的。但我以为,一本书,只要它没有漏落页次就可以了,何必太讲究它的外表呢。

我听说过那些标榜自己读图书馆的书就像读自家书架上的书一样的人。这对我来说,简直是不可思议的。比如说,我对自己每一本书的气味都很熟悉,我只要把鼻子凑近这些书,它们那散发出来的书味就立刻勾起我对往事的种种回忆。就说我的那些吉朋②的著作吧,那是8卷精致的梅尔曼本。我曾经连续不断地读啊,读啊,读了三十多年。我丝毫无需翻动它,只要闻闻那质地精美的纸张香味,就能回想起当年我把它作为奖品来接受时的幸福情景。还有我的那些莎士比亚著作,它们是剑桥版本,也有一种能惹起我追忆往事的香味。这套书是属于我父亲的,当我还不能够读懂它们的时候,常常有幸被允许从书架上抽出一本来看看。这时我总是怀着虔敬的心情,将它一页一页地翻弄着。那些书散发着一股古老而奇特的幽香。每当我将它们捧在手中的时候,总有那么一种莫可名状的感觉,由于这种缘故,我很少读这套莎士比亚著作。而当我捧读另一套吉朋的书时,眼里总是闪烁着兴奋的光芒,因为我买这套书时,简直就像买一件价值连城的奢华物一样,甚至还有过之而无不及,所以我对这套书格外偏爱,该知道我是付出了多大的牺牲才将它得到手的啊。

牺牲——这个字眼压根儿也不是客厅里的那种冠冕堂皇的表白语。像我的好些书就的的

---

① 兰姆:英国散文家、批评家。
② 吉朋:英国历史学家,《罗马帝国的衰亡》一书的撰著者。

确确是将那些必须用来维持生计的钱购买的。不知有多少回,我站在一家书店的前面或者是一位书商的窗口,此时此刻,那种求知的欲望和活着就得吃饭的念头在我的头脑里进行着激烈的争斗。每逢到了该吃午饭的时候,我的肚子就照例嘟嚷着要吃东西了,可偏偏就在这个节骨眼上,我看到了一本梦寐以求的书,而书的标价又是那样容易脱手。我在书店门口停了下来,心想绝不能让别人买去,可我一买它就势必得忍受挨饿的痛苦。我那套海讷编纂的狄巴拉斯[①]诗集,就正是在这样一种情况下抢购到手的。那会儿它就摆在古德基街的一家古旧书店的书摊上,在那种书摊上,人们能够从那一叠叠的废书中寻到一些无价之宝。就是这套诗集,6便士竟是它的售价,这该是何等的廉价出售啊!当时我经常在牛津大街的一家咖啡馆进午餐(当然也就是我的主餐了),那是一家名实相副的咖啡馆,就像现在的咖啡馆一样,今天恐怕再也找不到这家馆子了。那一天,6便士是我的全部资财,确确实实是这样,就只剩下这么几个钱了。这笔小数目足可以买一份青菜炒肉。但我不敢担保这本狄巴拉斯诗集能否一直留到明天,而这种低廉的书价我又恰好能支付得起。我在人行道上踱来踱去,一会儿用手指头在口袋里搓捏着那几枚硬币,一会儿用眼睛瞟一瞟书摊,两种胃口在我腹中进行激战。终于书还是买到手了。我将它带回家中,一边吃着用粗糙的面包蘸黄油做成的午餐,一边美滋滋地掀动着书页。

在这本狄巴拉斯诗集的底页上我发现一行用铅笔写的字:"1792年11月4日读毕"。一百年以前,谁是这本书的主人呢?但上面再没有任何其他标记。我很愿意把他想象成一位穷困潦倒的学者,他大概和我一样,明明穷得要命,偏偏求知欲旺盛。当初他必定也是用自己的血汗钱来买这部书的,当他买到手后,其乐不可支的情景一定不会亚于我现在这个样子。这种欢乐的心境只能意会,难以言传。慷慨仁慈的狄巴拉斯啊,你那留在诗集中的肖像比罗马文学作品中的任何一张画像都逗人喜爱。

> 仿佛悄悄地走进那茂密的丛林。
>
> 暗暗将每一株智慧之树来找寻。

随后,我把这本诗集插上了那挤得满满的书架。事实上只要从书架上一取下这些书,我便能回味起那一番激战一番成功的情景,恰如历历在目一般。在那些岁月里,金钱对我来说,简直毫无价值,除了用它来买书之外,我对它不屑一顾。唯有书才是我的第一需要。我可以不吃饭,但不能不要书。当然我完全可以到大英博物馆去读这些书,但这比较起自己拥有这些书并能将它们摆在自己的书架上来,毕竟还不是一回事。我时不时地买上一本破烂不堪、印刷低劣的旧书,里面尽是乱七八糟的笔迹,被撕破的书页和一团团的墨迹。对这些我丝毫也不介意。我宁愿醉心于这样一本属于自己的破册子,也不大情愿去观瞻那些不属于自己的宝书。有时我也为这种纯粹的嗜好而感到不安。当一本书把我吸引住了的时候,也许它并不是一本我急需的书,尽管它是属于那种难以到手的贵重书籍一类。但经过一番深思熟虑之后,我只得恋恋不舍地离开。比如我的那本琼斯蒂林[②]的著作,就是在霍利维尔大街看到的。对他那题为《诗歌与真理》的书名,我十分熟悉,当我的眼光掠过那书页的时候,买下它来的念头不禁油然而生。但那一天我克制住了。说老实话,我付不起18便士的书钱,当时我的手头太拮据了。但我一连两次在书

---

① 狄巴拉斯:罗马诗人。
② 琼斯蒂林:德国作曲家,歌德的好友。

台前面徘徊观望,暗暗庆幸这本书还没有买主。终于盼到手上有两个子儿的那天了。我记得自己三步并作两步朝霍利维尔大街奔去(其时我通常的步行速度是每小时5英里)。我不会忘记那位头发斑白的小老头,我常常因为买书而和他打交道,他叫什么名字来着?我相信这位经营书店的老人曾经一定当过天主教士,因为在他身上有那么一种不同凡响的教士气质。他曾经拿起琼斯蒂林的那卷书,将它缓缓翻开,欣赏了一阵子,然后故意瞟了我一眼,好像在张口说:"可不是,我多想自己也能有时间读读它啊。"

有时候,我还得饿着肚子,像搬运工一样,把买到的书送回家中。有一次,在波特兰路车站附近的一家小小书店里,我偶然看见了第一版的吉朋著作,而书的售价竟便宜得令人瞠目结舌。我记得是一先令一册。可要买下这套装潢精美的四开本,我还是得当掉自己的外套。当时我身上没有几个钱,可家里还有点余款。那会儿我住在伊斯林顿,我和书店的老板说了一声,便飞身回家取钱,再又赶回书店,然后扛着那一大叠书从离我住所安吉尔公寓很远的尤斯顿路西侧,一直走回到伊斯林顿我住的那条街上。我就这样一下子走了两个来回。这样的长途步行,我一生中仅走过这么一次。这是当我回想起吉朋著作的分量时,才体会到的。走第二趟了,走第三趟了,那一天我一趟趟地计算着因为回家取钱而往返的路程。我走下尤斯顿路又爬上彭顿维尔大街,至于那天是在哪一个季节,是什么样的天气,我就记不太清楚了。说实在话,当时我高兴得忘乎所以,除了对书的重量有些感觉外,其他的什么就丝毫也没有留意了。那年头我的耐性很强,但体质孱弱。我记得自己走完最后一趟后,就一头栽倒在椅子上,汗流浃背,四肢无力,浑身酸痛,简直就像要断气一样。

经济宽绰的人们听完我这段经历,一定会感到惊讶,为什么我不找书店里的老板请人把这些书送上门呢?换言之,如果我等不及了的话,难道伦敦坦荡的大道上竟没有公共马车可乘吗?我如何来向这些人解释清楚呢?那天,我为了买书,已经倾囊而出,再也没有能力来支付一个便士了。没有,绝对没有。这种节省体力的开销我是从不敢设想的。我当时最大的欣慰莫过于通过自己辛酸的劳累而终于能成为这套书的主人。在那些岁月里,我根本没尝过坐马车旅行的滋味,我可以在伦敦的大街上一连走上12个乃至15个小时,可还从来没有想到过要花钱雇人送书以节省自己的体力或时间。我的确是太穷困了,实在不敢有非分的奢想,而上面件事仅仅只是其中的一个例子罢了。

若干年后,我将第一版的吉朋著作卖掉了,出售的书价比我原先买进来时要便宜得多。一起出售的还有不少颇有价值的对开本与四开本。因为我搬迁频繁,实在带不了这么多的书。书的买主曾把我这些卖掉的书称之为"墓碑"。为什么吉朋的书这样卖不起价钱呢?我常常由于卖掉了这批书而感到懊悔不迭。如果能够再读一读那套精装的《罗马帝国的衰亡》,该是何等惬意的事啊!唯有那种装潢才能与其神圣的主题相称。人们只要瞥它一眼,就会觉得心旷神怡。我知道,自己要重新添置一套的话,实在是一件轻而易举的事。不过这样的一套书是不能与我卖掉的那一套书同日而语的。因为那套书能使我时时想起自己当年买书时的那种蓬头垢面、劳累奔波的艰难情景。

(郑延国　译)

我与绘画的缘分

〔英国〕丘吉尔

年至 40 而从未握过画笔，老把绘画视为神秘莫测之事，然后突然发现自己投身到了一个颜料、调色板和画布的新奇兴趣中去了，并且成绩还不怎么叫人丧气——这可真是个奇异而又大开眼界的体验。我很希望别人也能分享到它。

为了得到真正的快乐，避免烦恼和脑力的过度紧张，我们都应该有一些嗜好。它们必须都很实在，其中最好最简易的莫过于写生画画了。这样的嗜好在一个最苦闷的时期搭救了我。1915 年 5 月末，我离开了海军部，可我仍是内阁和军事委员会的一个成员。在这个职位上，我什么都知道，却什么都不能干。我有一些炽烈的信念，却无力去把它们付诸实现。那时候，我全身的每根神经都热切地想行动，而我却只能被迫赋闲。

尔后，一个礼拜天，在乡村里，孩子们的颜料盒来帮我忙了。我用他们那些玩具水彩颜料稍一尝试，便促使我第二天上午去买了一整套油画器具。下一步我真的动手了。调色板上闪烁着一摊摊颜料；一张崭新的白白的画布摆在我的面前；那支没蘸色的画笔重如千斤，性命攸关，悬在空中无从落下。我小心翼翼地用一支很贵的画笔蘸真正一点点蓝颜料，然后战战兢兢地在咄咄逼人的雪白画布上画了大约像一颗小豆子那么大的一笔。恰恰那时候只听见车道上驶来了一辆汽车，而且车里走出来的不是别人，正是著名肖像画家约翰·赖弗瑞爵士的才气横溢的太太。"画画！不过你还在犹豫什么哟！给我一支笔，要大的。"画笔扑通一声浸进松节油，继而扔进蓝色和白色颜料中，在我那块调色板上疯狂地搅拌了起来，然后在吓得簌簌直抖的画布上恣肆汪洋地涂了好几笔蓝颜色。紧箍咒被打破了。我那病态的拘束烟消云散了。我抓起一支最大的画笔，雄赳赳气昂昂地朝我的牺牲品扑了过去。打那以后，我再也不怕画布了。

这个大胆妄为的开端是绘画艺术极重要的一部分。我们不要野心太大。我们并不希冀传世之作。能够在一盒颜料中其乐陶陶，我们就心满意足了。而要这样，大胆则是唯一的门券。

我不想说水彩颜料的坏话。可是实在没有比油画颜料更好的材料了。首先，你能比较容易地修改错误。调色刀只消一下子就能把一上午的心血从画布上"铲"除干净；对表现过去的印象来说，画布反而来得更好。其次，你可以从各种途径达到自己的目的。假如开始时你采用适中的色调来进行一次适度的集中布局，尔后心血来潮时，你也可以大刀阔斧，尽情发挥。最后，颜色调弄起来真是太妙了。假如你高兴，可以把颜料一层一层地加上去，你可以改变计划去适应时间和天气的要求。把你所见的景象跟画面相比较简直令人着迷。假如你还没有那么干过的话，在你归天以前——不妨试一试。

当一个人开始慢慢地不感到选择适当的颜色、用适当的手法把它们画到适当的位置上去是一种困难时，我们便面临更广泛的思考了。人们会惊讶地发现在自然景色中还有那么许多以前从未注意到的东西。每当走路乘车时，附加了一个新目的，那可真是新鲜有趣至极。山丘的侧面有那么丰富的色彩,在阴影处和阳光下迥不相同;水塘里闪烁着如此耀眼夺目的反光,光波在一层一层地淡下去;表面和边缘那种镀金镶银般的光亮真是美不胜收。我一边散步,一边留心着叶子的色泽和特征,山峦那迷梦一样的紫色,冬天的枝干的绝妙的边线,以及遥远的地平线的暗白色的剪影,那时候,我便本能地意识到了自己。我活了40多岁,除了用普通的眼光,从未留心过这一切。好比一个人看着一群人,只会说"人可真多啊!"一样。

我以为,这种对自然景色观察能力的提高,便是我从学画中得来的最大乐趣之一。假如你观察得极其精细入微,并把你所见的情景相当如实地描绘下来,结果画布上的景象就会惊人的逼真。

嗣后,美术馆便出现了一种新鲜的——至少对我如此——极其实际的兴趣。你看见了昨天阻碍过你的难点,而且你看见这个难点被一个绘画大师那么轻而易举地就解决了,你会用一种剖析的理解的眼光来欣赏一幅艺术杰作。

一天,偶然的机缘把我引到马赛附近的一个偏僻角落里,我在那儿遇见了两位塞尚①的门徒。在他们眼中,自然景色是一团闪烁不定的光,在这里形体与表面并不重要,几乎不为人所见,人们看到的只是色彩的美丽与谐和对比。这些彩色的每一个小点都放射出一种眼睛感受得到却不明其原因的强光。你瞧,那大海的蓝色,你怎么能描摹它呢?当然不能用现成的任何单色。临摹那种深蓝色的唯一办法,是把跟整个构图真正有关的各种不同颜色一点一点地堆砌上去。难吗?可是迷人之处也正在这里!

我看过一幅塞尚的画,画的是一座房里的一堵空墙。那是他天才地用最微妙的光线和色彩画成的。现在我常能这样自得其乐;每当我盯着一堵墙壁或各种平整的表面时,便力图辨别从中能看出的各种各样不同的色调,并且思索着这些色调是反光引起的呢,还是出于天然本色。你第一次这么试验时,准会大吃一惊,甚至在最平凡的景物上你都能看见那么许多如此美妙的色彩。

所以,很显然地,一个人被一盒颜料装备起来,他便不会心烦意乱,或者无所事事了。有多少东西要欣赏啊,可观看的时间又那么的少!人们会第一次开始去嫉妒梅休赛兰②。

注意到记忆在绘画中所起的作用是很有趣的。当惠斯特勒③在巴黎主持一所学校时,他要他的学生们在一楼观察他们的模特儿,然后跑上楼,到二楼去画他们的画。当他们比较熟练时,他就把他们的画架放高一层楼,直到最后那些高才生们必须拼命奔上六层楼梯到顶楼里去作画。

所有最伟大的风景画常常是在最初的那些印象归纳起来好久以后在室内画出来的。荷兰或者意大利的大师在阴暗的地窖里重现了尼德兰狂欢节上闪光的冰块,或者威尼斯的明媚阳光。所以,这就要求对视觉形象具有一种惊人的记忆力。就发展一种受过训练的精确持久的记忆力来说,绘画是一种十分有效的锻炼。

另外,作为旅游的一种刺激剂,实在没有比绘画更好的了。每天排满了有关绘画的远征和实践——既省钱易行,又能陶情养心。哲学家的宁静享受替代了旅行者的无谓的辛劳。你走访

---

① 塞尚(1839—1906):法国后期印象派画家。
② 梅休赛兰:远古传说中的人物,活了969岁,已成为长寿之象征。
③ 惠斯特勒(1834—1903):住在英国的美国画家。

的每一个国家都有它自己的主调,你即使见到了也无法描摹它,但你能观察它,理解它,感受它,也会永远地赞美它。不过,只要阳光灿烂,人们是大可不必出国远行的。业余画家踌躇满志地从一个地方到另一个地方东游西荡,老在寻觅那些可以入画可以安安稳稳带回家去的迷人胜景。

作为一种消遣,绘画简直十全十美了。我不知道还有什么在不筋疲力尽消耗体力的情况下比绘画更使人全神贯注的了。不管面临何等样的目前的烦恼和未来的威胁,一旦画面开始展开,大脑屏幕上便没有它们的立足之地了。它们退隐到阴影黑暗中去了。人的全部注意力都集中到了工作上面。当我列队行进时,或者甚至,说来遗憾,在教堂里一次站上半个钟头,我总觉得这种站立的姿势对男人来说很不自在,老那么硬挺着只能使人疲惫不堪而已。可是却没有一个喜欢绘画的人接连站三四个钟点画画会感到些微的不适。

买一盒颜料,尝试一下吧。假如你知道充满思想和技巧的神奇新世界,一个阳光普照、色彩斑斓的花园正近在咫尺等待着你,与此同时你却用高尔夫和桥牌消磨时间,那真是太可怜了。惠而不费,独立自主,能得到新的精神食粮和锻炼,在每个平凡的景色中都能享有一种额外的兴味,使每个空闲的钟点都很充实,都是一次充满了销魂荡魄般发现的无休止的航行——这些都是崇高的褒赏。我希望它们也能为你所享有。

(王汉梁　译)

我的文学归功于谁[①]

〔阿根廷〕卡萨雷斯

在读《堂·吉诃德》以前,我曾两次拿起笔进行文学写作。第一次是为了引起一位姑娘的注意;第二次是为了模仿柯南道尔和加斯顿·勒鲁。应该说明的是,在那个时期我的雄心并非在文学方面。我真正想干的是用九秒钟跑一百米和当拳击与羽毛球冠军。

当我读《堂·吉诃德》的难忘的开头和讲述堂·吉诃德是怎样的人、他住在哪里、和谁住在一起的整个第一章时,我感到激动极了。激动中带着些许焦虑,因为堂·吉诃德放弃了那种平静的生活,出门寻找冒险;激动中还有一种可能是满不在乎的叙述方式产生的引人入胜的东西。

如果我没记错的话,第一章我还没有读完我就想当作家了。无疑,我想当作家是为了用满不在乎的方式讲述英雄们的历史:他们丢下家庭或祖国的安定和家人的爱而到陌生人的世界上去冒险。当然,不久我就开始写一部大部头的长篇小说。在小说的前几页里,写一个西班牙青年到布宜诺斯艾利斯来治理美洲。

我们的未来无法探知,生活的道路勾画出奇异的图画。谁会对我说在忙于讲历史的顺利的60年代末我会获得以在文学上给我启迪的亲爱的作家的名字命名的文学奖呢?

---

① 本文为作者在1990年塞万提斯奖授奖仪式上的讲话。

　　我觉得我的情况是幸运的：在文学上我最初的渴望不是追求荣誉，而是有朝一日使读者为我的作品着迷，就像一部小说使我着迷一样。谁要是追求荣誉，谁就会为自己着想，就会把他的作品视为攫取功名的工具。我认为，为了写好，我们应该考虑的是作品，而不是我们自己。

　　不久以后，在一本学生读的作品选里我读到豪尔赫·曼利克①悼念亡父的谣曲。我怀着激动的兴奋心情赞叹诗句的流畅，我听见诗人在平静阐述我们命运的无情真理。好像诗的清澈和深刻的真实两者的结合不容许我为悲惨的主题感到心酸。我在诗中读到的内容似乎证明了我的信条：生命对每个人只有一次，所以在人生道路上我们应该特别留神。我还在诗中注意到，那些诗可以作为我预防虚荣心的护身符。当然，第一节的诗句也不例外：

> 国王堂胡安做了什么？
> 阿拉贡的步兵
> 　又做了什么？
> 如此华丽是怎么回事？
> 这么些杜撰为了什么？

　　在那些岁月，我的工作计划是尽量多读书，尽量多写书。鉴于准备写的小说错过了我忽然想的故事，我便把它丢在一边，轻松地着手写一本故事集。但没人喜欢它。博尔赫斯说我的问题是写得太匆忙了；我没有对他的宽宏大量产生错觉：我明白我的问题是由于我的功底尚不成熟。为了改变这种状况，我学习了文学技巧手册。当我发现了格拉西安②的《敏锐的艺术和天才的艺术》后，我便计划写一本类似的书。不久，计划又发生了变化：我要出版一本模仿我的叔叔米格尔·卡萨雷斯借给我的巴尔布埃纳③的《二十条教训》中的某人写的阐述写作艺术的书。我确信，通过对我那本故事集中出现的问题的分析，一定能找到有价值的规律。我认为对待我作为写作者的失败经验最好的态度莫过于根据它写一本阐述写作技巧的书。我没有自问读者的看法如何。

　　在一个遥远的下午，我父亲对我谈起了路易斯·德·莱翁教士④；他激动地提到了莱翁的名句"就像我们昨天说的"，记起了《退隐生活》的诗节。

　　我想我已经把那些诗忘记了。路易斯教士不提倡老一套的修辞；他讲的真理我爱听。他说明了虚荣心的成功是多么微不足道，他劝说人们过隐退生活。我把这种生活写得像一个遥远而孤寂的海岛。除了在小说中，我却从没有去过那样的海岛。后来我又把它写得像我住了五年的乡间别墅；最后，我则把它写得像我过的那种只要可能我就过的私生活。

　　从路易斯教士的诗到他翻译的优美的贺拉斯⑤的作品，读物一本接一本。运气还把《贺拉斯在西班牙》摆在我面前。这是马塞利诺·梅内德斯·依·佩拉约⑥写的引人入胜的著作。在

---

　　① 豪尔赫·曼利克(1440? —1479)：西班牙诗人。
　　② 格拉西安(1601—1658)：西班牙作家、教士。
　　③ 巴尔布埃纳(1900—?)：西班牙文学评论家、文学史家。
　　④ 路易斯·德·莱翁(1527—1591)：西班牙诗人、教士。
　　⑤ 贺拉斯(前65—前8)：古罗马诗人、文艺批评家。
　　⑥ 马·梅·依·佩拉约(1856—1912)：西班牙作家。

这本书中,作者比较了各个时代许多西班牙、葡萄牙和拉丁美洲作家翻译的贺拉斯的作品的译文。我觉得,我作为读者参预这种比较,对我是一种极为有益的文学练习。阿根索拉兄弟①的译文我特别喜欢,但是给了我最大的启示的是梅内德斯·依·佩拉约的优美的《致贺拉斯》。令人吃惊的是,对名人来说,一种长处可以遮住另一种长处。因为梅内德斯·依·佩拉约作为一个知识渊博的人备受称赞,人们却忘了他是个诗人。他的另一篇我总是反复读的诗是《致桑坦德尔几位朋友的信,感谢他们赠送的丛书》。这样,我便带着读到的技巧和写作的过失一步步深入进了广阔的文学海洋。或者,为了再一次向堂马塞利诺致意,我渐渐深入进了《平达罗和萨福的广阔海洋》。

　　我要感谢光临授奖仪式的国王和王后陛下,他们把奖授予我,现在又亲密地陪伴我;感谢西班牙,我们美洲和我国的同行和记者,他们得知评委会的决定后以使我永记不忘的宽宏态度写文章介绍我和我的作品;感谢使我觉得比我还高兴的朋友们;感谢在马德里街头和后来在布宜诺斯艾利斯街头拦住我向我表示祝贺的许多人。此外我还想对一位作家表示谢意:他不在场,但是他存在:他是塞万提斯,我的文学作品归功于他,他使我的生命有了意义。

(朱景冬　译)

诗歌决不能没有家……

〔俄罗斯〕叶夫图申科

　　当母体结束对我们的孕育时,家对我们的孕育便开始了。当我们还在它的木质的或砖石的腹腔中躁动着,把还柔嫩脆弱,但已在挣脱着的小手伸向出口——家门口的时候,我们就还没有完全诞生下来。随着家室感觉的产生,也产生了走出家门的渴望。门的外边是什么呢?只要我们还在家里学着走路的时候,我们就还没有诞生。我们的两只笨拙的小脚在家的外面绊在石头上时发出的第一声呼喊,才是真正的降临人世后的呼喊。没有家的四壁保护你的地方,才是考验性格之场所。走出家门的渴望决非意味着对家的仇恨。这种渴望是想在同茫茫大千世界搏斗中考验自己的愿望,而这种愿望高出一般的好奇心:它是人的不安宁的心灵的基础,因为心灵对于任何墙壁都会感到压抑。"我的家就是我的堡垒"②这一说法乃是心灵脆弱的象征。心灵本身便是一座堡垒,尽管它四周没有任何墙壁。人如果不尊重家,便不成其为人。但是没有一个人,没有一个作家不怀有走出家门的渴望。生活常悄悄地塞给你另外一些家,一些有时甚至伪装成祖宅的家,这些家像泥潭一样使你陷入其中,这些家就像摇篮哄着你的良心睡大觉。但是一个真正的人,一个真正的作家却痛苦地冲向唯一的安乐窝——粗鄙、简陋然而自由的安乐窝。莫非列夫·托尔斯泰不喜欢雅斯纳亚·波良纳?但是当他感到自己的家里有某种东西束

---

　　①　阿根索拉兄弟:即巴多洛梅·莱奥纳多·阿根索拉(1562—1631)和卢佩西奥·莱奥纳多·阿根索拉(1559—1613),均为西班牙诗人。
　　②　这是一句英国谚语。

缚和禁锢他的时候,他便毅然决然地冲出家门,而门外边是不可知和哪怕是死亡的自由。杰克·伦敦曾试图在他在月之谷建造起来的"狼之家"内部人为地创造一种自由,但是也许是因为他感到了砖墙的压抑,并且不是患上了思念家园的怀乡病,而是患上思念少年时代无家可归的相思病,才亲手将它一把火烧了? 思念无家可归时期的相思病对于家园来说也不是什么侮辱——其中有着一种要与人类打成一片的忧思,因为人类当中有那么多人无家可归,因为人类当中正义、良心、平等、博爱和自由也都是无家可归的。亚历山大·勃洛克自己呼唤命运把打击加在他身上:"就让我像一条狗似的死在围墙下面吧!"马雅可夫斯基愤慨地摈弃"可耻的盘算",自豪地说道:

> 诗行甚至没有为我积存
>
> > 一个卢布,
>
> 硬木工
>
> > 没有向我家里送过一件家具,
>
> 除了我身上这一件干净衬衣,
>
> 说实话,
>
> > 别的对我一概都是多余。

与没有灵魂的陈设华丽的家园相抗争的高尚的无家可归的心灵,不正是艺术的归宿吗? 无家可归是人的痛苦,但是只有脑满肠肥的人方把痛苦视为耻辱。帕斯捷尔纳克怀着悔罪的心情精辟地写道:

> 自从世风开始败坏,
>
> 我便染上了恶习,
>
> 人们把痛苦看作是耻辱,
>
> 使小市民和乐天派悲戚。

有一位伟大的女性,或许是曾活在人世间的所有女人之中一位最伟大的女性,发出了绝望而又狂怒的悲恸:

> 一切家园我都感到陌生,一切神殿
>
> > 我都感到空洞……

这位女性就是玛丽娜·茨维塔耶娃。

她是一位仇恨家园的女性吗? 是一位仇恨神殿的女性吗? 玛丽娜·茨维塔耶娃……她怎么可能不爱自己的祖宅,她直至离开人世以前一直怀念那里墙壁上的每一块凹凸不平的地方,天花板上的每一条裂纹。但是在这所住宅她母亲的卧室里挂着一幅描绘普希金决斗的油画。"我所知道的普希金的第一件事,就是他被人杀害了……丹特士①仇视普希金,因为他自己不会写诗,于是向他挑起决斗,也就是把他骗到雪地里,在那里用手枪射穿肚子把他杀害了。因此我从3岁起就确定无疑地知道,诗人有肚子……我要做妹妹的心愿乃是受了普希金决斗的启发。

---

① 丹特士(1812—1895):法国保皇党分子,杀死普希金的凶手。

我还要说的是，'肚子'这个词对我有一种神圣的东西，甚至一句普普通通的'肚子疼'都会使我产生一阵战栗的同情感，这种同情感排除一切幽默。这一枪击伤了我们大家的肚子。"可见，即使在可爱的祖宅，在一个 3 岁小女孩儿的内心便产生了丧失家园的情感。普希金走进了死亡——进入了不可挽回的、恐怖的、永恒的丧失家园的状态，而要想把自己当作他的妹妹，就必须亲自体验一下这种无家可归。后来，茨维塔那娃在异国，由于思念祖国而心焦如焚，甚至企图嘲弄这种乡愁，就像"一头受伤的野兽，被什么人打伤了肚子"，用嘶哑的声音吼叫着：

> 思念祖国啊！早已
> 被揭穿的纠缠不清的事！
> 对我来说都是一样——
> 在哪儿——都是孤苦伶仃，
> 提着粗糙的篮子，
> 沿着什么样的石头路走回家去，
> 而且不知道，我的家——
> 成了医院或者兵营……

她曾那样热爱自己的母语，那样善于温情而又卖劲儿地用她那双勤劳的手，那双语言匠师的手揉弄这种语言，然而这时她竟然凶神恶煞似的对这种语言咆哮：

> 我没有为祖国的语言而陶醉，
> 还有它那乳白色的召唤。
> 究竟因操何种语言而不被路人
> 理解——对我都是无所谓！

下面我们又碰上了已经援引过的"仇恨家园的"诗句：

> 一切家园我都感到陌生，一切神殿
>
> 　　　　　　我都感到空洞……

接下去就更自大、更傲慢了：

> 一切都无所谓，一切我都不在乎……

突然嘲弄思念祖国的企图无可奈何地中断了，以一声就其深度来说可谓天才的慨叹而告终，这声慨叹使全诗的内涵转化为一幕撕心裂肺的热爱祖国的悲剧：

> 然而在路上如果出现
> 树丛，特别是花楸果……

就是这些。只有 3 个圆点①。但是这些圆点是那么有力地、超越时间地、含蓄地表白了如此强烈的爱，这种爱是所有那些不是用每一圆点犹如一滴鲜血的这种伟大的圆点写作，而是以冗长空泛的语言写作假爱国主义诗歌的人们所不能为的。也许，最崇高的爱国主义永远正是这样的：

---

① 俄语中删节号为 3 个圆点。

用删节号,而不是用空话?

　　但是这毕竟是对家园的爱——只不过这种爱是通过忍受无家可归而建树的功绩表现出来的罢了。茨维塔耶娃整个一生便是这样的功绩。她即使在有着客厅、沙龙、走廊、文艺厨房的俄罗斯诗歌宅第里,也过得不舒适。她的第一本诗集《黄昏集》受到了诸如勃留索夫、古米廖夫这样一些被认为是当时创一代诗风的诗人的夸奖,但是他们的夸奖却带一种宽容,而这种宽容掩饰着本能的恐惧。这位当时还非常年轻的茨维塔耶娃身上散发出一种令人惶恐的火焰气味,而这种火焰威胁着这所宅第表面上的井然秩序,威胁着它的很容易起火的木板隔墙。茨维塔耶娃不无道理地把自己的诗作比作"像小鬼钻进了圣殿——那里幻梦萦绕,香火长焚"。当然,她还没有像未来主义者们呼吁把普希金从现代的轮船上丢下去那样达到自觉越轨的程度。然而从一个 20 岁的少女口中听到这样过于自信的诗句如:

> 我的诗覆满灰尘摆在书肆里,
> 从前和现在都不曾有人问津!
> 我那像琼浆玉液醉人的诗啊,
> 总有一天会交上好运。

对于那些深信只有自家的葡萄酿出的诗歌才是琼浆玉液的诗人们来说并不是多么愉快的事。在她身上,在这个小女孩儿身上有一种挑战的东西。比如,勃留索夫的全部诗作,就像诗歌之家整齐陈设的半博物馆式的客厅一样。

　　而茨维塔耶娃的诗歌既不可能是这个宅第里的一件摆设,甚至也不是它的一个房间,她的诗是闯进这幢房子的一阵旋风,吹乱了用工整的书法誊写的唯美主义诗稿。后来茨维塔耶娃说道:"世界万物都占有一席位置——叛徒,强盗,杀人犯,莫不如此,只是唯美主义者没有一席之地。他们不能算数,他们被排除在万物之外,他们是虚无。"茨维塔耶娃尽管不久前还是一个穿着镶花边小领的女中学生,却如同吉卜赛女人,如同她喜欢自况的普希金的玛利乌拉①一样,闯进了诗歌之家。要知道,吉卜赛人的流浪生活正是四海为家的心态战胜了对家园的眷恋,茨维塔耶娃的早期诗作中就已经有一种俄罗斯女性诗歌中至今不曾有过的刚烈、粗犷,而且即使在男性诗人当中也是罕见的。这些诗作令人可疑地缺少雅致。卡罗利娜·巴夫洛娃和米拉·洛赫维茨卡娅②的诗同这些诗摆在一起,看上去如同手工艺品与千锤百炼的钢铁摆在一起。况且这是经一双少女的手锤炼的!唯美主义者们皱起眉头:女性铁匠——多么不合常理。阿赫马托娃的诗歌不管怎么说是更富于阴柔气质,线条更柔和。而这些诗却尽是尖锐的棱角!茨维塔耶娃的性格是一颗坚硬的核桃——它的里面是咄咄逼人的好战性,是挑逗的、胆大妄为的进攻性。当时有许多娇慵的女诗人以其甜腻的作品充斥着期刊版面,而茨维塔耶娃以这种好战性仿佛抵消了她们的感伤悲郁,为女人性格这一概念本身恢复了名誉,以自身的实例证明在这一性格中不仅有勾人魂魄的脆弱,富于魅力的依顺,而且还有刚毅的精神,匠师的魄力。

> 我知道维纳斯是一件手工艺品,

---

　　① 玛利乌拉:普希金的长诗《茨冈人》中的一个人物,为了爱的自由弃家出走。
　　② 卡·巴夫洛娃(1807—1893)、米·洛赫维茨卡娅(1869—1905):均为俄国女诗人,她们的诗作局限于个人狭小的圈子里,多写爱情。

我,一个匠人,熟谙手艺。

茨维塔耶娃身上没有一点点学究式的女权论的东西——她是一个彻头彻尾的女性,堕入情网时如醉如痴,但在决裂时又无比坚强。她虽然放浪形骸,有时却也承认"自己的一切恶作剧都是那么冷酷无情而又毫无希望"。但是,女诗人之中还不曾有任何人像她那样以整个创作活动和生活作风的独立性为妇女能拥有坚强性格的权利而战斗过,她试图打破许多人头脑中根深蒂固的温柔的把自己融合于丈夫或所爱的男人的性格中的女性形象。两个人彼此相互融合——她把这看作是自由,并且善于为哪怕是短暂的幸福而高兴。

> 我的亲亲!——能给带来怎样的奖赏。
>
> 在他的怀抱里——就是天堂,
>
> 嘴唇边上充满了生命:早晨道一声好
>
> 真是令人心旷神怡的欢畅!

这哪里是她呀——那个反叛的女性,那个高傲的女性?多么质朴的、多么干脆又多么深情的话语,这些话世界上任何一个幸福的女人都会赞同的。但是茨维塔耶娃心中有着她自己的神圣戒律:"我就是在临终咽气时也依然是一个诗人!"在这一点上她决不为了所谓的幸福而向任何人让步。她不但善于获取幸福,而且也善于忍受痛苦,如同一个最普通的女人一样。

> 帆船把心上的人儿运走,
>
> 白茫茫的道路把他们引向异地……
>
> 沿着陆地哀号声连成一片:
>
> "我亲爱的,我什么地方对不起你?"

然而在爱情中她宁肯要自由的不幸,也不要驯顺的幸福。反叛的女性在她心中觉醒了,于是"吉卜赛人那种分离的狂热"把她抛到了无家可归的"什么地方":

> 宛若左右两只臂膀——
>
> 你我两条心连在一起。
>
> 我们俩在一起幸福而又温暖,
>
> 宛若左右两只翅膀紧密相连。
>
> 然而一旦旋风骤起——万丈深渊
>
> 便会突兀横在左右两翼中间!

这旋风是什么呢?是她自己。卫道士们称为"背信弃义"的东西,她则称之为对自己的忠贞不渝,因为这忠贞不渝不表现为顺从,而表现为自由。

> 任谁翻遍了我们的书信,
>
> 也揣摩不透我们的心意,
>
> 我们是那样背信弃义,而这恰是——
>
> 对自己都那样地忠贞不渝。

　　我不知道世界上有哪位诗人会像茨维塔那娃那样写过那么多描写分离的诗。她要求恋爱时保持尊严,分手时也保持尊严,高傲地把她那女人的呼号埋藏在心底,只是偶尔抑制不住而失声痛哭。她笔下那首《终结之诗》中,一男一女在分手时犹如两个同样伟大的国家的代表一样,只不过女人更高尚,且听他们的谈话:

> "我原本没有这个欲望。
>
> 没有这个欲望。"(默默地:你听着!
>
> 欲望是肉体的事情,
>
> 而我们是两颗灵魂。)

然而男人们怎能抱怨这位女性诗人呢,她甚至在想象中会见自己在世界上最亲爱的人——普希金时也不肯挽着他的手臂登山。"自己登上去!"这位反叛的女性高傲地说道,然而她的内心几乎是一个偶像崇拜者。顺便说一句,我搞颠倒了,把这一情景简单化了,茨维塔耶娃是如此高傲,她竟然确信:普希金听到她的第一句话便已经猜出了"跟他同路而行的是个什么人",他甚至不敢贸然地去挽扶她登山。然而,在诗的结尾,茨维塔耶娃毕竟变高傲为柔情,允许自己同普希金一起携手奔跑,只不过那是下山。茨维塔耶娃对普希金的态度是令人惊奇的:她热爱他,又嫉妒他,又与他争辩,犹如与一个活生生的人争辩一样。普希金说:

> 使人高尚的欺骗对我们来说
>
> 总比无数卑微的真理更珍贵——

而她对这句话的答复是:"没有卑微的真理和高尚的欺骗,只有卑微的欺骗和高尚的真理。"茨维塔耶娃是那样怒不可遏地、几近女人蛮横无理地谈到了普希金的妻子,因为她在普希金死后竟然嫁给了兰斯科伊将军。顺便说一句,这种情调,已经是自卫的情调,早已在非凡的短诗《嫉妒的尝试》中流露出来。"在卡拉拉①大理石之后,您怎能与石膏的废物生活在一起?"马雅可夫斯基担心人们会给普希金"涂上一层文选的烫金光泽"。在这一点上,茨维塔耶娃与马雅可夫斯基抱有同感。"普希金扮演纪念碑的角色? 普希金扮演陵墓的角色?"然而专业诗人的骄傲又流露出来了。"我可以握普希金的手,但决不吻他的手②。"茨塔耶娃用莫大的骄傲为那些在男人面前丧失了面子的女人挽回了全部"不自尊"。为此,全世界的妇女们都应当感激她。茨维塔耶娃以她作品的威力表明,女人那颗爱恋着的心不仅仅是一支脆弱的蜡烛,不仅仅是为了照映男人而创造的一泓清澈小溪,它还是一把席卷一幢幢房屋的熊熊的烈火。如果试图找到茨维塔那娃诗歌的心态公式的话,那么,这个公式与普希金的和谐恰恰相反,是用自然力打破和谐。有些人喜欢从诗歌中抽出格言式的句子并且根据它们建构起对这个或那个诗人的概念。当然,对茨维塔耶娃的诗歌也可以做这样的实验。她笔下有许多含义明晰的哲理警句,例如:"天才是一列大家都赶不上的火车"。但是她的哲理寓于生活的自然力,这种生活自然力则形成诗歌的自然力,节奏的自然力,而且她的概念本身便是自然力。有一次人们想奚落一个诗人不能始终如一,称他为"失控诗人"。我倒要问问,在这种情况下"受控制的诗人"的含义是什

---

　　① 卡拉拉:意大利中部托斯卡纳省的一个城市,开采白色大理石并加工输出。

　　② 这句话含贬义,意即拍马屁。

么。受什么控制？受什么人控制？如何控制？在诗歌中甚至连"自我控制"都是不可能的。一个真正的诗人，他的心灵就是一座无家室的家室。诗人不怕让自然力进入自己内心，不怕被它撕得粉碎。例如，当勃洛克让革命进入自己内心的时候，便是如此，革命本身替他写成了天才的长诗《十二个》。茨维塔耶娃也曾有过这种情形，她让自己的个人感情和公民感情的自然力进入了自己内心，而这种自然力唯一依从的就是这种自然力本身。但是要想使生活的自然力变成艺术的自然力，需要有严格的职业纪律。茨维塔耶娃没有让自然力在她的匠艺中作威作福——在这里她自己是主人。

玛丽娜·伊万诺夫娜·茨维塔耶娃是一位卓越的职业诗人，她同帕斯捷尔纳克和马雅可夫斯基一起超前许多年改革了俄罗斯诗律学。受到茨维塔耶娃如此赞赏的像阿赫马托娃这样杰出的诗人只是传统的维护者，而不是传统的革新者，就这个意义来说茨维塔耶娃高于阿赫马托娃。"我足能活过一亿五千万条生命。"茨维塔耶娃说道。

遗憾的是连她自己这一条生命都没有活到头。

弗·奥尔洛夫[①]，苏联 1965 年出版的茨维塔耶娃一卷集序言的作者，依我看来，不恰当地指责诗人，说她"狠毒地背离了人民的雷鸣电闪般的自然力"。狠毒，这已经接近于残暴，而用普希金的话说："天才和残暴是两件不相容的东西。"茨维塔耶娃从未热衷于政治上的狠毒——她是一个非常伟大的诗人，决不至于此。她对革命的感受是复杂而又矛盾的，但是这些矛盾却反映了相当一部分俄国知识分子的彷徨和求索，他们起初欢呼沙皇制度的崩溃，可是后来看到祖国内战血流成河时又从革命那里退缩了。

> 本来是白色的，却变成了红色的：
> 那是鲜血把他染红了。
> 本来是红色的，却变成了白色的：
> 那是死神把他涂白了。

这不是狠毒，这是悲恸。

茨维塔耶娃在流亡国外时感到如此艰难并不是偶然的，因为她从不参加政治暴行，而且超然地置身于一切派别和集团之外，为此她也曾受到当时的时尚倡导者的中伤。他们愤愤不平的是，她不仅在政治上独立不羁，而且在艺术上也独立不羁。他们死抓住过去不放，而她的诗却向往未来。因此她的诗在过去的世界里便无家可归了。

茨维塔耶娃不得不返回俄罗斯，她也确实这样做了。她这样做不只是因为她在国外生活极度贫困。（读到茨维塔耶娃给捷克女友安娜·捷斯科娃的信令人心寒，茨维塔耶娃在信中请求给她往巴黎寄一件像样的衣服来，以便出席一次千载难逢的音乐会，因为她没有可穿的衣服登台朗诵。）茨维塔耶娃这样做不仅仅是因为这位语言大师离开语言环境就无法生活。茨维塔邓娃这样做不仅仅是因为她蔑视被她在《报纸的读者们》、《捕鼠者》中痛斥的她周围的小资产阶级世界，不仅仅是因为她仇恨她在自己的捷克诗作中所愤怒声讨的法西斯主义。茨维塔那娃未必是想为自己寻求"家的安逸"——她寻求家园不是为了自己，而是为了她的儿子，而且主要是

---

　　① 弗·奥尔洛夫(1903—1935)：苏联文艺学家。

为了她那众多的诗歌孩子们,她是它们的母亲,而且尽管自己命中注定无家可归,可她知道她的诗歌的家园是俄罗斯。茨维塔耶娃的归来是作为诗歌的母亲的一个行动。诗人可以没有家,诗歌却决不能没有家。

（苏　杭　译）

艺术的需要

〔罗马尼亚〕斯特内斯库

一

我完全赞同阿拉贡最近接受《快报》记者采访时发表的见解:我们这个时代只有借助长篇小说才能表现出来。使我震动的倒不是他的论断里所流露出的对某种文学体裁的执著,而是他公开承认艺术的作用并视艺术为不可缺少之需要的勇气。

与人类其他许多精神活动直接的和完全的功利主义相比,艺术以它固有的最普遍的方式来体现它的功利主义。艺术不仅仅是为了余暇时间而创作的,表现自由是它鲜明的特性。但这从来不是指个人在其与社会的关系中的自由,而是指人类在其与自身生存的关系中的自由。事实上,优秀的艺术不是自为的个人的表现,而是处在与集体关系中的个人的表现。历史是从人类意识萌生以来整个生存的记载,艺术却从希望的观点展示尚未发生的未来的历史。

从这个意义上来说,美的观念是一个深刻的道德观念。同样,我们也可以认为美学的领域是伦理领域的升华。

把美的观念视为无实用性的观念,这是再错误不过的。没有无实用性的美,——首先是因为美和美的观念本身即是一种交流活动。艺术交流的深刻的民主性无疑来源于艺术的“实用性”。从本质上来说,科学不仅要求专业知识和特殊的术语,而且它的效用几乎是直接的——创造具体的物质财富,艺术却创造精神产品,从自身排除了单纯的权宜性,能够在一种语言的动词所承认的一切时间里发挥交流作用。

二

对于我来说,诗是艺术的引力场,而且恕我斗胆地说,诗尽管有成千上万种形式,但归根结底是一般认识——不仅限于艺术——的引力场。没有诗,我们就不能生活。各国人民的民族文化证明了这个带有必然性的事实,因为民族文化归根结底体现了各国人民的特殊性以及全球的精神交流。几千年前尼罗河上一只划桨的船可以给予我们关于当时航海科学的观念,但一座金字塔向我们说明的不仅是一个民族的价值,而且是整个人类的心灵的价值以及超出时间和空间的永恒的精神交流的价值。

但是,诗的需要不仅是超出时间和空间的,而且也是直接的。人与其他任何事物不相同的特殊差异以及人与人之间的特殊差异,亦即写出来的或者没有写出来的诗,是人的任何活动的组成部分,成为而且应该成为一切人的财富,社会和民族的财富。

随着诗作为一种现象深入每个人的心灵,上述情况就越发清楚。社会给予群众的余暇时间越多,蕴藏在每个人心中的诗就越是渴望得到表现。

三

诗不仅仅是艺术;它是生活本身,是生活的灵魂本身。诗首先借助艺术来表达,但又不仅只借助艺术。将诗仅仅理解成艺术,这贬低了诗的概念。它不是有人所说的生存的方式,而是生存的基本组成因素。

我曾对友人说过,真正的诗人不是作家。写作的艺术和作家的概念包括小说家、戏剧家和评论家。真正的诗人不是作家,却又是作家。

如果说小说家可以虚构,画家可以有幻觉,那么诗人只有当他也是小说家时才虚构,只有当他也是画家时才有幻觉。真正的诗人不虚构;他表现人们心灵中的诗,从人们心灵中发现诗,与人们心灵中的诗同命运、共呼吸。只有这样,诗人才受到人们的信赖,才具有影响。

四

我们不能虚构感情。我们只能发现和表达感情——爱与憎,并使这样的感情贴近自己的心或者加以摈弃。

对诗的创作活动,应该进行十分细致的解释和理解。它主要是建立在诗的创作者命运的基础上的,但也与诗本身的社会命运相关。可以说,诗人实际上是他的人民、他的国家的财产,而不属于他自己。美之所以成为美,并非因为大自然的美能通过自身表现出来,而是因为诗——存在于人的心灵里并由诗人表达出来的诗。

五

说得轻松一点,可以认为,诗——包括诗人和其他一切——是精神食粮,如果精神有牙齿和肠胃的话。说得严肃一点,可以断言,没有诗,人就形同乌有。

(陆象淦　译)

读书的回忆

〔日本〕加藤周一

事情的起因

有人用亲切的声调说:时令已进入深秋,这是读书的好季节啊!但是,我读书从来就不曾考虑过季节问题。常年的学习自然养成这种习惯,不读书就难以度日。

有一回,不是同一人说:怎样才能好好读书呢?然而我必须找的窍门是,如何才能不读书而又能对付过去呢。一读起书来,就无法写书。

从什么时候起,我养成这种难以拂去的习惯了呢?我想确实是从我多病的童年时代开始的吧。容易得病的孩子,无法在户外又蹦又跳的,于是,就代之以读书;但这不是我主动的乐意的选择,而是不得不做出这样的选择。我就这样开始读书,不久,我发现像我一样有读书习惯的人,不是小学里的小伙伴,而是一个成年人,而且是我那个时候最熟悉的唯一的一个成年人,那就是我的父亲。我逐渐喜欢同父亲谈话,并且接受了他谈话的影响。

父亲对所有形而上学都持怀疑的态度,他不相信未经实证的任何知识。父亲这种思考方法的影响,至今依然保留在我体内。我现在爱读贝特朗·罗素的书,就是喜欢他那表现的准确性,这与小学生的我喜欢父亲的谈话别无二致吧。

那个时候父亲在读《万叶集》。小学生的我是啃不动《万叶集》的。但是上中学以后,我第一次接触的文学就是《万叶集》。我从头开始读。我并不是有意识主动地选择这样做的,而是偶然的,书就在我身边的缘故。但是它的影响,至今似乎还没有消失。可以说,我背诵的数首《万叶集》短歌,连同东京秋天黄昏的西边天空和早春的风一起,温乎乎地抚触着我的肌肤,从遥远的少年时代直到现在几乎全部留存下来,成为我的纪念品。

然而,对我来说,《万叶集》决不是昔日的褪了色的照片。不是的,它是我现在热爱日本诗歌的最大的原因,甚至或许还是我相信文学的原因之一。

我没有变。我对此事并不后悔。尽管我希望像一棵树那样扎下根来,但并不希望将它移植到别的土地上。

战　争

中学生时代,告诉我有关芥川龙之介的,是幼年的朋友们(他们如今已不是幼年了)。于是我把零花钱攒起来,在涩谷的旧书店买了芥川全集十卷,一页也一无遗漏地读遍了。但并不都是一无遗漏地理解了。我没有考虑过自杀,也不能理解自杀的人的内心世界。

在芥川龙之介的作品中，我领略到的是反军国主义、破坏日本历史的偶像、对道德说教的反抗、不随大流的批判精神。可以说，我不是通过吉野作造，而是通过芥川龙之介接受了"大正民主"的遗产。后来，我住进第一高等学校的学生宿舍之后，读了马克思的书，知道有这种理智地组织非顺应大势主义的方法。战争早已在中国大陆开始，珍珠湾即将到了转折点。在我的周围，我看不见与之有关的左翼运动。但是马克思的方法对我理解战争的现象大有裨益。

然而，在芥川龙之介的作品里，中学生的我所发现的，不仅是非顺应大势主义，日本语表现上的丰富的可能性，也使我大开眼界。后来上大学预科，我在瓦莱里的作品中发现了采取分析方法来处理语言表现的可能性，以及这种方法的无与伦比的乐趣。

战争期间，我再度是个病人，自己不是病人的时候，就照顾其他的病人。我在东京帝国大学学医，不久就住在附属医院的一室里。在这家医院的一个房间里，我读医学书，观察显微镜，治疗患者，除此之外，能够做的就只有读书了。

但是，那时候，大日本帝国出版的报刊、书籍里，充斥着诸如八弘一宇、灭私奉公、魔鬼美英、打他个稀巴烂、大东亚共荣圈以及世界史的哲学、超克近代、胜利以前不奢欲之类的词句。我只能在旧书中、在外来文学中寻找读书消遣的工具。大概是那时候，我接近日本的古典文学，并养成了阅读西方的报刊，以及诗歌、小说之类的习惯。

至今我还没有丢掉这种习惯。如今，不论住在世界的任何一个地方，我也从未曾有过不读日本古典文学和西方报刊的。不，甚至可以更确切地说，不论任何一个地方，不能阅读的话，我都不想住下去。

西　方

战后，我持着占领军当局签发的护照到西方去了。我在西方发现的，虽然确实是很普通的东西，但在语言的最广泛意义上说，那就是西方的古典文学。西方古典文学的中心是戏剧，因此，我也是在那里发现了戏剧这玩艺的。

我通过翻译知道索福克勒斯、阿里斯托芬、泰伦提乌斯其名，并读过他们的作品。还有我以各自的语言阅读而且品赏过莎士比亚、拉辛、莫里哀、歌德的作品。于是，我觉得近代剧的大部分，不，甚至连近代小说的大部分，似乎只不过是这些原型（以歌德式来说是原本文献）的变形而已。阿里斯托芬是王尔德和萧伯纳的，泰伦提乌斯是意大利假面剧和十八世纪的喜剧的，莎士比亚和莫里哀是所有近代剧的，拉辛和歌德是囊括了所有近代小说的最重要的要点。而索福克勒斯的戏剧性对立，就是它的世界的结构本身。比如人的意志与超过它的东西。索福克勒斯的希腊把它称作命运，后来的西方把它称作神、决定论、历史。名称即使变了（从而内容即使变了），但结构并没有变。

在西方，我发现的第二种东西，就是中世纪的美术。我在那里看到了形的世界，或者说看到了变成形的精神世界。如果没有座堂，就不可能有蒙德里安吧。对我的人生来说，这的确是具有决定性意义的经验之一。但是，这种事偏离了读书的话题。比如不是因为读了亨利·佛松才获得这种经验，而是获得了这种经验才读亨利·佛松的。

但是，我邂逅西方的"形"的世界，是在法国。我思念德国的时候，我脑海里总是浮现出瓦格纳的半音阶成为永恒的《特里斯丹和绮瑟》的情念。当我缅怀法国的时候,我脑海里总会浮现出沙特尔和兰斯的天使的脸。而且我想成为罗丹的秘书的里尔克,大概已经看过无论如何不能不看的东西了。那时候,里尔克,结结巴巴地把看到的东西,只是称为"东西"。

旅行的结束

近年来,每年我几乎至少一次,越过大海。有时越过太平洋,有时越过大西洋,还有时越过北冰洋。然而,那种旅行不是为了去欣赏途中的风物,或是为了要在新的土地上寻求新的刺激。这是由于客观情况所造成的,不得已而为之,就像迁徙那样。每次迁居,我的精神生活的思路,总是难以改变,如愿地适应当地的风俗。

昔日,我初次访问西方的时候,改变了精神生活的方向。我得读另一些与先前在日本所读的不同的书,反复地思考"西方与日本"这个问题。

如今,我由于改变了住处,吃的东西变了,说的语言也不同了。但是所读的书没有变。我在加拿大埋头阅读获生徂徕的书,在德国的大学图书馆里欣赏道元的古注。还思考了原文部大臣桥田邦彦的《正法眼藏释意》之疏漏,和西尾先生的《正法眼藏》注解之缜密。这种事与德国的经济奇迹、北大西洋条约机构、大众车、麦酒桶,以及《蔷薇骑士》的作曲家的伟大生涯没有太深的关系吧。同样,如果我在东京读维特根斯坦的著作,那么它与经济高速增长、核潜艇、奥林匹克、高速公路,以及"享受酒吧女作为国际旅客招待员的高级娱乐热的私人现实生活"也没有太大的关系。

芭蕉在旅途中唱着"不易流行"的时候,思考了时代的东西和超越时代的东西。但是,不可能考虑到地域的东西和超越地域的东西吧。超越地域而又不易的东西,对于易址是越多就越需要的。这种"不易"在心中膨胀的时候,旅行已变成不是旅行了。关于"西方与日本"这个问题,我现在变得很少去玩味模糊的思索。因为在活着的时候,无论在哪里不易的部分逐渐膨大了起来。

我感到另一次漫长的旅行即将悄悄地结束。因为我自身感到现在某件事即将开始。迁徙多的生活不是很不方便吗。不,也没有什么了不起。因为超过 20 公斤的私人财物,对生活、工作都不重要了。

（唐月梅　译）

我为什么写作

〔英国〕奥威尔

快 16 岁时,我突然发现了纯粹属于字词的快乐,就是说,字词的声音和组合。《失乐园》中的诗句——

> 所以他艰难而吃力地
>
> 向前:他艰难而吃力

现在看来并不是特别地精彩,那时却让我脊骨战栗;而把"he"(他)拼成"hee"也别有乐趣。至于描绘事物的需要,我已经都知道了。所以,我要写什么样的书就清楚了,可以说这就是我那时要写的书。我要写大部头的自然主义的小说,它们有着不幸的结局,充满细节描写和引人注目的比喻,到处都是辞藻华美的章节:这里词语的选用某种程度上为的是它们的声音。事实上我完成的第一部小说《缅甸岁月》(写它时我30岁,构思要早得多)就是这样的书。

我提供这些背景情况,是因为我觉得对一个作者的发展初期缺少了解,就无法评估他的写作动机。写作的主题由作者生活的时代所决定——至少在像我们这样大动荡、大变革的时代,这一点是不错的——但在开始写作之前,他在情感上已经获得某种态度,对此他永远也不能彻底摆脱。毫无疑问,他需要修炼性格,以免停滞在某些不成熟的阶段或陷于某种不正常的情绪;但是,如果他把早先接受的影响摆脱得干干净净,那么他的写作冲动也就被扼杀了。撇开谋生的需求不谈,我认为写作动机主要有四种,至少写作散文是这样。这些动机程度不同地存在于个个作者的心里,而就某一作者来说,各种动机所占比例将根据他生活环境的改变而时时发生变化。这些动机有:

1. 纯粹利己主义。想显得聪明,被人谈论,死后让人回忆,在儿时冷落过你、现已长大的那些人面前出一口气,等等,等等。硬说这不是写作的一个动机,以及不是一个强有力的动机,那是骗人的鬼话。在这一点上,作家与科学家、艺术家、政治家、律师、军事家、成功的商人——一句话,与所有出人头地的人物没有什么两样。人类的绝大多数并不是自私透顶。大约30岁过后,他们放弃个人的抱负——许多情况的确表明,他们几乎放弃了作为个体存在的意识——而主要为别人活着,不然的话就得被单调乏味的事情憋死。但是,也有少数有才华而又固执的人,决心终身过自己的生活,作家属于这一类。应当说,严肃作家总体上要比记者更自负、更自我中心,尽管对钱的兴趣低一些。

2. 审美热情。对于外部世界的美或在另一方面对于词语及其正确的组合具有的感觉。由一种发音作用于另一种发音产生的效果、一篇好散文的坚实力量或是一个好故事的叙述节奏带来的快乐。想把个人觉得有价值的不应错过的经验与人共享的希望。尽管在许多写作者那里,审美动机非常薄弱,然而,即使小册子的编写人或教科书作者也有自己心爱的词语,他喜欢它们不是出于实用目的;或许他会对排字的式样、纸面边缘空白的宽度等有着强烈的感觉。超出列车时刻表水平以上的任何一本书都不可能一点没有审美上的考虑。

3. 历史冲动。希望看到事情的本来面目,发掘出真实的事件,并将它们储存起来留给子孙后代。

4. 政治目的——采用"政治"一词的尽可能宽泛的含义。想把世界推向某一特定的方向,改变人们对于应努力争取的社会类型的观念。同样,任何一本书都不可能真正地摆脱政治倾向。那种认为艺术与政治毫不相干的观点本身就是一种政治态度。

看得出,这些不同的冲动彼此间是多么地不相容,以及它们面对不同的人、在不同的时间将出现怎样的波动。就本性而言——把你刚刚进入成年时具有的状态视作你的"本性"——我是一个更看重前三种动机而不是第四种动机的人。在和平年代,我也许会写那些华丽的或纯描写性的书,也许不会太多地意识到我的政治信仰。但事实上,我已被迫变成了那种写作小册子的人。起初我把 5 年的时间花在一项不合适的职业上(缅甸的印度皇家警察)。然后又经受了贫穷和失败。这增强了我对权力的本能憎恨,使我第一次完全意识到劳动阶级的存在,而且,在缅甸的工作也使得我对帝国主义的本质有了一些了解;但这些经历还不足以让我获得一个准确的政治方向。后来出现了希特勒、西班牙内战,等等。到了 1935 年底,我仍然不能做出坚定的抉择。

1936 至 1937 年间,西班牙战争和其他一些事件扭转了局面,此后我知道了我的立场。自 1936 年后,我的严肃作品中每一行写下的文字,直接或间接地都是反对独裁主义和拥护我心目中的民主社会主义的。处在我们这样的时期,认为一个作者可以避开这些主题不写,在我看来是荒唐的。每个人都以这样或那样的方式写到它们。这只是一个选择什么立场以及采取何种方法的问题。一个人对他的政治倾向越自觉,也就越有可能不致因为行为的政治性而牺牲他真诚的审美与理性追求。

过去的 10 年里,我一直最想做的是使政治性写作成为艺术。我的出发点常常是一种党派感情,一种对不公正现象的不平之感。当我坐下来写一本书时,我并不对自己说,"我要写出一部艺术作品"。我之所以要写,是因为我想揭穿某些谎言,我要引起人们对某些事实的注意,我的初衷是让人们倾听。然而,如果写作不同时也是一种审美经验的话,我是不会去写书甚至给杂志写长篇文章的。谁要是有心检查一下我写的东西,就会看出,即便一篇彻头彻尾的宣传,也包含着大量在职业政治家看来不大相干的内容。我不能,也不想,彻底放弃童年获得的对世界的看法。只要能健康地活着,我就会对散文文体怀有强烈感觉,就会喜欢这地球表面上的东西,各种实在之物和那些零七八落的没用的消息就会给我带来快乐。企图压制我自己的那一面是无济于事的。要做的就是把自己根深蒂固的好恶与时代强加给我们的本质上属于公众的而非个人的种种行为谐调起来。

这并不容易,在结构和语言方面都出现一些麻烦,而且真实性方面也面临新的问题。让我只举一例,这是个所遇到的较为原始的问题。我的那本关于西班牙内战的书《向卡塔洛尼亚致敬》,毫无疑问,是一部坦率的政治性著作,但我写作时却在总体上保持着某种超脱和对形式的关注。我的确做出极大努力说真话而又不触犯我的文学本能。但在其他内容中间保留了长长一章,这是为被指控与弗朗哥阴谋勾结的托洛茨基分子的辩护,里面充斥着报纸摘引之类的文字。显然,这样的章节,一两年后就不再吸引一般读者,会毁掉这本书。一位我尊敬的批评家为此开导了我一番。"你为什么把那些东西放进来?"他说,"你把本来不错的一本书弄成了新闻报道。"他说的是真话,但我只能这样做。我恰好得知英国人民不大可能被告知的事实:那些无辜的人们遭到错误的指控。如果我对此不感到气愤也就不会去写这本书了。

这个问题以这样或那样的形式一再出现。语言的问题要微妙一些,探讨它需要太长的时间。我只想说,近年来试图写作时少些形象性,多些准确性。我发现在任何情况下,一旦你精通了一种写作方式,你总要超越它。《兽园》是我第一部试图将政治目的同艺术目的熔炼成一个整体的小说——我完全清楚我在做什么。我已经有 7 年没写小说了,但我希望不久再写一部。这注定是一个失败,每本书都是一个失败,但我的确比较清楚地知道我要写什么样的书。

回头看看写出的这一两页,我明白这些话看上去好像我的全部写作动机只是一种关心公众利益的精神。我不想给人留下这样的最后印象。所有作家都自负、自私和懒惰,而在他们各种动机的最深处存在着一种神秘。写作一本书就是一场可怕的消耗战,好像经历了一次长期不愈的痛苦疾病。要不是由于那不可抵挡、无法理解的魔鬼的驱使,谁也不会再去干这种事情。我们只知道这魔鬼就是让婴儿啼哭以引起注意的同一类本能。然而这话也不假:一个人除非长期不懈地致力于消除自己的个性,否则就写不出任何可读的东西。好的散文就像窗上的玻璃。我不能肯定地说我哪一种动机最强,但我知道应该听从哪一种。纵观我的写作经历,我看到不论在哪儿,只要缺少政治目的,我写的书就没有生气,我就会误入歧途,总是写出那些华而不实的章节、没有意义的句子、装饰性的形容词和空话。

（黄　伟　译）

图书馆

〔德国〕德布林

　　一个名叫卡尔·弗里德尔的男人,以清扫烟囱为生。有一次他来到图书馆,感到十分惊讶,随后,一个念头死缠着他不放。那就是,他深信,这些摆在这里的书久而久之一定会对四周的墙壁和天花板产生巨大的影响,所以,只要人们在这里待上一会儿,随便坐在哪一张椅子上或到处站一站的话,就能获得一些知识。

　　他没有把这一个非常容易理解的念头透露给任何人,但总是在空余时间来到图书馆,坐在椅子上或靠在桌旁,环顾四周,一动也不动。弗里德尔是个独身男子,他同两名助手一起干活。一开始为了增长知识他每天在图书馆坐上半小时,然后是整整一小时,有时甚至两个小时。他时而也会睡着,一旦醒来就会感到精力充沛,思绪万千,而且表情还特别严肃。

　　但究竟是哪些思绪充塞了他的头脑,对这一点他并不予以追究。

　　为了了解一些情况,有时在他离开图书馆前,他会走到一个书架前,取出一本书来翻阅。有时他看上去在想些与这本书有关的东西或表示曾有过类似的体会。但他抓起另外一本书时,如印第安人的故事,他想的就很可能与这本书有关。总而言之,这很难说清楚。

　　所以他得出的结论是:在图书馆人们不能只同一本书打交道,因为这本书与那本书的观点有时会相互矛盾,所以只能同把两位以上的数的数字横加起来的数目的书打交道,当然在一间摆满书的房间里是不难得出这一数目的。简而言之,他不再去接近书架,而又恢复过去干坐的办法。他坐着的时候也会产生各式各样的念头,但他不会去思索这些念头。

　　这位扫烟囱的人就在这种似睡非睡的状态中生活了许多年。谁都知道,他是一位态度严肃、深思熟虑的人。谁也都说,他因对书怀着崇敬的心情,所以不敢去打开一本书。毫无疑问,他对书怀有一种深深的崇敬,但阻止他看书的另外一个原因就是他掌握了一种获取知识的新方法。

（李健鸣　译）

第三篇　热爱生命

人　生

〔丹麦〕勃兰戴斯

这里有一座高塔,是所有的人都必须去攀登的。它至多不过有一百级。这座高塔是中空的。如果一个人一旦达到它的顶端,就会掉下来摔得粉身碎骨。但是任何人都很难从那样的高度摔下来。这是每一个人的命运:如果他达到注定的某一级,预先他并不知道是哪一级,阶梯就从他的脚下消失,好像它是陷阱的盖板,而他也就消失了。只是他并不知道那是第二十级或是第六十三级,或是哪一级;他所确实知道的是,阶梯中的某一级一定会从他的脚下消失。

最初的攀登是容易的,不过很慢。攀登本身没有任何困难,而在每一级上从塔上的瞭望孔望见的景致是足够赏心悦目的。每一件事物都是新的。无论近处或远处的事物都会使你目光依恋留连,而且瞻望前景还有那么多的事物。越往上走,攀登越困难了,目光不大能区别事物,它们看起来都是相同的。同时,在每一级上似乎难以有任何值得留恋的东西。也许应该走得更快一些,或者一次连续登上几级,然而这是不可能做到的。

通常是一个人一年登上一级,他的旅伴祝愿他快乐,因为他还没有摔下去。当他走完十级登上一个新的平台后,对他的祝贺也就更热烈些。每一次人们都希望他能长久地攀登下去,这希望也就显露出更多的矛盾。这个攀登的人一般是深受感动,但却忘记了留在他身后的很少有值得自满的东西,并且忘记了什么样的灾难正隐藏在前面。

这样,大多数被称作正常的人的一生就如此过去了,从精神上来说,他们是停留在同一个地方。

然而这里还有一个地洞,那些走进去的人都渴望自己挖掘坑道,以便深入到地下。而且,还有一些人的渴望是去探索许多世纪以来前人所挖掘的坑道。年复一年,这些人越来越深入地下,走到那些埋藏金属和矿物的地方。他们使自己熟悉那地下的世界,在迷宫般的坑道中探索道路,指导或是了解或是参与到达地下深处的工作,并乐此不疲,甚至忘记了岁月是怎样逝去的。

这就是他们的一生,他们从事向思想深处发掘的劳动和探索,忘记了现时的各种事件。他们为他们所选择的安静的职业而忙碌,经受着岁月带来的损失和忧伤,和岁月悄悄带走的欢愉。当死神临近时,他们会像阿基米德①在临死前那样提出请求:"不要弄乱我画的圆圈。"

在人们眼前,还有一个无穷无尽地延伸开去的广阔领域,就像撒旦在高山上向救世主显示的所有那些世上的王国。对于那些在一生中永远感到饥渴的人、渴望着征服的人,人生就是这样:专注于攫取更多的领地,得到更宽阔的视野,更充分的经验,更多地控制人和事物。军事远征诱惑着他们,而权力就是他们的乐趣。他们永恒的愿望就是使他们能更多地占据男人的头脑和女人的心。他们是不知足的、不可测的、强有力的。他们利用岁月,因而岁月并不使他们厌倦。他们保持着青年的全部特征:爱冒险,爱生活,爱争斗,精力充沛,头脑活跃,无论他们多么年老,到死也是年轻的。好像鲑鱼迎着激流,他们天赋的本性就是迎向岁月之激流。

然而还有这样一种工场——劳动者在这个工场中是如此自在,终其一生,他们就在那里工作,每天都能得到增益。在不知不觉中他们变得年老了。的确,对于他们,只需要不多的知识和经验就够了。然而还是有许多他们做得最好的事情,是他们了解最深,见得最多的。在这个工场里生活变了形,变得美好,过得舒适。因而那开始工作的人知道他们是否能成为熟练的大师只能依靠自己。一个大师知道,经过若干年之后,在钻研和精通技艺上停滞不前是最愚蠢的。他们告诉自己:一种经验(无论那可能是多么痛苦的经验),一个微不足道的观察,一次彻底的调查,欢乐和忧伤、失败和胜利,以及梦想、臆测、幻想、人类的兴致,无不以这种或另一种方式给他们的工作带来益处。因而随着年事渐长,他们的工作也更必需更丰富。他们依靠天赋的才能,用冷静的头脑信任自己的才能,相信它会使他们走上正路,因为天赋的才能是属于他们自己的。他们相信在工场中,他们能够做出有益的事情。在岁月的流逝中,他们不希望获得幸福,因为幸福可能不会到来。他们不害怕邪恶,而邪恶可能就潜伏在他们自身之内。他们也不害怕失去力量。

如果他们的工场不大,但对他们来说已够大了。它的空间已足以使他们在其中创造形象和表达思想。他们是够忙碌的,因而没有时间去察看放在角落里的计时沙漏计,沙子总是在那儿下漏着。当一些亲切的思想给他以馈赠,他是知道的,那像是一只可爱的手在转动沙漏计,从而延缓了它的停止。

(罗 洛 译)

---

① 阿基米德(前287—前212):古希腊数学家、发明家。相传罗马人攻陷叙拉古城时,他正在沙地上画几何图形,不幸被杀。

我的人生信念

〔德国〕托马斯·曼

　　不管是简单地或详细地，我觉得要将我对人生和世界的哲学概念或信念——或许应该说是我的观点，或我的感情？——有系统地陈述出来，是非常困难的一件事。经由图像和韵律间接表达我对世界和人生问题的这种习惯并不适宜于抽象的说明。我现在的情况，倒有点像浮士德被格列卿（Gretchen）问到他对宗教的态度时一样。

　　当然你的意思并不是要考问我，但事实上你的询问与此相似。因为就我个人而言，我认为要说出我对宗教的感觉可以说比要说出我对哲学的感觉容易些。真的，我否认我对精神方面的问题持有任何空论的态度。我一直惊奇于有些人为何那样轻易将"上帝"这两个字说出口——或甚至笔之于纸上。对我以及和我同类的人而言，在宗教上，某种程度的谦虚，甚至缺乏信心远比任何过度的自信更为适宜。我们似乎只能以间接的方法来研讨这问题：利用比喻，即伦理的象征，这样可以使这概念与宗教脱离关系，暂时除掉教士袍，而只从事于合乎人性的精神问题之探讨。

　　最近我读到一位博学的朋友讨论 RELIGIO 这个拉丁字的来源和历史的一篇论文。这个字的动词形为 RELEGERE 或 RELIGARE，它的非宗教的意义是照顾、留心、想起等。它是 NE-GLEGERE 或 NEGLIGERE（疏忽之意）的相反词，意指专心、挂虑和仔细、谨慎、小心之态度而言——也就是一切不当心和疏忽的相反词。整个拉丁时代，RELIGIO 这个字似乎都保持着知觉、良心上的顾虑等意思。在最早的拉丁文学里，这个字的用法就是如此，并不一定与宗教或神的事情有关。

　　读了这文章我觉得很高兴。我对自己说，如果那样子便算笃信宗教，那么每位艺术家，仅依其艺术家的身份，都可大胆地自认为是笃信宗教的人了。因为还有什么会比不当心或疏忽更与艺术家的本性相悖呢？除了专心、谨慎、注意、深切的关心——总而言之，仔细——之外，还有什么东西更能显著地表现出他的道德标准以及他与生俱来的特质呢？艺术工作者当然是最细心的人；智慧高的人都是如此，而艺术家以其创造性的才华建造人生和心智间的桥梁，只是此一类型的一种表白而已——或者我们应该说，一个特别令人欣悦的怪物？是的，细心就是这种人最明显的特征：他深切而灵敏地注意着整个宇宙精神的意旨和活动，真理之外衣的更换，正确而必需的事物，换言之，即上帝的意旨。有心智和精神的人，必须不顾那些愚蠢、受到惊讶、依恋于当代颓废和罪恶事务的民众间所引起的恶感，而全心全意地为上帝服务。

　　那么，艺术家、诗人——由于他不但对自己的作品，而且对善、真，和上帝的意旨都能全心贯注——可以说是一个对宗教虔诚的人了。当歌德用下列词句赞美人的高贵命运时，他的意思就是如此：

　　思想永远正确的人，永远完美而伟大。

再换句话说：对我这类人而言，有人性才有对宗教的信仰。我的意思并不是说人性来自对人类的神化——事实上这根本没有什么根据！当一个人的话日日与冷酷无情的事实互相矛盾时，他在观察我们这些疯狂的人类之后，他还敢尽发乐观的豪语吗？每日我们都看到人类在犯着十诫里的恶事；日日我们都为其前途失望，我们非常了解为何天使们自创世以来一见到造物主对他那可疑的手工显出难解的偏心时，他们就会脸露轻蔑。然而——今天更甚以往——我觉得不管我们的怀疑如何有根据，我们绝对不能对人类心存讥讽和轻视。虽然人类的罪恶昭彰，但我们也不能忘记他在艺术的形式，科学、真理的追求，美的创造，正义的概念等等方面所显露出来的伟大和可敬的特质。每当我们说出人类或人性这两个字眼时，我们便触及一个"大神秘"；如果我们对这"大神秘"已无知觉，那么我们便已经屈服于精神的死亡。

精神的死亡。这几个字听来倒很有宗教味道；而且令人有异常严肃之感。今天我们的时代特别严酷，人类的整个问题以及我们对它的看法都有着生死存亡一般的严肃。对每个人而言，尤其是对艺术家，这是一个精神的存亡的问题；用宗教的术语来说，这是个救赎的问题。我深信：一位作家如果不能面对并且为他自己解决人生问题，而致背叛精神界的事物，那么他自己本身已经是不可救药了。不可避免地，他将会发育不全，他的作品将蒙受损失，他的才能将会衰退，直到他不能赋予他的创作以生命。即使在他受责难以前所创造的作品，而且一度是上乘又有生命的东西，最后也将不再给人如此的印象。它将在人们眼前呈现完全崩溃的景象。以上这些便是我的信念；我的脑子里确有这样的例子。

当我说人类是一大神秘时，我是否夸大其词呢？人类来自何处？他来自自然，来自自然界的动物，而且行为与其同类毫无差异。但是在其身上，自然发觉到他自己。自然创造了他，不仅仅是要他主宰他自己。也在他身上，自然敞开胸怀承接精神的奥妙。他探询、赞赏和判断自己，就仿佛是在一个既是他自己又是属于更高一层的一个创造物身上。发觉自己，便是有良心，能辨别善恶。较人类低一层的自然不知道这些。他是"无罪的"。但在人类身上，他便有罪了——也就是"所谓堕落"。人类便是自然离弃纯洁之后的堕落；这不是下降，而是上升，也就是说，有良心之情况乃是高于无罪之状态。基督徒所谓的"原罪"不仅是使人们接受教会控制的一种策略，那是作为精神体的人对其天生的柔弱、犯错的倾向，以及在精神上能够超越这些弱点的一种深切的觉醒。这是对自然的不忠吗？绝对不是。那是对自然最深邃的要求之反应。自然之创造出人类，就是为了他本身的精神化之目的。

这些概念既合乎基督教义，又合乎人情；而且很明显的，如果我们今天特别强调我们西方文化的基督教性质，对我们将会有益处。对于今天那些未受足够教育而企图"征服基督教"的一些人，我最具反感。我同样深信未来的人类——也就是现在正从各种的努力和试验吸取生命，且为当代优秀人才努力奋斗的目标，那是即将诞生的，包含全人类的一种新知觉——在基督教信仰的精神里，在基督教的二元论（亦即灵魂和肉体、精神和生命、真理与"此世界"）中，这种人文主义将永不会耗尽其生命力。

我深信人类的一切努力，必须能有助于这种新的人类的知觉之诞生，才能算是好的，值得的，当我们这个无望又无领导者的阶段过去之后，所有人类将生活在这一知觉的庇护与支配之下。我深信我这些分析和综合的努力，只有当它们与这即将来临的诞生有关时，它们才有意义和价值。事实上，我相信一个新的，第三类人一定会到来，在面貌和基本性质上都将与其前辈不同。他以乐观的态度注视人类,但他不是过分夸赞人类,因为他有前人所没有的经验。他勇敢地面对人类的黑暗、凶恶,这些极端原始的一面;而对其超生物的精神价值也怀着敬仰。这新的人将是全世界性的——他会有艺术家的态度:就是说,他能认出人类伟大的价值和美好乃在于人类是属于两大领域,自然界和精神界。他会知道在这一事实内,并不含有浪漫的冲突与悲剧的二元论;而是命运和自由抉择之完美有效的融合。基于此,才有对人类的爱心,而人类的悲观与乐观在此爱心中也会互相消融了。

年轻的时候,我迷惑于那将生活和精神,肉欲和超度互相对立的悲观而浪漫的宇宙观。从这宇宙观中艺术得到一些最迷人的结果——虽然迷人,但对人类而言,却没有什么真实的意义与合理的价值。简言之,我是华格纳的信徒。但是大概由于年龄增长的关系,我的爱心和注意力逐渐地集中在一个更适当更健全的典范上:那便是歌德。他是恶魔和文雅的混合体,也因此使他成为人类的骄子。我并不是轻率地选择他作为我穷毕生之力以赴的史诗之英雄,他是一位得到天地万物赐福的人。

约瑟夫的父亲雅各曾对他如此祝福。这并不是说他真可以得到这样的赐福,而是说他就是这样子受到赐福,是希望他幸福的一个愿望。就我而言,这是对我理想的人类最简要的说明。不管是在心灵和人格领域内的任何地方,只要我能发现我把这些理想表现出来,例如黑暗和光明,情感和理智,原始和文明,智慧和愉快的心灵等之融合——简言之,即我们所谓人的那有人性的神秘体:我就献出我最诚挚的忠诚,我的心就有其他心的所在。让我说得更清楚些:我的意思并不是将浪漫变得更微妙,也不是将野蛮变得更精致。我只是将自然阐明,那便是文化;作为艺术家的人类,艺术乃是人类步向了解自己的崎岖道上的向导。

对人类的一切爱需留待未来,对艺术之爱也是如此。艺术就是希望……我并不是断言人类未来的希望落在艺术家的肩膀上,而是说艺术是所有人类希望的表现,是幸福而平衡的人类的影像和模范,我喜欢常常想着:一个未来即将到来,那时一切非由智能控制的艺术,我们都将斥之为魔术,没有头脑不负责任的本能之产品。我们之斥责它,就如它在像我们现在所处这样无能的时代里受到赞扬一样。事实上,艺术并非完全是甜美和光明。它也不全然像地球深处那么黝黑、盲目与古怪,它不仅仅是"生活"。未来的艺术家对其艺术将有更清晰、更恰当的见解;艺术是天使的魔术,它是生活和精神之间有翅膀、有魔力、有幻影的调和者,因为一切调和之本身便是精神。

（林衡哲　译）

热爱生命

〔法国〕蒙　田

我对某些词语赋予特殊的含义:拿"度日"来说吧,天色不佳,令人不快的时候,我将"度日"看作是"消磨光阴",而风和日丽的时候,我却不愿意去"度",这时我是在慢慢赏玩、领略美好的时光。

坏日子,要飞快去"度";好日子,要停下来细细品尝。"度日"、"消磨时光"的常用语令人想起那些"哲人"的习气。他们以为生命的利用不外乎在于将它打发、消磨,并且尽量回避它,无视它的存在,仿佛这是一件苦事、一件贱物似的。至于我,我却认为生命不是这个样的,我觉得它值得称颂,富有乐趣,即便我自己到了垂暮之年也还是如此。我们的生命受到自然的厚赐,它是优越无比的,如果我们觉得不堪生之重压或是白白虚度此生,那也只能怪我们自己。

糊涂人的一生枯燥无味,躁动不安,却将全部希望寄托于来世。①

不过,我却随时准备告别人生,毫不惋惜。这倒不是因生之艰辛或苦恼所致,而是由于生之本质在于死。因此只有乐于生的人才能真正不感到死之苦恼。享受生活要讲究方法。我比别人多享受到一倍的生活,因为生活乐趣的大小是随我们对生活的关心程度而定的。尤其在此刻,我眼看生命的时光无多,我就愈想增加生命的分量。我想靠迅速抓紧时间,去留住稍纵即逝的日子;我想凭时间的有效利用去弥补匆匆流逝的光阴。剩下的生命愈是短暂,我愈要使之过得丰盈饱满。

（梁宗岱　黄建华　译）

人生是伟大的奇迹

〔英国〕雪　莱

人,就是生活;我们所感受的一切,即为宇宙。生活和宇宙是神奇的。然而,对万物的熟视无睹,犹如一层薄薄的雾,遮蔽了我们,使我们看不到自身的神奇。我们对人生倏忽不定的变幻赞叹不已,然而,它本身难道不正是伟大的奇迹? 同人生相比,帝国兴衰、王朝更迭何足挂齿!同人生相比,宗教体系、政治体制的兴亡又何足轻重! 同人生相比,我们所定居的星球的演变算得了什么? 同人生相比,日月星辰的运转与归宿又算得了什么? 人生,这伟大的奇迹,我们叹为观止,只因你如此奇妙无比! 我们姑且就让那薄薄的雾(我们对这层雾,既了如指掌,却又感到变幻叵测)遮蔽我们的视线吧,否则,我们的惊异感会吞没、惊慑那引起惊异的客体!

倘若有任何一位艺术家,仅仅在心目中想象出太阳、恒星、行星诸星系(假设它们不曾在世间存在过),又用语言或画笔描绘出今夜的天穹所呈现的景观,然后以天文学的智慧对诸星系进行阐述解释,那么,我们会对他推崇备至的;如果有任何一位艺术家,凭他的想象勾勒出地球的景致:山峦、海洋、河流、草木、花朵,森林中形形色色的叶子,日落日出时的云蒸霞蔚,混浊清明的大气中的色彩层次(假设这一切以前也不曾在世间存在过),那么,毫无疑问我们会对他惊叹不已。如果以"除了上帝与诗人,无人配称创造者"来称赞这位艺术家,这实在不是出于虚浮的吹捧。然而,此刻,人们只是不经意地打量着这一切——日月、星辰、山川、河流、山脉……而以

---

① 语出古罗马哲学家塞内加。

极度的快乐意识到这一切的人则被盛赞为"教养良好"、"卓尔不群",芸芸众生对此是漠不关心的。这就是人生,包容一切的人生在人间所受的待遇。

什么是人生?我们的思想与情感有意识的或无意识的都会在脑海中涌现,而我们便运用言辞来表达它们;我们降临到世间,然而,呱呱坠地的时刻早已被我们淡忘,婴孩时代不过是记忆中破碎的残片。我们活下来了,可在生活中,我们失却了对生活的领悟。如果以为透过我们的言辞便能洞穿人生的秘密,这是何等狂妄自大!诚然,言辞倘若运用得当,的确能使我们明白自身的无知,不过仅此而已,而这已足人愿了!因为,我们无法回答:我们究竟是什么,我们来自何处,又欲往何方?降临世间是否即为存在之始,而死亡是否即为存在之终?诞生是什么?死亡又是什么呢?

精密抽象的逻辑学,抹去了涂在人生表面的那层油彩,为我们展现出一幅惊心动魄的人生画面。然而,面对如此惊心动魄的画面,人们却已经习以为常,只感到它年复一年,周而复始。有哲学家宣称,只有被感知的事物才存在。我要承认,我自己就是这一学说的赞同者。

然而,由于这一论断与我们固有的信念背道而驰,我们固有的信念便千方百计地与它抗衡。在我们心悦诚服之前,我们的脑海里早已有这样一种定论:外在的世界是由"梦幻的物质"构成的。通俗哲学这种荒谬绝伦的意识观与物质观,在伦理道德观念上产生了致命的后果。这一切以及这种哲学在万物本原问题上极端的教条主义,曾使我一度陷入唯物论。这种唯物论对于年轻肤浅的心灵是一个富有诱惑力的体系。它允许信徒谈论,却"豁免"了其思索权。不过,我所不满足的是它的物质观。我认为,人是一种志存高远的存在,他"前见古人,后观来者",他的"思想,徜徉于永恒之中",与倏忽无常、瞬息即逝绝缘。他无法想象万物的湮灭;他只在"未来"与"过去"中存在;无论他真正的、最终的归宿如何,在他心中永远存在着一个精灵,与虚无、死亡为敌。这是一切生命、一切存在的特征。每一个生命与存在既是圆心,同时又是圆周;既是万物所指向的点,又是包含万物的线。这种观照为唯物论及通俗哲学的物质观、意识观所不容,然而,它与智力体系却是相投的。

冗长地介绍早已为探索的心灵所熟知的观点显得可笑。一个论题深奥的作者尽可以对他们发表演说,或许在威廉·德拉蒙德①的《学术问题》中,我们可以找到对智力体系最清晰有力的论证。经过他的一番讲评,再用其他言语来转译就显得徒劳无益了,这种转译只能丧失原作的生动与贴切。如果人们一个论点一个论点、一字一句地审度德拉蒙德论著的整个推理过程,最明智的人不难发现他思想的混乱,他的推理并不最终导向论述过的结论。

然而,承认智力体系可以成立之后,接下来又是什么呢?智力体系并没有建立新的真理,对于人的天性的外在表现或天性本身也没有更新的发现。它旨在形成一种哲学。作为这个日益更新的时代之先驱,这种哲学任重而道远。智力体系朝着它的目标前进了一步,它致力于消除谬误及其根源。它留下的空白,往往是政治、伦理问题的改革者所应留下的。它使人的意识获得一种自由,倘若不是由于人们对于言语及符号——人的意识本身创造出来的工具的误用,这种自由就会发挥作用。符号,这里作广义理解,既包括该词通常的意义,还包含我所特指的意义。在特指意义中,几乎一切熟悉的客体都是符号,不是象征这些客体本身,而是代表其他事

---

① 威廉·德拉蒙德(1585—1649):苏格兰第一位用英文写作的诗人。

物。这些事物具有启示一种思想的能力，从这种思想中，可导引出一连串的思想。因而，在这个意义上说，我们整个的人生就是一场关于谬误的教育。

我们不妨回想一下儿时对事物的感受力。那时，对于世界和自身，我们抱有怎样独特而热切的理解啊！今天，许多当初对我们至关重要的社会情境已时过境迁。不过，这不是我执意对比的要点。那时候，我们并不像今日这般习惯性地在我们的所见所感与我们自身之间划一道分界线，似乎它们已经融为一体。就这点而言，有些人永远是孩子，他们沉湎于一种梦幻状态，在这种"出神入化"的状态下，他们感到天性仿佛已返璞归真、融入周围的宇宙中，或者周围的宇宙已经与其自身同化；天人合一，物我两忘——他们意识不到差别。这种状态往往是对人生热切而生动的理解的序曲、间奏或尾声。随着人们年龄的增长，这种力量渐渐衰退，变成机械性的、习惯性的力量。这样，感情与推理渐渐演变成一堆缠结不清的思想以及因反复重现所形成的所谓印象。

智力体系最精密的演绎所展示的人生观是统一的。万物以其被感知的方式存在着，人们以"观念"与"外在客体"之名粗浅地对思维的两种类型加以区分，然而，这两者之间的差别只是名义上的。同理，依照这种演绎方式，各不相同的个体的意识（它与我们现在正在使用以审度自身之本性的东西相类似）也同样可能只是一种幻觉。"我"、"你"、"他们"这些词语并不是标志观念集合体实际区别的符号，而不过是人们用来指示一个心灵的不同变体的修饰语与符号。

不过，请不要误以为这种学说导致了这样一个狂妄的推论，即：我，一个现在正在写作、思考的人，就代表那"一个心灵"。我，只不过是它的一部分。"我"、"你"、"他们"这些词语不过是为了排列组合而创设的语法手段，根本不带通常附属于它们的那种严格、专一的意义。找到合适的名称来表达"理性哲学"所传递给我们的那种微妙的观念是很难的。我们正濒临为词语抛弃的边缘。如果我们俯视一下自身无知的黑暗深渊，我们会头晕目眩，我们将何等惊异！

不过，事物之间的关系没有因任何"体系"而变更。所谓"事物"一词，我们可理解为思想的任何客体，也可以是任何一个以明澈的分辨力对之进行思考的思想。这些事物之间的关系仍然未变，并成为我们所获得的知识的原材料。

人生的起因究竟是什么？或者说，人生究竟是如何产生的？是什么样的力量在主宰人生？有史以来，人类煞费苦心地试图对这一问题作出解答，其结果为——诉诸宗教。然而，万物的基础不可能是通俗哲学所宣称的意识，这一点是显而易见的。意识（倘若我们逾越了对意识属性切实体验这一范畴，一切论证将显得多么徒劳无益！）不可能创造，它只能感知。尽管意识被说成是人生的原因，然而，"原因"一词不过反映出人类意识的一种状态。它表达的是人们所理解的彼此相关的两个观念相互关联的一种方式。倘若任何人想只运用通俗哲学来解答这一重大问题是何等力不从心，那么他们只需不带偏见地回顾一下自己意识中的各种观念是如何发展的就可以了。意识的来源，也即存在的来源，是和意识本身毫不相同的。

（徐文惠　译）

我为何而生

〔英国〕罗　素

　　对爱情的渴望,对知识的追求,对人类苦难不可遏制的同情,是支配我一生的单纯而强烈的三种感情。这些感情如阵阵巨风,吹拂在我动荡不定的生涯中,有时甚至吹过深沉痛苦的海洋,直抵绝望的边缘。

　　我所以追求爱情有三方面的原因。首先,爱情有时给我带来狂喜,这种狂喜竟如此有力,以致使我常常会为了体验几小时爱的喜悦,而宁愿牺牲生命中其他一切。其次,爱情可以摆脱孤寂——身历那种可怕孤寂的人的战栗意识有时会由世界的边缘观察到冷酷无生命的无底深渊。最后,在爱的结合中,我看到了古今圣贤以诗人们所梦想的天堂的缩影,这正是我所追寻的人生境界。虽然它对一般的人类生活也许太美好了,但这正是我透过爱情,所得到的最终发现。

　　我曾以同样的感情追求知识,我渴望去了解人类的心灵,也渴望知道星星为什么会发光,同时我还想理解毕达哥拉斯的力量。

　　爱情与知识的可能领域,总是引领我到天堂的境界,可对人类苦难的同情却经常把我带回现实世界。那些痛苦的呼唤经常在我内心深处引起回响。饥饿中的孩子,被压迫被折磨者,给子女造成重担的孤苦无依的老人,以及全球性的孤独、贫穷和痛苦的存在,是对人类生活理想的无视和讽刺。我常常希望能尽自己的微薄之力去减轻这不必要的痛苦,但我发现我完全失败了,因此我自己也感到很痛苦。

　　这就是我的一生,我发现人是值得活的。如果有谁再给我一次生活的机会,我将欣然接受这难得的赐予。

（孟宪忠　译）

爱在人生中的位置

〔英国〕罗　素

　　大多数人对于爱一般持有两种态度,而且这两种态度都是很奇怪的:一方面,爱是诗歌、小说和戏剧的主题;另一方面,爱完全得不到大多数严肃的社会学家的重视,从未被视为是经济或政治改革计划中一件迫切需要的事。我认为这种态度是错误的。我把爱看成是人生中最重要的事情之一,因此,我把任何无端干涉爱的自由发展的制度都视为是坏的制度。

　　爱,如果这个字眼能够得到正确应用的话,并不是指两性间的一切关系,而仅仅是指那种包含着充分的情感的关系和那种既是心理又是生理的关系。爱可以强烈到任何程度。《忧伤和孤独》中所表达的那种情感,是和无数男女的经验相一致的。表达爱情的这种艺术能力是罕见的,但这种情感的本身,至少在欧洲,却并非如此。这种爱的情感在某些社会中要比在另一些社会中普遍得多,我认为,这并不取决于人的本性,而取决于他们的风俗和制度。在中国,爱的情感是罕见的,从历史上看,这只是那些因邪恶的婢妾而误入歧途的昏君的特点。中国的传统文化反对一切浓厚的感情,认为一个人在任何情况下都应保持理智,这和18世纪初叶时的情形非常相似。由于在我们以前曾有过浪漫运动、法国革命和欧洲大战,所以我们感到人生中理智的作用,并不像安妮女王统治时期人们所希望的那样重要,因为理智本身在进行心理分析时,是靠不住的。现代生活中理性以外的三项主要活动是:宗教、战争和爱情。这些活动都是超理性的,但爱情并不是反理性的,这就是说,一个有理性的人能够理智地去享受爱的存在。在当代世界,宗教和爱情之间有着某种敌对的情形,其原因,我们在前几章中已经讨论过。我认为,这种敌对并不是不可避免的,这种情形的产生只是因为基督教与其他宗教不同,它是基于禁欲主义的。

　　然而,在现代世界中,爱却有着一个比宗教更危险的敌人,这就是事业和经济成功的事实。人们普遍认为,在美国尤其如此,人们不应当让爱情去妨碍他们的事业,如果不这样做,那就太愚蠢了。但是,在这个问题上和在人类的其他问题上一样,平衡是必要的。为了爱情而完全牺牲事业是愚蠢的,虽然有时也许属于一种悲壮之举;但为了事业而完全牺牲爱情同样是愚蠢的,而且绝称不上是壮举。然而,在一个普遍以金钱掠夺为根据的社会里,这种情形是常有的,而且是不可避免的。以一个现代典型商人的生活(尤其在美国)为例:从他成年之日起,他就把他所有的精力全部放在经济的成功上,而其他的一切不过是可有可无的娱乐而已。年轻时,他不断地嫖妓,以满足他肉体上的需要,后来虽然结了婚,但他的兴趣和他妻子的完全不同,因此他从来没有和她真正亲近过。他很晚才回家,而且由于公务早已疲惫不堪;他第二天早晨起床时,妻子仍在梦中;星期日他要打一天高尔夫球,因为运动对于他能有足够的精力和体力去挣钱是不可或缺的。在他看来,他妻子的兴趣完全是女人所特有的。所以他即使赞成她的兴趣,他也从不打算与她共享这些兴趣。与他在婚姻中的爱一样,他也没有时间去从事非法的爱,虽然在外出差时,他也许会偶然去逛一逛窑子。他的妻子在性方面也许一直对他很冷淡,但这并不奇怪,因为他从来没有时间与她调情。从下意识上说,他是不满意的,但他并不知道原因何在。他排泄不满的主要方式是工作,但也通过其他一些不大称心的方式,例如通过观看有奖拳击比赛或制裁激进分子得到一种变态的安慰。他的妻子也同样不满意,于是就在第二流的文学中找出路,而且还折磨那些慷慨和自由的人,借以维护她的道德。这样,夫妻之间在性生活上的不满,就转变为对人类的憎恶,但表面上还是以公益精神和高尚的道德标准为假象。这种不幸的情形主要归咎于我们对于性的需要的错误观念。圣保罗显然认为,婚姻中唯一需要的是性交的机会,这种观念总的说来是为基督教道德家们的学说所赞成的。他们对于性的厌恶使他们看不到性生活中好的方面,结果,那些在年轻时深受其学说之苦的人糊涂一世,竟不能正视他们自己最伟大的潜力。爱远非仅仅是性交的欲望,它也是免除孤独的主要手段,因为大多数男女在他们的大部分人生中都会有孤独之感。在大多数人中都存在着一种对于世界之冷酷和人类之残暴的巨大恐惧；同时还存在着一种对于爱情的渴望，尽管这种爱经常由于男人的粗鲁、暴躁或霸道，以及女人的无事生非和碎嘴唠叨而荡然无存。那种持久而热烈的相互之间的爱情会消除这种感觉，它会摧毁自我主义的坚壁，产生出一种合二为一的新东西。自然没有造就一种可以独处的人，因为人无法满足自然的生理目的，除非得到别人的帮助。而如果没有爱情，有文化的人也将无法充分满足他们的性本能。这种本能是无法得到充分满足的，除非一个人的整个生命，精神的和肉体的，都进入了这种关系。那些从未领受过两个人之间的爱所具有的那种密切的关系和深厚的友谊的人，失掉了生活所给予我们的那种最美好的东西。他们无意识地——假如不是有意识地——感觉到这一点，而这种不满则使他们朝嫉妒、压迫和残忍的方向堕落。因此，让热烈的爱得到它应有的地位应当成为社会学家的责任，因为如果没有这种经验，男人和女人都无法进入完善的境界，而且也无法从世界上的其他人那里感受到那种热烈的情感，而如果没有这种热情，他们的社会活动无疑将受到损害。

只要有适当的环境，大多数男女都会在他们生命的某个阶段感受到热烈的爱。然而，对于那些没有经验的人，是很难把热烈的爱情和单纯的性欲区分出来的，对于那些在优越的环境中长大的少女，尤其是这样。因为她们所受的教育是：她们绝不能和男人接吻，除非她们爱这男人。一个要保持自己在结婚时仍为处女的姑娘，经常为急切和轻浮的性吸引所迷惑，而一个有性经验的女人却极容易把这种性吸引和爱情区别开。毫无疑问，这种情形时常是造成不愉快婚姻的原因。即使双方之间存在着爱情，这种爱情也会由于一方或双方认为它是罪恶的而遭到破坏。当然，这种认识也是有其根据的。例如，帕内尔无疑因奸淫而毁掉了自己的健康，结果，他推迟满足爱尔兰人的希望达数年之久。即使这种犯罪的感觉是没有根据的，它同样会损害爱。凡是能够带来各种善的爱，一定是自由的、热烈的、无拘束的和全心全意的。

传统教育把爱，甚至包括婚姻中的爱，和罪恶联在一起。这种犯罪的感觉常在男女双方的下意识中存在着，这种感觉不但在那些旧传统的继承者身上存在，就是在那些思想解放的人身上也是存在的。这种态度的影响多种多样，它常使男人变得残忍、愚蠢、做爱时缺少同情心，因为他们既不会说些能够确定女人感觉的话，也不懂得如何对待女人才能逐渐进入最后一幕，而这对于激起大多数女人的快感是至关重要的。的确，男人经常意识不到女人是应当体验快感的，如果女人没有这种体验，那完全是男人之过。在那些受过传统教育的女人身上，时常存在着某种冷酷的自负、肉体上的自我克制以及对于男人随意亲近她的身体的厌恶。一个灵活的求婚者也许能够战胜女人的羞怯，但是一个敬重并称赞这种羞怯而且将其视为是贞洁女人的标志的男人，大概是要失败的，结果，即使在结婚数年之后，夫妻之间的关系仍然拘谨而刻板。在我们祖先的时代，男人从不要求看到他们妻子的裸体，对于这种要求，他们的妻子会吓得魂不附体。时至今日，这种态度仍然比较普遍，这是我们始料不及的，即使在那些摆脱了这种态度的人中间，也还存在着不少拘谨之处。

在当代世界中，还存在着一种更是属于心理上的障碍在阻止爱情的充分发展，这就是有许多人在担心不能保持他们个性的完整。这是一种愚蠢的、为现代所独有的恐怖。个性的目的并不在于个性本身；个性是一种必须与世界广泛接触的东西，所以它非抛弃它的孤独之癖不可。

放在玻璃杯里的个性一定会枯萎,而那种能够在人类的交往中自由发展的个性才会丰富起来。爱情、孩子和工作是增加个人与世界接触的主要源泉。在这三者当中,爱情,按时间而论,当居首位。此外,爱情对于父母爱子之心的正常发展也是不可或缺的,因为孩子习惯于模仿父母的特点,如果父母不能互爱,那么,当这些特点在孩子的身上体现时,它们所体现的只是一个人的特点,而与另一个人的特点截然不同。工作绝非总能使一个人与外界有广泛的接触,况且能否做到这一点,全取决于我们从事工作时所具有的精神。纯粹为了金钱的工作是没有价值的,只有那种包含着某种爱的工作,无论是对人、对物或仅仅是对幻想,才会有价值。仅仅为了获取的爱是没有价值的,因为这种爱和那种以金钱为目的的工作毫无二致。为了得到我们所说的这种价值,爱必须觉得那被爱者的自我和他本人的自我一样重要,而且还必须认识到别人的感觉和愿望就像是他自己的一样。这就是说,我们不但要根据我们的意识把我们的自我感觉传达给他人,而且也应当根据我们的本能去这样做。这个好斗的竞争社会,以及由新教和浪漫运动所产生的愚昧的个人崇拜,使得这一切变得难于实现。

在现代解放了的人们当中,我们所谈及的这种真正的爱,正面临着一种新的危险。由于这些人在任何时候都不再感觉到性交的道德障碍,甚至一点轻微的冲动都会导致性交,于是他们把性和真正的情感及爱情看成是两回事,甚至把性与恨的感觉视为同一。对于这个问题,奥尔德斯·赫克斯利的小说提供了最好的例证。他笔下的人物,和圣保罗一样,把性交当成单纯的生理发泄,而对于那些与性交有关的更高的价值,他们却一无所知。这种态度的唯一结果,就是禁欲主义的恢复。爱有其自己正当的理想和固有的道德标准。这种理想和道德标准在基督教的说教和对于一切性道德不分皂白的反抗中(这种反抗大多来自青年一代)消失了。没有爱的性交是不能使本能得到充分满足的。我并不是说这种性交不能有,因为要做到这一点,我们必须设置难以逾越的障碍,结果,爱也难以产生了。我更说的是,没有爱的性交没有多少价值,我们应当从根本上把性交当成以爱为目的的尝试。

正如我们所看到的,爱强烈要求在人生中占有公认的地位。但是,爱是一种无政府的力量,如果放任自流,它是不会安于法律和风俗所规定的范围的。如果这事与孩子无关,那倒算不上什么大问题。但是,这事一旦与孩子有关,我们就会处于一个不同的范围,在这个范围里,爱不再是独立存在的,而是为人种的生物目的服务的。因此,我们必须有一种与孩子有关的社会道德,一旦发生冲突,这种道德便能支配热烈的爱的要求。理智的道德将会把这些冲突减至最低限度,因为爱不但对其自身有益,对孩子也是如此,只要他们的父母彼此相爱。理智的性道德的主要目的之一,就是保证爱没有多少障碍,因为它是与孩子的利益有关系的。然而,这个问题要在我们探讨了家庭问题之后再行讨论。

(靳建国　译)

尘世的空虚

〔俄国〕布　宁

是否许多人都知道,伏尔泰①是怎么死的,最初葬于何处,以及他心脏和大脑的命运如何?

关于此,勒诺特尔以一般性材料和他永远所固有的含蓄的嘲讽作过叙述。

伏尔泰在他死前三个月来到巴黎②,寓居于博街和堤岸街拐角上德·维莱特先生的别墅里。

三个月内,这座别墅里一片平和安宁。但是,1778 年 5 月 30 日不幸的夜晚即将来临——从别墅大门旁经过的行人和朝它院子里张望的人们(顺便说一下,院子保存了下来并且迄今几乎还是那些年的老样子)发现楼里发生了不完全平常的事情:尽管已经很晚,一楼的三扇窗户里还灯火通明,窗帘后面人影幢幢……出了什么事?

发生的是"伟大的不信神的人"已经归天,他的家人、德尼夫人、她的兄弟、天主教神甫米尼奥、多尔穆阿先生、德·维莱特先生、厨娘和看门人精力充沛地在尸体上忙碌着,给他装扮:这是因为安葬后伏尔泰会被可怕的噩梦所控制,死后他的身子将像尸体那样被抛弃,他的敌人是对的,他们曾预言宗教狂热者可能在他安葬时搞出一桩大丑闻。就是说,无论如何必须防止发生这一丑闻。

伏尔泰在 11 点咽气。此后,大家立刻扑向外科医生特里先生和邻居、药剂师米图阿尔先生,他们俩迅速检查完身体,作好死亡记录,开始急急忙忙、随随便便给尸体涂防腐剂,掏出心脏、大脑和内脏……把内脏扔进了污水坑,大脑浸泡在加酒精的罐里,而心脏则置于装在镀金小银箱内的铅盒里。不过,这远非需要做的一切。主要任务是偷偷地把遗体运出巴黎,偷偷地把他运抵距巴黎 3Q 利约③的塞利厄尔修道院。米尼奥神甫是死者的表侄,与这个修道院有关系,他希望从修道院院长那儿获准为伏尔泰举行安魂祈祷,并把他安葬在那里。但如何把他运抵那里? 运送需要用点儿计谋,不能舍不得花钱,还必须尽可能快点。

因此,解剖后迅速给尸体装扮:人们麻利地把床单撕成布条给他裹上,费劲地给他穿上长袍,头上戴上睡帽,脚上穿上睡鞋。做完这一切,伟大人物穿戴漂亮的遗体被抬出屋,来到院子里,放进四轮轿式马车——它是浅蓝色带星星的——人们吩咐仆人坐在对面,必须守着尸体,不让死者掉下去,而命令马车夫竭尽全力赶马。

众所周知,这一切干得十分漂亮。仆人在抵达塞利厄尔修道院之后吓得差不多死了过去,因为一路上马车疾驰,他与死人面对面地待在漆黑的车厢里,受尽了恐惧的折磨。不过死人总算完整无缺、十分迅速地运到了塞利厄尔,而且同样迅速地办完了事情:当伏尔泰的遗体已经躺

① 伏尔泰(1694—1778):法国作家、启蒙运动哲学家、自然神论者。他对推动世界社会哲学思想的发展,起了很大作用。
② 伏尔泰晚年一直蛰居法国和瑞士边境的费尔内。
③ 利约:法国旧时长度单位,约合 4.5 公里。

在塞利厄尔大教堂的石板底下时,巴黎甚至还不知道他的去世。

至于那大脑和心脏,它们却遭到坏得多的、多得多的意外事故。

"有着特殊容量而非同一般的"大脑被药剂师米图阿尔取走。一段时间内他为自己的虚荣心从中获得了巨大的喜悦:把它出示给大家——给"所有希望观察伏尔泰那具遗骸的人们"。但是,因为是个有文化的人,他为"妙不可言的遗宝"的命运担心,决定把它作为礼物赠给国家。然而当时命运更为残酷地嘲弄了伏尔泰:令药剂师感到难以言状地惊讶和可怕的是,国家不知为什么犹豫起来,只表示感谢和致意,却拒绝接受大脑。此后过了半个世纪,药剂师的儿子,米图阿尔医生重复父亲的为后代保存出色大脑的尝试——再次向他的法兰西提出建议。可是……法兰西不知为何又一次不接受这份敬意。第三位大脑的所有者威尔第先生把它硬塞给科学院:也许,哪怕"俄林波斯山的诸神"会表示同意接受自己原先同一个组织成员①的大脑。但是科学院也加以拒绝:"未能为如此出人意料的捐赠找到适当的储藏所……"于是大脑开始辗转流传:它作为遗产传给了药剂师的孙女,而孙女一直在旅行,到处随身带着这只"隐藏有曾经制造出如此天才想法的奇妙东西"的珍贵容器。而当孙女也去世后,容器不知何故落到了某个药剂师的助手拉布鲁斯先生手中,1870 年它又在出清底货的情况下,被某人在拍卖时购得,以后便如泥牛入海,不知去向。

"也许,"勒诺特尔说,"它至今还完好无损,弃置在某处的顶层阁楼上,乱扔在某些破烂玩意中间? 可是究竟在何处? 到如今还没有任何人对这个问题作出反应。"

伏尔泰心脏的遭遇亦同样令人担忧和悲惨。

伏尔泰有个养女,是"美与善的化身",嫁给了维莱特侯爵、博街上的一位房主、诗人和"伟大的教长"的狂热崇拜者。就是他把伏尔泰的心脏据为己有,并吩咐在安放这颗心脏的贵重小箱子上刻上自己创作的诗句:

> 他的精神到处飘荡,他的心脏长眠于此。

后来,装有心脏的小箱子长久安放在维莱特为他在著名的伏尔泰避难地的华丽客厅里、在当时同样为维莱特据为己有的、享有世界声誉的华丽宅邸里建造的陵墓内。在那里,为纪念自己的偶像,他建造了介于博物馆和神庙之间的建筑,并宣布自己为伏尔泰崇拜的最高祭司。但几年过去,维莱特的强烈热情渐渐减弱,著名的宅邸被他变卖,最后为某个富有的英格兰人租用。英格兰人当然立即下令拆毁华丽客厅里的陵墓,而装有心脏的"珍贵"小箱子——"随便移到了某处"……

不过,心脏看来毕竟比大脑幸运。小箱子和心脏还是被保存了下来。当然,它被人轮流占有,从一些继承人转到另一些继承人手中,是一件他们争夺的、甚至打官司的物品,不过它完好无损,并且当时同样被建议捐赠给国家,这次它比起过去在大脑问题上要随和些。众所周知,如今伏尔泰的心脏安放在黎塞留大街上的图书馆里,在耸立着乌东②著名大理石雕像的底座内……

是啊,难怪伏尔泰至今还在那么恶狠狠地冷笑着。顺便说说,当然也在笑自己。

(寒 青 译)

---

① 伏尔泰 1746 年当选为法兰西科学院院士。
② 乌东(1741—1828):法国雕塑家,1781 年曾创作伏尔泰雕像。

影响和写作

〔哥伦比亚〕马尔克斯

一、从福克纳的影响谈起

批评家们那么顽强地强调福克纳对我们作品的影响,有一段时间我竟被他们说服了。然而实际情况是,当我纯粹出于偶然开始读福克纳的小说时我已经出版了我的第一本小说《枯枝败叶》。我一直想知道批评家们所说的福克纳对我的影响究竟是什么。许多年以后,我在美国南方旅行时,我相信找到了在书中肯定找不到的解释。那些尘土飞扬的道路,那些炎热而贫穷的村庄,那些绝望的居民,都跟我在我的短篇小说中描写的极像。我认为这种相像不是偶然的:我出生的那个镇子大部分是由美国香蕉公司建造的。

当然,我不是厌恶福克纳的影响。相反的,我应该把它视为一种荣誉,因为福克纳是一切时代的伟大小说家之一。问题在于我不十分清楚批评家们所谓的影响究竟是什么。事实上,一位知其所为的作家不但总是千方百计使自己的作品不和任何人的相似,而且竭力避免模仿他所偏爱的作家。

就我自己的情况而言,我不特别偏爱哪位作家,只是对某些作品的喜爱胜似其他,而且我所喜欢的作品每天都不一样。再说,我喜欢某些作品并非由于我认为是优秀作品,而是由于各种很不相同的、总是很难说清楚的原由。比如今天下午的我将开列这样的书单:索福克勒斯的《奥狄浦斯王》、《阿马迪斯·德·高拉》和《小癞子》、皮加费塔的《首次环球旅行》、丹尼尔·迪福的《瘟疫年纪事》、伯勒斯的《猴群的塔桑》和其他二三部。我不知道这个书单对批评家们可能意味着什么,但是,说实话,许多年以来我就不能忍受福克纳了,对所有的小说我也感到厌倦了。几年来我只对航海者们的纪事感兴趣。

批评家们的面孔都是很严肃的。老早我就讨厌这种严肃性了。但是看到他们在黑暗中干蠢事却很开心。其中有一位,不久前在委内瑞拉一家报纸上评论《百年孤独》时说,提到维克多·休格斯(卡彭铁尔小说中的一个人物)是"天真的,表明了这位哥伦比亚的人的敬佩心情,同时引起读者对这个人物的注意"。其实,是他自己天真。他没有看到,小说中还提到了卡洛斯·富恩特斯作品中的一个人物和胡利奥·科塔萨尔作品中的几个人物。另外我还采用了一种显然属于巴尔加斯·略萨的风格,并多次提到胡安·鲁尔福的一句话。

还有一位批评家从下面的发现中受到启发:加夫列尔(我的小说中的一个人物,人们总认为就是我)把拉伯雷的作品全集带到了巴黎。这位批评家说,这便是对一种影响的承认。只有这种影响才能解释奥雷利亚诺二世的反常的性行为和兽欲、何塞·阿长迪奥的不同一般的阴茎、所有人物的大量暴行以及异乎寻常的风格。看到他写的这些话,我感到很有趣儿,因为实际上,加夫列尔带到巴黎的那本书是丹尼尔·迪福的《瘟疫年纪事》。为了使批评家们上当,我玩了个小花招:把书名换了。

事实上,倘若批评家不落入圈套的话,我玩的小花招是没有害处的。可惜对这些批评家来说,落入圈套要比深入了解作品的重要因素更容易,而真正的关键无疑是在作品中。比如说,许多批评家总是以不公平的态度对待阿玛兰达·布恩迪亚这个人物,甚至认为她是多余的。只有德国人欧内斯托·沃尔凯宁从她那种乱伦的决定性因素出发,给了她以正确的解释。似乎阿玛兰达真的具有心理上和道德上的能力来孕育一个使家族断子绝孙的猪尾儿。她失望的原因是每次机会她都缺乏正视自己命运的勇气。

每一部好小说都是一个关于世界的谜。批评家们凭着自己的责任和勇气承担起了破解这些谜的重要任务。应该希望他们去做。当然我不是指《百年孤独》中那些带有私人特点的、只有我的亲密朋友们能够发现的大量隐语:每个日期和某个人的诞辰对应,某个人物的气质和我夫人的气质相同,某个人给他的孩子取的名字跟我的孩子的名字一致。诸如此类,不止千百例,只是简单地读小说是不可能发现的。然而,使我吃惊的却是,在小说出版后,我自己发现的42个矛盾中竟没有人指出一个,也没有人发现意大利译者给我指出的那六处严重错误。关于这些错误,无论在再版书还是译本中,我都未加校正,因为这样做是不诚实的。

我的结论是,任何一位批评家,只要他不改变那副教皇般的严肃面孔,依然认为这部小说完全缺乏严肃性,他便不可能使他的读者真正了解《百年孤独》。我这样说是出自内心的感受,因为我憎恶那许多卖弄学识的故事、那许多神圣威严的短篇小说和那许多不是试图讲故事而是企图打倒政府的长篇小说。总之,我所厌倦的是:我们这些作家竟变得这么严肃,这么重要。正是这种权威般的严肃性迫使我们避免表现多愁善感,过分虚假的感情,粗俗的事物,道德上的骗局和其他许多东西。这一切在我们的生活中是真实的,但在我们的文学中却不敢成为真实。想想吧,我们怀着良好的意愿搞了这么多年的文学,并没有能够用它推翻任何一届政府;相反的,我们却侵入了不受欢迎的小说的书店,并且陷入了任何作家和政治家都不能原谅的境地:我们失去了读者。现在,由于改变了那种作为作家的傲慢态度,我们才开始重新赢得了读者。

二、必须这样讲故事

事情,无论是普通的还是神奇的,我幼年时候都经历过。因为在我出生的地区和我祖父母抚养我的家里,每天都在发生。那个镇子跟加勒比海边的任何村镇一样,房子也是那许多房子中的一幢。我的外祖父母完全跟街坊们一样既迷信又轻信。但是对我来说,所有这一切的命运却是悲惨的:由于谁也解释不清的原因,一夜之间,外祖父母死了,白蚁把房子毁了,镇子陷入了贫困。仿佛一场破坏性的大风从那里席卷而过似的。

我一知道什么叫故事——此事大概发生在我12岁的时候——我便明白在那场巨大的悲剧中存在着可以写一部无所不包括的小说的材料。17岁的我曾经想写,但是幸好我很快就发觉,我自己也不相信我所讲述的东西。对我来说,最重要的问题是打破真实事物同似乎令人难以置信的事物之间的界线,因为在我试图回忆的世界里,这种界线是不存在的。不过,我还需要一种富有说服力的语调。由于这种语调本身的魅力,不那么真实的事物会变得逼真,并且不破坏故事的统一。语言也是一个大难题,因为真实的事物并非仅仅由于它是真实事物而像是真实的,还要凭借表现它的形式。我生活了 20 年、写了四本习作性的书才发现,解决办法还得到问题产生的根子上去找:必须像我外祖父母讲故事那样老老实实地讲述。也就是说,用一种无所畏惧的语调,用一种遇到任何情况、哪怕天塌下来也不改变的冷静态度,并且在任何时刻也不怀疑所讲述的东西,无论它是没有根据的还是可怕的东西,就仿佛那些老人知道在文学中没有比信念本身更具有说服力。

此外,这种把神奇的事物变为日常事物的写法——无疑是骑士小说的伟大发现——还有一个好处,就是它同时解决了我的语言问题,因为一次以某种方式称为真实事物的东西,当每一次以同样的方式提到它的时候也必须是真实的事物。换言之,就是必须用我外祖父母讲故事的语言老老实实地讲故事。运用整个一类语汇,寻找讲述那些在我们这些作家生活的城市环境中已非常见的、几乎永远被忘记的事物的方式,是一项十分困难的任务。必须无所畏惧地表现上述事物,甚至需要国民的一定勇气,因为作家总是冒着遭受损害和不合潮流的危险。为了不回避对多愁善感、过分虚假的感情、粗俗的事物、道德上的骗局和历史上的弥天大谎的表现,这种勇气是必需的。而这一切,在生活中是真实的,在文学中却不敢成为真实。有一个人值得我深表谢意,他对我说,《百年孤独》的伟大功劳不在于写了它,而在于敢写它。

(朱景冬 译)

聂鲁达这个人

〔古巴〕纪　廉

自打我在西班牙第一次同聂鲁达会见,已经过去 23 年了。但是那次会见是在墨西哥开始的;那种开始如果不是实质上的,至少可以认为是西班牙痛苦的一种反映。那种痛苦在许多渴望正义的灵魂深处留下了十分深刻的痕迹。

那是在革命作家与艺术家联盟存在的日子里(该团体很有名,但很久以前就解散了)。一天下午,我按照每天的习惯来到位于唐塞莱斯大街的旧楼房。作艺联盟的机关设在那里。胡安·马里内略①把这个消息告诉了我:拉法埃尔·阿尔贝蒂②和巴勃罗·聂鲁达寄来一封信,邀请我们去西班牙参加在马德里、巴塞罗那、巴伦西亚和巴黎举行的第二次世界保卫文明代表大会。

大会的召开迫在眉睫,但是启程却不容易。那时没有空中交通工具,不同于今天。必须从海上走。为了弄到船只,我们经过一番紧张的活动后找到一艘英国船,即"大不列颠女王号"。这艘船短期内将从加拿大魁北克港起航。

于是,我们开始了从墨西哥到那个城市的漫长的陆地旅行,途中在纽约休息了 24 小时。我们从魁北克乘船到达法国瑟堡港,然后乘火车到巴黎。聂鲁达已在车站上等候。他伸开双臂拥

---

① 胡安·马里内略(1898—?):古巴诗人、随笔作家。
② 拉法埃尔·阿尔贝蒂(1902—?):西班牙诗人。

抱我们,同时用他那智利人的抱怨似的声调问了我一大堆关于古巴的问题。

聂鲁达负责邀请拉丁美洲作家参加会议的工作。他不但要欢迎和接待他们,而且要安排他们乘船去西班牙。所以,在我们到达的第二天,他便赶来为我们办理进入西班牙国土的证件。虽然在人民阵线当政时期(最后它被布卢姆①出卖了),手续办得仍然令人气愤和恼火。

在西班牙期间,我和聂鲁达总是形影不离,我们一块参加有关拉丁美洲声援西班牙人民的许多活动和反对佛朗哥的斗争。后来,我们还曾在地球上一些彼此相距遥远的地方:古巴、墨西哥、阿根廷、苏联、罗马尼亚、波兰、捷克斯洛伐克、匈牙利、智利等地多次重逢。在德国时,我们一起参加了世界青年联欢节,我们像两位老爷爷一样主持了古巴和智利代表亲密地聚在一起举行的宴会。

我讲这些事情,是想证明我可以像谈论我的一位兄弟一样谈论聂鲁达。我不仅了解他的诗,而且也了解他的内心。聂鲁达总是用他的诗和身心帮助世界各地的人民。他公开对抗贡萨莱斯·维德拉②,反对巴蒂斯塔③,以此支持他的人民和我们的人民。他站在被投入巴西一座监狱里与世隔绝的普雷斯特斯一边。同样,现在他又站在今年的第46788号囚徒西克罗斯一边。

倘若当代某位诗人可以舒适地在他的祖国或美洲的其他地方为寡头统治服务的话,这样的诗人就是聂鲁达。他的诗引起的世界性的赞美可以使他感到自命不凡,使他离开人民。但是他不是这样的人。他拒绝接受有毒的、闪光的、骗人的花环,就像拒绝破坏性的有机物质一样。他维护我们美洲的第二次独立战争事业和世界性的维护人的全部尊严的事业。作为诗人,他和工人、士兵站在一起;他的言语是一种像优秀射手掌握的精良来复枪那么有效的武器。

所以今天晚上他在这里,和我们在一起。但不是为了攻击墨西哥,而是为了维护它,帮助它。这种维护和帮助就是为争取阿尔法罗·西克罗斯的获释而工作,就是揭露他遭到监禁是对人权的粗暴侵犯。这种侵犯绝不能针对华雷斯和马德罗④的人民。面对这种侵犯,我们可以重复一遍塔利兰德⑤对拿破仑说过的一句话。当时后者刚刚结束了枪杀博尔冯—孔代家族最后一个后代的工作。塔利兰德说:

"陛下,这样做比犯罪还糟;这是错误的。"

就是为了反对这种错误,聂鲁达才面对他的高尚的诗的。他的诗像烧灼器一样在有罪过的人肌肤上燃烧,像火焰一样在不公正的黑夜里闪耀。

(朱景冬　译)

---

① 布卢姆(1872—1950):法国社会党总理,曾任人民阵线政府副总理。
② 贡萨莱斯·维德拉(1898—?):智利政治家,1946—1952年任总统。
③ 巴蒂斯塔(1901—?):古巴军人、政治家,两度任总统。
④ 华雷斯(1806—1872):墨西哥政治家,曾任总统。马德罗(1873—1913):墨西哥政治家,1911—1913年任总统。
⑤ 塔利兰德(1754—1838):法国外交家、政治家。

女性身体

〔加拿大〕阿特伍德

一

我同意,这是个热门话题。但只有一个吗?环顾四周,它的分布很广泛。例如,就拿我自己来说吧。

我清早起床。我的话题就急不可耐。我用水撩洒它,用刷涮洗它的一些部分,用毛巾擦干它,扑上粉,涂上润滑剂。我填充好燃料,于是我的话题出发了,我的话题的话题,我颇有争议的话题,我内涵丰富的话题,我步履蹒跚的话题,我近视的话题,我后背有疾患的话题,我行为不端的话题,我粗俗的话题,我残忍无德的话题,我衰老的话题,我那不值得考虑、又无论如何仍然难以替代的话题,穿着那尺寸过大的外衣和破旧的冬靴,沿人行道匆匆而行,仿佛它是血肉之躯,正要探寻那边的什么,一棵鳄梨树,一位高级市政官员,一个形容词,饥饿如旧。

二

基本的女性身体会有以下配件:吊袜束腰带、紧身衬裤、硬衬布衬裙、背心式内衣、衬垫、胸罩、胃托、无袖宽内衣、处女区、细高跟、鼻环、面纱、小山羊皮手套、网眼袜、三角式披肩薄围巾、束发带、"快乐寡妇"、黑色丧章、短项链、无边平顶帽、手镯、珠项链、长柄眼镜式望远镜、羽毛围巾、纯黑色眼影、带梳妆镜的粉饼盒、带朴素镶边的"丽克拉"弹力连身衣、名牌晨衣、法兰绒睡衣、镶花边内衣、床、脑袋。

三

女性身体由透明的塑胶制成,当你给它插上电源,它就会亮起来。你摁动一个电钮以照亮不同的系统。循环系统是红色的,因为心脏和动脉的缘故,紫色是静脉;呼吸系统是蓝色的,淋巴系统是黄色的,消化系统是绿色的,因为肝脏和肾脏是水绿色的。被照亮的神经是橘色,大脑是粉红色。而骨骼,正如你会想象的那样,是白色的。

再造系统是任意选择的,而且能够被移动。它可以有也可以没有一个微小的胚胎。亲本鉴定由是得以施行。我们不想恐吓或是冒犯。

四

他说，我可不想在房里放这么一个东西。这会给年轻姑娘以错误的审美观，更不要提解剖学了。如果一个真实的女人如此构造，她就会彻底失败。

她说，如果我们不让她拥有与其他姑娘一样的构造，她就会感觉与众不同。这就会成为问题。她会渴望那个构造，她会渴望变成那个构造。压抑孕育升华。你明白这一点。

他说，不光是那凸出的塑胶奶头，而是所有的服饰。所有服饰以及那个愚蠢的男性玩偶，他叫什么名字来着，就是身上紧粘着内衣的那一个。

她说，最好趁她年轻时就把它解决了……他说，行啊，但别让我看见它。

她嗖嗖地下了楼梯，像只飞镖投出来。她一丝不挂赤身裸体。她的头发被砍断了，她的后脑勺被转到前面，她缺少几个脚趾头，她的周身被粉色墨水文了身，图案是涡形花样。她撞倒了栽在花盆中的杜鹃花，像一个被笨手笨脚弄坏的天使在那儿颤抖了一会儿，随后倒下了。

他说，我想我们安全了。

五

女性身体具有多种用途。它曾被用作一只门环、一个瓶启，用作一只腹部滴答作响的钟，被用作某种支撑灯罩的东西，用作一只胡桃钳，只需把黄铜色的两脚紧紧一夹，你的果仁就滚了出来。它擎火炬，举胜利花冠，长出一副铜翅膀把一只霓虹星环举到上面；整个建筑物就支撑在它大理石的脑袋上。

它卖汽车、啤酒、剃须液、香烟、烈性酒；它出售饮食计划和钻石，以及装在小水晶瓶里的欲望。这就是激发了千种产品的那张脸吗？你以为它是，但别打任何可笑的鬼主意，亲爱的，那副笑脸一钱不值。

它不仅仅出卖，它也被出卖。钱币流进这个国家或那个国家，乘飞机来，实际上是爬进来，一批又一批，都是受了那些 12 岁之前的无毛大腿的诱惑。听着，你想减少国债，对不对？你难道不爱国吗？那就是这种精神。那就是我的女孩子。

她是一种自然资源，幸运的是还是可以再生的一种，因为那些东西非常快就会用旧。他们不像从前那样制作它们了。劣质产品。

八

人和人与另一个人是平等的。女性内在的愉悦不是一种需求。鹅的对偶结合更为牢固。我们不是在谈论爱情，我们谈的是生命现象。我们都是这样进化来的，女儿。

蜗牛做起来有所不同。它们是雌雄同体，就三者同做。

七

每一个女性身体都具有一个女性大脑。非常灵便。操纵事项。促使它行动起来,你就会得到惊喜的结果。古老的流行歌曲。短路。噩梦。

无论如何:每一个这样的大脑都可以分为两半。它们由一根粗绳连结;中枢神经系统的通路从这一半流入另一半,电讯的火花来回冲击。就像波长上的指示灯光。像一场谈话。女人怎么会知道呢?她聆听着。她是在收听。

男性的大脑,现在看看,情形则不同。只有一种细弱的连结。这边是空间,那边是时间,音乐和算术处于各自封闭的区域。右脑不知道左脑在做什么。尽管这有利于瞄准,扣动扳机时有利于击中目标。但目标是什么?谁是目标?谁又在乎呢?重要的是击中这一行为。对你来说这就是男性大脑。客观的。

这就是为什么男人会这样伤心,他们会感觉被隔绝,他们会认为自己是遭遗弃驱逐的孤儿,在纵深的真空中没着没落,无牵无挂。什么真空?她说。你在说什么?宇宙的真空,他说;而她说噢,然后朝窗外望去,试图对它有所把握。但这无济于事;有太多的东西在消逝,树叶在发出太多的沙沙声,还有太多的音响;因此她说,你想不想来一份奶酪三明治,一块蛋糕,一杯茶?而他则因为她的不可理喻而磨碎了牙齿,然后漫无目的地游走,不仅仅是独自一人而是独自一人,迷失在黑暗中,迷失在脑壳中,寻找另外的一半,那可以使他完整的孪生的一半。

这时他想到:他丢失了女性身体!瞧啊,它在远处的黑暗中闪亮,那是个完整而成熟的景象,像一只大瓜,像个苹果,像恶劣的色情小说中对乳房的隐喻;它闪亮像一只气球,像一个雾气迷蒙的正午,像一轮湿漉漉的月亮,在它的光卵中闪耀。

抓住它。放它在西葫芦里,放在一座高塔里,放在一个化合物里,放在一间卧室里,放在住宅里,放在房间里。快啊,在它身上拴一条皮带,一把锁,一副锁链,一些疼痛,让它老实下来,这样它就再也不能从你这儿跑开了。

（于晓丹　译）

人生应该像一件艺术作品?

〔捷克〕米兰·昆德拉

歌德曰:人生应该像一件艺术作品。对此高论我向来特别反感。人之所以需要艺术,正是因为生活畸形丑陋,与艺术毫不相似。然而在我那位于中欧的年迈的祖国正穿越的伟大日子里,我无比欣喜地获悉瓦茨拉夫·哈韦尔大有希望于不久的将来成为捷克斯洛伐克共和国的总统。想到他,我不禁对自己说:在某种情况下(但极少)将人生比作艺术作品也还不无道理。

哈韦尔的人生确实完全建立在一个伟大主题上:它既未迷失过方向,也未改变过方向(哈韦尔从未被抒情诗般的幻想所触动,因而并不需要知其前任那样从这些幻想中摆脱出来);这样的人生连贯有序,使人感到它就像一个完美无缺的统一体。再说哈韦尔本人,在我看来,一直以艺术家的兴致在雕琢人生,就像雕塑家在雕琢石头,逐步地赋予它越来越明确的内涵和造型。他最近一个月来搏斗的方式,不仅从政治角度而且从美学角度来看,都颇具魅力。犹如一位大师所作的奏鸣曲中最后那最快的速度。

一件艺术作品的使命便是为别人所感知。变人生为艺术作品者同时也将人生呈现给了所有视线,使它充满光芒。这是不可避免的。然而倘若如此光彩夺目的人同时又是位艺术家,那么他将承担一个风险:他那成了艺术作品的人生有可能通过忘却而使其艺术作品黯然失色。就哈韦尔的情况而言那将是令人遗憾的。他的最早的剧本《游园会》和《通告》在布拉格上演时,他还不到 30 岁。这两部剧作充满智慧,富于挑战精神,奇特无比(我曾在一篇序言中谈过它们;它们在某种程度上,在某种非常近似的程度上可以被划入荒诞派戏剧),而且还有着难以抗拒的幽默。在他的所有作品中我对这两部剧作倍感亲切,这是因为当时我还能在布拉格的剧院里观看它们,导演上乘,完全忠实于作者的意图。我可以在"栏杆"剧院观看它们,当时哈韦尔便在那里工作。这座剧院对于捷克知识分子来说已然成为 60 年代和他们那自由奔放的精神的象征。

即使对于全世界的公众来说,哈韦尔首先(合情合理)是"七七宪章"的缔造者,是一位度过多年铁窗生涯的持不同政见者,是他的国家的第一道德代表,本质上他却始终是一位剧作家,一位戏剧诗人。忽视这一事实就等于没有理解他。就意味着首先没有理解在民族特色方面他是多么地根深蒂固:19 世纪捷克的复兴运动并非在教堂,也并非在军队和在某个政党内部,而是在整个文化界,尤其是在戏剧界组织开展的。那时捷克最了不起的政治风云人物都是作家:帕拉茨基①,历史编纂学家;哈夫利切克②(奇怪的是他的名字恰好是哈韦尔的爱称),讽刺诗人;然后是马萨里克③,哲学家。

作为一名造诣颇深的艺术家,哈韦尔将不同于当今所有的大政治家。别忘了他最早的剧作总是令观众笑声不断。不错,在哈韦尔事业的开端是笑声,幽默。而幽默意味着:怀疑。而幽默意味着:自嘲。两年前我在巴黎观看了《凄凉的广板》一剧。哈韦尔在嘲讽中映照出了自身的处境:一个人一旦投身于政治,便不再是自己生活的主宰,所有的人都企图主宰他的生活。在最后一幕中,当警察前来逮捕主人公时,他甚至很高兴自己终于又孤身一人,可以完全属于自己了。这位持不同政见者,这个现代主人公,并不视自己的命运为一种令人欣快的荣耀,而更多地把它当作一个荒唐的负担。他更爱做其他的事(比如写戏或写诗),他试图挣脱自己的命运,但显然已力不从心。在此期间某种更强有力的东西主宰了他,他无法越过它,哈韦尔称之为责任。

瞧,在他看来,这就是持不同政见者的道德观。这一道德观的基础是确信(唯有剧作家或小说家可以做到这一点)。在一个人的性格和命运之间并不存在统一体,这一个总是另一个的牺牲品(由人生转变成的艺术作品并不与人生相同,它甚至会与人生敌对)。这种以讥讽看待自

---

① 帕拉茨基(1798—1876):现代捷克史学奠基者,19 世纪波希米亚政界头面人物。
② 哈夫利切克(1821—1856):捷克作家和政治家。
③ 马萨里克(1850—1937):哲学家,捷克斯洛伐克第一任总统。

身处境,防止自己的人生染上通俗剧色彩(在中欧我们称之为"媚俗")的能力可以被称为智慧。在我们时代的所有杰出人物中,具备这种智慧的人,我一个也没看到。因为这是一种诗人的智慧。

（高　兴　译）

我生命的果实

〔捷克斯洛伐克〕伏契克

一

　　我的果实系晚熟之列,
　　从地狱污水升起的浓
　　雾中汲汁、甘甜,
　　当雾气弥漫忧郁的草原,
　　当初雪覆盖蜿蜒的山峦。

弗·克·沙尔达

我亲爱的古斯丁娜![①]

　　我俩要再像孩子似的在一个阳光普照、和风吹拂的临河的斜坡上携手漫步是没什么希望了。我想再有那么一天,重新生活在和平、宁静、舒适与满足中,在书籍友爱的怀抱里,写下我们曾共同谈论过的、25年来在我脑海里构思和成熟起来的一切是没有什么希望了。当他们捣毁了我珍藏的书籍的同时,他们也就把我生命和一部分埋葬了。但我决不屈服,决不让步,坚决不让自己生命的一部分在这间267号白色牢笼里不留丝毫痕迹地完全毁掉。因此,我现在正从死神那儿窃取来的一点时间,抓紧写一些捷克文学的札记。请你永远记住将要把我的手稿转交给你的那个人,正是他使我不至于完全、彻底地从人世间消失。他给我的笔和纸,唤起了我一种只在初恋时才会有的感情,引发出一种难以言传的心绪。当然眼下没任何文献资料,更无从引经据典,要写出一点东西来是不容易的,即或呈现在我眼前的是些活生生的,我似乎可以触摸到一些东西,然而对我的读者来说却会是些模糊和不现实的。因此,我得首先给你,我亲爱的,给我的助手和第一个读者写信,因为你最能猜透我的心思,而且你还可以和拉扎以及我那位白发苍苍的出版家一起做些必要的补充。我的心和脑子可以说是装得满满的,但这儿的四壁却是空空如也。你要写有关评论、札记一类的东西,而手头上却连一本哪怕是只让你瞟上一眼的参考书都没有,这岂非咄咄怪事!

――――――――――――

　　① 古斯丁娜:伏契克夫人古斯达的爱称。她当时被德寇关在另一监狱里。

命运原本就是那么荒诞不经。你知道我是多么喜欢那广袤的旷野、阳光和风。多么愿意成为生活在它们之中宇宙万物的一分子:像只小鸟或一簇灌木,一片云或一个流浪汉。然而多年来,我就像树根一样地注定要生活在地下。这些树根或许长得歪歪扭扭很是难看、发黄的,它们被黑暗和腐烂物包围着,然而它们却使地面上的生命之树昂首挺立。无论有多大的风暴也休想将那根深蒂固的生命之树吹倒。这就是树根骄傲之所在。我也以此感到骄傲。我从不后悔我成了树根。我没什么可悔恨的。我力所能及的,我都做了,并且乐意去做。但是那光明,我钟爱的光明,我多么愿意破土而出,在它的光照下茁壮成长,长得挺拔高大;我多么希望也能开花,也能结出可供食用的果实来呀。

喏,有什么法子呢?

在由我们这些树根支撑着的树上,一代新人正在发芽生长、开花结果。他们是社会主义一代的工人、诗人以及文学评论家和历史学家,纵令迟一些,但他们会更加出色地去评论我已无法评论了的一切。这样,我的果实方能变得甘甜和丰硕起来,虽然已永不会再有白雪飘落到我的山头。

你的尤拉
1943 年 3 月 28 日于 267 号牢房
(蒋承俊　译)

二

我亲爱的古斯丁娜:

我刚才得到准许给你写信,所以赶忙写起来。柳芭①写信告诉过我,说你已经换了地址。你可知道,亲爱的,我俩彼此相隔并不很远?假若你早上从台瑞辛出发向北走,我从包镇出发向南走,到傍晚时候我们就会见面了。我们一定会怎样飞也似的跑那最后的几步啊。总之我们是在走向那些对我们家族有重要意义的地方。你是在台瑞辛,那是我的叔叔曾经获得到很大名声的地方;我不久将被送到柏林,那是我叔叔逝世的地方②。不过我并不以为姓伏契克的人都会死在柏林啊。也许柳芭写信告诉过你,我单独住着一间牢房,并且在制钮扣。在我牢房的一个靠墙根的角落里有一只小小的蜘蛛,而在墙外,我窗子顶上,有一对知更鸟安居在那儿。离我是这么近,所以我听得见它们那柔和的、孩子般的呢喃声。它们已经孵上小鸟儿,尝到那种家务的麻烦了,于是我就想起你怎样常常把鸟儿们的呢喃声替我译成人类语言的情景,我亲爱的。我此刻在同你谈话,而我在等待着,渴望能够当面和你谈话的时候。那时候我们彼此将有多少话要互相诉说啊。我可亲可爱的人,勇敢起来,坚强起来,我怀着我所有的爱拥抱你,吻你。再见。

你的尤拉
1943 年 8 月 8 日于包镇

---

① 柳芭:伏契克一个妹妹的名字。
② 我叔叔:指作曲家尤利乌斯·伏契克(与作者同名)。

三

我亲爱的女孩子们①:

你们也许已经知道我被押解到别处了②。8 月 23 日,我正等着你们的来信,得到的却是要我去柏林的通知。8 月 24 日我就已经上路了,路过考尔里兹和考特布斯;25 日早上法院开庭审判,中午以前一切都分晓了。结果正像预料的一样③。此刻我和另一位朋友坐在勃洛琛斯的一间牢房里。我们做着纸袋,唱着歌,等着轮到我们的时刻。还剩下不多几个星期了,有时这几个星期会变成几个月。希望就像逐渐枯萎的树叶似的,轻轻地安静落掉。

看着树叶落掉,许多浪漫的幻想可能变成绝望。但这却无伤于那棵树④。那是自然的,那是事实。冬天磨练一个人正像磨练一棵树。我相信,我的欢乐并没有被剥夺去什么——任何一点什么。这欢乐在我的心底里,并且每天用贝多芬的一个乐曲主题同我讲话。一个人即使被剥去一头之高,也不会就变得渺小些。我从心底希望你们在事情过去之后不要用悲哀来纪念我,而要怀着我一直用以生活的欢乐来纪念我。每个人身后迟早总有一道门要关上的。至于父亲方面,你们得小心考虑一下是否该把这件事告诉他或者暗示他。也许是最好不要使老年人受这个罪。你们自己决定吧。现在你们是比较靠近他和母亲。

请把你们所知道的关于古斯丁娜的一切写信告诉我,并且代我向她致最热烈的问候。叫她要永远坚定和勇敢,叫她不要怀着我现在仍然感觉得到的那种伟大的爱情独身下去。她的青春和感情,使她没有权利守寡。我过去曾经要她幸福,我现在还要她没有我也能幸福。她会说这是不可能的。每个人都可能被代替,在工作上,在别人的心上。不过目前还不要告诉她这些,等她回来再说——假若她还能回来的话。现在你们一定想知道,我知道你们一定想知道,我目前生活得怎样。我生活得非常之好。在这里我也有工作可做,而且,我并不是独自一人住在牢房里,所以时间过得很快……差不多是太快了,正像我们这儿的同伴说的。

那么,我亲爱的人们,我热烈地拥抱和亲吻你们,再见——虽然这两个字在这个时候听起来有点古怪。

你们的尤拉

1943 年 8 月 31 日于柏林勃洛琛斯监狱

（陈敬容 译）

---

① 这是作者写给他两个妹妹(柳芭和维拉)的信。
② 此时作者已由包镇被押解到柏林。
③ 此指死刑的判决。
④ "树"有双关之意,此指地下革命事业。

关于青年和老年

〔罗马尼亚〕米·埃里亚德

我喜欢不时地回到寻常的或者不易解决的问题上来（也许，它们意味着同一件事）。我从关注这些问题中获取的营养，无论是时事还是最前卫的课题都不能给我提供。譬如，我经常思考很古老、很复杂的青年问题。青年本身对我一直是个谜，据说他总是对的，事实上，他总是平庸，乏味，无能。年轻人的无能令人可怕！如果你是一个年轻人，似乎注定缺乏内涵。如果你不能从自身生出什么有机体，而只是不连续的、不均衡的、无特色的生命片断（即使是天才的片断，也只是片断），你干不成任何事。你挣扎，你思考，都无用。你永远也不会明白任何事。你不接触实际，不呼吸生活。说年轻人更接近生活是错的。在青年和生活之间不产生成年人特有的失望、经验和思维构想。相反，年轻人带来的是上百万种迷信、现成的思想、建议和幻想——这些东西总是被置放在他们和生活之间。只有成年人能够提供直接、毫无掩饰的接触，只有老年人才能将此做得完美。只在 40 岁左右，你才开始实实在在地生活。在此之前，你的生活只是行为、打算、对未来的依恋和对过去的回忆。

奇怪的是年轻人较之于成年人有更确定的过去感。一个青年比一个五六十岁的人更多地靠回忆生活。更有甚者，无论这看起来多么不可理喻，在青年人那里，过去总是一个现时的存在。它总是通过回忆的不断渗透联系着。他不能像一个成年人那样看待它们。他还未曾摆脱它们。

青年这出戏令人沮丧的是它完全没有个性。我们说"年轻人有个性，很自我，很新潮"是荒谬的。他们的个性表现在对某些东西不甚明白，虽然稍后他们自然会明白。那时，他们不再去说它，因为他们已经不感兴趣。年轻人是那样一类吹鼓手，他们竖着耳朵听别人说，然后根据听到的复制"真理"，给人以自成一格的印象。

要求一个青年人写一本关于生活的书，他会给你交出 1000 页的手稿，他知道的那么多，他觉得所有的一切是那么重要，那么新鲜，那么有意义；一个成年人会写出 100 页；一个老人最多20 页。这则调侃说明了青年的全部命运，那种过多地沉醉于时空的命运。

年轻人习惯于取笑老年人对死亡的惧怕，譬如，他们会夸耀他们将以何种勇气去面对死亡。牺牲你还没来得及珍惜的东西并不难。一个年轻人死去他会丧失什么呢？他对生活了解多少因而爱它呢？还有，青年对于死亡、挣扎和结束的感觉的迟钝是一贯的。这种迟钝暴露了年轻人的平庸。一个没有被死亡问题这样或那样折腾过的灵魂还须继续生长，以达到观察和了解生活所必须达到的最低高度。

有人对我说，年轻人之所以平庸，是因为他们没有经验，或者经验不足。可能是这样。但是根据我的观察来判断，一个青年人缺少的不是经验，而是对经验的理解。年轻人不知道把经验怎么办，不会摆脱它们。因此，即使是最了不起的事件，也只流于外部，他们像携带压舱物般带着它们，不把它们转化为营养和理解。我认识一个年轻的捷克斯洛伐克记者，他曾三次漫游世界，了解一切贫困和冒险，去过美梦或噩梦般的城市，但当他四五年后回来时，他精神上还是和以前那样平庸，愚钝而粗俗。这个幸运者成了一个完美的年轻人，即完美的平庸者。

……尽管如此，青年总是对的，反对年轻人的平庸以支持老年人的完美是精神最大的罪孽。当然成年人和老年人是真正的创造者，而青年是真正的低能儿，只是前者没有发明创造，而后者必须始终引起我们注意。并不是因为它们是文化的未来，或者诸如此类。

很简单，只是因为我们对他们还不了解，而对成年人和老年人我们是了解的。我感兴趣的不是停滞不前的完美，而是一系列的挫折、摸索和沦落。在完美和确定中生命的行为完成了。因为它的"完美"和"确定"，它死了，冻结了，从中不可能生出什么新东西来。与其没完没了地欣赏一种辉煌然而僵死的完美的形态，我宁愿关注和帮助一种转瞬即逝的不完美形态。谁知道呢，那个平庸的诞生有一天会给我带来一个能使世界产生革命的生命（那时，一旦它的职能完成，它将停止不前，它将死亡），而完美的作品，永远保持同样的完美，仅此而已。

归根结底，我们看重青年正是因为我们知道有一天他将成为老年。而这是不可思议的，因为一旦到了老年，他不再使我们感兴趣。你努力，你夸奖，你把一个理想怀抱在手不因为他是"理想"，而因为他有一天将成为……而当他成了老人，我们就不再对他感兴趣……这真是匪夷所思。

但是有可能青年和老年都只是我们生活的几种命运，有一些人是能够摆脱它们的。比如，那些在老年被疾病、痛苦、死亡感变年轻的人。我觉得青年也像老年一样，更多地归属于精神，而不是肉体。我不是指有老的年轻人和年轻的老人这个意思。这类人使我深深地感到厌恶。我不能忍受一个智慧的年轻人和一个好斗的、喜好玩乐、追逐女人、疯疯癫癫或者是温柔的老者。更不用说女人。当她们装腔作势时，绝对是令人厌恶的。

我说老年和青年更多地归属于精神，指的是它们两者可以综合，可以协调起来，当然，这种情况是非常少的。如果它们只是肉体的命运，那么任何使两者接近和统一的企图都会失败。只有当你将两者都放弃，对任何一个都不再感兴趣，当时间不再能驾驭你，"历史"不再困扰你时，它们才能接近，才能统一。有年轻的季节和年老的季节，尽管如此，在世界上是一种不断的轮回，是杰出的、持续不断的再生。如果你同时既过青年又过老年，你就对两者都不会再害怕。当无论是平庸还是完美，错误还是自信都不再令你感兴趣——你摆脱了这些命运，因为你成了你自己，没有老年，没有死亡。我常想起我们的那则寓言："长命不死，青春永葆"。难道这些神话本身不是一种文明的中心悲剧？为什么谁也不试图去了解这些？

（杨学莒　译）

时　钟

〔苏联〕高尔基

一

嘀——嗒　嘀——嗒！

在万籁俱寂的夜里，独自一人倾听钟摆冷漠无情、连续不断的嘀嗒声，是会觉得阴森可怕的。这种声音单调一律，像数学一样精确，永远重复着一句话：生活在不知疲倦地前进。黑暗和睡梦笼罩着大地，万物默默无声，——只有时钟冷冷地、大声地向人们报告分秒的逝去……钟摆在嘀嗒作响，每一响都标志着生命缩短一秒钟，标志着大自然赋入我们每人生命中的一瞬已经一去不复返了。这些分分秒秒是从何处来，又向何处去？谁也回答不了这个问题……还有许多别的、更重要的问题没有答案，而我们的幸福却又取决于这些问题的解答。怎样生活才能觉得自己是生活所需要的人？怎样生活才能不失掉信念和愿望？怎样生活才能使度过的每一秒钟都能激励我们的精神和智慧？永无休止地运动着的时钟也许有一天会回答这一切？——它会说些什么呢？

二

滴—嗒　滴—嗒！

世上没有比时钟更冷漠无情的了：它总是那样节奏准确地响着，在你诞生的时候是如此，在你贪婪地折下青春幻想花朵的时候也是如此。人从出生之日起，每过一天便向死亡靠近一步。而在你濒死语梗时，时钟也将枯燥地、无动于衷地计算着你末日的分秒。在它冷冰冰的计算中——请仔细听——响着一种因洞悉一切而感到慵困倦怠的声音。自古至今任何东西也不曾使它激动、使它感到珍贵。它是冷漠无情的。所以，如果我们想生活，就必须为自己创造出另一种时钟，思想感情丰富的、勇于行动的时钟，来代替这种乏味、单调、以其阴郁伤人心神、含有责备意味冷冷作响的时钟。

三

滴—嗒　滴—嗒！

在时钟不知疲倦的运动中没有静止点，——什么东西我们能称作"现在的"呢？一秒刚诞生，第二秒便随之而来，把前者推进到未知的深渊……

滴—嗒！你是幸福的,滴—嗒！痛苦的灼人的毒液又流进你的心房。如果你不想方设法用新的、充满活力的东西充实你生活的每一秒钟,这痛苦就可能成为你终生伴侣,伴随你度过生命的分分秒秒。苦难是诱人的,这是一种危险的特殊享受。有了它,我们通常便不再寻找别的、更崇高的做人的权利了。然而这种苦难,因为触目皆是而变得身价低廉,已不为人们所注目了。所以,苦难未必值得珍视,——应该用一些更独特、更可贵的东西来充实自己,——不是吗？苦难——是一种跌了价的黄金。不应该向任何人抱怨生活:安慰的话语中很少包含着人们寻找的那种东西。生活只是在人们同妨害他们生活的东西斗争时,才会变得更丰富、更有趣味。在斗争中那些烦人的、枯燥的时间会在不知不觉中飞逝而去。

四

滴—嗒　滴—嗒！

人的生命短得可笑。怎样生活？一些人千方百计逃避生活,另外一些人把自己整个身心献给了它。前一种人在晚年时精神空虚,无所回忆;后一种人——精神和回忆都是丰富的。两种人都要死去,如果他们不把自己的智慧、身心无私地献给生活,他们在世上都会一无所留……而当你们濒临死亡时,时钟将无情地计算你们弥留的时刻——滴嗒！就在同时,每秒钟又会有新人诞生。可你已经不在人世,除了你的躯体,你的任何东西都不会在生活中留下,而这躯体也将腐烂发臭。机械呆板的造物者把你投胎世界,而后又把你拖离人间,如此而已,——难道你的尊严能不为此恼怒吗？假如你是骄矜的,因顺从时间的秘密使命而感到屈辱,那就在生活中加深对自己的认识吧！想一想你在生活中扮演的角色:一块制成的砖,静静地躺在一座楼房内,后来变成了粉末,消逝不见了……做这样一块砖是乏味的、庸俗的,是不是？如果你有智慧和精神,如果你想体验生活中那些美好的、思想感受丰富的动荡时刻,就不要同这块砖一样吧！

五

滴—嗒　滴—嗒！

如果你仔细思考一下,在这时钟无限的运动中你本身具有多大价值,——你会认识到自己是微不足道的,并因而心情沉重。这种意识会使你觉得是受了侮辱！这种意识将唤起你的骄矜,你将对贬低你的生活产生敌意,并宣布同它斗争。以什么名义呢？当大自然剥夺了人类用四肢爬行的能力时,又给了他一根拐杖,这就是理想！从那时起他就无意识地、本能地追求美好的东西,天天向上。把这种追求变成自觉的吧,让人们懂得,只有在对美好事物的自觉追求中,才有真正的幸福。不要埋怨自己无能,什么也不要埋怨。你的诉苦给你带来的只能是精神贫乏的人们的怜悯和施舍。人们都是同样不幸的,但是最不幸的还是那些用不幸来美化自己的人。这些人比任何别人都更渴求对自己的赏识,可又偏偏最不值得别人青睐。向前、追求——这才是生活的目的。让整个生活都成为一种追求吧,届时生活中将出现一种高度美好的时刻。

六

"人的道路既然遮隐,神又把他四面围困,为何有光赐给他呢?"这是老约伯①问上帝的话。现在已经没有这样勇敢的人了,他铭记自己是上帝的儿女、是按照上帝的模样创造出来的,敢于像老约伯那样质问上帝。现在的人们自视卑贱。他们并不怎样热爱生活,甚至不会热爱自己。然而却惧怕死亡,虽然人所共知死亡是不可避免的。不可避免的东西总是合乎规律的。须知从人在地球上出现时起,死亡的过程便已开始,是该明白这一真理的时候了。意识到此生不虚,可以消除对死亡的恐惧;忠诚走过的生活道路,会给人一个安宁的结尾。滴—嗒……人死后只有他的事业留存下来。他的时刻同他的愿望一起中断了,而另一种时刻,对他生活作出评价的严峻时刻将接踵而至。

七

滴—嗒　嘀—嗒!

其实,在这矛盾错综、充斥着谎言和仇恨的世界上,一切都是非常简单的。如果人们能互相洞察内心和各有知己,那么一切就会变得更加简单。

独自一人总是渺小的,除非他是一位伟人。我们应当互相了解:因为我们思想要比我们说话明智、清晰得多。人要想在别人面前敞开心房,却痛感言辞贫乏,生活中很多伟大、重要的智慧都湮灭了,完全归咎于不能及时找到所需的表达形式。诞生了一种思想,极欲把它体现在语言之中,清晰有力的语言之中……然而竟找不到恰当的言辞。

更加关心思想吧!帮助它诞生吧!你们的这种劳动会得到酬报的。到处,在一切事物中都包含着思想——甚至在石头缝中也会发现它,只要你有这种愿望。只要人们想获得一切,就能获得一切;只要他们想成为生活的主宰,就可以成为主宰,而不是像现在这样,做生活的奴隶。只要有生活的愿望,骄傲地意识到自己的力量,整个生活便会成为充分表现精神力量的时刻,创造令人惊叹的神圣的丰功伟绩的时刻——美妙的时刻,伟大的时刻。

八

滴—嗒　滴—嗒!

精神坚强的、勇敢的人们,——献身于真理、正义和美的人们万岁!我们不认识他们,因为他们是高傲的,不求奖赏;我们看不到他们是如何欢乐地燃烧着自己的心。他们用耀眼的光辉照亮生活,使盲人看见了天日。应该让更多的盲人能看到天日,应该让所有的人都能看到他们的生活是多么荒谬、不公正、不合理,对这种生活觉得可怕和厌恶。能主宰自己愿望的人万岁!全世界——都在他的心中,全世界的痛苦,全人类的苦难——都在他的心灵里。生活的罪恶和

---

①　老约伯:圣经《旧约·约伯纪》中的一个人物,被看作是一个"完全正直、敬上帝、远离恶事"的典范。

污浊,生活的谎言和残忍——是他的敌人;他把自己全部的时刻慷慨地献给斗争,他的生活充满着狂烈的欢乐,美妙的愤怒,高傲的不屈不挠精神……不吝惜自己——这是世界上最骄傲、最美的智慧。不吝惜自己的人万岁! 只有两种生活方式:腐烂和燃烧。胆小鬼和贪婪之徒选择前者,勇敢和慷慨无私的人选择后者;每个热爱美的人都清楚,伟大寓于何处。

我们生活的时钟是空虚、乏味的时钟;不要吝惜自己,让我们用美丽的功勋来允实它吧,唯有如此我们才能感受到充满欢乐悸动、洋溢炽热豪情的美妙时刻! 不吝惜自己的人万岁!

(王育伦　译)

怎样安排时间

〔意大利〕昂·埃柯

我给牙医打电话预约,他告诉我他在下周已经连一个小时的自由时间都没有了,这话我相信。他是一个严肃的专业人士。但是,当有人邀我参加会议、圆桌讨论,或请我编一个纪念文集、写一篇文章,或参加一个专家论坛时,我要是说我没有时间的话,根本没人相信我。他会说:"得了吧,教授,像你这样的人总能找出时间的。"很显然,没人认为我们人文学者是严肃的专业人士,我们是一群闲人。

我做过一些统计,而且我力劝我的同行们也做一下各自的统计,然后告诉我我的统计对不对。一个普通的年份(不是闰年)有 8760 个小时。按每天 8 小时的睡眠、1 个小时的起床、洗漱、穿衣,以及半个小时的脱衣、入厕,加上不到 2 个小时的吃饭来计算,我们共要用去 4197.5 时。每天还有 2 个小时奔波于市内,一年又是 730 个小时。

一周上 3 次课,每次 2 小时,不算每周一个下午的辅导学生(100 小时),我每年集中 20 周在大学里教书,共花去 220 个小时,此外还要加上 24 个小时的考试,12 个小时的批改论文,以及 78 个小时的教员会议与委员会。一年平均 5 篇论文,每篇平均 350 页,每篇起码要在修改的前后读上两遍,每页按 3 分钟计,我要用去 175 个小时。至于短文,由于我的助手会批改大部分,我按 6 种课程中每一课程读 4 篇计算,每篇平均 30 页,每页连阅读带讨论共需 5 分钟,这又是 60 个小时。这还没算上我本人的研究,就已经是 569 个小时了。

我负责编辑一份符号学评论《VS》,一年共出版 3 期,共计 300 页。不算审读后决定不用的来稿所花费的时间,每页(评估、修改、校读)10 分钟,共计 50 个小时。我还负责两个与我的专业相关的学术性丛刊,一年 6 卷,共计 1800 页,10 分钟一页,又是 300 个小时。翻译我自己的作品——论文、著作、文章、大会发言稿等等,只算那些我能够审查的文字,我一年要读 1500 页,每页(阅读、对照原文审查、亲自打电话或写信与译者商讨)20 分钟,一共要用掉 500 个小时。然后还有我的原创写作呢。即使假定我不写书,单是论文、发言稿、报告、讲课稿等等,很容易就会写到 300 页。如果把思考、写提纲、写作和修改的时间都算在内,每页至少要花去 1 个小时,这就又是 300 个小时了。每周我还要为杂志写专栏文章。乐观地估计一下,从选材、写提纲、查阅书籍,然后起草、剪裁至合适的长度、记录打字,最后寄出,每周要花 3 个小时。再乘以 52 个星期,一共是 156 个小时。(我花在其他文章上的时间并没有计算在内。)最后是我的信件。许多信件至今未回复,可我每周要花 3 个从 9 点到 1 点的上午时间,这占去了 624 个小时。

我算了一下,去年我只接受了所收到邀请的十分之一,而且将自己限制在与个人专业密切相关的、并将在会议上发表个人或同行研究成果的学术会议上,此外还要出席各种无法回避的(学术典礼以及相关机构要求参加的)会议,我在有益的活动中(不算浪费的时间)共花去了 372 个小时。由于这类活动不少是在国外,我还要算上 323 个小时的旅行时间。这项计算以米兰至罗马的旅行为 4 小时,包括乘出租车去飞机场、候机、飞行,乘出租车进罗马市,在旅馆里安顿下来,然后到达开会地点。去纽约旅行则要花去 12 个小时。

所有这些共计 8121.5 个小时。把它从每年的 8760 个小时中减去,我还剩下 638.5 小时,换句话说,每天我只剩下 1 小时 40 分钟的时间。我可以在这段时间里从事性活动,与朋友和家人谈天,参加葬礼,看病,购物,体育锻炼,看戏。你看出来了,我还没算上阅读与我的工作无关的印刷品(书籍、文章、漫画)的时间呢。假定我在旅行的 323 小时里读书,5 分钟读 1 页(简单阅读并注释),我有可能读完 3876 页,仅仅等于 300 页 1 本的书籍共 12.92 册。还有吸烟呢,每天 60 支烟,假如 1 支要花半分钟(找到烟卷、点燃、熄灭),要花去不止 182 个小时。太多了。我得戒烟。

(多　多　译)

论人缘

〔英国〕布洛克

有两种人缘:我将称之为亲密的人缘与广结的人缘,第一种远比第二种真诚。一位享有亲密人缘的人总受到所有熟识他的人喜欢。一位广结人缘的人以某种方法,在不认识他的人当中顺利地传播着对自身的一种美好的看法。这两种人缘可能同时并存,但是往往个别存在。享有广结人缘的人,在近处往往受到人们的厌恶。

亲密的人缘一贯是某种德行的凭证。倘若一个人受到和他接触的人们喜欢,那么他虽然可能有许多缺点,甚至恶习,可是为了一个原因,他仍旧受到人们喜欢,纵然喜欢他的人并不知道那个原因。他的待人接物使人高兴。之所以如此,因为他自身也喜欢和别人交往。这意味着他甘愿喜欢他们,而不是厌恶他们。和那些他先前从来没有接触过的人接触,在他是一种乐趣。他指望发觉他们是有趣的伙伴,因此自己也做他们有趣的伙伴,他在社交中预备冒险,在向你敞开胸怀以前,不愿等着看你究竟是否一个令人生厌的人。事实上,他对人性很乐观。我们喜欢乐观的人——特别是对我们自己乐观的人——远远胜过了那些沮丧的人。乐观的人使我们充满了他们自身的活力,并且使我们分享到他们自身的欢乐。

你可以说这种无拘无束、出自本能的爱好,是一种微不足道的小德行,但它是一种德行,因为它使你快乐。不为什么特殊的原因而喜欢人,总比毫无理由地厌恶他们为好,使他们快乐总比使他们痛苦为好。一个享有亲密的人缘的人可能会自视很高,不过他并不是一个自私自利的人——他对别人比对自己更感兴趣。毫无疑问,他很欣赏如何运用他的社交手腕,但是那是值得欣赏的。他是一位享乐主义者,不过他也给予别人快乐。很可能,他不会为了你特地出面去做一件对你有利的事,不过他宁愿做一件对你有利的而不是不利的事,他的友谊即便不是深厚的,却是豁达的。诚然,他可以为自己辩解,说他朋友太多,不可能跟任何一位深深地牵连在一起。如果我们发觉他承诺的似乎多于实行的,我们便易于对他不公正,不过我们的不公正里是有某种自私自利因素的。我们无权指望我们不在场的时候,他会想到我们,就因为我们在场的时候,他是如此同情体谅。他以其同情体谅的确给了我们一点儿什么,我们为此应当有所感激。很明白,他无法对他乐于结交的所有的人全具有深厚的感情。他为什么该对我们比对其余的人具有更为深厚的感情呢?我们刚回过身,他就忘了我们,想到一个别人,我们为此就说他是一个骗子,这是不公平的。他和我们交往所感受到的乐趣是十分诚挚的;他并不是别有什么用心想讨好我们,因为他那么做,我们就不会喜欢和他交往了。我们喜欢;为这一点,我们就应当感激。

但是要想享有亲密的人缘,首要的一点就是不要评判。那句老话"你们不要论断人,免得你们被论断",①通常总给看作是一道神圣的指示,不过它说的也是实情。没有什么比获悉一个老在评判我们和所有的人,他本能的反应就是评判,会使我们如此厌恶他了。一个习惯于评判别人的人,如同我们常说的那样,可能会受到尊敬,但是他也遭到人们的厌恶。那份尊敬是很勉强的,那种厌恶却是发自内心的。办得到的话,我们以我们可以掌握的严厉尺度去评判他,对他进行报复。我们热切地寻找他的缺点;当我们发现以后,便强调它,仿佛它是一个很有价值的科学发现,因为它确实是一个把我们从对他的勉强的钦佩中解脱出来的发现。说到评判,我们觉得要有两个人才能玩这场游戏。因此,一个习惯于评判别人,并且以这种习惯使世人畏惧,仿佛他经常戴着假发,穿着长袍,坐在法官席上②的人,偶尔会突然一下得到大家同意,被罢免了。卡莱尔③在文学方面就碰上了这种情况。他经常评判所有的人,在世的时候,使世上的人都感到畏惧。可是现在,他作为作家和个人都受到比应受的更为严厉的评判,而他尖刻、轻蔑地讲到的兰姆④却受到或许比应受的更大的称颂,因为兰姆似乎从来不评判任何人,相反的却很喜欢人类的交往。我们欣然地发现,尽管卡莱尔用一种英雄的标准来判断人,兰姆就其为人来看,却是一位英雄。或许,就因为亚里斯泰迪兹⑤习以为常地喜欢评判,所以不理解的雅典人厌倦了听人管他称作正直的。我们渴望对方所给予的不是正义——因为谁又知道正义是什么?——而是爱好。我们给予那些过分喜欢和我们交往,而不来评判我们的人爱好而不是正义。我们可能会批评他们,但是我们的批评只是无关痛痒的。我们并不希望发现什么对他们不利的事,因为我们知道他们也不希望发现什么对我们不利的事。和他们来往,我们完全不会受到什么评判。这就是我们何以喜欢和他们来往的原因之一。他们可能不是基督徒,但是他们至少并不根据什么有悖常情和反基督教的原则感受、思考或举措。他们也许并没有达到高超的圣保罗⑥教义的

---

① 见《新约全书·马太福音》第 7 章第 1 节。
② 英国法官出庭时,头戴假发、身穿黑色长袍,故云。
③ 卡莱尔(1795—1881):英国散文作家和历史学家。
④ 兰姆(1775—1834):英国散文家、评论家。
⑤ 亚里斯泰迪兹(前约 530—前约 468):雅典政治家和将军,被人称为"正直的"。
⑥ 圣保罗:基督教使徒。

仁爱,但是他们至少本能地获得了和善的性情。

有许多卑微的人就因为这些理由而人缘很好,但是如果一个人功成名就以后,还能保持这种和善的性情,这种不任意评判的作风,这种欢喜和别人交往的特性,那么他当然人缘很好。因为虽然我们大多数人本能上都卑鄙地提防着卑微的人的友好表示,可是对于显赫人士的友好表示,我们却感到很荣幸,倘若他们似乎喜欢上我们,我们也喜欢上他们的话。他们轻易地便受到人们的欢迎,这对他们是一种危险的诱惑。因为一个人可能会有一种生来的、自发的德行,随后一下子发觉了它,利用了它。成功的人往往怕人妒忌,还具有一种不安的意识,认为世界会突然联合起来把他们打倒。在他们看来,给予他们名声的舆论中有一件什么是难以预测的;他们担心它会像风一样突然改变方向。因此,他们设法对所有的人都十分和蔼,以保证自己不至于碰上这样一个转变。他们走到哪儿都广交朋友,这样他们不至于被不知道的敌人所战胜。他们自然可以施展自己的社交能力,这种能力由于他们的显赫当然大大地增强了。但是这件事造成的伤害并不在于他染上了弄虚作假的坏习惯,而在于他们把自己的精力浪费在使自己讨人欢喜上,失去了说"不"的力量。一个从事任何职业的人,不问他是律师、艺术家、政治家或是科学家,当他取得卓越成就后,只有通过辛勤的工作才能保持着它。如果他花上一半的时间去使自己讨人欢喜,那么他就会更关心自己的名声而不是自己的工作,这样他的工作就会退步,最终他的名声也会降低。此外,如果他染上了利用自身和蔼可亲的风度的习惯,那种风度就会变得很呆板,甚至不再是讨人欢喜的。他甚至连人缘也会失去,而为了人缘,他作了那么多的牺牲。因为要成功,你非得就连在社交中也是一个艺术家,你非得真正喜欢它。可是有名望的人的那种斯文的常规过于明显,不会给人什么乐趣。

虽然如此,亲密的人缘还是值得享有的,即便只是为了人缘本身。但是广结的人缘为了它本身却不值得享有。它永远是达到目的的一种手段,像宣传那样。事实上,它是一种个人的宣传,和别种宣传同样危险。

就作家而言,你可以比较清楚地看到这两种人缘的不同。有些受益的伟大作家保持着一种亲密的人缘,他们的作品受到人们的阅读和欣赏,看来可能超出了他们的优点,因为在他们的作品里,他们表达出了对人类的一种自然爱好,因为他们自己喜欢人类,而不是批判人类。在这些作家中有狄更斯、大仲马和莎士比亚。所有这些作家宁愿爱好人类,而不愿去批判他们;就连他们的厌恶也是诚恳的、自发的,而他们厌恶的人物,正是那些自身厌恶别人的人。可能会有一些反对这类作家的意见,但是尽管有最激烈的意见,他们的作品却仍旧受到读者阅读和喜爱,因为他们使他们的读者快乐。例如,大仲马目前在法国不大被人想到了,但是我相信,阅读他的作品的人远比阅读福楼拜的作品的人多;福楼拜总在发表批判和厌恶的意见,而且总不知不觉地满腔都是怨恨,就像大仲马不知不觉地满心都是欢乐那样。

这些作家由于一种真正的优点,赢得了一种亲密的人缘。他们的过失——往往不在少数——全都获得了宽恕,因为他们爱得很广。狄更斯的缺点非常之多,可是在我阅读他的作品时,我发觉自己把眼睛避开它们,就像闪和雅弗不去望着喝醉了酒的诺亚那样①。这是因为我从阅读他的作品中获得了那么多的乐趣,阅读他的作品使我快乐。我觉得他甚至连我也会喜

---

① 诺亚:《圣经》故事人物,闪是他的长子,雅弗是他的第三子。见《旧约全书·创世记》。

欢,可是一位像福楼拜那样的作家,似乎是在对着我和所有其他的读者说话,并不带有轻视,这也不过是因为他从来没有遇见过我们。在他的所有书籍后面,全有一个人作出的一种无情的、恶意的批判,而那个人毕竟并不比任何别人更有权老来批判其他人。不过我对狄更斯和这类作家的爱好,即便过于偏爱,倒的确是出于一种真实的、亲密的认识。有些其他的作家享有广结的人缘,不是由于任何真正的优点,而是因为他们设法以某种方式传播自己的一种意见,以及他们的才华,其实那根本是不真实的。这就是广结人缘的秘密,不论享有这种人缘的是政客、作家、牧师或是任何一类知名人士。他们有时是有意识地,通常是无意识地一直在公众中散播一个关于他们自己的见解;公众太无知、太忙碌,无法作出正确的判断,可是又热切地想要找出一位英雄人物来。因为人类渴望崇拜一位英雄人物。相信某处有一位了不起的人当真活着,这使生活更令人激动。那个人知道人们心中的所有秘密,可以拯救社会,或者可以吐露出人民的所有难以表达的热望与理想来。如果你每星期花一便士左右可以买一份报,而这位英雄人物在报上告诉世人应该做点什么,那么你从那份报上获得了莫大的安慰,纵然它每两星期就自相矛盾一次,而且通常并没有说出什么可以理解的话来。等这个见解散播出去,说它是由一个了解情况的人写的,那个见解就存在下去;倘若他能带着一个知道情况的人和一个出于对真理和正义的热爱感到非说不可的人的神气继续胡说一气的话。因为这种广结的人缘有一个古怪的事实:即它一旦建立起来后,更为密切的接触也无法摧毁它。假如一个传道士或演讲人以口才和灵感闻名,他也可以永远胡说八道,只要他带着一种坚信不疑的神气那么说的话。聚集起来听他讲话的人,带来了他们对他的看法,这是连他也无法摧毁的。他的含糊不明对他们有所帮助,因为他们可以从中作出他们乐意作出的任何解释,于是所有的人离开时全都认为,他说了他们指望他说的话。眼下,就有好几位这种英雄人物,他们全赢得了这场战争,虽然他们做了什么来打赢,他们或是任何别人全都说不上来。诚然,很可能,如果让他们按自己的方式进行这场战争,他们未遭到失败就会很快结束了它,不过更为可能的是,他们心中并不经常有一套自己的方法,他们的任务就是通过一只话筒大声喊出一些指示来,可是幸而那些指示如此含糊,因此没有一个人能执行它们,即便他愿意执行。这些人中没有一个像他们的先驱克里昂[1]那样经受过考验。雅典人忽然使克里昂成为统帅,幸而他还没能作出多少危害,就在战斗中阵亡了。

有一种小丑叫"马尔塞林",他装着分担一部分别人在做的工作,来逗你发笑。当人家在卷起一块地毯时,他走到他们后边,以一种和蔼、赞助的方式模仿他们的动作。广结起的人缘在政治和新闻方面都是以同样的方法获致的,只不过在这类情况中,"马尔塞林"并没有受到嘲笑,而是真的欺骗了别人和他自己。他们,还有他,全认为他凭着和蔼和赞助的或是激烈和刁难的念头正在打赢这场战争等等。等这件事办完以后,他转过身,鞠躬,接受观众的欢呼,而那些做了实际工作的人,则在幕后擦去额上的汗水。但是认为这种"马尔塞林"没有什么才能,那就是一个错误。他需要很大的精力,可是精力并不是花了去做什么值得做的事,而是去散布有关他自己是一种英雄的看法。按实在说,他就像一个商人,运用杰出的商业才能吹捧一种毫无价值的专卖药。你所支付的就是广告费。一个把权力交给"马尔塞林"的国家肯定会为他们的广告付费,而且付得很高昂。

---

[1] 克里昂(? 一前 422):雅典政治领袖,统帅,曾大败斯巴达军,后战败身亡。

　　事实上，任何一个像我们自己这么大的社团所面临的主要问题之一就是，摆脱掉广结的人缘的魅力，寻找一种方法来抵消仗着它赢得这种人缘的诀窍。因为有一点是肯定的，一个获致广结人缘的人，不会有多少时间或精力去做什么别的事。在这方面，他也像那种把所有的钱全花在广告上、没有留下一点儿去生产一种好商品的商人那样。而且对任何一个有才能、有精力、不择手段的人来说，瞄准广结的人缘的那股诱惑力现在非常之大，倘若那种人缘在他眼里是值得获致的话。报纸是就在手边的工具，他们甚至难得试着去作出任何判断；要是一个人有天能让人家谈论他自己，他们就会继续谈论他；他就成为新闻人物，仿佛他是一件无穷无尽的离婚案件中的共同被告①那样。无数的人听说到他，可他却从没有听说到那些在世上做实际工作的人，就因为人们听说到他，他有权。他说的话都予以报道，他写的文章都被人阅读；如果他竞选议会议员，人们会投票选他。他始终做不出什么卓越的事情来，因为他把精力全耗费在自我宣传上。就连许多通俗作家也是如此。他们绝对不会写得这么糟，要不是他们把大部分精力全都放在做广告上的话；但是既然他们做了很好的宣传，公众在他们的作品里找到了一些实际并不存在的优点，就如同公众从专卖药中找到了实际并不存在的治疗效果那样。因此我们各方面都给领错了方向，因为我们的社会太大，除了凭报道外，无法知道我们的社会活动家，还因为我们养成了一种习惯，甚至对书籍也不仅凭我们从它们中读到的东西，而是凭人家对它们的一般报道去判断它们。

　　唯一补救的办法似乎是在一种目前还不存在的心理学中。我们必须知道自我宣传的征兆，以及它以之影响我们的征兆。瞄准广结人缘的人总以某种方法表现，关于这一点我们有些人已经模模糊糊地知道了，但是目前，公众和他自己全都不知道他是一个很危险的罪犯。需要的是有一门心理科学，比目前存在的任何一门都精确得多，好使我们经常提防着他。因为在我们有了戒备以前，我们会受到种种欺骗行为的支配，这是比较危险的，因为它通常是有点儿令人不知不觉的。

（主　万　译）

❖❖❖

我承认，我历尽沧桑（节选）

〔智利〕聂鲁达

诗　歌

　　……艺术品真多……世界已容不下……必须把它们挂在房间外面……有多少书……多少小册子啊……谁能把它们读完呢？……倘若它们可以吃的话……如果在一只烹调美味的锅里

_____

　　①　共同被告：指离婚案件中与男方或女方通奸者。

把它做成凉拌菜，撒上辣椒粉，加上调味品……但是已经没有办法了……它们已经堆到我们的头顶上去了……世界已被海潮淹没……雷弗迪①对我说："我已通知邮局，不要再给我寄书了。我不能翻阅它们。我没有地方存放它们。它们都堆到墙顶了，我害怕发生灾难，它们会倒下来砸在我头上。"……大家都知道艾略特……在成为画家、在导演戏剧、在撰写闪闪发光的批评文章以前，他读我的诗……我不沾沾自喜……谁也不如他理解得好……直到有一天他开始对我读他自己的诗，我却自私地提出抗议说："不要对我读，不要对我读。"……我把自己关在了浴室里。但是艾略特仍然隔着门对我读他的诗……我觉得很痛苦……苏格兰诗人弗雷泽当时在场……他斥责我说："你怎么这样对待艾略特？"……我回答说："我不愿意失去我的这位读者。是我培育了他，他甚至了解我的诗歌的皱纹……他很聪明……他会作画……会写随笔……但是我希望留住这位读者，挽留住他，像一棵外国的花草一样浇灌他……你理解我的心思，弗雷泽。"……因为说实话，如果这样下去的话，诗人就只能为别的诗人发表诗歌了……每个人就将取出自己的荣誉证章装到别人的口袋里去了……他的诗……他将把它放在别人的盘子里……有一天克维多②把它放在了一位国王的餐巾下……是的，这是值得的……或者在大白天，把诗歌放在广场上……或者让书毁坏，在众多的人手中化为碎片……但是这种诗人为诗人发表诗歌的现象不能诱惑我，不能刺激我，不能激励我，只能让我隐藏在大自然中，面对一块岩石和一片海浪，远远地离开出版社和印刷用纸……诗歌已经丧失了同远方的读者的联系……应该重新得到他……应该在黑暗中前进，找到男人的心，找到女人的眼睛，找到街道上的陌生人——在黄昏的某个时刻或布满星斗的深夜，他们需要诗，哪怕是一句——。这种意外的拜访对走过的一切路、读过的一切东西、学会的一切事情来说是值得的……我们必须深入到我们不认识的人们中间，以便让他们突然把我们丢在街道、沙滩、同一片树林里凋落千年的枯叶中的东西捡起来……他们亲切把我们做的那种东西捡起来……只有到那时我们才真正成为诗人……诗歌将生活在那种东西上。

和语言生活在一起

我生于1904年。1921年有一本收录了我的一首诗的诗集出版。1923年，我的第一本书《黄昏》问世。1973年我在写这些回忆。从那个激动人心的时刻到现在已经过去了50个年头。那时，一个诗人听到了一个活泼、骚动、像任何一个刚降生的孩子一样渴望引人注意的印刷新生儿的第一声啼哭声。

如果同语言的亲密关系不能成为机体的一部分，一个人是不能终生同语言一起生活、纵向望着它、探察它、窥探它的毛发和肚腹的。我同西班牙语的关系便是如此。口头语言具有其他的特点；书面语言有其出乎意料的长度。语言的使用就像人的衣服或人的皮肤；将它的袖子、补丁、排汗、血迹或汗迹展示给作家。这就是风格。我经历了被法国文化革命搅得翻天覆地的时代。那场革命总是吸引着我，但是在某种程度上说，它对我并不像我穿的衣服那么合适。智利

---

① 雷弗迪（1889—1960）：法国诗人，超现实主义先驱。
② 克维多（1580—1645）：西班牙作家、诗人。

诗人维多夫罗以自己的生活与表达方式改写法国的流行诗歌并负责加以介绍,他的做法令人佩服。有时我觉得他超过了他效法的诗人。在很大程度这很像鲁文·达里奥对西班牙诗歌的闯入。但是鲁文·达里奥是一头吼叫的大象,他打碎了西班牙语一个时代的全部玻璃,好让世界的空气进入它的领域。结果,世界的空气进去了。

在美洲人和西班牙人之间,语言曾几度把我们隔开。不过,尤其是语言的体系被分成了两部分。贡哥拉①那种凝固的美不适合我们这个区域。如果不怪里怪气,如果没有贡哥拉的丰富性,就没有西班牙诗歌,也没有最新的诗。我们美洲的地层多是碎石、碎熔岩和血色的黏土,我们不善于雕琢玻璃制品,使浮夸风格的玻璃器皿发出中空的声响。《马丁·菲耶罗》的一滴酒或加布列拉·米斯特拉尔的一滴浑浊的蜜都会把它们粘在原处:它们像别处产的大花瓶一样死板地摆在客厅里。

塞万提斯出现后,西班牙语发出了灿烂的金光,获得了宫廷般的高贵地位,抛弃了从贡萨洛·德·贝塞奥②和阿西普雷斯特③那里带来的野蛮力量,抛弃了依然在克维多笔下燃烧的生殖的热情。在英国、法国和意大利也是如此。乔叟④和拉伯雷⑤的无节制的语言风格受到了阉割。浮夸风格的彼特拉克⑥使祖母绿和钻石发出夺目的光辉,但是高远的源泉却开始枯竭了。

这个源泉与整个人、他的宽度、他的丰富性和他的奔放有关。

至少这是我的问题,尽管我没有这样提出过。如果说我的诗有某种意义的话,就是那种空间的、无限的、不满足于在一个房间里的倾向。我的界限必须由我自己来超越,我没有把它划在一种遥远的文化框架里。我必须是我自己,我要努力扩展自己,就像我出生的那块土地一样。在这条路上,本大陆的另一位诗人帮助了我。我指的是惠特曼,我的曼哈顿的朋友。

短诗与长诗

作为一个积极的诗人,我同自己的沉思进行了斗争。所以,现实与主观之间的论争是在我自己的头脑中解决的。我不试图劝告任何人,但是我的经验对别人是有帮助的。我们先看看结果吧。

很自然,我的诗既要接受崇高的批评文章的评论,也要遭受诽谤文章的责难。这就发生了争论。对于受到争论的那些诗作,我没有发言权,但是我有投票权。对于精粹的批评来说,我的票就是我的书,我的全部诗作。对含有敌意的诽谤文章来说,我也有投票权。这张票也是由我的持续不断的创作构成的。

我说的这些话如果诸位觉得是虚荣心作怪的话,你们是对的。在我来说,这种虚荣心是怀着不可消除的爱心多年从事一种职业的手艺人的虚荣心。

---

① 贡哥拉(1561—1627):西班牙诗人,诗风夸饰。
② 贡·德·贝塞奥(1195? —1264?):西班牙诗人。
③ 阿西普雷斯特(1283? —1350):西班牙诗人。
④ 乔叟(约1340—1400):英国作家。
⑤ 拉伯雷(1483 或 1494—1553):法国作家。
⑥ 彼特拉克(1304—1374):意大利诗人,此指他的矫饰诗风。

不过，有一件事我是感到欣慰的，这就是至少在我的祖国，我使得人们对诗人的工作、对诗人的职业尊重了。

在我开始写诗的那个时期，诗人有两种类型。一部分诗人是高贵的老爷，他们倚仗金钱让人尊敬，金钱以合法的或不合法的重要性帮助他们；另一类诗人是诗歌的流浪战士、酒馆里的巨人、着迷的疯子、忍受折磨的梦游症患者。不能忘记，还有那些像被铁链锁着的苦役犯一样被绑在公务机关的板凳上的作家的处境。他们的梦想几乎总是被窒息在堆积如山的文件和对上司与尴尬处境的可怕担心中。

我投身生活时比亚当还赤身裸体，但是我决心保持我的诗的完美。这种不屈不挠的态度不但对我有用处，而且也使那些大傻瓜不再狂笑。后来，那些傻瓜中有良心和良知者，便像好人一样面对，我的诗唤起的美好东西屈服了，心肠邪恶者对我也感到害怕了。

大写的诗就这样受到了尊重。不只是诗，诗人也受到了尊敬——所有的诗和所有的诗人。

我意识到了这项为公民服务的工作。这份荣誉我没有让任何人夺走，因为我愿意像一枚勋章一样戴着它。其他的问题可以讨论，但是我讲的这一切是毋庸置疑的历史。

诗人的顽固敌人会抛出许多徒劳无益的论据。我年轻的时候，他们管我叫饿鬼；现在他们又仇视我，让人们相信我是一个权贵，有巨额的财富。还说，即使我没有那么多财富但是也渴望有，好让他们感到不快。

还有一些人计算了我写的诗的行数，证明我把它们划分成了小诗节，或把它们过分地拉长了。这样做没有任何关系，一个诗人可以写短些的诗或长些的诗，瘦些的诗或胖些的诗，黄些的诗或红些的诗。写什么样的诗，是诗人自己的事，他可以用他的呼吸和血液、他的才智和无知来确定，因为这一切都是诗歌面包的组成部分。

诗人不是现实主义者就会完结。但是仅仅是现实主义者也会完结。诗人仅仅是没有理性的人，只会得到他自己和他的爱人的理解。这是非常可悲的。诗人仅仅是有理性的人，他甚至会得到驴子的理解。这也是非常可悲的。对这些方程式来说，数字没写在黑板上，不存在上帝或魔鬼授意的成分，而是这两种极其重要的人在诗歌内部进行着斗争，在这种斗争中不管这个胜了还是那个胜了，但是诗歌不会被打败。

显然，诗人的工作被人滥用了。出现了那么多男性和女性的新诗人，我们很快觉得大家都成了诗人，读者却不见了。我们必须骑着大象穿过沙漠或乘着宇宙飞船飞遍天空去寻找他们。

人的深切爱好是诗，礼拜仪式、圣诗，以及宗教的内容，都来自于诗。诗人敢于面对自然现象；为了维护诗人的天职，在最初的年代诗人被称为牧师。因此在现代，为了保卫他的诗，诗人接受了街道和群众授予他的称呼。今天的民间诗人仍然是拥有最古老的神职的诗人。从前他向黑暗让步，现在他应该表现光明。

（朱景冬　译）

生与死

〔意大利〕达·芬奇

啊,你睡了。什么是睡眠?睡眠是死的形象?唔,为什么不让你的工作成为这样:死后你成为不朽的形象;好像活着的时候,你睡得成了不幸的死人。

每一种灾祸在记忆里留下悲哀,只有最大的灾祸——死亡,不是这样;死亡把记忆和生命一股脑儿毁灭。

正像劳累的一天带来愉快的睡眠一样,勤劳的生命带来愉快的死亡。

当我想到我正在学会如何去生活的时候,我已经学会如何去死亡了。

年岁飞逝,它偷偷地溜走,而且相继蒙混;再没有比时光易逝的了,但谁播种道德,谁就收获荣誉。

废铁会生锈;死水会变得不清洁,在冷空气里还会冻结;懒惰甚至会逐渐毁坏头脑的活力。

勤劳的生命是长久的。

河川之水,你所触到的前浪的浪尾也就是后浪的浪头,因此,对于时间要珍惜现在。

人们错误地痛惜时间的飞逝,抱怨它去得太快,看不到这一段时期并不短暂;而自然所赋予我们的好记忆使过去已久的事情如同就在眼前。

我们的判断,不能按照事物的精确的顺序,推断不同时期所要过去的事情;因为生在许多年前的许多事情和现在仿佛是密切关联的,目前的许多事情到我们后辈的遥远年代将视为邈古。对眼睛来说也是如此,远处的东西被太阳光所照的时候仿佛就近在眼前,而眼前的东西却仿佛很远。

唔,时间,你销蚀万物!唔,嫉妒的年岁,你摧毁万物!而且用尖利的一年一年的牙齿吞噬万物,一点一点地、慢慢地叫它们死亡!海伦,当她照着镜子、看到老年在她脸上留下憔悴的皱纹时,她哭泣了,而且不禁对自己寻思:为什么她竟被年岁带走?

唔,时间啊,你耗蚀万物!唔,嫉妒的年岁,万物因你而消逝!

人是能够思想的芦苇(节选)

〔法国〕帕斯卡

看到人类盲目而悲惨的状况,眺望沉默的整个宇宙,人没有任何光明,孤苦地被放逐,迷失在这宇宙的角落,不知道是谁把自己置于此地,自己来做什么,死后又将如何,看到这对一切都无从认识的人,我毛骨悚然。就像一个人在沉睡之中被人带到一个可怕的荒岛上,惊觉后不知自己置身何处,也没有办法从那里脱身。因此之故,我为人们在这种悲惨的境遇中竟然没有陷于绝望而深感惊讶。在我周围可以看到许多同样的人。我问他们是不是比我懂得更多,回答说不是。因为这些可悲的迷失者们环视四周,一看到什么有趣的事就投身其中,并深深迷醉在那里。然而我却不能沉溺于其中,我考虑到或许很可能在我看到的东西之外还存在着什么,我探寻着上帝是否未曾遗留下自身的标志。

人的不协调——那么,就让人们思索大自然全部的崇高和极盛的威容吧,让人们的目光离开自己周围的卑琐事物吧,让人们看见像照耀宇宙的永恒的灯火一般的辉煌的光吧,让人们为此而惊异吧——与那星球所描绘出的宏阔的轨道相比,地球只是仅能看到的一个点,这个宏阔的轨道本身与环绕天空的一些恒星行经的圆周相比,实际上只是孤零零的极微小的一个点。

然而,如果我们所看到的世界就此为止,那么就让想象力尽情驰骋、超出视野吧。与自然界提供的材料终于告罄相比,我们想象力的活动更为疲惫不支。我们看到的这个世界,在自然的宽阔胸怀中,只不过像是难以觉察的线条,无论怎样在心中想象,也难以与它近似;即使把自己的意念扩展到可能想象的究竟之外,也是徒劳的。我们创造的东西,与万物的实在比较,只不过是极微小的粒子。它是一个无限的球体,处处都是球心,没有哪里是圆周。总之,考虑到这样的事实,我们也收敛回聚自己的想象力,这是缅怀上帝之全能的最显著的标志。

让人们使自己苏醒,认真地考察一下,与存在的事物相比,自己是什么吧。让他注视一下在自然的这一角落迷失的自己的样子吧。让他从自己所居的狭小的土牢——就是宇宙——之中观察,学习评价地球、各国、城市以及他的自身价值吧。在无限之中,人究竟又是什么呢?

但是,为了使人看到同样令人惊异的又一奇特现象,让他在人们熟知的东西中寻找最细微之物吧。让他观察一只虱子,那微小的身躯中无与伦比的更为微小的部分吧。让他看看那具有关节的脚,脚上的血管,血管中的血,血中的体液,体液中的一滴一滴,每一滴中的水汽。如果进一步把这最后的东西再加以分解,人们就必须竭尽其想象力了。于是,人们将其最终追寻的东西,作为我们今天讨论的对象。而且认为,唯此可以看到自然的极端的细微。我却想让人们看到,那极端微细的内部还有更新的深渊。我要使人们看到,在可以说是极微小粒子的更微略的图形内部,不只是肉眼可以感受的宇宙,而且还有在自然之中想象所及的无边际的世界。人们在其中也会看到存在着无数的宇宙,它们各自都拥有与肉眼所见的世界比率相同的各种各样的天空、行星、地球。在每个地球上也都有动物,甚至也可以看到虱子。这虱子身上,也可以再次看到与前面说到的相同的东西。这样,在其他的虱子身上也可以无限地、无休止地看到同样的特征,于是,人们不得不面对这种不可思议的现象茫然若失。与另一种不可思议是由于其浩渺宏大同样,它以其精微纤小,也是令人惊异的。总之,我们的躯体处于在整体的怀抱里连自己在哪里都不知道的宇宙之中,进而作为目不可及的存在,然而今天这一躯体在与人不能到达的虚无相比较时,则成为一个巨大的身躯,一个世界或者也可以说成为一个全体,对此谁能不发出惊叹呢!

　　如此深刻地观察自身,就会对自身感到恐惧。在凝视着一心守护自然给予的这一形体,悬浮于"无限"与"无"这两个深渊之间的自我时,看到这种不可思议的现象,都会战栗不安。人的好奇心又转而赞叹,并不冒昧地探索这一奇迹,而只愿默默地观察它。

　　可是,在自然之中,所谓"人"究竟是什么呢? 对于"无限"来说就是"无",对于"无"来说则是"全体",他介于"无"与"全体"之间。他距离这两个极端的理解有无穷之远。因此,事物的归宿及起源,对于人来说,都隐藏在无法克服的不可穷知的神秘之中。人对于斥逐自己的"无"和吞没自己的"无限",都同样无法认识。

　　在一切方面都受到限制,居于两个极端之中的这一状态,使我们的能力在各种事物中得到表现。我们的感官不能感受任何极端的事物:噪音过强使我们耳聋;光线过强使我们目眩;无论过远或过近,都无法看见;言论无论过长或过短,都不能清晰地表达。过于真实的事使我们无所适从(我知道有人不能理解 0 减 4 还剩下 0)。最基本的公理对于我们来说过于明白。过多的欢乐导致烦恼。音乐也是如此,过多的和音是不愉快的。过多的赐予使人愤怒——因为我们愿对所受的恩义作更多的报偿。"恩惠只有在看来能够给以报偿的时候,才是受欢迎的。如果恩惠远远超过这一点的话,那么所得到的回报就不是感谢,而是憎恨了。"我们不能感应极端的热和极端的冷。即使性质是良好的而行之过度,对于我们也成为悖逆,以致无法感觉。我们不再是感觉它们,而是为此而忍受痛苦。无论是过于年轻,还是过于年迈,精神的活动都受到限制。过多的教育与过少的教育也相同。归根结底,极端的东西对于我们来说也同样不存在,我们也不与它们比肩而立。它们摆脱我们。否则我们就摆脱它们。

　　这就是我们的真实状态。正因如此,我们既不可能完全确知,也不可能完全无知。我们航行在辽阔的"中间"的瀚海里,不定地漂泊着,从这一极端被推到那一极端。我们想抓住某一点为依靠,使自己安定下来,它却飘然荡去,离开了我们,即使企图追寻,它仍逃离我们的手,永远滑脱遁去。没有任何东西可以令我们停泊。这对我们来说是自然的状态,然而又是与我们的心愿根本相反的状态。我们热切希望能看到坚实的大地和不可动摇的最后的据点,在那里建立起高至无穷的塔。可是,我们的基地轰然摇动,大地崩裂,形成可怖的深渊。

　　认识到这些之后,我想,在种种自然所安置的自己的状态中,人们都可以安闲自得。既然我们被注定的位置在这分开的两者之间,总是与两个极端保持着距离,那么,一个人尽管对事物认识多一些又有什么意义呢? 作为真正的理解,他也只不过从稍高的角度领会事物。他距离终极仍然是无限的遥远。而即使能够多活 10 年,我们的一生在永恒之中实际上依然是微不足道的……

　　进一步说,导致我们无力认识事物的原因,就在于事物是单一的,而我们却是由相反的并且品类不同的两种性质,即精神与肉体所构成的。我们身上思考的部分,绝不是精神之外的什么东西。而如果主张我们不过是肉体的存在,那么我们就越发远远地被排斥于对事物的认识,因为没有比物质能够认识自身这一说法更不可想象的了。要了解物质怎样认识自身,尤其是不可能的。

　　所以,我们如果是单纯的物质,我们就什么都完全不能认识。而如果我们是由精神和物质所构成的,我们就不能够充分认识单纯的事物,无论它是精神的还是物质的事物。

我们看到以精神和物质所构成的所有的一切,恐怕没有人不认为这种混合物对于自己也是极易于理解的,然而正是这种东西是我们最不理解的。人,对于人自身,是自然之中最不可思议的对象,就是说,人难以想象肉体是怎样的,而且也难以想象精神是怎样的。至于肉体何以能够同精神结为一体,更是难以理解的。正是它,对于人是最难以解答的疑问。然而,这就是他自身的存在。

人只不过是一棵芦苇,是自然界中最脆弱的。但是,人是能够思想的芦苇。要摧毁他,不必全宇宙都武装起来。一口气、一滴水,就足以致他于死地。然而,即使宇宙毁灭人,人仍然比毁灭他的力量更尊贵,因为他知道自己面临毁灭,以及宇宙优越于自己的事实。而宇宙对此一无所知。

因此,我们全部的尊严就在于思想之中。正是由于这一点,我们必须站立起来,而并非由于空间和时间,因为我们无法使其充实。所以,要努力正确地思想。这其中有道德的原则。

这种无限空间的永恒的沉默使我恐惧。

安慰你自己吧。你不能凭你自身来期待它。相反,你从你自身对它无所期待,这才能期待它。

新的生命

〔法国〕雨　果

我在自己身上感到了未来的生命。我仿佛是一片被砍伐过不止一次的树林那样,新生命的萌芽,从来没有像今天那么旺盛。阳光下我不断成长,大地慷慨地赋予我生命,天国,又把那神奇世界的光辉洒满我一身。

你说,灵魂无非是体力凝成的果;可是为什么,为什么我体力衰退时,我的灵魂却燃烧得那么炽烈？寒冬临近了,我的心中却充满着盎然春意。我,闻到了我青春时代的芬芳,闻到了紫罗兰、丁香和蔷薇的气息。愈是接近终点,就愈清晰地感觉到那期待着我的未来世界的永恒的交响乐的声音。啊,它是那么微妙,却又那么单纯。

❖❖❖

当我不在世的时候……

〔俄国〕屠格涅夫

当我不在世的时候，当我所有的一切都化为灰烬的时候——你啊，我唯一的朋友；你啊，我曾那样深情地和那样温存地爱过的人；你啊，想必会比我活得更长时间——可不要到我的坟墓上去……你在那儿是无事可做的。

请不要忘记我……但也不要在日常的操劳、欢乐和困苦之中想起我……我不想打扰你的生活，不想搞乱它的平静的流水。不过在孤独的时刻，当善良的心如此熟悉的那种羞怯的和无缘无故的悲伤碰着你的时候，你就拿起我们爱读的书当中的一本，找到里边我们过去常常读的那些页，那些行，那些话——记得吗？——有时，我们俩一下子涌出甜蜜的、无言的泪水。

你读完吧，然后闭上眼睛，把手伸给我……把你的手伸给一个已经不在的朋友吧。

我将没有能够用我的手来握它：我的手将一动不动地长眠在地下。然而，我现在快慰地想，你也许会在你的手上感受到轻轻的爱抚。

于是，我的形象将出现在你的眼前，你闭着眼睛的眼睑下将流着泪水，这泪水啊，就像我和你受美的感动曾经一起洒下的一样，你啊，我唯一的朋友；你啊，我曾那样深情地和那样温存地爱过的人！

❖❖❖

爱的一生

〔黎巴嫩〕纪伯伦

春天。

起来吧，我的心上人，让我们穿过这群小小的山冈。雪已经融化，盆地里、峭壁上的生命都已从梦眼中苏醒，开始萌动。跟我去吧，去看看原野上春的脚印，然后一块儿登上山顶，俯瞰四周盆地里的盎然绿意。

春的彩霞展开了被冬夜卷起的衣裳，这衣裳上闪烁着桃树和苹果树的图案，就像命运之夜出现的新娘子。葡萄园活跃起来了，枝蔓相交，生出一对对情侣。岸坡上的泉流连奔带跳地飞泻而来，反复唱着快乐的歌。从大自然的心坎上盛开鲜花，就像是海面上无数的浪花。

让我们把水仙花盆里的雨迹饮尽，让欢天喜地的鸟鸣来填满心房。快呼吸呼吸微风中弥漫的馨香吧！

让我们坐到紫罗兰覆盖的峭壁上去，去那花丛中交换爱的甜吻。

夏天。

到原野上去吧,我的亲爱的——收割的季节已来临。庄稼完成了生命,在太阳对大自然的热恋中成熟了。我们要走在前头,免得小鸟们赶早啄走了我们的劳动,免得蚂蚁们糟蹋了我们的土地。来吧,来收获大地的奉献,就像心儿收获幸福的果实,这果实是由爱情播洒在我俩心田的忠诚长成的。让自然力造就的后裔们来充实粮仓吧,就像生活丰富着我俩的感情。

来吧,亲爱的朋友,让我们在青草地上躺下,面对辽阔无垠的天空,头枕一束干脆的禾秸,把白天的疲劳消除,倾听山谷里湖水的夜谈。

秋天。

到葡萄园去,我的心上人,让我蓄上一缸甜蜜的果汁,就像心儿把终生的辛苦珍藏;我们还要收拾干果,再从干果里榨出点果汁,用它来勾起回忆,替代过去。

该回去了,回家去!树上的叶子枯黄了,风把它们吹向四面八方,好像派它们去掩埋由于告别了夏天而凋谢的花朵。我们回去吧——鸟儿已经飞往对岸,带走了花园里的欢乐,只留下孤独的茉莉花;最后的眼泪都已滴在大地的皮肤上了。

回去吧!山泉已经停止奔波,泉眼里干竭了高兴的泪水,丘岗脱下了耀眼的衣裳。迈动脚步吧,我的心上人。瞌睡正在诱惑大自然,大自然同狂热的涅哈维特乐曲依依惜别。

冬天。

走近点,我的生命之友,靠我近一点,别让大雪把我俩的身体隔离了。请坐在我的旁边,挨着这炉火。火毕竟是冬天可爱的果实,把你的一生都说给我听听。我的两耳被风的号叫和大地的呻吟折磨得好苦。请关紧门和窗。老天那副怒气冲冲的面孔使我心如刀绞,埋在积雪中的村庄更像个孤苦伶仃的寡妇,一滴一滴从心里淌着血……给灯碗添点油,我的生命之友呀!灯就要熄了。让它留在我的身边,我要看看,夜究竟在你的脸上画了些什么……给我一杯酒,让我们来干一杯,想想收获的季节。

走近点,靠我近一点,我的心爱的人——灯就要熄了,灰烟就要来把它扑灭……拥抱我吧!要知道,灯油耗尽了,黑暗胜利了……岁月的苦酒加重了眼睛的负担……用你那睡意蒙眬的目光望着我……趁梦还没有把我俩抱住,再抱一抱我。吻我吧——现在除了你的吻,一切都被冰天雪地降服了……喔,我的亲爱的,梦的海多么深,喔,早晨多么遥远……在这个世界上!

人生之秋

〔黎巴嫩〕努埃曼

一年四季,各有其意义,清新、朗润与欢乐,致使关于四季之间的比较,就像是某种诡辩或毫无价值的争论。因为任何一个季节都不能代表其余季节,而任何季节的完成,也有待于其余季节的完成。

春季,是被封锁起来的大自然对周围一切的造反。封锁已使大自然感到厌烦,于是起来挣脱桎梏与锁链,毫不犹豫或毫不留情地将其打个粉碎。蓓蕾渐次膨大,开出花朵,生出叶子和枝条;各自萌发生芽,裂开包衣,冲出黑暗天地,沐浴灿烂阳光,成为挺拔滴露的香草;根茎挣脱枷锁的束缚,拨开泥土,昂首空中,伸向四面八方;昆虫、蛇蚁、飞禽走兽嘶鸣、舞蹈、啼唱,成双结对,兴高采烈,欢欣鼓舞,深深沉浸在万物更新、再度欢腾的微醉情状之中。大地沸腾,动中祝福,形态种种,五彩纷呈。苍穹起舞,送来热情、光明、欢歌和妙曲,都是对胜利暴动的陶醉。

　　如果说春天是大自然对封锁所采取的暴烈行动,那么,夏天就是那场暴动本身,且可言登峰造极,如愿以偿,愤怒随之消逝。反抗行动变得温和,一切都从微醉中苏醒过来,开始安排自己的事,清点战利品,保卫自身的安全,注意自己的生长,以便日后最大限度地享受自己创造的美味。

　　秋季到来,大自然的暴动带来了果实,带来的是成熟的、光彩夺目的可口果实;华美、鲜味与健康已自在其中。

　　大地走来,因眼见自己的划时代果实而欢喜,于是动手采摘,饱吃足食一顿,然后将剩余的果实储藏起来。肚饱之后,精疲力竭,困神缠眼,正好入睡,以便消化吃下去的食物,除却怀孕、分娩、生产的污物。

　　冬令,则是大自然的休眠期,那是生命强加于她的,意在怜惜她的体力过度消耗及肠胃消化困难,唯恐她陷于神经紊乱状态。生命自有其生活哲学,宁愿带着自己的子女缓步走上完全解脱的道路,而不肯一下将他们推到那条道路上去。那是因为自由是一种长寿灵丹妙药,只能一口一口地吞服,借以进行自疗,一口足保一生或一个周期。

　　或许我们在用隐喻方法谈及人生四季时,道出事实的精华。世界上的一切都像地球上的四季变化规律一样,服从于一定的严格规律。每种事物必在一定时候开始,又在一定时间结束,先经过革命暴动,继而经历一个时期的力量集聚与调整,然后进入采摘收获时节,接着便是新的封锁或休眠,兴许长达一个月,也许久至一个时期;那时,我们就像谈论地球上的春、夏、秋、冬一样,完全有权利谈论太阳或宇宙任何星球的春天、人类的夏天、城市的秋天、学说的冬天。

　　我一点也不怀疑,人的生命仍然分为四季,有展开之时,有卷起之日,带着人到达最大自由境地,直至从四季的桎梏和岁月的权势下得到永久的解脱。

　　然而,无论我们怎样坚持将一年四季与人生四季之间进行比较,无论此与彼之间的相似之处如何吸引我们,我也不应该对不会开口说话的自然界与有理性的人类之间的巨大差距视而不见。依照我们的躯体所遵从的规律而论,我们或多或少地无异于草木、昆虫和牲畜。因为我们像它们一样,要经历四个阶段——开花,成长,采果,衰败。但是,我们具有草木、昆虫、牲畜所不具有的开花和成长要素——我们有思想、有想象力,有意志——所有这些,如果说受某种规律约束的话,那么,它不是四季那种规律,而是一种我们至今仍不明其目的与深度的规律,我们又如何为之划定界限呢?

　　也许我们当中某人年迈,于是神经衰萎,耳欠聪,目不明,多数器官出现故障,失去正常功能;虽然如此,他却仍富有想象力,意志坚强,思想与心脏还很年轻。而另有一个人,虽正当华年,思想却在摇篮里,想象力仅在袖口,意志已入老年。在人们当中,没有两个生命季节的意义完全相同的人,即使二者的年龄与外貌毫无差异。因此,谈人生的季节是很困难的,办法只有一个,即从总体上去谈论它;也许这个办法不适合于所有的人,但在多数情况下是适合于多数人的。

在人生的秋天,阴影不但多而且长。我们所进行的任何一种活动,或每一项爱好,或每一个想法,都会在我们的生活中留下阴影或痕迹;不论我们处于行、止状态,还是醒、睡之时,它都会与我们形影相随。这些阴影就像吉他上的琴弦一样,不停地振动,依照琴手的手指动作方向,时而这根弦被按下,时而那根弦被弹起。弹琴者也许受控于突如其来的一种情感,也许受控于某种一闪即逝的思想,或者受控于不可抗争的某一事件。琴弦的嗡鸣一波一波传入我们的耳际,有欢乐之波,有悲伤之波,有赞美、歌颂之波,有斥责、非难之波,有胜利、舒展之波,有挫折、萎靡之波,直至登上人类情感阶梯的最后一个台阶。真正幸福者是那种已经进入人生秋天的人;自打春天一直绷紧到秋天的琴弦,成了金声玉振、音色动人、情感纯真的琴弦;他将在自己的人生之秋摘到最甜美的果子。

在人生的秋天,人们常常回顾往日,很少向前展望。每当我们接近必然结局时,我们便竭力回想过去,从往日里寻觅适合于那种必然结局的食粮。那些昔日路途上布满圈套、荆棘、黑影的人是多么不幸!正是他们在自己的手脚上绑上重物,然而却说:"走,我们爬山去吧!"当他们无力负重时,便失望地后退,竟诅咒起山来,说那山令神鬼见愁。正是他们,人生之秋使他们病入膏肓,他们真希望生命永远是春天,而全然不知那是不可能的。他们终于懒于前进,因为他们看到眼前只有一个窄小、黑暗而又寒冷的泥坑。至于那些阴影淡薄的人们,他们则乐于在人生之秋展望未来;眼前的一切蒙不住他们的眼睛。冬天只能伤害那些无家可归,以及那些家无隔夜粮的人。那些已为冬季来临备足粮食的人们,即使在严冬里他们也会得到最美好的思想与情感。

在人生的秋天,血和肉的活力极大限度地松弛下来,胸间没有炽燃的火焰,没有抽击心与脑的长鞭,没有缠绕枕席的梦幻,没有耸入云霄的宫殿,没有幸福之光照耀下的双眼。然而此时此刻,人却有不可意料的幸福临门;因为他永远地摆脱了欲望的引诱和唆使,而且那种诱使是不可救药的。

在人生的秋天,最宜于深思熟虑,自我清算。人度过了自己生命的春天和夏天,迎来了无可逃避的秋天,无论其思维与想象力多么迟钝,他一定会问自己:自打看到人间光明时就沉睡着的力量从何而来?又是谁将其从昏睡中唤醒,然后进行组织、训练,继而组成大军,在一千个前线进行一千次战斗,或胜或败,或强或弱,或饥或饱,然而绝不投降,一直战斗下去;或进或退,或攻或守,战斗的意义究竟何在呢?有其向往的远大目标吗?目标究竟是什么?再则,我们为什么一时竟相信那种天性和力量,而后却不顾我们的反对,硬要收回去呢?难道因为我们不大理解它?或者我们没有用好它?谁晓得我们当中谁善于使用、谁又不善于使用它呢?这些与我们永不分离的影子，莫非仅仅是某种记忆？我们何必欢迎其中某些影子，而又躲避另一些影子呢？为什么这个影子亲近我们，使我们高兴，而那个影子又疏远我们，抛弃我们，好像我们的心灵在哭号呢？难道仅仅直觉本身就足以向我们报告善恶，还是人们当中有比直觉更忠实可靠的向导呢？在永恒的斗争中，善与恶又算什么呢？究竟是善与恶在进行搏斗，还是我们之间在进行搏斗？在茫然与高热状态下，我们所看到的是我们同大自然的搏斗，不是吗？

也许人从自己生命的秋天采摘到的最佳果实是平静、安然的心情：感到有许多颗心脏在自己的胸中跳动，友谊、情怀、爱慕自在其中；感到自己落在大地上的阴影是那样浓密柔和，足以让辛勤的劳动者和无家可归的流浪汉在那里歇荫乘凉。人可以用这样的情感展望人生的冬天，足以使冬之严寒变为温暖，令凄凉变成热闹，使荒芜化为肥沃。人若能把坚定的信仰与生命的哲理、美妙与公正联系在一起，那么，他便能够面对死如同面对生，面对坟墓如同面对摇篮。

暴风雨

〔意大利〕拉法埃蒂

闷热的夜，令人窒息，我辗转不眠。窗外，一道道闪电划破漆黑的夜幕，沉闷的雷声如同大炮轰鸣，使人悸恐。

一道闪光，一声清脆的霹雳，接着便下起了瓢泼大雨，宛如天神听到信号，撕开天幕，把天河之水倾注到人间。

狂风咆哮着，猛地把门打开，摔在墙上，烟囱发出呜呜的声响，犹如在黑夜中哽咽……

大雨猛烈地敲打着屋顶，冲击着玻璃，奏出激动人心的乐章。

一小股雨水从天窗悄悄地爬进来，缓缓地蠕动着，在天花板上留下弯弯曲曲的足迹。

不一会，铿锵的乐曲变成节奏单一的旋律，那优柔、甜蜜的催眠曲，抚慰着沉睡人儿的疲惫躯体。

从窗外射进来的第一束光线，报道了人间的黎明。碧空中飘浮着朵朵白云，在和煦的微风中翩然起舞，把蔚蓝色的天空擦拭得更加明亮。

鸟儿唱着欢乐的歌，迎接着喷薄欲出的朝阳。被暴风雨压弯了的花草儿伸着懒腰，宛如刚从睡梦中苏醒。偎依在花瓣、绿叶上的水珠，金光闪闪，如同珍珠闪烁着光华。

常年积雪的阿尔卑斯山迎着朝霞，披上玫瑰色的丽装；远处林舍闪闪发亮，犹如姑娘送出的秋波，使人心潮激荡。

江山似锦，风景如画，艳丽的玫瑰花散发出阵阵芳香。

绮丽华美的春色啊，你是多么美好！

昨晚，狂暴的大自然似乎要把整个人间毁灭，而它带来的却是更加绚丽的早晨。

有时，人们受到种种局限，只看到事物的一个方面，而忽略了大自然那无与伦比的和谐与美。

第四篇　情人的泥土

禁　欲

〔德国〕尼　采

我爱森林。城市里是不良于生活的；在那里，肉欲者太多了。

跌在一个谋杀者的手里，不是比跌在一个肉欲的妇人的梦里好些吗？

请看这些男子吧：他们的眼睛说明着这个，——他们不晓得大地上还有胜于享受一个妇人的事。

他们的灵魂深处满着污泥；多不幸，他们的污泥也还有精神呢！

让你们至少应当完全得如兽类一样罢！但是兽类也有天真。

我忠告你们扑灭本能吗？我只忠告你们要保持本能之无邪。

我忠告你们禁欲吗？禁欲对于一部分人是一种道德，对于另外许多人却几乎是一种罪恶。

不错，后一种人是能自制的；但是肉欲之大妒忌地从他们的行事里反映出来。

便是在他们的道德之顶点与冷静的灵魂里，这兽也附随着他们，而使之不安。

当这肉欲之犬得不到一块肉时，它会如何地善用和爱的态度，讨乞一块精神呵！

你们爱悲剧和一切伤心的事吗？但是我不能信任你们那肉欲之犬。

我认为你们的眼睛太残酷，而你们肉欲地侦视着受苦者。你们的淫乐不是化装着而自称为怜悯吗？

我给你们这个譬喻：欲驱逐魔鬼而入于猪道的人，不在少数。

如果禁欲引起痛苦，禁欲是应当被抛弃的；否则禁欲会变成地狱之路——换言之，灵魂之污秽与肉欲。

我说着不洁的事吗？我觉得这并不是最坏的事。

求知者之不愿跃入真理之水里去,是因为真理之浅薄而不是因为真理之不洁。

真的,许多人本质上就是贞恒的:他们的心较柔和些。他们比你们笑得好些,频繁些。

他们也笑禁欲,他们问:"禁欲是什么?

"禁欲不是疯狂吗? 但是这种疯狂来就我们,而不是我们去就它。

"我们把心与屋献给这客人:现在他住我们这里,——让他随心所欲地久留着罢!"

查拉斯图拉如是说。

(尹　溟　译)

爱情琐谈

〔德国〕齐美尔

　　爱情属于存在的塑造范畴,这一点往往同样程度地为某些精神上的真实性和理论上的想象方式所掩盖。毋庸置疑,爱情效应可多次改变和歪曲对象的客观面目,当然,首先是指"正在塑造"的程度而言,所谓情人眼里出西施。它与其他理智的塑造能力不相一致,不相协调,那么这到底是怎么回事呢? 因为理论因素首先按先决条件为情人描绘了"真实"的面目,然后(从一定程度上讲是事后)才补充情爱的因素,对某些方面加以赞扬,对另些方面予以贬低或者对整个色彩加以改变。不过,它们仅从质的确定性方面改变既成的面目,并未偏离它的理论水准,并未获得一个范畴上的新形象。

　　这种产生爱情后对客观上正确的想象所作的修正与把情人视作理想形象的首次创作并无关联。我所见到的人,我所认识的人,我所惧怕的人,我所尊敬的人,还有天生丽质的人,都各具特色,形象各异。倘若我们将理智上所认识的人当作"现实中的他"来认识,将各种形象仅仅视作形形色色的不同姿态,在这一姿态中我们已经置入了被改变的现实,那么它只能归因于意义超重。而指导我们实际行动的理智倒正具备这一意义超重。其实,所有范畴,不管它们在什么时候和什么场合有效,就其意义而言,都是协调一致的。一旦爱情获得的对象完全是一个天生的真正的形象,那么爱情也就属于这些范畴。从外表和时间顺序讲,一个人在被爱前,首先应该存在于世,应该有知觉。但这并不意味着可以着手与这一作为对象存在着而未经改变的人谈情说爱。人们只是先在主观中形成一个全新的基本范畴,带着同一种要求,认为他是"我的爱恋","他是我的诗篇",他不应是千篇一律的他,他不能像所有想象中的形象一样可列入恋人的行列,或者说,列入那种一定程度上尚被爱情所牵挂的人的行列。他就应该是他,他那完全独特的形象起先并不存在。

　　请设想一下宗教场合:上帝是受人爱戴的。如果上帝不受人爱戴,他就会成为另一种形象,跟他现在所拥有的特征完全不相一致,倘若人们因为上帝有一定特性和作用而爱他,那么这种爱的"原因"跟爱本身相比,就完全属于另外一层意思;跟某些没有真正爱情的爱相反,或者跟两种爱兼而有之的情况相反,一旦对上帝真正产生爱时,那么这种爱及上帝本质的整体就完全属于一种全新的范畴。这一点是毋庸置疑的。埃哈特曾明确表示，我们并不能因为上帝有这种或那种特殊品行而爱上帝，也不能因为有这种或那种动机而爱上帝，只能因为他是上帝才去爱他。这就毫不含糊地表明，爱情是无可辩驳的第一性范畴。

爱情在整体和最终本质方面支配着对象，爱情所获得的对象是事先并不存在的对象，这就是爱情。正如我自己，作为恋人，我跟过去的我判若两人，因为并不是我本人"方面"或能力的这一点或那一点在恋爱，而是全身心在恋爱（这并不意味着要明显地更改所有其他观点），那么同样，被我所爱的人也应该是另一种本质，他超脱了过去的先验的他，成为一个我所熟悉的或敬畏的人，一个超凡脱俗的或受我崇拜的人。只有这样，爱情才绝对地与自己的对象结合起来，而不仅仅是联合。在整个范畴意义中，恋爱对象并不先于爱情而存在，而是通过爱情而存在。由此可见，爱情以及恋人的整个姿态是完全统一的整体，是不能由其他存在着的因素所组合的。

我认为最重要的是应把爱情看作精神生活的内在功能或者说是形式功能，它纯粹是通过外界激励而产生的，而激励的媒介并非从一开始就起决定性作用。这种感情与包罗万象的生活统一体紧密地结合在一起，比起许多其他事情，或者说跟绝大多数其他事情相比，这种感情与生活结合得更加完美。许多感情，如喜、怒、哀、乐，爱与憎，兴趣与恐惧等，往往会油然而生，会跟主观生活潮流的汇合点偏离得很远很远，或者正确地说，远离了生活潮流中心之源头。假如我们"爱"一个无生命的对象，我们并不说它是有用的，舒适的或漂亮的，即便该对象给我们的感觉或印象多么不同，我们只认为它是相当重要的，而某些评价往往只符合事情的外围反应。我觉得，人除了爱之外还有兴趣爱好，感觉以及内在的错综复杂感情，可人们最终并没有将这些感情以精神王国的不同状态而正确地表达出来，我更觉得，爱情在所有场合下均是一种整体生活功能，相对地说，它大同小异，某些场合仅体现了爱的情感深浅强度的微小差别而已。

爱情是发自内心深处追求自我满足的动力，通过它的外在客观，内在动力可由潜意识转化成明朗的现实状态。确切地说，它只能转化，不能引起。灵魂到底有没有爱情动力，我们不能撇开它而一味追求任意外在的或内在的原因，或许是更接近于偶然性的原因。这一点最为根本，从这点出发，你就会觉得，以任意一种法律评语去要求爱情是毫无意义的。我甚至不能肯定，爱情的具体化是否一定要取决于一个客观？人们称之为对爱情的渴望或追求是否就是爱情？尤其是年轻时期那种朦胧而无目的的想往，对任意可爱对象的憧憬，是否就是爱情？还有某种只在内心徘徊，从一定程度上讲会"竹篮打水一场空"的爱情，是否也就是爱情？

人需要爱的天性先天有之，这种现实可能性在一定场合下会萌生真实爱情的初始阶段，当爱情尚未被一定的客观激励到充分发挥作用以前，它会使通常的朦胧感觉渐渐地明朗起来。这种无客观的、总是重又偏向自身的想往纯粹是发自内心的爱的前奏，但确实已是爱的歌声——这是最清楚的证据，它标志着恋爱事件的纯内在本质；而在一般情况下，恋爱事件往往被朦胧的想象所掩盖，似乎爱情是被外来客观所俘虏、所征服的形式（此外，在主观或形而上学方面也可出现这种形式），似乎在爱情的苦酒中，"俘虏"和"征服"找到了它们的最恰当比喻。其实爱情就是这样，它是生活的特定变异，它是生活自身所需的一种安排；在一般情况下，人们朦胧感到，似乎爱情来自它的客观，其实爱情是走向它的客观的。

爱情是生活动力的特定内在形式和节奏，正如人的内在是善或恶，是激励或冷静一样，人正在恋爱,这种爱是有中心的。因为,除宗教感情外,爱情是比其他感情与对象联系更紧密、更牢固的感情。随着来自主观的爱情的激烈化,对客观对象的针对性程度也相应激烈,关键在于不能掺入通常的法律式评议。如果我尊敬一个人,那么在我尊敬他期间,他所值得尊敬的性格总是跟他的特殊形象一样,全面体现在他的面目上。同样,如果我惧怕一个人,那么他的可怕之处及可怕原因也总是跟他的面目交织在一起。甚至我恨一个人,那么在多数情况下,我的脑海中怎么也不能驱散憎恨他的原因。这就是爱与恨的区别之一,区别是否认千篇一律的。尽管埃哈特曾对人们作过谆谆教诫,但是,人们灵魂深处对上帝的态度总是紧紧地盯住上帝的特性:即善良、正义、仁慈和威武,否则的话就不需要那种教诫了。

爱情有其独特之处,对象所体现的质总是相对普遍的,是爱情在对象身上慢慢形成的,绝非一下子而产生。爱情作为一种直接针对着对象、中心针对着对象的意图而存在着,显示出它那真正的、无可比拟的实质,甚至在有些场合,完全不必阐述产生爱情之原因。埃哈特的公式只是在真正涉及爱上帝的场合才成立——但该公式也适合所有的爱情,因为它并不顾及情人的各种令人相爱的特性。恋爱者那醉人肺腑的誓言,如:"你是我的世界!""你是我的一切!"等等,仅表现了爱情的专一性,是积极的一面,通过这种专一化,爱情这一地地道道的主观经历恰巧正确而直接地包罗了它的对象。据我看,世上没有任何其他感情像爱情这样,将主观绝对的内心世界纯洁无瑕地倾向于对象的绝对内心世界,情侣之间心心相印,感情来自何方,去向何处,均有一定潮流,并不会通过中间环节而受影响,不管该环节是潮流的源头或是跟潮流相连的支流。

这种情况,包括一瞬即逝和永不消逝的强音之间的程度上的无数差别,但在形式的一致性中,不管是妇女和物体、思想和朋友、祖国和上帝,人们都能体会到这种情况。首先你得承认,这种情况必须存在着,如果你想从结构上搞清楚其较为内在的意义的话,这种意义正在性的领域里逐渐兴起。通常,有人将性生活和爱情混为一谈,这是轻率的看法,无非是在拥有丰富谎言桥梁的王国里又为自己建造了一座荒诞之桥而已。当他们自以为进入所谓的心理学科学之际,人们早就相信,爱情已经落入屠夫之手了。另一方面当然也不能简单地回避性关系问题。

我们认为性行为有两层意思,在直接主观的性激动、性要求、性行为、性快感之后,随之而来的结果是人种的繁衍。人类精神延续不断,人类生命的长河无穷无尽,它流经各个阶段,或者由各个阶段一段一段地往下流传。我们若称它为目的和手段,对于神秘的生命长河来说,这一概念显得多么地不充足,似乎局限于小人的信条。但尽管如此,我们必须称之为手段,这是用来维持人种目的之手段,人类不再委托其他机械媒介(就其较深词义而言)而是通过精神的媒介来达到这一目的。

毫无疑问,上述情况在平稳而无激情的发展过程中也会产生爱情,因为,性行为期间和爱情的苏醒正巧碰在一起的情况并非完全是偶然的巧合;另一种情况,除爱人外深情地拒绝跟其他人发生性关系或同样深地追求爱人以外的其他人,也并非可以理解。这儿并不仅仅存在着两人结合的关系问题,而且还存在着遗传学的关系问题。就其普通享乐意义而言,性欲总是首先向着异性的,不同人的性欲强弱程度不同,似乎在一定程度上讲,性欲的对象越来越趋向于个体化,直到单一化为止。

虽然性欲绝对不能光凭其单一化就成为爱情,但一方面它可尽情享受爱情的精美,另一方面也是生命意识的本能需有合适的配偶,以便生育最优最佳的孩子。很明显,如果爱情的主观把爱情转向多对象的话,那么单一化至少形成一种形式上的局面,一种所谓的专一性范围,正是这种专一性范围构成了爱情实质本身。我敢肯定,在人们普遍称作"性的吸引力"之中就有爱情的初始因素,或者说爱情的初始形式。生活也会变得这样,生活的潮流汇成爱情的浪花,越卷越高,浪尖高无止境。倘若人们把生命过程单纯视作服务于生活目的之手段,仅仅注意爱情的简单现实意义是为了人种繁衍,那么它也是生活为了自己和出自本身所需要而安排的各种手段之一。

确实,当自然的感情发展成爱情之际,爱情将重又向着自然感情发展;那么同样,一旦爱情的目的意图仅仅是为了人种繁衍,那么爱情就成为另外的东西,成为下面这种状况:它虽然也是一种生活,但却是另一种方式的生活,生活的最根本动力——自然发展过程——按其本身意志而存在;爱情虽然有意义和定义,但却完全来自目的论,只要爱情和目的论的联系继续存在,爱情与生活的关系就会被颠倒,使恋爱者感到,生活必须为爱情服务,换言之,生活的存在是为了爱情的存在而贡献出自己的力量。

本能的生活会在生活过程中产生许多高潮,并以此来触动生活的其他秩序,与此同时,为了自身的要求和意义,为了自身的存在,生活又被一定程度地夺走这些高潮。正如歌德所说:"一切事物,当它的本性达到完美时,它就会超越它的本性。"生命总是为了某种意义代代相继,永不中断,生活的本性是带来更多的生命,成为"更多生命";另外,生命还会在精神领域里带来高于生命的东西,成为"高于生命"。生活的面目就应该是:生活像宗教一样有很多的认识,生活像社会一样有丰富艺术,生活像规范一样富有技巧,生活呈现出高于单纯生活过程、高于单纯服务于生活的超越。

当这些生活形象分别形成符合各自内容的逻辑和价值体系时,当它们成为本系统内有权威的领域时,它们就又成为生活的内容,丰富了生活,提高了生活,但也往往成为僵化的东西阻塞或偏转生活方向,阻塞或偏转生活节奏,成为没有出路的死胡同。这些被称为精神上的、重又在生活中得到体现的东西,有时偶然地成为僵化、或者跟生活相矛盾,其最根本的难题在于,它们最终确实是作为整体来源于生活,并被生活所包括;在于它们高于生活本身,而生活的本质是要超越自身,要去除不再是自身的东西,要首创性地针对生活过程、针对生活规矩提出其他东西来。

我觉得这种超验直觉,这种精神与精神的另一面(其内在生活形式本身)之间的关系——呈产生、接触、相关、和谐及相对的关系——这种在自我觉悟、在主观变成客观的实现中最简单地呈现出来的超验直觉,当它是精神的时候,它就是生活的最早现实;当它是生活的时候,它就是精神的最早现实。它不仅存在于精神内容凝结而成的牢固的思想晶体之中,而且存在于达到晶体结聚状态之前,存在于生活在自身之中产生一层薄层以前。纯本能式生活潮流是难以渗透进去的。

我觉得爱情就存在于这一薄层之中,心理上始终觉得爱情已经超脱忙忙碌碌的生活,超脱了生活的形而上学的意义,但就爱情的意图,爱情本身的规律及自我发展情况而言,它对生活是如此地超验,犹如客观逻辑认识对于精神想象一般,或者犹如艺术作品的审美价值对于在创作和欣赏过程中的心理活动一般。与其说,试图否认爱情是由其他因素组合而成,还不如在这一纯粹的"爱情就是爱情本身"范围内来决定爱情的内容更为明智,不过,这也许是一个不可解决的难题。

生活伴有性生活,它就在这一薄层中进行,因此要划定这一层的厚度实在困难,因为爱情从它自身这一层还绝对不能驱散"性欲"的字眼。关于常听说的"情欲和性欲"相互排斥之论调,我没能找到理由。事实上,相互排斥的爱情和孤立的性欲,是爱情和贪图性享受的意图。因为,当主观在恋爱时,一方面影响主观存在的统一将会分裂,另方面爱情分别向着对象或只向着对象方向的专一性重又形成,这就不利于对象原则上可以任意代表的非专一性兴趣,同时它还表明,因为代表性的实质是一种手段,纯粹是为了达到唯我目的之手段,无可辩驳,这种手段可成为爱情与该对象的明显对立面。

这一矛盾不仅代表现在将表面上的情人作为手段加以滥用,而且还表现在将目的论手段塞入爱情领域。就一定程度而言,摆脱单纯的目的和手段之间的联系是一切重要领域的皇印和圣旨。正如索本赫尔所说:"艺术不外乎到处体现了目的意图。"此话也适用于爱情。倘若爱情有一些愿望或要求,只要它们纯粹是为了爱情本身,而未夹杂赤裸裸地追求性欲的目的或手段,那么爱情尽管可以去抓这些愿望和要求。

与此相反——生理学方面的资料同意这一观点——性欲问题和所有其他来源于生活的因素一样,会越过真正的爱情界线而掺夹到爱情之中。或者从上述提到的方面来看,在单纯情欲的血液里也流动着性欲这根血管,扩大着情欲潮流的宽度,若要区分的话,只能补加很细微的概念区别,而在现实生活本身却并没有得到区分。倘若把"情欲的本能"视为:一方面生活能力的变态完全进入到追求自我满足的、对生活是先验性的爱情层之中,另方面爱情层本身靠整个奔流不息的生命动力来维持生机和供养血液,那么可以说,情欲本能毫无性欲,同样也可以说情欲本能很有性欲。这种生理一心理上的附带条件区别已经把情欲个性化了,不必触及它们在生活选择方面的基本一致性。

从情欲本能的本意出发,它对人类的传宗接代毫无兴趣。正如热恋着的人摆脱了各种目的关系一样,没有享乐和自私的动机。也正如道德的、纯洁的字眼总是伴随着恋爱者的现状一样(但这种现状只是存在着的现状,还不是行动着的现状)。那么当然,传宗接代关系对于他来说也是陌生的。他不是中点,而是终点,正确地说,他的存在和自我感觉完全站在路和终点的另一边,站在手段(miffel-sein)和成为手段(zum-miffel-machan)的另一边,正如宗教信仰内容和艺术作品一样。只有在这种情况下,成为永恒艺术形象的可塑性与生活目的论之间的距离,比他对爱情的距离更为明显地显露出来。

也许,每个高尚的恋爱者和每种高尚的爱情会奏出悲哀的泛音。纯洁的爱情越超脱于合理的生活过程,它的悲调就越明显,伟大的爱情越返回到生活过程中,那么它的悲调就越不可避免。悲剧罗密欧与朱丽叶很有其爱情的深度,可是经验主义的世界并没有给这种深度以位置。正因为该悲剧的确来自这一世界,它的现实发展与世界条件必须紧密相连,所以它从一开始就伴随着致命的矛盾。假如悲剧并不意味着两种力量、两种思想、两种意愿或要求的冲突,仅意味着:毁灭一个生命的悲剧只是生活本身发展的最终必然结果;意味着悲剧与世界的矛盾最终是一个自我矛盾;那么应该说在所谓的爱情层内一切"居民"都伴有一种"思想"。并非这种思想为高于世界或对立于世界的东西涂上悲剧的色彩,似乎世界不能容忍它。要反对它,甚至要毁灭它,而是它——作为思想或思想的载体——同样来自这一世界,它的产生与存在的力量吸取于这一世界,但在这世界之中它却找不到位置。

出自生活潮流的纯情欲的悲剧色彩原因在于:它源于生活潮流,当它产生其他的自身并不熟悉的对立面时,它们(对立面)就完成了最根本的原则。涛涛大海,洪波涌起,浪花中映出阿芙罗狄蒂女神①的永恒之美。涛涛不尽的生命永无止境地孕育着一代一代的生命,它在每次浪潮到来之际置入性的引力作为媒介,于是,生活就会得到一种威力无比的大转向,使性引力成为爱情,换言之,生活会升华到一种超然王国,对所有生育和媒介均视为陌路。不管这种情况是否由上述提到的思想来解释清楚,还是它来解释那种思想,不管爱情是否重新回过头来跟传宗接代关系相联系,不管爱情是否赢得了重要的传宗接代意义而作为现实结果——就爱情的本身意义而言,它对这一关系一无所知,它始终是主观的现状,在只能心领不可言传的方式中,围绕着另外一个主观慢慢地滋长着,在自身之中发现了集中,而不是在维护和发展人种繁衍之中,也不是在一个可以产生的第三者之中找到集中。

一旦在意义区别上把爱情从人类生命中分裂出来时,爱情就被当作理想的自身存在,但它毕竟来自人类生活,所以总是被任何一些自我矛盾、自我干扰所缠绕。它头上的悲剧阴影并非来自爱情本身,而是来自人类生活。生活力量本身,以及为了发挥生活力量的意图会使爱情的花朵怒放,芬芳的爱情之花把馨香洒向自由的天地,洒向能生根发芽的地方。很显然,没有一个悲剧的开场就是毁灭和死亡,但是矛盾在于:在高于或处于包罗万象的生活之处,尚存在着一种陌生的东西,它来自生活潮流,它自身的种子引出极乐世界和非极乐世界;矛盾还在于:这种陌生的东西恰恰来自生活的最内在想往和追求,或者正确地说也许是来自生活的必然;矛盾还在于:由生活本身去除这种陌生的东西是生活的最终秘密——即使它不是生活的自动否认,也是自我否认——它让悲剧的音乐在爱情的大门之前轻轻地奏起。

也许爱情在其纯洁的本身之中存在着悲剧,因为爱情双方的感情都不可替换地蕴藏在各人内心深处,这跟拥有对方,把对方拉向自身及融入自身的愿望相矛盾;我和你这一最后环节在连续不断地相互接受,相互拥有以前不能相互保持,因此,在我和你的过程之中也存在着矛盾。不过,这儿探讨的是另一种悲剧,即来自人类生活的阴影笼罩着爱情。通过爱情,人类生活本身成为超验,生活力对生活产生了怀疑,给自己裹上了一层宏观形而上学的意义,因为根据这一意义,生活仍然是"高于生命"的东西,而在爱情之中,生活却被它的规律"更多生命"所背离。

(涯 鸿 宇 声 等译)

---

① 阿芙罗狄蒂女神:希腊神话中的爱情女神。

论热情

〔法国〕伏尔泰

这个希腊词意为五脏六腑的不安,内心的激动。希腊人发明这个词是不是为了表达人深深地被感动时神经所感受到的震惊、肠子的膨胀和绷紧、心脏的激烈收缩以及五脏六腑的不安和激荡起伏,也就是说那种回肠荡气的激烈情绪?

或者说,热情这个意为五脏六腑不安的词是首先表示皮西亚挛缩吗?他站在特尔斐城的青铜三脚祭炉上,通过似乎制造出来为容纳万物的躯壳接受了阿波罗的灵魂。

我们对热情的理解是什么?我们感情的细微差别是如此之多!赞美、感觉、感知、悲伤、震惊、情欲、狂乱、疯狂、暴怒、狂怒:这些是一个可怜的人类灵魂所能经历的全部状态。

一个几何学家观看一场动人的悲剧:他只看到此剧的结构很好。他边上的一个年轻人深受感动,但什么也看不见。一个妇女在哭泣,另一个年轻人感动得不能自制,不幸的是:他也决定写一部悲剧,因为他已经染上了热情的疾病。

古罗马军团的百人队队长或军事护民官只把战争看作是可以赚一笔钱的生意,他们镇静地走向战场,就像建筑工爬上屋顶;当恺撒看见亚历山大的塑像时,他哭了。

奥维德对于爱情的见解很有趣。萨福表达了这种情欲的热情方式:如果热情确实使她付出了生命的代价,那是因为在她这种情况下,热情已经变成了疯狂。

党派精神奇迹般地鼓励了热情:没有一个宗派是没有狂热分子的。

热情能主宰误入歧途的虔诚的人的命运。祈祷时只看见自己鼻尖的年轻的托钵僧越来越狂热,甚至相信如果他被加上50磅的锁链,万能的主将会非常感谢他。他带着满脑的对婆罗门的想象去睡觉,必然会在梦中看见他。有时在半睡半醒的状态中,他的眼中甚至闪现出火花:他看见婆罗门在闪闪发光。他心醉神迷,这种疾病往往是不治之症。

理智和热情相结合是罕见的。理智总是实事求是地看待事物。醉汉看见物体增大一倍时就表明他已失去了理智。热情就像酒:它能在血管中引起如此多的骚动,在神经中引起如此猛烈的颤动,结果理智被完全摧毁。理智只能引起轻微的震动,仅能在大脑中增加一些活力。这种情况发生在滔滔不绝、口若悬河的演说中,尤其是在崇高的诗情中。理智的热情是大诗人的特征,这种理智的热情使他们的艺术臻于完美。在过去,人们相信这些诗人是被诸神赐予灵感的,但对其他的艺术家则没有这样的评论。

理智怎么能控制感情呢?这是因为诗人首先勾画出他作品的结构:这时理智控制他的行为。可是当他进一步要使他的人物充满活力,赋予他们激情时,想象的火花燃烧起来了,热情控制了他,就像一匹赛马不顾一切地往前冲,但它的路线是早就合适地安排好了的。

（余兴立　吴　萍　译）

精神的危机

〔法国〕瓦莱里

现在知道我们的文明是可以死亡的。

我们听说过一些世界整个地消失，一些王国连同其人、其器械直沉海底；它们跌进深不可测的世纪之底，带着它们的神和法，它们的科学院和纯粹及应用科学，它们的语法、词典，它们的古典派、浪漫派和象征派，它们的批评和批评之批评。我们深知整个儿地表由灰烬构成，而这灰烬是意味着某种东西的。我们透过历史的厚度瞥见一些幽灵般的巨船，上面载满了财富和精神。我们不能尽数。然而说到底，这些毁灭不是我们的事。

艾拉姆，尼尼微，巴比伦①，都是些美丽然而模糊的名字，这些世界的彻底毁灭和它们的存在本身一样，都对我们具有很少的意义。但是，法兰西，英吉利，俄罗斯……也是些美丽的名字。卢齐塔尼亚②也是个美丽的名字。我们现在看到，历史是一个深渊，足以容得下全世界。我们感到文明和生命同样地脆弱。把济慈③的作品和波德莱尔④的作品与米南德⑤的作品联系起来的种种情况完全不是不可思议的：它们都在报刊上。

还不止于此。新近的教训还更全面。我们这一代根据自身的经验知道，最美的和最古老的东西、最绝妙的和最有条理的东西都能意外地消亡；它在思想、常识和感情方面发生了一些奇特的现象、不合常情的意外的成就、对事实的粗暴的欺瞒。

我只举一个例子：德意志各民族的巨大效能造成的灾难要甚于懒惰产生的罪孽。我们亲眼目睹自觉的劳动、最坚实的教育、最严肃的纪律及其遵守用于实现种种骇人听闻的意图。

没有如此的效能，就不会有如此的暴行。无疑，必须有很多的知识方能在如此短的时间里杀死那么多的人，挥霍那么多的财富，毁灭那么多的城市；然而，所需之精神上的才能亦不可稍少。知识和责任，难道你们是可疑的吗？

因此，精神的帕萨波利斯⑥并不比物质的苏斯⑦所受的侵蚀少。并非一切都已逝去，然而一切都已感到正在消亡。

一阵不寻常的战栗掠过欧洲的骨髓。它通过它所拥有的全部思想着的内核感到，它认不出自己了，它不再像自己了，它要失去意识了——一种通过几个世纪的可以承受的不幸，通过几千

---

① 艾拉姆、尼尼微、巴比伦：这三个地方都是著名古城，欧亚古代文明的发祥地。
② 卢齐塔尼亚：西班牙古城。
③ 济慈（1795—1821）：英国诗人。
④ 波德莱尔（1821—1867）：法国诗人。
⑤ 米南德（约前342—前292）：古希腊喜剧诗人。
⑥ 帕萨波利斯：波斯古城。
⑦ 苏斯：伊朗古城。

个第一流的人物,通过无数地理的、种族的、历史的机遇获得的意识。

于是,——仿佛为了绝望地捍卫其生理上的存在和拥有,它的全部记忆又模模糊糊地浮上来了。它的伟大的人和伟大的书杂乱无章地再度出现在它的面前。人们从未像战时读得那么多、那么热情:问问书商吧。人们从未祈祷得这样勤、这样深:问问教士吧。人们呼唤过所有的拯救者、所有的创始者、所有的保护者、所有的殉道者、所有的英雄、所有的国父、所有的圣女、所有的民族诗人……

在同样的精神混乱之中,出于同样的焦虑,文明的欧洲眼看着它无数的思想迅速复活:教义,哲学,异质的观念;三百种不同的解释世界的方式,一千零一种色彩的基督教,两打实证主义:精神之光的全谱展现出互不相容的颜色,用一种矛盾的怪光照亮了欧洲灵魂的末日。正当发明家在他们的形象中、在昔日的战争年鉴中狂热地寻找挣脱铁丝网、挫败潜水艇或使飞机的飞行陷于瘫痪的方法之时,灵魂却一边呼唤着它所知道的所有咒语,一边认真地审视着最为怪异的预言;它在回忆、以往的行动、先人的态度的全部记载中为自己寻找藏身之地、种种迹象和安慰。这乃是忧虑之尽人皆知的产物,是头脑的方寸大乱的举动,它从现实奔向噩梦,又从噩梦返回现实,惊恐万状如一只被夹住的耗子……

军事的危机也许已经结束。经济的危机正全力发展;然而精神的危机更为微妙,由于其本性而呈现出最具欺骗性的表象(既然它是在虚假王国的内部进行的),这种危机使人难以把握其真正的程度,即其阶段。

没有人能够说出明天在文学上、哲学上、美学上什么将死亡,什么将生存。谁也不知道什么观念、什么表达方式将被登入死亡名单,什么新观念和新表达方式将被宣布出来。

当然,希望还在,而且小声地歌唱着:

Et cum vorandi vicerit libidinem

Late triumphet imperator spiritus①.

然而,希望不过是人针对其精神之精确预言的怀疑罢了。它暗示着一切与人不利的结论都应该是他的精神的一种错误。但是,事实是清楚的,无情的。有几千年轻的作家和艺术家死了。一种欧洲文化的幻想已经破灭,知识已被证明不能拯救一切;科学已在其精神的抱负中受到致命的打击,其应用之残忍等于让它蒙受了耻辱;理想主义原本胜得不易,又因其梦想而内伤深重;现实主义已经失望、溃败,被弄得浑身是罪恶和错误;贪欲和克己都遭到嘲弄;信仰在不同的阵营中混为一谈,十字反对十字,新月反对新月;怀疑论者也被如此突然、如此粗暴、如此动人心弦的事件弄得哑口无言,玩弄我们的思想就像猫玩弄老鼠——怀疑论者丢失了他们的怀疑,找到了,又丢了,不知如何驾驭他们的精神的运动。

船的摇晃如此剧烈,灯无论吊得怎么好,最终还是掉了下来。

使精神的危机如此深刻和严重的,是它所面对的病人的状态。

我没有时间也没有能力说清楚欧洲在 1914 年的精神状态。而谁又敢为这种状态勾画

---

① 拉丁文,大意为:阅读的欲望获胜时,精神统帅便会获得巨大的胜利。

一幅图画呢？主题是巨大的;它需要各方面的知识,需要无穷的信息。再说,当事关一个如此复杂的总体的时候,复原过去,哪怕最近的过去,其难也与构筑未来、哪怕是最近的未来之难相若;或者更可以说,其难是一样的。预言家和历史学家成了一家人。那就让他们待在一起吧。

我现在只需要模糊而笼统地回忆起战争前夕人们之所思、当时所进行的研究和出版的书籍。

如果我因此而略去所有的细节,局限于简单的印象和一种瞬间的感知所能提供的自然的整体,那么我之所见将——空无一物——空无一物,尽管这是一种无限丰富的空无一物。

物理学家告诉我们,在一个接近白热的炉子里,如果我们的眼睛还能存在,那么它之所见将——空无一物。任何光差都不存在,空间的位置亦不能辨别。这种内藏的巨大的能导致看不见,导致难以觉察的相等。而一种这样的相等不是别的东西,正是理想状态下的混乱。

那么,我们精神的欧洲的这种混乱因何而成? ——因为最不相似的观念、最相对立的生活和认识原则在有文化的人中自由的共存。这正是一个现代时期的特征。

我不反对普及现代这个概念,也不反对用这个名称指某种存在方式,我不想把它当成当代的纯粹的同义词。在历史中有一些时候和地方,我们这些现代人是可以进入的,不会过分地搅乱那些时代的和谐,不会出现一些非常奇特、非常显眼的东西,以及一些令人反感的、不协调的、不可同化的人。我们的进入若能无声无息,我们就差不多是在自己家里了。显然,图拉真①的罗马和托勒玫②的亚历山大比许多别的地方更容易吸引住我们,这些地方虽然在时间上不那么遥远,但因其唯一的风俗类型而更具特殊性,完全适应于一个种族、一种文化和一种生活制度。

好吧! 1914 年的欧洲可能已到了这种现代主义的边缘。某一阶层的每一个人都是通向各种舆论的一个十字路口;任何一位思想家都是各种思想的一次普遍的展示。有一些精神方面的著作,其抵牾和矛盾的冲动之丰富,令人想到当时各首都的发疯的照明之效果:眼睛发烫,不胜其烦……为了让这种狂欢成为可能,被确立为人类最高智慧和成就的形式,需要多少物质、劳动、计算、被掠夺的世纪和加在一起的异质的生命呢?

在这个时代的某本书里——而且并非最平庸者——人们毫不费力地发现:——俄国芭蕾舞的影响,——些许帕斯卡尔的阴郁风格,——许多龚古尔③式的印象,——某种尼采的东西,——某种兰波④的东西,——与画家过从所产生的一些后果,有时则是科学出版物的口吻,——一切都散发着一种无以名之的、难以确定其程度的英国味儿! ……顺便看看这种大杂烩的每一种成分吧,人们肯定会发现别的东西。再去找这些东西是没有用的:那将是重复我刚才关于现代主义的言论,检点欧洲的全部精神史。

――――――――――

① 图拉真(53—117):古罗马皇帝。
② 托勒玫(约 90—168):古希腊天文学家。
③ 龚古尔:19 世纪法国作家,兄弟齐名。
④ 兰波:(1854—1891):法国诗人。

现在,站在艾尔西诺①的广阔的阶地上,从巴塞尔到科隆,直至纽波特的沙地、索姆河的沼泽、香槟省的白垩、阿尔萨斯的花岗岩,——欧洲的哈姆雷特望着几千个鬼魂。

然而,这个哈姆雷特是一位知识分子。他思考着真理的生与死。我们的讨论的所有对象都是他的幽灵,我们的光荣的所有名目都是他的悔恨;他被发现和知识的重量压倒,不能重新开始这种没有限制的活动。他考虑着重新开始过去给人带来的烦恼和想要永远创新的疯狂。他在两个深渊之间蹒跚,因为两种危险不断地威胁着世界:秩序和混乱。

他拿起一个骷髅,就是一个名人的骷髅。——Whose was it?——这个是雷纳尔佗②的。他发明了飞人,但是飞人并没有准确地为发明者的意图服务:我们知道,今天,飞人骑上他的大天鹅(il grande uccello sopra del desso del suo magnio cecero③)有了别的用处,不再是到山顶取雪,天气热的时候往城市的街道上撒……另一个骷髅是莱布尼兹④的,他梦想着普天下的和平。这个是康德的 Kant qui genuit Hegel,qui genuit Marx,qui genuit……⑤

哈姆雷特不知道该拿这些骷髅怎么办。然而把它们扔掉如何!……他就不再是他自己了吗?他那极其清醒的精神凝视着从战争到和平的过程。这个过程比从和平到战争的过程更隐晦、更危险;所有的民族都因此而惶惶不安。"而我呢,"他对自己说,"我,欧洲的智力我将变成什么?……什么是和平?和平也许是事情的这样一种状态,人之间的自然的敌对不是体现为战争造成的破坏,而是表现为创造。那是创造的竞争的时代,是生产的斗争的时代。而我,我不是疲于生产了吗?我不是耗尽了极端的探求的欲望吗?我不是滥用过巧妙的混合吗?应该将我的困难的责任和超人的抱负弃置一旁吗?我应该随波逐流、像波乐纽斯⑥那样吗,他现在领导着一家大报?像莱阿提斯⑦那样吗,他在某地开飞机?像罗森克兰兹⑧那样吗,他顶着一个俄国人的名字不知在干些什么?

"永别了,幽灵们!世界不需要你们了,也不需要我了。世界将它那朝着一个宿命的精确的倾向命名为进步,极力将死亡的好处和生命的恩惠联系在一起。某种混乱还占着优势,但用不了多久,一切都会清清楚楚;我们终将看到出现一个动物社会的奇迹,一个完美的、终极的蚁群。"

(郭宏安　译)

---

①　艾尔西诺:莎士比亚的《哈姆雷特》剧情发生的地方。
②　雷纳尔佗:不详。
③　意大利文,大意为:一只大鸟骑在另一只大鸟的背上。
④　莱布尼兹(1646—1716):德国哲学家。
⑤　拉丁文:康德产生了黑格尔,黑格尔产生了马克思,马克思产生了……
⑥　波乐纽斯:《哈姆雷特》剧中人物,御前大臣。
⑦　莱阿提斯:《哈姆雷特》剧中人物,波乐纽斯之子。
⑧　罗森克兰兹:《哈姆雷特》剧中人物,廷臣。

论机智与幽默的区别

〔美国〕布鲁克斯

我并无把握能在机智与幽默之间划分一条确定的界线。它们之间的差别实在太微妙了,可能只有白胡子长者才能判定。但是即使是无知的人,只要他与精神病院无缘,对此也会有自己的见解和看法。

我确信在机智与幽默之间,幽默具有更令人惬意和让人无拘无束的特性。幽默的人,如果他们天生的幽默感是真正的而不是表面的闪耀,那么,他们永远是令人愉快的同伴,而且他们总能以最佳状态潇洒自如地和你共同度过一个美好的夜晚。他们的嘴角向上翘着,脸上挂着微笑。好像木偶大师已将操纵木偶的提线拴到了他们的嘴角上,用无比灵巧的手指开始轻轻抽动一样。但是,一个仅仅机智的人则不然,他的嘴巴生硬、发酸,只有等到他说出一些聪明的话,自己才会勉强笑一笑。来自机智者的偶尔的妙语也像一道刺眼的闪光,并不总是叫人舒服,而幽默的人总是辐射出一种人人都能感到的欢愉,就像房中点燃的另外一支蜡烛,发出柔和的光。

我钦佩机智,但并不真正喜欢它。机智总是被别人用来对付我的,对我的伤害太多,而幽默却总是我的伙伴。它从不对我的某些不足之处作些不适当的指指点点。幽默的人不像安置在炸药上的导火索。他们是让人感到安全和容易相处的同伴。但是一个机智者的谈吐,却尖刻像一根赶驴棒。它刺戳我的时候,我可能会跑得快些,但这种刺戳的背后,却是一种令人十分不快的劝诱。

机智是一种精瘦而无趣的动物,长着一个好询问而又嗅觉灵敏的鼻子,而幽默却有一双和善的眼睛和一副光滑可爱的腰身。在必要的时候,机智会运用恶意而赢得一分——就像一只猫,出其不意地猛扑它的目标——而幽默却将平静留在安乐椅中。机智爱用独唱来表现自己,幽默却能最好地融于合唱之中,机智之锐利如闪电之一击,幽默之漫射如阳光之普照。机智追逐时尚,研究措词的精妙与缺乏远见的判断,而幽默所涉及的是朴实平常而不朽的事物。机智所着的是丝织的外衣,华而不实,幽默所着的是手纺的粗呢,能承受罡风的侵袭。机智所设的是陷阱,而幽默却吹着口哨悠闲地行走,从无害人之心。机智是餐桌旁精明的陪客,而幽默却在患难中更见其真情。机智走了嘴,就像餐桌上搅拌坏了的色拉,酸溜溜的,会让人难堪,但幽默即使不在餐桌旁也能愉快自如地侃侃而谈。幽默听了别人的俏皮话会发出会心的笑声,有时还会捧腹大笑,而机智则全神贯注于寻求一个真实的答案。但是我们生活在一个实实在在的世界里,我们的长筒靴会染上污泥,我们在暮色中显得疲惫不堪——这是一个在近几年的战争中饱受创伤和令人悲哀的世界:由此我想到了我所认识和了解的人,正是那些名副其实富有幽默感的人,而不是那些机智聪明的人,给予我们更为有益的同伴之谊。

于是,便有了不是机智的机智。正如有些人所写的那样:

什么样的闹声也不能冒充机智，

循着驴的叫声找到的只能是驴。

不久前，我应邀作客，与一个机智者（一个真正聪明绝顶的人）共进晚餐，他是由女主人介绍来活跃气氛的。我已拜读过此君的许多篇书评和剧本评论，在承认这些文章所表现出来的机智和才华的同时，我认为这些文章过于艰深和尖刻，缺乏旨在追求真实的幽默的基础。他的写作——迎合当时的不良习气——追求反论，喜欢猎奇，抱着蔑视的态度，对真正有价值的事物视而不见，却去寻找一些毫无价值、微不足道的东西。他的书评很少是正确的——就我们对正确的理解来说——但闪耀着机智，不惜用颠倒是非的手段和出人意料的言词吸引读者的兴趣。

在交谈中，我发现他本人和书评中反映出来的他并无多大区别——虽然，严格地说，这并不算是真正意义上的交谈，交谈中双方都应相互交换观点和看法，两者交替发言。对话显然不是商场，一个人卖，另一个买；相反，对话应该是一个相互交易、相互讨价还价的过程，每个人既是卖主，也是买主。我的橡胶树苗换你的留声机，每个人提供他所有的，换回他所需的，这叫互通有无吧。我的一个朋友，姑且称他为乙吧，曾很公正地作过这样的假定：他说，他太喜欢讲话了，如果轮到他讲话时听众愿意听的话，他愿意付钱给他们。

但现在我经历的是一个我不得不洗耳恭听的演说或学术讲座。这个聪明人打开了他那枯燥无味的知识的龙头，向我们在座者滔滔不绝地灌输文学典故——他承认这是他不屑于做的——还有妙语和警句。他似乎是从梅瑞狄斯①的作品中跳出来的人，嘴里流出来的是墨水。我早就认为只有书本中的人物才会像他那样说话，而且所用的是作者送给出版商之前第七次涂涂抹抹仍修改得很糟的人物的语言。对于我来说，这是一次全新的经历，因为我平时认识的人都是些普通而又诚实的日间工作的毛纺工人，他们一个晚上难得有一个以上的精彩场面。

起初，我担心他流畅的谈话中可能会有一个停顿，而为了礼貌起见，我又不得不用插话加以弥补。一度，他的谈话中确有一个极短的停顿——那是一块块菌②塞住了他的喉咙——我轻轻地吐出了一句话；但是块菌很快地在他重新涌起的语流中被吞下去了。严格地说，这似乎并不公平。如果一个谈话者——换个比方——像铺路一样，坚持要用圆石块铺满整个谈话，他至少应该允许其他人扛一扛沥青锅，填一填缝隙。晚上告别时，虽然我还能回忆起此君所述的两三本有趣而构思精巧的小说，但我却发憷向别人重述，因为我怕重述这些故事会歪曲他的原意。我带着满脸倦容和一肚子不满意离开了，我的舌头也因为无用武之地而变得又焦又干。

现在，我再也不愿找这样的人做旅伴，和他一起静静地在帆船上沉思，也不愿和他一起去乡村，尤其不愿和他去北部森林以及其他任何远离尘嚣的地方。我确信，如果没有听众（或丧失了发言的机会），他就会愤怒异常。即使在用早餐时，他也会对着熏猪肉大发脾气。当然，与一个富有幽默感的人结伴去森林野营那是再遂意不过了，因为在不幸和意外事件中，幽默会使你和他同时得到安慰。一个幽默的人——这是问题的实质——一个幽默的人在遭受烦恼打击的那一刻，具有一种很强的置烦恼于脑后的能力，而其他人则要过很久才会将这种烦恼忘却。一个幽默的人，如果不慎从独木舟中掉到了水里，他会做些极滑稽的动作以缓解气氛，而这时他的脑

---

① 乔治·梅瑞狄斯(1828—1909)：英国小说家，主要作品有《理查·弗浮莱的苦难》、《高尚的事业》、《利己主义者》等。

② 块菌：一种地下菌，用于调制美味食物。

袋还在凉水中沉浮呢。相反,一个机智的人,遇到类似的情形,在擦干身子、换好衣服之前,却会显得尴尬和难堪,表情也极不自然;但在一个星期后,他又以此为素材,给周围的同伴编造一个与事实完全相反的喜剧故事,忘掉了自己当时的尴尬状。

我的朋友甲——有一次我曾与他一起去加拿大的某个森林野营——具有真正的幽默,再也找不到一个比他更令人满意的同伴了。我用不着回忆他说过的许多滑稽好笑的事儿:实际上他同最出色的幽默大师一样,对每一件事都是严肃认真的。在他身上自始至终洋溢着乐观豁达、意气风发的精神。当背上的野营用具高过他的头压得他气喘吁吁的时候,当野餐烧焦了的时候,或帐篷在夜晚被风暴刮倒的时候,他对这些不幸的事情都能以极乐观的态度加以处理,好像他就是为了专门经受这些考验才到北方来野营的,好像没有这些不幸的事,我们的旅行就缺乏某种色彩和趣味。事后回过头来看,采取这种哲人态度是容易的;但是,当吹塌的湿帐篷压在你身上的时候,当滂沱的大雨向你头顶倾泻的时候,要真正保持达观镇静就不那么容易了。甲在每场灾难来到的那一刻都以笑声相迎,而其他人则要到灾难过去后很久方会在安乐椅上发出笑声。你看,为了烤干我们掉入急流而被弄湿的衣物,他正挥舞斧子劈着木柴;一会儿又见他重新搭建因遭受另一场暴风雨袭击而倒塌的帐篷。沙岸上,甚至还可以听到他特别的叫喊声(写出来,只是一个枯燥的"哇"),用来引出一切快活的事来,仅仅只有机智的人的口中是不会发出这样的叫声的。

真正的幽默是人类最本质的特点——或者说,是神圣的,更确切地说——有了这种特点,乐趣才会自然而然地产生。不久前,我观看了法兰西剧团的路易·儒韦扮演的安德鲁·艾格——奇克爵士,这是剧中表演最幽默的部分,其妙处就在于演员不是故作滑稽,而是在自然的表演中自然地产生喜剧效果,这是一种无为而为之的境界。这是他的人性在起作用,是他的人性首先赢得了观众对他的喜爱,是他的人性产生了喜剧。他的细长的双腿本身就很滑稽,他不紧不慢的语调也令人发笑,但是归根结底,是他对观众的一颗爱心和他们体现的人的本质,才会产生如此精妙的表演。多么令人爱怜的家伙!他是多么讨人喜欢地把他帽子上的羽饰捋平整!他又多么害怕与人决斗!这样一个可爱的傻家伙是很容易讨人喜欢的。一个仅有机智的演员可能会赢得观众的阵阵掌声,但却不能真正打动观众的心。

至于书本和书本中有关机智或幽默的部分,似乎机智被人淡忘,而幽默将永存。幽默服用的是常备的五倍子①。但是还有比另一代人的机智更让人抑郁的事吗?本来,这种机智就和早已过时的形式有着千丝万缕的联系。现在,卖弄机智成了一种风气——就像流行的服装样式一样。这种机智大多来自某些早已被人遗忘的闲言碎语,实为拾人牙慧。在玩弄辞藻的过程中,妙语双关的源泉枯竭了。这如同在一个小圈子里局部流行的俏皮话,对一个局外人来说是毫无意义的。锡特尼·史密斯②是他那个时代中最杰出的才子,但现在我们再来读他的作品,却味同嚼蜡。《黑森林》杂志的首刊可谓是机智勇敢的一期吧,但对我们来说,它的文章早已陈腐不堪。可能现在没有人会对托马斯·胡德③的妙语发出会心的微笑吧?昔日的机智今何在?然

---

① 五倍子:又称没食子。五倍子虫寄生在盐肤木上刺激叶细胞而形成虫瘿,表面灰褐色,含有单宁酸。虫在里面发育繁殖。采集下来,把虫烫死,可以入药,有止血等多种功用。
② 锡特尼·史密斯(1771—1845):英国散文家。
③ 托马斯·胡德(1799—1845):英国诗人。

而,福斯塔夫①、兰姆②和菲尔丁③的幽默却总与我们同在,并且不时地提醒我们:幽默,真正的幽默,必须建立在人性的基础上,建立在真实的基础上。

(毛卓亮 译)

忍耐是一种美德④

〔英国〕拜 伦

假如给鲍尔斯的信有什么地方使你愤慨(据我的记忆,信中并无故意伤人之意),你的复仇就完全成功了。这是因为,我在一份意大利报纸上看到,尽管我通过朋友(你也是其中之一)进行了一系列抗议,剧院经理们却仍坚持上演那部悲剧,而它已被"齐声喝了倒彩"!! 这是米兰一家报纸(它对我十分憎恶,无论何时都把我当作自由党人肆意污蔑)的安慰之辞;报纸还说,我正是出于良好愿望才"上演这部戏的"。

这一切真够令人恼怒的了,就像富于戏剧色彩的加尔文主义——天定的诅咒,而非罪人本身的过错。我尽凡人所能,竭尽苦心地防止这一不可避免的灾祸——一方面四方求助,上至张伯伦勋爵;另一方面则直接向那些家伙恳求呼吁。但是,抗议毫无效果,抱怨也无济于事。我觉得此事难以理解——因为,墨瑞 24 日及以前许多来信都表示作品不大可能上演。然而,我只知道事实(对此我相信无疑),因为对我作品的诋毁来自巴黎,日期是 30 号。他们对我的诽谤一定是匆匆而就,因为我甚至还不知道作品已经出版;如果作品尚未出版,演员们也就不可能得到它。任何人都会一目了然:该作品完全不适于舞台演出;这一段小小的插曲也丝毫不会提高它的阅读价值。

对,忍耐是一种美德;而且,我认为实践会使这种美德更趋完美。自去年(指春天)以来,我屡遭不幸:打输了一场至关重要的官司——有关罗奇代尔煤矿的;促成了一起离婚;我的诗歌遭到墨瑞和评论界的批评;委托人拒绝以优惠条件处理我在爱尔兰的财产;上个月我的生命受到威胁(他们在这儿散发传单,煽动人们对我进行暗杀,其理由是出于政治原因和一个凭空捏造的传闻:一名神父散布说我与人流瀣一气反对德国);最后是我岳母两周前身体康复,我的戏上周被诅咒得一文不值。这一切就好像是"哈乐根的二十八难"。但我必须忍耐。如果我要屈服,至少也得在振作精神之后。如果我们南方的邻居在今后的五百年中没有以愚蠢的行动剥夺了我们所有人的自由,我就不会对这一切如此在乎。

你知道约翰·济慈吗?人们说他是被《季刊》上一篇关于他的评论杀害的——我不知他是否确实已死,但我对他这种过分的敏感难以理解。我此时此刻的心情是:48 小时的盛怒,然后

---

① 福斯塔夫:莎士比亚剧中一个肥胖、快活、滑稽的角色。
② 查理斯·兰姆(1775—1834):英国散文家及批评家。
③ 亨利·菲尔丁(1707—1754):英国小说家,主要作品有《大伟人乔纳森·怀尔德传》、《汤姆·琼斯》、《亚美丽亚》等。
④ 本文是 1821 年 5 月 14 日作者写给托马斯·穆尔的信。

恢复常态——不过这一次我的恢复期比平时更长一些。我必须跨上马背,寻求安宁。

你的……

又及:弗朗西斯一世在帕维亚战役后写道:"除了我们的荣誉外一切尽失。"一个遭受非难的作家可以把这句话头尾倒置地改成:"除了我们的荣誉,什么也未失去。"马儿在等候,信纸已写满。上周我曾经给你去过信。

(张建理 施晓伟 译)

论 爱

〔英国〕雪 菜

什么是爱? 要回答这个问题,让我们先问那些活着的人,什么是生活? 问那些虔诚的教徒,什么是上帝?

我不知其他人的内心结构,也不知你们——我正与之讲话的你们的内心;我看到在有些外在属性上,别人同我相像;惑于这种形似,当我诉诸某些应当共通的情感并向他们吐露灵魂深处的心声时,我发现我的话语遭到了误解,仿佛它是一个遥远而野蛮的国度的语言。人们给我体验的机会越多,我们之间的距离越远,理解与同情也就越离我而去。带着无法承受这种现实的情绪,在温柔的战栗和虚弱中,我在海角天涯寻觅知音,而得到的却只是憎恨与失望。

你垂询什么是爱吗? 当我们在自身思想的幽谷中发现一片虚空,从而在天地万物中呼唤、寻求与身内之物的通感对应之时,受到我们所感、所惧、所企望的事物的那种情不自禁的、强有力的吸引,就是爱。倘使我们推理,我们总希望能够被人理解;倘若我们遐想,我们总希望自己头脑中逍遥自在的孩童会在别人的头脑里获得新生;倘若我们感受,那么,我们祈求他人的神经能和着我们一起共振,他人的目光和我们的交融,他人的眼睛和我们的一样炯炯有神;我们祈愿漠然麻木的冰唇不要对另一颗心的火热、颤抖的唇讥诮嘲讽。这就是爱,这就是那不仅联结了人与人,而且联结了人与万物的神圣的契约和债券。我们降临世间,我们的内心深处存在着某种东西,自我们存在那一刻起,就渴求着与它相似的东西。也许这与婴儿吮吸母亲乳房的奶汁这一规律相一致。这种与生俱来的倾向随着天性的发展而发展。

在思维能力的本性中,我们隐隐绰绰地看到的仿佛是完整自我的一个缩影,它丧失了我们所蔑视、嫌厌的成分,而成为尽善尽美的人性的理想典范。它不仅是一帧外在肖像,更是构成我们天性的最精细微小的粒子组合。它是一面只映射出纯洁和明亮的形态的镜子;它是在其灵魂固有的乐园外勾画出一个为痛苦、悲哀和邪恶所无法逾越的圆圈的灵魂。这一精魂同渴求与之相像或对应的知觉相关联。当我们在大千世界中寻觅到了灵魂的对应物,在天地万物中发现了可以无误地评估我们自身的知音(它能准确地、敏感地捕捉我们所珍惜,并怀着喜悦悄悄展露的一切),那么,我们与对应物就好比两架精美的竖琴上的琴弦,在一个快乐的声音的伴奏下发出音响,这音响与我们自身神经组织的震颤相共振。这——就是爱所要达到的无形的、不可企及的目标。正是它,驱使人的力量去捕捉其淡淡的影子;没有它,为爱所驾驭的心灵就永远不会安宁,永远不会歇息。因此,在孤独中,或处在一群毫不理解我们的人群中(这时,我们仿佛遭到遗弃),我们会热爱花朵、小草、河流以及天空。就在蓝天下,在春天的树叶的颤动中,我们找到了秘密的心灵的回应:无语的风中有一种雄辩;流淌的溪水和河边瑟瑟的苇叶声中,有一首歌谣。它们与我们灵魂之间神秘的感应,唤醒了我们心中的精灵去跳一场酣畅淋漓的狂喜之舞,并使神秘的、温柔的泪盈满我们的眼睛,如爱国志士胜利的热情,又如心爱的人为你独自歌唱之音。因此,斯泰恩说,假如他身在沙漠,他会爱上柏树枝的。爱的需求或力量一旦死去,人就成为一个活着的墓穴,苟延残喘的只是一副躯壳。

(徐文惠　译)

论雨伞道德

〔英国〕加德纳

我正沿着海滨大道走着,忽然遇到了急促的阵雨,可是,我并没有撑开我的雨伞。实际情况是我不能打开那把伞。首先,那伞架根本就撑不开,再说,即使能撑开,我也不能真去举着那么一个玩意儿,因为我不愿举着那么一把像伞不成伞的鬼东西在人前露面的心情,大约和当年福斯塔夫决不愿让人看到他带领他那帮乞丐兵开过考文特时的情况差不多①,实际情况是,那根本不是我的伞。对于那位伞的主人,我现在真十分盼望他能有机会读到这篇小文章。他拿走了我的丝绸雨伞。我便只好拿了他作为交换留下的这把布伞。我猜想他准也打着我的那把伞正得意洋洋地在海滨大道上溜达,他要是看到了手里捏着他的那把该死的破伞、浑身还给淋得透湿的这家伙,准不免会对他投以轻蔑的眼光。我敢说那流氓在看到这个破玩意儿的时候,一定忍不住暗笑了。"啊,"他高兴地自言自语说,"老伙计,那一回我对你可是不客气了。那玩意儿我可知道。你就是玩儿命也撑不开它。而且收起来鼓鼓囊囊像个大口袋。啊,你再瞧瞧这把……"

可我让他去昧着良心自鸣得意吧。他正是那种我愿意叫他是缺乏雨伞良心的家伙。你明白我讲的是些什么样的人。他绝不会把手伸进别人的口袋——即使有机会,他也不会伪造支票,或者撬开别人的钱箱。可是他却总爱跟人交换雨伞,或者借人的书总忘了归还,或者遇有机会便要跟铁路局开个小玩笑。实在说,他为人绝对诚实,绝不让自己的诚实遭到严重怀疑。也许他只是随便一伸手从理发店的伞架上拿走了你的雨伞。他明白,不管怎么着,反正不可能抓到一把伞比他自己原来的更坏。他却有可能抓到一把稍好一些的。一直到走出很远以后,他也没正眼看看他手里的那把伞。然后,"我的天哪,我拿错了别人的伞,"他说,露出一脸吃惊的神色,因为他实在愿意感到自己是弄错了,"啊,你瞧瞧,现在再回去也是白跑。他肯定早走了。

---

① 此处所讲系莎士比亚《亨利四世》上篇中的一段情节。

哎,好在我,把我的一把留给他了!"

就这样,我们和自己的良心捉着迷藏。光是不让别人抓住还不够;我们也绝不愿让自己抓住了把柄。有许多人一向为人清白,在一般情况下,谁都认为他为人无懈可击,实际也都免不了有点缺乏雨伞道德。比如有一位死在头等车厢里的极有声望的牧师,结果却被人发现他口袋里装着一张三等车票。

要说到书籍,谁还有什么道德可言?我记得几年前一位著名的牧师兼文学批评家去世了,他的藏书被公开拍卖。真是琳琅满目,全是些难得的珍本。他原是研究 17 世纪文学的一位权威,那些书主要也全是有关那一时期作家的作品。其中大部分书上全都印有全国各地图书馆的图章。他把那些书借去后,一直也没有个适当的机会把书还回去。它们于是便像法院的案例一样在他身边积累下来。而他可是一位神职人员,讲起道来说得头头是道,这一点我便可以作证。而且,您如果一定要逼着问我,我怕也只得承认,硬要让一个人交出一本他真正心爱的书,的确也是一件难事。

说真话,关于书籍,只有我认识的一位先生所奉行的一套原则是唯一稳妥可行的。有一天有个朋友找他借一部书。"实在抱歉,"他说,"我不能借给你。""你没有吗?"他的朋友问他。"有的,我有那部书,"他说,"可是我早定下一条规矩决不把书借人。你瞧,借书的人是从不肯还书的。这一点凭我自己的经验我也完全知道。来,你跟我来瞧瞧。"他领着他到他自己的书房去。"你瞧,"他说,"总共有不下四千部。没有——一——本——不是——借来的。"可别借书给人,可别。在这个问题上即使最亲近的朋友您也别相信。这我知道,那套《吉尔·布拉斯》哪儿去了?嗯?还有那套《西尔维奥·柏利科》?还有……还去念叨那些书名有啥用呢……他知道。他知道。

还有帽子。有人就专门跟别人换帽子。这可是不可原谅的。这可是越出了那诚实与不诚实难以区分的良心的模糊边缘了。谁也不可能戴上一顶别人的帽子会心里没数。可就有人这么干。我有一次在下院的吸烟室把一顶丝绸帽子挂在帽钩上。等我去取的时候,帽子不见了,挂钩上也没有留下任何别的丝绸帽。弄得我只得光着头穿过皇宫大院和白厅再去另买一顶。我一直总纳闷儿,不知是什么样的一位先生手里拿着自己的帽子,头上却戴着我的帽子走了。他是一位托利党人?还是一位激进派?这绝不可能是工党的人干的,因为一个工人即使心不在焉也绝不会拿起一顶丝绸帽子戴在自己头上。那会让他马上感到火烧眉毛一样的难受。试想想威尔·克鲁克斯忽然戴上了一顶丝绸帽子!你还不如穷开心假想着坎特伯雷大主教戴上了高顶帽哩——光是这么想想都是一种亵渎。

当然,也可能拿走我的丝绸雨伞的那位先生的确是拿错了。也许他要是知道伞的主人是谁,他就会一再抱歉把伞送回来了。这种事过去也发生过。我这里可以举一个例子。我自己就拿错过别人的伞——常常拿错。我希望我可不是存心,可这谁又说得准呢?天知道,我现在仔细想想,那把丝绸雨伞也根本不是我的。那是我有时吃亏、有时占便宜的一连串交换活动中暂时留在我手中的一把。我毕生最难忘怀的一件换伞事件发生在一位阔佬的家里,那天我被邀去参加一次宴会,给一批政府官员作陪。那会儿是夏天,天晴无雨,所以其后有好几天我都没有必要拿伞。接着忽然有一天,我们全家全都惊惶起来。在我们的伞架上发现了一把镶有金箍和金穗的雨伞,上面还刻有某位政治家的名字。在这之前,我们家从来就不存这种超级雨伞。面对着它的灿烂金光,我们是既感到自惭形秽,又感到恐惧不安——使我们自惭形秽的自然是它的豪华气派,但它的出现本身便使我们十分惊恐。我真感到我是在正伸手要偷盗不列颠帝国的时候被人当场抓住了。我马上匆匆给伞的主人写了一封信,告诉他我十分钦佩他的政治活动,我可从来没想到要偷盗他的雨伞;然后雇了一辆马车,拿着伞和信立即向最近的一家差役服务站赶去。

他对这事的态度十分客气,在还回我的雨伞的时候,他把责任全揽在自己身上。"是呀,"他说,"在一位看上去十分高贵的先生拿着帽子硬往我头上戴,另一位看着很高贵的先生要给我穿大衣,第三位看着很高贵的先生往我手里塞雨伞,第四位看着很高贵的先生把我往马车里塞的时候,我压根儿也想不到手里捏着的是个什么。那一群高贵的仆人已弄得我晕头转向,不论他们塞给我个什么东西,我也不会拒绝的。"

必须注意,这完全是因为伞上刻有名字才使这个局面最后没弄到不可收拾。这是对付那类缺乏雨伞良心的家伙的最好办法。我看到他,暗自高兴地斜眼偷看他换来的那把伞,忽然他看到了伞上的名字和地址,于是自认为一向为人正直的深刻信念便出面指导一切了。经过了今天的这番经历,我想我一定要在我的雨伞上刻上名字了。但绝不是立在墙角儿的那个鼓蓬蓬的玩意儿。谁能替我把它解脱掉我都不在乎。任何人愿意要它,快拿走得了。

(黄雨石 译)

情人的泥土

〔智利〕米斯特拉尔

陶工,你有没有听到泥坯在你指间歌唱? 你刚往泥坯注水,它就在你手下呻唤。那是他的泥土以及我骸骨化成的泥土,我们终于结合在一起!

我用身上每一颗微粒吻他,用每一颗微粒拥抱他。我们两个躯体举行一千次婚礼! 我们被捣得粉碎,为了糅合得彻底! 我们的爱情在酝酿滋生,像一群嗡嗡飞舞的蜜蜂!

假如你用我们制作塔那格拉陶①人,请把我们一起糅进陶人的额头或者心口。别让我们分离,隔开在两鬓或者双臂。最好把我们一起捏进腰部圣洁的曲弧,让我们在那里追逐嬉戏,永不停息。

啊,陶工! 你哼着歌,心不在焉地把我们研磨,你何曾知道,一对情人在世间未能结合,化为泥土后却在你手中合而为一。

(王永年 译)

---

① 塔那格拉:古希腊城市,考古发现该地墓葬中有陶制人像,工艺精美。

玫瑰树根

〔智利〕米斯特拉尔

地下同地上一样,有生命,有一群懂得爱和憎的生物。

那里有黢黑的蠕虫,黑色绳索似的植物根,颤动的亚麻纤维似的地下水的细流。

据说还有别的:身材比晚香玉高不了多少的土地神,满脸胡子,弯腰曲背。

有一天,细流遇到玫瑰树根,说了下面的一番话:

"树根邻居,像你这么丑的,我从来没有见过呢。谁见了你都会说,准是一头猴子把它的长尾巴插在地里,扔下不管,径自走了。看来你想模仿蚯蚓,但是没有学会它优美圆润的动作,只学会了喝我的蓝色汁液。我一碰上你,就被你喝掉一半。丑八怪,你说,你这是干什么?"

卑贱的树根说:

"不错,细流兄弟,在你眼里我当然没有模样。长期和泥土接触,使我浑身灰褐;过度劳累,使我变了形,正如变形的工人胳臂一样。我也是工人,我替我身体见到阳光的延伸部分干活。我从你那里吸取了汁液,就是输送给她的,让她新鲜娇艳;你离开以后,我就到远处去寻觅维持生命的汁液。细流兄弟,总有一天,你会到太阳照耀的地方。那时候,你去看看我在日光下的部分是多么美丽。"

细流并不相信,但是出于谨慎,没有作声,暗忖道,等着瞧吧。

当他颤动的身躯逐渐长大,到了亮光下时,他干的第一件事就是去寻找树根所说的延伸部分。

天啊! 他看到了什么呀。

到处是一派明媚的春光,树根扎下去的地方,一株玫瑰把土地装点得分外美丽。

沉甸甸的花朵挂在枝条上,在空气中散发着甜香和一种幽秘的魅力。

成渠的流水沉思地流过鲜花盛开的草地:

"天哪! 想不到丑陋的树根竟然延伸出美丽……"

（雷　怡　译）

我说的是真话

〔埃及〕马哈茂德

我记不太清楚这件事是什么时候发生的了。我能记起来的只是这件事发生在 50 年代快要结束的时候,当时我收到部长的邀请,去他的办公室会见他。帮我记起这件事的,是部长发出邀

请前发生的几件不起眼的小事。尽管事情很小,但它们曾在我心里造成一种恐惧加惊奇的状态。在这些小事中有这么一件事:

当时我所住的楼房的守门人每当看到我进出楼门时,就向我露出微笑。那笑容几乎可以表达出隐藏其后的某种意思。我心中不安,但是我忍住了。直到有一次他附在我耳边悄声说:"我以我的心所喜欢的一切向您起誓,您是一个好人。"我问他:"艾哈迈德大叔,您这是向什么人起誓呀?"他只是不好意思地笑了笑,没有回答。同样的事又在车库管理员的身上发生了。这位管理员本来是一位特别爽直大胆的人。当我向他摆出同样的问题——"阿卜杜大叔,您这是向谁起誓呢?"——他回答道:"除了刑事调查局的人之外,还有谁呢!"也许这两个人说的都是真话,或者都是假话,我不得而知。

在我和守门人及管理员谈过话后没几天,一位在文学院工作的同事碰见了我。当时我们身边没有第三个人,他对我说,一位官方来访者造访了他的家,问他所知道的有关我的事。当然,这位朋友的誓词是不错的,否则他就会对发生的事保持沉默了。于是我问他:"你知道为什么摆出这些问题吗?"他回答说:"不知道,不过很明显,要么是为了一下子把你推到更高的位置上去,要么就是为了一下子把你拉到最底层。这两种情况都需要调查询问。"

是的,这一切使我既惊奇又害怕。我一直忍耐着,等待着,直到收到部长让我到他办公室去见他的邀请。他的接见彬彬有礼,他告诉我,他已决定把我提到一个更显赫的位置上。于是我说道:"尽管我真诚地感谢您,但我还是想请您接受我的歉意。"他听到我的话十分诧异,问道:"你不愿意这样做?你不准备为祖国服务吗?"我回答道:"部长阁下,并非如此,很抱歉!如果说我希望得到某种展示性的职位,那么,与此同时,我也决定,我想通过在我能够服务的领域,即教育领域,为祖国服务。我参加对埃及青年的教育工作,难道不是为今天和明天的埃及服务吗?"

教师——我就是一名教师——是一项职业,同时也是一种天性。即便我的生活环境未把我推上教育这项事业,那我也会根据自己的天性选择成为一名教师的。在这个纵横开阔的世界上,我最喜欢的莫过于知识以及它的剖析、阐释和传播工作了。如果我是从自身谈这些的,那么,这也像我同他说了另一件事。那就是知识——我愿意获得、剖析和阐释的知识,是那种我相信它正确的知识。如果我发现与之矛盾的、我认为其中有错误的东西,那我就会用它们去做比较,通过比较,正确的东西会在头脑中增加其清晰度。

如果我所寻求、所研究和通过教学与写作传授给他人的知识,是属于数学或自然科学领域的知识,那我也就不说什么正确与错误之类的话了。因为这些学科结果的精确性已达到不容置疑的程度。我所指的知识,是属于被称作人文科学,有时又被称作社会科学的知识。它是一门关于各种意义的学问。在这门学问里,允许几乎每一个志愿者成为某一见解的主人。诸如"文明"、"文化"、"进步"或任何属于这一庞大意义家族的成员,它们的意义用薄雾的外衣把自己包裹起来,那些意义,有的透过那薄雾显示出来,有的则被掩盖起来。——对这些你将说些什么呢?你若从中摆出一个问题进行讨论,你可望在参加讨论的人中间听到真正的惊奇,却不会在你的双手上发现可以判定该见解是否正确的关键性有效手段。

我们就陷于这些必要的意义的大海中,尽管它们模糊不清。它们是模糊不清的事物,尽管有必要性。我们用手臂和腿脚击水，但不能保证我们能超越汹涌的波涛而到达平静安全的彼岸。尽管如此，可对在这大海中搏击的人来说，除了继续游下去外没有别的选择余地。因此，这是一种注定的必然。我们应该从那些与文化和文明相联系的宽泛的意义中为自己找到一张具有起码清晰度的图像，足以在教育和宣传领域中进行馈赠。这些领域几乎单独地承担着为被寄予厚望的未来做准备的义务。如果不是这样，如果我们和我们的青年面前没有一幅我们所向往的图画，我们又怎能熔铸我们希望我们的青年去达到的那些目标呢？

我生命的福分，从青年时代起一直到现在，就是从事教育和写作，就是成为那些企图描绘出寻找中的未来的图画的人们中的一员。我承认在这方面，我的行程已走过两个阶段。第一个阶段是某种设想，尔后我在第二阶段中，为这一设想加入了重要的修正。在这一转变中，没有损害任何一个人，除了坚持己见，甚至带着虚妄出现的人之外。在这些想象中，事情——正如我曾提到过的——并非数学方程式或科学法则类的，并非那种让你知道它们在一个时期只有一种途径的事物，而是以多种意见和揣测为其主干的个人见解。

在我精神生活的第一阶段，我未曾发现西方文明国家的替代物，就像它在我们这个时代这样。因为这一文明是力量、科学、创造、冒险和实现对大自然的主权从而控制它的文明。实现这一控制的好处不仅仅局限在少数人身上，相反，这一文明的好处必将普及，直到抵达地球最远端最低矮的茅屋。

不过，在这一阶段之后，我又折返回来了。因为我发现这一文明尽管很有必要，必要到没有选择的余地，但是，只有它是不够的，每个民族必须往这一文明中增加某些独特的文化成分，这些成分规定了这个民族的特质，从父辈到祖辈，一代又一代沿袭相传，以成为一环连一环的一部"历史"。

自我认识到这一必要条件后，这幅图画就在我面前清楚地显现出来了，它的各个细部都是那么清晰明朗。要展示这幅图画用一两篇文章或一两本书是不够的。于是我开始写一套书，最初是《东方——艺术家》（1960）。这套书超过了十部。我还写了数十篇文章。这些书著文章都是探讨被要求成为我们活动主轴的那种文化结构的。

在这方面我最近的一次努力是一篇题为《先去闯障碍！》的文章。所谓"障碍"就是指我看到的我们还没有去闯的那些障碍物，它们堵在我们前进的道路上，像履行公务似的，不让我们任何一个人快速前行。它们模模糊糊的，让我们的思想总是纠缠于"过去"和"过去"怎样在活人的生活中起作用。我曾被迫去解释我想展示的那一思想。我曾通过阐述为它铺设道路，莫定基础——我们生活的这个时代的观念建在其上的那个基础。这个基础在我们这个时代与以往各个时代的情况有所不同。我们不妨在此把事情说得更清楚些。我们说，历史上的某一个时代，常常把它的想象建立在某一学科的基础上，这一学科与其他各门学科相比占有统治地位。自古希腊以来，"数字"在人类理性面前就是楷模，这就是说，这一思想楷模的本质是"稳固性"。因为数字的图像启示着这一特性。于是从稳固性模式中产生出人们的一种倾向——几乎在精神领域的任何方面，包括人们对待自己过去的态度。其基本点是尽量减少变化。至于我们这个时代的思想模式，则是从生物学各学科延伸出来的。请看任何一个生物——从植物到动物到人，你会发现，在你面前是与数学图像真实性不同的另一种图像的真实性。你会发现一种正在发展的真实,它的每一发展阶段,都依靠着前一个阶段,但是并不重复。果实、树叶、枝条和茎干全都离不开深扎在土壤里的根,因为它们靠根吸收水分和营养。但是,尽管如此,它们是形式上和功能上并不相同的事物,在外形和功能上与根不同。人类就是基于这一活的模式去看待所有事物,其中包括他们存在的真实性——他们本身和他们过去存在的真实性。

我们当今的全部生活,它们的活力,从这一生物学观点来看,都是从它的过去而来的。正如树木及其活力来自它的根部。我们现在的生活虽然如此,但它并不要求重复它过去的样子,这就如同果实、树叶、枝条并不要求采取树根的样子。下面的两种情况有天壤之别:一种情况是生存以重复过去;一种情况是生存并创造性地效学过去。用诗打一个比方吧。我们并不要求阿拉伯现代诗人信守阿拉伯古代诗人信守的那些规条,但是我们要求他从古代诗歌中汲取,直到他的水罐被阿拉伯健全的鉴赏力盛满。然后,要求他去创造他的习性所愿意的东西。因为古代诗人本身也不曾坚守在某一种不断重复的形式中。阿拔斯时期的诗歌并不同于伍麦叶时期或贾希利叶时期的诗歌,而是在许多细节上有所变化。尽管如此,批评家赞许的优秀诗作的范型一直存在贾希利叶诗歌中。他们似乎把这个范型视作树木牢固不动的根。至于枝叶,它们有权伸向天空,只要他们始终通过生命的脉道与那牢固不动的根茎相连。

过去以及我们与过去的联系,是今天需要认真对待的首要问题。认真的程度,应该超过我们以往的任何一个历史时代。这是因为,我们在那些历史时代里,除了我们曾经一个阶段又一个阶段地生活在其中的文明外,没有遇到过别的文明。可今天,我们面临着一种与我们的文明不同的文明,即现代文明。这一文明是我们曾经忽视的,我们曾像一个撞石头的人,想把石头撞碎。我们不顾一切地沉溺其中,就像那种把自己抛入激流而遭毁灭的人。我们应当提出的最紧迫的问题是:我们将如何行动?

这些,就是我在那篇题为《先去闯障碍》的文章中谈论的主题。我在那篇文章中没有谈论把握我们过去的问题。如果避而不谈,那我就是疯子一类了。但是,问题在于:如何做? 我的回答是:我们接受我们的遗产,在我们的心中,在我们的精神和理智中,让它变成一种"良知",我们把它置于我们体内,让它从内部做一个观察者,监视者,就像总是和人在一起的良心那样。但是,过去,带着它的一切,立于我们的眼前,让我们在生活中成为一个拓本,这是不合理的。我在那篇文章中说过,对我们和对被树起的样板本身来说,再没有比我们让自己成为一个不断重复的摩本更致命的了。如此,我们的存在将被抹煞,因为它正变成多余的事物而不再往里增加什么东西了。如此,被树起的样板——它的新颖性,将因多次重复而离它而去。如果不是这样,全部历史将满足于一个根源,而不会有谁为它而来,去重复它。

一位批评家愤然而起,他用狂风暴雨式的指控攻击我,这类指控我们已领教过千百次,它们一直在我们的耳朵里回响着,像背熟的东西一样,甚至像香料店出售的罐装品一样。这位批评家只须在回家的路上买上一两罐,把里面的东西倒在纸上,然后睡觉就行了。没有什么要处理的问题,也不用考虑去解决它们,也不会有指控者发现他所没有的错误。

对激愤的批评家来说,没有比说出这样的话更容易的了:这一见解——希望我们看待过去就像看待一部历史、一段经历或某个生物的发展过程一样的这种见解,其中有一系列相互衔接的发展环节。当最后一个环在时间中出现,灵活地套住第一个环,而最后这个环又不是第一个环的重复。我说，对一个发怒的批评家来说，再没有比提出这样的指控更容易的了——他指控这一具有生命力的观点，说它否定我们的原则，我们的价值观和我们的理想。但是，这个愤怒的批评家如果慢一点，如果冷静思考一下这些意义本身——他提到它们时，根据对它们的界定和判断，用的是"原则""价值""理想"，那他一定会发现，它们全体只会给你一个"方向"，而不会告诉你前进道路上的每一步如何走。这就像某人告诉一位在旷野迷了路的人："把脸朝向东南"，却不管至于我朝此方向走时遇上野兽、遇上湖水，遇上荆棘草丛挡路怎么办，而这一切是行路者根据情况需要去解决的问题。只要他坚持朝着东南方向走，他就坚持了原则，价值和理想。

我说的是实话，我的先生！这样行事对你、对我们都绝无好处：心安理得地用毛毯把自己包裹起来，睡眼蒙眬地打瞌睡，然后突然醒过来，发现自己口中念念有词一千遍地重复着这三句话："我们的原则，我们的原则……我们的价值，我们的价值……我们的理想，我们的理想……"药石不能治愈这种病的病——他一直把自己封闭在自己的瓶子里，病人倒在床上，药瓶放在那边的桌子上。同样的，我们的原则、价值和理想必须从言词转移出来，以体现于某种看得见的、生产性的劳动中。我们在土地的耕种者和工厂的工人身上可以看到这种劳作。这种说法是非常正确的：原则、价值和理想，只有沉入人类心灵深处并在这里从对它们的有意识状态，因在其中发生效应，转化为无意识状态，好像它们是人类天性的不可分割的一部分。只有这样，它们才能在人类生活中达到它们的最高目标。到了这个时候，你将听不到这样的人用嘴说出它们，而会看到他在其一切活动中，用行动同它们生活在一起。

我们绝对不会有关于我们存在的活的感觉，也不会有积极参与我们时代文明的能力，除非我们的现在能吞下我们的过去，这种吞噬是将那一过去从一个供我们赏玩的古董和一些不断重复的词汇变成我们动脉中血液的营养。这就是说，过去已从我们的外部转移到我们的内部。变作我们体内的一颗控制和指引我们行动的良心。不是通过我们对已经成为过去的事物的逐字逐句的模仿——如人们所说，而是通过我们对适合我们时代的新事物的创造，就像前人创造适合于他们时代的事物那样。

伊斯兰教，由于它是一种宗教，它有每个穆斯林都知道并信守的五大支柱；由于它是一种律法，它有教法学家向我们阐释的教条。因此我们珍视它们，把它们作为规范我们生活行为的判断准则。不过，当我们面对今与昔的问题，也就是面对枝条上张开花蕾般的文明；没有任何人说过，也没有任何人敢于这样说：穆斯林依靠他的伊斯兰教的统治，只能绽出一朵一个时代又一个时代、一个地区又一个地区地不断自我重复的文明之花，因此科学是同一种样式，艺术是同一种样式，建筑是同一种样式，文学是同一种样式，商贸市场是同一种样式，纺织厂是同一种样式……

我要说的和我要重复的是，我们若或多或少地改变了这些文化面孔，我们在这方面也未增加什么，尽管我们从西方引进了他们的产品，我们也未用可能与我们特性相异的增扩的话。这样，问题就成了：我们为什么不能去增添补充？答案是：我们尚未汲取到我们时代的精神。我们用各种各样的言词让自己忙得不亦乐乎，这些言词更接近于在快要睡着了的人跟前打哈欠的愚钝者。伊斯兰教在过去让它的信仰者成为拒绝者了吗？今天让他们成为拒绝者吗？将来某一天直到世界末日都不愿让它的信仰者从自身开放出色彩和香味彼此不同的文明的花朵吗——

然而他们周围的生存环境是那样不同。难道真主的使者——我们为他祷祝！——在他的一般圣训中没有说过"穆斯林看到的东西是好的，那么在真主那里也是好的"这样意思的话吗？仔细想一想这句话的意思，它仿佛在说：当某一时代的穆斯林一致认为他们的利益将通过一定的思想和劳作形式去实现时，那么，这一形式在真主——让我们赞美他，主！——那里也是被接受的。我们今天所说的话难道超过这些话了吗？

当我谈到这位愤怒的批评家的信时，见解的不同并未使我惊诧。在诸如此类问题上持有不同意见，本是健康的精神生活中不可避免的事。但是真正令我吃惊的是语言的不同——如果可以这么说的话。这位先生在以诅咒和毁灭进行威胁时没有考虑举起鞭子时的分量。我们如果通过截然不同的语言以这种可怕的方式进行对话，我担心我们会遭到巴比伦人那样的灾祸——当他们只有一种语言时，他们能够同心协力建设他们的城池、那城中的高塔高入云霄，那时他们因此是一个民族。但是他们很快就发生了语言纠纷，他们的语言"混乱不堪"。于是他们解体了，停止了建设，由此，人们把他们的城市以及城市的高塔称作"巴比伦"。

（伊　宏　译）

表扬亦可致人死命

〔埃及〕尤素福·伊德里斯

今天我碰到了一个人，由于我曾对他说过一句不经意的表扬话，他有一次曾几乎致我于死命。这次见面对我们两个来说都比较突然。我没有想到阿斐斐大叔在退休后开起了出租车，他也没有料到他今天的这位顾客竟是他在卫生局的顶头上司那位医生本人。但是，纯粹偶然的机缘使他们重聚在一起。这回碰面使我记起我们在卫生局的日子，记起流行病和出诊的情况。那时我常常乘一辆破旧的福特汽车出诊，和阿斐斐大叔一起去执行正式公务。这辆车有好几位司机，阿斐斐大叔是他们当中最年长的。除了这位热情而敏捷的阿斐斐大叔外，其他几位都享受着这样的特权：极慢的速度和濒死的心脏①。

有一天发生了这样一件事：我对他的钦佩使我达到了这样的程度——我赞扬他说，他是开罗城速度最快的司机。说实在的，这可是句带来祸事的话，在这之后，我不止一次乘他开的车出去，结果每次都是一个个魔鬼在驾驭着我，以致有几次我在旅途中几乎是半站着，要不是不好意思，我几乎要从车窗跳出去喊救命了。当然，我并没有沉默。在整个旅途中我都在恳求他，央告他，有时则行使自己的权力，命令他，斥责他。但我怎么做也无济于事。因为他把我的话做别的理解。他认定我要求他放慢速度是因为我怀疑他有快速驾驭的能力，因此他开得更快了，以此向我肯定他仍然是我有一天对之说过"你是开罗最好的司机"的那个人。结果发生了必然会在某一天发生的事。在一次出诊的路上，我发现自己被抛到压路机的轮子前。幸亏那并不慈悲的

---

① 指汽车发动机已失去应有功效。

轮子向我发了慈悲。福特车和压路机猛烈相撞,前半部——当然是福特车的前半部被撞毁了,门生生地被撞开,我被抛在压路机前面的地上,阿斐斐大叔则被摔在踏板上。

教训是残酷的。

你们认为这是一个小故事。可是这个小故事却给我上了至今难忘的一课。它向我证明语言的危险,具体地讲,是赞扬话的危险。你可能说出的一个小小的赞词,即使是你并不当真的赞词,都有可能对一个无辜的人发生电磁效应,常常可能推动他去实现巨大的成功,有时也会推动他坠落深渊,或者至少——面对压路机。而且,我出于自己对这一事故的理解,把它归因于骄傲。过去我曾相信,骄傲是从自身内部涌现出来的,它使它的主人相信自己具有某些他实际上并不具有的能力。但是,发生事故的那一天,我肯定地认识到,骄傲是一件从外部来到其人身上的东西,是从他周围的和跟随的人们那里来的。它是因为此人听到了许多赞扬的话。

我们中的任何一个人,都是在两种矛盾对立的力量影响下运动向前的。一种力量是自信,一种力量是缺乏自信;一种力量是相信自己有能力,一种力量是感到自己缺乏能力;一种力量是对自己满意,一种力量是对自己愤怒;一种力量是感到自己正确,一种力量是感到自己错误。赞美——它作为仅仅由自一个方面的推动力,使人运动轨迹出现偏斜,走向其反面。接下去,由于继续不断的赞扬,偏斜的程度就愈加严重,以致达到如此程度:其前面的运动偏斜乃至变为弧形,然后成为圆形,然后成为围绕着自己运动的无端之环。他不再为达到更好和补足残缺而烦恼了。如此,骄傲便是终点,便是停滞,便是击倒此人的瘫痪,其原因就是那些想接近此人的人给他灌进的赞誉的毒汁。这个人喝了这些汁液,开始并不感到它们有什么危险,但过上一阵它们就变成了嗜好。骄傲自负的人听到明显的虚伪的赞扬——尽管如此,他还是需要它,去做不可能的事以获得赞誉,甚至在他看出那是口是心非和阿谀奉承。因此,他情不自禁地去喝下那些饮料。也许是为了感觉自己在运动,也许是为了麻痹自己,使之失去内心深层的感觉,意识不到自己是站在原地一个被瘫痪了的人。

为了使这个人持续向前运动,必须对他说另一种话,从另一方向推动他的话,批评他的话。因为赞扬是从一个方向,批评是从另一个方向,二者是人类所知的唯一导向运动的方式。人类只知道这一方式。因为人并不是单独运动,他是在一个集体中运动的。如果说个体的作用对集体来说是不言而喻的,那么集体的作用对个体来说就更重要。群体的语言、意见、悄语斥责正是个体获得营养从而继续生存下去、感应和运动的东西。

任何一个群体中的任何一个个体,如果发现在它身上存在着一种值得赞扬的一方面,在他身上一定会发现有值得批评的一面;如果发现他身上有值得批评的一面,那么他身上一定有值得赞扬的一面。

（伊　宏　译）

理想女人的成分

〔俄罗斯〕邦达列夫

什么是女人的美？端正的面容？身体的线条？目光？步态？谁能回答，究竟是什么唤起了我们的爱？

至少，直到如今，当我回想起遥远的少年时期那个夏天的早晨，我就有一种幸福的感觉。那时我在丁香丛生的别墅凉台上第一次见到她。她坐在草编摇椅上，沉思般地嚼着一根草茎，在读书。斑斑网状的凉爽花影掠过书页，掠过她青春洋溢的裸露的膝盖。当我从花园刚跑上凉台的时候，这双膝盖就尤为突出地闯入我的眼帘。我清晰地记住了这个神奇的初夏早晨，甚至记住了青草的香味，绿叶丛中椋鸟的鸣啼，摇椅柔和的咯吱咯吱声，还有被阳光和花影抚爱着的圆润的双膝。书本有权躺在这膝盖上，触摸到女性身体的温暖。我记得，当我想到她腿上的亲切和暖和时，对这位和淡发青年一起来到我们别墅的神秘的陌生女人而产生的某种肉欲的纯洁的感觉烧灼了我的全身。

那个年轻人穿着一条烫得笔挺的绸裤和丝质运动衫。不知为什么，我立即对他的雄健的体力、潇洒的步态、自信的笑容和他微笑时露出的整洁的牙齿感到嫉意的深深的痛苦。而就在那天日落时分，我看见了他在别墅的球场上打排球——他熟练地发球、递球、扑球、封网。他那经过训练的魁伟身躯弯曲起来，然后高高地跳起，我看见她和他一起在网前打球，淘气地笑着，用手绢擦去他额上的汗。那时我突然感到对他已经不仅是怀着嫉妒，而是某种类似不可调和的憎恶的感情。

那天夜里，我被一阵轻轻的口哨声惊醒。在别墅里，到了晚上我的城郊的同伴们就是这样在花园的篱笆后面发出信号，用这个约定的声音唤我从家里出来。我睡在房间角落里的一张折叠床上。那屋子又挤又热，还关着窗子，为的是防备一群群凶恶的 7 月里的蚊子。我在睡梦中听到呼唤的口哨声，从床上一跃而起，打开被月光照亮的半扇窗户，猜想着可能是到附近湖上去作夜钓，这时我回答了两声鸭叫，意思是说："我听到了，马上出去商量！"但我还未来得及关上窗子和披上衬衫，又听到了第二次的信号，于是一阵婉悦的脚步声和我房间附近某处树枝的沙沙声，随着青草暖和的湿润味，从月光下的花园传到了我的房间。这一切都和约好的呼唤不一样，我感到很奇怪，小心地注视着沐浴着淡蓝色空气的丁香花丛，在那儿，就在屋子旁边，手电筒的黄光闪了一下又灭了，从那儿意外地传来了压低的快乐的絮语：

——"喂，顶楼上那个可怜的瞌睡虫，你竟然在那样的夜晚睡觉吗？我命令您马上就下来，到花园里来，听见吗？"

这时我看见了她，原来是她在花园里吹口哨，在苹果树下走来走去，在下面对着顶楼的小窗，向那位淡黄头发的排球之神用手电筒调皮地打着信号。他在今天的排球比赛场上，以自己雕塑般美丽的男子汉身躯和两排耀眼地闪光的整齐牙齿使我们心醉神迷。

　　往后,在这一夜晚我不由自主地成了在我这种少年时期无论如何也不应当知道的事情的见证人。所以我一辈子都忘不了这个夜晚。他轻轻地回答着,肩披上衣,下穿白色长裤,向下对她走来,拥抱了她。她像男孩似的惊奇地吹了一下口哨,用双手抱住了他的脖子,她笑着闭起眼睛踮起脚尖靠近他。打开的手电筒碰到了苹果树的枝叶,耀眼的光芒穿透了他头上的树叶。

　　"听着,"她仿佛开玩笑似地说,身子稍稍离开了他一些,同时紧张地用手指在他胸膛上划着,"你就不想娶我吗? 我可是个好……"

　　"看来要娶,"他讪笑着回答,"不过可不是永远娶你,我是个没什么本事的穷工程师。我能对你做什么呢?"

　　"怎么做什么? 你将要爱我,而我将每天早晨给你煮咖啡……到晚上我给你读英雄的小说。这对你不好吗?"

　　"噢,跟情人在一起就连住窝棚都是天堂? 可我连自己的窝棚也没有。什么都是别人的。这样,我对你这个人的灰眼睛的珍贵礼品该怎么办呢? 怎么办? 嗯?"

　　"当然应该是爱啰。你看我现在已懂得一些了。我以前的丈夫说我有理想女人的成分。"

　　"真有意思,这是什么样的成分呢?"

　　"我不能告诉你……第一,这太过分了;第二,我不想解除自己的武装……"

　　"可究竟是什么? 真太想知道了。说吧,啊?"

　　"怎么对你说呢? 好吧,反正……他说理想女人应当是个可爱的小淘气……可当我们两人在一起的时候,我的优点就全消失了。我害怕,我不能克服羞怯,全身发抖,像只老鼠。啊,可怕,做这样的小淘气真可怕! ……"

　　"那么跟我在一起呢? 也害怕吗?"

　　"跟你? 什么跟你? 怎么跟你? 为什么跟你? 我自己也不知道跟你什么……"

　　"你试着做做小淘气吧,"他温存而又漫不经心地说,把自己的上衣扔在了苹果树下的草地上,"你行吗? 啊?"

　　她用欲笑又止的嘴唇打了个口哨,用手电筒照着他的胸膛,他把她拿手电筒的手放了下来,刹时间我看到了在暖和的光照下那宽摆的白裙,膝盖,看到了她又一次踮起脚尖,挺直身子迎着他的嘴唇,——这时我差点哭了起来,因为烦人的嫉妒心,和对她,对她的嗓子、笑声,对照亮草地的手电筒,以及对上衣,对她的白裙和他的白裤(这在30年代是时髦的)的爱使我差点憋死。后来我听到了她嘲笑的低语:

　　"你想让我就在这苹果树下成为你的妻子吗?"

　　"难道珍贵的礼品和宝物能成为妻子吗? 我要用什么样的天鹅绒盒子来保存你呢? 怎么来爱你? 为此要珠宝商才能够做到。我不能。"

　　她猛地用手电筒照亮了他的脸。他笑了起来,露出雪亮的牙齿。

　　"真怪,"她过分大声而快乐地说,"我当然爱你,但……我也同样地恨你!"

　　"亲爱的,这是陀斯妥耶夫斯基式的内心矛盾,两种感情存于一体,"他简单而欢快地回答,"你今天一整天都在读陀斯妥耶夫斯基的小说。他会长时间地破坏情绪的。"

　　"我喜欢骑士小说,而不是陀斯妥耶夫斯基。"

"谢天谢地,我们不要再谈论这些高深的学问了。你的淘气在哪儿呢?"

他拿起她的手电筒,关掉按钮,轻轻地把它扔在草地上,然后温柔迁就地搂住了她的腰。于是我又看到她凑近他,凑近他的嘴唇。但在朦胧的月色中,我感到,似乎在她脸上和眉弯间看到了一种模糊的病态的表情。他吻得那么久,那么不停地折磨人,以致她呻吟起来,向后倒去,他就开始解她上衣的纽扣,同时像是惩罚似的用自己的嘴拼命地折磨她裸露的柔嫩晶莹的丰乳。这样的胸脯是我有生以来第一次不知害臊地看到。无可名状的痛苦的热泪使我喘不过气来,突然身不由己地从我的喉咙口发出了嘶哑的呜咽。我猛地一下扑到床上,把脸埋在枕头里,用枕头擦抹着被泪水湿润的脸颊,毫无原因地哭得喘不过气来。我只有在童年时,才如此甜蜜、旁若无人和仿佛一切都已过去、都已完结的孤独地哭泣过。

但是过了一会儿,我便从床上跳起,我怕他们听到了我的哭声。我朝窗外望去,那边天色已近黎明似地发白,透过树木间的稀疏昏沉的月光变得毫无生气。整个花园,苹果树,和花坛周围的草地小径在灰蒙蒙的暗淡的晨曦中隐约地显现出来。

当她慢慢地,像喝醉了似的走到老丁香花丛的篱笆那儿时,我看到了她。她在那儿站了一会儿,整理着头发,随后弯下一丛树枝,折下一株丁香。树枝带弹性地伸直了,洒了她一身寒冷的露水,她抬起脸,受苦似的缩起脖子,开始疯狂地抖动丁香树枝,仿佛用这些清新湿润的露水来洗身,从脸上,从紧闭的双唇洗去黏乎乎的蛛网。他肩上披着上衣,站在苹果树下,手里转动着关闭的手电筒,含糊地笑着,沉默不语。

早晨他们就走了,以后我再也没有见到过他们。当我从战场上回来的时候,有一次家里一个熟人告诉我,她在疏散时死去了。

但直至今日我还是记得那种不公正的委屈和痛苦的毫无希望的感觉。仿佛这个在早晨以她的太阳般的纯洁光辉照亮我们别墅的年轻淘气的女人,在某种特别秘密而神圣的事情上无可挽回地欺骗了我。我毫不怀疑,不是他,不是那个自负的穿白裤子的无耻之徒,而是我才能胜过自己的生命去爱她,怜惜她,保护她,使她免受粗鲁的损害。这种没有回报的爱的流露真情的感觉看来成年人是不会有的。她美吗?可难道我们了解美的真谛和实质吗?她走后,我仿佛是生活在雾中,有时甚至在夜里哭泣,感到地狱般的痛苦,在我的初恋里,嫉妒心找不到任何出路;在那一年我刚好满 12 岁。

现在我的生活已经过去,她也早已不在人世,时光的流水冲洗着往事,可是至今在女性的温柔和洁白无邪的纯洁的完整光环里,我还是看到那个别墅的夏天的早晨和她——我的初恋。她坐在草编摇椅里,沉思般地嚼着草茎,读着书,斑斑的网状花影落在打开的书本上,落在她的双膝上……

（王子英　译）

求　婚

〔加拿大〕昂达吉

　　我父亲念完中学后,他父母便决定送他去英国读大学。于是默文·昂达吉就这样乘船离开锡兰①,抵达南安普敦。他参加剑桥的入学考试,并于一个月后写信告诉父母一个好消息,他已获女王学院接纳。他们给他寄去三年大学教育的费用。他终于成功了。他在家里老是惹是生非,如今似乎已摆脱了在这热带地区的一连串恶劣行径。

　　一直到两年半后,在收到他几封侃侃而谈他学习成绩如何突出的信之后,他的父母才发现他连入学考试也没有通过,现正在英国靠他们的钱过日子。他在剑桥租了奢侈的房间,压根儿就没有跟大学的学业沾过边,而是跟学生们结成知交,阅读当代小说、划船,并且以懂得什么才是真正有价值和有趣的东西而闻名于 20 年代剑桥各个圈子。他真会享受,与一位俄国伯爵夫人有过一阵子婚约,甚至在大学放假期间到爱尔兰作短暂旅行,打算去打"反英分子"。谁也不知道这段爱尔兰历险故事,除了姑姑,她曾收到他一张穿制服做调皮状的照片。

　　听到这个令人气急的消息后,他父母决定亲自去找他,于是他们和他妹妹斯特菲便打点行装乘船去英国。事实上在他满腔怒火的家人事先未打招呼便出现在他面前时,父亲在剑桥的奢侈生活仅剩下 24 天。他窘迫地请他们进屋,在上午 11 点仅能以香槟款待他们。这并不像他希望的那样给他们留下好印象。然而祖父数周来一路酝酿的一场大吵闹却被父亲以一贯的方式挡开了,即几乎一言不发,从不试图为自己的罪行辩护,使得祖父无法与他争执。他反而在吃饭时出去了几个钟头,回来后就宣布他已经与凯·罗斯利普订婚,她是他妹妹斯特菲最亲密的英国朋友。这个消息化解了他们对他的大部分怒气。斯特菲站到他这边来了,而他父母也颇有好感,因为凯是多塞特郡望族罗斯利普的千金。总的来说大家都挺高兴,翌日他们都乘搭开往乡间的火车,到罗斯利普家小住,还带着我父亲的表弟菲利斯。

　　在多塞特郡的一星期,父亲表现得无可挑剔。亲家开始筹备婚礼,菲利斯获邀请与罗斯利普一家共度那个夏天,昂达吉一家(包括我父亲)则返回锡兰翘首等候四个月后的婚礼。

　　父亲抵达锡兰两周后,有一天傍晚回家宣布他与一位叫做多丽丝·格雷希恩的女子订婚。剑桥那次搁置的争吵这一回终于在凯格勒②,在祖父的草地上爆发了。我父亲很冷静,对似乎是因他而来的一系列严重后果漠不关心,甚至不打算给罗斯利普家写信。信是由斯特菲写的,开始了一次邮件连锁反应,其中一封寄给了菲利斯,他的假期计划就此泡汤。我父亲继续使用他的惯技,试图以制造另一个麻烦来解决前一个麻烦。第二天他回家宣布他已加入锡兰轻步兵。

---

　　① 锡兰:即今斯里兰卡。
　　② 凯格勒:斯里兰卡一城市。

我不敢肯定他是在认识我母亲多久之后才与她订婚的。他一定是在去剑桥之前经常在社交场合与她见面,因为我母亲的弟弟诺埃尔·格雷希恩是他的老友。大约这个时候,诺埃尔返回锡兰,他是因为在牛津一年级结束时在房间里纵火而遭遣返的。事实上这种行为是家常便饭,但他做得过头了一点儿,他把着火的沙发和扶手椅扔到窗外的街上,然后又拖又拉把它们丢进河里,试图以这种方式来灭火,结果烧掉三艘属于牛津赛艇队的船。我父亲大概是在科伦坡探访诺埃尔的时候结识多丽丝·格雷希恩的。

那时多丽丝·格雷希恩和多萝西·克莱门蒂一史密斯经常私下表演激进派舞蹈,每天都在练。两个姑娘大约都是二十二岁,受到有关邓肯舞蹈的传说的极深影响。一两年内她们便公开表演。雷克斯·丹尼尔斯的日记曾提到她们:

在官邸草地上开酒会……伯莎和我坐在汤普森总督和夫人旁边。这里为他们搞了一个表演会,有各种活动。首先是一名来自亭可马里的口技表演者,但由于他迟到而未能表演。他喝得醉醺醺的,并开始讲起一些侮辱总督的笑话。他被制止了,接着由多丽丝·格雷希恩和多萝西·克莱门蒂一史密斯表演一个叫做"舞蹈的黄铜风姿"的节目。她们穿泳装,浑身涂着金色金属漆。舞蹈得真美,但是两位女孩对金属漆产生过敏反应,翌日她们浑身都是可怕的红疹。

我父亲第一次在迪尔·普莱斯花园看到她们表演。他经常从他父母位于凯格勒的家中驱车去科伦坡,住在锡兰轻步兵军营,整天和诺埃尔一块看她们练舞。据说他同时迷上那两个女孩,但诺埃尔娶了多萝西,我父亲则跟诺埃尔的姐姐订婚。为了继续跟我父亲为伴,诺埃尔也参加了锡兰轻步兵。我父亲这一回订婚没有像跟罗斯利普订婚那么得人心。他给多丽丝·格雷希恩买了一个巨大的翡翠订婚戒指,记他父亲的账。他父亲拒绝付钱,我父亲于是威胁要开枪自杀。最终还是家里付了钱。

我父亲在凯格勒无所事事。那里距科伦坡和他的新朋友们都太远了。他在轻步兵的工作也是吊儿郎当,几乎像业余爱好。他经常在参加科伦坡某个酒会时突然想起他是当晚的值日官,于是与一班准备午夜到拉维尼亚山游泳的男女把汽车开进军营,穿好军装出来,检查了卫兵,再跳进满载着又醉又笑的朋友的汽车里离开。但是在凯格勒他沮丧而寂寞。有一次家里给他汽车,让他去买些鱼回来。别忘了买鱼! 他母亲喊道。两天之后父母收到他从海岛以北好几英里的亭可马里发来的一封电报,说他买到鱼了,很快就会回家。

不过,他在凯格勒的平静生活终于受到干扰了,因为多丽丝·格雷希恩写信来,说要取消婚约。那里没有电话,就是说他要驱车到科伦坡弄清楚究竟发生了什么事情。但是我祖父早就对他到亭可马里买鱼一事怒不可遏,拒绝再给他汽车。最后他叔叔阿尔莱恩开车送他去。阿尔莱恩是一位和蔼可亲的长辈,而我父亲则是个疯狂的家伙。这个搭配几乎注定是一场灾难。我父亲这辈子从未自己直接驾车去过科伦坡。有一张图标明路上有些客栈之类的地方可供休息,于是阿尔莱恩每开十英里就被迫停下来喝点东西,不忍心扫他小侄儿的兴。当他们抵达科伦坡时,我父亲已酩酊大醉,阿尔莱恩也已有点儿晕乎乎了。无论如何,去看望多丽丝·格雷希恩已太晚。我父亲强迫他叔叔到锡兰轻步兵军营的食堂里去。在痛痛快快吃了一顿以及又喝了一通之后,我父亲宣布他现在要开枪自杀了,因为多丽丝已经毁了婚约。阿尔莱恩自己也已醉得七颠八倒,可想而知,他不得不忙不迭地把锡兰轻步兵的每一支枪都收藏好。翌日问题解决了,婚约再次生效。他们终于在一年后结婚。

（黄灿然　译）

没有人爱我

〔英国〕劳伦斯

去年,我们在瑞士的高山上租了一幢小房,消度炎夏。一天午后,有位朋友来喝茶:是个50岁左右的女人,带着女儿,她是我们的老朋友了。"你们都好吗?"当她坐定后,我问道。这么热的下午,她爬上这高山上的小屋,脸憋得通红,有点气恼,一边用一块过于小的手帕擦着脸。"唉!"她回答说,差不多是恶狠狠地瞥了一眼窗外那些永远不变的山坡和对面的山峰,"我不知道你们是怎么想的——反正,这些高山呀!唉!我已经失去自己全部宇宙意识,和对人类的全部爱心了!"

当然,她是新英格兰的传统学校教育出来的——通常具有先验论者的镇静。所以,她当时的恼怒——确实是一种狂怒——和她那新英格兰的语言及轻微的口音混合在一起,使我感到滑稽之极。我当着她的面(可怜的她)笑了起来,说:"算了吧!也许你可以暂时搁下你的宇宙意识和人类之爱,而先休息一会儿。"

从那以后,我常常想起这件事:她当时说的到底是什么意思?而每一回,我都会感到一阵小小的痛苦,认识到自己对她有点恶毒。我承认,她的新英格兰先验论习惯,即对宇宙整块的热爱,以及对人类整群的爱心总是让我讨厌。但是,她就是在那种教育中成长起来的。而热爱宇宙这个事实并没妨碍她喜欢自己的花园——尽管事实上有点影响;她对整个人类的爱也并没妨碍她对朋友的真诚,除非她感到她必须以无私和普遍的方式去爱他们——那可是相当难受的。然而,对我来说,这种有关宇宙意识和人类之爱的愚蠢语言,的确代表了一些不只是大脑意识的东西。我后来认识到,它代表了她的宁静,她内心的宁静,和宇宙和人类的和平共处。她离不开这些东西。一个人可能会同社会发生冲突,但在内心深处却仍然和人类和睦相处。同社会作对是不愉快的,但有时人非得这样做才能保持心灵的平静,也就是说,才能保持同活生生奋斗着的真正人类的和平相处。这后一点是万万不能丢的。所以,我根本就没权利让我的朋友暂时丢开她对人类的爱去休息。她做不到这一点,我们也没有人能做到这一点:如果我们把"对人类的爱心"解释为一种和我们同胞人类的奋斗精神或灵魂(无论你怎么称呼它)保持一致的情感的话。

使我诧异的是,现在的年轻人似乎没有这种"宇宙意识"或"人类之爱"也照样可以过得很好。总的来说,他们已经把大脑中的普遍意识外壳从情感状态中解下来了。而在我看来,他们也丢掉了外壳中的精华。当然,你可能会听到某个女孩在惊呼:"真的,你知道,矿工们可爱极了,这样对待他们太不像话了。"她甚至会匆匆地跑去为她这些可爱的人投上一票。但事实上,她根本就不在乎——你可以同情她这样做。这种关心未曾谋面者的不幸遭遇的做法委实太过分了。然而,尽管矿工、纺织工或其他什么人地处遥远,我们鞭长莫及,帮不上忙,但在我们的内心深处,我们知道自己是同他们休戚相关的,尽管这种关系可能十分隔膜。我们隐隐约约地意识到,人类是一个整体,甚至可以说是一个人。这是一种抽象的概括,但同时,也是生理的现实。以不同的方式,美国卡罗来纳州的棉农、中国的稻农都同我有关系,而且在一种微弱但真切的程度上,他们亦是我的一部分。他们发出的生命震动在我不知不觉的时候已波及到我,触及到我,影响了我。因为整个人类,我们所有人都或多或少地有所联系,有所接触。除非我们扼杀了自己身上的敏感反应——这种情况今天发生得太普遍了。

隐隐约约地,这也就是我那位先验论者朋友所说的"人类之爱"的含义,尽管她本想给它贴上慈善和专横的标签,然后对其真正的含义加以扼杀。隐隐约约的,她暗示出自己投身全人类生活的意识。这是我们每个人,在心平气和之时,都会在心底微妙地产生的意识。但倘若我们一旦失去了心灵的平静,很快就会用另一种东西替代这种投身全人类生活的意识,用一种可恶的、明显的乐善好施来代替它。表面上,这种乐善好施似乎是要对全人类做好事,其实却是一种自我表现和专横。仁慈的上帝就是从这种人类之爱中使我们降生的!使可怜的人类降生的。像所有先验论者一样,我的那位朋友多少染上了这种妄自尊大的思想。所以,如果瑞士的大山真能野蛮地夺走这种受污染的爱,那真要感谢它们。但我那可爱的露斯——我权且称她为露斯吧——还不止这些思想。尽管已是50岁的妇女,她仍保存着女孩子的天真,一种和睦生活的意识,和她的同胞人类真正和睦相处的意识。这一点,是她万万不可丢失的。除了那种普遍意识和意志的污点之外,她决不会丢弃这一点,即便在瑞士大山上的那半个小时也不例外。但她的本意是用"宇宙"和"人类"去适应自己的意志和情感,但那些大山却让她意识到宇宙并不肯这样做。当你和宇宙打交道时,你的意识很可能会受到震撼。而人类,当你同它接触时,很可能会使你的"爱"遭到挫折。事实就是如此。

然而,当我们谈到年轻一代时,我们发现,这种"宇宙意识"和"人类之爱"实际上已经离开了他们。他们就像闪闪发光的彩色玻璃碎片,摇晃时,只对碰到的东西有感觉。他们只是同别人建立偶然的关系,至于其他东西,则一概不知,一概不关心。

所以说,如用新英格兰那种荒唐可笑的说法的话,"宇宙意识"和"人类之爱"已经死了,它们受到了污染。宇宙和人类在新英格兰出产得太多了。它们不再是真实的东西,而常常只是些冠冕堂皇的词句,用以遮掩专断独行、妄自尊大和专横无理;它们不过是丑恶、自私的个人自尊的表现,这些人认为人类和宇宙应该按照新英格兰允许的方式生存,否则就不能存在。他们受到了咄咄逼人的利己主义的污染,而那些对这种现象嗅觉很灵的年轻人,是不屑于参与此类活动的。

扼杀某种情感可以用下列方法:坚持这种情感,不停地谈论这种情感,夸大这种情感。如果坚持热爱人类,你肯定会落到憎恨每一个人的地步。因为,如果你坚持热爱人类,就一定会坚持人类是可爱的,但事实上,至少有一半时间人类并不可爱。同样,坚持爱你的丈夫,那你就只可能落得个暗暗地憎恨他。因为没有人始终是可爱的。如果你坚持说人始终应该是可爱的,那无异于对他们实行专制,因而他们也就变得不那么可爱了。如果在他们并不可爱的时候,你强迫自己去爱他们,或者装出爱他们的样子,那你就是在制造假象,从而陷入憎恨之中。强迫一种情感的结果就是扼杀这种情感,就是以某种对立的情感来替代这种情感。惠特曼坚持说要同情所有人和一切事物,他强调得如此厉害,以致到后来他只相信死亡,不仅仅是他自己的死亡,而且是全人类的死亡。同样,"坚持微笑"的口号最终也将使微笑者的内心产生一种狂怒,而著名的"愉快的早晨问候"口号则在每个问候者心中积累起苦涩。

这没什么好处,每当你强迫自己的情感时,你就破坏了自己,获得的是你所希冀的相反的效果。强迫自己去爱某一个人,势必会导致最终厌恶这个人。人唯一能做的就是把握自己真正的感情,而不要去生造。也唯有这样,才能使其他人幸免于难。如果你感到自己恨不得要杀死自己的丈夫,千万不要说:"呵,我那么爱他,我忠于他。"这不仅是欺负你自己,也是在欺负他。他并不想被人强迫,即便强迫他的是爱。你只需对自己说:"我真能杀了他,这是事实。但我最好不那么做。"这样,你的感情就能得到平衡。

对人类之爱也是如此。先前的一代以及它前面那坚持人类之爱的一代极其关心受苦受难的爱尔兰人、亚美尼亚人、刚果橡胶园的黑人等等。但这种关心有很大成分是假的,是自负、自大,其基础就是利己主义:"我这么好,我这么优越,我这么乐善好施,我这么关心受苦受难的爱尔兰人、遭受摧残的亚美尼亚人和被压迫的黑人,我准备去拯救他们,即使这样做要严重地损害英国人、土耳其人、比利时人,也在所不惜。"这种人类之爱一半是出于自尊自大,一半是出于想干涉他人的欲望,想去破坏他人的计划。年轻的一代嗅出基督教慈善伪装下的耗子味,自言自语地说:我可不要什么人类之爱!

假若说实话,他们在内心深处讨厌所有那些需要"救济"的被压迫或不幸的人。他们不喜欢那些"可怜的矿工"、"可怜的棉农"、"可怜的挨饿的俄国人"等等。如果再来一场战争,他们又会怎么仇恨那些"罹难的比利时人"啊! 也就是说,做父亲的吃了梨,做儿子的不高兴。

在过于强调同情心,尤其是人类之爱以后,我们现在得到的却是同情心的萎缩。年轻人现在没有同情心,他们不想同情;他们是利己主义者,而且坦率承认自己是。他们说得很坦诚:"我对被压迫者以及这样或那样的人丝毫没有兴趣。"谁能责怪他们呢? 是他们可敬的先辈们发起了这场大战。如果人类之爱导致了这场战争,那就让我们看看坦率的利己主义会怎样行事吧。我们敢说,没有什么比这更可怕的事了。

这种坦率和得到认可的利己主义的一大麻烦,就是它会对利己主义者本人产生不愉快的影响。坦率诚实本是件好事,抛弃战前那种虚假的同情、虚假的情感也应该说是一件好事,但这样做并不需要扼杀所有的同情和一切的情感,而现在的年轻人却似乎正在这样做。他们故意拿同情和情感来寻开心:"亲爱的孩子,今晚你看上去多可爱啊! 我真喜欢看你!"——可过了一会儿,又是恶语连珠。或者是年轻的妻子对自己的丈夫说:"我最亲爱的,当你这样抱着我时,我感到多么幸福,我最最亲爱的。不过,替我调一杯鸡尾酒吧,好吗,天使? 我要好好地兴奋一下——你这光明的天使!"

当前,年轻人正胡乱地弹着情感和同情的琴键,享受着生活,叮叮当当弹着那些夸大了的狂喜、温柔、崇拜和兴奋,事实上,他们根本没有这种情感,有的只是把这一切视作儿戏来取乐的情感。最时髦的、最有魅力的事莫过于在逗笑中使用所有这些关于爱和亲热称呼的可贵的字眼,就像叮叮当当的八音盒一样有趣。

如果有人说他们没有人类之爱,他们会非常气愤。比方说,英国的年轻人会对人宣称他们是以多么有趣,多么富于传统的方式在热爱英格兰:"除了我可爱的菲力浦之外,我唯一关心的就是英格兰,我们可爱的英格兰。菲力浦和我任何时候都准备为她而献身。"此时此刻,英格兰似乎不可能要求他们这样做,所以,我们的年轻人是很安全的。但如果你轻轻地问上一句:"在你看来,英格兰又是什么呢?"他们一定会神情激动地回答:"就是英格兰的伟大传统,英格兰的伟大思想。"——这样的回答很富有弹性,万无一失,也不必承诺什么义务。

他们还会大声疾呼:"为了自由的事业我愿奉献一切。霍普和我一同洒过泪,想到英国的自由被冒犯,我们珍贵的新婚之夜都蒙上了悲伤的气氛。但现在我们镇静多了,并决心冷静地战斗到底。"这里所谓的镇静地战斗就是再喝一杯鸡尾酒和给某个不负责任的人寄去一封疯狂的情书。然后,一切皆休,自由也被抛到九霄云外去了。也许接下来就轮到宗教了。或者,在葬礼上疯狂地发泄一通。

这就是今天青年中的先锋派。我得承认,只要闪光不灭,这还是蛮有趣的。最难堪的是,焰火熄灭以后——焰火是不会持续很久的,即使伴以鸡尾酒也一样——随即便是灰暗的阴郁时期。对先锋派青年来说,不存在温暖的白天,也没有寂静的夜晚,有的只是焰火般的激情和灰暗的空虚,然后又是焰火。说句老实话,这相当耗费精力哩。

在现代青年生活的阴郁时期里,冒出来一个可怕的现实,它明明白白地呈现在青年人面前,也呈现在旁观者面前。这个事实就是:他们十分空虚,他们什么也不在乎,无论是人还是物,甚至对他们如此狂热地追求的快乐也不在乎。当然,这副死人骨头是不能拿到光天化日之下的。"亲爱的天使,不要做那讨厌的白蚁。尽情地玩吧,天使,尽情地玩,不要讲那些不愉快的事,不要把死人骨头摇得嘎嘎作响!给我们说些好听的事儿,有趣的事儿。要么,就让我们真正一本正经,嗯,比如说谈谈布尔什维克,谈谈重大金融问题。千万做一位光明的天使,让我们高兴起来,你这个最可爱的宝贝!"

事实上,年轻人已开始害怕自己的空虚了。把东西从窗口扔出去的确十分有趣。但假如你把一切全扔光了,在光地板上坐了两三天,那么你的骨头准会酸痛,你便盼望那些旧家具,即便是最难看的维多利亚时代的马鬃也行。

至少,在我看来,这正是现在的年轻女人所开始感觉到的。他们已把一切都从窗口扔出去了,现在却因为他们生命之屋空空荡荡而惊恐不安。他们的菲力浦和彼得们似乎根本就没往年轻一代的屋子里添置新家具的打算。他们唯一引进的就是鸡尾酒调合器,或许,还有一台无线电。至于其他,还不如让它空空如也。

年轻的女人开始感到有点忐忑不安了。女人并不想有空虚感。女人最忌讳自己什么也不相信,什么也不代表。哪怕是世界上最蠢的女人,也会认认真真地对待一些事,例如她的容貌、服装、房子等等;如果她并不那么蠢,她要求的就远不止这些了,她会本能地希望自己有一定的价值,自己的生活能代表一点什么。女人常常怨恨男人"不懂得混日子",而是一定要有个生活目的,但事实上,她们自己也许正是男人必须有生活目的的根源,在我看来,女人比男人更迫切需要有一种价值感,感到自己的生命有一定的意义,有一定的代表性。对此,女人自身很可能就会竭力否认,因为,男人的工作就是给她的生命提供这种"目的"。但男人可以四处流荡,毫无目的,却依然十分开心。女人就做不到这点。只有极个别女人会明知自己处在生命的伟大目的之外而照样活得幸福的。我却确信无疑地认为,数量不少的男人会满意地像废物一样流荡开去,如果有地方可流的话。

女人无法忍受空虚和漫无目的的生活,但男人则可能在这种感觉中获得真正的快乐。男人可以在纯粹消极中获得真正的自豪和满足感:"我这个人什么感情也没有。在这个世界上,除了我自己,什么都不关心。但我确实很关心自己。我准备不顾所有其他人而活下去,不惜用一切手段去达到自己的目标。因为我比他们都聪明,都精干,尽管我可能比他们弱。我必须建立自己的防范体系,挖好壕沟,确保安全。我可以坐在我的玻璃城堡里,同外界断绝一切接触,但我要通过那面自我的玻璃墙壁,向外界施加我的权力,我的意志。"

一般地说,这就是那些接受真正的利己主义思想、心灵空虚的人的思想状况。他对此有一种自豪感,因为在完全缺乏真正感情的情况下,他仍然可以执行自己的野心计划,施展通往利己主义胜利的意志。

我怀疑是否每个女人都有这种感觉。最利己的女人总是处在恨的纠缠中,如果不是处在爱的情网中的话。可真正自私的男性却既不会恨也不会爱。他绝对空虚,以自我为中心。他只在表面上显得有感情,但这些,他是千方百计想躲开的。从内心来说,他什么也感觉不到。而当处于这种状态时,他为自我而欢欣,因为他知道自己是安全的。在他的防御工事内,他的玻璃城堡里,他是安全的。

但我怀疑女人是否能理解男人的这种思想状况。她们错把空虚当深沉,把那些其实一点感觉也没有的利己主义者表现出来的冷静看作他们的力量。她们还幻想那个一贯的利己主义者抛开的所有防御工事,那座无动于衷的玻璃城堡,是一个真正男子汉的城府。于是,她们不顾一切地扑向这些防御工事,将它们推倒,向真正的男人疯狂地扑去,根本没想到那儿其实没有什么真正的男人,防御工事所以设在那儿,只是为了保护某种空洞的空虚,某种利己主义,而不是有血有肉的男人。

但年轻人已经开始怀疑。年轻的女子开始尊重男人的防御工事,因为与其说她们害怕把他无声无息地丢在那里,倒不如说她们害怕发现利己主义者绝对的虚无。空洞、虚无——这东西使女人吓得要死。女人不可能成为真正的虚无主义者,男人却可能。男人可以在缺乏一切情感、一切联系的虚无中,在一种绝对消极的空虚状态里获得一种原始的满足。这种时候,屋里已没什么可以扔出窗外了,因此窗子已被封掉。

女人需要自由。自由的结果却是一种空虚,一种虚无,哪怕是最坚强的女人,也会为之害怕的。于是,女人转而去爱别的女人。但那不会持久,不可能持久。而空虚却迟迟不退,一直在那儿徘徊。

人类之爱已经消失,留下了一段很大的裂口。宇宙意识亦已崩溃,化为乌有。利己主义者坐在他自己的空虚上龇牙咧嘴、鬼鬼祟祟地笑。现在,女人将怎么办? 如今,生命之屋已经掏空,她已经把所有的情感家具统统扔出窗外,这生命之屋,女人永恒的归宿,空空荡荡,形同坟冢。对此,我们那些被生命遗弃的亲爱的女人又该怎么办呢?

（姚暨荣　译）

以爱情开始，以雄心结束

〔法国〕帕斯卡

人类最自然的感情

人是为思考而生的。因此，一刻也不能不思考。但是，如果持续不断地作纯粹的思考，虽然会给人以幸福，实际上也使人疲劳，以至精力不支。对于这种单调的生活，人是不能适应的。人有必要活动和交往。就是说，有时有服从于感情的必要。人感觉到自己内心深处潜藏着的强烈而深沉的感情之源。对于人最适宜的，而且将其他许多感情包含在内的感情，是爱情和雄心。

以爱情开始而以雄心终结的人生，是何等的幸福！如果我必须选择一种人生，我就选择这样的人生。人，只要生命之火还在燃烧，就应当爱。爱情的火一被熄灭，人生也就面临衰亡。正是在这时，为雄心开辟了良好的广阔的场所。充满动乱的人生，对于宏大心胸的所有者来说，是快乐的。对于平凡的心胸的所有者，这样的人生看不到丝毫欢乐。平凡的人无论在任何情况下都只是机械地生活着。因此，人生的始与终如果是爱情和雄心，人就处于人的本性规定的可能的限度内最幸福的状态……

有人问，是不是应当爱。这样的问题是不应当提出的。应当依靠感情。对这样的事情无须讨论，随着感情的发展自会堕入情网。而且，其欢悦，在以自己的心来体验时，竟然也会进入忘我的境界……

有两种精神。一种是几何学的精神，另一种是可以被称作敏感的精神。

几何学的精神迟缓然而严格，具有不易弯折的观察力。敏感的精神则具有可以同时面向自己所爱对象的值得爱恋的各个部分的那种思考的柔韧性。它由眼睛而至于心，根据外部表现的活动，领悟内部发生的事情。

当共同具有这两种精神时，爱可以给予何等巨大的欢乐。因为精神的坚强与柔韧同时为其所有。这对于两个人心灵的畅谈，是至关必要的。

我们自出生之时起，心中就被铭记有一个爱的印记。它随着精神的成熟而发展，使我们爱自己能够认为是美的事物。尽管关于那是怎样的事物，一次也没有他人作过教习。这样看来，我们生存于人世，无非是为了爱。难道有人不是这样吗？自己欺骗自己也是不行的。人总是在爱着。即使在看起来离开了爱的情况下，爱依然暗中存在。如果没有爱，人是一刻也不能生存的。

人不喜欢孤独。不仅如此，人在爱着。正因如此，对于值得爱的事物，不论在哪里也必然前往寻求。这只是因为发现了它的美……美实际上以各种方式处处陈列着。最适宜于保持着美的，是女性。女性如果有才气，如果因惊人的美而生气勃勃，就表现出高雅秀逸的风姿。如果一位女子想吸引某个人的情感,又具有种种美的有利条件,即使只具有其中的一部分,也是必定成功的。尽管男性稍存戒心,她也并不那么悉力争取,也会使他爱上自己的。男性心中虚位以待,她前往占据而以为归宿……

真的欢乐与假的欢乐,都同样使精神得到满足。如果是虚假的欢乐,是因为被确信为真实的欢乐。

爱情没有年龄。它永远充满生气。诗人曾经这样说。正因如此,诗人将爱情描绘成幼童的形象。不过,即使诗人什么也没有说,我们也能感觉到这一点。

爱情焕发才能,而且为才能所支持。恋爱时,不可能没有不寻常的机智。每一天都千方百计地使对方满意。无论如何必须使对方满意,这样才能被看中……

人孤独而居,在某种意义上是不健全的。为实现幸福,有必要出现第二个人。人们常常是在身份相同的人中间进行寻求。这是因为,在那里表达自己感情的更多的自由和良好的机会的获得要容易得多。然而,有时也上升到更高的层次,而且感到感情更为炽烈。对作为产生这种感情的原因的女性,却没有勇气剖白心迹。

当爱上身份不同的女性时,恋爱之初还伴随有事业的雄心。可是不久爱情就占据了主位。爱情不容忍并立的专制君主。爱情期求独立。一切感情都必须躬身屈从于它。

激情与理智

人的精神中如果有浓烈柔美的部分的话,爱情就正是浓烈柔美的。这是因为,人往往为某种外力所震撼,所以如果有与自己的想法相抵触的东西,对此一有觉察,就必定会避开。控制着这种浓烈柔美的感觉的,是纯粹的、上等的、高雅的、理性的活动……女性希望看到男性心中的浓烈柔美之情。我认为,这是能够俘获女性的心的最关键的一点。看到其他人都受到冷遇而只有自己受到敬重的人,是不会不高兴的……

如果以同一种观点看,人的精神会疲劳衰弱。所以,尽管希望爱的欢乐是稳固的、长久的,但有时也有忘却爱的必要。这不是犯了不忠实的罪,不是因为另有所爱,而是为了恢复可以更强烈地爱的力量。这是无意识地发生的,精神自然而然地趋向这里。人的本性期望如此,命令人们这样做。不过,正是这一事实,应当看做人的本性的悲惨的结果。人如果不加改变而一如既往,也可能会更幸福,但是,这是无法补救的。

在缺乏表露自己感情的勇气时,爱的欢悦之中既有苦痛,也有快乐。为打动无限尊敬的人的心而制订各种行动计划时,那是一种怎样狂热的迷恋啊!每天苦苦思索,寻找表明心迹的方式。而且为此浪费了应当同所爱慕的女性相叙的时间……

如此发展下去,这种充实感有时会凋萎,而且得不到爱情之源的补充,于是可悲地衰竭。心被与此相反的种种感情所占据,被割裂得百般零乱。即使在这种情况下,如果使其照射到一线希望之光,情绪无论低落到何等地步,仍然可以激起以往那样的想法。妇人有时是以这种游戏寻求欢乐的……

我们可以看到,在恋爱时,自己似乎变成了与以往完全不同的人。因而深信所有的人都会感觉到这一点。但是,没有比这一推想更错误的了。不过,理性由于为感情所蒙蔽,并不能作出完全可靠的判断,而且总是处于被动之中。

爱的道路越长,感情敏感的人越感到欢乐……

有需要长期持续地进行追求的人们,这就是感情敏感的人们。也有不能长期耐受困苦的人们,这就是最粗犷的人。精神敏感的人爱得持久,得到的欢乐也多。粗犷的人们爱得急切而自由奔放,爱的终结也早……

在爱情中,沉默优于言辞。无话可说,本身是好事;拙于言谈,则会造成更深的印象,这就是所谓无言的雄辩。所爱慕的男子逊于言辞,在其他方面却才气横溢,会以此而完全征服女方。口才无论怎样敏捷的人,也有这种敏捷恰好完全消失的情形。所有这样的情形,都是没有一定规则、未曾经过熟虑而发生的。因才能而征服对方的,也并非事先有所谋划,而是不由自主发生的……

有人曾说,恋爱时,无论财产、父母、友人,都会完全置于脑后,我赞同他的意见。崇高的爱情来自内心、深处。由于爱情深入内心,于是认为情人以外的一切都不再必要,精神因而被扰乱。担心与忧虑也没有进入的余地。爱的激情如果不是像这样狂热,就不能说是美好的。于是,人已经连世间的传言也不放在心上。他早就清楚,这一行动是基于正当的理由的,因而决不应加以丝毫指责。激情充溢,以致无隙认真思索……

因爱情导致的忘却,对于情人的忠实,都使人产生以前所不具有的品质。从前毫不装饰的人,现在仪表堂堂。吝啬鬼一旦恋爱,也变得大方起来。而且我们联想到具有与从前完全相反的习惯的情形。如果考虑到有的感情束缚灵魂而使其拘谨,也有的感情开放灵魂而使其宏大,则可以理解这些现象的原因……

适宜于恋爱的灵魂,追求不断从事新的冒险的人生。由于其内部基因是动而不止的,所以外部表现也是如此。这样的生活准则,会导致惊人的激情,所以,宫廷贵族比市井小民更易于陷入爱情之中。因为宫廷贵族满怀如火般的热情,而市井小民则生活在不产生任何激情的单调的环境中。那风雨人生,始终经历着打击和挫折……

伟大的灵魂,并不是爱得最频繁的灵魂。我认为,它应当是爱得强烈的灵魂。对于震撼伟大的灵魂,并使其得到充实,热情的狂潮是必要的。不过,伟大的灵魂一旦开始爱,其爱的方式就超乎寻常的热烈。

在远离情人时,决心做许多事、谈许多事。但是一到情人身边,这种决心也烟消云逝。这是为什么呢? 这是因为在远别时,理性不会发生动摇,而来到情人面前时,决心就难以想象地动摇了。可是,决心应该是坚定不移的,而它却随着这种动摇而消逝了。

恋爱时,绝没有下决心试试看的勇气,因为担心一无所得。即使如此,也应当积极进取。但是进展到哪一步为好,有能够掌握好分寸的人吗? 要摸索这种分寸,只有不断地谨慎小心。一旦发现了它,在这种情况下紧张维持的慎重自然就不再必要了。

在强烈地爱恋时,与情人相依的感觉总是新鲜的。即使暂时别离,心中也似愁肠寸断。再次相会时,又是何等地欢欣! 不安也突然消失了。

爱情和友谊

〔法国〕拉布吕耶尔

在纯洁的友谊中,有一种平庸之辈无法领略的情趣。

爱情是不假思索的感情,由于欲念或软弱,它猝然而生:一颦一笑使我们动情,使我们矢志不移。相反,友谊是随着时间,通过接触和长期的交往逐渐形成的。朋友间多年的默契、善意、情谊、关照和殷勤却比不上一张漂亮的面孔或一只秀美的手刹那间的魅力!

时光的流逝加强友谊,却削弱爱情。

只要爱情存在,它就能依靠自身的力量,而且通过那些有时表面看来似乎应该使它熄灭的东西——如任性、冲突、别离、嫉妒——继续下去。相反,友谊需要栽培。由于缺乏照料、信赖和殷勤,它可能死去。

热烈的爱情较之完美无瑕的友谊更为常见。

爱情和友谊互相排斥。

经历过伟大爱情的人轻蔑友谊;而耕耘崇高友谊的人尚未为爱情贡献任何东西。

爱情以爱情开始;而最诚笃的友谊只能转变成微弱的爱情。

最温柔的那一刻

〔苏联〕高尔基

有一次,幸福离我如此之近,我几乎抓住了它温柔的手。这是发生在散步的时候。一个炎热的夏夜,一大群年轻人聚在伏尔加河畔捕鲟渔民那里的牧场。大家坐在篝火旁,喝着渔民们煨的鱼汤,饮着伏特加和啤酒,谈论怎样更快更好地把世界建设起来。后来,大家都感到身心疲倦了,便纷纷跑到已经刈割过的草地上歇息了。

我和一个姑娘离开了篝火,我觉得她聪明又伶俐。她有一双漂亮的黑眼睛,她的谈吐里总是流露出朴素纯真的感情来。这个姑娘待一切人都十分温和。

我们走得远远的,肩并着肩,在我们的脚下,草茎被踩折了,发出刷刷的声响。天穹的透明酒杯向大地倾泻出月亮清辉的醉人气息。

多美啊! 像非洲的沙漠一样,那草垛就是金字塔……接着她提议,像白天一样,坐在干草垛上。在浓浓的圆形阴影里,草螽鸣叫着,远处有人悲凉地唱道:"哎,为什么你背叛我?"我开始热烈地为姑娘讲述我所熟悉的生活,讲述我不能理解的生活。可是,她突然轻轻地叫了一声,仰面倒了下去。

这，大概是我第一次见到晕倒，刹那间我感到惊慌失措，想喊，想求援，但立刻想到我熟悉的小说中品德高尚的英雄，在这种场合下应该做些什么。于是我就解开她的裙带、短上衣和衣领绦子。

这时，我看到了她的胸脯，好像两个小银环，凝聚着明月的清辉，倒覆在她的心上。我贪婪地看着，脑子里嗡的一下，如火燎一般，想去吻她。可是，我立即打消了这个愿望，拼命地奔到河边去取水，因为按照圣书上写的，在类似的情况下，万一出事地点没有小溪——这是小说的聪明作者事先设置的——英雄总是跑去找水的。

我捧着盛满水的帽子，像烈马一样，在草地上跳着跑了回来。这时，害病的姑娘已经倚着草垛站了起来，被我弄乱的衣服也都整理得井井有条了。"不要。"——姑娘用手推开我的湿帽子，疲乏地说。

她离开我，朝篝火边走去，那里有两个大学生和统计员依然悲吟着那支令人厌烦的歌儿："哎，为什么你背叛我？""我没有给您带来痛苦吧？"——姑娘的沉默使我困惑，我问道。

她简短地答道："没有。您——不是很敏捷。我，当然还要感谢您……"我觉得，她不是真诚地感谢。

我不是经常见到她，可是，打这以后，我们的会面更少了。很快地她就从城里完全消失了影踪。大约过了四年，我才在船上遇到了她。

她住在伏尔加河畔的农村别墅里，启程回城里丈夫那儿去。她已经怀孕，穿得漂亮而舒适。她的脖子上戴着一条长长的金项链，衣服上别着一枚大胸针，好像佩着勋章一样。她变得更美，更丰腴了，就像快活的格鲁吉亚人在第比利斯炎热的广场上出售高加索浓葡萄酒的皮囊。"你看，"——我们亲切地交谈，回忆往事，她说，"你看我已经嫁人了，可还是……"夜来了，河面上泛映着霞光。船舷卷起水沫，呈红裙筛状的宽阔条纹，隐没在北方蔚蓝的天际。"我已有两个孩子，现在等着生第三个了。"——她用行家热爱自己事业的骄傲口吻说道。

她的双膝上放着一袋黄纸包的橘子。"呃，要我告诉您吗？"——她问道，黑眼睛里漾出温柔的笑意："假如那时，在草垛那儿，您是知道的，您要是……勇敢一点……唔，吻我的话……那么我就是您的妻子了……我难道不——喜欢您吗？真是怪人，急着去打水……唉，您！"我告诉她，我的举止是书上指示的，那时我认为，遵照圣书去做是神圣不可违反的，首先就得给昏迷的姑娘喝水，只有等她睁开眼睛，叹道："啊，我在哪儿？"这之后才可以吻她。

她微微笑了笑，然后沉思地说："我们的不幸正在这儿，我们依然想遵照圣书生活……生活——比书本更广博，更充满智慧。我的先生……生活完全不像书本……啊……"她从纸袋里拿出一只橙黄的橘子，仔细地瞧了瞧，然后皱起眉头，说："恶棍，真掺了烂的……"她用笨拙的手势把橘子抛进水中——我看到橘子打着旋，沉入红色的波浪。"那么，现在——怎么样呢？还是照圣书生活，啊？"我沉默不语，凝望着岸边染上落日火焰般色彩的沙滩，凝望着更远处——空旷的金红的草地。

翻倒的船只横七竖八地卧在沙滩上，像许多大鱼的僵尸。在金黄的沙滩上躺着白柳忧郁的阴影。远方牧场上，干草垛如同小丘似的耸立着。我想起了她的比拟："像非洲的沙漠一样，那草垛就是金字塔……"美丽的妇人剥去第二个橘子的皮，以长辈的口气重复着，像是教训我："是的，我要是您的妻子……谢谢您。"——我说："谢谢。"

我感谢她——是真诚的。

打伞的女人（节选）

〔苏联〕邦达列夫

秋雨蒙蒙，她打着伞站在黑糊糊的报亭旁，稍稍伸开一条腿，脚上穿着黑色的靴子。她的脸在阴处，看不清，我觉得那面容是疲倦的。

我没有细看她，因为胸口感到有一种冰凉的寒意（天哪，为什么我会感到这种寒意？），便绕过地铁站的圆柱朝售烟亭走去，那里灯光明亮，令人愉快。我买了一包烟，抽了起来，又走过那女人身边，竭力想偷偷看清她的脸。

她那双眼睛冷漠地在我身上一扫而过，我注意到她的双眉微弯，立即想到，她大概三十岁左右，想必是自由之身（离婚了，离开丈夫了？），在这令人厌烦的莫斯科雨天正耐心地等待着什么人。

那么我等谁呢？不等谁。就只是从自己那令人厌恶的空荡荡的光棍住宅里逃出来，逃到黄昏的街道上来。我的住宅里有许多充满智慧的书籍和手稿，但是早就失去了舒适的气息，袭人的香水味，早就听不到女人衣裙的窸窣声。我走向秋天的街灯，走向树叶簌簌的白杨，走向马路上踩上去沙沙响的落叶，走向地铁旁流动的人群，走向有人声的地方。我是一个自由人，完全孤身一人，既幸福又心酸，甚至会潸然泪下。我享受着自由，我陶醉于自由。我与妻子四年前离婚了（这场离婚是不堪回首的），但是至今我还记得她的整个模样，有时深夜里忘了，还把手伸到她睡的地方，习惯于感觉到她那温暖的躯体。

冬天前的漫漫黄昏，我那空荡荡的住宅里的寂静，理应有的富足使我感到害怕乃至产生幻觉，这种情况已经不是一年了。不行，我故意在所有的房间都开了灯，住宅里灯火通明，喜气洋洋，幸福和美，温馨暖和，但是到处仍透着寒意和孤寂。干裂的书架发出的吱嘎声或是厨房水龙头孤独的滴水声都令我战栗。

而电话静寂了，由此几乎产生了生理上的不言症。晚上电话冷漠愚钝地沉默着，早晨难得有的事务性的电话则使我着恼。我非常想有一天能听到电话铃声，听到话筒里盼望已久的她的声音，只要她叫我名字，笑起来，用以前我们亲近时那种亲切的语调说"你是我亲爱的天真的小傻瓜"，我就准备原谅一切，这句久远的仍未忘怀的话语，至今令我晕头转向。

直到现在我还无法理解，我们为什么离异。她就是这么离开我的。但是当我整小时整小时心甘情愿让雨淋，在地铁站旁踱来踱去，仿佛也在执著地等什么人时（很久很久以前，过另一种生活时，曾经这样等她从剧院出来），我有时觉得，从闪耀的灯光下，从敞开的玻璃门不断出来的人群中，马上就会见到她，先会见到熟悉的小帽子，随意竖起的风衣领子，她那挎肩的小背包，然后是她那仿佛犯了过错似的孩子般的微笑,像是对我说:"噢,你好,有耐心的骑士!"

……

十月的细雨绵绵不断,湿漉漉的柏油路在路灯的照耀下闪现出一摊摊黏糊糊的污斑,地铁站旁的广场上黑乎乎的窗玻璃泛着光,刮着潮气袭人的冷风。女人微微把伞侧向一边挡风,后来蜷缩起身子,小心翼翼地竖起大衣领子,而我则清楚地看到她一只手上戴的黑手套,不知为什么我很想吻它。

她的这个动作显得有点孤苦无援。我瞬间想到,她站在这里大概有一个多小时了,在这潮湿的空气中她一定很冷。与她一样,我也冻僵了,潮气使我不时打战,我已经感到不安和不耐烦了。

载着他的地下列车向这个亭子疾驰而来的时刻终究会到来,电梯就会把他送到广场上,轻率的姗姗来迟的他会走到冻僵的温顺的她跟前,向一旁折起雨伞,笑吟吟地望着她抬起的双眼。我清楚地知道,接着她会把自己的双唇轻轻地触及他的嘴唇(这种触及一下子就会让人想起他们的亲近),把戴着手套的手伸进他的臂弯,他们便朝潮湿的黄昏暮色走去,消失在拐弯处,那里首饰店橱窗的霓虹灯向被雨水冲洗得光光的人行道投下了单调孤寂的光。

但是女人依然站在报亭旁等待着。她的脸在伞下十分苍白。她漫不经心地望着灯光通明的地铁的门,它机械地放出一批批列车上的人群,但是他们之中没有他。

她是什么人? 她爱的是谁?

她什么人也不等。看着她孤独地缓步离开地铁站,看着她的靴子平稳地迈过水洼,看着她肩上晃动的雨伞,我感到很是忧郁。我害怕地想到,明天我就看不到她,遇不上她,这个可爱的倦容满面的陌生女人。

整整一个月,每天傍晚我都在地铁站附近见到她。她自持稳重,外表平静,在黄昏的报亭旁久久地等着什么人。有一天我忽然悟到,我俩都在等待永远也不会到我们身边来的人,这念头使我感到痛苦,痛苦得发呆。

难道她像我爱别人那样无望地爱什么人吗? 对于人群中孤独的人来说有没有救生圈呢?

第五篇　要生活得写意

上学的第一天

〔德国〕豪普特曼

随着岁月的流逝,上学第一天的阴影变得越来越浓厚。那是圣诞节后的一天,我母亲对我说:等春天来了,你就该上学了。这是必须迈出的严肃的一步。你得学会老老实实坐在那儿。总之你必须学习,学习,因为不然的话你就只能成为一个废物。

因此你必须得上学!必须!

自从向我宣布了这件事,我大为震惊。我应该成为一个什么样的人。难道我不已经是个这样的人? 对此我真不理解。我的过去可跟我完全是一回事呀,就永远这样生存,活下去,是我过去唯一的、也几乎是本能的愿望,我就安于此。自由、太平、欢乐、独立自主;为什么人就应该想成为另一个样子? 父母的各种管教都没打破这种状态。难道他们想要夺去我的这种生活,而代之以"应该"和"必须"吗? 难道他们想要我违反一个尽善尽美的、完全适合我的生存形式吗?

我简直弄不懂这件事。

用别的方式而不是按照我所常用的有意无意的方法去学习,我既不感兴趣、又不实用,我过去可完全是精力充沛的、生气勃勃的。我掌握市井上的土话,就如我掌握父母所说的标准德语一样。直到今天我才知道,这当中有着多么了不起的智慧的成果,它是无法估量的,一个孩子更难看到这点。在玩耍中,在没有意识到已经学过什么的时候,我就在使用一部包罗万象的词典中的所有语汇概念,以及与此有关想象世界中的一切语汇与概念。

不进学校我是不是也许真的能成长得更快、更好和更充实呢?

但是最糟糕的也许是我所感受到的灵魂上的痛楚。我父母一定知道他们给我带来了什么。我曾经相信他们那无限的爱,而现在他们把我交到一个陌生的、令我恐惧的地方去。这难道不是像把我驱逐一样吗？他们承认他们有责任把我——一个只能在自由自在的氛围里,在自由的行动中才能生存的人——关在一个房间里,他们承认他们有责任把我交给一个凶老头儿,已经有人跟我讲起这老头儿,并且说以后有我受的:他用手打孩子的脸,用棍子打手心,以致留下红红的印记,或者是扒下裤子打屁股!

上学的第一天临近了。第一次上学的路,我已记不得是拉着谁的手,我是怀着又害怕又畏缩的心情走过这段路的。当时我觉得那是一条长得无尽头的路,当我半个世纪后去寻访那古老的校舍,只是由于它从古老的"普鲁士皇冠"的窗口一眼就可望及的缘故却反而没找到它时,我确实感到很惊讶。

途中我曾几度绝望,送我上学的女人说了许多好话,当她在学校门口把我一个人留在集合那里的孩子们中间之后,昏昏沉沉的顺从就取代了绝望。

有短短的一段等候时间,在这期间同甘共苦的小伙伴们相互探询着彼此认识了。当我们拥在学校前厅里的时候,一个小东西向我靠近,并且试图增强我的恐惧感而后快,他已经看出了我的害怕心理。这个肮脏的蛆虫和坏蛋选中了我作为他暴虐狂本能的牺牲品。他向我描述了学校里的情况,这一点他知道得并不比我更多,他把老师描绘成一个专门对学生进行刑罚的差役,当他看到我充满恐惧的哭丧的脸上流露出相信他的神情时,他高兴了。这个捣蛋鬼说:你说话,他打你。你沉默不语,你打喷嚏,他也打你。你擦鼻涕,他也打你。他大声叫你时,就是要打你了。你要注意,你跨进屋里去,他也打你。

就这样不知过了多久,他就用老百姓在街头巷尾所说的方言叨唠个不停。

一个小时以后,我回到家中,高高兴兴地一边和父母一起吃饭,一边吹牛,然后比往日更加高兴地冲向室外,奔向那童年时代无拘无束的、尚未失去的世界。

不,这所乡村学校,连同那位年老的、脾气总是很不好的老师布伦德尔,都没把我毁坏,我的生活空间没有被夺去,我的自由、我的生活乐趣依然如旧。

(姚保琮　译)

论年龄

〔德国〕黑　塞

　　古稀之年在我们的一生中是一层台阶,跟其他所有的人生台阶一样,它也有自己的外表、自己的环境与温度,有自己的欢乐与愁苦。我们满头白发的老年人跟我们所有的年纪较轻的兄弟姐妹一样,有我们的任务,这任务赋予我们的生命以意义,甚至连病入膏肓的人和行将就木的人,这些尘世的呼唤都已难于送达到他们卧榻的人也都有他们的任务,有着重要的和必要的事要由他们来完成。年老和年轻同样是一项美好而又神圣的任务,学着去死和死都是有价值的天职,这和其他天职一样——前提是对人生的意义和圣洁要怀着尊崇的心情去履行这一天职。一位老年人,如果他只是憎恨和害怕自己年纪老,憎恨和害怕满头白发以及死之将至,那他就不是登上这一人生台阶上令人尊敬的代表,这正如一个年轻力壮的人憎恨他的职业和他每日的工作,并试图逃避它们是同样不受人尊敬的。

简而言之,作为老年人,为了实现老年人的意义,并胜任他的职责,那他就得承认自己是老了,承认年老带给他的一切,并必须对此作出肯定的回答。若是没有这个肯定的回答,若不能为大自然向我们要求的一切做出牺牲的话,那我们活着的价值和意义——不管是年老,还是年轻——就都失去了。我们也就欺骗了生命。

每个人都知道,古稀高龄会带来疾病和苦楚,并且知道死神就站在他生命的终点。你会年复一年地做出牺牲,有所放弃。你必须学会不信任自己的感觉与力量。不久前还是短短的一次散步的路程,现在变得漫长了,觉得吃力了,有朝一日我们再也没有能力走下去了。我们一辈子都爱吃的饭菜,我们也不得不割舍。肉体的欢娱与肉体上的享受愈来愈少,并且还得付出更高的代价。尔后,一切健康上的损伤和疾病,感觉变得迟钝了,各器官的功能也减退了,诸多的痛楚,尤其是经常发生在那漫长的令人恐惧的黑夜里——所有这一切都是不可否认的,这是严酷的现实。但是一味沉溺于这一衰退的过程,看不到古稀高龄也有它的好处、它的优越性、它的令人快慰和欢乐之处,那就太可怜、太可悲了,当两位老年人彼此相遇,不该单是谈那该死的痛风,谈上楼时腿脚的僵硬和呼吸的困难,他们不该光是交流各自的痛苦与令人心烦的事,也应该谈谈他们各自令人愉快和令人欣慰的经历。而这样的事有很多。

每当我想起老年人生活中这些积极的和美好的一面,想到我们这些白发苍苍的人也知道力量、耐心和欢乐的源泉之所在——这在年轻人的生活中是无足轻重的——这时我就不必去谈论宗教和教会的慰藉作用。这是神职人员的事。但是,我大概可以满怀谢忱地举出几项年龄送给我们的礼物。在这些礼物中我认为最珍贵的是:在漫长的一生后保留在我们记忆中的各种画面的宝库,随着行动能力的消失,我们将以完全不同于往昔的方式去追忆这些画面。那些六七十年来不复存在于地球上的人的形象和面容,他们还在我们身上继续存活下去,他们是属于我们的,他们陪伴着我们,他们用充满生气的目光注视着我们。在此期间消失了的或是完全变了样的屋宇、花园、城市,在我们看来却跟昔日一样未曾变样,我们发现几十年以前旅行时见过的远处的山峦和海滨,依然色彩鲜艳地留存在我们的画册里。观看、审视、凝视越来越成为一种习惯和练习,观察人的心绪和态度不知不觉地浸透在我们的全部行为中。我们曾为愿望、梦想、欲望、激情所驱使,正如人类的大多数人一样,通过我们生命岁月的冲击,我们曾不耐烦地、紧张地、充满期待地为成功和失望强烈地激动过,而今天当我们小心翼翼地翻阅着自己生平的画册时,禁不住惊叹:我们能躲开追逐和奔波而获得静心养性的生活该是多么美好。这里,在白发老人的花园里,正在盛开着一些我们昔日几乎没想到去护养的花儿。这里盛开着忍耐的花,一种高贵的花,我们变得更加泰然,更加宽厚。我们对于去参与某些事件和采取一些什么行动的要求越小,我们静观和聆听大自然的生命和人类生命的能力就变得越强,我们对它们不加指责,并总是怀着对它们的多姿多态的新奇之感任其在我们身旁掠过,有时是同情的、不动声色的怜悯,有时是带着笑声带着欢悦带着幽默。

最近我站在我的花园里,点上一堆火,不断给它添加些树叶和枯枝。这时来了一位老妇人,大约80岁了,她从白刺荆的矮树丛旁走过,停下脚步,向我望来。我向她打招呼,于是她笑了,并说:"您的这把火点得对。像我们这般年纪的人应该慢慢地和地狱交上朋友。"就这样我们交谈起来,我们的谈话带着对种种烦恼与困乏抱怨的调子,但总是带着开玩笑的口吻。谈话结束时我们都承认,只要我们村子里还有最老的人,还有百岁老人,我们还不是老得叫人害怕,这几乎不该算是真正的老人。

当很年轻的人以其力量和毫无所知的优势在我们背后嘲笑我们,认为我们艰难的步态、我们的几茎白发和我们青筋暴露的颈项是滑稽可笑的时候,我们就会想起,我们过去也具有他们同样的力量,也像他一样毫无所知,我们也曾这样取笑过别人,我们并不认为自己处于劣势。被人战胜了,我们对于自己已经跨过的这一生命的台阶,变得稍微地聪明了一些,变得更有耐心而感到高兴。

(姚保琮 译)

要生活得写意

〔法国〕蒙 田

跳舞的时候我便跳舞,睡觉的时候我就睡觉。即便我一人在幽美的花园中散步,倘若我的思绪一时转到与散步无关的事物上去,我也会很快将思绪收回,令其想想花园,寻味独处的愉悦,思量一下我自己。天性促使我们为保证自身需要而进行活动,这种活动也就给我们带来愉快。慈母般的天性是顾及这一点的。它推动我们去满足理性与欲望的需要。打破它的规矩就违背情理了。

我知道恺撒与亚历山大就在活动最繁忙的时候,仍然充分享受自然的,也就是必需的、正当的生活乐趣。我想指出,这不是要使精神松懈,而是使之增强,因为要让激烈的活动、艰苦的思索服从于日常生活习惯,那是需要有极大的勇气的。他们认为,享受生活乐趣是自己正常的活动,而战事才是非常的活动。他们持这种看法是明智的。我们倒是些大傻瓜。我们说:"他一辈子一事无成。"或者说:"我今天什么事也没有做……"怎么!您不是生活过来了吗?这不仅是最基本的活动,而且也是我们的诸活动中最有光彩的。"如果我能够处理重大的事情,我本可以表现出我的才能。"您懂得考虑自己的生活,懂得去安排它吧?那您就做了最重要的事情了。天性的表露与发挥作用,无需异常的境遇。它在各个方面乃至在暗中也都表现出来,无异于在不设幕的舞台上一样。

我们的责任是调整我们的生活习惯,而不是去编书;是使我们的举止井然有致,而不是去打仗,去扩张领地。我们最豪迈、最光荣的事业乃是生活得写意,一切其他事情,执政、致富、建造产业,充其量也只不过是这一事业的点缀和从属品。

(梁宗岱 黄建华 译)

多少回我成非我

〔法国〕蒙　田

生命逐渐消逝的人是得到上帝的恩典的。这是暮年的唯一善报。这样,辞世时就不会感到死之重大与凶虐了。死亡夺去的不过是半个人或四分之一个人而已。喏,我刚才掉了一颗牙,不费力气,毫无痛苦。这便是自然的死亡期限已至。我本人的某一部分以至好几部分已经死去,虽然我身强体壮的时候,那些部分都非常活跃,而且也都十分重要。就这样,我慢慢消逝,我不复是我本人了。

说实在的,当我想到死的时候,我感到最大的安慰便是:我的死会属于正常的、自然的死亡;今后在这方面我对命运再不必祈求格外的恩惠①。世人喜欢称说从前如何如何:身材比现在高啦,寿命也长得多啦。梭伦②就是那个时代的人,他却认定当时人的寿命最高不超过70岁。我嘛,我非常欣赏古人在各方面的"居中"态度,他们认为合乎中庸才称得上完美。既然如此,我哪敢奢望长命百岁,超乎常人呢? 一切违反自然进程的事物都可能带来不利,而举凡顺乎自然的事物总会给人带来愉快。"凡合乎自然者便应算是好事。"③柏拉图因此说道:"由于受伤或疾病致死才能叫暴毙,因年事高而带来的死亡最轻松不过,也许还是令人愉快的哩。"

　　少年殒命,兰摧玉折,
　　老者故世,果熟离枝。④

死亡和生命始终掺和在一起,不可分离。死亡未至,我们已暂趋衰老,而我们还在蓬勃生长的阶段,衰老即已开始。我存有一些本人的肖像,那是在我25岁、35岁的时候画的。我拿来和今天的肖像对比:多少回我不再是原来的我啊! 我现在的面容和当时的面容相比差别极大,那恐怕要比我将来死时的颜容的差别还要大哩!

(梁宗岱　黄建华　译)

---

①　蒙田当时54岁,古代人寿短,因此作者认为不可能有更高的企求。
②　梭伦:古雅典政治家、诗人。
③　语出西塞罗。
④　语出西塞罗。

论宽容

〔法国〕伏尔泰

一

宽容是什么？它是人性的特点。我们所有的人都有缺点和错误，让我们互相原谅彼此的愚蠢，这是自然的第一法则。

法利赛人、印度人、犹太人、伊斯兰教徒、中国自然神论者、婆罗门、希腊基督徒、罗马基督徒，基督教新教徒和基督会教徒，他们在阿姆斯特丹、伦敦、苏拉特和巴士拉的证券交易所互相做生意，可他们并没有为他们各自的宗教争取灵魂而拔刀互相殴斗。我们为什么自尼西亚会议以来就一直不停地互相残杀呢？

康斯坦丁以颁布允许所有宗教存在的法令开始，却以迫害而告终。在他以前，官方反对基督徒只是因为后者在国内开始形成一个党派。罗马人允许各种崇拜，甚至是他们如此蔑视的犹太人和埃及人的崇拜。为什么罗马人宽容这些崇拜？这是因为埃及人和犹太人都没有试图消灭罗马帝国的古代宗教。他们并不忙于使别人改变宗教信仰，他们只考虑着赚钱。但基督教徒毫无疑问地想让他们的宗教占主宰地位。犹太人不想在耶路撒冷建立朱庇特的雕像，但基督教徒不想让它在议会大厦（立法机关会议的建筑）里存在。圣托马斯诚实地承认：如果说基督教徒没有推翻罗马皇帝，那是因为他们没有能力。他们的观点是：全世界的人都应该成为基督教徒。所以在整个世界皈依基督教以前，他们必然是全世界的敌人。

在争论的每个细节上他们彼此也是敌人。耶稣应该被看成神吗？那些否认这点的人被诅咒为伊比奥尼派，而伊比奥尼派又诅咒崇拜耶稣的人。他们中有些人希望财产共有，就像使徒时代所说的那样。他们的反对者称他们为尼古拉坦，指控他们犯有最卑鄙无耻的罪行。其他人则追随一种神秘的信仰，他们被称作相信灵知的人，并遭到猛烈的攻击。马西昂讨论的三位一体的问题，也被叫作偶像崇拜者。

德尔图良、普拉克塞、奥里庚、诺瓦特斯、诺瓦替安、萨贝里斯和多纳图斯在康斯坦丁以前都受到过他们同事的迫害；康斯坦丁刚刚使得基督教盛行开来，亚大西信派和奥伊泽比亚斯就把彼此撕成碎片。从那时起至今，基督教就血流不断。

我承认犹太人很野蛮，他们毫无怜悯地屠杀一个可怜小国的居民，他们无权占有该国就如同他们无权占有巴黎或伦敦一样。然而，当马蒙7次跳进约旦河中治愈了麻风时，为了向告诉他这个秘密的以利沙表示感谢，他告诉以利沙他将由于感激而崇拜犹太人的上帝，但他要保留崇拜他国王的上帝的权利，他请求以利沙允许他这样做，而先知毫不犹豫地答应了他。犹太人崇拜他们的上帝，但他们对每个民族有自己的上帝丝毫不感到吃惊。他们认为基抹把一片地区给予摩亚人是合适的,只要上帝也给他们一块土地就行了。雅各毫不犹豫地娶了一个偶像崇拜者的女儿。拉班有自己的上帝,就如同雅各有自己的上帝一样。在这里,我们有所有古人中最不宽容的、最残酷的人民宽容的例子。我们学习了这个民族荒谬的狂乱,却没有学习它的宽容。

因为所持意见不同而迫害他同伴的人是残忍的人,这是显而易见的。但是政府、行政官员和国王,他们对于那些宗教信仰不同的人该如何是好呢?如果他们是有势力的外国人,国王肯定会和他们结成同盟。笃信基督教的弗朗索瓦一世和伊斯兰教徒联合起来反对笃信天主教的查理五世。弗朗索瓦二世从经济上资助德国的路德教教友,帮助他们造皇帝的反,但是开始时他根据习俗在他本国烧死了路德教教友。他在萨克森资助他们是出于政治原因,他在巴黎烧死他们也是出于政治原因。但是发生了什么事呢?迫害使得人们改变宗教信仰:法国很快就有了许多新教徒。开始,新教徒屈从于被绞死,然后他们又绞死别人。内战接踵而至,接着圣巴多罗买和世界的这一角很快变得比古人和今人所描述的地狱还要糟。

毫无理智的人们,你们从未能够向创造了你们的上帝进行纯洁的崇拜!卑鄙的人们,你们从未虚心地向诺亚克茨、受过教育的中国人、法利赛人和所有智人学习过!残忍的人们,你们需要迷信就如同乌鸦的砂囊需要腐肉一样!我已经告诉你们了,我没有别的可说的了:如果你们中间有两种宗教,它们会互相割断彼此的喉咙,如果你们有30种宗教,它们会相安无事。看看大特克,他统治着法利赛人、印度人、希腊基督教徒、聂斯脱利派和罗马天主教徒。只要将试图制造混乱的第一个人钉在十字架上,所有的人便都平静了。

二

在所有的宗教中,基督教无疑是应该向人民灌输最多宽容的宗教,但到目前为止,基督教徒是所有人中最不宽容的人。

耶稣像他的兄弟们一样屈尊降生于贫困和恶劣的条件之下,但他也许从未屈尊去练习过写作的艺术,故在犹太人那套详细记载的法律体系中,我们从未看到过出自耶稣之手的任何文字。使徒在许多问题上都有分歧。圣彼得、圣巴拿巴和外国的新基督教徒一起时吃禁吃的肉,和犹太人的基督教徒一起时则不吃。圣保罗谴责他们的这种行为。就是这个法利赛人圣保罗——法利赛人迦玛列的信徒,就是这个狂热地迫害基督徒的圣保罗在和迦玛列决裂以后,自己也成了一个基督教徒,而且从那以后,他在当使徒期间在耶路撒冷的庙宇里献祭。整整一周时间,他公开地遵守所有他曾反对的犹太法律的仪式。他甚至加上多余的祈祷和洁身。他完全犹太化了。在整整一周里,这个基督教徒最伟大的使徒所做的事,如果别人也这样做了,就要被大多数信基督教的民族判处炮烙刑。

塞奥达斯和犹大在耶稣以前都自称为救世主。多西狄奥斯、西蒙和米南德在耶稣之后自称为救世主。在教会成立的第一个世纪,甚至在基督教这个名字为人们所知以前,在犹太就有十几个教派。忏悔祈祷的灵知派,多西修恩斯派和科林斯派,他们在耶稣的门徒用了基督教这个名字以前就存在了。很快就有了30名福音传道士,每个人都属于不同的社区,到公元1世纪末,在小亚细亚、叙利亚、亚历山大地区,甚至在罗马共有30个基督教教派。所有的这些教派都为罗马政府所鄙视,他们虽然默默无闻地躲藏起来,然而他们却互相迫害,这是他们在悲惨的境况下所能做到的一切。他们几乎都是由社会最低层的人组成的。

当有几个基督教徒终于接受了柏拉图的教义,在他们的宗教中注入了一点哲学的成分,并把他们的宗教与犹太教分开时,这些宗教逐渐变得重要起来,虽然它们还是分成了好几个派别,基督教会一刻也没有统一过。它是诞生于犹太人、撒马利亚人、法利赛人、撒都该人、艾赛尼人、约翰的门徒——尤达特和特拉普提派分裂的状况之中。它在摇篮之中就分裂的,甚至在偶尔遭受第一批皇帝的迫害时也是分裂的,殉教者通常被他的教友看作是叛教者,基督徒卡波瓦拉蒂死于罗马刽子手的刀剑之下,被伊比奥尼斯派逐出教会,埃比奥那特因此受到撒拍里乌的诅咒。

这个持续了这么多世纪的可怕的倾轧是我们应该互相原谅错误的最惊人的教训。纷争不和是人类的大敌,而宽容则是唯一医治它的良药。

没有一个人不同意这个真理,无论他是在书斋中沉思冥想,还是和朋友在一起平静地探讨这个问题。那么为什么在私下赞同容忍、慈善、正义的同样的人在公开场合要如此猛烈地谴责这些美德呢?为什么?因为自身利益是他们的上帝,因为他们为了崇拜这个怪物而牺牲了一切。

我拥有无知和轻信所造就的地位和权力。我踩在匍伏在我脚边的人的头上;如果他们站起来看着我的脸,我就不知所措;因此我必须用铁链把他们固定在地上。

就这样产生了一些有理智的人,他们由于数百年以来的狂热而变得有权有势。他们手下还有层层其他有权势的人。所有这些人都靠剥削穷人而致富,靠吸穷人的血而养肥自己,但同时他们还要嘲笑穷人的愚蠢。他们都讨厌宽容,就如同靠公众养肥的政客害怕交出他们的账本一样,如同暴君害怕自由这个词一样。糟糕的是:他们收买狂热分子,让他们大声叫喊:"尊敬我主人的荒谬!颤抖吧,讨钱吧,但不许说话!"

长期以来这是世界大部分地区的做法,但是现在这么多的教派互相争权,我们对他们应该采取什么态度呢?我们知道每个教派都存在错误的迹象。没有几何学家、代数学家和算术学家的派别,因为几何、代数和算术的所有命题都是真的。在其他任何科学上我们都可能犯错误。托马斯主义或斯科塔斯主义的神学家敢郑重其事地保证他所说都是真的吗?

如果一个教派使人回想起第一批基督教徒的时代,那它无疑是贵格派。再没有别的教派比他们更像使徒了。使徒感受到圣灵,贵格派也感受到圣灵。三四个使徒同时在三楼对公众讲话,贵格派在底层做同样的事。圣保罗认为可以允许妇女讲道,可就是这个圣保罗又认为应该禁止妇女讲道,因此女贵格派教徒根据前面的许可而讲道。

使徒用是或不是发誓,贵格派也发同样的誓。

使徒没有地位,也没有华丽的服饰,他们之间无法区别,贵格派的袖子上没有纽扣,且所有的人穿着都一样。

耶稣没有给他的任何使徒洗礼,贵格派也没有受过洗礼。

再举一些他们的相似之处是很容易的,要显示出如今的基督教和耶稣实践的基督教的区别有多大则更容易。耶稣是犹太人,我们不是犹太人;耶稣不吃猪肉,因为它不干净;耶稣不吃兔子,因为它反刍,而且没有分趾蹄;我们大胆地吃猪肉,因为对我们来说,它是干净的,我们也吃没有分趾蹄和反刍的兔子。

耶稣受过割礼,我们保留了包皮;耶稣吃逾越节宰杀的羊和莴苣,他保留了结茅节,我们则不这样做;他遵守安息日的规定,我们则改变了它;他献身了,我们却没有。

耶稣总是隐藏他化身和他地位的秘密。他没说他是代表上帝的。圣保罗在他的《致希伯来人使徒书》中明白无误地说上帝创造的耶稣等级要比众天使低。尽管圣保罗这样说,尼西亚会议还是把耶稣认作上帝。

耶稣没有把安科纳的边界地区和斯波莱托的公爵领地给予教皇,然而教皇却根据圣权拥有它们。

耶稣没有把婚姻和执事团变成圣事,而对我们而言,它们都是圣事。

如果我们仔细地观察,我们就会发现有使徒传统的罗马天主教在一切仪式和教义上都和耶稣的宗教相反。

但是否耶稣终身都犹太化了,我们也必须犹太化呢?

如果在宗教问题上可以前后一致地推理,那显然我们都应该成为犹太人,因为我们的救世主耶稣生为犹太人,死也为犹太人,因为他清楚地说他完成了犹太教。但更显而易见的是:我们应该互相宽容,因为我们都很弱小,往往前后不一致,易变,易犯错误。一株被风吹倒在泥浆中的芦苇会对附近一个倒向相反方向的芦苇说:"像我这样倒下,坏蛋,否则我要祈求把你拔掉烧成灰!"

（余兴立　吴　萍　译）

开　学

〔法国〕法朗士

每年入秋,天空变得动荡不安,晚饭要掌灯,瑟瑟抖动的树上也开始有了黄叶,我要对你们说一说这使我回想起了什么;我还要对你们说一说,在十月最初的日子里,我穿过卢森堡公园时看见了什么:此刻的卢森堡公园有些忧伤,但也比别的时候更美丽,因为树叶一片一片地落在白色雕像的肩上。这时我看见公园里有一个小家伙,双手插在口袋里,背着书包,活像一只蹦蹦跳跳的麻雀,正往学校里去呢。只有我的思想才能看见他,因为这小家伙是个影子;这是25年前的我的影子。的确,我对这小家伙很感兴趣:他存在的时候,我不大理他;如今他不在了,我倒很是爱他。总的说,他比我失去他之后的那些我都强。他是个冒失鬼,但心地不坏,我还应该说句公道话,他没有给我留下一点点不好的回忆;我失去的是一个天真无邪的人:我怀念他,这很自然;我在思想中看见他,喜欢激起对他的回忆,这也很自然。

25年前,就在这个季节,他8点钟之前穿过这座美丽的公园去上学。他的心有点儿发紧:开学了。

不过他还是蹦呀跳的,背上背着书,口袋里装着陀螺。想着又要看见同学了,他的心又快活起来。他有那么多事情要说,要听!难道他不应该知道拉博里埃特是否真的在雄鹰森林里打过猎吗？难道他不应该告诉他们，他也在奥弗涅的山里骑过马吗？做过这样的事情，那可不是为了藏起来不说的。再说，同学们又见面了，这多好啊！他好久没看见丰塔奈了，那是他的朋友，老是很友善地嘲笑他，这个丰塔奈比一只耗子大，却比尤利西斯还聪明，什么都拿第一，而且玩儿似的！

想到又要见着丰塔奈了，他觉得身子也轻了起来。他就这样在早晨清新的空气中穿过了卢森堡公园。他当时看见的一切，我今天还能看见。那是同一片天空，同一块土地；事情有它们昔日的灵魂，令我愉快，令我忧伤，令我惶惑；只是他不在了。

这就是为什么，随着老境日深，我对开学的兴致越来越浓厚。

倘若我当时是某中学的寄宿生，我对学习的回忆就会是残酷的，我将驱除净尽。幸好我的父母没有让我去服这苦役。我当时是一个古老中学的走读生，这学校有点儿像修道院，不大为人所知；我每天都看见街道和房屋，一点儿也不像那些寄宿生被隔离于公共生活和私人生活之外。所以，我的感觉绝非一个奴隶的感觉，我的感觉在柔情和力量中发展，这是一切在自由中成长壮大的东西所得之于自由的。仇恨没有掺杂进去。其中所蕴涵的好奇心也是健康的，我喜欢，所以我求知。我在路上所看见的人、牲畜、东西都令人难以相信地使我感觉到生活的单纯和强大。

要让一个孩子理解社会这架机器，什么也比不上街道。早晨，他定会看见送牛奶的、送水的、送煤的；他得仔细看看卖食品杂货的、卖猪肉的、卖酒的店铺；他还会看见部队走过，打头的是军乐；他得闻见街道的气味，才能感觉到劳动的法则是神圣的，在这个世界上，人人都有自己的工作。一早一晚，从家到学校、从学校到家之间的奔走，使我对各种职业和从事各种职业的人始终怀有一种充满感情的兴趣。

不过，我应该承认，我对人的友情并不都是一样的。我最喜欢的是那些卖文具纸张的，他们在店铺的橱窗里摆出各种画片。有多少次，我鼻子顶往玻璃，从头至尾地阅读那些画成图画的小故事的说明啊！

时间不长，我就知道了许多：其中的幻想故事使我的想象力发动起来，使我身上的一种能力得到发展，没有这种能力就什么也发现不了，包括经验方面和精确科学的领域。有的则用一种淳朴动人方式表现生活，使我第一次看见最可怕的事情，或者说得更确切些，唯一可怕的事情，即命运。反正，画片教给我许多东西。

后来，十四五岁时，我不大在食品杂货店的陈列前停留了，不过蜜饯水果盒子似乎还长时间地令我青睐。我不喜欢卖缝纫用品的，不再去猜他们招牌上那个金光闪闪的神秘字母 Y 是什么意思了。我也不大停下来猜那些幼稚的画谜了，在那些放陈酒的带有各种小装饰的格子里，可以看见用锻铁制成的木瓜或彗星①。

我在精神上变得讲究起来，只对画摊、旧货铺和书摊感兴趣了。

啊，南寻街的吝啬的老犹太人，河畔②的旧书商们，我的教师，我多么感谢你们！你们与大学里的教授不相上下，甚至胜过他们，是你们对我进行了智力的教育。你们是正直的人，你们在

---

① 据说彗星出现的那年产的酒品质优良。
② 河畔：指塞纳河畔。

我惊喜的眼睛前展现了往昔生活的神秘形式和人类思想的各种珍贵的遗迹。我是在你们的小屋里四处搜寻、在观赏你们那些布满灰尘,摆满我们祖先及其美妙思想的可怜纪念物的架子时,才不知不觉地受到了最健康的哲学的熏陶。

是的,朋友们,触摸着你们赖以为生的那些虫蛀的书籍、锈蚀的铁器和蛀痕斑斑的木器,我很小就深深地感觉到万物如流水和一切皆空。我猜测到,存在之物无非是变动于普遍的幻想中的一些形影,我从此倾向于忧伤、温情和怜悯。

你们看,这座风雨学校教给我高超的学问。家庭学校给我的好处更多。与家人一起吃饭,明净的凉瓶,雪白的桌布,安详的面孔,晚餐间亲切的谈话,这有多甜蜜,这使孩子们喜欢和理解家庭里的事情、生活中谦卑和健康的事情。如果他像我一样有运气,父母聪明善良,他在饭桌上听到的谈话会给他一种准确的感觉和爱的欲望。他每天吃的面包是被祝圣过的面包,他那精神之父曾在以马忤斯的小客栈里把它掰开,送给朝圣者,他心里像他们那样说:"我的心岂不是火热的么。"①

寄宿生在食堂里吃饭,他们的饭就没有这种温情和功效。啊!家庭学校真是一座好学校。

然而,倘若人们以为我蔑视课堂上的学习,那就不会理解我的想法。我认为,要培养一个人,什么也比不上依照法国老式人文学者的方法而进行的两种古典的学习。人文教育这个词意味着高雅,用于古典文化很合适。

我刚才满怀喜悦地(大家若是意识到这种喜悦绝不是自私的,它是一个影子的,也许就会原谅我)跟你们谈到的那个小家伙,好个像麻雀一样蹦蹦跳跳穿过卢森堡公园的小家伙,是个不错的人文学者呢,我请你们相信。他在其童稚的心灵中品味着罗马的力量和古代诗歌的雄伟形象。他在走读生的正当的自由中逛书店,他在与父母共进晚餐时有所见所感,这并没有使他对学校里教授的美妙的语言无动于衷。远非如此:他差不多和那群在一位一本正经的老先生管束下的小学生们一样地喜欢雅典或西塞罗。

他很少为了荣誉而用功,几乎没有在光荣榜上出过风头;因为那些东西令他喜欢,如拉封丹所说的那样,他才花了很大的力气。他的翻译练习成绩很好,拉丁文论文甚至当得起视察员先生的夸奖,连使这夸奖减色的语法错误都没有。他不是对你们说过吗,12 岁时,李维②的叙述让他慷慨地大流其泪?

不过,他是在接触到希腊的时候,才看到了美的壮丽的单纯。这是很晚的事了。最先是伊索寓言遮蔽了他的心灵。一位驼背的教师给他讲解,此人肉体上是驼背,精神上也是驼背。你们见过忒耳西忒斯③把年轻的伽拉忒斯④们带进缪斯的小树林吗?那个小家伙想象不出。人们以为他的驼背老师专攻伊索寓言,可以胜任愉快,其实不!那是个假驼背,一个驼背巨人,既无思想又无人情味,性喜作恶,是个最不公正的人。再说,这些顶着伊索之名的枯燥无味、怀有恶意的小寓言在落到我们手上之前,已然经过一位拜占庭僧侣润色,他脑袋上剃秃的圆顶狭窄而贫瘠。那时我五年级,不知道这些寓言的来源,也不大想知道;不过我那时对它们的评价与现在

---

① 《圣经》典故,事见《新约·路迦福音》第二十四章,言耶稣在以马忤斯显现。
② 李维(前 59—后 17):古罗马历史学家,著有《罗马史》。
③ 忒耳西忒斯:《伊利亚特》中最丑恶心狠的人物。
④ 伽拉忒斯:希腊神话里的海中神女。

完全一样。

伊索之后，老师让我们读荷马。我看见忒提斯像一朵白色的云从海上升起，我看见瑙西卡和她的女伴们，还有德洛斯岛的棕榈树，天空、大地和海洋，还有流泪的安德洛玛克的微笑……我理解了，我感觉到了。我在《奥德修记》里待了6个月，不出来。为此我多次受到惩罚。可额外作业能奈我何？我和尤利西斯一起航行在"紫色的大海上"！后来，我发现了悲剧。我不大懂埃斯库罗斯，但是索福克勒斯和欧里庇得斯却为我打开了一个男女英雄的迷人的世界，告诉我不幸所蕴涵的诗意。我读的每一部悲剧都带给我新的喜悦、新的眼泪、新的颤抖。

阿尔克斯提斯和安提戈涅给了我一个孩子从未有过的最崇高的梦幻。我把头埋进辞典，伏在墨迹斑斑的书桌上，我看见了神的面孔，象牙般的胳膊垂在白色的披风上，听见了比最美的音乐还要美的说话声在和谐地哀叹。

这又给我招来新的惩罚。惩罚是公正的，因为我读的是与课堂无关的东西。唉！这习惯至今依然。在我余下的日子里的任何一个阶段，恐怕我还要受到中学教师对我进行的那种指责："彼埃尔·诺齐埃先生①，您在读与课堂无关的东西。"

尤其是冬天的晚上，出了校门，走在路上，我为那光、那歌所陶醉。我在路灯下、店铺的明亮的橱窗前读着那些诗句，然后一边走，一边吟诵。冬天的晚上，在阴影已然笼罩的郊区狭窄的街道上，我一路都在进行这种活动。

我常常撞在糕点铺的小伙计的身上，他头上顶着柳条筐，像我一样在做梦；我也常常突然感到脸上扑来一匹可怜的正在拉车的马喷出的热气。现实丝毫败坏不了我的梦，因为我很爱郊区的那些老街，铺路的石头看见我一天天长大。一天晚上，我在一个卖栗子的人的灯笼下读安提戈涅的诗句，四分之一个世纪过去了，我一想起这些诗句：

哦，坟墓！哦，婚床！

就不能不看见那个奥弗涅人往纸口袋里吹气，不能不感到我身边烤栗子的炉子冒出的热气。在我的记忆中，对这个正直的人的回忆与忒拜的处女的哀叹和谐地融为一体。

就这样，我记住了许多诗句。就这样，我获得了有用的宝贵的知识。就这样，我完成了我的人文教育。

我的方式对我来说是好的，对别人可能一钱不值。我很注意不向任何人推荐。

此外，我应该承认，我吃饱了荷马和索福克勒斯，就对修辞学没有了胃口。这是老师对我说的，我很愿意相信。一个人在17岁上所具有或表现出的口味很少有好的。为了改善我的口味，修辞学老师建议我认真研读卡西米尔·德拉维涅②的全集。我对他的建议置若罔闻。索福克勒斯已经让我养成某种习惯，改不掉了。我那时觉得，现在仍然觉得修辞学老师并非一个口味精细的有学问的人；不过，他精神抑郁，性格直率，心灵高傲。如果说他教给我们某种文学上的异端，他至少以身作则地为我们展示出有教养的人是什么样子。

这种学问代价高昂。夏隆先生受到全体学生的尊敬。因为孩子们能以一种完全的公正衡量老师的道德上的价值。25年前我对不公正的驼背和对正直的夏隆的看法，今日依然如故。

---

① 彼埃尔·诺齐埃：法朗士在文中为自己杜撰的名字。
② 卡西米尔·德拉维涅（1793—1843）：法国诗人，法兰西学士院院士，其风格很快即被认为是冰冷的、陈旧的。

然而,夜色降临在卢森堡公园的悬铃木上,我说的那个小幽灵消失在阴影中。永别了,我失去的那个小小的我;假如我不能在我儿子身上发现一个更美的你,我将永远地感到惋惜。

(鲁　汶　译)

探索的动机

〔美国〕爱因斯坦

在科学的庙堂里有许多房舍,住在里面的人真是各式各样,而引导他们到那里去的动机实在也各不相同。有许多人所以爱好科学,是因为科学给他们以超乎常人的智力上的快感,科学是他们自己的特殊娱乐,他们在这种娱乐中寻求生动活泼的经验和雄心壮志的满足;在这座庙堂里,另外还有许多人所以把他们的脑力产物奉献在祭坛上,为的是纯粹功利的目的。如果上帝有位天使跑来把所有属于这两类的人都赶出庙堂,那么聚在那里的人就会大大减少,但是,仍然还有一些人留在里面,其中有古人,也有今人。我们的普朗克就是其中之一,这也就是我们所以爱戴他的原因。

我很明白,我们刚才在想象中随便驱逐了许多卓越的人物,他们对建设科学庙堂有过很大的也许是主要的贡献;在许多情况下我们的天使也会觉得难于作出决定。但有一点我可以肯定:如果庙堂里只有我们刚才驱逐的两类人,那么这座庙堂就决不会存在,正如只有蔓草就不成其为森林一样。因为,对于这些人来说,只要有机会,人类活动的任何领域他们都会去干;他们究竟成为工程师、官吏、商人,还是科学家,完全取决于环境。现在让我们再来看看那些为天使所宠爱的人吧。他们大多数是相当怪癖、沉默寡言和孤独的人,尽管有这些共同特点,实际上他们彼此之间很不一样,不像被赶走的那许多人那样彼此相似。究竟是什么把他们引到这座庙堂里来的呢?这是一个难题,不能笼统地用一句话来回答。首先我同意叔本华(Schopenhauer)所说的,把人们引向艺术和科学的最强烈的动机之一,是要逃避日常生活中令人厌恶的粗俗和使人绝望的沉闷,是要摆脱人们自己反复无常的欲望的桎梏。一个修养有素的人总是渴望逃避个人生活而进入客观知觉和思维的世界;这种愿望好比城市里的人渴望逃避喧嚣拥挤的环境,而到高山上去享受幽静的生活,在那里,透过清寂而纯洁的空气,可以自由地眺望,陶醉于那似乎是为永恒而设计的宁静景色。

除了这种消极的动机以外,还有一种积极的动机。人们总想以最适当的方式来画出一幅简化的易领悟的世界图像;于是他就试图用他的这种世界体系(cosmos)①来代替经验的世界,并来征服它。这就是画家、诗人、思辨哲学家和自然科学家所做的,他们都按自己的方式去做。各人都把世界体系及其构成作为他的感情生活的支点,以便由此找到他在个人经验的狭小范围里所不能找到的宁静和安定。

---

　①　cosmos 原来的意思是"宇宙",是指广包一切、秩序井然的整个体系。

　　理论物理学家的世界图像在所有这些可能的图像中占有什么地位呢? 它在描述各种关系时要求尽可能达到最高标准的严格精确性,这样的标准只有用数学语言才能达到。另一方面,物理学家对于他的主题必须极其严格地加以限制:他必须满足于描述我们的经验领域里的最简单事件;企图以理论物理学家所要求的精密性和逻辑完备性来重现一切比较复杂的事件,这不是人类智力所能及的。高度的纯粹性、明晰性和确定性要以整体性为代价。但是当人们畏缩而胆怯地不去管一切不可捉摸和比较复杂的东西时,那么能吸引我们去认识自然界的这一渺小部分的究竟又是什么呢? 难道这种谨小慎微的努力结果也够得上宇宙理论的美名吗?

　　我认为,是够得上的;因为,作为理论物理学结构基础的普遍定律,应当对任何自然现象都有效。有了它们,就有可能借助于单纯的演绎得出一切自然过程(包括生命)的描述,也就是说得出关于这些过程的理论,只要这种演绎过程并不太多地超出人类理智能力。因此,物理学家放弃他的世界体系的完整性,倒不是一个有什么基本原则性的问题。

　　物理学家的最高使命是要得到那些普遍的基本定律,由此世界体系就能用单纯的演绎法建立起来。要通向这些定律,并没有逻辑的道路;只有通过那种以对经验的共鸣的理解为依据的直觉,才能得到这些定律。由于有这种方法论上的不确定性,人们可以假定,会有许多个同样站得住脚的理论物理体系;这种看法在理论上无疑是正确的。但是,物理学的发展表明,在某一时期,在所有可想象到的构造中,总有一个显得比别的都要高明得多。凡是真正深入地研究过这问题的人,都不会否认唯一地决定理论体系的,实际上是现象世界,尽管在现象同它们的理论原理之间并没有逻辑的桥梁;这就是莱布尼兹(Leibnitz)非常中肯地表述的"先定的和谐"①。物理学家往往责备认识论者对这个事实没有给予足够的注意。我认为,几年前马赫同普朗克之间所进行的论战的根源就在于此。

　　渴望看到这种先定的和谐,是无穷的毅力和耐力的源泉。我们看到,普朗克就是因此而专心致志于这门科学中的最普遍的问题,而不使自己分心于比较愉快的和容易达到的目标上去。我常常听到同事们试图把他的这种态度归因于非凡的意志力和修养,但我认为这是错误的。促使人们去做这种工作的精神状态是同信仰宗教的人或谈恋爱的人精神状态相类似的;他们每天的努力并非来自深思熟虑的意向或计划,而是直接来自激情。我们敬爱的普朗克就坐在这里,内心在笑我像孩子一样提着第欧根尼的灯笼②闹着玩。我们对他的爱戴不需要作老生常谈的说明。祝愿他对科学的热爱继续照亮他未来的道路,并引导他去解决今天物理学的最重要的问题,这问题是他自己提出来的,并且为了解决这问题他已经做了很多工作。祝他成功地把量子论同电动力学和力学统一于一个单一的逻辑体系里。

(许良英等　译)

---

　　①　先定的和谐:莱布尼兹所用的术语。他说一切"单子"之间,特别是心同物之间,存在着一种预先被永远确定了的和谐。

　　②　第欧根尼:纪元前4世纪的希腊犬儒学派的哲学家。他衣食极简陋,常露宿或住在大木桶里。据说他曾是白昼提着灯笼到处寻找诚实的人。

子规的画

〔日本〕夏目漱石

我只有一张子规①的画。为了纪念亡友，我长时间地把它放在袋子里，随着时间的流逝，有时简直时常忘记它的所在。近来忽然记起，觉得这样放置，若是有个搬迁挪移之事，稍一不慎，便不知会散失在什么地方。所以想立刻把它送到裱糊店里，裱一裱悬挂起来。抽出包装纸袋，掸去灰尘，打开一看，画还是按原来的样子，潮乎乎地叠作四折，放在那儿。在我的记忆中，袋子里除了画以外，什么都没有。可是，竟还从中发现了子规的几封信。我从中选出最后那封和另一封不知年月的短信。在两封信中间夹上那张画，把三者归拢到一块儿拿去裱褙。

画，是插在小花瓶中的关东菊。构图是极其简单的。旁边还加了注解："把它看作行将枯萎的吧；把这笨拙的画技，看成疾病所致吧；如觉得我是在撒谎，你就支着胳膊肘画画试试吧。"从这个注解来看，他自己并不觉得他的作品很好。子规在画好这幅画的时候，我已经不在东京了。他是给这幅画题了一首歌寄来熊本的："瓶生关东菊，菊花行将萎；君今在火国，不知何日归。"

此画挂在墙壁上，看上去实在令人感到寂寥。花、茎、叶和玻璃瓶，仅仅使用了三种颜色。开花的枝上，只有两个花蕾。数一数叶子，总共才有九片。这孤寂的花草，笼罩在一片白色里，再加上周围是用冷蓝色画绢裱褙的，无论怎样看，也让你觉得心里冷冰冰的吃不消。

看来，子规为画这幅简单的花草，是不惜巨大努力的。仅仅三枝花，至少费了五六个小时的时间。画得极其仔细，一丝不苟。费这么大的劲儿，不仅病中需要极大的耐心，即使以他那作俳句、和歌时挥洒自如的性情来讲，也是个明显的矛盾。盖因他学画画之初，从不折②等人那里听到画画必先写生的道理时，他便在这一花一草上，打算加以实践。不知他在画画方面，是忘记了使用他的俳句上已经谙练了的方法呢，还是缺乏这方面的本领。

由关东菊所代表的子规的画，既古拙又认真。在文笔上，凭才力他是可以一气呵成的。可是一接触到画具，却忽然变得呆滞僵硬起来，笔锋畏畏缩缩，踟蹰不前。想到这里，我不禁微笑了。当虚子来看到这幅画时，他曾表扬说，正冈的画，这不是画得很好吗？我却不以为然。这画画得是那么单调而平凡，且又付出了那么多的时间和劳动；凭正冈的头脑和才气，干这心余力绌而又用不着干的工作，从而泛溢着他那掩抑不住的古拙。其画虽古拙，却有其朴实稳重之妙，古拙而苍劲，严肃而认真，正象征着其为人之刚耿和愚直。如果说子规的画虽拙犹美，使人钦羡不厌，也许其奥秘就在于此吧。然而，毕竟由于他腕下缺乏挥洒自如之巧，手中无运笔传神之妙；不能下笔点睛，迅即勾画出幽香雅境来，因此不得不舍弃捷径，而苦心孤诣地搞他的涂抹主义了。在这种情况下，一个"拙"字，对他来说，是怎么也难免的。

子规作为人，又作为文学家，是十分机敏的。在他的身上，很难发现"拙"的痕迹。在我和他交

---

① 子规：即正冈子规（1867—1902），俳人、歌人，是漱石在第一高等学校念书时的同学，也是他的俳句老师。

② 不折：画家中村不折，为作者与正冈子规共同的友人。

际多年的任何时候,从未记得他曾有过因"拙"而被人讥笑的先例,甚至连一瞬间都没有过。在他死后即将十年的今天,从他特地为我画的一束关东菊中,确实欣赏到了他的"拙"相来。其结果,不论使我失笑,还是悦服,对我来说,都是有极大的兴趣的。只是这画却是异常冷落孤寂,凄寒袭人。如有可能,真想让子规为补偿这一冷落孤寂,把这一"拙"劲儿,发挥得更雄浑些。

(林怀秋 译)

论求知

〔英国〕培 根

求知可以作为消遣,可以作为装潢,也可以增长才干。

当你孤独寂寞时,阅读可以消遣。当你高谈阔论时,知识可供装潢。当你处世行事时,求知可以促成才干。有实际经验的人虽然能办理个别性的事务,但若要综观整体,运筹全局,却唯有掌握理论知识方能办到。

求知太慢会弛惰,为装潢而求知是欺人自欺,只会照书本条条办事会变成偏执的呆子。

求知可以改进人的天性,而实验又可以改进知识本身。人的天性犹如野生的花草,求知学习好比修剪移栽。实习尝试则可检查修正知识本身的真伪。

狡诈者轻鄙学问,愚鲁者羡慕学问,唯聪明者善于运用学问。知识本身并没有告诉人怎样运用它,运用的方法乃在书本之外。这是一门技艺,不经实验就不能学到。求知时不可专为挑剔辩驳去读书,但也不可轻易相信书本。求知的目的不是为了吹嘘炫耀,而是应该为了寻找真理、启迪智慧。

有的知识只要浅尝即可,有的知识只要粗知即可,只有少数专门知识需要深入钻研、仔细揣摩。所以,有的书只读其中一部分即可,有的书只知其中梗概即可,而对于少数好书,则要精读、细读、反复地读。

有的书可以请人代读,然后看他的笔记摘要就行了。但这只限于质量粗劣的书。否则一本好书将像已被蒸馏过的水,变得淡而乏味了!

读书使人的头脑充实,讨论使人明辨是非,做笔记则能使知识准确。

因此,如果一个人不愿做笔记,他的记忆力就必须强而可靠。如果一个人只愿孤独探索,他的头脑就必须格外锐利。如果有人不读书又想冒充博学多知,他就必定是一个狡黠的家伙。

读史使人明智,读诗使人聪慧,演算使人精密,哲理使人深刻,伦理学使人有修养,逻辑修辞使人长于思辨。总之,"知识能改变人的性格"。

不仅如此,精神上的各种缺陷,还都可以通过求知来改善——正如身体上的缺陷,可以通过运动来改善一样。例如打球有利于腰肾,射箭可扩胸利肺,散步则有助于消化,骑术使人反应敏捷,等等。同样,一个思维不集中的人,他可以研习数学。因为数学稍不仔细就会出错。缺乏分析判断力的人,他可以研习经院哲学,因为这门学问最讲究繁琐辩证。不善于推理的人,可以研习法律学。如此等等。这种头脑的缺陷,是都可以通过求知来治疗的。

(水天同 译)

谈高位

〔英国〕培　根

　　居高位者乃三重之仆役:帝王或国家之臣,荣名之奴,事业之婢也。因此不论其人身、行动、时间,皆无自由可言。追逐权力,而失自由,有治人之权,而无律己之力,此种欲望诚可怪也。历尽艰难始登高位,含辛茹苦,唯得更大辛苦,有时事且卑劣,因此须做尽不光荣之事,方能达光荣之位。既登高位,立足难稳,稍一倾侧,即有倒地之虞,至少亦晦暗无光,言之可悲。古人云:"既已非当年之盛,又何必贪生?"殊不知人居高位,欲退不能,能退之际亦不愿退,甚至年老多病,理应隐居,亦不甘寂寞,犹如老迈商人仍长倚店门独坐,徒令人笑其老不死而已。显达之士率需借助他人观感,方信自己幸福,而无切身之感,从人之所见,世之所羡,乃人云亦云,认为幸福,其实心中往往不以为然;盖权贵虽最不勇于认过,却最多愁善感也。凡人一经显贵,待己亦成陌路,因事务纠缠,对本人身心健康,亦无暇顾及矣,诚如古人所言:"悲哉斯人之死也,举世皆知其为人,而独无自知之明!"

　　居高位,可以行善,亦便于作恶。作恶可咒,救之之道首在去作恶之心,次在除作恶之力;而行善之权,则为求高位者所应得,盖仅有善心,虽为上帝嘉许,而凡人视之,不过一场好梦耳,唯见之于行始有助于世,而行则非有权力高位不可,犹如作战必据险要也。

　　行动之目的在建功立业;休息之慰藉在自知功业有成。盖人既分享上帝所造之胜景,自亦应分享上帝所订之休息。《圣经》不云乎:"上帝回顾其手创万物,无不美好。"于是而有安息日。

　　执行职权之初,宜将最好先例置诸座右,有无数箴言,可资借镜。稍后应以己为例,严加审查,是否已不如初。前任失败之例,亦不可忽,非为揭人之短,显己之能,以其可作前车之鉴也。因此凡有兴革,不宜大事夸耀,亦不可耻笑古人,但须反求诸己,不独循陈规,而且创先例也。凡事须追本溯源,以及由盛及衰之道。然施政定策,则古今皆须征询:古者何事最好,今者何事最宜。

　　施政须力求正规,俾众知所遵循,然不可过严过死;本人如有越轨,必须善为解释。本位之职权不可让,管辖之界限则不必问,应不动声色中操实权,忌在大庭广众间争名分。下级之权,亦应维护,与其事事干预,不如遥控总领,更见尊荣。凡有就分内之事进言献策者,应予欢迎,并加鼓励;报告实况之人,不得视为好事,加以驱逐,而应善为接待。

　　掌权之弊有四,曰:拖、贪、暴、圆。

　　拖者拖延也,为免此弊,应开门纳客,接见及时,办案快速,非不得已不可数事混杂。

　　贪者贪污也,为除此弊,既要束住本人及仆从之手不接,亦须束住来客之手不送,为此不仅应廉洁自持,且须以廉洁示人,尤须明白弃绝贿行。罪行固须免,嫌疑更应防。性情不定之人有明显之改变,而无明显之原因,最易涉贪污之嫌。因此,意见与行动苟有更改,必须清楚说明,当众宣告,同时解释所以变化之理由,决不可暗中为之。如有仆从稔友为主人亲信,其受器重也别无正当理由,则世人往往疑为秘密贪污之捷径。

粗暴引起不满,其实完全可免。严厉仅产生畏惧,粗暴则造成仇恨。即使上官申斥,亦宜出之以严肃,而不应恶语伤人。

至于圆通,其害过于贿行,因贿行仅偶尔发生,如有求必应,看人行事,则积习难返矣。所罗门曾云:"对权贵另眼看待实非善事,盖此等人能为一两米而作恶也。"

旨哉古人之言:"一登高位,面目毕露。"或更见有德,或更显无行。罗马史家戴西特斯论罗马大帝盖曰:"如未登基,则人皆以为明主也。"其论维斯帕西安则曰:"成王霸之业而更有德,皇帝中无第二人矣。"以上一则指治国之才,一则指道德情操。尊荣而不易其操,反增其德,斯为忠诚仁厚之确征。夫尊荣者,道德之高位也;自然界中,万物不得其所,皆狂奔突撞,既达其位,则沉静自安;道德亦然,有志未酬则狂,当权问政则静。一切腾达,无不须循小梯盘旋而上。如朝有朋党,则在上升之际,不妨与一派结交;既登之后,则须稳立其中,不偏不倚。对于前任政绩,宜持论平允,多加体谅,否则,本人却职后亦须清还欠债,无所逃也。如有同僚,应恭敬相处,宁可移樽就教,出人意外,不可人有所待,反而拒之。与之闲谈,或有客私访,不可过于矜持,或时刻不忘尊贵,宁可听人如是说:"当其坐堂议政时,判若两人矣。"

(王佐良　译)

真正的家

〔英国〕罗斯金

简而言之,两性各自的特征是:

男子的力量是积极的、进取的、捍卫性的。显然,他们是实干家、创造者、发现者和保卫者。他们的智力适于推测与发明;他们的能量适于进取,适于战争,适于征服,只要他们从事的战争是正义战争,他们的征服便是不可或缺的征服。

然而妇女的力量不适于战斗,而适于决断;她们的智力不适于发明或创造,而适于下达悦耳的命令,作出巧妙的安排和决定。她们了解事物的性质、要求和地位。她们的伟大在于赞扬。她们不参与竞争,但都万无一失地判决胜利王冠的归属。由于她们的职能与地位,她们受到保护,不受一切危险与引诱的损害。

男子在外部世界中从事艰苦的劳动,必须面临一切危险与考验,因此,他们必须面对失败、进攻和不可避免的错误;不时受伤或被征服;常常误入歧途;因此,在任何时候,他们都必须刚毅坚定。但对于妇女,她们坚决保护她们免受这一切损害;在他们的家里——在妇女料理下的家里——除非妇女本人出于自愿,否则,她们没有必要卷入危险、引诱、错误或进攻之中。这便是家的实质——它是和平之宫,是庇护所,不但能使人逃避一切损害,而且可以逃避恐惧、疑虑和分裂。家倘若不如此,便不成其为家了;倘若外界生活所含的焦虑渗透到家之中;倘若夫妻任何一方允许外界那个千变万化的、陌生的、没人爱的敌对社会跨入家的门槛,那么,家便不成其为家,只能是外部世界的、被人们蒙上屋顶、在其中生火煮饭的那部分罢了。然而家只要是一个神圣的地方,是维斯塔①的一座殿堂,是家神守坐下一座温暖的殿堂,那么,除了那些能得到它以爱相迎的人以外,谁也不容许接近它,——只要就是如此,只要它的屋顶与炉火仅仅是更高洁的灯与阴凉处,——如同荒野中岩石旁的阴凉处,波涛汹涌的大海中洁劳斯②的光亮——只要它名副其实,符合人们对家的赞扬,它就是真正的家。

真正的妻子,她无论走到什么地方,家便围绕着她出现在什么地方。她头顶上也许只有高悬的星星,她脚下也许只有寒夜草丛中萤火虫的亮光,然而,她在哪儿,家便在哪儿;对于高洁的妇女,家在她周围覆盖的面积很广阔,胜过柏树遮住的天空,胜过橘红色的彩绘装饰;它为无家可归的人洒下柔和的光。

(刘坤尊 译)

贝多芬百年祭

〔英国〕萧伯纳

一百年前,一位虽还听得见雷声但已聋得听不见大型交响乐队演奏自己乐曲的 57 岁的倔强的单身老人,最后一次举拳向着咆哮的天空,然后逝去了,还是和他生前一直那样,唐突神灵,蔑视天地。他是反抗性的化身,甚至在街上遇上一位大公和他的随从时也总不免把帽子向下按得紧紧的,然后从他们正中间大踏步直穿而过。他有一架不听话的蒸汽轧路机的风度(大多数轧路机还恭顺地听使唤和不那么调皮呢);他穿衣服之不讲究尤甚于田间的稻草人;事实上有一次他竟被当做流浪汉给抓了起来,因为警察不相信穿得这样破烂的人竟会是一位大作曲家,更不相信这副躯体能容下纯音响世界最奔腾澎湃的灵魂。他的灵魂是伟大的;但是如果我使用了最伟大的字眼,那就是说比汉德尔③的灵魂还要伟大,贝多芬自己就会责怪我;而且谁又能自负灵魂比巴哈④的还伟大呢? 但是说贝多芬的灵魂是最奔腾澎湃的那可没有一点问题。他的狂风怒涛一般的力量他自己很容易控制住,却常常不愿去控制,这和他狂呼大笑的滑稽诙谐都是别的作曲家作品里找不到的。毛头小伙子们现在一提起切分音好像就是一种使音乐节奏成为最强而有力的新方法;但是在听过贝多芬的第三里昂诺拉前奏曲之后,最狂热的爵士乐听起来也像"少女的祈祷"那样温和了。可以肯定地说,我听过的任何黑人的集体狂欢都不会像贝多芬的第七交响乐最后的乐章那样可以引起最黑最黑的舞蹈家拼了命地跳下去,而也没有另外哪一个作曲家可以先以他的乐曲的阴柔之美使得听众完全溶化在缠绵悱恻的境界里,而后突然以铜号的猛烈声音吹向他们,带着嘲讽似的使他们觉得自己真傻。除了贝多芬谁也管不住贝多芬;当疯劲上来之后,他总有意不去管住自己,于是也就成为管不住的了。

这样奔腾澎湃,这种有意的散乱无章,这种嘲讽,这样无顾忌的骄纵的不理睬传统的风

---

① 维斯塔:罗马神话中的炉火女神,其主要职责是守护圣火。她们被奉为妇女贞洁的象征。
② 洁劳斯:意即灯塔。
③ 汉德尔(1685—1759):德国出生的英国作曲家。
④ 巴哈(1685—1750):德国作曲家。

尚——这些就是使得贝多芬不同于 17 世纪和 18 世纪谨守法度的其他音乐天才的地方。他是造成法国革命的精神风暴中的一个巨浪。他不认任何人为师,他同行里的先辈莫扎特从小起就是梳洗干净、穿着华丽,在王公贵族面前举止大方的。莫扎特小时候曾为了彭巴杜夫人①发脾气说,"这个女人是谁,也不来亲亲我,连皇后都亲我呢",这种事在贝多芬是不可想象的,因为甚至在他已老到像一头苍熊时,他仍然是一只未经驯服的熊崽子。莫扎特天性文雅,与当时的传统和社会很合拍,但也有灵魂的孤独。莫扎特和格鲁克②之文雅就犹如路易十四宫廷之文雅。海顿③之文雅就犹如他同时的最有教养的乡绅之文雅。和他们比起来,贝多芬从社会地位上说就是个不羁的艺术家,一个不穿紧腿裤的激进共和主义者。海顿从不知道什么是嫉妒,曾称呼比他年轻的莫扎特是有史以来最伟大的作曲家,可他就是吃不消贝多芬。莫扎特是更有远见的,他听了贝多芬的演奏后说,"有一天他是要出名的",但是即使莫扎特活得长些,这两个人恐也难以相处下去。贝多芬对莫扎特有一种出于道德原因的恐怖。莫扎特在他的音乐中给贵族中的浪子唐璜④加上了一圈迷人的圣光,然后像一个天生的戏剧家那样运用道德的灵活性又回过来给莎拉斯特罗⑤加上神人的光辉,给他口中的歌词谱上前所未有的就是出自上帝口中都不会显得不相称的乐调。

　　贝多芬不是戏剧家;赋予道德以灵活性对他来说就是一种可恶的玩世不恭。他仍然认为莫扎特是大师中的大师(这不是一顶空洞的帽子,它的的确确就是说莫扎特是个为作曲家们欣赏的作曲家,而远不是流行作曲家);可是莫扎特是穿紧腿裤的宫廷侍从,而贝多芬却是个穿散腿裤的激进共和主义者;同样的海顿也是穿传统制服的侍从。在贝多芬和他们之间隔着一场法国大革命,划分开了 18 世纪和 19 世纪。对贝多芬来说莫扎特不如海顿,因为他把道德当儿戏,用迷人的音乐把罪恶谱成德行般奇妙。如同每一个真正激进共和主义者都具有的,贝多芬身上的清教徒性格使他反对莫扎特,固然莫扎特曾向他启示了 19 世纪音乐的各种创新的可能。由贝多芬上溯到汉德尔,一位和贝多芬同样倔强的老单身汉,把他当做英雄。汉德尔瞧不上莫扎特崇拜的英雄格鲁克,虽然在汉德尔的《弥赛亚》⑥里的田园乐是极为接近格鲁克在他的歌剧《奥非阿》里那些向我们展示出天堂的原野的各个场面的。

　　因为有了无线电广播,成百万对音乐接触不多的人在他百年祭的今年将第一次听到贝多芬的音乐。充满着照例不加选择地加在大音乐家身上的颂扬话的成百篇的纪念文章将使人们抱有通常少有的期望。像贝多芬同时的人一样,虽然他们可以懂得格鲁克、海顿和莫扎特,但从贝多芬那里得到的不但是一种使他们困惑不解的意想不到的音乐,而且有时候简直听不出是音乐的由管弦乐器发出来的杂乱音响。要解释这也不难。18 世纪的音乐都是舞蹈音乐。舞蹈是由动作起来令人愉快的步子组成的对称样式;舞蹈音乐是不跳舞听起来也令人愉快的由声音组成的对称的样式。这些乐式虽然起初不过像棋盘那样简单,但被展开了,复杂化了,用和声丰富起来了。最后变得类似波斯地毯;而设计像波斯地毯那种乐式的作曲家也就不再期望人们跟着这

---

　　① 彭巴杜夫人(1721—1764):法皇路易十五的情妇。
　　② 格鲁克(1714—1787):奥地利作曲家。
　　③ 海顿(1723—1809):奥地利作曲家。
　　④ 唐璜:英国诗人拜伦长诗《唐璜》的主人公。唐璜的传说在 17 世纪前已流行于欧洲,在那以后他成为许多音乐、文学作品中的主人公。
　　⑤ 莎拉斯特罗:莫扎特的歌剧《魔笛》中的一个代表真理和光明的人物。
　　⑥ 《弥赛亚》:汉德尔谱写的宗教歌咏大曲。

种音乐跳舞了。要有神巫打旋子的本领才能跟着莫扎特的交响乐跳舞。有一回我还真请了两位训练有素的青年舞蹈家跟着莫扎特的一阕前奏曲跳了一次,结果差点没把他们累垮。就是音乐上原来使用的有关舞蹈的名词也慢慢地不用了,人们不再使用包括萨拉班德舞、巴万宫廷舞、加伏特舞和快步舞等等在内的组曲形式,而把自己的音乐创作表现为奏鸣曲和交响乐,里面所包含的各部分也干脆叫做乐章,每一章都用意大利文记上速度,如快板、柔板、谐谑曲板、急板等等。但在任何时候,从巴哈的序曲到莫扎特的《天神交响乐》,音乐总呈现出一种对称的音响样式给我们以一种舞蹈的乐趣来作为乐曲的形式和基础。

可是音乐的作用并不止于创造悦耳的乐式。它还能表达感情。你能去津津有味地欣赏一张波斯地毯或者听一曲巴哈的序曲,但乐趣只止于此;可是你听了《唐璜》前奏曲之后却不可能不发生一种复杂的心情,它使你心理有准备去面对将淹没那种精致但又是魔鬼式的欢乐的一场可怖的末日悲剧。听莫扎特的《天神交响乐》最后一章时你会觉得那和贝多芬的第七交响乐的最后乐章一样,都是狂欢的音乐:它用响亮的鼓声奏出如醉如狂的旋律,又从头到尾交织着一开始就有的具有一种不寻常的悲伤之美的乐调,因之更加沁人心脾。莫扎特的这一乐章自始至终是乐式设计的杰作。

但是贝多芬所做到的一点,也使得某些与他同时的伟人不得不把他当做一个疯人。他有时清醒就出些洋相或者显示出不高的格调,在于他把音乐完全作表现心情的手段,并且完全不把设计乐式本身作为目的。不错,他一生非常保守地(顺便说一句,这也是激进共和主义者的特点)使用着旧的乐式;但是他加给它们以惊人的活力和激情,包括产生于思想高度的那种最高的激情,使得产生于感觉的激情显得仅仅是感官上的享受,于是他不仅打乱了旧乐式的对称,而且常常使人听不出在感情的风暴之下竟还有什么样式存在着了。他的《英雄交响乐》一开始使用了一个乐式(这是从莫扎特幼年时一个前奏曲里借来的),跟着又用了另外几个很漂亮的乐式;这些乐式被赋予了巨大的内在力量,所以到了乐章的中段,这些乐式就全被不客气地打散了;于是,从只追求乐式的音乐家看来,贝多芬是发了疯了,他抛出了同时使用音阶上所有单音的可怖的和弦。他这么做只是因为他觉得非如此不可,而且还要求你也觉得非如此不可呢。

以上就是贝多芬之谜的全部。他有能力设计最好的乐式;他能写出使你终身享受不尽的美丽的乐曲;他能挑出那些最干燥无味的旋律,把它展开得那样引人;使你听上一百次每回也都能发现新东西;一句话,你可以拿所有用来形容以乐式见长的作曲家的话来形容他;但是他的病征,也就是不同于别人之处在于他那激动人的品质,他能使我们激动,并把他那奔放的感情笼罩着我们。当贝里奥滋[①]听到一位法国作曲家因为贝多芬的音乐使他听了很不舒服而说“我爱听能使我入睡的音乐”时,他非常生气。贝多芬的音乐是使你清醒的音乐;而当你想独自静一会儿的时候,你就怕听他的音乐。

懂了这个,你就从18世纪前进了一步,也从旧式的跳舞乐队前进了一步(爵士乐,附带说一句,就是贝多芬化了的老式跳舞乐队),不但能懂得贝多芬的音乐而且也能懂得贝多芬以后的最有深度的音乐了。

(周珏良　译)

---

① 贝里奥滋(1803—1869):法国作曲家。

知识尘埃

〔秘鲁〕里贝罗

每天放学或课间休息的时候,我都要到华盛顿大街去站上一会儿,透过窗上的栅栏凝望着那座房子的灰墙,因为那里面严密地收藏着知识的钥匙。

从孩提时代起,我就知道那座房子里保存着我曾祖父的藏书。

我曾经听父亲说起过那些藏书,他一直把自己身体垮了这件事情归咎于那次给藏书搬家。曾祖父在世时,那一万册图书一直放在圣灵街的家里。等他去世之后,子女们分了他的财产,而那部分藏书给了当大学教授的伯祖父拉蒙。

拉蒙娶了一位非常富有的太太,但是她不能生育,耳朵又聋,而且不通人情,使拉蒙一辈子都过得很不舒心。为了弥补夫妻生活的失意,他就随便跟所有能够弄到手的女人勾勾搭搭。他因为没有子女,在众多的甥侄当中特别偏爱我父亲;这不仅意味着我父亲可望继承遗产,同时他也必须承担义务。因此,当需要把那些书籍从圣灵街往华盛顿街他家里搬的时候,事情自然就落到了我父亲的头上。

据父亲说,整整用了一个月的时间才把那上万册书籍搬光。他得爬到很高很高的架子上面去,把书搬下来,装进箱里,运进另一所房子,再重新整理分类,而且所有这些工作都是在灰尘扑面、飞蛾乱舞的情况下干的。书是搬完了,但他却一辈子也没有缓过劲来,但是这番辛劳是有报偿的。拉蒙伯祖父问我父亲:"等我死的时候,你希望我把什么留给你?"父亲毫不犹豫地回答:"你的藏书。"

拉蒙伯祖父健在时,我父亲经常到他家去读书。从那时起,他就和一笔总有一天会到手的财产厮守在一起了。曾祖父很博学,他收集了人文学科方面的大量书籍,所以,可以说,他的藏书汇集了19世纪末叶一个有教养的人应该掌握的全部知识。与其说我父亲是在大学里有所成的,倒不如说他是从那批藏书里接受到了更多的教益。他常说,坐在藏书室里的一把椅子上贪婪地阅读着随手拿来的书籍的时代是一生中最幸福的岁月。

然而,我父亲却注定永将得不到那笔宝贵财富。伯祖父死得很突然,没有留下遗嘱,所以藏书和其他财产一起就都归了他的遗孀。再说,伯祖父拉蒙死在一个情妇家中,所以伯祖母对我们家,特别是对我父亲,一直怀着不解的仇恨。她根本不想见到我们,怀着满腔怨恨,独自躲在华盛顿街的房子里深居简出。过了几年之后,她把房子一封,就到布宜诺斯艾利斯和亲戚同住去了。当时我父亲经常到那栋房前面徘徊,望着栅栏和封死的窗户,想象着依然摆在架子上面他从未读完的书籍。

父亲去世后,我继承了他的强烈的心思和希望。我的一位前辈怀着深厚的感情购买、收集、整理、阅读、抚爱、享用过的书籍竟成了一个既不关心文化又跟我们家没有关系的吝啬的老太婆的财产,在我看来这简直就是犯罪。眼睁睁看着它们落到最不识货的人的手里,不过,我仍然相信公理永存,总有一天它们必将物归原主。

机会来了。我听说，伯祖母杳无音讯地在布宜诺斯艾利斯住了几年后，要到利马来呆几天，了结一桩卖地的事情。她在玻利瓦尔饭店住了下来，我三番五次给她打电话，终于说服她同意见我一面。我希望她允许我从那些藏书中挑点书，哪怕是几本也好，因为，我本来想对她说："那些藏书原是我们家的。"

她在下榻的套间里见了我，还请我喝茶、吃点心。她的样子简直像一具木乃伊，但却搽着脂粉、穿珠戴翠，实在可怕得很。她实际上没讲话，但我猜得到，她从我身上看见了她丈夫、我父亲以及她所憎恶的一切事物的影子。我们一起呆了十分钟，她从我嘴中的动作中揣摩着我讲的话，明白了我那难以启齿的要求。她的回答毫无商量的余地，并且极其冷淡："她的东西"什么也到不了我们家里。

她回到布宜诺斯艾利斯之后不久就死了。她的亲戚继承了华盛顿街的那栋房子以及房里的所有东西，这样一来，藏书离我就更远了。实际上，那些书的命运必然是通过继承转户的渠道逐渐转到跟它们关系越来越少的人手里。他们可能是南方的乡巴佬，也可能是专营生产咸肉或从事鼠窃狗偷的布宜诺斯艾利斯无名之辈。

华盛顿街的房子继续封了一个时期。可是，继承它的人——莫名其妙，竟是阿雷基帕的一位医生——决定给它派点用场。由于房子很大，他就把它变成了学生公寓。我是偶然了解到这一情况的，当时我就要从大学毕业了，并且由于不再抱任何幻想，不再到那座旧房子前面去打转转了。

一天，一个和我要好的外省同学邀请我到他家去同他一起准备考试。我万万没有料到，他竟把我带到了华盛顿街那栋房子里。我以为那是不怀好意的玩笑，可是他却说，已经和五个同乡同学在那儿住了好几个月了。

我毕恭毕敬地走进房子，对周围的一切十分留意。门厅里有一位漂亮的太太，可能是公寓总管，我对她没有理会，只顾认真地察看里面的陈设，揣度着房间的布局，以便找到那些神奇的藏书。我没费力气就认出了直到那时我只是在家庭相册上见过的沙发、靠壁桌、绘画和地毯。不过，那些在相片上显得庄重和谐的器物，全都遭到了破坏，好像已经失去固有的光彩，而变成了一堆被不问及来历也不知其用途的人淘汰和糟蹋了的破桌烂椅。

"我的一个伯祖父在这儿住过。"我对我的朋友说。他看见我望着一个大衣架出神，已经显出有些不耐烦的样子，可是那个从前用来挂翻皮大衣、外套和帽子的衣架，现在却挂着掸子和抹布。"这些家具过去是我家的。"

他对我的表白几乎没有引起任何反应，只是催我到他房间去准备功课。我跟着他去了，但注意力却集中不起来。我的想象继续在这幢房子里漫游，搜寻着那些看不见的书籍的踪迹。

"喂，"我终于忍不住对他说："开始学习之前，你能告诉我藏书在什么地方吗？"

"这儿没有什么藏书。"

为了使他相信，我就告诉他说：一共有一万册大部分从欧洲订购来的书籍，是我曾祖父收集起来的，我伯祖父拉蒙占有并保管过，我父亲拿过，并且还读过很多书。

"我在这房子里从未见到一本书。"

我不信，由于我坚持自己的说法，他告诉我也许医学系学生的房间里可能有一点儿，不过他从来没到那边去过。我们去到了几个房间，但只找到了一些破烂家具、扔在屋角的脏衣服和病理学讲义。

"那些书总得放在什么地方啊!"

像大多数外省的学生一样,我的朋友野心勃勃,而且粗鲁得很,对我提出的问题毫无兴趣。可是当我告诉他,里面可能有一些极其珍贵的法学书籍对我们准备考试非常有用之后,他就决定去问问唐娜·玛露哈。

唐娜·玛露哈就是我进门时见到过的那个女人,而且我没有搞错,正是她在管着公寓。

"噢,书呀!"她说:"可费了我的事了! 有满满三屋子,全是老古董。三四年前我接管公寓时,真不知拿它们怎么办才好。我不能把它们扔到街上去,会罚款的。我让人搬到原来仆人住的房子里去了。还不得不雇了两个人呢!"

仆人的房间在后院。唐娜·玛露哈把钥匙交给了我,并说如果我愿意把书搬走,真是再好不过了,这样的话,那几间房子就可以腾出来了。当然,她只是说说笑话而已,要想搬走,我得要一辆卡车,一辆不行的话,得好几辆。

在开锁之前,我迟疑了一下。我早就料到等待着我的会是什么情景,我把钥匙插进锁孔,门刚打开,一大堆发霉的纸就呈现在了我的眼前。水泥地上,到处都是烂书皮和虫蛀的书页。要进那间房子,走是不行的,必须爬。书几乎一直堆到了天棚。我开始向上爬去,并且觉得手、脚都在向一种像灰尘似的松软的东西里面陷下去,刚要伸手去抓,立刻就散了开来。有时也会踩到某种硬东西,抽出一看,原来是皮革书皮。

"快出去吧!"我的朋友对我喊道:"你要得癌的。那里全是病菌!"

但是,我没有泄气,继续惊恐而愤怒地攀登着那座知识的山峰,但最后还是不得不改变初衷。那里除了知识尘埃之外,已经什么都不剩了。我朝思暮想的藏书已经变成了一堆垃圾。由于年深日久,无人问津、照管、爱护和使用,所有的稀世珍本全都被虫子蛀蚀或者自己腐烂了。多少年前曾经阅读过这些书籍的人已经长眠地下,但是却没有人接他们的班,所以,一度曾是光明和乐趣源泉的东西,现在已经化成一堆毫无用处的粪土。我好不容易才发掘出了一本犹如史前珍禽异兽的骨头一样奇迹般保存完好的法文书,其余的全都泯灭了;正像拿破仑的帽子放在博物馆的玻璃柜里,其实要比它的主人更加没有意义。

(白凤森　译)

空话与时髦

〔法国〕蒙泰朗

拜伦跟一个法国人说:"你们法国人,干什么事都是赶时髦。你们自以为喜欢我的诗,可是25年后,你们就会觉得这样的诗令人难以容忍。"后来这样的事果然发生了。卢梭描述法国人说:"这个善于模仿的民族中大概有许多稀奇古怪的事,这些事简直让人莫名其妙,因为谁也不敢去做。应当随大流:这是当地表示谨慎稳重时的至理名言。这个能做。那个不能做:这是最高的决定。……所有的人都在同样情况下,同时在那里做同样的事情。一切都有节奏地进行,就像军队在战斗中的动作一样。你可以说这是钉在同一块木板上,或是被同一条线牵动的木偶人。"(《新爱洛依丝》)夏多布里昂也说:"在法国,令人不可思议的是,如果有人听见别人对他的邻居高喊当心传染病,他就会大叫可要我的命啦!"(《墓外回忆录》)

凡此种种,人们还以为自己是思考过的,并且是以新的方式思考的;更有甚者,人们还以为自己已付诸行动。奇怪的是,我们法国人对于前一天自己还鼓吹的东西,第二天便都转过头去不再理会。说起某种生活方式,不论是美妇倩女还是文人学者,动辄斩钉截铁地宣称它已经"过时",不屑一顾;其实他们自己就是在这样的生活方式中培养成长的,他们的一切都是靠这样的生活方式得来的。至于青年人,在他们一生的这个关键时期,都有一种特殊的病态:凡是在他们之前已经发明创造过的东西,他们每一代人都要得意洋洋、气势汹汹地重新发明创造一番。

精神和道德的风尚不是自然发生的。通常它们都是经过各方面共同酝酿之后创造出来的,就像妇女时装一样,完全是由时装行业在确定的日期制造出来的。昔日的宫廷,现在的集团、报纸,甚至是政府,都是制造精神和道德风尚的。民众随着一拥而入:他们的千年梦想就是与人一起共同"思考"。可是,没有什么是比思想更具有个人特点的了,也没有两种思想是相似的,犹如没有两个指纹是相似的一样。民众虽然一拥而入,可是马上又退了出来。

有一天,我在自己编辑的一份法国报纸的"青年"专栏里,看到一幅插画,感到非常吃惊,因为我仿佛在什么地方曾见过这幅画,还不是跟它一模一样的一幅画,而就是这一幅。画面的左侧画的是些英勇的"年轻人",留着短发的女大学生,背着书包或工具的小伙子(适龄人的联合),他们拳打脚踢地驱赶一些人,这些人朝画面的右面逃去;这都是些滑稽可笑的人物,不仅年岁大(有40多岁,甚至还有更老的),而且大腹便便,胸前佩戴着表链,手上戴着戒指,脚上盖着鞋罩(毫无疑问,这是招人议论的阔绰的象征),头上戴着大礼帽。我终于回想起来在什么地方见过这幅画了,并且经过一番周折,得到了证实:原来插画画家把他以前在人民阵线①的一份报纸上发表过的画,一笔没改地又重新刊登在1941年1月《民族革命》报上。

配有这幅插画的"青年"专栏文章发表在1941年的白色报纸上,是不是在1936年的红色报纸上也刊登过,我没有去核实。但是,我回想起战争爆发后最初几个月里,我常常有一个想法,就是我在画刊上看到的爱国主义图画,其中有一些很可能在上一次大战期间就发表过了。我也回想起1919年至1939年期间,不仅政府每一项略有新意的方针,而且历届新内阁都有一套关于体育教学大纲改革的文献,其中写的全都是同样的内容。这20年里印刷的关于法国体育的全部文献资料,可能会装满一座房屋。最后得到的结果就是到1940年时,各中学每周有两小时体操课,小学每周有一小时体操课。这就是说,在小学里,比1914年每周增加一小时;可是在中学里情况并没有任何变化。

这就是法国的老生常谈病。"世界上的空话犹如田野里的飞虫"(雨果);可是我常常想,在这句诗里,"世界"这个词可以换成"法兰西"。在我们这个国家里,在大战以前,17岁的毛头小

---

① 人民阵线:1935年夏,法国共产党、社会党等左翼政党组成共同反对法西斯主义斗争的广泛联合,称为"人民阵线",第二年成立了人民阵线政府。

伙子就参加"雄辩"竞赛,这就是说他们在这样的年龄时,对修辞竞赛还一无所知;因此谁仿造得最好,便从一位法兰西研究院院士手里得到一件也是仿造的"艺术品",而院士本人也在模仿前人。我们的耳朵听到的尽是些空话。可是,我们的懒散怠惰不正是部分地由耳濡目染造成的吗?

当时假若我属于掌握国家命运的人之列,我就会制止这些献殷勤的人叨叨不休地讲些空话。"我的上帝,但愿我的朋友里永远没有这样的人!"我们的民族中已经有一部分人,而且是一部分善良的人,开始对报纸上或电台里那些冗长乏味的文章或讲话不感兴趣了;我在那幅关于"接班换代"的插画中觉察到的,或是在战争初期的其他图画中觉察到的,他们也隐隐约约地觉察到了:这就是空话连篇,口号不绝,浮夸的言辞;虽属"现代风格",但如今不过是司空见惯的东西;尽管带有时尚的表面特色,但可能在1919年,随后在1924年、1930年(这些年代我只是信口说的……)以同样的话语讲过的东西。

掌握大权的先生们,请你们平息平息那些热衷于摇唇鼓舌、舞文弄墨的人的热忱吧!当你们在行动中有所创造时,我确信你们也有创造的时候,如果创造中有什么神圣的东西,千万不要让评论你们行动的那些人掩盖或搅乱了,因为他们自己便缺少创造的才能;不要让人产生一种印象,仿佛以放送唱片为生的人的时代又回来了,有时甚至是从唱片收藏馆弄来的老掉牙的唱片——他们拼命地,几乎是不自觉地让留声机转动,播送那些希望之歌、信心之歌、沙文主义之歌、阿谀奉承之歌。不要使人产生一种印象,仿佛人们又讲起那些苍白无力的陈词滥调,以为这又成为时髦的东西了;并且以为不论哪阵风刮到法国来,就能把这种风尚驱散,然后再树立起截然不同的风尚。

有一天,我在广场的公园里看到一个小男孩,他平衡地走在栅栏的一根掉在地上的铜线上,嘴里还一再地说:"平衡……平衡……"他一遍又一遍地重复,显然像是着了迷(他可能就是未来的内阁成员),一直到真的失去平衡、两脚落到草地上时为止。执掌政权的人们,你们要当心那些空话。如果说的是生动有力的话,就有排山倒海之力;假若是死气沉沉的话,那也会倾覆高山的。请你们记住,与其发出命令又不要求执行,最好还是不要发号施令;同样地,与其说些去掉锋芒的话,最好还是缄默不语。我甚至认为,讲些空洞无物的废话,这种恶习就是造成我们衰落的原因之一:过去有人不论怎样跟我们讲(就像现在一样)世界上最美好的东西,可是谁也听不进去。我有这样一种想法,请你们不要见怪:我们的民族现在已堕入这空洞的深渊之中了。

我们这些蹩脚的作家、搅乱宁静的人,我们意识到,按照民族革命[①]的道理来看,轰轰隆隆的警喻世人的陈词滥调最后可能反过来断送我们追求的目标。

(蔡鸿滨　译)

---

①　民族革命:1940年,法国被德国战败后,维希政府的贝当提出以"劳动、家庭、祖国"为核心的"民族革命"口号,推行卖国政策,力图在法国实行法西斯化。

时间,伟大的雕刻家

〔法国〕尤瑟纳尔

一尊雕像完成之日,从某种意义上讲,便是其生命开始之时。第一阶段大功告成,经过雕刻家的精心加工,雕像从顽石中脱颖而出,落成人的模样;于是进入第二阶段,千百年风风雨雨,历尽世态炎凉,崇拜,赞赏,珍爱,蔑视或冷落,加上长期不同程度的腐蚀和磨损,雕像又渐渐被遣送回粗野的原矿状态,而雕刻家早就使它摆脱了这种形态。

古希腊人所熟悉的那些古希腊雕像,不用说,我们连一件也找不到了:我们只是偶尔从六世纪古希腊少女少男雕像的发际,发现些许浅红色彩,类似如今染发用的散沫花那淡淡的色素,证明古老彩雕的原始本色犹存,这些彩雕是人体模特和崇拜偶像生机勃勃几近吓人程度的生命力栩栩如生的塑造,而这些人体模特和崇拜偶像也许还是艺术杰作呢。这些模拟有机生命形式塑造而成的硬邦邦的艺术品,以其独自的方式,同样遭受了疲劳、衰老和痛苦的折磨。它们变了,如同时间正在改变着我们一样。基督徒或野蛮人的蹂躏,千百年被遗弃地下直至重见天日回到人间之前所处的环境,受到恰如其分或弄巧成拙的修复,沾上污垢与或真或假的古色,直至今天被收藏在博物馆里的氛围,所有这一切,无不在它们的金石躯体上留下永久的标记。

在这种种变化里,有些变化是高妙绝伦的。除了某个人的思想,某个时代,某个特定的社会形态追求的美外,它们还平添了一种无意的美,纯属历史的巧合,完全是自然原因和时间作用所致。有些雕像破裂得恰到好处,以致推陈出新,竟然诞生出一件破镜重圆的新作品:一只踩在一块石板上令人难忘的光脚丫,一只纯洁的手,一段正在拼命奔跑而弯曲的腿膝,一个配上任何面孔都会令我们爱恋的胸脯,我们一眼便能辩出的如花似果的一个乳房或一件性器官,全然不知是人或是神的楚楚动人的一个侧影,眉目朽蚀、形容枯槁的一尊半身像。这腐蚀了的身躯活像被波涛冲刷变瘦的嶙峋岩礁,那残破的文物碎片与爱琴海海滩上捡来的碎石和卵石难以区别。然而行家却一目了然:这线条已经模糊不清,那曲线此失而彼得,这只能来自一只人手,一只古希腊人的手,这只手在某个地方某个世纪干过活。于是整个人呼之欲出:他处世精明,他与世抗争,最后以失败告终,精神和物质的支柱几乎同归于尽;即使沦为废墟,其意愿仍暴露无遗。

一些雕像任凭海风吹打犹如风化的盐岩色白而多孔;另一些雕像,譬如提洛[①]的石狮已经不像动物的雕像,而成了白色的化石,成了海边阳光下的白骨堆了。帕提侬[②]神像受伦敦气氛的感染,逐渐转变成尸模鬼样了。被18世纪能工巧匠们修复并涂上古色的那一尊尊雕像,与教皇或王孙的宏宫伟殿里的光亮地板和光滑明镜交相辉映,有一种富丽而高雅的气派,这气派并非古典,但却激起它们目睹的种种节庆的欢快,因为这些大理石神像是根据当时的爱好而修复起来的,一些昙花一现的有血有肉的神化人物曾与它们并肩而立。它们身上披着葡萄叶如同穿

① 提洛:爱琴海上的希腊小岛,19世纪挖掘出古建筑遗迹,最著名的雕刻艺术有巨大的阿波罗神像残骸和9尊大理石狮。
② 帕提侬:雅典的著名神庙,庙中的雕塑现存于伦敦博物馆里。

着时髦裙袍。还有极少数作品,人们没有必要将它们安放在专门为它们建造的艺术长廊或陈列馆里,却被悄悄地遗弃在一棵悬铃木下,在一口泉水边,久而久之,或获得一棵大树的威严,或染上一棵朽木的颓废;这尊毛茸茸的农牧神像成了一段长满苔藓的树干;那尊躬着腰身的山林水泽仙女像犹如一棵正在亲吻她的忍冬树。

还有一些雕像只因受到人为的暴力反而具有一种崭新的美:被匆忙从台座上推翻下来;专门破坏艺术品的流氓一锒头把它们打成现在的模样。古典作品因而饱含着悲枪;残缺的神像大有殉道者的气概。有时候,自然因素的腐蚀加上人的野蛮竟会创造出一种无与伦比的形象,不再属于任何流派,不再属于任何时代:无头,无臂,它的手最近被发现却格格不入,被斯波拉泽斯岛①的海风长年侵蚀已体无完肤,萨莫色雷斯岛②上的胜利女神已没有多少女性的风韵,倒是海风和天风大出风头。从古代艺术的种种无意变化之中,产生了现代艺术的虚假一面:那不勒斯博物馆中的普绪喀女神③,脑袋干脆被割掉,横切几部分,活像罗丹④的作品;一个无头的胸像在底座上旋转,使人想起德斯皮奥⑤或马约⑥的作品。我们的雕塑家刻意摹仿,妙招花样翻新,其作品现在与雕像本身的遭遇紧密地联系在一起。每一个伤疤都有助于我们还原一种罪行,有时还有助于追根溯源。

这个皇帝的脸庞在发生叛乱时遭到敲击,或为其继位者利用而重新加工过;一个基督徒用石块砸掉了这尊神像的阳器,要不就打碎了它的鼻子;一个贪婪的财迷硬是抠出一尊神像头上的一双宝石眼睛,空留下一副盲人的面目;一个野变的大兵为能在一个大抢劫的夜晚一肩膀推倒一座巨人而洋洋得意。时而,蛮族罪责难逃;时而,十字军是罪魁祸首;要不正好相反,土耳其人罪莫大焉;有时,要归罪查理一世的雇佣军;有时则应怪罪于拿破仑的轻骑兵。斯丹达看见被砸碎了脚的赫耳玛佛狄忒⑦的塑像时痛惜不已。一个暴力的世界围绕着这一群宁静的形象在团团活动。

我们的父辈修复了一尊尊雕像;而我们则把它们的假鼻子假器官一个个去掉;我们的儿孙呢,轮到他们时,无疑会另行其是。我们现在的观点既代表一种所得,同时也表明一种所失。重新塑造出一尊装上假肢的完美无缺的雕像,是可以部分地满足收藏家天真的欲望,他们需要拥有并展示一件完好无损的属于任何时代的作品,实际上不过是出于他们的虚荣心罢了。但是,这种过分的修复艺术品的爱好,打从文艺复兴开始直至我们的时代,凡是大收藏家人人皆有,无疑有其更深刻的原因,决不是出于无知、传统习俗或偏见而草率行事的。也许,我们的前辈比我们更为仁慈,至少在艺术领域是如此,他们只要求艺术给予他们美好的感受,但与我们情感迥然不同,以他们自己的一套感受方式行事,他们难以忍受艺术杰作断头缺腿无胳膊,难以容忍石雕神像保留着暴力和死亡的印记。那些酷爱古董的大收藏家出于恻隐之心而进行修复;我们也是出于恻隐之心又清除了他们的功果。也可能,我们更习惯于破损和伤痕;我们不相信会有一成

---

① 波斯拉泽斯:爱琴海上的希腊岛屿。
② 萨莫色雷斯:爱琴海上的希腊岛屿。1863 年发现著名的有翼的胜利女神像,该神像现存于巴黎的卢浮宫。
③ 普绪喀女神:古希腊神话人物,传说美貌绝伦。
④ 罗丹(1840—1917):法国著名雕塑家。
⑤ 德斯皮奥(1874—1946):法国著名雕塑家。
⑥ 马约(1861—1944):法国著名雕塑家。
⑦ 赫耳玛佛狄忒:希腊神话中兼有男女两性的神。

不变的爱好和仁慈,也许正是这种爱好和仁慈促使托瓦森①去修复普拉西特尔②的作品。我们更容易接受这样的观点:那种脱离了我们、被收藏到博物馆里而不再在我们自己住宅里的美,是属于贴了标签的美,属于消亡了的美。此外,我们的怀古惜旧之情也可在这累累伤痕上得到寄托;我们对抽象艺术的偏爱使得我们喜欢残破和鳞伤,因为残破和鳞伤,也可以这么说,抵消了雕塑艺术中强烈的人为的因素。任何由于时间造成的变化对雕塑的伤害,与观赏者兴趣爱好的起伏跳荡造成的伤害相比,只能是小巫见大巫了。

　　有一种变化情形比别的情形更令人触目惊心,那就是雕塑沉沦海底的遭遇。有些商船载着某雕刻家送去的订货从一个港口驶向另一个港口,有些战舰载着罗马战胜者堆起来的从希腊缴获来的战利品运往罗马,或者,与此相反,当罗马自身难保,战胜者携带着战利品转运去君士坦丁堡时,有时连船带货沉沦海底;若干沉船的铜像,在良好的条件下打捞上岸,犹如溺水者得到及时抢救而复活,长期沉睡海底只多长了一身可观的绿锈,比如马拉松③的埃费布④,还有最近发现的两个强有力的厄里斯竞技者的塑像,就是如此。然而,有些石雕不很坚固,打捞出水时已经腐蚀、磨损、毁坏了,浑身是海浪任意琢磨而成的涡孔,嵌上了贝壳,与我们小时从海滩上买来的一盒盒贝壳差不多。这些雕像的形态是雕刻家赋予它们的,但对于它们来说,这段经历不过是短暂的插曲,此前它们在深山作为巨岩长寿无量,此后它们又在水底作为卧石长眠不醒。它们经历了没有痛苦的解体,没有死亡的损失,没有复活的生存,这种生存,也是物质顺其规律的生存;它们已经不再属于我们了。犹如莎士比亚最美妙、最神秘的诗歌所提到的那具尸体一样,它们在海洋中经历的变化丰富多彩又离奇古怪。尼普顿雕像,原来只是用来装饰一个小城镇的码头,那里的渔民准备向他献祭渔网,但经过在雕塑间精心修复,现在已经成了尼普顿海神王国里的神明了。天上的维纳斯与十字路口的维纳斯现在都变成了海上的阿佛洛狄忒⑤。

(杨松河　译)

西西弗的神话

〔法国〕加　缪

　　诸神处罚西西弗的方法是让他不停地把一块巨石推上山顶,而石头由于自身的重量又滚下山去。诸神认为再也没有比进行这种无效无望的劳动更为严厉的惩罚了。

　　荷马说,西西弗是最终要死的人中最聪明最谨慎的人。但另有传说说他屈从于强盗生涯。我看不出其中有什么矛盾。各种说法的分歧在于是否要赋予这地狱中的无效劳动者的行为动机以价值。人们首先是以某种轻率的态度把他与诸神放在一起进行谴责,并历数他们的隐私。

阿索玻斯的女儿埃癸娜①被朱庇特劫走。父亲对女儿的失踪大为震惊并且怪罪于西西弗。深知内情的西西弗对阿索玻斯说，他可以告诉他女儿的消息，但必须以给柯兰特城堡供水为条件。他宁愿得到水的圣浴，而不是天火雷电。他因此被罚下地狱。荷马告诉我们西西弗曾经扼住过死神的喉咙。普洛托②忍受不了地狱王国的荒凉寂寞。他催促战神把死神从其战胜者手中解放出来。

还有人说，西西弗在临死前冒失地要检验他妻子对他的爱情。他命令她把他的尸体扔在广场中央，不举行任何仪式。于是西西弗重堕地狱。他在地狱里对那恣意践踏人类之爱的行径十分愤慨，他获得普洛托的允诺重返人间以惩罚他的妻子。但当他又一次看到这大地的面貌，重新领略流水、阳光的抚爱，重新触摸那火热的石头、宽阔的大海的时候，他就再也不愿回到阴森的地狱中去了。冥王的召令、气愤和警告都无济于事。他面对起伏的山峦、奔腾的大海和大地的微笑他又生活了多年。诸神于是进行干涉。墨丘利③跑来揪住这冒犯者的领子，把他从欢乐的生活中拉了出来，强行把他重新投入地狱，在那里，为惩罚他而设的巨石已准备就绪。

我们已经明白：西西弗是个荒谬的英雄。他之所以是荒谬的英雄，还因为他的激情和他所经受的磨难。他藐视神明，仇恨死亡，对生活充满激情，这必然使他受到难以用言语尽述的非人折磨：他以自己的整个身心致力于一种没有效果的事业。而这是为了对大地的无限热爱必须付出的代价。人们并没有谈到西西弗在地狱里的情况。创造这些神话是为了让人的想象使西西弗的形象栩栩如生。在西西弗身上，我们只能看到这样一幅图画：一个紧张的身体千百次地重复一个动作：搬动巨石，滚动它并把它推至山顶；我们看到的是一张痛苦扭曲的脸，看到的是紧贴在巨石上的面颊，那落满泥土、抖动的肩膀，沾满泥土的双脚，完全僵直的胳膊，以及那坚实的满是泥土的人的双手。经过被渺渺空间和永恒的时间限制着的努力之后，目的就达到了。西西弗于是看到巨石在几秒钟内又向着下面的世界滚下，而他则必须把这巨石重新推向山顶。他于是又向山下走去。

正是因为这种回复、停歇，我对西西弗产生了兴趣。这一张饱经磨难近似石头般坚硬的面孔已经自己化成了石头！我看到这个人以沉重而均匀的脚步走向那无尽的苦难。这个时刻就像一次呼吸那样短促，它的到来与西西弗的不幸一样是确定无疑的，这个时刻就是意识的时刻。在每一个这样的时刻中，他离开山顶并且逐渐地深入到诸神的巢穴中去，他超出了他自己的命运。他比他搬动的巨石还要坚硬。

如果说，这个神话是悲剧的，那是因为它的主人公是有意识的。若他行的每一步都依靠成功的希望所支持，那他的痛苦实际上又在哪里呢？今天的工人终生都在劳动，终日完成的是同样的工作，这样的命运并非不比西西弗的命运荒谬。但是，这种命运只有在工人变得有意识的偶然时刻才是悲剧性的。西西弗，这诸神中的无产者，这进行无效劳役而又进行反叛的无产者，他完全清楚自己所处的悲惨境地：在他下山时，他想到的正是这悲惨的境地。造成西西弗痛苦的清醒意识同时也就造就了他的胜利。不存在不通过蔑视而自我超越的命运。

如果西西弗下山推石在某些天里是痛苦地进行着的，那么这个工作也可以在欢乐中进行。

---

① 阿索玻斯：希腊神话中的河神，埃癸娜是他的女儿。

② 普洛托：罗马神话中的冥王。

③ 墨丘利：罗马神话中的商业神。

这并不是言过其实。我还想象西西弗又回头走向他的巨石,痛苦又重新开始。当对大地的想象过于着重于回忆,当对幸福的憧憬过于急切,那痛苦就在人的心灵深处升起:这就是巨石的胜利,这就是巨石本身。巨大的悲痛是难以承担的重负。这就是我们的客西马尼①之夜。但是,雄辩的真理一旦被认识就会衰竭。因此,俄狄浦斯不知不觉首先屈从命运。而一旦他明白了一切,他的悲剧就开始了。与此同时,两眼失明而又丧失希望的俄狄浦斯认识到,他与世界之间的唯一联系就是一个年轻姑娘鲜润的手。他于是毫无顾忌地发出这样震撼人心的声音:"尽管我历尽艰难困苦,但我年逾不惑,我的灵魂深邃伟大,因而我认为我是幸福的。"索福克勒斯的俄狄浦斯与陀思妥耶夫斯基的基里洛夫都提出了荒谬胜利的法则。先贤的智慧与现代英雄主义汇合了。

人们要发现荒谬,就不能不想到要写某种有关幸福的教材。"哎,什么! 就凭这些如此狭窄的道路……?"但是,世界只有一个。幸福与荒谬是同一大地的两个产儿。若说幸福一定是从荒谬的发现中产生的,那可能是错误的。因为荒谬的感情还很可能产生于幸福。"我认为我是幸福的",俄狄浦斯说,而这种说法是神圣的。它回响在人的疯狂而又有限的世界之中。它告诫人们一切都还没有也从没有被穷尽过。它把一个上帝从世界中驱逐出去,这个上帝是怀着不满足的心理以及对无效痛苦的偏好而进入人间的。它还把命运改造成为一件应该在人们之中得到安排的人的事情。

西西弗无声的全部快乐就在于此。他的命运是属于他的。他的岩石是他的事情。同样,当荒谬的人深思他的痛苦时,他就使一切偶像哑然失声。在这突然重又沉默的世界中,大地升起千万个美妙细小的声音。无意识的、秘密的召唤,一切面貌提出的要求,这些都是胜利必不可少的对立面和应付的代价。不存在无阴影的太阳,而且必须认识黑夜。荒谬的人说"是",但他的努力永不停息。如果有一种个人的命运,就不会有更高的命运,或至少可以说,只有一种被人看作是宿命的和应受到蔑视的命运。此外,荒谬的人知道,他是自己生活的主人。在这微妙的时刻,人回归到自己的生活之中,西西弗回身走向巨石,他静观这一系列没有关联而又变成他自己命运的行动,他的命运是他自己创造的,是在他的记忆的注视下聚合而又马上会被他的死亡固定的命运。因此,盲人从一开始就坚信一切人的东西都源于人道主义,就像盲人渴望看见而又知道黑夜是无穷尽的一样,西西弗永远行进。而巨石仍在滚动着。

我把西西弗留在山脚下! 我们总是看到他身上的重负。而西西弗告诉我们,最高的虔诚是否认诸神并且搬掉石头。他也认为自己是幸福的。这个从此没有主宰的世界对他来讲既不是荒漠,也不是沃土。这块巨石上的每一颗粒,这黑黝黝的高山上的每一颗矿砂唯有对西西弗才形成一个世界。他爬上山顶所要进行的斗争本身就足以使一个人心里感到充实。应该认为,西西弗是幸福的。

(杜小真 译)

---

① 客西马尼:福音书中所说的耶稣被犹大出卖而遭大祭司抓捕前所在的地方,位于橄榄山下。耶稣在此作最后的祷告,而门徒们都在沉睡。

论浪费

〔罗马尼亚〕卡西安

我一辈子都梦想着能写出一部专著，或者，至少一篇博士论文。对于那些懂得收集和组织材料、建立论点并加上脚注和小标题的人，我真是羡慕不已。

我也想找个题目试试。比方说，谈谈"浪费"。

对于"浪费"这个概念，就像对所有概念一样，我们可以而且必须加以辩证地看待。"浪费"可能意味着"传播"——那么它便具有积极意义。然而倘若"浪费"意味着"挥霍"——那么便具有消极意义。话说回来，如果"挥霍"意味着"给予"——那它又具有了积极意义。当"挥霍者"给予时，难道不是位慷慨者吗？倘若他拿自己的所有给予，那么就只涉及到他的利益；但倘若他用公共财产给予，那就涉及到我们的利益……瞧，"给予"如何转变成了"占有"。瞧，概念如何在你意想不到的时刻转向了它们的反面。

我认为对于这个概念的科学陈述已经足矣。现在最好让我来举例说明。

例一

维奥丽卡爱上了谷斯特尔。谷斯特尔宣称自己只喜欢顺从的女人。于是，维奥丽卡事事顺从他的意愿，甚至到了让人吃惊的地步。一天，谷斯特尔要求她别再戴皮帽了，说什么一戴上皮帽，她的头小得可怜。维奥丽卡顺从了，着了点凉，但毫无怨言。另一天，他又让她把头发剪短了，维奥丽卡二话没说便去理了发，可谷斯特尔转眼又说她留着长发更好，现在简直像个萝卜。维奥丽卡爱他爱得越来越猛烈了。他让她住嘴她就住嘴，让她开口她才开口。她还给他买他喜欢得不得了的威士忌；为他放弃了海滨度假，不愿让自己晒得像——用谷斯特尔的话说——皮靴油似的；一季度才回娘家一次。结果，谷斯特尔很快就抛弃了维奥丽卡，搬到了罗迪卡那里。罗迪卡是个十分泼辣的姑娘。他一下班回家就被她锁在屋里，每天只能出去一个小时购物。

结论：顺从的浪费等于奴颜婢膝，只能产生反作用。维奥丽卡转向其对立面（罗迪卡）。

例二

弗内尔爱上了马丽切卡，每天都因她同样爱他而欢喜得跪在地上，或因她可能不爱他而绝望得用头撞墙。他为她写了三首诗和一首情歌，一到晚上就通过电话唱给她听。后来，马丽切卡发现弗内尔也为弗卢丽卡写了三首诗，隔三差五便去看她，还对她说她是他唯一的、美妙的情人。处于这种既一目了然又含糊不清的境地，弗内尔宣称自己是个心灵极其丰富的人，有着取之不尽的爱的资源，除了马丽切卡和弗卢丽卡，还有两个唯一的情人，基卡和利利卡，为她们他正在写探戈舞曲。他真诚地表示为了她们四位再加上瓦斯利卡，他情愿流尽最后一滴血并在爱的祭坛上烧成灰烬！当然喽，在五位"唯一的"情人召开了一次短短的磋商会后，弗内尔又成了孤身一人，对五位永恒的情人随风飘散感到大惑不解。为了她们，他说，他真是付出了一切，绝对付出了一切啊。

结论：情感的浪费等于情感的无能。弗内尔转向其对立面。

例三

有一天,杰奥杰尔一觉醒来,成了诗人,他发现往常只能用三个字描写的情景,此刻可以用十四个字了。就这样,"月亮升"他可以说成:"瞧,月亮慢慢、慢慢地升起在夜空黑色的穹顶"。然后,他利用一个处女作版面,想要发表以下这首题为《春天来了!》的作品:

> 春天来了,来了,
> 就像昼与夜一个接一个来临,
> 就像星期二紧接着星期一,
> 星期三紧接着星期二,
> 星期四紧接着星期三,
> 星期五紧接着星期四,
> 星期六紧接着星期五,
> 星期天紧接着星期六,
>> 春天来了,来了,
>> 四季中的第一个季节,
>> 就像她的名字表示的那样:
>> 她,春天!

在一次集体审评时,杰奥杰尔的处女作受到了批评:"缺少任何思想或情感的文字的浪费。"这使得他立马给编辑部写了一封整整 60 页的信,其中翻来覆去只表达一个观点:"你们都是些低能儿!"

结论:"表达真理的文字"是"文字的浪费"的对立面。但并不是所有长诗都意味着文字的浪费(比如荷马史诗)。

我想自己通过坚持不懈的积累和思索所寻找到的这三个例子足以表明概念的辩证性以及我凭借全面的分析而使之深化的能力。

我想通向哲学专著的道路正向我敞开着——就此意义而言,我实在看不出还有何必要再作论据的浪费。

(高 兴 译)

我的写作生涯

〔美国〕马拉默德

我想说一些有关我的作家生涯的话。我不愿把我的生活正正经经地重复一下,这里所谈的就只是短短的回忆录了。

绽苗很缓慢,也许尚不能算是绽苗。有的绽苗有成为开端的希望,而正式开端尚要努力好几年。在第一个字写在纸上,或第一个念头出现之前,先有打破缄默的复杂过程。有的人在能呼吸之前就呕吐。不是人人都在听到敲门声——如果他听到的话——之时就能奔向门口。不是人人都能了解开窍的意义。简单一句话:写作的才能并不是自由清晰地从天而降。有些对写作非常热情的人也许要花半生来学习写对他们恰当的题材。

我在幼年就开始写东西,但是好几年以后才实实在在地开始写作。我的兴趣众多。孩童时期我用讲故事来博人欢心。我到电影院中去找灵感。我记得一个大雨的星期天,母亲违心地把我送到电影院去看查利·卓别林——他的谐剧缠迷住了我的灵魂。看了电影以后,我向学校朋友们重述影片情节,他们会耐心地久久听我的讲述。在开初,重复那种不可思议的故事,其乐无穷。

把情节过分渲染了或是搞糟了之时,我会用自撰的故事来代替。有时,我如觉得讲真话困难,便会撒些小谎。某次父亲把我戳穿,令我恼羞成怒,因我只不过要告诉他一个简单的故事,并无意把它渲染成为一串谎言。

在小学时代,我不时发现自己敏感的提高,常将学校课业化为写故事。有一次,我将一个印第安少女下嫁于罗得岛的劳吉·威廉姆斯,主要乃因我自幼喜爱浪漫的故事。到了十岁时,我写了一个在马尾藻海沉船的故事。那条船在梦中出现,正准备入海航行。这类东西,说起来就是我在孩童时期某天醒觉后所发现的所谓"天资";它与我共处了好多年后,我才开始好好地利用它。我一生都在努力确认它,努力想用独创力来写作。不过,它指点了我的道路以后,我即使不在写作,仍依靠它。多年以来,它好似伤痕一样能流血,真是天赐之福。

这样地开始了一个长期等待的时代。

经济大萧条时我在市立学院毕业,就希望开始写作短篇小说,但是它们来得很慢。我有了念头后就以为已临能够出产的边缘;不过那时我没有赚钱谋生的经常工作;而我是一个穷人,一个穷苦杂货商的儿子;我不能想象依靠慷慨吃苦的父亲为生。我以为一找到稳定的工作,写作就会自然进行。我需要像样些的衣服,我就在梦中穿了新西装。我以为任何工作都会改良我的生活,然后我便可以日夜写作。由于自尊心强,我竟顽固地不去考虑向 WPA① 申请工作。多年以后,我才认为我的顽固乃是愚蠢。

近来我读了恩尼斯特·派威尔的卡夫卡传记。作者提到卡夫卡的"全面目标,在那里作家去寻找他自己的真理"。且不管真理不真理,我觉得时间流逝而毫无成就。偶然我写一篇没有人要的短篇小说。我自称是作家,而没有真正的主题。但是我还是坐在桌边不时写作,虽然,要待多年之后我才对自己的作品重视起来。

到那时,我已向政府贷款,在哥伦比亚大学注册,进修英文系硕士学位。功课并不艰难。我告诉自己,我所做的很有用,因为任何热心于写作、要当作家的人绝不会以为日夜攻读文学巨作乃是浪费时间。

可是我应在何时开始写作呢?

我的答复未变:待我寻到一个足以维持生活的职业之时。我登了记去参加教师考试,然后我在布鲁克林一家中学校的教师训练规划中度过一年,每日薪资四元五角。我也去申请参加了几个公务员职务的考试,包括邮局职员或邮递员的工作。我想,我简直是发了疯。但是我又安

────────────

① WPA:罗斯福总统时代的政府雇用失业者的工作机构的简称。

慰自己,能够有时间写作,干什么也无妨。在那些不能使我满意的年头里,写作仍是我的天赋与信仰。

到那时,我已大学毕业了四年,那四年在我看来犹如 50 年。1940 年春,我终于找到一件在华盛顿人口调查局当小职员的工作。我立即接受,但不久我就发现所谓"工作"乃是笑话。整个早晨,我谨慎地核对美国各地区排水沟统计数字的估计。工作虽然并不令我兴致勃勃,但我仍勤勉从事,三个月后升了级,年薪大洋 1800 元。在那个时期,这是一项不小的数目。最妙的是我竟可以在工作期间写作。只要办公记录上表明我已完成当天的工作,我另外干什么就没有人来过问。因此,在午餐后,我就坐在写字台前埋头写短篇小说。

有一晚,我写不出一篇生动的短篇小说来,苦恼万分,就坐在床上向窗外呆看雨后的星星。忽然间我经受一阵感情冲动,那一阵对生活与艺术竟有如此的深情,使我泪满眼眶。这好像是第一百次我对自己许愿,终有一天我必成为名作家。这样的多次许愿,才使我能在未获成就前在艺术之中多年活下去。我那时大概是 25 岁吧,仍在等待真正的写作生涯的开始。我记得卡夫卡在他 20 余岁时所说的话:"上帝不要我写作,但我必得写作。"

还有其他事件必须考虑。婚姻怎么样——我要不要结婚?我有时觉得我所认识的青年作家都要避免结婚,其实他们也应像利用其他事件一样,利用婚姻来走上生活的正轨,然后可以专心写作。我怀疑我自己恐不能把婚姻作为写作的辅助。不过婚姻并不容易:如果我强迫自己走上一条我没有把握的生活之途,婚姻不是会损害我的写作生涯吗?人有他的天赋才能,所以他应好好保护它,而不受那些好像没有生活目标的人们的愚弄。我所遇到的许多青年妇女都不解她们的生活意义。这样的女人如果嫁给作家为妻,会不会知道他在睡眠中写作时在想些什么?她会不会做她家庭生活的本分?我常在询问自己这些和其他有关的问题——虽然,不一定有人能作答复。我在恋爱方面花了太多时间——恋爱是我于不在写作时找寻快感的不大自在之一道。我虽需要有人来谈恋爱、同居,我并不特别努力去找寻她。

1940 年九月,我又有了一件夜校工作。于是我完成硕士学位,又开始想写小说了。那时,我已完成了十余个短篇,有的已逐渐在大学季刊上发表。其中之一叫做《这地方今非昔比》,乃是小说《伙计》的先声;同时,我在布鲁克林一个夜校教书时已开始了一部名叫《不易入睡者》的小说。那篇小说写成后卖不出去。后来,我在俄勒冈州时某晚上把它烧了,因我觉得写得太坏。我的儿子那时才四岁,瞧着我烧书稿。趁我们瞧着火花向天而飞,我向他解释死亡的意义,但他完全不接受那概念。

在那几年之前,珍珠港事件后不久,当我一面教夜校一面写小说之间,我在一个聚会中遇见一位温柔、标致的青年女子。人家告诉我她是意大利裔,她与她的母亲和当乐师的继父住在旅馆中。我在与我未来的妻子交谈之前,先在一旁观察她。

不久我们就开始约会。有些晚上,她会前来弗拉布修旁观我教书。我们在西尔斯或欧特根小馆吃饭,有时穿过游行广场到我的住房去。我们也在工作日通信。她的信显示出她对政治与文学的兴趣,写得又认真又机智;有时也论及爱与婚姻。我的母亲逝世以后,来了一个继母,家庭生活就淡了下来。我的妻子的母亲在青年时期即离了婚。我的妻子所经验的文化生活较我的丰富。我们既都要生儿育女,便不免奇怪这种宗教混合婚姻有什么后果——她是天主教徒,我自认是属犹太教的。

第二次大战期间,纽约市内的生活并不容易,也不适意。我们的朋友、画家詹姆斯·李却仍与他妻子罗丝在格林威治村的皇街租了一个没有电梯的小楼房。他们搬到爱荷华州去后,我们就接了过来。詹姆斯到爱荷华大学是去继任格兰·吴德的印刷学教授职位。我们结婚之后,两人继续工作,直到我妻怀孕。我日夜教课,简直没有时间写作。数年后,我辞离夜校,到哈莱姆区去又教了一年书,随时捡来一些犹如《黑色是我喜欢的颜色》那类短篇小说材料。后来我们决定去西部。我已收到一封在俄勒冈州州立学院教书的邀请书——虽然我没有博士学位。1944 年,我的儿子两岁,我们搬迁到俄勒冈州的考伐立斯镇。在那里我每星期教书三天,写作四天。在我自己眼中,我已成为一个可以正经谋生的作家了,虽然,我的收入并不是稿费。

我想,我几乎是在同时发现了美国的西部与我初期小说的题材。在我的想象中,俄勒冈与纽约的街道是有趣的结合。我幻想一个人出去散步,回来时带来一个新娘。

在俄勒冈州立学院的第一年,我写了《天生者》,原是在离开纽约前即开笔的。我对棒球戏很感兴趣,特别是喜剧的一面。但是我不能写作有关棒球戏的小说,除非我把它转为神奇化。杰西·韦斯顿的帕西瓦尔传奇与 T. S. 艾略特的《荒原》以及我所读过的几个棒球名将的传记,特别是贝勃·路思与鲍比·弗勒,都对这部小说的写作有助。神化的魔法更加深了棒球戏民间传说的魅力。

不久我们就计划出国去。我们早就想出国,可是没有钱。现在俄勒冈州立学院给了我休假年,而恰好《党派评论》杂志与洛克菲勒基金会联合批准给我一笔补助金。

我们于 1956 年八月底离开俄勒冈赴意大利。临行之前,我已完成《伙计》一书,并已开始转念头来写故事。这些短篇小说后来集在《魔桶》中,若干是在罗马所写。

意大利好像一部外国影片的演出,我眼前所见的几乎近于幻象,好像一座古城市突然在眼前出现。它成为我们新的夸张性的生活。我感到有必要住在比我自己的世界更大的世界里。我在城内到处散步。我遇到曾受过纳粹苦难的意大利籍犹太人。有一人举手给我看砍去了手指的拳头。我觉得我真是一个太天真单纯的美国人。我在罗马街头漫步,观察罗马人的脸庞,希望看到他们所看的东西。我要更深切地了解他们所知道的。在天主教的万灵节那天,我在梵兰纳营基地踯躅。我去了纳粹曾经屠杀意大利人与犹太人的亚蒂汀穴洞。罗马自有它分担犹太经验的黯哀遭遇。

在外国逗留了一年回俄勒冈后,我的情形有所改善。本来是教大学一年级英文文法与如何写技术报告的,现在我成为了文学教师,这就好像惊奇地发现了自己的新天才。实际情形是,那两位主持英文系行政工作的先生听到了我已有一些写严肃小说的小名气,因此我可以不必只教作文。虽然没有博士学位,他们也让我教大学二年级一些诗歌,在夜课里甚至讲到莎士比亚。我深深地感谢这样的解脱。

我曾在他处谈过创作的教导,授课者须知,他所教导的不是写作的艺术想象力,而是鼓励有天资的人如何进行作家工作。创作课程的价值是有限的,有时创作课程可以鼓励青年作家认真研读好的小说。但是,我认为任何认真的学生,上一年这类课程已经足够。从此以后,写作必须成为生活的一部分。

我已开始接受到文学奖的荣誉了。在我看来,我好像没有干过什么,只不过坐在写桌台前,但文学奖已神秘地出现。有一天,我接到一个纽约打来的电话。我的出版商劳吉·史屈劳斯问我是不是坐着——他告诉我《魔桶》刚获得全国图书奖。

我吃了一惊,对自己说,那我一定懂得写作艺术了吧。

当我开始写第四部书《新生活》时,我的情绪很好。有一次,在耶陀①写此书时,有人敲门,我刚写了一段令我感动的章节,他看见我的眼睛湿润,我告诉他我写得很得意。后来,传言夸张说我写这本书时哭泣不止。

我们自意大利回到考伐立斯镇不久,我接到霍华德·尼密洛夫②自宾宁顿学院打来的电话,邀我到那里去教一年书,我很高兴去。在国外一年,受了我所见到的生活与艺术的刺激,我已没有耐心在一个小乡镇呆下去。虽然我妻开初觉得难受,现在却已开始喜爱了西部的生活。我抓住这个回返东部的机会。去佛蒙特州之前,我们先在哈佛暑期学校停留,我替亚尔勃·吉拉德③代课。课班里学生满额以后,哈佛乃另请在布朗大学教书的小说家约翰·霍克斯④另开一班。在很短时期内,我们两人就一同在剑桥的街上散步,谈论小说艺术。霍克斯是位豪放的人,是个富有想象力的作家。

1961 年九月,我们夫妻与孩子们到达了佛蒙特州的宾宁顿。这个学校是个不平常的工作与学习的地方,不久就成为我继续受教育的源泉。我的老师是我的新同事:诗人兼好友霍华德·尼密洛夫;独特的学者兼评论家史丹莱·埃德加·海门⑤;宾·毕立特⑥,一位大胆的、有独创风格的诗人与卓越的教师。我跟他们学习。我的其他教师是我的学生,我教导他们来教我。

史丹莱·海门有许多地方令我想起李思里·菲德勒。他们都很熟悉文学,都不怕直言。海门精于神话与文学理论。他的幽默使他显得年轻;他的胃口也一样。有次我妻和我请他与他的妻子秀莉·杰克孙⑦到一家餐馆一齐庆祝我们的婚姻纪念。史丹莱叫了香槟酒,他与秀莉在生活上力求其好而舒适——我想他们自以为生活不错,几乎毫不遗憾于青年时期的早逝。他们到乔治亚州密勒吉维尔去探访弗兰纳里·奥康诺时,她把他们形容为一辆小汽车内两个巨人⑧。她让他们观看她所养的孔雀。

当我想到海门的文学评论家身份时,他的突出点是他的自我正直与标准。"标准"是他最喜用的一词。你如不懂他的意义,你就不属于他的同类。他下定义,作阐释。他对自己的学识很自豪。不过我记得他在谈到自己时曾说过:"学识不是智慧。"他喜爱机智,开玩笑,欢乐,打扑克牌,胡闹,不断的笑声。他死时很年轻。

在我结束这篇非正式的回忆录之前,也许我应该提及我当过美国笔会会长——自 1979 年到 1981 年。笔会原是英国小说家、剧作家约翰·高尔斯华绥于 1921 年在伦敦首创的国际组织。从基本上说,笔会将世界各地作家集合起来,作友好的聚会,扶育文学,并替任何地方受到威胁的作品做卫护。

当我是笔会会长时,我开始与出版商作更频繁的接触,那时恰是出版业大量合并后的困难

① 耶陀:鼓励作家专心写作的"夏令营"。
② 霍华德·尼密洛夫(1920—):美国诗人、小说家和批评家。
③ 亚尔勃·吉拉德(1914—):美国文学批评家。
④ 约翰·霍克斯(1925—):美国小说家。
⑤ 史丹莱·埃德加·海门(1914—):美国批评家。
⑥ 宾·毕立特(1911—):美国诗人。
⑦ 秀莉·杰克孙(1919—1965):美国小说家。
⑧ 海门夫妇在文坛以能食善饮而肥胖闻名。

时期。出版社的合并对作家们无助,而作家们的处境又必须改善:他们应竭尽其力与出版家交涉。

虽然我的出版商是不错的,我怕多半的出版商所关心的是赚钱,而不是出版可以严肃地影响未来作家的好书。史丹莱·海门鼓吹了标准,出版界今日的倾向则是把标准遗忘。这些日子,有些书编得这么坏,简直令人难以相信。借口是"我们不能在一部书上花太多工夫。我们必须盈利"。我也主张从作家的作品中盈利,但是简单的事实是我们已在开始因出版界的低劣素质,而在文化上受到不能负担的损失。幸而有许多好意的人,不满今日出版界的现象,正在想法改良出版业。有几家新出版社出版的书很不错,有的甚至很大胆。

谈到这里,我要力劝青年作家们不要太去顾虑市场上的变化莫测。并不是人人都可靠写作来过优等生活的。不过一个对自己作品与生活抱严肃、负责态度的作家,如果写得不错,很可以靠写作为生。在我们文化又遭忽视之时,一个优良的作家会因他的优良著作而成长。我想我曾说过,在一个被认为自由的世界中,做作家的绝不可拿他的最强处来作妥协让步。

我一生几乎都是写作。从一个勉强的心灵,我的写作产生出一些对生活大自然的惊讶发现。我越是写得好,越是感到更要写作。

我在写作中所谈的是我的生活经验。在表达时它好似魔术一样地揭露出来。当我能够学会严格控制自己之时,即是开始认真写作之时,字句会自动地出现。我并不遗憾将一生献给写作,只是有时我不免遗憾有的地方可以写得更好一些。我要我的作品尽可能地优良;就整体来说我想还不错吧。我写书或写短篇小说至少三遍——第一遍是了解故事,第二遍是修改文句,第三遍是促使那篇作品说出它所应该说的。

在别的地方我曾这么说明:初稿是要记住一个作家的虚构说些什么。修改时就要以这个知识来扩大、加强、改善一个概念。修改是写作的最精妙的乐趣之一。亨利·梭罗①说过:"今日的人与物必在明日的草地上更美更真。"

我不遗憾献身于写作的那些年头。也许我所遗憾的是我不能一分为二:其中之一是不必写作而可过完全的生活;另一个只为艺术而生活,探索所有经验所获,而知道如何写得准确。一个人不会遗憾将一生献给使他作品完美的艺术。

(董鼎山　译)

为了看的诗歌

〔墨西哥〕帕　斯

从前那种区分善于用色的画家和长于描绘的画家的方法,现在可以用在诗人身上,当然不是机械地划分。颜色是一种强度和温度:有强色和弱色,热色和冷色,干色和湿色。颜色同样是可以听见的:红色的爆炸声,赭色的沉重的鼓声,绿色的刺耳声。善于用色的画家的视觉是触

---

①　亨利·梭罗(1817—1862):美国作家。

觉,具有音乐感:他既听得见也摸得着颜色。某些诗人也具有类似特点;对他们来说,语言是一种跟颜色一样处于永恒运动之中的物质:一种振动,一种波浪,一种有节奏的潮水,它用千千万万条手臂围绕着我们,我们在中间摇晃、窒息、再生、再死。对另一些诗人来说,语言是一种几何学,是一种线条的构图。线条就是符号,一些符号产生另一些符号,产生另一些影子,另一些光亮:这便是一幅画。乌拉卢梅·贡萨莱斯·德·莱翁就属于这第二类。对这一类来说,语言不是一片海洋,而是一种由线条和透明度构成的建筑物。的确如此,他的诗篇就像一切真正的诗人的诗一样,是用声音做成的东西——我是说:它们是语言的建筑物,我们既可以用耳朵感觉,也可以用头脑感觉——不过,推动诗歌的节奏不是一种波浪,而是一种往返和对立的准确结构。听到它们,就能看见它们:是一种空中的几何图。但是,倘若我们去碰它们,它们就会消失。乌拉卢梅的诗摸不着,只能看,是为了看的诗歌。

被精神的视觉净化了的东西会愈来愈细瘦,直到变成一幅线条的设计图。"我正在写作的那个花园的绿叶",经过视觉和精神上同时进行的化学处理后,变成了"我正在上面写作的白树叶",并且从这种非植物的叶子中"诞生了另一个花园"。这种意外诞生的花园不是由树枝树叶构成,而是由变成文字、变成智力的建筑物的声音构成。我所引用的上述三句诗,简明扼要地描述了乌拉卢梅的诗歌特点。那首诗叫《写作的花园》,仅由 17 句诗组成。出发点是写作的行为:有一个难忘的花园,在纸页和思想的听觉上引出了一个想象的花园。在我们回忆的花园和虚构的花园之间,存在着一个无人居住的空间。那里只有一种东西:风。作为感触不到的力量和无形体的存在,风在吹拂着白树叶。而乌拉卢梅正在那里虚构一座想象的花园的绿树叶。风把树叶吹掉了。这是一种令人茫然的行为:如果我们的眼睛的功能是看东西,那么我们的想象的功能便是涂去眼睛看到的东西。这是消失的诗学吗?在另一篇诗(《最后那个房间》)里,有一个人(就是她吗?)在射进她的房间的光线里望着另一个房间的墙。现在,消失的力量不是风,而是光线。在那种严酷的光辉面前,"为了不看到我们已经看不见光线了",我们的做法只能是闭上眼睛。那么,闭上眼睛是为了看见还是为了看不见呢?

记忆不仅仅是造成出现的动因,而且在和想象结合起来后也是导致消失的力量。我不是说记忆的作用对乌拉卢梅来讲是遗忘,而是说记忆能创造虚幻的过去,诗人的明亮目光能立即驱散的过去。这么说,视觉不就变成了非视觉,看不见不就变成了的确看见吗?按照否定神学的观点,诗人的认识岂不是天大的无知?更确切地说,为了看的诗歌——但不是看现实而是看意念,不仅是看意念而且是看形式、波动和回声。在题为《地方》的描述交叉光线的诗中,有一棵树不知是真实的还是虚构的,是记忆中的存在还是召唤来的存在。那棵树像一股轻风静静地前进。随着树的形体的增高,观赏它的人的形体却在缩小:

它来了一整棵的树

我自己却变小了

记忆使我们换了地方

我们的位置却未变化

记忆不但使我们改变地方,而且还交替地给我们提供或拿走现实:虚构的树愈来愈真实,描写它的诗人却愈来愈瘦小,直到自己消失,最后仅仅是那棵树留在纸上的影子。在乌拉卢梅的诗中,记忆和虚构融合在一种表面上矛盾的行为中,并且在两种运动中展开。第一种是对东西和看那些东西的眼睛的评论:记忆使东西复现仅仅是为了让眼睛在观赏它时把它点燃,把它变成灰烬。第二种运动是风——空气、智力、头脑的呼吸——吹那些灰烬,把它们吹散。取而代之的是一种转瞬即逝、不可感触的透明形式。

消失的诗歌在它的对立面"出现"上展开。不过,我们看到的是什么呢? 既不是看到的真实,也不是想象的或回忆的真实。我们看到的是第三种真实。这种真实,我们虽然不能描写,但是它摆在那里,平静地面对着我们,就像在树叶间吹的无形的风摇动的树冠——树叶既不是白的也不是绿的了——这种真实,笼罩着诗人的作品。这是一种没有厚度、没有形体、没有味道、形式多于观念、视觉多于形式的真实。眼睛虽然能看见,但是它的视觉是分散的,被想象破坏了的。这种想象——跟记忆一样——不过是时间呈现的形式之一。诗人看不见人世借以浓缩的可见的形式,也看不见阴间的形式(乌拉卢梅并非神秘主义者);诗人在他消失的时刻看到了时间本身。有一瞬间,时间敞开了一个口,露出了它那空洞的内部,然后又重新关闭、消失了。时间进入了自己体内。诗,不是别的,只能是时间的眨眼,是在其消失之时为我们显示时间的符号。在那一时刻——也就是它出现的时间——我们看到时间了吗? 我们看到真正的现实了吗? 不可能知道。也许我们看到的是我们自己。普洛蒂诺①说,有那么一个沉思的时刻,"内心的眼睛"再也感觉不到东西;就在此刻,在视觉消失的时候,沉思者看到了自己:"你自己变成了幻觉。"

1978 年 3 月 19 日于墨西哥

(李德明 译)

理想与幸福

〔苏联〕奥斯特洛夫斯基

个人问题、爱情、女人,这些在我的理想之中只占很小的位置。对我来说,没有比做一名战士更大的幸福了。个人的一切都不会永葆青春,不能像公共事业那样万古长存。在为实现人类最大幸福的斗争中,要做一名永不掉队的战士,这就是最光荣的任务和最崇高的目标。

自私自利的家伙完蛋得最早。须知,他只是为了自己才孤独寂寞地活在这个世界上。一旦抹掉了他这个"我"字,他就一切都完了,活着对他来说,再也没有任何意义了! 但是,如果一个人不是为了自己而活着,而是为了整个社会呕心沥血,那就很难将他毁灭。因为,这样一来,就首先要毁灭他周围的一切,毁灭整个国家和整个生活。我个人的死亡,只是自己生命的消失,可是我们的大军却排山倒海,蓬勃向前。一个战士,即使他在镣铐锁身的情况下死去,但当他听到自己部队那胜利的欢呼声,他也会得到一种最终的,而且是至高无上的安慰。

对我来说,活着的每一天都意味着要和巨大的苦痛作斗争。我是在说这十年来的日子。但你们看到的是我脸上的微笑。这是发自内心的,饱含着幸福和欢乐的微笑。尽管我忍受着自己

---

① 普洛蒂诺(205? —270?):希腊哲学家。

病躯的种种苦痛,但我仍然为我们国家的每一个胜利而欢欣鼓舞。再没有比战胜这种种苦痛更使人感到幸福和快乐的事情了! 不能单单是为了活着(虽然活着是美好的),而且还要斗争,还要赢得胜利!

现在,我觉得自己像冰化雪消那样越来越虚弱了。因此,我要抓紧每分每秒,趁我现在还能感到生命之火在心头燃烧,大脑神经在闪光跳动。我不愿做一个名噪一时的英雄。我战胜了自己生命历程中的一切悲剧和不幸:双目失明,全身瘫痪,遍体疼痛。尽管如此,我仍然是一个无比幸福的人。这倒不是因为政府奖赏了我。不,没有这些,我同样是快乐和幸福的! 请记住,奖赏永远不会成为我工作和斗争所追求的目标。

（意 强国 诚 译）

论舒适

〔英国〕赫胥黎

一桩新鲜事物

法国的旅店老板们把它叫做"现代化的享受",他们说得很好。讲舒服这件事确是近代才有的,比发现蒸汽要晚,发明电报时它刚刚开始,而比发明无线电也不过早个一二十年。使自己舒服,把追求舒适作为目的这一人类能给自己提出的最有吸引力的事是现代的新鲜事物,在历史上自罗马帝国以来还从未有过。我们对于非常熟悉的事情总是认为当然,不假思索,好像鱼儿对待生活在里面的水一样,不觉奇特也不觉新鲜,更不会去想一想有什么重大意义。软椅子、弹簧床、沙发、暖气;经常能洗热水澡,这些和其他使人舒服的东西已经深入到不算太富裕的英国资产阶级家庭日常生活里,而在三百年前就连最伟大的帝王可是做梦也想不到的。这件事很有趣,值得考查一下,分析一下。

首先使我们注意到的是我们的祖先生活得不舒服基本上是出于自愿。有些使人们生活舒服的东西纯粹是现代才发明出来的;在没有发现南美洲和橡胶树之前,就无法给车子装上橡皮轮子。但就大多数来说,使我们能过得舒服的物质基础里却并没有什么新鲜东西。在过去的三四千年里,任何时候人类都可以造出沙发,吸烟室里的软椅,也可以安装上浴室、暖气和卫生管道。实际上,在某些世代人们也确实有过这些享受。约在公元前两千年诺色斯①地方的居民就知道用卫生管道。罗马人曾发明一种复杂的用热空气取暖的系统,而一座漂亮的罗马别墅里洗澡设备的奢华和完备更是现代人做梦也想不到的。那里有蒸汽浴室、按摩室、冷水池,和墙上画有不甚正经的壁画(如果我们可以相信西东尼斯·阿波里纳里斯②的话)的不冷不热的晾干室,

① 诺色斯:公元前 1700—1400 年爱琴海克里地岛上的古城。
② 西东尼斯·阿波里纳里斯:公元 5 世纪拉丁作家。

那里有舒服的榻床,你可以躺在上面和朋友聊天,等身上的汗落下去。至于公共澡堂,那就更是奢华到几乎难以想象了。罗马的哲人政治家塞尼加[1]说过:"我们已经奢华到了在浴池里如果脚下踩不到宝石就不满意的地步了。"澡堂大小和设备的完善也不下于它奢华的程度。罗马皇帝戴阿克里欣[2]的澡堂里的一间浴室就曾被用来改成一座大教堂[3]。

还可以引用许多例证来说明我们的祖先所拥有的有限手段是如何可以利用来使得生活舒服的。这些例证很清楚地说明,中古时代和现代早期的人们在生活上之所以既讲卫生又不会舒服,并不是缺少改变他们生活方式的能力,而是因为他们愿意那样,因为肮脏和不舒服适合于他们政治上、道德上和宗教上的原则和偏见。

舒适与精神生活

舒适和清洁与政治、道德、宗教又有什么关系呢?粗粗看上去,人们会说圈手椅和民主制度,沙发和家庭制度的松弛,热水澡和基督正统教义的衰亡之间既没有、也不可能有什么因果关系。但只要仔细看一下,你就会发现在现代生活中对舒适的要求的增长和现代思潮之间存在着极为密切的关系。我希望在本文里能说清这种关系,能阐明为什么艺术发达的 16 世纪的意大利王公贵人,伊丽莎白女皇时代的英国人,甚至全盛时代的法国国王路易十四都不可能(不是物质上而是心理上不可能)生活在罗马人会叫做像样的清洁卫生环境里,或者享受一下对我们是不可缺少的生活上的舒适。

先谈谈圈手椅和暖气。我准备说一下,这些事物只有在封建专制制度瓦解、旧式家庭和社会等级衰亡之后才可能出现。软椅子和沙发之所以存在,是为了使人们可以懒洋洋地靠在上面。在一张精致的现代圈手椅上你也只好靠着。而这种姿势是既不足显示尊严,又不能表达恭敬的。要打算显得神气或者训斥下属,我们总不能躺在软软的椅子里两脚蹬在壁炉架上,而必须坐直了,摆起架子才成。同样,要对一位夫人表示有礼貌或者对尊长表示敬意,我们也不能靠在那里,就是不站起来也得挺直腰板儿坐着。在过去的人类社会里有一套等级制度,每一个人都要对下显示尊严,对上表示恭敬。在这种社会里,斜靠地坐着是绝对不可能的。路易十四在他的朝臣面前不可能这样做,而他的朝臣在他们的皇上面前也不可能这样做。只有亲临议会时,法兰西皇帝才能当众倚在御榻上。在这种场合,他要斜倚在一张名为"正大光明"的榻上,王公们坐着,大臣们站着,其他的小家伙们都得跪着。讲舒服被宣布为帝王的特权。只有皇帝可以伸直了腿。我们也可以相信,这腿也会伸得非常有帝王气概。这样斜倚着,纯粹是礼仪上的需要,毫不丧失尊严。不错,在通常日子里皇帝是坐着的,但要庄严端坐;帝王的尊严是不能不保持的。(因为,说到底,帝王的尊严基本上也就是保持外表上尊严的问题。)同时朝臣们也要保持臣服的外表,或是站着,或者因为官高并是皇室近支,甚至在皇上面前也可坐在凳子上。朝廷上如此,贵族家庭里也如此。皇帝与朝臣的关系也就是绅士与他的家人、商人与他的学徒和仆人的关系。毫无例外,在上的要显示出尊严,在下的要表达出服从以分清上下;这样谁还能

---

① 塞尼加(约前 4—65):罗马政治家。
② 戴阿克里欣(284—305):罗马皇帝。
③ 指的是梵蒂冈的西斯汀教堂,里面有文艺复兴艺术大师米开朗基罗的有名的创世纪壁画。

不坐直了呢？就是在亲密的家庭关系里也一样：父母像教皇和贵族一样以天赋的权力统治一切；儿女们就是臣民。我们的祖先对摩西十诫第五诫①是非常认真的——如何认真可从下一事例中看出。

在伟大的加尔文②以神权统治着日内瓦的时代，有一个孩子因为要打他的父母竟被当众枭首。孩子们在父母面前坐不正，也许不至有杀头之罪，但也会被认作大不敬，要遭到鞭笞、不许吃饭或关禁闭。为了没有举手到帽沿向他致敬这一件小事，意大利贵族维·岗扎加③就把自己的独生子踢死；要是他的儿子竟当着他的面倚靠在椅子里，会惹得他干出什么事来——这真叫人不敢想下去了。儿女不能在父母面前歪着靠着，同样，父母也不能在儿女面前歪着靠着，怕的是在有责任尊敬他们的儿女面前降低了自己的威严。因此，我们看到，在二三百年前的欧洲社会里从神圣罗马皇帝、法国国王到最穷的乞丐，从长须的尊长到儿童，任何人都不可能在人前不端端正正坐着。古代的家具就反映出使用它们的那个等级社会的生活习惯。中古和文艺复兴时代的工匠有能力造出圈手椅和沙发使人坐上去和今天的产品一样舒服，但社会既是那样，他们也就不去造它了。实际上，直到16世纪，连椅子也是少见的。在那以前，椅子是权威的象征，现在委员会的委员们可以靠在椅子上，国会议员也坐得很舒服，但有权威的还是主席，或者叫做"坐在椅子上的人"（Chairman），权威还是产生于一张有象征性的椅子。中古时代只有大人物有椅子。他们旅行时要带着自己的椅子以便一刻也不离开他的外在的、看得见的权威标帜。就是在今天，宝座还像皇冠一样是皇权的象征。中古时期，就是能坐下时，平民们也只能坐在长凳或长椅子上。在文艺复兴时期，随着富裕的独立资产阶级的兴起，使用椅子才随便起来。买得起的就能坐椅子，但要端坐受罪，因为16世纪的椅子还是宝座式的，谁坐上去都不能不被迫采取令人受罪的有威严的姿势。直到18世纪老的等级制度崩溃了，才有使人舒服的家具。但就是那时，也还不能在上面随意歪着靠着。可以在上面随意让人（先是男人，随后是妇女）歪着的圈手椅和沙发是直到民主制度巩固树立起来之后才出现的，是中产阶级发展壮大起来、老规矩不存在了、妇女解放了、家庭里的限制消失了之后才出现的。

暖气和封建制度

适当的房屋供暖是现代化享受的另一个组成部分，而这件事在古代社会的政治结构下也是不可能的，至少对当时的权势者是不可能的。在这一点上，市民比贵族强。住房较小，所以他们还能暖和些。但是王公贵族和皇帝、红衣主教却要住在和身份相称的宏伟壮观的殿堂里。为了证明比别人高贵些，他们不得不置身于超乎一般大小的环境里。他们在溜冰场大小的敞厅里接见客人；他们常由大群人簇拥着穿过像阿尔卑斯山隧道那样长而多风的走廊过道，又要在恰像尼罗河的瀑布给冻结成大理石那样的楼梯上走上走下。在那种时代里做一位大人物就要花许多时间安排豪华的芭蕾舞等等表演，而这就要有宽敞的地方才能容得下演员和观众。皇宫和贵族的府邸甚至普通的乡绅住宅都要那么高大，这就是原因。他们就好像是巨人一样要住在10

---

① 摩西十诫第五诫：其内容为：要尊敬父母。
② 加尔文(1509—1564)：法国基督教改革家。
③ 维·岗扎加：生于文艺复兴时代。

丈长、3 丈高的屋子里，否则就不合身份了。真豪华，真宏伟，可又是多么冷飕飕的呀！在我们今天，靠自己的本事奋斗上来的大人物没有必要和那些天生的贵人比阔气来维持自己的地位，因之他们宁可少摆点架子而多图点舒服，住进了小一点但可以取暖的屋子。（过去大人物在他们闲暇的时间也是这么办的；大多数古老的宫殿都有些小套房间，宫廷上的大场面结束后，宫殿的主人就退居到那里去。但是大场面往往时间拖得很长，过去的不幸的王公贵人也就不得不摆起排场在冰冷的殿堂和冷飕飕的走廊过道里度过许多时间。）有一次在芝加哥的郊区开车，有人领我去看一所房子，房主据说是全城最阔和最有势力的人。那所房子中等大小，有 15 到 20 间不大的房间。这使我很诧异，并想起我本人在意大利住过的那些巨大的宫殿来（租金比在芝加哥存一辆福特汽车花的钱要少得多）。我还记得那大排大排的有通常舞厅大小的卧室，有火车站那么宽敞的客厅和宽得可以容两辆小卧车并排开过的楼梯。宏伟的宫殿，住在里面真觉得自己高人一等！可是一想起二月间从阿平宁山那边刮过来的怕人的风，我又觉得芝加哥那位阔人不去学另一个时代在不同的国家和他同样的人那样把财富花费在排场上是有道理的了。

洗澡和道德

　　是皇权、贵族和古代社会等级制度的没落才使我们获得以上谈到的现代享受的两个组成部分；至于第三个组成部分，洗澡，我想至少部分地应当归功于基督教道德的衰败，在欧洲大陆上，据我所知也在别处，现在都还有修道院学校，在那里面，青年淑女受到一种教养使她们深信人体是一种不洁和猥亵的东西，不但看到别人的光身子就连看自己的也是犯罪的。就是在准许她们洗澡时（在每两星期的星期六），也要求穿上一件长达膝下的衬衣。甚至还要教会她们一种特殊的换衣服的技巧以保证她们越少看见自己的身体越好。幸好这类学校现在只剩下个别的了，但在不久之前还是很普遍的。这类学校继承的是基督教的苦行传统，这个崇高传统由圣安东尼[①]和那些底比斯的不洗脸、营养不足和禁欲的僧侣传下来几百年直到今天。因为这个传统削弱了，妇女才总算得到了经常洗澡这种享受。

　　早期基督徒对洗澡是全不热心的；但说句公道话，基督教的苦行传统倒也不一贯敌视洗澡这件事本身。早期基督教的长老们觉得罗马人洗澡时男女混杂得惊人，这是自然的。但是他们里面较温和的是准备有限制地允许人们洗澡的，只是不要搞得不像样子。最后把罗马人的豪华澡堂搞掉的，除了基督教的苦行主义之外，还有来自北方的野蛮人的破坏。实际上，在笃信基督的时代，洗澡也曾经复兴过一时。十字军从东方回来，带来了东方的蒸汽浴，似乎在欧洲颇为流行。为了某种不易了解的理由，洗澡的风气慢慢衰落了，16 世纪末期和 17 世纪初期的男人或女人之不讲卫生和他们野蛮人的老祖宗不相上下。这种起伏可能与医学理论和宫廷的风气有关。

　　苦行主义的传统总是对妇女特别严格。法国龚古尔弟兄在他们的日记里曾记下法兰西第二帝国时代上层社会里有一种流行的观点，认为洗澡风行以来妇女的娴静和道德水平是大为降低了。从此得到的必然推论显然是："女孩儿家要少洗澡。"青年女士们喜欢享受洗澡乐趣的应当感谢伏尔泰的嘲讽和 19 世纪科学家的唯物主义。假如没有这些人来打破修道院学校的传

---

　　① 圣安东尼（约250—356）：埃及的基督教苦行主义者。

统,她们恐怕直到今天也还同她们的先辈一样娴静,同她们一样不讲卫生。

舒适与医学

然而,喜爱洗澡者最应感激的还是医学家。微生物传染的发现鼓励了讲卫生。今天我们是以印度教徒那样的宗教热情来对待洗澡的。洗澡对我们来说已经成为具有魔力的仪式,可以保护我们不受那些体现在喜爱肮脏的细菌上面的邪恶势力的毒害。我们甚至可以预言这种医学宗教还会进一步破坏基督教的苦行传统。自从发现阳光对人的好处以来,从医学上来说,穿过多的衣服就成为一种罪恶。不害羞已成为一种美德。很可能要不了多久,对我们来讲声望犹如原始人间的巫医那样的医生们就会要求我们一丝不挂的了。到了那时也就达到了使衣着越来越舒服的最后阶段。这个过程已进行了一段时间,先在男子中间,然后在妇女中间,而其间决定性的因素就包括等级制度下的繁文缛节和基督教道德的衰微。佛莱彻先生在他那本记载格莱斯东①去世前不久访问牛津大学的描绘生动的小册子里,记下了那位德高望重的老人对牛津学生的衣着的评论。看来他对学生们穿衣服既不整齐又不考究很恼火。他说,他青年时代的青年人身上总要有值百把英镑的衣服和饰品,而每一个有自尊心的青年最少也要有一条他穿上后从不坐下的裤子,怕那一来会走了样子。而格莱斯东去访问牛津时,那里的学生还是穿浆得很硬的高领衬衫和戴圆顶礼帽的。我们不知道如若他看见当前大学生们穿的敞领衬衫和花里胡哨的毛衣以及松松垮垮的法兰绒裤子的话,会作何感想。人们从来也没有像现在这样不讲究维持尊严的外表的了;这样随随便便是从未有过的。除去最庄严的场合,人们都可以不考虑级别地位,而穿他觉得最舒服的衣服。

使妇女们不能舒适的障碍,既有道德方面的,也有政治方面的。妇女除了行动上不得不循规蹈矩外,还要服从基督教苦行道德的传统。在男人早已放弃他们不舒服的礼服之后很长的时间内,妇女仍然为了庄重的缘故而忍受极大的不便。是世界大战把她们解放了出来。妇女一旦参加了战时工作,她们马上发现那种传统的端庄衣着和工作效率很不相容。她们选择了效率。等到发现了少端庄一点的好处后,她们就再也不肯回到老样子去了,这大大改进了她们的健康,也增加了她们个人的舒适。现代时兴的衣服之舒服是妇女们从未享受过的。甚至古希腊人或许都没有这么舒服过。不错,她们的内衣是再合理不过的;但是她们的外衣,和印度妇女的服装一样,只不过是拿一块布裹在身上再用别针别上就算完了。没有哪位妇女会感到要靠别针来保持自己的仪态是真正舒服的。

舒适本身就是目的

因传统的人生哲学发生变化而成为可能的舒适这件事,现在已经自行发展了。追求舒适已成为一种生理习惯,一种风气,一种本身就值得追求的理想。世界上使人舒服的事越多,人们就越觉得它的可贵。尝过什么叫舒服的滋味的,不舒服对他就成为一种真正的折磨。崇拜舒适的风气是和任何其他风气同样厉害的。此外,和提供使人舒服的条件紧密结合的有巨大的物质利

---

① 格莱斯东(1809—1898):名威廉,英国政治家,曾任首相。

益。好舒服的习惯一减退,制造家具的、暖气设备的和管道设备的商家都吃不消。利用了现代广告术,他们有法子迫使它不但存在而且发展。

在简短地追溯了现代享受精神上的来源后,我还得就它的影响说两句。我们要得到什么总不免要付出些代价,因之要舒服就要以失去别的同样有价值甚至是更为有价值的东西来作为代价。当前一位有钱的人盖房子一般总是首先考虑他未来的住所是否舒服。他要花一大笔钱,因为舒适的代价是很高的;在美国,人们常说水暖俱全,房子出让。在洗澡间,暖气设备和带软垫的家具等等上面,花了这笔钱,他就觉得他的房子是十全十美的了。若在以前的时代,像他这样的人却首先会考虑他的房子是否华丽,是否给人以深刻印象——换句话说,就是先考虑美观再考虑舒服。我们同代人花在浴室和暖气上的钱在过去就会花在大理石楼梯、宏伟的外表、壁画、一套套金碧辉煌的房间和绘画雕像上。16 世纪教皇们的居住条件之不舒服在一位现代银行家看来会是不能容忍的;但是他们有拉斐尔①的壁画,拥有西斯汀教堂,还有镶有古代雕塑的长廊。难道因为梵蒂冈没有浴室、暖气和软椅子,我们就应觉得教皇们很可怜了吗?我觉得我们当前要求舒服的热情是有点过分了。虽然我个人也舒服,但我曾住过差不多不具有英国人认为不可缺少的任何现代设备的房子而感到很快乐。东方人,甚至于南欧人是不大知道什么叫舒服的,他们的生活和我们祖先在几世纪前的生活差不多,可是虽然缺少我们那一套复杂而价值高昂的软绵绵的奢侈品,他们似乎生活得也很好。我是个守旧派,仍然相信有高雅的也有低俗的东西,我看不出不能提高人们思想境界的物质进步有什么道理。我喜欢能节省劳力的装置,因为它们可以使人们省下时间去从事脑力活动。(但是这是因为我喜欢脑力活动;有许多人可不喜欢这样,他们喜爱节省脑力的装置就和喜欢自动洗碟机和缝纫机一样。)我喜欢迅速而方便的交通,因为扩大人们可以活动的世界的范围就会扩大他们的心胸。同样我也觉得寻求舒适是正当的,因为那样就可以提高精神生活。不舒适会阻挠思想活动;身上又冷又酸痛要用脑子也是困难的。舒适是达到目的的手段。可是当前的世界看来却把它当作一种目的,一种绝对好的东西。也许有一天大地会被变成一张巨大的软垫床,人的躯体在上面打盹,而人的心灵却被压在下面,像苔丝蒂梦娜②那样地憋死了。

（周珏良　译）

旧书店

〔英国〕格·格林

我不知道弗洛伊德会对这怎么解释,反正有 30 多年时间,我最幸福的梦都是关于旧书店的:一些我从前根本不认识的书店或者我正在光顾的熟悉的老书店。其实那些熟悉的书店肯定已经不存在了,我很不情愿地得出这个结论。在巴黎,离火车北站不远的一个地方,对于那里一

---

① 拉斐尔(1483—1520):意大利画家。
② 苔丝蒂梦娜:莎士比亚悲剧《奥赛罗》的女主人公。

条上山的长街尽头的一家书店,我有着非常生动鲜明的记忆。那是一家有着许多高高书架、门进很深的书店(我得用梯子才能够到那些书架的上头)。至少有两次我搜寻遍了它的每一个书架(我想我在那儿买到了阿波利奈尔的《法尼·西尔》的译本),但是在二战结束之后,我去那里寻找那家书店的努力却是归于徒然。当然,那家书店可能已经消失了,甚至那条街道本身也不在那儿了。此外在伦敦有一家书店,非常频繁地出现在我的梦中:我能够非常清楚地记得它的门面,但是却记不得它内部的情况了。它就坐落在你来尤斯顿路的路上,在夏洛特街后面的那个地区。我从来没有走进去过,但是我肯定如今那儿再也没有这么一家书店了。我总是带着一种幸福和期待感从这样的梦中醒来。

在我生活的各个不同时期,我一直坚持写关于我的梦的日记,在我今年(1972)的日记里,在前7个月的日记里就包括有6个关于旧书店的梦。相当奇怪的,是第一次。它们都不是快乐的梦;也许这是因为我的一个亲爱伙伴在1971年底去世了吧,我曾经和此人一起去淘书,在二战刚刚结束之后,我和此人一起,开始去搜罗维多利亚时期的侦探小说。同样在今年的一些梦中,出现过一本我打算送给我的朋友约翰·苏特罗作圣诞礼物的有关铁路的旧书(他曾经在牛津创建了铁路俱乐部),当我从书架上把它抽出来的时候,书皮却已经掉了一半:甚至那些旧的红色纳尔逊7便士丛书(那么没道理地受到乔治·奥威尔的中伤,尽管它的初版太昂贵了,但我仍然很喜欢拥有它)结果都是不同版本的。在所有这些梦中,似乎没有什么好到值得一买的书。

我的朋友戴维·洛是一个书商,他的收藏品曾经使我的思想天马行空,放荡无羁,不止是通过一些梦,而是通过长达50年的淘书中的无数小小探险和在其中结下的友谊。(在17岁上我就变成了查林克罗斯路①上的一个漫游者,唉,现在我很少叨扰那里了。)

旧书商们在我以往认识的各种人物中是属于那种最友好又最古怪的人。如果我没有成为一个作家,那么他们的行当一定会成为我最喜欢选择的行当。在他们那儿有书籍发霉的气味儿,在那儿有寻宝探宝的感觉。由于这个缘故,我宁愿到码放得最混乱的书店,在那种地方,地形学和天文学的书籍混放在一起,神学和地质学的书籍混放在一起,一堆堆没有分类的书籍乱堆在楼梯间里,正对着一个标着"旅游图书"的房间,而在这个房间里可能包括一些我所喜欢的柯南道尔的侦探小说,《失去的世界》或者《克罗斯科的悲剧》。我害怕走进马格斯书店或者夸里奇书店,因为我知道在那种地方不可能作出什么个人的发现,在那儿书商不会犯任何错误。从戴维·洛的收藏中我意识到我害怕去威廉四世大街的巴恩斯书店是多么错误。但是现在来补救我的这个错误未免为时太晚了。

一个人要想真正进入这个充满机会和冒险的魔幻世界,就必须既是收藏家又是书商。我本来宁愿做一个书商的,但是由于二战我失去了机会。在德国人大规模空袭伦敦期间,我碰巧和戴维·洛(我已经和他很熟了)和小科尔是隶属于同一个哨所的临时防空员,小科尔在那些日子是一个书"贩子"。我和科尔的第一次侦察任务是去搜寻一个伞投炸弹,有人说它挂在布鲁姆斯伯里一个广场的树上。我们根本没有找到它,就给自己放了假。科尔领着我去看了一趟他的房间:我记得破旧的书籍堆得到处都是,甚至床底下都堆着书,我们俩一致同意,如果有一天我们俩都能在战争中幸免于难,我们就一起经营旧书。后来我离开伦敦到西非干别的工作,我们失去了联系。我已经失去了成为旧书商的唯一一次机会。

———————————————

① 查林克罗斯路:在伦敦市中心,是伦敦旧书店最集中的地方。

要成为收藏家相对比较容易。你收藏什么并不重要,只要你有入门的钥匙。收藏并不重要。重要的是寻求的乐趣,是你遇见的那些人物,是你结交的朋友。我还是个十几岁的少年的时候,就初次尝到了购买收藏南极探险作品的滋味,我对北极不感兴趣。那些书籍都已经不在了。那些书现在会有一些价值,但是谁会在乎呢?在战前,我收集查理二世复辟时期的文学作品,因为我当时正在写一部罗切斯特①传记,这本书直到30多年以后才得以出版。那些书并不是最早的版本(我当时买不起);那些书也已经不在了:其中有些书是在德国人对伦敦大轰炸的时候遗失的,也有一些是在我离开英国的时候很遗憾地放弃的。

现在我依然在收藏维多利亚时期的侦探小说:在40年代的弗伊尔斯书店,我曾经一次花半克郎找到多少书呀!虽然约翰·卡特在10年后推出了著名的斯科里布纳目录,它到处造就了无数收藏家。

对于收藏家来说,毫无疑问,比起那种寻找的兴奋,比起有时这种寻找把你带到的那些神奇陌生的地方来说,收藏品本身价值的重要性倒变得次要了。就在最近,我和我的兄弟休(他收藏的侦探小说的范围包括从维多利亚时期到1914年,所以我们经常结伴淘书)曾经在倾盆大雨中穿过坐落在一片废弃地区中的令人忧郁的利茨街周围,那地方简直就是格里尔森②绝望的纪录片的一部分。我们寻找着一家书店,它曾被收入一本很可靠的指南。但是随着我们在那些废弃的工厂之间身上变得越来越湿淋淋的,我们对那本指南的信任也变得越来越少了。然而,当我们终于到达那家肯定曾经存在过的书店时,那里一扇挪了窝儿的门上挂着一个招牌"书店",其中"书"字的前三个字母都不见了,所有的窗户都破碎了,地板上神秘地乱扔着一些孩子的靴子和鞋,还有一些好鞋。难道这是什么小孩黑手党的聚会地点吗?好像是在那类地方,发现了一些新酒吧和过去从来没有尝过的啤酒,倒也是对淘书者的某种奖赏。

这和皮卡迪利大街上那家年代久远的书店完全是不同的世界,那家书店有古籍旧书部,我最近还到那里去消磨过时间,如果偶然问起他们是否有威尔弗里德·斯科恩·布伦特③的什么著作,他们就会问:"他写什么,先生?小说吗?"

我想戴维·洛对于这些昂贵的书店太宽厚仁慈了,但是我想,一个人如果干这行,他就不得不对那种头戴大礼帽身穿燕尾服、衣着讲究的坏蛋作出友好的姿态。我避开那些新开的大学书店,那儿都是红砖和玻璃,塞满了二手的学术书籍,那些书即使在它们初次问世的时候就很沉闷无聊。唉,至于狄龙小姐的书店,它躲过了扔在商店街周围的所有炸弹幸存下来,但是它今天也没有昔日的那种魅力了。有时候,戴维·洛在讲礼貌上做得过分了:对于那位邦珀斯书店的大名鼎鼎的威尔逊先生来说,"精"是一个褒义的形容词,我倒是宁愿说他"滑"。

不,比起查林克罗斯路来,伦敦西区现在再也不是我的魂牵梦萦之地了,但是感谢上帝!塞西尔短街依然保持着塞西尔短街的样子,即便是戴维·洛已经搬到牛津郡去了。

在一个开心的日子里,我从戴维那里买到一份奇怪的18世纪的手稿,封面由白色皮纸制成,上面有一个手写的标题《赫尔顿尼亚纳》。它花了我5个畿尼④,在30年代这是很大的一笔

---

① 罗切斯特(1647—1680):即罗切斯特二世伯爵,本名约翰·威尔莫特,17世纪著名英国诗人,查理二世的朋友。
② 格里尔森(1898—1972):英国纪录片运动的创始人。拍有纪录片名片《漂网渔船》(1929),1948—1950任英国中央资料馆影片审计官。
③ 威尔弗里德·斯科恩·布伦特(1840—1922):英国诗人,诗集《海神情歌》是其代表作,另有《我的日记》(1919,1920)两卷。
④ 畿尼:英国旧金币单位,等于21先令。

钱,但是在经过一些研究之后,我靠着在《旁观者》杂志上写的一篇文章,把这个书价挣回来了。文章谈到这样一个稀奇古怪的故事,一连串残酷的骗局使一个名叫赫尔顿的不得人心的商人大受其苦,很显然这个故事是他的敌人写的。我拥有这份手稿,一直到一封有趣的来信"插入进来",信中谈到手稿里提到的一些 18 世纪的伦敦商店名,信是由安布罗斯·希尔爵士写的。这使我很高兴,靠这种方法,在《赫尔顿尼亚纳》上面我除了付出了一点劳动之外什么钱也没花。

也许我最看重的是淘到了《复活节前一周的任务》,由沃尔特·柯卡姆·布朗特翻译,1687 年出版,配有 7 张霍拉版画,封面是同时代压印的红色摩洛哥羊皮。它被献给英格兰女王。"英格兰的女王、王后们又称圣了,"布朗特写道,"结果无限伟大,于是人们发现通往天堂之路就是效忠宫廷之路。"他在一年后就不会写这些话了,因为荷兰的威廉①来到了。他将不得不在国外出版这本书,或者根本没有出版家的印刷,没有在坐落于海霍尔本羊羔街的马修·特纳书局公开出版。这本漂亮的书让我在克拉彭公地的盖洛普先生的书店里花了半个克朗,我在那儿买我的安东尼·伍德②作品。盖洛普先生的书店是二战的牺牲品之一,它在同一天里和两百码以外的我的房子一样"上天了"。

但愿戴维·洛在书中包括一个被炸弹和建筑师们毁掉的已亡书店名单。例如原坐落于威斯特本园林的那家消失了的我喜欢的旧书店,还有坐落在金克罗斯车站对面三角地的消失了的小书店,在那里我曾经买到《探险记》和《夏洛克·福尔摩斯回忆录》的首版本,花的是在那个时候看来过分的价格五英镑。那是淘书的令人难过的一面,与新书店的开张相比,更多得多的书店消失了。甚至布莱顿也不是它当年的样子了。

(邹海仑　译)

❖❖❖

偷听谈话的妙趣

〔英国〕吉尔伯特·海厄特

通常,人们都喜欢到陌生的城市中漫游闲逛。我本人最喜欢的城市是巴黎,其次是旧金山,如果仅就其优越的地理位置而言。有些人则爱在自己家乡的城镇中涉足他们尚不熟悉的城区。虽然这种人并不多见。我曾有一两次东游西逛,走遍了曼哈顿的大街小巷,路上时常见到一些稀奇古怪、妙趣横生的景象。我看见一家出售春药和魔术器械的店铺,一个专门调查不明飞行物的组织的总部以及一些阿尔巴尼亚杂货店和小餐馆。优哉游哉,信步徜徉,真是一个消磨时光的好方式。

但是,你日复一日,走的都是那几条街,搭地铁上班,出办公室到餐馆吃午饭,吃过饭上银行,又回到办公室,最后离开办公室搭地铁回家……你会怎么办?假如你不在乎多花几分钟,倒

---

① 荷兰的威廉(1650—1702):即大不列颠的威廉三世,初任尼德兰联省共和国执政(1672 年起),后任英格兰、苏格兰和爱尔兰国王(1689 年起)。

② 安东尼·伍德(1632—1695):英国古物收藏家、学者,著有《牛津大学历史及其人物》《牛津学苑》等。

不妨试着把路线每天改变一下：今天迂回曲折，明天绕大弯。可是，人们大都喜欢选择两点之间最短的路线，结果的情形是，男人看姑娘，姑娘看姑娘，人人都看橱窗。间或出现一两个奇装异服、行为怪僻的人。像《蝙蝠》①剧中法尔克博士那样——法尔克博士扮成一个硕大无朋的蝙蝠，舞会后，在光天化日之下走过大街回家——"使所有街头顽童大为开心"。

我为路上的行人设计了一种新颖的消遣方式。我应该怎么称呼他们呢？叫"走街串巷者"②吧，当然不行，而"散步者"这个词现在已经是指轻便童车。法语中的"flaneurs"③当然最确切，但在法国以外的地方用，听起来不免有矫揉造作之嫌。不管称呼什么吧，反正是一种消遣方式，它有益无害，不花分文，这就是：别老用眼睛去注意人家，而要用耳朵去听。我不是要你去监听，或者从头至尾、一字不漏地偷听别人的谈话，我完全不是这个意思。这个游戏的要点是，抓住人家谈话时从耳边一飘而过的半句话，甚至几个字就行了，然后自己发挥想象力。街上的行人交谈起来常常很随便，决不会想会给人听到，因此，他们会说出往往最荒诞不经、最让人记得住的话。如果你恰巧从旁经过，常会听到几句表面像是毫无意义，其实十分有意思的话。

50年代有一天，我在梅迪逊大街停下来，等着亮绿灯好过马路。这时，有两个男人走到我的一侧，两个姑娘走到我的另一侧，当时我心里有事，根本没想听他们讲什么。正当红灯换绿灯时，一个男人对另一个很认真地说："咱们还可以从瑞士再搞到一百万。"而两个姑娘中的一个咯咯笑着说："后来，她又嫁了另外那个男人！"余下的内容就靠你自己去补充了。又有一次，在49大道和派克大街的路口，一个大胖子（几乎附在我耳边）说："成千上万块保险金，这下连一个钢镚儿都不值了！"过了一会儿，一个模样很俊，但显得心烦意乱的母亲弯腰对一个约摸5岁的小男孩说："不过，亲爱的，你的两个爸爸都爱你呢！"有时，一鳞半爪、稍纵即逝的谈话比这些更为直截了当些。声音大得像卡车把一满车砂石倾倒进坑道里："兴许会犯法，但不是办不到。"（在47大道和第6大街的路口）一个温和得像甜食果冻一样的声音说："穿羊皮贴身内衣，老天爷，那不像头戴呼吸器的潜水员吗！"（在52大道和第3大街的路口）

说外国话的人，一般都自以为他们的讲话谁也不懂。我认识一位女士，她是在阿根廷出生长大的。她再不肯坐纽约的地铁，因为她无法忍受那些男乘客用他们以为她听不懂的西班牙语对她的长相和体形评头品足。一个星期天，我散步到联合国大厦附近，看见一对风度优雅、40出头的夫妇迎面走来：他们衣着讲究，派头十足，一望而知是外交界人士。他俩悠闲自在，漫步徜徉着，处于无人打扰的平静中。然而，就在他们走到我的身边时，男的忽然转过脸，对着女的几乎是愤怒地说道："¡Dinero! ¡Dinero! ¡Siempre dinero!"④——"钱！钱！老是钱！"可那女的连头都没歪一下。

一旦你的耳朵适应了捕捉人们谈话中的片言只语，那么几乎不管你在哪里都可以玩玩这个游戏。一天，我在伦敦工人区闲逛，随便进了一个小酒店。刚推开转门，便听到一阵哄堂大笑。我正要吩咐来一杯浓淡合宜的啤酒，话未出口，就听一人大声说："老山姆这家伙真怪！那天他光着身子，下面只系那么一条病气带，就跑到考文特花园去散步了！"

---

① 《蝙蝠》：系约翰·斯特劳斯的小歌剧，剧中人法尔克博士扮成蝙蝠，在舞会上睡着了，第二天早晨尚未卸装，就被赶出来，不得不在光天化日之下走回家。

② 走街串巷者：英语 street walker，意为妓女。

③ 法语，闲逛者。

④ 西班牙语，意同下句译文。

鸡尾酒会上，也不妨试试这个手段，难是难点，不过值得一试。通常，在我刚刚被莫名其妙地介绍和一个妇人相识后，总是一边听她眉飞色舞、滔滔不绝地谈话，一边支起耳朵，听我的前后左右发出的四五个不连贯的句子。比方说，她正在告诉我林肯中心的根本问题是什么，与此同时我还听见别人在讲"……他跟她讲，他要把她宰了，他险些真的干了……"或者"……欠出版界所有人钱……"，等等。

荷马有个经久不衰，被人用滥了的比喻："生着翅膀的语言。"上述的那些只言片语就长着翅膀。它们宛如蝴蝶在空中飞来飞去，趁它们飞过身边一把逮住，那真是件乐事。有的蝴蝶也许带刺，但那刺决不是为你准备的。

（欧阳昱　译）

不自由，毋宁死

〔美国〕帕特里克·亨利

主席先生：

人在怀着希望的时候总容易陶醉于幻想。我们老喜欢闭着眼睛不看痛苦的现实，而在倾听赛壬的歌声，直到她把我们变成了牲畜①为止。可是，为自由而进行着艰苦伟大的斗争的有头脑的人们难道也能这样做么？我们愿意成为那种连跟自己的现实解放有着密切关系的问题都视而不见听而不闻的人么？

就我说来，无论会遭到什么精神上的折磨，我都希望明白事情的全部真相，哪怕是最坏的真相，以便采取对策。我只有一盏指路的明灯，那就是经验的灯。要预测未来，除了借鉴于过去之外，别无他法；而在借鉴过去的时候，我倒很想明白英国政府十年来的所作所为究竟有什么东西足以证明先生们所喜欢用以安慰自己和议会的希望。

难道是对我们最近提出的要求的那个阴险难测的微笑么？不要相信它，先生；它最终会证明不过是布置在你脚下的罗网。不要让你自己被一个吻出卖掉②。请问问你自己，在接受我们的请求时所表现的这种宽厚慈祥的样子，跟密布在尹酬门的水域上和威胁着我们的陆地的战争准备如何协调？难道海军和陆军竟是进行爱与和解的工作所不可缺少的么？难道是因为我们表现得太不肯和解，为了赢得我们的爱非诉诸武力不可？

别再欺骗自己了吧，先生。那都是战争和征服的工具，是国王们最后的辩论手段。请问，先生们，这样的兵临城下的局面如果不是威逼我们投降，又是为了什么？先生们还能指出什么别的动机么？难道大不列颠在世界的这一片地方还有什么值得它这样调集海陆两军的敌人吗？

没有，先生们，完全没有。这都是针对我们来的；不可能是针对别的什么人。他们是被派来

---

① 作者在这里把希腊神话里的两个女妖搞混了。赛壬（Siren）是以歌声迷人使舟子覆舟的女妖。把人变成畜牲的女妖是赛西（Crse）。两个故事都见史诗《奥德赛》。

② 《圣经》故事。叛徒犹大出卖耶稣是用一个吻来向抓耶稣的人作暗示的。

把英国内阁长期锻造的锁链在我们身上捆紧钉牢的。我们能用什么东西来对付他们呢？

争辩吗？十年来我们一直在争辩。难道在这个题目上我们还能讲得出什么新鲜的道理么？没有了。我们已经把这个问题的一切可能的方面阐述完了，可是毫无作用。

我们还能再去乞讨，再去卑躬屈膝地请愿么？难道我们还有什么词句没有用尽么？

我请求你，先生，别再自我欺骗了。风暴正在袭来，先生，我们曾经尽一切可能想躲开它。我们曾经请求过、抗辩过、请过愿，甚至匍匐在王位面前，乞求它的干预，乞求它制止内阁和国会的暴虐的手。

可是，我们的申请得到的是轻视，我们的抗议带来的是更多的暴力和侮辱；我们苦苦哀求，却没有谁理会，倒是被从王座前面一脚踢开了。没有用的，在经历过这一切之后我们难道还能陶醉于和平和和解的不切实际的希望么？再也没有什么可希望的了。

如果我们想要自由，如果我们想要保持我们长期为之斗争的权利不受侵犯，如果我们不打算卑鄙地放弃多年来进行着的高尚的斗争——我们曾经保证不达目的誓不罢休的光荣斗争，那么，我们就必须战斗！我重复一句，先生，我们必须战斗！目前唯一的出路便是诉诸武力和诉诸万军之主的上帝！

有人告诉我们，先生，我们太弱了，无法和这样庞大可怕的敌人作斗争。但是，我们要什么时候才会强大起来呢？是在我们全部缴械，每家门口都站上一个不列颠的士兵的时候么？难道老是举棋不定，无所作为，我们就能聚集起力量来么？难道一味沉溺于骗人的幻想，躺着不动，直到被敌人捆住手脚，就能创造出有效的抵抗手段么？

先生，只要我们能恰当使用上帝交给我们使用的一切自然的条件，我们并不弱小。在我们这样的国度里，为神圣的自由的事业而拿起武器的三百万人是征服不了的，无论敌人派来什么样的部队。

何况我们并不是孤军作战：我们有上帝，他主宰着一切民族的命运，他会唤醒朋友来支援我们。战争并不仅仅属于强者，它也属于机智、活跃、勇敢的人。何况我们已经全无选择的余地。即使我们卑劣到还想退却的地步，也已经太晚了，来不及了。除了投降与奴役，我们已经无处可退！我们的锁链已经铸就，在波士顿的原野上已经可以听见它的叮当之声。既然战争已经躲避不了，那就让它来吧！我重复一句，先生，让它来吧！

先生，要想避免事态扩大已经不可能了，先生们可以高叫"和平，和平"，可是和平早已不复存在，战争实际上已经开始！下一次狂风从北方卷来的时候，我们的耳里就会听见铿锵的刀剑之声！我们的弟兄们早已经在战场上，我们为什么还站在这儿无所事事？

先生们想得到的是什么？他们能得到的是什么？难道生命如此宝贵，和平如此甜蜜，非用锁链和奴役作为代价来换取不可么？全能的上帝啊，这是不能容许的！别人做什么打算我不知道，可是我自己的态度是：给我自由，否则给我死亡！

（孙法理　译）

穷亲戚

[英国]查理斯·兰姆

穷亲戚——是一种浑不似的人物,这是一种叫人厌烦的交往,——一种令人反感的亲近,——一种使人良心不安的因素,——这是当你事业兴旺如日方中之时,偏偏向你袭来的一片莫名其妙的暗影,——这是一种不受欢迎的提醒,——一种不断重现的羞辱,——一种度用的靡费,——一种对你尊严的无法忍受的压力,——这是一种成功之中的缺憾,——一种发迹之时的障碍,——一种血缘里的污染,——一种荣耀中的瑕疵,——这是在你长袍上的一道裂痕,——在你欢宴中突然出现的一具骷髅,——这是摆在阿加索克里斯面前的一只陶罐①,——这是坐在朝门当中的末底改②,——这是躺在你门前讨饭的癞子③,——这是一头狮子,恰恰蹲在你的路口上,这是一只蛤蟆,在你的卧室里跳来跳去,——这是在你的眼睛里掺入的一粒尘埃,——在你的圣油里落下的一只苍蝇,——这使得你的仇敌们为之得意,——为此,你却要向朋友们辩解,——这是一种可怜无补之事,——收获季节偏来一阵冰雹,——一磅蜜糖之内却加一两酸醋。

一听那敲门声,就知道是他。你心里嘀咕道:"这一定是某某先生。"他那剥啄之声,介乎亲昵与恭敬之间,似乎巴望着受到一场款待,而又觉得凄然无望。他进门时笑容可掬——可又忸怩不安。他把手伸出来要跟你握——可又缩了回去。他在吃饭时间似乎漫不经心来访——恰恰碰上座无虚席。他见家里有客,即刻告退——可是禁不住一劝,就又留下了。于是,他坐进一把椅子,而某位客人的两个小孩就被安顿在旁边一张小桌上。一般会客日他是不来的,虽然你的太太带着几分得意的口气说道:"亲爱的,某某先生恐怕是要来的吧?"哪些天有谁的生日,他倒从不忘记——只是总要表白一番,说什么他碰巧遇上了这么一个好日子。他声明自己是不吃鱼的,而且桌上的比目鱼也太小了——然而,经不起再三敦促,他只好勉为其难地吃下去一块,把他原来的决心推翻了。他除了葡萄牙红酒本来滴酒不沾——然而,如果别人硬要他尝一下法国葡萄酒,他也只好把剩下的一杯一饮而尽。在仆人们的眼里,这个人是难解之谜——对他不宜过分巴结,可又不得无礼。客人们心里也都纳闷:"这一位好像过去在什么时候见过。"人人都在猜测他的身份,多半把他当成一个看风使舵的人。他对你总是直呼教名,以此暗示他跟你姓的是一个姓④。他愈是尽量跟你攀亲套近,你就愈感觉到他内心的忐忑不安。如果他那种亲昵劲儿只用上一半儿,别人或许只当他是一个偶然出现的食客,要不,他的脸皮再厚一点儿,别人也就根本看不出他到底是何许人。他身份低微,不像一个朋友;架子又大,不同于寄人篱下之

---

① 阿加索克里斯,公元前3世纪时西西里岛的暴君,他的父亲是一个陶匠,对于这种"微贱出身"他不愿回顾,自然避讳陶罐之类的东西。

② 末底改,《圣经》中的人物,王后以斯帖的养父。当犹太人受到迫害,末底改就身披粗麻布,蒙上灰尘,坐在朝门口表示抗议。

③ 癞子,原文为拉撒路,是《福音书》中所说的在财主门口要饭的乞丐,"浑身生疮"意译为"癞子"。

④ 姓一个姓,意思是说跟主人是本家亲戚。

士。作为客人，他还不如乡下来的佃户。别人打牌，叫他凑一角，他以囊中羞涩为由，推辞了——可是把他抛闪一边儿，他又闷闷不乐。客人们要散的时候，他自告奋勇去叫车——可还是让一个仆人去了。他记得你的祖父，冷不丁地提出一件讨人嫌、不足道的什么故家琐闻来。据说，这回事他早有所知，那时候这个家还不像"老拙今日有幸所见"的这么红火兴旺。他爱回忆往日的光景，进行一番他所谓的——大有好处的对比。在祝贺中语带贬刺，他细细盘问你置办家具的价钱，特别可气的是他尽在那里夸你的窗帘买得好。他还发表高见说：新咖啡壶外形虽然美观，究不如往年破茶壶用来方便——这一点，请君切记才是。他断言：如今府上有了自己的马车，自然便当多矣——还请你太太说说到底是否如此，然后，又询问你们家的纹章在小牛皮纸上可曾印好；还说他孤陋寡闻，最近才知君家的标徽乃是如此这般的一种图案①。他的回忆都是这样的不合时宜；他的恭维之中别有含意；他的谈话引起你的不安；他坐下来又不肯走；所以，他刚刚挪窝，你就急忙把他坐的那把椅子搬到墙角里，觉得自己身上好像放下了两个包袱那样松了一大口气。

世界上还有一种灾难，叫人更受不了，那就是——女的穷亲戚。对于男的穷亲戚，你还可以想想办法遮丑；但是，对于贫穷的女亲戚，可就简直无法可想。对于男的，你可以说："他是个老怪物，穿得破破烂烂，都是装的。其实他的家境比别人想的要好得多。诸位都喜欢在餐桌上有一位怪人来做陪客，而他正是这么一个怪人。"可是，女人是从来不肯装穷的。无论哪个女人，绝不会由于任性而在穿戴上有失自己的身份。真相总要泄露，含糊不得。"她明明跟兰家有亲戚嘛。要不然，她干吗总待在他们家里？"很可能，她是你妻子的堂姊妹。至少说，情况八成如此。她的衣着介乎上流妇女和乞丐之间，而前者还明显占着上风。可是，她那低声下气叫人厌烦，她那自惭形秽过分刺眼。有时候，男亲戚成为"主妇之累"，对他的势头倒需要压一压；女亲戚呢——想抬举她也没有用。用餐时递给她菜汤，她却求你先让诸位先生用罢再说。某某先生请求和她对饮一杯；她犹豫了好一阵儿，还拿不定主意究竟该喝红葡萄酒还是白葡萄酒，最后才选定了白葡萄酒——只因为人家喜欢这个。她对着仆人称"先生"，说什么也不肯麻烦他为自己端着盘子。女管家竟成了她的保护人。她把钢琴叫做键琴，小孩子们的家庭教师断然出来纠正她的错误。

戏里的理查德·阿姆莱特先生②是一个好例子，说明那种认为"近亲即是好友"的空幻观念能使有志之士陷入多么不利的地位。这位先生跟那位家产巨富的小姐之间横隔着一层荒唐可笑的门第障碍。他的好运气一直被一位老太太的慈祥母爱所打断——她成心捣乱，非把他叫做"我的儿狄克"不可。不过，到了最后，她总算对他所受的屈辱给以补偿，原来似乎一直非把他打下底层才心满意足，终于还是把他捧到了显赫的上层。但是，并非所有的人都像狄克那样能屈能伸。我认识一位实际生活中的阿姆莱特——他缺乏狄克那样嘻里哈啦的脾气，但却实实在在地陷入底层之中。可怜的小威③跟我在慈幼学校同年级上学，拉丁文学得不错，是个有出息

---

①　以上的种种表不，都是旁敲侧击，暗示这家主人是一个暴发户，而暴发户也最怕知情人揭他的老底。

②　理查德·阿姆莱特（小名狄克），是 18 世纪英国戏剧家凡布卢所作喜剧《同谋》中的一个人物。他的母亲是一个卖脂粉和妇女零星用品的小贩，但他为了追求一个富商的女儿，冒充为上校，而母亲又和这家富商有密切来往、结果闹出种种笑话。最后他与富商女儿结婚，他母亲资助他一大笔钱。

③　据考证，作者在这里说的"小威"，实际上是他在基督慈幼学校的同学约瑟夫·法弗尔。法弗尔在慈幼学校毕业后，以工读生资格入剑桥大学读书，因不堪歧视，愤而参军阵亡。

的小伙子。要说他有什么毛病的话，那就是心高气傲。不过，他那骄傲是于人无伤的，并非由于天性冷酷把不如自己的人都不放在眼底下，而只是防护着自己，不容他人任意贬损而已。那仅仅是把自尊自重的精神加以充分发扬，而对于他人的自尊心、不但不去侵犯，而且还希望每个人也像自己一样把它好好地保持着。在这个问题上，他巴不得人人都和他看法一致。我们长成了半大小伙子，在假日常常一块儿外出。我们是一对高个子，穿上慈幼学校的蓝色制服，在街上显得有点儿不顺眼，京里人又爱刨根问底挖苦人，为了避开人们注意，小威总叫我跟他一起走背街，穿小巷，钻死胡同，我不肯，为此我们吵过多少架！后来，小威就带着一肚子这样委委屈屈的心思到了牛津。在那里，庄严神圣而又妙趣无穷的学者生涯吸引着他，卑微的入学身份又刺激着他，使他对于学府发生了强烈感情，而对于世俗社会则怀着深深的反感。他穿上了工读生①的长袍（这比慈幼学校的制服更不体面），觉得好像是尼萨斯那件浸满毒液的小衫②紧紧地箍在自己的身上。他感到自己这一身打扮荒谬可笑。其实，在他以前，拉蒂默③也曾穿着工读生的袍子意态昂然地走来走去，胡克④年轻时不但穿过这种服装，而且以此为荣，还可能带着一种未可非议的气派向别人得意洋洋地夸耀哩！这一贫寒学子，不是藏身于校园的绿荫深处，便是孑然独处于幽室之内，只求避开他人的耳目。他的安身立命之地，一在书籍中，因为书籍决不欺侮一个好学青年；一在学术钻研，因为学术也不去追问他的家财若干。他做自己书斋的主人，对于书籍王国以外的事统统不管不问。勤奋好学使他精神得到抚慰，愁闷得到排解，因此身体也就得到复元。可是，当他身体差不多完全健康起来的时候，那反复无常的命运却对他进行了第二次更为严重的狠毒打击。在此以前，小威的父亲一直在牛津附近某地干着油漆房屋的微贱营生。这时候，大学里传说要动工修建，他把家搬进市内，希望学院的头头们能对他照顾一下，雇他干点儿活计。从此时起，我就在小威脸上看出他似乎暗中下了什么决心，而这种决心后来终于把他从书斋生涯中永远地夺走了。在我们大学里，方帽学士和市井之徒（尤其是市民当中的买卖人）界限划分得极严，不容混淆，若教不明底细的外人看来，那简直苛刻得难以置信。而小威的父亲的脾气又跟儿子截然相反。威老头子个子矮小，忙来忙去，是一个逢人就巴结的生意人。即使儿子在旁边陪着，他碰见随便哪个身穿大学袍服的角色，也都立即脱帽，右脚退后，行一个鞠躬礼，——他一点也不理会儿子对他使眼色甚至公开劝阻，哪怕见了跟小威同斋房的学生，说不定也同样是工读生，都一律点头哈腰，行礼不迭。这种状况自然不能长期继续下去。小威若不离开牛津去换换空气，就得憋闷而死——他选择的是前一条道路。古板的道学家把孝道抬高到一个了不得的程度，大概会骂小威有背为子之责——那就让他去说吧，这种人是不会了解这一场斗争的。反正，我和小威站在一起——在我和他相处的最后一天下午，我们一同站立在他父亲寓所的屋檐之下。老威的房子坐落在从牛津大街通向某个学校后门的那条小巷深处。小威陷入深思，似乎心情平静下来。我见他情绪好转，胆子也大了，拿他家门前那一幅传道艺师⑤的画像跟他开玩笑——那是他父亲看到生意渐渐兴隆，特意镶了一个漂亮的框子挂在他那

---

① 工读生，即半工半读上大学的贫寒子弟，他们做一部分校役工作，穿的衣服也和一般学生不同。
② 据希腊神话，半人半马怪尼萨斯临死时，把浸染着他的毒血的衬衫交给赫库力士的妻子，后来赫库力士穿上这件衬衫，终被毒死。
③ 休·拉蒂默(1490—1545)，英国主教，曾在剑桥上学。
④ 理查·胡克(1554—1600)，英国著名神学家。
⑤ 据基督教传统，路加，即《第三福音书》的作者，是画匠艺师的保护者，因此被油漆匠奉为祖师。

真有点儿堂皇气派的店铺门面上,一方面点缀一下兴旺气象,一方面也是向他那神圣的保护者表示感恩之意。可是,小威抬头看看路加圣像,像撒旦①似的,"一眼认出那镶金的招牌,便逃得无影无踪"。次日清晨,一封信留在他父亲的桌上,宣称他已接受某团的委任,即将起航开到葡萄牙去。不久,他跟其他人一起,第一批在圣赛巴斯提安城下阵亡。

谈论这个题目的时候,我一开始并未抱着一本正经的态度,可是,不知怎么回事,谈着谈着,却提起了这件叫人难受的事情。不过,穷亲戚这个话题,本来内容广泛,一说起来,既能联想起喜剧事件,也能联想起悲剧事件,要想分得一清二楚、不相混淆,是颇不容易的。关于这方面,我还留下一些早年的回忆,说起来倒确实不会叫人难受,也不会叫人觉得耻辱。小时候,每逢礼拜六,在我父亲那不算十分讲究的餐桌旁,总坐着一个神秘人物——一位神情忧郁、面貌清癯、身穿简朴的黑礼服的老先生。他少言寡语,严肃极了,我在他面前不敢弄出一点儿声音。而且,我也根本不想吭声,因为大人有话:我对他只能恭恭敬敬,一声不响。为他特别备下一把扶手椅子,别人谁也不能占用。每当他来的那一天,还要摆出一种特别为他做的甜布丁,那是其他日子根本没有的。我想象,他可能是个大富翁。有一点,我倒真正弄清楚了:不知多久以前,他和我父亲在林肯市②同学,他家在敏特③。我知道,世界上的钱都是在敏特那个地方造出来的——而他,我认为,就是所有这些钱的主人。他的出现还跟关于伦敦塔④的可怕念头交织在一起。他好像从来无疾无病,无情无欲。只有一种庄严的忧郁笼罩着他。在我心目中,似乎由于某种不可解说的命运注定,他一出门就得穿上他那套黑色的丧服,永远不得改变;说不定他是每到礼拜六就从伦敦塔里放出来的犯人——某个高贵人物。所以,我常常觉得奇怪,这位客人一到,大家都对他恭恭敬敬,只有父亲胆子那么大,谈起了他们年轻时候的事,争论起来,竟敢不断反驳他的话。原来,在那古老的林肯市(正如多数读者所知),居民的住宅有的建在山顶,有的筑在平地。此种明显差别把家住山上和家住平原的学生(尽管他们都在一个学校里求学)截然分为两派,这就在这些年轻的法学家之间养成了相互敌对的习惯。我父亲本是山上派的首领,他到说话这时候仍然坚持说,那些山上少年们(即他自己那一派)无论在本领方面还是胆略方面都要比那些山下少年们(当时如此称呼)高出一筹——而他这位老同学当年乃是后一派的头头。于是,围绕这一题目,多次发生激烈的争执——这时,那位老先生才显露了本色——旧怨重新撩起,有时候简直又要动武(我倒盼望着见识一回)。不过,我父亲不屑于硬要人家承认自己的优势,所以,总是想法儿把话题巧妙地一转,改为赞美那座古老大教堂⑤,——对于它,山上居民也好,平原居民也好,都有共同的好感,认为它胜过不列颠岛上所有其他的礼拜堂;既然在这一点上大家能够达成和解、取得一致意见,那么,那些次要的分歧也就不妨搁下不管了。只有一回,我看见这位老先生动了真气,而且我还记得那时候有一个痛苦的念头掠过自己心上:"恐怕他再也不会来了吧!"事情是有人劝他再吃一盘儿布丁——这种食品,我刚才说了,只要他一来,就一定要给他摆出来的。他几乎是声色俱厉地说过不吃了,可是我那姑母,一位老林肯人,跟我表姐

---

① 撒旦,即魔鬼。
② 林肯市,英格兰的林肯郡首府。另外,伦敦有一所林肯法学院。作者在这篇文章里把两者混在一起用了(又当地名,又当学校)。作者在随笔中常常采用真真假假互相杂糅的写法。
③ 敏特,意为造币厂。
④ 伦敦塔,在古时是英国国王拘禁国事要犯的监狱。
⑤ 指伦敦的西敏大寺(威斯敏斯特大教堂)。

勃莉吉特脾气一样,有时在不该殷勤的时候偏偏十分殷勤,说了这么一句叫人难忘的话来劝他:
"再吃一块吧,比利特先生,你不见得天天都能吃上布丁呀!"老先生当时啥也没说——可是那
天晚上一直找碴儿出气,恰好碰上他们两人之间发生了什么争执,于是他就狠狠地说了一句话,
这句话使得举座失色,就在此时,我把它写下来的时候还觉得寒心——他说:"你这个娘儿们,真
是老废物!"约翰·比利特此番当众受辱之后,不久就去世了。不过,在他还在世的时候,我总算
有机会看出来:他跟我们家又讲和了;而且,如果我没有记错的话,后来又有一块新做的布丁被
小心翼翼地端到他的面前,以代替原来惹他生气的那一块。他死于敏特(时为一七八一
年)——在那个地方,他靠着一笔独立的收入,过了很久的在他说来还算舒舒服服的生活。他过
世之后,在他那张老式的书桌里找到了五镑十四先令一便士的钱——这是他留下来的,其意若
曰:感谢上帝,他总算出得起自己的安葬费,不欠任何人一文钱。这也是——一位穷亲戚。

(刘炳善 译)

远处的物体为何令人喜悦

〔英国〕哈兹里特

远处的物体令人喜悦,首先是因为这些物体含有一种空间和大小的概念,其次是因为它们
不是距离太近,逼着我们非看不可,我们便可以用朦朦胧胧的幻想色彩来装点它们。眺望那些
远连天际、云雾缭绕的山峰时,我们心里仿佛意识到在这段距离中间有着可以随意想象的和令
人感兴趣的种种事物;同时,我们还可以幻想出各式各样的冒险情节,竭力把我们的希冀和愿望
送进那空中楼阁,或在那楼阁之外再去"发现新的土地、河流和群山";于是我们的感情便超越
了自身的局限,剔除了粗俗的内容,剥去了无价值的外表,从而获得净化和扩充,化为温柔,变得
优美,具有非人间的气质,并带有天空的色彩。我们一面啜饮着面前的空气,一面又从近似虚无
的物体那里借来一个更美妙的生命。在景色从我们呆滞的目光下消失不见的地方,我们就用难
以形容的美好形象填补那毫无景物的一片空荡,并在模糊的远景上面涂上希冀的、愿望的和更
迷人的恐惧的色彩。

啊,希望! 你的眼睛是如此公平,

你测量喜悦的尺子究竟是什么?

那尺子仍悄悄在耳边把快乐应允,

一见远处的可爱景色就热烈欢迎!

凡是感觉和知识不能达到的地方,凡是观察得不完全的地方,我们的想象就会在那里从容
不迫地加以补充和贯通;除掉当时当地外,我们的激情还会把其余一切据为己有,并张开翅膀把
一切覆盖,在那上面打下自己形象的印记。激情乃是无限空间的主人,而远处的物体所以令人
喜悦,就因为那些物体是位于激情的统辖范围之内,而且是通过激情的接触而幻化成为多种形
状的。我幼小的时候住在一个可以攀登高山顶峰的地方,那些蔚蓝山巅在落日霞光下呈现出的

美景经常引诱我望眼欲穿,巴不得登山漫游一番。我终于把我的计划付诸实现。走到近处一瞧,我发现那些闪烁的霞光所织成的空中幻影原来是一堆堆硕大无比、笨重不堪、变了色的泥土。通过这件事,我(部分地)懂得了应该留着"雅罗河不曾访问"①,并对美好事物的梦想不要徒劳地去打扰!

时间的距离也具有跟空间的距离完全相同的效果。毫不奇怪,幻想即使把各种记忆形式统统抹掉,也要对未来的远景涂上它认为最好的色彩。时间会把痛苦的刺拔掉;我们的悲哀经过一段时间会常常沉浸在思考和激动的环境中,因而"破坏了它自身的性质";我们从原先的印象中保留下来的一切莫不是自己所希望的那种样子。不仅是我们面前尚未攀登过的陡坡,还有我们过去经历过的粗糙难看的大片土地都会马上恢复其使人的眼睛受骗的力量金黄的云彩不久就停留在它们头上,幻想的光芒又会把它们荒芜的两旁装饰一新!就这样,我们又继续前行,与此同时我们的生和死的两端都接触到了天国!人的心中对美好的事物怀有"一股强烈的倾向"(姑且这样说吧),一切物体都在人的心里飘荡浮游,而且难以觉察地跟随着一同前进;尽管我们在人生的航程中遭受到巨大的挫折,碰上岩石和水银,但是"世事的起伏总有一个高潮"②,心灵中总有一个翻腾不息的追求目标,借助于它我们生命的破船及其碎片,"带着撕毁的船帆和用具"便能顺水漂流到我们愿望的海港去躲避灾难!在爱情的所有问题上,我们总是凭自己的意志行事;所以,在不顺心的遭遇所形成的压力一旦消除之后,我们的心马上就会从那对象上撤回,并且恢复原来的弹性,于是它又能跟美好的形象再度结合,因为美好的形象是心的本质的一种反映和表现。如果从远距离来看,从流逝的岁月的远景来看,一桩极普通的事经过无数次回忆的增补和丰富之后,会变得十分有趣;而一桩痛苦的事经过时间的中断和软化之后,则会得到缓解。任何事物出乎意料地让我们回想起往日的情景及有关的一切,都会使我们的心感到多么吃惊啊!都会使我们产生多么大的渴望啊!真巴不得一步就跃过其间的距离!我们是多么恋恋不舍并力求恢复我们当日留下的种种印象啊!

强烈的想象往往具有这种本领!③

实际上,我们是将自己的愿望强加在自己身上,而愿望是什么连自己也不知道。这是一种狡猾的手段,一种奇怪的欺骗,借助于它我们除了在具体的某个时刻自以为是某个人外,还可以乐意做我们曾经做过的一切人,从而重新再现我们的生活。吸引我们的注意力、"挂在我们跳荡的心房上"的,并非那在远方微微闪光、行将熄灭的小黑点儿;激起我们心里所有骚乱和苦恼的,乃是把我们跟小黑点儿分隔开来的那段时间,那个令人不寒而栗的时间界限。"温和的欲望"和无限的懊悔"纷至沓来",一齐跳进我们生活中的这个巨大缝隙里。正是这个对照,这个今昔不同的变化,那半熄灭的回忆便增强了它巨大的力量,能够把感情的大厦从幽暗的地基上升起。在凝视回忆的最远边界时,我们往往忽视了自己所处的方位,而在想象中重新踏上生命的旅程。所以,事情就是这样:在青春年少时,我们迫不及待地追求成年时期的目标;而在悄然离开舞台时,我们又竭力收集那些曾给天真的童年时代带来欢乐的玩具和花朵。

在我幼年时候,父亲经常带我去瓦尔沃斯的蒙彼利埃茶园。如今我还去那里吗?不去了;

---

① 华兹华斯 1803 年写的一首诗的题名。
② 莎士比亚《裘力斯·凯撒》第 4 幕第 3 场,见《莎士比亚全集》(8).人民文学出版社,1978 年版,第 284 页。
③ 莎士比亚《仲夏夜之梦》第 5 幕第 1 场,见《莎士比亚全集》(2).人民文学出版社,1978 年版,第 352 页。

那个地方已经荒芜,茶园的边界和园内的苗圃已经毁掉了。这么说来,难道没有什么办法能

> 再度恢复过去的时光,
> 草儿青青,花朵儿鲜妍?①

啊,有办法。我把锁着的记忆之盒打开,把大脑的看守人拉回来;我童年时代到处游荡的景象依旧保存在那里,色泽也从未褪去,或者说色泽更加鲜艳。我心上会产生一种新的感受,恰如在睡梦中一样;而且还出现一种更浓郁的幽香、更艳丽的色彩,令我眼花缭乱;我的心也由于满载着新的幸福而跳动不已;我又成了一个小孩。我的种种感情全是光滑的、整洁的、内感的、漂亮的,因为它们穿着甜蜜的外衣,打扮得像节日一般华丽。在我明亮的眼睛里看见了那些飞燕草苗圃;高高的蜀葵,有红的也有黄的;一大片向日葵开着金黄的葵花,蜜蜂在周围飞来飞去,嗡嗡叫着;茫茫一片的石竹,火红的芍药;快要结籽的罂粟花;披着糖衣的百合,色泽暗淡的木樨草,这些全都排列得整整齐齐,要怎样生长就怎样生长;还有黄杨木形成的边界,砾石铺砌的道路,漆得五颜六色的凉亭,糖果蜜饯,雪糕——我想我现在正红光满面地瞧着这些东西呢;或者,在我这样描绘时,它们是否早已渺无踪影了?那可没有关系;它们会在我很少想到它们的时候自动回来的。当时所见到的一切,树木啦、花卉啦、草坪啦、赏心悦目的处所啦,我觉得似乎都是"从我天真无邪的第一个花园"里借来的——是从记忆的床上偷走的后嗣。就这样,我们童年时酷爱的东西,在后来岁月的眼里看来,又会光芒四射,并由于我们心里曾第一次对它们表示欢呼而具有最甜蜜的馨香,

> 就像微风吹拂一丛紫罗兰,
> 发出轻柔的声音,
> 一面把花香偷走,一面把花香分送!②

如果说我喜欢花园的话,那我同样也喜欢菜园,原因也是相同的。要是瞧见一排的菜,或一排豌豆,或一排蚕豆在苗壮成长,我立刻就会联想到,过去在威姆,一天工作结束之后,每当傍晚我就去十分细心地浇灌蔬菜的情景,同时也联想到,当我看到它们在晨光初照下叶子低垂着的沮丧样儿,心里就感到一阵悲痛。

还有,每当我看见小孩的风筝在天空中翱翔的时候,总觉得那风筝在拉扯我的心。对我来说,风筝可是"一件有生命的东西"。我如今仍能感受到胳膊一阵阵的酸痛和心房焦急不安的跳动,因为我当时手里放着线让风筝高高飞入云端时就有这样的感受。那时候,小小的希望和惧怕都随着风筝一起飞往天空了;风筝简直成了我当时感觉的一部分,如今也仍然是如此。我幼年时的这个游戏伙伴,我早年回忆里的这个孪生子,看来就好像是"大自然的快乐之子"。关于幼儿娱乐的话题,我本可以再加以扩展,不过利·亨特先生在《指示者》杂志上一篇关于首都玩具店的玩具生产一文中对此已发表了非常精辟的见解,因此,如果我执意再来议论一番的话,那就只会被人看作是一个对那位机敏而悦人的作家的模仿者,而且还是个水平不高的模仿者。

声音、气味,间或还有口味,比起看得见的物体,让人记得更为长久,而且在联想的链条上也许还是一个更好的环节呢。道理似乎是这样的:这些感觉就性质而言是断断续续的,并且相对

---

① 华兹华斯《水生颂》第10节,引文与原诗略有出入。
② 莎士比亚《第十二夜》第1幕第1场,见《莎士比亚全集》(4)。引文中将 sound(声音)误为 south(南方)。

说来并非经常出现;而看得见的物体却总是明摆在我们眼前,它们接二连三不断出现,便把彼此都排挤出去了。眼睛总是睁开着的,在某一特定的印象与其第二次出现之间,恐怕早已有五千多个其他印象铭刻在我们视觉和大脑上了。其他的感官却没有如此积极或机警。它们参与活动的次数是不多的。比如说,耳朵经常受到寂静的光照就比受噪声的干扰要多些,而打破寂静的那些声音一旦进入我们心里便要深刻些和持久些。基于这个道理,我对某些气味、口味和声音比对仅仅看得见的形象具有更生动、更鲜明的回忆,因为气味等等较为新颖,而较少被经常的重复所磨损。任何两个印象,若其间没有穿插进其他事物,那么不论时间分隔得多久,它们似乎也能自然而然地衔接起来;那个重新被记起的印象会在毫无骚扰或毫无竞争对手的情况下把前一印象鲜明生动地追忆出来。我嘴里至今仍有伏牛花浆果的味道,这些浆果曾在北美隆冬季节悬挂在外面的雪地里,而这事距今已有三十年;因为在这样长的时间里我完全没尝过其他浆果的味道。那滋味便独自保留下来,几乎就像第六感官所获得的印象。但那浆果的颜色却跟许多其他浆果的颜色相互混杂,毫无区别,所以,我无法在其他浆果中把它区分出来。砖窑的气味能证明它本身独具的特征,而这种气味对于我(由于有特殊的联想)却并不难闻。相反,砖屑的颜色较为普通,而且很容易跟其他颜色相混,所以,拉斐尔未曾把这种颜色跟他所画的皮肤颜色加以区别。我不能说我们对人的嗓音比对人的面孔这个复杂的图像具有更完整的回忆,但我认为突然听见一个十分熟悉的嗓音比忽然瞧见那人的面孔有着更动人和更惊人之处。也许这确实是因为我们对嗓音比对面孔有着更熟悉的记忆,所以根据这个道理,嗓音便令我们更为吃惊。我完全不能肯定,(一般说来)我们从其他感官所获得的印象也恰如从看得见的形体所获得的印象一样准确和一目了然,而我主要意思是说,属于我们其他感官所产生的种种感情,一旦偶然被回忆起来,总是独立而完整地保存着。音乐的声音所以具有感人的和浪漫的效果,多半就是因为这里所讲的这个道理。假如经常都是同一个声音,那就会变得平淡无奇,正如我们发现那讨厌的嘈杂声的情况一样,经过一段时间我们就充耳不闻了。我不知道谁人的处境比一个瞎眼的提琴手还要可怜,他只剩下一种感觉(如果把闻鼻烟的嗅觉①除外),而这种感觉早给自己拉出的讨厌的音响弄得麻木不仁或震耳欲聋了。莎士比亚说:

　　恋人的声音在晚间多么清婉!②

　　有人在解释这一节时曾指出,这是因为在大白天恋人们忙着欣赏互相的面容,只有到了晚上才能分辨出彼此的声音。事情怎么会是如此,我不知道,可是以前却听见过一种声音,它打破了寂静,

　　　宛如许多天使发出的声音,

它那抚慰人心的性质赋予月光下的夜空以一种魔力,以致刚露头的幼芽一听见它的音调就颤抖不止。我多么想再一次听见那声音悄悄把安宁与希望来倾诉(就像它以往曾跟春天的气息相混合一样),并以其柔和的跳动叫长着翅膀的想象飞升到天堂。然而那声音已经止息,或者已经离开到我不复能听见它的地方去了!——由此我们也可以明白,牧羊人吹奏的田园芦笛的魔力是什么;为什么我们在图画中也能听见他仿佛在向他的羊群吹奏着曲调。我们的耳朵竟能受想象

---

　　① 见威尔基油画《瞎眼的提琴手》——原注。
　　② 《罗密欧与朱丽叶》第2幕第2场,见《莎士比亚全集》(8)。

力的驱使！记得有一次在索尔兹伯里平原上沿着一条溪流边缘漫步闲游，溪流两旁生长着杨柳和潮湿的蓑衣草，溪水经过之处正是平原上盖有房舍的浅山谷之一，因为以往年代曾有僧侣在此设立了一些小教堂，并修建了一些供隐士居住的小屋。附近有一个小教区的礼拜堂，但是高大的榆树和叶片颤动不停的白杨树把它遮掩着，使人无法看见。所以，忽然间管风琴响亮的琴声伴合着村民们的歌唱以及乡村少女和儿童的志愿唱诗班的合唱一齐传入我的耳鼓，真叫我大吃一惊。那歌声响起来时的确"像浓郁的香精散发出的香味"。一千个牧场上的露珠儿全凝聚成了它的温柔圆润；一千年的沉默都通过歌声得以尽情倾诉。它像死亡的安静之美进入了人心；"幻想"听见了歌声，而"信仰"则乘着它升至九天之上。它像雾气一样弥漫在山谷，而且不停地倾泻出永无休止的曲调；至今它仍然在我耳际鸣响，让我笼罩在黄金般的沉醉之中，而将人世间的一切喧嚷统统淹没！

费恩先生在《意识论》一书中论及我们的视觉印象与其他外部印象都比较显著这点时有一段奇特而有趣的议论，我将随着他的议论从这种欢喜欲狂的境界又再降落到常识和简单推理的土地上来。他刚在上一段中提到"要说视觉比起粗糙的感官来必然会留下更加生动和持久的印象，那么没有什么比这个说法更不真实的了"，接着就举出许多事例来支持自己的论点。他说：虽然这里一一列举了视觉的优越性，但我认为一个人终于会先把成年时期的熟人以及其他许多自己曾留心过的可见的物体统统忘掉，然后才会把难以忘怀的童年时代或以后时期所遇到过的普通味觉和嗅觉忘掉，这是毋庸置疑的。

……

我在结束本文这个题目时还要指出一点：（在我看来）跟人们愈接近、愈熟悉比跟地点或事物的熟悉更有一种不同的和有利的效果。后者需要隔着一段距离，效果方能增加（这几乎是一条普遍的规律），而前者，至少一般而言，对我们愈亲近、愈贴心，效果则愈佳。传闻或想象很少会使我们对一个人估计太高，以致在介绍和他见面时我们会大失所望，因为偏见和恶意经常把缺点夸张到失实的地步。只有无知才会产生大怪物或妖魔，因为我们真正熟悉的人都是些非常普通的人。问题在于：本来是一桩道听途说或纯属猜测的事情，我们却把自己不喜欢的那人的具体恶习加以抽象化，或对他某个具体的品质或职业表示忿恨。可是每个人都是具体的存在，而非任意呼唤的名称或绰号；除掉我们先前在想象中用以填充他们的肖像或漫画像的那个可诅咒的特征外，他们还有无数其他的品质，好的、坏的、或不好不坏的。我们不大可能对自己认识的每个人皆不喜欢。

一位锐敏的观察家曾埋怨道，假如有一个人是他所特别厌恶的，而他也巴不得让那人看出这一点，但当他终于跟那人坐在一起时，他的敌意马上就被事先未曾料到的事态给解除了武装。如果说那人是《评论季刊》的评论员，那他在其他方面跟任何人也没有差别。再假如说，你的对手原来是个丑八怪或独眼龙，那么在这一点上你已经输了，因为他并不是你原先所料想的那个人，一个属于你的抽象憎恨和极端厌恶的对象。他也许是个非常讨厌的家伙，但是他已不复跟原先一模一样。如果你走进一间屋子，里面有个人，你通常会发现那人的脸上有个鼻子。"那儿有同情心！"仅仅这么一想，就会把你那毫无根据的轻蔑加以转移。他傻里傻气的，一言不发，可是他放声大笑的时候，似乎显得颇有头脑。过去你以为他是个普通的辉格党员或托利党员——然而他谈论的话题却是关于其他的事。你早知道他是个恶毒的党派作家；可是如今发现这人本身不过是一种十分温顺的动物。他并不咬人。这是很耐人寻味的事。总而言之,你不明白这究竟是怎么一回事。甚至截然相反的缺点也能相互抵消。

一个人在同伴当中可能十分活跃,但他本人却索然寡味;因此,仅仅为了显得唐突无礼,你也不能真心地厌恶他,尽管你企图这样做。他是个无赖呀。就算是吧。一经跟他更为熟悉起来,你就会知道你过去所不知道的事他还是个傻瓜呢,所以你也就原谅他了。另一方面,他也许是个挥霍无度的社会名流,而且对此丝毫也不隐讳;可是他跟你握手时十分热情,他对仆人说话十分客气,他赡养着上了年纪的双亲。撇开政治不谈,他不失为一个非常老实的人。有人告诉你某人的脸上长着痈,但你亲眼所见却证实他脸色灰黄,而且苍白得像鬼一样。这虽然于事无补,却把嘲笑的锋芒磨钝,并使你心里对造谣者非常反感;不过他乃是某某,一家苏格兰杂志的编辑,所以你依然保留着原先的态度。

我对匿名的批评不很喜欢;我需要知道作者究竟是谁,不过一经知道也就满意了。某某甚至把自己的真面目暴露无遗也很不错嘛。我们感到害怕和憎恶的仅仅是假面具,而其人倒可能还有几分人性呢。总而言之,我们从远距离眺望,或凭别人的片面介绍,或凭猜想推测而形成对人的概念,乃是简单而不复杂的想法,这种想法根本与实际情况不符;我们从经验中所形成的想法才是混合型的思想,这是唯一真实的、一般说来也是最为有利的思维方式。我们并不是赤裸裸的丑陋畸形,也不是抽象的十全十美——

　　这两个毫无缺陷的怪物,世人从未见过——

"人生就像一匹用善恶的丝线交错织成的布;我们的善行必须受我们的过失的鞭挞,才不会过分趾高气扬;我们的罪恶又赖我们的善行把它们掩盖,才不会完全绝望。"[1]这是很久以前一位深谙人性的优点和缺点的人士[2]所讲的话,他讲得真实而巧妙。然而这话的涵义却是以宗派、党派及绰号进行分类而感到骄傲和自夸的哲学家所应该懂得而尚未懂得的啊!

　　　　　　　　　　　　　　　　　　　　　　　　　　　　　　　　（沙铭瑶　译）

散　步

〔美国〕梭　罗

几个月前我去观赏了莱茵河宏大辽阔的画幅,那仿佛是一场中世纪的梦。我顺着史迹处处的河流而下,徜徉在比想象还要美好的景物中。我从罗马人建立起、又经历代英雄修葺过的桥梁下面通过,也从城市和城堡下面经过。它们的每一个名字在我的耳里都像音乐一样好听,每一个名字都是一个传说的主题。有我从历史书上知道的厄伦布莱茨泰因城堡、罗兰塞克和柯布棱茨[3]等。最令我感兴趣的是废墟,从废墟的流水上、从它藤萝纷披的山峦和峡谷上,似乎隐隐

---

①　莎士比亚《终成眷属》第4幕第3场、见《莎士比亚全集》(3),人民文学出版社,1978年版,第376页。

②　指莎士比亚。

③　三个地方都是莱茵河上的古迹。

有乐声飘起,是十字军正要向圣地进发,在跟故土告别。我一路漂流,沉醉在魔法里,仿佛已被带回了一个英雄的时代,呼吸着骑士精神的空气。

不久以后,我又去观赏了密西西比河宏大辽阔的画幅。当我带着今天的眼光溯流而上,看到汽船拖着木材上行的时候,当我数着新建立的城市、注视着诺伍①的新废墟、看到印第安人横过河流西行的时候,当我正如前不久遥望摩塞尔河②上游一样遥望俄亥俄河和密苏里河的时候,当我听到杜布克③的传说和威诺纳④的峭壁的传说的时候,我都缅怀着过去,思索着现在,但想得最多的还是未来。我看到密西西比河成了另一条莱茵河。城堡的基础正待修建,有名的桥梁正待跨过河流;我感到今天便是英雄时代的本身,虽然我们并没有意识到,因为今天的英雄是最朴素最默默无闻的人们。

……

我所说到的西方⑤不过是蛮荒的另一说法。我打算阐明的是:为了维持这世界,野性是需要的。每一棵树长出纤维来,它追求的是野性;城市不惜一切代价运进的是野性;人们耕耘土地驾驶船舶也为了野性;滋养身体的补药和树皮来自野外。我们的祖宗是野蛮人。罗慕洛士吃狼奶长大的寓言⑥不是没有意义的。每一个后来的名城的建造者都是从类似的野蛮的乳头吸取乳汁的。因为帝国的子孙不是狼奶喂养大的,所以被北方森林的狼奶喂大的子孙取而代之了。

我要搬到渺无人烟的荒野里去住,那儿有鸫鸟的歌声,我已经渐渐熟悉了那儿的生活。

非洲的猎人康明告诉我们,大羚羊和许多其他品种的羚羊刚被杀死时,毛皮里会散发出一种非常美妙的森林和草原的香气。我希望每个人都像野羚羊一样,每个人都是大自然的一部分。他的身子也要这样散发出芬芳,向我们的感官宣告他的存在,让我们想起他经常出没的那一部分大自然。用捕兽机捕捉野兽的人身上发出的麝香鼠的气味就比通常从商人或学究的皮袍上发出的气味好闻得多——我这话并没有讽刺的意思。当我打开他们的衣橱,翻动他们的衣服的时候,那里没有东西令我感到他们去过草原或开花的草地。我想到的只是他们经常出没的尘灰飞扬的交易所和图书馆。

晒黑了的皮肤应当受到极高的尊重。也许橄榄色比白色是更适合于人类的颜色,因为那是森林居民的颜色。非洲人可怜白人,称之为"苍白的人",对此我并不感到奇怪。自然科学家达尔文说:"在一个塔希提⑦人身边洗澡的白人,就像在旷野里蓬勃生长的绿树旁的一棵被园丁培养得苍白无力的植物。"

本·琼生惊叹道:

> 白皙的东西多么近于善啊!

我也要说:

> 野性的东西多么近于善啊!

---

① 伊利诺斯州地名。
② 德法边境上的一条河流。
③ 密西西比河上一个古老的印第安城市。
④ 伊利诺斯州中部城市名。
⑤ 指北美的西部地区。
⑥ 罗马神话:罗慕洛士和雷慕士在母亲里娅·西尔维亚死后,由一条母狼拾去喂养大,以后罗慕洛士建立了罗马。
⑦ 塔希提:南太平洋波里尼西亚群岛中的一个岛屿。当地人是棕种人。

生命存在于野性之中。最有生命力的是最有野性的。没有被驯服过的野性能使人耳目一新。不断前进的、永远劳动不息的人,迅速成长的对生命有无穷的追求的人永远会发现自己生活在一个崭新的世界之中,在荒野之中,周围是生活里的原始材料。他在原始森林里盘根错节的枝干上攀缘。

在文学里只有野性的东西才吸引人。沉闷只不过是驯服的别名。在《王子复仇记》、《伊利亚特》和在学校里学不到的经卷和神话中,使我们喜爱的东西正是那没有受到文明影响的、自由的、野性的东西。正如大雁要比家鸭飞得快而且长得美丽一样,野性的思想——思想的大雁也飞得更快,长得更美。它在沼泽地里纷纷洒落的露珠中振翅飞翔。一本真正的好书应是顺乎自然的,却又出人意料的、难以描述的漂亮完美,有如在西方的草原或东方的丛莽中发现的一朵野花。天才是一种亮光,它能照明黑暗,有如电光的闪动,它说不定会粉碎知识的殿堂。它不是点燃在民族的壁炉上的蜡烛,一经普通的白昼的光照,就苍白失色。

英国文学,从唱游诗人的时代到湖畔诗人①的时代——乔叟、斯宾塞和弥尔顿,甚至包括莎士比亚,他们所唱出的调子也并不是很新鲜的、野性的——我指的是从这个意义上讲的野性。英国文学就本质上讲是驯服的文学,文明化了的文学,反映的是希腊和罗马。它的所谓荒野,不过是一片绿林;它的所谓野人,不过是罗宾汉。它有大量的对大自然的衷心的爱,但是大自然本身却不多。英国的编年史告诉我们,它的野生动物是什么时候灭绝的;但是没有告诉我们,它的野人是什么时候灭绝的。

洪波尔特②的科学是一回事,而诗是另外一回事。今天的诗人尽管掌握了许多科学的发现和长期积累的知识,但他所处的地位并不比荷马优越。

表现自然的文学在哪儿? 能把风云和溪流写进他的著作,让它们代替他说话的人才是诗人。能把词语钉牢在它们的原始意义上有如农民在因霜冻融化而高涨起来的泉水里钉进木桩一样的人才是诗人。诗人使用词语,更常创新词语——他把根上带着泥土的词语移植到书页上。他们的词语如此真切、鲜活、自然,好像春天来到时花苞要开放一样,尽管躺在图书馆里霉臭的书页中闷得要命——是的,尽管在那儿,也要为它们忠实的读者逐年开花结果,按自己种族的规律,跟周围的大自然声气相通。

我很想引用一些恰当地表现了对野性的渴望的诗歌,但我找不到。从这个角度谈去,最优秀的诗歌也是驯服的。我不知道在哪儿去寻找,在什么文学里去寻找,无论是古代的,或现代的。我找不到任何关于我所认识的自然的满意的叙述。你可以看到,一切的文明,无论是奥古斯都时代也好,伊丽莎白时代也好,都不能给我我所要求的东西。神话倒是最接近于它,至少希腊神话如此。它所植根于其中的自然不知道要比英国文学肥沃多少! 神话是旧世界③的土壤肥力耗尽以前的果实,那时想象和幻梦还没有受到枯萎病的影响,在它的原始活力没有减弱的地方它仍然结着果实。所有其他文学的寿命都像掩映我们房舍的榆树一样,而神话却像西印度的巨大龙树。它跟人类一样古老,而无论人类的寿命如何,它的寿命也将和人类的一样漫长,因为其他的文学的衰朽会形成使它蓬勃生长的土壤。

西方正准备在东方④寓言之上加上自己的寓言。恒河流域、尼罗河流域、莱茵河流域都已

①　湖畔诗人:指英国的浪漫派诗人华兹华斯、柯勒律治和骚塞,以居住在湖畔得名。
②　亚历山大·冯·洪波尔特(1769—1851):德国科学家、探险家和作家。
③　梭罗此处指的"旧世界",是欧、亚、非大陆,尤其特指欧洲。
④　这里东、西方的概念是地理的概念,东方指东半球,即欧、亚、非大陆,西方指美洲。

产生了它们的果实，我们等待着看亚马逊河流域、普拉特河①流域、奥里诺柯河②流域、圣·罗伦斯河③流域能产生出什么东西。说不定随着时间的流逝美国的自由也将成为古老的虚构的故事——正如目前它在一定程度上也是虚构的故事一样——那时世界各国的诗人也会从美国的神话里得到灵感。

简而言之，一切好的东西都是野性的、自由的。音乐的乐曲，无论是乐器演奏的或是歌喉唱出的，例如夏夜的号角，它的野性都令我想到野兽在它们生长的森林里的叫声——我这话并无讽刺的意思。我对它们的野性十分理解。让野性的人而不是驯服的人做我的朋友和邻居吧。野蛮人的野性不过是善良的人和恋爱的人彼此接近时的庄严慑人的野性的微弱象征。

我甚至喜欢看家禽家畜要求它们天生的权利——我喜欢看到它们最原始的野性习惯和活力还没有完全泯灭的迹象。例如当我的邻居的母牛在早春季节逃出了牧场的时候。它勇敢地在那二十五到三十杆④宽的河里游着，那河里流着寒冷的、灰白的、为融化的积雪泛涨起来的春潮。我看到那就是野牛在横渡密西西比河。母牛的这一壮举在我眼里给牛群增加了尊严——我本来就尊重它们。本能的种子还保留在牛群和马群的厚厚的皮肤下，像种子保存在大地的肚腹里一样——它将永远地保存下去。

家畜凡有欢跃的表示都被人看做是不正常的。有一天我看见大约一打公牛和母牛跑来跑去，它们不那么灵便地撒着欢，像一头头大耗子，甚至像小猫。它们晃动着脑袋、翘起尾巴，在小山坡奔上奔下。我从它们的犄角和动作看到它们和鹿科动物的关系。但是可惜，如果"喔哇"一声高叫传来，它们的情绪就会立即冷却，从野生动物重新降成肉牛，腰部和筋肉僵硬了，变成个行走的机械。除了魔鬼谁曾向人类发出过这样的"喔哇"之声！的确，畜群的生活也像许多人一样，不过是机械地活着而已。只要它们稍一逾越规矩，人便带上他的家伙半途迎上去；鞭子所到之处，牛立即像中了风一样，僵住了。对于牛的肋部所动的念头，谁敢动到猫科动物⑤矫捷灵活的肋部上去？

我很高兴马驹和小公牛不经过制服就不肯成为人的奴隶。在成为社会的驯服成员之前，人类自己也有一段野性难驯的时期。毫无疑问，并不是所有的人都可以成为文明的顺民的。因为大多数人都像羊和狗一样，从娘胎里带来了驯服便去戕贼不驯服者的天性，使他们降低到同样的水平，这是没有理由的。大体相同的人禀性有差异，这造成了他们之间的千差万别。如果只用以达到一种低级的目的，那么，无论谁都差不多，甚至完全一样。但是，要用于高级的目的，就须注意个体的优异本质了；如果是用来站在洞口挡风，当然什么人都可以。但是要做像这篇论文的作者这样不平常的工作，换个人就不行了。孔子曰："得虎豹而鞣其皮，与鞣犬羊之皮何异。"⑥文化的真正任务不在使老虎驯服，正如不在使绵羊凶暴一样。鞣制老虎的皮来做鞋并不是老虎的最佳用途。

（孙法理　译）

---

① 在美国中部。
② 在南美委内瑞拉境内。
③ 在美国和加拿大的边境。
④ 一杆等于 5.0292 公尺。
⑤ 猫科动物包括许多凶猛的野兽如虎、豹等。
⑥ 见《论语·颜渊》原文为："文犹质也，质犹文也。虎豹之鞟，犹犬羊之鞟。"鞟是去了毛的皮革。译者此处表述有出入。

谎话卡片

〔德国〕图霍尔斯基

谎话腿短,许多女人也腿短,当然这并不说明什么。许多谎话为什么会大白于天下呢?

这是因为绝大多数说谎者的记性不好。说谎的人必须要有很好的记忆力。"你刚才说……"往往就是这么开始,然后可怜的担惊受怕的丈夫赶紧接碴,因为女人们总是要求具体实情,丈夫必须为旧的谎话接上一个新的。这对他往往是不太容易的。作为一个上了年纪、经验丰富的说谎者,我也只能说:我的所有谎话最终都败露了,因为我没有时时处处留神当心。女人们总是非常留心……

消除这一失误是值得的。为此目的,也许可以这么做:谁要是说谎话,他就要自己做一套谎话卡片,这样他至少可以知道自己已经说了多少谎话。比如说,假如有人星期二说,他在一家大银行开有户头,这就会很引人注意,而他星期五又突然得支付许多钱……这就有些不大相称。并非任何人都具有下面提到的那个女人的沉着镇定。她丈夫在她的床上找到了一副——如果允许我这么说——男裤背带。他大声嚷道:"你有一个情夫!"受到伤害的妻子庄重地回答:"首先我没有情夫,其次他也不用裤背带。"看来说谎也是要专门训练才行。

说谎必须前后一致,而说真话则可以断断续续。当然也可能会出现真话不为人信的情况,真话有时也是相当离奇的。说谎必须前后一致,首先,说谎者要仔细记住说过什么,而且要一个对上另一个。因此,在卡片上要这样登记:

"14日对莉莉说过,很小时就通过了游泳测验。""昨天在定期聚餐时声称会说英语。"诸如此类。至于复杂的谎话,如经营情况、因吃醋而编造的瞎话、党内计划等等,就更得做卡片了。做这项工作要特别小心,要是没有经过周密计划,最好就先别着手进行。

尤其重要的是那种所谓的"礼节性谎话"的卡片,这种谎话构成全部谎话的百分之一百零一。遗憾的是,很少有人纯粹因为喜欢说谎而说谎。众所周知,奥斯卡·王尔德也曾抱怨过说谎的衰败。说谎是一种艺术,一种伟大的艺术——现在有些人只会乱说一通……

光有卡片自然是不够的,还要对着镜子练习,说谎是用嘴,但首先要用眼睛,这是一件重要的事情。眼睛要闪烁、发光,还要眨一眨——这是很不容易的。对着镜子练好之后,卡片将有助于避免绝大多数说谎者都会犯的一个错误:说谎太多。他们说得太过分。一切都过于精确了。说谎少一些,尽量少谈想要隐藏的东西。这样才能走得最远。

就我而言,我是没走多远的。我说:"昨晚我在协会。"老婆则接着说:"真奇怪,你怎么没有一起被烧焦。"我说:"您送给我的那本书真吸引人。"作者则接着说:"请原谅,我因一时疏忽,错将一本旧菜谱给了您。"我的卡片毫无用处。因此,我已经习惯于强调说真话,但结果是,人们根本就不再相信我的话。真正被相信的只有谎话。

谎话卡片 D、R、G、M,至少是袖珍版本的,每个人都应该带在身边,它们会使你免去许多尴尬的场面。我也有一套,可惜昨天忘在朋友那里了,现在我想开始一次理应享受的长期休假——城里的空气对我实在不宜。

（蔡鸿君　译）

说吧，记忆

〔美国〕弗·纳博科夫

　　它们在经过，飞逝，飞逝，匆匆的岁月——用一种撕裂灵魂的贺拉斯式屈折来讲。岁月在经过，我亲爱的，很快就没人会知道你我知道的是什么。我们的孩子在成长；帕埃斯图姆，雾气迷茫的帕埃斯图姆的玫瑰，已经凋谢；头脑呆板的傻瓜们在修补和篡改自然的力量，温和的数学家似乎已将这预演过，令他们自己暗中吃惊；因此也许是到了检验古老的快照、列车与飞机的洞壁画、鼓鼓囊囊的橱柜里玩具的岩层的时候了。

　　我们还要回溯得更远，到1934年5月的一天早晨，并且恭敬地把柏林一个地区的图样标识在这固定的一点上。我正在那个地方，在上午五点，从拜恩林广场附近的产科医院步行回家，在这之前几小时我把你送到了那里。春日的花朵在一家出售镜框和彩色照片的商店的橱窗里，装饰着兴登堡和希特勒的肖像。"左派"的麻雀群在郁金香与菩提树上举行响亮的晨会。一派澄澈的黎明完全揭开了空街的一侧。另一侧，楼房望过去仍是寒冷的蓝色，各种各样长长的阴影渐渐被缩短，用的是年轻的白昼在一座修饰一新、清扫一新的城市里接替黑夜的平淡方式，在这里，遮荫树木汁液丰富的气味下面、有沥青马路的浓重气味，但对我来说，这件事的视觉部分显得十分新鲜，就像用某种不寻常的方式来置放桌子一样，因为在这以前我从来没有在黎明见过那条特殊的街道，尽管，另一方面，我时常在阳光和煦的傍晚经过那里，怀里没有孩子。

　　在那不太熟悉的时辰的纯净与空泛之中，阴影投在街道错误的一侧，以一种并非不优美的颠倒之感投下它，像一个人看见一家理发店的镜子里映出的橱窗，那忧郁的理发师在磨他的刮胡刀时侧身向它凝视（他们在这样的时候都是这么做的），而被框在那被反映的橱窗里的一段人行道把漠然的行人的队列调转到相反的方向，进入一个抽象世界，它突然间不再有趣，并释放出一道恐惧的激流。

　　每当我想起我对一个人的爱，我惯于从我的爱——从我的心脏，从一个私人事件的温柔核心——画出半径，画到宇宙的遥远得难以置信的地点。有什么东西在驱使我去把我爱的意识与不可想象不可计算的东西相比，诸如星群的行为（正是它们的遥远显得是一种病态的形式），永恒的可怕陷阱，未知后面的不可知，无助，寒冷，空间与时间令人厌恶的错杂迷离与互相渗透。这是一个有害的习惯，但我对它无能为力。这可以与一个失眠者的舌头控制不住的轻弹相比，它在他口腔的黑夜里检查一颗崎岖的牙齿，这样做挫伤了自己，但它仍旧坚持不懈。我曾认识一些人，他们在偶然触碰到某物——一根门柱，一段墙壁——后，只有经过手与屋子里各个物体的表面的某种十分迅速而有系统的接触过程之后，才能回到一种平衡状态。这无法抑止。我必须知道我站在何处，你和我的儿子站在何处。当那缓慢的行动，爱的无声爆炸在我体内发生，打开它溶化的边缘，用比任何想象得到的宇宙中物质与能量的积聚巨大得多，持久得多的某种东西的感觉来将我压倒,那时我的思想只能掐一下自己看它是否真的醒着。我只有列出一份迅速的宇宙清单,就像一个人在梦中试图用认清他在做梦来宽恕他处境的荒谬;我只有让所有的空间、所有的时间加入我的情感、加入我尘世的爱,以便除去它凡尘的边界,以此来帮助我抗击在一个有限存在中发展起了一个感觉与思想的无限这样一种完全的堕落、荒谬和恐惧。

因为,在我的形而上学中,我是个坚定的非联邦主义者,讨厌穿过神人同性乐园的组织旅行,所以我听从我自己的、并非微不足道的智慧,在我想到一生中最好的事情的时候;在我,就像现在,回顾我对我们的宝贝几乎像苦娃达①一样的关切的时候。你记得我们作出的发现(大概所有父母都作出过):你静静地展示给我看的那只小手的微型指甲完美的形状,它像岸上的海星一样躺在你的掌中;四肢与脸颊的皮肤质地,关切被以一种黯淡的、远离的情调引向它,仿佛触摸的轻柔只能以距离的轻柔来回报;某种游动的、倾斜的、难以捉摸的东西,在虹膜那黝黑泛蓝的色彩周围,它似乎仍保存着它所吸收的古老,幻想的树林的阴影,那里飞鸟多于老虎,果实多于荆棘,那里,在某个斑驳的深处,曾诞生了人的思想;尤其是,一个儿童进入接下来的一维,进入眼睛和目力所及的物体之间新建立的关系的第一次旅行,搞生物统计学或做老鼠迷宫生意的家伙们认为他们能够解释它。我忽然觉得思想诞生的能够获得的最近的复制品是那种惊奇的刺痛,它随着那精确的时刻而来,当一个人凝视着一片嫩枝与树叶的丛莽,猛然察觉到曾经看似那树丛的一个自然组成部分的东西,竟是一只伪装得令人惊叹的昆虫或飞鸟。

也有深深的快乐(归根结底,科学的事业要产生什么别的呢?)在于解开人的心灵最初的盛开之谜,办法是假设在自然的其余部分的生长中有一个耽于声色的停顿,一种闲荡与虚掷光阴,它首先允许了诗人的形式——没有它智者就无法获得进展。实际上是"生存搏斗"!战斗与劳作的诅咒将人引回到野猪,到咆哮的野兽对觅食的疯狂冥顽。你与我时常注意到一个家庭主妇诡诈的眼睛里狂热的闪光,在一家杂货店的食品之上或在一家肉铺的陈尸所各处飘荡。世上的辛劳者们,解散吧!古书错了。世界是在一个星期天创造的。

(杨　青　译)

十月湖上

〔英国〕贝　慈

十月的木叶已经簌簌落满湖上。在晴朗无风的日子里,它们成千上万地停留在此刻业已色泽转暗的水面;这无数黄色小舟般的落叶大多为白杨树叶,纷纷不停地从那些即使在无风天气也颤动不已的高树之上淅淅沥沥地飘落下来,但是遇上雨天或是雨后,它们便又被飘得无影无踪,于是,除了那在盛夏时节宛如翡翠似的盏盏瓷盘把湖面盖个满当、而如今色作橄榄黄的睡莲残叶之外,这时湖上是一片利落。就连不少睡莲也已不在;那在蓓蕾时期有如浪里金蛇似的一

---

① 一种原始风俗,在婴儿初生时,父亲躺在自己的床上,好像他本人在经受分娩的痛苦和照管婴儿,他还要绝食,净身或遵守各种各样的戒律。

种色黄头细的水草以及茂密的芦苇也都稀疏起来,它们被风霜编织成了许多凌乱的篮篓似的汀渚,这里的大鹬松鸡一听到什么陌生者的响动便溜到那底下去躲藏。

长夏之际,在这片到处是莲叶的世界里,大鹬与松鸡往往过着一种不胜其困惑迷惘的日子。它们找不到可以自由游泳的地方,于是整天整天可以看见它们在这片睡莲深藏的水面空隙之间小心翼翼地徐图前进,不时把头歪歪低低,对这片绿叶世界深感惶惑,正如在冬天时候对于冰天雪地感到的那样。这时偶尔遇到稍清净的水面,它们马上就活跃多了。湖面很长,除其中两处小岛外,大体连成一片。湖上的鸟儿兴致来时往往发狂似的参差其羽,翻飞水上,那起飞降落恍若无数细小而激动的水上飞机。相比之下,那些野鸭的步伐——而且速度也迅速得多,便几乎颇形威武。它们着陆时——一些雄鸭脖颈处闪耀着色如浓绿锦缎般的光泽,那神气大有哪个飞机中队于其长期在外飞行之后初次胜利归来之势。

钓鱼一事则只有等到时序进入夏末才有可能。久旱之后,水面浅而且清,深黝黝的游鱼可以成批看见,这是出来晒太阳的,但羞怯易惊,不易捕捉。只有等到晚间,当天气已经转凉,水色变暗,湖面也为露水鱼群的银色舞蹈不断划破时,这当儿,才有可能钓着几条,也许一条初生的鲈鱼,或比沙丁还小的石斑会噙上了钩,这整个时期,特别是在晴朗炎燠的早晨,个大的梭子鱼往往会露出湖心,一二十个一群,状若黑色电鲻,着迷般地呆在那里,偶尔才大动一下,在水面上漾起丝丝涟漪。

说来奇怪,这里一切水上的与水周围的生物几乎都和这湖水有关。除了那在湖畔赤杨树下踟蹰不安的一只孤零的鹡鸰,或在十月午后从岛上横掠湖面引颈长鸣的鸥鸪以外,这里的一切鸟类生活大都属于水鸟生活。白嘴鸭似乎很少到这里来,燕八哥也是如此偶尔可以瞥见一只鸽子从水上鼓翼而过,飞入树林;甚至连海鸥也属于田畴上的禽类。但是野天鹅春天时却常到淡黄色的芦苇丛中来筑巢,另外有两只高大的苍鹭每天好在这表面有水的草地上往来踱着,一遇声响则奋力地把头翘起。鹬鸟常翻跹于附近沼泽中色状如棕色翎羽的苔丛之间,有时一只翠鸟也以魔术闪电般的快速啄着横过最狭窄水面的赤杨影下的阴暗树篱。但有时,而且在很长的工夫之内,这里又既无生命也无声息。湖面慢慢寂静下来,再没有鱼跃来打破这种沉默,大鹬不再啼叫,连树叶在这死寂的十月空气中也停止了颤动飘落。猩红色的浮子开始呈现在这看上去滑腻如脂的水面之上。

在这种宁静晴和的日子,这里的色泽真是绚烂之极。湖的南岸,白杨、赤杨、槐木以及七叶树等迤逦不绝,氤氲溟濛,完全是一片橄榄黄和青铜色的漠漠水帘。樱桃、梨子繁茂的果园一团火红,它那低垂的橙黄光焰早已颖颖透出一带几乎光净的秋柳之外。橡树依然苍绿,但挺立在远处的山毛榉却赪如赤峰。至于湖面上的种种奇颜异彩,更是姿媚跃出:岛上生满榅桲,虽仍郁郁青青,但树间嘉实累累,恍如千万盏金灯,只是无人前来采撷罢了。

(高 健 译)

关于记忆与忘却

〔墨西哥〕胡·何·阿雷奥拉

先生们,我是大萨波特兰人。那是个很大的镇子,一百年前它变成了我们的古斯曼城。但我们继续做平民百姓,仍叫它萨波特兰。那是一个种植玉米的圆形谷地,群山环绕,除了四季如春的气候,没有其他装饰;一抹蓝天和一池湖水,它轻轻地荡漾,像舒缓的梦一样。从五月到十二月,见得到田地里生长得齐刷刷的玉米。有时,我们叫它萨波特兰·德·奥罗斯科,因为画风粗犷的画家何塞·克莱门特①出生在那里。作为他的同乡,我为自己出生在一座火山脚下感到遗憾。关于火山,除了那个画家以外,我们镇子的山志学里,还有另两座高峰:名叫科利马②的雪山,尽管整个山坐落在哈里斯科③的土地上。这座火山早已熄灭,冬天的冰雪装点着它。但是另一座是活火山。一九一二年,它的灰烬笼罩了我们,老人们至今还满怀恐惧地记得那次轻微的、庞贝城式的经历;大白天变成了黑夜,所有人都以为世界末日到了。不谈更早的情况,就在去年,我们简直被刚刚渗出的熔岩、震耳的喷涌声和数不清的气孔吓坏了。在这一现象的招引下,地质学家们前来问候我们,给我们量体温,测脉搏,我们请他们喝用番石榴、柠檬汁等调制的混合甜酒,他们用科学计划使我们镇静下来:我们枕头底下的这颗炸弹要么今天夜里爆炸,要么在未来一万年间的某一天爆炸。

我父母生养了十四个儿女,我排行第四。感谢上帝,他们现在还活着讲这事。正像诸位看到的,我不是一个娇生惯养的男孩。在我的心灵里,阿雷奥拉家的人和苏尼加家的人像狗一样继续着不信教者与虔诚教徒间古老的家庭纠葛。前者和后者似乎在久远的过去被巴斯克族的共同渊源连接在一起。但是,作为幸运的混血儿,他们的脉管里不仅静静地流淌着造就了墨西哥民族的血液,也融入了一位不知怎样来到他们中间的法国修女的血液。有些家史最好不去讲述,因为我的姓氏消失在西班牙塞法尔迪人④中间或在他们中间赢得神圣的尊敬。谁也不知道我的曾祖父堂胡安·阿巴德在自己的名字上加上阿雷奥拉,是不是为了洗刷皈依天主教的最后标志(阿巴德,源自阿巴,阿巴是阿拉米语⑤父亲的意思)。诸位不必担心,我不会在这里画一幅世系图,也不是要从巴德的抄写员起理出给我带来平民血统或私生女托雷·德·克维多的名字的家谱。但是我的言语中有高尚之处,有诺言。我直接来自两个非常古老的家族:就母系方面来说,我是铁匠;而从父系方面看,我是木匠。由此我对语言产生了如同匠人酷爱手艺活般的热情。

我生于一九一八年的《福音书》作者圣马太的纪念日和圣女伊菲赫尼娅日,恰逢西班牙流

---

① 西哥画家,全名为何塞·克莱门特·奥罗斯科(1883—1949)。
② 科利马,墨西哥地名。
③ 哈里斯科,墨西哥地名。
④ 塞法尔迪人,指散居于世界各地的西班牙犹太人的后裔。
⑤ 阿拉米语,古代西亚通用的语言。

行性感冒蔓延成灾,我降生在鸡、猪、山羊、火鸡、牛、驴和马群中间。我正是跟着一头自己从畜栏里跑出来的黑羊羔迈出了生命中的最初几步。这便是绵绵不绝的痛苦的前因。它使我个性鲜明。它把牵连着全家人的神经机能症的先兆集中在我身上。幸运也好,不幸也罢,那种先兆没有能变成癫痫病或精神失常。那头不祥的黑羊羔依然紧随着我,我觉得自己的脚步发抖,犹如被一只神话中的猛兽追赶的野人那样。

像几乎所有的孩子一样,我也上过学。由于确实合理但我不能讲述的原因,我没能继续下去:在地方上一片混乱地反对取缔教会①的革命中,我度过了童年时代。教堂和教会学校皆遭关闭。我,神父先生们和躲藏起来的修女们的子侄,不应进官方学校,除非违反天主教教义的宗教信条。我父亲,一个善于摆脱困境的人,没有送我进地下神学院或政府的学校,而是直截了当地让我开始工作。这样,我十二岁那年便到装订师傅堂何塞·玛丽亚·西尔瓦的车间当学徒,后来又进了切波·古铁雷斯的印刷所。在那里,我深深地爱上了作为手工艺品的书籍。另一种爱,对文章的喜爱,产生得更早,那源于我敬重的一位小学老师的作品:幸亏何塞·埃内斯托·阿塞维斯,我才知道,除了商人、小业主和农民,世界上还有诗人。在此,我应该说明一下:我父亲无所不能,经过商,办过工厂,开垦过农田(总是小规模的),但是一无所成:他有诗人的心灵。

我是自学成材的,这千真万确。十二岁时,我在大萨波特兰读过波德莱尔、瓦尔特·惠特曼和我采用的风格的主要创始者:帕皮尼②、马塞尔·施沃布③,以及其他大约五十位比较著名的作家的作品……我常听民间歌曲和俏皮话,我非常喜欢听乡下人的交谈。

从一九三〇年至今,我从事了二十多种行当……我当过沿街叫卖的商贩和记者,搬运工和银行收款员,印刷工人、喜剧演员和面包师。诸位想得到的,我都干过。

如果在此提一提改变我命运的人,是不公平的。路易·朱维特来瓜达拉哈拉时,我认识了他,二十五年前他带我去了巴黎。那次旅行是一场梦,想要再经历一次是徒劳的;我曾登上法兰西喜剧院的舞台,扮演过听命于让一路易·巴洛尔、拜倒在玛丽·贝尔石榴裙下的安东尼和克莱奥帕特拉的苦役船上的赤身奴隶。

从法国归来后,多亏安东尼奥·阿拉托雷帮忙,经济文化基金会接受我进入它的技术部,他是把我作为语言学家和语法学家介绍进去的。做了三年的校对清样、译文和原稿的工作后,我的名字出现在作者书目中(《几种发明》,一九四九年在特松特莱出版)。

最后说一件令人难过的事。我一直无暇搞文学。不过,我在所有可能的时间里奉献爱给它。我爱语言胜于一切,我尊敬那些通过文字展示精神的人,从伊萨伊亚斯④到弗朗茨·卡夫卡。我几乎怀疑一切当代文学。古典而仁慈的幽灵环绕着我,我生活在被它保护的自己的作家梦里。但我也生活在创作墨西哥新文学的青年们中间:我把自己不能完成的任务交托给他们。为了使任务容易完成,我每天给他们讲述自己在短时间里学会的东西,这段时间我口传着获自别处的消息。它是在仅仅一瞬间,通过燃烧的黑莓我听到的东西。

(朱景冬　译)

---

① 墨西哥在卡耶斯(1877—1945)执政期间(1924—1928),极力反对把教会取缔。
② 帕皮尼(1881—1956),意大利诗人、作家,著有《一个没有希望的人》等。
③ 马·施沃布(1867—1905),法国小说家、散文作家,著有《弥莫》等。
④ 伊萨伊亚斯,《圣经·旧约》里的先知。

破产者

〔美国〕约翰·厄普代克

那位破产的人跳舞。或许,在其他某些场合,他还唱歌。他肯定在餐馆破费,付小费大方得很。那么,在什么意义上说,他破产了呢?

他宣布破产了呀。他宣布自己破产了。他从城里回来,焦躁不安,面色苍白,抱怨说他不得不一连多少个钟点地和律师们办交涉。然后他给自己倒了一杯饮料。如果他破产了,他怎么为那杯饮料中的酒付账呢?

我们不好意思去问。破产是个神圣的境况,像神学家可能会说的那样,那是超越于种种状况之外的状况,想对之进行调查了解无疑是一种亵渎,有如通灵术,我们只知道他进入了该境地,生活在我们所不及的地方,在与我们不同的境况中。

他在古布雷恩联合救济基金会的舞会上跳舞。他的脚跟踢得老高。聚光灯的光芒抚摸着他的肩膀,先是淡紫色的,而后转为金色。他妻子双肩裸露,颈部优美,头发像灿烂的金属丝编织的蜂窝。她从哪儿来钱支付理发师,让他们又是梳理,又是卷烫,把她调弄得如此光艳夺目?我们不敢问,但是简直没法把眼睛从那对翩翩起舞的夫妇身上移开。

破产的人给自己买了摩托车,他打算骑摩托车去圣巴巴拉,往返路途上露几手车技。圣巴巴拉有他一个破了产的姐妹。一路上,在匹兹堡、南本德、道奇城、桑圣菲和棕榈泉等地,还有一些生意上的细节需要了断,处于破产状况是个扩张的过程,会不断地产生出新的疆界。

我们都想和破产者的妻子跳舞,性感的健康气息如草地上的雾从她身上飞旋而出,她穿着一双配有卡拉库尔羊皮带的水晶鞋,从头到脚都熠熠生辉。"您是怎么设法维持如此的派——"我们喃喃地把自己的非礼的问题淹没在女人上衣花饰里,她的胸脯起伏,时金时紫,正依偎在我们的领带处。

破产的人被推选出任显要公职,但他拒绝了,因为生意太繁忙,人们可以在街上见到他四处奔忙,看去极为重要的文件从他手中飞飘而落。他因短欠巨额款项而受到起诉。如今,他只穿最新潮的衣服——男女通用的连衫裤,能够拆下的瓷制衬领,敞露不扣的外套。他也光顾为他太太做头发的那家理发店。他的孩子们个个体壮膘肥。

我们为什么要嫉妒他——一个破产的人呢?因为他发现了有关美国的一桩秘密,而这是我们早就应当知晓的。他发现了我们所未注意到的一个前提,我们采访时,他的答话是简短的,自信的,说话时眨眨眼睛,不时恰到好处地压低他那优美的男中音,仿佛是在密谋,令人十分愉悦。

问:您最早是在什么时候得知自己破产了?

答:我想自打我一出生,我就知道自己在朝那个方向奔。我没像其他婴儿那样又哭又闹。

问:您看是否有可能使自己不破产呢?

答:一旦宣布破产,联邦法律、州立法和地方立法便联合起来破坏你的破产状况。有些财产被免于征税,另一些受到保护。为了维持破产,必须进行新投资,必须不失时机地抓住机遇,必须时时刻刻注意经济指标,否则整个事情就不妙了,保持破产可不是懒汉的游戏。

问:您对我们这些没破产的人有什么劝告吗?

答:(那样眨眨眼)你们尽管伤心去吧。

采访结束了,其他约会接踵而来,他和他的家人必须在"查表员福利野餐会"上好好露一面,他们笑着,互相喂葡萄吃,孩子们在深深的草丛中蹒跚,身穿私立学校制服,破产者的妻子看起来开始发福了,阳光在她的肩膀上投下斑斑亮点。只有他仍然见棱见角,好似青铜塑像,他在套环游戏中夺魁,并在拔河赛中充当得胜一方的队长。比赛的另一方都是些穿灰衣服的有偿债能力的小业主,他们跌倒在地,翻进了沟里,他宽宏大量地向他们伸出了一只巨大的援手。经过口头表决,他被选进当地新教教会联委会,并第一个品尝查表员联合会两百周年纪念分层巧克力蛋糕。

这使我们觉得有如芒刺在背。我们想摧毁这个机灵的小丑。他一再地逃脱了法网,越蹦越高,而我们其他的人却被法律层层束缚;他有如蜘蛛般轻捷地借着索缆攀旋而上,升到剧场穹顶处的耀眼的聚光灯焦点里,身穿闪闪发光的秋千服,好像是出现在澳大利亚土人的神圣仪式上的脸上涂着白粉的小丑,时出时入,嘲弄着那仪式。我们散布丑恶的流言,我们嘟嘟囔囔地说他根本就没破产,他像英镑和美元一样的牢靠,他的破产是假的。他听到了流言,在百分之百布纤维制造的、以凸浮图案印着名衔的信笺上写了个条子向我们挑战,叫我们到西梅因街谷物交易所的拐角处,赛路斯·申南尼根——那位在内战中大发战争财的主儿——的铁塑像之下和他见面。我们接受了挑战。我们紧张得直想呕吐。我们去照镜子,看到自己的脸怯懦畏缩,由于心、怀种种小肚鸡肠的念头而显得痛苦不堪。

天亮了。因为没有汽车停放,西梅因街显得宽阔无比,破产的人的肩膀部分地遮挡住了太阳。他不慌不忙地走着,转身,迅速地将手插下,把两个裤兜的衬布都拉出来,当然啦,里面空空如也。我们也在衣袋里摸索,观看的人群的欢呼声淹没了钱币的叮当声。破产的人散发着科隆香水、烟草和林地紫罗兰的气味,他以其典型的宽宏大量的气度拥抱了我们,以示保护,否则的话,我们简直会被撕得五马分尸了。

在衣帽间里,我们听到破产的人在唱歌,他的男中音把墙上的瓷砖纷纷震落,有如一泻难收地倒下的多米诺骨牌,他刚刚打了个负67杆,把原先的赛场记录颠了个个儿。

他步步高升,因为他超越在外,他不按规矩玩牌,他在空中筑建楼阁,他使美国发展,他的利益关系日渐增多,他和阿拉伯的石油密切相关。还有牙买加的铝土矿。还有南极洲的冰冻。他为许多的律师提供工作机会,他骑上摩托车,身后拖着成千的债权人,把他们带到地平线以外,带到他们从未梦想过的地方。

他证明了,死后确实另有洞天。

（黄　梅　译）

邻居的左腿

〔奥地利〕布兰德施泰特

我们家的邻居名叫约翰·迈因德，是一位农艺师，装着一条木制的假腿。他的左腿是在第一次世界大战中受伤截除的。战争年代里我们的这位邻居去服役，那时候他无忧无虑，在那次发生在石灰岩中间的战斗里，被一名意大利敌军击中了左腿。邻居告诉我们说，后来腿上照例显出一块伤痕，全都呈蓝黑色，他疼得禁不住大声呻吟起来。他以为自己可能要发疯了。卡瓦莱塞①战地医院的军医却对我们那位邻居说，别像疯子似的大喊大叫，伤腿必须锯掉，或者用拉丁话说截除，手术二十分钟就完毕。打这以后，邻居就拖着一条有血有肉的腿和一条梨木制成的腿，靠向国家领取一小笔照顾残废人的养老金过活。他的左腿中间不能弯曲，这太遗憾了，邻居说，眼下时兴一种中间可以弯曲的机器假腿，但他已经老迈，不适用了。他说，装一条假腿对他来说是不值得的了。而且机器假腿花费太多，像他这样的人已不在考虑之列。有一回，我悄悄地朝邻居家窗内窥伺，瞧他如何安装左腿。这一看真叫人大开眼界：木腿上端有一块皮软垫，拿它来系住皮带，好似裤背带，但又比裤背带宽得多，上面还附有一些带扣。当他穿着裤子的时候，什么也看不见，人们只能猜测里面的假腿会是什么样。

邻居的左腿虽然早在卡瓦莱塞战地医院的园子内找到了永恒的安宁，但他至今却一直不曾安宁过。风湿性疼痛时常作怪。邻居说，这时候他就知道天气即将骤变。这是大自然的一个了不起的秘密，然而科学证明这是毋庸争辩的事实。邻居说，战时到现在好多年过去了，他对梨木做的假腿也早已习惯，因而对这个损失不再扼腕痛惜，不过在那块什么也没有了的地方还是隐隐作痛——当然只是在气温骤降的前夕才这样。

我父亲讲，邻居的左腿预报天气远远比晴雨计精确，他常常唠叨，晴雨计与邻居的左腿相比简直就算不了什么。人们对这条假腿尽可放一百个心。父亲说，邻居的左腿还不曾出过差错哩，比电台里播送的气象预报可靠得多了。古老的农谚虽说也蛮不错，可它从没有赶上邻居的左腿那么灵验。我们对它真是感激不尽哪，父亲说，因为天气在农业中起着举足轻重的作用，庄稼人是露天作业，靠天吃饭，必得知道是该收割了呢还是等一等更妥当。我父亲说，一场战争不是什么千载难逢的稀罕事，它自食其果，留给自身一个小小的创伤。谁都不应该赞美战争，而且远胜于一场战争的自然不是另一场战争，而是和平。人们大可不必希望发生战争，我父亲说道。当年邻居失去左腿对他也是一个沉重的打击。可是这件事今天看来在某种意义上倒成了一个例外，我们很高兴有了他这条木制左腿，因为这么一来全村的人都知道会遇上什么天气和该怎么办了。我父亲讲，倘使邻居的左腿也是有血有肉的话，那么，尼斯丁的农业就不可能如此发达了。

(汇涓 译)

---

① 意大利北部小城名。

奶 奶

〔美国〕雷·布拉旅贝利

　　她是个女人，手里拿着扫帚、畚箕、抹布，或是汤匙。你看她早上哼着歌儿切馅饼皮，中午往餐桌上送新出炉的馅饼，黄昏收拾吃剩的冷馅饼。像个瑞士摇铃手叮叮当当地把瓷杯摆放整齐。又像个真空除尘器，一阵风走过每一间屋子，找出没弄好的地方，把它弄弄整齐。她只须手执小泥刀在花园里走上两趟，花儿就在她身后温暖的空气中燃起颤巍巍的红火。她睡得极安静，一夜翻身不到三次，舒坦得像一只白色的手套。但是天一亮，手套里又插进了一只精力充沛的手。她醒着时总像扶正画框一样，把每个人都弄得端端正正。

　　可是，现在呢？

　　"奶奶，"大家都在喊，"祖奶奶。"

　　现在她仿佛是一个庞大的数学式子终于算到了底。她填满过火鸡、家鸡、鸽子的肚子，也填满过大人、孩子的肚子。她洗擦过天花板、墙壁、病人和孩子。她铺过油毡，修理过自行车，上过钟表发条，烧过炉子，在一万个痛苦的伤口上涂过碘酒。她的两只手忙忙碌碌、做个不休，这里整一整，那里弄一弄。把垒球和鲜艳的捶球棍放回原位，给黑色的土地撒上种子，给馅饼包皮，给红烧肉浇汁，给酣睡的孩子盖被，无数次地拉下百叶窗、吹熄蜡烛、关上电灯——于是，她老了。回顾她所开始、进行、完成的三十亿件大大小小的工作，归纳到一起，最后的一个小数加上去了，最后的一个零填进去了。现在她手拿粉笔，退出了生活，她要沉默一个小时，然后便要拿起刷子，把这个数字擦去。

　　"我来看看，"祖奶奶说，"我来看看……"

　　她不再忙碌了。她绕着屋子不断转来转去，观看每一样东西。最后，她到了楼梯口，谁也没有告诉一声便爬上了三道楼梯，到了她的屋子，拉直了身子躺下，准备死去，像一个化石的模印打在越来越冷的雪一样的被窝里。

　　"奶奶！祖奶奶！"又有声音在叫她。

　　她要死了。这消息从楼梯间直落下来，像层层涟漪，荡漾进每一间屋子，荡漾出每一道门，每一个窗户，荡漾进榆树掩映的街道，来到苍翠的峡谷口上。

　　"来呀！来呀！"

　　一家人围到她的床边。

　　"让我躺躺吧。"她轻声地说。

　　她的病痛任何显微镜也查不出来。那是一种轻微的然而不断加重的疲倦，一种压在她那麻雀样身子上的朦胧压力。困倦了，更困倦了，困倦极了。

　　她的孩子们和孩子们的孩子们仿佛觉得她如此简单的动作——世界上最轻微的动作，不可能引起这样严重的恐慌。

　　"祖奶奶，听我说，你现在不过是在闯过难关。这屋子没有你是会塌的呀！你至少得让我们有一年的准备时间。"

祖奶奶睁开了一只眼睛，九十年的岁月像是沙尘鬼从迅速撤空的屋顶上的窗口飘了出来，静静地望着她的医生。

"汤姆呢？"

汤姆被送到她那悄声低语的床边。

"汤姆，"她说，声音微弱而辽远，"在南海的岛屿上每个人都有这么一天。那天到了，他自己也明白，于是他和亲友们握手告别，坐上帆船离开了。他走了，那是很自然的——他的时候到了。今天也是这样。我有时非常像你，星期六要看日场演出，到晚上九点才回来，还得打发你爸爸去接你。汤姆，当你看到同样的西部英雄在同样的高山顶上跟同样的印第安人打仗的时候，那就是离开座位往剧院大门走的时候了，你必须毫不留恋，不要回头。因此，我也该在看得津津有味的时候离开剧院了。"

第二个被叫到身边来的是道格拉斯。

"奶奶，明年春天叫谁去给房顶换木瓦呢？"

从有日历以来每年四月你都以为听见啄木鸟在啄屋顶。不，那是奶奶心醉神迷地哼着小曲在钉钉子。是她在九霄云里给房顶换木瓦！

"道格拉斯，"她细声细气地说，"不觉得盖屋顶挺有趣的人就别让他去盖。"

"是，奶奶。"

"到了四月，你向四面看看再问：'谁愿意盖屋顶去？'谁脸上放出光彩你就叫谁去，道格拉斯。在房顶上你可以看到全城的人往乡下走，乡下的人往天边走，往波光粼粼的小河上走；还看得到清晨的湖泊，脚下树梢上的小鸟。最舒畅的风在你周围呼呼地吹。这些东西哪怕只是为了一样，也值得找一个春天的黎明往风信鸡那儿爬一趟。那是很动人的时刻，只要你有机会去试试……"

她的声音低弱了，像在轻轻地颤动。

道格拉斯哭了。

她鼓起劲来。"唉呀，你哭什么？"

"因为，"他说，"你明天就不在了。"

她把一面小镜子转向孩子。在镜子里他看了看她的脸，看了看自己的脸，又看了看她的脸。她说："我要在明天早上七点钟起床。我要把耳朵后面洗干净。我要跟查理·伍德曼一起跑到教堂去。我要到电气公园去野餐。我要去游泳。打着光脚板跑。从树上落下来。嚼薄荷口香糖……道格拉斯，道格拉斯，你真丢脸！你剪手指甲吧？"

"剪的，奶奶。"

"你的身子每七年左右就全体更新一次，指头上的老细胞，心上的老细胞都得死去，新的细胞长出来。你不会为这个哭吧？不会为这个难过吧？"

"不会的，奶奶。"

"那么，你想想看，孩子。那把剪下的手指甲收藏起来的人不是个傻瓜么？你见过把蜕去的蛇皮保存起来的蛇么？今天躺在这里的我也就跟手指甲和蛇皮差不多，一口气就能把我吹得片片飞落。重要的不是躺在这儿的我，而是那个坐在床前回头望我的我，在楼下做晚饭的我，躺在车房汽车底下的我，在藏书室里读书的我。起作用的是这许许多多的新我。我今天并不会真正死去。人只要有了家就不会死了,我还要活许久许久。一千年后会有多得像一座城市的子孙,坐在橡胶树荫里啃酸苹果。谁拿这种大问题来问我,我就这么回答他！好了,快把别的人也都叫进来吧！"

全家人来齐了,站在屋子里等着,像是在火车站给旅客送行。

"好了。"祖奶奶说,"我在这儿。很荣耀。看见你们围在我床边,满心欢喜。下一周该让孩子们给园子松土和打扫厕所,也该买衣服了。既然你们为了方便起见,称之为祖奶奶的那一部分我不会在这儿督促你们了,我的另外的部分,你们称作贝特大伯、利奥、汤姆、道格拉斯等等的部分,就要接过我这项工作。每个人都会有自己的工作。"

"是的,奶奶。"

"明天不要举行什么告别仪式,也不要为我说些动听的话。这些话我在自己的日子里已经满怀骄傲地说过了。一切食物我都吃过了;一切舞我也跳过了。现在我要吃下最后一个我还没尝过的糕饼,用口哨吹出最后一曲我还没吹过的小调。但是我并不害怕,我还真感到好奇呢！我要把它吃得干干净净,不会在嘴边给死亡留下一点点碎屑。不要为我难过。现在,你们都走吧,我要去寻找我的梦了……"

门在某个地方静静地关上了。

"我好过一点了。"在温暖雪白的亚麻布和毛毯铺就的被窝里,她感到舒适熨帖。贴花被子的颜色和往日马戏班的旗帜一样斑驳陆离。她躺在那儿,感到自己还很小、很神秘,好像八十多年前的某些早晨一样。那时她一觉醒来,在床上心满意足地伸伸她的嫩胳膊嫩腿。

很久很久以前,她想,我做了一个梦,做得正甜时却不知叫谁弄醒了——那就是我出生的日子。现在呢？我来想想看……她的心又回到过去。那时我在哪儿？她努力回忆。我到哪儿去寻找那失去的梦？它的线索在哪儿？它是什么模样？她伸出一只小手。在那儿！……是的,那就是它。她微笑了。她在枕头里转动转动脑袋,让它更深地埋进温暖的雪堆里。这样就好些了。现在,是的,她看见它在她心里静静地形成,平静得像沿着蜿蜒无尽的岸滩流淌的海洋。她让那久远的梦碰了碰她,把它从雪堆里举起,让她从那几乎被遗忘的床上飘了起来。

在楼下,她想到,他们在擦银器,在清理地窖,在打扫厅堂。她听得见他们在屋子的每一个角落生活。

"好的。"祖奶奶小声地说,梦使她飘了起来,"像生活中每一件事一样,这是恰当的。"

大海把她送回到岸滩边上。

(孙法理 译)

悲 伤

〔法国〕卡·劳伦斯

我长时间地爱着悲伤这个词。正是它像一只紧握着的拳头,也许比时间这个词更好地浓缩了普鲁斯特对于生活及其与文学关系的看法:"思想是悲伤的代用品,"普鲁斯特说,"一位作家可以毫无畏惧地从事一项长期的工作。让智慧开始干它的活就行了；在进行的过程中会突然出现相当多的悲伤，负责结束这一工作。"因此这个名词自身就集中了艺术的条件本身和本质，它把我们认为因之而死去的东西变成了作品，使一切被希望的人们，这些"悲伤的工具"成了为真实服务的人。

我长时间地爱着悲伤这个词。后来我读了克洛德·西蒙的最近一部小说，他本人读过普鲁斯特的许多作品。他在《植物园》里多次引用过它，特别是他于战争中的一九一八年为修改一份手稿而与伽里玛出版社通信的片断：

"另一方面我的不幸由于这个想法等等而稍微得到了安慰。我认为我是应该在校样上修改的……假如我没有这样的话，只要用悲伤这个词来代替不幸这个词，同时保留相同的句子就行了。"

克洛德·西蒙的显然是讽刺性的意图使我感到惶惑。我觉得他是有道理的，词语在死者中间没有什么分量，当生活永远不会相同的时候，再也没有什么比要保留"相同的句子"更加嘲讽人的了。受人如此喜爱的悲伤一词，被突然归结到这位大师在写作过程中会采用的一长串的词语中，归在普通同义词的行列：不幸、受难、痛苦、绝望、辛劳，还有许多更糟的词语我就不提了。而悲伤在它们之中的样子甚至显得相当平庸，尤其是它衍生的形式——动词使悲伤，形容词悲伤的——总是有点儿世俗、距离、冷漠："人们不难设想斯万的死亡使盖尔芒特一家大为悲伤……"①

然而我是多么爱悲伤这个词。这是一个明确的、不自负、不夸张的词。从前它意味着"烦恼、厌倦、忧虑"，似乎在最难治愈的悲哀之中，保留着某种具体的、地面上的东西。悲伤不像灵魂受难可能显示的那样是一种神秘而折磨人的情感，也不是往往像生理上的痛苦那样有一种被钻刺的感觉。与不幸一词相反，它也并不反映一种不近情理的玄想。悲伤是我们自有的：这是一种我们拥有它，而它也同样拥有我们的东西；我们是不幸的，但我们有悲伤。何况这个词展现的轮廓非常确切——像手里的一块石头那样清晰——足以使对象存在；它属于创造者的那些名称，它们勾勒和建构着我们心灵的准确现实。"只要有几天不认识忧郁这个词，就能足以对愁闷这个词一无所知。但是悲伤这个词是不会被忘记的。"松热先生写道。它之所以这样根深蒂固，是因为它没有任何模糊或漂浮不定的东西；它的辅音像一只发怒的猫一样嘘嘘或吱吱作响，元音则发出声音；它既不空洞也不沉默，是一个充实的东西，是摆放我们骨灰的盒子，那与我们个人有关的死者的有声骨灰瓮，不过以更加实际的方式来看，也是我们塞进小额钱币的小盒子、积攒我们的辛劳的储蓄箱。

因为在它的身上有着童年；何况一切巨大的悲伤总是儿童式的悲伤，这类悲伤既强烈又纯真，而且像儿童一样扎根于物质生活之中。巨大的悲伤权衡着它们现实的分量，使一颗心膨胀得"像一个大马士革夫人的屁股那样庞大"。然后招呼也不打，它们爆发了出来，细小的碎片四处飞溅。儿童式的悲伤——至少词源学这么认为——就像一些乱窜的猫一样穿越了青少年时代——它们从这里经过了，又会在那里再回来。一支歌曲足以抚慰它们，足以用遗忘的沙子，那能使它们平息的万灵药把他们掩埋："睡吧，我的小眼睛，我的小鸡，我的胖猫，你要是不一直睡到明天，就会使我悲伤。"巨大的悲伤是强烈的，不过它们会过去。它们的纯真只是一段时间，而

① 普鲁斯特的小说《追忆似水年华》中的情节。

人们就像脱离童年一样不自觉地摆脱了这样一种悲伤;小猫死了,巨大的悲伤也消失了。

如果说夜里的猫都是灰色的话,却没有一种悲伤与另一种相像:"总督有他的悲伤,划威尼斯轻舟的船夫也有他们的悲伤。"不幸越是在我们身上影响世人,悲伤就越是属于我们个人:"每当于勒这个词后面的词不是勒纳尔[1],我就感到悲伤。"——这个词不可能使用得更好了!这也许是唯一适合于讣告的词:"我们极其悲伤地宣告……去世。"因为每一个死去的人,都在我们身上留下了体现他们不在的明确而独特的形式,也因为每种悲伤都有着一张面孔的真实性。"悲伤是自私的。"普鲁斯特写道,它只能从它的源头获得解药。"你给我造成的悲伤/你想让谁来给我安慰?"

因此,悲伤一词意味着一个明确的对象,一种私人的利益。它可以说来自一种个人习惯语,尽管人们往往能够在一种文化或者一个时代里扩展它的用法:从一个人到另一个人,从一个世纪到另一个世纪,悲伤在不断变幻,假如人们相信的话,它是非常不规则的。普鲁塔克、蒙田或者巴尔达米[2]在死去一个孩子的时候,感受到的痛苦是不一样的:

"我正在看蒙田写给他的妻子的信中的一页,这封信正是在他们的一个儿子刚刚死去之后写的。这立刻引起了我的兴趣,这个段落,很可能是由于我立刻与贝贝尔建立了关系。'啊!'蒙田对她说,他对妻子差不多这样说道,'不要忧虑,亲爱的妻子! 你一定要安慰自己……事情会好起来的! ……生活里的一切都会好起来的……'何况,蒙田还对她说道:'昨天我在一个朋友的废纸堆里,恰恰发现了普鲁塔克在与我们的情况相同的处境里给他的妻子的一封信……我看到他这封信被打印得这么漂亮,亲爱的妻子,所以我把他的信寄给你! ……这是一封动人的信! ……它肯定是一封信,普鲁塔克的信! 可以这么说! ……好好读读吧! 拿给朋友们看看。要一读再读! 现在我非常平静! 我肯定它会使你恢复安宁! ……你亲爱的丈夫米歇尔。'我思忖这就是可以称之为起好作用的事情。他的妻子会为有一个像她的米歇尔那样不忧虑的亲爱的丈夫而自豪。归根结底,这是属于这些人的事情,当判断其他人的心的时候,人们也许总是会弄错。也许他们真的悲伤? 时代的悲伤?"

其实悲伤永远是一件私人的事情,我们的事情。因此从语言的角度来看,没有什么比普鲁斯特的校订更为正确的了,主有代词我的需要悲伤这个词。句子的意思也使人不得不承认这一点,因为悲伤的本质在于得到安慰,而不幸则是永恒的。

不过,你们会说,人能够悲伤而死去;爱的悲伤持续整个一生;悲伤不偿还它的任何债务。确实如此。无论如何,悲伤是暂时的;要么它随着时光而消失,要么人立刻就悲伤而死! 因为悲伤,我们再说一遍,不是一种状态。不幸则是一种状态,人陷于其中并且沉没,而且它可能只是对一切悲伤的反复体验。

悲伤是一个有限的、确定的对象,它在走向它的终点,而我们童年时在没有读过《悲伤的皮》[3]这本书的情况下,对这个标题的有趣的误解,其实有着部分的真实性:这张有点儿粗糙的驴皮,我们长期以来以为它是悲伤的种子,是悲伤的结构本身,然而从某种意义上来说,它难道不是悲伤的象征——某种在逐渐缩小和消失的东西吗? 因为"在这个一切都在耗损、一切都在

---

① 于·勒纳尔(1864—1910),法国作家。
② 法国作家路易－费迪南·塞利纳的小说《茫茫黑夜漫游》里的叙述者和主人公。
③ 巴尔扎克小说,中译本名为《驴皮记》。

消失的世界上，有一种正在更加彻底地毁灭、坍塌、比美丽留下更少遗迹的东西：这就是'悲伤'"。

我长时间地爱着悲伤这个词。不管克洛德·西蒙怎么说，我现在仍然爱它。这是一个适合于人的名词，它就在遭受最剧烈痛苦之人的心中开启了一扇通向明天的门，把眼泪与未来相连。正如猫的鬼脸在打呵欠、在微笑时会改变一样，悲伤是会过去的，哪怕是爱的悲伤，无论歌曲里是怎么唱的。不幸会伤人，而悲伤则会消失。早晨的蜘蛛活不到晚上。在悲伤这个词里看得出在灾难之后幸存下去的诱惑，就是依然故我、忘却、毫不遗憾地把这个盛过我们泪水的小玩意儿炸毁。悲伤一词表明了狂热的希望，即在我们每天劳作所写下的文本里，无论周围发生什么奇怪或可怕的事情，在我们最隐秘、最微不足道的生活叙述里，在恐怖和一切冲突的中心，仍然有可能"留下相同的句子"。

（吴岳添　译）

论未来

〔英国〕约翰逊

在未来的时间长河中寻求安慰似乎就是人的命运。很难用及时享乐来充实愿望和想象，因此，我们只好用回忆和希望去补充其不足。

每一个人都经常会觉察到：希望常令人失望，防患于未然又是何等困难。当年轻人占据了这个世界，减弱了我们对这个时代的信任，我们正努力或希冀在回顾人生时找到快乐，却信赖真正的事实和经验。这也许就是老年人为什么会絮絮叨叨的原因之一。

然而，这个灾难充斥的世界，每一快乐的源泉都被灾难污染，每一个人的宁静生活都受到干扰。时光供给我们以足够的事实让我们能够去集中我们的思想时，却又混杂着如此纷纭的不幸，使我们不敢回忆，生怕不幸会闯入我们的心扉，我们躲避它们，宛如躲避穷追我们的敌人一样。

人过中年，谁能不喝一杯忧伤的苦酒就能坐下来找到青年时期的欢乐呢！他也许能让一些幸运的事件——欢乐的豪情，充满贪心的乐事的岁月，热情欢宴的夜晚——重新浮现；或者，如果他曾经在某种场合有过一些活动，熟悉一些艰难世事与命运的兴衰变易，那么当他回首在困难中得到过的坚定支撑，回首遭遇过带有决定性的危险，回首巧妙地击败了对手时，他就能够享受到这些较为高尚的乐趣。当伊里亚斯①和他的伙伴们登上一个不知名的荒凉国土时，伊里亚斯怀着希望安慰伙伴们说，他们共同的灾难等到遥远的未来将会被从容地重新加以描述。当回忆这些不幸事件时，因为它们既不会再度发生，也不会因我们的错误而扩散，更不会谴责我们是

---

① 伊里亚斯（Aeneas）是特洛亚一个国王里里姆（Priam）的女婿。特洛伊战争中，城被毁时，他背着他的父亲和神像逃走，据说他带着23只船，其中沉没了13只，他幸而得救，后又经过了年艰辛，到达提伯（Tibes），与该地王子的女儿结婚，后来成为拉丁民族的国王。因他忠于使命，被称为"忠诚的伊里亚斯"。

懦夫或罪犯,那么,我们就没有什么比这种回忆更令人满足的了。

但是,这种欢快几乎常因我们最喜欢回忆那些曾与我们共享快乐而已入土的人们的往事而减少。在人类历史的进程中,几年的时间就可以形成一种巨大的破坏——就会看见它攫走了同我们一起走进世界的那些人,我们和他们之间的一切快乐或厌倦的期望,都曾经引起过我们亲切的回忆。从事企业的人,能够列举他的冒险和出门远游,但也不得不在某些联系结束之后,对曾经为他的成功作出贡献的那些人的名字叹息;在人类最愉快的时代度过了一生的人,曾经在他的记忆中储存了各种妙语警句,而现在,他的活泼与愉快已经溘然飞逝、了无声息;用辛勤来补充他享受缺乏的商贾边嗟叹他的形单影孤,失去了他的老伙伴,因为他们曾经共同安排过如何消遣晚景;在默默无闻中经过深邃的钻研而提高了声誉的学者,也找不到因他的故友或凤敌而感到的得意,因为他们的任何赞扬或羞辱,都常会增加他的骄矜。

马休尔到达幸福境地的必需品中,有一份并非是勤劳所得的,而只是继承来的财产。每种幸福,如果适时找到,就有必要使之完善;因为无论什么幸福,在行将就木时得到,为时已晚,很难得到更多的欢乐。人类的幸福是常有其缺陷的。在不应该为我们自己所获得的幸福中,一旦意外地获得,我们也只能得到一点裨益不大的身外之物,因为这种幸福,占有它或缺乏它,都无法比较出一个明显的差异,因而我们不能从而得到对自己才能的信心,更不能使自尊心有所增强;当我们不能接受圣餐,因而也就不能享受幸福时,只凭勇气或科学、凭智慧或勤劳所能获得的东西,最后也会必然到来。

因此,在生命的每一时期,我们都不得不向未来借幸福。在青年时期,我们没有什么经历的事物会使我们快活,未来同样有其局限性。在有限的范围内,幻想不会翩然而至,我们的视线也难以向远处扩展。我们的朋友与同伴的死亡,时时都叫我们想到我们即将离开这个世界;我们知道,生命快到尽头,我们必须同以前被忘却了的许多人一样安睡墓中,而把我们的地位让给别人;我们像从前那些人一样,被大地表面的希望或恐惧鞭策过后,消失在死神的阴影里。

我们在物质生活之外,又延伸出希望,每一个人几乎都对某些事物驰骋幻想,这些事物直到他改变了生活方式才会碰到。有些人把财产多和住宅大引为快事,为他们的家庭和荣誉预先准备好永存不朽的东西,或者竭力不使财富分散,因为积累财富已成为他们唯一的职守;另外那些十分文雅、高尚的人,则把精力专注在未来的名望上面,专注在那些不抱成见的后代子孙的感激上面。

灵魂完全系在财富与住宅上的那类人,无法明白他们本应对财富漠然置之,因而也就无法适宜地或认真地谈论这些问题,可是,追逐声名的人就可能对此作出反应,所以就有可能去考虑他们所期待的事物。

在遥远的未来,能否被人记住也许是值得每一个明智之士考虑的问题,但这是得不到满意的答案的。诚然,能名垂青史的,只是少数人,大多数人对此其实也兴趣索然。世界上从来没有什么余地来堆放那么多的名望。生命的职责是,在每种环境中,无论是短暂的快乐或痛苦,都不会超过一定的比例;而留给我们余暇去做那种不会十分影响我们眼前幸福的期待。一个人有了虚名,而不准他人侵入他的地盘,他就只能是那种一定要被抛入遗忘之塔里的人。心灵的眼睛恰似肉体眼睛那样,能看到新的目标,对那些眼皮底下的东西反而视而不见。

因此,声名像一颗陨星,除了几个卓越的和不可战胜的名字之外,闪耀一下,就永远消逝了。

如果思想或时间没有什么改变,那我们的声名也可能是隐匿无闻;一切具有我们这种思想或使我们的行为有所改变的人们,无时不匆匆地走人湮没无闻的境地,正像一种最被人喜欢的新事物常为时尚所采纳一样。

所以,照亮晚年的任何舒适的光线并非来自尘世。只有未来才是它的远景;在疾病的痛苦中,在老耄的衰弱里,只有储以待用的这种幸福(如果注意到这种幸福)才会支持我们。这些幸福,我们有信心去期待它,因为它来自一种偶然的力量,而且,只有热烈希望和真诚追求它的那些人才能得到这种力量。由此看来,每个心灵最终都应该栖息下来。希望是人类的主要福赐,并且,只有希望才是合理的。可以肯定,希望绝不会欺骗我们。

留　住

〔俄国〕屠格涅夫

留住!我现在看见你是什么样子——你就按这个样子永远留在我的记忆里!

最后一个充满灵感的声音从唇间脱口而出,双眼无神又无光——由于幸福,由于意识到你所表现出来的美而陶醉,那双眼睛感到羞怯难堪而黯然失神了,你伸出得意而疲惫的双手,仿佛在追寻那美的踪迹!

那洒向你全身的肢体,洒向你衣衫每一个微小的褶皱的,比阳光更细腻、更纯洁的是怎样的一种光?

用爱抚的吹拂使你披散的鬈发向后飘逸的是哪一位神灵?

是他的亲吻在你大理石般白皙的前额印下热烈的红晕!

正是它——无人不晓的秘密,诗歌、生命、爱情的秘密!正是它,是它——永生不朽!再没有其他的不朽——也不需要,在这一瞬间,你是不朽的。

这一瞬间将会过去——你又成为一撮灰烬,一个女人,一个孩子……但这与你有什么关系!在这瞬间——你变得崇高了,你超越于一切转瞬即逝的过眼烟云之上。你的这一瞬间永在。

留住!让我也加入你的不朽之中吧!让你的永恒的反光也映入我的灵魂里来吧!

乞　丐

〔俄国〕屠格涅夫

我在街上走着……一个乞丐——一个衰弱的老人挡住了我。

红肿的、流着泪水的眼睛,发青的嘴唇,粗糙、褴褛的衣服,龌龊的伤口……呵,贫穷把这个不幸的人折磨成了什么样子啊!

他向我伸出一只红肿、肮脏的手……他呻吟着,他喃喃地乞求帮助。

我伸手搜索自己身上所有口袋……既没有钱包,也没有怀表,甚至连一块手帕也没有……我随身什么东西也没有带。

但乞丐在等待着……他伸出来的手,微微地摆动着和抖颤着。

我惘然无措,惶惑不安,紧紧地握了握这只肮脏的、发抖的手。"请别见怪,兄弟;我什么也没有带,兄弟。"

乞丐那对红肿的眼睛凝视着我;他发青的嘴唇微笑了一下——接着,他也照样紧握了我的变得冷起来的手指。

"哪儿的话,兄弟,"他吃力地说道,"这也应当谢谢啦。这也是一种施舍啊,兄弟。"

我明白,我也从我的兄弟那儿得到了施舍。

门 槛

——梦

〔俄国〕屠格涅夫

我看见一所巨大的建筑。

正面的一道窄门大敞着。门里面阴森昏暗。高高的门槛前面站着一个女郎——一个俄罗斯女郎。

这望不穿的昏暗散发着寒气,而随着冷气从建筑的深处还传出一个缓慢的、重浊的声音。

"呵,你想跨进这门槛来做什么? 你知道里面有什么东西在等你?"

"我知道。"女郎这样回答。

"寒冷,饥饿,憎恨,嘲笑,轻视,侮辱,监狱,疾病,甚至于死亡?"

"我知道。"

"和人疏远,完全的孤独?"

"我知道。我准备好了。我愿意忍受一切的痛苦,一切的打击。"

"不仅是你的敌人,而且是你的亲戚,你的朋友都给你这些痛苦,这些打击。"

"是……便是他们给我这些,我也要忍受。"

"好。你准备着牺牲吗?"

"是。"

"这是无名的牺牲! 你会毁掉,甚至没有人……没有人知道,也没有人尊崇地纪念你。"

"我不要人感激,我不要人怜悯。我也不要声名。"

"你还准备去犯罪?"

女郎埋下了她的头。

"我也准备去犯罪……"

里面的声音暂时停止了。过后又说出这样的话语:

"你知道将来你会否认你现在有的这信仰,你会以为你是白白地浪费了你的年青的生命?"

"这一层我也知道。我只求你放我进去。"

"进来吧。"

女郎跨进了门槛。一幅厚重的帘子立刻放了下来。

"傻瓜!"有人在后面这样嘲骂。

"一个圣人。"不知道从什么地方来了这个回答。

◈◈◈

陌生人

〔法国〕波德莱尔

——喂!你这位不可猜测的人,你说说你最爱谁呢?你父亲还是你母亲?姐妹还是兄弟?

——哦……我没有父亲也没有母亲,没有姐妹也没有兄弟。

——那朋友呢?

——这……您说出了一个我至今还一无所知的词儿。

——你的祖国呢?

——我甚至不知道她坐落在什么方位。

——那美呢?

——这我会倾心地爱,美是女神和不朽的……

——金子呢?

——我恨它,就像您恨上帝一样。

——啊呀!你究竟爱什么呀?你这个不同寻常的陌生人!

——我爱云……匆匆飘过的浮云……那边……美妙奇特的云!

◈◈◈

"已经过去了"

〔法国〕波德莱尔

　　太阳已经千万次地光辉四射或暗淡无光地从这空阔的、一望无际的大海里升起;也已经千万次地光辉四射或暗淡无光地坠入这空阔的、一望无际的黑夜里。多少年以来,我们就开始观望着苍天的另一端,试图解开那遥远天边的朦胧之谜——而每一位过客都在那里呻吟和低怨……好像离大地太近,使他们无限苦恼和愤慨。他们说道:"什么时候我们才能从波浪摇撼着的睡眠中醒来,从呼啸的狂风搅乱的朦胧中睁开眼睛?什么时候我们才能在宁静的安乐椅上消化食物?"

也有一些人在家室中冥思苦索,为他们有不忠贞的、忧郁寡欢的妻子而悔恨,为自己烦扰不堪的儿女而遗憾……所有的人都为这没有陆地的虚幻而感到惶恐不安,这使我想到,也许他们吃起青草来会比畜生更高兴。

终于,我们看到了一个海岸。渐渐地,我们看清这是一片美丽、迷人的土地。生命的弦乐好像在这里变成了一层低语的海浪,几海里外布满深绿浅翠的海岸上泛出一股鲜花硕果的芬芳,一直飘传久远。顿时大家都愉快起来,改变了阴郁的脾气,一切争端都被忘却,一切相互的诅咒都被原谅;约定好的格斗也从记忆中抹掉,怨恨就像烟尘一样四散无踪……

然而,我却独自忧伤,不合时宜地忧伤。如同一位被剥夺了神明的教士,我苦苦不能舍离这片具有猛兽般魔力的海洋——它是如此简单,却变化无常。可在它的戏耍、步履、狂怒和微笑中却好像包藏着所有过去、现在和将来的生灵的情绪、狂热和末日。

一边向这无与伦比的美挥手告别,我挥手感到一种濒死的沮丧与疲惫。所以,当我的所有同伴们都在欢呼"终于到了"时,我却只能叫道:"已经过去了!"

可是,这却是大地,伴随着声音、情欲、舒适和节日的大地;是一块富饶美丽、充满诺言的大地。它向我们传来一股神秘的、玫瑰与麝香的美味。生命的弦乐也从这儿向我们飘来,如同一阵多情的窃窃私语。

除了世界,哪儿都可以

〔法国〕波德莱尔

人生就是一个医院,这里每个病人都被调换床位的欲望缠绕着。这一位愿意到火炉旁边去呻吟,那一位觉得在窗户旁病才能治好。

我觉得我还是到我所不在的地方去才好,对于这个总想调换地方的问题,我一直在和自己的心灵讨论着。

"告诉你,心灵,冷漠的心灵,去里斯本居住怎么样?那儿天气一定很暖和,你会像一只蜥蜴一样重新苏醒过来;那城市位于海滨,大家说它是用大理石建造的;那儿的人民憎恨植物,把所有的树木一律拔掉了。你看,这幅风景正合你的口味,景色全由光明和矿物组成,并且还有水来映照这风景。"

我的心灵不回话。

"既然你这么喜欢休息,而且还喜欢在观赏运动的同时休息,那你是否愿意去荷兰住呢?那真是一块安然恬静的地方呀。你曾常常在博物馆里欣赏这个国家的风景画,那你也许可以在那里得到愉快吧?喂,鹿特丹怎么样?你这么喜欢林立的桅杆和停泊在房前屋后的航船。"

我的心灵依旧哑然无声。

"巴达维亚八成更合你的心意?而且我们还会在那儿得到与热带风景结合为一体的欧洲精神。"

一言不发——我的心灵是不是死了?

"难道你已经麻木到了如此的程度,只想呆在自己的痛苦之中吗？如果真是这样,那我们就逃往那与死亡类同的地方吧。可怜的心灵,我负责咱们的旅行,去准备行李到多尔纽。要不,再远点,到波罗的海最远的边际去。再离生活远一点,如果可能的话,咱们去北极点安居。在那里阳光只是一年斜扫过那么一次,白天和黑夜的交替也十分缓慢,这就使得大地毫无生息。那儿一半是乌有,一切都单调如一。在那儿,我们可以长期地沐浴在黑暗之中,同时,我们还可以欣赏不时出现在地平线上的北极晨曦,一束束玫瑰色的红光就像地狱里放的焰火,时而飞舞在我们身旁……"

终于,我的心灵爆发了,它冷静地叫道："哪儿都可以,哪儿都可以,只要不是在这个世界上。"

美

〔印度〕泰戈尔

夕阳坠入地平线,西天燃烧着鲜红的霞光,一片宁静轻轻落在梵学书院婆罗树的枝梢上,晚风的吹拂也便迟缓起来。一种博大的美悄然充溢我的心头。对我来说,此时此刻,已失落其界限。今日的黄昏延伸着,延伸着,融入无数时代前的邈远的一个黄昏。在印度的历史上,那时确实存在隐士的修道院,每日喷薄而出的旭日,唤醒一座座净修林中的鸟啼和《娑摩吠陀》的颂歌。白日流逝,晚霞鲜艳的恬静的黄昏,召唤终年为祭火提供酥油的牛群,从芳草萋萋的河滨和山麓归返牛棚。印度那淳朴的生活,肃穆修行的时光,在今日静谧的暮天清晰地映现。

我忽然想起,我们的雅利安祖先,一天也不曾忽视一望无际的恒河平原上日出和日落的壮丽景象。他们从未冷漠地送别晨夕和晚祷。每位瑜珈行者和每家的主人,都在心中热烈欢迎迷人的景色。他们把自然之美迎进了祭神的庙宇,以虔诚的目光瞩望美中涌溢的欢乐。他们抑制着激动,稳定着心绪,将朝霞和暮色融入他们无限的遐想。我认为,他们在河流的交汇处,在海滩,在山峰上欣赏自然美景的地方,不曾营造自己享受的乐园;在他们开辟的圣地和留下的名胜古迹中,人与神浑然一体。

暮色中萦绕着我内心的祈祷:愿我以纯洁的目光瞻仰这美的伟大形象,不以享乐思想去暗淡和去贬低世界的美,要学会以虔诚使之愈加真切和神圣。换句话说,要弃绝占有它的妄想,心中油然萌发为它献身的决心。

我又觉得,认识到真实是美,美是崇高,不是件容易的事。我们摈弃许多东西,把厌烦的许多东西推得远远的,对许多矛盾视而不见,在合乎心意的狭小范围内,把美当做时髦的奢侈品。我们妄图让世界艺术女神沦为女婢,羞辱她,失去了她,同时也丧失了我们的福祉。

撇开人的好恶去观察,世界本性并不复杂,很容易窥见其中的美和神灵。将察看局部发现的矛盾和形变,掺入整体之中,就不难看到一种恢弘的和谐。

然而,我们不能像对待自然那样对人。周围的每个人离我们太近。我们以特别挑剔的目光夸大地看待他的小疵。他短时的微不足道的缺点,在我们的感情中往往变成非常严重的过错。

贪欲、愤怒、恐惧妨碍我们全面地看人,而让我们在他人的小毛病中摇摆不定。所以我们很容易在寥廓的暮空发现美,而在俗人的世界却不容易发现。

今日黄昏,不费一点力气,我们见到了宇宙的美妙形象。宇宙的拥有者亲手把完整的美捧到我们的眼前。如果我们仔细剖析,进入它的内部,扑面而来的是数不清的奇迹。此刻,无垠的暮空的繁星间飞驰着火焰的风暴,若容我们目睹其中一部分,必定目瞪口呆。用显微镜观察我们前面那株姿态优美的斜倚星空的大树,我们能看清许多脉络,许多虫须,树皮的层层褶皱,枝丫的某些部位干枯,腐烂,成了虫豸的巢穴。站在暮空俯瞰人世,映入眼帘的一切,都有不完美和不正常之处。然而,不扬弃一切,广收博纳,卑微的,受挫的,变态的,全部拥抱着,世界坦荡地展示自己的美。整体即美,美不是荆棘包围的窄圈里的东西,造物主能在静寂的夜空毫不费力地向世人昭示。

强大的自然力的游戏惊心动魄,可我们在暮空却看到它是那样宁静,那样绚丽。同样,伟人一生经受的巨大痛苦,在我们眼里也是美好的,高尚的,我们在完满的真实中看到的痛苦,其实不是痛苦,而是欢乐。

我曾说过,认识美需要克制和艰苦的探索,空虚的欲望宣扬的美,是海市蜃楼。

当我们完美地认识真理时,我们才真正地懂得美。完美地认识了真理,人的目光才纯净,心灵才圣洁,才能不受阻挠地看见世界各地蕴藏的欢乐。

年轻的母亲

〔法国〕瓦雷里

这个一年中最佳季节的午后,像一只熟意毕露的橘子一样的丰满。

全盛的园子,光,生命,慢慢地经过它们本性的完成期。我们简直说,一切的东西,从原始起,所作所为,无非是完成这个刹那的光辉而已。幸福像太阳一样看得见。

年轻的母亲从她手里小孩的面颊上闻出了她自己本质的最纯粹的气息。她拢紧他,为了要使他永远是她自己。

她抱紧她所成就的东西。她忘怀,她乐意耽溺,因为她仿佛重新发现了自己,重新找到了自己,从轻柔的接触这个鲜嫩醉人的肌肤上。她的素手徒然捏紧她所结成的果子,她觉得全然纯洁,觉得像一个圆满的处女。

她恍惚的目光抚摩树叶、花朵,以及世界的灿烂的全体。

她像一个哲人,像一个天然的贤人,找到了自己的理想,照自己所应该的完成了自己。

她怀疑宇宙的中心是否在她的心里,或在这颗小小的心里——这颗心正在她臂弯里跳动,将来也要来成就一切的生命呢。

三位来客

〔日本〕岛崎藤村

"冬"访问我来了。

老实说,我在等候一个比"冬"更为丑陋的满脸皱纹的老太太,她贫寒憔悴,昏然欲睡,瑟索战栗着。可是细细端详来到身边的"冬"的模样,不禁使我惊讶,她同我脑海中原有的印象及推测迥然不同。

我于是问道:

"你就是'冬'吗?!"

"瞧你说的,你到底把我当成谁啦?原来你竟如此误解了我!"

"冬"回答道。

"冬"指着形形色色的树木给我看。她说你瞧那满天星!我朝她手指的方向看去,枯槁的红叶早已落尽,一条条棕色的细嫩枝条冒出新芽,不论是水灵灵的泛着汹涌的嫩枝上,还是破节而出的幼芽上,都充满了冬天的光辉。岂止满天星?梅也伸出了墨绿的嫩枝,有的竟长到一尺多了。杜鹃虽缩作一团蹲伏在那儿,却毫无惶惶悚悚的样子。"冬"又叫我看山茶树。它那映着冬阳油光碧绿的叶片,放出一种不可名状的鲜艳光彩,而它那硕大的花蕾便从这茂密的叶丛中探出头来。山茶花开放时仿佛带着一种庄重的笑容,有些花朵开得很早,甚至在霜降之前就已开败了。

"冬"又手指八角金盘给我看,这树色彩新奇,白中透绿,绿中泛白,它那矫健有力的花形打破了周围的平淡。

我曾在异乡的旅店度过三个阴暗的冬天。每至凄风冷雨天气,拉窗上一片昏暗,我总要忆起那巴黎之冬。在那儿,每年一到天时最短的冬至前后,上午九点左右刚刚天明,下午三点半就又进入黑夜了。波德莱尔在其诗中把北极的太阳描绘成燃烧得通红而又极其冰冷的一团,其实这样的太阳,散步在巴黎街头是经常可见的,无须去遐想北极尽头的情景。在巴黎,只有马路两旁凋零的七叶树之前的草坪还毫无枯色,一片葱翠,形成一幅别致的冬景。不过,还是舍发奴在其壁画《冬》中所描绘的那种灰暗、深沉、寂静的色调,才恰当地表现了那里的自然景象。

阔别数载,我又重来东京郊区过冬。连室内也充满冬阳的灿烂光辉,这是我三年羁旅生活中从未见过的。并且,在这样的季节里能仰望辽阔无边的苍穹也是难得的。我记得当时来到我身边轻声低语的,似乎就是武藏野之"冬"。

此后,"冬"每年都来访问我。移居麻布过冬以来,我益发改变了对这位来客的看法。提起"冬",我就想起在信浓听见过的"冬",它对我来说最为亲切。那时我每年要和"冬"一起生活长达五个月之久。可是那里一到冬天,山上所有的东西就都销声匿迹了,因此我连"冬"的笑脸也未曾见过。早在十一月上旬,初雪就遍洒群山。等那灰暗、凄冷、含着雪意的天空中,连点阳光也难得看见时,浅间火山的喷烟也隐形藏迹,不见了踪影,就连千曲川的流水也被封于冰下。我举目所见,唯有一片深深的不消融的积雪!这雪把我的破旧住宅的庭院也埋没在下面,并且,有时甚至高出北面房廊的地面。垂在檐下的利剑般的冰溜竟有二三尺长。在那漫漫的寒夜里,屋内立柱常被冻裂而发出声响,我听着那裂声,简直像蛰伏洞中的虫豸一般缩作一团。

正是这个"冬"给我造成了先入为主的成见。我在那儿的山上,先后七次迎接"冬"。而这些"冬"留给我的印象只是一片灰蒙蒙而已。我在巴黎见到的"冬"没有这么深厚的积雪,但是灰暗的色调却不亚于信浓山区。所以那次我远游归来,见到久别而来访的"冬"时,我怎么也不敢相信她就是"冬"!

天涯归来迎接第三个"冬"的时候,我每一次仔仔细细地观察了常青树的嫩叶,这是从未有过的浓度。迄今,我只一心注意干枯凋零的霜叶,却忽视了初冬生发的常绿的新叶。而这初冬的新叶恰是一年之中观看树木世界所见的最美丽动人的景物之一。这年的"冬"还把罗汉松的翠叶和红果挂满枝头的殊砂根等指给我看。殊砂根的果实也有白色的。这样浓艳的珠光玉色,非冬天是无法欣赏到的。"冬"又指着栋树给我看,瞧那微黑壮实的躯干,纤细却不失矫健之态的枝条,宛如一座座哥特式的建筑物。更见那栋树的嫩叶映照在冬阳之下泛出难以形容的深沉光辉。

然后,"冬"对我说道:

"你过去竟然如此的误解了我。可是我今年还给你小女儿带来了礼物。她那红红的脸蛋也是我的一点点心意!"

"穷"访问我来了。

这位客人摆出一副自幼就是老熟人的面孔,竟随随便便地走到我身边。老实说,我每次见到这位频频来访的客人,总觉得他比"冬"更为丑陋。他仿佛要说:"喂!咱们是老相识啦!"

只要一见面,我就得低下头来。我实在无法久久地注视他。可是这次我仔细端详来到我身边的这位客人时,竟意外地发现了他温和的微笑。于是我不能不以原来询问"冬"的那种口气向这位客人发问道:

"你就是'穷'吗?"

"瞧你说的,你把我看成谁啦?迄今那么长时间你竟然不了解我?!"

"穷"回答说。

"真是难得!过去我不曾见过你的笑容,甚至不曾想过你还有这么一张笑脸。我一直以为你是个不会笑的人。因此,你偶尔一笑,我浑身不寒而栗,感到厌恶。不过,或许因为我和你混熟,你待在我身边,我最放心。"

我这么一说,"穷"笑道:

"你可不能和我亲热呀！我希望你更加尊重我。有人经常在我头上冠以'清'字,称我为'清贫',但是真正的我并不那么冷酷无情。我既能在自己踏出的足迹上开出鲜花,也能把自己的房屋变成宫殿。可以说我是个魔术师。虽然如此,我并不醉心于世俗的所谓'财富',我胸怀着更为远大的理想。"

"老"也访问我来了。

在我心目中,这个"老"比"穷"还要丑陋。然而奇怪的是,连"老"也向我示以微笑。于是我又不能不以询问"穷"的那种语气发问道:

"原来你就是'老'啊?!"

我仔细观察来到我身边的"老"的容貌,才恍然大悟,原来我在脑海中描绘的,并非真正的"老",而是"干枯"。现在我身边的"老"是一个更为容光焕发、更加值得宝贵的老人。

但是这位客人到我这儿来岁月尚浅。如不同他更多地促膝交谈,便不可能真正了解他。我现在仅仅知道了他的笑容而已。总之,我要想方设法深入了解这位客人,从而自己今后也甘心情愿作一个年老者。

我觉得似乎还有谁要来访问我。好像就伫立于我家门口。我觉察出它就是"死"。但是上述三位来客已经教育了我:先入为主的思想方法是错误的。说不定"死"也同样地会教给我一些不曾料想到的东西吧！

舞会之后

〔法国〕勒韦尔迪

可能我放进衣帽间的不只是衣服,我走进去,轻盈而自信。舞厅里有人注意到我的脚步。光线里飘满舞者。

我旋转,在什么也看不见的电灯光的波浪里旋转,我在无数脚之上行走,而他们也在我的脚上踩下痕迹。

怎样的舞会！怎样的节日！我觉得所有女人都很漂亮。我的渴望飞向这些眼睛。乐队不停地演奏,在打蜡地板上我旋转脚踵,充满激情,而我的双臂因猎获这么多最终只能放弃的舞伴而疲惫不堪。

舞曲戛然而止。熄灭的灯里疲惫渐渐沉重。衣帽间里,有人递给我一件温暖的大衣御寒。但剩下的呢? 我缺了些什么东西。我孤身一人,无力抵御这份寒冷。

影子的真实

〔法国〕勒韦尔迪

在市中心这个奇怪的小区里,最黑暗的工作被人干着,从没有人来看过。只是在夜里,在红灯或绿灯闪烁的泥泞里,一些人生活着。我懂悟了这些囿于利益、囿于存在的疲惫的脚。

黑影里,一个男人在打听,或者一个岁数不清的女人在寻找,并且用无人知晓的东西塞满背篓。

而另一个女人,精心打扮着,穿着高跟鞋,她更愿得到路灯的问候,炫耀自己。有时这两个灵魂擦肩而过,没有鄙视,因为在同一条人行道上,他们在寻找各自的生活。

旅　程

〔日本〕东山魁夷

我的旅行的方向,决定着我的绘画的方向,这些都遵从我心底的声音。我在旅行的途中,时时于无我之境,静静地倾听来自内心的娓娓细语。但是,也有时是外部的因素决定了我的方向,绘制壁画的时候就是这样。那时,我就会感到一种未知的东西打我内心被引导出来,我遵照它的指引进行描绘。

我的心底的声音,就是我自身的声音吗？这声音在我未进入无我之境时是听不见的,莫非那是来自某地、发自某物而震动着我的心灵的声音吗？它是什么？我不知道。它具有使我迈步、决定我的旅程的力量。

我出外旅行,我打开素描本开始写生,这些都是来自自然的呼唤所使然。这种呼唤,便是眼前自然深处某种东西的声音。在北国融雪后的树枝上,呼唤着柔弱的嫩芽,是这种声音。荒瀚的海滩上被撞碎的波涛含蕴着这种声音。京都四季由春到夏色彩的变化也是遵从着这样的声音。

我想开始新的旅程。今后,我所走向的是老耄的世界。在这严酷、剧烈的世上,我将要老去。然而,老并不全是可哀的。因为比起年轻时代来,我会越发强烈地感受到生命的美好。

我感到眼前的风景更加美丽,充满生命的活力。我觉得森林的树木都在真诚地、沉静地和我谈话。变换不停的季节实在是值得羡慕的。

我把美看成是生命的感动。这种属于我的素朴而幼稚的认识,至今不想改变。当我觉得自身充满生命的活力的时候,我最能强烈地感受到这一点。

作为二等兵的我,在战争终结之时所感受到的对于美的深深的思慕,正是来源于这样一种心态——时时想到自己的生命之火就要熄灭了。打那时候起,映现在我眼里的风景猝然罩上了光辉。

此时,我必须站起身来举步向前。元旦的午后,是使人慵懒的时刻。然而,我感到我自己正要在旅程上全神贯注迈出新的步伐。而今,有一种东西在我心中跃跃欲动,它在我面前漠然浮现,我将赋予它一形状。这,就是我的旅程。

写在雪地上的信

〔苏联〕鲍科夫

沿着一月的林中小径,在轻盈而松软的雪地上留着用树枝写成的几行大字。我慢慢地走着、读着。

这不是一些没有联系的字,这是从一个姑娘的心里飞出来的一支短歌,歌儿流露着悲哀、叹息和自白:

在我荒凉的心田,火花闪了一闪——又熄灭了。

在玫瑰花盛开的季节,我爱上了你。

姑娘在和谁谈话?

是谁该听到这颗心儿的哀怨?

到处是一片厚厚的雪,在森林的寂静中,山雀发出了吱吱的鸣叫,在什么地方一颗失望的心在跳动着,在寻找着自己生活中新的小径。

记住我

〔英国〕泰斯特

这天终将来临——在一所出生和死亡接踵而来的医院内,我的身躯躺在一块洁白的床单上,床单的四角整齐地塞在床垫里。某一时刻,医生将确认我的大脑已经停止思维,我的生命实际上已经到此结束。

当这一时刻来临时,请不必在我身上装置起搏器,人为地延长我的生命。请不要把这床叫做临终之床,把它称为生命之床吧。请把我的躯体从这张生命之床上拿走,去帮助他人过上更加美好的生活。

把我的双眼献给一位从未见过一次日出、从未见过一张婴儿的小脸蛋或者从未见过一眼女人、眼中流露出爱情的人;把我的心脏献给一位心肌失能、心痛终日的人;把我的鲜血献给一位在车祸中幸免死亡的少年,使他也许能看到自己的子孙尽情嬉戏;把我的肾脏献给一位依靠人造肾脏周复一周艰难生存的人。拿走我身上每一根骨头,每一束肌肉,每一丝纤维,把这些统统拿尽,丝毫不剩,想方设法能使跛脚的小孩重新行走自如。

探究我大脑的每一个角落。如有必要,取出我的细胞,让它们生长,以便有朝一日一个哑儿能在棒球场上欢呼,一位聋女能听到雨滴敲打窗子的声音。

将我身上的其余一切燃成灰烬。将这些灰烬迎风散去,化为肥料,滋润百花。

如果你一定要埋葬一些东西,就请埋葬我的缺点、我的胆怯和我对待同伴们的所有偏见吧。

把我的罪恶送给魔鬼,把我的灵魂交付上帝。

如果你想记住我,那么就请你用善良的言行去帮助那些需要得到帮助的人们吧,假如你的所作所为无负我心,我将与世长存。

孤 独(节选)

〔美国〕梭 罗

在这美妙的黄昏,我的身心融为一体,大自然的一切尤显得与我相宜。夜幕降临了,风儿依然在林中呼啸,水仍在拍打着堤岸,一些生灵唱起了动听的催眠曲。伴随黑夜而来的并非寂静,猛兽在追寻着猎物。这些大自然的更夫使得生机勃勃的白昼不曾间断。

我的近邻远在一英里开外,举目四望,不见一片房舍,只有距我半英里地的黑魆魆的山峰。四周的丛林围起一块属于我的天地。远方邻近水塘的一条铁路线依然可辨,只是绝大部分时间,这条铁路像是建在莽原之上,少有车过。这儿更像是在亚洲或非洲,而不是在新英格兰,我独享太阳、月亮和星星,还有我那小小的天地。

人们常常问我:"你一个人住在那儿一定很孤独,很想见见人吧,特别是在雨雪天气里?"我真想这样回答他们:"我们赖以生存的地球不也只是宇宙中的一叶小舟吗? 我为什么会感到孤独呢? 我们的地球不是在银河系之中吗?"将人与人分开并使其孤独的空间是什么?

我觉得使两颗心更加亲近的不是双腿。试问,我们最喜欢逗留何处? 当然不是邮局,不是酒吧,不是学校,更非副食商店;纵使这些场所使人摩肩接踵。我们不愿住在人多之处,而喜欢与自然为伍,与我们生命的不竭源泉接近。

我觉得经常独处使人身心健康。与人为伴,即便是与最优秀的人相处,也会很快使人厌倦。我好独处,迄今我尚未找到一个伙伴能有独处那样令我感到亲切。当我们来到异国他乡,虽置身于滚滚人流之中,却常常比独处家中更觉孤独。孤独不能以人与人的空间距离来度量。一个真正勤勉的学生,虽置身于拥挤不堪的教室之中,也能像沙漠中的隐士一样对周围一切视而不见,听而不闻。整天在地里锄草或在林中伐木的农夫虽只孤身一人却并不感到孤独,这是因为他的身心均有所属。但一旦回到家里,他不会继续独处一方,而必定与家人邻居聚在一起,以补偿所谓一天的"寂寞"。于是,他对此感到不可思议:学生怎么能整夜整天地独坐在房子里而不感到厌倦与沮丧? 他没能意识到,学生尽管坐在屋里却正像他在田野中锄草,在森林中伐木一样。

　　社会已远远背离"社会"一词的基本意义。尽管我们接触频繁,但却没有时间从对方身上发现新的价值。我们不得不恪守一套条条框框,即所谓"礼节"与"礼貌",才能使这频繁的接触不至于变得不能容忍而诉诸武力。在邮局中,在客栈里,在黑夜的篝火旁,我们到处相逢。我们挤在一起,互相妨碍,彼此设障,长此以往,怎能做到相敬如宾?毫无疑问,相互接触的适当减少绝不会影响我们之间的重要交流。假如每平方公里的土地上只住一个人——就像我现在这样,那将更好。人的价值不在其表面,我们需要的是深刻的了解,而非频繁而浅薄的接触。

　　身居陋室,以物为伴,独享闲情,尤当清晨无人来访之时。我想这样来比喻,也许能使人对我的生活略知一斑:我不比那嬉水湖中的鸭子或瓦尔登湖本身更孤独,而那湖水又以何为伴呢?我好比茫茫草原上的一株蒲公英,好比一片豆叶,一只苍蝇,一只大黄蜂,我们都不感到孤独。我好比一条小溪,或那一颗北极星;好比那南来的风,四月的雨,一月的霜,或那新居里的第一只蜘蛛,我们都不知道孤独。

第六篇 蚂蚁与蜜蜂

猎狼记

〔法国〕大仲马

在一辆三套马车上面,配备了三个或四个打猎人;每个打猎人带着一支双筒猎枪。

三套马车是一种由三匹马拉的车辆,这个名称的来源,不是由于车的外形,而是由于把三匹马套在车上的缘故。

在这三匹马中间,当中的一匹马总是小步快跑;右面和左面的两匹马总是奔驰前进;中间那匹马快跑时,低垂着头,因而称之为吃雪马,在它左右的两个同伴只有一根缰绳,这两匹马的躯体中部被分别缚在左右两边的辕上。当这两匹马奔驰时,一匹马的头偏斜在左面,另一匹马的头偏斜在右面;人们称这两匹马为猛烈的马。

三匹马拉着这辆马车奔跑时,这辆车波动得宛如一把正在扇风的扇子。

打猎人用绳子把一头年轻力壮的猪系在车尾;为了安全牢固起见,打猎人或者用一根链条把它系在车尾。

无论是绳子或链条都必须有 10 米左右的长度。

在起程时,猎人们把这头年轻力壮的猪放在车上带走,它是舒舒服服的。到了森林的入口处,猎人们打算开始打猎了。猎人们在那儿把这头猪从车内放到地上,系在车尾。驭者挥动缰绳,三匹马就起步了。中间这匹马小步快跑,左右的两匹马奔驰前进。

猪跟在车后奔跑,感到不大习惯,便抱怨叫屈。一会儿,它的叫屈声变成了哀叫声。

听到猪的哀叫声后,第一只狼出现了,它追逐着那头猪。接着二只狼出现了,接着三只狼出现了,接着十只狼出现了,接着五十只狼出现了。

所有的狼都争夺这只年轻力壮的猪,为了接近这只猪互相打架。它们都向猪冲来,有的狼用爪抓猪一下,有的狼咬猪一口。

这只可怜的猪绝望地惨叫了,这种惨叫使森林中最深僻遥远处的狼都被唤醒了。

周围 3 里以内所有的狼都跑来了。这三套马车被一大群狼追赶着。

当这种时候,就非常需要有一个能干的驭者。这三匹马对于狼本来就有本能的恐怖心,现在被这群狼追赶时,它们变得疯狂了。中间那匹小步快跑的马,现在奔驰前进了。左边和右边的两匹马,原来是奔驰前进的。现在却惊慌狂奔了。

向狼开火时,猎人们是随意开枪,不需要瞄准。这时,那一只猪在狂叫,三匹马在嘶鸣,一群狼在嗥叫;此外,还有连续的枪声。三匹马、猎人们、猪和群狼共同表现的那种急剧猛烈的行动,简直像一阵旋风。四周雪片纷纷,空中寒风阵阵。枪弹飞射,闪闪发光。枪声大作,有如霹雳。

不管三匹马是怎样狂乱暴躁,只要驭者能控制住它们,那就是胜利大吉,满载而归。

但是,假如他不能控制住它们,假如那三套马车,撞上障碍物,或者那三套马车翻了车,那就一切都完蛋了!

明天、后天,或一星期之后,车子的残片碎块,猎枪的枪管,马的骸骨,以及打猎人和驭者的粗大骨头,都会被人们找到。

(陆炳熊　译)

鼠　笼

〔法国〕罗曼·罗兰

在我小时候,心中头一个疑问就是:

"我是打哪儿来的? 人家把我关在什么地方了? ……"

我出生在一个小康的中产家庭里,周围有爱我的亲人,这个家庭处在一个景物宜人的地方,到后来我对那地方也曾回味过,也曾借着我考拉①的声音赞颂过那种喜洋洋的土风。

我怎么会在刚踏进人生的小小年纪,头一个最强烈最持久的感触就是——又暧昧,又烦乱,有时候顽强,有时候忍受的:

"我是一个囚犯!"

佛朗索瓦一世②,一走进我们克拉美西③圣·马丹古寺那个不大稳固的教堂的时候,说过这样的话:"这可真是个漂亮的鼠笼!"——(这是根据传说)——我当时就是在鼠笼里的。

最先是眼底的印象:我小孩子目光所及的头一个境界。一所院子,相当的宽广,铺砌着石头,当中有一块花畦,房子的三堵墙围绕着三面,墙对我显得非常地高。第四面是街道和对街的屋宇,这些都和我们隔着一道运河。虽然这方方的院子是坐落在临水的平台之上,可是从幽禁在底层屋子里的孩子看来,它就像是动物园围墙脚下的一个深坑。

---

① 考拉:考拉·布勒农,罗兰所著同名小说中的主人公。
② 佛朗索瓦一世(1494—1547):法国国王。
③ 克拉美西:罗兰的家乡。

一个最切身的印象是童年的疾病和娇弱的体质。虽然我有康健的父母,富于抵抗力的血统——(姓罗兰和姓古洛的都是高大,骨骼外露,没有生理的缺陷,天生耗不完的精力,使得他们一辈子硬朗、勤快,都能够活到高年。我的外祖父母满不在乎地活到80以上,我写这篇文章的时候,我88岁的老父正在那里兴致勃勃地浇他的花园)。他们的身子骨在什么情形下都经得住疲乏和劳碌生活的考验,我的身子骨也和他们没什么两样,可是,在我襁褓时期却出了件意外的事,一直影响了我的一生,给我带来痛苦的后果。

那是因为在我未满周岁的时候,一个年轻女仆一时粗心,把我丢在冬天的寒气里忘了管我,这件事险些送了我的性命,而且给我种下支气管衰弱和气喘的毛病,使得我受累终身。人家从我的作品里,常常可以看到那些“呼吸方面的”辞藻:“窒闷”,——“敞开的窗户”,——“户外的自由空气”,——“英雄的气息”,——这些都是无心的,迸发出来的,好像是飞翔受了挫折时的挣扎。这只鸟在扑着翅膀,要不就是胸脯受了伤,困在那里,满腹焦躁地缩作了一团。

最后是精神方面的印象,强烈而又深入心脾。我在10岁以前,一直是被死的念头包围着的。——死神到过我的家,在我身旁击倒了我一个年纪很小的妹妹(我下文还要说到她)。她的影子常驻在我们家里没有消散。挚情的母亲,对这件伤心事总是不能淡忘,如醉如痴地追想着那个夭殇的孩子。而我呢,我眼看着她没有两天就消失了,又老看着我母亲那么一心一意地牵记着她,死的念头始终在围着我打转,尽管在我那个年纪是多么心不在焉,只想着溜掉,可是恰恰因为我10岁或12岁以前一直是多灾多病的,所以就更加暴露了弱点,使得那个念头容易乘虚而入了。接二连三的伤风、支气管炎、喉病、难止的鼻血,把我对生活的热劲断送得一干二净。我在小床上反复叫着:

“我不要死啊!”

而我母亲泪汪汪地抱紧了我,回答说:

“不会的,我的孩子,善心的上帝不会连你也从我手里夺去的。”

我对这话只是半信半疑:因为要说到上帝的话,我只知道从我人生第一步起他就滥用过他的威力,别的我还知道什么呢? 当时我还不懂,我对于上帝的最清楚的见解,也就是园丁对他主人的见解:

老实人说:这都是君王的把戏。

……

向那些为王的求助,你就成了大大的傻子。

你永远也别让他们走进你的园地。

古老的房屋,呼吸困难的胸腔,死亡凶兆的包围,在这三重监狱之中,我幼年时期初步的自觉,仰仗着母亲惴惴不安的爱护而萌动起来。脆弱的植物,和庭前墙角抽华吐萼的紫藤与茄花正像是同科的姊妹。朝荣夕萎的唇瓣上所发出的浓香,混合着呆滞的运河里的腻人气息。这两种花在土地里植根,朝着光明舒展,小小的囚徒也像她们一样,带着盲目的可是还半眠半醒的本能,在空中暗自摸索,要找一条无形的出路来使自己脱逃。

最近的出路是那道暗沉沉的运河,它沿着平台的矮墙,我凭在墙头。河水浑腻而青绿,没有波纹,河上载着深凹的重船,瘦弱的纤夫几乎要倾着全身的重量来扑到地上。船栏杆上缆绳的摩擦隐约可闻。一座转桥轧铄做声,缓缓地旋动开来。船舱的小天窗上摆着一盆石榴红,从船舱里，一缕青烟在冉冉上升。舱口坐着一个女人，默默无语，缝补着活计，这时徐徐抬起头来，朝着我漠然看了一眼。船过去了……而我呢，我凭在墙头，看见墙和我一同过去。我们把那只船撇在后头了，我们漂开了。越漂越远，到了无垠的广漠。没有一丝振荡，没有一丝簸动，悠悠荡荡的，仿佛我们也像黑夜的天空一样，老是这么着，在永恒里自在滑翔。随后我们又发觉了，墙和我，还是在原来的地方做着梦。船却走了。它到得了目的地吗？另一只船接着又过来了。仿佛还是先前的那一只……

　　另外一条出路，更加自由而没有障碍：就是太空。——小孩子常常仰起脸来，望着飘忽的云，听着呢喃的燕语。一大片一大片的白云，在孩子的心目中都幻成光怪陆离的建筑物（那是他初次着手的雕塑，小小的创作家是把空气当黏土来塑的）。至于那些凶险的密云，法兰西中部夹着霹雷的倾盆暴雨，那就更不用说了！风云起处，来了害人的对头，造物主双眉紧皱，向荏弱的小囚徒重新关起天上的窗板……可是救星来了，就像是女巫的手指为我打开那旷野上的天窗……听！钟声响了，这正是圣·马丹寺的钟声！在《约翰·克利斯朵夫》的开头几页，也有这钟声在歌唱着。我未觉醒的心灵里，早就铭记住它的音乐了。在我的屋顶上面，这些钟声从古老大教堂透雕的钟楼里面袅袅而出。但这些教堂的歌鸟却没有使我想到教堂。以后我再说说我和教堂中神祇的关系。我们的关系是冷淡的，客气的，疏远的。尽管我认真努力，我也没法和神祇接近。神懂得我怎样地找过他啊！可是懂得我心事的神绝不是那个神。这是向我倾听的神——为了要这个神向我倾听，我才特意把他创造出来，在我的一生中，我始终不断地向他皈依，这个神是在翱翔着的歌鸟身上的，也就是钟声，而且是在太空里的。不是圣·马丹寺高居在雕饰的拱门之上，蜷缩在他鼠笼之内的那个上帝，而是"自由之神"。——自然，在那个时期，我对他翅膀的大小是毫无所知的。我只听见那两个翅膀在寥廓的高空中鼓动。可是我却断不定它们是否比那些白云更为真实。它们是我一个怀乡梦，这个怀乡梦为我打开一线天光，转瞬就匆匆飞逝，让笼门又在我生命的暗窟上关闭了……很久很久以后（这情形留待将来再说吧！）我爬，我推，我用前额来顶开那个笼门；在空阔的海面上，我又找到了那钟声的余韵。但是直到青春期为止，我始终是在那个紧闭的暗窟里摸索着的——我指的是布尔戈涅①那个又大又美的暗窟，那暗窟就像是一所地窖，酒桶排列成行，桶里装着美酒，桶上结着蛛网。在那里面，除了一个女人，别的人都是逍遥自在的，我听到他们的笑声，正如我们本乡人那么会笑一样。我并不是瞧不起这种欢笑和豪饮……可是，窟外有的是阳光啊！……那真的是阳光吗？（但愿我能够知道就好了！）要不就是夜景吧？……既然那些身强力壮的人没有一个想要离开，我知道自己软弱，也就失掉了勇气，留守在我的一隅。

　　我十六七岁读到《哈姆雷特》的时候，那些亲切的词句在我那暗窟的拱顶下引起了怎样的共鸣啊！

　　　　我的好朋友们，你们什么事得罪了命运，她才把你们送进这监狱里来了？

　　　　监狱里！

　　　　丹麦就是一所监狱。

　　　　那么整个世界也是一所监狱。

_____

　　① 布尔戈涅：法国古行省名，原为公国，作者的家曾属该地。

　　　　一所大的监狱,里面有许多监房,暗室,地牢……

当真的,再往下读,一句话,一句神咒般的话打开了我无穷的希望:

　　　　上帝啊! 就是把我关在一个胡桃壳里,我也会把自己当做拥有无限空间的君王。

这就是我一生的历史。

　　我一回顾那遥远的年代,最使我惊异的就是"自我"的庞大。从刚离开混沌状态的那一刻起,它就勃然滋长,像是一朵大大的漫过池面的莲花。小孩子是不能像我现在这样的来估计它大小的,因为只有在人生的壁垒上碰过之后,对自我的大小才会有些数目;高举在天水之间的莲花,本来是铺展的,不可限量的,这座壁垒却逼得它把红衣掩闭起来。随着身体的生长,在许多岁月中受尽了反复的考验,这样一来,身体是越来越大了,自我却越来越小了。只有在青年期快完的时候,自我才完全控制住它的躯壳。可是这种生命初期充塞于天地之间的丰富饱满,以后就一去而不可再得了。一个婴儿的精神生命和他细小的身材是不相称的。但是难得有几道电光,射进我远在天边的朦胧的记忆,还使我看到巨大的自我,据在小小的生命里称王。

　　以下是这些光芒中的一道——不是离我最远的,(还有别的光芒照到我 3 岁的时候,甚至更早,)而是最深入我心的。

　　我年方 5 岁。我有个妹妹,是第一个叫玛德玲的,她比我小 2 岁。那时是 1871 年,6 月底,我们随着母亲在阿尔卡旬海滨。几天以来,这孩子一直是懒洋洋的,她的精神已经委顿下去。一个庸医不晓得去诊断出她潜伏的病根,我们也没想到过不上几天她就会离开我们了。有一次,她来到了海边:那天刮着风,有太阳,我和别的孩子在那里玩着;可是她没有参加,她坐在沙土上面的一把小柳条椅上,一言不发,看着男孩子们在争争吵吵,闹闹嚷嚷。我没有别的孩子那么强壮,被人家把我排挤出来,撅着嘴,抽抽咽咽的,自然而然走到这女孩子的脚边——那双悬着的小脚还够不着地;——我把脸靠着她裙子,一面哼哼唧唧,一面拨弄着沙土。于是她用小手轻轻地抚弄着我的头发,向我说:

　　"我可怜的小曼曼……"

　　我的眼泪收住了,我也不知是受了什么打动。我朝她抬起眼来;我看见她又怜爱又凄怆的脸。当时的情形不过如此。过了一会儿,我对这些就再也不想看了。——可是,我要想它一辈子哪……

　　这个 3 岁的小姑娘,她那略微大了些的脸庞,她淡蓝的眼珠,她又长又美的金发,那是我母亲引以自豪的——她蓝白两色交织的斜方格裙子,上部敞着露出雪白的衬衫,她悬宕着的小腿,腿上穿着粗白袜子和圆头羔皮鞋……她充满了怜悯的声音,她放在我头上的柔软的手,她惆怅的眼光……这些都直透进我的心坎。刹那间我仿佛受到了某一种启示,那是从比她更高远的地方来的。是什么呢? 我也说不上来。小动物什么都不摆在心上,受了别的吸引,就把这些忘得一干二净了。

　　我们回到了住所。太阳在海面上落了下去。那一天正是小玛德玲在世的最后一天。咽喉炎当夜就把她带走了。在旅馆的那间窒闷的屋子里,她临死挣扎了 6 个钟头。人家把我和她隔开了。我所看到的只是盖紧的棺材,和我母亲从她头上剪下来的一绺金发。母亲疯了似的,连哭带喊,不许别人把她抬走……

过了几天,也许就是第二天,我们回家去了。现在我眼前还看得见那个载着我们的火车厢;那些人,那些风景,那些使我惶恐不安的隧道,整个占满了我的心思。根本就没什么悲哀。离开那个我所不喜欢的海,我心里没有一点遗憾;我也离开了在那个海边发生的不愉快的事;我把一切都撇在脑后,一切似乎都烟消云散了……

但是那个坐在海边的小姑娘,她的手,她的声音,她的眼光——从来也没离开过我。好像这些都镂刻进我的肌骨似的!那时她不到 4 岁,我也还不到 5 岁,不知不觉的,两颗心在这次永诀中融合在一起了。我们两个是超出时间之外的。我们从那时起,紧靠着成长起来,彼此真是寸步不离。因为,差不多每天晚上临睡之前,我总要向她吐诉出一段还不成熟的思想。而且我还从她身上认出了"启示",她就是传达了那启示的脆弱的使者——这启示就是:在她从尘世过境中的那个通灵的一刹那间,纯净的结合使我俩融为一体,这个结合在我心里引起的神圣的感觉:——也就是人类的"同情"。

在我所著的《女朋友们》①的卷尾,当葛拉齐亚在客厅大镜子里出现的时候,可以看到我对这道光芒的淡薄的追忆。

（陈西禾　译）

大草原猎野牛

〔美国〕华盛顿·欧文

向南前行大约两小时,我们一下子走出了克罗斯·提姆贝的阴郁地带。一眼瞥见"大草原"在我们面前左右两边舒展开来,满心喜悦,难以言喻。借着水边青葱的林带,美因·加拿大河以及各种各样的小溪流蜿蜒曲折的踪迹清晰可辨。这里景色浩瀚,风光绮丽。游目纵览这无垠的沃野,本来就令人心旷神怡。而我们刚从"树丛无尽的窒闷地牢"钻出来,对此我也就感触倍深了。

在一片高地上,比特指出他和同伴打死过野牛的地方。我们看到远处有几个黑点在移动,他说那地方就是牛群。队长把路线定了下来,决定到大约一里开外的茂林尽头,在那儿扎营一两天,以便正儿八经地打一次野牛,补充一点食物。部队排成一路纵队,沿着小山坡向驻营地进发。这时,比特提议充当我和伙伴们的向导,他保证把我们带到猎物多的地方。于是我们离开了行军的队列,转向大草原穿过一个小山谷,登上一块微微隆起的高地。到达最高处,我们看见了大约一英里外有一群野马。比特立刻警惕起来,打野牛的事也不再放在心上了。他跨上那匹野性未驯的壮马,把绳索卷起放在马鞍前桥上,开始追赶起来。而我们却留在高地上凝望他的演习,心焦之至。借助一条林带的有利条件,他暗然潜行,于是接近了马群而未被发觉。马群一见他,立刻狂奔起来。我们眺望着他沿地平线奔突,就像一艘私船开足马力追赶一艘商船一样。最后,他翻过山脊,奔下一个浅谷,一会儿又到了对面一座小山上,逼近了一匹野马。他很快地

----

① 《女朋友们》:是《约翰·克利斯朵夫》一书的第八卷。

节节前进,仿佛在设法套住猎物。但他和那匹马又一次消失在小山背后,我们再也看不见了。后来才知道,他套住了那匹烈马,但抓不住它,七搞八搞把绳索都丢了。

正当等待比特回来时,我们看到两头野牛正从斜坡下来,向蜿蜒流过绿树掩映的峡谷中的一道小溪走去。我和那位年轻伯爵极力想利用树木的掩护逼近它们。还差三四百码远,野牛发现了我们,转身又退上隆起的高地。我们驱马穿过峡谷,追赶起来。野牛头大肩宽,其重无比,上坡颇为费劲,但下坡却能加速前进。这样我们就占了优势,很快就接近了那两头亡命的野牛。不过要使我们的马靠近野牛却颇为艰难,因为光是野牛的气味就使马感到害怕。伯爵带着一支子弹上了膛的双筒枪,他开了枪,但没有命中。两头公牛改变了路线,莽莽撞撞地飞速奔下山去。因为它们逃跑方向不同,我们就各选一头,分道扬镳。我备有一对铜管老手枪,那是在福特·吉布逊那儿借来的,显然已用过许多回。打野牛时手枪很管用,因为马上的猎手对野兽可以靠得很近,并可在全速奔跑时向野兽开火。而用在边疆的又长又重的来复枪却操纵不便,在马背上放枪也不易瞄准。因此,我的目的就是让野牛进入我的手枪射程之内。但这殊非易事。我骑的是很出色的马,速度快,臀部又好,仿佛很爱追逐,它很快就追上了猎物。可是马儿每只耳朵岔开向前倾,作出种种厌恶和惊恐的表示。这毫不奇怪。在所有野兽中,野牛被猎手紧追时,会现出一种凶暴至极的神情。它的一双黑色短角从毛茸茸的巨大前额翘起,两眼像煤块一样燃烧;嘴巴大张;焦干的舌头向上伸成半月形;尾巴直竖,毛茸茸地在空中摇动。那完全是一副又狂怒又恐怖的样子。

我把马赶到够近的地方已很费劲,等到举枪瞄准,两支手枪都打不响,真叫人恼火。很不幸。这两支老枪的枪机破旧不堪,纵马驰骋时起爆药竟从药池晃了出来。我咔嗒一声扳开最后一支手枪的扳手,靠近了野牛。野牛在绝望中突然喷响鼻子转身向我冲来。我的马好像依着轴心转了一个身,痉挛地跳起。因为我一直伸出手枪趴在马的一侧,所以差一点被甩到了野牛的脚跟前。

马驮着我跳了三四步,野牛碰不着我们了。那牛原来只不过要拼死自卫,这时又连忙飞奔起来。一旦稳住那匹惊慌失措的马,重新装好手枪的火药,我又踢马追赶那头放慢脚步喘息一下的野牛了。到我追上它时,它又开始竭尽全力向前猛冲,响起一阵轰隆声,蹿过矮树丛和峡谷,几头鹿、几只狼被雷鸣般的奔跑声吓得从隐身之处狼狈地穿过原野左右逃窜而去。

奔驰在大草原去追赶猎物,决非是只知道开阔平原的人所想象的那般顺当。的确,大草原的狩猎场不像草原低处那样花木丛生、牧草丰茂。这里主要覆盖着短短的野牛草,但景色也随小丘和峡谷的不同而变幻迷离,而且最平坦的地方也被雨后水流冲出的深深的裂缝和峡谷所截断。这些裂缝和峡谷在平坦的地面张开大口,简直像猎人脚下的陷阱,在他们飞速奔驰时突然阻断去路,或者使他们蒙受折肢、丧命之虞。平原上也布满小动物掘的洞穴,往往使马蹄陷进去,致使连人带马摔倒在地。刚下过雨使大草原一些坚实的地面积上一层浅水,马要啪哒啪哒地溅着水跑上一路。另一些地方有无数 8 英尺或 10 英尺见方的浅坑,那是野牛像猪一样在沙泥里打滚弄出来的。这些坑也积满了水,像一面面镜子一样闪亮,于是马要不停地跃过这些水坑,或者在边上跳起来。我们也到了大草原一些破烂不堪、支离破碎的崎岖之地。野牛只顾仓皇逃命,不留心看路,一头栽下危险万分的峡谷。那些地方要安全地走下去是必须沿着峡边走的。最后,我们来到一条由冬天的水流冲刷出来、贯穿整个大草原的深深的陷窟,那儿裸露着参差的巉岩，形成一条长长的溪谷，两边是陡峭、参差的石头和黏土混杂的悬崖。野牛就这样连滚带蹦地栽下这样一处悬崖，接着就沿着谷底奔逃，而我看到再往下追赶已属徒劳无益，于是勒马不前，在悬崖边上寂然凝视着它，直到它消失在蜿蜒的溪谷中。

此刻已无事可干了，我唯有掉转马头，找伙伴会合，起初倒有点麻烦。追逐猎物的热忱使我沉溺在长久的奔驰中无心他顾，现在我发现自己置身于凄清的荒原，天边是光秃秃的、均匀起伏的高地。由于缺乏地物和显著的特征，缺乏经验的人在那儿会搞得糊里糊涂，就像在汪洋大海中那样容易迷失方向。天色也是晦暗的，因此我不能靠太阳指引。我的唯一办法是追寻马儿来时踏出的足迹，尽管在枯草覆盖的地面我常常连马蹄印迹也看不到。

大草原的荒凉地会使不习惯的人感到难以言喻的寂寞凄清。相比之下，森林中的寂寞就微不足道了。在森林中，视野也被林木遮断，而人们还可自由自在地想象出森林外面生龙活虎的景象。可是在这儿，景色一望无际，但却荒无人迹。我们意识到远远地置身于人烟之外，感到踏进了荒凉世界之中。当我的马儿拖着缓缓的脚步走回我们刚才蹦跳奔驰的地方，追赶的狂热又已消失，我对这一带的环境就感触尤深了。荒原的寂静时而被打破——那是远处一群在浅水塘周围像鬼魅一样潜行的鹈鹕的叫喊；有时是空中的大乌鸦的恶叫声；偶尔会有一只无赖恶狼在我面前奔走，走到安全的距离会坐下来号叫哀泣，那声调使周围的荒凉更添一层凄楚。

赶路有顷，遥见远处山边有一位骑手，我立刻认出他是伯爵。他和我一样两手空空。不一会儿，我们又和可敬的伙伴维托索会合。他鼻子上架着眼镜，马背上放了两三支空枪。

我们决定暂不去找营地，而要再作一次努力。向荒原纵目四望，我们远远看到大约两英里外有一群野牛，星星点点地散开，静静地在一小片树丛附近吃草。无须多少想象力即可想见这么多牛在一块空地边上吃草的情景，也可想到树丛可能遮住了某幢孤零零的农舍。

我们作出包抄牛群的计划，准备走到牛群的另一头，朝我们认为营地所在的那个方向猎取它们，否则追赶野牛会使我们走得太远，无法在日落前找到归路。于是我们慢慢地、小心谨慎地兜一个大圈，不时看到有牛不吃草了，我们也停下步来。幸亏风从它们那边吹来，否则它们会闻到我们的气味而惊慌起来。就这样，我们绕到了野牛的背后，没有惊动它们。这群牛大约有40头，有公牛、母牛，也有小牛犊。我们彼此拉开一定距离，排成一横排缓缓前进，想逐步潜近野牛，不引起它们注意。不过它们也开始悄悄地走开，每走一两步就停下来吃草。突然间，一直在我们左边一丛树下打盹而没被我们看到的一头公牛从窝里站了起来，急匆匆地跑回牛群中去。我们还有相当距离，但猎物已惊慌起来。我们加快脚步，它们撒腿就跑，于是一场全力以赴的追逐就开始了。

因为地面平坦，所以野牛向前冲的速度极快。它们鱼贯而行，由两三头公牛殿后。最后一头野牛身躯硕大，前额高昂，毛鬃枯焦，看似一群之主，仿佛能长久统治大草原王国一般。

这些巨兽的样子既可怕又可笑，因为它们要拖着巨大的躯体向前冲，笨重的脑袋和肩膀要颠上颠下，翘起的尾巴像哑剧丑角的发辫，尾巴尖既凶狠又滑稽地摇来晃去，两眼闪着凶光，神情既惊悸又暴怒。

我和牛群并排冲了一阵子，没能让我的马驰入射程之内，因为在先前一次追逐中，野牛的冲击使它受惊不小。最后我让马靠近了，可是又一次受挫：手枪又打不响。我的伙伴们，他们的马本来就跑得慢些，再加上劳累，所以追不上牛群。最后，排在最末尾要失去优势的L先生举起他的双筒枪扫了一长串子弹。他打中了一头野牛的腰部正上方,打断了它的脊骨,把它打倒在地。他停步下马去收拾猎物了,我把他那膛上还剩一发弹药的枪借了过来。我驱马尽了全速,又追上了在伯爵追赶下正轰隆隆地向前冲的牛群。有了现在这支枪,我不必把马赶得那么近了,于是我和牛群拉平,选中其中一头。很幸运,一枪就把它当场击倒。子弹打中致命部位,野牛一倒下就再也爬不起来,只能躺在那儿,在垂死的痛苦中挣扎,而其余的野牛则四蹄不停地穿过大草原向前冲去了。

我下了马,系上缰绳以免马儿走失,上前审视我的牺牲品。我决不是猎手。驱使我作出这非常之举的,是猎物的庞大和冒险追逐的激动。既然激情已经过去,我低头俯视着躺在我面前挣扎流血的可怜动物,不禁动了恻隐之心。它的硕大身躯和活现的神气曾激起我的热望,现在却使我滋长了内疚之情。我仿佛觉得我所造成的痛苦和我的牺牲品的躯体一样大,仿佛觉得所造成的生命浪费较之毁灭一只小点的动物要大上一百倍。

这可怜的动物在痛苦中苟延性命,使这种事后的良心谴责益发加深。它显然受了致命伤,但死亡的来临恐怕为时尚早。把它留在这里,让它被那早已闻到它的血腥、正在远处躲躲闪闪地号叫、等着我离去的狼活活地撕成碎片;让它被在空中振翅盘旋、阴郁地号叫的大乌鸦撕成碎片,都不是合适的。让它死去,结束它的苦难,现在已经变成一种慈悲的善行。于是我把一支手枪装上弹药,走近那头野牛。我觉得这样心平气和地伤害它,和在激烈追逐中开枪完全是两回事。不过瞄准它的背脊开枪时,我的手枪只有这一次是打响了。子弹准是穿过了它的心脏,因为这只动物剧痛地痉挛了一下就断了气。

我任由马儿在我身边吃草,自己对着如此放肆地造成的尸骸伫立沉思,从中吸取着教训。这时,我的猎伴维托索来到了我身旁。他这个人样样机灵,而对"狩猎"技艺尤为资深老练。他很快就把野牛舌头挖出来递给我,让我当作战利品带回营地。

(樊培绪   译)

蚂蚁与蜜蜂

〔埃及〕马哈茂德

蚂蚁为冬季储存食物,它将自己搜集到的食物原封不动地储存起来,麦粒仍是麦粒,糖渣仍是糖渣。蚂蚁在这方面所做的全部工作,是搜集它遇到的可吃的东西,并把它们平铺在它的窝内,或者一层层地堆砌起来,或者用我也不知道的什么方式储存起来。

小时候,我曾目睹一件奇事。那是在一场大雨之后,当时我看见一群蚂蚁正把它们窝里储存的东西运出来,平摊在阳光下。它们一定是发现这些食物被渗进去的雨水打湿了。蚂蚁的库存物并不总是零零碎碎的各种可食之物,有时也可能碰上体积硕大的猎获物,它们把这大家伙照原样保存。它们给它挖一个可容得下它的特别储存库。有一天我曾亲眼目睹这一情景。那天,我坐在乡间医院的一间屋子前;我的小弟弟病了。我形影不离地陪伴着他——他应享有真主的慈悲与喜悦!——在那儿,我发现前面的花圃里有一只大蚂蚁正在和一只昆虫搏斗,双方争得不可开交。蚂蚁咬了对方一口,正好咬在对方的脑门子上,我眼看着那虫子的身子就僵直不动了。蚂蚁这时稍微向后退了退,在距昆虫不远的地方刨起坑来,眨眼的工夫就完成了。它再次爬到它的猎获物身边,将其拽到洞穴处。啊,真是令人惊奇! 它开始急匆匆地丈量起昆虫的长度和高度来。它在昆虫前后左右爬着,又爬到昆虫的身上,然后独自进到那洞穴里。大概是发现洞穴挖小了,容不下猎获物的身子。于是又重新挖起来,将其扩大些。它再次进行丈量。当它认为满意时,便开始拉扯它的捕获物,直到将其拖入囚室,然后又用挖出来的土填那个洞穴,直到将洞口封住,它才离开,去做同样的事。

这就是蚂蚁和它在储藏食物时的所作所为。它在聚集食物方面确是一位高手。但它并不把这些东西作丝毫的改变。蜜蜂则是另一回事,它一吸吮到花朵的醇酿,便依靠自己的内部工厂,在蜂房里将它们加工成蜜。

人类按蚂蚁的方式和蜜蜂的方式汇聚自己的科学知识,有时以这样方式,有时以那种方式。在这两种方式中显示出各民族不同,和各个时代的相异。有的民族,或某个时代,可能被聚集的储存活动所控制。当某个人想享用一点储存在他辛劳生活中的知识时,他就从储藏室中提出自己想要的东西,利用它们服务,而那些东西仍保持着他见到它们和储存它们时的老样子。不过,与此同时,我们也可能看到另外一个民族和另外一个时代,除非让聚集的物质在他们中变为一种新创造,他们是不会善罢甘休的。由于这种创造,人类前进着。他也许看到过聚集活动在两种情况下共同参与的。但是当普通人停留在第一种状态下时,创造者则跨越向前,进入另一个阶段,这一活动在第二种状态下建立其上的蚂蚁和蜜蜂二者都在聚集它们的物品,但蚂蚁是原封不动地聚集它们,而蜜蜂是让其聚集到的东西变成一种新事物。

我在谈到这一点时将加快点步伐,我想把我将要详加解释的事情用一句话来概括。我为什么要匆匆忙忙地在阐明前提前提到结论呢? 我的回答是:为了切断那些缺少耐性的读者的逃路——这类读者只满足于一篇文章的一段或两段。那么就让他在逃走前带着些思想吧。这思想也许会激起他的不安和引起他的关注。因此我说:埃及已经越过了她的现代复兴的初始阶段,从最初开始到今天已过了180年。埃及开始复兴要早于俄国约三分之一世纪,但埃及在大约180年的复兴期间,并未达到足以让她创造和增加新物的程度,就像有些开局比她晚的民族所做的那样。理由何在呢? 这可能有好多理由,但其中之一——占有理由之首的是,埃及已选择了——在绝大多数情况下——蚂蚁的方法。她很少像蜜蜂那样行事,如果她拥有了她想拥有的知识和艺术的储藏库,但这些储藏库充满了别的正在复兴的民族创造的事物。不过为了公道起见,在这里我们应该说,事情并不是非此即彼——要么只是蚂蚁的方式,要么只是蜜蜂的方式。因为同一个人也可能将部分蚂蚁方式同部分蜜蜂方式集于一身。像这样两种方式的集合,我们看,已经在埃及现代复兴的某些杰出人物身上实现了。不过,如果我们想对我们长达180年的生活进程的大部分作一判断的话,那我们就要说,它们是蚂蚁的那种搜集和储藏的方式。

来! 让我们一起做一次迅速的回顾,看看历史上见到的最强有力的文化复兴运动的几个例子。让我们看看它们是走的哪条路,从而表现出创造性。我们将发现,它们在发展历程上全都十分相似:"蚂蚁式"的步履把它们和世界达到的原则真理聚在一起,接着就是"蜜蜂式"的步子,具有天赋才能的人们在这一过程中吸取着被汇聚的知识的蜜汁,不是为了照原样储存在他们的记忆里,而是在他们的天才加工场里将其转变为一种新的创造。不过,在衰落和停滞阶段,研究者们死记硬背他们遇到的前人留下的遗产,以便在不同的场合"背诵",于是将那些东西倒腾出来了,像木乃伊从棺椁中抬出来去博物馆展出一般。

让我们把穆斯林历史上那一汹涌的文化浪潮作为我们的第一个例子。伊斯兰教刚出现一个多世纪,学者们正忙于——基本上——语言及与之相联系的语法、例证等问题,直到那个从其他民族源泉中搜求汇聚的运动开始,我指的是从希腊语、波斯语和印地语中进行翻译的那一运动。这个翻译运动经历了两个阶段:在第一个阶段,翻译家们是各行其是的,一切全靠各自的兴趣,国家与他们无关。但在第二个阶段,国家的作用就很大了。哈里发马蒙建立了所谓的"智慧馆",这里云集了从事译述的人才,他们都受到哈里发马蒙的关照。这样做的结果是,研究者手中拥有了这些译本;亚里士多德大部分著作,新柏拉图主义文章,注释家写下的柏拉图对话录部分内容,加利诺斯的大部分著作,加利诺斯之外的人写的部分医学著作,此外还有各种学科的著作,其中有伊格利德斯的书,艾尔叶米德斯的书,等等。公元九世纪(伊斯兰历第三世纪)刚近尾声,阿拉伯语就发现了其他文化中前人所创造的优秀产品。你可以想象自己正步入巴格达的智慧馆,你看到一大批翻译家正埋首于他们的稿页上,把某种文字译成阿拉伯文。在这些人中有三位出自同一家族,他们是:阿布·宰德·哈尼纳·伊本·伊斯哈格,他的儿子伊斯哈格和他的外甥吉诺斯。在你看到这些人翻译他们正在翻译的东西时,你是否不得不立即想到,你看到的事情正是像蚂蚁聚集和储存那样努力? 那些被译为阿拉伯语的东西,绝不会成为阿拉伯文化。但是,那将让它们成为阿拉伯文化的另一些人,遇到这些译本,从而吸取其中的蜜汁,然后从他们吸取的东西中推出一种新创造的人,就是我们今天所指的人。如果说我们谈论阿拉伯遗产,那么他们就是这一遗产的光耀和尊荣的顶峰。

让你同阿拉伯历史一道转向公元十世纪(即伊斯兰教历四世纪),留意你在书库里正好碰到的东西。——这些书的主人曾生活在那个时代,然后你看看其中的内容,你会看到花是怎样转化成蜜的。你读读——例如——艾布·哈雅·陶希迪的著作,你就会发现自己正立于一种新的阿拉伯思想面前,它与他的阿拉伯前人那里的思想并不相似,也与译为阿拉伯文的希腊著作完全不同。这些新的情味并不局限于一两个人,而是旷日持久的整整一个时代的全面印记,不论在阿拉伯东方,还是在阿拉伯西方,全都一样。在那一漫长的历史时期里,一些名字像璀璨的星辰熠熠发光:在哲学家中如法拉比,伊本·西那、伊本·路什德;在哲理诗人中如阿布·阿拉;在批评家中如阿卜杜勒·卡西尔·朱尔加尼;在数学、天文、化学、医学的许多学者,以及思想和文学各个领域的其他名人。

让我们转向光辉的文化复兴的第二个例子,它就是被称作"一次新生"的欧洲复兴中的例子。在这里,第一个阶段也跟蚂蚁搜集储存食物时的行事方式一样,直到时间来到,欧洲在中世纪末期不断聚敛人类最重要的精神产品,希腊文化中的,罗马文化中的,阿拉伯文化中的,欧洲把这一切都翻译过去了,一个传播圈开始不断扩大,直到传入修道院和大学中的研究家的手中,传到文学艺术家手中。于是蜜蜂酿蜜的工序开始了,结果世界面对着一种新的精神,一个新的理智。这个"新"没有局限在学者伽利略、哥白尼等圈子内,也没有局限在艺术家如拉斐尔、米开朗基罗、达·芬奇的圈子内,也没有局限于文学家、诗人如莎士比亚等的圈子内。相反,这个"新"包括了生活的精神本身,用一切新事物支配了人们中的奇特的快乐,像儿童的快乐。于是旅行家飘荡在无名海洋和遥远的大地,攀登高山——这些高山原本是担惊受怕和造成恐惧的根源。在整个生活中弥漫着一种冒险精神、探幽揭秘气氛。由于这一切，世界进入了一个新时期：科学、探索、文学、艺术、重视人——那个大地承载、天空荫庇的人，而不是那个抱残守缺、易于满足的苦行者。

　　说到这里，正好提一提塞万提斯和他的巨著《堂吉诃德》。我们在这本书前驻足是很有必要的，就像强有力的警钟一样重要。如果一个人沉睡了一年，他需要觉醒。堂吉诃德以为风车是敌对的骑士，于是大战风车；他把羊群当成突袭的敌军，于是与之展开激战，——这些并不是《堂吉诃德》中的一切。不！在理解这本书时，还有对那些在文化上死气沉沉地活着的人——像我们今天活着一样——更深刻、更具影响的东西。

　　那位堂吉诃德先生读了前人关于骑士生活的书，并把读过的东西丝毫不变地记背下来，没有往里面增加什么。尔后，他照着他的榜样描绘自己人生的图画。因此，他就像一只大蚂蚁，落到一份大猎物上，于是将其储存起来，作为冬天某日的美餐。他就像那只我对你谈到过的、我看见过的蚂蚁。当那只蚂蚁把一只和它相比体态硕大的昆虫咬僵后，它挖洞将其埋入。如果堂吉诃德在他那个时代之前的某一时代做那些事，——那时候骑士的生活是尽人皆知的，是受尊敬的——那他做的事情就没什么引人注意的地方。一个生活在骑士时代的骑士有什么可引人注目的呢？但是，骑士时代已经一去不复返了，世界已进入一个新时代——我们提到的欧洲复兴时代，这时出现了堂吉诃德，他不和人们一起呼吸新鲜空气，而是呼吸储存在他读过的那些关于一个旧时代的书本扉页间的空气。如果说别的人是血肉之躯，那么他却是个由库存的词汇构成的人，他的血液回自墨水瓶。你是否认为《堂吉诃德》是一个已经出现过并已经隐没了的人类奇迹？仔细观察一个你周围的事物和周围的人，你会发现有成百上千和他一个类型的人，他们正拖着故纸的身躯、墨汁的血液，装满前人言词的大脑蹒跚地行走在大地上，不是为了让这些言词成为启迪新事物的源泉，而是为了让它们成为他们生活的另一个星球，仿佛在我们和这些言词的主人之间没有隔过数百年。

　　我们，在经历过 180 年之后——自向欧洲打开大门之后，由于这一开放，我们的现代复兴开始了，倘若我们除去我们在这一时期生产的极少极少的部分，那我们定会看到，我们的生产很像蚂蚁窝里的一件东西。这一生产可以归结为这样一种方式："我们的前人是这样说的，西方人关于我们的前人和我们同代人是那样说的。"我们仍然如此。甚至在音乐和诗歌上，这两种事物如果不是从音乐家和诗人的内心深处迸发出来，那它们就什么也不是。我要说，我们甚至在这一领域，仍然处在两个人中间；一个说：正如我们前人对它的理解，艺术应该是这样的；另一个说：正如西方人对它的理解，艺术应该是这样的。我就不必说我们在思想、科学、组织、文学等不同领域所持的态度了。十分清楚，我们在所有这些方面，都被局限在我们提到的那种方式的框子内。这即是：一个声音用前人所掌握的东西呼唤着，另一个声音用西方占统治地位的东西呼应着！对我们来说，还没有熔铸出一种观点呢。

　　我们认真听取我们前人说过的话和西方人对我们前人及至同代人说过的话，这并没有什么坏处；相反，对想让我们的复兴立得直走得正的人来说，这是一件绝对必须的事情。但是真正有害的是，我们对这一两个来源都持蚂蚁在聚集和储藏中所持的那种态度，并以此为满足。因为在这之后，还有蜜蜂在同化和转化上的作用。让我们有机会说。

　　这是我们的本，就在我们的右手上。应该在它的基础上进行清算。对我们来说，这一清算在大量的文学创作上,在少量的艺术中,已经真正实现。但是在思想领域的许多方面,无论是多是少都没有实现,——真主啊!只有几滴解不了小鸟干渴的水!

(伊 宏 译)

游隼和鸽子

〔秘鲁〕略 萨

我工作的地方是个16世纪诺曼底式的修道院(不过,这是在华盛顿,建于19世纪中叶)。我的写字间是在一座具有历史意义的钟楼上,因为据说亚伯拉罕·林肯曾站在这里检阅内战期间参加马那萨斯战役的合众国军队。

我在这里住了6个月了。几个星期前一群群鸽子还在我周围的屋檐、飞檐和屋顶上晒太阳或躲雨。我听见它们在交谈,看见它们在活动,清理羽毛,还偷偷地窥探我。现在鸽子却不见了,我只看见它们留下的不体面的东西:零散的羽毛、光洁的小骨头和腐烂的性器官。

由于该国空中的游隼正在减少,美国国立博物馆——管理这座修道院和华盛顿大部分博物馆的机构——便制定了一项计划,以便防止这类猛禽的灭绝。这座修道院——人们称它是城堡——的屋顶和钟楼被认为是促进它们生存的合适的地方。

此事我是通过几件事慢慢知道的。一天早晨,我发现几个工人在邻近的钟楼上用硬纸板盖一座小钟楼,看去像一种布景。他们还细心地往上刷漆,使之和大钟楼融为一体。这是一个游隼巢。过了几天,他们带来三只新生的小游隼,一个小伙子还在巢边住下来,以便喂养它们,直到它们能够自己啄食为止。我看见几位摄影师爬上钟楼拍照,好使小游隼啄食的情形永远保存下来。有一天我傻乎乎地认为那个年轻人在用奶瓶给它们喂奶,我便爬上去看。不,原来他在往它们的嘴里填活生生的雏鸽。

现在,那个青年已经撤走,让游隼们自己照管自己。开始时,它们在这里猎食。但鸽子都被吓跑了,我再也看不到它们抓鸽子吃,而只能猜测了,因为我看见它们吃饱了飞回来,嘴里还叼着一只猎获物。游隼是棕褐色的飞禽,身上有黑色小斑点,翅膀比胸前色深,目光逼人,姿态高傲。很难说它们美丽,也不能说它们温柔可爱,但是它们有其果断、明确、冷漠、严肃和动人的地方。

现在它们成了我的邻居。我想起了几年前在另一个华盛顿(美国西部的一个州)的一个女学生。在和驯鹰术有关的黄金世纪文学的研究方面,她具有很高的学识。她通过对食肉猛禽的描写记忆诗篇和戏剧。譬如对《塞莱斯蒂娜》,她只对此剧的开头感兴趣,因为那只猛禽把卡利斯托带到了梅利贝娅的花园。她在自己的花园里养了游隼,并就这个题目写了一篇博士论文。星期天休息时,她从事一种其剧烈程度和传统色彩不比其他运动逊色的体育活动:射箭。

我之所以讲述美国国立博物馆的游隼和鸽子的故事,是因为我觉得很有意思。但是这对了解这个国家无所顾忌的、建设上的态度也具有教育意义。与此同时,在目前的美国,历史也有一定的象征性,就像钟楼上发生的事情一样,游隼——就像保守党——正在把鸽子(自由党)取代。这不是一个特殊的政治现象,而是一种更广泛的现象,一种也包括宗教和伦理的精神状态。对这种情况,使用"反动"这个词儿是有意义的,因为事实上这是一种倒退,一种在感情上向过去(尽管过去比现实更神秘)的回返。

　　几个月前,在华盛顿,来自全国各地的50万人在保守的基督教教会和教派的号召下举行了一次游行。游行者在肯尼迪运动场上露营,整天在神殿与华盛顿纪念碑之间的平地上祈祷、唱歌和倾听几十位讲道士的布道。主席台就设在我的窗外下面。——看得出,我住的钟楼是一块圣地——没有办法,我只得让那些反对堕胎、黄色书画和毒品的热情演说和鼓吹爱国主义、简朴的生活、慈善活动和严肃的道德的紧急呼吁往耳朵里灌。比听他们布道更使人迷惑的是看见他们在众多的善良家庭中间抢夺东西。有些家庭千里迢迢来到这里渴望"得到上帝的证明",设法辨别和区分不同的教派。有时仅仅看到教派的名称("具有神授能力教"、"戒行教")就足以把人淹没在中世纪的气氛中。

　　但是这种宗教保守主义的公开表现并不像组织者们希望的那样团结一致、和谐无间。从早到晚,意见不同的人、提出批评的人、反对者和异端不断出现。当然,这都发生在宗教内部。最轰动的插曲是为了基督而搞同性恋的人群闹闹哄哄地涌来——他们唱着歌儿——他们的出现使许多清教徒慌作一团,引起了争论甚至发生了暴力事件。但是那些人终于获得留在那里的权利。他们散发小册子,为他们的观点辩护。不那么严肃却颇引人注目的事情是由青年男女组成的发疯的年轻教友会"希伯来行者"的到来。他们穿着绿长袍,打着赤脚;他们是素食主义者,杂居在一起,到处流浪,相信他们的救世主——一个加利福尼亚人——是再生的基督,相信使用皮革制品会招来永恒的惩罚。

　　目前美国社会的保守倾向在国内引起了不安,人们认为里根在11月的大选中获胜——据民意测验,这是可能的——将意味着向冷战、大棒政治甚至麦克阿瑟主义的倒退。说实话,我不认为存在这种危险。正如我有理由认为古代的东西不能制造一样,我认为历史也不可能往后跳。那种具有健康的习惯、牢固的家庭、贸易总是繁荣、感情单纯、里根渴望的国家从来就没有过(除非在电影上),所以它不可能回到过去去。在这方面能够获得的,只有幻影。另一方面,由于里根假定的政府永远不会一致,指导这个国家的制度完全是为了使不同的声音得到听取而确立的,所以他的政府注定要被迫对它的反对派妥协、让步、缓和自己的目标、无可奈何地——像参加游行的基督徒们一样——彼此共处。但是里根的经济政策很可能为这个经历着历史上通货膨胀和失业的指数最高的国家带来更多的好处而不是损失。我认为里根的当选并不意味着战争。不过,这的确意味着某些可悲的东西:政治简单化、目光短浅和落后、笑眯眯的没修养。问题是:卡特意味着另一回事吗? 自由党和保守党之间的变化在美国是相对的。严重的是其政治类型的平庸化。所幸的是,美国的政治不控制也不冲击一切其他的社会活动,它们有自己的动力,它们愈来愈吸引优秀的人才。不幸的是对外国,美国的政策在那里产生着强烈的反应,它的政治家的过失和缺点在那里造成了更大的危害。

(朱景冬　译)

松　鼠

〔法国〕科莱特

　　战前,我有一只松鼠。它原先的主人在我上车的时候很巧妙地把它作为礼物悄悄塞进我的大衣口袋里,当时我已经相继欣赏然而谢绝了一头滑头滑脑、气味浓重的北美浣熊,一只年满一岁的豹猫,一头四个月大的小母狮和一只像生菜盆一般大、人家向我保证会伸出爪子的名叫阿纳托尔的癞蛤蟆。

　　我曾在别处说起过这头巴西松鼠,它全身呈深铜绿色,翘起的尾巴顶端和腹部则是红色的。兴许我这样描绘它还早了点儿,其实我对它并没有一个基本的了解,因为,那时我把它叫做“母松鼠”和丽科特。比我聪明的人恐怕也全弄错的……

　　我一开始就觉察到皮蒂里基确实野性十足,换句话说,它对于人一无所知,竟以为可以无所顾忌。它的身上燃烧着一颗海盗和大王的灵魂,并在它那站起来才22公分长的身体内随意地表现出来。

　　第一天,它就把波斯猫吓得直哆嗦,而叭儿狗在它面前竟说不出话来。瞧着这个快快活活、疯疯癫癫的家伙一本正经地坐在椅子靠背上,瞪着那双像羚羊般椭圆形眼睛盯着每一样东西,谁会不发抖呢? 它一边口中咂咂作响,一边摇晃它那镶有一条“绦带”的可爱的圆耳朵,把棒子壳和它的威风胡乱撒向我那些惊愕不已的小动物。

　　第一天,它喝牛奶,在我的头发上蹭干净两只手,然后模仿松鸦的叫声,往空中蹦跳。它沿着天花板的突饰奔跑,过一会儿,又趴在一块路易十六时代的地毯上,把一个戴头盔的半裸人物的鼻子吃掉。不过,它并不认为我会惩罚它,又回到我的肩上,梳理我的头发,把冰冷而友好的小鼻子、肉乎乎的舌头在我耳朵下方蹭,它那独特的气息散发出麝香的芬芳。

　　“它挺好看,可是……它对人亲热吗?”我的男女朋友这么问道。

　　我觉得,他们这样直截了当地提出问题真放肆,他们的问题总是同样的问题。多么苛刻,而且,对待动物多么卑劣……“有来有往”,可我们又给了些什么呢? 一点儿食物,——和一条锁链。

　　“拴住它,它抓了一团毛线!”

　　一条在皮蒂里基童年时就箍在它腰周围的锁链磨损了它的毛皮。它那如羽毛般轻盈、如火焰般闪烁、翘在空中的尾巴在跳来跳去时便发出一种如苦役犯戴的镣铐的声音。

　　“抓住它,把它拴住,它把糖果盒拿走啦!”

　　它被缚住之后,就把手指长长的手——那一天要洗10次、保养得很好的手塞进钢制腰带和肋部之间,陷入沉思。当我带它去乡间时,我恍然大悟,直到那时,它一直过的是沉闷的城市生活。它没有立刻走出敞开的笼门。它把一双手紧紧贴在胸前,出神地凝视着由花园、草地和大海构成的一片无边的绿色,身体则有规律地战栗,我只能把这种战栗比作生命垂危的蝴蝶的抖动。它的美丽的、如一颗泪珠般凸起的眼睛里映出一片绿色。不过,皮蒂里基已经与我们一道生活了相当长的时间,并不指望有过分的恩赐。我牵住链子的另一端,它便随我一起在草坪上行走。在草地上，它干净利落地小便，采摘一粒粒黑色的野果籽。然后，它用前肢攫住一棵鲜花盛开的女贞树底部的枝桠，发疯似的摇晃它，咬住它，仿佛要看看这树枝是不是活的。

这时，它瞧见空中飞过的鸟儿，便伸长脖子向鸟儿致意，这一举动几乎使它离了地面……

然而，那时候它只有一条稍长的锁链。难道不该提防野猫、狗、寒夜，尤其是我放养的4只来回盘旋瞭望的雀鹰吗？那些自由自在地走动的动物渐渐走近它，有时使它亢奋，有时惹它恼怒。它遇见一条脆蛇蜴，耳朵之间的前额上便立即堆起皱纹，竖起了脖子和尾巴的簇毛，血丝也蒙上了暗色水晶一样的眼睛。在我起来调解之前，皮蒂里基已经翻了个空心筋斗，像只好斗的公鸡在空中打了个旋，那蠕蠕而动、并不伤人的小蛇已经躺在地上，断成两截……

但是，对癞蛤蟆，松鼠只是表现出相当反常的厌恶。有时，它向表皮长满疙瘩的、肥肥的雌性癞蛤蟆伸出爪子，显得挺友好地搔它那脓疱状的脑袋，但是，癞蛤蟆却鼓起了肚子，表示抗拒，皮蒂里基气得眼都红了（确实如此），发出刺耳的喊杀声。

它度过了愉快而又充实的复活节假日，它发胖了。除了我敞开给它的棒子、核桃、杏仁外，它还咬了窗帘、镜框的一角，凿穿了一个银匙，整天把一根葡萄枝搂在怀里走来走去，用嘴唇舔着。它轻盈地在我双肩之间蹿来蹿去，往我耳朵里吹气，可是，我讨厌它身上那条链子的声音和它柔软光滑的肋部的周围那一小圈被磨损的皮毛。

五、六月间，在巴黎我那小小的园子里开满了白洋槐花、杜鹃花和葵花。皮蒂里基关在笼子里，把它的可爱的鼻子挤在两条栏杆之间……我知道，我终将打开笼子，解开它的锁链，而且我会想它的。

我给皮蒂里基以自由的时候，我回想起来正是六月，温煦的微风轻轻吹拂，洋槐花和双瓣樱桃花如一条条雪白的斜线在空气中摇曳，而自由了的松鼠却一动也不动，它两只手交叉，久久地、全神贯注地坐在窗台上。它开始做它的习惯动作，把手塞进腹部和链子之间，但它没找到链子。它笨拙而轻轻地跳了一下，估量那根原先拴它的断链带的确切长度，然后，又试着跳了一下，那时，它只是瞅着我。最后，它不安地咳嗽，急急地奔跑起来，然后，消失得无影无踪。

暮霭降临时，我叫唤它的名字，但没有用。可是，夜色深沉时，窗台上面响起了松鼠那轻轻的、朴实的干咳声，它呼唤着我，皮蒂里基像主人似的回到房间。它步履蹒跚，因户外的空气、树木、鲜花和海拔高度而为之心醉。它就着盥洗盆的水嘴畅饮，用一双手梳洗一番，准备床铺——那个它每天晚上打开，然后又裹在身上的毛线团，像粗汉那样嘟囔："我的床！他妈的，我的床！"夜里，它乱梦萦绕。第二天，我又见到它自由自在地坐在窗边，等待着折断那条其实已不再存在的链子……

那天，它没有离开花园。在杜鹃花、洋槐花丛中，在我那低矮的房子的天沟里，重又开始像人间天堂一般的生活。一群飞来飞去的燕子和麻雀围着皮蒂里基，对它鸣叫，时而用嘴啄它，它便咕唧不休，开始蹦蹦跳跳，鸟儿们见它这样，劈劈啪啪地像鼓掌似的舞动翅膀。它欣喜若狂，忘乎所以，追逐我那宝贝猫，把猫从洋槐树那儿撵走，它得意洋洋，像洗瓶毛刷那样蹲在洋槐树上，一脸满不在乎、睥睨万物的神态："现在，轮到谁啦？"

放假了，我们管不着它啦……皮蒂里基来到花园，在三条小径环绕的几幢住房附近玩耍。它远没失去爱交际的性情，甚至还向那儿的居民施展自己的社交影响，于是，便有人来告诉我：

"皮蒂里基在尼古罗街午餐，吃了高脚盘里的核桃和一些葡萄干……"

"皮蒂里基在维塔尔街躺了两个小时、它坐在钢琴上,听小姑娘学唱歌……"

"有人从埃格隆·勒鲁太太家来,说要看看皮蒂里基有没有带来一把镶银的玳瑁小梳子,它是从小梳妆台上拿走的。埃格隆·勒鲁太太说,如果找不到,也没关系……"

它每天早出晚归,精力充沛,皮毛光亮,因为获得自由的缘故,甚至因为感恩的缘故,它显得神采奕奕,它从不忘记回家,从不忘记向我滥施松鼠式的爱抚和亲吻。这重新开始的世界,这一平衡状态,这野生动物和我们之间的纯洁关系,持续了两三个星期。一天晚上,皮蒂里基没有回来,后来的晚上也没有再回来。我确信,人类的双手又重新攫住了它,攫住它的毛皮,它用来滑跳的柔软的后爪,它那为了伸出脑袋让人抚摸而贴在两侧的耳朵。

正是因为想起皮蒂里基,想起那些生活在我们中间感到别扭,因而悲伤地隐居起来的其他野生动物,我才常常体味到"对人的厌恶"。

(谭立德　译)

天　鹅

〔法国〕乔·布封

在任何社会里,不管是禽兽的或人类的社会,从前都是暴力造成霸主,现在却是仁德造成贤君。地上的狮、虎,空中的鹰、鹫,都只以善战称雄,以逞强行凶统治群众;而天鹅就不是这样,它在水上为王,是凭着一切足以缔造太平世界的美德,如高尚、尊严、仁厚等等。它有威势,有力量,有勇气,但又有不滥用权威的意志、非自卫不用武力的决心;它能战斗,能取胜,却从不攻击别人。作为水禽界爱好和平的君王,它敢于与空中的霸主对抗;它等待着鹰来袭击,不招惹它,却也不惧怕它。它的强劲的翅膀就是它的盾牌,它以羽毛的坚韧、翅膀的频繁扑击对付着鹰的嘴爪,打退鹰的进攻。它奋力的结果常常是获得胜利。而且,它也只有这一个骄傲的敌人,其他善战的禽类没一个不尊敬它,它与整个的自然界都是和平共处的:在那些种类繁多的水禽中,它与其说是以君主的身份监临着,毋宁说是以朋友的身份看待着,而那些水禽仿佛个个都俯首帖耳地归顺它。它只是一个太平共和国的领袖,是一个太平共和国的首席居民,它赋予别人多少,也就只向别人要求多少,它所希冀的只是宁静与自由。对这样的一个元首,全国公民自然是无可畏惧的了。

天鹅的面目优雅,形状妍美,与它那种温和的天性正好相称。它叫谁看了都顺眼。凡是它所到之处,它都成了这地方的点缀品,使这地方美化;人人喜爱它,人人欢迎它,人人欣赏它。任何禽类都不配这样地受人钟爱:原来大自然对于任何禽类都没有赋予这样多的高贵而柔和的优美,使我们意识到它创造物类竟能达到这样妍丽的程度。那俊秀的身段,圆润的形貌,优美的线条①,皎洁的白色②,婉转的、传神的动作,忽而兴致勃发、忽而悠然忘形的姿态,总之,天鹅身上

---

① 古希腊诗人奥维德形容美女迦拉蒂(Galatee)说:"比天鹅的羽毛还柔美。"(见《变形记》条十三)——布封原注

② "白如天鹅",各民族都有这样一句成语。古希腊人是这样说的。古罗马诗人维吉尔也说:"迦拉蒂白得赛过天鹅。"在古叙利亚人的语言里,"白"和"天鹅"两名词是同一个字。——布封原注

的一切都散布着我们欣赏优雅与妍美时所感到的那种舒畅,那种陶醉,一切都使人觉得它不同凡俗,一切都描绘出它是爱情之鸟①;古代神话把这个媚人的鸟说成天下第一美女的父亲②,一切都证明这个富有才情与风趣的神话是很有根据的。

我们看见它那种雍容自在的样子,看见它在水上活动得那么轻便,那么自由,就不能不承认它不但是羽族里第一名善航者,并且是大自然提供给我们的航行术的最美的模型③。可不是么,它的颈子高高的,胸脯挺挺的、圆圆的,就仿佛是破浪前进的船头;它的宽广的腹部就像船底;它的身子为了便于疾驶,向前倾着,愈向前就愈挺起,最后翘得高高的就像船艄;尾巴是道地的舵;脚就是宽阔的桨;它的一对大翅膀在风前半张着,微微地鼓起来,这就是帆,它们推着这艘活的船舶,连船带驾驶者一起推着跑。

天鹅知道自己高贵,所以很自豪,知道自己美丽,所以很自好。它仿佛故意摆出它的全部优点:它那样儿就像是要博得人家赞美,引起人家注目。而事实上它也真是令人百看不厌的,不管是我们从远处看它成群地在浩瀚的烟波中,和有翅的船队一般,自由自在地游着,或者是它应着召唤的信号,独自离开船队,游近岸旁④,以种种柔和、婉转、妍媚的动作,显出它的美色,施出它的娇态,供人们仔细欣赏。

天鹅既有天生的美质,又有自由的美德;它不在我们所能强制或幽禁的那些奴隶之列⑤。它无拘无束地生活在我们的池沼里,如果它不能享受到足够的独立,使它毫无奴役俘囚之感,它就不会逗留在那里,不会在那里安顿下去。它要任意地在水上遍处遨游,或到岸旁着陆,或离岸游到水中央,或者沿着水边,来到岸脚下栖息,藏到灯芯草丛中,钻到最偏僻的港湾里,然后又离开它的幽居,回到有人的地方,享受着与人相处的乐趣——它似乎是很欢喜接近人的,只要它在我们这方面发现的是它的居停和朋友,而不是它的主子和暴君。

天鹅在一切方面都高于家鹅一等。家鹅只以野草和籽粒为生,天鹅却会找到一种比较精美的、不平凡的食料;它不断地用妙计捕捉鱼类;它做出无数的不同姿态以求捕捉的成功,并尽量利用它的灵巧与气力。它会避开或抵抗它的敌人:一只老天鹅在水里,连一匹最强大的狗它也不怕;它用翅膀一击,连人腿都能打断,其迅疾、猛烈可想而知。总之,天鹅似乎是不怕任何暗算、任何攻击的,因为它的勇敢程度不亚于它的灵巧与气力。

驯天鹅的惯常叫声与其说是响亮的,毋宁说是浑浊的;那是一种哮喘声,十分像俗语所谓的"猫咒天",古罗马人用一个谐声字"独楞散"⑥表示出来,听着那种音调,就觉得它仿佛是在恫吓,或是在愤怒;古人之能描写出那些和鸣锵锵的天鹅,使它们那么受人赞美,显然不是拿一些像我们驯养的这种几乎暗哑的天鹅做蓝本的。我们觉得野天鹅曾较好地保持着它的天赋美质,它有充分自由的感觉,同时也就有充分自由的音调。可不,我们在它的鸣叫里,或者说在它的嗓喉里,可以听得出一种有节奏、有曲折的歌声,有如军号的响亮,不过这种尖锐的、少变换的音调

---

① 古罗马诗寺人贺拉斯说,爱神之母——美神维纳斯用天鹅拉车。——布封原注
② 据古代传说,美女海伦(Hélene)是蕾妲(Léda)和一只天鹅交配而生的,原来这天鹅就是大神朱庇特的幻形。希腊悲剧家欧里庇得斯形容海伦说她具有"天鹅一般的体裁"。——布封原注
③ 古时的船舶上画着天鹅的最多。天鹅出现在船前,舵手就认为是好兆头。——布封原注
④ 天鹅游得很优雅,它愿意的时候,也能游得很快;谁招呼它它就游到谁的跟前。——布封原注
⑤ 院子里关着的天鹅经常是忧郁的;砂砾会伤它的脚:它费尽心机要逃走、要飞掉,如果它每次换毛时你不剪短它的翅膀,它就真的扬长而去了。——布封原注
⑥ Drensant,拉丁文,出自动词 drensare,"(天鹅)鸣,叫"。

远抵不上我们的鸣禽的那种温柔的和声与悠扬朗润的变化罢了。

此外,古人不仅把天鹅说成一个神奇的歌手,他们还认为,在一切临终时有所感触的生物中,只有天鹅会在弥留时歌唱,用和谐的声音作为最后叹息的前奏。据他们说,天鹅发出这样柔和、这样动人的声调,是在它将要断气的时候,它是要对生命作一个哀痛而深情的告别;这种声调,如怨如诉,低沉地、悲伤地、凄黯地构成它自己的丧歌①。他们又说,人们可以听到这种歌声,是在朝暾初上、风浪既平的时候;甚至于有人还看到许多天鹅唱着自己的挽歌,在音乐声中气绝了。在自然史上没有一个杜撰的故事、在古代社会里没有一则寓言,比这个传说更被人赞美、更被人重述、更被人相信的了;它控制了古希腊人的活泼而敏感的想象力;诗人也好,演说家也好,乃至哲学家②,都接受着这个传说,认为这事实实在在太美了,根本不愿意怀疑它。我们应该原谅他们杜撰这种寓言;这些寓言真是可爱,也真是动人,其价值远在那些可悲的、枯燥的史实之上;对于敏感的心灵来说,这都是些慰藉的比喻。无疑地,天鹅并不歌唱自己的死亡;但是,每逢谈到一个大天才临终前所作的最后一次飞扬、最后一次辉煌表现的时候,人们总是无限感慨地想到这样一句动人的成语:"这是天鹅之歌!"

(范希衡 译)

野 蜂

〔美国〕瓦尔特·惠特曼

五月是鸟儿结群、歌唱和交配的月份,是蜜蜂的月份,是紫丁香开花的月份(也是我出生的月份)。当我写下这一段文字的时候,我刚在日出之后进入了野外,往小河方向走去。阳光、馨香、旋律——蓝色的知更雀、草丛里的鸟群和鸫鸟在我四面八方啼鸣不已,好一片喧哗的天籁,那是从喉咙里唱出来的。近处啄木鸟的啄木声和远处雄鸡的啼鸣,是这片天籁的背景。新鲜的泥土的气息,色彩——远处柔和的浅褐与淡蓝,两天来温暖湿润的天气,给小草染上的新的翠绿。太阳在辽阔晴朗的天空升起,又开始了一天的旅程,多么宏伟壮丽的景象!和煦的阳光流溢着,它沐浴着万物,亲吻着我的面颊。阳光似乎有一点热了。

不久我便听到池塘里的蛙鸣,看到野茱萸的第一朵白花,随着是繁茂的数不尽的金色的蒲公英,一大片一大片铺满了四处的地面,还有白色的樱花和梨花。我蹒跚地走过林边,野生的紫罗兰抬起它蓝色的眼睛向我的脚点头致敬。苹果树新绽的花朵泛着玫瑰色的红晕。小麦地闪着碧玉般晶莹的绿光,暗绿色的裸麦。空气里弥漫着温暖的弹性。矮杉木缀满了褐色小巧的果实。夏天已经完全苏醒。一大群乌鸦哇哇地吵闹,落满枝头。我坐在它们附近,只听得一片震耳的喧哗。

大自然像部队一样排成阵势,在我面前走过。大千世界给了我数不尽的东西,现在还在给我。

---

① 据毕达哥拉斯(Puthagore,纪元前6世纪)说,那是一个欢乐之歌,因为天鹅庆幸自己将转入一个更好的生命。——布封原注
② 在柏拉图的著作里,苏格拉底是相信这事的,连亚里斯多德也是相信的,不过他们都是接受的民间传说并根据外国记载。——布封原注

但是这两天给我最多的还是那些大个儿的蜜蜂，人们叫做"野蜂"的(孩子们叫它们"贱虫子")。我从农舍往小河走过去(或者说是颠簸过去)，我从那一条甬道经过，那甬道两侧是古老的栅栏，栅栏上有很多裂口、缝隙、窟窿，那是嗡嗡飞鸣的毛茸茸的昆虫的最好的住处。成千上万的蜂正在栅栏上下四处飞舞碰撞。当我在路上慢慢走过时，蜂群结成了阵势，陪伴着我。在我清晨、正午和日落时的散步活动中，它们都扮演着最重要的角色，有时竟以我从来没有想到过的方式独占了我身边的风光。它们不是几十几百而是成千上万地飞满了甬道。大个儿的蜂，活跃、疾速，带着巨大的永远时起时伏的嗡嗡声(那声音有时竟能汇合成阵阵呼啸)和一种奇妙的冲击力量撞来撞去，迅速地闪动着，彼此追逐着。这小小的东西给了我一种鲜明的新的感受——力、美、生命和运动。它们是否正在交配期呢？否则，这么大的蜂群，这样的紧张和猛烈，又是什么意思？我总以为跟着我的是某一个固定的蜂群，但是仔细观察之后，才发现蜂群在不断迅速地更换着。

我坐在一株巨大的野樱下书写——偶然的云翳和阵阵的清风，调剂着这温暖的天气，使它凉爽可人。我在这儿坐了许久，蜂群的嗡嗡的音乐包围着我。数以百计的蜂在我的身边飞掠着、悬浮着、穿梭着——是些身穿浅黄色外衣的大个儿，胖乎乎的身子闪着光，粗短的脑袋，轻绡一样的翅膀——永远发出它们那宏大浑厚的嗡嗡的吟声(这是否能给我们一点启发？能否以这种嗡嗡声作为背景写出一首叫做蜜蜂交响乐之类的作品来？)。旷野、裸麦地、苹果园，这一切都以我十分渴望的方式滋养着我，令我陶醉。两天来的一切：阳光、微风、气温都那么好，真是尽善尽美。这两天我感到十分舒畅，我觉得身体好得多了，精神也宁静安详(然而一个纪念日快要到了，它曾给我的生命带来最沉重的损失和深切的哀悼①)。

又一次匆匆写下几句话。又一个完美的日子。上午七至九两个小时被包围在蜂阵和鸟群的音乐之中。在苹果树和附近的一棵杉树下面，有三四只背部褐色的画眉，每一只都在快板急腔地欢欣地歌唱；那声音之美妙，真是我从来没有听见过的。我听了两个小时，忘掉了一切，只朦胧地感到沉醉。我注意到几乎每一种鸟在一年中都有自己特殊的时期——有时不过几天——在那个时期里，它们歌唱得特别动听。现在正是这褐背画眉鸟歌唱得最欢畅的时期，也正是蜜蜂声音最动听的时期，它们在这甬道内外飞舞着嗡鸣着。我回家时，又是一大群蜜蜂跟往常一样前呼后拥陪伴着我。

两三个礼拜过去了。在我写下这一段文字时，我正坐在小溪旁的一棵百合树下。这树有七十五英尺高，正在成熟时期，朝气蓬勃，一片鲜亮的翠绿——多么迷人的形体。每一根枝条，每一片树叶，都是那么尽善尽美。数以千计的野蜜蜂在这树的上上下下飞翔，在花中寻觅甜蜜的花汁。蜂群宏大连绵的吟声形成了整个世界的基调，也形成了我此时此刻的心情的基调。最后，我愿从亨利·A·比尔斯的小诗集②中引用一首短诗来结束本文。

> 我躺在远处的长草丛里，
> 醉醺醺的蜂儿从我身边飞去。
> 蜜酿的美酒早已叫它癫狂，
> 它喝饱了忍冬花美味的糖浆；
> 喝成了好一个滚圆的大肚，

---

① 惠特曼的母亲于 1883 年 5 月 23 日逝世，这里指的就是这个日子。
② 指比尔斯的诗集《拾零》。

金色的腰带再也捆束不住。

玫瑰的蜜汁加甜豌豆的酒,

它灵魂里充满了圣乐悠悠。

温暖的夜里它喝了个通宵,

夜露沾湿了它细腿上的绒毛。

它演出了多少幕可笑的喜剧,

世界在睡眠和阴影里交替。

花朵的杯中有香甜的仙蜜,

它扑过去用焦渴的嘴唇吮吸。

光溜溜的花瓣却叫它滑倒,

乱纷纷的花芯总叫它跌跤。

一跟头它跌进花粉的中心,

爬出来滚了身灿烂的黄金。

有一回那几条沉重的毛腿,

站不住了,只因为磕着个花蕾。

它跌进野草丛里躺着嘟哝,

柔和的男低音,可怜的野蜂!

(佚 名 译)

蝗 虫

〔法国〕都 德

再讲一件在阿尔及利亚的往事吧,然后,我们再回到磨坊的话题上去。

初到沙哈尔农庄的那天夜晚,我简直无法入睡。新到的地方,旅途的颠簸,野狗的吠叫声,再加上一种使人感到心烦和压抑的闷热,我几乎喘不过气来,好像蚊帐的网眼透不过一点空气似的……

当我在黎明的熹微中打开窗户时,只见一片浓厚的夏日的晨雾,周围镶着黑色和玫瑰色的边,缓慢地翻动着在空中飘浮,宛如一阵战场上的硝烟。一片树叶也不摇动,眼前这座美丽的果园里,山坡上葡萄树疏落有致,正在等着去酿制甜酒;欧罗巴的果树躲在幽暗的一角,还有矮小的橙子树和枝条纤细的橘子树,它们都显得萎靡不振,一派沮丧,树叶一动不动地等待着暴风雨的来临。就连那香蕉树的叶子——这些平日里总是喜欢在微风中婆娑起舞的嫩绿色的大芦苇,一丝风影就可以把它们轻柔的发丝拂乱,此时也像齐刷刷的翎毛似的挺立着……

我凝望着这个奇妙的种植园,啊,仿佛世界上的一切树木都聚集到这里来了。每一种果木都按照自己的季节奉献出它们的奇花异果。在麦田和橡树林之间,一条清亮的小溪潺潺流过,在这闷热的早晨,望着它,你会感到一丝凉意……

当我赞叹着这些富丽堂皇、井然有序的景物——美丽的庄园，回族风格的拱门，月白色的平台以及四周的马厩和仓库时，我情不自禁地想起了二十年前，这些勇敢的人们初来这沙哈尔山谷中定居时的情景：当时他们所面临的只是一间筑路工人住过的破旧的小木屋，一片丛生着矮棕树与野胡桃树的荒地。一切要靠自己创造、自己建设。每当阿拉伯人来侵犯的时候，还不得不放下犁耙去打仗。病痛、目疾、疟疾、歉收接踵而来，还要摸索经验，还要跟思想褊狭、变化莫测的地方官吏争斗……付出的是怎样的精力、怎样的辛劳、怎样的持久不衰的智慧和心计啊！

就说眼下吧，尽管艰难的岁月已经过去，财富已经含辛茹苦地挣到手，但这对夫妇依然是农庄里每天起身最早的人。这天清晨，我已听到他们在楼下的大厨房里来回走动着为工人们准备咖啡了。

一会儿，钟声响了起来，片刻之后，工人们便在路上排成了队。有布尔哥尼来的葡萄种植工，有衣衫褴褛带着红色小圆帽的卡比利亚农民，光着腿的回族挖土工，马耳他人、鲁加人，仿佛是一群难以管辖的乌合之众。庄园主站在屋门前，用简短而又略带粗鲁的话语给各人分派当天的工作。分配完毕后，这个刚毅果敢的男子汉仰起头来，用一种焦虑不安的神情观察着天空，见我站在窗口，于是对我说道：

“糟糕的天气！非洲大沙漠上的热风吹过来了……”

实际上，当太阳升起时，一阵阵滚烫的令人窒息的热风已从南方向我们袭来，像是一座时开时闭的大火炉在喷着热气。人们真不知该到哪里去藏身以及干什么才好……

整个早晨就这样过去了，我们在廊沿下的席上喝着咖啡，既没有力气谈天，也懒得动弹，疲惫不堪的狗伸长了身子躺在石板上以求得几分凉意……

倒是早餐使我们打起了一点精神，这是一顿丰盛而又奇特的早餐：桌上摆满了鲤鱼、鳟鱼、野猪肉、箭猪肉、斯塔乌埃里的奶油、克来西亚的酒、番石榴、香蕉，全是异乡风味，就像我们周围的自然界一样丰富多彩，包罗万象……但就在我们要散席时，突然从那扇紧闭着的、挡住了园中火炉般热浪的落地窗处，传来了几声尖利的叫喊：

“蝗虫！蝗虫！”

刹那间，我的房主人变得脸色苍白，像是听到了大难临头似的。我们便仓促地离开了。前后也就不过十分钟的光景，刚才还如此安谧宁静的村庄，顿时变得一片喧嚣；急匆匆的脚步声、含混不清的话语声淹没在一阵警报声引起的骚乱里，佣人们赶忙从他们卧室的暗处奔跑出来，带着铁叉，连枷上的木棒，以及随手拿到的金属器具——铜锅、脸盆、锅铲等等，并把这一切都使劲儿地敲响。牧人们吹起了放牧的号筒，也有人吹起了海螺和猎角，这些声音连成一片不谐调的震耳欲聋的嘈杂声，还有些从邻近村庄赶来的阿拉伯妇女，她们用一种奇特的音调发出“哝呜！哝呜！哝呜！”的喊声，这声音盖过了这片嘈杂声……

看来，人们似乎认为，只要有一片巨大的声音使得空气震荡起来，就足以把蝗虫轰走，让它们不再降落到地面上来。

但是这些可怕的蝗虫究竟在哪里呢？在热浪滚滚的天空中，除了一片从天际驶来的云而外，我什么也看不见！

这云是黄铜色的，稠密得像一片霰云，带着一阵呼啸——仿佛是从千枝万叶的大森林中传出的暴风骤雨的声音，铺天盖地而来……

这就是蝗虫!

它们展开干索的翅膀连成一片,成群结队地飞着,不管人们怎样喊叫,怎样努力设法,这块乌云总是在前进,给大地罩上一片巨大的阴影。不久,乌云就到了我们头顶上,片刻,便看到乌云边缘出现了一些缺损和裂隙,于是几只蝗虫就像一阵骤雨开头的几滴雨点似的坠落下来了。已经可以看清楚了,身上带着红色。紧接着,整片乌云散开,顷刻之间,这片由蝗虫组成的霰云,便闹哄哄地纷纷降落了下来。一眼望去,田野上无边无际地铺满了蝗虫,巨大的蝗虫犹如粗壮的手指一般。

于是屠杀开始了。人们用铲子、锄头、钉耙、犁刀去翻碾这片涌动着的土地,虫子被粉身碎翅以及干草被捣烂时发出刺耳的吱吱声,但人们越杀,虫子越多,它们长腿乱缭,一层层地蠢动着,爬在上面的一层,垂死挣扎地蹦到了那些正驾犁做着这桩奇特苦役的马的鼻子上。庄园和附近农舍的狗也奔到田野里来践踏蝗虫,狠狠地把蝗虫踏碎⋯⋯这时,出现了两队步兵,由号手领队,来支援这遭灾的侨民,于是这场厮杀又变成了另一种局面。

这些士兵们不是把蝗虫碾死,而是把长条的火药撒在地上,把蝗虫烧掉。

我拼杀得筋疲力尽了,被难闻的气味弄得直恶心,便回到了住处。哪知庄园里的蝗虫几乎和外面田野上一样多。它们是从门、窗的开口处及炉子的烟囱里进来的,它们在墙根的木板上,在被咬得百孔千疮的窗帘里,爬着、跳着、掉落、飞起,拖着一个大得怕人的阴影,爬到粉白的墙壁上,看了格外丑陋。而且总是这样一种可怕的臭气:池子、水井、鱼塘,到处都被污染了,晚饭时只有不喝水。

我的房间里已经杀死不少了,但夜晚还是听得到有蝗虫在家具下面跳动,振翅的声音就像豆荚受了热爆裂一样⋯⋯

这一夜我仍然没能入睡,庄园四周所有的人也都醒着,火光在田野上移来移去,从这一端直到那一端,步兵们在继续杀虫⋯⋯

第二天,当我像前一天那样打开窗户时,蝗虫已经离去,但它们留下的是怎样一幅惨象啊!一朵花也没有了,一根草也没有了,满眼是一片漆黑,残零,乌焦! 香蕉树、杏树、桃树、橘树都失掉了它们那代表着"树之生命"的青枝绿叶和摇曳的风姿,只得靠光秃秃的枝条来辨认了。人们清理了池塘和水井,为彻底消灭虫卵,农民在到处挖土,每一块土地都要仔细地翻过,捣碎。看着这被挖得凌乱不堪的腴土中露出了成千上万充满生机的嫩树根时,我的心都要碎了。

(朱 梵 译)

猫和乌龟

〔法国〕米·图尼埃

装饰房子向来都不是我的长项。就在四分之一个世纪之前,我刚搬来这栋房子时,我曾热爱它的空荡,房间由于没有家具而具有一种特殊的音质,而毫无装饰的墙壁更让我觉得作为作家的自己面对着一张白纸。在我最偏爱的趣闻里有一段是关于毕博思克亲王的,他是世纪初巴黎社交圈里的一大名人,是个会不断感到乏味、追求优雅并且才智洋溢的人,可以称得上是生活艺术的专家。有一次,亲王的一个朋友,一位富有的审美大师,为自己刚刚得到的一座房子亲手作了装饰。房子里的一切都是那么可爱,家具也都安置得那么和谐。他邀请毕博思克亲王来参观这件奢侈的高品位杰作。亲王参观着,看着,研究着,欣赏着,最终一下子坐在了一把扶手椅里。房子的主人倾耳等待即将从他唇间流出的宣判。最后毕博思克说了一句:"好,不错,可为什么不试试什么都没有呢?"

正是这个"什么都没有",成了我对房子要求的基本点。而剩下的,就让时间来工作了。每一天、每一年都应该留下它的踪迹。这座房子是我生命的 25 年 365 天 = 9125 天的一点一滴的印证。

其实它很像是我多年来慢慢分泌出来的一个壳。它的复杂、杂乱和荒谬正是我的简单、规律和理性的反面。尤其在我把它借给朋友的时候,我能明显地感觉到这一点。那些朋友是讲究、谨慎而且仔细的人。他们出乎意料地不安,对于无意间造成的损坏深感局促。这就对了,这个壳并不是为他们塑的!仅此而已!它将我的每一个行动,每一个手势都刻在了自己身上。它正是我日常生活的模子。

在精炼的调整中,有着对幸福的承诺,然而却并不是没有代价。我清楚地看到在建造这个围绕着我的居住中心的过程中,我使自己缓慢而无情地变得沉重起来。这是一种特殊的隐伏的变老方式。这座房子是我生命的一部分,我自身的一部分,而它的那种存在形式就好像龟壳是乌龟的一部分。可有谁愿意当一只乌龟呢?人们都愿意把自己想象成燕子或者云雀,也就是说正相反……

有时候,我也会产生一种出离的情绪,想解脱一下,卖了它:把一切都尽快处理掉,扔掉那些陈年旧物,将我的习惯随同它们一起扔掉,然后一切从零开始。在龚古尔学院,我有两个朋友就用毕生的精力做着这件事。他们花去多年的时间来获得一座房子,然后对它进行改造。为了装修新房子,多漂亮多麻烦花多少钱都不为过。然而杰作一旦完成,他们便开始把目光投向别处了。因为在他们眼中,这座房子已失掉了它所有的魅力。巴赞[①]和努里西埃[②]都是如此。我在布列塔尼地方[③]有一块地,位于海岸悬崖的边上。每天的涨潮和退潮都为它换装。我可以找一位建筑师朋友帮忙,在那里盖一座既不失当地特色,又具超现代风格的房子,全部采用玻璃板装饰,可以一眼望出去就看到花园、悬崖、大海……但如果要违背这座老宅的风格,那可不行:那就像要让我截掉一只胳膊或是一条腿。

于是,我看看我的猫。它属于金黄毛发的那种,中国人曾养殖此类猫以获取皮毛。我也被警告过要小心那些皮毛收藏者。他们也许会在某一天或某一夜"拿走"我家猫的皮。

我的猫是这所房子和这座花园的灵魂。它与房子所有角落和所有隐藏角落的融合力实在令人迷惑。它可以任意地消失,并让人怎么都找不着。然后突然,它又重新出现了,当我问它:"你到底去哪儿了?"它就看着我,似乎在说:"我?我没动啊!"我们真应该为它创造一个超级适应力的概念,因为如果当我们要把它带到其他地方的时候,它便会上演令人心碎痛苦的一幕。对一只猫来说,一次旅行是一场无法弥补的灾难。一次搬家,便到了世界末日。我是多么理解

① 埃·巴赞(1911—1996),法国当代作家,龚古尔学院成员。
② 弗·努里西埃(1927—),法国当代小说家,龚古尔学院成员。
③ 布列塔尼,法国西部靠海省区。

它日夜证明给我的这一堂叫做"完全定居"的课程！它在这里的完全扎根对我真是巨大的震撼！

话说得远了，太远了。其实也并不远过我家花园南墙的另一头。这个另一头，是村庄的墓园。有时我会听见铲锹的声音。形而上的声音：掘墓者在挖坑。它表现的正是那种村民们世纪相传的定居性。还有以下这些词之间具有令人迷惑的亲和性：房子——博物馆，土壤——灰烬，花园——墓地。还有时间的这两个层面。一面是总是新鲜且不可预见的充满了喧嚣与愤怒的历史；另一面则循环往复，就像封闭的时钟表盘，因为事件不会进入那饱含绿、金、赭、白四种颜色的永无止境的四季圆舞曲中。

我的猫向我抬起它那张谜一般的面孔。它慢慢闭上金色的眼睛，一言不发。

（李亚男　译）

夜 莺

〔西班牙〕麦斯特勒思

1

当年青的夜莺们学会了"爱之歌"，他们就四散地在杨柳枝间飞来飞去，大家都对着自己的爱人唱着——在认识之前就恋爱了的爱人。

大家都唱给自己的爱人听，除了一只夜莺，他抬起头，凝望着天空，并不歌唱着过了一整夜。

"他还不曾懂得那'爱之歌'哩！"——其余的夜莺们互相说着。他们就用了欢快的声音欢乐地杂乱地唱着讥刺的歌。

2

他其实是知道那"爱之歌"的，然而，唉，这不幸的夜莺却在上面，在群星运行着的青青的天空看见了一颗星，她眨着眼睛望着他。

她望着他，慢慢地、慢慢地向下沉着，在黎明之前不见了；这不幸的夜莺望着——当那颗星下去了之后，他仍是出神地、悲哀地等到夜间。

黑夜来了，这夜莺就歌唱着，用了低低的声音——极低的——向着那颗星；歌声一天一天地响了起来，到盛夏的时候，他已经用响亮的声音歌唱着了，很响的——他整夜唱着，并不望一望旁边。而天上呢，那颗星眨着眼，永远地望着他，似乎是很快乐地听着他。

等到这爱情的季节一过去，夜莺们都静下了，离开了杨柳树，今天这一只，明天别的一只。这不幸的夜莺却永远地停在最高的枝头，向着那颗星歌唱。

3

许多的夏季过去了,新爱情赶走了旧爱情,而那"爱之歌"却永远是新鲜的,每一只夜莺都向着自己的新爱人歌唱……但是这不幸的夜莺还是向着那颗星唱着。

在夜里,并不注意的,在他的周围,已经有比他更年青的声音歌唱着了。在夜里,简直并不想到他的兄弟们是全都死掉了;这向天上望着的、向那颗星歌唱着的夜莺,从最高的枝头跌下来死了。

那时候,那些年青的夜莺们——每夜每夜向着他们的新爱人唱着歌的那些——不再歌唱了,他们用了杨柳枝掩盖了他,说他是一切夜莺中最伟大的诗人。可是他们却永不曾知道,他正是在杨柳树间的一切夜莺中受了最多的苦难的。

请你们不要忘记翠鸟的名字

〔德国〕克·布吕克纳

你们真美呀,姑娘们!我教会了你们编织花环,它们今天装饰着你们的发辫。你们轻盈地舞蹈着,向女神致意。你们的声音清脆得像云雀的晨歌。莫回首!我教你们成为幸福的人并使别人幸福。我站在阴影里,让全部阳光都照射到你们身上。你们是我的作品,现在,我把你们献给了女神阿芙罗狄特。我没有使你们做好怎样当女人的准备,原谅我吧。就在今天晚上,一只男人的手将要解开我教给你们用巧妙的方法结成的带子,你们将会满足他们未受过约束的欲望,并听从他们发号施令。

让那些把你们称为自己人的人们幸福吧,让那些将离开你们的人们倒霉吧!

我爱你们大家。我通过一个人爱你们大家,我通过你们爱并尊敬阿芙罗狄特这位爱情、青春和美的女神。你们再一次聚集到我跟前来吧!把我围在中间,在女神面前遮住我那已经变得苍老的身躯。不要哭泣,姑娘们!我看见你们的手臂正向以后将属于你们的男人伸去。但是,你们不要忘记迷蒂利尼的花园,不要忘记萨福!你们已经习惯了自由,你们的白天在嬉戏与跳舞中逝去。有人告诉你们,今天是你们一生中最美、最伟大的一天。因为人人都相信了,所以你们也不怀疑。我对你们所期望的东西保持沉默。我没有教给你们忍受痛苦的艺术。然后,忧虑正等待着你们。这是义务啊!夜里,你们将再也听不到小鸡的叽叽声,因为有一个男人睡在你们身旁,他喝得酩酊大醉、鼾声如雷。早晨,唤醒你们的不再是小鸟的鸣啭,而是正长出第一颗牙齿的小孩的哭声。我忘了告诉你们关于孩子长牙的事情。你们将不得不省吃俭用,再也不能乱花钱;你们将谈论变味的油,而不会再谈什么荫影浓密的棕榈树。你们将为水缸里是否有水而操心。当你们打发使女去泉边取水时,可别忘了你们曾怎样对着泉水梳妆打扮,怎样在水里沐浴嬉戏!不要忘记翠鸟的名字!你们曾经同声念过的那些词语,都变成了诗歌。阿芙罗狄特就在你们中间,她微笑着靠在鲜花盛开的石榴树上。到处都是花朵,都是春天,都是渴望。我没有告诉你们,这一切都将消逝。你们生活在一直没有阴影的今天里,你们打发了一天又一天。你们曾赤身裸体,光着脚丫在草地上行走,你们的步履那么轻盈,连草茎都不会踩折。你们学会了不损坏神允许生长的一切。你们小心翼翼地将蜗牛从路上拿开,放到路边。谁也不曾伤害过一条蜥蜴。如今,你们却要把一只鹌鹑温暖的躯体拿在手里,不得不扭断它的脑袋,拔掉它的羽毛,掏出它的内脏。看见你们做这些事,我将一言不发。你们的婆婆正等待着你们用平静的手把那只鸟收拾干净。

在今天最初的时刻,夜幕还笼罩着山谷,只有山头被那初升的太阳照亮,我起来掐了一朵玫瑰,放在我宠爱的迪卡头上,花中的露珠滴在她梦一般的面颊上,那就是泪珠。我让默认逝去,毫无睡意地躺着等待黎明。当你们消磨着生命的时候,我正清醒地面对着死神。我对你们将缄口不言,丝毫也不泄露关于孤独的事情,一点儿也不。我是一棵树,你们是树叶。我教你们认识雾霭,用植物和星辰的名字称呼你们。你们吹笛、弹琴、唱歌,空中回荡着你们的欢声笑语。我说:歌唱你看见的事物吧!演奏你听见的声音吧!我在树叶上写诗,然后又把它们揉碎,撒向风里。一首诗像一棵树。它起初枝荣叶茂,秋天到来时,树叶飘零。我的诗像大海的涛声在你们玫瑰红的耳廓里发出响声,当你们年老时,当你们记起可爱的苹果树林时——我们曾在那下面紧挨着小憩,呼吸过蜂蜜的芬醇——那时候,大海的波涛将给你们带回我的歌声。阿芙罗狄特曾经是你们的女主人,从现在起,你们的女主人变成了丰饶的女神赫拉,我不得不痛苦地献出你们。

我爱小伙子的美,但我更爱姑娘的美,因为她们的性情更含蓄,更深沉。可是,我怎能将美的事物与美的事物相比!谁在爱,谁就不进行比较,爱情是无可比拟的。在那充满温柔的日子里,我的手轻轻地抚摸着阿班蒂斯发烫的身体。对阿芙罗狄特来说,美与媚是她的目的。当你们打扮自己并将香气馥郁的茴香编织成花环给另一个人戴上时,多好啊!阿班蒂斯的卷发披散在肩头,同阿波罗的卷发一样,金灿灿的。

你们习惯了自由,像小鸟一样啁啾、鸣啭,在水边洗濯,夜晚在枝头的窝里栖息。可是,明天人们将把你们用暴力禁锢起来。你们将变得像家禽一样,你们将停止歌唱。不要相信他们的许诺!他们今天用许许多多礼物压住你们。你们还不够美吗?为什么还要给胳膊套上镯子,给手指套上戒指?他们将把你们少女的头掩藏在头巾下面。

迪卡!戈吉拉!阿班蒂斯!当你们靠在坚实的岩壁上,唱起那甜蜜的歌时,当你们跃过岩石的时候,你们每一个人都像位女神。

我将呼唤着你的名字,波涛将吞没我悲凉的声音。然后,我将听从神的安排。昨天我还爱着阿班蒂斯,明天我将爱上阿纳克托利亚。昨天我还感到有所渴望,今天我却忍受着分离的痛苦,永远是同样的荒凉的感觉。爱情像一个容器,它装满时会溢出,而当它空虚时却必须重新装满,像冬天里雨中的储水池。

我教你们懂得了温柔。在男人发现你们的身体之前，你们已经先发现了它。迪卡，你曾让我抚摸，是我的温柔不再使你感到满足，你才要求别人的快乐吗？我的诗歌，我的微笑，都是对你的，这你知道，你玩弄自己的脚趾，这种表示是对我的，那使我感到幸福。女人的爱比男人的爱更隐秘。年迈的男人和他喜欢的男孩一起在大街和广场自由地漫步，这一个是老师，另一个是学生。双方都努力要成为出类拔萃的人并使别人得到荣誉和快乐。青春和老年，是一个整体，它们必须先分开，然后再重新相聚，交换角色。今后，你们自己也将成为萨福，给年轻的姑娘们上课。一切都将在时间的长河中绵延不断。

我喜欢倾听年老的智者们讲话，观察他们那曾留下汗水和泪痕的面孔，我看到了他们过去的辛苦和未来的忧虑，年轮爬上了他们的手腕，棕色的老人斑使他们的皮肤望而生畏。在我的诗歌中，人们找不到凯尔克拉斯的名字，他是我的丈夫，他曾经想控制我。我忘却了男人们给我们造成的欢乐与痛苦。一个男人把我变成了我的女儿克勒斯的母亲，我又不得不把她许给一个男人，正如我现在不得不把你们奉献出去一样。

我的话语消失在我曾教给你们唱的歌中。你们就要离开我了，但爱罗斯仍留在我的身旁。当你们年老的时候，你们要想着萨福。她在你们年轻的时候，已经老了。

快乐将在温暖的阳光里与你们为伴，快乐在花园中，快乐在反射着光辉的波浪里。女人爱的是长久的、永恒的东西，男人爱的是能带走的东西。他们爱马，他们爱船。

姑娘们一年年长大，愿你们为她们感到高兴并使她们快乐！过一会儿，我将把自己打扮起来，为的是越过阿赫隆的这最后一次旅程。如果死亡是一种更美的东西，神就不会长生不老了。他们将在哈得斯生活，留下，不再回到人间。我站立在洛伊卡得山的岩石上，当我的脚想跳起来时，我的双手却紧紧地抓住岩石。轻飘飘的茴香草的茎秆就足以将我擎住。难道我得等着，让卡隆来接我吗？为什么我不甘心情愿地做将来必须做的事情？

年龄将使我佝偻吗？我的理智会迷乱吗？我的声音会消失吗？众神啊！萨福将变成什么人？当我迈着死亡跳下去时，谁将拉住我的手？难道往日的幸福不再使我感到温暖了吗？难道我不再是萨福——累斯博斯山上人人赞扬的女诗人了吗？难道我必须回到怨声怨气的女人合唱队中去？

我爱年轻的法翁！为了得到他，我竟把你们全奉献出去。去吧，我的姑娘们！

第七篇　与花儿攀谈

树林和草原

〔俄国〕屠格涅夫

……渐渐地牵引他向后方：

回到幽暗的花园里，回到村子上，

那里的菩提树高大而荫凉，

铃兰花发出贞洁的芬芳，

那里有团团的杨柳成行，

从堤畔垂垂地挂在水上，

那里有繁茂的橡树生长在膏腴的田地上，

那里的大麻和荨麻发出馨香……

到那地方，到那地方，到那辽阔的原野上，

那里的土地黑沉沉的像天鹅绒一样，

那里的黑麦到处在望，

静静地泛着柔软的波浪。

从一团团明净的白云中央，

照射出沉重的、金黄色的阳光。

那是个好地方……

——节选自待焚的诗篇

读者对于我的笔记也许已经感到厌倦了；我赶快安慰他；约定限于已经发表的几篇为止；但是在向他告别的时候，不能不略谈几句关于打猎的话。

带了枪和狗去打猎,就本身而论,即从前所谓 fur sich①,是一件绝妙的事;纵然你并不生来就是猎人,但你总是爱好自然和自由的,因此你也就不能不羡慕我们猎人。……请听我讲吧。

例如,春天黎明以前乘车出游时的快感,你知道吗?你走到台阶上。……深灰色的天空中有几处闪耀着星星;滋润的风时时像微波一般飘过来;听得见夜的隐秘而模糊的私语声;阴暗的树木发出微弱的喧噪声。仆人把地毯铺在马车上了,把装茶炊的箱子放在踏脚的地方了。两匹副马畏缩着身子,打着响鼻,优雅地替换着蹄子站在那里;一对刚才睡醒的白鹅静悄悄、慢吞吞地穿过道路去。在篱笆后面的花园里,看守人安闲地在那里打鼾;每一个声音都仿佛停滞在凝结的空气中,停滞不动。于是你坐上车;马儿一齐举步,马车发出隆隆的声音。……你乘着马车,经过教堂,下山向右转,开过堤坝。……池塘上刚开始升起烟雾。你觉得有点儿冷,就用大衣领子遮住了脸;你打瞌睡了。马蹄踏在水洼里发出很响的声音;马车夫吹着口哨。但是这时候你已经走了约莫四俄里……天边发红了;寒鸦在白桦树丛中醒过来,笨拙地飞来飞去;麻雀在暗沉沉的禾堆周围唧唧喳喳地叫。空气清朗了,道路更加看得清楚,天色明净起来,云发白了,田野显出绿色。农舍里点着松明,发出红色的火光,大门里面传出瞌睡朦胧的说话声。这期间朝霞发红了;已经有金黄色的光带扩展在天空中,山谷里缭绕地升起一团团烟雾来,云雀嘹亮地歌唱着,黎明前的风吹出了——于是徐徐地浮出深红色的太阳来。阳光像流水一般迸出;你的心像鸟儿一般振奋起来。一切都新鲜、愉快而可爱!四周远处都看得清楚了。小树林后面有一个村庄;再过去些还有一个村庄,村里有一所白色的礼拜堂;山上有一个白桦树林;这树林后面是一片沼地,就是你要去的地方。……快跑,马儿,快跑!跨着大步向前进!……一共只有三俄里了。太阳很快地升起来;天空明净。……今天天气一定很出色。一群家畜从村子里向我们迎面而来。你的车子登上山顶。……风景多么好!河流蜿蜒十俄里光景,在雾色中隐隐地发蓝;河那边是大片的水汪汪的青草地;草地那边有几个平坦的丘陵;远处有几只田凫在沼地上空飞鸣;通过了散布在空气中的滋润的阳光,远处的景物显得很清楚……不像夏天那样。呼吸多么自由,四肢动作多么爽快,全身被春天的清新气息笼罩着,感到多么壮健!……

夏天七月里的早晨!除了猎人之外,有谁曾经体会到黎明时候在灌木丛中散步的乐趣呢?你的脚印在白露沾湿的草上留下绿色的痕迹。你用手拨开濡湿的树枝,夜里蕴蓄着的一股暖气立刻向你袭来;空气中到处充满着苦艾的新鲜苦味、荞麦和三叶草的甘香;远处有一片茂密的橡树林,在阳光底下发出闪闪的红光;天气还凉爽,但是已经觉得炎热逼近了。过多的芬芳之气使得你头晕目眩。灌木丛没有尽头。……只是远处某些地方有一片黄澄澄的成熟了的黑麦,一条条狭长的粉红色的荞麦田。这时候一辆马车轧轧地响出;一个农人缓步走来,把他的马预先牵到荫凉的地方去。……你同他打个招呼,就走开了;你后面传来镰刀的响亮的铿锵声。太阳越升越高。草立刻干燥了。天气炎热起来。过了一个钟头,又一个钟头,……天边上黑暗起来;静止的空气中发散出火辣辣的热气。

"老兄,这里什么地方可以弄点水喝?"你问一个割草的人。

"那边山谷里有一口井。"

---

① 德语:就本身而论。

你穿过缠着蔓草的茂密的榛树丛，走到山谷底下。果然，断崖的下面隐藏着泉水；橡树的掌形枝叶贪婪地铺张在水面上；银色的大水泡摇摇摆摆地从长满细致柔滑的青苔的水底上升起来。你投身到地上，喝饱了水，但是懒得再动了。你现在正在荫凉的地方，呼吸着芬芳的湿气，你觉得很舒服，可是你对面的丛林晒得火辣辣的，在阳光底下仿佛颜色发黄了。然而这是什么呀？风突然吹来，又疾驰而去；四周的空气颤动了一下：这不是雷声吗？你从山谷里走出来……天边的一片铅色是什么？是不是暑气浓密起来了？是不是乌云涌过来了？……但是这时候电光微微地一闪。……啊，原来是暴风雨要来了：它前面的一边像衣袖一般伸展开来，像穹隆似的笼罩着。顷刻之间，草木全部黑暗了。……赶快跑！那边好像有一间干草棚，……赶快跑！……你跑到那里，走了进去。……雨多么大！闪电多么亮啊！有些地方，水通过了草屋顶滴在芳香的干草上。……但是，瞧，太阳又出来了。暴风雨过去了；你走出来。我的天啊，四周一切多么愉快地发出光辉，空气多么清新澄澈，草莓和蘑菇多么芬芳！……

但是现在黄昏来临了。晚霞像火焰一般燃烧，遮掩了半个天空。太阳就要落山了。附近的空气似乎特别清澈，像玻璃一样；远处笼罩着一片柔和的雾气，样子很温暖；鲜红的光辉随着露水落在不久以前还充满金色光线的林中旷地上；树林、丛林和高高的干草堆上都投射出长长的影子来。……太阳落山了；一颗星在落日的火海里发出颤抖的闪光来。……这火海渐渐泛白了；天空发青了；一个个的影子逐渐消失，空气中充满了烟雾。现在该回去了，回到你过夜的村中的农舍里去了。你背上枪，不顾疲倦，迅速地走着。……这期间黑夜来临了；二十步之外已经看不见了；狗在黑暗中微微地显出白色。在那边黑压压的丛林上，天际模糊地发亮。……这是什么？火灾吗？……不是，这是月亮升起来了。下面靠右边，村子里的灯火已经在闪耀了。……终于到达了你的屋子。你从窗子里可以看到铺着白桌布的食桌、焰焰的蜡烛、晚餐……

有时你吩咐套上竞走马车，到树林里去猎松鸡。车子在两旁长着又高又密的黑麦的狭路上经过，是很愉快的事。麦穗轻轻地打你的脸，矢车菊绊住你的脚，四周有鹌鹑叫着，马儿跑着懒洋洋的大步子。树林到了。阴暗而寂静。体态匀称的白杨树高高地在你上面簌簌作响；白桦树的下垂的长枝微微颤动；一棵强大的橡树像战士一般站在一棵优雅的菩提树旁边。你的车子在长满绿草的、阴影斑驳的小路上行驶着；黄色的大苍蝇一动不动地在金黄色的空气中逗留了一会，突然飞去；小蚊蚋成群地盘旋着，在阴暗的地方发亮，在太阳光里发黑；鸟儿安闲地歌唱着。知更鸟的金嗓子欢愉地发出天真烂漫的絮絮叨叨声，这声音同铃兰的香气很调和。再走远去，再走远去，去到树林的深处。……树林丛密起来……心中感觉到说不出的沉寂；四周也都充满睡意，悄然无声。但是忽然一阵风吹来了，树梢哗哗地响起来，仿佛翻落的波浪。有些地方，从去年的褐色的落叶中间生出很高的草来；蘑菇各自戴着自己的帽子站着。雪兔突然跳出，狗高声吠叫着急起直追。……

同是这座树林，当晚秋山鹬飞来的时候，显得多么美好啊！山鹬不停在树林深处，必须到树林边上去找它们。没有风，也没有太阳，没有光亮，没有阴影，没有动作，没有声音；柔和的空气中弥漫着秋天的像葡萄酒似的香气；远处黄澄澄的田野上笼罩着一层淡薄的雾。光秃秃的褐色树枝中间，露出宁静而洁白的天空，菩提树上有几处挂着最后几张金色的叶子。两脚踏在潮湿的土地上觉得有弹性；高高的干燥的草一动也不动；长长的蛛丝在苍白的草上闪闪发光。呼吸舒畅，可是心里感到一种异样的惊悸。你沿着树林边缘走去，一路照看着你的狗，这期间可爱的形象、可爱的人——死了的和活着的——都回忆起来了，久已睡着了的印象蓦地苏醒过来；想象力像鸟一般翱翔，一切都在眼前清晰地出现并活动起来了。心有时突然颤抖跳动，热情地向前突进，有时一去不回地沉没在回忆中了。全部生活就像一个手卷似的轻快迅速地展开来；人在这时候掌握了他的全部往事、全部感情、力量、全部灵魂。四周没有一样东西来妨碍他——既没有太阳，也没有风，又没有声音……

在秋天，早晨严寒而白天明朗微寒的日子里，那时候白桦树仿佛神话里的树木一般全部作金黄色，优美地显出在淡蓝色的天空中；那时候低斜的太阳照在身上不再感到温暖。但是比夏天的太阳更加光辉灿烂；小小的白杨树林全部光明透彻，仿佛它认为光秃秃地站着是愉快而轻松的；霜花还在山谷底上发白，清风徐徐地吹动，追赶着卷曲的落叶；那时候河里欢腾地奔流着青色的波浪，一起一伏地载送着逍遥自在的鹅和鸭；远处有一座半掩着柳树的磨坊轧轧地响着，鸽子在它的上空迅速地盘着圈子，在明亮的空气中斑斑驳驳地闪耀着。……

夏天的烟雾弥漫的日子也很美好，虽然猎人不喜欢这种日子。在这些日子里不能打枪，因为鸟儿从你的脚边拍翅飞起，立刻消失在白茫茫的凝滞的烟雾中了。然而四周多么静寂，静寂得难于形容！一切都觉醒了，然而一切都默不作声。你经过一棵树旁边，它一动也不动，正在悠然自得。通过均匀地散布在空气中的薄雾，在你前面显出一片长长的黑影。你以为这是近处的树林；你走过去，这树林就变成了长在田界上的一排高高的苦艾。在你的上空，在你的四周，到处都是雾。……可是这时候风轻轻地吹出了，一块淡蓝色的天空通过了稀薄如烟的雾气而显现出来，金黄色的阳光突然侵入，照射成一条长长的光带，落到田野上，钻进树林里——接着，一切又都被遮蔽起来。这斗争继续了很久；但是光明终于胜利，被太阳照暖了的最后一阵阵烟雾时而凝集起来，铺展得平平的，时而盘旋缭绕，消失在发着柔和的光辉的蔚蓝色的高空中，这一天就变成壮丽无比的晴明天气了。

现在你要出发到远离庄园的草原上去行猎了。你的车子在乡间土道上行驶了大约十俄里，终于来到了大道上。你经过无数的货车旁边，经过几家大门敞开的旅店旁边，望见里面有一口井，屋檐下还有茶炊吱吱地沸腾着；你的车子从一个村庄开到另一个村庄，穿过一望无际的原野；沿着绿色的大麻田，长久地行驶着。喜鹊从一棵柳树飞到另一棵柳树；农妇们手里拿着长长的草耙，正在田野里慢慢地走；一个行路人穿着一件破旧的土布外套，肩上背着一只行囊，拖着疲劳的步子行走着；地主家的笨重的轿形马车上套着六匹高大而疲乏的马，向你迎面而来。车窗里露出垫子的角；一个穿大衣的侍仆扶着绳子，横着身子，坐在马车后面的脚踏上的一只蒲包上，泥污一直溅到眉毛上。现在你来到了一个小县城里，这里有木造的歪斜的小屋子、无穷尽的栅栏、不住人的石造商店、深谷上的古老的桥。……再走远去，再走远去！……来到了草原地带。你从山上眺望，风景多么好！一个个全部耕种过的圆圆低低的丘陵，像巨浪一般起伏着；长满灌木丛的溪谷蜿蜒在丘陵中间；一片片小小的丛林像椭圆形的岛屿一般散布着；狭窄的小径从一个村庄通到另一个村庄；各处有白色的礼拜堂；柳丛中间透出一条亮闪闪的小河，有四个地方筑着堤坝；远处原野中有一行野雁并列地站着；在一个小池塘上，有一所古老的地主邸宅，附有一些杂用房屋、一个果园和一个打谷场。然而你的车子继续向前行驶。丘陵越来越小了，树木几乎看不见了。终于,你来到了一片茫无际涯的草原上!……

在冬天的日子里,你在高高的雪堆上追逐兔子,呼吸严寒刺骨的空气,柔软的雪的耀目而细碎的闪光,使你的眼睛不由自主地要眯拢来,你欣赏着红澄澄的树林上面的青天,这一切多么可爱啊!……在早春的日子里,当四周一切都发出闪光而逐渐崩裂的时候,通过融解的雪的浓重的水汽,已经闻得出温暖的土地的气息;在雪融化了的地方,在斜射的太阳光底下,云雀天真烂漫地歌唱着,急流发出愉快的喧哗声和咆哮声,从一个溪谷奔向另一个溪谷……

但是现在应该结束了。我正好又讲到了春天:在春天容易别离,在春天,幸福的人也会被吸引到远方去……再见了,我的读者,祝您永远如意称心。

(丰子恺 译)

火 光

〔俄国〕柯罗连科

很久以前,在一个漆黑的秋天的夜晚,我泛舟在西伯利亚一条阴森森的河上。船到一个转弯处,只见前面黑魆魆的山峰下面,一星火光蓦地一闪。

火光又明又亮,好像就在眼前……

"好啦,谢天谢地!"我高兴地说,"马上就到过夜的地方啦!"

船夫扭头朝身后的火光望了一眼,又不以为然地划起桨来。

"远着呢!"

我不相信他的话,因为火光冲破朦胧的夜色,明明在那儿闪烁。不过船夫是对的:事实上,火光的确还远着呢。

这些黑夜的火光的特点是:驱散黑暗,闪闪发亮,近在眼前,令人神往。乍一看,再划几下就到了……其实却还远着呢!……

我们在漆黑如墨的河上又划了很久。一个个峡谷和悬崖,迎面驶来,又向后移去,仿佛消失在茫茫的远方,而火光却依然停在前头,闪闪发亮,令人神往,——依然是这么近,又依然是那么远……

现在,无论是这条被悬崖峭壁的阴影笼罩的漆黑的河流,还是那一星明亮的火光,都经常浮现在我的脑际。在这以前和在这以后,曾有许多火光,似乎近在咫尺,不止使我一人心驰神往。可是生活之河却仍然在那阴森森的两岸之间流着,而火光也依旧非常遥远。因此,必须加劲划桨……

然而,火光啊……毕竟……毕竟就在前头!……

(张铁夫 廖子高 译)

铁 匠

〔法国〕左 拉

铁匠身材高大,当地没人能比。他肩胛高耸,脸和手臂被炉中飞出的火星和锤下的铁屑染黑。在他的方脸上,乱而密的头发下面,长着一双孩子般的眼睛,又大又蓝,亮如钢铁的闪光。他下巴宽大,笑起来如同他的风箱,声震屋瓦。当他用打铁养成的习惯有力的动作扬起胳膊的时候,他50岁的年纪和那举起的25斤重的铁锤相比,似乎算不得什么,这把锤子,他管它叫"小姐",是个令人望而生畏的姑娘,从韦尔农到鲁昂,只有他一个人能舞得动她。

我在铁匠家里住了一年,整整一年,使我得以恢复健康。本来我失去了喜怒哀乐,失去了思想。我茫然不知所之,想找一个,给自己找一个平静的一隅,在那里,我可以工作,可以恢复我的精力。一天晚上,我正在路上,已经走过了村子,我远远望见了那个火焰熊熊的铁匠铺,它孤零零地斜立在十字路口。门大敞着,火光照得交叉路口一片通红,连对面小溪旁边的一排白杨树也如同火把一样地燃烧着。在静谧的暮色中,从两公里外的远处,传来有节奏的铁锤声,颇像一支愈来愈近的铁军的马蹄声。我走过去,在敞开的门中站住,被一片光明,一片雷鸣般的响声包围。看到这样的工作,看着人的手把烧红的铁棍弯曲拉直,我高兴,我的心里已经觉得有了力量。

那个秋日的晚上是我第一次看见铁匠。他正在打制一个犁铧。他敞着衬衫,露出粗糙的胸膛,伴着每一次呼吸,他的金属一样结实的肋骨骨架便清晰可见。他身向后仰,猛地一使劲,把锤子打下去。他不停地打着,身体柔软而连续地晃动着,肌肉绷得紧紧的。铁锤循着固定的路线上下飞舞,夹带着火星,身后留下一道闪光。铁匠用两只手舞动着"小姐",而他的儿子,一个20岁的小伙子,钳子头上夹着一块烧红的铁,也在打着。他打出的声音沉闷,被老头子那可怕的"姑娘"喧嚣的舞蹈声盖住了。当,当——当,当,好像是一位母亲在用庄严的声音鼓励一个孩子牙牙学语。"小姐"舞着,摇着她裙衣上的金片,每当她从铁砧上跳起来的时候,她的脚跟便在她所打造的犁铧上印上一道痕迹。一条血样的火焰直冲到地上,照亮了两个打铁人的颧骨,他们长长的身影一直延伸到铁匠铺黑暗的角落里。渐渐地,炉火变白了,铁匠停下手来。他满脸漆黑,依着锤柄站着,甚至没有擦擦他脸上淋漓的汗水。他的儿子用一只手慢慢的拉着风箱,在风箱的轰鸣声中,我听见他依然没有平静的两肋喘息着。

晚上,我睡在铁匠那儿。我不再走了。他有一间空屋子,在铺子的楼上,他把那间屋子给我,我也就接受了。刚到5点,天还没亮,我便被卷入到主人的工作中去。我被那座房子上上下下的笑声唤醒,它从早到晚总是热热闹闹的,无限欢乐。在我的底下,铁锤飞舞。我好像是被"小姐"从床上扔了下来,她敲着天花板,把我当成懒汉。那间简陋的屋子,那个大衣橱,那张白松桌子和那两把椅子,被震得乱响,仿佛是在向我呼喊动作快点。我应该下楼了。到了楼下,我看见炉子已经红了,风箱响着,一股蔚蓝和玫瑰色的火焰从煤上升起,风助火势,炉火宛如星光闪烁。铁匠在准备一天的工作了。他把铁放在角落里,翻着犁和车轮。看见我,他把双手插在腰上,这个好人,他笑了,大嘴直咧到耳根。

看见我5点钟就被赶下床来,他高兴极了。我看他是为敲而敲,早晨,他以他的铁锤作为一个奇特的报时钟,催人起床。他把两只大手放在我的肩上,俯下身来,好像是在对一个孩子说话。他对我说,自从我生活在他的废铁之中以后,我好多了。每天,我们都坐在一辆翻倒的车屁股上一起喝白葡萄酒。

从此,我经常整天地待在铁匠铺里,特别是冬天下雨的时候,我在那儿流连忘返,对打铁发生了兴趣。铁匠和他随心所欲锻造的铁之间进行着一场无休止的战斗,这如同一场伟大的戏剧,令我着迷。我看着炉子里的铁被放到铁砧上,看到它像蜡一样的柔软,被铁匠弄弯了、拉平、卷曲,这使我惊叹不已。犁造好之后,我跪在它的面前,再也认不出这块铁昨天的样子了。我察看零件,幻想着它们是出自无比神奇的手指而无须用火。有时我会想到一个姑娘,想到她我就情不自禁地笑了。过去,我常看见她在我的窗子对面用她纤细的手弯着铜线,然后用一根丝线把手工做的紫罗兰扎在上面。

铁匠从不叫苦。他一天打铁14个钟头,接连打上几天,到晚上还是很开心地笑着,一边用满意的神色抚摸着胳膊。他从不悲哀,也从不厌倦。我想即使房子倒了,他也能用双肩把它顶起来。冬天,他说他的铁匠铺很暖和;夏天,他把门大开着,让干草的味飘过来。当夏天来到的时候,傍晚,我走到他身边,在门前坐下。我们是在山坡上,整个峡谷在我们眼前一览无余。平坦广阔的田野在淡紫色的暮霭中消失在天边。他看到这些,心里便洋溢着幸福。

铁匠经常半真半假地说他是这些土地的主人,200多年以来,这个地方用的犁都是铁匠铺提供的,这是他的骄傲。没有他,一棵庄稼也不能生长。田野5月变绿,7月变黄,是因为他出了力。他爱庄稼,像爱自己的儿女。看到火热的太阳出来了,他就兴高采烈,遇到下冰雹,他就伸出拳头诅咒那些乌云。他经常指给我看远处的某一处没有脊背宽的土地,告诉我说他某年某年造了一部犁给那块燕麦地和黑麦地使用。到耕地的季节,他时常扔下锤子,走到路边上,手搭凉篷,看着。他看着无数他造的犁正在开垦土地,划出田垄,正面,左面,然后右面,直到整个峡谷。牲口拉着犁,缓慢地向前走着,好像正在行进中的队伍。犁铧在阳光下发出银色的闪光,而他,扬起胳膊,叫我过去看那地耕得多棒!

我楼下叮叮咣咣的响声使我的血液中也有了铁,这对我来说胜似吃药。我已经习惯于这种声音了,为了确信我在生活,我需要铁锤打在铁砧上的音乐。我的房间,由于风箱的轰鸣而充满活力,我在那里重获我的思想。当,当——当,当,这声音犹如一个快乐的钟摆,规定着我的工作时间。到最紧张的时刻,当铁匠发起火来,当我听到那烧红的铁在他狠命砸下的铁锤下发出断裂的声音的时候,我便激奋起来,腕间感到有一种巨大的力量,我真恨不得一笔把世界抹平。后来,当打铁炉平静下来的时候,我的脑子里也复归沉寂。我走下楼去,看到那些被征服的铁依然冒着青烟,我对自己的工作感到羞愧。

我时常在炎热的下午看见铁匠,他是何等地健美!那裸露的上身,那突出而结实的肌肉,使他像米开朗琪罗的一个拔山盖世的伟大雕塑。看着他,我找到了艺术家们在希腊的死人身上艰难寻找着的现代雕塑的线条。他在我的眼睛里是因其劳动而变得异常高大的英雄,是我们这一世纪永不疲倦的孩子,他在铁砧上千锤百炼着我们分析的武器,他用火与铁锻造着未来的社会。他以自己的铁锤为乐。当他想笑的时候,他便抄起"小姐",使劲地打着。于是,伴着炉子呼出的玫瑰色的气息,他的家里便响起滚滚雷鸣。我似乎听到了劳动者的呼吸。

就在那儿,在铁匠铺里,在铁犁中间,我永远治好了我的懒惰病和怀疑病。

(赵 坚 译)

雪　夜

〔法国〕莫泊桑

　　黄昏时分,纷纷扬扬地下了一天的雪终于渐下渐止,沉沉夜幕下的大千世界,仿佛凝固了,一切生命都悄悄进入了睡乡,或近或远的山谷、平川、树林、村落……在雪光映照下,银装素裹,分外妖娆。这雪后初霁的夜晚,万籁俱寂,了无生气。

　　蓦地里,从远处传来一阵凄厉的叫声,冲破这寒夜的寂静,那叫声,如泣如诉,若怒若怨。听来令人毛骨悚然!喔,是那条被主人放逐的老狗,在前村的篱畔哀鸣:是在哀叹自己的身世,还是在倾诉人类的寡情?

　　漫无涯际的旷野平畴,在白雪的覆压下蜷缩起身子,好像连挣扎一下都不情愿的样子。那遍地的萋萋芳草,匆匆来去的游蜂浪蝶,如今都藏匿得无迹可寻;只有那几棵百年老树,依旧伸展着杈丫的秃枝,像是鬼影幢幢,又像那白骨森森,给雪后的夜色平添上几分悲凉、凄清。

　　茫茫太空,默然无语地注视着下界,越发显出它的莫测高深。雪层背后,月亮露出了灰白色的脸庞,把冷冷的光洒向人间,使人更感到寒气袭人;和她做伴的,唯有寥寥的几点寒星,致使她也不免感叹这寒夜的落寞和凄冷。看,她的眼神是那样忧伤,她的步履又是那样迟缓!

　　渐渐地,月儿终于到达她行程的终点,悄然隐没在旷野的边沿,剩下的只是一片青灰色的回光在天际荡漾。少顷,又见那神秘的鱼白色开始从东方蔓延,像撒开一幅轻柔的纱幕笼罩住整个大地,寒意更浓了。枝头的积雪都已在不知不觉间凝成了水晶般的冰凌。

　　啊,美景如画的夜晚,却是小鸟们恐怖战栗、备受煎熬的时光!它们的羽毛沾湿了,小脚冻僵了;刺骨的寒风在林间往来驰突,肆虐逞威,把它们可怜的窝巢刮得左摇右晃;困倦的双眼刚刚合上,一阵阵寒冷又把它们惊醒……只得瑟瑟缩缩地颤着身子,打着寒噤,忧郁地注视着漫天皆白的原野,期待那漫漫未央的长夜早到尽头,换来一个充满希望之光的黎明。

(斯章梅　译)

海之美

〔法国〕古尔蒙

　　若问 19 世纪最独特的创造是什么,也许该回答说:是大海。

　　这绿和蓝的水,其波浪是微笑或愤怒,这金黄的沙的平原,这灰或黄的峭壁,这一切千百年之前就存在,然而没有人看一眼。在一片令今日的感觉欣喜直至陶醉的景象面前,昨日的感觉是冰冷的、厌烦的,甚至是恐惧的。人们远非追寻海景,而是当作一种危险或丑陋,避之唯恐不及。在法国的海岸上,所有旧日的村庄都距海甚远;在滨海城市里,所有旧日的房屋都背朝大海。甚至水手们和渔夫们,一旦不需要大海,也远远地离开它。至于陆地上的人,他们是怀着恐惧接近大海的。直到1850年,圣米谢尔山还被认为差不多只能用于关押囚犯:人们只把恐其逃逸的人送去。

从什么时候开始,海景被人当作一种动人的、美丽的东西而喜爱?这很难说得准确。对大海的兴趣高涨于第二帝国治下,因为有了铁路:不过,诗人们远在这个时期之前就已咏唱大海了。总之,是拜伦和夏多布里昂创造了欧洲的海滩并把人送去。在圣马洛①,格朗贝岛的绝壁上有夏多布里昂的坟墓,确是象征着我们的感觉的这种演变,他理应长眠于此,没有他,法兰西的海岸也许至今还只有渔夫和鸟雀光顾呢。

18世纪,大海还绝对地无人知其为愉悦的源泉。不过,人们已经到处旅行了;人们从巴黎出发所做的旅行已远远超出了到迪埃普或勒哈佛尔②的路程;在路易十六治下,人们甚至开始品味乡间和高山了;然而,人们还不知道大海。我不知道是这个时期的哪位作家迁怒于大海的起伏,他说,荒谬绝伦的海潮使船舶不能随意停靠,还沿海岸造成了大片不出产的土地。人们至多容得地中海,因为它与其是个海,更多的是个湖;人们喜欢它的平静,它呈现给无所担心的目光的那种始终千篇一律的景象。

路易十五时代的巴黎人是这样使用大海的:他们把被疯狗咬伤的人送到勒哈佛尔,从一座悬崖上投进大海。这是医治狂犬病的良方。德·塞维尼夫人③说过,她的一位女友就这样被推入大海。无疑,一个健康的人若想自己进入这可怕的水中,洗一个澡,就会被当作疯子,至少也是近乎傻子。这个时期,人只有疯了,才会到海里去。在德·塞维尼夫人的思想里,海的概念是和一种最可怕的疾病联系在一起的。

谁是第一个敢于在海滨度夏、在靠近海浪的地方修建别墅的英国人或法国人?因为一切时髦的事情总有个开始,此种时髦亦然。是一位诗人还是一位学者,一位大贵人还是一位普通的食利者?他如果还够不上立像的话,至少也够得上在路角挂一块牌子。不管他操何种职业,他肯定有一颗独特的灵魂,一种大胆的精神。也许有一天,有人会写他的历史,也许诗人还会咏唱他,就像贺拉斯④咏唱第一位航海者一样。

人们的确很难理解海之美何以如此长久地不为人知。然而反过来说,也许更难理解的是我们的感觉何以变得如此之快,今日之人何以在往日他们觉得荒诞或讨厌的景物中发现了这样多的快乐。真得承认,人类的感觉是听命于时髦的。它是按照人给它的曲调颤动的。不过,一种曲调如果老了的话,它也并不完全地长眠不醒。感觉实现了一种不可能完全过时的征服;它并吞了一个新的省份,并将永远地占有其大部领土。对海景的兴趣有可能不再大增,甚至还有可能略微下降,但决不会消失。它已进入我们的血肉,像音乐或文学一样,成为我们的美感需求的一部分。无疑,它并非放之四海而皆准。许多人可以不去看海;然而一旦爱上它,将会终生不渝。它是一个永不让人生厌的情妇,一旦听见了她的声音,就身不由己地服从。

也许,尽管大海对过去世世代代的人是冷漠的或者敌对的,在某些人今日对它的喜悦之情

---

① 圣马洛:法国西北部滨海城市。
② 迪埃普、勒哈佛尔:均为法国北部滨海城市。
③ 德·塞维尼夫人:法国17世纪贵妇,以书信知名。
④ 贺拉斯:古罗马诗人。

中仍有一些朦胧的遗传影响。一个失了根的人——或者一个移植的人①,其家庭一直生活在海边,他也许会比别的人更感到海滩和波浪的吸引。也许,他如果不曾失了根,他会无动于衷地看那一片他虔诚静观的风景的。有些美的景色,当人是其创造者的时候,是不能很好地品味的;必须走出来,站得远一些,才能真正地体会其魅力。

故大海使我们愉悦的原因不出下面两端:或者因为这在我们的感觉中是全新的、从未见过的;或者因为这是一种远古的东西,一种在我们内心深处重新发现的返祖性的古老回忆。

然而,当大海是不为人知的时候,当大海是孤独寂寞的时候,它仍然应该是美的! 现在,它有太多的情人;它是个过于受崇拜的公主,宫里献媚的人太多了。只是很少几个男人,不多几个女人,才使风景生色。大自然跟一群群发呆的人合不来,他们到海边去就像到市场去一样。人是可以沉思默想的。应该沉思默想,就像一个信徒在教堂里,忘了左右而跟天主说话。

天主不是什么人都回答的;大海也是。

(郭宏安　译)

沙　漠

〔法国〕纪　德

啊! 多少次黎明即起,面向霞光万道、比光轮还明灿的东方——多少次走到绿洲的边缘,那里的最后几棵棕榈枯萎了,生命再也战胜不了沙漠——多少次啊,我把自己的欲望伸向你,沐浴在阳光中的酷热的大漠,正如俯向这无比强烈的耀眼的光源……何等激动的瞻仰,何等强烈的爱恋,才能战胜这沙漠的灼热呢?

不毛之地;冷酷无情之地;热烈赤诚之地;先知神往之地——啊! 苦难的沙漠、辉煌的沙漠,我曾狂热地爱过你。

在那时时出现海市蜃楼的北非盐湖上,我看见犹如水面一样的白茫茫盐层。——我知道,湖面上映照着碧空——盐湖湛蓝得好似大海,——但是为什么——会有一簇簇灯芯草,稍远处还会矗立着正在崩坍的页岩峭壁——为什么会有漂浮的船只和远处宫殿的幻象? ——所在这些变了形的景物,悬浮在这片臆想的深水之上。(盐湖岸边的气味令人作呕;岸边是可怕的泥灰岩,吸饱了盐分,暑气熏蒸。)

我曾见在朝阳的斜照中,阿马尔卡杜山变成玫瑰色,好像是一种燃烧的物质。

我曾见天边狂风怒吼,飞沙走石,令绿洲气喘吁吁,像一只遭受暴风雨袭击而惊慌失措的航船;绿洲被狂风掀翻。而在小村庄的街道上,瘦骨嶙峋的男人赤身露体,蜷缩着身子,忍受着炙热焦渴的折磨。

我曾见荒凉的旅途上,骆驼的白骨蔽野;那些骆驼因过度疲顿,再难赶路,被商人遗弃了;随

---

① 移植的人:法国作家巴莱斯(1862—1923)鼓吹民族主义,指出有一种"失了根的人",吉尔蒙认为,此种人不妨叫做"移植的人",其实有利于人的成长。

即尸体腐烂,缀满苍蝇,散发出恶臭。

我也曾见过这种黄昏:除了鸣虫的尖叫,再也听不到任何歌声。

——我还想谈谈沙漠:

生长细茎针茅的荒漠,游蛇遍地:绿色的原野随风起伏。

乱石的荒漠,不毛之地。页岩熠熠闪光;小虫飞来舞去;灯芯草干枯了。在烈日的暴晒下,一切景物都发出噼噼啪啪的声音。

黏土的荒漠,这里只要有涓滴之水,万物就会充满生机。只要一场雨后,万物就会葱绿。虽然土地过于干旱,难得露出一丝笑容,但这里的青草似乎比别处更嫩更香。由于害怕未待结实就被烈日晒枯,青草都急急忙忙地开花,授粉播香,它们的爱情是急促短暂的。太阳又出来了,大地龟裂、风化,水从各个裂缝里逃遁。大地坼裂得面目全非;大雨滂沱,激流涌进沟里,冲刷着大地;但大地无力挽留住水,依然干涸而绝望。

黄沙漫漫的荒漠。——宛似海浪的流沙;不断移动的沙丘,在远处像金字塔一样指引着商队。登上一座沙丘,便可望见天边另一座沙丘的顶端。

刮起狂风时,商队停下,赶骆驼的人便在骆驼的身边躲避。

黄沙漫漫的荒漠——生命灭绝,唯有风与热的搏动,阴天下雨,沙漠犹如天鹅绒一般柔软,夕照中,则像燃烧的火焰;而到清晨,又似化为灰烬。沙丘间是白色的谷壑,我们骑马穿过,每个足迹都立即被尘沙所覆盖。由于疲顿不堪,每到一座沙丘,我们总感到难以跨越了。

黄沙漫漫的荒漠啊,我早就应当狂热地爱你! 但愿你最小的尘粒在它微小的空间,也能映现宇宙的整体! 微尘啊,你忆起何种生活,从何种爱情中分离出来? 微尘也想得到人的赞颂。

我的灵魂,你曾在黄沙上看到什么?

白骨——空的贝壳……

一天早上,我们来到一座高高的沙丘脚下避阴。我们坐下;那里还算阴凉,悄然长着灯芯草。

至于黑夜,茫茫黑夜,我能谈些什么呢?

这是一次缓慢的航行。

海浪输却沙丘三分蓝,

胜似天空一片光。

——我熟悉这样的夜晚,似乎觉得一颗颗明星格外璀璨。

(冯寿农　张　驰　译)

冬天的富士

〔日本〕小岛乌水

虽说是寒风仍然在刮,但日历已宣告离立春只有十来天。尽管如此,如今的天空,已是白天风干,从天心到地轴,纵横有如水晶般地剔透,如用手杖敲打这土,使人感到如同发自天上的银声。不知何时从这窍穴，西北风由傍晚时吹起，入夜之后，几经揉搓，其狂吼之声有如诅咒人世的恶魔的叫唤。如果一到八九点钟，即使是本来来往人迹稀少的驿站的近处，偶尔也能听到急促的碎步在街道上奔跑的木屐声，在冰冻的大地上嘎啦嘎啦地如同在冰上奔跑的一般。把门关得严严的，无所事事地袖着手面向书桌，倾耳静听风声，怒涛翻腾，中途受阻，雪山倾颓眼看压眉而来，余波破碎，使拉窗发出反响的呻吟，我不由得一阵战栗，不慌不忙地把火盆拉近身边。

上帝宣告曰："冬季之威无敌也。"诚然咸阳之火炬如今已冷，万里之长城也独自雄踞于永劫之外。死也好，生命也好，时间也好，空间也好，冬季为万事万物的最后的舞台。为了剥去一切娇饰，嘲笑虚观，有冬日的威严。看吧，清晨成为标枪，以降霜将下界扎得寸断，岂非把地盘之肤刺破。每当天到傍晚，如梳理一般的狂风猛吹，赶走了光明，葬送了太阳，打破了静寂，岂不是赠送给人类的泣血之书？

此风，每夜使数亿生物慑服，乞求怜悯，瘦骨嶙峋的落木的哀鸣，干涸的小河的浑浊，即将陨落的闪耀着最后一点暗淡光辉的繁星，为万象的悲剧看得太多而徒唤奈何。

翌晨，我打开门又一次观看新的自然，天空的颜色，离地平线大约不到几丈处，成为灰色，秃树枝变得如同扫帚，露出头来二三寸，其上层灰中带白色，尽管如同水银般流淌的空气显得很沉重，就像抛掷光芒四射的太阳似的，俄顷高高地升上了山王台的森林，天气晴朗，虽然如同研磨出的琉璃镜，然而山腰仍带着三分灰色，在这附近有微晕，在这两色的分界处，是烟呢还是水蒸气，轻轻地铺为一抹，风一吹就会飞走，明亮的朝日，从旁一照射它，沉下去的东西就升而复消，像水银似的笨重的，如同云母之被吹拂，轻轻地便消失，渺茫一气不知所之，这时乾坤才比秋水脱鞘还净，变得灿烂夺目。我仍然为了吟诵这大自然的文章，而穿上在院子里穿的木屐到户外去徘徊。

残月如同向破坏后宣告和平的使者，挂在那构成伐木人小屋后院的树林上。在那下面展开的水田里，把结了冰的水稻残株的根，托给这冰，把茎暴露给冰冷的大气的样子，如果说把寒夜的残余留在这儿，就成了往下看。把鼻子就要碰到膝盖地一看，就像看见封锁在冰海的半露的三根桅杆似的。登上杉木林那微暗的慢坡，能够看见比火田遗迹所冒出的新芽还珍贵的一点点只有小麦的青色的土地。当好容易走到坡道的最顶端时，乍一眺望，见右侧神奈川的海上烟雾朦胧，左面有隔着构成古代东海道"五十三次"①之一的程谷的破驿站，在云外能够仰望跌宕重叠的相骏的群山。

今晨山肌染上了傍晚天空的桔梗色，在尖削的山背上镶有花边的，必是大山。是塔岳还是丹泽山，似乎瘦得没有皮，在嶙嶙的山褶之间的山涧里，雪呈现出斑点，让人疑惑为是不是上帝开玩笑把山鸽的翅膀藏在这里。

然而看吧，山也好，树也好，田地也好，一旦剥去隶属于冬天的冰雪，就可怜了，它们都变得赤裸裸地躺卧在那儿。看上去小得像棋子儿，从建于冰田埂上的程个谷附近新道的茅草屋冒起的细细的炊烟，为了将芸芸众生的消息传达给上天，就像是焚烧"存在的符"似的，其力量是何等地微薄，在大征服者冬季的面前，就没有能够抬得起头来的历山②大王？

---

① 东海道"五十三次"：江户时代，从江户到京都路上的 53 个驿站。
② 历山：中国古代传说中舜耕作过的地方。

有,大有人在,于覆载之间,君不见有个唯一的"不知恐怖的人",它把伊豆之山,相模之峰踩在脚下,它把甲斐之湖与骏河之海控于眼前,它突兀地耸高肩于苍昊,它荧然于寒空,凝八朵之笠①不流,晶肌皓衣,俨然跨三国居于东瀛之重镇。

不用说,这就是富士,从半山腰附近到达顶峰,为了保护其免沾人尘,虽然盖着雪制的厚衾,但腰部以下如同紫水晶般地透明,原封不动地露出自然的皱纹,细粒在每条皱纹上都闪烁着的雪,在这儿也在处处铺遍着薄薄的磨箔。此刻当你在这位威严无比的征服者面前仰望时,君不见经无限的空时,浩荡的空门,升起的朝阳,沉没的霞光,将其间的大弧拦腰斩断,成为天上天下唯我独尊。

在富士山麓,有着玻璃一般的清澈的火山湖,有着黄茅白苇的被风吹得沙沙作响的火山下坡缓慢的原野,有着如同巨汉长揖同一山脉的豆相支脉,有着小田原的废城,有着怅然中止称霸企图的镰仓的古城废墟,而且有着漫无际涯的大瀛之水!尽管这些在我此刻立足之地并看不见。

诚然动荡之世的趣味,曾经有过头戴小礼帽,身穿纹纱的方领带胸扣的武士礼服,佩带饰以黄金的大刀,坐下镶银边儿鞍子的菊花青马,双手交替地拉缰绳,以手遮额仰望此山的镰仓的幼主阿原,纵令没有我们此刻在这儿思考天地之悠久,但对山必然不无无量之感慨。此山犹如斯耸立,但该人、该士如今又在何方呈现何状?不用说源平,北条足利亦非所问,白围墨劫虽然用以争二尺之局,所谓霸图亦殊为可疑。镰仓九代,室町十三代,如今就连可以自豪的一株树也不存在了。所谓的英雄,难道不是应该给予虚幻事业的名称吗?啊,但愿忘掉给予事业的名称,自太古以至于今,具有蠢立于喜与哀的呼吸之外,呈庄严微妙之相,任何征服者的鞭子也不能笞打的富士,为了赞美这不二的高岭,何不用草木国土悉皆成佛之名。

史书上记载着:大声喊叫的是什么诗仙,用深红色的血染了富士的是什么巨人。得以围绕着富士阔步,天所制作的不朽的雕刻,地所画就的不灭的绘画,神所构筑的不易的神殿,成为三位一体,一夜之间,不二的高岭便突然冒了出来。即使是该湖干涸了,该原野烧尽了,该山峰崩裂了,该城址也被耕耘成土地,即使该古都被从地图上抹去,该沧海干涸,只要是我们祖国峙立,就心安,不二的高岭就不会从垠轴上被动摇。

冬日之晨,木屐的齿上结了冰,直到觉得足尖冻得像被猫咬着似的疼痛时,我都仰望富士伫立于坡顶。从很久以前第一次学习系草屐带时起,直到以富士为中枢,跋涉尽东海十三州,以至担心已无余地的如今,尽管几乎无一日不仰望富士,但春季的富士,夏天的富士和秋日的富士,我只是崇敬其端丽,及至到了冬天,只要是万象凋而不陨,我便噤口不言地只顾立于慑服之中,这时我才崇拜威严增加十倍的富士之灵的尊贵。平时可亲,这一季节的富士可畏,虚伪的诗,无爱的说教,不诚实的音乐,白昼在其下界横行,为什么不惜污染人类的口耳。瞠眼大怒地遥望东天,让我无声地宣告:

"Fear nothing,here am I."②

赫赫之天日,除瑞穗之国外,不照此名山。可喜的是,真理的宝座永远在那儿。

(林怀秋 译)

---

① 八朵之笠:形容富士山形如斗笠,又似八瓣的花朵。
② 英语,意为:"无所畏惧的,这儿只有我。"

四季的情趣

〔日本〕宫城道雄

一位远走南洋的熟人，阔别十年之后突然来访。他说："我常回日本，不过总是在夏天回来，没赶上过日本的冬天。这次回来幸好是冬天，很想好好领略一下日本冬天的风味。"而我拥有四季，并不感到对生活的厌倦。

首先，春天到来，熏风吹拂，浑身酥暖。每年一到春天，便有一只小鸟飞到我的住处来，明年还会以同样的声音鸣叫，来的时间也似乎相同。这样相遇三年，从声音的高低和音色来判断，是同一只鸟无疑。我根据这印象谱写出《春来到》一曲。心想，连鸟儿也每年过着同样的生活呀！

春天的早晨，它似乎在告诉人们要抓紧工作，令人内心充满希望。当朝晖射进自己的窗户时，就感到该做点什么工作了。

春天的中午过后，如果是风和日丽，闲适静谧的日子，当感到和煦的日光爬上自己的面颊时，便传来省线电车驶过的声音。这一切使人感到悠闲自在。连听到院内鸟儿振翅起飞或高声鸣叫，都令人陶醉。

周围一丝风也没有，好像陡然忆起似地刮来一阵微风，庭园中的树叶和矮竹子叶摇曳不定，给人以舒畅之感。自古以来，每当月夜，人们往往思念故乡旧友以及遥远的往事。春闲之夜，来到昏沉欲睡的廊檐边，心头不禁涌现许多往事。

外面传来赏花的人们熙熙攘攘的声音时，而我独自蛰居家中潜心学习也是桩乐事。春夜外出散步更让人心旷神怡，我虽不能亲眼目睹朦胧的月光，但我的身子却感到了这一点。这样的夜晚也常想起往事。

春雨连绵之日，听着各种雨声作曲时，心神集中，完成得好，尤其在夜间，睡卧在被窝里，倾听着院中落雨声是很有趣的。这时心中意识到春雨在敲打着刚刚发芽抽叶的树木。

雨天外出，一边听着雨落的雨伞上的声响，一边朝前走，怡然自得。这时，穿鞋的足音，不如穿高木屐的声音悦耳。

由春入夏，雨前或气候突变时，不知怎的，市内电车和汽车声，在我听来宛如海啸。

夏天，大清早起虽也心情爽快，但究竟不如夜晚更好。蚊烟香的气味，扇团扇的声音，都让人喜爱。一到夏天，也许因为门窗四敞大开的关系，近邻变得更近，各种声响传进我的耳中。夏夜吹横笛的声音最为美妙。被蚊子咬虽可厌，可是两三个蚊子一起飞来，发出的嗡嗡声宛如笙箫，也叫人难舍；同时，静听着电风扇的哼叫声，仿佛远海落日，波浪起伏的声音。这时，就像孤独一人被抛弃在那里，一种莫名的寂寞、悲凉之感油然而生。所以我时常默默地倾听电扇的声音。

夏天，我也不太愿意去避暑。因为出门在外，不如在家方便。怕麻烦别人，所以我尽量不去。虽说如此，近两三年来，却也时而出去一游。从去年起，夏天到叶山的家去住。盛夏，海岸喧闹异常。我住的地方背后便是山,下面连着海,房子正好位于半山腰。大海的喧闹对我的影响倒不大。因为身在山坡之上,可以尽情享受山间风趣。

早晨,群鸟争鸣。我去到房后,侧耳聆听这鸟鸣之声。有的长鸣,有的声声短啼,有的宛似人类嘲笑别人时的笑声,而有的声音低而悠长,犹如在召唤别人。根据我这些个观察,心里常想,鸟类的世界里也有语言。刚才还成群结队猬集此处的鸟群,不久之后,好像全飞走了,周围一片寂静。到某个时间,它们又都回到原来的地方来了。

在山上,茅蜩这种蝉叫得很起劲。原以为它傍晚才叫,它却从早起就叫。当然它最喜欢在黄昏时叫,我不知道山上太阳偏移的情况,但在白昼也常听到它叫。茅蜩的叫声,照我的观察,声音高低只有两类,是固定不移的。这就是以相差半个音来鸣叫。用日本高调来说,一个以 do 音在叫,一个以 xi 音在叫。在哪儿听也是如此。在街里,只听一只叫固然也不错,以半音之差,百蝉齐鸣,其妙趣简直无法形容。听着听着,似乎被吸进了奇妙的音的世界。

躺在被窝里静听海滨机帆船起航出海,也是种乐趣。船渐渐离岸远去,以为船声大概听不见了,不料却还能听得见。自己的心仿佛也随船远去。我认为海滨的夏天同样是很好玩的。

盛夏时节,开始叫的是梨蜩,螗螟蝉和茅蜩一到寒蝉叫起,便知秋天临近了。

我儿时时常看到的是,一到初秋,空中打闪。听祖母说,这是稻谷丰收的预兆。其实,我就是从这闪电中体察到初秋的气氛的。

我曾记下这样一点,一到立秋,奇怪的是,蟋蟀等似乎固定在同一时刻开始叫。在立秋这天前后,秋虫便陆续开始唧唧鸣叫。而且我经常最早听到的秋虫声是蟋蟀的叫声,其次是变色音蛩的叫声。有趣的是最初只有一只,顶多两只左右在叫,日子一长,叫的虫就多了起来。

一进入初秋,不知不觉地风也变了。八月过半,便感到空气澄澈,头脑清晰。我的曲子,一年当中,完成于秋天的最多。我总是吊起金属的风铃来,喜欢听风吹铃的响声。秋风吹得铃响,声音虽无变化,也让人感到莫名的寂寞,好像它与从前的响声不同。风力恰到好处时,铃声悲凉而清晰;狂风大作时,挂着的长纸条皱皱巴巴发不出声来,即便有声,也是干巴巴的,让人想到已是晚秋了。还有秋天的阳光,照儿时留下的记忆,似乎带有黄色。

街里举行秋祭时,在大鼓、笛子等祭神的音乐伴奏下,抬着神典走过的声音,凑近去听倒不如远远地听更有祭祀的情调。我喜欢祭祀的气氛,就我来讲,永远不希望废止这类活动。

到秋天,小鸟等也以和春天不同的声音在叫。老鹰沉静的叫声,给人以悠然之感,而且两只对叫比一只独鸣更有意思。也是听祖母说的,老鹰一叫,三天之内准下雨,是因为一下雨会冲走它父母的坟墓,所以它发出悲鸣。我至今还认为,一听见老鹰的叫声,不出三天就该下雨了。

秋夜,虽整夜聆听秋虫的声音,我也不感到厌倦。草云雀等不间歇地拉长声叫个不停。用短促的断音叫的是变色吟蛩,保持准确的拍节来叫的是蟋蟀。油葫芦的样子听说挺严肃,而声音其实比草云雀等还要平淡无奇,这倒也颇为有趣。油葫芦的叫声先高后低,我用音调笛子一比,最初是用比 xi 低半个音的声音叫起,然后变成比 la 低半个音的了。这声音听起来清亮柔和。

瘠螽叫时,开始是咻的一声,停一下,然后嚯的一声,收住翅膀,那拍节很有趣儿。蝈蝈儿、金琵琶也很有意思。但不论怎么说,人们最珍爱的是金铃子,把它推上秋虫的王座是有道理的,它的叫声高雅,可说最能代表秋声。

听秋虫叫,有趣的是,不管什么虫子,只要是同类的虫子,叫声的高低无大差别是很可怪的。即使有差别时,顶多不过半音。

谈到虫子,我想起一件事,内田百闲先生有一天下午提着虫笼子来到我家。内田先生对音的世界颇有研究。这天他带来的是草云雀,我说:"这草云雀我的院子里有。"第二天,他打发人送来了金琵琶。送来的时候,正赶上我练习弹筝很忙,所以竟不知道什么时候送来的。练筝结束,身子非常累,连话都懒得说,对于唱呀拉呀都感到厌烦,对弟子们也没好气儿。就在这时,金琵琶突然叫了起来。我就像听见了朋友安慰的话语一般,本来浑身累得软瘫瘫的,怎么都不得劲,这时仿佛全身的疲乏霍然消失,顿时身心轻松,非常快活,使我深感到朋友的可贵。那只金琵琶现在还活着,我走过走廊时,常常停下步来,倾听它的叫声。

秋月高悬的夜晚,我虽看不见,但能感觉到它,并且心里立即想象出儿时看见过的月亮。

秋天的落叶声,给人以似凄凉又似怕人之感,颇像梅特林克的《盲人》中的无形的东西。躺在被窝里听,这种感觉更加强烈。

秋末,一场晚秋雨过后,虫声也有声无力时,便感到苍凉的冬意袭人。再过一阵子,虫声一下停止,就到枯叶飞舞之时了。初冬,遇上晴和天气,如同小阳春一般。

秋天的食物松蕈上市时,最富于秋意。秋天吃用松蕈做的菜,非常可口。春天吃竹笋,初夏吃鲣鱼,实际上,人们往往因食物而忆起季节来。也会联想起往事。有个故事说:有个穷木匠,人们不敢随便给他小豆饭吃,如果在平常干活儿的日子给他小豆饭吃,他便撂下活计不定跑到什么地方去玩。这是因为祭祀之日必定吃小豆饭,他把这事牢记在心的缘故。

到了冬天,我便想起儿时看见过的青橘子,因为是刚摘下来的,皮硬,一摸疙疙瘩瘩的,同时气味也最强烈。这些,使我意识到初冬的来临。

入冬,把一直敞开着的拉门关闭起来,面向长火盆一坐,产生一种安适感。

冬夜,围着火盆,家人闲话;或跟彼此不客气的来客无休止地闲聊,不觉就是深夜,这也是别有风趣的。

吃食里,一家团圆吃肉素烧是件乐事。近来汽车多了,已享受不到了。从前我常送艺上门,夜间坐人力车回家,饿着肚子经过饭馆门前,眼睛虽看不见,但也能知道现在正走过什么饭馆的门前。不坐车步行时,各种饭菜的香味,更易钻进鼻孔。闻着鸡素烧的香味、西餐馆的气味、还有鳝鱼馆子的味儿,忍受着寒风吹扑面颊和脖颈,又冷又饿又累,不禁胸中涌起快些到家安享家庭温暖的念头。这时,回家便是个乐趣。

话头有些岔开了,我在汉城时,一个寒冷的黄昏,从北汉山刮来刺骨的寒风。我暖呼呼地坐在车上。那时父亲在釜山的衙门里做事,薪俸微薄。我忽然想到父亲现在干什么呢?想到父亲的处境,遂给他寄去了钱。这不算孝敬父母,只不过是在天寒时才想起来的。还有,听见枯树的声响,便会想起朋友及其他许许多多的事。

我一到冬天,因惧怕寒冷,便懒散地躺在被窝里用功。这也不用点灯,仰面而卧,用手摸着读放在肚皮上的盲文书,或使用点字的工具书写。越到寒冷的深夜,越能沉下心去。一边听着拉门咔嗒咔嗒作响,一边作曲,格外舒畅。即便熬个通宵,也决不感到劳累,而且用脑子,不久身子也会热起来的。不作曲时,照这样子读书,也能安下心去,字句容易印入脑海。这是盲人所独有的世界,那乐趣是好眼睛的人想象不到的。我常在自己的头脑中进行合奏,想象着音的世界,很有意思。

某精神病科的博士给我讲过这样的事,即有所谓内声,如心里想着神谕之类时,就能听到那声音。当我们想象着某种音乐时,照样也能听见那音乐。当然它与精神病科所说的神谕不同,但却很相似。

我在四季当中,对冬雨不太喜欢。雪对谁来说都是好东西。大体上雪是不声不响的。但下大了时,也能接连不断听到细小的声响。雪打在树叶上的声音和雨不同,非常有趣。还有不是雪,而是霰敲打发硬的树叶,发出的声响也很有趣。

下雪的早晨,在寂静无声中积下厚厚的雪,听着行人从雪上走过的声音,宛如听船上在摇橹。我在雪天喜欢到外面去走走。雪花敲打着雨伞,和雨点不同,让人心情愉快。走着走着,发现个子在变高,还有人闪到路旁去,敲打塞进木屐齿里的雪,极富于冬天的情趣。

雪后放晴,朝阳一照,雪开始融化,水滴落下发出各种声响。有的地方融化滴落得非常快,还有的地方竟以三连音滴落,而慢慢滴落的似乎是因为惧怕什么。我想象着在山里发生大雪崩时该是什么样子,于是想起波涛发出的哗哗声。树枝也有沉甸甸地折落的时候,由于天气寒冷,白天化不尽,到了半夜,出乎意料,雪吧嗒一声落地,吓人一跳。

我一到冬天,最怕北风。凛冽的北风刮来,我的心情沉郁,身上也不得劲。在这样的日子,偏巧碰上有重要的演奏,便常因产生不出兴头而感为难。

还有,冬天邻近的山丘一下雪,我的住处即便不下,凭身上的冷感也能觉察到附近在下雪。妻子常常嘲弄我说:"一到冬天,不定什么地方在下雪呀!"其实下没下我都知道。

我最喜欢冬天刮南风。这种时候,心绪好,身子也舒展。总之,细细体味四季的气氛,有种用口形容不出的乐趣。

（程在里 译）

大地的面纱

〔英国〕罗斯金

"修整它并守护它。"①

这本来是我们应尽的职责。唉!可我们都干了些什么!我们非但没有守护这园子,且施以蹂躏——掠其鲜花饲养战马,劈其树木制成长矛!

"并在东边设置火焰之剑。"②

它的火焰永不熄灭了?把守这路径的大门再不开启了?或勿宁说我们已没有进入的欲求了?为什么可以这样设想:即便我们曾选择回归之路,也无法赢得那最初的乐园?谁都知道,那

---

① 语出《圣经》。上帝创造人类始祖亚当后,把他安置在伊甸园,让他修整并守护那园子。
② 语出《圣经》。亚当、夏娃偷尝禁果,上帝将他们逐出伊甸园,尔后又在伊甸园的东边设置四面转动发出火焰的剑,以把守生命树的道路。

曾是个花朵遍野的地方。那么好吧:无论哪里,只要我们表示容忍,花朵便努力生长,我们愈是平和,它们愈是繁茂。的确,这本应是花的堕落,一如人的堕落;然而,我们这等生物既然想不出有什么比玫瑰与百合更令人喜爱,那么只要我们愿意,这些花草就应为我们生长:株株并立,叶叶交错,直至将它们的雪白与紫红铺满大地。伊甸乐园曾遍地浓荫宜人,道旁果实累累。那么好吧:是什么从中阻挠使我们不去用宜人的树荫、纯洁的花朵和漂亮的果实来覆盖这个世界?是谁不准那些山谷沟壑覆以五谷而呈欢欣景象?是谁阻碍那鬼气森森、杳无人迹的黑暗森林变成无边的果园:以细嫩的花瓣雪一样地落满那远接四月微明地平线的群山,簇拥的果实涨红秋天大地的面颊?然而谁都知道,伊甸乐园曾是个和平的地方,所有的动物都曾是我们温和的仆人。那么好吧:这个世界还会是和平的所在,如果我们都是和平的守护者;我们还会得到其创造物温和的服侍,如果对它施以温和的统治。但是,只要我们以猎杀鸟兽为乐,只要我们选择的斗争对手是我们的同类而不是我们的过错,并将草地变成战场而不是牧场——那么,无可怀疑,火焰之剑将继续四面转动,伊甸园之门将紧闭不开,直至我们压下自身那更加强烈的情焰,并推倒我们的更为紧闭的心灵之门。

每当我想到人类初时受命看护的花草树木为报照料之恩向人们作出的贡献,以及它们仍将作出的贡献——只要人们允许它们发挥作用,或者完成对它们的应尽职责,我便身不由己地愈发体察到这一点。草木身内蓄藏着怎样的永无穷尽的奇异:靠着它,大地才成为人的伴侣,成为人的朋友与师长!在我们从大地的岩层中寻绎出的环境里,只能看见人类生存的准备状态;人得以在大地安全存活并易于劳作所需的种种特性——在所有这些方面,大地不曾现出生命的积极迹象;然而,对于大地,草木有如一颗未完成的心灵,是被安排迎接人类的心灵的。大地在其深处,除去那水晶石般的缓慢变化,必是一片死寂;但在人类面对并与之打交道的表层,大地对我们的恩赐是一层由中间生命构成的奇异面纱:它呼吸,而无声息;活动,而不能离开命定的所在;度过生命,而无意识,面对死亡不知痛苦;身着青春的美丽,没有它的激情;近于衰年的虚弱,没有它的遗憾。

完全屈从于我们,听任我们摆布,这神秘的中间生命有着强健的机能,相比之下,我们对待这不知痛苦的生物的做法却很不负责;正是在这神秘的中间生命里面,聚集着我们所需的来自外部世界的大部分快乐,记载着我们应记取的教训,各种珍贵的恩赐与教益都联结于大地与人类中间的这一环节:上帝日日以美丽的生命为人准备下的大地,奇妙地适合于人的全部需求、欲望及戒律。先以一层地毯为他把大地弄得松软,再用多彩的锦绣图案覆盖其上;然后有高处伸展的枝叶遮蔽太阳的炎热,也遮蔽落下的雨水:这样它便不会很快被蒸成云雾,而留下来滋养苔藓间的泉水。支撑这枝叶的树木,易于砍伐,却坚韧而质轻,用来为人建造房屋或是工具(矛杆或犁把,就看他的心情如何了);太硬了,不能用——这曾有过的;韧性不够,不能用;弹性不够,不能用。冬天来临,浓荫的树叶落去,好让太阳温暖大地;留下那些粗枝,撕破强劲的寒风;传宗接代的种子,却生得美丽可人,数量极多且种类无限,全为投合人的需要,或满足他的幻想,或提供服务:冰凉的汁液,四溢的香气、香脂与熏香,润和的油脂,防腐松香,止血与退热药剂,或者催眠的魔力;所有这些都以变化无穷的姿态呈献出来。或脆弱或有力,或柔软或强硬,深深浅浅,方方面面;或垂直挺立如庙堂的廊柱,或四处蔓延如委地的无力卷须;强有力的下肢与臂膀,面对一年又一年的风暴,不屈不挠,而又随着夏日小溪的轻柔节奏摆动不已。根须穿透坚硬的岩石,而又维系着松散的沙粒;或舒展于烈日炎炎的沙漠,或隐没于细细的流水与黑暗的洞中;枝枝叶叶交错成绵延的原野,在每一涌起的海潮之下,摇曳不绝,为茫茫山峰罩上斑斓的无边薄雾,也将慈爱的柔情与纯真的快乐带给家家村舍。

如此全面地为我们着想,生得如此美好,只为成为食物,成为房屋以及我们手中的工具,这种植物——理应获得我们的无限深情和崇敬——其得到此类情感的多寡,几乎成了我们是否具备适合的心性与生活方式的绝好验证;这样,谁要是对他生活中遇到的树木表现出足够的爱,在心性与生活方式这两方面都不会有太大的错处,而谁要是不爱它们,那么在这两方面肯定都错了。当然,没有树木并非绝对不行,对航海者来说,大海和天空便是他们所需的伟大伴侣;并且许多高贵的心灵就是在昏暗的石壁之间①获得应有的最佳教育的。然而,只要人类的生命被投在树木生长的地方,对它们的爱便是对其纯洁性的可靠验证。这里有个令人遗憾的证据表明这个世界某些方面不大对头:"乡村",其单纯意义是指农田和树木的所在,现在却成了对其居住者责难的来源,"乡下人、农夫、乡巴佬、村夫、村民"等词表示的都是粗鲁无知之人的意思,与"城里人"、"市民"之类正好相反。对这些词的用法或此用法表示的恶意,我们多少有点过于平和地接受下来了;乡村的人们一定粗鲁,城里的人们一定文雅:好像这是必须的,天经地义的。而我相信,在世界进程的某些阶段上,上面两种生活方式的结果恰好相反;从事实的新角度看,我们可以强迫自己接受词语的另一种用法,这样就会发觉我们说:某某人非常文雅可亲——他真够土气的;某某人非常粗鲁,缺乏教养——他真够都市气的。

不管怎么说,由于我们在这世界上的种种劣迹,城市迄今已获得了好名声;其最突出的原因是我们彼此争斗的坏习惯。在中世纪,没有一片土地能够免遭蹂躏,每一乡间狭路都是为强盗准备的安全通道,喜欢太平的人们自然聚集城市,闭门不出,尽可能地少建穿越乡村的道路;而在欧洲土地上播种收割的人们只是那些贵族的仆人和奴隶。贵族对所有农事的蔑视,只有僧侣能够接受教育的简单事实,使得欧洲陷入自然现象对之无能为力的一种心境;躯体和理性在无目的的战争中丧失了自身的存在,对词语的沉思毫无意义。在修道院和比武场,人们用剑和诡辩学到了敏捷伶俐,他们把这误作教育;并将上帝创造的宽广世界看成主要是操练马匹或生长食物的地方。

这里有一个绝妙的典型,表明人们的激情如何对大地的完美视而不见:在保罗·乌切洛的圣埃吉狄奥之战那幅画中,两军在一条乡村大道上遭遇,道旁有一排野玫瑰的花篱;娇嫩的红色花朵在一顶顶头盔之上摆动,在根根低垂的长矛之下闪耀。同样,整个大自然现在只能在头盔羽毛饰的摆动中显示给人类;有时,我想起地上的那些树,以其不完全的生命,在温暖的春日里向人们徒劳地伸开它们单纯的叶子,便不禁感到这类存在物的悲哀;沿所有英格兰的山谷,在山毛榉投下斑驳树荫的地方,只有弯弓的贼子和马背上那漫不经心地追逐猎物的国王;而法兰西温柔的河流的两旁,排成长列的白杨在晨昏微明中摆动身躯,只为透过它们交错的树干展现远方地平线上燃烧城市的火焰;在亚平宁山脉美丽的峡谷中,盘绕的橄榄树下掩藏了反叛的伏兵;而在其溪谷的草地上,一天又一天,黎明时雪白的百合在落日当中淌出血红。

（黄　伟　译）

---

　　① 昏暗的石壁之间:大概指修道院一类的场所。

远处的青山

〔英国〕高尔斯华绥

不仅仅是在这刚刚过去的三月里（但已恍同隔世），在一个充满痛苦的日子——德国发动它最后一次总攻后的那个星期天，我还登上过这座青山吗？在那个阳光和煦的美好天气，南坡上的野茴香浓郁扑鼻，远处的海面一片金黄。我俯身草上，暖着面颊，一边因为那新的恐怖而寻找安慰，这进攻发生在连续四年的战祸之后，益发显得酷烈出奇。

"但愿这一切快些结束吧！"我自言自语道，"那时我就又能到这里来，到一切我熟悉的可爱的地方来，而不致这么伤神揪心，不致随着我的表针的每下滴答，就又有一批生灵惨遭涂炭。啊，但愿我又能——难道这事便永无完结了吗？"

现在总算有了完结，于是我又一次登上了这座青山，头顶上沐浴着十二月的阳光，远处的海面一片金黄，这时心头不再感到痉挛，身上也不再有毒气侵袭。和平了！仍然有些难以相信。不过再不用过度紧张地去谛听那永无休止的隆隆炮火，或去观看那倒毙的人们，张裂的伤口与死亡。和平了，真正地和平了！战争继续了这么长久，我们不少人似乎已经忘记了1918年8月战争全面爆发之初的那种盛怒与惊愕之感。但是我却没有，而且永远不会。

在我们一些人中——我以为实际在相当多的人中，只不过他们表达不出罢了——这场战争主要会给他们留下了这种感觉："但愿我能找到这样一个国家，那里人们所关心的不再是我们一向所关心的那些，而是美，是自然，是彼此仁爱相待。但愿我能找到那座远处的青山！"①关于忒俄克里托斯②的诗篇，关于圣弗兰西斯③的高风，在当今的各个国家里，正如东风里草上的露珠那样，早已渺不可见。即或过去我们的想法不同，现在我们的幻想也已破灭。不过和平终归已经到来，那些新近被屠杀掉的人们的幽魂总不致再随着我们的呼吸而充塞在我们的胸臆。

和平之感在我们思想上正一天天变得愈益真实和愈益与幸福相连。此刻我已能在这座青山之上为自己还能活在这样一个美好的世界而赞美造物。我能在这温暖阳光的覆盖之下安然睡去，而不会醒后又是过去的那种怏怏欲绝；我甚至能心情欢快地去做梦，不致醒后好梦打破，而且即使做了噩梦，睁开眼睛后也就一切消失，我可以抬头仰望那碧蓝的晴空而不会突然瞥见那里拖曳着一长串狰狞可怖的幻象，或者人对人所干出的种种伤天害理的惨景。我终于能够一动不动地凝注着晴空，那么澄澈而蔚蓝，而不会时刻受着悲愁的拘牵，或者俯视那光滟的远海，而不致担心波面上再会浮起屠杀的血污。

天空中各种禽鸟的飞翔，海鸥、白嘴鸭以及那往来徘徊于白垩坑边的棕色小东西对我都是欣慰，它们是那样自由自在，不受拘束；一只画眉正鸣啭在黑莓丛中，那里叶间还晨露未干。轻

---

① 出自古希腊诗人忒俄克里托斯之作。
② 忒俄克里托斯（前310？—前245？）：古希腊诗人。
③ 圣弗兰西斯：意大利高僧。

如羽翼的新月依然隐浮在天际,远方不时传来熟悉的声籁,而阳光正暖着我的脸颊。这一切都是多么愉快!这里见不到凶猛可怕的苍鹰飞扑而下,把那快乐的小鸟攫去;这里不再有歉疚不安的良心,把我从这逸乐之中唤走。到处都是无限欢欣,完美无瑕。这时张目四望,不管你看看眼前的蜗牛甲壳,雕镂刻画得那般精致,恍如童话里小精灵头上的细角,而且角端作蔷薇色;还是俯瞰从此处至海上的一带平芜,它浮游于午后阳光的微笑之下,几乎活了起来。这里没有树篱,一片空旷,但有许多炯炯有神的树木,还有那银白的海鸥,翱翔在色如蘑菇的耕地或青葱翠绿的田野之间;不管你凝视的是这株小小的粉红雏菊,而且慨叹它的生不适时,还是注目那棕红灰褐的满谷林木,上面乳白色的流云低低悬垂,暗影浮动——一切都是那么美好,这是只有大自然一个风和日丽的天气,而且那观赏大自然的人的心情也分外悠闲的时候,才能见得到的。

在这座青山之上,我对战争与和平的区别也认识得比往常更加透彻。在我们的一般活动当中,一切几乎没有发生多大改变——我们并没有领得更多的奶油或更多的汽油,战争的外衣与装备还笼罩着我们,报刊杂志上还充溢着敌意仇恨;但是在精神情绪上我们确已感到了巨大差别,那久病之后逐渐死去还是逐渐恢复的巨大差别。

据说,此次战争爆发之初,曾有一位艺术家闭门不出,把自己关在家中和花园里面,不订报纸,不会宾客,耳不闻杀伐之声,目不睹战争之形,每日唯以作画赏花自娱——只不知他这样继续了多久。难道他这样做法便是聪明,还是他所感受到的痛苦比那些不知躲避的人更加厉害?难道一个人连自己头顶上的苍穹也能躲得开吗?连自己同类的普遍灾难也能无动于衷吗?

整个世界的逐渐恢复——生命这株伟大花朵的慢慢重放——在人的感觉与印象上的确是再美不过的事了。我把手掌狠狠地压在草叶上面,然后把手拿开,再看那草叶慢慢直了过去,脱去它的损伤。我们自己的情形也正是如此,而且永远如此。战争的创伤已深深侵入我们的身心,正如严霜侵入土地那样。在为了杀人流血这桩事情而在战斗、护理、宣传、文字、工事,以及计数不清的各个方面而竭尽努力的人们当中,很少人是出于对战争的真正热忱才去做的。但是,说来奇怪,这四年来写得最优美的一篇诗歌,亦即朱利安·克伦菲尔①的《投入战斗!》竟是纵情讴歌战争之作!但是如果我们能把自那第一声战斗号角之后一切男女对战争所发出的深切诅咒全都聚集起来,那些哀歌之多恐怕连笼罩地面的高空也盛装不下。

然而那美与仁爱所在的"青山"离开我们还很遥远。什么时候它会更近一些?人们甚至在我所偃卧的这座青山也打过仗。根据在这里白垩与草地上的工事的痕迹,这里还曾宿过士兵。白昼与夜晚的美好,云雀的欢歌,香花与芳草,健美的欢畅,空气的澄鲜,星辰的庄严,阳光的和煦,还有那轻歌与曼舞,淳朴的友情,这一切都是人们渴求不餍的。但是我们却偏偏要去追逐那浊流一般的命运。所以战争能永远终止吗?……

这是四年零四个月以来我再没有领略过的快乐,现在我躺在草上,听任思想自由飞翔,那安详如海面上轻轻袭来的和风,那幸福如这座青山上的晴光。

(高 健 译)

---

① 朱利安·克伦菲尔:英国第一次欧战期间著名诗人。与查理·索莱、罗伯特·尼古拉斯、吉尔伯特·弗兰考等人同为一时之俊。他们起初多是吉卜林的模仿者,对欧战颇多讴歌之作,继而又对之充满绝望,在战争问题上表现了十足的矛盾心理与糊涂认识。

长城和书

〔阿根廷〕博尔赫斯

> 他,他的长城边上,鞑靼人在游荡
>
> ——蒲伯长诗《军伯颂》第二卷 76 页

过去我曾在书上读到,那个下令修筑那条几乎是无限的中国长城的人就是那第一个皇帝——始皇。也是他下令焚烧了在他之前出版的一切书籍。这两个大规模的行动——为抵御野蛮人入侵而修的五六百列瓜①的石头长城和严厉地废除历史即以往的历史——都是他一个人所为,在一定程度上也是他的象征。不知为什么,此举既使我感到满足又使我感到不安。研究这种心情产生的原因,便是本文写作的目的。

从历史上说,这两个措施并没有什么不可理解的奥秘。作为阿尼瓦尔②战争同一时代的人,秦始皇统一六国,扫除了封建割据;他修了长城,因为长城是防御工事;他焚烧了书,因为反对派援引它们赞扬古代的帝王。焚书和修工事,是君主们通常的任务;秦始皇的特别之处在于他的行为规模宏大。某些汉学家是这么解释的。但是我认为,我涉及的不单是对普通的使命的夸大或夸张。为果园或花园筑一道围墙是司空见惯的;把一个帝国围起来却非同小可。要让一个最传统的种族放弃对其神秘的或真正的过去的记忆,同样非同小可。当秦始皇命令历史从他开始的时候,中国已经有了三千年历史(在那些年代里有黄帝、庄子、孔子和老子)。

秦始皇流放了他母亲,因为她放荡不羁。在他的严厉执法中,正统派只看到一种铁面无情;秦始皇也许是企图扫除符合教律的书,因为这些书指责他;秦始皇也许想通过废除整个过去来废除一件往事:他母亲的坏名声(犹太国的一位国王也是这么干的:为了杀死一个孩子,他把所有的孩子都杀了)。这种假设是值得注意的。但是这不能解释长城,不能解释神话的另一张面孔。据历史学家们讲,秦始皇禁止人们提"死亡"二字,并寻找长生不老的灵丹妙药。他隐居在一座具有象征性的宫殿里,那座宫殿的房间有一年的天数那么多。这些资料说明,空间上的长城和时间上的焚书大火是用来阻止死亡的巫术的障碍。世间的万物都希望保持自己的存在,巴鲁赫·斯宾诺莎这样写道。也许秦始皇和他的巫师们相信长生不老是固有的,腐烂不会进入一个封闭的世界。也许秦始皇企图再创造时间的起始。他叫"始",是想真正成为第一;他叫"皇",在一定程度上是为了成为皇帝,成为发明文字和指南针的那位传说中的皇帝。据礼书上说,那个皇帝为万物取了真正的名字;同样,秦始皇也自吹发明了永不泯灭的铭刻,在他的统治下,万物都会有其合适的名字。他梦见自己创建了一个永恒的王朝;他命令他的继承人叫二世

---

① 列瓜:西班牙里程单位,约合 4.83 公里。
② 阿尼瓦尔(前 247—前 183):非洲卡塔戈将军。

皇帝、三世皇帝、四世皇帝,如此延续下去,永无止境……我说这是一种巫术的意愿。同样可以设想,修长城和焚书不是同时的行动。这为人们提供了一位国王的形象:他首先进行破坏,然后又无可奈何地保存;或者,他感到失望了,破坏掉了他以前保卫过的东西。两种假设都具有戏剧性,但是我却明白它们都缺乏历史根据。赫伯特·艾伦·翟理思①说过,隐藏书的人被人用烧红的铁器刺了字,被判处终生修建没有尽头的长城。这个信息有利于或可以容许另一种解释。长城也许是一种比喻,秦始皇判罪的也许是那些留恋过去、而不喜欢像过去一样庞大、一样愚蠢、一样无用的工程。长城也许是一种挑战,秦始皇想:"人们留恋过去,我丝毫不能反对;我的刽子手也不能反对,但是将来可能出现一个像我这样想问题的人,他将破坏我的长城,就像我焚毁书籍一样;他将消除对我的记忆,成为我的影子和镜子,他却不知道。"秦始皇为他的帝国修长城,也许因为他知道他的帝国不牢固;他焚书,也许因为他明白那些书是神圣的,那些书展示的是整个世界或每个人的心灵展示的东西。也许图书馆的大火和长城的修筑是以一种秘密方式取消的行动。

此时此刻和一切时刻把一系列阴影投射在我将见不到的大地上的牢固长城,是一位命令最谦敬的民族烧掉它的过去的恺撒的影子;除了可以提出的假设外,我们产生这种想法是可信的(其功用可能在于在巨大程度上阻止建造和破坏)。

综上所述,我们可以推断,一切形式都在其形式上而不在某种假定的"内容"上具有其功用。这一点和贝内代托·克罗齐②的命题一致;佩特③也早在1877年就断言,一切艺术都追求音乐性。音乐不过是一种形式。音乐、幸福状况、神话、被时光消耗的面孔、某些黄昏和某些地方,它们想告诉我们或已经告诉我们什么不应该丧失的东西,或准备说什么东西;这种尚未产生的、泄露什么的急切性,也许就是美学行为。

(朱景冬　译)

在电车上

〔奥地利〕卡夫卡

　　我站在电车尾部的踏脚台上,完全不能确定我在这个世界、这个市镇以及在我的家庭中的地位。我甚至没有随便提出过任何要求,我可以朝任何方向走去。我甚至提不出任何理由来辩明,为什么我要站在这个踏脚台上,抓住这个皮带扶手,让这辆电车把我载着走,为什么人们要给电车让路,或者默默行走,或者停下来观望商店的橱窗。的确,也没有人要求我答辩,不过这都没有什么关系。

　　电车驶近了一站,一位少女在踏板附近占据一个位置,准备下车。我觉得,她清晰可辨,仿

---

① 赫·艾·翟理思(1845—1935):英国学者。
② 贝内代托·克罗齐(1866—1952):意大利哲学家。
③ 佩特(1839—1894):英国作家。

佛我用双手摸过她一般。她身穿黑服,裙褶下垂,几乎纹丝不动,短衫紧绷在身上,衣领镶着白色精细网眼的饰边。左手平直地扶着电车的侧壁,右手的雨伞搁在上数第二层踏板上。她的脸呈褐色,鼻子两侧有点紧缩,有个又大又圆的鼻尖。她有一头浓密的棕发,一小绺鬈发在右鬓角飘荡。她的小耳朵紧贴着脸,可我近在她身旁,能够看到她右耳轮的全部轮廓,还有右耳根部的阴影。

这时,我不禁自问:她怎么对自身毫不感到惊奇呢? 怎么紧闭双唇,一句这样的话也没有说呢? 这到底是怎么回事?

(冬　妮　译)

衣　服

〔奥地利〕卡夫卡

我常常看到一些带有各种襞褶、花边和装饰性附件的衣服,它们服帖地穿在可爱的身体上,这时我就想,它们不会长久那样保持平展,就会皱得熨也没法熨,灰尘在刺绣图案中积得那么厚,刷也刷不掉,而且也没人想要显得那么倒霉而愚蠢,每天从早到晚都穿着同一件贵重的长袍。

然而,我又看见一些姑娘,她们十分可爱,袒露出动人的肌肉、娇小的身躯以及光滑的皮肤,还有那如云的秀发,可还是每天总穿着这件天然的别致服装露面,总是用一双手掌支撑着同一副脸蛋,让它在同一面镜子里映照。

仅仅有时在夜晚,参加社交以后很晚回家时,它才在镜中显得疲乏、浮肿、布满灰尘,已经被太多的人所观看,而且几乎再也不能穿用了。

(冬　妮　译)

现实与想象

〔秘鲁〕马里亚特吉

在西方文学中,幻想又恢复了它的特权和地位。奥斯卡·王尔德①成了当代美学大师。他目前享有的权威不是依凭他的作品,也不是依凭他的生平,而是由于他对事物和艺术的理解。我们生活的时代有利于他的怪诞思想。王尔德断言,伦敦的大雾是绘画创造的。他说,不是艺

---

① 奥斯卡·王尔德(1854—1900):爱尔兰戏剧家。

术复制自然,而是自然复制艺术。在我们今天,马西莫·邦当佩利①把这个观点推向了极端。根据邦当佩利的一种他从某个夏天在一个山村的思考中得来的奇特的理论,大地在形成之初,几乎完全是个矿物世界,那时只有人和石头,人以矿物为食。但是邦当佩利的想象力发现了大自然的另外两个王国。树木和动物是艺术家们想象出来的。人和植物在艺术中作为概念存在之后,开始真实地在大自然中存在。地球经过这样安排之后,人又创造了新的东西;机器出现了,机械文明诞生了。地球电气化了,机械化了。但是,在机械化达到了顶峰之后,发展过程又逆转了。矿物、植物、机器等等,重新归向了大自然。大地石化了,渐渐矿化了,直到返回它的原始状态。这样的演化进行了多次。今天,世界再一次处于它的机器与机械化时期。

邦当佩利是意大利当代最时髦的文学家之一。几年前,在意大利文学中写实主义占支配地位的时候,他的作品的运气是显而易见的。最初算是个古典主义者的邦当佩利并不写书。今天他是个皮蓝德娄派,昨天可能是个邓南遮信徒。

邓南遮信徒? 在邓南遮的作品中我们看到的想象不也比现实主义多些吗? 邓南遮的幻想更多的是在他的作品的外部而不是内部。邓南遮为他的小说披上了不可置信的、拜占庭风格的外衣;但是他的小说的框架同自然主义小说并无天渊之别。邓南遮竭力想变得高贵;但是他又不敢做得令人难以置信。皮蓝德娄却相反,他在一部毫无装饰、形式简单的小说如《已故的帕斯卡尔》中描述了一个故事,随即被批评界指责为少见和不可置信。但是几年后,生活却忠实地再现了它。

在表现现实的文学中,现实主义离我们远了。现实主义经验只是被我们用来证明我们只有通过幻想手段才能找到现实。这就导致了超现实主义的产生。超现实主义不仅是法国文学的一个流派或运动,而且是世界文学的一种倾向,一条道路。意大利的皮蓝德娄是超现实主义者,美国的沃尔多·弗兰克是超现实主义者,罗马尼亚的帕南特·伊斯特拉蒂是超现实主义者,俄国的鲍里斯·皮里尼亚克也是超现实主义者。即使他们在以阿拉贡、布勒东、艾吕雅和苏波为领袖的巴黎超现实主义群体之外或远方写作,也毫无关系。

但是想象并不是随意的。其目的不但是发现神奇的东西,而且似乎是揭示真实的东西。当想象不使我们接近现实的时候,它对我们的用处是很少的。哲学家凭着虚假的概念达到对真理的认识。文学家运用想象的目的也是如此;想象只有当它创造某种真实的东西时才有价值——这是它的局限性,这是它的悲剧。

旧现实主义的死亡绝对不会影响对现实的认识。恰恰相反,它的死亡大大有利于人们对现实的认识。这使我们摆脱了教条和偏见。不可置信的事物有时比可信的事物包含着更多的真实性、更多的人情味。皮蓝德娄的一出不可置信的喜剧比卡普斯的一出可信的戏剧能够更深地进入人的心灵深处。天才的费尔南·克罗姆兰克的《慷慨的乌龟》当然比《情敌》和《法莱娜太太》之类表现通奸和离异的法国全部的平庸剧作更有价值。

对可信性的偏见,今天已经成为严重妨碍艺术发展的偏见之一。气质温和的艺术家们坚决反对这种偏见。"生活,"皮蓝德娄写道,"对生活中处处充满的大大小小厚颜无耻的荒唐现象来说,具有能够放弃艺术必须服从的那种可信性的无可估量的特权。生活中的荒谬现象有必要

---

① 马西莫·邦当佩利(1878—1960):意大利小说家、诗人。

使人觉得是可信的,因为它们是真实的。这和艺术的荒谬相反。为了让人觉得艺术的荒谬是真实的,它必须是可信的。"

摆脱掉这个羁绊后,艺术家就可以去征服新的领域了。在我们今天,如果没有这种自由,想写作品是不可能的。约瑟夫·德尔泰尔①的《胡安娜·德·阿尔科》就是一例。在这部小说中,德尔泰尔描述了多姆雷米姑娘天真而自然地同农村的两个姑娘圣卡塔利娜和圣玛加里塔交谈的情形。奇迹般的故事像儿童寓言一样叙述得既朴实又纯真。小说中不可置信的东西并不试图让人相信。这样,随着对奇迹——就是神奇——的接受,我们对那位姑娘的认识就更加接近真实了。和坷纳托尔·法朗士的作品相比,约瑟夫·德尔泰尔为我们塑造了一个更真实更生动的胡安娜·德·阿尔科形象。

现代文学从这种关于真实的新概念中汲取了它最好的力量之一。现代文学之所以陷入无政府状态并不是由于幻想本身。那种对个人和主观主义的渲染是西方文明危机的症状之一。其病根儿不在过分的想象那里,而在于缺乏可以成为它的神话和明星的伟大想象。

(朱景冬　译)

家　园

〔俄国〕勃洛克

世上有个最纯真、最愉快的节日。它是对黄金时代的回忆,是如今快消失殆尽的一种感情——对家园的感情的最高点。

在俄罗斯家庭,生日如圣诞枞树烛光晚会那样幸福愉快,如松脂那样纯真明洁。居首位的是翠绿的大树和欢声笑语的孩子们;连没有尝到生活乐趣的成年人也都挤在墙边,少了些烦恼。一切都在欢喜跳跃——无论是孩子们,还是点燃的烛光。

正是对这一节日的感情,正是对家园怀着不可动摇的信念,正是意识到吉祥如意的风习的合理性,陀思妥耶夫斯基创作了(在 1876 年的《作家日记》中)短篇小说《枞树晚会上基督身旁的小男孩》。当冻僵的小男孩从街上透过大玻璃窗,见到枞树和漂亮的小姑娘,听到音乐声时,这一切对于他就是某种天堂的幻景:犹如在死亡的梦境中他仿佛见到了幸福的新生活。还有什么比这个明亮的大厅、比小姑娘纤细的小手和透过玻璃窗传来的音乐声更光明幸福的呢?

确实如此。但是,就连陀思妥耶夫斯基也已经预感到另一种情景:他堵上耳朵,惊恐地急忙用手挡住他可能听到见到的东西和声响,可他还是听到了轻微而急促的脚步声,见到了一头黏乎乎、极丑陋的灰色动物②。由此便是他的匆忙,他的沮丧,他的"衣袋里的黄金时代"③。我们已经不想要这种黄金时代,它太像医生想对疾病的可怕结局提出警告而使用的大剂量药物。可

---

① 约瑟夫·德尔泰尔(1895—?):法国小说家。
② 此为《白痴》第 3 部第 5 章中主人公伊波利特·捷连季耶夫梦中所见。
③ 此为《作家日记》第 4 部第 1 章的标题。

是黄金时代的药草并不灵验:灰色大动物已经爬进门,嗅着,四下打量着,还没等医生回过头来,它已经同全体家庭成员逗着玩,同他们交上了朋友,并且把病菌传染给他们。很快它就自由自在地躺到炉子旁,如同在家里一样;它整个儿占据了知识分子的住宅、房舍、街道、城市。到处布满了令人厌恶的蜘蛛网;这时才明白,硕大无比、讨厌的灰色母蜘蛛是如何从俄罗斯家庭那纯洁善良的风习中滋生出来的。

不知为何出现了一片庄严隆重的寂静,因为人声仿佛缠在了蜘蛛网上。只有作家们在有气无力地叫喊,但已经毫无效果。人们不再听他们的;他们没有停止叫喊;于是人们想出了新的方法:开始称他们是"颓废派",这一称呼在那时几乎是有伤风化和精神失常的代名词。

母蜘蛛不断繁殖,变得规模空前:舒适的住所①、往昔的一切都如同陀思妥耶夫斯基笔下的"永恒",如同"角落里爬满蜘蛛的农村澡堂"②那样成为艺术家们钟爱的东西和家庭关心的目标。小客厅里,办公室内,儿童卧室的寂静中,都微微燃起会传染的欲火。当风儿在炉子的烟囱里唱着自己尖细的歌儿时,肥胖的母蜘蛛在善良而普通的人们那宁静的炉子旁点燃了淫欲的小灯。

在所有美学纷争的背后,在被用"颓废派"的名称打上印记的背叛者那乱哄哄的叫喊背后,能听到健康人的脉搏和过美好和谐生活的愿望,比如让母蜘蛛爬得远远的愿望。可是就连颓废派本身也感染上了蜘蛛的毒素,同时在他们的读者身上也呈现出被完全感染的症状。

人们开始过一种奇怪的、与人类完全格格不入的生活。他们原先以为,生活应该是自由的,美好的,有宗教信仰的,有创造性的。自然、艺术、文学——占着首要地位。现在另一些人的类型却得到了发展,他们把这些概念完全变了样,然而却被认为是健康人。他们忙忙碌碌,面色苍白。他们身上的激情消失殆尽——大自然对他们来说变得陌生和不可理解。他们把自己的所有时间献给国家事务,而对艺术却一窍不通。缪斯对他们来说变得无法忍受。他们精神苦闷,一点点地失去,开始是上帝,后来是世界,最后是自己。他们仿佛是个圆规,机械地描绘着自己生活的某个圆圈,所有的感情、爱好和向往都互相挤压着,在那个圆圈里找到了各自的位置。这个事先画好的圆圈却被叫做正常人的生活。圆圈在细长的腿上膨胀、运动;这时旁观者开始明白,这是母蜘蛛在爬,而在母蜘蛛身上坐着的是正在被它活生生吃掉的正常人。

他在那里坐着,给自己购置家产,生儿育女——而自己的所有事务却同时出现古怪而可笑的丑恶现象,因此客观地作着观察和比较的旁观者,有如一个譬如说艺术家——已经完全可以见到一幅极为滑稽可笑的图景:一个绿色的、繁花如锦的世界,而在它的怀抱里却全是些大肚子的城市蜘蛛,它们啃吸着四周的植物,散发出嘈杂声、呛人的油烟和恶臭。在它们透明的躯体里待着同样一些大肚子的人,只是小些:他们待着,咀嚼着,匆匆忙忙地写着,然后乘上极可笑的轻便马车去最恶臭之处休息和呼吸新鲜空气。

一个蜘蛛住所的内部情况被再现在列昂尼德·安德烈耶夫③的短篇小说《小天使》中。我提这部短篇,是因为它明显地与陀思妥耶夫斯基的《枞树晚会上基督身旁的小男孩》相一致。

---

① 此处原文为法文。
② 此处源自《罪与罚》中的主人公斯维德利加依洛夫的话(第 4 部,第 1 章)。
③ 列昂尼德·安德烈耶夫(1871—1919):俄国作家。《小天使》发表于 1899 年。他的早期作品多描写小人物的痛苦和欢乐,暴露社会的黑暗和弊端,具有较深刻的人道主义内涵。

那个透过大玻璃窗望见枞树晚会和家庭欢乐的小男孩，看来好像是新的幸福生活、节日和天堂。安德烈那夫的小男孩萨什卡没有见到枞树，也没有听到透过玻璃窗传出的音乐声。他被拖到了枞树晚会上，被强行带入节日的天堂里。新天堂里有什么呢？

那里一点也不好。那里有教孩子们口是心非的小姐，有满口谎话的漂亮太太和愚蠢透顶的秃顶先生；一句话，一切都像许多正派家庭所有的那样——平常、安静和令人难受。那里有"永恒"，有"角落里爬满蜘蛛的农村澡堂"，有多数家庭所固有的鄙俗行为的平静。

所有这一切仿佛只是很糟糕，不多也不少，如果一位把这一切描绘下来的作家没有把能破坏鄙俗行为宁静的一句尖锐的话抛出去的话。没有这句话便仿佛没什么可揭露的，一切依然如故。

问题却在于，在这篇老的短篇小说（写于1899年的《小天使》）中已经响起一种音调，它使"现实主义者"安德烈耶夫不幸地与"该死的"颓废派互相接近。这是丧失理智的音调，它直接源自鄙俗行为和蜘蛛的平静。除此之外，这是透过整个19世纪俄国文学响起的音调，是只在19世纪末才变得异常痛苦和尖利的音调，因而也就听得更为清晰。音调里透出极度的悲观失望，因为音调里表现出作家们和政论家们对立的原因，反映出作家对自己和世界丧失理智所感到的恐惧，而这一音调恰恰长期还不为一些人所理解。他们为了自己死板的神圣不可侵犯，把这音调拖得老长，并且不想知道，当它猝然中止时将会有什么——将会有不祥的平静，呆滞的目光，死亡，精神失常和悲观绝望。

这一音调可以在安德烈耶夫短篇小说的一句话中听到。他叙述道，当主人的孩子们在等待枞树晚会之间用软木塞互相射击对方鼻子的时候，小姑娘们笑着，把双手贴在胸前，弯下了身子。这是个多么平常、多么小的细节，似乎对它不屑一顾。但是我在这句话中却听到了一种只能形象地解释的恐惧。

我的眼前浮现出一幅图景：画面上只有一个摆出安德烈耶夫所描述的那种姿态的半大姑娘。它弯下身子，这就是说，她的脸呈三角形，头冲下；她笑着；就是说她那笑眯眯地眯成一条缝的眼睛下面出现了几道与脸庞不相称的皱纹，好似年轻人的眼睛旁有几道老年人那样的皱纹；而她把双手贴在胸前，好似用它们轻轻托住薄纱，薄纱下是不很清晰的、已非少女的胴体。这很像斯维德利加依洛夫关于手持花束的小姑娘的梦[①]，像弗鲁别利[②]笔下那些苍白的脸呈三角形的疯女人肖像。但这却是同样一只黏乎乎的母蜘蛛在编织淫欲的蜘蛛网。

我不必去杜撰和发展安德烈耶夫所描述的姿态的内涵。也许，作家本人感觉到了这一内涵，尽管是无意识的。值得回忆的，是他的所有短篇小说都燃烧着理智丧失的火焰；其实，这一切只是一个故事，他以天才的渐进和自持在那里描绘出鄙俗的日常生活从平静过渡到精神失常的全阶段。在我们的故事中，这一过渡本身很容易而且已经毫无疑问地被勾画出轮廓。

萨什卡只从天堂的枞树上取下了一个安琪儿，为的是使所有这些萨什卡命中注定的人生之路变得幸福美满而不再危险可怕。他从天堂来到寒冷的夜晚、偏僻的小巷、隔板的后面、喝醉酒的父亲跟前。那里没有向他献殷勤的太太，没有表示愿意送他进技工学校的先生，没有笑弯了

----

① 见《罪与罚》第4卷第4章。

② 米·亚·弗鲁别利（1856—1910）：俄国画家。

腰的小姑娘们。父亲和萨什卡怡然自得地入睡,安琪儿在炉子的通气孔里消失。

窗子里已经"透入新的一天那鱼肚白的光亮"。

怎么办? 怎么办? 再没有家园。一望无际、黏乎乎的蜘蛛占据了作为黄金时代象征的神圣而静谧之处。纯洁的风习、平静的笑容、静悄悄的夜晚——全被蜘蛛网缠住,时光业已停流。喜悦冷却,炉火熄灭。再也没有春夏秋冬。家家户户的大门全朝着风雪弥漫的广场敞开。

(寒 青 译)

小 巷

〔法国〕莫里亚克

一说起农村,人们立刻会想到田野、树林、无边广阔的蓝天。可是我记忆中出现的却是一条臭气熏人的小巷,两旁是泥土筑成的墙,中间是牛走的路,人踩上去脚就陷入烂泥和粪便中。在小巷末端,一所黑糊糊的小破屋。几只母鸡在肥料堆上啄食。一捆柳条浸在一只小木桶里腐烂。大门前,一个小孩一只手提着木鞋,一只光赤的脚泡在沟渠的粪尿水中。

"你父母都在家吗?"

孩子看看我,不懂我说什么,转过头去不理我了。我拍门,等了好久。在六月的阳光下,小巷里充满令人不能忍受的恶臭。最后,门开了一条缝。一个瘦削驼背的年轻妇女出现了,缩着肩,披一件肮脏油腻的罩衫。她张着嘴,神色慌张,和刚才注视我的孩子一样,用愚蠢的表情看我。

"我想见见您的丈夫。"

她站着不动,一只手抓着门把。

"您是新来的大夫吧?"她说,"但是,先生,不用费事了,我们没有钱请医生。"

我好不容易听清她的话,字句留在她嗓子里,出不来,好像一个小学生在课堂上,不能或者不敢回答老师的问话。

"我不是医生。您的小叔,在巴黎的小叔,叫我来看你们的。"

她脸上做了一个神经质的怪相,喊道:"路易!"于是她把门开得稍大些。

里边是一间阴暗的小室,墙壁是黑糊糊的,地上是夯实的泥土。霉烂的柳条气味中,混杂着病人的身体以及床单和内衣等的汗酸气。两个小孩子蹲在一个角落里。见了来人,他们突然站起,紧贴着墙站着,手指衔在嘴里,眼睛盯着客人。

妇人说:"是路易叫这位先生来的。""啊!"男人回答。

这时,我发现在房间最靠里这一边,有一张三面围墙的床。床上一个男子用双肘支起上身,在打量我。这人面色蜡黄,骨瘦如柴,眼睛毫无神色。他撇着嘴,一脸没有善意的微笑。我似乎在他的表情中发现比猜忌更厉害的情绪,一种敌意和按捺不住的忿怒。他双臂抖动起来,好像支不住上半身的重量了,于是他倒卧在没有枕套的枕头上。我向他伸出友好的手,他犹豫了一下,闭上眼睛,用一只发烧的手碰了我的手一下,立刻就缩回去了。

我对他说:"我们以前见过面,那时我们还是小孩子。""这完全可能。"他说。

我的记忆中出现了一个矮小瘦弱的男子,性情闭塞,容易发怒。他对自己的穷困感到可耻,尤其对于自己父母都患肺结核病觉得不光彩。

这时,他又向我说:"自从那年头以来,桥下不知流过多少水①。但是对各人来说,并非都是一样的水。"

那妇人侧身倚在床柱上,不开口。

我想移过一把椅子来坐。床上的病人头也没有转动,就冷笑着说:"那椅子是瘸脚的。"接着他发出一阵长时间的咳嗽。他的颧颊上出现两块血红的印记,眼睛也润湿了。狂咳平静之后,他在地上吐痰。

"就是这么回事。"他说。

妇人呆坐着,一动也不动。男子问我:"您看见路易了吗?"我回答道:"我是上星期看见他的。是他告诉我……"

我的眼睛渐渐习惯于室内的阴暗。室内惨淡的情况完全看清楚了。一张摇摇摆摆的桌子,两把破椅子。衣服堆在一个角落里。在洗碗槽中,几只肮脏的盘子。这就是一切。

两个孩子重新蹲下来,拖着一只盆子玩,顺着崎岖不平的泥土地,拉上拉下。

"你们有完没有?小捣乱!"父亲大声斥责。他对妇人说:"你管管孩子,别这样呆着不动,像木头人。"

妇人不慌不忙,走近孩子们,给每人一记耳光。接着,她又回到床边。稀疏的淡黄色头发散在她颈项上。孩子们没有啼哭。现在他们用小手在地上摸来摸去。有时可以听见一声吸鼻涕的声音。

我问病人:"您不能起床已经很久了吗?"对方说:"很久了?上帝!自从万灵节②以来,还怎么算得清多少日子?自从万灵节以来,我什么也没有干。老婆和三个小孩子,沉重的负担。"

"有人来看您吗?"

"谁来看我?各人忙自己的事。再说,您愿意谁到这窝坑中来?在这儿比活埋在坟墓中更难受。什么也看不见。什么也听不见。听倒是能听见!晚上,一群母牛在这条路上踩着烂泥走过来。我听见它们愈走愈近。有时,有的母牛站住不走了。我再细听,啪啦一声,牛摔倒在烂泥坑中了。"

妇人笑了起来。笑声有气无力,听起来像喘气。

男人责问她:"你怎么回事,你?"

笑声停止。妇人说:"怎么啦!我不知道。我笑了。"

男人耸耸肩,没有恶意地说:"疯婆子玛丽!"③

"幸亏万事都有个完。"④他喃喃地自言自语。

---

① 桥下流水:法国谚语,意即光阴不停地流逝。
② 万灵节:每年11月1日为基督教"万灵节"(或译为"众圣节")。法国民间风俗,这一天大家去扫墓。
③ 疯婆子:骂疯疯癫癫的女人,多半指少女,类似中国话"疯丫头"。
④ 万事都有个完:意思说,病重了,反正活不长了。

一个蓝色的大苍蝇冲着窗户嗡嗡地飞。我看见两个孩子中的一个爬过来,慢慢地举起手来,一下打在苍蝇上。当孩子把手收回去时,玻璃窗上留下一摊血污,像一颗略带红色的星星。

这时,我听见在远远的地方,仿佛在另一个村子里,晚祷的钟声开始响了。同时,所有的大车开始离开草原。头一天,也在这时刻,从邻近山丘上,我发现这个村子和它周围的田野,我心中曾经想,这儿的风景线条如此纯净,没有任何别处可以与之媲美。在那时候,我的小女儿在自由的空气中玩得很疲乏了,回到自家门口,身体靠在门槛上,让一位老年妇女对她温存爱抚了一会儿。

在眼前这房间里,两个小孩现在都站起来了,面对我一直没有注意的一架隔板。一个孩子问:"你说吧,妈妈?"

妈妈说:"怎么! 有什么事?"

"请问,我们能不能拿这个玩意儿?"

"让你们把它砸碎!"

"哦! 我们一定小心。你说呢,妈?"

妇人迟疑不决,她问丈夫:"让他们玩儿吗?"

我感觉男人的目光注射在我身上,一种受窘、羞怯与不满的目光。他喊道:"你们让我安静点儿!"接着又咬着牙说:"你们满可以用眼睛看看,不用手去碰它。"

我走近挂在墙上的隔板架。在靠下的几格隔板上,只有一些破布和沾满灰尘的小瓶子。但是在最高一层隔板上,一个水晶瓶塞单独放着,像国王的宝座。那是一块经过精工细雕的水晶瓶塞。从窗口的一角透进来的一道阳光,照得水晶的各个平面闪闪发光。这是这间破烂小屋中的唯一光辉,唯一装饰品,唯一奢侈品。我把它拿在手上轻轻抚摸它。两个孩子注视我的每一个动作。他们长有雀斑的小脸上垂着像亚麻丝一样的头发,张大着嘴和眼睛。妇人急急忙忙赶过来,向我伸出一只不放心的手。我转身向床。床上的男人垂下眼皮。他说:"一个小玩意儿。"接着他冷笑一下,转过头去。在肮脏的被单上,他双手蜷缩着。

"哦!"我说:"这是一块漂亮的水晶。"

男人偷偷看我一眼,好像他怕我在讽刺他。但是妇人开始微笑。她说:"人们可以在里面看见一些东西。"两个孩子中的一个接着说:"对,可以看房子,很大的房子。"妇人立刻又说:"可以看见房子,以及别的,你想看见什么,就能看见什么。它让孩子们高兴。不过他们老想去拿它。到末了,非把它砸碎不可。对,对,他们早晚会把它砸碎。"

她摇摇头,用手摸摸自己的头发,接着说:"这块水晶是从德纳老先生那里得到的。他把它送给我母亲。我们一直保存着。哦,我明知道……"

她沉默了。在寂静中,她继续注视水晶,长时间注视。

最后,男人说:"这一切,都有什么用!"

稍后,我离开小巷。最早几辆载干草的大车咬咬嘎嘎地响着,通过山坡。这天晚上,我散步很久。我是孤独的人吗? 我觉得在我周围有许多卑微的人,我的秘密和亲爱的同伴们。在夜幕渐降的时刻,我听到喃喃的呼唤声。我不知道何种悲苦的歌声使我心碎。我记得在大野的那一端,火焰正旺,红光烛天。火焰是从一个牧童堆积起来的荆条和野草中上升的。火焰周围有几头母牛在吃草。一股牛奶气味,湿草和烟火气味,四处弥漫。黑夜已经降临,该回家的时刻到了。孩子用鞭子使劲扑灭火堆。

（罗大冈　译）

乌云和彩虹

〔捷克〕聂鲁达

有这样的时候,人们使我感到痛苦。这时我就躲进山中某个僻静的所在,倾听树林的叹息,同喋喋不休的溪水低声细语,头靠在露湿的青草上清凉一下。于是我的心里便感到了幸福。不久前,仅仅几天之前,我就是这样感到了幸福,在温柔的大自然的怀抱,正是在这么一条爱饶舌的小溪旁。小溪从碧绿的羊齿草的阴影下欢笑着蹦进世界,快乐地奔跑着,去追逐小石子和毋忘我花,湿润的眼睛里闪烁着几千颗银色的星星。我怎么也不曾料到,当我的心渐趋平静的时候,一场真正的暴风雨却正在突然发生,当我开始感到幸福的时候,几十万同胞却正在陷入无尽的不幸。那几天,我对捷克遇到的新灾难一无所知,这是否叫做善意的巧合,我不敢说。可是,我承认,当我知道了消息,开始读报时,有很长时间我读不下去,无法读下去。现在,我亲自来到这些经历浩劫、留下残骸的地区看了一下。是的,上帝的预言证实了:"我将把七倍的灾难降到你的头上!"

我们经受的痛苦早已比其他任何民族、任何地域大了七倍!我们的灾难是个巨大的怪物,它瘦骨嶙峋的手紧按在我们的胸口上,使我们无法休息,无法入睡。刺骨的寒冷逼得我们屏住了呼吸。我们勤勤恳恳,可是多年的劳动顷刻之间尽付东流。我们无比艰辛地为自己筑了个巢,然而当我们要躲进这安全的蔽身之所时……你们也曾见过小鸟同暴风雨的搏斗吧?它焦急万状,拼命要飞回巢去,但暴风雨一次又一次攫住它,将它抛向后面。小鸟哀鸣着,再度同狂风拼搏,再度被抛向后面。捷克的灾难嗜好眼泪,火热的捷克眼泪,使捷克人的眼睛由此而失明!灾难浸透了整个捷克土地,蒸发出黄色的烟雾,它腾腾升起,染污了天空,直至再次凝聚成乌云,落下新的灾难。那天晚上的情景一定是非常恐怖的:捷克上空,可怕的天裂开了,狂怒的暴雨哗哗倾泻,掩盖了人们叹息和哭泣的声音。灾难在我们的头上飞翔,手里拿着红色闪电的旗帜。火蛇鞭挞大地,死神用震耳欲聋的巨雷宣告,它正在猎取人的生命!它找到了人,将他们杀死在平原上,它从隐蔽的高处捶打下来,将他们扼死在床上,用他们的舒适小屋制成一口口的棺材。这些棺材至今仍耸立在那里,遍地皆是,散发着墓地的气息。棺材脚陷在冒着水汽、又滑又黏的泥浆里。

我们的灾难大七倍。"火、雹、雪、冰和狂风执行着上帝的命令。"古代圣诗这样悲叹。可是在捷克的圣诗里,却可读到其他种种可怕的灾难!那曾经是我们的福祉、"给我们降下奶和肉"的力量,如今却奉命制造新的瘟疫。那条曾经给我们带来幸福并给这一地区平添秀色的小河,却突然打碎了它自己围上的堤岸的锁链,闯出来冲走了幼苗,用它一度灌溉良田的手指推倒了磨坊和昔日自己带动的机器,卷走了桥梁和它曾经安详环抱的桥墩,从这许多人的眼睛里永远赶走了睡眠,而在过去它却使他们那样的神清气爽。夜雨,平时多么喜人!它在安睡者的窗户上敲打着亲切的催眠曲,干渴的土地尽情将它痛饮,待到东方破晓,大自然闪烁着快乐的眼泪,阳光将泪水一一吻干,大地在微笑,树林一片欢腾。而今,经过了星期六至星期天的那个夜晚呢?!唯有伤心的哭泣,唯有无声的绝望!

洪水已退,可是捷克人民的眼睛里,依然泪水未干——永恒的捷克眼泪啊!据说患病一日不愈、一年不愈是谓不幸,可是这次的灾难我们20年也难以复元!

不过,我承认,到处开展的捐赠活动在我看来毕竟像彩虹一样美丽,这边还阴云密布,那边已是阳光明媚。诗人说,彩虹是由一颗颗爱的宝石构成的。那么捐赠该是最最美丽的彩虹了。要说在捷克之外的某些地方,捐赠并非纯粹出于仁慈,这话也有道理。可是,让我们想一想那句古老的至理名言吧:"每一件善行都是救世主,而每一位救世主都有自己的荆棘冠冕。"在这种情况下,接受就没有什么可耻,施与时的惭愧心情也并非虚假。至于我们国内,我们的捐赠活动还应更加有效地铺开。要知道,我们自己是唯一了解和感受全部灾情的人。我们共同承受着灾害,而不幸人最能理解不幸人——我们都是祖国的儿女。先知是怎么说的呢?"若要上天报答你的儿女,那就报答自己父母的恩人吧!"

我们必须援助,这是自己援助自己,但必须赶快,以使创伤早日愈合。我想,捷克的灾难永远不会满足,它不久会前来叩我们的大门了。

(1872)

(杨乐云　译)

自行车之城

〔捷克斯洛伐克〕恰彼克

按顺序讲,我从荷兰获得的第一个印象(黄铜式顶篷的绿色火车头除外)是:砖,窗户,主要的是自行车。那些砖,表现了荷兰本土的色彩:绿色的原野,小巧玲珑的红色住宅,白色的带沟槽的砖块,宽大明亮的玻璃窗;此外,又是绿色的原野,砖铺的马路,自行车沿着它静悄悄地从一幢红楼驶向另一幢红楼。楼房的四面,除了红色的砖,主要就是窗户,各种形状的大小不一的明净闪光的窗户。砖墙本身,没有什么特色可言。荷兰人的建筑艺术,最讲究窗户。窗户的造型,大小,高低,宽窄,各不相同,适合这个国家每个人的独特的需要。

现在要说到自行车了。过去我见过几辆,但像阿姆斯特丹这样多,我是从未见过的。这里,不是零零星星的几个车轮,而是成群,成串,成堆,简直是自行车的海洋,它们像麋集的细菌,蠕动的纤毛虫,飞舞的苍蝇。最精彩的是,当交通警变换信号灯,停止自行车前进,让行人横穿马路,然后再宽宏大量地开放绿灯时,整个自行车队由几名突击手领头,以难以想象的速度,集体向前冲锋。熟悉当地情况的人说,当时荷兰有自行车250万辆,包括王室成员,海员,婴儿,孤儿院的小孩,每三个人有一辆自行车。我没有统计过,恐怕还要更多一点。人们说,在荷兰,只要坐上自行车,它会自动地前进,因为这个国家的马路太平坦光滑了。

我见过骑自行车的修女,牵着牛骑车的农民,有的人骑在车上吃早点,有的将孩子、小狗带在车上,情人们手拉着手,并排骑着,奔向美满的未来。可以说,整个民族,都骑在自行车上。如果骑自行车在一定程度上成了民族的习惯,那就该想到,这对民族的特点,大概会产生影响的。依我说,大致有以下几点:

一、人们在自行车上习惯于自己照顾自己,不会干扰旁人骑车;

二、随时等待时机,只要有一箭之地,立即蹬起踏板;

三、平稳而行,不慌不忙,连一点儿闹声也没有;

四、有时尽管车骑拥挤,成群结队,在车上比步行还是更为保险,更少受外部的干扰;

五、自行车使人与人之间产生一种平等和同族之感;

六、培养坚忍不拔的精神;

七、养成严肃的习惯。

我这里讲的全是自行车的好处,比我所想的还要多。现在,自行车无法报复我,我可以公开地讲,我并不喜欢它们,因为人们在它上面,似坐非坐,似走非走,使我产生了一种不自然的感觉。再说,坐着前进,终究对民族发展的速度会有影响的。人们在车上不慌不忙地蹬着,同时却在迅速前进。可以看出,尽管荷兰人蹬踏板的速度同电影的慢动作一样,他们走得还是相当远了。但我作为步行者,不会妨碍他们骑车;但愿每个民族,运用他所掌握的手段,奔向自己的目标吧。

荷兰街头,还有一种引人注目的东西,那就是:狗。它们不戴嘴套,因而可以不停地吠叫,但相互不咬架,也不伤人,不像中欧那容易激怒的同类。由此可见,不戴嘴套,给以自由,不仅对猫来说,是上帝赐予的礼物,对于狗和我们人类来讲,也是如此。阿门。

(万世荣 译)

大地的忠诚

〔黎巴嫩〕利勒·台吉·丁

大地非同于其他事物,它不虚伪骗人,不出尔反尔。

天空可能会撒谎,于是便不下雨;风会一反常态,于是把大树连根拔起,吹起沙子眯住人的眼睛,使一切荡然无存;大海会背弃它与水手们的契约,宁静的海面顿时涛涌如山。那浪涛就是寿衣,那汪洋便是坟墓,温柔的海滩就像泛着白沫的双唇,吐着腐烂的尸骨。

小溪会骗人,于是渗入地下;泉水会骗人,于是便干枯;树枝会骗人,于是拒发新叶;花儿会骗人,于是便不芳香四溢,不果实累累。

太阳会骗人,于是隐而不见;月亮会骗人,于是不玉盘东升;星星会骗人,便坠落不现。

玫瑰会背叛,捧出的是荆棘利刺,而不再是艳丽与芳香。

而大地，只有大地，才始终如一，永不欺骗，永不撒谎，永不背信弃义。

你栖身的房屋可能会倾倒，会劈头盖脸塌下来。

你吃下的那口食物里也许有致命的毒药。

你穿着的衣服也许会令你窒息，你脚蹬的鞋子也许会带你走向深渊，拥着你的床铺也许会变为你的坟墓。

你真诚相待的朋友也许会变心疏远你；你曾真心相爱的人也许会把你遗忘。

至于大地，独有大地，才最忠诚老实，既不会遗忘，也不会背叛。

看看死亡和时间吧，无论何物、何人都无法拒绝它们的光临，而大地则不然。

每当一代人被死亡席卷，或被时间所遗忘，我们便站在大地上说："这儿曾站过一位帝王，这儿曾走过汉尼拔的大军，那儿曾是征服者之路。"

我们站在大地之上，我们请大地作证。大地在笑，在回忆，在作证。

啊，大地！也许你的最伟大之处是，我们在你的内部挖得越深，你所赠予的财宝、宝藏和奉献就越多。你与人是多么地不同啊！也许你最壮丽的景色就是你表面上的残墙断壁，烈焰熊熊吞噬着一切，是遍地的死者和伤者。你保持着自己的庄严，嘲笑着所有的一切，你张开双臂拥抱所有落下的和倒下的，你容纳所有的事，所有的人。

难道不奇怪吗，在你表面上爆炸的炮弹能使所有的一切事物死亡，但如果它在你身上划上疤痕，你的体内就会爆发出新的生命！

大地啊！你不愧是我们的母亲！

（蒋传瑛　周　烈　译）

花未眠

〔日本〕川端康成

我常常不可思议地思考一些微不足道的问题。昨日一来到热海的旅馆，旅馆的人拿来了与壁龛里的花不同的海棠花。我太劳顿，早早就入睡了。凌晨4点醒来，发现海棠花未眠。

发现花未眠，我大吃一惊。有葫芦花和夜来香，也有牵牛花和百合花，这些花差不多都是昼夜绽放的。花在夜间是不眠的。这是众所周知的事。可我仿佛才明白过来。凌晨4点凝视海棠花，更觉得它美极了。它盛放，含有一种哀伤的美。

花未眠这众所周知的事，忽然成了新发现花的机缘。自然的美是无限的。人感受到的美却是有限的。正因为人感受美的能力是有限的，所以说人感受到的美是有限的，自然的美是无限的。至少人的一生中感受到的美是有限的，是很有限的。这是我的实际感受，也是我的感叹。人感受美的能力，既不是与时代同步前进，也不是伴随年龄而增长。凌晨四点的海棠花，应该说也是难能可贵的。如果说，一朵花很美，那么我有时就会不由自主地自语道：要活下去！

画家雷诺阿说：只要有点进步，那就是进一步接近死亡，这是多么凄惨啊。他又说：我相信我还在进步。这是他临终的话。米开朗基罗①临终的话也是:事物好不容易如愿表现出来的时候,也就是死亡。米开朗基罗享年89岁。我喜欢他的用石膏套制的脸型。

毋宁说,感受美的能力,发展到一定程度是比较容易的。光凭头脑想象是困难的。美是邂逅所得,是亲近所得,这是需要反复陶冶的。比如唯一一件的古美术作品,成了美的启迪,成了美的开光②,这种情况确是很多。所以说,一朵花也是好的。

凝视着壁龛里摆着的一朵插花,我心里想道:与这同样的花自然开放的时候,我会这样仔细凝视它吗? 只摘了一朵花插入花瓶,摆在壁龛里,我才凝视注视它。不仅限于花。就说文学吧,今天的小说家如同今天的歌人一样,一般都不怎么认真观察自然。大概认真观察的机会很少吧。壁龛里插上一朵花,要再挂上一幅花的画。这画的美,不亚于真花的当然不多。在这种情况下,要是画作拙劣,那么真花就更加显得美。就算画中花很美,可真花的美仍然是很显眼的。然而,我们仔细观赏画中花,却不怎么留心欣赏真的花。

李迪、钱舜举也好,宗达、光琳、御舟以及古径也好,许多时候我们是从他们描绘的花画中领略到真花的美。不仅限于花。最近我在书桌上摆上两件小青铜像,一件是罗丹创作的《女人的手》,一件是玛伊约尔③创作的《勒达像》④。光这两件作品也能看出罗丹和玛伊约尔的风格是迥然不同的。从罗丹的作品中可以体味到各种的手势,从玛伊约尔的作品中则可以领略到女人的肌肤。他们观察之仔细,不禁让人惊讶。

我家的狗产崽,小狗东倒西歪地迈步的时候,看见一只小狗的小小形象,我吓了一跳。因为它的形象和某种东西一模一样。我发觉原来它和宗达所画的小狗很相似。那是宗达水墨画中的一只在春草上的小狗的形象。我家喂养的是杂种狗,算不上什么好狗,但我深深理解宗达高尚的写实精神。

去年岁暮,我在京都观赏晚霞,就觉得它同长次郎⑤使用的红色一模一样。我以前曾看见过长次郎制造的称之为夕暮的名茶碗。这只花碗的黄色带红釉子,的确是日本黄昏的天色,它渗透到我的心中。我是在京都仰望真正的天空才想起茶碗来的。观赏这只茶碗的时候,我不由地浮现出坂本繁二郎的画来。那是一幅小画。画的是在荒原寂寞村庄的黄昏天空上,泛起破碎而蓬乱的十字型云彩。这的确是日本黄昏的天色,它渗入我的心。坂本繁二郎画的霞彩,同长次郎制造的茶碗的颜色,都是日本色彩。在日暮时分的京都,我也想起了这幅画。于是,繁二郎的画、长次郎的茶碗和真正黄昏的天空,三者在我心中相互呼应,显得更美了。

那时候,我去本能寺拜谒浦上玉堂的墓,归途正是黄昏。翌日,我去岚山观赏赖山阳刻的玉堂碑。由于是冬天,没有人到岚山来参观。可我却第一次发现了岚山的美。以前我也曾来过几次,作为一般的名胜,我没有很好地欣赏它的美。岚山总是美的。自然总是美的。不过,有时候,这种美只是某些人看到罢了。

我之发现花未眠,大概也是由于我独自住在旅馆里,凌晨4时就醒来的缘故吧。

(叶渭渠　译)

---

① 米开朗基罗(1475—1564):意大利文艺复兴时期最大的艺术家之一,擅长雕刻、绘画等。
② 开光:佛语,谓佛像开眼之光明,亦称"开眼"。
③ 玛伊约尔(1861—1944):法国雕刻家。
④ 勒达:希腊神话中斯巴达国国王之妻。
⑤ 田中长次郎(1516—1592):日本素陶制品的鼻祖。

我的林园

〔英国〕福斯特

几年前我写过一本书①,部分地谈到英国人在印度陷入的困境。美国人感到自己在印度不会有困难,于是坦然地阅读那本书。他们愈读愈感到舒畅,结果给作者寄来一张支票。我用这张支票买下一处林园,不是一片大的林园——树木稀少,更倒霉的是,还被一条公共小道穿过。但无论怎样说,它究竟是我拥有的第一份产业,这下也该别人分担我的耻辱,以程度不同的惊骇口气向他们自己提出一个很重要的问题:财产对人的品格会产生什么影响?咱们别提经济问题,私有制对于整个公众的影响另是一码事——也许是一个更为重要的问题,但另是一码事,咱们从心理上说吧,假若你拥有财产,它对你会产生什么影响呢?我的林园对我有什么影响?

首先,它使我感到沉重。财产确实会产生这种影响。财产造就出笨重的人,而身体笨重便进不了天堂。《圣经》寓言中那位不幸的富翁并非心术不正,只是身体太粗壮。他大腹便便,别提身后有多臃肿了。他在水晶般透明的天堂入口侧来转去,擦伤了肥胖的两肋,这时他却看见旁边有一头身体较为细长的骆驼穿过针眼,到了上帝的身边②。四部福音书都把粗壮和缓慢相提并论,它们指出了显而易见的道理,却很少意识到:假若你拥有许多财产,你的行动就会很不方便。家具需要打扫,扫帚需要雇人使用,雇人需要给保险金——这一连串事儿够你在接受晚宴请帖时或决定去约旦河游泳之前三思而行。福音书的进一步阐述还表明了与托尔斯泰一致的观点:财产是罪恶。在这里,它接近于苦行主义的艰难领域,我不能亦步亦趋。但谈到财产对人的直接影响,完全符合逻辑,不言而喻。财产产生笨重的人,顾名思义,笨重者不能疾速如闪电,由东至西一瞬而过;体重将近两万磅的主教登上布道坛,恰好会与耶稣临世形成尖锐的对照。我的林园使我感到沉重。

其次,它使我感到林地还应当更宽阔一些。

不久前的一天,我听见林中树枝啪的一声响。开始我有些恼怒,心想有人在摘黑莓,全然不顾树下的草木。走拢一看,踏在树枝上并弄出啪声的不是人,而是一只鸟。我心里坦然了。我的鸟。鸟儿却并不同样坦然,它才不管我们之间的关系呢,一见我露面便展翅而飞,直越过界篱飞进一块地里——赫尼希太太的地产,并歇在那儿尖叫了一声。它现在成了赫尼希太太的鸟儿了,我顿觉怅然若失,林园要再大些就不会出现这等事了。我没钱买下赫尼希太太的地产,也不敢谋害她。这种种局限从四面八方向我袭来。亚哈③并不想占那个葡萄园——全是为了使自己的地产完整,他正筹划一条新的地界。而为了使我的林园完整,林园周围的土地都该属于我。有了边界才能有保障。但遗憾的是,新的边界又需要得到保障。否则,喧嚣会越边界墙,小孩子

---

① 一本书:指小说《印度之行》(1924)。本文写于 1926 年。
② 见《圣经·新约全书》的《马太福音》第 19 章 24 节。
③ 亚哈:纪元前九世纪的以色列君王。

会扔石子。就这样，一大再大，逐步扩张，直到我们与大海接壤。幸运的卡鲁特王！① 更幸运的亚历山大大帝！② 这个世界为什么竟成了占有者的极限？但愿载着英国国旗的火箭不久会发射到月球去。到火星，天狼星，再往外……但这样广袤的空间终会令人沮丧失望。我不能设想自己的林园注定会是征服宇宙的核心——太狭小了，没有任何矿产，只结一些黑莓。当赫尼希太太的鸟儿再次受惊飞起，我也很不高兴；它完全飞离了我们，深信它只属于它自己。

第三，财产使它的主人感到应该用它来办点什么事，但他又不清楚究竟要办什么事。不安宁的心情占据了他，他模糊地感到需要表现自己的个性——同样的感觉（但不模糊）驱使艺术家进行创造活动。有时我想砍倒剩余的树，有时又想在树间空地补栽新苗，两种冲动都很矫揉造作和空虚，既没有诚心以此获利，又不打算以此美化林园，都源出于表现自我的愚蠢愿望，出于缺乏享受已有财产的能力。在人的心灵里，创造、财产和享受组成一个邪恶的三位一体。创造和享受两者都不错，但要是没有物质基础，则往往无法办到，这时，作为一种替代选择，财产插了进来自荐："接受我吧，我于大家都有利。"其实，并不很有利，正像莎士比亚谈到淫念时说的："精神损耗于羞耻之中。"——"事前令人感到喜悦，事后忧若一梦。"然而，我们不知道如何避免，它被我们的经济体制作为饥饿的替换物强加给了我们，这也是灵魂深处的内在缺陷所强加于我们的负担，认为财产之中蕴藏着自我发展的胚胎，蕴藏着优雅或英勇行为的根源。我们在世上的生活本是——也应当是——物质的和肉体的存在，但我们还没有学会如何适当地处理物质利益和享受之间的关系，两者仍然同占有欲纠缠在一起，用但丁的话来说："占有与丧失同一。"

而这把我们领入了第四点，即最后一点：黑莓。

在稀疏的丛林里，黑莓结得并不多，站在横穿林园的公共小道上便可一览无遗，伸手摘取也毫不费力。毛地黄，人们爱攀摘；受过些教育的女人，甚至伸手去采毒菌，以便在星期一的课堂上显示显示。另外一些受教育较少的女人，则搂着男朋友在蕨草地上打滚。这儿扔下纸，那儿留下罐头盒。天哪，我的林园还属不属于我？倘若属于我的话，我是否最好不让任何人入内？在林蒙雷基地方有一处林园，不幸也有一条公共小道穿过，但它的主人在这个问题上毫不犹豫。他在路的两旁筑起高大的石墙，墙间以桥横跨。当公众像白蚁般来回走动其间，他却在饱餐黑莓，但谁也看不见他。这个能干的家伙，名副其实地拥有他的林园。戴夫斯③在阴间的表现不错，他与拉撒若斯之间的鸿沟能被意念跨越，但这儿什么也无法通过，说不定哪一天，我也会这样做。我将在路边筑起墙，园边围起篱笆，让我能够真正领略拥有财产的甜蜜。身躯庞大，贪得无厌，冒充创造，极端自私，我将为自己编织一顶偌大的财产王冠，直到那些布尔什维克走到跟前，重又把它摘下，然后把我推入黑暗。

（蓝仁哲　译）

---

① 卡鲁特王(994—1035)：征服不列颠的丹麦王。
② 亚历山大大帝(纪元前356—323)：马其顿国王，历史上著名的军事征服者。
③ 戴夫斯：《圣经》寓言中的富豪，在世时，乞丐拉撒若斯上门乞讨，他让狗驱赶他；死后，两者的命运颠倒过来。

初 雪①（节选）

〔英国〕普里斯特利

今早我起来时，整个世界简直成了冰窟一座，颜色死白缥青。透入窗内的光线颇呈异色，于是连泼水、洗漱、刷牙、穿衣等这些日常举动也都一概呈现异状。继而日出。待我进早膳时，艳美的阳光把雪染作绯红。餐室窗户早已幻作一幅迷人的东洋花布。窗外幼小的梅树一株，正粲粲于满眼晴光之下，枝柯覆雪，素裹红装，风致绝佳。一二小时之后，一切已化作寒光一片，白里透青。周遭世界也景物顿殊。适才的东洋花布等已不复可见。我探头窗外，向书斋前面的花园草地以及更远的丘冈望望，但觉大地光晶耀目，不可逼视，高天寒气凛冽，色作铁青，而周围的一切树木也都现出阴森可怖之状。整个景象之中确有一种难以名状的骇人气氛。仿佛我们的可爱的郊原，这些英人素来最心爱的地方，已经变成一片凄凉可悲的荒野。仿佛这里随时随刻都可能看到一彪人马从那阴翳的树丛背后突然杀出，随时随刻都可听到暴政的器械的铿鸣乃至枪杀之声，而远方某些地带上的白雪遂被染作殷红。此时周围正是这种景象。

现在景色又变了，刺目的眩光已不见了，那可怖的色调也已消逝。但雪却下得很大，大片大片，纷纷不止；因而眼前浅谷的那边已辨不清，屋顶积雪很厚，一切树木都压弯了腰，村中教堂顶上的风标此时从阴霾翳翳的空中虽仍依稀可见，也早成了安徒生童话里的事物。从我的书室（书室与家中房屋相对）我看见孩子们正把他们的鼻子在玻璃上压成扁平。这时一首儿歌遂又萦回于我的脑际，这歌正是我幼时的鼻子压在冰冷的窗户上来看雪时所常唱的。歌词是：

> 雪花快飘，
>
> 白如石膏，
>
> 高地宰鹅，②
>
> 这里飞毛！

所以今天早上当我初次看到这个非同往常的白皑皑的世界时，我不禁希望我们也能更常下点雪，这样我们英国的冬天才会更多点冬天味道。我想，如果我们这里是个冰雪积月、霜华璀璨的景象，而不是像现在这种凄风苦雨、永无尽期的阴沉而乏特色的日子，那该多么令人喜悦啊。我于是羡慕起我在加拿大与美国东部诸州居住的一些友人来了。他们那里年年都能过上个像样的冬天，甚至连何时降雪也能说出准确日期，而且直到大地春回之前，那里的雪决无降落不成退化为霰之虞。既有霜雪载途，又有晴朗温煦的天空，而空气又是那么凛冽奇清——这对于我实在是一种至乐。继而我又转念，这事终将难餍人意。人们一周之后就会对它厌烦，不消一天工夫魔力就会消失，剩下的唯有昼间永无变化的耀眼眩光与苦寒凄清的夜晚。看来真正迷人之

---

① 本篇出自作者的散文集《猿与天使》(1928)。这里所选为文章的后半部分。

② 高地：指苏格兰。苏格兰的北部大部分为山岭，地势高亢。

处并不在降雪本身，不在这个冰封雪覆的景象，而在它初降的新鲜，而在这突然和悄静的变化。正是从风风雨雨这类变幻无常和难以预期的关系之中遂有了降雪这琼花六出的奇迹。

谁愿意拿眼前这般景色去换上个永远周而复始的单调局面，一个时刻全由年历来控制的大地？有一句妙语说，其他别国只有气候，而唯有英国才有天气。其实天下再没有比气候更枯燥乏味的了，或许只有科学家与疑病患者才会把它当作话题来谈论。但是天气却是我们这块土地上的克里奥佩特拉①，因而毫不奇怪，人们于饱餐其秀色之余，总不免要对她窃窃私议。一旦我们定居于亚美利加、西伯利亚与澳大利亚之后——那里的气候与年历之间早有成约在先，我们势将会因为失去了她的调皮撒娇，失去了她的胡闹任性，失去了她的狂忿盛怒与涕泣涟涟而深深感到遗憾。到那时，晨起出游将不再成其为一种历险。

我们的天气也许是有点反复无常，但我们自己也未见就好许多；实际上，她的好变与我们的不专也恰好相抵。说起日、风、雪、雨，它们在一开初是多么受人欢迎，但是曾几何时，我们便已对它们好不厌倦！如果这场雪一下便是一周，我必将对它厌烦得要死，巴不得它能快些走掉才好。但是它的这次降临却是一件大事。今天的天气里真是别具着一种风味，一种气氛，全然与昨日不同，而我生活于其中，也仿佛感到自己与前此的自己判若两人，恍若与新朋相晤，又如突然抵达挪威②。一个人尽不妨为了打破一下心头的郁结而所费不赀，但其所得恐怕仍不如我今日午前感受之深。

（高　健　译）

流　沙③

〔英国〕托马斯·德昆西

幽美的丧钟，那来自迢递的远方，悲泣着清晓之前逝去者的钟声，把我从傍岸的舟中惊醒起来。这时，冥冥的曙天刚破晓，朦胧昏暗之中，我瞥见一个少女，头上盛饰着节日的白玫瑰花冠，正沿着孤寂的海滩跑去，神情异常紧张。她简直是在狂奔，不时地又回眸顾盼一下，仿佛身后有恶人追踪。但是当我跃上海岸，赶了上去，想警告她前面危险，但是天啊！她却将我甩掉，好像避去一桩新的祸害，因此我虽高声嘶叫前有流沙，也终归无效。她越跑越快；绕过了一座岬角，便不见了；霎时间，我也绕到那里，但只见那险恶的流沙已使她遭到灭顶之灾。这时她周身覆没，只剩下那秀美的额头，以及头上的玫瑰王冠，泣对着那垂怜的苍天；最后，唯一还能瞥见的，是一只皓白的玉臂。凭着晨曦的微明，我眼见着那秀美的头颅沉入深渊——眼见着那只玉臂，伸出在她的头顶与那险恶的坟墓之上，抬呀，摆呀，伸呀，抓呀，仿佛向着云端透出的一只欺诳的手臂呼救——眼见着她呼出最后的希望，接着，最后的绝望。头颅、花冠、玉臂——一概沉沦；临

---

① 克里奥佩特拉：古埃及女王。

② 挪威在北欧高纬地带，寒冷多雪，故云。

③ 本篇选自作者的散文集《英国邮车》中的《梦的赋格》，是一段优美的记梦文字，属于他所擅长的"诗散文"——路。

了,那残酷的流沙把这一切都埋封地下;这个美丽的少女在天地之间没有遗下一丝痕迹,只剩得我的一掬天涯清泪而已,而这时,海潮正徐徐涌动,来自眼前荒漠般水面上的钟声,在这个幽骨的茔墓之畔与凄厉的晓天之际,吟哦着一阕悱恻的安魂哀曲。

（高 健 译）

法国的农民

〔法国〕米什莱

倘若我们想了解法国农民内心的想法和激情,这很容易做到,我们星期天到田野里去散步,老跟着他,就行。你跟随在你前面走的那个农民走好了。现在是两点钟;他妻子正在晚祷;他穿着一身星期天才穿的漂亮衣裳;我对你说他是去会情人的。

谁是他的情人呢?——他的土地。

他并不径直到那儿去。不,这一天他是自由自在的,去不去都由他自作主张。一星期整整六天他每天都过去看望,难道这还不够?……你瞧,他改变了方向,他到别处去了,好像有什么事情似的……不过,他还是到那儿去了。

是的,他走得很近了;这倒好。他看看那块地,要是以前他将进入其中;那么,现在他在那儿干什么呢?

至少,今天他总不至于还在地里干活;他穿着一身只有星期天才穿的漂亮衣裳——一套雪白的衬衫、长裤呢。——不过什么也挡不住他动手拔掉一些野草,捡掉几块石头。这儿还留着个绊脚的树桩;可惜他没带十字镐,那可是明天的事喽。

这时,他抱着双臂停下,凝重地望着,那样子仿佛不胜思虑。他望了好久,好久,简直像忘记了时间。最后,若是他自以为被人注意到了,或者他看见个行人,他就缓缓走开。大概走了三十步,他停步,转过身来,向他的土地投过最后一瞥,多么深沉而忧郁的一瞥啊;但是善于藻鉴的人准看得出,这目光里饱含着热情,整个内心都充满了虔诚的感觉。

要说这不是爱,那么在这世界上你还能从什么迹象里看到爱呢?这正是爱,不要笑他啊……为了生产土地是这样需要爱呢;如果没有爱,土地将寸草不生,没有牲畜,没有肥料,这可怜的法兰西土地啊。这儿物产丰饶,就是因为她为人所热爱啊。

法国有许多地方,农民对土地的第一要务就是耕种。我随便谈谈。你看这些焚烧过的岩石,这南方的光秃秃的山头;那边,你瞧,哪一块土地上没有人?这里的土地完全掌握在业主手中。土地在不知疲倦的劳动者手臂里,他们击碎土壤,并在泥中掺进一些腐殖土。土地在种葡萄的农民的硬脊梁骨里,他们从山坡下面把老是下坍的土块翻上去。土地在妇女、儿童的温存、耐心的热忱之中,他们赶着驴子,拖着犁耕耘……看了真令人难过……大自然对此是寄予同情的。在岩石与岩石之间,悬挂着幼嫩的葡萄藤。胡桃树,这朴实而勇敢的植物,根部不沾泥土,昂然矗立在无数光光的砾石上面;它仿佛就靠吸点空气过活,而且,也像它的主人一样,饿着肚子生产出丰盛的果实。

一八四四年五月,当我穿过阿尔代什①,从尼姆到比邑,我感到这块十分贫瘠的地区,完全依靠人的双手创造了一切。大自然赋予它的环境恶劣得可怕;由于有了人,而今才显得如此妩媚可观;一到五月更加艳丽,当然总还是带着几分质朴味儿,不过这种风韵却格外令人感动。在这里,我们没有听说过什么庄园主把土地交给农民的事;因为这儿根本就没有土地。因此,当我看到山区里这些可怕的黑色城堡如此长久地向这些贫穷而善良的老百姓(他们完全不靠他生活)征收捐税时,我的内心多么悲伤。我心中的丰碑——它们使我双目得到宁静——就是涧谷中这些干巴巴的石头和碎石砌成的农家陋屋。这些房屋,有的还附带着一个贫乏、荒芜、无人浇灌的小园子,十分寒碜、凄凉;但是那些支撑屋宇的长廊,阔大的楼梯,以及拱廊下面宽广的石级,却给这些房屋增添了无限恢宏的气派。眼下正是秋收季节,每年一到这美好的辰光,人们就开始缫丝;这可怜的地区似乎也变得富起来了;每户人家,在那阴暗的拱廊下面,都有几个少女,踩着缫丝机架的脚踏,露出一排雪白明丽的牙齿,微笑。

对,正是人创造了土地;可以这样说,甚至在那些不太贫穷的地区也是如此。永远不要忘记,若是我们想懂得人们多么热爱这片土地。想想吧,在许多世纪里一代一代的人在这儿流过多少汗水,葬过多少死者,还有他们的积蓄,他们的粮食……在这块土地上人们长时期以来贡献了自己最宝贵的东西,他的精华,他的物资,他的努力,他的德行,我们感觉得到这是人的土地,人们爱它,就像爱一个人那样爱着它。

人们爱土地;为了得到它,什么都舍得,甚至连不再看它都行;若是必须,他可以流亡他乡,远远离开,但只要牢牢拴住这点思念,这份记忆。这个萨伏瓦商贩坐在你门口的那块界石上幻想,你猜他幻想些什么呢?他幻想着回家之后准备买下他山里的那一小块燕麦地,还有贫瘠的农场。需要十年啊!管他呢……阿尔萨斯人,为了七年之后能获得一块土地,就卖命漂流到非洲,并在那边死去②。勃艮第的妇女,为了得到几株葡萄苗,不惜把奶头从自己孩子的嘴里拔出来,——这么幼小就给他断奶——出去给外地人喂养孩子。留在家里的父亲对孩子说:"你活下去,要不你就死吧;若是你活下去,将来准能得到土地!"

难道说这是一桩难于启齿、几乎是渎神的事吗?在决定之前,先让我们想想。"你将来准能得到土地",这就是说:"你将不会做一个被人吆来喝去的佣工;你将不会做一个成天为衣食劳碌的奴隶,你将是自由的!"自由!多么伟大的字眼,它实际上包含了人类的一切尊严;没有自由就没有德行。

诗人常常谈到水的魅力,谈到这种危险的魅力老是要诱惑不谨慎的渔夫。可是更危险的也许还是土地的魅力吧。无论大小,土地具有一种神奇的力量,它吸引人,它永远不完整,永远要求人们扩大它,以自成方圆。只缺一点点,只是这个区域,要不更小,只是一隅之地而已。这是个诱惑:要扩大,要购买,要借钱。"你尽量自己积累好了,不要借钱。"理智说。但是这需要的时间太长了,情感说:"借就借吧!"——财东可是胆怯怯的,不愿给别人贷款;尽管农民把一块平平整整的地指给他看,还申明他至今不欠任何人的钱,可财东呢,他害怕泥土里会突然冒出一

---

① 法国的阿尔代什省位于塞文山脉与罗讷河之间,全是山地。
② 当时服兵役期为七年,但也只是部分抽上了签的青年平民才服役:一般出二千法郎、即可雇人代替。

个妇女、一个幼儿来,他们的至上权利会冲掉抵押品的价值。因此,他不敢贷款给人。那么谁贷款呢?那当然是本地的高利贷者,或是握有农民的所有票据的律师,他比农民更了解他们的经济情况,也晓得这件事并不冒险,那么,他愿讲个交情贷给农民钱吗?不,要他贷款,得七分、八分、十分利!

农民借不借这份倒霉的钱呢?他老婆很少替他拿主意。若是他问祖父,老人总不吭声。他的祖先,我们法国的那些老农民,肯定没教过他这些花招儿,这一朴实、忍耐的种族,他们从来不依靠别的,就指望自己的一点微薄的个人积蓄,从每天伙食里省下来的每一个"苏",从市场回家有时撙节下的个把铜子儿,这钱币当夜就会放进埋在地窖里的那只罐子底下,跟它的姐妹们躺在一起。

今天的农民不再是这样的人了,他心高气傲还当过兵。他在这个时代做过的伟大事业毫不困难地使他相信这世界上没有什么不可能的事。对他来说,获得土地,这是一场战斗;他冲上去,像打冲锋一样,决不退却。这是他的奥斯特利兹战役①;必将打赢这一仗。他知道会有痛苦,他曾经在老头子②带领下经历过多少痛苦。

如果他曾满怀豪情地在枪林弹雨里战斗过,你想他会没精打采地到这儿来跟大地开战吗?现在天还没亮,请跟着他,你准可以看到这人在劳动,他本人和他一家子,他的才坐过月子的老婆在潮湿的土地上来回蹀躞。中午时分,当岩石已经碎裂,种植园主叫他的黑奴休息的时候,这黑奴却心甘情愿仍不休息……你瞧他吃的那些东西,拿它们跟工人吃的比比吧,工人每天的食物比农民星期天吃的还要好得多。

这位英雄人物总认为,以他伟大的意志,可以无所不能,甚至取消时间。但是这里可不像在战争中那样;时间无法取消;他考虑,时间积累下的重利和衰退下去的人的气力之间的斗争必将持续下去。土地给他带来的只是二,而高利贷却要求八,这就是说高利贷对付他就像四个人对付一个人一样。这样,每年所付的利息就掠夺了他四年的劳动。

若是这位乐天派的法国人从前总是不停地歌唱,今天就不再欢笑了。你觉得这奇怪!倘若你在这块掠夺他的土地上遇见他,你会发现他竟如此忧郁,你觉得奇怪吗……你走过去十分友好地跟他打招呼;他把帽檐压得低低的,可不愿看你。不要向他问路吧;倘若他答复你,那准是叫你掉转头去,回家。

农民这样离群索居,脾气渐渐变得越来越坏。他的心老是绷得紧紧的,对谁都不肯敞开,也不再善意待人了。他恨富人,恨他的邻居和整个世界。一个人呆在这可怜的土地上,就像生活在荒岛上一样,他成了一个足不出户的人。他这种与社会格格不入的性格,来自他感情的贫困,使他不可救药;这种性格阻止他跟别的农民,那些本来可以成为他的天然助手和朋友的人融洽相处;他宁可死也不愿朝他们靠近一步。另一方面,城市居民也绝对不会接近这个山野粗汉;他们简直害怕:"农民凶得很,什么都干得出……跟他们做邻居一点也不安全。"这样一来,那些生活富裕的人渐渐地都离开了,他们在乡村里只住一阵子,但决不愿在乡下定居;家总还是安在城里。他们把这个空白留给了村子里的财东,法律界人士,神秘的乡民所虔信的、爬在众人头上捞钱的人。"我不想再跟这些人打交道。"业主说,"公证人会安排一切的,我去把这些事告诉他,

①② 1805年拿破仑率法军于此大败奥、俄联军,历史上称为"奥斯特利兹战役";后来法军士兵私下称拿破仑为"老头子"。

他会替我计算,然后随他的便付钱,分摊,土地租佃。"在许多地方,公证人就这样成了唯一的农场所有者,财主和劳工之间唯一的中间人。这正是农民的巨大灾难。为了逃避业主的奴役,他总以法界、财界人士为师,只晓得到期收钱。

（徐知免　译）

塞纳河岸的早晨

〔法国〕法朗士

在给景物披上无限温情的淡灰色的清晨,我喜欢从窗口眺望塞纳河和它的两岸。

我见过那不勒斯海湾的明净的蓝天,但我们巴黎的天空更加活跃、更加亲切、更加蕴蓄。它像人们的眼睛,懂得微笑、愤慨、悲伤和欢乐。此刻的阳光照耀着城内为生计忙碌的居民和牲畜。

对岸,圣尼古拉港的强者忙着从船上卸下牛角,而站在跳板上的搬运工轻快地传递着糖块,把货物装进船舱里。北岸,梧桐树下排列着出租马车和马匹,它们把头埋在饲料袋里,平静地咀嚼着燕麦;而车夫们站在酒店的柜台前喝酒,一面用眼角窥伺着可能出现的早起的顾客。

旧书商把他们的书箱安放在岸边的护墙上。这些善良的精神商人长年累月生活在露天里,任风儿吹拂他们的长衫。经过风雨、霜雪、烟雾和烈日的磨练,他们变得好像大教堂的古老雕像。他们都是我的朋友。每当我从他们的书箱前走过,都能发现一两本我需要的书,一两本我在别处找不到的书。

一阵风刮起了街心的尘土,有叶翼的梧桐籽和从马嘴里漏下的干草末。别人对这飞扬的尘土可能毫无感触,可是它使我忆起了我在童年时代凝视过的同样的情景,使我这个老巴黎人的灵魂为之激动。我面前是何等宏伟的图景:状如顶针的凯旋门、光荣的塞纳河和河上的桥梁、蒂伊勒里宫的椴树、好像雕镂的珍品的文艺复兴时代的罗浮宫、最远处的夏约岗;右边新桥方向是令人肃然起敬的古老的巴黎,它的塔楼和高耸的尖屋顶。这一切就是我的生命,就是我自己。要是没有这些以我的思想的无数细微变化反映在我身上,激动我、赐我活力的东西,我也就不存在了。因此,我以无限的深情热爱巴黎。

然而,我厌倦了。我觉得生活在一座思想如此活跃、并且教会我思想和敦促我不断思想的城市里,人们是无法休息的。在这些不断撩拨我的好奇心、使它疲惫但又永远不能使它满足的书堆里,怎么能够不亢奋、激动呢?

（程依荣　译）

夏日芳草

〔英国〕理查·杰弗理

　　我踏着芳馥的浅草向上走去。而随着每一步的攀登，我的心境的感受范围似乎也更加宽阔；随着每一口清醇气息的吸入，一个更加深沉的渴望正在不觉萌生。甚至连这里太阳的光线也更加炽烈而妍丽。待到我登上山顶，我早已把我的卑微处境与生活苦恼忘个干净。我感到我自己已经一切正常。山顶有堑壕一道，行至其地，我沿沟缓缓而行，稍事歇息。沟的西南边上，一处坡面坍陷，形成裂口。这里下临一带广阔沃野，其中盛植小麦，景色颇佳，周围青山环抱，宛如一古罗马圆形剧场。山间有通路隘口之类一道，折向山南，天际远处则为白云锁闭，不可复见。各处村屯农舍多为林木荫蔽，故此地堪称绝幽。

　　我这里的确幽静异常，唯有阳光与大地为伍。我躺在草上，开始从灵魂深处与大地、阳光、空气以及那渺不可见的远海慢慢絮语。我想到大地的坚实——我甚至觉得它将我载负而起；并从身下如茵的绿榻那里传来一种异样的感觉，仿佛大地正在和我交语。我想到那流荡的空气——以及它的纯净，这正是它的美的所在：它抚摸着我，并把它自身的一部分也给了我。我又与大海谈话；——虽然它离我很远，在我的想象之中我仍然看到了它缘岸近处的苍翠与远洋深处的蔚蓝；——我渴望获得它的力量、秘密与光荣。然后我又与太阳对语，渴望从它的辉煌与灿烂中，从它的坚忍不拔与不知疲倦的驰驱中，找到那和灵魂相仿佛的东西。我抬起头来仰对着顶上的蓝天，凝视着它的深邃，吸吮着它的绝妙的色泽和芳馥。天上的那些采撷不到的花朵里的浓郁蔚蓝把我的灵魂也吸引了去，使它在那里得到安息；因为纯净的色调能给灵魂带来静谧，凭着这一切我祈祷了：我的灵魂体验到了一种完全不可言诠的感情；相形之下，祈祷反而显得微不足道，至于语言更是这种感情的一个粗糙的标记，只可惜我除此再没有别的办法了。凭着碧蓝的天空，凭着那光透幽径的滚滚炎阳，一个新的缥缈的"以太"海洋正在一天天地展开在我的面前。凭着那环抱宇宙周流八垠的爽气清氛；凭着那喧豗在岸边的大海——近处雪浪翻舞的碧海与远洋的深海；凭着载负着我的坚实大地；再凭着芳馥的茴香，它们的小花我常抚摸；凭着芊芊芳草；凭着那经手一搓便顺指滑落的粉松白垩，我祈祷了。我搓搓土块、草叶与茴香，吸吸周流寰宇的澄鲜空气，想想大海与苍天，伸伸手臂来让阳光爱抚一番，并俯首在草上以示虔敬——我正是这样来祈祷的，这时我衷心盼望这样或许能接触到那个更较上帝为高的不可言说的世界。

　　尽管使我心神激越的许多感情那么浓烈，尽管我与大地、阳光、天空、星斗与海洋的一番歚合那么亲切——这种感情动人心魄的深切是任你怎么来写也写不出的。我正是凭着这些来祈祷的，仿佛它们竟是一些乐器、一些键盘，通过它们而把我灵魂中的乐调嘹亮奏出，它们增大了我歌声的音量。那光华耀目的伟大太阳，苗壮而亲切的大地，和暖的晴空与澄鲜的空气，以及对大海的思慕——这一切无可言喻的美简直给我带来一种至乐与狂喜，一种飘飘然的感觉……

　　夏天的时候我常到田野里去。背靠着橡树庞大的躯干,这时身后粗糙的树皮与地衣隐隐可觉;我便在往下面绿色田野(靠近山坡林木处几作橙黄色)俯视的同时,开始思索我要进一步追求的灵魂生活。或者,坐卧在翠绿的冷杉之下昂首张望,看到天顶处的颜色更加湛蓝;这里羊齿遍地,野鸽咕咕,林木动处,槐树上的茸茸新叶清晰可辨。不论在躯干修直饱满的榆木荫下,还是在山楂矮林与榛树之旁,我自己都充满着一种追逐灵魂本性的深刻渴求;希望从这一切绿色事物和从阳光之中获致那种连它们自己也完全懵懂的内在意义——以便我自己也能盛满光泽,恍如阳光下的林木那样。甚至连过路时稍稍摸摸树上长满地衣的皱皮和触触伸向路边的一个枝梢,也都仿佛具有代我自身祈祷的效验。

　　漫长的夏日天气把草地晒得暖洋洋的。我总是偃卧在比较偏僻的角落、全身躺直,以接受大地的爱抚。这里丰草高高过身,婆娑的树影戏舞在我的面颊之上。我时而眯缝着眼望望天空,禁不住那晃眼的阳光。蜜蜂常常从我头上嗡嗡而过,有时也飞过一只蝴蝶,空中则是一片营营,翠绿的莺鸟在篱边歌唱。当我这样逐渐进入到夏日的炽烈的生活之后——一种在我的周围熊熊燃烧着的生活,这时每片草叶仿佛都是一把火炬——我终于对大地自远古以来的全部漫长生活开始有所体会,而这时太阳正把我照得暖暄暄的。在远哉迢迢的古昔,南国沙碛上的西索斯托里斯[1]便已对他自己与太阳有所认识……我的灵魂渴望能汲取到那曾经流贯于过去时代的灵魂生活,正像阳光曾经不绝地倾注在大地之上那样。另外,正如流沙能够吸收热量,同样我也能获致那种灵魂的精力。虽然表面如梦一般,我却尽情地吮吸着生命的气息;我对草叶、野花、山楂与树上的绿叶并未忘怀。我似乎恰恰是通过它们来生活,仿佛它们一个个尽是我吸吮汁液的孔道。这时蚱蜢,正在鸣叫跳跃,绿莺在歌唱,画眉在欢快鸣啭,整个空中生意盎然。此时,我也被深深地投进生命之中,并与那全部生命一道祈祷着。

(高　健　译)

◇◆◇

蔷　薇

〔英国〕罗根·皮·史密斯

　　老太太总是非常得意她园中那株蔷薇树的,好对人讲,那树是好多年前她初结婚时怎么从意大利带回的一个枝条上长出来的。他们夫妇一天正从罗马乘坐马车返回(那时还没有火车),在辛那[2]城南一段崎岖的路上,车子出了毛病,因不得不暂到路边一所小宅院中去投宿。那招待当然是简陋极了;她度过了一个不眠之夜,次日起身,披衣凝立窗前,在拂面的晓风中,伫盼着曙色的到来。虽然事隔多年,她仍然记得那一轮皓月,正照满青山,远山之巅的一座城镇,逐渐泛白,继而月落,山边为徐徐升起的朝阳染作绯红;不久,城镇恍为巨焰所映,陡然大亮,窗扉一扇扇在霞光的照耀下,光晶泛彩。最后,整个小城宛若一团璀璨的星群,在天宇之间闪烁辉

---

　　①　传说中之埃及法老,曾领军远征至印度。
　　②　意大利城镇名。

耀起来。

由于修车尚待时日，那天早上他们便搭当地车辆去了那座山城，因那里据说可以觅到较好住处；而他们也就在那里逗留了几天。城为意大利式的小城，其中高耸的教堂，俗陋的广场，狭窄的街道，低矮的宫殿，紧凑齐全，毕集于一座山头之上，周围则环以城垣，占地比一个英国的家厨菜园①也大不了许多，但是却颇具生气，非常热闹，轮蹄喧哗，入夜不休。

他们下榻的一家普通旅店中的餐馆为城中一切要人的聚会之地；市长、律师、医生以及一些其他人物都是这里的常客；其中特别引他们注目的是一位丰采颇佳、削瘦而健谈的老人，黝黑的眸子炯炯有神，头发已经花白——他的体格修长直挺，仍然具有着青年人的身段，虽然（侍者骄傲地对他们讲）这位伯爵已经 molto vechio②——实际上翌年即满八十。他是他家族的最后一人，侍者补充道——他出身于富室望族——但他没有留下后人；伯爵在爱情上受过挫折，因而从此未娶，云云。实际上侍者提起这些时面有得色，仿佛这在当地颇是一件荣耀的事。

既见这位老先生倒非常和颜悦色；显然他对两位陌生人很感兴趣，并有愿意结识的表示。这事当即由那友好的侍者促成；于是，一次短暂的接谈之后，老人便邀请他们去他的别墅与花园作客，地址即在城外附近。于是，次日下午，当夕阳开始西沉，门窗启处，蓝色暗影已渐渐罩满棕褐的山岭时，他们遂欣然命驾。宅院地颇局促——一座不大的新式灰墁别墅而外，另有一卵石路面的炎懊花园，那里石砌水池之中浮游着几条懒散的金鱼，旁有女猎神③像一尊，其猎犬已抵及园墙。但是足为这小园添彩的是其中一巨株蔷薇，树身过屋，浓阴翳窗，使园中沁满芳香。的确，那是一株绝妙的蔷薇，当客人夸奖它时伯爵得意地说道，并表示愿意把那树的来历讲给夫人听听。于是，当他们坐定之后，一边饮着酒时，他便以那老年人略不当意的欣然神情，微微提了提他的一段旧情，那谈话的口气直仿佛对方已经知道这事似的。

"女士就住在隔山的河谷对岸。当时我还是个少年，因为这已是多少年前的事了。我常常骑马过去看她；路途不近，但我骑得很快，夫人当然了解，年轻人总是性急的。但这位女士却很不客气，总是叫人等，甚至一等几个小时；一天，我因为等得过久而生起气来。我便在她叫我等她的那个花园中蹀来蹀去时，折了她一棵，应该说一枝蔷薇；这样已经折下，我便把它藏在外衣里面——就是这样；回来以后我就把它种上，这个就是夫人所看到的那棵蔷薇。如果夫人喜爱的话，我当然愿意奉赠一枝，以便点缀园景；我听说英国的花园非常美丽，青葱翠绿，不像我们此地这么燥热。"

第二天，马车修好，便前来接取他们。正当他们即将离去旅舍之际，伯爵的老仆赶来，奉上包扎精致的蔷薇枝条一束，并代其主人转致路上平安之意。城中居民也跑来向他们道别，儿童尾随在车子后面，一直跟出了城外。一阵脚步的乱哄之后，车子已远去了下面的河谷地带，这时这座喧闹的小城早遥临在他们头顶的山巅之上。

她把蔷薇栽在了家中，不久便长得枝繁叶茂，十分美丽；每逢六月到来，那浓碧的枝叶丛中，猩红馥郁，蔚成了一派情如火灼的奇观，仿佛它的根茎之间依然燃烧着那位意大利情人④的恋

---

① 外国上层社会专供家庭膳食与果品之用的园地。

② 意大利语，意为老迈、年迈。

③ 古罗马女月神兼狩猪神。

④ 指这位伯爵。

怒与郁悒。当然那伯爵久已不在人间；而她也记不起他的名字，甚至连她住过的那座山城——那座天晓之前恍如繁星万点的山城叫什么名字，她也都记不起了。

（高　健　译）

观　舞

〔英国〕高尔斯华绥

某日下午我被友人邀至一家剧院观舞。幕启后，台上除周围高垂的灰色幕布外，空荡不见一物。未久，从幕布厚重的皱折处，孩子们一个个或一双双联翩而人，最后台上总共出现了十多个人。全都是女孩子；其中最大的看来也超不过十三四岁，最小的一两个则仅有七八岁。她们穿得都很单薄，腿脚胳臂完全袒露。她们的头发也散而未束；面孔端庄之中却又堆着笑容，竟是那么和蔼而可亲，看后恍有被携去苹果仙园[①]之感，仿佛已身已不复存在，唯有精魂浮游于那缥渺的晴空。这些孩子当中，有的白皙而丰满，有的棕褐而窈窕；但却个个欢欣愉快，天真烂漫，没有丝毫矫揉造作之感，尽管她们显然全都受过极高超和认真的训练。每个跳步，每个转动，仿佛都是出之于对生命的喜悦而就在此时此地即兴编成的——舞蹈对于她们真是毫不费难，不论是演出还是排练。这里见不到蹑足欠步、装模作样的姿态，见不到徒耗体力、漫无目标的动作；眼前唯有节奏、音乐、光明、舒畅和（特别是）欢乐。笑与爱曾经帮助形成她们的舞姿；笑与爱此刻又正从她们的一张张笑脸中，从她们肢体的雪白而灵动的旋转中息息透出，光彩照人。

尽管她们无一不觉可爱，其中却有两人尤其引我注目。其一为她们中间个子最高，肤褐腰细的那个女孩，她的每种表情每个动作都可见出一种庄重然而火辣的热情。

舞蹈节目中有一出由她扮演一个美童的追求者，这个美童的每个动作，顺便说一句，也都异常妩媚；而这场追逐——宛如点水蜻蜓之戏舞于睡莲之旁，或如暮春夜晚[②]之向明月吐诉衷曲——表达了一缕摄人心魂的细细幽情。这个肤色棕褐的女猎手，情如火燎，实在是世间一切渴求的最奇妙不过的象征，深深地感动着人们的心。当我们从她身上看到她在追求她那情人时所流露的一腔迷惘激情，那种将得又止的夷犹神态，我们仿佛隐然窥见了那追逐奔流于整个世界并永永如斯的伟大神秘力量——如悲剧之从不衰竭，虽永劫而长葆芳馨。

另一个使我最迷恋不置的是身材上倒数第二、发作浅棕、头著白花半月冠的俊美女神，短裙之上，绛英瓣瓣，衣衫动处，飘飘欲仙。她的妙舞已远远脱出儿童的境界。她那娇小的秀颀与腰肢之间处处都燃烧着律动的圣洁火焰；在她的一小段"独舞"中，她简直成了节奏的化身。快睹之下，恍若一团喜气骤从天降，并且登时凝聚在那里；而满台喜悦之声则洋洋乎盈耳。这时从台下也真的响起了一片窸窣与啧啧之声，继而欢声雷动。

我看了看我那友人，他正在用指尖悄悄地从眼边拭泪。至于我自己，则氍毹之上几乎一片

---

① 指希腊神话中由四位姊妹共同看守的金苹果乐园。文章这里指被引入一个仙境，而舞蹈者又都是女孩，故引出这个联想。

② 夜晚这里被拟人化。

溟濛①,世间万物都顿觉可爱;仿佛经此飞仙用圣火一点,一切都已变得金光灿灿。

或许唯有上帝知道她从哪里得来的这股力量,能够把喜悦带给我们这些枯竭的心田:唯有上帝知道她能把这力量保持多久! 但是这个蹁跹的小爱神的身上却蕴蓄着那种为浓缛色调、幽美乐曲、天风丽日以及某些伟大艺术珍品等等所同具的力量——足以把心灵从它的一切窒碍之中解脱出来,使之汛满喜悦。

(高　健　译)

风　车

〔英国〕爱·凡·卢卡斯

偶然的机会曾使我不久之前一度成了一座风车的住客。不过不是真住进去,而且说来可惜,也不是进里面去磨什么东西,而只是随兴之所至,进里面去转转,从它顶窗的高处,望望港口的舰船,或者俯视一下周围的羊群与绿野。这座风车高大而洁白——而且白得那么厉害,所以每逢雷雨云绕行到它的背后时,整个风车简直光晶得如铝制一般。

从风车的几个窗口,你还可以望见另外四座风车,而这些,和它一样,也都在闲着;其中一个已破损不堪,另一个也只剩下两个翅膀。但就在过了下一道山冈,远得看不见了的东北方向,便有一座风车在那里欢快地转动着,另外西北面四五里处,也有一个风车甚形活跃;所以这里的情形还不像全国其他地方那么糟糕,那里的阵阵好风完全平白给浪费掉了……

一想起英国由于蒸汽机及其创制者的一番心裁所带给她的种种损失,人们总不免要把风车的衰退列为其中的第一桩。也许单以景观的妍丽而论,英国所遭遇的最大严重事件便是锌镀铁屋顶的发明;不过,毕竟红色屋顶②也不能说没有它的某种安详富丽与舒适之美,但是飞转着的风车就不仅好看而且浪漫:一种受制于自然、但甘心为人服役的驯顺家伙,一个飞舞旋转的怪物,一件往往令人生怖的东西。谁如果在天风稍盛的时候多少靠近一座风车的轰鸣的翅膀,都不能不心头骤形紧张起来——那感觉恰与人们在暴风雨中望见大水漫壁时的情景相同。而这时居于风车之内最能理解声音的来源;这里便是声音的洞穴。当然有些孔窍中所发出的声响地崩山摧,具有更大的震撼威力,但风车之声则大体是自然音籁,为木物与西南风相搏击所产生;它只是盛满人耳而无威逼之感。再说,这种效果绝不因为风的不在或磨场主及其用人的淡漠而有所减弱,这些人即便在震耳欲聋的喧嚣之下,也总是一副教堂管事人③的文静态度,办事有条不紊。

当然,我所在的磨坊并没有这般喧闹;只是偶尔听到这些冷落的帆翼上横木的几声嘎鸣。周遭则是一片沉寂;尤其使人怅惘的是,这里一切仿佛业已完全就绪,只待当天的开工。这个磨

---

① 这话是暗喻作者自己也和他的友人一样因喜极而落泪,所以说舞台之上"一片溟濛"。
② 红色屋顶即指前面说的锌镀屋顶。
③ 即掌管教堂事务的堂守。

坊一度——大约几十年前——也曾生气勃勃;但是接着,以及从此之后,便永归悄静与恹无生气,正如一条溪流入夜突然封冻,或如丁尼生《睡美人》诗中的寂寞宫殿①。这不是一般衰落——而是亡其魂魄。风车上几个苹果木榫子已从轮机上脱去;底板上也有木材烂掉;只此而已。一周的工夫便足以把这一切修缮过来。但已永远无此可能,于是那过去曾驱动千千万万个英国风车团团欣舞的阵阵好风,今天也只能在英吉利海峡之上徒令空忙而已。

（高　健　译）

月光奏鸣曲

〔法国〕普鲁斯特

一

对父亲的依恋、皮娅的冷漠、我的敌手的顽强,有关这一切的回忆和顾虑给我带来的疲惫比起旅途劳累来有过之而无不及。白天陪伴我的阿森塔跟我不大熟悉,可是她的歌声,她对我的那份柔情,她美丽的红、白、棕色混杂的肤色,那在阵阵海风中持久不散的幽香,她帽子上的羽毛以及她脖颈上的珍珠却化解了我的疲劳。晚上九点左右,我感到精疲力竭,我请她乘车回家,让我留在野外稍事休息。她表示同意后,就离我而去。我们离翁弗勒仅有咫尺之遥;那里的地势得天独厚,背倚一堵山墙,入口处的林荫道旁有两行挡风的参天大树,空气中透出丝丝甜味。我躺在草地上,面向阴沉的天空。我听见身后大海的涛声在轻轻摇荡。黑暗中我看不清大海。我立即昏昏欲睡。

我很快进入了梦乡,在我面前,夕阳映照着远方的沙滩和大海。夜幕降临了,这里的夕阳、黄昏与所有地方的夕阳、黄昏好像没有区别。这时,有人给我送来一封信,我想看却什么也看不清楚。我只觉得天色昏暗,尽管印象中光线又强又亮。这夕阳异常苍白,亮而无光,奇迹般地照亮了黑沉沉的沙滩,我好不容易才辨认出一只贝壳。这个梦幻中的特殊黄昏,宛若极地的沙滩上病态而又退色的夕阳。我的忧郁顿时烟消云散,父亲的决定、皮娅的情感、我的敌人的欺诈,犹如一种出自天性而又无关痛痒的需要仍然萦绕着我,却无法将我压垮。昏暗与灿烂的矛盾、魔法般地中止了我的痛楚的奇迹并没有让我产生任何疑虑和恐惧,然而我却被包围、沉浸和淹没在逐渐增长的柔情之中,这种愈演愈烈、愉快美妙的情感最终将我唤醒。

我睁开双眼,那辉煌而又暗淡的梦依然在我身边展现。我瞌睡时倚靠的那堵墙十分明亮,

---

① 英诗人丁尼生的这个诗篇本是法国诗人沙·贝洛尔(1628—1703)的一篇童话。内容大致为、某国王与王后在为其公主举行洗礼宴会上漏请了一位女仙,而被女仙怀恨在心,发誓要对此公主进进报复。公主十六岁时次宴会上,这个女仙也到场,持送带刺纺锤与公主,意图刺破其手指,以致之死亡。公主果为纺锤刺伤,幸得另一仙女拯救、以百年沉睡以掩饰而幸免一死;公主周围的宾客也一并被遣入睡乡、因而所居宫殿遂被化为死寂片。后公主在一位王子的爱抚下始将沉睡解除,与王子共享幸福生活。19世纪俄国音乐家柴可夫斯基曾据此谱成其名作《睡美人》芭蕾舞剧。

墙上常春藤长长的阴影轮廓分明,仿佛那是在下午四点。一株荷兰杨树的树叶在一阵难以觉察的微风中翻动、闪烁。海面上波浪和白帆依稀可见,天清气朗,月亮冉冉升起;浮云不时从月亮前掠过,染上深深浅浅的蓝色,苍白得就像蛇发女怪梅杜莎①的寒霜或蛋白石的核心。然而我的眼睛却根本无法捕捉遍地的光明。在幻景中闪亮的黑暗仍在草地上持续,树林、沟渠一团漆黑。突然间,一阵轻微的声音犹如焦虑缓缓醒来,迅速壮大,越过整个树林。那是微风揉搓树叶发出的簌簌声。我听见一阵阵微风波涛般地在整个夜深人静的暗夜翻卷。随后这声音逐渐减低直至消失。我面前夹在两行浓阴覆盖的橡树之间的狭小草坪中似乎流淌着一条光亮之河,两边是阴影的堤岸。月光召唤着被黑夜淹没的岗哨、树叶和船帆却并不唤醒它们。在这万籁俱寂的时刻,月光仅仅映照出它们外表的模糊身影,让人无法辨认它们的轮廓,而白天看起来分明实在的这些轮廓则以它们确切的形状和永远平庸的氛围压迫我。缺少门扉的房屋、几乎没有枝杈没有树叶的树木、无帆的船犹如沉浸在暗夜中酣睡的树木离奇飘忽而又明媚的梦,那不是一种残酷得不能否认、单调得千篇一律的现实。

树林陷入深深的酣睡之中,让人感受到月亮正利用树林的沉睡不动声色地在天空和大海中举行这个暗淡而又甜蜜的节日盛典。我的忧伤烟消云散。我听到父亲对我的训斥,皮娅对我的嘲讽,我的敌人策划的阴谋,这一切在我看来都不真切。唯一的现实就存在于这种不现实的光亮之中,我微笑着乞讨这种现实。我不明白究竟是哪种神秘的相似性把我的痛苦与树林、天空以及大海欢庆的盛大秘密连接在一起,然而我却感觉到它们高声说出的解释、安慰和道歉。我的智慧有没有触及这个秘密无关紧要,因为我的心灵分明听到了这种声音。我在深夜里以它的名义呼唤我的圣母,我的忧伤从月亮中认出它那不朽的姐妹,月光照亮了黑夜中变形的痛苦和我的心,驱散了乌云,消除了忧愁。

我听到了脚步声。阿森塔朝我走来,宽松的深色大衣上露出了她白皙的脸。她略微压低嗓音对我说:"我的兄弟已经睡觉,我怕您着凉就回来了。"我走近她,我在颤抖。她把我揽在她的大衣里,一只手拉着大衣下摆绕过我的脖颈。我们在昏暗的树林底下走了几步。有什么东西在我们前面发亮,我来不及退避,往旁边一闪,好像我们绊到了一段树桩上,那障碍物就隐藏在我们脚下。我们在月光中行走,我把她的头凑近我的头。她微微一笑,我流下眼泪。我看见她也在哭。我们明白,哭泣的是月亮,它把自己的忧伤融入我们的忧伤。月光令人心碎,它甜蜜温馨的音符深入我们的心坎。月光在哭泣,就像我们。月光不知为何而哭,我们也几乎永远不知道自己为何哭泣,然而月光却刻骨铭心地感觉到它那温情脉脉而又不可抗拒的绝望之中蕴含着树林、田野、天空,它再度映照着大海,而我的心终于看清了它的心。

(佚 名 译)

---

① 希腊神话中的女怪,头上长的不是头发而是毒蛇。

树

〔俄罗斯〕米·普里什文

树　根

太阳上山之前,但见明月悠悠,向西坠落——比昨天显得远多了,竟没有在化了冰的水面上倒映出来。

太阳时而露脸,时而被浮云遮住,你满以为:"要下雨了。"然而始终不下。天却暖和了起来。

昨日热烘烘的阳光还没有把新结的冰融化净尽,留下两条薄薄的晶莹的冰带,如同宽宽的饰绦,镶在河的两岸;碧绿的流水泛起涟漪。惹动着那薄冰,发出像孩子往上扔石子的声音,又像有大群鸟儿叽叽喳喳地横空飞过。

水面有几处昨天留下的薄冰,好似夏天的品藻,红嘴鸥游过,留下了痕迹,从岸上孩子手中逃脱的野鼠跑过,却无半点塌陷。

举目望那整片浸水的草地上的仅有的一棵小树——我窗前的那棵榆树,只见所有的候鸟都栖身在那上头,有苍头燕雀,金翅雀,红胸鸲,我就频频联想到又一棵树,当年行役天涯的我,在那棵树上停下来,从此和它融为一体,它的根也就成了我长入故土的根。在我像候鸟一般漂泊不定的生涯中,就是这样在自己的根上站立起来的。

蛇麻草

一棵欹斜在漩涡上头的参天云杉枯死了,连树皮上的绿苔的长须都发黑了,萎缩了,脱落了。蛇麻草却看中了这棵云杉,在它身上愈爬愈高——当它爬高了的时候,它从高处看到了什么呢?自然界发生了什么呢?

一条树皮上的生命

去年,为了使森林采伐基地上的一个地方便于辨认,我们砍折了一棵小白桦作为标记;那小白桦因此就靠了一条树皮危急地倒挂着。今年,我又寻到了那个所在,却叫人惊讶不已:那棵小白桦居然还长得青青郁郁,看来是那条树皮在给倒悬的树枝输送液汁呢。

瑞　香

朋友刚离我而去，我环顾四周，目光落在一个被空的云杉球果穿满了孔的老树桩上。

啄木鸟在这儿操劳了一个冬天，树桩周围厚厚的一层云杉球果，都是它一冬中衔来，剥了壳吃了的。

从这层果壳下面，一支瑞香好容易钻到世界上来，争得了自由，盛开着小小的紫红花朵。这支春天最早开放的花儿的细茎，果然十分柔韧，不用小刀是几乎折不断的，不过也好像没有必要去折它：这种花远远闻去异香扑鼻，有如风信子，便移近鼻子，却有一股怪味，比狼的臊气还难闻。我望着它，心里好不奇怪，并从它身上想起了一些熟人：他们远远望去，丰姿英俊，近前一看，却同豺狼一般，奇臭难闻。

（叶尔滗　译）

一支粉笔

〔英国〕切斯特顿

记得在暑假里一天早上，天气晴朗，一片碧蓝和银白，我本来没有正经干什么，不过应付点差事，我勉强摆脱手边的工作，戴上一顶什么帽子，抄起一根手杖，口袋里揣上六支颜色鲜艳的彩色粉笔，然后走进厨房（厨房，连同这幢房子其余部分的主人，是苏塞克斯农村一位十分古板而又通情达理的老太太），问这位下厨的主人，有没有棕黄色纸。她有很多，实在是太多了；她对棕黄色纸的用途及其存在的基本道理有所误解。她似乎有一种看法，认为如果有人需要棕黄色纸，准是用来打包；我最不愿意干这种事，说实在的，我发觉自己没有这份才能。于是，她谈起这种纸皮实、耐用等等好处来，讲了一大篇。我解释说，我仅仅用来画画儿，根本用不着经久耐用，因此，据我看来，问题不在皮实，而在纸面是否易于着色，这种特点与包装关系不大。她明白了我的用意之后，显然以为我要用旧棕黄色包皮纸记点什么或写信，是为了省钱，便给我一大堆信纸，多得叫人受不了。

于是，我试着解释那颇为微妙的道理，说我不仅喜欢棕黄色的纸，也喜欢这种纸的棕黄色的质地，正如我喜欢秋天森林里、啤酒里、或北方产泥炭的地区那种棕黄色的质地一样。棕黄色纸有创世之初那种洪荒朦胧的昏暗气象，只要用一两支颜色鲜艳的彩色粉笔一勾勒便能烘托出点点火光，金色的、火红的、碧绿的火花，就像那些从混混沌沌的昏暗中最初冒出来的耀眼的星星。我向老太太信口诌了一通，便把棕黄色纸揣进口袋，和粉笔，也许还有别的东西，放在一起。我以为谁都会想一想，装在口袋里的东西有多么原始，多么富于诗意；比方说，一把小折刀，就是人类一切工具的象征、刀剑的雏形。我还打算就我口袋里的东西写一本诗集，不过，后来觉得写来太长，而且如今也不是那产生伟大史诗的时代了。

　　我带着小刀、粉笔和棕黄色纸,拄着手杖来到一大片丘陵地。我爬过一个个山坡,山势的起伏既柔和又坚实,体现了英格兰最优秀的本质。那山势的平静,和大挽马或山毛榉树的平静,有相同的含义:它宣称,强者是仁慈的,毫不理会那些认为强者是胆怯的、无情的种种说法。我抬眼一望,只见这片景色和其中的村落一样使人感到亲切,不过,在力量上它像地震。可以看出,散布在大山谷里的村落,若干世纪以来都安然无恙;可是,如果大地往上一朦,就会像掀起的巨浪一样,把村落冲毁。

　　我走过一个又一个野草丛生的丘陵,找一个可以坐下来画画儿的地方。千万别以为我要画大自然,我要画魔鬼和六翼天使,画人类在开明以前所崇拜的瞎眼古神和穿着阴森森的暗红色袍子的圣徒,画绿得离奇的大海。总之,画那些用鲜艳的色彩画在棕黄色纸上显得效果极佳的种种神圣的,或怪诞的象征。与其画大自然,真不如画这种东西,太值得一画了,画起来也容易得多。这时,一条奶牛懒洋洋地在附近地里走过,如果我仅仅是个画家,就可能画它;不过,我画四足动物,后腿总画得不对劲儿。我只好画奶牛的灵魂;它就在前面阳光下走动,看得清清楚楚,浑身一团紫气白光,有七个角以及兽类的神秘气氛。我用一支笔虽画不出大自然的妙处,得其神髓,但不能因此认为,大自然不能得之于我。我认为这正是人们误解华兹华斯以前的古代诗人的地方,而且,仅凭他们很少描写大自然,就认为他们对大自然不甚关心。

　　不错,他们宁愿描写伟大人物,而不愿描写名山大川;但他们却到名山大川去写作。对于大自然,他们虽写得太少,可是,受其熏陶,也许得益太多。他们成天瞧着那耀眼的白雪,便用以描绘圣女的白袍;那黄昏时金光熠熠紫气氤氲的景色见得多了,便用以绘制武士的盾徽。心中积累了成千上万片树叶的绿,才描绘出活生生的绿林人物罗宾汉。不经心地看了不少蓝天,那蓝色一变而为圣母的蓝袍。灵感来时如缕缕阳光,显现时巍然似太阳神。

　　可是,当我坐在那里胡乱画这些荒唐的形象时,渐渐明白过来,有一支粉笔没带来,而且是那支最妙的必不可少的粉笔,真让人心烦。我找遍了所有的口袋,半支白粉笔也找不到。凡是了解棕黄色纸作画艺术所象征的全部哲理(不,简直是宗教)的人,都知道,白色绝不可少。这里我不得不谈谈道德上的意义。这种棕黄色纸作画艺术所揭示的高明而令人敬畏的真理中,有一条就表明,白是一种颜色。白,不是完全没有颜色;而是闪闪发光的实实在在的颜色,如红色一样强烈,黑色一样明确。可以说,用铅笔画玫瑰,铅笔就变成火热,画星星,就变得白热。而且,最好的宗教道德中,比方说,基督教教义中,有两三句大胆的老实话,有一句说的也正是这一事实。宗教道德的主要论断,就是坚持白是一种颜色。善并无恶意,或无堕落之虞;善是鲜明的,自在的,犹如痛苦或特别的气味一样。仁慈,并不是说不残酷,或不报复,不惩罚,仁慈像太阳那样明白而实在,有人或者见识过,或者没有见识过。贞洁并不意味着不淫乱;而是意味着一团烈火,像圣女贞德似的。总而言之,上帝着画使用了多种颜色,可是当他用白色作画时,画得最美,我几乎要说最绚丽。从某种意义上说,我们这个时代已经认识到这一事实,而且我们阴沉的服装就表明了这一点。认为白是消极的,不表明任何意义,是一片无色的空白,如果这种看法属实,那么,就应当用白色代替黑灰色作我们这个悲观时代的丧服;就应当看到都市的绅士们都穿上洁白无瑕的银白色缎子礼服,戴上白得美丽的海芋百合花似的高顶礼帽。可是情况并非如此。

　　这时,我还是找不到粉笔。

我怅怅然一筹莫展地坐在山丘上,附近那一带离奇切斯特镇较近,就是镇上也不可能有一家出售绘画用品的商店。可是,我这些荒唐的小画少了白色,如同这世界上没有好人一样,毫无意义。我木然地向四周注视着,挖空心思,找应急的办法。我突然站起身来哈哈大笑,笑了又笑,笑得那些牛都瞪眼瞧着我,并议论起来。想想看,一位绅士身在撒哈拉大沙漠竟因为没有沙装沙漏计时器而发愁。想想看,一位绅士身在汪洋大海之中竟为没带盐水供他作化学实验而感到遗憾。而我正坐在一大仓库白垩石上。这里的风景全是由白垩石构成的。满山都是白垩石,堆得高耸入云。我弯下腰,从我坐的岩石上掰下一块,当然不如商店卖的粉笔好用,可是,也画出了效果。我站在那儿,大喜若狂,由于领悟到英格兰南部不仅是个大半岛,也是一种传统,一种文明;甚至是一种更可爱的东西。是一支粉笔。

（石永礼　译）

农　家

〔德国〕黑　塞

当我重新见到阿尔卑斯山南麓这块福地时,我仿佛总觉得自己从流亡中回到了故乡,仿佛终于又站在我理应站的山的那一边。这里,太阳更亲切,群山更红,这里生长栗子、葡萄、杏仁、无花果,人们善良、友好、彬彬有礼,虽说他们都很贫穷。他们所建造的一切,看来是那么好,那么恰当而可爱,仿佛都是自然生成的。房屋、围墙、葡萄山的石级、道路、种植地和梯田,这一切既不新也不旧,这一切仿佛不是靠劳动建造的,不是用脑筋想出来的,不是巧夺天工的,而是像岩石、树木、苔藓一样自然形成的。葡萄山的围墙、房屋、屋顶,这一切都是由同样的褐色片麻岩石砌成的,这一切相辅相成,像弟兄手足一般。没有一样看来是陌生的、怀有敌意的和粗暴无情的,一切都显得亲切、欢畅和睦邻友好。

你愿坐在哪里就坐在哪里,围墙上、岩石上或者树桩上,草地上或者土地上,全都可以;不论你坐在哪里,你周围都是一幅画和一首诗,你周围的世界汇成优美而幸福的清音。

这里是贫穷农民居住的一个田庄。他们没有牛,只有猪、羊和鸡,他们种植葡萄、玉米、果树和蔬菜。这所房屋全部是石头砌成的,连地板和楼梯也是,两根石柱间一道凿成的石级通往场院。不论在哪里,植物和山头之间,都浮现出蓝色的湖光。

忧和虑仿佛已留在雪山那边了。处在受折磨的人和可憎的事情之间,人们的忧虑实在太多了! 在那里,要找到生存的理由,是那么困难,又是那么至关重要。不然的话,人该怎么生活呢?面对真正的不幸,人们煞费苦心,郁郁寡欢。——在这里,不存在难办的问题,生存无需辩护,思索变成了游戏。人们感觉到:世界是美丽的,生命是短暂的。但不是万念皆灭;我想再增一对眼睛,一叶肺。我把双腿伸进草丛里,并希望它们变得更长一些。

我愿成为一个巨人,那样,我就可以把头枕在积雪旁一处高山牧场上的羊群中间,我的脚趾则伸进山下深深的湖中去戏水。我就可以这样躺着,永远不站起来,在我的手指间长出灌木丛,在我的头发里开出杜鹃花,我的双膝变成前山,我的躯体上将建起葡萄山、房屋和小教堂。我就这样躺上千万年,对着天空眨眨眼睛,对着湖水眨眨眼睛。我一打喷嚏,便是一阵雷雨。我呵上一口气,积雪融化,瀑布舞蹈。我死了,整个世界也死了。随后我在宇宙中漂洋过海,去取来一个新的太阳。

这一夜我将睡在哪里? 反正都一样! 世界在做什么? 创造出了新的神、新的法律、新的自由? 反正都一样! 但是,这儿山上还开着一朵樱草花,叶子上银珠点点,那儿山下的白杨树间,甜蜜的微风在歌唱,在我的眼睛和天空之间,有一只深金色的蜜蜂在嗡嗡乱飞——这可不是一回事。它哼着幸福的歌,它哼着永恒的歌。它的歌是我的世界史。

(佚 名 译)

橘 颂

〔英国〕米尔恩

在一年的诸种水果中,我要投柑橘一票。首先,橘子四季常有——虽然不是四季都在结果,至少水果店里是常有卖的。在餐后甜食以一把巧克力和姜糖来冒名顶替的日子,在两颗干梅和一片大黄便美其名曰混合果品的时候,橘子无论多么酸,总会理直气壮地出来解救困境。而在水果丰盛的季节,即使樱桃、草莓、木莓和醋栗摆满一桌,争鲜竞美,仍然少不了成熟甜蜜的橘子的地位。对于饮食有方的人来说,奶油面包,牛排羊肉,腊肉鸡蛋,并不比橘子显得更加不可缺少。

最普通的水果顶好是可夸耀的品类。要论橘子的长处,我没有足够的篇幅一一称颂。橘子特有的长处很多,它有益于健康,比如可以医治流感,可以改善我们的面容。橘子一尘不染,无论谁把它拿到你的桌上,都只能触到它的表皮,这层外衣将被剥掉,留在厅里。橘子呈圆形,青少年可用它来代替板球玩耍。橘子的核可用来弹击敌人;一小块橘皮,足以使一个老先生滑一跤。

然而,这一切都不足挂齿,倘若橘子不具有那甘美宜人的味道。对此,我不敢放任自己恣意评说。我对橘子的甜蜜无限倾倒,以致憎恨有人结婚,因为那意味着采摘一些新鲜的橘子花,断送掉许多金黄果实。不过,这世界还得延续下去。

次于橘子的水果,我得推樱桃了。樱桃是一种可以做伴的水果。你尽可以一面读书或者谈话,一面享用樱桃;你尽可以心不在焉地把一颗又一颗樱桃送进嘴里,当然你得注意别把核吞下肚去。而在嘴里去核的麻烦,却令你充分领略到樱桃的滋味。樱桃的细茎,使你不会弄脏手,还可以让你玩一种游戏,用嘴去咬穿在线上或浮在水面的樱桃。还有,我们可以用樱桃来揭示人生的大奥秘——看你何时与某人结婚,看她是真心爱你,还是由于看上了你的钱财虚名。(或许我可以在这儿补充一句,我知道一个女子,她能用舌头把樱桃的细茎打个结。这是一项绝技,我不知道是否也可以算作樱桃的长处之一。)

草莓只有两种吃法,一是到草莓地里去挑着吃,一是把它放在盘里捣烂来吃。第一种吃法一般要求我们躬身弯腰——遇上烈日炎炎,会晒得你毛焦火辣的;无论何时,这对于头发都是莫大的损伤。第二种吃法得由我们亲自进厨房去办,还得穿上晨衣,不宜被旁人看见。由于这些缘故,我认为对草莓的估价太高了。然而我得说,我喜欢看见一颗草莓浮在盛着苹果酒的杯里,它会使饮宴大为增色,餐桌上无论有什么缺点都会被辉映了。

木莓本是一种好水果,但总是被玷污。一颗单独的木莓也许算得上最好的水果,但你几乎不可能发现它洁身独在,我并不是指它常常同红醋栗放在一块儿,而是说它上面常附着许多小虫子。这些低级动物追求享受的本性,在贪吃木莓上暴露无遗了。如果你要吃木莓的话,必须用手去摘,仔细把上面的虫子弹个干净,然后才能吃。

当你雇用园丁时,首先必须和他就桃子达成谅解。处理这事的最好办法,是把胡萝卜、黑醋栗和大黄归他,千里光和胡桃树也可以由他采摘,但是反过来你必须坚持桃树得归你,留给你随心所欲地摘取。如果他为人正直,一定会同意的。假若达成了圆满的安排,你又有一把镀银的小刀,你可以露天削皮,当场用桃。这样的话,桃子在水果中可以占到一个很高的地位。不过,要达到上述条件是很困难的。

醋栗开裂的一头要是错了,吃了会使你窒息,吃西瓜——像黑人孩子发现的一样——会使你的耳朵沾巴巴的;红醋栗削了皮,去了籽,也还是不能令人满意;黑莓只有木莓的弱点,而无木莓的好处;梅子从来吃不到完全成熟的。然而这些水果逢着自己的节令,都是蛮不错的。它们的缺陷只要稍微习惯,我们便可以谅解;事实上,那些短处只不过是初次食用者的个人癖好而已。说到底,这些水果不是四季常有的。

然而橘子却四季伴着我们,这就说明橘子与众不同了。事实上,橘子对我们大家都颇有吸引力,因为它诚实无欺。假如它快要变坏——我们之中即使是圣贤,也难免有过错的时候——它会从表面坏起,而不从里面。有多少梨子表面看来完好无缺,内部却已腐烂一团。有多少苹果表面看来天真无邪,里面却隐藏着一条肉虫。但是橘子绝没有这种诡秘的坏处,它表里如一,外表即是它内心的明镜;如果你眼快的话,可以看得一清二楚,不让水果商把坏橘子混进你的货袋中去。

(蓝仁哲 译)

◆◆◆

星 辰

〔智利〕米斯特拉尔

我们无比热爱大地,因为她的任何部分都是美丽的,而且她的美丽多姿多彩,但尤其因为她是我们的祖国,我们在大地上行走,我们把她耕耘、翻动。她是我们感官的一个部分,因为她是我们看得见、听得见和触摸得到的东西,而她也听得见我们的声音,感受得到我们的存在。

但是白天充满阳光,夜晚繁星无数的天空,尽管不是我们的创造物,却比大地更瑰丽多姿。

我们觉得我们看到的星斗很多，其实不然，因为不超过两千颗。凑近望远镜看一看，这个小小的数字就变成万万，天空此时才真的天体密布、光焰耀目。面对这样的天宇，人类的视线无能为力，似乎万能的想象力也无济于事。

我们的眼睛是多么不幸，它们只能这样认识天上的星斗：把两颗、三颗或更多的星斗看成了一颗，它们的光华在我们眼前聚成一道。

在借助望远镜之前，古人就是完全靠微弱的视线了解了许多关于星斗的知识，而我们的祖先了解得更多：墨西哥的阿兹特克人经过对天体的研究，获取了时间的计算方法，几乎完美地确定了一年的天数。

尽管我们觉得自古以来天空毫无变化，像一个没有新鲜事物的国度，天文学家们却终生注视它，度过了漫漫长夜和白昼，发现了那些突然出现的星体，不知道它们来自何方，随着它们的移近，光亮越来越强，后来又逐渐变弱，离我们远去，没有再露面。

我们见过彗星的人，还知道它们对地球的造访；那些见过陨石坠落的人——巨大的陨石如同圆形火攻船距地球相当近，我们的大地留下它做人质——他们知道天空变化莫测，充满了陌生的客人、万载永驻的星体和我们似懂非懂的诞生与死亡。

古代人民喜欢注意某些星座，比如昂星团①。墨西哥古人②聚在一起，等待半夜到来，那时他们能指出太阳从南至日到北至日运行的路线。

后来，他们房舍的大火被扑灭了，他们奔向太阳庙，在那里向神灵祭献了一个挑选出来的青年和其他物品，青年人是每年献给太阳神的牺牲品。太阳到达南至日时，青年死了，人们将他顺着金字塔滚下去，好在至日结束时，看到太阳沉落的情形。

克丘亚人③的居住地在秘鲁，那里的天文学非常发达；他们崇拜使大地肥沃的天体；他们崇拜月亮，因为它是夜晚的主宰；他们崇拜每一个星座。

人们感激天空对我们地球的影响，天空就像工匠，它制造白昼，让我们看清世界并开发大地为我们提供食粮；同样，它让夜晚这个装载着我们睡眠和梦幻的工业运行。

（朱景冬　译）

❖❖❖

巨人树

〔美国〕约翰·斯坦倍克

我在巨人树④身边过了两天。这儿没有旅客，没有带着照相机的吵闹的人群，只有一种大教堂式的肃穆。也许是那厚厚的软树皮吸收了声音造成这寂静的吧！巨人树耸立着，直达天

---

① 希腊神话中的普勒阿得斯七姊妹，在父亲死后因悲痛而自杀并化为七颗星星，即昂星团。
② 此处的墨西哥古人指阿兹特克人，他们相信灵魂永生，崇拜自然神，如太阳神，流行用活人祭祀的习俗。他们还建造了金字塔。
③ 印加帝国的一个重要民族。
④ 巨大树，亦名巨人水杉。

顶,看不到地平线。黎明来得很早;一直保持黎明时的样子直到太阳升得老高,辽远天空中的羊齿植物般的绿叶才把阳光过滤成金绿色,分作一道道、一片片的光和影。太阳刚过天顶,便是下午了,紧接着黄昏也到了。黄昏带来一片悄语的阴影,跟上午一样,很漫长。

这样,时间变了,平时的早午晚划分也变了。我一向认为黎明和黄昏是安静的。在这儿,在这座水杉林里,整天都很安静。鸟儿在朦胧的光影中飞动,在片片阳光里穿梭,像点点火花,却很少喧哗。脚下是一片积聚了两千多年的针叶铺成的垫子。在这厚实的绒毯上听不见脚步声。我在这儿有一种远离尘世的稳居感。在这儿人们都凝神屏气不敢说话,生怕惊扰了什么——怕惊扰了什么呢? 我从孩提时代起,就觉得树林里有某种东西在活动——某种我所不理解的东西。这似乎淡忘了的感觉立即回到我的心里。

夜黑得很深沉,头顶上只有一小块灰白和偶然的一颗星星。黑暗里有一种呼吸,因为这些控制了白天,占有了黑夜的巨灵是活的,有存在,有感觉,在它们深处的知觉里或许能彼此交感!我和这类东西(奇怪,我总无法把它们叫做树)来往了大半辈子。我从小就赤裸裸地接触它们。我能懂得它们——它们的强力和古老。但是没有经验的人类到这儿来却感到不安。他们怕危险,怕被关闭、封锁起来,怕抵抗不了那过分强大的力。他们害怕,不但因为水杉的巨大,而且因为它们的奇特。怎能不害怕呢? 这些树是上侏罗纪的一个品种的最后孑遗,那是在遥远的地质年代里,那时水杉曾蓬勃繁衍在四个大陆之上。人们发现过白垩纪初期的这种古代植物的化石。它们在第三纪始新世和第三纪中新世曾覆盖了整个英格兰、欧洲和美洲。可是冰河来了,巨人树无可挽回地绝灭了,只有这一片树林幸存下来。这是个令人目眩神骇的纪念品,纪念着地球洪荒时代的形象。在踏进森林去时,巨人树是否提醒了我们:人类在这个古老的世界上还是乳臭未干,十分稚嫩的,这才使我们不安了呢? 毫无疑问,我们死去后,这个活着的世界还要庄严地活下去,在这样的必然性面前,谁还能作出什么有力的抵抗呢?

(孙法理 译)

自然和色彩

〔日本〕东山魁夷

而今,我沿着山头的道路攀登。

向下一望,山谷幽深,山溪流淌,有浅滩,也有深潭。陡峻的山坡被阔叶林明丽的绿色遮盖了。风儿吹过,树叶翻飞,露出灰白的叶背来。浓碧的针叶林,默默地耸立着。

可以听到湍急的水声。一条银白的瀑布,细细地悬挂着。鸟儿无间歇地鸣叫。黄莺就躲在附近繁茂的林木里。对面山上传来布谷鸟悠扬的歌声。有时候,空中又飘荡着杜鹃嘹亮的嗓音。

而今,我沿着山头的道路攀登。

雨住了,雾涌了上来。群山统一在碧青的沉静的色调里,远处的山笼罩在灰色的雾里,只露出些朦胧的轮廓。

雾漂流着,遮蔽了溪谷,攫走了峰峦。近处的树林伸展着枝条,变成一副奇怪的样子。看着看着,全然沉没到空漠的"无"里了。单一色的或浓或淡,像水墨画一般和谐而协调,带着梦幻和神秘。

突然,在那未曾料到的空间,清晰地浮现出一座碧青的山峰。

而今,我沿着山头的道路攀登。

枫树的红,白桦的黄,水栖的焦褐,栎树的金茶色,七度灶的深红。群山点缀着耀眼的红叶,间或杂有碧绿的常青树。山谷漂流着紫影。

各种色彩互相映衬,鲜明、丰润。在冬天到来的前夕,每一棵树木都把全部的生命力化为火焰,红艳艳布满山野。

阳光暗了,转眼间,争奇竞妍的色调一下子变得十分协调了,明暗的对立显得很平和,使人感到每种颜色都具有独特的韵味。眼下,这种幽静的景象正是静待着冬季到来的姿态。

而今,我沿着山头的道路攀登。

在一派银白的世界的底部,山溪变成细细的黑带子在流淌。交错的树枝戴着雪鸣奏出纤细的音律。被雪压弯的针叶树,不时颤抖着身子,将白粉像烟雾般抖落下来。

雪还在下。无声而猛烈。透过空中的微明,无数灰色的雪片飞舞着,席卷过来。看来,这是对我的威吓和警告。然而,山山谷谷都在沉静地安眠。

而今,我沿着山头的道路攀登。

金、银、黄、绿、粉绿、红……树木发芽了,早晨一起醒来,唱着明朗的歌。有的向上簇拥着,有的向下开放,小小的嫩芽,多么丰富多彩啊!

小鸟们在鸣啭,祝福这新生的喜悦。从哪里传来小啄木鸟叩击树干的声音。对面山上摇曳着白色花朵的是玉兰吧。

这里,我不是指的哪一座山顶,当我要叙述风景的色彩的时候,我的脑海中便浮现出这样的情景。不管哪座山峦都会有这种风景的。日本列岛位于适当的纬度上,南北地形狭长,山脉像脊柱骨纵贯其间。气候湿润,树木种类繁多,葱笼茂密。有了这样的条件,日本的风景具有极为多彩的一面,同时又具有统一的一面。

亚热带的景观,具有亚寒带特征的风土,四季的推移十分鲜明。多高山,山顶积雪,中腹有红叶,山麓是绿色风景,气候、风景十分谐和。

但是,湿润的气候常常伴有云雾、烟霭,不像大陆性干燥空气的景色那般鲜明,而是带有抑制性柔和的独特的色感。

多彩和淡泊,华丽和幽玄,这两种对峙的风格兼而有之,美妙细腻,耐人寻味。从这一点来说,日本具有世界上无与伦比的风景。纵观美术史,既有大和绘的优雅,又有水墨画的枯淡,也不乏像等伯、宗达、光琳等画家那样在色彩画和水墨画两方面都留下优秀作品的事例。这些画家之所以被称作日本的巨匠,在于他们能把日本风景中色彩的特征加以高度运用这一点上。

我在这里谈谈日本的海的色彩。海有太平洋一侧的海,日本海一侧的海。还有珊瑚礁明艳的南海,冬季流冰遮障的北海,静谧的内海,汹涌的外海。地域和地形的相异也表现在这种色彩上。此外,深浅之差,春夏秋冬的推移,天候的影响,时间的变化,常常显现出迥然不同的面貌来。

我在神户送走了少年时代。那时经常到须磨的海边游泳,到淡路岛消夏。我有充裕的时间去亲近大海。黎明时分的天空,水平线附近被染成茜红色,万物生命的象征——太阳出来了,那是朝气蓬勃的庄严的一瞬。正午,海滩上的绿色蒙着黄橙,远处的洋面一派青蓝,海面跳出几段银白的水纹,波涛汹涌而来。天空、海洋沉浸在透明的薄紫里,傍晚的明星为这静寂的沙滨不时增添着光明。夜里,黑魆魆的洋面闪现着点点渔火,波浪撞击着沙渚,散射着灼灼磷光……所有这些,都化成一幅幅生动的画面留在我的心中。少年时代的我,与其说观察海景,毋宁说是同大海共呼吸,我的心和大海一起跳荡。

我对日本的海色具有特别的感触,是我美校毕业不久到欧洲游学两年之后,再度回国时产生的。那时节,说到海外旅行,就只有乘轮船。到欧洲去虽然经西伯利亚铁路距离最短,但人们常常还是选择海路,绕过遥远的中国的东海和南海、印度洋、红海,到达地中海,在马赛或那不勒斯登陆。

不用说,海色受天候和时间影响很大。尽管如此,应当说一个国家,一个地方,总是有它固有的色调。我去的时候,搭乘的是开往汉堡的货船,经地中海进入比斯开湾,穿过英吉利海峡,出北海,沿易北河溯流而上,到达目的地。

离开日本在海上度过两个月时光,我丝毫没有倦意。从东方到西方,异乡的海港风物奇幻绮丽自不待言,不断变化的海洋和天空的雄伟的景象,每天都给我新的喜悦和震惊。

归国时是在那不勒斯登船。日本已离开两年多了,和去的时候相反,这次是西方到东方,回归的路上也别有一番风情。尤其是船驶入濑户内海的时候,我感到"这才是日本的海色"啊!

日本的色彩自古常用群青和绿青两种颜料。有一种称作"岩绘"的,是把孔雀石研成粉末制作的,色彩鲜明,但不觉得华美,而具有沉滞幽深的调子。

我把日本的海看成是群青和绿青的颜色,这是因为群青和绿青杂在一起能够得到一种微妙的色感。以前画的新宫殿的壁画《黎明潮》,就是把群青和绿青两种粗制的"岩绘"混合后浓写艳抹画成的。

那时,我到日本各地海岸旅行,把波涛和岩石作为写生对象。我所构思的壁画主要是在日本海找到了相应的题材。然而在制作时并没有把一个特定的场所如实描绘下来,而是画下了整个"日本的海"。

最近完成的唐招提寺御影堂的障壁画,在"上段之间"画了山,在"宸殿之间"画了海。这阵子,我从青森县到山口县观看了日本海岸,我也到太平洋海岸作了广泛的写生,走访了三陆海岸、房总、高知等地。我还是想描绘"日本海",但在手法和表现上同新宫殿的壁画有着相当大的差异。虽说也是群青和绿青,但我选择了分子细微的一种,也不是拿来就用,而是把它调成灰冷的色调。

画障壁画,要考虑放置场所的风格和建筑样式,即使描绘同样的波涛和岩石,表现手法也应有所不同。此外,在制作这两幅障壁画的过程中,度过了七年的岁月,我心中遍历的风景确实起到了重大的作用。我一直想制作大幅绘画,充分表现出日本自然所具有的色彩方面的幽玄情趣。这次画障壁画,尤其是"上段之间"的《山云》,几乎是用水墨画的色调绘制出来的。

如今,我在旅途中写这篇稿子,从房间的窗户可以望到浩渺的海。

小雨时下时停,天空、海洋一片灰蒙蒙的。乍看起来,这是单调的色彩。然而,它决不是单纯的,其中包含着色相和明暗等复杂而又微妙的调子,而且时刻在变化着。描画这样的风景应当使用浓淡不同的一种色彩,薄薄地反复涂上几层。有人借助于纸的性质,使用薄墨渗透、化合的表现方法。但我有我自己的技法,我想表现出幽深的内容和浓郁的韵味来。

刚才,云隙里漏泻的阳光,给接近水平线的海面涂上一道光明,眼下又消失了,空漠的沉默遮蔽着广大的天空和海洋。

(佚 名 译)

最后的山

〔美国〕弗兰西斯·拉塞尔

缅因州北部的秋天,黄昏将近,天上零零落落地挂着些许浮云,一朵一朵的云影将这山区的景色装点得格外瑰丽、动人。几个取着印第安名字的少年营地就坐落在这儿。这里往东十二英里就是沃尔多博勒城。从十二岁到十四岁,我年年夏天都来这儿度假——真是岁月悠悠,往事不忍回首。

我伫立在一个土坡上,旁边就是当年的棒球场;右边是一棵黑色的橡树,有好几百岁了。那些年,一到周末,我们常常在它的身旁举行篝火晚会。八月里,多少个炎热燠闷的日子,我站在这个土坡上,透过蓊蓊郁郁的树林,远眺卡姆登丘陵!那景致永远是那样迷人,宛若一幅十九世纪凹版画:质朴的乡野蜿蜒开去,越山冈、过树林,直奔耸立在地平线上的巴蒂山。每逢篝火晚会之夜,夕阳刚一西沉,我们便围聚在橡树四周。此时,薄暮冥冥中的巴蒂山,影影绰绰,轮廓依稀可辨。

这些年来,棒球场四周又参参差差地长起了白杨、桦树和疤疤结结的恺木,遮蔽了眼前的风景。如今,碧蓝的苍穹下,除了高高低低的再生树冠,什么也见不着了。天空开始抹上了清冷的冬色。连巴蒂山也消失了。

溽闷难熬的下午,当微风在清凉渐暮的黄昏里颤颤悠悠时,我每每站在这棵老橡树下,举目凝望,前方的灌木丛和沼泽地尽收眼底;再往前数里,一座小山映入眼帘。这是一座很不起眼的小山。光秃秃的山峰下是一个荒芜的牧场,牧场上星星点点地生长着野桧树,裸露的花岗岩点缀其间。然而,数里以外的这座小山却以某种魔力在吸引着我、召唤着我。我无法移开自己的目光。我心里明白:假期结束以前,我一定要爬上那座山——越过牧场,穿过灌木丛,绕过花岗岩,一直向前、向前,直到爬上山顶。我一定要这么干。我说不清这是为什么,甚至也没有问过自己。

但是,要从营地溜走可不是件容易的事。我们早早晚晚的活动全都在领队的小本本上记着呢。我们必须游泳、划船、打网球或棒球,要不就练习竞赛或到野外远足,再不就到木工房做做小玩意儿——归根结底,你总得做点什么。无所事事毫无缘由去爬一座山,那可是违反规定,也有悖于"营地精神"。

每逢周末下午,家长和游客便蜂拥而至。我们也就不再有那么多活动,稍许能够轻松轻松。正是这样一个秋高气爽的周末下午,我溜出了营地,去爬我梦牵魂绕的小山。从嵯峨的橡树下望去,山峰就在眼前,神秘莫测,充满诱惑。我顺着棒球场的边沿躲躲闪闪地向前走着。接着,又溜进了一片乱丛林。

乱丛林里,藤蔓缠结,野草丛生;穿行其间,不仅举步艰难,且无法分清南北东西。我忽而被朽木绊倒,忽而一脚踩进蚁穴,忽而陷入泥淖,忽而受到枯枝阻挠;带刺的种子设法儿钻进我潮湿的鞋子。没有一丝风影,蚊虫在耳畔嗡鸣,苍蝇飞旋着撞来撞去。我深一脚浅一脚地向前挪动着步子,既迷失了方向,也忘记了时间。

就这般跌跌爬爬地往前赶着,料必至少赶了个把钟头,只见一片空地蓦然展现在眼前,空地上稀稀拉拉地长着桦树和枫树。阳光滤过枝叶洒在地上。我猛然发现前面有一排华美的小屋。那又窄又尖、矗指蓝天的屋顶在阳光的照耀下,与扇形木瓦、云儿似的花样、尖叶形的图案相映成趣,把房子装扮得色彩斑斓,煞是迷人。房子与房子相隔很近,不过一臂之遥。所有的屋子都是空的,没有一点儿生命的迹象。

在刚从林中出来的我的眼里,这片阳光映照的小树林宛若格林笔下的童话境界;仿佛这个奇异的小村落在一种魔法的笼罩下,沉睡了一百年。我面前的这座黄色小屋,门廊上装饰着蓝色的木格子,不就是一直在等待着汉塞尔和格丽特尔①的么? 林子是这么静谧,没有一丝风影,就连白杨的叶子也是木然地耷拉着。蓝的蜻蜓、绿的蜻蜓滞留半空、凝然不动,更添了几许似魔似幻的神秘。远方,一只小黄鹂在啾啾地吟鸣,应和着催人入梦的蝉声。除此,便是万籁无音的死寂。

我踏上一幢房子的门廊(这是一幢用石竹花装饰的房子),站在它唯一的窗下朝里探望。我看到的是再普通不过的情形:屋子里只有一对椅子、一张桌子、一只躺椅、一盏油灯;一只梯子通往阁楼,那是就寝的地方。小树林真是一个神奇的谜。这些小房子为何会在这儿? 为什么它们空无一人但似乎又得到了很好的照管? 谁是它们的主人? 看着这些小东西挤在那么大点的地方,心里不禁惊然。我倒是期盼着会有某个园丁冲过来,询问我贸然闯入此地,究竟是为什么。

我想,那个谜一般的小村落兴许是个营地活动场所,只是一年的夏天才用得上几个星期。对此,我一直未能够证实。那个下午,我可是毫无久留之意。此时,日光已经西斜,把地上的影

---

① 格林同名童话里的男女主人公。

子拉得老长老长。可我的小山仍在前方。我再次钻进乱丛林子,披荆斩棘,终于到了一条坑坑洼洼的路边。刚转过一道弯,就到了山脚。那是我的山,我朝思暮想的山。它坦荡地沉浸在脉脉斜晖里。山脚下稀疏的草地一派枯黄,昔日圈围牧场的石墙早已坍塌。天鹅绒般的毛缕叶子从卵石间探出头来。我跨过花岗岩架、踏过草地,踩着麻叶绣球和笑靥花,急匆匆地朝山顶攀去。

终于,气喘吁吁的,我站到了山顶上。头顶穹窿,脚下的山坚硬、实在。多少次,我远远地凝望,它是那样地缈缈忽忽,无可企及。此刻,我身在其中。然而,正当我站在山顶的当儿,山开始从我脚下滑走。正前方,几里林地外边,我又看见了一座山,一座更高、更长的山;牛群在砍伐过的山坡上悠然地吃草,山顶上树木葱笼。神秘的山,令人神往;但我是决不会再去攀登远方的那座山了,纵然登上最后一座山是我久长的渴望,是我心之所向。就在我举目凝望之时,我便感觉到,它的远方还有另一座山;巴蒂山外,缅因州外,都会有另一座山。山外有山。即便我走遍天涯海角,随时随地都会有另一座山在等着我。于是,我幡然顿悟:人生没有最后的山。

(晓　风　译)

告　别

〔瑞典〕魏　斯

我常试图想象我的母亲和父亲究竟是什么样子,并且总是以一种好恶参半的心理去进行思考。但我从来把握不住,也永远说不清楚我生活中这两个重要人物的性格特征到底是什么。当他俩几乎同时去世时,我发现,我同他们之间有着多么深的隔阂。我并不为他们而悲哀,因为我几乎不认识他们。使我悲哀的倒是无可挽回地失去的那一切。由于这个缘故,我的童年和青年时代几乎像一片空白。

我感到悲哀,因为我认识到,一种共同生活的尝试已彻底失败:一个家庭的成员数十年之久只是勉强地生活在一起而已。我悲哀,还因为我认识到我们兄弟姐妹们聚集在坟墓旁已为时过晚,我们匆匆相遇,又匆匆分手,每个人都各奔前程。母亲去世后,毕生都在孜孜不倦地工作并因此而为人称道的父亲,试图再次唤起从头开始的假象。他独自前往比利时,据他说,是为了建立业务上的关系。但实际上,他是准备像一只受伤的野兽那样在隐匿中孤独地死去。他出门时已经老态龙钟,走路很吃力,离不开两只拐杖。接到他在根特去世的通知后,我乘飞机到了布鲁塞尔。在机场,怀着抑郁的心情踏上了一条漫长的路。我父亲也曾走过这条路,并且不得不拖着他那两条因血脉不通而行动艰难的腿,在楼梯上爬上爬下,穿过一个个大厅,一条条走廊。那是三月初,天空晴朗,阳光灿烂,一阵阵寒风刮过根特的上空。我沿着铁路旁的一条街道向医院走去,父亲的灵柩就安放在医院的小教堂里。在一排光秃秃的、经过修剪的树木后面,一列列货车正在调轨,一节节车厢呼啸着飞驰而过。我来至哪个形同车库的小教堂前,一位护士替我打开门。父亲就躺在一个蒙着帆布的托架上,身旁放着一口覆盖着花束和花圈的棺材。他穿着那身过于肥大的黑色西装,套着黑袜子,两只手叠放在胸前。怀里,是一张镶有黑框的母亲的遗照。他那瘦削的脸庞十分安详,几乎还没有变白的稀疏的头发鬈曲地贴在额上,表情里有一种我以前未曾看到过的高傲和果敢。那两只匀称的手上,指甲闪着淡青色的光芒。当我抚摸这冰冷、发黄、皮肤绷紧的手时,那个护士就站在几步远的门外,在太阳地里等我。我回想着我最后一次看见父亲时的情景:在埋葬了母亲之后,他躺在卧室的沙发上,身上盖着毯子,泪水模糊的脸显得发灰,嘴里不停地小声念叨着母亲的名字

……我久久地站立着,任凭凛冽的寒风吹拂着我冻僵的身体,耳边响着从铁路那边传来的汽笛声和机车喷出蒸气时短促的响声。我面前这个人的生命之火完全熄灭了,他那旺盛的精力已化成了彻底的虚无。在我面前,在异乡一间靠近铁路的车库里,躺着一个人的尸体,他将长眠地下,再也不可企及。这个人在他的一生中,曾拥有过许多营业所和工厂,曾做过无数次旅行,住过无数家旅馆;在他的一生中,他有过规模宏大的房屋和豪华的住宅,有过许多间摆满家具的房间;在这个人的一生中,他的妻子总是陪伴着他,在共同的家里等待着他;这个人的一生中也有过许多孩子,他总是避开他们,从来不会和他们谈点什么。但是,当他外出旅行时,他也会感到对孩子们温存的爱,希望见到他们。他总是把他们的相片带在身边,在旅途中,在夜晚住宿的旅馆里,他常常端详这些已经揉皱、磨损的照片,并且相信,在他回家后他们会对他报以信赖。可是,每当他回到家,发现的却总是失望和相互间的隔膜。这个人在他的一生中,曾做过不懈的努力来维护他的家庭,使它不至于崩溃,即使在忧虑和疾病中他也同妻子一道勉为其难地维护这个家庭的产业,自己却从未从这份产业中获得过一丝幸福。这个人现在就躺在我面前,永远地安息了。他从未动摇过对于现有这个家的信念,然而却孤独地死在远离这个家的一间病房里。在他离开人世的那一瞬间,当他伸手按电铃时,他也许突然感到了一阵寒冷和空虚,想唤来某种东西,得到哪种帮助或是宽慰。

我端详着父亲的脸,还活在人世的我,心中保留着对他的纪念。这张被阴影笼罩的脸变得陌生了,他正带着满足的神情躺在这里,永远脱离了尘世,而与此同时,他的最后一幢大厦还矗立在某个地方,里面铺满了地毯,摆满了家具、盆栽花卉和绘画。这是一个失去了生命力的家,是他经历了多年的流亡和频繁的迁徙,克服了种种不适应的困难,饱尝了战争忧患拯救下来的家。这天的晚些时候,父亲被殓进了我从殡仪馆买来的一口普通褐色棺材。在那位护士的关照下,他妻子的相片仍留在他的怀里。在货运列车驶过的隆隆声中,两名杂役旋紧了棺材盖并将父亲的灵柩抬到灵车上,我则乘坐一辆出租汽车跟在后面。在通往布鲁塞尔的公路上,过路的农民和工人在夕阳的映照下向那辆黑色的灵车脱帽致意,这是父亲在一个陌生的国家里所做的最后一次旅行。在市郊的一块高地上,坐落着设有火葬场的一座公墓,寒风吹拂着墓碑和光秃秃的树木。父亲的棺材被抬进了礼拜堂的一间圆形大厅里,安放在一个台基上。我站在一旁等待着。壁龛里的管风琴旁,坐着一个面带醉意的老人,他开始演奏一支安魂曲。此时,墙壁正中的一扇门突然开了,载有棺木的台基开始微微移动,沿着嵌在地板上几乎察觉不到的轨道缓缓地向门后一间空荡荡的四方形房间滑去,然后,门又无声地关上了。两个小时后,我拿到了父亲的骨灰盒。我捧着这只嵌有十字架、上宽下窄的盒子,在工作人员和客人陌生的目光下走过,父亲的骨灰随着我的脚步在盒中发出轻微的响声。

我回到旅馆,先是把骨灰盒放在桌上,然后移到窗台上,接着又放在地板上,放进大橱里,最

后,放到了衣帽间。我下楼进了城,到百货店买了些纸和绳子,将盒子包好。当天,我陪伴着衣帽间里父亲的骨灰在那家旅馆里过了夜。第二天,我来到父母住过的房子,同我的同父异母兄弟及其妻子、我的亲哥嫂以及我的姐姐、姐夫一道商量了送葬、执行遗嘱和分配遗产等事宜。在以后的几天里,我们这个家终于解体了。

（荣裕民　译）

❖❖❖

美之歌

〔古波斯〕萨　迪

我为爱情指出了方向,我是灵魂的佳酿,是心田的食粮。

我像一朵早晨开放的玫瑰花。摘下我的是一位姑娘,她吻了我,然后把我紧贴在她的胸口上。

我是幸福的宫殿,我是欢乐的源泉,我是宁静的开端。

我是那温柔的一笑,浮现在姑娘的唇边;年轻人看见,就会忘掉自己沉重的负担,他的生活就会变成甜蜜的、梦一般的草原。

我为诗人唤起灵感,我是艺术家的旅途良伴,我是音乐家忠实的教员。

我是婴儿的一双慧眼,温存的母亲看见了,她就会跪下祈祷,歌唱赞美安拉的诗篇。

我在亚当面前变成了夏娃,并且征服了他;我以女友的身份去见所罗门,把他变成了智者和诗人。

我向海伦嫣然一笑,特洛伊城就宣告失陷;我为克利奥佩屈拉女皇戴上了王冠,欢乐就笼罩了尼罗河畔。

我像命运之神,今天创造,明日就毁掉。我是安拉,让万物生长,也让万物遭到灭亡。

我比紫罗兰的呼吸还要温柔,我比暴风雨还要凶猛。

世人啊,我是真理,我是真理! 也是你们所能理解的最美好的事物!

❖❖❖

生活在大自然的怀抱里

〔法国〕卢　梭

　　为了到花园里看日出,我比太阳起得更早;如果这是一个晴天,我最殷切的期望是不要有信件或来访扰乱这一天的清静。我用上午的时间做各种杂事。每件事都是我乐意完成的,因为这都不是非立即处理不可的急事,然后我匆忙用膳,为的是躲避那些不受欢迎的来访者,并且使自己有一个充裕的下午。即使最炎热的日子,在中午一点钟前我就顶着烈日带着小狗芳夏特出发了。由于担心不速之客会使我不能脱身,我加快了步伐。可是,一旦绕过一个拐角,我觉得自己得救了,就激动而愉快地松了口气,自言自语说:"今天下午我是自己的主宰了!"接着,我迈着平静的步伐,到树林中去寻觅一个荒野的角落,一个人迹不至因而没有任何奴役和统治印记的荒野的角落,一个我相信在我之前从未有人到过的幽静的角落,那儿不会有令人厌恶的第三者跑来横隔在大自然和我之间。那儿,大自然在我眼前展开一幅永远清新的华丽的图景。金色的染料木、紫红的欧石楠非常繁茂,给我深刻的印象,使我欣悦;我头上树木的宏伟、我四周灌木的纤丽、我脚下花草的惊人的纷繁使我眼花缭乱,不知道应该观赏还是赞叹;这么多美好的东西竞相吸引我的注意力,使我在它们面前留步,从而助长我懒惰和爱空想的习惯,使我常常想:"不,全身辉煌的所罗门也无法同它们当中任何一个相比。"

我的想象不会让如此美好的土地长久渺无人烟。我按自己的意愿在那儿立即安排了居民,我把舆论、偏见和所有虚假的感情远远驱走,使那些配享受如此佳境的人迁进这大自然的乐园。我将把他们组成一个亲切的社会,而我相信自己并非其中不相称的成员。我按照自己的喜好建造一个黄金的世界,并用那些我经历过的给我留下甜美记忆的情景和我的心灵还在憧憬的情境充实这美好的生活。我多么神往人类真正的快乐,如此甜美、如此纯洁,但如今已经远离人类的快乐。甚至每当念及此,我的眼泪就夺眶而出!啊!这个时刻,如果有关巴黎、我的世纪、我这个作家的卑微的虚荣心的念头来扰乱我的遐想,我就怀着无比的轻蔑立即将它们赶走,使我能够专心陶醉于这些充溢我心灵的美妙的感情(然而,在遐想中,我承认,我幻想的虚无有时会突然使我的心灵感到痛苦。甚至即使我所有的梦想变成现实,我也不会感到满足:我还会有新的梦想、新的期望、新的憧憬。我觉得我身上有一种没有什么东西能够填满的无法解释的空虚,有一种虽然我无法阐明,但我感到需要的对某种其他快乐的向往。然而,先生,甚至这种向往也是一种快乐,因为我由此充满了一种强烈的感情和一种迷人的感伤——而这都是我不愿意舍弃的东西)。

我立即将我的思想从低处升高,转向自然界所有的生命,转向事物普遍的体系,转向主宰一切的不可思议的上帝。此刻我的心灵迷失在大千世界里,我停止思维、我停止冥想、我停止哲学的推理;我怀着快感,感到肩负着宇宙的重压。我陶醉于这些伟大观念的混杂,我喜欢任由我的想象在空间驰骋:我禁锢在生命的疆界内的心灵感到这儿过分狭窄,我在天地间感到窒息,我希望投身到一个无限的世界中去。我相信,如果我能够洞悉大自然所有的奥秘,我也许不会体会这种令人惊异的心醉神迷,而处在一种没有那么甜美的状态里;我的心灵所沉湎的这种出神入化的佳境,使我在亢奋激动中有时高声呼唤:"啊,伟大的上帝呀!啊,伟大的上帝呀!"但除此之外,我不能讲出也不能思考任何别的东西。

❖❖❖

徒步旅行

〔法国〕卢　梭

我最懊悔的是不曾写旅行日记,使我今天记不起旅行生活的细节。可以说,我从来没有像在徒步旅行中那样充分思想、充分存在、充分生活、充分体现自我。步行包含某种能够使我的头脑兴奋和活跃的东西：我静止不动时几乎不能思索……

　　记得我曾经在一条沿着罗讷河或索恩河蜿蜒的小路上度过了一个美妙的夜晚，因为我记不清是其中哪条河了。路那边是高出地面的园地。那天日间十分炎热，夜色是迷人的：露水湿润着干枯的野草；风儿不兴，万籁俱寂，空气凉爽而不寒冷；落日在空中留下红色的烟霞，将河水映成玫瑰色；园中树上栖息着百灵鸟，它们婉转啼鸣，隔枝唱和。我如痴如醉地漫步着，用我的感官和心灵享受这一切，只因为没有人同我一起分享而感到惋惜。我沉湎于甜美的遐想。直到深夜还在继续我的漫步，而没有疲倦的感觉。但我终于困乏了……树枝是我床顶的华盖：一只百灵鸟刚好栖息在我头上，它的歌声伴随我进入梦乡。我的睡眠是甜蜜的，我的苏醒更是如此。天色大亮了：我睁开眼睛，看见河流、苍翠的树木、令人赞叹的景色。我站起来，抖抖身上的尘土，觉得饥肠辘辘。我欢快地朝城市方向走去，决定用剩下的两枚银币美餐一顿。我神智飞扬，一路哼着歌……

　　徒步旅行中我随心所欲，想停就停下来。我最适宜过漂泊的生活。天气晴朗时，步行在路上，周围是秀丽的景色，前方是惬意的目的地：这就是我最喜欢的生活方式。而且，人们已经知道我说的风景秀丽指的是什么。依我看，平原地区无论如何优美，也不符合这个要求。我认为必须有激流、巉岩、茂林、高山、起伏的道路、近在咫尺的万丈深渊。我在尚贝里附近看见的就是这样的景色，我尽情欣赏它。在巴德莱萨山附近，有一条在岩石中开凿而成的大路，路边是河水花了千万个世纪淘洗而成的深渊，深渊里有一条小河在奔腾翻滚。为了安全，人们沿着路边筑了一堵护墙：这样我就能尽情欣赏渊底的景色，任自己头晕目眩，因为我之所以喜爱陡壁峭岩就是这个缘故；只要我处于安全的地位，我是喜欢这么做的。我兴致勃勃，手扶着护墙，伸头俯瞰翻腾的泡沫和蓝色的河水，一待就是几个钟头；干仞之下，乌鸦和猛禽在岩石和荆棘间翱翔，它们的叫声同河水的咆哮相呼应。在山坡比较平缓和荆棘比较稀疏的地方，我拾取一些我搬得动的大石头；我把石头垒在护墙之上，然后逐个扔下去；我看见石块滚动、跳跃、碎片横飞，最后到达崖底，而我感到莫大的愉快。

　　在距尚贝里更近的地方，我见过类似的、但位于相反方向的风光。道路在我平生所见的最壮观的瀑布下面穿过。山峰壁立，飞流直下，形成一个拱洞，行人有时可以在瀑布和岩石之间穿过而不濡湿衣裳。但人们如果不留心，是很容易上当的，我就有这样的经验：因为瀑布极高，落下时分成许多小股，散落成水沫，当你太靠近这迷濛的烟雾时，并不立即意识到有什么危险，但顷刻之间全身已经湿透了。

❖❖❖

冬天之美

〔法国〕乔治·桑

　　我从来热爱乡村的冬天。我无法理解富翁们的情趣，他们在一年当中最不适于举行舞会、讲究穿着和奢侈挥霍的季节，将巴黎当作狂欢的场所。大自然在冬天邀请我们到火炉边去享受天伦之乐,而且正是在乡村才能领略这个季节罕见的明朗的阳光。在我国的大都市里,臭气熏天和冻结的烂泥几乎永无干燥之日,看见就令人恶心。在乡下,一片阳光或者刮几小时风就使空气变得清新,使地面干爽。可怜的城市工人对此十分了解,他们滞留在这个垃圾场里,实在是由于无可奈何。我们的富翁们所过的人为的、悖谬的生活,违背大自然的安排,结果毫无生气。英国人比较明智,他们到乡下别墅里去过冬。

在巴黎,人们想象大自然有六个月毫无生机,可是小麦从秋天就开始发芽,而冬天惨淡的阳光——大家惯于这样描写它——是一年之中最灿烂、最辉煌的。当太阳拨开云雾,当它在严冬傍晚披上闪烁发光的紫红色长袍坠落时,人们几乎无法忍受它那令人炫目的光芒。即使在严寒却偏偏不恰当地被称为温带的国家里,自然界万物永远不会除掉盛装和失去盎然的生机,广阔的麦田铺上了鲜艳的地毯,而天际低矮的太阳在上面投下了绿宝石的光辉。地面披上了美丽的苔藓。华丽的常春藤涂上了大理石般的鲜红和金色的斑纹。报春花、紫罗兰和孟加拉玫瑰躲在雪层下面微笑。由于地势的起伏,由于偶然的机缘,还有其他几种花儿躲过严寒幸存下来,而随时使你感到意想不到的欢愉。虽然百灵鸟不见踪影,但有多少喧闹而美丽的鸟儿路过这儿,在河边栖息和休憩!当地面的白雪像璀璨的钻石在阳光下闪闪发光,或者当挂在树梢的冰凌组成神奇的连拱和无法描绘的水晶的花彩时,有什么东西比白雪更加美丽呢?在乡村的漫漫长夜里,大家亲切地聚集一堂,甚至时间似乎也听从我们使唤。由于人们能够沉静下来思索,精神生活变得异常丰富。这样的夜晚,同家人围炉而坐,难道不是极大的乐事吗?

冬天的湖

〔美国〕梭 罗

睡过了一个安静的冬天的夜晚,醒来时,印象中仿佛有什么问题在问我,而在睡眠之中,我曾企图回答,却又回答不了——什么——如何——何时——何处?可这是黎明中的大自然,其中生活着一切的生物,她从我的大窗户里望进来,脸色澄清,心满意足,她的嘴唇上并没有问题。醒来便是大自然和天光,这便是问题的答案。雪深深地积在大地、年幼的松树上面,而我的木屋所在的小山坡似乎在说:"开步走!"大自然并不发问,发问的是我们人类,而它也不作回答。它早就有了决断了。

"啊,王子,我们的眼睛察审而羡慕不置,这宇宙的奇妙而多变的景象便传到了我们的灵魂中。无疑的,黑夜把这光荣的创造遮去了一部分;可是,白昼再来把这伟大作品展示给我们,这伟大作品从地上伸展,直到太空中。"

于是我干我黎明时的工作。第一,我拿了一把斧头和桶找水去,如果我不是在做梦。过了寒冷的、飘雪的一夜之后,要一根魔杖才有办法找到水呢。水汪汪的微抖的湖水,对任何呼吸都异常敏感,能反映每一道光和影。可是到了冬天,就冻结了一英尺,一英尺半,最笨重的牲畜它也承受得住,也许冰上还积了一英尺深的雪,使你分辨不出它是湖还是平地。像周围群山中的土拨鼠,它阖上眼睛,要睡三个月或三个月不止。站在积雪的平原上,好像在群山中的牧场上,我先是穿过一英尺深的雪,然后又穿过一英尺厚的冰,在我的脚下开一个窗,就跪在那里喝水,又望入那安静的鱼的客厅,那儿充满了一种柔和的光,仿佛是透过了一层磨砂玻璃照进去似的,那细沙的底还跟夏天的时候一样,在那里一个并无波涛而有悠久澄清之感的,像琥珀色一样的黄昏正统治着,和那里居民的冷静与均衡气质完全协调。天空在我脚下,正如它之又在我的头上。

　　每天,很早的时候,一切都被严寒冻得松脆,人们带了钓竿和简单的午饭,穿过雪地来钓鲜鱼和梭鱼;这些野性未驯的人们,并不像城里的人,他们本能地采用另外的生活方式,相信另外的势力,他们这样来来去去,就把许多城市部分地缝合在一起了,否则的话,城市之间还是分裂的。他们穿着结实的粗呢大衣坐在湖岸上,在干燥的橡树叶上吃他们的午餐,他们在自然界的经验方面,同城里人在虚伪做作方面一样聪明。他们从来不研究书本,所知道和所能说的,比他们所做的少了许多。他们所做的事据说还没有人知道。这里有一位,是用大鲈鱼来钓梭鱼的。你看看他的桶子,像看到了一个夏天的湖沼一样,何等惊人啊,好像他把夏天锁在他的家里了,或者是他知道夏天躲在什么地方。你说,在仲冬,他怎么能捉到这么多?啊,大地冻了冰,他从朽木之中找出了虫子来,所以他能捕到这些鱼。他的生活本身,就是在大自然深处度过的,超过了自然科学家的钻研深度;他自己就应该是自然科学家的一个研究专题。科学家轻轻地把苔藓和树皮,用刀子挑起,来寻找虫子;而他却用斧子劈到树木中心,苔藓和树皮飞得老远。他是靠了剥树皮为生的。这样一个人就有了捕鱼权了,我爱见大自然在他那里现身。鲈鱼吃了蟪蛴,梭鱼吃了鲈鱼,而渔夫吃了梭鱼;生物等级的所有空位就是这样填满的。

　　当我在有雾的天气里,绕着湖阔步时,有时我很有兴味地看到了一些渔人所采取的原始的生活方式。也许他在冰上掘了许多距离湖岸相等的小窟窿,各自距离四五杆,把白杨枝横在上面,用绳子缚住了丫枝,免得它被拉下水去,再在冰上面一英尺多的地方把松松的钓丝挂在白杨枝上,还缚了一张干燥的橡叶,这样钓丝给拉下去的时候,就表明鱼已上钩了。这些白杨枝显露在雾中,距离相等,你绕湖边走了一半时,便可以看到。
　　……
　　水是这样的透明,二十五至三十英尺下面的水底都可以很清楚地看到。赤脚踏水时,你看到在水面下许多英尺的地方有成群的鲈鱼和银鱼,大约只一英寸长,连前者的横行的花纹也能看得清清楚楚,你会觉得这种鱼也是不愿意沾染红尘,才到这里来生存的。有一次,在冬天里,好几年前了,为了钓梭鱼,我在冰上挖了几个洞,上岸之后,我把一柄斧头扔在冰上,可是好像有什么恶鬼故意要开玩笑似的,斧头在冰上滑过了四五杆远,刚好从一个窟窿中滑了下去,那里的水深二十一五英尺,为了好奇,我躺在冰上,从那窟窿里望,我看到了那柄斧头,它偏在一边头向下直立着,那斧柄笔直向上,顺着湖水的脉动摇摇摆摆,要不是我后来又把它吊了起来,它可能就会这样直立下去,直到木柄烂掉为止。就在它的上面,用我带来的凿冰的凿子,我又凿了一个洞,又用我的刀,割下了我看到的附近最长的一条赤杨树枝,我做了一个活结的绳圈,放在树枝的一头,小心地放下去,用它套住了斧柄凸出的地方,然后用赤杨枝旁边的绳子一拉,这样就把那柄斧头吊了起来。

瓦尔登的风景是卑微的,虽然很美,却并不是宏伟的,不常去游玩的人,不住在它岸边的人未必能被它吸引住;但是这一个湖以深邃和清澈著称,值得给予突出的描写。这是一个明亮的深绿色的湖,半英里长,圆周约一英里又四分之三,面积约六十一英亩半;它是松树和橡树林中央的岁月悠久的老湖,除了雨和蒸发之外,还没有别的来龙去脉可寻。四周的山峰突然地从水上升起,到四十至八十英尺的高度,但在东南面高到一百英尺,而东边更高到一百五十英尺,其距离湖岸,不过四分之一英里及三分之一英里。山上全部都是森林。所有我们康科德地方的水波,至少有两种颜色,一种是站在远处望见的,另一种,更接近本来的颜色,是站在近处看见的。第一种更多靠的是光,根据天色变化。在天气好的夏季里,从稍远的地方望去,它呈现了蔚蓝颜色,特别在水波荡漾的时候,但从很远的地方望去,却是一片深蓝。在风暴的天气下,有时它呈现出深石板色。海水的颜色则不然,据说它这天是蓝色的,另一天却又是绿色的了,尽管天气连些微的可感知的变化也没有。

我们这里的水系中,我看到当白雪覆盖这一片风景时,水和冰几乎都是草绿色的。有人认为,蓝色"乃是纯洁的水的颜色,无论那是流动的水,或凝结的水"。可是,直接从一条船上俯看近处的湖水,它又有着非常之不同的色彩;甚至从同一个观察点,看瓦尔登是这会儿蓝,那忽儿绿。置身于天地之间,它分担了这两者的色素。从山顶上看,它反映天空的颜色,可是走近了看,在你能看到近岸的细沙的地方,水色先是黄澄澄的,然后是淡绿色的了,然后逐渐地加深起来,直到水波一律地呈现了全湖一致的深绿色。却在有些时候的光线下,便是从一个山顶望去,靠近湖岸的水色也是碧绿得异常生动的。有人说,这是绿原的反映;可是在铁路轨道这儿的黄沙地带的衬托下,也同样是碧绿的,而且,在春天,树叶还没有长大,这也许是太空中的蔚蓝,调和了黄沙以后形成的一个单纯的效果。这是它的虹色彩圈的色素。也是在这一个地方,春天一来,冰块给水底反射上来的太阳的热量,也给土地中传播的太阳的热量溶解了,这里首先溶解成一条狭窄的运河的样子,而中间还是冻冰。

无 巢

〔俄国〕屠格涅夫

我到哪儿去安身呢? 该怎么办呢? 我像一只无巢的孤鸟,它蓬松起羽毛,栖息在光秃秃的枯枝上。留下来感到难受……可是飞到哪儿去呢?

瞧,它张开了自己的翅膀,迅捷、笔直地飞向远方,像一只被鹞鹰惊起的鸽子。难道不能在什么地方找到一个绿色的、舒适的角落? 难道不能在什么地方做一个哪怕是临时的小巢?

鸟儿飞呀，飞呀，留心地看着下面。

在它下面是一片黄色的荒原，没有声音，没有动静，死气沉沉……

鸟儿匆匆忙忙飞过荒原，仍然细心地看着下面，心里感到懊丧。

在它下面是一片黄海，像荒原似的死气沉沉。虽然它喧哗着，动荡着，但在持续不断的澎湃声中，十分单调的浪涌里面，也看不到生命，也找不到栖息的地方。

可怜的鸟儿疲倦了……它那翅膀的搏动微弱了，它飞得越来越低了。它多么想直冲云霄……但在这高不可测的太空里怎能筑巢？

它终于收拢了翅膀……长叹一声，掉进了海里。

波浪把它吞没之后，照旧奔涌向前，毫无意义地喧哗着。

我到哪儿去安身呢？是否我也到了投海的时候？

夏天的到来

〔美国〕布罗斯

　　绿叶满枝、浓荫匝地，那是夏天来临的第一个暗示。你可以看到田野上她在树下的阴凉的环影，或是树林里她更为深浓和凉爽的隐居地。在河流对面的山坡上，好几个月在早晨和正午的阳光下只稍微有些阴影的痕迹，或者说阴影的线条构成的浮雕细工；但在五月的某个早晨我远眺时，看见大块密无空隙的阴影从树木斜落在山坡的草地上。眼睛对它们是多么神往呵！树木又披上了盛装，神情健康；数不清的叶子沙沙作响，向人们预许来临的欢乐。现在树木都有了感觉；它们可以思索和幻想，它们因感情而激动；它们在一块儿交谈；它们在黄昏低语做梦；它们跟暴风雨搏斗挣扎；丁尼生说它们：

被烈风抓住，殴打。

　　夏天总是由六月来体现，胸脯上挂着一串串雏菊，手中握着一束束开花的苜蓿。这些花草出现时，在季节的交替上又打开新的一章。一个人会自言自语说："好了，我又活着再看到雏菊和闻到红苜蓿花的香气啦。"他温柔爱抚地采下那第一批鲜花。在人们的心中一种花的香馨和另一种花的充满青春朝气的面貌产生多少值得怀念回忆的东西呵！没有什么别的东西像苜蓿的香气：那是夏天少女般的气息；它提醒你的是一切清新美好朴素的东西。一片开着红花的苜蓿田，这里那里撒着星星点点的雪白的雏菊；在你经过时香气一直飘到大路上，你听到蜜蜂的嗡嗡声，食米鸟的啼唤，燕子的啁啾，和土拨鼠的嘘嘘声；你闻到野草莓的气味，你看到山冈上的牛群；你看到你的青春年代，一个快乐的农家少年的青春时代在你的眼前出现。在肯塔基州，一次我见到块地，每一块面积一百英亩，由于盛开的苜蓿而通通是绯红绯红的——足使整个一县都芬芳馥郁。

影 子

〔波兰〕普鲁斯

天上的阳光渐渐熄灭了,地面的薄暮慢慢升起来。薄暮——这是夜大军的前哨。这支凶猛的夜大军自古以来就和白日永恒地厮杀着:它总是朝败暮胜,主宰着从日落到日出之间的宇宙,一到白天就全线溃退,躲在隐蔽的地方窥伺着。

它躲在深山峡谷里,城市地窖中,森林密丛间,阴沉的湖泊深处;它隐身在原始的地下岩洞,矿井和壕沟,屋角和墙窟。它慢慢地布开,悄悄地扩散,终于充满各个幽暗的角落。它潜伏在树皮的裂缝里,衣裙的折皱间,躺在最细的砂粒下面,缠在最薄的蛛网中,待机出动。虽然从一个地方把它赶走,那也只不过是暂时的退让,它仍然要选择良宵,重整旗鼓,卷土重来,还要努力夺取新阵地,最后吞没整个世界。

当夕阳西坠的时候,夜大军的前哨——薄暮便悄悄地、小心翼翼地从各个隐蔽的地方一队队地开出来,布满房子、走廊、门厅和光线微弱的楼梯;从橱柜和椅子背后涌到房间中央,乌黑帷幔;从明瓦和窗口冲上大街,不声不响地袭击着墙壁和屋顶,占领制高点,在那里耐心地等待着空中片片彩云进入黑色的纱帐。

过了一会儿,黑暗突然发动全面攻势,从地面直升云天。野兽躲进洞穴,行人各自回屋;生活就像无水的草木,蔫枯凋萎,奄奄一息;景物的颜色和轮廓一齐隐入黑暗之中,什么也看不见了。

这时,在华沙的空旷的街道上出现了一个奇怪的人形,头上举着小小的火种。他好像专为驱赶黑暗而来,沿着人行道飞速跑着,一见路灯,便停了下来,点亮欢悦的灯火,然后就像影子一样消失了。

这样日复一日,年复一年。不论是百花盛开、风和日丽的阳春,还是雷雨交加的七月炎夏,不论是狂风呼啸、尘雾茫茫的深秋,还是雪飘万里的严冬,——只要黄昏降临人间,他就跑遍大街小巷,举着火种,点亮灯光,尔后就像影子那样,一晃不见了。

你从哪儿来? 是何处人氏? 你为什么这样自隐,使人们看不见你的容貌,也听不到你的声音? 你有妻室和母亲吗? 他们是否在时时等待你的归来? 你有儿女吗? 他们是否常常倚门相待,当你把小小的火种放到房角之后,就用力爬上你膝头、搂住你的脖子? 你有没有一个可以共同欢笑、共同悲伤的朋友? 你有没有一个哪怕是仅仅喝茶聊天的相识?

你总该有一个栖身之处吧? 你总该有个留给人家称呼的名字吧? 你总该具备人们共有的需求和感情吧? 难道你真是一个无声的看不清的幽灵,只在薄暮朦胧中走出来,点亮灯火,尔后就像影子一样隐去?

有人对我说,确有这么一个人,并把他的住址告诉了我。我找到那所房子,询问扫院人。

"有一个点灯人住在这儿吗?"

"有。"

"他的房间在哪儿?"

"喏,就是那间小屋。"

门好像已经上锁。我向窗洞里一望:只有靠墙铺着一张小床,床边有一根长杆子挑着一盏小灯笼——火种。点灯人不在家里。

"请简单告诉我,他是个什么样子?"

"谁晓得他长得啥模样!"扫院人一面回答一面耸耸肩。"我自己也没能好生看个清楚哩!"他补充说:"他白天从来不蹲在家里。"

半年后我第二次拜访他。

"喂,点灯人今天在家吗?"

"唉——唉!"扫院人一声长叹说,"不在,永远不在了!他昨天已经人土。他死了。"

扫院人默然深思。

我打听一些细节以后,就赶到墓地去。

"看墓人,我想打听一下,昨天下葬了一个点灯人,他的坟在哪儿?"

"点灯人?"他重复一遍,"谁知道他埋在哪块土里!昨天一共来了三十位'游客'。"

"当然,他一定在葬在穷人墓地里的。"

"穷人也来了二十五个。"

"不过,他睡的准是白皮棺材。"

"睡白皮棺材的'游客'也来了十六个呢!"

我到底没能看见他的脸,也没弄清他的姓名,甚至连埋他的一抔黄土也没能找到。他死后给人留下和生前一样的印象:只有在黄昏后才能看见的、一个无声的、不露真相的、像影子一样的人形。

在人生的黄昏时,一代不幸的人在摸索徘徊:一些人在斗争中死去;一些人堕入深渊;种种机缘、希望和仇恨冲击着那些被偏见束缚着的人;在那黑暗泥泞的道路上同样也走着那些给点亮灯火的人。每一个头上举着火种的人,每一个在自己的旅途上点燃光明的人,尽管没有人承认他的价值,但他总是默默地生活着、劳动着,然后像影子一样消失。

黎　明

〔法国〕兰　波

我拥抱了夏日的黎明。

宫殿的正面,万物仍酣睡未醒,池水纹丝不动。林间小径,笼罩着巨大阴森的黑影。我捷步轻行,把湿润而微温的气息惊醒。砾石翘首凝望,翅翼悄然向空中飘翔。

我的第一个邂逅:在清新、熹微的幽径,一朵鲜花告诉了我她自己的姓名。

我向倾泻的金黄流泉莞尔一笑。那流泉如缕缕长发在松林间飘散。在那银白的树梢,我认出了女神。

我快活地舞动双臂,沿着林间小道,把她身上的披纱层层揭开。

到了平原,我向公鸡泄露了秘密:她就是女神。在城中,她顺着钟楼的圆弯四处躲闪;我就像个乞丐,沿着大理石的码头把她拼命追赶。

终于,在靠近桂树林的公路高坡处,我用她自己的轻罗纱披在她身上。我微微感触到她那硕大的身躯。

黎明和孩子一齐栽倒在桂树林底……

一觉醒来,已是正午。

给一颗星

〔尼加拉瓜〕卢本·达里

神圣高贵的,蓝的公主,谁能吻你亮泽的双唇呀!

这个迷恋着的人,做着爱情的梦,屈膝跪着,注视你难以形容的澄明,我的星,这么遥远!啊,我的爱多么热烈,每想到你,黎明的女儿,可以专心望着风流英俊的、刚毅勇猛的天界射手太阳神背着他装满火箭的闪光箭袋,驾着他的黄金车从东方起行,我的灵魂就因惊恐而发抖!可是不,你在围巾下对我笑了,你的笑温柔得像希望。多少次了,我的心想飞向你而终于失望!你的宫殿这么遥远!我曾经用十四行诗、用牧歌吟咏你玄秘的开花,你闪亮的发丝和你的晨妆。在我心目中,你是天上的碧翠丝,在无比光辉里透出温柔和亲切。神圣高贵的、蓝的公主,谁能吻你明亮的双唇呀!

我记得那黑暗的夜晚,绝望的精灵啊,你到我工作的地方来折磨我,夷平我可怜的幻想花园,完全摧毁我正在开花的新灵感。你的声音硬得像铁,让我一听就打战,因为你的话又锋利又冷,仿佛一把劈下的斧头。你从天国的路向我发话,人们在那路上走的时候必须赤脚踩过荆棘和蒺藜,裸体接受永恒的冰雹敲击,在黑暗里,在死亡阴影笼罩下的深渊边沿。你从爱的花果园向我发话,谁要到园里采摘玫瑰又保住命,几乎是不可能的,因为花丛里难得没有毒蛇藏着。你还给我描述守护墓门的那可怕的哑巴青铜像。我害怕,因为它以手里美丽的棕榈叶吸引我,以醉人的酒使我充满爱情,使我觉得生命像花和鸟一样迷人和快乐。沮丧的俘虏,你,阴沉的绝望精灵的奴隶,我从可悲的作坊——在那里的古代吟游诗人和现代诗人之间,在厄策尔的版本里,大诗神雨果大放光明——逃出来,在夜的天空下寻找自由的空气。就在这个时候,你,可爱的苍白的公主,对这个诗人生出怜悯之心,以你难以形容的目光望向他并且露出笑容。于是希望的神圣诗句在你的微笑中出现!我的星,你这么遥远,谁能吻你亮泽的双唇呀!

我想给你念一首你听得见的星的诗,我想做你眷爱的夜莺,把热情的前奏曲和茜草的幽梦献给你。从我们在泥上走的这片大地,我想把和谐的供奉送到你的领地,在那里让神祇和王后目眩而不妨碍奇迹出现。

你的头饰遮蔽了别的星,你的光让诗人写出诗,无涯大海的珍珠,天神大旗上的百合花。

有一个夜晚,我看见你在海的水平线上出现,灌醉了盐的那个硕大老人,用汹涌澎湃的浪向你行礼。你披着细薄的金色围巾走来,你的反光让整个大海快乐地悸动。

另一次,在阴暗的树林,那儿的空气充满蟋蟀的单调鸣声,它的欢乐如粗犷的小提琴的高尖音符。我透过枝叶欣赏你满足的宁静,光的细线在暗黑的树上颤动,仿佛是你的发丝从高处飘下。神圣高贵的、蓝的公主,谁能吻你亮泽的双唇呀!

云雀在初春的早晨飞向你,为你歌唱,风里有七弦琴的振动和白金定音鼓发出的风神四声。在你的天宫里,和谐的水晶珠子从你的胸怀散落,结合在宇宙大交响曲里,响遍苏醒的大地。

此刻,我想你,因为这是在穹苍深处约会的时刻,是在树林里长着田园诗写的三叶草的地方进行秘密热情交谈的时刻!我的星,你这么遥远,谁能吻你亮泽的双唇呀!

良 宵

〔日本〕德富芦花

今夜可是良宵?今宵是阴历七月十五日。月朗,风凉。

搁下夜间写作的笔,打开栅栏门,在院内走了十五六步,旁边有一棵枝叶浓密的栗树,黑漆漆的。树荫下有一口水井。夜气如水,在黑暗里浮动,虫声卿卿,时时有银白的水滴洒在地上,是谁汲水而去呢?

再向前行,伫立于田间。月亮离开对面的大竹林,清光深深,浸透天地。身子仿佛立于水中。星光微薄。冰川的森林,看上去淡如青烟。静待良久,我身边的桑叶、玉米叶,浴着月色,闪着碧青的光亮。棕榈在月下沙沙作响,草中虫吟,踏过去,月影先从脚尖散开。夜露瀼瀼,竹丛旁边,频频传来鸟鸣,想必月光明洁,照得它们无法安眠吧。

开阔的地方,月光如流水。树下,月光青碧,如雨滴下漏。转身走来,经过树荫时,树影里灯火摇曳。夜凉有人语。

关上栅栏门,蹲在廊下,十时过后,人迹顿绝。月上人头,满庭月影,美如梦境。

月光照着满院的树木,树影布满整个庭院。院子里光影离合,黑白斑驳。

八角金盘的影子映在廊上,像巨大的枫树。月光泻在光滑的叶面上,宛若明晃晃的碧玉扇。斑驳的黑影在上面忽闪忽闪地跳动,那是李树的影子。

每当月亮穿过树梢,满院的月光和树影互相抱合着,跳跃着,黑白相映,纵横交错。我在此中散步,竟怀疑自己变成了水藻间的游鱼。

杂木林

〔日本〕德富芦花

东京西郊,直到多摩河一带,有一些丘陵和山谷。谷底有几条道路。登这座丘陵,曲曲折折地上去。山谷有的地方开辟成水田,有小河流过,河上偶尔可以看到水车。丘陵多被拓成了旱地,到处残留着一块块杂木林。我爱这些杂木林。

树木中,栎、榛、栗、栌居多。大树稀少,多半是从砍伐的木墩上簇生的幼树。树下的草地收拾得干干净净。赤松、黑松等名贵树木,高高而立,翠盖挺秀,遮掩着碧空。

下霜时节,收获萝卜。一林黄叶锦,不羡枫林红。

木叶尽脱,寒林千万枝,簇簇刺寒空,好景致!日落烟满地,空中的林梢变成淡紫色,月大如盆,尤为好景致!

春来了,淡褐、淡绿、淡红、淡紫、嫩黄等柔和之色消尽了。树木长出了新芽。正是樱花独自狂傲争春的时节。

绿叶扶疏时期,请到这林中看一看吧。片片树叶搪着日影。绿玉、碧玉在头上织成翠盖。自己的脸也变得碧青了,倘若假寐片刻,那梦也许是绿的。

秋蘑长出的时节,林子周围的胡枝子和芒草抽穗了。女郎花和萱草遍生于树林之中。大自然在这里建造了一座百草园。

有月好,无月亦好。风清露冷之夜,就在这林子边上走一走吧。听一听松虫、铃虫、纺织娘等的鸣叫。百虫卿卿,如秋雨洒遍大地。要是亲手编一只收养秋虫的笼子倒也有趣得很。

火绒草

〔苏联〕高尔基

皑皑冰雪永远覆盖着阿尔卑斯高高的山脊,严寒和沉寂——那巍巍高峰睿智的缄默统治着这里的一切。

绝顶之上是杳远的蓝天,仿佛有无数忧郁的眼睛,眨闪在冰雪峰巅。

山坡下,密密的平畴中,生命在激动和不安里成长;人类,这疲惫不堪的大地主人正蒙受着苦难。

在黑沉沉的大地深渊之中——呻吟、欢笑、怒吼,还有爱的絮语……一切尘世所有的音响混杂在一起。而沉静的群峰,冷漠的星汉,却始终无动于衷,面对着人类沉重的叹息。

皑皑冰雪永远覆盖着阿尔卑斯高高的山脊,严寒和沉寂——那巍巍高峰睿智的缄默统治着这里的一切。

仿佛为了向谁诉说大地的不幸和疲惫不堪的人类的苦难——冰山脚下,在那亘古无声的静穆王国,孤零零地长出了一棵小小的火绒草。

在它的头上,在那杳远的蓝天里,庄严的太阳在运转,忧郁的月亮在默默地照耀,无声的星星在发光,在燃烧……

冰冷的沉寂之幕徐徐垂下,日夜拥抱着这唯一的火绒草。

山 口

〔俄国〕蒲 宁

夜幕已垂下很久,可我仍举步维艰地在崇岭中朝山口走去,朔风扑面而来,四周寒雾弥漫,我对于能否走至山口已失却信心,可我牵在身后的那匹浑身湿淋淋的、疲惫的马,却驯顺地跟随着我亦步亦趋,空荡荡的马蹬叮叮当当地碰响着。

在迷蒙的夜色中,我走到了松林脚下,过了松林便是这条通往山巅的光秃秃的荒凉的山路了。我在松林外歇息了一会儿,眺望着山下宽阔的谷地,心中漾起一阵奇异的自豪感和力量感,这样的感觉,人们在居高临下时往往都会有的。我遥遥望见山下很远的地方,那渐渐昏暗下去的谷地紧傍着狭窄的海湾,岸边点点灯火犹依稀可辨。那条海湾越往东去就越开阔,最终形成一堵烟霞空濛的暗蓝色障壁,围住了半壁天空。但在深山中已是黑夜了。夜色迅速地浓重起来,我向前走去,离松林越来越近。只觉得山岭变得越来越阴郁,越来越森严,由高空呼啸而下的寒风,驱赶着浓雾,将其撕扯成一条条长长的斜云,使之穿过山峰间的空隙,迅疾地排空而去。高处的台地上缭绕着大团大团松软的雾。半山腰中的雾就是由那儿刮下来的。雾的坠落使得群山间的万丈深渊看上去更显阴郁,更显幽深。雾使松林仿佛冒起了白烟,并随同暗哑、深沉、凄冷的松涛声向我袭来。周遭弥漫着冬天清新的气息,寒风卷来了雪珠……夜已经很深了,我低下头避着烈风,久久地在山林构成的黑咕隆咚的拱道中冒着浓雾向前行去,耳际回响着隆隆的松涛声。

"马上就可以到山口了,"我宽慰自己说,"马上就可以翻过山岭到没有风雪而有人烟的明亮的屋子里去休息了……"

但是半个小时过去了,一个小时过去了……每分钟我都以为再走两步就可到达山口,可是那光秃秃的石头坡道却怎么也走不到尽头。松林早已落在半山腰,低矮的歪脖子灌木丛也早已走过,我开始觉得累了,直打寒战。我记起了离山口不远的松树间有好几座孤坟,那里埋葬着被冬天的暴风雪刮下山的樵夫。我感觉到我正置身于人迹罕至的荒山之巅,感觉到在我四周除了寒雾和悬崖峭壁,别无一物。我不禁犯起愁来:我怎么去走过那些像人的躯体那样黑魆魆地兀立在迷雾中的孤单的石头墓碑?既然现在我就已失去了时间和地点的概念,我还会有足够的力气走下山去吗？

前方，透过飞快地排空而去的浓雾，模模糊糊地可以看到一些黑黢黢的庞然大物……那是昏暗的山包，活脱像一头头睡着的熊。我在这些山包上攀行着，从一块石头跨到另一块石头，马吃力地跟着我攀行，马掌踏在湿漉漉的圆石子上，发出叮叮当当的声响，一个劲儿地打着滑。突然我发现路重又开始缓慢地向上升去，折回深山之中！我不由地立停下来，绝望的心绪攫住了我的身心。紧张和劳累使我浑身发抖。我的衣服全被雪淋湿了，朔风更是刺透了衣服，刮得我冷彻骨髓。要不要呼救呢？可此刻连牧羊人也都带着他们的山羊和绵羊躲进了荷马时代的陋屋之中，还有谁会听见我的呼救声呢？我惊恐地环顾着四周：

“我的天啊，难道我迷路了不成？”

夜深了。松林在远方睡意蒙眬地发出一阵阵暗哑的涛声。夜变得越来越神秘诡谲，我感觉到了这一点，虽然我并不知道此刻是什么时间，而我又身在何方。现在，连深谷中最后一星灯火也熄灭了，灰蒙蒙的雾淹没了整个山谷。雾知道它的时刻来到了，这将是漫长的时刻，在此期间大地上的万物似乎都已死绝，早晨似乎永远不会再来，唯独雾将会不停地增多，把森严的群山裹没，在深夜里护卫着它们，除此而外，还有山林会不停地发出低沉的涛声，而在荒凉的山口，雪将会下得越来越大，越来越密。

为了避风，我掉过身子面对着马。和我在一起的生物就只有这匹马了！可马连看都不看我一眼！它已浑身湿透，冷得直打寒战，背拱了起来，背上很不舒服地戳起着高高的马鞍。它驯顺地耷拉着脑袋，两耳紧贴在脑袋上。我狠命地拉紧缰绳，重又把脸转向风雪，重又执著地迎着风雪走去。我试图看清我四周有些什么东西，但是我看到的只是漫天飞驰的灰蒙蒙的雪尘，刺得我眼睛都睁不开来。我侧耳静听，能够听到的只是耳畔呼呼的风声和身后马蹬相互碰撞发出的单调的叮当声……

然而奇怪的是，我的绝望的心情反使我坚强起来。我的步子迈得比以前勇敢了，我怨恨地谴责着某个人逼得我不得不忍受这一切，对那人的谴责使我的心情快活起来。满腔的怨恨化作一种郁悒的坚毅的顺从，甘愿对于凡是我必须忍受的事物都逆来顺受，哪怕水无出路我也感到甜蜜……

临了，我终于走到了山口。但此刻我已经对一切都无所谓了。我走在平坦的草地上。狂风把浓雾像一绺绺发辫似的撕扯而去，几乎要把我吹倒在地，可我却根本没去留意这风。单凭这呼呼的风声，单凭这弥天的大雾就可感觉到夜正深邃地主宰着群山——渺小的人类早已在谷地中一幢幢渺小、简陋的屋子内进入了梦乡；但我并不着急，并不急于去寻个栖身之所，我咬紧牙关走着，不时嘟嘟囔囔地对马说：

“走，走。只要咱俩不倒下，就豁出命来走。在我的一生中，像这样崎岖荒凉的山口已不知走过多少！灾难、痛苦、疾病、恋人的变心和被痛苦凌辱的友谊，就像黑夜一样，铺天盖地压到我身上——于是我不得不同我所亲近的一切分手，无可奈何地重又挂起云游四方的香客的拐杖。可是通向新的幸福的坡道是险峻的，高得如登天梯，而且在山巅迎接我的将是夜、雾和风雪。在山口等待着我的将是可怕的孤独……但是咱俩还是走吧，走吧！”

我磕磕绊绊地向前走去，仿佛在做梦。离拂晓还早着呢。下山到谷地得走整整一夜的时间，也许要到黎明时方能在什么地方睡上一觉——蜷缩着身子、沉沉睡去，心里只有一个感觉——在冰天雪地中跋涉之后进入温暖梦乡所感到的甜蜜。

天亮后,白天又将以人和阳光使我高兴起来,又将久久地迷惑我……可或许不等白天到来,我就会在山间的什么地方倒下去呢!于是我将永远留在这自古以来荒无人烟的光秃秃的山巅之中,永远留在黑夜和风雪之中了。

航　船

[乌拉圭]何塞·恩里克·罗多

看,大海的寂寥。一道无法穿越的线封锁着它;这道线与整个穹窿连在一起,只在海滩处留下空隙。一艘船,趾高气扬,带着隆隆的轰鸣驶离了海岸。西斜的太阳,温和的云朵,阵阵海风催人远行。船在前进,在空中留下黑色的烟尘,在海上留下白色的浪花。前进,行驶在平静的波涛上。它驶到海天交接处,穿越那道界线。只剩下高高的桅杆依稀可见,这最后的迹象也终于消失了!那无法穿越的线又变得神秘莫测!谁能否认它的存在呢?它就在那里,那是实实在在的分界,那是深渊的边沿。然而它的后面仍是茫茫沧海,浩瀚无垠。大海越来越深,越来越广;在它的另一端,是将它与别的海面隔开的陆地,新的陆地,更辽阔的陆地,太阳为它们涂上了不同的色调,那里生活着不同的种族;神奇、宽广的土地,高尚、完美的世界,或者已被开拓,或者荒无人烟。在这浩瀚之中有着船舶起锚的码头。它们或许在那里停靠,然后便在无限的天地中各奔前程,而且一去不复返,如同那条已经通过的大海的界线一样:虚无缥缈,一切都在那里消失……

总有一天,注视那同一条神秘的线,你会看到一缕袅袅升起的青烟,一面旗帜,一根桅杆,一个似曾相识的船体……这是那返航的船只!它回来了,犹如一匹忠于牧场的骏马。它或许比离去时更加可怜,体重减轻了;或许被肆虐的波涛伤害了;然而它也可能平安无恙并满载珍贵的收获凯旋而归。在它强劲脊背上的褡裢中也许驮来了热带的奉献:醉人的香料,甜蜜的柑橘,像太阳般闪光的宝石或者柔软的、光彩夺目的毛皮。作为运去货物的代价,它或许带来了心地更加纯朴、意志更加顽强、臂膀更加粗壮的人们。光荣和幸福属于航船!如果它来自勤奋之邦,或许运来了炼好的铁器,用来武装劳动的双手,要么它运来的也许是织好的毛线或者贵重金属制成的、用来装点世界的完美的饰物;或者是一块块青铜和大理石,人类的艺术为它们注入了生命的气息,或者是一沓沓纸张,通过微小铅字的痕迹,引来具有思想的人民。光荣和幸福属于航船!

请你稍加注意,一个思想,你将它排除,或者它自行消失;你再也望不见它,天长日久。它在你心灵的明媚的阳光下出现,然而已经变成和谐、成熟的意念,变成了能以整个辩证法的力量和炽热的激情来展开的说服力。

一个轻轻的疑惑模糊了你的信念,你将它驱除,将它瓦解,然而当你已牢牢地将它忘却时,它又毅然再现,使你无可奈何,以致使你的信念的整座大厦顿时永远地倒坍。

你在阅读一本令人沉思的书,你又置身于人群和事物的纷纭混乱之中;你忘却了那本书所留下的印象。随着时间的推移,你终于明白,尽管是无意地、不假思索地翻阅,那本书却在你的心灵中发挥作用,以致你整个精神生活都受它的制约并按照它的要求而改变。

你在体验一种感觉。它对你是匆匆过客;其他的感觉要抹掉它的余味和记忆,宛如一个海浪冲去前面的海浪留在海滩上的痕迹。总有一天,你会感到一种巨大而又令人折服的激情从你的心灵中溢出,你会意识到那一连串的活动来自那被遗忘的感觉。正是这内心的活动将这个感觉变成你自身的全部力量所遵从和依傍的中心,如同茂盛的藤蔓顺从地缠绕在一条柔软的绳索周围一样。

这一切事物都恰似航船:启程,消失,然后又满载而归。

坚硬的荒原

〔乌拉圭〕何塞·恩里克·罗多

坚硬的荒原①,一望无际,灰茫茫,朴实得连一条皱褶都没有;凄清,空旷,荒凉,寒冷,笼罩在铅也似的穹窿下。荒原上站着一位高大的老人:瘦骨嶙峋,古铜色的脸,没有胡须。高大的老人站在那里,宛似一株光秃秃的树木。他的双眼像那荒原和那天空一样冷峻。鼻似刀裁,斧头般坚硬;肌肉像那荒凉的土地一样粗犷;双唇不比宝剑的锋刃更厚。老人身旁站着三个僵硬、消瘦、穷苦的孩子。三个可怜的孩子瑟瑟发抖,老人无动于衷,目空一切,犹如那坚硬荒原的品格。老人手里有一把细小的种子。另一只手,伸着食指,戳着空气,宛似戳着青铜铸成的东西。此时此刻,他抓着一个孩子松弛的脖子,把手里的种子给他看,并用下冰雹似的声音对他说:"刨坑,把它种上。"然后将他那颤栗的身躯放下,那孩子扑通一声,像一袋装满卵石的不大不小的口袋落在坚硬的荒原上。

"爹,"孩子抽泣着,"到处都光秃秃、硬邦邦的,我怎么刨呢?""用牙啃。"又是下冰雹似的声音回答。他抬起一只脚,放在孩子软弱无力的脖子上。可怜的孩子,牙齿咔咔作响,啃着岩石的表面,宛似在石上磨刀。如此过了许久,许久,那孩子终于在岩石上开出一个骷髅头大小的坑穴;然后又啃呀,啃呀,带着微弱的呻吟。可怜的孩子在老人脚下啃着,老人冷若冰霜,纹丝不动,像那坚硬的荒原一样。

当坑穴达到需要的深度,老人抬起了脚。谁若是亲临其境,会越发痛心的,因为那孩子,依然是孩子,却已满头白发。老人用脚把他踢到一旁,接着提起第二个孩子,这孩子已颤抖着目睹了前面的全部经过。

"给种子攒土。"老人对他说。

"爹,"孩子怯生生地问道,"哪里有土啊?"

"风里有。把风里的土攒起来。"老人回答,并用拇指与食指将孩子可怜的下巴掰开。孩子

---

① 坚硬的荒原:指阿根廷和乌拉圭境内的潘帕荒原。

迎着风,用舌头和咽喉将风中飘扬的尘土收拢起来,然后再将那微不足道的粉末吐出。又过了许久,许久,老人不骄不躁,更不心慈手软,冷若冰霜,纹丝不动地站在荒原上。

当坑穴填满了土,老人撒下种子,将第二个孩子丢在一旁。这孩子像被榨干了果汁的空壳,痛苦使他的头发变白,老人对此不屑一顾;然后又提起最后一个孩子,指着埋好的种子对他说:"浇水。"孩子难过得抖成一团,似乎在问他:"爹,哪里有水呀?""哭。你眼睛里有。"老人回答,说着扭转着他那两只无力的小手,孩子眼中顿时刷刷落泪,干渴的尘土吸吮着。就这样哭了许久,许久,为了挤出那些疲惫不堪的泪水,老人冷若冰霜,纹丝不动地站在坚硬的荒原上。

泪水汇成一条哀怨的细流抚摩着土坑的四周。种子从地表探出了头,然后抽出嫩芽,长出了几个叶片。在孩子们哭泣的同时,小树增加着树叶,又经过了许久,许久,直到那棵树主干挺拔,树冠繁茂,枝叶和花朵洋溢着芳香,比那冷若冰霜,纹丝不动的老人更高大,孤零零地屹立在坚硬的荒原上。

风吹的树叶飒飒作响,天上的鸟儿都来枝头上筑巢,它的花儿已经结出果实。老人放开了孩子,他们已停止哭泣,满头白发。三个孩子向树上的果实伸出贪婪的手臂,但是那又瘦又高的老人抓住他们的脖子,像抓住幼崽儿一样,取出一粒种子,把他们带到附近的另一块岩石旁,抬起一只脚,将第一个孩子的牙齿按到地上,那孩子在老人的脚下,牙齿咔咔作响,重新啃着岩石的表面,老人冷若冰霜,纹丝不动,默不作声,站立在坚硬的荒原上。

那荒原是我们的生命,那冷酷无情的硬汉是我们的意志,那三个瑟瑟发抖的孩子是我们的内脏、我们的机能、我们的力量,我们的意志从它们的弱小无依中吸取了无穷的力量,去征服世界和冲破神秘的黑暗。

一抔尘土,被转瞬即逝的风吹起,当风停息时,又重新落在地上;一抔尘土,软弱、短暂、幼小的生灵蕴藏着特殊的力量,无拘无束的力量,这力量胜过大海的怒涛、山岳的引力和星球的运转;一抔尘土,可以居高临下,俯视万物神秘的要素并对它说:"如果你作为自由的力量而存在并自觉地行动,你便像我一样,便是一种意志:我与你同族,我是你的同类;然而如果你是盲目的、听天由命的力量,如果世界只是一支在无限的空间往返的奴隶的巡逻队,如果它屈从于一种连自身也毫无意识的黑暗,那我就比你强得多,请把我给你起的名字还给我,因为在天地万物中,唯我为大。"

诗意盎然的黎明

〔法国〕科莱特

除了一小块地方,除了那棵银杏(我常常把它鲻鱼形的树叶赠给同学,他们拿去夹在地图册里),整个花园热气逼人,沐浴在略带红、紫的黄灿灿的阳光里。可是我不知道这红色的印象是来自我感情的满足,还是因为我眼花的缘故。金黄的沙砾反射的夏天,穿透我的大草帽的夏天,几乎没有黑夜的夏天……我母亲有感于我对黎明的深情,允许我去迎接它。她按照我的请求,三点半钟叫醒我;我两臂各挽一只篮子,朝河边狭长的沼地走去,去采摘草莓、黑茶蔍子和长满须髯的醋栗。

此刻，万物仍在混沌的、潮润的、隐隐约约的蓝色中沉睡，我踏着沙砾的小路行走，被自身重量羁绊的烟霞首先浸润我的双腿，然后是我的嘴唇、我的耳朵和全身最敏感的鼻孔……就在这条路上，就在这个时候，我意识到自己的价值，意识到一种不可言喻的幸福，意识到我和早起晨风、第一只鸟儿，以及椭圆形的刚刚出现的太阳之间的默契。

我母亲叫我一声"美人，金宝贝"，然后放我走了；她望着她的作品——她把我当做她的"杰作"——跑开并且在山坡上消失。我当年也许是俊俏的，我母亲的评价和我当时的照片并非总是一致的……我那时之所以显得俊俏，那是因为我风华正茂，因为黎明，因为我碧绿的眼睛，我在晨风中飘拂的金发和我作为被唤醒的孩子同其他尚在酣睡的孩子相比的优越感。

我听见敲头遍弥撒钟就往回走。但在此之前我已经饱餐了野果，已经像独自出猎的猎犬在树林中兜了一个大圈，还品尝了我崇敬的两眼清泉。一股清冽的泉水铮铮淙淙，勃然冒出地面，并在四周形成一个小沙洲。这股泉水刚出世就丧失了勇气，重新钻入地下。另一股泉水几乎不露踪迹，像蛇一样掠过草地，在草地中央隐秘地迂回。唯有一簇簇开花的水仙证实它的存在。头一股泉水有橡树叶的味儿，另一股有铁和风信子茎的味儿。提起这些泉水，我希望我万事皆休的时候，嘴里能够充满它们的芳香，并且含着这想象的清冽的泉水离去……

林中小溪

〔苏联〕普里什文

如果你想了解森林的心灵，那你就去找一条林中小溪，顺着它的岸边往上游或者下游走一走吧。刚开春的时候，我就在我那条可爱的小溪的岸边走过。下面就是我在那儿的所见、所闻和所想。

我看见，流水在浅的地方遇到云杉树根的障碍，于是冲着树根潺潺鸣响，冒出气泡来。这些气泡一冒出来，就迅速地漂走，不久即破灭，但大部分会漂到新的障碍那儿，挤成白花花的一团，老远就可以望见。

水遇到一个又一个障碍，却毫不在乎，它只是聚集为一股股水流，仿佛在避免不了的一场搏斗中收紧肌肉一样。

水在颤动。阳光把颤动的水影投射到云杉树上和青草上，那水影就在树干和青草上忽闪。水在颤动中发出淙淙声，青草仿佛在这乐声中生长，水影显得那么调和。

流过一段又浅又阔的地方，水急急注入狭窄的深水道，因为流得急而无声，就好像在收紧肌肉，而太阳不甘寂寞，让那水流的紧张的影子在树干和青草上不住地忽闪。

如果遇上大的障碍物，水就嘟嘟哝哝的仿佛表示不满，这嘟哝声和从障碍上飞溅过去的声音，老远就能听见。然而这不是示弱，不是诉怨，也不是绝望，这些人类的感情，水是毫无所知的，每一条小溪都深信自己会到达自由的水域，即使遇上像厄尔布鲁士峰一样的山，也会将它劈开，早晚会到达……

太阳所反映的水上涟漪的影子,像轻烟似的总在树上和青草上晃动着。在小溪的淙淙声中,饱含树脂的幼芽在开放,水下的草长出水面,岸上青草越发繁茂。

这儿是一个静静的深水潭,其中有一棵倒掉的树,有几只亮闪闪的小甲虫在平静的水面上打转,惹起了粼粼涟漪。

水流在克制的嘟哝声中稳稳地流淌着,它们兴奋得不能不互相呼唤:许多支有力的水都流到了一起,汇合成了一股大的水流,彼此间又说话又呼唤——这是所有来到一起又要分开的水流在打招呼呢!

水惹动着新结的黄色花蕾,花蕾反又在水面漾起波纹。小溪的生活中,就这样一会儿泡沫频起,一会儿在花和晃动的影子间发出兴奋的招呼声。

有一棵树早已横堵在小路上,春天一到竟还长出了新绿,但是小溪在树下找到了出路,匆匆地奔流着,晃着颤动的水影,发出潺潺的声音。

有些草早已从水下钻出来了,现在立在溪流中频频点头,算是既对影子的颤动又对小溪的奔流的回答。

就让路途当中出现阻塞吧,让它出现好了!有障碍,才有生活:要是没有的话,水便会毫无生气地立刻流入大洋了,就像不明不白的生命离开毫无生气的机体一样。

途中有一片宽阔的洼地。小溪毫不吝啬地将它灌满水,并继续前行,而留下那水塘过它自己的日子。

有一棵大灌木被冬雪压弯了,现在有许多枝条垂挂到小溪中,煞像一只大蜘蛛,灰蒙蒙的,爬在水面上,轻轻摇晃着所有细长的腿。

云杉和白杨的种子在漂浮着。

小溪流经树林的全程,是一条充满持续搏斗的道路,时间就由此而被创造出来。搏斗持续不断,生活和我的意识就在这持续不断中形成。

是的,要是每一步没有这些障碍,水就会立刻流走了,也就根本不会有生活和时间了……

小溪在搏斗中竭尽力量,溪中有一股股水流像肌肉似的拨动着,但是毫无疑问的是,小溪早晚会流入大洋的自由的水中,而这"早晚"就正是时间,正是生活。

一股股水流在两岸紧挟中奋力前进,彼此呼唤,说着"早晚"二字。这"早晚"之声整天整夜地响个不断。当最后一滴水还没有流完,当春天的小溪还没有干涸的时候,水总是不倦地反复说着:"我们早晚会流入大洋。"

流净了水的岸边,有一个圆形的水湾。一条在发大水时留下的小狗鱼,被困在这水湾的春水中。

你顺着小溪会突然来到一个宁静的地方。你会听见,一只灰雀的低鸣和一只苍头燕雀惹动枯叶的簌簌声竟会响遍整个树林。

有时一些强大的水流,或者有两股水的小溪,呈斜角形汇合起来,全力冲击着被百年云杉的许多粗壮树根加固的陡岸。

真惬意啊！我坐在树根上，一边休息，一边听陡岸下面强大的水流不急不忙地彼此呼唤，听它们满怀"早晚"必到大洋的信心互打招呼。

流经小白杨树林时，溪水浩浩荡荡像一个湖，然后集中流向一个角落，从一米高的悬崖上落下来，老远就可听见哗哗声。这边一片哗哗声，那小湖上却悄悄地泛着涟漪，密集的小白杨树被冲歪在水下，像一条条蛇似的一个劲儿想顺流而去，却又被自己的根拖住。

小溪使我流连，我老舍不得离它而去，因此反倒觉得乏味起来。

我走到林中一条路上，这儿现在长着极低的青草，绿得简直刺眼，路两边有两道车辙，里边满是水。

在最年轻的白桦树上，幼芽正在泛青，芽上芳香的树脂闪闪有光，但是树林还没有穿上新装。在这还是光秃秃的林中，今年曾飞来一只杜鹃：杜鹃飞到秃林子来，那是不吉利的。

在春天还没有装扮，开花的只有草莓、白头翁和报春花的时候，我就早早地到这个采伐迹地来寻胜，如今已是第十二个年头了。这儿的灌木丛，树木，甚至树墩子我都十分熟悉，这片荒凉的采伐迹地对我说来是一个花园：每一棵灌木，每一棵小松树、小云杉，我都抚爱过，它们都变成了我的，就像是我亲手种的一样，这是我自己的花园。

我从自己的"花园"回到小溪边上，看到一件了不得的林中事件：一棵巨大的百年云杉，被小溪冲刷了树根，带着全部新、老球果倒了下来，繁茂的枝条全都压在小溪上，水流此刻正冲击着每一根枝条，还一边流，一边不断地互相说着："早晚……"

小溪从密林里流到旷地上，水面在艳阳朗照下开阔了起来。这儿水中蹿出了第一朵小黄花，还有像蜂房似的一片青蛙卵，已经相当成熟了，从一颗颗透明体里可以看到黑黑的蝌蚪。也在这儿的水上，有许多几乎同跳蚤那样小的浅蓝色的苍蝇，贴着水面飞一会就落在水中；它们不知从哪儿飞出来，落在这儿的水中，它们的短促的生命，就好像这样一飞一落。有一只水生小甲虫，像铜一样亮闪闪，在平静的水上打转。一只姬蜂往四面八方乱窜，水面却纹丝不动。一只黑星黄粉蝶，又大又鲜艳，在平静的水上翩翩起舞。这水湾周围的小水洼里长满了花草，早春柳树的枝条也已开花，茸茸的像黄毛小鸡。

小溪怎么样了呢？一半溪水另觅路径流向一边，另一半溪水流向另一边。也许是在为自己的"早晚"这一信念而进行的搏斗中，溪水分道扬镳了：一部分水说，这一条路会早一点儿到达目的地，另一部分水认为另一边是近路，于是它们分开来了，绕了一个大弯子，彼此之间形成了一个大孤岛，然后又重新兴奋地汇合到一起，终于明白：对于水来说没有不同的道路，所以道路早晚都一定会把它带到大洋。

我的眼睛得到了愉悦，耳朵里"早晚"之声不绝，杨树和白桦幼芽的树脂的混合香味扑鼻而来。此情此景我觉得再好也没有了，我再不必匆匆赶到哪儿去了。我在树根之间坐了下去，紧靠在树干上，举目望那和煦的太阳，于是，我梦魂萦绕的时刻翩然而至，停了下来，原是大地上最后一名的我，最先进入了百花争艳的世界。

我的小溪到达了大洋。

云杉和松树

〔南斯拉夫〕科契奇

从光辉明朗的空际溢出生机盎然闪烁欢快的光芒。

杜鹃这令人睡意正浓的早开的山花四处飘香。湿润的林中草地上，妄自尊大的藜芦傲慢地伸展着绿叶，而在阳光温暖下干燥而多石的地方，业已腐烂的去年的蕨科植物丛中，处处香气袭人的紫罗兰也已初露新绿。

鸟儿响亮地同声啼啭鸣唱，欢天喜地地抖动着身躯，在树枝上飞来飞去；缕缕炊烟从熏黑的烟囱里缓缓升起，无忧无虑地轻轻飘向晶莹剔透的蔚蓝色天空，消失在傲然矗立于村庄上方苍翠的云杉树林里。

碧空如洗、阳光明媚的天空下，云杉和松树傲然挺立，雄伟苍劲，岿然不动；它们仿佛总忧伤不已，沉思绵绵。万物为生命复苏而欢呼雀跃，而它们呢？无论大地是春、是夏、是秋，还是冬，它们都无动于衷！它们永远是那样的冷漠阴森，悲伤惆怅，因为它们的心儿在呻吟，然而却无人听见；它们泪珠涟涟，然而却无人看见。

每当我眺望它们的时候，我内心备感沉重。大自然为何对我心爱和珍惜的云杉和松树这般严酷？

我的云杉，我的松树，我也失去了一切希望；我的生活也同你们的生活一样充满了默默的隐忧，因而，心儿也在呻吟，但这呻吟无人听见，眼泪也在流淌，但这眼泪却无人看见。

啊，我知道，你们锐利刺人的松针那是凝固了的眼泪，而你们的一身绿装，那是对从不向我们绽开笑容的常青之春深深的思念，默默的思念……

心儿在呻吟，但无人听见；眼泪在流淌，但无人看见。

壳与核

〔黎巴嫩〕纪伯伦

我每饮一杯苦酒，杯底的残汁却总是蜜浆。

我每跨进一片森林，却总看到绿色的原野。

我在烟雾弥漫中丢失的朋友，却在晨曦中出现。

多少次，我曾用吃苦耐劳的外衣遮起我的痛苦和烦恼，幻想着这样做将会得到报偿。但是，当我脱去外衣时，发现痛苦已化为欢乐，烦恼已化为平静与安详。

多少次，我和我的同事在光天化日之下漫步，我暗自想，这人多么愚蠢，多么迟钝。但是，当我一走进那隐秘的世界的时候，我即刻发现原来自己专横暴虐，而他倒挺睿智、幽默。

多少次，我曾自我陶醉，认为我是一只无辜的羔羊，与我坐在一起的则是一只凶恶的豺狼。但是，当我清醒过来，却发现我和他原来都是同样的人。

人们啊，我们都常常为表象所迷惑，因而忽略了自身的实质。假如有人被绊倒在地上，我们会说他摔了一跤；假如有人说不出话，我们会说他是哑巴；假如有人呻吟，我们会说这是他临终前发出的喘息，他就要寿终正寝了。

我和你们都热衷于"我"的外壳和"你们"的表皮，因而我们看不见"我"灵魂中的秘密和"你们"灵魂中的隐秘。

我们如此高傲，竟忽视我们的实质，我们能做些什么呢？

我告诉你并告诉我自己——可能我的话是掩饰我的真相的面具——我们用肉眼所看到的一切只不过是一片烟云，它遮住了我们只能用见识才能洞察的万物。我们用耳朵听到的只不过是混乱而嘈杂的声响，它扰乱了我们只有用心灵才能听到的一切。假如我们看见一名警察把一个人押送监狱，我们且不要去断定哪一个是罪犯。如果看见一个人倒在血泊之中，而另一个人双手沾满了鲜血，也不要贸然判断谁是凶手。倘若我们听到一个人在唱歌而另一个人在哭泣，我们耐心等待，才能知道究竟谁真正愉快。

不，朋友，我们不能从一个人的外表来看他的本质，不能把他的一言一行作为衡量他心灵的标准。一个被你看不起的笨嘴拙舌的人可能是一个天资聪明、心地善良的人。一个面孔丑陋、生活贫困、为你所鄙视的人，倒可能是天之骄子，上帝的宠儿。

你可能在一天之内参观一座宫殿和一座茅舍。当你走出宫殿时你会肃然起敬，当你走出茅舍时你会产生怜悯之感。但是，假如撕破事物外表给你纺织的假象，那么，肃然起敬的可能下降为怜悯，怜悯又会上升为无限景仰。

你一早一晚可能遇到这么两个人，第一个人说话时粗声大嗓，行动如军人般威严。而第二个人和你说话时则战战兢兢，声音颤抖，语不成句。于是你便认定前者勇敢，后者懦弱。但是，如果你看到他俩在艰难困苦面前或为了原则需要作出牺牲时的表现，你就会懂得冠冕堂皇掩盖下的唐突行为绝非是勇敢，沉默不语和羞怯并非是软弱。

你在家中凭窗外望，看见街上的行人中，右边走着一位修女，左边走着一个妓女。你会立即说："一个是何等高尚，另一个是何等无耻！"但是，倘若你闭目静听，你就会听到宇宙中有一种声音轻轻地说："这修女通过祈祷向我提出要求，那妓女满怀悲痛向我苦苦哀告。但在她俩的灵魂中，各撑起一把我的精神的保护伞。"

你周游世界，寻找所谓的文明与先进。你走进一座城市，里边宫阙巍峨，街道宽阔，书院富丽堂皇，人们来去匆匆，一片繁忙景象。有人在穿越地球，有人在天空翱翔，有人在捕捉闪电，有人在呼唤暴风骤雨。他们全都穿着考究，款式新颖，好似在过盛大的节日或在狂欢。

几天之后，你来到另一座城市，那里房屋简陋，街道狭窄。晴天尘土飞扬，下雨满街泥泞。那里的居民仍处于原始状态，像松弛的弓弦。他们行动迟缓，工作漫不经心。当他们看你的时候，似乎在他们的眼睛后边还有一只眼睛在向远处眺望。你深感厌恶地离开那个地方，暗自说："这两处真是天渊之别。那边朝气蓬勃，这里老气横秋。那边充满了春夏的活力，这边是秋冬的衰老。那边像青年们在花园欢乐地跳舞,这边似衰弱的老人躺在沙滩上。"

如果你能借助上帝的光亮去看这两个城市,你会看到它们原是同一花园中两棵相仿的树。一旦你的目光看到它们的实质,你就会发现你所认为的先进,只不过是晶莹透亮、瞬息即逝的水泡,你所认为的松弛,倒是暗中隐藏着永恒的实质。

不,宗教不表现在寺院和仪式上,而表现在心诚志坚上。

不,生活不在其外表,而在其实质;事物不在其外壳,而在其精华;人们不在其貌,而在其心。

不,艺术不在于你耳朵听到的歌声的抑扬顿挫,不在于诗歌语言的铿锵,也不在于你肉眼所看到的绘画的线条和色彩;艺术在于歌曲抑扬顿挫之间的无声而颤抖的停顿,在于诗人通过他的诗传给你的他心灵中深沉、宁静而孤独的感情,在于一幅画对你的启示和使你对更加美好的事物的向往。

不,朋友,岁月不在于它的外表。我也是在岁月的行列中行进的人,我向你说的这些只是语言能够传给你的我无声的心愿。因此,在洞悉那隐藏着的自我之前,不要说我愚昧无知;在剥去我的外壳之前,不要以为我是天才。在没有看到我的内心之前,且莫说我吝啬;在了解我慷慨大方的动机之前,不要说我仗义疏财。不要认为我确实可爱,除非你充分了解我对爱情的忠诚和纯洁。不要说我无忧无虑,除非你触摸到我那淌血的伤口。

美丽的星星

〔法国〕勒韦尔迪

我大概丢钥匙了,大家在我周围笑着,每个人都向我炫耀挂在他们脖子上的大钥匙。

只剩我一人,一无所有,哪儿也去不了。他们都走了,关上门使街道格外凄惨。寂无一人。我到处去敲门。

从窗口掷出来辱骂,我远离而去。

最后在离城稍远的地方,一条河和一片树林的旁边,我找到了一扇门,一扇简朴的透出光亮的门,没有挂锁。我进到后面,而且,在没有窗子却有着宽宽窗帘的夜里,在保护我的森林和河流之间,我得以安睡。

草 莓

〔波兰〕伊瓦什凯维奇

时值九月,但夏意正浓。天气反常的暖和,树上也见不到一片黄叶。葱茏茂密的枝柯之间,也许个别地方略见疏落,也许这儿或那儿有一片叶子颜色稍淡;但它并不起眼,不去仔细寻找便难以发现。天空像蓝宝石一样晶莹璀璨，挺拔的榭树生机盎然，充满了对未来的信念。农村到处是欢歌笑语，秋收已顺利结束，挖土豆的季节正碰上艳阳天；地里新翻的玫瑰红土块，有如一堆堆深色的珠子，又如野果一般的娇艳。我们许多人一起去散步，兴味酣然。自从我们五月来到乡下以来，一切基本上都没有变，依然是那碧绿的树，湛蓝的天，欢快的心田。

我们漫步田野。在林间草地上我意外地发现了一颗晚熟的硕大草莓，我把它含在嘴里，它是那样的香，那样的甜，真是一种稀世的佳品！它那沁人心脾的气味，在我的嘴角唇边久久地不曾消逝。这香甜把我的思绪引向了六月，那是草莓最盛的时光。

此刻我才察觉到早已不是六月。每一月，每一周，甚至每一天都有它自己独特的色调。我以为一切都没有变，其实只不过是一种幻觉！草莓的香味形象地使我想起，几个月前跟眼下是多么不一般。那时树木是另一种模样，我们的欢笑是另一番滋味，太阳和天空也不同于今天。就连空气也不一样，因为那时送来的是六月芬芳。而今已是九月，这一点无论如何也不能隐瞒。树木是绿的，但只须吹第一阵寒风，顷刻之间就会枯黄；天空是蔚蓝的，但不久就会变得灰惨惨；鸟儿尚没有飞走，只不过是由于天气异常的温暖。空气中已弥漫着一股秋的气息，这是翻耕了的土地、马铃薯和向日葵散发出的芳香。还有一会儿，还有一天，也许两天……

我们常以为自己还是妙龄十八的青年，还像那时一样戴着桃色眼镜观察世界，还有着同那时一样的爱好，一样的思想，一样的情感。一切都没有发生任何的突变。简而言之，一切都如花似锦，韶华灿烂。大凡已成为我们的禀赋的东西都经得起各种变化和时间的考验。

但是，只须重读一下青年时代的书信，我们就会相信，这种想法是何其荒诞。从信的字里行间飘散出的青春时代呼吸的空气，与今天我们呼吸的已大不一般。直到那时我们才察觉我们度过的每一天时光，都赋予我们不同的色彩和形态。每日朝霞变幻，越来越深刻地改变着我们的心性和容颜；似水流年，彻底再造了我们的思想和情感。有所剥夺，也有所增添。当然，今天我们还很年轻——但只不过是"还很年轻"！还有许多的事情在前面等着我们去办。激动不安、若明若暗的青春岁月之后，到来的是成年期成熟的思虑，是从容不迫的有节奏的生活，是日益丰富的经验，是一座内心的信仰和理性的大厦的落成。

然而，六月的气息已经一去不返了。它虽然曾经使我们惴惴不安，却浸透了一种不可取代的香味，真正的六月草莓的那种妙龄十八的馨香。

多姿多彩的云霞（节选）

〔日本〕深田久弥

我认为漂浮在日本群山上的云是世界上最灿烂的云。日本大地山岳壮丽、森林秀美、溪流如画。而生龙活虎般的云彩把它们点缀得更加美丽。

云将化为雨。雨水滋润了山上丰茂的树木，雨水又孕育了清澈的溪流。暴风骤雨虽然屡屡蹂躏日本国土，却也偿还了一片锦绣河山。那种没有自然暴虐之害，但风景却很单调、呆板的国土，我是不愿居住的。我感到生长在日本的土地上非常幸福。

像日本这样富于四季变化的国家是极少的。我整年去登山，每次见到的景色千姿百态，从不相同。山上的风景瞬间即变。我遇到过各种各样的云彩，而且它们每时每刻都要变换姿态、更改色彩，其间具有任何写生和摄影都无法捕捉的微妙情趣。

芭蕉曾以俳句赞颂富士山：

> 云雾绕山水，须史生百景。

这种生动、迷人的景色，并非出现在万里无云的晴空之下，而是出现在云雾千变万化的微妙的刹那之间。晴空下的山景，不久就会看腻，而云彩则使山时而雄伟壮观，时而神秘莫测，时而又显得优美文静。一个久久盼望的山峰，由于云层突然断裂而意外地映入眼帘，此时该是如何的兴奋啊！

日本天空之美，可能是空气湿度大造成的。它不停地发生变化。在日语中雨字头的字很多，诸如：云、雾、霭、霰等等。也许像日本这样有关气象的词汇如此丰富的国家，找不到第二个了吧。云彩也是一样，由纤细的鳞状云到豪放的蘑菇云，它总是以各种姿态和不同的色彩出现在天空。

> 海上夕阳照，
>
> 云雾似彩旗。
>
> 今宵盼明月，
>
> 碧波洒清辉。

"彩旗云"，说得多么贴切！这样美丽的词，在外国文学中恐怕是没有的。自万叶诗集问世以来，日本诗歌中歌颂"云"的作品，不可胜数。

> 鹿岛枪山深如黛，
>
> 山巅白云状似舟。

这是三好达治作的和歌。鹿岛枪岳是我非常喜爱的山峰。每当从远处眺望它的时候，我都要吟诵这首和歌。由钓山梁连接起来的婀娜多姿的双耳峰，与它头上的船状云彩十分和谐。恐怕这首歌所描写的就是阳光高照、令人困倦的暮春景色中的鹿岛枪岳吧。

山峦刚刚披上夏装，梅雨季节便来临了。人们常常诅咒这个令人烦闷的季节，这是由于常年呆在城里的四壁匀称的白墙之中，没有机会上山接触如此富有情趣的自然风光所致。

一般人讨厌雨天，不愿外出，我却喜欢在梅雨中登山旅行。林木郁郁葱葱，在低垂的阴云的缝隙中时隐时现。真是一幅出色的水墨画，是妙不可言的绝景奇观。

梅雨过后，夏天到来。壮观的云峰升上万里晴空，它瞬息万变，决无相同的模样。忽而变成一座城楼，忽而成为腾空跃起的巨龙，过一会儿又变为人脸的形状。奔跑的云，撕成碎片的云，挤进云层的云，宛如一场云团之间的战争游戏。

山上最大的云之盛宴要算云海啦。在地上一般要仰视行云，在山巅则要向下俯视。放眼脚下，是一片无际的云海，云涛雾浪之中，只有高耸的山峰像小鸟一样露出一个个黑色的头顶。有时，浪涛冲刷着小岛沿岸，潜入湾口，不久便把小岛淹没在自己的身下。

……

就在此时，我们看到了一种云，至今未能忘怀。那不是往常的沉静的云海，而是暴怒的、疯

狂的、相互厮杀的云涛。下界完全淹没在一望无际的雪白浪涛之中,而这浪涛正以排山倒海之
势滚动着。有的像龙卷风似的旋转着冲上去,有的像羊毛一般柔软、蓬松地飞出来,如同有生命
的物体的运动,给人以真实感,完全想象不出它们竟是一群气体。

晴朗的天空中,常常挂上一抹透明的白云。当那宛如散开的羊毛卷的白云在高空中舒展的
时候,我感到似乎是在预报明天一定是个风平浪静的好天气。

与此相反,也有凶云。如果像亨利·卢梭画中的大气球一样的云团突然浮现在天空,就不
是好兆。伞状云也一样的不吉利,它就像一顶大棉帽轻轻戴在山巅。有一年初秋我去富士山,
正好那里戴着一顶伞状云,而且像个巨大的妖怪一样,上下重叠了三层。果然,翌日下起雨来。

落　叶

〔日本〕井上靖

“眼镜逃到哪儿去啦?”

今晨,我这么一说,五岁的孙女就到处去找。

“躲到洗脸室的镜子旁边去啦。”

结果是她把眼镜送到书房来了。这时,她随即走到檐下的廊子上,望着外面,指着满院的落
叶问道:

“这是谁撒的呀?”

这问话很深刻,应该正确地给以回答;然而,我未能答出来。

是谁撒的呢? 我未能答出来,就这样过了白昼,天黑下来,又到了午夜。我侧耳听到了一种
声响:此刻,院子里,什么东西还在撒着枯叶。

露

〔苏联〕鲍科夫

清晨,在森林里,当土地还没有被晒干的时候,在地上有湿润阴凉的地方,有斗篷草星状叶
子上亮光闪闪的水珠,有倒下的湿润的树干、稀有的鲜艳美丽的伞状红菇、布谷鸟的响亮的鸣
叫、草上的足迹,还有那些在露天地里过夜的蚂蚁,它们冻得甚至不能移动它们的小脚,还有那
些连第一批小蜜蜂还没来登门拜访的花儿,那最可爱的小鸟们的晨曲以及湿润的稻草垛,从上
边可以见到草原上茂密的红色的矢车菊,从牧人的响鞭中和露珠一起飞出了瞬间的虹霓。

太阳悄悄地拾走了露珠,于是森林已不再是那个森林了! 森林里炎热而气闷,一群群忙碌

的蚂蚁和树干周围私性树脂散发的热气,会使你头晕目眩。

"神的露珠啊!"

雪（节选）

〔加拿大〕莫瓦特

一

人类在幼年时期便已认识到有几种基本力量支配着这个世界。希腊人生活在温暖的海洋岸边,他们认为这些基本元素是火、土、风和水。最初,希腊人的生存空间较为狭小与封闭,他们对第五元素并无认识。

大约在公元前三百三十年,一个名叫皮西亚斯的爱漫游的数学家做了一次奇异的航行,他北行到冰岛并且进入了格陵兰海。在这里他遇到了莹白、凛冽却极为壮观的第五种元素。他回到温暖、蔚蓝的地中海世界后,费尽力气地向国人描绘他所见到的景象。他们断定他是在胡说八道,因为尽管他们有丰富的想象力,却怎么也设想不出这种偶尔薄薄覆盖在诸神所居住的山顶上的白色粉末能有什么神奇的伟力。

他们未能认识雪的巨大力量,不能完全怪他们。我们这些希腊人的子孙在理解这一现象上也存在着同样的困难。

我们脑子里的雪的图景又是怎么样的呢?

那是蓝黑色的圣诞夜在雪橇铃声伴奏下逐渐进入的一个梦境。

那是我们有急事要赶路偏偏遇上车轮打滑空转这样的尴尬局面。

那是冬夜里一位女士睫毛上倏忽闪现的挑逗的微光。

那是郊区主妇把湿透的雪衣从淌鼻涕的小家伙身上剥下来时那无可奈何的笑容。

那是老人忆起童年打雪仗时迷蒙的眼睛里所泛现的欢乐的异彩。

那是一幅俗气的广告,劝你饮用太阳谷雪堆上的一瓶可口可乐。

那是树冠洁白的森林深处无比寂静时的那份高贵与典雅。

那是滑雪板飞驰时碾压出的清脆碎裂声,也是摩托雪橇喷出的猖狺拌嘴声。

对我们来说,雪就是这些,当然还会有别的相关图景,但它们都仅仅触及这个多面体、万花筒般复杂的物体最最表面的现象。

二

在我们这个星球上,雪是一只因自身分解而不断再生的不死鸟,它也是银河星系里的一种不消亡的存在。在外层空间某处，一团团无比巨大的雪结晶体与时间一起飘荡，在我们的世界形成前很久便已如此，在地球消失后也不会有变化。即便是最聪明的科学家和眼光最敏锐的天文学家，他们也不得不承认，这些在无垠空间里闪光的结晶体与某个十二月夜晚从静静的天空落到我们手心和脸上的东西，并无任何区别。

雪是在窗玻璃上短暂停留的一个薄片。然而它也是太阳系的一个标识。当宇航员仰眺火星时，他们所见到的是一个单色的红红的球体——它那两个端顶除外，在那里发亮的覆盖物朝半腰地带延伸过去。正像羚羊在暗褐色草原上扭动它白色的臀部一样，火星是用它的雪原反照我们共有的太阳的强光，来向外部世界表明自己的存在的。

地球也何尝不是这样呢。

当第一个星际航行员朝太空深处飞去时，地球往后退缩，我们海洋、陆地的蓝绿色将逐渐消失，但地球隐去前的最后信标将是我们的南北极这两个日光反射器。雪在宇航员远望的眼中将是最后见到的一个元素，雪也将是外来的太空人最先可以瞥见的我们地球上的一个闪光体——如果这些人有可以看东西的眼睛的话。

三

雪是晶状微末，在星际间简直渺不足道；可是在地球上它却以另一种面貌出现，它成了至尊的提坦①。在南方，整个南极洲大陆处在它的绝对控制之下。在北方，它重甸甸地盘踞在山岭峡谷间，而格陵兰这样的次大陆级岛屿实际上完全由它覆盖，因为冰川也无非是雪的另一种形态。

冰川是降雪过程中造成的；雪纤细柔软，几乎没有分量……可是它不断降落却始终没有融化。年复一年，许多个世代，许多个世纪过去，雪还是不断降落。没有分量的东西这时候有了重量。这波浪般起伏的白色弃置物似乎没有变化，可是在它寒冷的深处结晶体变形了；它们的结构起了变化，结合得更紧密了，终于成为黝黑的、光度较小的冰。

在地球最近的地质纪里，有四次，雪这样不断地降落在美洲、欧洲与亚洲大陆的北部。每一次，雪都使几乎半个世界的面貌起了变化。有如复仇女神，一股股足足两英里厚的冰川从中央高处朝外流淌，蹭擦地表，夺去上面的生命与泥土，在原始岩上留下深深的伤痕，简直把地球的石质表皮削去好几百英尺。雪还在降落，轻轻地，始终也不间断，不知多少万吨的海水从大洋里消失，它们被封冻在冰川里；而海洋则从大陆岸边朝后退缩。

在人类认识的自然现象中，没有哪一种在破坏力上能超过冰川。最强烈的地震也无法与之相比。海啸掀起的惊涛骇浪在它面前是小巫见大巫。飓风更是不值一提，喷吐烈焰的火山爆发也显得黯然失色。

冰川是雪的宏观形态。然而作为微观形态的雪却又是超凡脱俗的美的象征。人们常说没有两片雪花完全一模一样，事实上的确如此，不管是多少年前落下的还是在遥远的将来会落下的，世界上每一片雪花在结构与形态上都是一个独一无二的创造物。

---

① 提坦：希腊神话中的神族。

四

没准我们还会变得更不喜欢雪呢。老人常聊起旧时美好的冬天,什么雪一直堆到屋檐那么高啦,雪橇在齐树巅的雪上滑行啦,这可不完全是无稽之谈。一百年前这样的情况并不稀奇。可是本世纪以来,我们的气候在或升或降的周期性变化中出现了一个变暖的趋势,也可以说是回升(从我们的观点看)。这说不定只是一个短期的变化,紧接着很可能是一个下降的趋势。到那时,在这个结构脆弱的人工世界里,我们这些可怜虫又安在呢?我们还会喜欢雪吗?很可能听到这个词儿我们就会骂不绝口呢。

不过,那样的时刻来临时也还会有人活下来,而且不再为这温柔却又无情的降落物所困扰。他们是真正的雪的儿女。

他们只是生活在北半球,因为南半球的雪区——南极洲——不适合人类生存,除非配备有不亚于宇航员那样的全套装备。雪的儿女环绕北极居住。他们是阿留申人、爱斯基摩人、北美的阿萨巴斯卡族印第安人、格陵兰人、拉普人、奈西人、楚克奇人、雅库特人、由迦吉尔人以及欧亚大陆和西伯利亚其他部族的人。

五

我们这些闭塞在自己的机械时代里的人沾沾自喜,满以为这些人不掌握我们高明的技术,必定是挣扎在生存线上,面临严酷的生存斗争,不会知道何为"人类潜能",僵死地相信技术能带来健全的生活方式的人也许难以理解,我个人的经验可以证明,这一点对于许多雪的儿女并不适用。在我们从自己的贪欲和妄自尊大出发去干涉他们的事情之前,他们大抵上生活得并不错。也就是说,他们活得心安理得,跟别人和平相处,与环境和谐协调,能舒心地笑,可以尽情地爱,对普通衣食感到知足,从出生到死亡都怀着一种自尊自豪的心态。那时候,雪是这些民族的盟友。雪是他们的保护神,是帮他们避开严寒的庇护所。爱斯基摩人用雪块垒成整幢住房。当点起简单的动物油脂灯时,室内就有了宜人的温度,尽管风在外面呼啸,水银柱降到零下五十多度。严严实实的雪提供了近乎完美的御寒材料。雪比木材更易于切割,也很容易修削成任何形状。雪搬起来很轻,如果用得恰当也很结实。一座内径二十英尺高十英尺的雪屋,两个人在两小时内就能盖成。有特殊需要的爱斯基摩人常建造直径五十英尺的雪屋,而且让好几座联结在一起,这就成了名副其实的雪厦了。

所有的雪的儿女都以这种或那种方式把雪用作自己的庇护所。如果他们是住木屋的定居民族,到冬天他们便在屋子四周垒起厚厚的雪墙。有的民族在雪堆里挖个洞,头顶支上鹿皮。只要有足够的雪,最北边的民族很少会受到严寒的侵袭。

六

雪的儿女像了解自己一样地熟悉雪。近年来,不少科学家投身于研究这第五种元素,并非出于科学上的兴趣,而是因为我们神经紧张,宁愿来自北方的灾祸快点降临,或是因为担心说不定会打一场雪地大战。科学家投入大量时间与金钱,试着去区别无数种形态的雪花,并给它们起名字。这完全是多此一举。爱斯基摩人用来表达雪的种类与形态的复合词就不下一百多个,拉普人的也不相上下。住在西伯利亚北冰洋边的养驯鹿为生的尤卡吉尔人对雪面瞥上一眼,便能说出表层雪的深度、坚实度以及其中结冰部分的多少。

雪沉甸甸地压在大地上时,这些北方人心里好高兴。他们在秋季欢迎初雪,到春天则为雪的消失感到遗憾。雪是他们的朋友,要是没有雪他们就无法生存,或是——这在他们看来更加糟糕——早就被迫流落南方挤进我们的行列,为自己也茫然的目的而营营奔逐。

七

今天,在某个地方,雪正在降落。它可能稀稀拉拉地筛洒在寒冷的沙漠上,将一层白白的粉屑撒向闪米特语系某个游牧民族的黧黑、仰视的脸。对他们来说,这没准是个神谕;反正肯定是个征兆,于是他们感到敬畏,打着寒战,若有所悟。

雪也许正席卷过西伯利亚冰冻的原野或是加拿大的大草原,把夏季的地理标志统统毁去,使弯刀形的雪堆越积越高,堵住了农舍的门窗。在屋子里,人们只好耐心地等待。暴风雪肆虐时,他们休息;暴风雪过后,他们再开始干活。到春天,融化的雪水将滋养黑土里蹿出来的新苗。

在静静的夜晚,大片的雪花也许正飘落在大都市的上空;它在爬行着的汽车的灯光里旋出一个个让人眼花的圆锥体,它掩埋着现代人在大地上留下的伤口,为难看的脓包遮去一些丑。孩子们盼望雪通夜别停,好让早晨没有班车、街车和家里的小轿车送这些小可怜去上学。可是大人却耐心地等着,因为若是还不快点停下,雪就会破坏生存模式为他们制定的错综复杂的设计蓝图。

雪也许正急遽地掠过蜷缩在北极苔原某处山岩下的一堆帐篷。逐渐逐渐地,雪拥抱住一群把鼻子缩在毛茸茸尾巴里睡觉的狗,直到把它们全都盖住,可它们睡得挺暖和。在帐篷里,男人和女人笑了。明天,雪没准会够深够厚,这样他们就可以不用帐篷,雪屋讨人喜欢的圆顶会再次矗立,把冬天变成一段满是愉悦、歌声、闲暇和爱恋的时光。

在某处,雪正在降落。

山 恋

〔日本〕立松和平

我来到人世第一眼看到的就是山。那座山叫男人山。虽然我家的周围有足尾连山、高原山、那须山,但从我家向前看,只能看到日光的男人山。

四季的交替,我是从山色的变化知道的。当山顶变成了银白色,而且这银白色不断向山下蔓延时,冬天到来了,寒气渐渐来到了我的身边。

春天,大地充满了勃勃生机,但山还是一片白色,冬天依然顽固地盘踞在山顶,迟迟不愿离去。这时候还不能算是真正的春天。只有山下的积雪融化,显露出褐色的山体,绿色缓缓攀上山顶,春天才真正到来了。

对于我来说,悠悠岁月,就是山色的演变。

不知为什么,有时我觉得山近在咫尺,伸手可及。这种感觉多出现在冬天,山岳有一种阳刚之气,而天空碧澄,一尘不染,距离感骤然飘散。

我在看山时,山也在看我。或许在海边长大的人也有这种感觉吧?你在观察大海时,海也在观察你。我觉得故乡的风景也像人一样,是有灵性的。

我第一次看到海是小学一年级的时候,刚刚七岁。夏天,我们到了离宇都宫市最近的大洗海滨。当时的欢呼雀跃,至今仍历历在目。海的风光和山的景色是大不相同的。

从那以后,我常常上山下海,体会山海的不同。

山是沉默的。当我背着重重的行囊,像苦行僧一样默默地走着,就进入了自我反思的状态。敞开心灵的门窗,天真地自问自答,苦苦思索。有时候豁然开朗,有时山穷水尽,有时高深莫测。

山里人一般都沉默寡言,从不大声说话。猎人们怕声音吓跑了动物,更怕惊动了山神,所以少言寡语,保持缄默。

山是寂静的。如果没有风,没有流水,山里是无声的世界。

海是喧闹的。虽然有时风平浪静,湛蓝幽深,但里面有海流,有生物,一刻也不平静。

海是开放的、躁动的。在海中可以游泳、潜水、钓鱼,丰富多彩,其乐无穷。在海水中嬉戏与登山大相径庭。登山只能一步一步往前走,动作机械单调。

海是富有的。虽然山里春天有野菜,秋天有蘑菇,但远不及大海一年四季都有丰饶的水产。

海是快乐的,山是苦闷的。对于人生来说,苦闷和快乐哪个是幸福,可能很难简单地下结论。

这完全是我个人的体验,甚至可谓之偏执的山海论,可能有不少人是不赞成的,但我并不是爱山而贬海,实际上我爱山也爱海。

我在小学时就登遍了宇都宫市周围的山。中学时上了日光、那须的山。我觉得山也是海。山的水是空气,山的波涛是森林。山山相连,连绵不断,就是无边无际的大海。

海中有冥府,山里也有九泉。到日光、足尾修行的人,就是把山里当做冥府。有人信仰那须山中的汤屏山,身着素装进山朝拜。白衣就是寿衣呀!他们在人世时就想看一看自己死后的归宿。自古以来,进山修行与登山运动完全是两回事。

栃木被海一样的山峦包围着。东是八沟山,北是那须山、鸡顶山,西是日光山、足尾山。每座山上都有修验道、古刹。实际上山里是他们精神的故乡。

对于日光山、那须山,不仅是我,栃木县人都怀着一种特殊的感情。小时候,儿童会、盯之会、毕业旅行、家庭旅行,几乎都是去这两座山,不知去过了多少次。春暖花开时,盛夏酷暑时,红叶如丹时,白雪皑皑时,一年四季,都要上山。

登山时,内心有一种宗教的庄严感,好像把自己的历史镌刻在起伏的山岭上。人死后谁也不知道自己的去向,只能大致看一看而已。

日光、那须的山中,是死者灵魂聚集的地方。人都难免一死,最终都要到那里去。在这种深层的心理活动驱使下,从孩提时代起,人们就总进山。

人死后都想去一个美好的地方,在那里不知道要生活多久?日光、那须景色秀丽,四季分明,无疑是灵魂最理想的归宿地。

这是我——一个看着山长大的人的心情。我的生命可能就是从山里来的。为什么这样说呢?因为我看见山就激动,就觉得心旷神怡。我无法在看不见山的地方生活。当我身处高楼大厦林立的东京中心时,就坐卧不安,六神无主。

如果在我头脑清醒时就能明确知道自己的死期,我会回到故乡,像我来到这个世界时一样,望着山闭上眼睛。在山林上死去是幸福的。我生于山,死后也想回归山林。真的,我希望这样。

望着山而生者与望着海而生者是不同的,这就叫宿命。

生在栃木,这是命中注定的,不是我自己的选择,但想摆脱这种命运的安排是枉费心机的,所以我应当为自己的命运而感到高兴。

◈

玫　瑰

〔埃及〕穆罕默德·穆斯泰贾布

我怎么就没留心那带刺的、从闺房中羞涩地凝视着我笔尖移动的玫瑰呢?这哀伤地吟诵一首诗或愉快地咏唱一支歌时,令晨露、清风、果核、死神无法入眠的玫瑰!在我寿终正寝时,玫瑰默默地站在告别者的前列,是唯一不从我这儿接受任何遗产的高尚的忠诚者。

她是光华熠熠、生机盎然的花朵,以其艳丽的色彩和姑娘肌肤般的柔美光洁吸引着人们,从来就是受人尊重的花儿,挂在少女的脖颈上,佩在姑娘的衣裙上,点缀骑士的坐骑,夹进恋人的情书,插入新娘的鬓发,抚慰被钉上十字架的创伤,纪念知名或无名的先烈,缅怀已故的亡灵。埃及人还喜欢在用来许愿的活牛角上结扎玫瑰,印度人则在神牛身上披挂玫瑰串。玫瑰还是献给凯旋而归的将士的第一份礼物,迎接贵宾或探访病人的首选赠品,更在小说、电影、忠贞爱情和缠绵悱恻的倾诉中占据一定的篇幅。

玫瑰的美,在于她自身闪耀着美的光环。清晨端详她几分钟,她会潜入你的心胸,使你整天有好心情,不施粗暴和邪恶,或许还能让你感到自己仿佛成了一只蝴蝶、一位天使、一个纯粹的人。

每当玫瑰在田野、园圃竞相怒放,会赋予大地一种崭新的意蕴。由于别致和独特的魅力,她被送往香精厂,或被扎成漂亮的花束,成为喜庆的标志。玫瑰往往能成为小伙子肩负起向姑娘明确爱情信息的使命。中世纪罗密欧与朱丽叶时代,用玫瑰传递的情书是最多、最频繁的。罗密欧从姑娘家的花园里摘下一朵玫瑰,攀上姑娘住的小楼,一俟朱丽叶在阳台上出现,他就把花递给她的情景成了后来表达爱情的一个典型艺术手法,百看不厌。

　　玫瑰品种各异,但都企盼白昼;玫瑰色彩纷呈,但都为黎明悄悄地莅临而欣喜,更留恋美妙的声音。科学实验证明,若把玫瑰种植在一群鼓手的窗檐下,她会因鼓手乐器不断喧嚣,而在其生长周期结束前便提前枯萎。无独有偶,意大利著名作曲家、小提琴演奏家费发尔迪园中的玫瑰又大又鲜艳,花龄最长。

　　我凝神观察一只蜜蜂飞近玫瑰并采蜜的情景,在它即将停落在玫瑰花瓣上之前,几乎合上了翅膀;当它靠近花蕊时,它是那般爱抚地低首贴心,将螫针深藏体内,它知道,对于玫瑰的脸庞来不得一丁点儿粗鲁和非礼。蜜蜂紧绕着花蕊,像亲吻似的把吸管伸向玫瑰小花蕊,吮吸着玫瑰的蜜汁。尔后,携带着花粉飞向另一枝玫瑰。在整个过程中,蜜蜂从不扇动翅膀,不想惊扰那似醉似醒的玫瑰。由于没有振动翅膀,蜜蜂离开玫瑰花时会自然坠落数厘米。是啊,它不愿给玫瑰带来任何伤害和不安!稍后,蜜蜂再用其全部生命力扑展翅膀,升向上方,玫瑰悠悠地轻微震颤,向它致意。

水

〔法国〕蓬　热

　　水在比我低的地方,永远如此。我凝视它的时候,总要垂下眼睛,好像凝视地面,地面的组成部分,地面的坎坷。

　　它无色,闪光,无定形,消极但固执于它唯一的癖性:重力。为了满足这种癖性,它掌握非凡的本领:兜绕、穿越、侵蚀、渗透。

　　这种癖好对它自己也起作用:它崩坍不已,形影不固,唯知卑躬屈膝,死尸一样俯伏在地上,就像某些修士会的僧侣。永远到更低的地方去,这仿佛是它的座右铭。

　　由于水对自身重力唯命是从这种歇斯底里的需要,由于重力像根深蒂固的观念支配着它,我们可以说水是疯狂的。

　　自然,世界万物都有这种需要,无论何时何地,这种需要都要得到满足。例如衣橱,它固执地附着于地面,一旦这种平衡遭到破坏,它宁愿毁灭也不愿违背自己的意愿。可是,在某种程度上,它也作弄重力,藐视重力,并非它的每个部分都毁灭,例如衣橱上的花饰、线脚。它有一种维护自身个性和形式的力量。

　　按照定义,液体意味着宁可服从重力而不愿意保持形状,意味着拒绝任何形状而服从于重力。由于这个根深蒂固的观念,由于这种病态的需要,它把仪态丧失殆尽。这种痴癖使它奔腾或者滞留,使它萎靡或者凶猛——凶猛得所向披靡,使它诡谲、迂回、无孔不入,结果人们能够随心所欲地利用它,用管道把它引导到别处,然后让它垂直地向上飞喷,目的是欣赏它落下来时形成的霏霏细雨:一个真正的奴隶。

水从我手中溜走……从我指间滑掉。但也不尽然。它甚至不那么干脆利落（与蜥蜴与青蛙相比），我手上总留下痕迹、湿渍，要较长时间才能挥发或者揩干。它从我手中溜掉了，可是又在我身上留下痕迹，而对此我无可奈何。

水是不安分的，最轻微的倾斜都会使它发生运动；下楼梯时，它并起双脚往下跳；它是愉快而温婉的，你只要改变这边的坡度，它就应召而来。

滑　梯

〔日本〕多田智满子

一旦滑下去就停不住。认识到这一点至关紧要。

不是坠落也不是滑行，而是滑落。快感伴着恐怖随着滑落加速而增大。当小孩子长大以后第一次玩滑梯的时候，他会尝到这制动失灵的滑落的惊颤。

一旦滑下去就停不住，其实停不住的充其量不过两三秒的时间。眼前就是承接身体的大地——稳定的界限。小孩子站稳后又立刻绕到滑梯后面，再爬上去滑下来。周而复始替代悲惨的结局。

始终是一种孤独的游戏。对于玩兴正浓的小孩子来说，其他的小孩不是游玩的伙伴而是捣乱者。

在这里，调皮鬼名副其实地干着与别人相反的事。本应往下滑的斜面，他却匍匐着往上爬。在他眼里，这滑梯就是为了违背自然硬往上爬而存在。

他时常半路上和滑下来的自然人遭遇，但总能够巧妙地躲闪而过。自然人从他匍匐张开的两腿之间钻了下去。

尽管有时这种调皮鬼前来捣蛋，但忠实于重力的小裤子、小裙子们总是一个接一个地在这细长的斜面上顺顺溜溜地滑下去。等他们离开这里，最后是黄昏低着头慢慢地滑下去。

与花儿攀谈

〔埃及〕马哈加特

我站在一株花面前，这花孤零零地生长在一座被遗弃的花园里。这花园坐落在沙漠中的一个庭院里。花儿感到孤寂，或者我是这样想象的。在这个地方没有任何别的东西，只有她。我以为她一定渴望着一个绿色的伙伴，来慰藉她那无边空旷中的孤独。

我对她说:"早上好! 你是此处最美丽的花朵!"

她说:"'最美丽'是什么意思?"

我明白了,她太谦虚了,谦虚到这种程度——不知道自己是美丽的。造物主的法则——花儿们都顺从这法则——使我感到惊奇。我又问她:"你在泥土的黑暗和沉重中开辟道路时,想着什么? 你感到很痛苦吗?"

花儿说:"什么叫'痛苦'?"

我明白了,痛苦只存在于人类的生活中,而纯美也是她所不了解的。

我又问她:"我很遗憾,你现在在想些什么?"

她说:"我在想给空气送去芬芳的时刻。"

我问她:"你喜欢空气到这种程度吗?"

她说:"太阳是原因。"

我说:"你陷入对太阳的爱了吗?"

花儿说:"太阳给我能量,上帝允准太阳给我能量,使我充满了馨香。这馨香将一直因于我的内心。所以我想,何时芳香将从我身上溢出,散发在我周围的空气中。而这就是正在发生的事情。"

我问:"花儿哟,对你的奉献,你将得到什么?"

花儿说:"我不考虑这些。我不问将获得什么,我只给予。"

我对她说:"我希望你回答我的问题。再想一想,对你的给予你将得到何种补偿? 什么样的回报?"

花儿说:"什么叫'回报'?"

我对她说:"我似乎在和你用另一种语言说话。我很遗憾。你现在的梦想是什么?"

花儿说:"凋谢,走向老年的平静。创造物落于大地,这多么美妙啊! 它给予馨香,留下智慧。"